Quest Worlds
Julia Conrad: Die Drachen
Thomas Plischke: Die Zwerge von Amboss

PIPER

Zu diesem Buch

Zwei High-Fantasy-Bestseller in einem Band: In »Die Drachen« von Julia Conrad sind die geflügelten Geschöpfe dem Untergang geweiht, seit der Sonnengott Phuram das Dreigestirn der Drachen in den Abgrund stürzte. Doch nun, nach langer Zeit des Schreckens, machen sich neun Auserwählte auf den Weg in die Tote Stadt, um die Taten des Sonnengottes zu rächen. Und der letzte Angriff der Drachen beginnt ... Mit »Die Zwerge von Amboss« führt Thomas Plischke in die Welt der Zerrissenen Reiche, in denen die Menschen den Zwergen dienen. Gerüchten zufolge planen die Menschen einen Aufstand gegen ihre machtgierigen Herrscher, auch unter den Zwergen wachsen Hass und Zwietracht – und der zwergische Ermittler Garep Schmied kommt bald dunklen Machenschaften auf die Spur, die die Bewohner der Stadt Amboss und der Zerrissenen Reiche in größte Gefahr bringen.

Julia Conrad, geboren 1950 in Wien, schrieb zahlreiche Fantasyabenteuer, Krimis und Jugendbücher. Ihre Romane um »Die Drachen« wurde zu Bestsellern.

Thomas Plischke, 1975 in Ludwigshafen am Rhein geboren, arbeitet in Hamburg als Autor, Dozent, Übersetzer und Lektor. Weiteres zum Autor: www.im-plischke.de

Quest Worlds

Julia Conrad: Die Drachen
Thomas Plischke: Die Zwerge von Amboss

Zwei Bestseller in einem Band

Piper München Zürich

Entdecke die Welt der Piper Fantasy:

Piper-Fantasy.de

Von Julia Conrad liegen bei Piper vor:
Die Drachen
Der Aufstand der Drachen
Das Imperium der Drachen
Drachenmagier

Von Thomas Plischke liegen bei Piper vor:
Die Zwerge von Amboss. Die Zerrissenen Reiche 1
Die Ordenskrieger von Goldberg. Die Zerrissenen Reiche 2
Die Halblinge des Ewigen Hains. Die Zerrissenen Reiche 3
Kalte Krieger
Die Zombies

Ungekürzte Taschenbuchausgabe
November 2011

»Die Zwerge von Amboss« und »Die Zerrissenen Reiche« wurden entwickelt von Ole Johan Christiansen & Thomas Plischke
Umschlagkonzeption: semper smile, München
Umschlaggestaltung: www.guter-punkt.de
Umschlagabbildung: Anke Koopmann unter Verwendung von Motiven von Shutterstock und Christophe Madura / Studio Clandestin
Satz: Filmsatz Schröter, München / Satz für Satz. Barbara Reischmann, Leutkirch
Druck und Bindung: Bercker Graphischer Betrieb GmbH & Co. KG, Kevelaer
Printed in Germany ISBN 978-3-492-26840-0

Julia Conrad
Die Drachen

PIPER

Der Mutter meines Vaters gewidmet

»Seht an, in der finsteren Nacht der chaotischen Zeiten
Entbrannte am Himmel das Dreigestirn, leuchtende Augen
Voll Wehmut und Freude: entstanden aus Bûl, aus dem Chaos,
Das wogte und brodelt', noch ehe die Zeiten begannen …«

Aus den Gesängen des Drachen Vauvenal

Diamantmeer
Berge von Carrachon
(Nordpol)
Reich des Kadaverfürsten Eisdrachen
Luifinlas
Toar Kadenach
Toarch kin Mur
Zorgh
Dundris
Das Volk der Ka-Ne
Mesquit
Berge von Luris
Chiritai
Stöhnende Wüste
Aschenwüste
Blaue Wüste
Fort Timlach
Kaiserreich der Sundaris
Saphirmeer
Thurazim
Kysch
Saphirmeer
Toar Yul
Thamaz
Höllenzwinger und Purpurdrachen
Reich der Mokabiter
Vulkaninseln
Reich der Makakau
Macrecourt
Jademeer

Chatundra

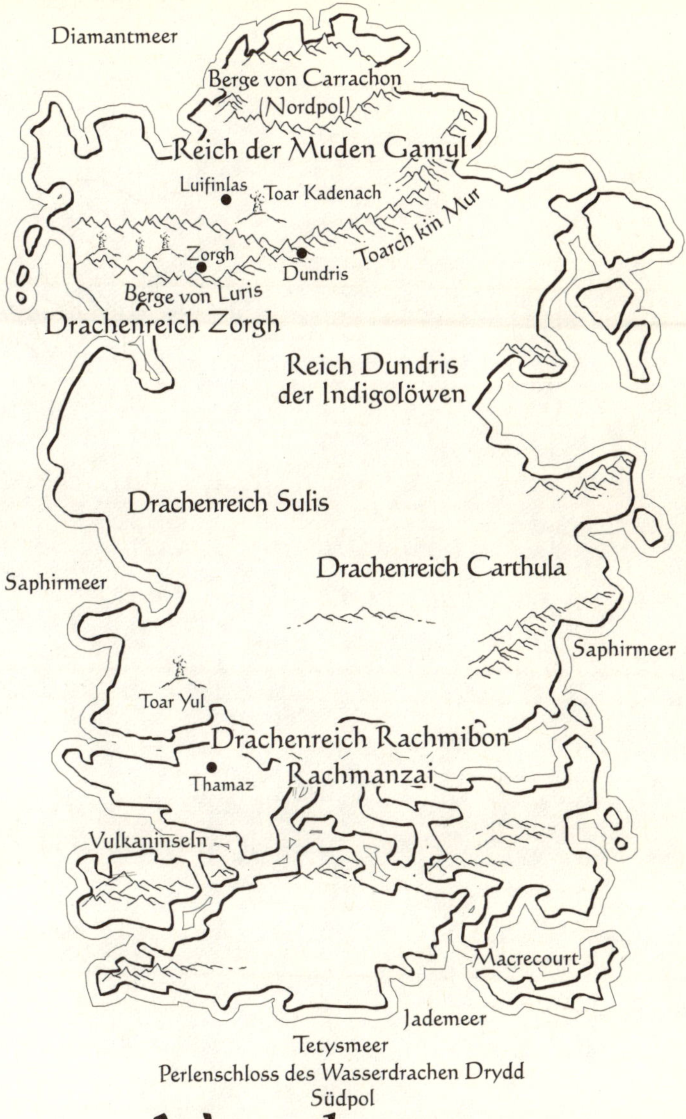
Diamantmeer
Berge von Carrachon
(Nordpol)
Reich der Muden Gamul
Luifinlas
Toar Kadenach
Toarch kin Mur
Zorgh
Dundris
Berge von Luris
Drachenreich Zorgh
Reich Dundris
der Indigolöwen
Drachenreich Sulis
Saphirmeer
Drachenreich Carthula
Saphirmeer
Toar Yul
Drachenreich Rachmibon
Thamaz
Rachmanzai
Vulkaninseln
Macrecourt
Jademeer
Tetysmeer
Perlenschloss des Wasserdrachen Drydd
Südpol

Murchmaros

PROLOG

Drachendämmerung

Der Angriff aus der Tiefe

Auf dem hohen Tafelland des Drachenreiches Rachmibon im Süden lag ein prächtiges Geschöpf zur Ruhe hingestreckt auf dem würzigen Gras, das nach Thymian und Salbei duftete. Es war ein Drache aus der hohen Ordnung der Mirminay, der Rosenfeuerdrachen, und daher schwer zu beschreiben, denn die äußere Gestalt dieser Wesen, die in allen Dimensionen zugleich leben und ihre Gestalt nach Belieben wandeln konnten, war so fließend wie Wolken im Sturm.

Oftmals erschienen sie als scharlachrote, orangefarbene oder blaue Tiere mit Fledermausflügeln, Löwenpranken, einem schuppigen Körper und einem schlangenähnlichen Schwanz, aber das war nicht mehr als eine Faustregel: Rosenfeuerdrachen gab es in allen Farben, schwarz, türkis, zimtbraun und manches mehr, und viele konnten wie ein Chamäleon ihre Farbe verändern, was die Eitlen unter ihnen dazu nutzten, sich möglichst wirkungsvoll vom jeweiligen Untergrund abzuheben. Für gewöhnlich verfügten sie über die Fähigkeit, Feuer zu speien, aber es gab auch viele, die das nicht konnten und nur Dampf oder Rauch aus dem Rachen quellen ließen. Häufig sah man entspannt ruhende Mirminay, deren Körper jede feste Form verloren und sich in schillernde ätherische Gebilde verwandelt hatten.

Diesmal allerdings gab Vauvenal – das war sein Name – sich Mühe, bei einer einzigen Gestalt zu bleiben, denn an seiner Flanke lehnte ein Mensch, der murmelnd Verse schmiedete. Der

Himmelsflügler wollte ihn bei dieser wichtigen Beschäftigung nicht stören.

Es war ein kleinwüchsiger, krummbeiniger Mann, der da im Schatten der Drachenflügel hockte, so braun wie die Steine des Tafellandes, mit einem Bauch wie ein Kessel und filzigem grauem Haar, das ihm bis auf die Knie herunterhing. Vauvenal nahm lebhaft Anteil an diesen flügellosen Wesen, die erst vor kurzem in Murchmaros aufgetaucht waren, und er beschäftigte sich viel mit ihnen, vor allem mit ihren Poeten, Propheten und Sängern.

Der Himmelsflügler war weit gereist und wusste, dass es verschiedenfarbige Menschen gab, anthrazitfarbene, weiße und graugrüne – aber am vertrautesten war ihm die braune Art, die sich Makakau nannte, denn sie hatten besonders viele Dichter in ihren Reihen. Sie waren auch eifrige Verehrer der Drachen, denn sie brachten sie mit den Wolken in Verbindung und waren überzeugt, dass sie Regenmacher seien. Was konnten Donner und Blitz anderes sein als ihr Grollen und Feuerspeien? Auch waren sie überzeugt davon, dass die guten Drachen – zu denen die Rosenfeuerdrachen ohne Zweifel gehörten – die Menschen vor bösen Geistern beschützten und Albträume fraßen, noch ehe diese durch die Ritzen ihrer Bambushütten schlüpfen und die Schlafenden plagen konnten. Drachen waren für die Makakau der Inbegriff von Fruchtbarkeit, Kraft und Schnelligkeit im Kampf, von Lebensfreude und robuster Gesundheit, und deshalb wurden ihnen zahllose Lobgesänge und Freudentänze gewidmet.

Die drei Schöpferdrachen Mandora, Plotho und Cuifín hatten eine Welt geschaffen, in der zu leben eine Lust war, und so opferten die Drachenpriester der Makakau den Himmelsflüglern voller Freude und echter Dankbarkeit. Es herrschte Frieden, denn die beiden Gestirndrachen Phuram und Datura – Sonne und Mond – gingen Hand in Hand, Bruder und Schwester, die schönsten Geschöpfe der Drachengöttinnen. Sie verströmten mildes Licht bei Tag und bei Nacht, und da die Erde beizeiten von Regen getränkt wurde, blühte alles und gedieh, von den Mangroven im Süden bis zu den Zykadeenwäldern im Norden. Über ihnen, im Zenit, schwebte das Dreigestirn, das als einzige von allen Sternenkonstellationen seinen Ort nicht veränderte, sondern unverrückbar an derselben Stelle leuchtete, silbern bei Nacht, bernsteinfarben bei Tag.

Alles war gut, alles war, wie es sein sollte ...

Vauvenal aber wusste, dass die Makakau die Dinge zu rosig sahen. Unter der lichten Oberfläche lauerten dunkle und unheimliche Dinge, und manchmal erschauerte er in dem bangen Gefühl, dass die Zeit näher rückte, zu der diese Dinge hervorbrechen würden. Doch er hielt es nicht für angebracht, seine Sorgen mit den schwächlichen Makakau zu teilen. Er lag also ganz still, einen der riesigen, kobaltblauen Zackenflügel ausgebreitet, um den Menschen vor der stechenden Mittagssonne zu schützen, und wandte vorsichtig den Kopf, auf dem er eine Krone aus lilienweißem Gehörn trug.

»Nun, Mensch Ion-Ka ...«, fragte er mit einer Stimme, so wohl klingend und melodisch, dass sie in ganz Rachmibon und weit über die Grenzen des Drachenreiches hinaus berühmt war, »wie kommst du mit deinem Epos weiter?«

»Es wird immer besser. Wollt Ihr es hören?«, fragte der Menschenmann eifrig.

»Aber gewiss doch, gerne«, antwortete Vauvenal. »Nichts lieber als das.«

Also hob der Mann im feierlichen Tonfall eines Propheten an zu sprechen.

»Was mir in Träumen und Visionen offenbart ward, will ich weitergeben, ich, Ion-Ka, der sein Leben als Einsiedler in den nebligen Tälern verbringt und den Gedanken und Gesängen der Drachen lauscht. In einer Mittsommernacht lag ich rücklings auf dem Boden und blickte zum gestirnten Himmel auf. Ich sah das Dreigestirn leuchten, sah aber auch das schweflige Krakenauge und sann darüber nach, wie die Welt wohl entstanden sein mochte.

›Steig auf!‹, sprach da eine wispernde Stimme zu mir, nicht in menschlichen Tönen und nicht in einer menschlichen Sprache. ›Und sieh!‹ Danach schien es mir, dass ich in die Höhe stiege, getragen von Wesen, die weißen Nebelfetzen glichen. Die Geister trugen mich an den Zenit des Nachthimmels und darüber hinaus, bis ich in der Sternenleere schwebte und unter mir einen feurigen Ball bemerkte, der überwältigend anzuschauen war. Er drehte sich wirbelnd um die eigene Achse, bronzefarben gestreift, wo die Glut durch sein Wirbeln erkaltete, lange Flammen schleudernd, wo er heiß war. Wie eine Tänzerin ihre Schleier um sich wirft, wenn sie sich in der Verzückung des Tanzes dreht, so warf der Planet Feuerschleier um sich, glühenden Staub speiend und in seinen Drehungen einen Ton ausstoßend wie ein Brummrohr. Lange währte das schreckliche Schauspiel.

Majdanmajakakis, die Weltenschlange, die das Universum in ihrer Umarmung birgt, gebar das Dreigestirn der Mutterjungfrauen Plotho, Cuifín und Mandora sowie ihren Bruder, den Wasserdrachen Drydd, und sie erteilte ihnen den Auftrag, die Welt Murchmaros zu erschaffen.

Ich wusste, dass ich Zeuge der Geburt des Erde-Wind-Feuer-Landes wurde, als die Elemente sich schieden. Die eisige Kälte zog sich zusammen, Krater erstanden, füllten sich mit Wasser und wurden zum Tetysmeer mit seinen bleiernen Wassern. Aus den anderen drei Elementen aber schufen die Bernsteindrachen, deren Herrlichkeit so groß ist, dass niemand sie ansehen und beschreiben kann, erst die drei Gestirndrachen – den Sonnendrachen Phuram, die Monddrachin Datura und das Drachenei –, danach die mächtigen Drachen der Elemente. Aus feinem, leuchtendem Äther sah ich die Mirminay entstehen, die Rosenfeuerdrachen. Danach kamen die Bulemay, die Purpurdrachen, die niedriger waren, aber immer noch über alle Maßen gewaltig. Und zuletzt wimmelten aus den Händen der Mütter all die Kinder der Elemente hervor, die Feuersalamander, die Erdwürmer und die Himmelsflügler, von den Gewaltigsten bis zu den Kleinsten.«

Nach einer Pause fügte er hinzu: »So weit bin ich bis jetzt gekommen. Wie findet Ihr es?«

»Es ist durchaus nicht übel«, antwortete der Drache, der sehr höflich war und immer bemüht, einen Dichter aufzumuntern. »Du könntest deinem Epos aber noch mehr Schliff und Pfiff geben, wenn du es in Verse fasstest, etwa so ...« Und er rezitierte mit einer Stimme wie eine Windharfe halb singend, halb sprechend:

»Seht an, in der finstersten Nacht der chaotischen Zeiten
Entbrannte am Himmel das Dreigestirn, leuchtende Augen
Voll Wehmut und Freude: entstanden aus Bûl, aus dem Chaos,
Das wogte und brodelt', noch ehe die Zeiten begannen,
Entsprangen die Schwestern, die feuergeborenen Schönen.
Die Bernsteindrachen erschufen die Festen des Himmels,
Sie formten die Erde und gaben ihr zudem Gesellen,
Die Sonne, die Mondin, die schwefelig leuchtenden Sterne,
Zu ziehen mit ihr durch die Nacht und zu leuchten im Dunkeln.
Sie schufen die Mirminay, später die Menschen und alle,
Die lebenden Odems wandeln auf Erden – die Völker
Vom schwarzen Süden bis hin in des Nordens zermürbende Kälte.
Sie hatten ...«

Doch dann unterbrach er sich mitten im Vers und richtete sich so ruckartig auf den Hinterklauen auf, dass der Dichter beiseite gestoßen wurde und ein Stück weit über das Gras rollte, ehe er wieder auf die Füße kam. Vauvenals Augen, schärfer als die jedes Adlers, hatten im Meer tief unten am Fuß der Klippe eine Bewegung erspäht. Es war kaum mehr als ein Schatten gewesen, aber der Drache wusste, wessen Schatten es war, und sein mächtiger Körper spannte sich. Was da unten schwamm, war ein Wasserwurm von platter, gekerbter Form, an die hundert Menschenschritte lang, mit sechs Armen, an deren Enden sich mörderische beinerne Scheren befanden. Es war nur eine von zahllosen scheußlichen Kreaturen, die das Reich des Wasserdrachen Drydd bevölkerten.

Ion-Ka war einem schwärmerischen Irrtum erlegen, wenn er meinte, dass alle Drachen gut seien. Die eben erst entstandenen Menschen wussten noch nichts von dem Neid und Groll, der Drydd verzehrte, den Fürsten des salzigen Meeres, und von seinem Hass gegen die drei Schwestern und ihre Geschöpfe. Drei Viertel von Murchmaros – das die Menschen Chatundra nannten – waren von Meer bedeckt, und die Tiefe wimmelte von feindseligen Kreaturen. Bislang war es noch nicht zu Auseinandersetzungen gekommen, da die beiden Reiche so streng geschieden waren. Weder konnten die Landbewohner im Wasser leben noch Drydds Untertanen an Land kommen, abgesehen von den Krabben, die im feuchten Sand herumstaksten.

Aber nun fiel ein Schatten über die Welt, als der finstere, verderbliche Geist in der Tiefe sich aufbäumte. Mit einem Schlag veränderte sich alles. Es war weder hell noch dunkel, weder kalt noch warm. Am dunstverschleierten Himmel standen weder Sonne noch Mond, noch die Sterne. Ein ödes Zwielicht herrschte, das jede Einzelheit erkennen ließ und nichts hervorhob. Alles war starr und unbeweglich, als wäre die Zeit stehen geblieben.

Das Meer aber wallte auf, und wie Schiffe, die von der Brandung an Land geschleudert werden, klatschten ungestalte Wesen zu Hunderten auf den Sand. Ein Gestank nach faulen Fischen verpestete die Luft, als die verworrene Menge in tausend Bewegungen vorwärtsdrängte. Manche der Wasserwesen waren klein, manche riesig, manche hornig wie Meeresspinnen, andere weich und von schlaffer Masse, die sich beinlos dahinwälzte, aber eines war allen gemeinsam: Von einer blinden, selbstmörderischen Wut getrieben, krochen sie immer weiter an Land, auf die einfachen Hütten aus Bambus und Palmblättern zu, in denen die Makakau wohnten. Aufgerissene Rachen voll dolchspitzer Zähne, Fangarme und klappernde Krabbenscheren bedrohten die Menschen, die das Unheil bereits bemerkt hatten. Schrille

Schreie und panisches Gepolter erfüllten das eben noch so stille Tal.

Kühn breitete Vauvenal die mächtigen Flügel aus und stürzte sich den Angreifern entgegen. Schon hatten auch andere Drachen, die sich auf den umliegenden Bergen sonnten, den Ansturm der Meereskreaturen bemerkt, und ein Dutzend Himmelsflügler warf sich in den Kampf. Noch hielten sie das Feuer ihres Rachens zurück, um nicht den Wald mit all den Menschenhütten darin in Brand zu setzen. Und die fliegenden Drachen schienen auch so im Vorteil gegenüber den Meeresungeheuern, von denen viele quallenhaft weich waren und den scharfen Klauen und peitschenden Schwänzen keinen Widerstand entgegensetzen konnten. Andere aber hatten Zähne, wie die grässlichen springenden Fische, die weit über den nassen Sand schnellten und sich in alles verbissen, was sie nur erreichen konnten. Drachenschwänze krachten gegen Krabbenpanzer, löwengleiche Pranken schmetterten gegen die elastischen Ringe der ungeheuren Seefüßler, die sich gelb und vibrierend den Fluten entwanden, während perlmutterfarbene Drachenklauen die Panzer der Bestien aufrissen und ihr schleimiges Inneres bloßlegten. Riesige Gestalten fuhren zum Himmel auf, Meeresgezücht in den Pranken, und schleuderten die Kreaturen Drydds aus großer Höhe zu Boden, wo sie zerbarsten. Schwingen rauschten über den schäumenden Wellen, aus denen ein grausiger Schädel nach dem anderen tauchte und aus leeren, gallertartigen Augen in die Luft glotzte. Aber da tauchten die Himmelsflügler unversehens in eine Wolke der Pestilenz. Jede Berührung der leichenhaft kalten, klebrig feuchten Tentakel und Pratzen traf sie wie der Stich eines Skorpionstachels, doch es war kein körperlicher Schmerz, der sie quälte. Das zarte Gewebe ihrer Seele zerriss, und wie die Dunkelheit eines herannahenden Todes breitete sich der Kadaverhauch über ihre Herzen. Sie taumelten und schwankten, plötzlich erfüllt von einer Verzweiflung und Hoffnungslosigkeit, die mit Macht über sie hereinbrach.

Vauvenal spürte, wie die Kraft seiner Flügel erlahmte und seine Klauen erstarrten; eine unsichtbare Pest verseuchte seinen Geist ebenso wie seinen Körper. Mit letzter Kraft stieß er einen wilden Schrei aus, der die anderen warnen sollte, und stieg unter Aufbietung all seiner Kräfte kerzengerade in den Himmel auf. Im letzten Augenblick entging er den Nesselpeitschen einer fast unsichtbaren Riesenqualle, die schwellend und quellend auf dem Sand hin und her schwankte.

Er sandte seine Gedanken aus. »Haltet euch fern von ihnen, ihre Berührung ist tödlich!«, warnte er die anderen Drachen. »Hinauf auf die Berge, holt Felsbrocken und werft sie auf das Gezücht!«

Während die Menschen unten im Tal wie aufgestörte Ameisen herumirrten, die bewaldeten Hänge hinaufkrabbelten und sich im Regenwald versteckten, schwärmten die Drachen nach allen Seiten aus. Ein jeder packte sich Felstrümmer, so groß er sie nur tragen konnte, flog in sicherer Höhe über die Meeresungeheuer hinweg und warf die Gesteinsbrocken nieder auf Drydds Kreaturen. Bald bot der Strand den scheußlichen Anblick einer von schleimigen, breiigen Kadavern bedeckten Fläche, und als die Himmelsflügler mit aufgerissenem Rachen Feuerstöße zur Erde sandten, flohen die überlebenden Wasserwesen zurück in ihr eigenes Element.

Vauvenal nahm sich nicht die Zeit, mit den Menschen zu reden, die starr vor Schreck im Dickicht kauerten oder kopflos umherrannten. Ein unheilvolles Gefühl hatte ihn befallen, und er schwang sich in die Lüfte und flog zu den Küsten von Murchmaros. Nur zu bald sollte seine Vorahnung sich als wahr herausstellen.

Der Angriff gegen die Fischer von Rachmibon war kein einzelnes Ereignis gewesen. Überall, wohin ihn seine kobaltblauen Schwingen trugen, sah der Himmelsflügler das gleiche abscheuliche Bild. An allen Küsten des riesigen Kontinents, vom warmen

Jademeer über das Saphirmeer bis zum eisigen Diamantmeer im Norden, waren Drydds Untertanen aus dem Wasser gestürmt und hatten die küstennahen Drachennester, die Lager der irdischen Tiere und die menschlichen Behausungen gleichermaßen angegriffen. Aus der Luft erspähte Vauvenal überall dieselben stinkenden Schleimhaufen auf dem Sand oder in der Brandung, aber er sah auch die Kadaver von Drachen und Tieren, die der giftigen Berührung erlegen waren, und die Leichen von Menschen in zerschmetterten Steinhütten. Überall erspähte er das widerwärtigste Treibgut, welches das brodelnde Aufwallen der Flut an den Strand geschleift hatte. Das Meer und der Strand, der seine ölige Flut säumte – beide waren ein einziges, entsetzliches Leichenfeld.

Vauvenal blickte in stummer Erschütterung auf die Überbleibsel der Unglücklichen, die zum Teil schon von den herumwimmelnden blauen Totengräberkäfern kahl genagt worden waren. Andere lagen, bläulich aufgedunsen, in einem schauderhaften Zustand halber Verwesung auf dem Strand. Die Kadaver von Fischen und Seegetier hatten sich um sie herum angesammelt, und mit ihnen Überreste von kleinen Wildtieren und Vögeln. Zwischen diesen Überbleibseln bewegte sich etwas – bewegte sich hornig, glitzernd und glänzend, lang gewundene Fangarme oder Skorpionschwänze, mit krummen Krallen – oder waren es Stacheln? – an den fingerartigen Enden.

Wenigstens war es den Ungeheuern nicht gelungen, sich weit von ihrem heimischen Element zu entfernen. Als Vauvenal vorsichtig tiefer ging und dicht über dem Boden hinwegsegelte, sah er die Überreste von zahllosen Quallen, die keine zwei Schritt weit vom Saum des Wassers zu klebrigen Schleimbeuteln zusammengefallen waren. Andere Ungeheuer hatten es nicht geschafft, sich im losen Sand oder auf dem harten Schotter der Küstenstreifen weiterzubewegen, und waren hängen geblieben wie Karren im Schlamm. Aber die schnellen, vielfüßigen Krabben hatten beunruhigend weite Strecken zurückgelegt, ebenso die springenden Fische, die ihre Opfer wohl in weiten Sätzen angefallen und sich mit ihren runden, von Zähnen starrenden Mäulern an ihnen festgebissen hatten.

Die toten Drachen, die Vauvenal da und dort auf dem Sand faulen sah, waren keine Mirminay, denn Rosenfeuerdrachen waren unsterblich. Es waren Bulemay, Drachen der zweiten Schöpfungsperiode, vielfältig in ihrer Erscheinung, aber anders als die Rosenfeuerdrachen an ihre Erscheinung gebunden. Daneben gab es noch Geringere, Lindwürmer und Stollenwürmer, die in ihren Brandungshöhlen und Bergwerken von dem Angriff überrascht worden waren.

Vauvenal starrte herab, Wut und Verzweiflung im Herzen. Er setzte sich auf einen vorspringenden Felsen, reckte den Hals und ließ einen langen, schrecklichen Klageschrei hören. Andere Drachen nahmen den Schrei auf und gaben ihn weiter, bis ganz Erde-Wind-Feuer-Land davon widerhallte.

Von nun an, das wussten sie alle, herrschte ein offener Krieg zwischen den Bernsteindrachen und dem Ungeheuer in der eisigen Tiefe. Vauvenal dachte an den Dichter der Makakau; niemals mehr würde sein Volk die harmlos-fröhlichen Lieder singen. Ein neues Zeitalter hatte begonnen, dunkel und gefahrvoll, und nur Majdanmajakakis, die Allmutter selbst, mochte wissen, wie die Dinge enden würden.

Verschwörung im Perlenschloss

Zwischen den äußersten Vulkaninseln und dem Eis des Südpols, inmitten der bleiernen Fluten des Tetysmeeres, erhob sich eine Insel, die vom Meeresboden bis fast zu den Wolken reichte. Sie war vom Sockel bis zur höchsten Zinne aus grauen Korallen und bleichen Perlen gebildet, und Wasser strömte unablässig von ihren Zinnen und Türmen. Im Inneren floss es in Bächen durch die Flure und Säle und troff von den Decken, denn diese Insel war das Perlenschloss des Wasserdrachen Drydd. Hier hauste er mit seinen beiden Söhnen, dem menschengestaltigen Zarzunabas und dem grausigen Tarasque, der die Gestalt einer Schildkröte mit einem dreifachen Männerkopf hatte und auf vier krummen Säulenbeinen wankend dahinkroch. Welche Furcht hätte die Fischer von Rachmibon und die übrigen Menschen ergriffen, hätten sie ahnen können, was sich im Dunkel unter der grauglasigen Oberfläche des Meeres verbarg.

Unter den Kreaturen befand sich auch ein knapp ellenlanges, schlüpfriges, farbloses Geschöpf namens Luind, das allgemein als Taugenichts galt und deshalb selten bei seinem richtigen Namen, sondern einfach nur Unnütz genannt wurde. Unnütz war ein Wassersalamander – die geringste Art von Wasserdrachen, auch Menschenfische genannt –, und er wurde nur mit den niedrigsten Arbeiten beauftragt, doch selbst die führte er meist nur zur Hälfte aus. Stattdessen kauerte er gern an irgendeiner verborgenen Stelle der vielzackigen, von grotesken Korallen geformten Türmchen und Balustraden, die über die Wasseroberfläche hinausragten, und starrte mit den vorquellenden goldenen Augen zum Land hinüber.

Er sehnte sich danach, dieses Land zu betreten und dort zu wohnen, und zwar solange er zurückdenken konnte. Manchmal träumte er, diese Sehnsucht stamme daher, dass er menschliches Blut in sich habe wie der Drachensohn Zarzunabas, den Drydd mit einer Menschenkönigin gezeugt hatte. Er bildete sich ein, sich erinnern zu können, dass er ganz am Anfang seines Lebens auf dem Festland gelebt habe, denn in seinem Kopf spukten schattenhafte Bilder vom Licht einer Öllampe, von Menschengestalten und von einer ungeheuer großen Frau, grau wie ein Lehmklumpen, die entsetzt aufschrie, ihn packte und ins Feuer werfen wollte. Aber da war noch eine andere Frau, die es nicht zuließ und ihn an sich presste. So warm, so weich, so voll Nahrung war ihr Körper gewesen ... Später hatte sie ihn zum Strand getragen und ins Wasser gesetzt, und er hatte verstanden, dass er das Wasser wählen musste, wenn er nicht ins Feuer wollte. Also hatte er sich zu Drydds Geschöpfen gesellt, aber glücklich war er dort nicht.

Und nun, nachdem er sich so lange nach ihr gesehnt hatte, war ihm seine Mutter im Traum erschienen. Sie sah anders aus, als er sie in Erinnerung hatte, nicht graugrün, sondern golden braun, und ihre Beine hatten sich sehr verändert – von der Hüfte abwärts glich sie einem aufrecht stehenden Löwen; auch hatte sie kurze Flügel auf dem Rücken, die nicht zum Fliegen taugten. Aber sie hatte immer noch dieselben herrlich schweren, prallen Brüste und den weichen, runden Bauch, und sie nannte ihn nicht Unnütz, sondern bei seinem richtigen Namen: Luind.

»Mein Lieber«, hatte sie zu ihm gesagt, »ich möchte dich so gern wieder bei mir haben. Du müsstest mir nur vorher einen kleinen Gefallen tun – du bist doch so geschickt und kannst dich so gut tarnen ...«

Natürlich hatte er zugesagt, und so war er diesmal nicht auf den Erker geklettert, um zu träumen, sondern um eine geheime Ratsversammlung zu belauschen. Drydd hatte seine Söhne und viele seiner wichtigsten Höflinge zu sich in den kuppelgekrönten Hauptturm berufen, dessen ovale Medaillonfenster nach allen Richtungen über das Meer blickten. Unter der Dienerschaft ging das Gerücht um, dass sie einen neuerlichen gewaltigen Krieg gegen die Drachen planten. Luind hatte keine Freude an Kriegen – genauer gesagt, er hatte schreckliche Angst davor. Er wollte nichts als zurück zu der riesigen, warmen, weichmassigen Frau, die ihn an ihre Brust gepresst und davor bewahrt hatte, ins Feuer geworfen zu werden.

Es war ein dunkler, trüber Tag, und die von Eisschollen bedeckten Fluten klatschten gegen die Mauern des Perlenschlosses, als Luind wie ein Schatten durch die Brücken und Öffnungen im Zierrat des Turmes kroch, bis er die höchste Kuppel erreicht hatte und sich an eines der ovalen Fenster hoch oben auf dem Kuppeldach heranpirschte, durch das er in den geheimen Ratssaal blicken konnte. Vorsichtig schob er es einen Spalt weit auf. Es war ein gefährliches Unterfangen, denn Drydd war unersättlich gefräßig, und all die Diener, die er bei einem Vergehen ertappte, verschwanden unbarmherzig in seinem schlaffen, von roten Hornstacheln umkränzten Riesenmaul. Luind fröstelte, als er sein halb menschliches Gesicht an die Scheibe drückte und hinunterspähte. Aber seine Neugier – und die brennende Sehnsucht nach der Frau – überwogen seine Furcht.

Unten in dem dämmrigen Kuppelsaal, an dessen prächtig mit Muscheln und Korallen verzierten Mauern das Wasser in glitzernden Bächen herabtroff, thronte der mächtige Elementardrache auf einem steinernen Sitz. Um ihn hatten sich die Adeligen unter den Wasserwesen, die Mächtigsten ihrer Geschlechter, in ihren vielfältigen, schauerlichen Gestalten versammelt. Drydd, der in der Schöpfungsordnung den drei Schwestern Mandora, Plotho und Cuifín gleichgestellt war, besaß dieselbe Fähigkeit wie die Rosenfeuerdrachen, jede gewünschte Gestalt anzunehmen. So hatte er sich der Menschenkönigin Athahatis in Gestalt eines schönen grünen Jünglings mit einem Flossenkamm auf dem Scheitel und wie Smaragd schimmernden Schuppen genähert und sie damit betört. Im Augenblick jedoch zeigte er sich in seiner gewöhnlichen Gestalt eines ungeheuren Drachenfisches, gewunden und gezackt wie eine Riesenmuschel, leuchtend bunt und von prächtiger Färbung, mit zahllosen Stacheln, von denen jeder einzelne ein tödliches Gift enthielt. Seine flachen, rot schillernden Augen hatten den Blick eines Basilisken.

Ihm zur Seite saßen seine Söhne, daneben Chton, der Fürst der Sümpfe, dessen Gestalt an ein Krokodil gemahnte und der über und über mit Tang und Wasserlilien bedeckt war. Er hatte die Macht, die Flüsse über die Ufer treten oder versiegen zu lassen und so Elend und Unheil über alles Leben an Land zu bringen. Oft schwamm er ein Stück weit in eine Flussmündung oder eine Bucht hinein und lauerte auf Menschen, deren Fleisch er dann fraß. Auf der anderen Seite des Throns ringelte sich die Seeschlange Nuzra mit ihren plumpen Flossen und dem Schuppenschwanz, der mit einem einzigen Schlag ein Schiff zerschmettern konnte. Allerdings war die Schlange ein einfältiges Geschöpf, kurzsichtig und leicht zu verwirren, und es war schon vorgekommen, dass sie sich fuchsteufelswild auf ihren eigenen Schatten stürzte und ihn bis zur Erschöpfung bekämpfte.

Die meisten dieser Geschöpfe waren an ihr eigenes Element gebunden, aber es gab auch welche, die – wie Luind – sowohl im Wasser als auf dem Land leben konnten. Die widerwärtigsten dieser amphibischen Wesen waren die Tarasquen oder Basilisken, deren drei höchste Könige an der Ratsversammlung teilnahmen. Sie waren Söhne von Tarasque, und obwohl sie im Vergleich zu den triefenden Bergen von fahlem, schwammigem Fleisch rundum winzig erschienen – sie waren nicht größer als ein Menschenschritt –, waren sie gefährlicher als so manches Seeungeheuer. Bunt gefärbt wie die Todesfrösche auf den Vulkaninseln, waren sie ebenso giftig und Verderben bringend. Kju, der Goldene, konnte mit seinem bloßen Blick Land, Luft und Wasser vergiften. Sein Bruder Zan trug ein drittes Auge auf dem goldschuppigen Kopf, dessen böser Blick jedes lebende Wesen vor Furcht erstarren und tot zusammenbrechen ließ. Roc, der Blutige genannt, verbarg am Ende seines Schwanzes einen giftigen Stachel, dessen Stich seinen Opfern das Fleisch von den Knochen fallen ließ. Die drei wurden auch »Haucher« genannt, weil ihr Atem alles Lebendige verdorren, ja sogar Felsen zerspringen ließ. Wie ihr Erzeuger hassten sie das Licht von Sonne und Mond gleichermaßen und träumten von dem Tag, an dem sie sie verschlingen würden, auf dass eine ewige Sonnenfinsternis sich über das Land breitete.

Es war ein seltsamer Anblick, inmitten all dieser Ungeheuer einen schlanken, lieblichen jungen Mann mit blondem Haar sitzen zu sehen: Zarzunabas, unsterblich wie sein Vater, obwohl zur Hälfte ein Mensch. Er war in ein langes grünes Gewand gekleidet, das weich um seine Füße floss. Man nannte ihn den Kadaverfürsten, denn er machte sich alles untertan, was tot war und verweste.

Natürlich sprachen sie über den jammervollen Fehlschlag ihres ersten Versuches, das Land zu erobern. Zwar waren die unglücklichen Generäle, die den Angriff kommandiert hatten, sofort mit knotigen Tentakeln an die Mauern des Ratssaales gefesselt und von ihren Artgenossen stückweise lebendig gefressen worden; aber die Bestrafung der Versager war nur ein schwacher Trost angesichts der Verluste, welche die Meeresbewohner hatten hinnehmen müssen. Sie hatten Tausende von Kriegern verloren und nichts erreicht, als dass die schwelende Missstimmung zwischen den drei Schwestern und ihrem Bruder zu offener Feindseligkeit entfacht worden war und es zum blutigen Kampf gekommen wäre, hätten sie einander nur erreichen können. So hatten sich die Drachen an Land damit begnügen müssen, in aller Eile Festungen zu bauen, die die Meeresküsten überblickten, und scharfe Wache zu halten, während Drydd seine Heerscharen in die kalten Tiefen des Tetysmeeres zurückzog, das den Südpol umspülte. Aber die Meereskreaturen waren fest entschlossen, bei erster Gelegenheit den Kampf von neuem aufzunehmen, alles Land zu ertränken und die Gestirndrachen zu verschlingen, um das trübe, graue Zwielicht ihres Reiches über ganz Murchmaros zu bringen.

Ein Vorschlag nach dem anderen wurde gemacht, wie man dies bewerkstelligen könnte, doch keiner fand Gefallen, bis schließlich Zarzunabas das Wort ergriff.

»Wir fangen es falsch an«, sagte er. »Wenn wir ein weiteres Mal versuchen, das feste Land mit Kriegsmacht zu erstürmen, werden wir uns nur wieder die Köpfe zerschmettern. Und wir haben auch nichts davon, dass sich der eine oder andere von uns einen See erobert hat und die Umgebung terrorisiert oder in einem Fluss lauert und die Wäscherinnen frisst. Wir müssen es im Großen anfangen, und dafür benötigen wir Hilfe.«

»Und wer soll uns helfen?«, grunzte Chton mürrisch.

»Phuram«, antwortete Zarzunabas lächelnd.

Ein Raunen der Verblüffung und Empörung ging durch die Versammlung, und Drydd fragte seinen Sohn scharf, ob er sich einen Scherz erlaubt habe. Doch der Jüngling schüttelte den Kopf. »Nein, mein ehrwürdiger Vater, ich habe nicht gescherzt, weder mit Euch noch mit den hohen Adeligen, die hier versammelt sind. Ich meine es ernst. Phuram wird uns helfen – freilich ohne es zu wissen.« Und er fuhr fort: »Phuram ist stolz und machtgierig. Insgeheim grollt er den Drachengöttinnen, dass er nur ihr Geschöpf ist und nicht vom gleichen Rang wie sie. Wenn wir diesen Groll schüren, lässt er sich gewiss dazu bringen, das Dreigestirn zu stürzen.«

Der mit Seetang behaarte Chton schnaubte missbilligend. »Erstens möchte ich wissen, wie er das schaffen soll, und zweitens: Selbst wenn er es schafft, was haben wir davon? Phuram ist uns nicht wohl gesonnen und wird keinen Finger rühren, um uns zu unterstützen.« Andere stygische Stimmen äußerten sich in ähnlicher Weise, aber Zarzunabas war keineswegs um eine Antwort verlegen.

»Was es uns bringt? Phuram hat, was wir nicht haben: freien Zugang zu dem Palast, der zwischen Himmel und Erde schwebt. Die drei Schwestern misstrauen ihm nicht, denn er ist schön anzusehen in seiner goldenen Rüstung und mit dem Strahlenkranz, der sein Haupt umgibt. Sie lieben ihn, die Sonne, ihr herrlichstes Geschöpf, und empfangen ihn mit offenen Armen, nicht wissend, was an Stolz und Hochmut in ihm brodelt. Wenn er ihr Gemach betritt, werden sie zu spät bemerken, welche tödlichen Waffen er bei sich trägt.«

»Es gibt keine Waffen auf Murchmaros, die die drei Schwestern töten könnten«, brummelte die Seeschlange.

»Nicht auf Murchmaros, da hast du Recht, langer Wurm«, erwiderte Zarzunabas. Und während die Seeschlange noch ihren geringen Verstand anstrengte, um herauszufinden ob sie soeben beleidigt worden war, fuhr der Kadaverfürst fort: »Aber es gibt sie, und ich weiß sie zu beschaffen. Phurams Hand wird sie führen. Wenn er versagt, ist er derjenige, der in den Abgrund gestoßen wird, und wir haben nichts damit zu tun. Wenn es ihm aber gelingt, wird er sich zum Herrscher aufschwingen, und dann werden wir ihn vernichten, denn er ist ein viel geringerer Feind als Mandora, Plotho und Cuifín.«

»Willst du ihn mit Wasser bespritzen, bis er erlischt?«, höhnte eine grausige Meeresspinne, deren gewaltiges Knochengerüst in einem Winkel des Perlensaales aufragte, so hoch, dass es ein Teil der bizarren Architektur zu sein schien.

»Nein«, antwortete Zarzunabas. »Ich will warten, bis die Zeit kommt, in der er verschleiert wird, denn während du im Schlamm des Meeresbodens nach toten Fischen gestochert hast, habe ich in den Konstellationen der Sterne gelesen und Dinge herausgefunden, die nur wenige außer mir wissen.«

Drydd hatte aufmerksam gelauscht. Er wusste, wie klug sein halb menschlicher Sohn war, ganz im Gegensatz zu Tarasque, der den Verstand einer Schildkröte hatte, und so befahl er den unwillig murrenden Höflingen zu schweigen und forderte Zarzunabas auf, seinen Plan darzulegen. Der Jüngling gehorchte.

Luind, der angespannt lauschend an der Kuppelwölbung klebte, schauderte vor Grauen, als er ihm zuhörte. Denn Zarzunabas erzählte den Verschwörern unglaubliche Dinge: Murchmaros, so behauptete er, sei nicht die einzige Welt. Es gebe noch andere Welten mit anderen Göttern und Geschöpfen, und von einer derselben – die so weit entfernt war, dass man sie nur als winzigen blinkenden Stern am Himmel sehen konnte – sei eines Tages ein Berg herabgefallen und in das Tetysmeer gestürzt. Dort liege er jetzt noch auf dem Grund einer viele Meilen tiefen Schlucht, wo aus unterirdischen Schloten schwarzer, giftiger Qualm hochwirble und das Wasser verpeste. Es sei ein Berg aus Eisen, und wem es gelänge, drei Schwerter daraus zu schmieden, der könne die Schwestern zwar nicht töten, aber lähmen, wie ein Skorpion sein Opfer mit einem Stich lähmt, sodass sie ewig unbeweglich und ohne Bewusstsein in ihren Gräbern liegen müssten.

Allerdings genüge nicht das außerirdische Eisen allein, es müsste mit Riten und Beschwörungen gestärkt werden, die von finsterster und abgründigster Art waren. Zarzunabas gab zu, dass Phuram bei all seiner Machtgier wohl kaum bereit sein würde, auch nur eines dieser Rituale durchzuführen, aber das war auch nicht nötig. Die Geschöpfe Drydds würden die Schwerter schmieden und die schwarzen Riten vollziehen, und Phuram brauchte nicht mehr zu wissen, als dass die drei Waffen ihm seinen Herzenswunsch erfüllen würden. Man würde sie in flüssiges Gold tauchen, sobald sie fertig wären, das würde genügen, den Sonnendrachen zu täuschen.

»Phuram meint, klug zu sein, aber er ist ebenso dumm wie stolz; er wird nie bemerken, wie er betrogen wurde«, schloss Zarzunabas seine Rede.

Die Höflinge hatten geduldig gelauscht, obwohl viele derselben Meinung waren wie Luind im Verborgenen, dass die

Geschichte höchst unglaubwürdig war. Noch andere Welten als Murchmaros! Eiserne Berge, die vom Himmel fielen! Und wie sollte überhaupt ein Berg auf einem Stern, der doch nicht größer als ein Fischauge war, Platz finden? In der Tat, es war sehr schwer zu glauben.

»Selbst wenn das alles stimmt, wie werden wir nachher Phuram wieder los?«, wagte ein lumineszierender Tausendfüßler zu fragen.

Zarzunabas war auch diesmal nicht um eine Antwort verlegen. »Wir brauchen nur die richtige Zeit abzuwarten. Wer die Kunst beherrscht, die Sternenuhr zu berechnen, sieht einen Tag kommen, an dem Phurams Macht von Majdanmajakakis selbst gebrochen wird – und wenn nicht zerbrochen, so doch für sieben Tage gelähmt. Denn die Allmutter wird ihm zürnen, dass er sich gegen seine Schöpferinnen erhoben hat, und ihn niederschlagen, indem sie sein Angesicht verschleiert. Wenn wir dann zum Kampf bereit sind, wird die Welt uns gehören.«

Luind lauschte und beobachtete mit allen Sinnen, und so wurde er völlig überrumpelt, als plötzlich an der Innenseite des Medaillonfensters ein Gesicht erschien, das nur aus Knochen und Kiemen bestand. Eine Stimme krächzte: »Ei, mein kleiner unnützer Lauscher, was hast du denn hier zu suchen?« Und zugleich griff eine schrecklich fleischlose Hand durch den Spalt des halb offenen Fensters.

Die Weissagung der Wyvern

Die meisten Drachen waren von Natur aus wenig gesellig, und viele der Geringeren unter ihnen neigten sogar zu griesgrämiger Einsiedelei, aber Vauvenal war eine Ausnahme. Fröhlich, furchtlos und immer wissbegierig, war er mit allen guten Geschöpfen von Murchmaros bekannt, von den Drachen in Makakau bis hinauf zu den Herrschern von Zorgh in den kalten Bergen von Luris. Er kannte auch die Indigolöwen in ihrem Reich in Dundris, das mitten in einem endlosen Regenwald zu Füßen der Toarch kin Mur, der »Heulenden Berge« lag, und sie besuchte er, um eine wichtige Unterredung zu führen.

In seiner Hochblüte war Dundris eine Stadt von überwältigender Schönheit. Zwar waren die Häuser sehr einfach gehalten, zumeist in der Form von Pyramiden oder abgestuften Türmen, aber sie lagen in berauschenden Gärten und enthielten die besten Archive der jungen Welt. Die riesenhaften Indigolöwen – Drachen aus der Ordnung der Bulemay – waren Künstler und Gelehrte. Sie verbrachten viel Zeit damit, schier endlose in Ton gebrannte und glasierte Friese anzufertigen, die ihre Geschichte erzählten und ihre Gedanken festhielten, und noch mehr Zeit mit langen philosophischen Disputen.

Als Vauvenal sich, müde vom Flug über den Dschungel, auf einem der Flachdächer der Stadt niederließ, sah er sich gleich einer ganzen Gruppe von ihnen gegenüber. Sie wurden Indigolöwen genannt, weil eine leuchtend indigofarbene Mähne ihren

Kopf umwallte und sich auf dem Rücken des elfenbeinweiß geschuppten Drachenkörpers bis zum ebenfalls behaarten Schwanz fortsetzte. Eigentlich hatten sie viel mehr Ähnlichkeit mit geflügelten Pferden denn mit Löwen, aber im Erde-Wind-Feuer-Land gab es zu dieser Zeit noch kaum Pferde, dafür an jeder Ecke einen Löwen, und so bezogen sie ihren Namen nach der bekannteren Tierart. Trotz ihrer imposanten Erscheinung waren sie friedliche, gemächliche Wesen, die Fleisch verabscheuten und sich von frischen Schösslingen ernährten. Freundlich begrüßten sie den Gast, und da sie schon wussten, was ihn nach Dundris führte, geleiteten ihn einige von ihnen zu Wyvern.

Selbst Vauvenal, der ein vornehmer und welterfahrener Drache war, fühlte sich immer ein wenig beklommen, wenn er diesem grandiosen Wesen gegenübertrat. Wyvern war keine der Drachendamen von Dundris, sie hatte sich nur unter den friedfertigen Indigolöwen niedergelassen, weil diese auf ihre Selbstversenkung Rücksicht nahmen und so viel Ruhe und Besinnlichkeit bei ihnen herrschte.

Es dämmerte bereits, und noch während Vauvenal und seine Begleiter durch die duftenden, schwarz und türkis gesprenkelten Alleen zu Wyverns Haus unterwegs waren, erschien Datura, die Monddrachin, in all ihrer Pracht in dem silbernen Spinnennetz, in dem sie Nacht für Nacht über den Himmel schwebte. Die Enden des Netzes trugen die zwölf Fallum Fey, zierliche, halb durchsichtige Rosenfeuerdrachen in Gestalt geflügelter Seepferdchen, und rundum schwamm ein Schwarm der winzigen, blitzenden Kreaturen, die von den Menschen Sternschnuppen genannt wurden.

Wyvern bewohnte einen Turm aus grauem Stein. Als Vauvenal die schmucklose Kammer hoch über den Wipfeln der Schachtelhalmbäume betrat, erhob sich am Fenster ein weiblicher Drache, etwa zwei Schritt hoch und halb Frau, halb Raubtier. Sie ging auf zwei Beinen, die wie die Läufe eines Löwen geformt waren, aber von der Taille aufwärts war sie eine üppige, zimtbraune junge Frau mit runden Brüsten und glänzendem braunem Haar, das ihr bis zu den Kniekehlen hing. Ihr Gesicht war edel, aber fremdartig und melancholisch, denn Wyvern war eine Seherin, und vieles von dem, was sie sehen musste, verdüsterte ihr Gemüt. Ihre Brust bedeckte ein ausgefallenes Schmuckstück in der Gestalt eines knapp ellenlangen, offenbar gläsernen Menschenfisches, der so durchsichtig war, dass ihre braune Haut durch ihn hindurchschimmerte.

Vauvenal wollte schon das kleine Kunstwerk bewundern, als es sich plötzlich bewegte, ihn aus goldenen Augen ansah und gähnte. Wyvern bedeckte ihn mit einer Hand, streichelte ihn vorsichtig und schob ihn dann nach hinten unter ihr langes Haar, wo er sich zusammenrollte.

Was den Frauen nicht alles einfiel, um sich zu verschönern! Vauvenal riss sich von dem Gedanken los und begrüßte die Seherin nach allen Regeln der Höflichkeit, dann ließen beide sich bequem auf die Teppiche nieder, und der Besucher legte sein Anliegen vor.

»Ich spüre es im Herzen, dass die Wasserdrachen ihre Absicht nicht aufgegeben haben und neue böse Pläne schmieden, gegen die uns weder Zitadellen noch Wachen helfen werden. Und wenn ich Phuram begegne, so liegt eine Wolke über mir, ich fühle in allen Fasern, dass etwas Böses geschehen wird. Kannst du mir mehr dazu sagen?«

»Ja«, antwortete Wyvern. »Ich werde dir sagen, was geschehen wird, wie ich es auch Mandora und ihren Schwestern gesagt habe, aber du kennst den Fluch, der auf uns Seherinnen und Sehern liegt: Wenn ich auch die Wahrheit sage, so wird sie mir doch niemand glauben. Ich habe Mandora gewarnt, dass Phuram ihr Feind ist, aber der schöne Goldene hat ihr Herz bestrickt, und auch Plotho und Cuifín wollen nichts Schlechtes auf ihn kommen lassen.«

Die in ihr eigenes Geschöpf verliebte Mandora, so erzählte Wyvern ihrem Besucher, hatte nichts Verdächtiges daran gefunden, dass Phuram des Öfteren Zarzunabas in dessen Eispalast am Nordpol besucht und lange Zeit im Zwiegespräch mit ihm verbracht hatte. Sie war überzeugt, dass er wirklich tat, was er ihr gegenüber behauptete: Er sei in diplomatischer Mission unterwegs gewesen und habe versucht, mit dem Sohn des Wasserfürsten zu verhandeln, wie ein dauerhafter Friede zwischen den beiden Reichen zu Stande kommen könnte. Sollte man denn ewig auf Wachtürmen lauern und sich Feuer speiend auf jede Krabbe stürzen, die an Land stakste, um im Sand Würmer zu suchen? Waren sie nicht alle Geschöpfe von hoher Ordnung, denen es anstünde, sich über die Zänkereien des Menschengeschlechts zu erheben? Sollten etwa die Drachen sich in den Haaren liegen, wie es die böse Gewohnheit des wimmelnden neuen Geschlechts war, das sich immer weiter über Murchmaros ausbreitete?

»Ich fürchte das Schlimmste«, murmelte Wyvern bedrückt. »Wenn ich in die Zukunft blickte, sehe ich Tod und Verderben, Verrat und Vernichtung. Ich sehe die Allmutter Majdanmajakakis zürnen und einen Fluch auf uns Drachen werfen. Ich weiß, dass Drydd geheime Waffen schmiedet, deren Metall aus einer anderen Welt stammt, denn kein Schwert oder Dolch auf Murchmaros könnte das Dreigestirn gefährden. Mein Herz sagt mir, dass es zum Schlimmsten kommen wird: dass Phuram vorhat, die drei Schwestern zu töten und sich an ihre Stelle zu setzen.«

Vauvenal fuhr auf. »Das kann ich nicht glauben! Nein, das nicht! Selbst wenn du mir sagtest, Drydd wolle seine Schwestern töten, so würde ich daran zweifeln, aber Phuram – nein! Niemals! Er ist ein Gestirndrache, höher und edler als selbst wir Mirminay, wie könnte er eine so grauenhafte Tat begehen? Deine Visionen müssen dich getäuscht haben!«

Wyvern lächelte grimmig. »Siehst du? So ergeht es mir mit allen, die ich warne. Sie sind entsetzt und erzürnt und machen mir Vorwürfe, obgleich ich doch nichts bin als ein Spiegel des

Schicksals. Aber zürne mir nur weiter, denn ich will dir noch mehr sagen.« Sie schloss die Augen, schwieg eine Weile und begann dann mit leiser Stimme aus dem Lied der Bernsteindrachen zu singen, das Vauvenal einst gedichtet hatte:

»Denn seht, in der Tiefe der Wasser, der bleigrauen Tetys,
Verborgen in Schlünden, die niemals ein Auge gesehen,
Da herrschte der Vierte der alles erschaffenden Drachen,
Der Meister der Kälte, des Dunkels, des unfruchtbar salzigen Wassers:
Drydd war sein Name, der Fürst des Entsetzens.
Er hasste die Mutterjungfrauen und hasste
Das Feuer, die Luft und die milde, gebärende Erde.
Alles wollte der grässliche Unhold verschlingen.«

Ihr Lied erzählte von Plotho, Cuifín und Mandora, den Müttern der Elemente Feuer, Luft und Erde, herrlicher als alle Wesen, die Menschen je gesehen hatten. Es gab keine Worte, um den sanften Glanz ihrer ätherischen Leiber zu beschreiben, die durch den vorzeitlichen Äther wallten und wogten wie ein Meer, Welle um Welle goldbraun leuchtender Schönheit. Aus ihren Flügeln sank abends die weiche Dämmerung herab, und morgens erregten sie den Windstoß, der das Licht des Tages ankündigt, und vertrieben die Dunkelheit. Ihre Augen leuchteten von Weisheit und Erkenntnis.

Dann jedoch veränderte sich die Weise, die Wyvern sang, ihre Stimme wurde zornig und voll Schmerz, denn sie erhob eine Totenklage. Obwohl die drei Schwestern unsterblich waren, würde es Phuram gelingen, sie in den tiefsten Abgrund des Erdinneren zu verbannen und dort in tödlicher Starre zu halten. Die Welt würde sich verändern, und nicht zum Besseren, denn die Allmutter zürnte dem Rebellen, und sie zürnte auch den drei Schöpferinnen, die so töricht gewesen waren und das Unrecht nicht erkannt hatten. Fortan würde Tidha tan Techta, Verwirrung, über Drachen und Menschen gleichermaßen fallen und sie umfangen wie ein Netz, sodass sie weder sich selbst noch die anderen zu erkennen vermochten.

»Und wird es so bleiben?«, fragte Vauvenal mit heiserer Stimme, als Wyvern geendet hatte.

»Vielleicht. Vielleicht werden sich auch die Worte erfüllen, die ich in meinen Visionen gehört habe:

Schwarz kocht das Bûl, die Materie des Lebens.
Drachen entsteigen den feurigen Schloten, die Kinder des Chaos.
Zarzunabas kehrt wieder.
Gold kämpft mit Gold, Eis mit Eis,
Doch vergeblich.
Wer soll da helfen?
Dreizehn sind berufen
Zweige ohne Stamm, ohne Wurzel,
Geboren unter dem Vollmond, gezeichnet
Mit der Klaue der Drachen.
Genau zur Hälfte Männer und Frauen.
Wenn das Gold stirbt und verschlungen wird,
ist die Hoffnung nahe, aber wenige werden sie sehen.«

Vauvenal lauschte aufmerksam, schüttelte aber schließlich den Kopf. »Mir sagen die Verse nichts. Vielleicht muss, was ihnen Sinn gibt, erst geschehen. Kannst du mir sagen, wann sich die Prophezeiung erfüllen wird?«

Sie trat ans Fenster und wies zum Himmel hinauf. Den Hofstaat der Monddrachin umkreiste feierlich ein kleines rotes Gestirn, das man die Nachtsonne oder das Schlangenei nannte. Es glich einer perlglänzenden, durchscheinenden Hülle, in der man eine weibliche Frucht – die Schlangentochter – heranreifen sah. Anzusehen wie ein Granatapfel neben einer Honigmelone, folgte die Nachtsonne der Mondin getreulich auf all ihren Wegen durch die Nacht.

»Siehst du das Kind in ihrem Bauch?«, fragte Wyvern. »Jetzt

ist sie noch eine winzige Schlange und eine Gefangene des Schlangeneis, aber in sieben mal siebzig mal siebenhundert Monden wird sie ausgereift sein, das Ei zerbrechen und ihre Flügel entfalten. Wenn die Schlangentochter geboren wird, wird ein Schleier über Phurams Angesicht fallen, seine Macht wird sieben Tage lang gebunden sein, und Drachen und Menschen werden miteinander im Krieg liegen. Wenn die Dreizehn rechtzeitig ihr Werk vollbringen und Mandora erwecken, wird Ordnung wiederkehren, die Schlangentochter wird in den Zenit des Himmels steigen, das Dreigestirn wieder aufleuchten und das Krakenauge verblassen. Aber wenn es nicht gelingt, wird ein furchtbarer Krieg ausbrechen – der letzte Krieg, denn danach wird niemand mehr übrig sein, um zu kämpfen.«

»Ich kann es nicht glauben«, flüsterte Vauvenal. »Es muss ein Irrtum sein. Sagt man nicht, dass die Seher alles, was unter Wasser geschieht, nur sehr verschwommen wahrnehmen können? Ist es nicht möglich, dass du etwas von Drydds Plänen missverstanden hast?«

»Du zweifelst? So werde ich dir einen Zeugen nennen, der es mit eigenen Augen und Ohren gesehen und gehört hat, aber du wirst ihm ebenso wenig glauben wie mir«, antwortete Wyvern. Sie griff unter ihr Haar und holte mit einer zärtlichen Gebärde den Menschenfisch heraus. »Das ist mein Sohn, Luind«, stellte sie ihn vor. »Er hat furchtlos sein Leben aufs Spiel gesetzt, um Drydd zu belauschen und die Verschwörer zu entlarven. Fast wäre er gefangen genommen worden, aber ich sandte einen Albatros, der ihn davontrug, ehe sie ihn packen konnten. Für seine Liebe und Tapferkeit wird mein Sohn immer meinem Herzen nahe sein.« Und das zerbrechliche Geschöpf schmiegte sich in ihre Hand und seufzte.

Vauvenal verließ die Seherin in tiefer Verwirrung. Der Menschenfisch hatte wiederholt, was er in der Ratsversammlung heimlich belauscht hatte, und doch schien es ihm unglaublich.

Als ihn die Indigolöwen draußen vor dem Haus begrüßten, konnte er sich nicht enthalten zu fragen, was es mit dem kleinen Wesen namens Luind auf sich hatte. »Es ist doch nicht wirklich ihr Sohn, oder?«, erkundigte er sich und erhielt die erwartete Antwort.

»Nein. Es ist ein halb menschliches Geschöpf aus dem Zwittervolk der Königin Athahatis, die auf den Inseln nahe dem Südpol über ein Volk graugrüner Wesen herrscht, denn es ist Knabe und Mädchen zugleich. Als Wyvern ihren Geist schweifen ließ, wurde er angezogen von einer Sehnsucht, so leidenschaftlich und brennend, dass sie innehielt und der Spur folgte. So las sie das innerste Herz dieses Geschöpfes, und List und Erbarmen zugleich bewegten sie. Sie bekam einen Spion in Drydds Palast, und der Kleine sieht seinen Traum erfüllt, seine Mutter wieder gefunden zu haben. Er sitzt tagsüber auf ihren Flügeln und schläft nachts zwischen ihren Brüsten, und sie nennt ihn ihren Sohn. Wie Ihr wisst« – und der Sprecher dämpfte vorsichtig die Stimme –, »ist Wyvern unfruchtbar und trauert über diesen Mangel.«

»Wie seltsam«, murmelte Vauvenal, und eine traurige Stimmung überkam ihn, denn bei all seiner Geselligkeit hatte er noch nie ein weibliches Wesen gefunden, das ihn von Herzen geliebt hätte.

Phurams Sonnensturm

In einer Höhle in den eisigen Bergen hoch im Norden lebte ein Höhlendrache namens Knucker, ein bescheidener Einsiedler, der wenig von den Vorgängen in der Welt wusste. Deshalb verstand er auch überhaupt nicht, was er eines Tages sah, als er eben nahe einem der sturmumtosten Gipfel auf einem angenehm windgeschützten Vorsprung lag und den Blick von diesem hohen Ausguck aus über die Welt schweifen ließ.

Es war ein freundlicher, sonniger Tag. Das Dreigestirn schimmerte silbern am Himmel, den jetzt um die Mittagsstunde Phurams Glanz und Majestät beherrschten. Das Meer streckte sich weithin bis zum Horizont, so glatt wie ein Silberteller. Knucker war nicht im Geringsten darauf gefasst, dass sich etwas Ungewöhnliches ereignen könnte, als plötzlich ein Beben die Erde erschütterte – nicht nur Knuckers Heimatgebirge, sondern ganz Murchmaros. Es fühlte sich an, als würde der gesamte Planet in zwei Teile gerissen, sodass eine Schlucht aufklaffte von der Oberfläche bis in die tiefsten glühenden Tiefen – und dann erschien ein Licht am Himmel, wie es noch niemand je gesehen hatte. Phuram und das Dreigestirn verschmolzen zu einer einzigen, tobenden und zuckenden Riesensonne, die innerhalb weniger Herzschläge die Oberfläche des Meeres zum Kochen brachte. Dichter Dampf stieg auf und fiel augenblicklich als siedend heißer Regen wieder zur Erde nieder, sodass Schwärme von totem Seegetier auf Wasser und Land niederprasselten. Eine riesige trichterförmige Wolke erhob sich über dem heißen Meer und wurde mit jeder Umdrehung größer, ein pechschwarzer Kreisel aus rasenden Wolken, die an den Rändern stahlblau schimmerten. Ein Orkan brauste über das Land und riss nieder, was er nur erreichen konnte. Selbst der sturmgewohnte Bergdrache rasselte zu Tode erschrocken in seinen Stollen zurück und spähte nur mehr durch eine Ritze auf den blendenden Wirbel von Sonne, Wasser und Wind, der alles Bewegliche von unten nach oben drehte.

Der Himmel selbst war von feurigen Wolken bedeckt, strahlte aber in weißer Glut. Irgendetwas Furchtbares ging dort oben vor, ein wütender Kampf, der ganz Murchmaros erfasste. Ströme heißen Regens peitschten die Erde und verdampften zischend, wo sie auf Felsen trafen, sodass der tausendjährige Zykadeenwald an den Hängen der Toarch kin Mur hinter dampfenden Schleiern verschwand.

Dann, so plötzlich, wie das Toben begonnen hatte, endete es. Ein Schrei gellte über die Welt, eine furchtbare Klage, und mit einem Schlag erlosch die himmlische Wut. Zwischen den zerstiebenden Wolken erschien Phuram wieder, aber er war zu einer so schrecklichen Größe angeschwollen, dass das Meer brodelte und die Wälder und Wiesen verbrannten. Und als Knucker, der in seiner Angst wie von Sinnen in seinem Stollenlabyrinth hin und her rumpelte, an die nach Norden blickende Luke gelangte, sah er das Eis schmelzen, das viele Meilen hoch über dem vergessenen Tal von Luifinlas lagerte, und den längst erloschenen Toar Kadenach inmitten des Tales in Flammen stehen. Lavaströme wälzten sich seine Flanken hinab und mischten sich mit den Eismassen zu zischenden Bächen. Und trotz der grellen Riesensonne am Himmel breitete sich eine Dunkelheit über die Welt, wie die schwärzeste Nacht sie bislang nicht hervorgebracht hatte, denn das Dreigestirn war verblasst und das Licht der Drachengöttinnen erloschen.

Ion-Ka, der Sänger der Makakau, dichtete weiter an seinem Epos, aber diesmal saß er nicht auf dem sonnigen Tafelland, sondern hatte sich in einer kühlen Höhle in der Felswand verkrochen. Immer wieder rezitierte er mit halblauter Stimme die Worte, um sie sich unauslöschlich einzuprägen, denn eine Schrift kannten die Inselbewohner damals noch nicht.

»So erzählte es mir mein edler Freund, der Drache Vauvenal, der alles selbst miterlebt hatte. Drydd, der Unhold, gewann Phurams Ohr und träufelte Gift in sein Herz, bis er ihn aufgestachelt hatte, sich zu empören, und Phuram der Gleißende, Himmelsdrache des Sonnensterns, stürzte mit vergifteten Waffen das Dreigestirn der Bernsteindrachen. Heimtückisch stieß er die Schwestern von ihrem Thron und setzte sich selbst darauf.«

Ion-Ka hielt inne und schloss die Augen. Ein Schauder durchrann seinen Körper, als er an den Tag des Unheils dachte – an das plötzliche Erlöschen des Dreigestirns, an den Wirbel blutroter Wolken, der schlagartig das eben noch mittagsblaue Firmament bedeckte und die Welt in ein krankes Zwielicht tauchte. Die Menschen starrten atemlos nach oben, aber nicht lange, denn ein heulender Sturm brach los, der Felstrümmer ergriff und Palmen niederdrückte wie Farne, und mit diesem Sturm prasselte ein dunkler, blutiger Regen auf die Erde herab. Schreiend vor Furcht, von den unheimlichen Tropfen getroffen zu werden, flohen die Makakau in ihre Palmhütten. Aber der Taifun riss die schwachen Windschirme weg und schleuderte sie durch die Luft, sodass die Menschen in die Höhlen in den Felsen flüchten mussten. Viele waren vor schierer Angst ohnmächtig liegen geblieben, und diejenigen, die nicht von Freunden und Verwandten in Sicherheit geschleppt wurden, ertranken in den vom Meer heranstürmenden Wogen oder wurden von stürzenden Bäumen erschlagen.

Nie würde Ion-Ka den Tag vergessen, an dem ein Schrei durch die ganze Welt ging, als würde sie von einem Ende zum anderen auseinander gerissen. Feuersäulen stiegen donnernd aus den Kratern der Vulkane, glühende Ströme, rot und schwarz gefleckt wie Leopardenfell, wälzten sich durch die Wälder aus Schuppenbäumen und Riesenfarnen und brannten sie nieder. Das Land bedeckte sich mit grauer Asche, die sich mit dem Blutregen zu einem ekligen Brei mischte.

Ion-Ka, der damals nur mit knapper Not entkommen war, fuhr fort: »Nicht lange dauerte das Entsetzen des Sturms und der roten Finsternis. Die Wolken verwehten, und Phuram erschien wieder am Himmel. Aber mein Herz erstarrte und meine Augen brannten wie glühende Kohlen, als ich seine Verwandlung sah. Kaum hatte er die Macht an sich gerissen, als er zu ungeheuerlicher Größe anschwoll und seine Glut alles vernichtete. Die Wiesen verdorrten, die Bäume vergilbten, das Kraut wurde trocken und brüchig und schrumpfte zu bräunlichen Flechten, soweit das Auge reichte.«

Und Ion-Ka hatte noch etwas in einer Vision gesehen:

»In den Tiefen des Alls zürnte Majdanmajakakis, die Rote Kaiserin, die mächtige Schlange, die sich selbst vom Schwanz her verzehrt und zum Maul heraus wieder gebiert. Ihr Zorn peitschte Phuram, den Empörer, aber auch die drei Mutterjungfrauen, weil sie sich so töricht vergessen hatten und ihre Herzen von einem bestricken ließen, den sie selbst geschaffen hatten. In ihrem Zorn sprach die Allmutter: ›Es soll eine Zeit der Strafe vergehen für die törichten Schwestern, und eine Zeit der Strafe für den Empörer Phuram, und eine Demütigung soll über alle Drachen kommen: Nicht sie, die Schönen, Mächtigen und Weisen, werden es sein, die die Mutterjungfrauen erlösen, sondern aus dem Stamm der Menschen werde ich Dreizehn auswählen, an die der Ruf ergeht, die Schwerter zu ziehen. Aber damit die Menschen sich wegen dieser Demütigung nicht über die Drachen erheben, will ich verlangen, dass einer von ihnen sein Leben für das Dreigestirn opfert, freiwillig und ohne Zwang oder Bestimmung.‹

Sie ging in die Halle der Seelen, wo alle lebendigen Wesen

leben, ehe sie gezeugt werden, und schritt hindurch wie durch Schwärme winziger Quallen. Myriaden von Seelen schwebten dort, eine so durchsichtig und gesichtslos wie die andere. Die Kaiserin hielt einen Krug auf, und als von den schwirrenden Schwärmen die ersten Dreizehn menschlichen Seelen hineingeglitten waren, zeichnete sie diese mit dem Zeichen der Klaue: drei roten Malen wie Granatapfelkerne, zu einem gleichseitigen Dreieck angeordnet. Dann schloss sie den Krug mit einem Deckel und sagte: ›Ich werde euch gesondert aufbewahren; ihr sollt zur richtigen Zeit und am richtigen Ort geboren werden, um eure Aufgabe zu erkennen.‹«

Ion-Ka erzählte den Drachen von Makakau von dieser Vision, und bald machte das Wort die Runde von Rachmibon bis nach Zorgh. Nicht alle Drachen glaubten, dass seine Vision die Wahrheit sagte, denn die Menschen dieser Zeit erschienen ihnen so schwächlich und hilflos, dass die Himmelsflügler keine sehr hohen Erwartungen an sie stellten.

Das Konzil der Drachenfürsten

Luind, der noch nicht viel vom Festland gesehen hatte, war tief beeindruckt, als seine Mutter ihn zu dem großen Drachenkonzil in Sulis mitnahm, das sofort nach der Katastrophe einberufen worden war. Von allen Seiten strömten die vom Schreck erschütterten Drachen herbei und versammelten sich in wilder Hast und Eile in der riesigen Zitadelle.

Luind war froh, dass seine Mutter ihn in ihren Mantel gehüllt bei sich trug, denn der nächtliche Flug auf einem Indigolöwen quer über Murchmaros und dann der unüberschaubare Trubel in der Zitadelle, dem »Haus der tausend Türme«, verwirrten seine einfachen Sinne.

Sie flogen unter den Sternen, bis der Flugdrache über einem Ort landete, an dem zahllose Feuer brannten. Wyvern stieg von seinem Rücken und bahnte sich einen Weg durch Scharen von bereits eingetroffenen Drachen, die in atemloser Aufregung durcheinander wimmelten. Luind, der verschreckt aus den Mantelfalten lugte, sah den gewaltigen Tschintan, den Fürsten aller Süßwasserdrachen, blutrot und mit einer feurigen Mähne, neben ihm seinen Bruder Suztan, Meister der Bäche und Weiher, dessen riesige Flügel mit einem zarten, türkisfarbenen Flaum bedeckt waren. Er sah kleine Grolme mit braun und grün gefleckter Schuppenhaut, die ihnen als Tarnung diente, farblose Stollenwürmer, die unbehaglich ins Licht blinzelten, und Wyrme ohne Flügel und Beine, aber mit einer Haut, die von Kopf bis Fuß juwelengleich funkelte. Zweibeinige Drachen mit Flügeln, einem Schlangenkopf und Adlerklauen, die meisten mit einer Krone auf dem Kopf, rannten planlos herum. Riesige Purpurdrachen tappten schwerfällig durch die Menge, und die weißen Eishörner bliesen Schnee und Hagel aus ihren rosigen Nüstern, sooft ihnen eine Flamme zu nahe kam.

Luind war erleichtert, als er ein bekanntes Gesicht entdeckte – den Rosenfeuerdrachen mit den kobaltblauen Samtflügeln und der Elfenbeinkrone, der erst kürzlich seine Mutter besucht hatte. Er winkte aus den Mantelfalten hervor, und tatsächlich, Vauvenal sah sein Winken und eilte herbei.

»Nun?«, fragte Wyvern mit der finsteren Befriedigung einer Unheilsprophetin, deren Vorhersagen sich erfüllt hatten. »Glaubst du mir jetzt?«

Vauvenal seufzte nur und sagte: »Lass uns hineingehen.«

Alles strömte in ein titanisches Gebäude aus weinrotem Marmor, in ein Labyrinth von Krypten, die nur von der Glut der dahingleitenden Drachen erhellt wurden, von gewölbten Fluren und steinernen Rampen, die sich in endlosen Spiralen in die zahlreichen Türme hinaufwendelten. Schließlich kam der Strom in einem weiten, fensterlosen Amphitheater zur Ruhe, in dem die Abgesandten allesamt Platz fanden. Die mächtigen Drachen lagerten auf dem Boden, die Kleineren auf den ansteigenden Stufen, und viele Flugdrachen fanden einen Platz auf den Querbögen und Verstrebungen des Gewölbes. Über einem Feuer, das in der Mulde inmitten des Amphitheaters entzündet worden war, tanzten die Feuersalamander, die Luind mehr als alle anderen faszinierten. Sie sahen aus wie schöne Menschenfrauen und -männer mit feurigen Haaren und glühenden Augen, und sie schwebten und spielten in den Flammen wie Vögel in der Luft und Fische im Wasser. Ihre Flügel waren wie riesige, rot-goldene Schmetterlingsflügel, so zart, dass man durch sie hindurchsehen konnte, und sie funkelten und flirrten wie Funken im Luftstoß der Esse.

Schließlich gab der mächtige Tschintan das Zeichen, dass die Versammlung eröffnet sei, und sprach die Frage aus, die sie alle beschäftigte: »Was soll jetzt aus uns werden?«

Luind lauschte aufmerksam den Gedanken der Ratsversammlung. Die Drachen sprachen zumeist mittels ihrer Gedanken miteinander, doch waren diese Gedanken, genau wie Stimmen, nicht überall und jederzeit zu vernehmen, sondern nur über eine gewisse Entfernung hinweg, und Luind musste sich manchmal gewaltig anstrengen, um sie zu verstehen.

Er hörte, was nach dem Hochverrat und Mord im Himmelspalast noch weiter geschehen war. Phuram wollte sich plötzlich nicht mehr erinnern, dass er nur ein Geschöpf der Bernsteindrachen war, und nannte sich den Sonnenfürsten. Zwischen ihm und der Monddrachin Datura brach Feindschaft aus, denn sie wollte an seiner bösen Tat keinen Anteil haben und hielt treu zu den drei Schwestern. Viele Rosenfeuerdrachen waren von der verfluchten Erde in andere, reinere Dimensionen geflohen, nur wenige waren in der Versammlung anwesend. Die beiden größten Völker der Purpurdrachen hatten sich tief in ihre Reiche zurückgezogen: die Rachmanzai auf die Vulkaninseln im Süden, die Muden Gamul hinter die ringförmigen Berge von Carrachon am Nordpol. Die einfacheren Drachenvölker wussten nicht, ob sie bleiben oder fliehen sollten – mit Ausnahme der Stollenwürmer, die der Ansicht waren, für sie mache es keinen Unterschied, ob die Sonne, die sie ohnehin niemals sahen, klein oder groß sei.

Luind fühlte sich stark an die Ratsversammlung im Perlenschloss erinnerte, als er lauschte, vor allem, als die Rede auf Drydd kam. Die Wasserdrachen, so hörte er aus den Berichten von Spähern und Spionen, waren alles andere als glücklich mit dem Plan, den Zarzunabas ausgeheckt hatte. Zwar war er insoweit gelungen, als die Schwestern tatsächlich in die Tiefen der Erde gezwungen worden waren, wo die drei schwarzmagischen Schwerter sie gebannt hielten, aber niemand im Wasserreich hatte damit gerechnet, welches Unheil Drydd und seine Untertanen sich dafür selbst eingehandelt hatten. Die obersten Meeresschichten waren verdampft und mit ihnen alles, was in seichteren Zonen lebte, das Kleingetier war vom Wirbelsturm in die Lüfte getragen und weit übers Land verstreut worden, sodass die großen Meereskreaturen plötzlich kaum noch Nahrung fanden und in hungriger Gier einander anfielen. Und Phuram zeigte nicht die geringste Dankbarkeit für die Hilfe der Wasserdrachen. Er riss jegliche Macht an sich und war aller Feind geworden. Auf dem Land und unter Wasser flohen die Geringeren vor seinem Angesicht, das Pfeile glühenden Goldes gegen alle schleuderte, die schwächer waren als er. Das Land wurde zu Wüste, und es war absehbar, wann die Drachen vom Hunger und der neuen, Fleisch fressenden Sonne aus ihren Reichen vertrieben werden würden.

Ein paar Hitzköpfe schlugen vor, sich gemeinsam auf Phuram zu stürzen und ihn zu vernichten, aber die weisen Indigolöwen erinnerten sie daran, dass sie sich in dem Fall selbst der Sonne berauben würden – und eine Welt ganz ohne Sonne war noch weitaus schlimmer als eine mit wild gewordener Sonne. Andere Vorschläge wurden gemacht und verworfen, bis schließlich Wyvern sich erhob und ums Wort bat.

»Es wird euch nicht gefallen, was ich euch zu sagen habe«, sprach sie, »und ihr mögt mir glauben oder nicht, aber ich sage die Wahrheit, denn ich habe dieselbe Vision gehabt wie der Makakau Ion-Ka und andere Seher: Majdanmajakaki, unsere Allmutter, zürnt dem Dreigestirn, dass sie so schwach waren und sich von ihrem eigenen Geschöpf haben täuschen und betrügen lassen, und hat eine Zeit der Strafe für sie festgesetzt. Ihre und unsere Herrschaft ist vorbei und wird erst wiederkommen, wenn die Mondin sieben mal siebzig mal siebenhundert Mal gewechselt hat. Dann wird die Frucht im Schlangenei geboren werden, auf Phuram wird Majdanmajakakis einen schwarzen Schleier werfen, und unser Schicksal wird sich endgültig entscheiden. Was getan werden soll, liegt dann in den Händen der Menschen.

Für jetzt kann ich euch nur raten: Flieht, wohin ihr fliehen könnt, und verbergt euch, wo ihr euch verbergen könnt, denn Phuram wird mächtig werden auf dieser Welt, und seine Anhänger werden ein großes Reich schaffen. Es gibt immer noch viele Zufluchtsorte – nutzt sie und beobachtet den Himmel. Das sind meine Worte, ihr mögt sie annehmen oder verwerfen.«

Sie kehrte zu ihrem Platz zurück, und eine bittere Stille breitete sich über den Saal, die mehr ins Herz schnitt als alle Klagen.

Das Schloss im Eis

Drydd war in so furchtbare Wut über den fehlgeschlagenen Plan geraten, dass er am liebsten Zarzunabas verschlungen hätte, doch da ihm das unmöglich war, fraß er wenigstens dessen Mutter, Athahatis, die schließlich an allem schuld war, da sie den Übeltäter zur Welt gebracht hatte. Mit ihr verschlang er den größten Teil ihres Volkes, sodass es seitdem nur noch sehr wenige Zwitterwesen auf Murchmaros gab.

Zarzunabas war vor der Wut seines Vaters in sein Schloss am Nordpol geflohen, hinter die gewaltige Festung der Berge von Carrachon, wo er sich mit einer Dienerschaft von Untoten und Gespenstern hinter die Mauern zurückzog und stille hielt.

Drydd verfolgte ihn nicht weiter, denn er hatte genug damit zu tun, sein halb zerstörtes Reich wieder aufzubauen. Doch bannte er den Sohn in seinem Zorn fest an den Ort, wo alle vier Windrichtungen eins wurden. Dort, im Ring der schrecklichen Toarch kin Carrachon, teils in der Welt, teils außerhalb der Welt, lebte Zarzunabas in einem Schloss aus Eis, so weiß wie Alabaster – gefangen in einem ständigen Wirbelwind, der sich mit ungeheurer Wut und Wucht um die eigene Achse drehte, wie es das Fluchwort seines Vaters ihm verhieß:

Ein quälend Wurm, der in sich selber wühlt
Ein schwelend Feuer, das kein Wasser kühlt
Ein siechend Leiden, dem kein Mittel wehrt

Ein bitt'rer Zahn, der an sich selber zehrt
Bin ich, untot, der letzten Hoffnung bar
Dort ist kein Tod, wo niemals Leben war.

Seine engsten Gefährten waren die Basiliskenkönige, seine Brudersöhne, die er höher schätzte als ihren Vater, waren sie doch um vieles klüger und verschlagener als das stumpfsinnige Ungetüm. Mit ihnen saß er oft in dem weißen Raum, in dem Nebelschwaden wirbelten und geheimnisvolle Gestalten und Arabesken bildeten. Der Boden der Kammer war halb durchsichtig wie Eis, und wenn Zarzunabas den langen, weißen Zeigefinger ausstreckte, so erschienen unter dieser Fläche krause Zahlen, Zeichen und Diagramme, die dem Unkundigen wirr und sinnlos erschienen, dem Kundigen aber ermöglichten, die Konstellationen der Gestirne zu lesen und ihre verborgenen Botschaften zu entziffern.

»Drydd zürnt Euch sehr, Vaterbruder«, sagte Kju, der älteste der drei Basilisken. »Es erstaunt mich, dass Ihr so zufrieden mit Euch seid, trotz Eurer harten Gefangenschaft.«

Zarzunabas, dessen einnehmendes Äußeres sich aufs Seltsamste von der Missgestalt der drei unterschied, lächelte und schwieg. Er hatte von Anfang an seine eigenen Pläne verfolgt – und die gediehen bestens. Ihm war nie daran gelegen gewesen, Phuram zur Macht zu verhelfen oder Drydds Eroberungspläne zu unterstützen. Um nichts anderes war es ihm gegangen, als eine Macht gegen die andere aufzuhetzen und alle Welt in den Untergang zu stoßen, die Reiche der Himmlischen und Irdischen, der Drachen und Menschen gleichermaßen zu zerstören und zuletzt als Einziger über eine Welt voll Leichen zu herrschen.

Denn das allein wünschte und verlangte er: der einzige Lebende, der Unsterbliche, zu sein inmitten von Tausenden Toten – und es genügte ihm nicht, dass sie tot sein sollten, untot mussten sie sein, um zu wissen und daran zu leiden, dass kein anderer als ihr Meister die herrliche Gabe des Lebens besaß, die ihnen geraubt worden war.

Wenn seine Pläne ausgereift wären, würde Chatundra eine Grube voll aufgehäufter Leichen sein. Zarzunabas brannte vor Lust bei dem Gedanken an den Tag, an dem er alle diese elenden Kadaver gerade so weit wiederbeleben würde, dass sie ihr Elend schmerzlich empfanden.

Allerdings stand seinen Plänen im Wege, dass Majdanmakakis trotz ihres Zornes den drei Schwestern noch eine Bewährungsprobe zugestanden hatte. Auch der Kadaverfürst kannte die Prophezeiung, dass nach sieben mal siebzig mal siebenhundert Monden Dreizehn Menschen berufen würden, allesamt Waisen, die unter einem Vollmond geboren waren und das Zeichen der Drachenklaue am Leib trugen. Sie würden in die tote Stadt Luifinlas in den Bergen von Mur ziehen, wo die drei Schwestern, von Phurams Schwertern in drei Teile zerhauen, in der Tiefe des Toar Kadenach lagen, und ihnen mochte es gelingen, sie wieder zu beleben, denn viele hohe Drachen standen bereit, ihnen zu helfen.

Zwar hielt Zarzunabas seine eigentlichen Pläne sorgfältig geheim, aber was dies anging, konnte er offen mit den Basiliskenkönigen reden, denn dass die drei Schwestern nicht wiederkehren durften, darin waren sich die Wassergeschöpfe, die bösen Drachen und die Untoten einig.

»Wir dürfen auf keinen Fall zulassen, dass die Dreizehn nach Luifinlas gelangen«, sagte er. »Habt ihr Pläne, wie wir das verhindern können? Sagt mir nicht, die Berge von Mur seien Schutzwall genug! Denn auch wenn sie so hoch sind, dass kein Mensch und kaum ein Drache sie überwinden kann, ist das allein nicht genug.«

Die himmelhohen Toarch kin Mur zogen sich in einem Halbkreis um das äußerste nördliche Festland von Chatundra. Es gab nur zwei Wege, die in das Tal von Luifinlas und die weit dahinter liegenden Berge von Carrachon führten: Entweder galt es, die Berge zu überwinden oder um ihre äußersten Ausläufer herum den Weg über das Wasser zu wählen, über dem ständig die verwirrenden Nebel hingen und in dem es von Ungeheuern wimmelte. Und es waren nicht die lebenden Ungeheuer, die mächtigen Kraken, die Seeschlangen und Meeresspinnen, die in anderen Meeren hausten, sondern weit schlimmere Kreaturen, nämlich die untoten Kadaver dieser Monstren. Beide Wege waren gleich tödlich, aber Zarzunabas waren sie noch nicht tödlich genug.

Kju, der Goldene, dessen Blick Land, Luft und Wasser verdarb, zischte: »Ich will meinen Blick schweifen und meinen Hauch streifen lassen und die Wälder und Dickichte zerstören, sodass niemand in ihrem Schutz an die Berge heranschleichen kann.«

Sein Bruder Zan nickte. »Ich will ihn begleiten, und mein drittes Auge wird alles Lebendige tot zusammenbrechen lassen.«

Auch Roc, dessen Giftstachel seinen Opfern das Fleisch von den Knochen fallen ließ, stimmte mit ein und schloss sich ihnen voller Grimm an.

Und so machten sie sich gemeinschaftlich auf den Weg, um die riesige Stöhnende Wüste zwischen den Bergen von Luris und der Meeresküste am äußersten Ende der Berge von Mur zu schaffen, wo die herrlichen Zykadeenwälder von Zorgh standen.

Unter ihrem Blick verwelkte das Laub, die Stämme der Zykadeen verdorrten und begannen zu brennen, der Boden sprang auf und zerkrümelte in der Hitze zu Sand. Rocs Stachel tötete zahlreiche Tiere, die in den Wäldern Zuflucht vor Phurams glühendem Angesicht gefunden hatten, und spie eine Seuche aus, die die edlen Mlokisai, die Indigolöwen, ausrottete. Zan öffnete sein glutflüssiges Auge und tötete mit der Kraft seines unheimlichen Blicks die kleinen Lebewesen, bis nicht einmal mehr eine Ameise am Leben war.

Zarzunabas war zufrieden mit ihrem Werk, aber er plante noch ein Übriges zu tun. Er wusste, dass die neu geschaffene Wüste für einen Drachen kein Hindernis darstellte, und zweifellos ließe sich ein Himmelsflügler finden, der die Dreizehn durch die tödliche Einöde trug – wobei er vor allem an Vauvenal dachte, der ein treuer Vasall der drei Drachengöttinnen war und sich besonders gern mit den Menschen abgab. Lange hatte er nachgesonnen, wie er das verhindern könnte, und zuletzt war er auf die List verfallen, die Drachen mit ihren eigenen Waffen zu schlagen.

Er befahl den drei Königen, kreuz und quer durch die Wüste ein Netz äußerster Bosheit zu spinnen, und sandte Scharen seiner untoten Kreaturen in das öde Land, um sich dort einzunisten. Die Menschen mit ihren groben Sinnen würden dieses Netz kaum wahrnehmen, aber Drachen würden den schwarzen Hauch spüren, der sie auch schon beim ersten Angriff der Meereskreaturen getroffen hatte, und zwar um so deutlicher, je feinsinniger und edler sie waren. Würde einer von ihnen die Wüste zu durchqueren versuchen, sei es zu Lande oder in der Luft, so würde sich der Brodem einer unsichtbaren Pest auf seine Sinne legen, seinen Verstand umdüstern und sein Herz in die finsterste Verzweiflung stürzen, sodass ihn alle Kraft verlassen und er zusammenbrechen würde, als hätten ihn tausend giftige Pfeile getroffen.

Da Zarzunabas selbst Zugang zu den äußeren Welten hatte, spann er das Netz auch in diesen, sodass es den Rosenfeuerdrachen nichts nützen würde, sollten sie den Weg durch andere Dimensionen suchen. Um den Rand dieses vergifteten Landes aber strömte ein Fluss, bitter wie Galle und kalt wie Eis, der nur zuweilen sichtbar wurde.

Danach sandte der Kadaverfürst so viele seiner Untoten, wie er entbehren konnte, in die Toarch kin Mur und in die Stöhnende Wüste und befahl ihnen, sie zu durchstreifen und nach Menschen zu durchsuchen. Fortan erfüllten sie die Berge und die Wüste mit einem Grauen, das die Menschen weit nach Süden zurücktrieb.

Jahrtausende vergehen

Einer nach dem anderen vergingen die sieben mal siebzig mal siebenhundert Monde – keine große Zeitspanne für die Drachen höherer Ordnung, wohl aber für die Menschen, die sich nach und nach als die rechtmäßigen Herren des Planeten sahen. Die Drachen waren Zeuge, welch erstaunliche Entwicklung sie durchliefen. Sie wohnten jetzt in hohen Steintürmen anstatt hinter bambusgeflochtenen Windschirmen, ließen sich von Flugechsen durch die Lüfte tragen und trugen bunte Häute, die sie mehrmals täglich wechselten. Sie wurden zusehends klüger und gerissener, bauten riesige Reiche aus, drillten Soldaten und zogen Ritter heran, die einem allein lebenden, ahnungslosen Drachen durchaus zur Gefahr werden konnten.

Ion-ka, der Makakau-Priester, war längst gestorben, und auch der kleine Luind war dahingegangen, nachdem er das für einen Menschenfisch unglaublich hohe Alter von fünfzig glücklichen Jahren erreicht hatte. Er lebte in der Erinnerung weiter, aber auch noch auf eine handfestere Art: Zwitterwesen, das er war, hatte er sich mit sich selbst fortgepflanzt und seinen Nachkommen diese Gabe vererbt. Nach vielen Generationen sprosste aus seiner Nachkommenschaft ein Wesen, welches die unsterbliche Wyvern – die über die Kinder und Kindeskinder ihres »Sohnes« wachte – höchstselbst unterrichtete, denn das Kind hatte eine hohe Aufgabe zu erfüllen.

Phuram und Datura, Sonne und Mond, waren inzwischen

Feinde geworden, und die Menschen, die bisher beide gleichermaßen verehrt hatten, teilten sich in Parteien auf. Im Mittelreich, in dem Kaiser herrschten, entstanden allmählich zwei Gruppen. Die Sundaris, die es mit Phuram hielten, fürchteten sich vor der Dunkelheit und glaubten, dass die Strahlen der Mondin sie in den Wahnsinn treiben könnten, und die Mondscheiner, die Verehrer Daturas, wagten sich nicht mehr ins Tageslicht, weil Phuram voller Hochmut seine goldenen Pfeile auf alle schleuderte, die nicht die Knie vor ihm beugten. Da der Kaiser als Inkarnation des Sonnengottes galt und die Sundaris bevorzugte, hatten die Mondscheiner ein hartes Leben, aber sie hielten zäh an der Verehrung Daturas fest.

Auch die Drachen lebten nicht mehr friedlich zusammen, sondern einer versuchte sich über den anderen zu erheben. Als die Glanzzeit der Menschen herankam, waren die meisten Himmelsflügler nur wenig mehr als wilde Bestien, Stollenwürmer in kalten Berghöhlen, Feuersalamander in den Glutkammern der Vulkane, Nachtflügler in der Wüste und dahinhuschende Rieseneidechsen. Nur wenige hatten sich ihre ursprüngliche Weisheit und Größe bewahrt, und viele lagen in tödlichem Streit miteinander.

Allen voran waren es die hitzigen Rachmanzai im Süden und die kalten Muden Gamul im hohen Norden, Purpurdrachen und Eishörner, die einander hassten und verabscheuten. Die Muden Gamul hielten es mit Zarzunabas und waren seine Vasallen geworden, während die Rachmanzai innige Freundschaft mit einem Volk weißer Menschen im Süden geschlossen hatten, die klug, böse und so bewandert in der schwarzen Magie waren, dass man sie nur die Höllenzwinger nannte. In die verlassene Stadt der Indigolöwen waren seltsame Wesen gezogen und hatten lange darin gelebt, bis der Kadaverhauch auch sie dahinraffte und die Stadt in Trümmer fiel. Im Reich der Makakau lebten noch viele Drachen in den Höhlen des Tafellandes und den unzugänglichen, dicht bewaldeten Schluchten, und die braunen

Menschen verstanden sich gut mit ihnen, aber Zarzunabas war sicher, dass er früher oder später einen Weg finden würde, auch diesen Missstand auszumerzen.

Er hetzte die Drachen gegeneinander auf, wo er konnte, und hätte es gern gesehen, wenn die Drachenheere schon jetzt in blutigen Kriegen übereinander hergefallen wären. Dem stand jedoch Phuram im Wege, der das Kaiserreich in der Mitte von Chatundra – wie die Menschen Murchmaros nannten – beschützte, wo er auch am meisten verehrt wurde. Sein glühendes Angesicht und helles Strahlen trieb die Rachmanzai in die Glutkammern der Vulkane zurück und die Eishörner hinter den titanischen Wall der Berge von Carrachon. Aber seine Macht wankte. Denn wenn Zarzunabas die Sternenuhr befragte, die dem Weisen und Kundigen viel Zukünftiges verriet, so sah er von Osten einen kosmischen Nebel aufsteigen, schwarz wie ein Sack, der Phurams Angesicht verschleiern würde. Und in den sieben lichtlosen Tagen würden alle Kräfte, die der Sonnenfürst jetzt noch in Schach hielt, ungehemmt losbrechen …

ERSTER TEIL
Das Zeitalter der Menschen

Von Drachen und Drachendienern

Tochtersohn

Auf den hohen, schneebedeckten Bergen von Luris, nahe der nordwestlichen Küste, stiegen ein greiser Priester der Rosenfeuerdrachen und ein Kind aufwärts, den vom Sturm kahl gefegten Gipfeln entgegen. Beide waren in Fuchs- und Wolfspelze gehüllt, denn die Luft dort oben war so schneidend kalt, dass sich Eis auf feuchter Haut bildete. Die beiden einsamen Wanderer trugen Knotenstöcke in der Hand; sie glitten oftmals aus und stolperten, während sie sich mühsam den steilen Pfad hocharbeiteten, aber sie stiegen unbeirrbar höher. Im schwachen, düsterroten Schein der Lavaseen, die in ihren Kratern brodelten, konnten sie den uralten Weg erkennen, der sich vor ihnen erstreckte. Mächtige Drachen voll Weisheit und Güte hatten einst hier geherrscht, und ihre Diener hatten die Straßen und Festungen in diesen Höhen gebaut. Wo die Berge von Luris in schrägem Winkel auf den ungeheuren Steinwall der Berge von Mur stießen, hatte sich in grauer Vorzeit eine gewaltige Stadt erstreckt, Zorgh genannt, aber längst waren vom Imperium der Rosenfeuerdrachen nur mehr Ruinen geblieben, die kaum jemals ein menschliches Auge erblickt hatte.

Hin und wieder blieb der greise Suramal stehen und deutete mit seinem knorrigen Stecken auf gewaltige Basreliefs an den Felswänden, die die rauen Winde fast bis zur Unkenntlichkeit abgeschliffen hatten. Einige zeigten längst unleserlich gewordene Glyphen, andere die archaische Darstellung einer schönen, geflügelten Frau mit drei Gesichtern, und wieder andere ein Frauengesicht mit übermäßig großen, weit aufgerissenen Augen, aus denen Strahlen leuchteten. Und wo die ferne Glut der Krater die Felswände beleuchtete, schienen sie im wechselnden Licht aufzuleben.

Der Greis seufzte wehmütig und fuhr mit der knochigen Hand zärtlich über die Götterbilder, denen seit Jahrtausenden niemand mehr Dank- und Freudenopfer dargebracht hatte – und die überhaupt nur überlebt hatten, weil die Kaiserstadt Thurazim viele Tagereisen weit entfernt war und kein kaiserlicher Inquisitor sich die Mühe machte, in die Toarch kin Luris, die glühenden Berge, hinaufzusteigen, um ein Bildnis der Mandora auszutilgen.

»Tochtersohn«, sagte Suramal zu dem grünäugigen Kind an seiner Seite, »kannst du dir vorstellen, dass es eine Zeit gab, wo diese Altäre auf rauschende Zykadeenwälder hinabblickten und Prozessionen von freudigen Pilgern die steilen Wege heraufstiegen? Sie tanzten und sangen, und ihre Tamburine klingelten, denn damals war die Welt süß. Heute herrscht Tidha tan Techta, Verwirrung, und die Welt ist verzerrt. Die Menschen belügen sich selbst und einander und torkeln herum, von Schatten und Hirngespinsten gefoppt wie Berauschte. Die Sundaris verbreiten elende Lügen. Sie behaupten, Mandora sei ein Ungeheuer gewesen mit einem Nest aus giftgeblähten Ottern an Stelle der Haare und einem Schlangenleib, und sie nennen selbst die vornehmsten und edelsten der Drachen Basilisken und faseln, sie seien aus Eiern entstanden, die ein Hahn gelegt und eine Kröte ausgebrütet habe – diese Narren und Teufel! Aus Furcht vor der wütenden Inquisition der Sundaris sind die Verehrer der drei Schwestern über ganz Erde-Wind-Feuer-Land verstreut, von der Diamantsee bis zum Jademeer. Nur heimlich dürfen sie jene anbeten, die aus dem glühenden Feuerball in der Sternenleere unsere Welt geschaffen haben.«

»Ihr habt mir davon erzählt, Thainach«, antwortete das Kind, die achtungsvolle Anrede für einen weisen Führer gebrauchend. »Viele Tage und Nächte lang.«

Der Greis lächelte. »Bist du manchmal davon müde geworden? Aber es muss sein, denn das Dreigestirn hat nur noch wenige treue Diener, und kostbar ist jeder, der ihre Sache zu der seinen macht. Ich habe dir oft gesagt, wozu du berufen bist. Von dir hängt alles ab. Du bist der Erbe von Luind, dem Sohn der Wyvern, und du bist derjenige, der die Zahl voll macht und die Bedingung erfüllt; ohne dich mühen sich die anderen umsonst.« Und in Gedanken wiederholte er einen Vers der Prophezeiung: Dreizehn müssen es sein, genau zur Hälfte Männer und Frauen.

Mit einer zärtlichen Gebärde legte er die Hand auf die Schulter des Kindes, das Wyvern ihm anvertraut hatte, damit Tochtersohn – die unter Drachen groß geworden war – auch das Wesen der Menschen kennen lernte. Inzwischen liebte er Luinds Nachkommenschaft, als wäre es seine eigene.

Schließlich wurde die Luft dünn, und den Kletterern fiel das Atmen schwer. So dicht lag der rötlich gefärbte Dunst, dass der Weg kaum noch zu sehen war. Breite schrundige Klüfte, die ein Mensch nicht überspringen konnte, zwangen sie zu Umwegen über Geröllhalden und vereiste Platten. Manchmal polterten Steine von oben herab und bedrohten ihr Leben. Aber sie kämpften sich weiter hinauf über Felsen und Geröll, strauchelnd und stolpernd und von ehrfürchtiger Scheu erfüllt über die Gewaltigkeit und bedrohliche Einsamkeit der uralten Gipfel, die feindselig auf sie herabstarrten.

Das Kind spannte alle Sinne an, um trotz der Pelzkapuze und des allgegenwärtigen Windgestöhns Signale aufzunehmen. Erfahren im Austausch mit dem Übersinnlichen, spürte Tochtersohn dessen leiseste Regungen, ein Zittern, das Unheil verhieß, einen kalten Hauch, der über den Pass dahinschwebte und etwas anderes war als das Röhren des Sturms und die Kälte der Gipfel. Ganz schwach meinte das Kind einen Geruch zu spüren – einen stechenden, außergewöhnlich unangenehmen Geruch, der ihm vollkommen fremd war. Am ehesten hatte er noch Ähnlichkeit mit etwas Sumpfigem, aber rund um sie war nur kalter, unbewachsener Stein.

Es schien ihm auch, dass er aus der Richtung der Ruinenstadt einen schwachen Laut wahrnahm, ein dumpfes Summen wie von einem Wespennest, das er mit anderen Sinnen aufnahm als den Ohren, an denen der Sturm trommelte. Tochtersohn wusste, dass der Kadaverfürst seine Kreaturen ausgesandt hatte, das Land zwischen dem unsichtbaren Fluss Kao und den Heulenden Bergen zu durchstreifen, und zweifellos waren sie hier gewesen, vermutlich sogar die drei Basiliskenkönige selbst – wohl vor gar nicht langer Zeit, da ihr Geruch trotz des Sturms noch an der Stadt haftete. Sie waren der Grund, warum Wyvern das Kind nicht auf seiner Queste begleiten konnte, auch wenn sie es gern getan hätte: So dicht und dunkel war das Netz des Bösen, das Zarzunabas über den Landstrich unmittelbar vor den Bergen gelegt hatte, dass kein edler Drache es durchqueren konnte.

Schließlich erreichten der Priester und das Kind die Gebäude der toten Stadt. Tochtersohn war in Wyverns Haus – das jetzt in Makakau lag – unter Drachen aufgewachsen, und so erkannte sie im scharlachfarbenen Lichtschimmer der fernen Lavaseen deutlich, dass die Architektur der Stadt Zorgh stark von drachischem Wesen und Wirken beeinflusst war. Selbst in den Ruinen waren die fächerförmigen, an gezackte Flügel erinnernden Ornamente noch deutlich erkennbar. Das häufigste Bauelement waren Pyramiden, Symbole des Dreigestirns, verziert mit unregelmäßigen, labyrinthisch mäandernden Linien – der Anblick, den die Erde mit ihren Flüssen, Feldern und Küsten aus der Sicht eines hoch fliegenden Drachens bot. Es waren einfache, edle und archaische Formen, die in sich ruhten, wie es dem Wesen der Rosenfeuerdrachen entsprach.

Die Schritte der beiden Wanderer hallten in dem zwielichterhellten Raum, der einst die Kammer des Torwächters gewesen war. Eine bedrückende Atmosphäre herrschte darin, die Luft war schwer von einem unsichtbaren Übel. Ein Gestank machte sich breit, als verweste etwas in den Ecken, aber nichts war zu sehen. Sie eilten hindurch, so rasch sie konnten.

»Du weißt, Tochtersohn«, sagte Suramal, als sie sich zwischen den Gebäuden befanden und der tosende Lärm des Sturms sie nicht länger taub machte, »warum Wyvern dich zu mir gebracht hat. Du hast viel von ihr gelernt, und ich weiß, dass du es im Kopf und im Herzen behalten hast. Du bist einer der Menschen, die berufen sind, Mandora und ihre Schwestern zu erwecken. Du bist unter einem Vollmond geboren und trägst die Drachenklaue, das Zeichen des Dreigestirns.«

Mit einer zarten, ehrfürchtigen Gebärde berührte er die drei roten Male, nicht größer als Granatapfelkerne, auf der Stirn des Kindes, die zu einem gleichseitigen Dreieck angeordnet waren. »Die Seherin hat dich mit aller Sorgfalt dazu erzogen, dass du diese Aufgabe wahrnehmen kannst. Heute Nacht wollen wir mit unseren Freunden Opfer bringen und die überlieferten Gesänge zu Ehren der drei Schwestern singen, und danach musst du dich alleine auf den Weg nach Luifinlas machen. Du musst schnell und heimlich gehen, denn du hast zahlreiche Feinde, die verhindern wollen, dass du dein Ziel erreichst. Drydd und seine schrecklichen Söhne gieren nach Macht, und ebenso die Höllenzwinger im Süden.«

»Mein Herz ist willig, Thainach«, sagte das Kind. »Aber du weißt, wie schwach mein Körper ist. Es hat mich harte Mühe gekostet, hier heraufzusteigen, und ich weiß nicht, ob ich die Kraft zu einer so langen Wanderung aufbringe.«

Und tatsächlich, Tochtersohn war schwächlich und verwachsen, mit schiefen Schultern und bleichen, kränklichen Zügen, um die in langen Strähnen das schwarze Haar hing. Alle Nachkommen Luinds litten unter der Zerbrechlichkeit, die das Menschenfischblut in ihren Adern ihnen mitgegeben hatte.

»Ich habe es bedacht«, erwiderte Suramal. Er kramte in seinem Gewand und zog ein Metallplättchen heraus, nicht größer als eine Münze. »Das hat mir Wyvern gegeben, damit du genug Kraft bekommst, unbeschadet bleibst und die heimtückischen Wüstendämonen und anderen Geister der Wüste dir kein Leid antun können. Es wird dir eine andere Gestalt verleihen, bis du den lichtlosen Weg und die Grabkammer des Drachen erreicht hast.«

»So hast du keinen Zweifel, dass Kulabac noch an seinem alten Ort lebt?«, fragte das Kind neugierig.

Suramal kicherte in seinen Bart. »Ich weiß es, die hohen Drachen wissen es, und Zarzunabas weiß es auch und rauft sich die Haare darüber, aber was will er machen? Der alte Herr sitzt tief und sicher in seinem Nest und hat keine Angst vor Feinden, denn er kennt jeden Fußbreit in den Fundamenten der Berge, bis hinunter zu dem heißen, lichtlosen Ozean, der über den Feuern der Tiefe brodelt.« Er hielt inne und streckte die Hand aus, wobei er gleichzeitig das Licht hob, um sichtbar zu machen, was auf seiner runzligen Handfläche lag. »Sieh! Dieses Plättchen Metall lege in deinen Mund. Solange es hinter deinen Zähnen steckt, wirst du ein Ungeheuer sein, dem niemand in die Nähe zu kommen wagt. Speist du es aus, so wirst du deine menschliche Gestalt wieder erhalten. Aber nun komm, sie werden bald da sein!«

Und wirklich: Am Himmel leuchteten feurige Streifen auf, erst nur zwei oder drei, dann immer mehr, als aus allen vier Himmelsrichtungen Drachen herbeischwebten. Die kalte Nacht wurde hell und warm von den Feuern, die überall aufglühten, und bald fand sich Tochtersohn inmitten eines lebhaften Gewimmels von roten, grünen und goldenen Drachen aus den verschiedensten Völkern. Erddrachen, Feuer- und Luftdrachen wimmelten durcheinander, einer prächtiger als der andere. Manche hatten drei Köpfe, andere doppelte Flügelpaare, mit einer so zarten, milchigen Haut bespannt, dass der Feuerschein hindurchschimmerte. Es gab blaue, luftige Wyrme, die wie Schlangen aussahen und nicht gehen, sondern nur fliegen oder kriechen konnten, und andere, die an geflügelte Löwen mit langen, schuppigen Schwänzen gemahnten; und es gab rot und orange gefleckte Feuerdrachen, grüngoldene Lindwürmer … Tochtersohn konnte nicht aufhören, sie zu bewundern, denn sie schimmerten und glitzerten und funkelten wie hundert offene Schatzkisten. Zwischen ihnen liefen ihre menschlichen Dienerinnen und Diener umher, lachten und tanzten und sangen laut zum Lob Mandoras. Da warf das Kind die Arme hoch und sang mit ihnen, erfüllt von einer inneren Glut, die seinen gebrechlichen Körper wärmte und stärkte.

Für die Drachen war es eine Nacht großen Jubels, als sie den ersten Menschen unter sich sahen, der berufen war, die Mutterjungfrauen zu erlösen. Tochtersohns Gegenwart bewies ihnen, dass die Zeit von Majdanmajakakis' Zorn ihrem Ende zuging und ein neuer Morgen heraufdämmerte – sofern es den Dreizehn gelang, ihren Auftrag zu erfüllen. Dass sie scheitern könnten, daran mochte keiner der Feiernden denken.

Die ganze Nacht lang leuchteten die rosigen Feuer, und die tote Stadt hallte wider von den Gesängen zu Ehren des Dreigestirns und der Mondin.

Als der Morgen graute, schritt ein Tier über die Passhöhe, dem jenseitigen Abgrund zu. Es war fünf Schritt lang und gestaltet wie ein Löwe, mit scharlachrotem, geflecktem Fell. Sein Antlitz war das eines Menschen mit schönen, leuchtend grünen Augen, aber drei Reihen von Zähnen, sägeförmig geschnitten, eine über der anderen, und sein von Wurfpfeilen starrender Schweif endete wie der eines Skorpions.

Geschichtenerzähler und Drachen in Mesquit

Wo die steilen Hänge der Berge von Luris zum Meer hin abfielen, lag der winzige Fischerhafen Mesquit. Dieser letzte Vorposten der Menschheit im Norden war nicht mehr als ein Häufchen steinerner Hütten, die sich um das Gemeinschaftshaus wie ängstliche Küken um ihre Henne scharten. Sie duckten sich zwischen die wüsten Flanken des Gebirges und einen sandigen Strand, über den immer wieder die kalten Wellen der Diamantsee rauschten.

Es war ein harter, tapferer Menschenschlag, der hier sein karges Leben von Fischen und Krebsen fristete, von harter Gerste und den säuerlichen roten Beeren, die in geschützten Winkeln der Bergschluchten wuchsen. Mehr als einmal hatten sie ihre Hütten wieder aufbauen müssen, weil ein Orkan über sie hinweggebraust war oder eine Lawine die Steine niedergerissen hatte, aber sie hatten es ein jedes Mal mit der unerschütterlichen Hartnäckigkeit getan, mit der sie dem eisigen Meer seine Früchte abrangen. Um sich vor den Naturgewalten zu schützen, hatten sie ihre Hütten so nah aneinander gebaut, dass ganz Mesquit beinahe ein einziges Haus war, mit überdachten Gassen, so schmal wie Flure, in die winzige Fenster hinausguckten. Nach außen hin wandten die Häuser dem Meer und den Bergen blinde Fronten zu – wer wollte schon ein Fenster öffnen, in das der eisige Sturm blies oder die Gischt flog, wenn die Wellen sich an den Hafenmauern brachen?

Iarwain und Gilline waren eben damit fertig geworden, die Wäsche in der kalten Flut zu waschen, und richteten sich aufatmend auf. Die Hände der beiden schmächtigen, unscheinbaren jungen Menschen waren rot und halb erfroren, der Rücken tat ihnen weh vom Bücken und Schrubben, und sie hatten Hunger, aber als sie die Körbe hoch hoben, blickten sie einander an und lächelten. Was zählten Kälte, Rückenschmerzen und Hunger, wenn das Wäschewaschen zwei Verliebten Gelegenheit bot, ungestörte Stunden miteinander zu verbringen!

Sie waren beide Dienstboten – nicht viel mehr als Leibeigene – im Haus der Dorfältesten, auf das sie jetzt durch die purpurne Abenddämmerung zueilten. Beide freuten sich auf den Abend. So hart der Tag in Mesquit war, so behaglich wurde es am Abend, wenn alles sich im Gemeinschaftshaus traf, um dort zu essen, zu stricken und zu spinnen, Netze zu flicken und Geschichten zu erzählen. Dann brannte ein Feuer in dem steinernen Kamin mitten im Raum, vor dem die Katzen lagen und die Fischabfälle verspeisten, es wurde Gerstenbrot in der Pfanne geröstet, Muschelsuppe gekocht, und jeder durfte sich vom gedörrten Fisch nehmen, so viel er oder sie wollte – denn ob Herren oder Knechte, in Mesquit wussten die Menschen, dass sie aufeinander angewiesen waren.

Iarwain war ein schmächtiger junger Mann mit traurigen Augen, der viel älter aussah, als er tatsächlich war. Da er zum Fischer und Jäger nicht taugte, war er verschnitten worden, ehe er das volle Mannesalter erreicht hatte, wie es in Mesquit Brauch war, und wurde wie alle seinesgleichen zu den Frauen gezählt. Er trug auch deren Kleidung, ein einteiliges blaues Gewand aus Hemd und Hose, das über den gesamten Körper gezogen und über der Brust mit Bändern geschlossen wurde. Manchmal kränkte ihn das, denn es war nicht seine Neigung gewesen, zur Frau gemacht zu werden, aber andererseits hatte es den Vorteil, dass er die Nächte ungestört in Gillines Kammer verbringen durfte. Tagsüber und vor den Dörflern nannte sie ihn, wie es die gute

Sitte gebot, »Schwester«, aber nachts presste sie ihn an sich, als wollte sie ihn verschlingen, und nannte ihn »mein Drachenprinz«, bis er spürte, dass das Messer ihm nicht alle Manneskraft hatte nehmen können.

Unter der überdachten Brücke, die über den Bach führte, küssten sie einander rasch und heimlich – denn Tändeleien bei der Arbeit wurden nicht geduldet – und eilten dann in das Haus, dessen Giebel zwei gekreuzte Drachenköpfe schmückten. Die Mesquiter waren Anbeter der Bernsteindrachen gewesen, so weit bei der harten Arbeit Zeit zum Pilgern und Opfern geblieben war, und in gewisser Weise verehrten sie sie noch immer, obwohl sie Drydd ihren Lebensunterhalt verdankten.

Im Haupthaus sammelte sich bereits die Dorfgemeinschaft unter den nackten Dachsparren, zu denen der Rauch des Feuers wirbelnd aufstieg und auf denen die Katzen bequem hingelagert das Geschehen verfolgten. Iarwain und Gilline huschten hinein, und kaum dass sie ihre Körbe abgeladen und die Wäsche aufgehängt hatten, holten sie sich hastig einen Napf voll Essen aus den Pfannen und zogen sich dann sittsam in den Dienstbotenwinkel zurück, wo sie nach dem Mahl ihre gemeinsame Arbeit aufnahmen: Sie nähten aus vielen Flicken eine warme Decke. Es war eine hübsche Arbeit, die den Vorteil hatte, dass sie unter dem weit herabhängenden Werkstück Knie an Knie sitzen konnten.

Draußen winselte der Wind, und die Flut klatschte gegen die Hafenmauern, aber die Bewohner von Mesquit saßen sicher und behaglich unter ihrem Dach. Wie alle kleinen, abgeschiedenen Dörfer lag Mesquit nachts in völliger Finsternis. Auf dem Strand und in den Schluchten war es so dunkel, dass man nicht die Hand vor Augen sehen konnte, und selbst in den Häusern war das Licht äußerst kümmerlich. Kerzen waren teuer, also arbeitete man beim Licht des Feuers, das in der Mitte des Raums in einem gemauerten Ofen brannte. Man erzählte Familiengeschichten bis zu den Ureltern zurück, und aufregende Ereignisse wie

Springfluten, Stürme und die Steinschläge der Berge wurden immer wieder ausgeschmückt.

Als das Feuer herunterbrannte, kamen die schauerlichen Geschichten an die Reihe. Die alten Frauen erzählten vom Nebelmann, der die Kinder in den Sack steckte, wenn sie allein am Strand entlangliefen, dann von einem grässlichen Ungetüm, das nachts hinter den Felsen hockte und sich mörderisch auf Liebespaare stürzte, die dort in Umarmungen versanken. Einer konnte sich ganz genau erinnern, wie sein Großvater an der verrufenen Klippe von einem fremden Fischer angesprochen worden war, der ihm die Hand reichen wollte. Aber gewitzt, wie er war, hatte der Großvater ihm stattdessen den Stiel seiner Harpune hingehalten, und da hatte der Fremde doch tatsächlich alle fünf Finger seiner Hand ins Holz gebrannt!

Gilline flüsterte Iarwain ins Ohr: »Ich werde mich heute Nacht schrecklich fürchten, du musst mich ganz fest halten, Liebster.«

»Ja, gewiss«, versprach Iarwain, der voll Bangen daran dachte, dass er vielleicht nachts vors Haus müsste, um sich zu erleichtern. Wenn nun dort ein Bettler stand, der ihm die Hand reichen wollte?

Die schaurigen Geschichten wollten kein Ende nehmen. Schließlich kamen sie auf Zorgh zu sprechen, das selbst die Allerältesten nur als himmelhoch in der Ferne thronende Ruinenstadt kannten, und auf die Zusammenkünfte der Drachen und ihrer Diener und Dienerinnen, die dort mehrmals im Jahr stattfanden. Mit eigenen Augen gesehen hatte sie allerdings noch niemand von den Anwesenden, denn schon die Kinder wurden davor gewarnt, beim Fenster hinauszusehen, wenn die Feuerschweife über die Gipfel zogen und das tote Zorgh in rosenrotem Licht erglühte. Zwar waren es Gefolgsleute der Rosenfeuerdrachen, die sich dort trafen, Drachen von höchster und edelster Abkunft, die den Menschen wohl gesonnen waren, aber es tat nicht gut, sie zu bespitzeln und die Nase in ihre Angelegenheiten zu stecken. Der einzige Drache, den die Mesquiter kannten, war der grämliche, steinalte Knucker, der gelegentlich – wenn er einen guten Tag hatte – in torkelndem Flug um seinen Felsenturm flatterte.

Aber dann und wann war es einem Urgroßvater oder einem noch ferneren Ahn gelungen, einen Blick auf die nächtliche Zusammenkunft zu erhaschen, und diese Hunderte Male erzählten Geschichten wurden nun von Neuem breitgetreten.

»Mein Ururgroßvater war ein Jäger«, sagte eine Frau, während ihre Stricknadeln unablässig weiterklapperten und der Schal in ihrem Schoß wuchs, »und er verirrte sich in einer Mittsommernacht in den Schluchten, sodass er, ohne es zu wollen, nach Zorgh gelangte. Er erschrak zutiefst, als er sich der Ruinenstadt näherte und sah, dass alle Fenster hell erleuchtet waren und starke Feuer in den Höfen loderten. Sogleich versteckte er sich in den Trümmern eines Hauses und spähte angstvoll hinaus. Dort oben war alles gerammelt voll mit Drachen, schwarz, türkis, rot, gelb, rosa, und alle lagen so bequem wie Katzen auf dem Ofen herum und schwatzten miteinander. Sie hatten Wein und Braten, weißes Brot und Süßigkeiten mitgebracht, dass meinem Urgroßvater nur so der Mund wässerte, aber um nichts in der Welt wäre er hinausgekrochen aus seinem Versteck! Er wusste ja, dass die Rosenfeuerdrachen die Fischer und Seeleute nicht mögen, weil sie sie als Freunde Drydds ansehen.«

Iarwain, der mit brennender Aufmerksamkeit lauschte, fragte sich, was er wohl an Stelle des Ururgroßvaters getan hätte. Er wusste selbst, dass er ängstlich und schwach war, aber Drachen faszinierten ihn so sehr, dass er manchmal glaubte, sie in den Wolken zu sehen. Und einmal hatte er tatsächlich einen Mirminay gesehen, obwohl er außer Gilline nie jemand davon erzählt hatte. Die Dörfler hielten ihn für einen Schwachkopf. Sie würden behaupten, er sei bei der Arbeit eingeschlafen und hätte nur geträumt – jedenfalls was die Verwandlung anging. Denn den reisenden Geschichtenerzähler, der ins Dorf gekommen war, hatten sie ja alle gesehen. Sie hatten mit dem dicken, fröhlichen Mann gesprochen, der sich Vauvenal nannte, ihm eine deftige Mahlzeit und Beerenschnaps angeboten und einen Abend lang seinen wunderbaren Geschichten und Gesängen gelauscht. Dass er sich aber, sobald er das Dorf hinter sich gelassen und das Ende der Schlucht erreicht hatte, in einen herrlichen Drachen mit kobaltblauen Flügeln und einer lilienweißen Krone verwandelt hatte, das hatte nur Iarwain beobachtet, der in den Büschen gehockt und Beeren gepflückt hatte. Seither hatte er oft geträumt, der Fremde werde wieder kommen und sich noch einmal in dieser atemberaubenden Gestalt zeigen.

Inzwischen schilderte die strickende Frau das Fest in der Ruinenstadt und berichtete, dass ihr Urgroßvater auch gehört habe, wie die Drachen Pläne schmiedeten, um Phuram zu stürzen und die drei Schwestern wieder auf den Sternenthron zu bringen. Sie hatten von vielen wichtigen Dingen gesprochen, die für einen einfachen Mann schwer zu verstehen waren: von Prophezeiungen in uralten, fast vergessenen Büchern, von Veränderungen in den Bahnen der Gestirne, von geheimnisvollen Zeichen und noch vielem mehr, von dem der Ururgroßvater sich aber nicht das Zehnte hatte merken können. Schließlich, als der Morgen gegraut hatte, waren sie alle wieder davongeflogen, wobei sie ihre menschlichen Diener und Mägde auf dem Rücken mitgenommen hatten. Von dem guten Essen aber hatten sie die Reste dagelassen, sodass der Verirrte sich gründlich hatte stärken können, ehe er sich auf die Suche nach dem Heimweg gemacht hatte.

»Man sagt«, ergänzte ein Greis, als die Frau zu Ende gekommen war, »dass in vielen öden Bergschluchten und Wüsten heimliche Priester der Bernsteindrachen wohnen, Männer und Frauen mit magischen Kräften, die alle einander kennen und Botschaften austauschen, um der Wiederkunft der Mutterjungfrauen den Weg zu ebnen. Habt ihr nicht von dem Einsiedler gehört, der auf dem Kaura-Pass wohnt, dem alten Suramal?«

»Ist er nicht schon längst gestorben? Er war schon ein Greis, als ich ein Knabe war«, fiel ein anderer aus der Gruppe der alten Männer ein.

»Mag sein, aber die Kraft der Feuerseen erhält ihn am Leben. Man sagt, er tauche jedes Jahr einmal nackt in die Glut und steige dann verjüngt wieder heraus.«

»Auf jeden Fall ist er ein Drachenpriester, und es gibt noch andere, die freilich nur im Geheimen wirken. Der Kaiser hat allen den Tod angedroht, die den Mutterjungfrauen opfern.«

Diese Drohung machte allerdings wenig Eindruck. Für die Leute in Mesquit war der Kaiser eine so schemenhafte Persönlichkeit, dass sie gelegentlich sogar an seiner Existenz zweifelten, auch wenn die reisenden Händler behaupteten, es gebe ihn wirklich. Jeder könne hingehen und ihn sehen, wenn es einem nichts ausmachte, über die Glühenden Berge zu klettern und die gefahrvollen Wüsten zu durchqueren. So viel war den Mesquitern die Sache aber nicht wert, also blieben sie zu Hause in ihrem Dorf und ignorierten den Kaiser, seine Priester und Ritter.

Iarwain hatte schon öfter von dem Drachenpriester gehört, auch von dem seltsamen, grünäugigen Kind, von dem niemand wusste, ob es ein Knabe oder ein Mädchen war. Manchmal, wenn dem armen Jüngling die Sehnsucht nach den Himmelsflüglern beinahe das Herz zerriss, hatte er im Innersten erwogen, den Einsiedler aufzusuchen und ihn zu bitten, dass er ihn zu den Drachen brächte. Er hatte seinen Plan sehr lange und sorgfältig überlegt. Die Drachen hatten Knechte und Mägde, das hatte ihm die Geschichte, die er soeben gehört hatte, wieder einmal bestätigt. Dann konnten sie doch sicher auch jemand brauchen, der ihre Höhlen sauber hielt, ihre Schuppen blank putzte und ihr Essen zubereitete? Natürlich waren er und Gilline zu gering für die herrlichen und prächtigen Drachen, aber hatte er nicht oft gehört, dass es auch einfachere gab, die in bescheidenen Höhlen wohnten? Doch der Gedanke war so kühn, so ungewöhnlich, dass Iarwain Angst vor sich selbst bekam, wenn er ihn dachte. Also beugte er sich schuldbewusst über seine Flickendecke und stichelte eifrig weiter.

Die Verschwörung der Höllenzwinger

Im Herzen von Thamaz, der unheilumschatteten Hauptstadt der Vulkaninseln, erhob sich ein Palast aus rotem Marmor, den man »das Haus der tausend Türme« nannte. Wie das Horn eines Felsgipfels ragte er in den Himmel, prachtvoll und beängstigend zugleich. Gewundene Säulen und Simse zierten seine Mauern, die die Abbilder finsterer Unwesen trugen – Krakenmolche, Kröten und Sphingen, Harpyien und Gargylen von obskurer, abstoßender Form, die mit ausgereckter Zunge und obszönen Gebärden von den Türmen herabglotzten.

Seit Jahrhunderten herrschte in diesem Palast die Dynastie der Mokabiter, ein altes, mächtiges und verrufenes Geschlecht, das listige und verdorbene Menschen hervorbrachte. Fast alle von ihnen gehörten dem Orden der Höllenzwinger an. Früher hatten sie offen den bösen Mächten gedient, aber seit der Einfluss der Kaiser in Thurazim gewachsen war, hatten sie es für klüger befunden, nach außen hin der schwarzen Magie abzuschwören. Stattdessen trieben sie die Kunst im Verborgenen. An jedem Neumond trafen sie sich in einem Saal des Palastes, um Opfer zu bringen, Pläne zu schmieden und verschwörerische Gespräche mit den Rachmanzai zu führen, die Phurams Glanz in die Glutkammern der Vulkane gebannt hatte. Ihre Vorväter hatten einst hoch in der natürlichen Ordnung gestanden, aber sie waren tief in die stoffliche Welt hinabgesunken und hatten deren dumpfes, gieriges, hartherziges Wesen angenommen. Das Einzige, was die Rachmanzai noch von den simplen Lindwürmern und Grolmen unterschied, war ihre dämonische Schläue.

Der Saal, in dem die geheimen Treffen stattfanden, war in einem höchst ausgefallenen Geschmack dekoriert. An den Wänden standen Statuen und hingen Bilder, die die Macht und Herrlichkeit der Rachmanzai und ihrer menschlichen Verbündeten bezeugten. Nur langsam gewöhnten sich das Auge und der Sinn an die fratzenhaften Verzierungen, die üppigen Arabesken der Wandbespannungen und die aufpeitschenden Darstellungen auf den Fresken und Gemälden. Diese widerlichen Gemälde fanden ihr Gegenstück in den schwül-süßen Farben der Tapisserien und Bezüge und dem verwirrenden Duft, den das Räucherwerk ausströmte, wenn es auf glühende Kohlen gestreut wurde.

An den Wänden entlang reihten sich wie überdimensionale Figuren eines Brettspiels zwölf Drachengestalten, jede aus einem anderen Edelstein geschnitten. Sie repräsentierten die Rachmanzai, die nicht in Person an dem Treffen teilnehmen konnten, weil nicht mehr als zwei von ihnen in den Saal gepasst hätten. Also sandten die Abwesenden, wenn sie angesprochen wurden, ihren Geist in die Statuen, und diese sprachen an ihrer Stelle.

Alles in dem prunkvoll ausgestatteten, doch stets nur schwach von farbigen Lampen erleuchteten Saal schien unter einer Verzerrung zu leiden, einem Anhauch des Bösen. Auch die Menschen, die sich hier im Saal trafen, waren vom Verderben gezeichnet, und einem Außenstehenden wäre es so vorgekommen, als träte er in eine Versammlung aufgeputzter lebender Leichen.

Auf einem Thronsessel hockte ein uralter Mann, das Oberhaupt des Clans. Er hatte ein farbloses, verkniffenes Gesicht, das von einem schuldbeladenen und wilden Leben verwüstet war. Ihm zu Seiten saßen zwei Damen von hohem Rang, seine Schwestern, die eine fettleibig und kurzatmig, mit Perlen und Juwelen aller Art geschmacklos übersät, die andere eine magere Person, deren fahles Affengesicht in einem fort nervöse Grimassen zog. Welk und gelbgesichtig waren all die Männer und Frauen in den prachtvollen Kleidern aus Samt und Seide, Litzen und Spitzen. Ihre Haut war dick gepudert und mit Schönheitspflästerchen in Form von Palmen, Schmetterlingen und Vögelchen übersät, die nur zu oft eitrige Pusteln verbargen.

Unbemerkt von den Menschen des Kaiserreiches und des Nordens, wuchs in Thamaz ein Geschlecht bösartiger Hybriden heran, Nephren genannt, die das Schlimmste von verdorbenen Menschen und Drachen in sich vereinten. Vielen Mokabitern war anzusehen, wie eng sie mit den Rachmanzai verwandt waren: Ihre samtenen Kniehosen waren über dem Gesäß geschlitzt, um Platz für einen schuppigen Drachenschwanz zu schaffen, der eine Elle lang herabhing. Andere trugen kostbar bestickte Gehröcke mit litzengesäumten Öffnungen auf dem Rücken, aus denen ein Paar häutiger Flügel herausragte, und nicht wenige hatten die Ansätze von Hörnern auf der Stirn oder bemerkenswert grobe, missgebildete Füße, die stark an Drachenklauen erinnerten. Allerdings wurden diese Eigenheiten nicht als Mangel empfunden, sondern im Gegenteil als Zeichen eines hohen Anteils an drachischem Blut wertgeschätzt.

Alle aber, wie mehr oder weniger menschlich sie auch körperlich gebildet waren, trugen mit Purpur gefärbte Perücken auf dem Kopf, deren steife künstliche Locken ihnen bis über die Schultern herabwallten, und so viel Gold an Hals, Armen und Fingern, wie sie nur tragen konnten, ohne darunter zusammenzubrechen. Niemand im gesamten Erde-Wind-Feuer-Land war so putzsüchtig wie die Adeligen der Mokabiter. Sie staffierten sich täglich aufs Neueste und Prächtigste aus und stolzierten umher wie Gockel im Hühnerhof, und das gemeine Volk tat es ihnen nach Kräften gleich.

Damit ernteten sie viel Gelächter und Verachtung bei den Sundaris, die solchen Aufputz lächerlich fanden, aber das war nun einmal ihre Art. Vielleicht hatten sie sie durch ihren engen Umgang mit den Rachmanzai erworben, die an Eitelkeit und

Geldgier nicht zu überbieten waren. Drachen und Magier waren ein Herz und eine Seele in Thamaz, denn nicht nur ihre Vorlieben für Gold und Prunk vereinten sie, sondern auch ihr Hass gegen Phuram und seinen irdischen Repräsentanten, den Kaiser.

An diesem Neumond bot der Saal den gewohnten Anblick. An einer Wand befand sich ein riesenhafter dreiteiliger Spiegel, sodass man all die bunt geputzten Anwesenden doppelt und dreifach sah. Die mokabitischen Adeligen saßen und lagen auf üppigen Kissen auf dem mit dicken Teppichen belegten Boden und rauchten aus Wasserpfeifen, während Diener umherhuschten und Wein und Süßigkeiten servierten. Später zogen sich die Diener zurück, und ein paar Eingeweihte löschten die Lampen und entzündeten in einem Dreifuß ein aromatisches Feuer, das den Saal flackernd erhellte.

Graf Nestor – ein ausgesucht schöner junger Mann mit kalten Augen und den Zügen eines hochmütigen Schnösels – gähnte verstohlen in sich hinein, während die übliche Zeremonie mit Lobgesängen und Opfern ablief. Er fand es absolut unnötig, die Purpurdrachen so zu hofieren; schließlich wollten sie von den Menschen nicht weniger als diese von ihnen. Aber es war nun einmal seit endlos langer Zeit so Sitte, und sein Onkel hätte es ihm sehr übel genommen, wenn er Unaufmerksamkeit gezeigt hätte. Die »verstaubte Perücke«, wie Nestor das Familienoberhaupt (wenn auch nur in Gedanken) abfällig nannte, hielt viel auf die traditionellen Zaubereien zu Ehren der geflügelten Verbündeten und konnte halbe Nächte damit verbringen, Pentagramme zu zeichnen und Sprüche aus vermoderten Büchern herunterzuleiern.

Als Nestor den Blick durch den feurig erhellten Saal schweifen ließ, fielen ihm ganz in der Nähe seines Platzes zwei junge Leute auf, die sich genauso zu langweilen schienen wie er. Zweifellos gehörten sie zur Familie, sonst wären sie nicht hier gewesen, aber das Netz der Mokabiter war so kompliziert gesponnen, dass es unmöglich war, alle die entfernten Vettern und Kusinen im Auge zu behalten. Wahrscheinlich gehörten sie zu jenen Verwandten, deren abgelegene Wohnorte ihnen nur selten die Teilnahme am Familientreffen erlaubten.

Es waren zwei junge Männer, der eine dunkelhaarig, der andere blond, beide von ungewöhnlich reizvollem Äußeren. Beide waren vornehm, ja geckenhaft nach der neuesten Mode gekleidet, trugen ihr langes Haar sorgfältig frisiert und dufteten aufdringlich nach Parfüm.

Nestor, der eine Ablenkung witterte, wechselte unauffällig den Platz und manövrierte sich dicht neben die Beiden. »Willkommen, Brüder«, wisperte er. »Ich weiß im Augenblick leider nicht, wer ihr seid?«

Der ältere der beiden Männer – ein schlanker Bursche mit dicht gewelltem, weißblondem Haar und einem kantigen Gesicht, in dem stechende Augen funkelten – betrachtete ihn unter schweren Lidern hervor und reichte ihm dann mit einer schlaffen Geste eine Hand. Sie war kalt und ein wenig feucht, wie es die Hände von Wüstlingen nicht selten sind. Der andere, ein melancholisch wirkender Jüngling mit glattem, sehr reichem braunem Haar und dunklen Augen, nickte ihm nur schläfrig zu. Beide hatten auffallend glänzende Augen mit winzigen Pupillen, ein deutliches Zeichen, dass sie dem Honigschlundöl nicht abgeneigt waren. Der Blonde stellte sich und seinen Freund als Casim und Rasko vor, Angehörige eines entfernten Zweiges der Familie.

Jetzt erinnerte sich Nestor. Er hatte sie tatsächlich schon einmal gesehen. Freilich waren sie damals noch Knaben und auch noch nicht so deutlich von einem wüsten Leben gezeichnet gewesen. Ihren Gesichtern hatten alle erdenklichen Laster ihren Stempel aufgedrückt – was allerdings unter den Mokabitern nicht eben selten war.

Als eine Pause die allgemeinen von den speziellen Zeremonien trennte, folgte der Graf seiner Neugier und pirschte sich an eine Kusine heran, die für ihre profunde Kenntnis aller Familienangelegenheiten bekannt war. Beiläufig fragte er sie nach den beiden seltenen Gästen.

Sie wusste sofort Bescheid. Casim und Rasko waren zu dem Treffen gekommen, weil sie auf Anordnung des Familienoberhauptes nach Thurazim reisen und dort ihre Kusine, die Kaiserin, besuchen sollten. Man hatte sie ausgewählt, weil sie jung und schön waren und eine gefällige Art an den Tag legten. Im Augenblick war den Mokabitern sehr daran gelegen, einen angenehmen Eindruck auf das Kaiserhaus zu machen, nachdem es ihnen gelungen war, eine ihrer schönsten Töchter, Prinzessin Iwara, an den Kaiser der Sundaris zu verheiraten. Die Taktik hieß, den Hof von Thurazim zu unterwandern und gleichzeitig im Süden mit aller Härte zuzuschlagen.

Was Nestor allerdings noch von der allwissenden Dame hörte, klang tatsächlich so, als wären die beiden junger Männer noch um vieles wüster, als man es selbst von den lasterhaftesten Sprösslingen der verruchten Familie gewöhnt war. Sie verschliefen den Tag und verbrachten die Nächte bei Vergnügungen aller Art, wobei man sie bei den feinsten Gesellschaften und Empfängen ebenso antraf wie in der »Schlangengrube«, dem finstersten Viertel von Thamaz. Der Abschaum der Stadt lebte dort in Häusern, die sich krumm und vom Mauerfraß befallen aneinander lehnten, als wollten sie beim kleinsten Windhauch einstürzen. Männliche und weibliche Huren trieben sich in den stinkenden Gassen ebenso herum wie Bettler, die Kinder stahlen und künstlich verkrüppelten, um mit diesen Mitleid erregenden Gestalten ihr Geld zu machen. In den stinkenden, von Krankheiten verseuchten Wohnhöhlen hausten Meuchelmörder, Abtreiberinnen und Leichenfledderer. Man musste selbst am hellen Tage auf der Hut sein, wenn man sich in die Schlangengrube wagte.

Außerdem neigten die beiden Jünglinge dazu, sich gegen die innerhalb der Familie geltenden Regeln aufzulehnen, und hielten es mit jener kleinen Fraktion, die der Ansicht war, man solle sich lieber gleich mit Drydd verbünden als mit den Rachmanzai;

schließlich stünde der Wasserdrache als Herr der Elemente weitaus höher in der natürlichen Ordnung als die erst in der zweiten Schöpfungsperiode geschaffenen Purpurdrachen. Damit hatten sie zwar Recht, aber die traditionell gesinnten Mokabiter waren nun einmal Freunde des Feuers und hatten nichts übrig für die kalte See und ihren Meister.

»Aber das ist nicht alles.« Die Kusine senkte die Stimme und zog den jungen Höfling in eine Nische, wo kein Vorübergehender sie hören konnte. »Hüte dich, Nestor! Man hat dich gesehen, wie du ihnen die Hand gegeben und sie angesprochen hast. Du bringst dich selbst in einen üblen Ruf. Es heißt, sie verkehrten mit Kuj, Roc und Zan, den Königen der Tarasquen.«

Jetzt staunte Nestor wirklich. Unter den Mokabitern gab es nicht viele Tabus, aber mit den Basiliskenkönigen hatte der Schlechteste von ihnen noch nichts zu tun haben wollen. Mochten die Höllenzwinger auch habgierig, lügenhaft, lüstern, rachsüchtig und selbstverliebt sein – so tief waren sie doch nicht gesunken, dass sie mit diesen Ungeheuern gemeinsame Sache gemacht hätten. Selbst Nestor fühlte, wie ihn eine Welle des Abscheus überkam. »Wenn mein Onkel das bestätigt findet, lässt er sie verstoßen«, flüsterte er.

»Natürlich. Aber sie sind schlau, noch hat man sie nicht auf frischer Tat ertappt. Es sind alles nur Gerüchte, freilich, wo Rauch ist, da ist auch Feuer ... Es heißt, sie feierten Zeremonien in einem geheimen Tempel, an denen außer den Unsrigen auch Basilisken teilnehmen, und diese Zeremonien seien unbeschreiblich. Geh ihnen weit aus dem Weg, willst du nicht Gefahr laufen, mit ihnen unterzugehen! Du weißt, dein Onkel ist auch dir nicht wohl gesonnen.«

Der Graf hätte noch viele Fragen gehabt, aber da verkündete der Gong das Ende der Pause, und er hastete zurück an seinen Platz. Insgeheim verwünschte er sich, dass er den beiden Verdächtigen die Hand gereicht und mit ihnen gesprochen hatte. Jetzt würde er tagelang damit zu tun haben, seinen misstrauischen Onkel zu beschwichtigen und ihm zu versichern, dass er keine Absichten mit dieser Begrüßung verbunden hatte. Tarasquen! Wer kam denn auch auf den Gedanken, dass jemand aus der Familie sich mit Ungeheuern eingelassen hatte, die den tiefsten Abschaum aller Geschöpfe auf Chatundra darstellten!

Es war Verrat an der Familie und am Orden, sich mit ihnen abzugeben.

Jeder wusste, dass die »drei kleinen Könige« – wie man sie halb ironisch, halb schmeichlerisch nannte – enge Vertraute des Kadaverfürsten Zarzunabas waren. Sie hatten sich mit den Eishörnern im Norden verbündet, den schlimmsten Feinden der Rachmanzai, und damit waren sie geschworene Feinde auch der Mokabiter.

Nestor kannte seine Familie gut genug, um sich Gedanken zu machen, ob der Verdacht, der sich gegen Casim und Rasko richtete, etwas mit ihrer ehrenvollen diplomatischen Mission in Thurazim zu tun hatte. Möglicherweise hatte sein Onkel bereits Beweise genug gesammelt und schickte die Verräter nun ins Ausland, um sie loszuwerden. In Thurazim gab es genug Feinde der Mokabiter. Vielleicht fielen die beiden jungen Adeligen ja einem Attentat zum Opfer oder fanden einen unrühmlichen Tod in einem der Lasterhäuser des Kaiserreichs?

Von neuem ertönte der Gong, jetzt drei Mal hintereinander. Stille breitete sich über den Saal.

Mit langen, feierlichen Schritten erschien ein Mann, nackt bis zur Hüfte, mit kahl geschorenem Kopf, auf dem eine Kappe aus dem Hirnschädel und den Hörnern eines Widders saß. Seine zimtbraune Haut wies ihn als einen Angehörigen des Volkes der Makakau aus, mit denen die Mokabiter und ihre Untertanen sich mehr oder weniger friedlich die Vulkaninseln teilten. Um die Schultern trug er ein gewaltiges steifes Cape aus plissierter, dunkelroter Seide, das die Flügel der Rachmanzai symbolisierte. Er war es, der die Verbindung zwischen den Drachen und den Anwesenden herstellte. Nachdem er sich vor den Statuen verneigt hatte, trat er beiseite; er pflegte erst gerufen zu werden, wenn jemand mit den Drachen sprechen wollte.

Es wurde eine lebhafte Versammlung. Ein neuer Plan, wie man dem Kaiser schaden könnte, war endlich ausgereift. In letzter Zeit hatten die Mokabiter wiederholt ihre Zauberkunst in den Dienst der Aufgabe gestellt, einen der Drachen zu befreien, die in die Glutkammern der Vulkane gebannt waren. Auch hatten sie erfolgreich kleine Räuber beauftragt, die über die Goldfelder der Sundaris herfielen und ihnen stahlen, was sie am dringendsten brauchten: Gold, aus dem sie die heiligen Statuen Phurams formten. Jetzt aber war es ihnen gelungen, einen der gewaltigen Rachmanzai loszulassen, und seine Aufgabe war keine geringe: Er sollte die gesamte Stadt Kysch, den geschäftigen Außenposten der Sundaris, mit einem Schlag zerstören.

Nestor fand den Plan gut und applaudierte so lebhaft wie alle anderen, aber mit den Gedanken war er nicht bei der Sache.

Er dachte über Casim und Rasko nach. Was hatte sie wohl bewogen, sich mit den Tarasquen einzulassen? Nestor – der es satt hatte, sich von seinem Onkel herumkommandieren zu lassen und das starre Zeremoniell der Bündelei mit den Rachmanzai hoffnungslos verstaubt und überholt fand – wurde immer nachdenklicher. So widerwärtig die Basilisken auch waren, so standen sie als Hybriden doch auf derselben Stufe wie die Nephren, die halb menschlichen, halb drachischen Mitglieder des Mokabiter-Clans. Und sie waren die Einzigen von Drydds Untertanen, mit denen die auf dem Land lebenden Menschen unmittelbar in Verbindung treten konnten.

Er schreckte aus seinen Gedanken hoch, als sein Name aufgerufen wurde. Voll schlechten Gewissens fürchtete er schon, man wolle ihn zur Rede stellen, aber weit gefehlt. Der Aufruf hatte nämlich dazu gedient, ihm mitzuteilen, dass er – seines angenehmen Äußeren und seiner gefälligen Manieren wegen – ausgewählt worden war, mit der kleinen Gesandtschaft nach Thurazim zu reisen …

Die Beschwörung

Ein heißer Wind wehte, ein Wind, wie er die Pest mit sich bringen mag, als die schöne Alcina der Pyramidenterrasse von Thamaz zueilte. Die Sterne standen gelb und schweflig am Nachthimmel. Das Schlangenei, das unbeirrbar seinem Leitgestirn, der Mondin, folgte, hatte einen glasigen Hof, in dem es zu schwimmen schien wie eine Blüte in schmutzigem Wasser. Das Büchlein mit den Zauberformeln eng an sich gepresst, jagte Alcina mit wehendem Umhang dahin, das lange dunkle Haar offen, sodass es hinter ihr herwehte, eine zausige und lockige Masse, die sich wie von einem eigenen Leben beseelt in den unruhigen Windstößen schlängelte.

Sie erreichte die Mauer des zerfallenen Tempelgeländes, schloss die Pforte darin auf und setzte zögernd den Fuß in die Wüste aus Steinen und Kies. Die altertümlichen Kapellen und Tempel, schwarz und grau und mit goldenen Inschriften versehen, ragten stumm in die Dunkelheit. Die Lorbeerbäume sangen Nachtlieder, wenn der Wind sie berührte, böse raunende Lieder, die von unaussprechlichen Dingen erzählten.

Alcina schauderte in der heißen Luft, aber die Begierde, die sie trieb, war stärker als ihre Angst. Hastig betrat sie eine der marmornen Platten, in der schwach der Widerschein des Mondlichts glänzte, und schlüpfte dort aus ihren Kleidern, die sie zu einem schlaffen Haufen am Rande der Gruft zusammenfallen ließ. Sie kniete auf der Grabplatte nieder und sprach langsam, mit stockender Stimme die Anrufung, die in zackigen purpurnen Runen in dem Büchlein geschrieben stand.

Es war eine gewaltige Anrufung, denn Alcina war eine Auserwählte unter all den Frauen, die sich mit den Rachmanzai paarten. Alcina trug an ihrem Körper die Drachenklaue, die sie zu einer Berufenen machte – berufen, Mandora, die Schöpferin Phurams und Daturas, aus der Schmach ihrer Gefangenschaft und Blendung zu erlösen. Und nun war sie bereit, dieser Berufung abzuschwören, sich loszusagen von dem Auftrag, für den das Schicksal sie bestimmt hatte, und jede Bindung an das Dreigestirn zu widerrufen, wenn Iwara, die jetzt als Kaiserin auf dem Thron von Thurazim saß, dafür ihr Versprechen wahr machte. Denn das war der Preis, den Alcina von den Höllenzwingern dafür verlangt hatte, dass sie ihre hohe Berufung als Retterin der drei Schwestern zurückwies ...

In neun Monaten würde sie einen Knaben oder ein Mädchen gebären. Die Zeit war nahe, in der Phuram verschleiert wurde und die Rachmanzai das Licht seines Angesichts nicht mehr zu fürchten brauchten. Sie würden die Zeit des Zwielichts nutzen, um aus ihren Lagern auf den Vulkaninseln hervorzubrechen und die Pläne auszuführen, die sie schon lange hegten: Als Erstes würden sie die Menschen in Thurazim mit Pest und Krieg überziehen, den stolzen Menschenkaiser und alle seine Untertanen vernichten. Danach würden sie Krieg gegen die weißen Eishörner des Nordens führen, bis sie die kalte Brut bis zur letzten Klaue ausgerottet hatten. Dann gehörte die Welt ihnen – und das Kind, das Alcina gebar – edel anzusehen, vollkommen gestaltet und mit demselben kalten, rebellischen Herzen wie sein Erzeuger – würde als Fürst oder Fürstin vom südlichen bis zum nördlichen Pol über sie herrschen. Iwara, deren Zofe und enge Freundin Alcina gewesen war, ehe sie als Kaiserin nach Thurazim zog, hatte diesen Plan ausgeheckt, und Alcina hatte ihn begierig angenommen.

Ihre Stimme bebte, als sie die fluchbeladenen Worte sprach,

denn sie wusste wohl, dass auch die Schwestern nicht gänzlich ohne Macht waren und dass Datura treu auf deren Seite stand. Sie musste fürchten, dass die Verratenen einen furchtbare Strafe auf sie herabschickten. Ihr Herz hämmerte schnell und hart in ihrer Brust, als sie sich, wie das Ritual es vorschrieb, ein Tuch über die Augen band. Was immer aus der Dunkelheit auf sie zukam, wollte nur gefühlt, nicht gesehen werden.

Aber nichts regte sich. Büsche wisperten ihre tückischen Lieder, ein Käuzchen schrie in der unbehaglich heißen Nacht. Alcina fühlte, wie der Schweiß aus ihrer entblößten Haut sickerte und ihr langsam über den Rücken und über den flachen Bauch rann. Angst und erwartungsvolle Lust durchbebten sie zugleich, als sie in die raunende Nachtluft lauschte, unsicher, was geschehen würde und wie es geschehen würde.

Ein Windstoß, warm und übel riechend wie vermodernde Blumen, strich an ihr vorbei und erregte einen jähen Schauder des Widerwillens. Sie spürte, wie Leben in die Nacht kam. Das Wispern in den Lorbeerbäumen wurde drängender, als versuche einer den anderen niederzureden. Ein Kribbeln lag in der Luft, als warteten die Spannungen eines Gewitters darauf, sich zu entladen, aber kein Blitz fuhr nieder, nur ein schwaches Singen und Knistern war da, das über Alcinas nackten Körper lief und ihn wie ein Mantel aus Spinnwebschleiern umgab. Sie spürte jetzt auch den Bulemay, den Purpurdrachen, der wie eine unsichtbare Spinne fern am äußersten Ende dieses Netzes saß, mächtig und bösartig, mit Augen wie geschliffene Juwelen.

Das Netz bebte, und sie fühlte die Annäherung des Unsichtbaren, einen winzigen Schritt nur, den das Ungeheuer auf sie zu tat. Es weidete sich an ihrer bangen Erwartung, genoss die angstvolle Lust, die ihm entgegenpulsierte. Sie schauderte, als sie sich so entblößt und ausgesetzt wusste, ein hilfloses blindes Ding, das den Angriff eines Mächtigen erwartete, aber das Tuch vor ihren Augen abzunehmen hätte ihren Tod bedeutet.

Es kam näher, eine mächtige dunkle Gegenwart, und befingerte ihren ausgesetzten Körper mit so zarten Berührungen, dass sie kaum zu spüren waren. Ein Wispern drang an Alcinas Ohr wie das Zischeln der Blättchen einer Pappel, aber es war ein sprechendes Wispern – Worte lagen darin, fremdartige und altertümliche Worte, die sie zugleich erschreckten und bezauberten. Es wurde still ringsum. Aus den Rändern des Spinnwebschleiers drang ein prickelndes Knistern, das feurige Linien auf ihre Haut zu zeichnen schien – so jedenfalls erschien es ihr in ihrer Blindheit.

Sie spürte, wie etwas sich zwischen ihre Beine drängte, aber es hatte kein menschliches Maß. Es war zu gewaltig, um in sie einzudringen, und doch schien es eben das zu tun. Es durchdrang sie nicht, es erfüllte sie, wie Rauch in Ritzen zieht und Wasser in Spalten rinnt. Alcina schauderte, als diese Übermenschlichkeit sie in Besitz nahm. Sie überwältigte sie von allen Seiten. Alcina spürte sie in ihrem Innersten, ihr ganzes Wesen bis zum Herzen war ausgefüllt davon. Je länger sie sie spürte, desto mehr schien es ihr, dass dieser Eindringling ihr eigenstes Wesen war.

»Bist du nun zufrieden?«, flüsterte eine Stimme, die aus keinem menschlichen Mund kam, nah an ihrem Ohr.

Alcina seufzte nur selig. Was sie von außen in Besitz genommen hatte, pulste nun in ihren Organen, erfüllte ihren Bauch; sie war so übervoll davon, dass sie schon meinte, ihre Haut bersten zu fühlen.

Im nächsten Augenblick zerriss ein gellendes Hohngelächter ihre Trommelfelle. »Alles verloren, machtgierige Alcina, und nichts gewonnen!«, zischte die Stimme, in der Alcina die der Kaiserin erkannte. Ein gellender Schrei bebte auf den Lippen der Betrogenen und wurde zu ihrem Todesschrei, denn eine Klaue, scharf wie ein Nurdim-Säbel, fuhr ihr ins Genick und riss ihr den Kopf vom Hals, sodass er zwischen den Tempelruinen davonrollte, eingehüllt in sein langes, bluttriefendes Haar.

Die Grabräuber

»Hier … hier ist der Eingang.« Baskom, der greise Wächter der Grabanlagen, hob die abgeblendete Laterne und ließ ihr Licht auf eine schmale Treppe fallen, die zwischen den dicht gedrängten Gräbern und Mausoleen einem ungeübten Auge nicht aufgefallen wäre. An ihrem unteren Ende befand sich in einer tiefen Nische ein schmale Steintür. »Ich sage dir doch, man hat Alcina mit all ihrem Schmuck begraben, so wie man sie fand – es gab keine Leichenfeier, keine Einbalsamierung, man legte sie in das nächste leere Grab und verschloss es. Ich habe es mit eigenen Augen gesehen.« Und plötzlich – als könnte er vor innerem Vergnügen nicht mehr an sich halten – schlug er heftig die Hände ineinander und rieb sich knisternd und knackend die langen Finger. Seine Zungenspitze – dreieckig und farblos – kam zwischen den Lippen heraus und befeuchtete sie.

Die beiden Männer standen im ältesten und verfallensten Teil der Grabanlagen von Thamaz, zwischen Grabkapellen mit eingestürzten Dächern und Grüften, deren Deckplatten eingesunken waren und den Blick in schauerliche Tiefen freigaben. Hierher kamen keine feierlichen Leichenzüge mehr, und kein Trauernder legte Opfergaben für die Geister der Verstorbenen nieder.

Sein Begleiter Zorban knurrte: »Schwatz nicht so viel. Tritt zurück und halt die Laterne hoch.« Als der Alte gehorchte, setzte der schwarzbärtige Riese sein Brecheisen an und wuchtete den Stein beiseite, der die schmale Türfüllung verschloss. Knirschend gab die Platte nach, und beide Männer sprangen zurück, als sie den Halt verlor und zu Boden kippte. Zorban, der sehr erfahren in solchen Geschäften war, hatte einen Haufen alter Säcke ausgebreitet, die den Lärm des Falls dämpften. Er nieste laut, als ein Luftschwall aus der Grabhöhle drang, gesättigt mit dem faulen Geruch von Blut und Leichenwasser. So viele Gräber er auch schon aufgebrochen hatte – einem so widerlichen Gestank war er noch nie begegnet. Er zerbiss einen Fluch zwischen den Zähnen und hielt den Atem an, bis der Gestank sich ein wenig verloren hatte. Dann hielt er die Laterne in das Grab und zog den Schieber beiseite, um besser zu sehen.

Baskom hatte ihm die Wahrheit gesagt. Mitten in dem schmalen Raum stand ein Sarkophag mit einem steinernen Deckel, der offenbar in aller Hast und Eile aufgelegt worden war, denn an der Seite der schief liegenden Platte klaffte ein Spalt. Auch sonst waren all die Zeichen eines hastigen und unwürdigen Begräbnisses deutlich zu sehen: Fußspuren der Träger auf dem Boden, Blutstropfen, die sich als braune Verkrustung in den Staub gefressen hatten, das beschmutzte Leichenbrett, das einfach in einen Winkel geworfen worden war. Auf den steinernen Deckel war ein Zeichen gemalt, dessen Bedeutung Baskom und Zorban nur zu gut kannten. Es war eine Warnung vor dem verfluchten Leichnam, den die Platte deckte.

Zorban kümmerte sich nicht darum. Er zwängte das Ende des Brecheisens unter die Platte und stemmte sich mit aller Kraft seiner breiten Schultern dagegen. Ächzend wich der Stein dem Druck, rutschte über die Kante und polterte zu Boden.

»Her mit der Laterne!«, zischte er.

Baskom humpelte herbei und hob mit einer Hand das Licht, während er sich mit der anderen die Nase zuhielt. Obwohl Alcina erst am Morgen begraben worden war, unmittelbar nachdem man ihren Leichnam gefunden hatte, war der Verfall weit fortgeschritten. Auf dem Boden des Sarges stand trüb und faul eine stinkende bräunliche Flüssigkeit. Das hastig über die Tote geworfene weiße Tuch war braun befleckt und so steif, dass es knirschte, als Zorban es mit einem rohen Griff wegriss.

Im nächsten Augenblick stieß er einen Schrei aus, der in dem engen Raum widerhallte. Baskom aber, der ebenfalls in den Sarkophag geblickt hatte, ließ vor Schreck die Laterne fallen und stürmte davon, so schnell er mit seinen krummen alten Beinen konnte. Zorban stieß ihn beiseite, sprang über den Türstein und rannte in die Finsternis. Aber er war nicht schnell genug. Etwas strich über ihn hinweg wie ein Nachtvogel, umhüllt von einer Wolke infernalischen Gestanks, und im nächsten Augenblick schlang sich aus der Dunkelheit heraus eine dicke, nasse Strähne Frauenhaar um seinen Hals. Entsetzt stolperte er, fiel auf ein Knie nieder – da zerrte ihn eine weitere Strähne mit der Kraft eines Männerarms nach hinten, riss ihn zu Boden, und die lange Locke, die sich um seinen Hals gewickelt hatte, zog sich enger und enger zusammen. Zorban schlug wild um sich, aber vergebens. Das gespenstische Haar schnürte sich wie eine Henkersschlinge zusammen und erdrosselte ihn.

Am Morgen alarmierte ein Schwarm von Geiern, die über dem verfallenen Teil des Friedhofs flatterten, die übrigen Wächter. Sie liefen an der Stelle zusammen und fanden dort die Leichen des Grabwächters Baskom und eines Mannes namens Zorban, der in der Unterwelt von Thamaz bestens bekannt gewesen war. Die Geier hatten schon gründliche Arbeit geleistet, aber es war immer noch deutlich zu erkennen, dass beide erdrosselt worden waren. Von dem Werkzeug jedoch, mit dem die Tat geschehen war, und dem Täter fand sich nicht die geringste Spur.

Die Flucht der *Zephyr*

Im Hafen der Stadt Kysch lag eine fremde Barke vor Anker, die der Kapitän Osandro befehligte. Er hatte Tuchwaren und Gewürze nach Kysch gebracht und wartete auf eine Ladung Öl und Weizen. Aber je länger er zu den Bergen hinaufblickte, desto mehr zweifelte er daran, dass er noch Zeit genug haben würde, die Ladung aufzunehmen.

Es war ein klarer, sonniger Morgen, windstill und mild. Die kegelförmigen Berge mit ihren weißen Schneegipfeln lagen in träumerischer Versunkenheit rund um die Stadt und ihren geschäftigen Hafen. Ein leichter Wind trieb den Schnee hoch und wirbelte schillernde Eiskristallnebel um die Gipfel. Kein Flecken trübte ihr klares Weiß. Die zerklüfteten Felsmauern, auf denen die Morgensonne in rosa und ockerfarbenen Lichtschattierungen spielte, erhoben sich in unirdischer Schönheit aus dem Saum der Schuppenbaumwälder.

Osandro traute dem Frieden nicht. Am Vortag war er von Bord gegangen und hatte in den Kneipen von Kysch Berichte über merkwürdige Ereignisse gehört, und da er aus der Stadt Nurdim auf den Vulkaninseln stammte, verstand er die Zeichen zu deuten, die die Leute von Kysch nicht erkannten.

Aus Spalten an den Hängen des Berges, so hatte man ihm erzählt, waren übel riechende, gelbliche Dampfschwaden ausgetreten, die bis in die Vororte von Kysch hinunterwehten. Sie waren wohl auch der Grund gewesen, warum ein Heer von

Schlangen aus den Schuppenbaumwäldern floh und in Panik bis in die Stadt kroch, wo mehrere Menschen von ihnen gebissen wurden. Und Jäger erzählten, dass ein seit vielen Jahren ausgetrockneter Krater in der Nähe des Gipfels sich mit kochendem Wasser gefüllt habe. Das waren böse Vorzeichen, aber die Leute von Kysch hielten sie allesamt für zufällig und bedeutungslos.

Jetzt schien es Osandro, der angestrengt zu der trügerisch stillen Höhe hinaufstarrte, dass die tanzenden Schneefahnen um den höchsten Gipfel des Yul sich verfärbten, dunkler wurden, als mischte sich Russ oder Asche in ihr glitzerndes Weiß. Mit einer jähen Bewegung wandte er sich um und blickte den Steuermann an, der abwartend hinter ihm stand.

»Musa«, sagte er mit heiserer Stimme, »ich kenne diese Berge hier nicht, aber wenn der Toar Kurgas in unserer Heimat so aussähe, was würdest du tun?«

»Die Leinen einholen, die Segel setzen und fliehen, solange der Wind günstig ist«, antwortete der Mann prompt.

»Auch wenn es bedeutete, auf die Ladung zu verzichten?«

»Herr«, antwortete Musa trocken, »und wenn es bedeutete, meinen Mantel und meine Sandalen zurückzulassen – ich würde fliehen.«

Osandro nickte. »Gib den Männern den Befehl, die Segel zu setzen.«

Das Erstaunen im Hafen war groß, als die Mannschaft der Zephyr darauf verzichtete, die Ladung an Bord zu nehmen, die bereits fertig verpackt auf dem Kai stand. Händler und Schreiber liefen hin und her und stritten schreiend mit Kapitän Osandro.

»Was, der Toar Yul macht Euch Angst? Ihr seid ein Narr! Seit Jahrhunderten ist dieser Berg so still und tot wie ein Grab aus Schnee. Was früher war, ist längst vergangen! Habt Ihr gestern in der Kneipe zu viel getrunken, dass Ihr heute Dinge seht, die gar nicht da sind?«

Aber Osandro ließ sich nicht beirren. Trotz der Vorhaltungen, des Hohngelächters und der Flüche der Händler lichtete er den Anker und wandte den Bug der Zephyr hinaus auf das offene, tiefgrüne Meer. Mit vollen Segeln floh das Schiff von der Küste und jagte mit gischtender Bugwelle davon, verfolgt vom Gelächter und den beleidigenden Gesten der Müßiggänger auf dem Kai.

Osandro gab nichts auf ihren Spott. Er selbst stand am Steuerrad und führte das Schiff durch die Wellen, während der Wind die Segel blähte und die Planken ächzten. Die Männer, die nicht mit Takelwerk und Segeln beschäftigt waren, standen stumm auf Deck und zählten die Knoten, die sie zurücklegten.

Als sie den weiten Halbkreis der stillen Schneeberge um Kysch hinter sich gelassen hatten, wandte Kapitän Osandro sich noch einmal um.

Über dem Toar Yul erhob sich eine anthrazitfarbene Wolke, in der es wie Wetterleuchten zuckte.

Der Wachtturm an der Grenze

Hoch oben im Grenzgebirge zwischen dem Kaiserreich und dem Reich der Mokabiter erhob sich ein Wachtturm, ein Bauwerk von zyklopischer Größe, denn es war noch von riesigen Halbdrachen erbaut worden. Schmal und hoch wie ein Pfeiler aus grauem Basalt, wuchs es aus den Felsen heraus, gestützt auf ein achteckiges Vorwerk. Aus dem höchsten Turm blickten Fenster nach allen Seiten. Nachdem die Giganten das Land verlassen hatten, waren Menschen in den Turm gezogen, Grenzsoldaten und Soldatinnen des Kaiserreichs, die dort ihrer einsamen Arbeit nachgingen. Ihr schlimmster Feind hieß Langeweile, und so war es nur natürlich, dass sie einander mit Geschichten unterhielten, während sie von einem der hohen, spitzbogigen Fenster zum anderen gingen und in die Nacht hinausspähten, in der nicht mehr zu sehen war als die Lichter und das Leuchtfeuer von Kysch zur Linken und ein ferner Schimmer weiter westlich, wo die Türme von Thamaz in den Himmel ragten.

Viele dieser Geschichten handelten von Drachen, denn die Wächter an der Grenze sahen häufig einen roten Feuerschein durch die Nacht huschen oder bei Tag hoch am Himmel den fledermausähnlichen Umriss eines Himmelsflüglers vorbeiziehen. In Thurazim hätten sie es niemals gewagt, so zu schwatzen. Wäre es nach dem Kaiser und seiner Priesterschaft gegangen, so wäre das Wort »Drache« nicht einmal mehr ausgesprochen worden. Alberne Legenden wurden in Umlauf gesetzt: Man nannte die Himmelsflügler Basilisken, die beim Anblick ihrer eigenen Scheußlichkeit zu Tode erschrocken umfielen oder zu Stein erstarrten, die Brunnen vergifteten, Krankheiten verbreiteten und ebenso lächerlich wie widerwärtig waren. Die Mutterjungfrauen wurden in diesen Sagen zu grausigen Ungeheuern mit kupfernen Gesichtern, Eberzähnen und Schlangenleibern, die an Stelle der Haare ein Nest züngelnder Ottern auf dem Kopf trugen und deren Blick jeden in Stein verwandelte, der sie nur ansah.

Als die Wächter so in der steinernen Kammer um den Feuertopf saßen, bemerkte einer halb im Scherz, halb im Ernst: »Wir sollten zusehen, dass wir einmal einen dieser Flüglinge mit unseren Pfeilen vom Himmel holen, denn ihr Fleisch hat große Macht für alle, die es zu gebrauchen wissen. Wenn man das Herz eines Drachen isst, so gewinnt man die Macht, die Sprache aller Tiere zu verstehen; wenn man seine Zunge schluckt, bleibt man Sieger in jedem Wortwechsel, und wenn man sich Drachenblut auf die Haut schmiert, ist man vor allen Hieben und Stichen gefeit.«

Ein anderer redete von dem Karfunkelstein, der der Sage nach im Gehirn eines Lindwurms lebte und gewaltige Macht besaß. »Er verhärtet sich jedoch nicht zu einem Juwel, ehe nicht dem lebenden Tier der Kopf abgeschnitten wird; aus diesem Grunde trennen Magier schlafenden Grolmen die Köpfe ab. Männer, die kühn genug sind, in Drachenhöhlen einzudringen, streuen dort Getreidekörner aus, die in süßem Wein getränkt wurden, um mit ihnen die Tiere benommen zu machen, und wenn sie eingeschlafen sind, schlägt man ihnen die Köpfe ab und holt die Edelsteine heraus.«

»Hört mir gut zu!«, rief ein Dritter, »denn die Geschichte, die ich euch erzählen will, habe ich von einem Kameraden gehört, der selbst in dem verfluchten Palast war und alles mit eigenen Augen gesehen hat! Es gab dort nämlich ein stets fest verschlossenes Zimmer, in dem es beständig rumorte und polterte, sodass es einen hinzog, durchs Schlüsselloch zu spähen, aber um nichts in der Welt hätte man das tun dürfen! Und wisst ihr auch, warum? Hört mir nur zu!

Einst kam ein Drache in ein kleines Dorf und stieg in der einzigen Herberge dort ab. Der Wirt war ein armer, aber rechtschaffener Mann, der drei hübsche Söhne hatte. Als nun der Drache die Knaben sah, dachte er bei sich: Die muss ich haben, koste es, was es wolle. Es konnte aber dieser Drache alle Gestalten annehmen, auch die schönsten und reinsten, und er hatte die Gestalt eines hohen, vornehmen Herrn gewählt. Als nun der Wirt ihm die Speisen auftrug, tat er ihm recht freundlich und sagte zuletzt: ›Eure Not rührt mich sehr, guter Mann! Da ihr nicht die nötigen Mittel habt, eure Söhne ein Handwerk lernen zu lassen, so überlasst mir doch einen von ihnen. Ich will ihn gern an Kindes Statt annehmen, es soll ihm bei mir an nichts fehlen.‹ Und mit allerlei Überredungskünsten und vielen guten Worten gelang es ihm schließlich, den Wirt, der von dem Handel erst gar nicht angetan war, in seinem Sinne umzustimmen.

So zog der Drache mit dem Knaben fort auf sein Schloss. Dort sagte er zu dem Kinde: ›Ich muss gleich wieder fort; sorge du inzwischen für mein Hab und Gut.‹ Und er gab ihm alle Schlüssel zum Haus, zugleich aber einen kleinen goldenen Schlüssel, von dem sagte er: ›Die Türe, die dieses Schlüsselchen sperrt, darfst du niemals öffnen, sonst bist du des Todes.‹ Damit ritt er fort.

Eine Weile hielt der Knabe sich an diesen Befehl, aber als der Drache nicht so bald zurückkam, sperrte er doch eines Tages das verbotene Türchen auf. Da war nichts dahinter als ein Zimmer mit einem steinernen Tisch darin, auf dem lag eine abgehauene Hand. Erschrocken schloss er die Türe wieder zu.

Nach einer Weile kam der Drache in der Gestalt der vornehmen Herrn wieder und verlangte seine Schlüssel zurück, und sofort sperrte er auch die Pforte auf und rief: ›Warst du die ganze Zeit alleine, Hand?‹

›Nein‹, rief die Hand zurück, ›es war ein Knabe da, der hat mich besucht.‹

Da geriet der Drache in hellen Zorn. ›So also hältst du es mit meinen Befehlen! Komm nur gleich mit mir!‹, rief er. Und er führte das unglückliche Kind in ein unterirdisches Verlies, in dem Leichenteile an großen Haken aufgehängt waren. ›Hier siehst du, was auch aus dir werden wird‹, sagte er, packte den Knaben und hängte ihn an einem der Haken auf.

Danach machte er sich aufs Neue auf den Weg zu dem armen Wirt und sagte zu ihm: ›Eurem Sohn gefällt es so gut bei mir, dass er gar nicht mehr zurückkehren möchte, er bittet aber, dass sein Bruder ihn besuchen darf.‹ Und wieder gelang es ihm, den Wirt zu überreden.

Da ging es dem zweiten Jungen wie dem ersten: Er sperrte die Tür auf, spähte hinein, und die Hand verriet ihn an ihren Herrn, sodass er ebenfalls in dem Leichenkeller gehenkt wurde.

Als nun der Drache auch den dritten Sohn holte, ahnte dieser, dass ihm nichts Gutes bevorstand. Er besaß aber ein kleines Totenbein, das ihm schon oft gut geraten hatte, und das fragte er nun, was er tun solle.

›Höre‹, sagte das Totenbeinchen, ›es wird dir nichts anderes übrig bleiben, als mit dem Drachen zu gehen, denn er hat deinen Vater betört, sodass er dich mit ihm ziehen lässt. Deine Brüder sind beide tot, aber dir will ich heraushelfen, wenn du nur tust, was ich sage.‹ Und als sie dann ins Schloss des Drachen gekommen waren und dieser dem Knaben seinen Schlüsselbund gab, da riet ihm das Totenbein, ganz frohgemut zu sein und sich's in dem prächtigen Schlosse wohl ergehen zu lassen. Dann sagte es noch: ›Wenn du die Tür aufsperrst – und ich weiß, dass du das tun wirst, obgleich es dir verboten ist –, dann nimm die Hauskatze mit.‹

Das tat der Junge. Wie er nun die verbotene Tür aufsperrte, da sprang die Katze mit einem Satz hinein, schnappte die Hand und schlang sie hinunter. Ohne die Hand aber hatte der Drache seine Macht verloren. Als er zurückkehrte und das Zimmer leer vorfand, musste er seine eigene grässliche Gestalt wieder annehmen, und er stürzte augenblicklich auf den Fliesenboden des Schlosses, sodass sein Blut durch den ganzen Saal spritzte.

›Gut gemacht‹, sagte das Totenbein, ›nun schlage ihm aber auch den Kopf ab.‹

›Das kann ich nicht‹, antwortete der Knabe erschrocken.

Das Totenbein ließ aber nicht locker, bis er es tat.

›Nun nimm das Haupt des Drachen und wirf es ins Feuer!‹, befahl das Totenbein.

Das brachte der Knabe aber nun wirklich nicht fertig, so sehr graute ihn vor dem abgehauenen Kopf mit den Hörnern und Schuppen, der ganz blau geworden war und ihn aus seinen glasigen gelben Augen böse anzustarren schien. Von Angst und Schrecken gepackt, warf er das Haupt des Drachen in das verfluchte Zimmer und schlug die Türe hinter sich zu, und seit der Zeit wagte nie wieder jemand diesen Raum zu betreten. Oft hörte man, wie das Haupt darin herumrollte und -polterte, und zuweilen soll der eine oder andere gewagt haben, durchs Schlüsselloch zu spähen. Dann sah man es auf dem Kaminsims stehen, so blau und blutig wie an dem Tag, an dem es abgeschlagen worden war. Merkte es aber, dass jemand hereinguckte, so stürzte es sich sofort vom Sims und rollte blitzschnell auf die Türe zu, sodass keiner der Späher Lust hatte, noch länger das Auge ans Schlüsselloch zu halten.«

Diese Geschichte fand viel Beifall unter den Wächtern, denn unter den Leuten in Thurazim hielt sich allgemein die Ansicht, dass sich Drachen von Menschenfleisch ernährten, vorzugsweise dem von zarten, unschuldigen Kindern.

»Allerdings«, fiel eine Soldatin ein, »habe ich gehört, dass Drachen manchmal auch gütig sind. Habt ihr nie die Geschichte vom Gestaltenwandler Vauvenal gehört?«

Da alle verneinten, begann die Erzählerin: »Vor langer Zeit lebte ein weiser Drache namens Vauvenal. Er war ein Rosenfeuerdrache von so hoher Abkunft, dass er jede beliebige Gestalt annehmen konnte und mächtige Zauberkräfte besaß. Manchmal verwandelte er sich in die Gestalt eines Menschen und begab sich an den Hof des Kaisers, wo er als Troubadour auftrat und wegen seiner wunderbar süßen Stimme geehrt und geschätzt wurde. Als er eines Tages wieder einmal in Menschengestalt durch die Wälder streifte, hörte er verzweifelte Hilfeschreie. Eilig folgte er den Rufen und erblickte eine Frau, die sich mit aller Kraft gegen einige wüste Kerle zu wehren suchte. Der Troubadour ließ daraufhin seine Tarnung fallen, verwandelte sich zurück in einen Feuer speienden Drachen, und flugs hatte er die Angreifer verschlungen. Die ohnmächtig gewordene Frau lud er auf seinen Rücken und flog mit ihr in seinen Palast.

Er pflegte sie gut, und die Frau kam alsbald wieder zu Kräften. In Menschengestalt suchte Vauvenal sie auf und erfuhr von ihrem Schicksal. Ihre Familie versuchte sie zur Ehe mit einem Ritter zu drängen, der ein böser und grausamer Mensch war und den sie um keinen Preis heiraten wollte. Da hatte sie die Flucht ergriffen, war jedoch den Schergen und Gefolgsleuten ihres zukünftigen Mannes in die Hände gefallen, die sie mit Gewalt auf sein Schloss schleppen wollten. Vauvenal aber hatte sie vor diesem Schicksal bewahrt. Der Drache war berührt von dem Kummer und der Schönheit der Frau und bot ihr Schutz und Sicherheit in seinem Heim an.

Sie blieben fortan zusammen und wurden unzertrennlich, und die Frau erfuhr auch von Vauvenals wahrem Wesen, doch das tat ihrer Liebe keinen Abbruch. Seine Sanftmut und Freundlichkeit wogen alles tausendfach wieder auf, und der Drache seinerseits fand bei ihr die Freundschaft und das Verständnis, nach denen er so lange gesucht hatte. Sie verbrachten ihre ganze Zeit miteinander, sangen und dichteten und verlebten drei glückliche Jahre. Dann jedoch fiel die Frau plötzlich in einen tiefen, todesähnlichen Schlaf, aus dem kein Heilmittel und kein Zauber sie erwecken konnten. Es heißt, Zarzunabas selbst habe sie mit seinem tödlich kalten Finger angerührt, um sich an dem Drachenfürsten zu rächen, den er mehr hasste als alle anderen.

Vauvenal war untröstlich. Mit ihr hatte er seine große Liebe verloren und die einzige Frau, die ihn je einfach so geliebt hatte, wie er war.«

Vor allem die Frauen waren sehr gerührt von der Mär, und lange wurde hin und her spekuliert, ob man sich an die ruppigen und schuppigen Zärtlichkeiten eines Drachen gewöhnen könnte, wenn er ein so edles und gütiges Herz hatte wie Vauvenal. Doch plötzlich schrie der Posten, der zum Fenster hinausgespäht hatte, erschrocken auf, sodass die anderen an seine Seite eilten.

Der Gipfel des Toar Yul, der sonst bei Nacht nicht zu sehen war, leuchtete weithin in einem schrecklichen Rot. Ein Licht glühte in seinem Inneren wie die Flamme in einer Ampel, und der seit Jahrhunderten erloschene Schlot spie Feuergarben, die meilenweit auf das Land niederregneten. Ein dumpfes Grollen war zu hören. Der Himmel über dem Berg färbte sich rötlich, und in diesem Schein wurden Wolken sichtbar, die immer schneller und höher aus dem Krater quollen. Zweimal, dreimal so hoch wie der Berg selbst stiegen ungeheure, zerklüftete Türme aus Rauch, Qualm und glühender Asche in die Luft. Blitze zuckten kreuz und quer in der schrecklichen Wolke.

Dann – während die fassungslosen Soldaten noch standen und starrten – sprang der Gipfel des Berges nach allen Seiten auf wie eine steinerne Blume, Feuerströme schossen hervor und stürzten wie flüssiges Gold die Hänge hinab, und mit einem Lärm, als wollten die Fundamente der Welt einstürzen, erhob sich aus dem gesprengten Kerker ein Drache von fürchterlicher Gestalt. Mit dem Gebrüll eines Unwetters stieg er hoch in den Himmel und stürzte sich dann auf die Stadt Kysch mit allen ihren Palästen, Häusern und Schiffen, sodass mit einem Schlag die gesamte Stadt in Flammen aufging.

In der goldenen Stadt

Der Brief

In den Privatgemächern des Kaiserpalastes von Thurazim reichte Kaiser Hugues seiner Gattin einen Brief. »Lest das und sagt mir, was Ihr davon haltet.«

Kaiserin Iwara ergriff den Brief und las ihn, wobei sie eine geschliffene Linse vor die Augen hielt, um die Schrift besser entziffern zu können. Der Brief stammte von einem Flüchtling aus Kysch, der sich mit der Bitte um Unterstützung an den Kaiser wandte. Sein Bericht über das Unglück lautete folgendermaßen:

»Es gab viel Gelächter in Kysch, als wir davon hörten, dass die Mannschaft des ausländischen Schiffes *Zephyr* vor einem winzigen Wölkchen auf dem Gipfel des Toar Yul geflohen sei. Doch gegen Nachmittag verstummte das Gelächter, und Zweifel breiteten sich aus, denn die Wolke wurde zusehends größer und schwärzer, und Blitze zuckten darin hin und her.

Das Licht wurde matt und fahl wie vor einem Gewitter, und ein übler Geruch nach faulen Eiern hing in der Luft. Die Tiere wurden unruhig, Katzen und Ratten flohen einträchtig aus den Häusern, ihre Feindschaft vergessend. Die Hunde rannten ebenfalls davon. Die angeketteten Tiere in den Ställen brüllten grässlich, viele zersprengten ihre Ketten, und andere musste man losmachen, da sie sich sonst an ihren Fesseln erdrosselt hätten. Vögel fielen aus der Luft wie von unsichtbaren Pfeilen getroffen, sobald der Pesthauch sie erreichte.

Aus der Erde drang ein dumpfes Murmeln, als redeten dort böse Stimmen miteinander, und an manchen Stellen hob sich das Pflaster der Straßen, sodass Wagen davonrollten, selbst wenn man Steine unter ihre Räder schob. Plötzlich entstand eine Leere am Strand, als würde alles Wasser des Hafens in einen Abgrund gesogen, und auf dem breiten, so unversehens trocken gelegten Streifen zappelte Seegetier. Dann quoll aus dem Gipfel des Yul, der sich so viele Jahrhunderte lang ruhig verhalten hatte, eine schreckliche schwarze Wolke, zerrissen durch plötzliche Feuerausbrüche, die kreuz und quer hervorschossen. Sie loderten in länglichen Feuergarben auf, Blitzen gleich.

Es regnete Asche, und als Feuchtigkeit dazukam, die vom erhitzten Meer aufstieg, fielen Brocken von Bimsstein nieder, groß wie Menschenköpfe. Eine dicke Qualmwolke, die wie ein reißender Strom über die Erde dahinzog, fuhr auf die Stadt zu und trieb einen Schwall glühender Hitze und giftiger Miasmen vor sich her.

Auf dem Höhepunkte des Schreckens klaffte der Gipfel des Yul auf wie eine riesige feurige Blume und schleuderte Fontänen von flüssigem Gestein in die Luft, als wären die Eingeweide der Erde geborsten. Mitten aus dem Schlot aber erhob sich eine Schreckensgestalt von entsetzlicher Größe, vierfach geflügelt, mit einem Leib wie aus dunkler Bronze und Schwingen aus Rauch und Feuer. Mit einem Schrei, der uns allen das Herz zerriss, fuhr er hoch und verschwand im trübe verdunkelten Himmel. Hinter sich ließ er eine Flut von Asche und zäher Glut, die auf die unglückselige Stadt herabstürzte und sie binnen kurzer Zeit so völlig unter sich begrub, dass nur die Spitzen der höchsten Obelisken noch aus dem erstarrenden Feuerschlamm ragten.

So bitten wir Euch, edler Kaiser, dass Ihr uns zu Hilfe kommen mögt und uns beisteht, nachdem ein so furchtbares Unglück uns all dessen beraubt hat, was wir besitzen.«

»Nun? Was sagt Ihr dazu?«, verlangte der Kaiser ungeduldig zu wissen.

Kaiserin Iwara streckte sich gemächlich auf dem rotsamtenen Ruhebett aus, wobei der Schmuck aus silbernen Stäbchen und Ketten – silbern, denn auch der Kaiserin war es nicht gestattet, das göttliche Metall zu tragen – klingelte und klirrte. Mit süßer, sanfter Stimme voll vorgetäuschter Demut antwortete sie: »Mein Herr und Kaiser, es steht einer schwachen Frau nicht an, Euch Rat in Angelegenheiten des Krieges und heroischer Queste zu geben.«

»Sagt trotzdem, was Ihr denkt«, befahl er.

Sie zierte sich noch eine Weile und heuchelte Schwäche und Einfalt, zwei Eigenschaften, die sie ganz gewiss nicht beeinträchtigten. Erst als er ärgerlich wurde, gab sie nach. Sie warf den Brief achtlos auf den Boden. »Was will der Narr von Euch? Die Berge am südlichen Meer speien Feuer seit Menschengedenken, und immer schon wurden Dörfer zerstört. Niemand kann es verhindern, auch nicht der Kaiser.«

In ihrer Stimme lag ein Unterton, und Hugues fragte sich – nicht zum erstenmal –, ob sie ihn verspottete. Er hatte schon des Öfteren diesen Eindruck gehabt, allerdings hatte sie sich nie zu einer Ungebührlichkeit hinreißen lassen, die ihm das Recht gegeben hätte, sie zu bestrafen. So fragte er nur: »Und der Rachmanzai? Was sagt Ihr dazu?«

»Schickt einen Ritter hinunter, der ihn tötet, wie Ihr das auch bislang getan habt.«

»Ja, das habe ich getan. Aber die Ritter sind nicht wieder gekommen. Nur ihre verbrannten Knochen hat man noch gefunden.« Der Kaiser ärgerte sich. Es schien ihm, dass seine Gemahlin die Sache zu leicht nahm. »Lest doch den Brief! Dieser Drache ist riesenhaft.«

Iwara lachte auf eine Art, dass der Kaiser sich beschämt fühlte. »Ach was! Dem Furchtsamen erscheinen alle Drachen riesig.«

Der Kaiser trat ans offene Fenster und blickte hinunter auf die Stadt, die im Schein der Morgensonne unter ihm lag. Der Tag war hell, wenn auch dunstig. Die Phuramscheibe wirkte, als sähe man sie durch ein schillerndes Glas. Ein leichter, warmer Wind wehte. Die Oase, in der Thurazim lag, war groß und fruchtbar und ließ einen leicht vergessen, dass an ihrem Rand unvermittelt die grausame Wüste begann. Wie immer bewunderte Hugues die zerbrechliche Schönheit des gewaltigen Thurazim, zu dessen Pracht er nicht wenig beigetragen hatte. Es war seine Schmuckschatulle, die Schatzkiste seiner Geschmeide, die er hütete wie eine habgierige Frau ihre Juwelen.

Zu Hunderten ragten schlanke, zylindrische Türme aus Kristall und hellem Stein, mit goldenem Zierrat geschmückt, in die Höhe, so durchsichtig, dass sie eher in der Luft schwebend als im Boden verankert schienen. Ihre verjüngten Spitzen krönten Ausgucke, von denen bei Sonnenaufgang die Jubelhörner zum Phuramdienst riefen. Die kristallenen Türme schimmerten in hellen Farben, eisblau, violett, bronze, zartrosa oder golden, und überall brach sich das Sonnenlicht an pendelnden Prismen, die Regenbogen von Licht aussandten.

Vom Kaiserpalast, der als Symbol des Sonnenfürsten in der Mitte der Stadt lag, liefen strahlenförmig breite Straßen nach allen Seiten. Von ihnen zweigten Alleen ab, die von einer üppigen, gepflegten Vegetation gesäumt wurden. Zykadeen und breitfächerige Palmen wechselten mit Eukalyptus und schlanken Bambusrohren, deren Blätter im Wind spielten. Überall zwischen den Bäumen ertönte ein leises Singen und Summen: Es quoll aus den Blumen, die allerorten wuchsen, auf dem Boden und an den Bäumen. Sie ähnelten rosafarbenen Seeanemonen, und wie diese waren sie auch mehr Tiere als Pflanzen.

Paradiesvögel mit farbenprächtigen Schweifen hüpften von Ast zu Ast und stimmten in den Gesang der Blüten mit ein. Am Himmel trieben wie weiße Kähne in einem blauen See gemächlich die gewaltigen geflügelten Wesen dahin, die – sanft und leicht lenkbar – den Einwohnern als Reittiere in der Luft dienten. Unten auf den breiten Straßen stapften behäbige Echsen, mit bunten Schuppen bedeckt, die im Sonnenlicht wie gebranntes Glas aufleuchteten und ein Flirren von Farben erzeugten.

Die Stadt war der ganze Stolz des Kaisers, und eine kalte Faust umschloss sein Herz, als die Bilder der schauerlichen Verwüstung in Kysch sich über den lieblichen Anblick schoben.

Iwara hatte die Lider gesenkt und beobachtete ihn. »Ein Feuerchen, ein kleiner Basilisk!«, bemerkte sie verächtlich. »Ist all das der Sorge eines Kaisers wert?«

Hugues drehte sich mit einer scharfen Bewegung um. »Doch, das ist es! Die Rachmanzai zerstören nicht nur Dörfer und Städte, sie plündern auch die Goldfelder und verjagen die Schürfer. Der Strom des Goldes aus dem Süden versiegt. Die Priester des Phuram bedrängen mich bereits. Es mangelt an Opfergaben und Gold für die Statuen. Wenn wir den Sonnenfürsten nicht mehr mit Opfern ehren, wird er uns zürnen, und wer soll uns dann noch beschützen?«

Sie beobachtete ihn aus halb geschlossenen Augen in einem perlweißen, unbewegten Gesicht. »Wenn es nur das ist, was Euch Sorgen macht, so habe ich einen Rat für Euch. Es gibt noch Goldfelder im Norden.«

»Meint Ihr, das wüsste ich nicht?«, antwortete er verdrießlich. »Aber sie sind klein und entlegen. Alle paar Wochen kommt ein Transport und auch das nur, wenn er nicht unterwegs von Wüstenräubern überfallen wurde.«

»Ich rede nicht von den bekannten Minen.« Sie winkte ihm, sich zu ihr auf den Diwan zu setzen, und dämpfte die Stimme mit dem Unterton einer Verschwörerin. »Es gibt noch Goldadern in den Toarch kin Mur, nahe der Ruinenstadt Chiritai. Hat man Euch nicht von König Kurda erzählt? Unter seiner Herrschaft wurde so viel edles Erz aus den Minen geschürft, dass die Hunde aus silbernen Näpfen fraßen und die Kinder mit Juwelen Murmeln spielten.«

»Das mag sein, aber was ist aus König Kurda und seinen Untertanen geworden? Seit Jahrhunderten hat man nichts mehr von ihnen gehört. Wahrscheinlich sind sie zu Eis erstarrt, oder die brüllenden Sturmdämonen haben sie zerrissen.«

»Umso besser«, antwortete die Kaiserin ungerührt. »Dann wird Euch niemand hindern, das Gold zu beanspruchen. Sendet einen tapferen Ritter hin, der die Minen in Besitz nimmt und dafür sorgt, dass die Bergwerksarbeit wieder aufgenommen wird. Wie wäre es mit Graf Viborg? Er ist berühmt für seinen Mut und sein scharfes Schwert.«

Der Kaiser lauschte. Der Vorschlag erschien ihm immer besser, je länger er darüber nachdachte – wobei er nicht wusste, dass die Habgier sein Ratgeber war. Allerdings trennte er sich nur ungern von Ritter Viborg, einem seiner treuesten Gefolgsleute.

Die Kaiserin bemerkte sein Zögern und setzte listig hinzu: »Ihr werdet einen Statthalter in den Reichen im Norden brauchen, und wer ist zuverlässiger als Viborg?«

Das überzeugte den Kaiser. Er rief seinen Leibdiener, der stumm und unterwürfig in einem Winkel kauerte und auf Befehle wartete, und trug ihm auf: »Rufe den Grafen Viborg zur Audienz.«

Wenig später schon dröhnten draußen auf der Marmortreppe die Schritte eines Gepanzerten, und gleich darauf trat der Jüngling ein.

Graf Viborg war einer der treuesten Paladine des Kaisers, ein Stern am Himmel des Hofes von Thurazim. Er ragte zwei Schritt auf, schlank und rank wie ein junger Baum, mit ebenmäßigen Zügen und langem Haar, so gelb wie Wüstensand. Seine blaugrauen Augen leuchteten hell und kalt wie Sterne in einem schönen, harten und herzlosen Gesicht. Er kniete vor seinem Kaiser nieder, bis dieser ihn mit einer fast zärtlichen Geste aufhob.

»Mein Freund und treuer Diener«, sagte er, »ich habe einen Auftrag für Euch, wie ihn nur einer meiner besten Männer ausführen kann.«

Viborg vermutete, der Kaiser wolle ihn nach Süden schicken,

um den Rachmanzai zu bekämpfen, der Kysch verwüstet hatte, was ganz in seinem Sinne gewesen wäre. Entsprechend lang wurde sein Gesicht, als sein Gebieter ihn stattdessen aussandte, Goldminen im Norden zu suchen. Wäre er nicht so treu und ergeben gewesen, so hätte er wohl gesagt: »Warum, bei allen Basilisken der Unterwelt, schickt ihr nicht einen Schatzsucher? Das sind die richtigen Leute dazu!« Dann fiel sein Blick auf die Kaiserin, die im Hintergrund auf dem Ruhebett lag und ihr Gesicht hinter einem Fächer aus Elfenbein und Pfauenfedern verbarg, und er begriff. Er war sicher, dass sie hinter ihrem Fächer lachte. Die Drachenbrut! Die teuflische Schlange! Wie hatte es nur geschehen können, dass ein hoher und edler Fürst wie Hugues in die Schlingen dieser Kreatur geriet, von der Viborg überzeugt war, dass sie nicht wirklich menschlich war!

Aber was sollte er tun? Selbst von seinen engsten Vertrauten ließ Hugues sich niemals von seinen Plänen abbringen. Also erwiderte der Ritter nur in steifem Ton: »Was Ihr befehlt, soll geschehen.«

Als er den Palast verließ, war ihm zu Mute, als müsse er platzen vor Zorn. Es drängte ihn, mit jemandem zu sprechen, und da er ohnehin den Hohepriester aufzusuchen hatte, um sich den offiziellen Segen für die Reise erteilen zu lassen – ein Verzicht darauf hätte als Beleidigung Phurams gegolten –, beschloss er, ihm bei dieser Gelegenheit auch gleich sein Herz auszuschütten.

Der Hohepriester Furgas

Im Goldenen Tempel von Thurazim spendete der Hohepriester Furgas dem gläubigen Volk den Segen. Seine tiefe Stimme hallte feierlich durch den Raum, begleitet vom Klang der Widderhörner. Rund um ihn scharten sich in prächtigem Gepränge die Priester in ihren safrangelben, mit dem goldenen Phuramrad verzierten Roben und den steifen, kegelförmigen Mitren, die einen ganzen Schritt über ihren Kopf ragten. Hinter ihnen drängelte sich raschelnd die Menge der Tempeldiener, Sängerknaben, Glöckner und dienstbaren Brüder, die alle zu der komplizierten Liturgie des Phuramdienstes beitrugen.

Hunderte Kerzen spiegelten sich in den Marmorflächen, obwohl das Sonnenlicht durch hohe Fenster in den Tempel floss und ihn strahlend erhellte. Der Rauch der Opfergaben stieg vom Altar auf, doch kam er nicht von verbranntem Fleisch. In der Mitte des weißen, steinernen Tisches befand sich eine Mulde, die von einem starken Feuer erhitzt wurde. In diese Mulde legte der Priester die goldenen Votivgaben, die die Gläubigen zur Bitte um Gnade im Vorhof des Tempels kauften. Kleine metallene Gliedmaßen baten um Heilung von körperlichen Beschwerden, Sonnenrädchen um die Befreiung von Flüchen und den Nachstellungen der Nachtleute, Münzen um Wohlstand und Segen. Wenn sie schmolzen, rann das flüssige Metall zischend und rauchend in einen Raum unterhalb des Altars, wo eine Gussform wartete. So entstand aus den Gaben der Frommen eine neue Statue Phurams.

Bei seiner Leibesfülle kam den Hohepriester das lange Stehen sauer an, und er war erleichtert, als die feierliche Musik von Pauken und Zimbeln das Ende des Götterdienstes ankündigte. Mit einer ungeduldigen Geste verabschiedete er die letzten Gläubigen und watschelte geschäftig in den Nebenraum, um die Opfergaben zu überprüfen. Seine wulstigen Finger wühlten gierig im glänzenden Gold. Trotz der Basiliskenplage im Süden waren die Körbe noch gut gefüllt. Alles Gold im Kaiserreich gehörte dem Gott, es galt als todeswürdiges Verbrechen, goldenen Schmuck zu tragen oder das edle Metall für weltliche Zwecke zu verwenden.

»Phuram der Glühende – mögen seine Feinde verdorren! – wird zufrieden sein«, sagte er mit einem bedächtigen Kopfnicken. »Und nun bringt mich nach Hause.«

Obwohl er in den Priestergemächern am Fuß des Tempelberges wohnte, ging er nie zu Fuß, sondern ließ sich in einem Tragsessel von einer purpurn, orange und silbern gescheckten Donnerechse tragen. Es war ein breites Tier, riesenhaft von Gestalt, aber gutmütig wie ein Ochse und gewohnt, sich achtsam zu bewegen, damit der hohe Geistliche nicht ungebührlich durchgerüttelt wurde. Niemand in Thurazim konnte etwas Ähnliches aufweisen wie die kostbar geschnitzte Sänfte mit der orangefarbenen Seidenpolsterung, die das Ungetüm durch die Stadt schleppte.

Mit sechzig Jahren war der Hohepriester ein ungeschlachter Mensch mit dicken Handgelenken und groben, behaarten Fingern. Ein schlaffer Wanst hing ihm wie ein leerer Sack über die Lenden. Er hatte kurzes sandfarbenes Haar und einen kurzen sandfarbenen Bart, der auf einem Doppelkinn sprosste. Seine Augen waren so hell, dass sie überhaupt keine Farbe zu haben schienen. Sie blinzelten klein und verschwiemelt aus dem hängebackigen Gesicht, aber ihr Blick täuschte. Furgas war gerissen und skrupellos und hatte schon mehr als einen vernichtet, der ihn für einen harmlosen Fettwanst gehalten hatte.

Jetzt lehnte er behaglich in seinem Tragsessel und ließ den Blick über die Stadt rundum schweifen. Mit besonderem Wohlgefallen betrachtete er die zwanzig Schritt hohen goldenen Statuen, die sämtliche öffentlichen Plätze schmückten. Sie stellten Phuram in Gestalt eines riesigen Mannes dar, zuweilen als Reiter auf einem mächtigen Tausendzahn, dann wieder als Drachentöter, der sein Schwert in den Leib eines Ungeheuers stieß, eines monströsen Weibes mit Schlangenhaar, Schuppenleib und den Hauern eines Ebers. Für gewöhnlich aber war er als Triumphator abgebildet, gehüllt in eine gleißende Rüstung, mit einem Bündel Sonnenpfeile in der mächtigen Faust und einem Helm auf dem Kopf, dessen Vorderseite ein schönes, von goldenen Lockenkringeln umrahmtes Männergesicht zeigte. Die Rückseite des Helms war ebenfalls aus Gold gefertigt, doch zeigte sie den gräulichen Echsenschädel eines Tausendzahns mit dolchspitzen Fängen und rot glühenden Augen. An dieser Rückseite hingen schwere Ketten herab, eine Warnung an alle Frevler.

Der Priester nickte beifällig. So war es recht. Den Gläubigen und Gehorsamen zeigte der Sonnenfürst sein schönes Gesicht, den Ungläubigen und Widerspenstigen aber das hässliche. Und Widerspenstige gab es nicht wenige.

Nicht jeder in Thurazim und den umliegenden Landen verehrte die goldene Sonne, zum großen Verdruss der Priesterschaft und des Kaisers. Tatsächlich war es bei allem Prunk und Gepränge nur eine kleine Elite, die aus wahrer Ehrfurcht das Knie vor Phuram beugte, und nur diese Getreuen durften sich frei in der Sonne bewegen, ohne Furcht vor ihren rächenden Strahlen.

Die große Masse der Einwohner – Schecken genannt, weil sie meist irgendwo Sonnenbrand hatten – besuchte zwar gehorsam die Götterdienste und entrichtete die vorgeschriebenen Opfergaben, um Gott und Kaiser nicht zu verärgern, aber sie hegten keine wirkliche Verehrung und Liebe für den herrlichen Phuram. Dieser verachtete sie, ließ jedoch zu (da sie immerhin Tempelsteuer zahlten und Goldopfer darbrachten), dass sie sich im Licht bewegten, und zeigte sein Missfallen nur gelegentlich, indem er ihnen mit seinen goldenen Pfeilen Nase und Wangen, Hände und Waden verbrannte, sodass sie sich vorsorglich mit Schleiern, Handschuhen und Kapuzen schützten, wenn sie außer Haus gingen. Dann aber waren da noch die Mondscheiner, das schmutzige Nachtgeziefer, das Datura anbetete. Phuram verbrenne sie!

Furgas schnaubte verdrießlich. Es wäre ein Leichtes gewesen, das Gesindel in seinem unterirdischen Nest auszuräuchern und die Stadt von allen Ketzern zu säubern. Aber der Hohepriester war nicht nur fromm, sondern auch klug, und so wusste er, dass Thurazim die Mondscheiner brauchte, ja ohne sie nicht überleben konnte. Wer außer ihnen war bereit, alle die schmutzigen Arbeiten in der Dunkelheit zu verrichten, die nun einmal für das Leben einer Stadt notwendig waren? Kein Sundar wäre auch nur in einen Rübenkeller hinabgestiegen, geschweige denn in eine Kloake. Die Vorschrift kultischer Reinheit verbot es ihnen, sich mit toten, unreinen und Ekel erregenden Dingen zu befassen. Die Schecken wiederum waren zwar bereit, gegen Geld und Vergünstigungen solche Arbeiten zu tun, aber sie waren schlampig und unzuverlässig und dem Genuss des verderblichen Honigschlundöls zugeneigt, mit dem sie sich bei jeder Gelegenheit berauschten. Deshalb hatten auch viele von ihnen verrottete Zähne und braune Hautflecken, denn die Droge zerfraß den Körper genauso wie den Verstand.

So kam es, dass die Inquisition – die für schwere Verbrechen gegen den Staat genauso zuständig war wie für Gotteslästerung und Ketzerei – die Ansichten der Nachtleute zwar lautstark verdammte, sie aber kaum jemals ernstlich verfolgte. Es waren viel öfter abtrünnige Sundaris, die in Ketten vor die geistlichen Richter geschleppt wurden, als Mondscheiner.

Denn auch die Sundaris waren nicht unbedingt zuverlässig, wie der Hohepriester aus den ausführlichen Berichten seiner

Spitzel und Inquisitoren wusste. Daher trugen sie alle auf der rechten Brustseite gut sichtbar einen spannenlangen dreieckigen Stoffwimpel, der mit einer Spange an den Kleidern befestigt war. Die Wimpel hatten die verschiedensten Farben, weiß, gelb, orange, rot, purpur, violett. Die Farbe gab Auskunft darüber, wie hoch die Träger im Ansehen standen; die Weißen waren am höchsten angesehen, die Violetten am niedrigsten. Aber diese Rangunterschiede waren nicht unveränderlich, sie wurden von den Beamten des Kaisers ständig neu festgelegt. Wer gestern noch weiß oder gelb war, konnte morgen schon violett sein – und sich Gedanken darüber machen, wie es sich wohl anfühlte, dem Gerichtstier vorgeworfen zu werden. Im Palast des Kaisers wurde ein lebender Tausendzahn in einer ausgetrockneten Zisterne gehalten. Man nannte ihn das Gerichtstier, denn der Kaiser ließ ihm diejenigen Anhänger, die gegen das Gesetz verstoßen hatten, zum Fraß vorwerfen. In Thurazim erzählte man sich, das Gerichtstier sei noch nie hungrig schlafen gegangen.

Das war gut so, dachte der Priester. Eine Religion war nur dann etwas nütze, wenn sie die Gläubigen in Furcht und Schrecken hielt. Wozu gab es Götter, wenn nicht dazu, dass sie auch alle diejenigen straften, die der harten Hand der Inquisition entschlüpft waren? Er brauchte nur an diesen Schurken Beck zu denken, den Inquisitor, der Phuram abtrünnig geworden war und sich mit Hilfe einer Verräterin der gerechten Strafe entzogen hatte. Dem kaiserlichen Zorn war er entgangen, aber Phuram würde ihn finden und vernichten.

Furgas wurde von einem dumpf-kalten Luftzug aus seinen Gedanken gerissen, denn eben passierte die Donnerechse gemessenen Schrittes einen der grotesk gemeißelten Abgänge in die Katakomben, in denen die Nachtleute hausten. Vom Tunneleingang starrten widerlich fratzenhafte Wasserspeier mit grinsenden Mäulern herab.

Knapp vor Furgas' Sänfte entstand dort unter dem Torbogen

ein wüster Tumult. Ein Mann in der blauen Toga eines Sundar, mit einem violetten Wimpel am Kleid, wurde von einem Dutzend Soldaten zu der Treppe gedrängt. Sie stießen ihn, der sich brüllend wehrte, mit den Hellebarden die Stufen hinunter.

Der Sundar – ein dünner, vertrocknet wirkender Mensch mit zerrauftem Haar – war in heller Panik. Das Gesicht kalkweiß, die Augen wild aufgerissen, kreischte er verzweifelt, stammelte Bitten und Beschwörungen, versprach, sich in Zukunft untadelig zu benehmen – umsonst. Unbarmherzig stießen die Soldaten ihn tiefer und tiefer in die unterirdische Welt, bis er auf der letzten Stufe zusammenbrach. Unfähig, sich aufzurichten, kniete er mit erhobenen Händen dort und flehte jämmerlich um Gnade, aber niemand gewährte sie ihm. Die Soldaten wandten ihm den Rücken zu und stiegen die Treppe hinauf.

Furgas ließ anhalten und winkte den Hauptmann der Soldaten herbei. »Wer ist das?«, fragte er, auf die Treppe zur Unterwelt weisend.

»Der Schriftgelehrte Jannis, Euer Ehrwürden. Er arbeitete im Haus der Bücher.«

»Und was war sein Verbrechen?«

Der Soldat zögerte unbehaglich, dann beugte er sich vor und flüsterte die Antwort in das dicke, runzlige Ohr des Priesters. »Er ist ein Vhul, Euer Ehrwürden.«

Der Hohepriester verzog angewidert das feiste Gesicht. »Wie abscheulich! Keine Begnadigung, unter gar keinen Umständen! Lasst ihn dort unten verschimmeln.«

Er warf einen letzten Blick auf die Gestalt in der Tiefe. Der Unglückliche war schluchzend auf dem Boden des Tunnels zusammengebrochen. Ein paar Nachtleute eilten herbei, versuchten ihn aufzurichten und zu beruhigen, aber er schlug und trat wild um sich, bis sie ihn wieder losließen. Zuletzt schleppte er sich in einen dunklen Winkel und kauerte dort, gelähmt vor Verzweiflung, den Kopf auf den Knien, die Arme um die Knöchel geschlungen.

Ärger wallte in Furgas auf. Was hatte der Kerl zu flennen? Er konnte froh sein, dass er am Leben bleiben durfte!

In jähem Zorn wandte der Priester sich um und winkte den Hauptmann noch einmal zu sich. »Ich habe es mir überlegt. Packt ihn auf den nächsten Transport und verkauft ihn auf einem Sklavenmarkt irgendwo in der nördlichen Wüste.«

Zuhause angekommen, ließ Furgas sich schwer auf den gepolsterten Diwan fallen. Hier, in dem verschwenderisch ausgestatteten Raum mit den zahllosen Kerzen, hielt er Audienz, hier empfing er seine Spitzel und Agenten, hier ließ er sich von den Inquisitoren Bericht erstatten.

In einem verschnörkelten Käfig am Fenster wartete ein üppiger, von einem Dutzend duftender, rosa Blüten bedeckter Honigschlund auf die Heimkehr seines Besitzers. Als er witterte, dass der Priester nach dem Tellerchen mit den Fleischbrocken griff, schlängelten sich gierige Arme zwischen den Gitterstäben hindurch. Furgas reichte ihnen einen der Fleischbrocken, die bereits den süßlichen Geruch der Verwesung ausströmten. Ein Kranz von rosa Fingerchen schnappte zu und beförderte den faulenden Brocken in den Mundschlitz, aus dem ein honigähnlicher, zäher purpurner Saft troff.

Die Pflanzentiere waren überaus beliebt in Thurazim. Sie waren fähig zu denken – jedenfalls weitaus fähiger als andere Pflanzen – und mit einem urtümlichen, aber heimtückischen Bewusstsein begabt. Wo sie wild wuchsen, jagten sie förmlich nach ihrer Beute. Manchmal versuchte ein Teil der Arme das Opfer abzulenken, indem sie wild in der Luft herumfuchtelten, während ein anderer Arm sich von hinten anschlich und unversehens um den Hals wickelte. Deshalb wurden sie auch in Käfigen gehalten.

Entlang der Alleen standen allerorten die mannshohen Käfige, und die Vorübergehenden fütterten die Mäulchen mit Dörrfleischschnitten, die von Händlern an jeder Ecke feilgeboten wurden. Es waren abstoßende Kreaturen; zwar trugen sie faustgroße, orchideenähnliche Blüten in rosa und blassgelben Farbtönen, doch machten diese Blüten einen widerwärtig fleischigen und fauligen Eindruck. Die Pflanzen selbst bestanden aus einem tonnenförmigen, fettig glänzenden rosa-braunen Rumpf, so groß wie ein Tavernenkessel, und einem Dutzend hohler, sehniger Arme, die in ständiger Bewegung umherfuhren. Sie waren Gliedmaßen und Schlund zugleich: An ihren Enden saß ein Kranz fleischiger rosa Finger, die eine stetig schluckende und schnappende Öffnung umgaben.

»So, jetzt ist es aber genug, mein Lieber, du verdirbst dir noch den Magen.« Furgas schob einen feuchten, ölig schillernden Pflanzenfinger hinter die Stäbe zurück und wandte sich an seinen Sekretär. »Was steht heute noch an, Milas?«

Der Diener zog eilfertig ein Schreibtäfelchen aus dem Gewand. »Der Graf Viborg wartet darauf, bei Euch vorzusprechen. Er bittet um Euren Segen, Ehrwürden, für die Queste, zu der er aufbrechen wird.«

»Gut, gut. Ich werde ihn segnen.« Furgas wusste genau, dass der Ritter keinen Pfifferling auf seinen Segen gab. Viborg glaubte an seine starke Faust und sein scharfes Schwert, an nichts anderes. Aber es war nun einmal Sitte, dass ein Ritter um den Segen des Hohepriesters bat, wenn er auszog, ein gefährliches Abenteuer zu bestehen. »Ruf ihn herein.«

Die Sundaris waren ein Schlag schöner Menschen – selbst Furgas war ein anziehender Jüngling gewesen, bevor Alter und Völlerei ihn hatten fett und hässlich werden lassen. Aber Graf Viborg war der Schönste von allen. Furgas wusste, dass die Leute – vor allem die Frauen – den Ritter vor sich sahen, wenn sie sich den personifizierten Sonnenfürsten vorstellten.

Der Priester betrachtete ihn mit einem gewissen persönlichen Stolz. Es befriedigte ihn zu sehen, welche herrliche Pflanze aus der jämmerlichen Knospe gewachsen war, die er vor vierundzwanzig Jahren im Morgengrauen am Tor des Tempelberges gefunden hatte, eingewickelt in kostbare Tücher und mit einem Brief, der besagte: »Das Kind ist von hoher und edler Abkunft, doch verwaist, und wir wagen nicht, uns darum zu kümmern. Erbarmt Euch seiner!«

Zweifellos war der ausgesetzte Säugling der Spross von vornehmen Eltern, die von der Inquisition oder der kaiserlichen Reiterei aus der Welt geschafft worden waren. In einer Aufwallung von Mitleid hatte Furgas den Brief verschwinden lassen und den Knaben zu den Schülern der Priester gebracht, wo er aufgewachsen war. Später hatte er, da er keinerlei Begabung zum Geistlichen zeigte, die Knappenschule besucht und war von einem greisen, kinderlosen Ritter namens Viborg als Sohn und Erbe adoptiert worden.

»Es freut mich, Euch zu sehen.« Furgas streckte ihm die Hand mit dem Priesterring entgegen, und Viborg deutete einen Kniefall und einen Handkuss an – beides sehr flüchtig. Dann setzte er sich an den Tisch, auf dem Wein aus Makakau, Früchte und Süßigkeiten bereitstanden.

»Ich danke Euch für Euren Segen, hochwürdiger Herr«, sagte er mit Spott in den Augen und fügte dann grimmig hinzu: »Ich werde ihn brauchen. Ihr wisst, welchen Auftrag mir der Kaiser erteilt hat?«

»Neue Goldfelder im Norden zu suchen, da die im Süden von räuberischen Rachmanzai geplündert wurden«, antwortete Furgas mit halb geschlossenen Augen.

Der Gepanzerte hieb mit der Faust auf den Tisch, dass die Becher sprangen. »Seid nicht albern!«, schnauzte er den Priester verächtlich an. »Ihr wisst genau, was gespielt wird. Die Kaiserin will mich loswerden – weitab vom Schuss und umgeben von tausend Gefahren. Nichts wäre ihr lieber, als wenn ich da draußen in der Stöhnenden Wüste zugrunde ginge.«

Furgas wusste natürlich, dass dem so war. Viborg war ein Mann des Kaisers, ein Kriegsmann durch und durch. Wem er Treue geschworen hatte, dem hielt er sie unverbrüchlich. Seit einiger Zeit war die Kaiserin bestrebt, alle diese Getreuen vom Hof weg zu senden, den einen mit diesem, den anderen mit jenem Auftrag. Zweifellos plante sie einen Umsturz, aber Genaueres war im Nebel der allgemeinen höfischen Intrigen noch nicht zu erkennen.

Als vorsichtiger Mann, der er war, hütete sich der Priester freilich, dem Grafen laut zuzustimmen. Diese Kriegsherren, dachte er, waren allesamt einfältig. Sie ließen ihr Maul laufen, gänzlich unbekümmert, wer ihnen zuhören mochte, und dann wunderten sie sich, wenn sie vors Inquisitionsgericht geschleppt wurden. Traue niemand, hieß die Losung der goldenen Stadt.

Graf Viborg aber kannte keine Vorsicht. Wütend fügte er hinzu: »Als die erste Kaiserin noch lebte, da war Hugues ein Fürst, wie er einer sein soll. Aber seit er die Mokabiterin geheiratet hat, ist er nur noch ein knieweicher Weiberknecht! Es wird noch unser aller Unglück daraus erwachsen!«

»Ihr denkt schlecht von unserem höchsten Herrn«, bemerkte der Priester warnend.

Aber der Graf ließ sich keinen Einhalt gebieten. »Wenn es doch wahr ist! Ihr wisst, welche Sippe von Totenbeschwörern und bösen Drachen dort unten auf den Vulkaninseln haust. Gut, es mag sein, dass die Mokabiter schon lange nicht mehr offen der schwarzen Magie huldigen, aber insgeheim tun sie es sehr wohl, und es würde mich gar nicht wundern, wenn die Kaiserin bei dem Verlust der Goldfelder die Hand im Spiel hätte. So schön sie ist, so schlecht ist sie!« Er blickte Furgas scharf an. »Ihr seid ein Priester und Inquisitor. Warum unternehmt Ihr nichts gegen sie?«

»Sie ist die Kaiserin«, antwortete Furgas, der nicht im Traum daran dachte, seine geheimen Pläne mit diesem blökenden Einfaltspinsel zu teilen. »Und das solltet Ihr bedenken, Herr Graf.«

Viborg brummte unzufrieden und stand auf. »Nun gut, dann mache ich mich jetzt auf den Weg. Ich kann Euch sagen, ich werde mich wohler fühlen, wenn ich nicht mehr einer Frau dienen muss – und einer Mokabiterin dazu.« Mit diesen Worten stampfte er hinaus.

Eine Weile saß der Hohepriester reglos da, tief in Gedanken versunken. Dann stand er auf, schlurfte zur Tür und schob den Riegel vor. Nachdem er ein Tuch über das Schlüsselloch gehängt hatte, trat er an die geschnitzten Regale heran und berührte mit ausgestreckter Hand eine der hölzernen Spiralen. Es knarrte leise, und das Regal drehte sich halb um die eigene Achse. Dabei gab es einen Hohlraum frei, aus dem der scharfe, in der Nase beißende Geruch alter Bücher drang. Er beugte sich in die geheime Nische und nahm eines nach dem anderen die Bücher heraus, die darin lagen.

Furgas verabscheute Kaiserin Iwara, die – zweifellos mit Hilfe der Dämonenmagie ihrer Familie – Kaiser Hugues so bezaubert hatte, dass er seine rechtmäßige Ehefrau unter fadenscheinigen Vorwänden wegen Hochverrats hatte hinrichten lassen und noch in der Blutnacht die schöne Mokabiterin geheiratet hatte. Aber er wusste, dass Iwara und ihre Intrigen nur ein winziger Randbereich des Unheils waren, das Stadt und Reich drohte. Dieses Unheil umkreiste die Kaiserstadt, wie Hyänen einen Pferch mit Schafen umkreisen. Bislang hatte Furgas nicht viel von dem Geschwätz der Mondscheiner gehalten, die behaupteten, in der Nachtsonne reife ein Schlangenkind heran, und wenn es ausgereift sei, komme das Ende der Herrschaft der Sundaris – ja das Ende der Herrschaft Phurams. Aber die Konstellationen der Gestirne, an die er glaubte, wiesen ebenfalls auf gefährliche Veränderungen hin. Und davon abgesehen gab es handfeste Aussagen von Spähern und Flüchtlingen, die über beunruhigende Vorgänge im äußersten Süden und Norden zu berichten hatten: Die Rachmanzai wurden immer feindseliger, raubgieriger und machtlüsterner. Verschworen mit den Mokabitern und dem Gezücht der Nephren, griffen sie nach der Herrschaft. Die Überfälle auf die Goldfelder waren nur der Anfang. Im Norden tobten die Muden Gamul wilder denn je auf den Gipfeln der Toarch kin Mur und wagten sich zuweilen bis in die Aschenwüste und die Blaue Wüste hinunter, um dort die einsamen Dörfer heimzusuchen.

Furgas' Blick glitt prüfend über die Bücher. Altertümliche Folianten waren es, zum Teil so vergilbt, dass man die Seiten mit Vorsicht wenden musste, um sie nicht zu beschädigen. Alle hatten runzlige Rücken und abgegriffene Deckel. Eins nach dem anderen legte der Alte sie auf den Tisch. Er achtete sehr darauf, dass niemand außer ihm sie zu Gesicht bekam, sonst hätte er selbst eine Untersuchung durch das Inquisitionsgericht befürchten müssen, die mit seinem schmählichen Tod geendet hätte. Aber wo sonst sollte man forschen als in den verbotenen Büchern, nachdem in den erlaubten nur stand, was der Kaiser zu lesen wünschte?

Zuletzt entschloss er sich, mit dem Arkanen Schatzkästlein anzufangen. Wenn er darin nichts finden sollte, konnte er immer noch zu den tieferen und dunkleren Werken greifen.

Der Juwelenhändler

Seit dem Untergang des Drachenimperiums hatten die Himmelsflügler die Monde gezählt und die Nachtsonne beobachtet, in deren Bauch das Schlangenei heranreifte, und als die Zeit näher rückte, spähten sie an allen Ecken und Enden Chatundras nach den Berufenen aus, um sie zu beschützen. Wären nur nicht so viele Menschen auf dieser Welt herumgelaufen! Früher war es viel einfacher gewesen, aber in letzter Zeit hatten sie sich so unglaublich vermehrt, dass es selbst für das magische Auge ein nahezu hoffnungsloses Unterfangen war, die Richtigen herauszufinden. Die Seherin Wyvern setzte ihre ganze Kraft ein, und der alte Kulabac, der Drachenfürst mit dem roten Karfunkelauge, das selbst die Finsternis der Unterwelt durchdringen konnte, stand ihr bei. Aber bei diesem Menschengewimmel war es, als suchte man unter einem Schwarm Sardinen nach einer Einzelnen, die das Zeichen der Drachenklaue trug.

Diejenigen, die über den magischen Blick verfügten, durchforschten damit das Land. Freilich konnten sie nicht alle Menschen einzeln begutachten, so weit reichte auch ihre Fähigkeit nicht, aber sie konnten gewisse Veränderungen im Gewebe der Welt wahrnehmen, die ihnen das Vorhandensein ungewöhnlicher Ereignisse offenbarten. Solche Veränderungen zeigten sich zuweilen als lumineszierender Nebel, der bestimmte Stellen bedeckte, oder diese waren in ein eigentümliches, unirdisches Licht getaucht; manchmal sahen die Hellsichtigen sie auch auf absonderliche Weise verfärbt, sodass ein kleines graues Lehmdorf plötzlich in lebhafte rote, grüne und orange Farbschleier getaucht war. Auf jeden Fall wussten sie bereits, dass einige der Berufenen sich in der goldenen Stadt aufhielten, andere weit im Nordwesten, wo sich die endlosen Wüsten entlang der Heerstraßen erstreckten.

Auch Vauvenal hatte die Ereignisse in Chatundra sorgsam beobachtet. Obwohl ihn persönliche Sorgen tief bedrückten – seine Frau lag in dem Todesschlaf, den einer von Zarzunabas' bösen Geistern über sie geworfen hatte –, tat er alles in seiner Macht Stehende, den drei Schwestern zu helfen. Er wusste, dass ihre Feinde alles daransetzen würden, die Dreizehn als Erste ausfindig zu machen, um zu verhindern, dass sie ihre Queste erfolgreich zu Ende brachten. Was Tochtersohn anging, so machte er sich keine großen Sorgen. Er stand unter Wyverns persönlichem Schutz und trug einen starken Talisman, der ihn auf der Reise schützte. Aber Alcina war schon der erste Fehlschlag gewesen. Dass sie eine der Berufenen gewesen war, hatte er erst nach ihrem Tod erfahren.

Vauvenal hatte sich in der goldenen Stadt niedergelassen und gab sich den Anschein, das Geschäft eines Juwelenhändlers zu betreiben. Das fiel ihm leicht, weil er aus seinem geheimen Palast in den Dschungeln von Makakau Edelsteine herbeiholen konnte, so viele er nur wollte. Es war auch ein sehr gut gehender Beruf, denn bei den Sundaris herrschte lebhafte Nachfrage nach Juwelen, um die zahllosen Tempel und Statuen Phurams damit zu schmücken.

Wer das Gewölbe in der Straße der Steinschneider und Juweliere betrat, sah sich dort einem hoch gewachsenen, fülligen Mann mit langem, sorgfältig gekämmtem rotblondem Haar gegenüber, das ein rundes, verschmitztes und liebenswertes Gesicht umrahmte. Er trug Kleider, wie sie einem vornehmen Handelsmann angemessen waren, und legte feine Sitten an den

Tag, sodass er in kürzester Zeit bei den Tempelhändlern sehr beliebt geworden war. Da er seinen Kunden stets Leckereien und ausgezeichnete Weine und Liköre aus Makakau anbot, kam es häufig vor, dass einer auf ein Schwätzchen blieb und Vauvenal so manches erfuhr, das eigentlich geheim bleiben sollte. Wie alle Drachen war Vauvenal geschickt mit der Zunge, er verstand sich darauf, Geschichten, Rätsel und Späße zu erzählen, verschleierte Andeutungen zu machen und – was wohl am wichtigsten war – seinem Gegenüber das Gefühl zu geben, dass in dem leichten Geplauder überhaupt nichts von Bedeutung gesagt worden war.

Er wusste genau darüber Bescheid, was die Kaiserin in Wirklichkeit war. Er wusste, dass die Mokabiter drei junge Männer, die sie gern loswerden wollten, nach Thurazim geschickt hatten und die drei ihre diplomatische Mission zu nutzen gedachten, indem sie sich auf Drydds Seite schlugen und mit den Basiliskenkönigen verhandelten. Er behielt auch einen Schriftgelehrten namens Ninian im Auge, dessen begeistertes Studium von Drachiana ihm von Bedeutung erschien. Wenigstens gab es den einen zuverlässigen Fingerzeig, dass die Berufenen alle in frühester Jugend ihre Eltern verloren hatten und unter einem Vollmond geboren waren, das machte es ein klein wenig leichter. Nun wartete er jedoch auf einen Besucher, von dem er sich wichtige Neuigkeiten erhoffte.

Da die Sundaris ein überaus prüder Menschenschlag waren, war Vauvenal auf einige Schwierigkeiten gestoßen, als er versucht hatte, Auskunft über ein auffallendes Mal am Körper zu erhalten. In der Öffentlichkeit trugen sie stets ihre himmelblauen Togas, die in losen Falten vom Hals bis zu den Füßen fielen, und auch im privaten Kreis galt es – sogar beim intimen Zusammensein – als ungehörig, mehr Haut als unbedingt notwendig zu zeigen. Der einzige Ort, wo man einen Sundar nackt zu sehen bekam, war das wöchentliche rituelle Bad im Badehaus des Tempels, das die religiösen Gesetze vorschrieben. Aber auch dort wurden die Kunden nicht nur streng nach Geschlechtern getrennt, sie betraten auch einzeln die Baderäume, in denen sie sich auskleideten und von einem Tempeldiener die heilige Waschung vornehmen ließen.

Vauvenal hatte nach dem Tempeldiener schicken lassen, der das Badehaus der Vornehmen leitete, nachdem er auf einer Liste aller bedeutenden Persönlichkeiten mehrere entdeckt hatte, deren Eltern früh verstorben waren. Der Mann erschien pünktlich und beantwortete bereitwillig die Fragen des freundlichen Juweliers. »Du weißt, Sandron«, sagte dieser, »dass ich einen gewissen Menschen suche, der mich um viel Gold betrogen hat und von dem ich nur weiß, dass er ein auffälliges körperliches Zeichen auf seiner Haut trägt – keine Tätowierung oder Narbe, sondern ein natürliches Mal.«

»Wenn er in meine Badestube kommt, kann ich Euch das sicher sagen«, erwiderte der Bademeister schmunzelnd. »Wie sieht das Mal denn aus?«

»Nein, wir machen es andersherum«, widersprach der Drache. »Denn ich will nicht, dass du weißt, wer gemeint ist, sonst könntest du ihm unabsichtlich verraten, dass er erkannt ist, und dann würde er dir die Kehle durchschneiden. Er ist ein ganz übler Schurke.«

Das überzeugte den Bademeister, und so erzählte er dem Drachen in allen Einzelheiten, was die Vornehmen der Stadt für außergewöhnliche Zeichen am Leib hatten. Vauvenal erfuhr von vielen Warzen, Leberflecken und ähnlichem, und dann kam die Nachricht, die er erhofft hatte: Vier Männer wurden erwähnt, die alle in frühester Jugend ihre Eltern verloren hatten.

»Da ist etwas Merkwürdiges, edler Herr, das mir schon lange aufgefallen ist, aber Ihr wisst, man darf in meinem Beruf über intime Dinge nicht reden – jedenfalls nur im tiefsten Vertrauen. Da sind vier Herren von Rang, die alle dasselbe Zeichen am Leibe tragen, wenn auch jeder an einer anderen Stelle. Es sind drei rote Male, wie Granatapfelkerne anzusehen, die zu einem Dreieck geformt sind.« Er lachte laut auf. »Beim Hohepriester Furgas ist es nicht leicht zu sehen, denn es liegt versteckt unter den Speckfalten seines Bauches, doch der Ritter Viborg und die beiden Schriftgelehrten, der Magister Ninian und Jannis, der Erforscher alter Kulturen ... Aber ich schwätze Unsinn, denn ich glaube wohl kaum, dass unter solch hohen Herren ein Schurke ist, der einen ehrlichen Händler um Geld betrügt!«

»Nein, gewiss nicht!«, rief Vauvenal lachend und schenkte nach. »Wo der Kaiser den Ritter gerade so hoch geehrt hat, dass er ihn als Statthalter nach Norden schickt!«

»Ja, und der Magister Ninian wird ihn auf kaiserlichen Befehl begleiten. Das sind schon vornehme Herren! Obwohl«, fuhr der Bademeister mit bedeutsam gerunzelter Stirne fort, »man nie sicher sein kann. Hat sich nicht Jannis, den man für einen so stillen und zurückhaltenden Gelehrten hielt, als dermaßen abscheulicher Verbrecher erwiesen, dass er ausgestoßen und in die Sklaverei verkauft wurde?«

»Was? Tatsächlich? Ich habe ihn doch letzte Woche erst noch gesehen, als ich mit einer Schatulle voll Edelsteine, die für einen Bucheinband verwendet werden sollten, ins Haus der Bücher kam.«

»Ja, ja! Er hat sich gut getarnt, aber zuletzt wurde er doch ertappt. Er wurde als Vhul entlarvt!«

»Wie grässlich!«, rief Vauvenal – der schon gefürchtet hatte, man hätte Jannis als Berufenen entlarvt und deshalb in die Wüste verschleppt – mit dröhnender Entrüstung aus. »Ich hoffe doch, man hat ihn weit, weit weggebracht, damit er niemandem mehr schaden kann?«

»Gewiss doch! Da könnt Ihr ganz sicher sein! Er wurde nach Fort Timlach geschickt, wo jeden Monat ein Sklavenmarkt abgehalten wird, und ich hoffe, dass er in der finstersten Wüste verdorrt, der widerwärtige Schurke.«

»Nun, dem schließe ich mich gern an. Also, Sandron, es scheint mir, dass der Mann, den ich suche, nicht zu Euren Kunden zählt ... Das Zeichen übrigens, das Ihr erwähnt habt, ist meines Wissens nichts weiter Besonderes; es ist nur ein Mal, das zurückbleibt, wenn man von einem bestimmten Nachtinsekt gebissen wurde. Ich habe dergleichen schon oft gesehen.«

Nachdem er so den Argwohn des Badewärters zerstreut hatte, entließ er ihn.

Am folgenden Tag blieb das Gewölbe geschlossen, denn Vauvenal war anderweitig beschäftigt. Er musste Vorkehrungen treffen, dass Jannis in die richtigen Hände kam, und dazu brauchte er Wyverns Hilfe. Sie hatte seit dem Sonnensturm im Verborgenen daran gearbeitet, eine Schwesternschaft von Frauen ins Leben zu rufen, die entweder selbst Drachinnen oder Hybriden oder auch freundlich gesinnte Magierinnen waren. Bedeutende Persönlichkeiten gehörten diesem Bund an wie die dreihundertjährige Königin des Ka-Ne-Volkes weit oben in der Stöhnenden Wüste und die Zauberin Umbra, die in der Blauen Wüste lebte. Fort Timlach, an der Grenze des Kaiserreiches, lag nicht allzu weit von der Blauen Wüste entfernt. Von einem Mann, und sei er ein Mirminay, würden diese stolzen Frauen sich nichts sagen lassen, also musste er Wyvern bitten, dass Umbra den Schriftgelehrten Jannis abfing, bevor er wieder verschwand.

Zudem beschäftigte Vauvenal der Gedanke, dass der Ritter Viborg und der Magister Ninian auf Befehl des Kaisers nach Norden zogen und auf diesem Weg in Fort Timlach an der Heerstraße Halt machen mussten, ebendort, wo der Sklavenmarkt stattfand. Das hieß: Das langweilige Garnisonstädtchen war einen Besuch wert.

Ein Gedanke allerdings bedrückte den Drachen. Er und seine Mitstreiter konnten zwar die Dreizehn finden, aber sie konnten sie nicht durch die Wüste begleiten, die den einzigen Zugang zur Stadt Luifinlas darstellte. Er selbst hatte mehr als einmal versucht, die Stöhnende Wüste zu durchqueren, aber schon nach kurzer Zeit aufgeben müssen. Das Netz des Kadaverhauchs umspann seine feinen Sinne, betäubte seine Augen und Ohren und ließ ihn torkeln wie eine betrunkene Fledermaus, sobald er den

Fluss Kao querte. Kaum eine Meile von der unsichtbaren Grenze entfernt, war er gezwungen gewesen umzukehren und hatte mit knapper Not wieder sicheren Boden erreicht – er war nahe daran gewesen, von dem Pesthauch überwältigt in Ohnmacht zu sinken und in der böse glühenden Sonne zu verdorren.

Nein, er und die übrigen Drachen konnten den Gefährten nicht helfen. Sie mussten Menschen finden, die die Aufgabe auf sich nahmen. Er brauchte einen oder mehrere erfahrene Wüstenläufer, aber nicht irgendwelche Rabauken, die sich als Schatz- und Edelsteinsucher durchschlugen und für schnödes Geld andere durch die Wüsten führten, sondern Gefährten, denen er die Retter der drei Schwestern unbesorgt anvertrauen konnte.

Vauvenal hatte auch schon herausgefunden, an welchem der zahlreichen Fäden in dem weit gespannten Netz seiner Bekanntschaften er ziehen musste, um die Richtigen zu finden. Die Monddrachin Datura hatte aus dem Kreis der Mondscheiner, die ihr dienten, eine kleine Gruppe von Männern und Frauen erwählt, die ihre engsten und vertrautesten Diener und Dienerinnen waren: tapfer, von edler Gesinnung, hart im Ertragen von Gefahren und Mühen und unverbrüchlich treu zu der Mondin stehend, deren Paladine sie waren. Sie wurden Sammler genannt, weil es ihre Aufgabe war, irrende und von Versuchungen geschwächte Mondscheiner zu ermutigen, zu stärken und wieder unter die Gläubigen zu versammeln. Aber sie führten auch viele geheime und vertrauliche Aufträge für Datura durch. Das machte sie den kaiserlichen Inquisitoren verdächtig, sie galten als geheime Agenten, als Spitzel und Spione, die den Auftrag hatten, die Schwächen des Kaiserreichs auszuspähen und seine Stärken zu untergraben. Daher drohte ihnen als Einzigen von allen Mondscheinern die Todesstrafe, wenn sie erkannt und gefasst wurden.

Vauvenal wusste, dass er in nächster Zeit sehr beschäftigt sein würde, aber vorher gab es noch eine kleine Angelegenheit zu erledigen, die ihm und anderen gleichermaßen Nutzen bringen würde. Er hatte den blassen jungen Mann nicht vergessen, der im Bergwald hinter Mesquit in den Beerensträuchern gehockt und ihm aus Augen nachgesehen hatte, die vor Sehnsucht brannten. Selten war ihm ein Mensch wie Iarwain begegnet, der die Drachen so sehr liebte, dass er in seinen Träumen mit ihnen sprach und dankbar gewesen wäre, wenn er ihnen nur die Klauen putzen dürfte.

Also machte Vauvenal sich als Erstes in Richtung Mesquit auf.

Eine Ohrfeige und ihre Folgen

Iarwain war zornig. Er war ganz sicher, dass er die Ohrfeige zu Unrecht bekommen hatte. Nicht sein Ungeschick oder seine Nachlässigkeit waren der Grund gewesen, dass er im Flur gestolpert war und einen ganzen Topf mit Fleischschmalz zerschlagen hatte, sondern eine der Katzen, die ihm lautlos und im Zwielicht unsichtbar zwischen die Beine gehuscht war.

Es war natürlich nicht die erste Ohrfeige, die er von seiner Herrin, der Dorfältesten, bekommen hatte, aber sie war ungerecht gewesen, und das machte das Maß voll. Und als Iarwain und Gilline wenig später gemeinsam losgeschickt wurden, um an hintersten Ende der Schlucht trockene, abgefallene Schuppen der Schuppenbäume zu sammeln – die sich sehr gut dazu eigneten, das Feuer anzuzünden, und einen aromatischen Duft verbreiteten – vertraute er der jungen Frau seinen Entschluss an.

»Ich gehe zu den Drachen, und ich will, dass du mit mir gehst.«

Gilline starrte ihn fassungslos an. Sie wusste, dass er Tag und Nacht von Drachen träumte, aber träumten sie nicht alle von irgendetwas, das nie Wirklichkeit wurde? »Liebe Schwester!«, protestierte sie. »Was für ein unsinniger Gedanke!«

»Ich bin nicht deine Schwester«, erwiderte Iarwain aufgebracht. »Ich bin ein Mann, auch wenn mir da und dort ein Teilchen fehlt. Und ich frage dich in allem Ernst: Kommst du mit?«

Gilline schob die Antwort etwas hinaus, indem sie fragte: »Was willst du denn überhaupt tun?«

»Ich will zu Suramal, dem Klausner, gehen und ihn bitten, dass er bei den Drachen nachfragt, ob nicht irgendeiner von ihnen zwei fleißige Dienstboten braucht. Sind wir das denn nicht? Wir arbeiten von früh bis spät und geben selten Anlass zur Klage, wir wissen, wie man ein Haus sauber hält, wie man Wäsche wäscht und flickt, wie man Decken näht und Töpfe mit Sand putzt, und wir können sogar ein wenig kochen.« Als er Gillines zweifelnden Ausdruck sah, fuhr er eifrig fort: »Hör doch! Ich habe mir alles genau überlegt. Die vornehmen Drachen haben Knechte und Mägde, genau wie die Reichen unter den Menschen. Es gibt aber nicht viele von solchen Dienstboten, und so denke ich, es wird gewiss nicht allzu schwierig sein, einen allein stehenden Drachen zu finden, der uns aufnehmen würde. Wir verlangen ja nicht viel dafür, nur Essen und Unterkunft.«

»Ich muss mir das erst überlegen.« Gilline setzte sich auf einen Steinblock am Rand des Schuppenbaumwaldes und schlang die Hände im Schoß ineinander. »Wenn es nun nicht so wird, wie du denkst? Wenn die Drachen niemanden brauchen oder Suramal sich weigert, uns zu helfen? Dann müssten wir nach Mesquit zurückkehren, und sie würden uns als entlaufene Dienstboten an den Pranger stellen und mit faulen Fischen bewerfen.«

»Ich gehe niemals mehr nach Mesquit zurück, ob die Drachen uns helfen oder nicht«, erklärte Iarwain grimmig. »Ich sage nichts, wenn ich zu Recht Schläge bekomme, aber diese Ohrfeige war ungerecht, und ich will nicht ungerecht geohrfeigt werden.« Er setzte sich neben Gilline und legte den Arm um ihre Schulter. »Hör zu! Wir sind beide jung und arbeitsam. Wir können es mit Suramal versuchen, und wenn er uns nicht helfen kann, dann gehen wir nach Zorgh ...«

»Nach Zorgh! Wie stellst du dir das vor?«

Als er ihre Entrüstung bemerkte, zog er sich hastig zurück. »Oder sonst irgendwohin … Wir suchen uns einen Drachen. Es muss ja nicht gleich einer der Rosenfeuerdrachen sein. Es gibt auch geringere, die in Wäldern oder in Berghöhlen leben.« Er warf einen gleichermaßen furchtsamen wie zornigen Blick auf das Dorf mit seinem Hafen, das tief unter ihnen lag. »Wie auch immer, du musst dich entscheiden, denn ich gehe auf jeden Fall, und wenn du nicht mit mir kommst, dann gehe ich allein.«

Gilline schluckte schwer, aber sie wusste, dass er es ernst meinte, und so antwortete sie mit feuchten Augen: »Du weißt, dass ich dich nicht alleine gehen lassen würde. Komm! Je schneller wir uns auf den Weg machen, desto mehr Zeit bleibt uns, ehe ihnen auffällt, dass wir nicht zurückkommen.«

Iarwain presste sie an sich und küsste unter Tränen ihre Wangen. Er war sich nicht ganz sicher gewesen, ob er es wirklich geschafft hätte, ohne sie zu gehen, und nun durchströmte ihn eine Welle der Erleichterung. Ohne noch einen Blick zurückzuwerfen, fassten sie einander an der Hand und liefen in den Wald hinein, den Pfad entlang, der zur Einsiedelei auf dem Kauna-Pass führte.

Sie waren noch nicht weit gekommen, als Gilline plötzlich stehen blieb. »Horch!«, flüsterte sie bang. »Was ist das? Ob es donnert?«

Iarwain lauschte. Ja, da war ein Geräusch. Überall anders hätte er gesagt, es sei das Rumpeln von Karrenrädern, aber er wusste genau, dass kein Karren den Weg hier herauf schaffte. »Nein, es ist kein Donner«, flüsterte er, wobei er das Mädchen schützend an sich presste. »Es klingt wie … wie …«

Aber ehe er noch weiterreden konnte, kam die Quelle des Geräuschs in Sicht, und es war tatsächlich ein Wagen. Kein Bauernkarren jedoch, sondern eine Kutsche von erstaunlich hoher und schmaler Form, sodass sie genau auf den Waldpfad passte, und gezogen von zwei hübschen rotgoldenen Drachen, die wie Pferde liefen und auch nicht größer als solche waren.

Sie hatten ihre Flügel angelegt und trippelten zügig dahin. Auf dem Bock saß ein großer, fülliger Mann, der einen kobaltblauen Samtmantel und ein Barett von derselben Farbe mit einem Stoß milchigweißer Federn trug.

»He da, ihr jungen Leute!«, rief er, als er die beiden entdeckte, die vor Staunen und Schreck völlig erstarrt waren. »Seid ihr aus der Gegend? Könnt ihr mir wohl sagen, wo man hier einen Sklavenmarkt findet?«

Gilline, die sich rascher als Iarwain von ihrem Schrecken erholt hatte, knickste. »Da seid ihr weit vom Weg abgekommen, edler Herr, denn dieser Pfad führt nur zur Klause des alten Suramal, und dort findet ihr gewiss keine Sklaven.«

»Zu dumm!«, rief der seltsame Reisende. »Es ist aber wichtig, dass ich heute noch jemand finde, seien es Sklaven oder Freie, die mir aufwarten, denn ich muss in den nächsten Tagen viel auf Reisen sein und will mein Haus in der Zeit nicht verstauben lassen. Nun, dann muss ich eben umkehren.«

»Halt! Halt, wartet!«, rief Iarwain, der mit einem Schlag aus seiner Erstarrung erwachte. »Aufwartung sucht Ihr? Da seid Ihr richtig! Wir sind gerade auf der Suche nach einer neuen Stelle, und wir können alles, was man von Dienstboten erwartet, auch ein wenig kochen, und wir verlangen nicht mal viel dafür.«

Der Mann zügelte seine Drachen, die schon drauf und dran gewesen waren umzukehren, und betrachtete das junge Paar. »Hm … ihr seht beide nicht sehr kräftig aus«, brummelte er. »Aber was soll's! Ich will's mit euch versuchen, da ich so schnell niemand anderen finde. Steigt ein, steigt ein!«

Die Tür der Kutsche flog von selbst auf, und ehe sie wussten, wie ihnen geschah, saßen Iarwain und Gilline in dem Gefährt auf einer bequemen Polsterbank. Die Tür schlug zu, und da es auch kein Fenster gab, saßen sie im Finstern. Sie hörten die Peitsche knallen, hörten das Knattern von Flügeln, die sich entfalteten, und die Kutsche rollte an, so weich und lautlos, als eilten die Räder auf der leeren Luft dahin.

»Wenn wir nur das Richtige getan haben!«, flüsterte Gilline, aber Iarwain fühlte sich von einem so wilden Feuer erfüllt, dass er die Arme um sie schlang und ihr ins Ohr flüsterte: »Gewiss! Es war das Richtige!«

Iarwain und Gilline hatten beide keine Ahnung, wie lange sie unterwegs gewesen waren, als das Gefährt plötzlich anhielt. Im nächsten Augenblick fiel es buchstäblich auseinander: Wie die Blätter einer welken Blüte abfallen, klappten Seitenwände, Dach und Kutschbock nach allen Seiten und verschwanden in dem Augenblick, in dem sie den Boden berührten. Die beiden verdutzten jungen Leute fanden sich auf dem nackten Boden sitzend und blickten sich verwirrt um. Auch die Drachen waren verschwunden, nur der Kavalier im kobaltblauen Samtmantel war noch da.

»Aufgestanden!«, rief er ihnen zu, wobei er in die Hände klatschte. »Kommt schnell, ich will euch eure Arbeit zeigen, ehe ich mich wieder auf den Weg mache.«

Die beiden gehorchten. Während sie hinter ihrem neuen Herrn her eilten, hatten sie gerade noch Zeit zu erkennen, dass sie sich offenbar in einer ausgedehnten Oase oder überhaupt in einem Dschungel befanden, denn auf allen Seiten umgab sie ein Dickicht von riesigen Schachtelhalmen, Baumfarnen und mächtigen Bäumen mit weit ausladenden Kronen und einer Höhe von gut vierzig Schritt. In der Mitte erhob sich ein Palast aus weißem Stein, der überaus prächtig, jedoch nur mehr teilweise erhalten war. Viele Seitentürme und Terrassen waren eingesunken und zu einem Meer von Steinbrocken zerfallen. Iarwain und Gilline folgten ihrem Gebieter in eine Halle, und dort rissen sie Mund und Augen auf, denn auf dem Marmorboden erhob sich bis zum Stiegenaufgang des ersten Stocks ein ungeheurer Haufen von gemünztem und ungemünztem Gold, Silber, Edelsteinen, Schmuckstücken, Pokalen und vielem mehr.

»Das da muss euch nicht kümmern«, erklärte der Kavalier.

»Ich habe einen Wächter eingesetzt, und es würde ihm sehr missfallen, wenn etwas fehlte. Aber ich vertraue euch, dass ihr auch ohne seine Gegenwart ehrlich bleibt.«

Als er das sagte, sahen Iarwain und Gilline etwas Schwarzes auf dem Goldhaufen herumgleiten, und mit Staunen und Grauen erkannten sie, dass es ein Tatzelwurm war: Die vordere Hälfte war die einer glatthaarigen schwarzen Katze mit glühenden Augen und gefährlichen Krallen, der hintere Teil aber ein langer, schwarzer Salamander, sodass das Tier vorne Katzenpfoten und hinten Eidechsenpratzen hatte. Es funkelte sie drohend an und fauchte.

»Balor bewacht meine Schätze und behütet mein Haus vor Dieben«, fuhr der Herr fort. »Aber nun zu eurer Arbeit. Ich werde selten hier sein, ihr habt vor allem die Aufgabe, euch um die Dame des Hauses zu kümmern. Und merkt euch, ich bin da sehr streng: Lasst es ihr nur ja an nichts fehlen!«

Damit führte er sie die steingemeißelte Treppe hinauf in den ersten Stock und dort in ein weiträumiges, herrschaftlich eingerichtetes Zimmer, in dem eine rosige Ampel brannte. Iarwain und Gilline, für die eine geschnitzte Truhe schon den Inbegriff kostbarer Möbel bedeutete, konnten nur starren und staunen. Was es da alles gab! Teppiche, Gobelins, geschmiedete und geschnitzte Tischchen sowie Schränke aus Edelholz, Glas und Marmor, die wie Königsschlösser aussahen, so viele Türmchen und Erker zierten sie!

Mitten im Zimmer stand, von einem Baldachin bedeckt, ein breites, rosenrotes Bett, in dem still und bleich eine Frau lag. Es hätte der warnenden Geste des Hausherrn nicht bedurft, dass die jungen Leute auf Zehenspitzen hintraten, denn es war ganz offensichtlich, dass die Frau sehr krank war. Ihr Gesicht war bleich wie Marmor, sie rührte und regte sich nicht, ja man sah kaum einen Atemzug ihre Brust heben.

»Das ist meine Ehefrau«, sprach der Kavalier, und seine Augen wurden feucht. »Sie, die ich mehr als mein Leben liebe. Seit langem ruht sie so, weder tot noch lebendig, gebannt in einen Zauberschlaf, aus dem selbst ich sie nicht erwecken kann. Ich kann nur hoffen, dass Mandoras Wiederkehr ihr das Leben schenkt. Aber nun zu euren Aufgaben.«

Damit erläuterte er ihnen, dass sie die schlafende Schöne jeden Tag baden und abtrocknen, sie salben und ihr Haar bürsten müssten, ihr frische Kleider anziehen und das Bett neu bedecken. Essen konnte sie nichts, aber auf ihrer Brust lag ein Stück Bernstein voll Zauberkraft, das sie nährte und tränkte. Auch sollten sie jeden Tag im Garten frische Blumen schneiden und im Zimmer aufstellen, das Zimmer sauber halten und sich ans Bett setzen, Lieder singen und Geschichten erzählen, wie man bettlägerige Kranke unterhält. Nachts müssten sie bei ihr im Zimmer schlafen, auf dem Teppich vor dem Bett, damit sie nicht einsam war und nichts Böses sich ihr nähern konnte. Was damit gemeint war, sagte er nicht; er schärfte ihnen nur ein, dass sie ihre Pflichten aufs Genaueste erfüllen müssten, dann würde es ihnen an nichts fehlen. Aber wehe ihnen, wenn sie nachlässig wären!

Iarwain und Gilline überboten einander an Beteuerungen, dass sie alles tun würden, was ihnen aufgetragen war, obwohl ihnen sehr seltsam zu Mute war. Was er ihnen aufgetragen hatte, kam ihnen so vor, als müssten sie einer Toten aufwarten.

»Gut«, antwortete der Kavalier. Er wies auf eine tönerne, glasierte Schüssel, die leer auf einem niedrigen Tischchen stand, und einen ebensolchen Krug daneben. »Wenn ihr Hunger oder Durst habt, klopft an die Schüssel und den Krug, und sie werden sich mit dem Essen füllen, das ihr verlangt, so oft ihr wollt. Lasst mir nur die Dame nicht allein! Zumindest einer von euch muss immer bei ihr sein.«

Damit verabschiedete er sich und ging hinaus, und gleich darauf hörten sie mächtige Flügel über das Dach des Palastes hinwegrauschen.

»O Iarwain!«, flüsterte Gilline. »Jetzt ist dein Wunsch in Erfüllung gegangen, aber … aber ganz geheuer ist mir nicht.«

»Hab keine Angst«, tröstete sie der Junge, der selber schlucken musste vor Furcht. »Es ist zwar alles sehr ungewöhnlich und seltsam, aber ist es hier nicht viel angenehmer als in Mesquit? Fühl nur einmal, wie warm es ist! Und wie die Blumen im Garten duften! Nein, wir wollen uns um die arme Dame kümmern, dass es ihr an nichts fehlt, und ihr Gesellschaft leisten, damit sie keine Angst haben muss.«

Vorsichtig näherten sich beide dem Bett, um die schlafende Schöne genauer zu betrachten. Ihr Angesicht war wächsern starr, aber ungemein lieblich. Armdicke Strähnen von blondem Haar schlängelten sich auf dem Kissen.

Gilline wisperte kaum hörbar: »Ich habe Angst, dass sie ein Vampir ist und wir hier bleiben müssen, damit sie uns aussaugen kann.«

»Nein, nein, gewiss nicht!«, protestierte Iarwain. »Weißt du, was ich glaube? Dieser Kavalier ist niemand anderer als der Geschichtenerzähler Vauvenal, der unser Dorf besuchte und den ich danach als Drachen davonfliegen sah – mit kobaltblauen Flügeln und einer milchweißen Krone auf dem Kopf. Ich bin sicher, dass er einer der Rosenfeuerdrachen ist, und dann würde er doch wohl keine böse Frau heiraten, oder? Also ist die Dame so gut und edel wie er selbst und verdient es, dass wir sie aufs Beste pflegen.«

Gilline seufzte. Sie fühlte sich sehr unangenehm an die Totenwachen in Mesquit erinnert, bei denen es immer ihre Aufgabe gewesen war, die Leichen zu waschen und einzukleiden – Leichen, die manchmal lange im Meer getrieben waren, ehe die Wellen sie an den Strand gespült hatten – und sie hoffte sehr, die schöne Dame würde wenigstens ein klein wenig atmen, damit sie nicht ganz so tot aussah.

Der Magister Ninian

Im obersten Turmgeschoss des »Hauses der Bücher« in der goldenen Stadt stand der Magister Ninian am Fenster – ein schlanker, dunkelhaariger Sundar mit edlen, melancholischen Zügen. Er hätte dem Hohepriester Antwort auf die Fragen geben können, die diesen beschäftigten. Aber der Magister Ninian wurde nicht gefragt. Er war bei Hofe in Ungnade gefallen, seit er dem Kaiser Vorhaltungen wegen der Hinrichtung seiner Ehefrau und der unseligen Heirat mit der Mokabiterin gemacht hatte.

Deshalb hatten sie ihn auch dazu bestimmt, den Grafen Viborg zu den Wüsten am nördlichen Pol zu begleiten. Er wusste genau, dass es eine Reise auf Nimmerwiedersehen war, aber besser, als mit Schimpf und Schande aus dem Amt gejagt zu werden. Sie gaben ihm eine letzte Gelegenheit, mit Würde abzutreten. Wenn er nicht ging, war er verloren.

Unwillkürlich tastete er nach dem weißen Wimpel auf der linken Brustseite seiner Tunika. Ein bitteres Lächeln verzog sein Gesicht. Noch war er weiß, aber wie schnell konnte sich das ändern! Wie alle anderen Beamten, ja überhaupt alle Untertanen des Kaisers, wurden auch die Schriftgelehrten in unregelmäßigen Abständen zu einer Prüfung vor die kaiserlichen Beamten zitiert, Gerechtigkeitsexamen genannt, bei der entschieden wurde, welche Wimpelfarbe dem Prüfling zuzuweisen war. Unerträglich dabei war, dass es keine Regeln gab. Was gestern richtig war, musste heute lange nicht mehr richtig sein.

War nicht der Kaiser der Einzige, der das kryptische ›Pergament der Regeln‹ deuten durfte? Er allein bestimmte, wer gesündigt hatte und wer nicht. Von ihm allein hing es ab, wer die Prüfung bestand und wer verstoßen und verdammt wurde.

Ninian krampfte die Hände um das Fenstersims. War es nicht seinem besten Freund so ergangen, dem Richter Beck, der selbst kaiserlicher Inquisitor gewesen war? Gar nicht zu reden von diesem armen Narren Jannis, der in der Abteilung für primitive Kulturen gearbeitet hatte. Denen hatten sie nicht einmal die Möglichkeit geboten, unter dem Deckmantel einer ehrenvollen Queste in den Tod zu gehen. Er durfte sich als privilegiert betrachten.

Mit einem wehmütigen Blick wandte er sich den vielen Regalen aus poliertem Holz zu, die die Wände des Saales bedeckten. Er ließ in Thurazim weder Ehefrau noch Kinder, noch vertraute Freunde zurück. Sein Leben war immer das eines einsamen Gelehrten gewesen, von seiner Kindheit als früh verwaister Knabe, der von widerwilligen Verwandten aufgezogen wurde, bis zu seinem jetzigen fünfunddreißigsten Lebensjahr. Aber er würde seine Sammlung vermissen: zehntausende Dokumente, Schriften, Gemälde, Skizzen, Statuen, die alles darlegten, was es über Drachen zu wissen gab, von den mystischen Fallum Fey bis hinunter zum geringsten Erdgrolm. Kein Mensch auf Chatundra wusste mehr über die Kinder der Elemente als der Magister Ninian.

Natürlich war seine Arbeit nie besonders geschätzt worden. Im Gegenteil, den Priestern und Höflingen war er lange Zeit verdächtig gewesen. Er hatte sich vor ihnen damit gerechtfertigt, dass er das Wesen der Himmelsflügler studierte, um den besten Weg zu finden, wie man sie bekämpfen konnte.

Wie emsig sie versuchten, jede Erinnerung an die Drachen auszulöschen! Aber zu vieles war noch erhalten geblieben, auch wenn Jahrtausende über Chatundra dahingegangen waren, seit die Rosenfeuerdrachen geherrscht hatten. Allein schon die zahllosen Pyramiden waren Wegweiser, die dem Kundigen die Verehrung des Dreigestirns anzeigten, ebenso die bis in die Gegenwart als Dekoration beliebten durchlöcherten Steinkegel, typische Darstellungen eines von Lindwurmstollen durchzogenen Berges. Immer noch trugen die einfachen Leuten Amulette in Form des »Karfunkelauges«, die Böses abwehren sollten, und wenn jemand eine schöne Stimme hatte, so sagte man: »Er singt wie Vauvenal.«

Ein schauerlicher Ton unterbrach seine Gedanken. Von einem Ende der mächtigen Stadt bis zum anderen hallte das hohle Geheul der Nachthörner. Der Ton war das Zeichen, dass die Tore, die in die Unterstadt führten, geschlossen wurden. Wehe dann demjenigen, der nicht rechtzeitig heimkehrte! Sich nach Torschluss noch auf den Straßen aufzuhalten galt schon als Beweis für böse Absichten.

Die offizielle Begründung für das nächtliche Ausgehverbot hieß, dass die Mondscheiner Nacht für Nacht auf geheimen Pfaden aus ihrer Unterwelt ausbrachen und die Stadt auf der Suche nach offenen Fenstern durchsuchten, in die sie einstiegen, um die Kinder der Sundaris zu rauben. In Wirklichkeit aber sollten vor allem unzufriedene Sundaris daran gehindert werden, im Schutz der Dunkelheit aus der goldenen Stadt zu entfliehen. Kaiser Hugues misstraute den Gläubigen nicht weniger als den Ungläubigen. Er fürchtete alle Welt, und alle Welt fürchtete ihn, sogar seine eigenen Beamten und Höflinge, denn die waren genauso wenig vor seiner Willkür geschützt wie alle anderen.

Als der Heulton über die Stadt hinweghallte, wusste Ninian, dass es Zeit war, sich zurückzuziehen. Es galt als ungehörig, ja als verdächtig, nach Einbruch der Dunkelheit noch zu arbeiten. Und obwohl der Magister nicht zu den Einfältigen gehörte, die überzeugt waren, von den Strahlen der Mondin verzaubert und in den Wahnsinn getrieben zu werden, teilte er doch die Abneigung aller Sundaris gegen die Dunkelheit.

Gut, dachte er dann in einer ungewohnten Aufwallung von Trotz. Mochten sie ihn hinausschicken in die Stöhnende Wüste! Vielleicht gewann er auf diese Weise ein reicheres Leben und einen würdigeren Tod als diejenigen, die sich in der goldenen Stadt in Sicherheit wähnten. Denn es war doch nur noch eine Frage der Zeit, bis entweder Zarzunabas, der Kadaverfürst, die Stadt zwischen seinen Leichenfingern zerquetschte oder die Höllenzwinger aus dem Süden Feuer speiend über sie herfielen.

Alle Anzeichen standen auf Unheil, aber der Kaiser wollte sie nicht sehen, und die Beamten und Untertanen sahen nur, was der Kaiser ihnen zu sehen erlaubte. Ninian war überzeugt, dass Phurams Verschleierung unmittelbar bevorstand. Die Unruhen im tiefsten Süden waren ein deutliches Anzeichen. Vermutlich waren auch die weißen Eishörner im Norden bereits erwacht. Kaiser Hugues wiegte sich in der Hoffnung, der Kadaverfürst sei längst gestorben – aber die Weisen wussten, dass er niemals sterben würde. Nach wie vor lebte er in dem Schloss aus wirbelndem Eis innerhalb der mystischen Toarch kin Carrachon, die den nördlichen Pol umschlossen. Immer jung, immer gleich bleibend schön, versteinert in der Blüte seiner Jahre und seiner Sünden, streckte er die kalten, weißen Hände von Norden her aus und wollte immer weiter nach Süden langen, bis ganz Erde-Wind-Feuer-Land in seiner Umarmung verwelkte und starb.

Wenn aber Phuram verschleiert wurde, dann würde sich das Unterste zuoberst kehren, und eine Prophezeiung aus uralter Zeit – von der nur noch Bruchstücke erhalten waren – würde das Schicksal der Welt bestimmen.

Gold kämpft mit Gold, Eis mit Eis,
doch vergeblich.
Wer soll da helfen?
Dreizehn sind berufen,
Zu gleichen Teilen Männer und Frauen.
Zweige ohne Stamm, ohne Wurzel sind sie,

Geboren unter dem vollen Mond.
Wenn das Gold stirbt und verschlungen wird,
ist die Hoffnung nahe, aber wenige werden sie sehen.

Ninian war überzeugt, dass der letzte Vers auf den Untergang der goldenen Stadt hinwies, auch wenn die offizielle Lehrmeinung hieß, dass Thurazim niemals untergehen würde. Nach der Geschichtsschreibung der Sundaris waren allein sie es, die alle Kultur und Geschichte auf Chatundra begründet hatten. Sie waren, so lautete ihre Darstellung, vor langer, langer Zeit von der Sonne gekommen und hatten den Planeten besiedelt. Sie hatten ihm seinen Namen gegeben und die bis dahin wüste Einöde in einen Hort des Lichts und der Weisheit verwandelt.

Aber in den vergilbten und brüchigen Dokumenten lautete der Name des Planeten Murchmaros, und er war von Drachen besiedelt. Ihre Reiche hießen Dundris, Carthula, Rachmibon, Sulis und Zorgh. Sie waren die Ahnen von Völkern mit seltsamen Namen und noch seltsamerem Aussehen, mythische Vorväter der Mesris und der gehörnten Ziegenwesen, und auch die Ahnen der monströsen Vielfüßler, die in Dundris einmarschiert waren, nachdem die riesigen Indigolöwen dort von einer den Menschen unbekannten Katastrophe dahingerafft worden waren. Allerdings waren die Purpurdrachen im Lauf der Jahrtausende immer tiefer in die Materie gesunken, zusehends stofflich geworden, nachdem sie anfangs ätherisch gewesen waren, und ihre einst fast unbegrenzte Lebensspanne verkürzte sich immer mehr, sodass außer den Mirminay – und natürlich auch den Gestirndrachen – kaum ein Drache noch älter als tausend Jahre wurde.

Ninian war einer der wenigen Weisen der Sundaris, die über Mandoras Schicksal und die Hoffnung ihrer Diener, sie wieder auf dem Sternenthron zu sehen, Bescheid wussten, aber er hütete sich sehr, sich dieses Wissen anmerken zu lassen. Es wäre für jeden Sundar gefährlich gewesen, darüber zu sprechen, ja auch nur daran zu denken – und es war tödlich gefährlich für

Ninian, der unter dem Mittsommer-Vollmond geboren war und unter der linken Achsel drei rote Hautmale aufwies, anzusehen wie Granatapfelkerne und zu einem ebenmäßigen Dreieck angeordnet.

Der Magister versuchte mit seinem unheimlichen Wissen zu leben, indem er sich vor Augen hielt, dass die Prophezeiung auf jeden Fall unerfüllbar war. Berufen oder nicht, niemand konnte die bis zu den Sternen ragenden Gipfel der Toarch kin Mur – der »Heulenden Berge« – im äußersten Norden überwinden, diesen von fürchterlichen Stürmen umtosten, titanischen Steinwall, von dessen Hängen unablässig Lawinen niedergingen und Steinschläge donnerten. Kreischende Sturmdämonen, Nebelgeister und die tödlichen Schneevampire, die ihre Schleier aus flirrendem Eis um sich wirbelten und den Unglücklichen, den sie darin fingen, in Totenstarre versetzten, spukten auf den Hängen, und überall in den eisverkrusteten Schluchten und den windzernagten Pässen lauerten die untoten Späher des Kadaverfürsten.

Und selbst wenn es wider alles Erwarten jemandem gelungen wäre, was hätte er oder sie dahinter gefunden? Was vor undenklichen Zeiten eine Stadt gewesen war, musste jetzt ein von Orkanen abgeschliffenes und von klafterdickem Eis begrabenes Ruinenfeld sein, so unerträglich kalt, dass warmes Menschenfleisch zu Eis erstarrt wäre, ehe man eine halbe Meile weit vordringen konnte. In seinen Träumen sah Ninian oft diese eisige Wüste vor sich – endlose Schneefelder in einer toten, von grausamen Sternen durchbrochenen Nacht –, dann die Tiefen einer Eishöhle, in der schimmernde, gefrorene Wasserkaskaden in unergründliche Schlünde hinabhingen, schwarzblaue Glasmauern einer Schlucht aus ewigem Eis … Immer größer und erschreckender wurden die Szenerien, die durch seine Träume huschten: die Gipfel der Toarch kin Mur, in Dunkelheit und heulende Schneestürme eingehüllt. Eine Wüste blaugläserner Blöcke, so kalt, dass das Fleisch daran kleben blieb. Eine rötlich geschwollene Sonne über einer vor Kälte geborstenen Welt …

Und selbst wenn er nicht schlief und träumte, waren da die Bilder, die er immer wieder, halb erwacht und lauernd, an der Grenze seines Bewusstseins gespürt hatte – diese schaurigen Bilder, die gerade noch rechzeitig wieder verschwanden, bevor er aufgeschrien hätte: Das Trugbild einer öden, von einem gläsern dunkelgrünen Polarhimmel überwölbten Landschaft, in der um weiße Ruinen farbloser Schlamm brodelte, eisiger Schlamm, tödlich eisig, der doch blubberte und Blasen warf ... und in diesen Blasen wurden, wie die Brut in Schlangeneiern, Köpfe sichtbar, menschenähnlich und doch unmenschlich ...

Nein, selbst wenn die Weissagung echt war, so konnte sie doch niemand erfüllen – und das war ein gewisser Trost für einen Feigling wie Ninian, der schon bei dem Gedanken an eine heroische Queste erschauderte.

Die Pläne der Drydder

Graf Nestor merkte, wie seine innere Welt sich zusehends veränderte, seit er in Gesellschaft von Casim und Rasko seinen diplomatischen Besuch in Thurazim machte. Die drei steckten ständig zusammen, schon deshalb, weil die kaiserlichen Höflinge sie äußerst kühl behandelten und das einfache Volk ihnen auf der Straße nachlief und sie beschimpfte. Mochte der Kaiser auch eine Mokabiterin auf den Thron erhoben haben, für die schlichten Sundaris, Schecken und Mondscheiner waren die Nachbarn im Süden nach wie vor der Inbegriff des Bösen. Nestor, Casim und Rasko merkten bald, dass es empfehlenswert war, die Tage im Schutz ihrer Gemächer im Palast zu verbringen.

Dort führten sie lange, vertrauliche Gespräche.

»Der Alte hat uns hergeschickt, damit wir hier umkommen, aber ich habe nicht die Absicht, ihm den Gefallen zu tun«, erklärte Casim, und Rasko nickte zustimmend. »Vielmehr hat er mir einen Gefallen getan, denn so brauchte ich Thamaz nicht heimlich zu verlassen. Ich habe es satt, den Rachmanzai zu schmeicheln, diesen Ofenwürmern, die in ihren Feuerlöchern hocken und nur davon schwatzen, wie großartig sie einmal waren. Wenn wir uns schon mit den Drachen verbünden, warum nicht mit dem Größten von ihnen?«

Und er fuhr fort, darüber zu sprechen, dass nach dem Sturz der drei Schwestern Drydd der einzig legitime Herr Chatundras war, der einzige Elementardrache, der frei und souverän in seinem Reich herrschte. Er stand in der natürlichen Ordnung über Phuram und Datura, den Gestirndrachen, und weit über den Rosenfeuerdrachen, von den Purpurdrachen gar nicht zu reden.

Nestor musste zugeben, dass Casim in allen diesen Dingen Recht hatte, doch konnte er seinen eingefleischten Abscheu vor den Wasserkreaturen nicht überwinden. Schon bei dem Gedanken an den ungeheuerlichen Wasserdämon lief es ihm eiskalt über den Rücken, und das sagte er auch. Wie oft hatte man ihm erzählt, dass Drydd eine Gestalt ähnlich der eines Kraken habe, aber noch weitaus schlimmer – ein zerfetzter Berg fahlen Fleisches, aufgedunsen wie der Leichnam eines Ertrunkenen, mit Tentakeln, die in giftigen Nesselfäden endeten und tödliche Peitschenhiebe austeilen konnten. Seine Augen leuchteten im Dunkel der Tiefsee, über deren kahlen Boden er dahinkroch, wobei er ganze Brocken abgefaulten Fleisches fallen ließ und die langen Fahnen seiner sich ablösenden weißen Haut hinter sich herschleppte.

Casim lachte nur verächtlich, als Nestor diesen Einwand vorbrachte. »Dann glaubst du also tatsächlich diese garstigen Schauergeschichten?«

Rakos fiel spöttisch ein: »Du bist mir ein einfältiger Geselle, Nestor! Was würdest du mir antworten, wenn ich dir sagte, dass Drydd keineswegs die Gestalt eines Monstrums hat, sondern je nach seinem Belieben die eines herrlichen Drachenfisches oder eines schönen Mannes?«

»Woher willst du das wissen?«, fragte Nestor, der sich ärgerte, dass die beiden ihn auslachten.

»Weil wir ihn gesehen haben«, antwortete Casim. »Und wenn du unseren Worten nicht glaubst, kannst du ihn dir selbst ansehen.«

Nestor lachte verächtlich. »Ach, da seid ihr wohl ins Meer gesprungen und bis auf seinen Grund getaucht, wo Drydds Perlenschloss steht?«

»Nein. Aber wir besitzen ein Mittel, das uns erlaubt, im Geist in die Meerestiefe zu tauchen, genau so, wie wir zu Hause mit den Geistern der Rachmanzai sprechen, die in ihren unzugänglichen Glutöfen sitzen. Komm! Wir wollen dir etwas zeigen.«

Dabei legte er eine flache Tafel auf den Tisch und klappte sie auf. Sie enthielt, ähnlich wie ein großes Medaillon, zwei Gemälde. Casim rückte das Licht näher heran, und Nestor beugte sich neugierig über die Tafeln.

Das erste Gemälde, in altväterischer Manier ausgeführt, aber offenkundig erst vor kurzem angefertigt, zeigte einen Mann in einem langen Kaftan aus indigofarbener Seide und einem lose über die Schultern drapierten silbernen Umhang. Er stand in einem weitgehend leeren Raum, dessen blau-weiße Bodenfliesen ein Blumenmuster bildeten; zu beiden Seiten standen Leuchter, deren Kerzen eben erloschen waren und noch lange Rauchfäden zogen. Den Hintergrund des Gemäldes bildete ein spitzbogiges Fenster, durch das der Blick auf düstere Häuser und einen bleiern verhangenen Himmel hinausging. Nestor erschrak ein wenig, denn er kannte diesen Raum sehr gut: Er befand sich im Palast in Thamaz.

Das zweite Gemälde war gleich groß und gleich gerahmt wie das erste, aber sichtlich älter. Der Firnis über der Malerei war gesprungen, und einzelne Stellen waren dunkelbraun verfärbt. Es zeigte, vor dem penibel gemalten Hintergrund finsterer, wassertriefender Mauergewölbe, die an Grüfte erinnerten, ein abscheulich zwitterhaftes Geschöpf. Der untere, stark im Dunkel zerfließende Teil hatte keine menschliche Form, sondern war ein bizarres Gebilde, das der Panzer eines Stachelfisches oder eine seltsame Muschel sein mochte; aber aus diesen hornigen, getupften und gesprenkelten Windungen wuchs allmählich die Gestalt eines Menschen hervor. Das Wesen – ob Mann oder Frau, war unmöglich zu sagen – war in einen silbernen Umhang gehüllt, dessen eine Hälfte über das Gesicht geschlagen war, sodass nur die Augen herausblickten: Lohend smaragdgrüne Augen, die aus dem dunklen Hintergrund des Gemäldes hervorleuchteten, von einem giftigen Glanz und einer überirdischen Bosheit erfüllt.

Nestor blickte zweifelnd seine Gefährten an. »Woher habt ihr diese Bilder?«

Casim schlug ihn neckisch mit dem Zeigefinger auf die Nase. »Nicht doch, Neugieriger! Wir nennen keine Namen. Tatsache ist, dass es unter den Mokabitern schon immer welche gegeben hat, die sich fragten: ›Warum sollen wir den Ofenwürmern schmeicheln, wenn die höchste Macht uns ihre Hand reicht?‹ Sie haben Drydd gesehen, wie wir ihn gesehen haben, und sind derselben Meinung wie wir: Er ist der rechtmäßige Herr der Welt, und er wird die belohnen, die klug genug sind, auf seiner Seite zu stehen.«

Da Nestor immer noch zweifelte, förderte Rasko ein Pergament zutage, das er dem Grafen aufgeschlagen hinschob. »Lies doch! Das hat einer geschrieben, der mehr Mut hatte als du.«

Widerwillig, zugleich aber auch neugierig las Nestor die Niederschrift, die offenbar aus einem Brief stammte; Rasko hatte das Blatt so gefaltet, dass nur zu sehen war, was sie Nestor zu sehen erlaubten.

»Es ging in mir hin und her, als hätte ich zwei verschiedene, gegen einander wirkende Drogen eingenommen; ich fieberte, und auch wenn ich mich andererseits wohl und ruhig fühlte, wusste ich, dass hinter der gläsernen Wand dieser unnatürlichen Ruhe ein Schrecken lauerte, wie ich noch keinen erlebt hatte. Mir fiel die ebenso seltsame wie verschwenderische Einrichtung des unterseeischen Hauses auf. Die Wände waren, wo kein Teppich sie bedeckte, aus grauen Korallen und fahl schimmernden Perlen erbaut und funkelten von goldenen Ornamenten. Gobelins verdeckten zum Teil die silbrigen Seidentapeten, der Boden war blank und glatt wie dunkelgrünes Glas, sodass sich die Kerzen, die in silbernen Armleuchtern brannten, darin widerspiegelten und mir zumute war, als schritte ich über einen gefrorenen

See voll Irrwische. Auf Tischen aus Schneeflockenobsidian standen Schüsseln, alle bedeckt. Damals wusste ich noch nicht, was sie enthielten; später sollte ich es erfahren. Musik klang durch die Räume, aber sie missfiel mir, sie hörte sich an wie die alte Spieldose im Haus meines Onkels, die, wenn man sie aufzieht, eine heisere, trübselige Gavotte ableiert.

Diese ebenso gespenstischen wie feenhaften Säle waren voll von Personen, die im Kerzenlicht promenierten oder in Gespräche miteinander versunken waren. Sie wandten kaum den Kopf nach mir. Ich sah sie mir an und fand, dass ich in eine Versammlung von Zerrbildern geraten war. In Kostüme von wüster, antiquierter Pracht gekleidet, drängten sich Missgestalten, die gedrungenen Nacken mit Ketten aus grünem Diamant, aus Malachit und aus Jade behangen, Perlgehänge in den lattichblattförmigen Ohren, Diademe auf den kahlen, breit gequetschten Schädeln. Dutzende Parfüms mischten sich zu einem Geruch, der die Sinne gleichzeitig aufpeitschte und verstörte. Manche der Gesichter waren mehr, manche weniger menschenähnlich, aber allen gemeinsam waren der kalte Blick und die Bosheit, die sich auf ihren Zügen ausdrückte. Da und dort kroch eine wurmartige Zunge lippenleckend aus einem schwarzen Mundspalt, oder ein schlaffer Hals blähte sich rhythmisch.

Entsetzt wollte ich zurückweichen und die Flucht ergreifen. Als ich mich jedoch umwandte, sah ich in einiger Entfernung von mir zwei Männer stehen, beide so unbeweglich und so bleich, dass sie mir wie die steinernen Gestalten an den Wänden des ›Hauses der tausend Türme‹ erschienen. Einer der beiden, in ein langes grünes Gewand gehüllt, war zart und knabenhaft, mit langen lichtblonden Locken, der andere, in Indigo und Silber gekleidet, war älter und männlicher, dunkelhaarig, mit Augen, die wie Phosphor glühten. Jeder der beiden war auf seine Weise schön – unglaublich schön. Sie bewegten sich und machten dabei ein Geräusch wie Flügelrauschen, als sie mir mehr und mehr entgegenkamen, und dieses Näherkommen erfüllte mich mit einem solchen Schrecken, dass ich aus dem Schlaf hochfuhr und gewaltsam die Visionen abschüttelte. In den letzten Augenblicken des Traums hatte ich deutlich das Gefühl gehabt, sie würden mich töten, wenn es ihnen gelänge, mich anzurühren.«

Der blonde Mann, erklärte Rasko dem neugierigen Grafen, sei Zarzunabas gewesen, der halb drachische Sohn, den Drydd mit der urzeitlichen Menschenkönigin Athahatis gezeugt hatte und der jetzt als Kadaverfürst über die Reiche am nördlichen Pol herrschte.

Dann fingen sie wieder an, davon zu reden, wie Drydd missachtet würde, dass nicht nur die Untertanen des Kaisers ihn verabscheuten, sondern auch die Mokabiter, und dass dieser Abscheu durch die unförmige Gestalt der Tarasquen ausgelöst worden sei.

»Aber was gilt eine äußere Gestalt!«, rief Rasko aus, der so verliebt in seine eigene Schönheit war, dass er am liebsten den Spiegel geküsst hätte. »Hässlich oder nicht, sie sind Abkömmlinge des höchsten Wesens, das zurzeit frei und ungehindert auf der Welt herrscht!«

So ging es tagelang, bis Nestor seine Neugier nicht mehr bezähmen konnte und verlangte, die Droge auszuprobieren, die eine so überwältigende Wirkung hatte.

Casim verabreichte ihm das Elixier in einem Trunk starken Weins. Danach hieß er ihn, sich auf einen Diwan zu legen und auf die Gesichte zu warten, die ihn rasch überkommen würden.

Nestor hatte reiche Erfahrung mit Rauschtränken, also streckte er sich ruhig aus und ließ den Blick entspannt von einem Ende des schwach erhellten Gemachs zum anderen wandern. Bald stellten sich die ersten Visionen ein. In einem Winkel, der eben noch leer gewesen war, schien jetzt jemand zu stehen.

Der Graf sah deutlich ein Augenpaar – zwei feurige längliche Tropfen, die sich von einem dunkleren Schatten im Düstergrau des Winkels abhoben. Rundum war keine weiße Fläche zu sehen, kein Schimmer von hellfarbiger Haut, als hätte derjenige, dem diese Augen gehörten, mit einem Tuch oder Schleier die Umgebung der beiden giftig glänzenden Schlitze verhüllt. Darunter war ein heller Schein zu sehen, so als hätte eine in Silberstoff gewandete Person sich dort in die Ecke gedrückt.

Die Gestalt verblasste wieder. Dafür wurde der Raum, in dem er lag, gleichzeitig immer größer und düsterer. Allmählich war eine Bewegung im Zwielicht auszumachen, dann immer deutlichere Formen. Das Gemurmel von zahlreichen Stimmen – das sich zuweilen fast wie ein monotoner Gesang anhörte – erfüllte den schwach erleuchteten Raum und bildete die unbehagliche Hintergrundmusik zum Anblick der Kreaturen, die Stück für Stück aus dem Halbdunkel auftauchten. Dann wurde das Bild mit einem Schlag klar. Von einem Ende zum anderen, von einer Seite zur anderen bot das Innere des gewaltigen Saales den Anblick einer dicht gedrängten Schar neugieriger und erwartungsvoller Wesen.

Nestor stand wie erstarrt. Es war nicht die Hässlichkeit und Unmenschlichkeit der Geschöpfe, die ihn – der selbst nephrisches Blut in den Adern hatte – mit diesem Anhauch des Übels berührte. Durch all den verwirrenden Nebel drang etwas in seine Seele ein – ein Odem von äußerster Bosheit und Verderbtheit, als hätte sich der Abgrund selbst zu seinen Füßen aufgetan. Er fühlte, wie sein Blick zurückwich vor dem Schauderhaften, das ihn umgab, und doch gequält der Verlockung folgte, ein zweites Mal hinzusehen.

Und diesmal sah er nicht die krötenhaften Tarasquen, sondern einen in kaiserliche Insignien gekleideten jungen Mann, dessen langes Haar auf einen silbernen Umhang herabhing. Auf seinem Kopf saß eine dreifache, spitz zulaufende Krone, geschmückt mit Hunderten eisig glitzernden Perlen. Das Geschöpf war schön, viel schöner, als Nestor je einen irdischen Mann gesehen hatte – aber von einer unheiligen Schönheit; sein Gesicht war kalt und bleich wie Marmor, die Lippen scharlachrot und auf eine Weise feucht und blühend, als hätten sie eben noch an frischen Wunden gesogen – und die Augen, diese schmal geschlitzten, von dunkelblauen Schatten umrandeten, wie Phosphor glühenden Augen …

Er sprach nicht, und Nestor war sicher, dass er selbst ebenfalls kein lautes Wort gesprochen hatte. Seine Gedanken strömten von ihm aus und kehrten mit einer Antwort beladen zu ihm zurück. Der junge Graf fühlte sich umschlungen von einem feuchtkalten Netz aus Gedanken, die ihn bedrohten und zugleich lockten. Drydd zog ihn an sich, bot ihm alle Schätze des Meeresbodens, forderte seine Ergebenheit. Nestor keuchte. Er glaubte zu spüren, wie sein Herzschlag stockte. Schweiß brach ihm aus, seine Knie wurden weich. Er wollte aufschreien – aber kein Laut drang aus seinem Mund. Er versuchte es noch einmal, brachte jedoch nur ein wortloses, gepeinigtes Krächzen hervor.

Noch nie zuvor hatte er einem Schrecken dieser Art gegenübergestanden. Vernichtung war in Drydds Augen geschrieben – diesen vollkommen ausdruckslosen Augen, die so kalt und gleichgültig ins Leere stierten, als wären sie schon zu Lebzeiten tot – aber diese Leere war auf eine unbeschreiblich scheußliche Art mit einem Willen verbunden … einem übermenschlichen Willen, der kein anderes Ziel kannte, als zu ergreifen und auszuhöhlen und in die schauerliche Tiefe des Tetysmeeres hinabzureißen, was immer ihm in die Hände fiel.

Du hast mich gerufen, jetzt bist du mein!, drohte eine unhörbare Stimme.

Dabei machte der mächtige Drache eine lautlose, seltsam gleitende Bewegung auf Nestor zu; sein Haar wirbelte auf, sein Umhang hob sich, als er zu einem gewaltigen Sprung ansetzte. Der Graf sah, wie die schlanken starken Glieder lautlos vorwärts schnellten, wie die schwimmhäutigen Hände sich in der Luft spreizten und streckten, sah die Lippen von den weißen Raubtierzähnen zurückgleiten und die strammen Sehnen am Hals hervortreten, als Drydd einen Lidschlag lang buchstäblich in der Luft hing.

Mit einem fürchterlichen Aufschrei fuhr Nestor von seinem Bett hoch, schlug um sich wie ein Ertrinkender, keuchte und röchelte, bis es ihm endlich gelang, die Wirkung des Elixiers abzuschütteln. Er setzte sich und merkte, wie sein Kopf wieder klarer wurde, wie die funkelnden Arabesken vor seinen Augen verschwanden und sein Atem ruhiger ging.

»Es war … entsetzlich«, wisperte er. »Aber ihr hattet Recht. Er ist wunderschön.«

Bephza

In ihrem Schlafgemach stand Kaiserin Iwara am Fenster und blickte nach Süden. Um ihren Hals hing an einem Silberkettchen eine winzige Pfeife, die zog sie nun heraus und setzte sie an die Lippen. Ein dünner, hohler Ton drang heraus.

Auf dem marmornen Fenstersims bildete sich eine Nebelwolke, die rasch dichter wurde und eine olivbraune Farbe annahm. Wenig später saß dort ein geflügelter Kadaverdrache, nicht größer als eine Katze, braun und verwittert, als wäre er längst tot und verdorrt. Nur die flammenden saphirblauen Augen gaben Kunde davon, dass er lebte.

Er streckte die gespaltene Zunge heraus, so lang er konnte, und die Kaiserin tat desgleichen, bis die Zungenspitzen einander vibrierend berührten. Eine gute Minute verharrten sie in dieser altertümlichen Begrüßungszeremonie, dann hob sie den Arm wie ein Falkner, und er sprang mit einem leichten Satz darauf und krallte sich am Handgelenk fest.

»Ich bringe Botschaften aus Thamaz«, zischte er. »Eure Rivalin Alcina ist tot.«

»Das habe ich erwartet«, erwiderte die Kaiserin lächelnd.

»Es ist aber nicht alles so, wie es sein sollte. Grabräuber störten ihre Ruhe, ehe ein Tag und eine Nacht vergangen waren, und Ihr wisst, dass die Seele bis zu dieser Zeit in den Körper zurückkehren kann. Die Grabräuber wurden getötet – von etwas, das keine Spuren hinterließ.«

»Erwartest du, dass ich um die Schurken weine?«

Der kleine Kadaverdrache wechselte das Thema. »Habt Ihr Botschaften?«, zischte er.

»Ja, Bephza. Berichte meinem Vater: Ich habe herausgefunden, wer in Thurazim das Zeichen der Mandora trägt. Es kostete mich langes Suchen und Forschen, und ich konnte nur drei von den Dreizehn erkennen, denn der alles durchdringende magische Blick reicht nicht bis in die Weiten Chatundras. Zwei konnte ich unschädlich machen. Graf Viborg und den Magister Ninian habe ich zusammen mit einer Schar anderer Männer und Frauen, die uns im Wege stehen könnten, nach Norden gesandt in die Stöhnende Wüste. Es wird nicht lange dauern, bis der Kadaverfürst Zarzunabas sie zu fassen bekommt. Mag er uns als Henker dienen, ehe wir ihn zerstören.«

»Gut so«, zischte das bösartige, mumienhafte kleine Geschöpf. »Habt ihr noch mehr Berichte?«

»Nein, aber zwei Aufträge. Du weißt, was Majdanmajakakis in ihrem Fluch gesagt hat: Den Menschen wird es nur gelingen, die Mutterjungfrauen wieder zu erwecken, wenn eine oder einer von ihnen sich freiwillig opfert, ohne Bestimmung und ohne Zwang. Du musst diesen Menschen ausfindig machen.«

Bephza stieß ein rasselndes Fauchen aus. »Das wird nicht leicht sein, da das Opfer freiwillig geschieht und nicht vom Schicksal bestimmt ist. Gibt es denn keinen Hinweis?«

»Vielleicht – aber ich habe keinen gefunden. Es ist deine Sache, wie du ihn oder sie ausfindig machst. Wer immer es ist, töte! Und nun zu meinem zweiten Auftrag: Der Hohepriester Furgas muss vernichtet werden. Dass er meinen Sturz plant, ist noch das Geringste, was uns von ihm droht. Er ist der Dritte der Berufenen, und obwohl ich nicht glaube, dass er der Berufung folgen würde, will ich kein Wagnis eingehen. Sieh zu, dass er vernichtet wird. Wie du es anstellst, will ich ganz dir überlassen.« Ein schrecklich schiefes Lächeln verzerrte ihr sonst so elfenschönes Gesicht. »Aber mach ihm das Sterben nicht zu leicht.«

Das Geschwätz der Mondscheiner

In einem der niedrigen, mit Teppichen und Kissen behaglich ausgestatteten Gewölbe des unterirdischen Thurazim saß eine Gesellschaft von Mondscheinern beisammen und ergab sich ihrer Lieblingsbeschäftigung, dem Schwatzen. Vauvenal liebte solche Zusammenkünfte. Sie waren nicht nur eine Quelle wichtiger Neuigkeiten, sondern auch sehr vergnüglich – der Drachenritter hatte immer seine Freude daran, eine Geschichte zu hören, die er bislang nicht gekannt hatte. Daher nahm er, wenn er mit den Mondscheinern zu tun hatte, stets die Gestalt eines fahrenden Geschichtenerzählers an, und er machte auch diesem Beruf alle Ehre. Seine langen, üppigen Locken hatte er mit Pflanzenpulver brandrot gefärbt und bunte Lochsteine, Kupferkügelchen und getrocknete Rosen hineingeflochten; er trug die rot-orangefarbenen Kleider dieses Standes und hatte einen Schellenbaum bei sich, mit dem er Aufmerksamkeit erbat, so oft eine neue Geschichte begann.

Eigentlich hätte er bereits in Fort Timlach sein sollen, denn er hatte Nachricht erhalten, dass sich dort tatsächlich noch mehr Berufene aufhielten, aber vorher wollte er noch einer Fährte folgen, die in eben dieses Gewölbe zu einer Familie von Mondscheinern und einem Waisenjungen führte, der bei seiner Tante lebte.

Das Gespräch war überaus lebhaft. Die Mondscheiner erzählten vor allem von dem schauderhaften Untergang der Stadt Kysch, von dem Ungeheuer, das aus dem Gipfel des Toar Yul hervorgebrochen war, und dem kläglichen Ende der Ritter, die ausgezogen waren, es zu töten.

Einer aus der Runde fragte: »Ich habe in der Stadt gehört, dass schon mehrmals Ritter gegen die Rachmanzai im Süden geritten sind, aber man fand nur verbrannte Knochen und im Feuer geschmolzene Rüstungen.«

»Das habe ich auch gehört«, rief eine Frau namens Bana, »und ich sage euch eines: Die edlen Herren mit ihren Schwertern und Lanzen werden nichts ausrichten können, denn sie sind so goldgierig, hartherzig und machtlüstern wie die Purpurdrachen selbst. Das sagt schon eine seit langer Zeit überlieferte Prophezeiung, von der allerdings nur noch ein paar zusammenhanglose Bruchstücke erhalten sind:

Gold kämpft mit Gold, Eis mit Eis,
doch vergeblich.
Dreizehn sind berufen
Zweige ohne Stamm, ohne Wurzel,
Kinder des vollen Mondes,
genau zur Hälfte Frauen und Männer.«

Ein zwölfjähriger Junge namens Jajn platzte dazwischen: »Aber wie können denn Dreizehn genau zur Hälfte Frauen und Männer sein? Zwölf, ja, oder vierzehn, aber nicht Dreizehn!«

»Das weiß niemand«, erwiderte Bana. »Meine Großmutter, die mich den Spruch lehrte, sagte mir nur, mit den Dreizehn Zweigen ohne Stamm, ohne Wurzel seien Dreizehn Waisenkinder gemeint, die unter einem Vollmond geboren wurden; sie seien berufen, Mandora zu erlösen und die Welt davor zu retten, dass die Mächte des Bösen sie untereinander aufteilen.«

»Waisenkinder! Hörst du das, Jajn?«, rief die Tante des Jungen. »Und bist du nicht unter einem Frühlingsvollmond geboren? Wer weiß, vielleicht bist du einer von den Berufenen und wirst noch einmal ein stolzer Ritter!«

Jajn senkte verlegen den Kopf. Er wusste genau, dass sie ihn nur neckten. Aber sein Herz schlug plötzlich schnell und hart bei dem Gedanken, es könnte doch wahr sein. Hatte seine Großmutter ihm nicht, bevor sie starb, ins Ohr geflüstert, er sei ein ganz besonderer Junge? Damals hatte er gedacht, die gute alte Frau wolle ihm nur Mut fürs Leben machen, aber sie hatte ihn mit ihrer kalten, knorrigen Hand dicht an ihre Seite gezogen und ihm zugeflüstert: »Du wirst es verstehen, wenn die Zeit reif ist, Jajn. Bis dahin lass niemand sehen, dass du an deinem Nacken unter den Haaren ein Zeichen trägst.«

Er war nicht sicher gewesen, ob die Worte der Greisin wirklich eine Bedeutung hatten. Was war schon so Besonderes an den drei rosaroten Fleckchen, nicht größer als Granatapfelkerne, die sich unter dem dichten Haar in seinem Nacken verbargen?

Jetzt dachte er anders darüber. Aber er wollte weder mit seiner Tante noch mit Bana, noch mit irgendeinem anderen aus der Gesellschaft darüber sprechen. Er musste warten, bis er jemanden traf, der von diesen Dingen auch wirklich etwas verstand.

Die alte Bana ergriff wieder das Wort. »Ich habe von Leuten gehört, die die Drachen im Süden gesehen haben. Die Geschöpfe sind riesenhaft groß, und sie sprechen wie Menschen, aber in einer schauerlichen Sprache, die kein menschliches Ohr anhören kann. Niemand kann sie vertreiben oder gar töten.«

»Auch nicht der Kaiser mit seinen Soldaten?«, fragte ein Junge, der wie alle kleinen Jungen tief beeindruckt von dem Sundarischen Heer war, auch wenn so etwas einem Mondscheiner übel anstand.

»Nein, denn der Zauber der Höllenzwinger schützt sie«, belehrte man ihn. »Und außerdem will der Kaiser gar nichts gegen sie unternehmen, wo er doch sogar eines der bösen Drachenweibchen geheiratet hat.«

»Wie? Was?«, kam es von allen Seiten. Da die Mondscheiner die Kaiserin – die sich selten und dann nur bei Tage blicken ließ – noch nie zu sehen bekommen hatten, wusste keiner von den Versammelten, wie sie aussah. »Aber wieso hat er das nicht bemerkt? Sie hat doch gewiss Schuppen über und über, und atmet sie nicht auch Feuer?«

»Wenn ihr weniger durcheinander schreien würdet und mich stattdessen erzählen ließet«, schalt Bana, »dann wüsstet ihr schon, was es mit dem Drachenweibchen auf sich hat. Also, seid still und hört zu.

Ihr wisst, dass es Wesen gibt, die von Drachen und Menschen abstammen, die Hybriden. Viele Hybriden sind gut und weise, auch wenn sie oft seltsam aussehen. Aber wehe, wenn böse Drachen und böse Menschen sich vermischen! Die Höllenzwinger – mögen sie im Mondlicht erbleichen! – und die Rachmanzai waren immer schon Freunde, denn sie haben die Gier nach Gold und die kalten Herzen gemein, und beide, Magier und Purpurdrachen, lieben es, Macht über andere zu haben. So kam es, dass sie Kinder miteinander zeugten, die Nephren, die halb Drachen, halb Menschen sind. Viele davon sind schauerliche, schlangenleibige Wesen, manche geflügelt, andere mit einem Nest zischender Ottern anstelle der Haare, mit schuppengepanzerten Leibern und feurigem Atem. Aber es gibt auch Nephren, die ganz wie Menschen aussehen. Die Kaiserin Iwara ist ein solches Ungeheuer, und wäre der Kaiser kein Sundar, dann hätte er es schon längst gemerkt!«

Sie machte eine kunstvolle Pause, und die Zuhörer, die wussten, dass man eine Geschichte auf keinen Fall mit Zwischenfragen unterbrechen durfte, warteten in quälender Spannung.

»Ihr wisst doch«, fuhr die Erzählerin endlich fort, »wie die Sundaris es mit der Liebe halten.«

Ein paar Zuhörer kicherten. Die Sitten der Sundaris in diesem Lebensbereich waren eine unerschöpfliche Quelle der Belustigung unter den Mondscheinern.

»Was uns das Schönste im Leben ist, gilt ihnen als schmutzig und abscheulich. Daher sehen sie sich auch niemals nackt, sondern begegnen einander nur im Dunkeln und voll bekleidet, und sie liegen auch nicht in einem Bett miteinander, wenn sie verheiratet sind, sondern schlafen in getrennten Zimmern. Wäre das nicht so, dann hätte der Kaiser längst bemerkt, was seine Frau wirklich ist, denn die Nephren haben alle ein scharlachrot und schwefelgelb geflecktes Hinterteil wie die Gifteidechsen der Wüste.«

Jajn atmete auf. Jetzt wusste er mit Sicherheit, dass seine Freundin Phisa kein Drachenweibchen war. Ihr kleiner Hintern war rundherum rosig.

»Außerdem«, fuhr die Erzählerin fort, »würde der Kaiser bemerken, dass seine Frau immer auf einem Lager von Goldstücken schläft – denn das ist die Natur aller Nephren, mögen sie auch wie Menschen aussehen. Sie lieben das Gold nicht nur über alle Maßen, sondern ziehen auch eine Kraft aus ihm. Daher gelüstet es sie nach der goldenen Stadt. Sie berauschen sich an dem glänzenden Metall wie ein Schecke am Honigschlundöl.«

Ein Murmeln und Schnauben der Ablehnung ging durch die Runde. Kein Mondscheiner hätte jemals einen Tropfen des bei den Schecken so beliebten Genussgiftes getrunken. Zu viele Mondscheiner hatten schon Zwangsarbeit auf den Honigschlundplantagen verrichten müssen – die häufigste Strafe für geringe Verbrechen –, und sie wussten genau, mit welchen grässlichen Mahlzeiten die Aasfresser dort ernährt wurden.

»Ich habe gehört«, sagte einer, »dass Ritter Viborg ausgezogen ist, um das Reich König Kurdas wiederzufinden und die Goldminen von Chiritai für den Kaiser zu gewinnen.«

»So?«, bemerkte Großmutter Bana spitz. »Dann möge er sich hüten, dass es ihm nicht ergeht wie Kurda, denn er ist einer von derselben Sorte!«

Daraufhin fiel Stille über den Raum, und alle warteten angespannt auf die Geschichte, die jetzt kommen musste.

»König Kurda«, begann die Erzählerin, »war reich und mächtig, und so weit man so etwas von einem hochmütigen hohen Herrn sagen kann, war er nicht einmal ein schlechter Herrscher

– er ließ sein Volk teilhaben an den Reichtümern, die er aus den Bergen gewann, und selbst der Niedrigste in Chiritai wurde satt und ging in guten Kleidern. Aber da sie Tag für Tag im Gold wühlten, begannen der König und das Volk von Chiritai den Reichtum, den Prunk und den Luxus so sehr zu lieben, dass ihr Herz zu Gold wurde und danach Stück für Stück ihr gesamter Körper. Sie verwandelten sich in plumpe, goldschuppige Echsen, die immer tiefer in die Minen hinabstiegen, um mit ihren Klauen mehr und mehr von dem kostbaren Metall aus dem Berg zu graben. Und dort unten in der Finsternis erstarrten sie allmählich völlig, mitten in ihrer letzten Bewegung. Seither liegt der Fluch des Goldes auf Chiritai, der jedes harte und gierige Herz trifft, und wenn es Ritter Viborg und seinem Tross gelingt, die Stadt zu erreichen, werden sie alle ebenso zu goldenen Statuen werden wie Kurda und sein Volk.«

Da man nun bereits beim Thema »verfluchte Adelige« war, kam das Gespräch rasch auf die Höllenzwinger.

In letzter Zeit hatte man wiederholt drei seltsam gekleidete Adelige aus dem fernen Süden in der Stadt gesehen. Sie waren mit der Kaiserin verwandt und hatten damit das verbriefte Recht, sie zu besuchen, auch wenn von alters her böses Blut zwischen den Mokabitern und dem Kaiserreich herrschte. Die meisten Menschen in Thurazim – Sundaris, Schecken und Mondscheiner gleichermaßen – waren ein wenig enttäuscht gewesen, dass die Fremden, von ihrer auffälligen Tracht einmal abgesehen, kaum anders aussahen als andere Menschen auch, ja sogar drei sehr hübsche junge Männer waren. Unter den Mondscheinern herrschte die einhellige Meinung, dass sie diese alltägliche menschliche Gestalt nur vortäuschten und nur deshalb so reiche Kleider, Perücken und breitkrempige Hüte trugen, um ihre wahre Abscheulichkeit zu verbergen.

Jajn, der angespannt zugehört hatte, spürte plötzlich, wie jemand seine Schulter berührte. Es war der Geschichtenerzähler; er fragte den Jungen mit leiser Stimme: »Ich beobachte schon eine Weile, wie hingerissen du zuhörst. Möchtest du jeden Tag Geschichten hören und selber lernen, wie man welche erzählt?«

»O ja, nichts lieber als das!«, platzte der Junge heraus. »Aber dazu muss man Lehrling bei einem Geschichtenerzähler sein.«

»Wenn du willst, werde ich dich als Lehrling annehmen.«

Jajn fand den Fremden sympathisch, schon deshalb, weil er eine so wunderbar warme Stimme hatte. Er hielt ihm die Hand hin. »Schlagt ein! Ich bin Jajn. Wie soll ich Euch nennen?«

Eine warme, kraftvolle Hand umschloss die seine. »Mein Name ist Vauvenal.«

ZWEITER TEIL
Das Ende des Kaiserreichs

In der westlichen Wüste

Der verkaufte Schriftgelehrte

In dem Marktstädtchen Kuskal in der Nähe von Fort Timlach war man vollauf beschäftigt mit den Vorbereitungen für den monatlichen Sklavenmarkt, der immer ein Großereignis für das verschlafene Nest war. Schon im Morgengrauen erschienen die Händler mit ihren Echsenkarren, die eiserne Käfige auf Rädern hinter sich herzogen, alle voll gepackt mit Sklaven. Dann kamen Soldaten, die den kaiserlichen Transport aus Thurazim begleiteten, einen mächtigen rollenden Käfig voll ausgestoßener Soldaten, ungetreuer Beamter, diebischer Lakaien und in Ungnade gefallener Mätressen.

Dieser Transport erregte bei den Käufern immer die größte Neugier, waren doch vornehme Leute aus Thurazim darunter. Wer Glück hatte und sich aufs Handeln verstand, konnte zu einem günstigen Preis eine Dame erwerben, die vor kurzem noch die Geliebte eines Höflings gewesen war, oder einen Beamten, der lesen und schreiben konnte und sich mit der Steuer auskannte, auch wenn man ihm genau auf die Finger sehen musste.

Jannis, der die Tage seit seiner Verstoßung in einem Zustand dumpfer Verwirrung verbracht hatte, sodass er kaum wahrnahm, was um ihn herum geschah, wachte aus seiner Umnachtung auf, als er von groben Fäusten gepackt und aus dem Käfig gezerrt wurde. Mit allen anderen, die in die Sklaverei verkauft wurden, musste er sich in einer langen Reihe aufstellen. Einer nach dem anderen marschierten sie an dem Beamten vorbei, der überprüfte, ob die Person mit der Eintragung auf der Liste übereinstimmte. Dann bekam Jannis, wie jeder andere auch, eine Tafel um den Hals gehängt, auf der seine Fähigkeiten angepriesen wurden:

JANNIS, EIN SCHRIFTGELEHRTER, 35 JAHRE ALT, GESUND UND OHNE KÖRPERLICHE MÄNGEL, KANN FLIESSEND LESEN UND SCHREIBT EINE SCHÖNE HANDSCHRIFT. FOLGSAM UND WOHLERZOGEN.

Mit dieser Kennzeichnung versehen, wurde er die hölzerne Treppe auf die Schaubühne hinaufgetrieben und dort an einen Pfosten gekettet.

Inzwischen hatte sich der Marktplatz immer mehr mit Menschen gefüllt. Von allen Seiten wehte der Duft von Essen herbei – schließlich machte das zähe Feilschen hungrig –, und ein betäubendes Stimmengewirr füllte den Platz rund um den Babona-Baum. Die Händler überschrieen einander beim Anpreisen ihrer Ware, während die Käufer ebenso lautstark daran herummäkelten, um den Preis zu drücken. Die Verfehlungen, die zu der harten Strafe geführt hatten, wurden niemals angegeben, sonst hätte man einen Großteil der Ware gewiss nicht an den Mann gebracht. Den Käufern war klar, dass sie die Katze im Sack kauften, und so hieß es allerorten: »Was, so viel Geld verlangt ihr für den? Wer weiß, was der für ein Schurke ist, der mich bestiehlt und ausplündert! Und die Schöne da, hat sie nicht einen Makel, den ich erst später erkenne? Mehr als zwei Kaisermünzen gebe ich nicht!«

Soldaten drängten die Kauflustigen zurück, die die Schaubühne stürmen wollten, um sich handgreiflich von den behaupteten Qualitäten der Ware zu überzeugen. Jannis beobachtete mit fassungslosem Entsetzen, wie kräftige Gutsherrinnen den ins Auge gefassten Arbeitssklaven die Oberarmmuskeln drückten, sie mit der Faust in den harten Bauch knufften und in die Hinterbacken kniffen. Andere wurden an weitaus intimeren Stellen geprüft, sodass sich der Gelehrte an den Pfosten presste und den Bauch einzog, bis er kaum noch atmen konnte vor Angst, eines dieser Weiber könnte ihm zwischen die Beine fassen.

Plötzlich trat in der Menge unmittelbar vor Jannis eine merkwürdige Stille ein, sodass er aufblickte. Das Geschrei war verstummt, und die eben noch drängelnden Menschen wichen zurück vor einer hoch gewachsenen Frau im Kapuzenmantel, die mit langsamen, selbstsicheren Schritten auf die Schaubühne zuging. Vor Jannis blieb sie stehen und betrachtete ihn.

Dann zog sie sich die Kapuze vom Kopf und enthüllte einen üppigen Schopf gekrauster aschblonder Haare. Das Gesicht war nicht wirklich schön, aber ungemein eindrucksvoll, mit starken, kantigen Zügen, leuchtenden grünen Augen und einem breiten Mund, in dem – wie es dem verängstigten Gelehrten schien – doppelt so viele Zähne steckten wie bei anderen Leuten. Sie waren auch merklich länger und spitzer und von einer gelblichen Farbe wie altes Elfenbein. Es sah seltsam und unheimlich aus, als die Frau sie in einem wölfischen Lächeln entblößte.

Noch merkwürdiger als das erschreckende Gebiss der Fremden war jedoch ein schlankes, vierfüßiges Tier, das die Frau begleitete wie ein Hund. Es war so groß wie ein siebenjähriges Kind, hatte Kopf und Körper einer Eidechse und auch die grün-braun-golden gescheckte Schlangenhaut eines Reptils, aber mandelförmige, bernsteingelbe und erstaunlich menschliche Augen. Auch seine zierlichen Hände waren menschenähnlich, wenn man davon absah, dass sie nur vier Finger aufwiesen. Es lief einmal auf allen vieren, dann wieder watschelte es mit einem komisch spreizbeinigen Schritt auf den Hinterpfoten, wobei es sich mit seinem langen kräftigen Schwanz abstützte. Tief unter all der Furcht und Scham in Jannis regte sich der Schriftgelehrte und registrierte, dass er das seltene Privileg hatte, einen lebenden Mesri zu sehen.

Dann jedoch schlugen die Wellen des Entsetzens wieder über ihm zusammen, denn er hörte das Gewisper der Umstehenden …

»Seht nur, die Zauberin Umbra ist da!«

»Gewiss wird sie wieder einen Mann kaufen, um ihn in ihrem Kessel zu kochen.«

»Der Dicke dort, was meinst du? Wird die Menschenfresserin den Dicken kaufen?«

»Nein, sieh doch, Umbra betrachtet den Dünnen, der so elend aussieht!«

»Was will sie denn aus dem kochen? Hühnersuppe etwa?«

»Still! Halt doch den Mund, Dummkopf! Wenn sie deine losen Reden hört, kann es sein, dass sie einen Bann auf dich wirft und dich in ein Schwein verwandelt, wie sie es auch früher schon getan hat!«

Während der unglückliche Jannis all diese Reden mit anhören musste, betrachtete die Frau ihn immer eindringlicher aus ihren grünen Augen. Dann fragte sie ihn, wann er geboren sei, wann seine Eltern gestorben seien, und befahl ihm den blauen Kittel bis über den Nabel hochzuziehen. Jannis gehorchte in allem wie ein Schlafwandler. Erst als die Frau zufrieden nickte und mit dem Händler einig wurde, was er kosten solle, erwachte er aus seiner Betäubung und stieß einen gellenden Entsetzensschrei aus. »Kochen – Kessel – Schwein verwandeln«, kreischte er wie im Wahnsinn und fiel ohnmächtig am Fuß des Pfostens nieder.

»Ladet ihn auf meinen Karren«, befahl die Frau. »Er wird schon von selber wieder aufwachen.«

Die Zweige ohne Stamm

Der Markttag ging seinem Ende zu. Müde Bauern und Händler saßen um die Feuerstellen, über denen Hühner und Hasen gegrillt und frisches Fladenbrot gebacken wurde, tranken gewässerten Wein und unterhielten sich über die Erfolge und Misserfolge des Tages. Es war sehr heiß gewesen, sodass alle sich wohler fühlten, als leichte Wolken die Sonne verhüllten und ein sanfter Wind durch die Oase blies. Dann wurde es plötzlich still, denn eine Stimme schallte über den Platz.

»Und habt ihr denn noch nie von dem Karfunkelwurm gehört, den kein noch so tapferer Ritter besiegen konnte?«

Der Geschichtenerzähler und Bänkelsänger Vauvenal blickte forschend in die Runde der Händler und Dörfler, die sich nach dem Markt unter dem Babona-Baum versammelt hatten. Er hielt einen Schellenbaum in der Hand, den er jedes Mal lebhaft schüttelte, wenn er eine neue Geschichte begann. Jetzt klingelten die Schellen schrill.

»Was, das habt ihr noch nicht gehört? Na, da habt ihr aber etwas versäumt! Setzt euch nur hin und hört aufmerksam zu!«

Die junge Kaira stieß ihre Begleiterin Tataika mit dem Ellbogen an und flüsterte ihr zu: »Es ist spät. Wir sollten schon längst auf dem Rückweg sein. Was ist, wenn uns die Dunkelheit überfällt?«

»Ach was!«, zischte Tataika zurück. »Sind wir Sundaris, dass wir vor Angst sterben, wenn es ein wenig finster wird? Und überhaupt ist es noch gar nicht so spät. Nur die eine Geschichte noch! Da kommen wir längst rechtzeitig nach Hause.«

Kaira seufzte, beharrte aber nicht weiter. Wenn Tataika und der Junge Thilmo, der sie zum Markt begleitet hatte, sich sträubten, was sollte sie gegen die beiden ausrichten? Und außerdem wollte sie natürlich die Geschichte selbst auch hören. Also lehnte sie sich an den rissigen Stamm des Babona-Baums und zog den groben Schleier halb vors Gesicht, um die zudringlichen Blicke der Männer abzuwehren. Sie war ein hübsches Mädchen, klein, aber kräftig und muskulös gebaut und mit einem Schopf ockerfarbener Haare unter dem braunen Schleiertuch. Wäre sie kein Waisenkind gewesen, hätte sich schon der eine oder andere um sie beworben. Aber wer wollte eine Frau ohne Familie und Vermögen heiraten?

Vauvenal hob indessen an zu erzählen: »Vor langer Zeit lebte dort, wo sich heute die Stöhnende Wüste erstreckt, ein mächtiger Drache, der Kulabac genannt wurde, was in der Sprache dieser Gegend ›einäugige Schlange‹ bedeutete. Dieser Kulabac war ein prachtvolles, juwelengeschmücktes Wesen. Er war so groß wie ein Schiff mit vollen Segeln, seine Schuppen funkelten wie Diamanten, und auf dem Haupt trug er eine Krone aus Perlen. Aber kostbarer als aller Schmuck war ein riesiger, blutroter Karfunkel, der mitten auf der Stirn – genau zwischen den beiden Hörnern – saß und das magische Auge des Himmelsflüglers war. Dieser Karfunkel strahlte und leuchtete dermaßen, dass es aussah, als wäre Kulabac von Feuer umgeben, wenn er hoch oben am Himmel flog.

Viele gierten nach dem herrlichen Geschmeide und zogen aus, um Kulabac zu erlegen. Aber er war rundherum mit grüngoldenen Schuppen gepanzert, so fest, dass kein Pfeil sie durchdringen konnte.«

Lebhafter Applaus wurde hörbar, und die Zuhörer dankten mit reichlich Münzen für die Geschichte. Und wie immer riefen sie nach mehr, also hängte Vauvenal gleich noch eine weitere an.

»Hört also! Ein paar hundert Meilen von hier liegt ein See zwischen öden Hügeln, in dem soll ein ungeheurer Wasserwurm hausen. Wie tief der See sein mag, ist nicht zu ergründen. Als einmal Knechte es versuchten und schon ein paar Klafter Zwirn an einem Stein hinabgelassen hatten, tönten aus dem Wasser herauf die Worte:

›Ergründst du mich,
verschling ich dich.‹

Seit der Zeit wurde kein Versuch mehr angestellt, den See zu messen. Es heißt, ein Fass voll Silber werde jedem zum Lohn gegeben, der es wagt, den Drachen zum Kampf herauszufordern!« Der Schellenbaum lärmte so durchdringend, dass die Hühner auf dem Marktplatz erschrocken aufflatterten. »Was ist also mit euch, ihr jungen Männer? Wer von euch stellt sich dem Untier? Ihr da, junger Herr Sundar, Ihr seht mir wie ein rechter Held aus – wollt Ihr es nicht versuchen?«

Dabei wies er auf Thilmo, und der Junge errötete geschmeichelt. Er war zwar ein Schecke, aber zart und blond, wie er war, wurde er häufig für einen Sundar gehalten und war sehr stolz darauf. In dem verschlafenen Garnisonsstädtchen Fort Timlach, in dessen Waisenhaus Thilmo, Kaira und Tataika lebten, hatte er sich dazu gedrängt, als Diener ins Haus des einzigen Sundars am Ort aufgenommen zu werden und lernte und las dort alles, was ein Sundar seiner Meinung nach wissen musste.

Kaira wusste, dass sein ganzer Ehrgeiz sich darauf richtete, eines Tages in die Reihen der Sundaris aufgenommen zu werden. Aber das war eine Hoffnung, die wenig Aussicht auf Erfüllung hatte. Zwar konnte jederzeit ein Sundar aus den Reihen der Erwählten ausgestoßen werden, aber die Sundaris nahmen keine Fremden auf, es sei denn, diese hätten Phuram außerordentliche Dienste geleistet.

Tataika, die sich häufig über den hochnäsigen Jungen ärgerte, höhnte: »Ach ja, edler Herr! Zeigt uns, wie Ihr den Wasserwurm erlegt – habt Ihr es nicht letzthin auch geschafft, Eure Hosen vor einem alten Köter zu retten?« Mit einer Spottgeste warf sie den derben braunen Schleier vors Gesicht und rief: »Nein, wie Ihr heute wieder glänzt! Ihr blendet meine armen Augen!«

Kaira, die sich ebenfalls über Thilmo geärgert hatte, sprang ihrer Freundin bei. »Ja, so geh schon! Sicher gewinnst du den Karfunkelstein, und wenn nicht, kannst du dem Kaiser vielleicht ein paar Drachenköttel mitbringen, die sind nämlich leichter zu bekommen!«

Die Zuhörer rundum lachten, und der wütende Junge zischte Kaira an: »Halt du nur dein Maul, du Nachtpflanze!«

»Wer ist hier eine Nachtpflanze? Ich bin eine ehrbare Scheckin!«

»Scheckin und ehrbar, ach ja?«, fauchte Thilmo. »Bei deiner Mutter ist wohl ein Nachtmann durchs Fenster gestiegen und hat ein Kind gebracht, statt eines wegzutragen!«

»Sag das nicht noch einmal, oder du trägst meine Finger im Gesicht nach Haus!«

Vauvenal, der den Zank mit einiger Belustigung verfolgt hatte, warf die Hände hoch und rief: »Oho, ich glaube, er hat seinen Drachen schon gefunden, der junge Herr! Aber verschont mir das bissige Tierchen, werter Herr, es ist gar zu hübsch und jung!«

Darüber gab es noch mehr Gelächter. Thilmo war rot vor Zorn, aber er wagte nichts zu sagen, um die Schandmäuler nicht noch mehr herauszufordern. Stattdessen brummte er: »Es ist Zeit, dass wir heimfahren – seht nur, wie Phuram in seine Nachtbarke hinabsteigt!«

Jetzt gaben ihm die Mädchen Recht. Sie holten ihr Pferd, das geduldig im Schatten des Babona-Baumes gewartet hatte, und stiegen auf den Wagen. Eben wollten sie losfahren, als der Geschichtenerzähler an sie herantrat und fragte, ob sie ihn ein Stück mitnehmen könnten.

»Wo wollt Ihr denn hin?«, fragte Thilmo. »Wir fahren zurück

nach Fort Timlach und dürfen keinen Umweg mehr machen, so spät ist es schon.«

Daraufhin knufften Kaira und Tataika ihn von beiden Seiten wütend in die Rippen. Wenn man einen Geschichtenerzähler als Gesellschaft bekam, wer fragte da noch lange, wo der hinwollte! Etwas Besseres, um sich den Heimweg zu verkürzen, gab es gar nicht! Und außerdem – aber das hätte Kaira nie laut gesagt – war sie froh, dass ein Erwachsener bei ihnen mitfuhr, denn inzwischen berührte der brennende Stern schon in einem Pfauenschweif von Gold, Türkis und Feuerrot den Horizont, und es würde stockfinster sein, ehe sie Fort Timlach erreichten.

Glücklicherweise rief Vauvenal: »Schon gut! Ich will in dieselbe Richtung. Lasst mich nur aufsitzen, ich sage euch schon, wenn ich absteigen will.« Damit schwang er sich, bemerkenswert flink und geschickt für einen Mann seiner Leibesfülle, auf die Ladefläche. Thilmo saß auf dem Kutschbock, während Kaira und die große, massige Tataika – die es mit jedem Mann hätte aufnehmen können – auf der Ladefläche hockten und aufpassten, dass die Körbe und Bündel nicht hinunterfielen.

Die drei hatten den Tag fernab des öden Trotts genossen. Im Marktstädtchen bekam man doch mehr zu sehen als tagein, tagaus nur gelbe Lehmmauern, Granatapfelhaine und exerzierende Soldaten! Und wie Vauvenal erzählen konnte! Einmal hatten sie sich gebogen vor Lachen bei seinen Späßen, dann wieder war es ihnen eisig über den Rücken gelaufen, und jetzt bekamen sie noch ein paar kostenlose Geschichten dazu, denn der Mann erzählte nicht nur für Geld, sondern auch zu seinem Vergnügen.

So plauderte und schwatzte er dahin und gab ihnen eine lustige Anekdote über die Mondscheiner zum Besten: »Ihr kennt doch wohl den Teich, der nicht weit von hier an der Heerstraße liegt und Burzen genannt wird. Nun, als einmal einige Mondscheiner im Dunkel vorbeikamen, sahen sie, wie sich der Vollmond im Burzen spiegelte. Da schrien sie alle durcheinander und jammerten: ›Die Mondin ist in den Burzen gefallen, kommt rasch, zieht sie heraus, sonst geht sie unter!‹ Und gleich rannten sie herbei, warfen ein Seil ins Wasser, zogen und zogen – und fielen allesamt auf den Hintern. Als sie noch im Gras lagen, merkten sie plötzlich, dass die Mondin wieder am Himmel stand. Da jubelten sie alle laut und schrien: ›Wir haben sie aus dem Burzen gezogen!‹«

Damit kam die Rede auf die Nachtleute. Im Waisenhaus war das Thema verboten, denn die Vorsteherin wusste gut, dass die Halbfertigen – wie man auf Chatundra die jungen, noch nicht völlig erwachsenen Leute nannte – es nur zum Anlass für schwüles Gekicher und schmierige Scherze nahmen. Galten die Nachtleute doch als der Inbegriff alles Bösen und Unzüchtigen! Die Waisenkinder waren jedes Mal außer sich vor Neugier, wenn reisende Mondscheiner in die Garnison kamen und in das »Loch« hinunterstiegen, um den Tag dort im Schutz der Dunkelheit zu verbringen. Was mochte sich da unten alles abspielen! Dass die Nachtleute an der Oberfläche stets in ihre groben Kutten gehüllt waren, die – von einem Sehschlitz abgesehen – den ganzen Körper in einen gesichtslosen braunen, blauen oder schwarzen Kegel verwandelten, machte sie noch geheimnisvoller. Ein sehr beliebtes Spiel unter den Halbfertigen hieß: »Wenn du ganz allein mit einem Nachtmann in der Wüste wärst, was meinst du wohl, was er tun würde?«

»Gar nichts«, pflegte Tataika dann zu sagen. »Weil ich ihm nämlich beide Arme brechen und ihn die Sanddünen hinunterwerfen würde!«

Nach den Schwänken begann Vauvenal wieder von anderen Dingen zu reden, die immer tiefer und ernster wurden, und schließlich fragte er, ob sie jemals von den Zweigen ohne Stamm gehört hätten. Die Antwort war ein dreifaches Nein.

»Habt ihr denn nie gelernt, wie die Welt entstanden ist?«, fragte er sie.

Die beiden Mädchen drucksten verlegen herum. Wie die meisten Schecken hegten sie keine große Begeisterung für die Wissenschaften und begnügten sich lieber damit, den Spaßmachern und Balladensängern zu lauschen. Thilmo rief über die Schulter zurück: »Wer sie erschaffen hat, weiß niemand, und sie war öde und trocken. Aber die Sundaris kamen von der Sonne und brachten ihre Weisheit mit, sodass Tiere, Pflanzen und alle anderen Dinge entstanden.«

»Ja, so erzählen es die Sundaris«, bestätigte Vauvenal lächelnd. »Aber manche erzählen es anders. Hört zu!« Und er begann mit seiner klangvollen Stimme leise zu singen.

»Am Himmel stand das Dreigestern
in dunkler Nacht, Äonen fern
als noch kein Tag war noch die Nacht
da haben sie die Welt gemacht
die Schwestern drei, die hohen Frauen
die fingen an, die Welt zu bauen.«

Thilmo rief zornig: »Wehe, wenn ein Sundar Euch hörte, wie Ihr solche schändlichen Lieder singt!«

»Es ist aber kein Sundar da«, erwiderte Vauvenal mit seinem listigen Lächeln. Und unbekümmert sang er weiter:

»Beklagt den Tag, an dem Phuram
auf teuflische Gedanken kam
und sann, wie er, vom Stolz entbrannt
die Welt bekäm' in seine Hand.
Er sann bei Nacht und auch bei Tag
Und führt zuletzt den Todesschlag
Mit dem er sich zum Herrn der Welt
Auf ein Podest hinaufgestellt.«

Dann fuhr er fort: »Aber die Schwestern sind noch nicht verloren. Jetzt hat das Rad des Himmels sich gedreht, das funkelnde Dreigestirn steigt höher und hält dem schwefligen Krakenauge die Waage, und alle Zeichen weisen darauf hin, dass eine alte Prophezeiung sich erfüllt. Es heißt nämlich, dass einmal Menschen kommen werden, die Mandoras zerteilten Leib wieder zusammensetzen. Dreizehn Menschen sind berufen, aber nicht alle werden der Berufung Folge leisten.«

»Und wer ist berufen?«, fragte Kaira.

»Dreizehn Menschen, die Waisen sind, unter einem vollen Mond geboren wurden und ein Zeichen am Körper tragen, das Drachenklaue genannt wird. Drei winzige rote Male, die wie Granatapfelkerne aussehen.«

Die drei starrten ihn verdutzt an, dann rief Tataika: »Oh, Ihr haltet uns zum Narren! Ihr habt von der Sache gehört und wollt uns jetzt damit foppen!«

»Ich habe überhaupt kein Zeichen am Körper!«, rief Thilmo, der sehr rot und zornig geworden war.

»Doch, das hast du!«, widersprach Kaira. »Alle wissen, dass du eines hast, genau wie Tataika und ich.« Dann wandte sie sich schmollend an den Geschichtenerzähler. »Aber es ist nicht schön von Euch, dass Ihr uns mit der dummen Geschichte ärgern wollt. Es ist schlimm genug, dass im Waisenhaus alle behaupten, wir müssten verwandt sein, obwohl wir das gar nicht sind, wirklich nicht!«

»Wäre auch noch schöner, wenn ich mit einem solchen Blümchen wie Thilmo verwandt wäre«, brummelte Tataika. »Aber nun seid einmal ehrlich, Herr: Wieso wisst Ihr davon? Hat man es Euch erzählt?«

»Ja«, antwortete er. »Man hat es mir erzählt. Man hat mich sogar ausgesandt, euch ausfindig zu machen und zu einer sehr hohen Persönlichkeit zu bringen.«

Kaira spürte, wie Unbehagen in ihr aufstieg. Nein, es war mehr als Unbehagen, es war Furcht. Die Sache mit dem Zeichen war ihr nie ganz geheuer gewesen, obwohl die Vorsteherin sie zu beschwichtigen versucht und ihr gesagt hatte, es sei nur ein Zufall und ohne Bedeutung. Jetzt aber war sie sicher, dass dieser seltsame Mann etwas im Schilde führte. Ganz plötzlich wallte die Angst so heftig in ihr auf, dass sie laut aufschrie. »Nein, nein! Ihr wollt uns nur zum Besten halten, gebt es zu!«

Vauvenal antwortete nicht. Er lächelte nur und begann wieder zu singen, und das Lied umhüllte die drei jungen Leute mit seiner schläfrigen Süße, ohne dass sie es merkten, bis sie einer nach dem anderen einschliefen und in seltsame Träume versanken.

Das Haus der alten Dame

Kaira träumte, dass sie in tiefer Nacht in einem Garten spazieren ging, wie sie noch nie einen gesehen hatte. Nirgends in den Oasen der Wüste wuchs das Grün so üppig, blühten die Blumen so farbenprächtig, dampfte der Rasen von duftender Feuchtigkeit. Obwohl es dunkel war, konnte sie alles ganz deutlich sehen, denn die Blumen und Pflanzenwedel schimmerten aus sich heraus in einem sanften, dem Mondlicht ähnlichen Glanz.

Sie entdeckte, dass zahlreiche Tiere den Garten bevölkerten, aber sie konnte nicht erkennen, welche Tiere es waren. Sie glitten und huschten und schwebten als lautlose blauschwarze Schatten durch die Nacht, folgten ihr ein paar Schritte weit und verschwanden wiederum im üppigen Laub der Büsche, die sich zu beiden Seiten des Weges dahinzogen. Der Friedhofsgeruch, der über allem hing, wurde stärker, ein Duft nach verblühenden Blumen und überreifen Früchten, nach frisch aufgeworfener Erde und uralten Bäumen. Kaira entdeckte, dass zwischen den Bäumen weiße Marmorsockel standen, die Bildwerke trugen. Manche dieser aus Marmor gemeißelten Bilder sahen nach Erd- und Himmelsgloben aus, manche nach Sonnenuhren, wieder andere nach Sternbildern oder astrologischen Zeichen, und einige hatten nicht die geringste Ähnlichkeit mit Dingen, die Kaira kannte, sondern schienen einer völlig fremdartigen Gedanken- und Bilderwelt zu entspringen.

Alle, ob vertraut oder rätselhaft, leuchteten in der warmen

Nacht, so hell, als strahle der weiße Stein sein eigenes sanftes Licht aus. Sie wirkten auch nicht kalt und starr wie andere steinerne Gebilde, sondern waren von Leben durchpulst, sodass es schien, als atmeten sie.

Überhaupt war der gesamte Garten von einem eifrigen, spukhaften und doch zugleich freundlichen Leben erfüllt. Die krummen Bäume wisperten und neigten sich einander zu, in den Büschen raschelte und knisterte es, Tiere riefen einander mit hohen, fadendünnen Stimmen Botschaften zu, und die Nachtvögel sangen. Selbst der Boden, auf dem sie dahinschritt, ähnelte dem Rücken eines lebenden Wesens. Er buckelte und dehnte sich unter ihren Füßen, so deutlich spürbar, dass Kaira zuweilen Angst bekam, sie könne beim nächsten Schritt stolpern.

Dann, als sie sich dem Haus näherte, spürte sie dessen Anziehungskraft. Wie das Zentrum eines Strudels sog es alles an sich, was sich im Garten bewegte, und alles eilte ihm entgegen, die schwarzen Zypressen, die nachtblühenden Blumen, die Tiere. Sie blieb aus natürlicher Vorsicht stehen, sperrte sich dagegen, in dieses Haus geführt zu werden, aber es war schon zu spät. Die Tür sprang lautlos auf und lud sie ein, das Zwielicht einer vom Mondschein durchflossenen Halle zu betreten. Noch ehe Kaira richtig denken konnte, stand sie schon drinnen, und hinter ihr schloss sich die Tür mit einem deutlich hörbaren Klick, als hätte eine unsichtbare Hand sie ins Schloss gedrückt. Sie brauchte gar nicht erst den Türknopf zu drehen, um zu wissen, dass diese Tür sich erst wieder öffnen würde, wenn die Besitzerin dieses Hauses es für richtig hielt. Zorn über deren Willkür stieg in ihr auf, aber sie bezwang ihn.

Es war nicht völlig dunkel, obwohl Kaira nicht erkennen konnte, woher eigentlich das schimmernde, blassblaugraue Licht kam. Es sah genauso aus wie Mondlicht, konnte aber nur zum Teil Mondlicht sein, denn das einzige Fenster – ein rundes, in viele Segmente unterteiltes Glas – befand sich am entgegengesetzten Ende einer langen, über zwei Stockwerke reichenden

Halle. Die Wände waren bis zur halben Höhe mit kunstvoll geschnitzten Panelen verkleidet, der Boden von einem Teppich bedeckt, dessen kompliziertes Muster aus sich selbst heraus glimmerte, als wäre es aus Silberfäden gewoben. Aus der Halle führte in kühnem Schwung eine Freitreppe nach oben, deren entferntes Ende in tiefen, wie Vorhänge von der Decke hängenden Schatten verschwand.

Als Kaira still stand und lauschte, meinte sie Schritte in der Dunkelheit über sich zu hören und ein schwaches Rumoren im Keller unter ihren Füßen. Ein unterdrücktes Lachen schwebte plötzlich in der Luft. Türen wurden geöffnet und wieder geschlossen, leise, aber nachdrücklich. Es hörte sich an, als wanderte jemand – etwas – ruhelos durch die Zimmer in den oberen Stockwerken. Die Luft wurde aufgestört wie vom Schlag unsichtbarer Flügel. Einige Herzschläge lang schauderte Kaira in einer unerklärlichen Kälte, so scharf wie der Frost eines Eiskellers, dann wurde ihr wieder warm. Was die Kälte ausgelöst hatte, ließ sich nicht erkennen.

Plötzlich tauchte ein flimmerndes bläuliches Licht auf, klein wie eine Kerzenflamme. Es schwebte in einer Höhe über dem Boden, als würde es von einer unsichtbaren Hand getragen. Kaira wich zurück, als sie sah, wie es die Treppe herabglitt und sich ihr näherte. Niemand trug es, die spannenlange bleiche Flamme hing in der leeren Luft! Es schien jedoch verständig zu sein, oder es war von jemand beauftragt worden, denn es kam geradewegs auf sie zu und blieb dann vor ihr in der Luft hängen, so nahe, dass es ihr Gesicht erleuchtete. Gleich darauf huschte es wieder fort, die lange Reihe halb offen stehender Türen entlang, kehrte zurück, und hielt wiederum vor Kaira an.

Sie zögerte, ihm zu folgen, aber was blieb ihr denn anderes übrig? Hier allein in der Halle zu stehen war genauso schlimm, wenn nicht noch schlimmer, als dem Irrwisch zu folgen – und außerdem ahnte sie, dass es nicht leicht sein würde, den Befehl zu verweigern. Langsam und mit hölzernen Schritten folgte

Kaira dem Licht, das ihr vorauseilte. Alle paar Schritt hielt es inne, bis sie aufgeholt hatte, dann bewegte es sich weiter. Es glitt eilig die Treppe hinauf und wartete, bebend und flackernd, am oberen Ende.

Kaira musste tief durchatmen, um die Angst zurückzudrängen, die in ihr tobte. Sie hielt sich am Geländer fest und zwang sich, Stufe um Stufe hinaufzusteigen, der dunkel gähnenden Höhle des oberen Stockwerks entgegen. Sie meinte zu sehen, wie sich Gestalten in den Schatten versteckten und mit wispernden Stimmchen lachten. Etwas krötenhaft Unförmiges hockte hinter der Truhe, die auf dem Treppenabsatz stand, und spähte mit leuchtenden Glubschaugen dahinter hervor. Im Keller huschten die Nachtwandler umher. Auf dem Dachboden wanderten ruhelose Schritte von einem Ende zum anderen, hin und her.

Kaira blieb stehen, sie konnte einfach nicht weiter. Die Angst war so schlimm, dass ihr Körper sich weigerte, noch einen Schritt in die Dämmerschatten hinein zu tun. Selbst wenn sie gewollt hätte, hätte sie nicht weiterzugehen vermocht. Ihre Beine fühlten sich an wie mit Werg ausgestopfte Strümpfe. Sie stieß einen leisen, qualvollen Laut aus und sackte auf der Treppe zusammen. Der Irrwisch hielt an und schwebte unruhig vor ihr hin und her. Es schien ihr, dass er sie ermuntern wollte, ihm weiter zu folgen, aber sie hatte nicht mehr die Kraft dazu. Ein-, zweimal umkreiste er sie, dann gab er es auf und verschwand in den Schattenvorhängen am obersten Ende der Treppe.

Gleich darauf wurde hoch über ihr eine Tür geöffnet, und Schritte kamen den Flur entlang. Kaira schlang die Arme fest um die angezogenen Knie und machte sich so klein wie möglich. Sie war überzeugt, dass die Schritte das Näherkommen des schrecklichsten Ungeheuers ankündigten, das ihr nur einfallen wollte. Sie krümmte sich so sehr zusammen, dass sie jeden einzelnen Wirbel im Rücken spürte. Was war schlimmer, die Augen zu schließen oder sie weit aufzureißen? Wenn sie die Augen öffnete, würde sie das Ding sehen und vor Schreck tot zusammenbrechen. Aber wenn sie sie schloss, würde es ungesehen immer näher an sie herangleiten und sie zuletzt mit einem eisigen Finger berühren, und dann würde sie erst recht sterben. Nein, es war besser, es anzusehen.

Kaira fühlte, wie etwas Kaltes ihr Gesicht berührte. Sie riss den Mund auf, um loszubrüllen – da klatschte irgendjemand scharf in die Hände, und eine heisere Stimme rief: »Wer hat dir das erlaubt? Zurück in den Keller mit dir, aber schnell! Ganz schnell!«

Das Ungeheuer gehorchte erstaunlich bereitwillig. Kaira hörte seine Bewegungen und sein dumpfes Schnauben, als es sich hin und her wälzte. Dann rollte es die Treppe hinunter mit einem Geräusch, als würden schwere Säcke über die Stufen geworfen. Die Kellertüre kreischte widerwärtig in den Angeln und wurde gleich darauf mit einem solchen Ruck ins Schloss geworfen, dass das Haus in den Grundfesten erbebte.

Kaira fühlte, wie ihr der Schweiß am ganzen Körper herunterlief, als sie mit allen Sinnen in die Dunkelheit lauschte. Ein Tappen kam näher, langsam und gleichmäßig, wie der Schritt eines alten Menschen. Dann erschien hoch über ihr – wohl am Ende einer weiteren aufwärts führenden Treppe – ein neues Licht, größer als der Irrwisch und von einer sanften rosaroten Farbe. Mit jedem dumpf hallenden Schritt sank es tiefer herab und wurde größer, bis es schließlich verharrte. Es enthüllte ein Stück des geschnitzten Treppengeländers und darüber die Wand des Flurs.

Über das Treppengeländer gebeugt stand mit einer rosa leuchtenden Lampe in den Händen eine alte Frau. Die dunklen, faltenreichen Kleider hingen ihr bis auf die Schuhe herab, das lange graubraune Haar fiel ihr unfrisiert über die Schultern. Ihr Gesicht war von tausend Runzeln gefurcht, aber die großen Augen waren klar und wach, und der breite Mund lächelte. Es war ein freundliches Lächeln – obwohl es Kaira schien, dass die

Frau weitaus mehr Zähne im Mund hatte, als eigentlich angebracht waren.

»Gute Nacht und schönen Mondschein, Kaira«, sagte sie mit einer Stimme, so tief und weich wie der Ton einer Holzflöte. »Es freut mich, dass du gekommen bist. Ich habe dich erwartet.«

Kaira fühlte sich so verwirrt, dass sie nur verlegen stammelte: »Gute … gute Nacht. Aber … wer seid Ihr?«

»Jemand, der dir nichts Böses will. Komm, bleib nicht auf der Treppe sitzen.« Die Frau streckte die Hand aus, eine schmale, verwitterte Hand mit langen perlmuttfarbenen Nägeln an den Fingern. »Auf der Treppe spielen meine Kinder, die Nachtgesichte und Träume. Sie erschrecken dich. Hier oben ist es angenehmer.«

Kaira blieb nichts übrig, als zu gehorchen, obwohl ihr immer noch sehr unbehaglich zu Mute war. Die Frau sah freundlich aus, aber wie seltsam sie war … allein schon ihre Stimme, deren tiefer Holzflötenton eigentümlich lange nachhallte, und die großen dunklen Nachtfalteraugen, in deren Tiefe – wie in einem Edelstein – ein bernsteinfarbenes Feuer brannte. Wenn sie sich bewegte, ging es wie ein Windhauch durch den Flur, und die Luft im Innern des Hauses wurde von dem schweren Aroma einer Julinacht erfüllt. Außerdem entdeckte Kaira, dass es keine Lampe war, was sie in Händen hielt, sondern eine glatt geschliffene Kugel aus Rosenquarz, die aus eigener Kraft leuchtete.

»Komm nur.« Die Frau streckte von neuem die Hand mit den langen Nägeln nach ihr aus.

Kaira fürchtete sich vor der Berührung, aber sie gehorchte. Gleich darauf fühlte sie den überraschend kräftigen Druck der runzligen Hand. Es war nicht einfach ein herzhafter Händedruck – es steckte eine Kraft darin, die ihr den Eindruck vermittelte, die alte Dame hätte sie mit einer Hand hoch heben und durch die Luft schleudern können. Erschrocken zog sie die Hand zurück und versteckte sie mit einer unwillkürlichen Bewegung hinter dem Rücken. Ihr war zu Mute, als hätte sie in ein blaues Feuer gegriffen.

»Ihr ... ihr seid kein menschliches Wesen«, stammelte sie und wünschte verzweifelt, sie hätte eines der Amulette gekauft, die die Priester des Marktstädtchens feilboten. »Was seid Ihr? Eine Lamia? Eine Wüstendämonin?«

»Fürchte dich nicht. Schau nur!« Sie trat ans Fenster und wies auf den Orangenmond, der in gelassener Ruhe seine Bahn durch den kobaltblauen Himmel zog. »Das bin ich. Ich bin Datura.«

Ein paar Herzschläge lang schossen Kaira alle die schrecklichen Geschichten durch den Kopf, die die Müßiggänger und Schwätzer über Datura und ihre Diener erzählten, und ihr wurde übel vor Angst. Aber noch bevor sie den Entsetzensschrei ausstoßen konnte, der ihr in der Kehle hochquoll, strich die Frau mit der flachen Hand über ihre Stirn und flüsterte: »Still. Hab keine Angst mehr.«

Und seltsamerweise hatte sie mit einem Mal wirklich keine Angst mehr.

»Komm weiter, Kaira. Wir wollen es uns gemütlich machen.«

Am Ende des Flurs wandte sich die alte Frau um, öffnete eine Tür und befahl Kaira mit einer Handbewegung einzutreten.

Das Mädchen ging über die Schwelle und blieb stehen. Sie stand in einem achteckigen Zimmer mit flatternden Wandbehängen. Misstrauisch sah sie sich um. In der Mitte stand ein Tisch mit zwei altväterischen, steiflehnigen Stühlen daneben. Darauf ruhte ein mächtiges rundes Glas, in dem ein bleicher, körperloser Kopf steckte; er wandte sich hin und her und rollte die Augen, während er mit heiserer Stimme unverständliche Verse deklamierte.

»Setz dich.« Datura zog die langen, raschelnden Kleider zurecht und setzte sich in einen der Stühle; ihre dürre Hand wies auf den anderen.

Kaira setzte sich. Sie starrte immer noch verwirrt den Kopf an, der sich unablässig nach allen Seiten drehte und blubbernd dahinschwatzte, wobei er immerzu nickte und mit feierlicher Bedeutsamkeit die großen Augen rollte:

»Bobus phatunzilam
Murmaros echti,
glumus aburzolos
kebit! Agloi!«

Sie wandte sich ab. »Warum ... warum habt Ihr mich hierher gebracht?«, fragte sie mit zitternder Stimme.

»Das hat euch der Geschichtenerzähler doch schon gesagt, nicht wahr?«, antwortete Datura. »Du gehörst zu den dreizehn Auserwählten, genauso wie Thilmo und Tataika. Ihr seid dazu bestimmt, Mandora zu erlösen und ihr wieder zu ihrem Recht zu verhelfen.«

»Aber warum gerade ich?«, rief Kaira entsetzt. »Ich bin nichts Besonderes. Und, verzeiht mir, ich will auch nichts Besonderes sein!«

»Es kommt nicht darauf an, was du willst oder nicht, Kaira«, antwortete Datura. »Du bist nun einmal auserwählt. Gewiss, du kannst dich weigern, den Auftrag anzunehmen, aber ich würde es dir nicht raten. Du machst dir das Leben nicht leichter damit, und zu allen Qualen kommt noch die Schuld dazu, versagt zu haben. Tu lieber, was dir bestimmt ist, und du wirst Hilfe finden.« Sie lächelte das Mädchen an. »Ich, zum Einen, bin schon da, um dir zu helfen. Ich kann nicht vergessen, dass es Mandora war, die mich erschaffen hat. Daher verabscheue ich, was Phuram getan hat, und seither steht Groll zwischen ihm und mir, zwischen seinen und meinen Anbetern. Und daher will ich auch nach Kräften allen helfen, die Mandora ins Leben zurückrufen und das Dreigestirn wieder am Himmel leuchten sehen wollen.«

»Aber warum bin gerade ich berufen?«, wandte Kaira ein. »Es gibt doch so viele Kriegerinnen und tapfere Frauen, denen es ein Leichtes wäre, den Auftrag auszuführen, und ...«

»Zerbrich dir nicht den Kopf darüber«, mahnte Datura. »Das ist nicht deine Sorge. Komm, richte den Blick in die Kristallkugel.«

Kaira spähte zögernd hinein.

Der Kopf verblasste allmählich, wurde zu einem rauchigen Gebilde, das sich zusehends verflüchtigte, und an seiner Stelle traten unbestimmte Bilder aus der Tiefe des magischen Glases hervor. Kaira sah riesige Himmelsflügler, die sich bekämpften, und menschliche Krieger, die einander in blutigen Schlachten zu Hunderten fällten. Sie sah Drachen über den nächtlichen Himmel jagen wie Kometen, feurige Schweife hinter sich herziehend, und sah verfallene steinerne Altäre auf windumtosten Berggipfeln. Jede Szene entstand und zerfiel so schnell wie die Bilder eines Kaleidoskops, aber schließlich wurden einzelne klar erkennbar.

Kaira sah einen gepanzerten Mann von außergewöhnlicher Schönheit, der durch den Torbogen eines Schlosses ritt und mit wilder Geste sein Schwert hob. Sein langes blondes Haar flog im Wind, und die Rüstung glänzte in der Morgensonne, als wäre Phuram selbst vom Himmel gestiegen. Ihm folgte das Bild eines anderen Mannes, hoch gewachsen und edel, in einem langen grauen Gewand, der soeben auf einen Flugdrachen stieg. Dann erschien in dem Glas ein kleines, verwachsenes Geschöpf mit langem Haar und bleichen Zügen, das an einem Flussufer saß und aus der hohlen Hand Wasser trank. Als es mit Trinken fertig war, schob es etwas in den Mund, und urplötzlich stand an seiner Stelle ein roter Löwe mit menschlichem Gesicht und einem Skorpionschwanz, so schrecklich und bedrohlich, dass Kaira erschrocken von dem Glas – über das sie sich immer tiefer gebeugt hatte – zurückfuhr.

Da war das Bild aber auch schon wieder verschwunden, und nun sah sie Tataika, die im Kasernenhof von Fort Timlach Wasser holte und mit grimmiger Miene einen Soldaten schalt, der es gewagt hatte, sie freundlich anzureden. Da war Thilmo, wie er gerade aus dem Haus der Sundaris kam und sich so stolz umblickte, als wäre er der Besitzer und nicht bloß ein unbedeutender Diener. Dann wiederum erschien in der Tiefe des magischen Glases ein dünner, grauer Mann mit zerrauftem Haar und welken Zügen, der sichtlich verängstigt in einem Schuppen kauerte. Zuletzt verdrängte eine rauchige Wolke die Bilder, und der Kopf erschien wieder, um seine unverständliche Litanei fortzusetzen.

»Diese Menschen«, fragte Kaira, »sind das auch Berufene?«

»Ja. Insgesamt sind es dreizehn, aber nicht alle werden die Berufung annehmen. Und du, Kaira? Wirst du es tun?«

»Ich habe Angst.«

Die alte Dame legte eine Hand auf die ihre. »Ich weiß, dass du Angst hast. Aber ich fragte, ob du es tun wirst.«

Was blieb ihr anderes übrig? Sie seufzte tief. »Ich will es versuchen, aber versprechen kann ich nichts. Ich bin wirklich nicht dazu geeignet, Heldentaten zu vollbringen.«

»Du wirst Hilfe haben. Der Geschichtenerzähler kann dir nicht weiterhelfen, denn Zarzunabas hat die Stöhnende Wüste geschaffen, die Drachen nicht durchfliegen können. Aber wenn du den Fluss Kao überquert hast, wird mein Diener dich abholen und begleiten, damit du nicht allein bist. Schau jetzt in die Kugel. Sie bringt dich an den richtigen Ort.«

»Und meine Freunde?«, fragte Kaira besorgt.

»Keine Angst, sie gehen mit dir.« Die alte Dame stand auf, trat hinter Kaira und legte ihr die Hände auf die Schultern. »Schau in die Kugel.«

Kaira gehorchte, obwohl ihr vor Aufregung so kalt war, dass sie fröstelte. Sie starrte den Kopf an, der wieder angefangen hatte, sich hin und her zu drehen. Ihre Augen folgten seinen Bewegungen, bis sie spürte, wie ein leichtes Schwindelgefühl sie erfasste. Sie schloss die Augen und lauschte den sinnlosen Silben, die der Kopf mit pompöser Feierlichkeit deklamierte.

... Bunchthan marbubilos
Nubule pampa
Kor pisztum sangrabus
Ude kabbalo ...

Und nachdem sie eine Weile mit geschlossenen Augen gelauscht hatte, verschwamm ihr alles vor Augen, und sie versank in eine wohlige Dunkelheit.

Transfer

Als Kaira die Augen aufschlug, war das Erste, was sie sah, der sternbesetzte Nachthimmel über Erde-Wind-Feuer-Land. Sie fühlte sich dumpf und benommen, als hätte sie Honigschlundöl getrunken. Ein Traum haftete noch an den Rändern ihres Bewusstseins, ein grotesker Traum, in dem ein körperloser Kopf in einer Kristallkugel wichtigtuerischen Unsinn schwatzte.

Ein paar Herzschläge lang versuchte sie, den Traum zurückzuholen. Dann spürte sie plötzlich die Kälte. Während des Schlafs hatte eine geheimnisvolle Macht sie warm gehalten, aber jetzt merkte sie, dass sie ungeschützt unter freiem Himmel lag. Mit einem Ruck fuhr sie hoch. Wo war das Pferd? Der Wagen? Wo waren Thilmo und Tataika? Und wo war sie überhaupt?

Jähes Entsetzen ließ sie auf die Füße springen. Sie hatte geträumt, aber was war vorher gewesen? Vauvenal – hatte er sie verhext? War er ein Dämon, der am Rand der Wüste auf Opfer lauerte? Sie erinnerte sich jetzt genau, dass es sein Lied gewesen war, welches das Netz des Schlafes über sie geworfen und sie in diesen seltsamen Traum hineingezogen hatte.

Blindlings rannte sie ins Dunkel. Schweiß bedeckte ihr Gesicht, ihre Lungen brannten schon nach wenigen Schritten. Der Grund unter ihren Füßen war schotterig und jeder Schritt eine Plage, und wohin wollte sie überhaupt? Von Panik getrieben, jagte sie dahin, bis ihr Fuß sich in etwas verfing und sie schmerzhaft auf Hände und Knie fiel.

Gleich darauf sah sie, worin sie sich verheddert hatte, und riss vor Entsetzen die Augen weit auf. Sie wollte schreien, aber aus ihrer ausgedörrten Kehle kam nur ein rauer, raspelnder Laut. Sie kniete mitten in einem Skelett!

Es war jedoch kein menschliches Skelett, das da halb vergraben im Schotter und dem dunklen Sand der Wüste lag. Obwohl es hoch gewachsen wie ein Mensch und von den Zehen bis zum Hals auch ähnlich gebaut war, hatte es einen langnasigen Schädel wie eine Ziege und darauf zwei schneckenförmig gedrehte Hörner, die der Sand glatt poliert hatte. Kaira war mitten in seinen Brustkorb getreten. Die Rippen waren zerbrochen, als sie hingestürzt war. Nach Atem ringend, kniete sie auf allen vieren und stierte in das beinerne Gesicht mit den Ei-förmigen Augenhöhlen, über denen sich die Hörner krümmten.

Von Grauen überwältigt, fuhr sie zurück, rappelte sich auf und floh, ohne zu achten, wohin sie die Füße setzte – und plötzlich rannte sie ein, zwei Schritte in der leeren Luft und spürte, wie die Bewegung des Laufens in einen Sturz überging, wie sie förmlich nach unten gesogen wurde. Sie kreischte gellend auf, überzeugt, in wenigen Herzschlägen zerschmettert auf dem Boden einer Schlucht zu liegen, aber sie fiel in Wasser. Als sie aufklatschte, war es so hart, dass sie nach Atem rang, aber da war sie schon untergetaucht, atmete Wasser statt Luft, schluckte, strampelte in einer eisigen Schwärze, die all ihre Glieder umklammerte. Einen Augenblick fühlte sie sich, als steckte sie in einer Felsspalte fest, so unnachgiebig, so übermächtig war die rasch dahinströmende Flut. Sie konnte sich nicht mehr bewegen, wusste nicht mehr, wo oben und unten war, war nicht mehr fähig zu atmen.

Es war lange her, seit sie ihren Willen derart verzweifelt angestrengt hatte, aber noch während sie in der Strömung herumgeworfen wurde wie ein toter Fisch, spürte sie, dass sie die Hände ein wenig bewegen konnte, und gleich darauf auch die Arme und Beine. Sie konnte tatsächlich schwimmen, auch wenn es ihr gegen den unerbittlichen Sog des Wassers nur wenig half. Kaira schrie auf, bekam den Mund voll bitteren, eiskalten Wassers, schluckte und spuckte und strampelte wie ein junger Hund, aber es half! Es half! Sie konnte schwimmen, konnte sich über Wasser halten, obwohl ihr Körper von Kopf bis Fuß entsetzlich kalt war und ihr jeder Atemzug in den Lungen brannte. Die Augen weit und wild aufgerissen, schlug sie um sich und kämpfte sich dem schattenverhangenen Ufer entgegen. Ihre mit Wasser voll gesogenen Kleider hingen wie Eisengewichte an ihr. Ihre Augen brannten und tränten, ihr Hals schmerzte, ihr war übel von dem Wasser, das sie geschluckt hatte und das bitter wie Galle schmeckte. Ein ums andere Mal ergriffen heimtückische Wirbel unter der Wasseroberfläche ihre Beine und zogen sie wie Hände nach unten, sodass sie mit Armen und Beinen rudern musste, um wieder an die Oberfläche zu kommen. Ein scharfes Stechen in den Muskeln kündigte einen Krampf an. Und immer noch war das Ufer unerreichbar weit entfernt.

Zuletzt konnte sie es kaum glauben, als sie erst mit den Zehen, gleich darauf mit den Knien an glitschige Steinblöcke stieß. Mit letzter Kraft, prustend und spuckend, suchte sie mit den Füßen nach dem Grund. Spürte grobe Kiesel unter den Sohlen der Sandalen. Kroch auf Händen und Knien an Land.

In dem Augenblick, in dem sie sich in Sicherheit wusste, verließ sie der letzte Rest Kraft. Sie fiel flach auf den Bauch und lag wie tot in der Finsternis, Mund und Nase im rauen Gras, Arme und Beine von sich gestreckt. Rote, funkelnde Wellen von Schmerz durchpulsten ihren überanstrengten Körper. Sie zitterte von Kopf bis Fuß. Ein heftiges Niesen nach dem anderen schüttelte sie, und ihre Nase tropfte, aber im Augenblick war ihr das gleichgültig.

Eine gute halbe Stunde lag sie da, flach und reglos, bevor sie wenigstens die Kraft fand, sich auf Hände und Knie aufzurichten. Bei der Bewegung wurde ihr übel, und sie erbrach einen Schwall bitteren kalten Wassers. Danach fühlte sie sich besser. Allmählich konnte sie sich sogar über ihren Triumph freuen. Kaum zu glauben, aber sie hatte es geschafft!

Sie setzte sich vorsichtig auf, und bei der Bewegung stellte sie fest, dass ihr Haar, ihr Schleier und ihre übrigen Kleider vollkommen trocken waren! Zitternd tastete sie sich von Kopf bis Fuß ab. Nein, es gab keinen Zweifel. Ihre Kleider und ihr Körper waren so trocken, als hätte sie nie auch nur eine Zehenspitze ins Wasser gesetzt!

Zauberei! Was hier vorging, war eindeutig Zauberei! Erst hatte Vauvenal sie verhext und dann diese unheimliche alte Frau, von der sie geträumt hatte – so lebhaft geträumt hatte, dass die wiederkehrende Erinnerung ihr immer neue Einzelheiten vor Augen führte, bis zu dem albernen Gewäsch, das der Kopf von sich gegeben hatte:

Bobus phatunzilam
Murmaros echti,
glumus aburzolos
kebit! Agloi!

Bunchtam marbulibos …

Sie erhob sich mit wackeligen Knien und sah sich um. Die Mondin – prall und rot wie eine Orange – leuchtete von Sternen umgeben in einem tintenschwarzen Himmel, und das Land, auf das sie herabschimmerte, war dunkel und öde. Büsche, die auf dem kargen Boden wuchsen, verströmten den Duft von Lavendel und Myrrhe.

Kaira bückte sich und fuhr vorsichtig mit der flachen Hand über den Boden. Das Gras war rau und kurz, und einmal stach sie sich in die Finger, als sie an die Stachelblätter einer Sandgurke geriet. Sie zog mit einem lauten Aufschrei die Hand zurück und steckte die verletzten Finger in den Mund. Dann schreckte sie heftig zusammen, als sie auf ihren Schrei hin eine Stimme hörte, denn sie war überzeugt, dass ein Gespenst oder ein Teufel ihren Namen rief.

Stattdessen sah sie Thilmo und Tataika aus der Dunkelheit auftauchen. Das Merkwürdige war, dass sie die beiden im schwächlichen Mondschein ganz deutlich ausmachen konnte. Sie strömten denselben schwefligen, bleichen Schimmer aus wie das Wasser des Flusses. Sie sahen blass und verschreckt aus, aber auch sie waren vollkommen trocken.

»Hast du eine Ahnung, wo wir hier sind?«, fragte Tataika, während sie sich nach allen Seiten umsah. »Ich kann mich nur noch erinnern, dass ich plötzlich müde wurde, und dann träumte ich wirres Zeug von einem Menschenkopf in einem runden Glas und einer alten Frau …«

»Ich auch!«, rief Kaira, und Thilmo stimmte zu: »Ich auch.«

»Aber was hat das zu bedeuten?«

Kaira zuckte nur hilflos die Achseln.

Thilmo jedoch erklärte kategorisch: »Vauvenal ist ein Höllenzwinger, und die Frau, von der wir geträumt haben, war auch eine Magierin. Eine schwarze Magierin.«

»Sie sagte aber, sie sei die Mondin.«

»Und wenn? Das kommt auf das Gleiche heraus!«, murrte Thilmo. »Schuld an allem seid nur ihr zwei! Ihr habt zugelassen, dass der Höllenzwinger auf unseren Wagen stieg, und jetzt hat er uns hierher gezaubert, und wir wissen nicht einmal, wo wir sind!«

Tataika legte den Kopf in den Nacken und drehte sich im Kreis wie ein Tier, das sich zu orientieren versucht. Plötzlich stieß sie einen gedämpften Schrei aus. »He! Da oben ist Licht!« Sie deutete mit ausgestrecktem Arm auf eine Stelle, die sich so weit oben befand, dass sie alle den Kopf in den Nacken legen mussten, um sie zu sehen. Erst dachte Kaira, Tataika hätte auf einen zuckenden roten Stern gedeutet, aber dann ging ihr auf, dass dieses Licht von einem Feuer stammen musste, das jemand hoch oben auf einer Klippe entzündet hatte.

Tataika setzte sich bereits in Bewegung. »Wir müssen da hinauf«, erklärte sie.

Die beiden anderen folgten ihr, hoffnungsvoll und misstrauisch zugleich. Trotz ihrer Zweifel und Ängste wurde Kaira von dem roten Licht angelockt wie eine Motte von einer Fackel. Es zog sie vorwärts, einer uralten Triebregung gehorchend, die Feuer mit Wärme und Geborgenheit gleichsetzte.

Ruadh der Sammler

Die Böschung bestand aus harter Erde und einem rutschigen Geröll. Es war nicht leicht, daran hinaufzuklettern, und Kaira schürfte sich mehrmals Hände und Knie auf, bis es ihr endlich gelang, den Kopf über die Kante zu schieben.

Das Erste, was sie sah, war ein Feuer, ein winziges glosendes Feuer, in dessen trübem Schein ein Mensch kauerte.

Es war ein Mann zwischen dreißig und vierzig Jahren. Sein Gesicht kerbten scharfe Falten um Nase und Mund, die Haut war gerötet und schälte sich stellenweise, als wäre er zu lange in der prallen Sonne unterwegs gewesen. Man merkte ihm an, dass er schon viel – und nicht nur Angenehmes – erlebt hatte. Seine blaugrauen Augen waren klar und lebendig und ihr Blick so durchdringend, dass er fast stechend wirkte. Die energischen Züge verrieten, dass er kein schwacher und gewiss auch kein dummer Mensch war.

Dennoch wies sein zerlumptes Äußeres ihn eindeutig als Bettler aus. Wie es die Gewohnheit von Landstreichern war, trug er eine Menge Kleidungsstücke übereinander; an seinen Handgelenken zeichneten sich drei, vier verschiedene Ärmelränder ab. Die Kleider waren so verwaschen, dass sie jede Form und Farbe verloren hatten. Alle waren gleichmäßig graubraun gebleicht und erinnerten an die verwitterten Binden einer Mumie. Seine Hände steckten in sandfarbenen Zwirnhandschuhen, deren Fingerlinge oberhalb des ersten Knöchels abgeschnitten waren. Das üppige, rotblonde Haar war hinten im Nacken mit einem Lederband zusammengeschnürt. Neben dem Feuer stand eine Echsenledertasche, die vermutlich seinen gesamten Besitz enthielt, so voll gestopft und ausgebeult war sie.

Obwohl das Mädchen weit außerhalb des Feuerscheins im Zwielicht stand, hatte er Kaira gesehen (oder, dachte sie fröstelnd, gewittert) und winkte ihr zu.

»Hierher, Kaira!«, rief er. »Du kommst gerade rechtzeitig.« Dabei hielt er ein Stöckchen hoch, das er über dem Feuer gedreht hatte, und sie sah, dass etwas Brutzelndes daran steckte. Gleich darauf roch sie es auch. Es duftete nach gebratenen Stachelschwämmen, und bei dem Geruch bekam sie solchen Hunger, dass es ihr förmlich den Magen verkrampfte. Gleichzeitig aber überrollte sie eine Welle von Angst. Zwar fürchteten die Schecken die Finsternis nicht so sehr wie die Sundaris, aber geheuer war ihnen die Nacht auch nicht, und schon gar nicht eine Nacht in der Wüste. Wer mochte der Mann sein? In der Wüste wohnten Dämonen, vielleicht war er einer von ihnen ... oder eine Kreatur wie die Haule-Frau, die einsamen Wanderern auflauerte und ihnen das Blut aus den Adern saugte? Oder am Ende gar ein Mondscheiner? Wenn du nachts allein in der Wüste wärst und einem Nachtmann begegnetest, was meinst du, was würde er tun?

Kaira zögerte, hin und her gerissen von einander widerstrebenden Gefühlen. Ihr Kopf wollte wissen, wieso der Fremde sie beim Namen rief, wieso er mitten im Nirgendwo auf sie gewartet hatte und ob er ein Freund oder ein Feind war. Im Augenblick aber war es ihr Körper, der das Steuer ihres Lebens umklammert hielt, nicht ihr Kopf. Ihrem Körper war das alles gleichgültig. Der war müde, hungrig und zerschunden und konnte an nichts anderes denken als an den Geruch der gebratenen Stachelschwämme.

Sie stotterte verwirrt: »Wer ... wer seid Ihr?«

»Ich bin Ruadh«, antwortete er. Seine Stimme klang tief und

rau, mit einem selbstbewussten, geradezu herausfordernden Unterton. »Manche nennen mich auch Feuerfuchs. Und du kannst ruhig du zu mir sagen.«

Sie nickte unbehaglich. »Nun, dann also Ruadh. Sagt mir … sag … woher kennt ihr mich? Und habt Ihr – hast du hier auf uns gewartet?«

»Gewiss doch. So lautete mein Auftrag. Erinnerst du dich nicht mehr? Die alte Dame hat dir gesagt, dass ihr von einem ihrer Diener abgeholt werden würdet. Das bin ich. Allein würdet ihr ja auch nicht weit kommen. Aber sieh an, da sind ja deine Gefährten! Willkommen! Nur her mit euch.«

Der Gruß galt Thilmo und Tataika, die zögernd näher getreten waren, halb erleichtert, dass sie in der Wildnis auf einen Menschen gestoßen waren, halb voll Sorge, dass dieser Mensch ein Feind sein könnte.

Tataika starrte ihn drohend an. Sie kniff die ohnehin kleinen Augen zusammen, bis sie nur noch winzige Schlitze in ihrem runden (und durchaus nicht unhübschen) Gesicht waren. Wie sie vor dem Feuer stand, die Hände auf die Hüften gestützt, erinnerte sie Kaira an ein Tier, ein mächtiges, schwerfälliges Tier mit einer langen braunen Haarmähne und misstrauisch funkelnden Augen. Sie fragte unverblümt: »Seid Ihr ein Mondscheiner? Ihr seht wie einer aus.«

Der Mann nickte. Der Flammenschein spielte auf seinem Gesicht, sodass seine Haut einmal kupfern leuchtete und dann wieder aussah, als trüge er eine Maske, aus der nur seine scharfen Augen hervorblitzten. Er verschränkte die Hände hinter dem Nacken und streckte sich behaglich durch, bis seine Schulterblätter hörbar knackten. »Das stimmt. Ich bin ein Mondscheiner. Und nicht nur das, ich bin sogar ein Sammler.« Dabei hob er die Linke und zog den schmutzigen Zwirnhandschuh ab, und Kaira sah, dass an seinem Ringfinger ein Ring mit einem gewölbten Stein steckte. Der Reif schien aus gewöhnlichem Stahl zu sein, glatt und schmucklos, aber der ovale Stein daran war eigenartig. Er war sehr blass, wie Perlmutt, und doch leuchtete er mit einer solchen Kraft, dass er die gesamte Hand in ein mattes Licht tauchte. Kaira staunte den glimmenden Stein an. Sie hatte nie zuvor ein Juwel gesehen, das im Dunkeln aus eigener Kraft leuchtete.

»Was ist das für ein wunderbarer Ring?«, rief sie.

»Schwarze Magie, darauf möchte ich wetten«, murmelte Thilmo.

»Nein, im Gegenteil«, erwiderte Ruadh. »Er schützt vor schwarzer Magie und all ihren Geschöpfen. Das ist ein Mondstein. Er ist ein Geschenk der alten Dame – das Abzeichen, das sie allen Sammlern verleiht.« Er schlüpfte hastig in den Handschuh und zog den verstümmelten Fingerling hoch, bis der Glanz des geheimnisvollen Juwels verschwand.

Die drei jungen Leute starrten einander betroffen an. So wenig sie auch über die Nachtleute wussten, hatten sie doch immer gehört, dass die Sammler die gefährlichsten unter ihnen seien – vertraute Diener der Mondhexe, die in ihren geheimen Aufträgen unterwegs waren. Es hieß, sie seien Giftmischer und Dämonenbeschwörer, Kinderverderber und Leichenfresser. So schlimm waren sie, dass die kaiserliche Inquisition, die die gewöhnlichen Mondscheiner weitgehend ungeschoren ihr Ketzerdasein fristen ließ, die Sammler mit dem Tode bedrohte.

Tataika erinnerte sich wohl an ihre Prahlerei während der Heimfahrt, denn sie spannte die Muskeln an und drohte: »Wagt es nicht, mich anzufassen. Ich breche Euch Arme und Beine!«

Der Sammler lächelte. »Ich weiß, wie stark du bist, Tataika, aber du musst mir nicht drohen. Ich habe keine böse Absicht mit euch. Im Gegenteil. Ich bin hierher gesandt worden, um euch zu helfen. Und wir müssen uns beeilen. Ihr seid die Ersten, aber noch nicht die Letzten, die auf meiner Liste stehen.«

»Und wenn wir keine Lust haben, mit dir mitzugehen?«, wollte Thilmo wissen.

Der Sammler zuckte die Achseln. »Ich kann euch nicht zwingen mitzukommen, und ich werde euch sicher nicht mit Gewalt weiterschleppen. Ihr könnt auch bleiben. Allerdings wird es hier in der Aschenwüste tagsüber so heiß, dass die Steine zerspringen, und es gibt nirgends auch nur einen Tropfen Wasser.«

»Wir sind doch eben aus einem Fluss gekrochen!«, widersprach Thilmo.

Ruadh schüttelte den Kopf. »Aus diesem Fluss kann niemand trinken, und wenn du ihn jetzt suchen würdest, würdest du ihn nicht mehr finden. Er ist Kao, die Grenze. Ihr seid weit entfernt von Fort Timlach.«

Kaira legte die Stirn auf die Knie. Sie fühlte sich jämmerlich. Ihre Haut brannte, ihre Augen fühlten sich an, als hätte sie Sand hineingerieben. Sie bekam schon Sonnenbrand, wenn sie nur einen halben Tag ohne Schleier ging, wie sollte das erst in der Aschenwüste werden? Die Sonne würde ihre Haut rösten, bis sie in Fetzen abfiel. Und es gab keinen Bissen zu essen und nichts zu trinken …

Die drei blickten einander an. Was sollten sie tun? Noch am Vormittag wären sie nicht im Traum auf den Gedanken gekommen, einem Mondscheiner zu vertrauen, und schon gar nicht einem Sammler. Aber sie hatten keine andere Wahl, wenn sie nicht verhungern und verdursten wollten, denn allein würden sie nie wieder nach Hause finden. Sie wussten ja nicht einmal, wie weit entfernt sie von Fort Timlach waren.

Und außerdem hatte Kaira das Gefühl, dass Ruadh weder böse noch gefährlich war, auch wenn er ein Nachtmann war.

Thilmo jedoch machte geradezu einen Katzenbuckel vor Abwehr, als er protestierte: »Das ist Zauberei, was hier geschieht! Ein Höllenzwinger seid Ihr! Dieser Schurke Vauvenal hat uns behext, und Ihr seid mit ihm im Bunde! Ich werde Euch bei den Priestern anzeigen!«

»Es gibt verschiedene Arten von Zauberei«, widersprach Ruadh scharf. »Die alte Dame hat euch nicht behext. Sie hat euch nur ein Stück des Weges gebracht – zu mir. Und Vauvenal hat seine Aufträge nicht von mir, sondern von anderen. Er ist ein Diener der drei Göttinnen, ich bin ein Diener der Datura.«

»Wo ist der Unterschied? Ketzer sind Ketzer!«, murrte Thilmo, aber er dämpfte die Stimme dabei.

Ruadh schob ihnen die gebratenen Stachelschwämme und einen Ziegenlederschlauch mit Wasser zu. »Esst und trinkt! Ihr braucht eure Kräfte, euch steht ein harter Marsch bevor.«

Sie sträubten sich noch, aber Kaira war bereits klar, dass ihnen keine andere Wahl blieb. Sie mussten mit dem Mann mitgehen, ob sie wollten oder nicht, was hätten sie sonst tun sollen? Und wenn sie schon mitgehen mussten, war es wirklich besser, dass sie sich vorher ordentlich stärkten. Also nahm Kaira – wie die beiden anderen ebenfalls – die gebratenen Stachelschwämme entgegen und trank von dem Wasser. Kaira schien es, dass selten etwas so gut geschmeckt hatte wie diese knusprigen braunen Scheibchen. Ob sie verzaubert waren?

Tataika fragte mit einem Seitenblick auf Ruadhs proppenvolle Tasche: »Was schleppst du eigentlich alles mit dir herum?«

»Oh – dies und das«, antwortete der Mann. »Immer das, was ich gerade brauche. Es ist eine Sammlertasche, musst du wissen.«

»Eine was?«, fragte Tataika stirnrunzelnd.

»Eine Sammlertasche. Jeder von uns Sammlern hat eine. Das Besondere daran ist, dass sie immer genau das enthält, was wir gerade brauchen.«

Tataika starrte ihn mit argwöhnisch verkniffenen Augen an. »Willst du wirklich sagen, du kannst aus dem Lumpensack da alles herausholen, was du willst?«

»Nein. Nicht was ich will. Nur das, was ich brauche. Und auch nur dann, wenn ich es mir auf keine andere Weise beschaffen kann. Hört zu«, sagte er dann, wobei er jedem von ihnen einen scharfen Blick aus seinen blaugrauen Augen zuwarf, »kommt bloß nicht auf den Gedanken, in meiner Tasche zu stöbern! Erstens gehorcht sie nur mir, und zweitens gibt es mächtig eins auf die Finger, wenn jemand sie zu missbrauchen versucht. Das letzte

Mal, als einer hineinfasste, der kein Recht dazu hatte, war sie voll Ottern.«

Schließlich häufte der Wüstenläufer Steine auf das winzige Feuer, bis es erloschen war. Kaum war die Glut unter den Steinen erstickt, stand er auf und sagte: »Wartet ein Weilchen auf mich. Ich habe noch etwas zu tun, währenddessen könnt ihr entscheiden, ob ihr mitkommt oder bleibt.«

Er ging ein paar Schritte beiseite. Kaira dachte, er wolle sich erleichtern, aber dann sah sie mit Erstaunen, dass er im Sand niederkniete und beide Arme mit waagrecht gehaltenen Handflächen zum Nachthimmel hob, als ströme von dort oben etwas herunter, das er auffangen wollte. Offensichtlich betete er, denn er hatte die Augen geschlossen, und auf seinem Gesicht malte sich ein Ausdruck ab, als streichelte ihn etwas Unsichtbares. Die drei Halbfertigen blickten einander an, aber keiner von ihnen wagte etwas zu sagen. Es dauerte nicht lange, bis Ruadh mit seinem Gebet fertig war. Dann stand er auf und warf sich die Tasche über die Schulter.

»Nun?«, fragte er. »Wollt ihr mit mir kommen? Wir haben nur noch wenig Zeit, bis der fressende Stern aufgeht.«

Thilmo bemerkte in seinem gewohnten aufsässigen Ton: »Wir sind Schecken. Wir haben Phuram nicht zu fürchten wie du.«

»Doch, das habt ihr«, widersprach Ruadh. »Denn wenn ihr mit mir geht, seid ihr Phuram so verhasst wie ich, und das heißt, dass er euch verzehren wird, sobald er in seine Tagbarke steigt.«

Kaira spürte, wie ihr Innerstes kalt wurde. Wohin waren sie nur geraten? Was geschah mit ihnen? Sie sagte leise: »Ich habe solche Angst. Warum können wir nicht einfach nach Hause gehen?«

»Weil es dir nicht bestimmt ist – und deinen Freunden und mir auch nicht. Aber hab Mut.« Ruadh legte den Arm um ihre Schulter und zog sie schützend an sich. Überrascht fühlte sie, dass sein zerlumptes und verwahrlostes Äußeres sie nicht abstieß. Er roch ungewohnt, aber sehr angenehm, wie sonnengedörrtes Holz und trockenes Herbstlaub. Kaira lehnte den Kopf an die Schulter des Sammlers, vergrub die Nase in dem Durcheinander von Kleidungsstücken. Es war sonst nicht ihre Art, gleich zutraulich zu Fremden zu sein, aber Ruadh – davon war sie im selben Augenblick fest überzeugt – war kein Fremder. Er war ein Freund.

Tataika zuckte die Achseln. »Nun, dann gehen wir eben mit dir. Was bleibt uns sonst übrig?«

Sie trabten gehorsam hinter dem Sammler her, in eine schwarze Nacht und eine ungewisse Zukunft hinein.

Böse Vorzeichen

Der Tod des Hohepriesters

Von den Ausgucken der Tempeltürme riefen die Jubelhörner zum Sonnendienst, aber es war ein anderer Priester, der im Tempel vor der titanischen Statue des Phuram stand und die Zeremonien leitete. Der Hohepriester Furgas hatte schon seit einigen Tagen sein Amt nicht mehr wahrgenommen. Vor dem Kaiser hatte er sich mit einer der Unpässlichkeiten entschuldigt, die ihm seine enorme Leibesfülle gelegentlich bescherte und die es – ihrer unappetitlichen Natur wegen – unmöglich machten, den heiligen Dienst auszuüben. In Wirklichkeit jedoch waren es nicht seine Eingeweide, die den Priester plagten. Es waren die Dinge, die er herausgefunden hatte, als er in den verbotenen Büchern gelesen hatte.

Dinge, die ihn ganz persönlich betrafen.

Furgas war stets ein treuer Diener Phurams gewesen. Aber da er kein Dummkopf war, kannte er die wahre Geschichte des Planeten, und er war im Grunde genommen der Ansicht, es wäre viel klüger gewesen, die Existenz der altertümlichen, mystischen Drachenreiche zuzugeben und sie kurzerhand zu Reichen des Bösen zu erklären, anstatt in kindischer Blindheit diese Existenz einfach zu leugnen. Erfahren in der Kunde der Konstellationen, wusste er, dass die Zeit der Verschleierung Phurams kommen würde – und zwar bald kommen würde – und dass sich dann das Schicksal Chatundras für die nächsten Äonen entscheiden würde. Als er darüber gelesen hatte, waren ihm viele halb vergessene Dinge wieder in den Sinn gekommen ... und dann diese unglaubliche Erkenntnis!

Nicht, dass er auch nur einen Augenblick daran gedacht hätte, der lästerlichen Berufung zu folgen. Sein Gott war Phuram, mochten die Sterne bestimmen, was und wen sie wollten! Niemals würde er seine Hand dazu leihen, die Herrschaft des Dreigestirns wieder aufzurichten, auch wenn die astronomischen Konstellationen seiner Geburt, des frühen Todes seiner Eltern und seines weiteren Lebens ihn eindeutig als einen der Dreizehn benannten, die zu diesem Werk berufen waren. Das Zeichen an seinem Körper war nur ein letzter Beweis.

Nein, wankend wurde er nicht. Das Schicksal war eine Sache, seine persönliche Berufung und Entscheidung eine andere. Die Sterne hatten ihn berufen, er hatte sich seiner Berufung widersetzt. Er hatte einen kurzen Augenblick lang gehofft, es würde genügen, dass er sich weigerte und damit die magische Zahl zerbrach, aber die verbotenen Bücher – auf deren bräunlichen Seiten die Schrift aufglühte, wenn man sie las – enttäuschten ihn. Es stand nichts darin, was im Einzelnen geschehen würde, wenn einer oder auch mehrere der Berufenen sich weigerten, an der Queste teilzunehmen, oder was mit denen geschehen würde, die die Berufung zurückwiesen. Und nirgends war die Rede davon, dass die Zahl voll sein musste.

Wenn Phuram unterging, so würde Furgas mit ihm untergehen, als sein unwandelbar treuer Priester und Knecht. Eines, dachte der Priester mit einem schwachen Lächeln, hatte er mit dem Grafen Viborg gemeinsam: Bei allen Fehlern, die sie haben mochten, waren sie treu – der Ritter seinem Kaiser, der Priester seinem Gott.

Allerdings befand er sich jetzt in einem sehr üblen Dilemma. Es wäre seine Pflicht, den Kaiser zu warnen. Er sollte zu ihm gehen und ihm berichten, wie nahe die Zeit der Gefahr war, die Zeit, in der die Gefährten auszogen, um Mandora zu heilen und die Macht des Dreigestirns zu entfesseln. Hugues musste jetzt jeden einzelnen Tag nutzen, um seine Landjäger auszusenden und die Berufenen zu fangen, ehe sie ihr Werk vollenden konnten. Er musste in höchster Eile sein Heer rüsten, um den Mokabitern und dem Kadaverfürsten Widerstand zu leisten, wenn sie ihre Truppen gegen ihn ins Feld schickten. Er musste erfahren, was sich hinter dem rätselhaften Vers »Wenn das Gold stirbt und verschlungen wird« verbarg, denn auch das hatten die verbotenen Bücher Furgas verraten, und er musste in aller Eile den Menschen finden und töten, den der Vers benannte – den Menschen, der bereit war, das freiwillige Opfer zu bringen, denn damit würde er Mandoras Wiederkehr ein für allemal unmöglich machen. Vor allem aber musste er sich von der Schlange befreien, die er an seinem Busen wärmte.

Aber wie konnte Furgas das bewirken, ohne dem Kaiser zu gestehen, dass er in verbotenen Büchern gelesen hatte? Und, viel schlimmer noch, dass er selbst einer der Dreizehn war, welche die Sterne zu dem lästerlichen Werk bestimmt hatten? Furgas kannte seinen Kaiser und wusste genau, dass dieser ihm weder das eine noch das andere verzeihen würde, auch wenn er – jedenfalls was die Berufung anbelangte – nicht die geringste Schuld daran trug. Hugues würde ihn auf der Stelle als Hochverräter und Gotteslästerer verurteilen und in die trockene Zisterne stürzen lassen, in deren Tiefe das Gerichtstier seine messerscharfen Zähne bleckte.

Das Klatschen pflanzlicher Arme gegen die Käfiggitter schreckte ihn auf. In den letzten Tagen war er zu sehr mit seinen eigenen Schwierigkeiten beschäftigt gewesen, um viel Zeit mit dem Honigschlund zu verbringen. Er hatte ihm nur sein Futter hineingestellt und ihn sogleich wieder vergessen. Das Pflanzentier aber besaß genug Bewusstsein – selbstsüchtiges und eiferndes Bewusstsein –, um ihm diese Vernachlässigung übel zu nehmen. Verdrießlich rasselte es an den Gitterschnörkeln und fuhr mit den Armen hindurch. Triefende rosa Mäulchen schnappten.

»Ja, schon gut. Du willst deine Häppchen.« Furgas erhob sich schnaufend von seinem Diwan und ergriff den Teller, den der aufmerksame Diener schon am Morgen bereitgestellt hatte. Bedächtig watschelte er zum Käfig hinüber, wobei er den gereizt schnappenden Fingern einen Brocken hinhielt. Es machte ihm Spaß, die Gier der Kreatur zu reizen und sie immer ein paar Mal vergeblich zulangen zu lassen, ehe er den begehrten Bissen losließ. Dabei wusste er genau, wie weit er sich dem Gitter nähern durfte. Auch wenn die Pflanze eingesperrt war, konnte es doch leicht geschehen, dass ein einzelner Greifarm seinen Finger und sein Handgelenk packte und schmerzhaft verdrehte.

»Da! Nun nimm schon! Oh, das war nichts! War's zu weit weg? Noch ein Mal probieren?«

Er trat dichter heran, um den Honigschlund von neuem zu necken.

Im nächsten Augenblick stieß er einen kehligen Schrei aus. Das sonst so sorgsam versperrte Türchen flog auf, ein Dutzend sehniger, kaltfeuchter Arme quoll in einem wirbelnden Bündel heraus. Mit zielgerichteter Schläue presste sich einer davon wie ein Knebel in den zum Schrei geöffneten Mund des Priesters, andere umwickelten seine Arme, während ein weiterer sich um seinen fetten Hals schlang.

Furgas kämpfte mit einer Kraft, die niemand ihm zugetraut hätte, doch vergebens. Ein Tentakel schnürte ihm den Hals zu, ein weiterer verschloss seinen Mund, ein dritter presste fleischige Blütenblätter auf seine Nasenlöcher, und der Rest zerrte ihn mit gnadenloser Kraft an den Käfig heran. Das feiste Gesicht des Mannes schwoll blaurot an. Seine dicken Beine strampelten, die Fersen trommelten auf den Boden, als er in eine sitzende Haltung glitt. Die Pflanzenarme waren nicht stark genug, um sein volles Gewicht aufrecht zu halten, aber sie vollbrachten dennoch ihr tödliches Werk. Tief schnitt der sehnige Arm in das Doppelkinn, umklammerte die Gurgel und zerdrückte den Kehlkopf darunter. Blutunterlaufene Augen quollen unter dem furchtbaren Druck aus den Höhlen. Als Milas, aufgeschreckt von den dumpfen Geräuschen, herbeieilte, fand er seinen Herrn tot vor dem Käfig sitzend, eine grässlich angeschwollene Leiche mit maulbeerfarbenem Gesicht, Kleidung und Fleisch verätzt von den Verdauungssäften der aasfressenden Pflanze. Starr vor Entsetzen, blickte er den Toten an, dann die offen schwingende Käfigtüre. Jemand musste sie aufgesperrt haben. Hatte der Priester selbst einen tödlich törichten Fehler gemacht? Oder war es ein Anschlag seiner zahlreichen Feinde gewesen?

Milas nahm sich nicht die Zeit, die verschiedenen Möglichkeiten gegeneinander abzuwägen. Er wusste, dass man ihn als Erstes verhaften und hinrichten würde, ob er schuldig war oder nicht. Er war seinem Herrn treu gewesen, aber jetzt musste er ihn verlassen.

»Ihr würdet es verstehen, Ehrwürden«, flüsterte er mit einer angedeuteten Verbeugung, dann floh er aus dem Haus und der Stadt, ohne noch mit einem Menschen zu sprechen.

Angst in Thurazim

In Thurazim herrschten Unbehagen und Sorge. Die Beamten des Kaisers bemühten sich nach Kräften, der Bevölkerung den plötzlichen und schauervollen Tod des Hohepriesters damit zu erklären, dass entweder er selbst oder sein nachlässiger Diener – den man augenblicklich vierteilen würde, wenn man ihn nur finden könnte – versehentlich die Tür des Honigschlund-Käfigs offen gelassen habe. Wäre es nur um Furgas gegangen, so hätte man den ersten Schrecken auch bald wieder vergessen. Der Hohepriester war mehr gefürchtet als geliebt worden, und sein Amt hatte ihn dem einfachen Volk so fern gehalten, dass er mehr eine Symbolfigur als ein lebender Mensch für es gewesen war. Aber Furgas' Tod folgten weitere Zeichen, die das Volk beunruhigten.

Die einfachen Leute fürchteten sich vor den Donnerwolken, die fast täglich im Süden aufzogen und sich bedrohlich nahe an die Phuramscheibe heranschoben, und vor dem schwefligen Wind, der aus derselben Richtung wehte. Es waren hässliche Wolken, die da an einem gelblichen Himmel entlangkrochen. Sie kreisten um die Sonne, und dabei streckten sie lange Streifen aus, die wie dunkle Finger vom Himmel herabdeuteten. Die Höflinge und Priester wiederum fühlten sich beunruhigt durch die Veränderung, die mit Kaiser Hugues vorging. Immer offenkundiger wurde, dass er, seit Furgas' Glaube und dessen starke Persönlichkeit ihn nicht mehr stützten, in einem Maß unter dem Einfluss seiner Gattin stand, das an Behexung grenzte. Noch erteilte er

Befehle, aber es war eindeutig, aus wessen Gedanken diese Befehle entsprangen. Alle, die täglich im Palast verkehrten, konnten die Veränderung beobachten. Der einst so stolze und kühne Kaiser wurde zunehmend geistesabwesend und kümmerte sich kaum noch um seine Obliegenheiten.

»Er ist behext!«, wisperten die einen.

»Er ist dem Honigschlundöl verfallen und dauernd berauscht!«, zischten die anderen.

»Iwara vergiftet ihn langsam!«, flüsterten die Dritten.

Es gab einige Vorsichtige und Eigensüchtige in der Aristokratie von Thurazim, die es an der Zeit fanden, die Stadt zu verlassen und sich unter allerlei Vorwänden auf ihre Güter zurückzuziehen. Schecken und Mondscheiner machten sich nicht erst die Mühe, höfliche Vorwände zu erfinden, sondern verschwanden nach allen Richtungen, sobald sie sich unbeobachtet fühlten.

Zudem war es sehr heiß, als sammelte Phuram all seine Kraft und seinen Glanz, um sich gegen den Feind zu wehren. Eine drückende Schwüle lag über der Stadt. Die Honigschlünde in ihren Käfigen wurden so unruhig und bösartig, dass ein paar entschlossene Männer Befehl gaben, sie mitsamt ihren Käfigen zu den Kehrichtverbrennungsöfen in der Wüste zu bringen und dort in die tobende Glut zu werfen. Die Pfauen und Paradiesvögel in den Parks kreischten mit misstönenden Stimmen und verloren ihre bunten Federn, bis sie aussahen wie gerupfte Hühner, und die den Seeanemonen ähnlichen Blumen stellten ihren Gesang ein und verwelkten.

Der neue Hohepriester, Churon, ordnete an, von morgens bis abends Phuram mit Gesängen und Goldopfern zu ehren, um das von Süden drohende Übel abzuwehren. Während er am Altar stand, wanderten seine Gedanken jedoch zu anderen Dingen. Der Tod seines Vorgängers stand ihm sehr lebhaft vor Augen, und er zweifelte nicht, dass die Kaiserin ihm dasselbe Schicksal bereiten würde, denn er war ein Mann des Kaisers, und so würde sie ihn bei erster Gelegenheit aus dem Weg räumen, um einen ihrer eigenen Günstlinge auf den heiligen Stuhl zu setzen. Das bedeutete, dass er schneller sein musste als sie.

Ein Traum hatte ihn gewarnt, dass ihm unmittelbare Gefahr drohte. In diesem Traum fand er sich auf einem von wüsten Wolken umtriebenen Berggipfel, wo die Luft zu dünn und eisig war, um sie zu atmen, und das Gehirn anfing, Spukgeburten hervorzubringen. Auf der höchsten Stelle dieses Gipfels stand das Götzenbild eines Rachmanzai, dessen lang herabhängende Säbelklauen den Sockel umfassten, während die Pranken auf den gewaltigen Knien ruhten und der grausige Knochenschädel sich spähend vorreckte. Das Bildnis war so hoch und breit wie ein Haus und warf einen gewaltigen Schatten, obwohl an diesem Himmel keine Sonne stand. Churon bemühte sich, die Zeichen auf dem Sockel zu lesen, aber sie waren drachische Runen, so fremdartig und so absonderlich gekrümmt und gewunden, dass er sie nicht entziffern konnte.

Er wollte den Blick schon von der Statue abwenden, als er plötzlich sah, wie sich eine feine schwarze Linie über ihr Gesicht und den Vorderteil des hockenden Körpers zog – genau in der Mitte, als hätten die Handwerker dort die beiden Hälften der Gussform aneinander gefügt. Die Linie wurde breiter und breiter, wurde ein Spalt. Atemlos starrend sah Churon, wie das ungeheuerliche Ding sich in zwei Hälften teilte, die wie Torflügel auseinander schwangen. Er blickte in das schwarze Innere – und sah, dass die Innenseiten mit armlangen, messerscharfen Dolchen gespickt waren!

Nach diesem Traum hatte Churon keinen Zweifel mehr, dass die böse Macht Thamaz' das Maul aufriss, um ihn für immer zu verschlingen.

Anders als sein Vorgänger Furgas, der die feinen Netze der Intrige gesponnen hatte, um sich an der Macht zu halten, war Churon ein kühner, tatkräftiger Mann, und ihm war klar, dass nur eine rasche und furchtlose Tat helfen könnte. Daher hatte er die Sammlung des Magisters Ninian im Haus der Bücher durch seine Inquisitoren beschlagnahmen lassen, angeblich, weil sie staatsgefährlich war, in Wirklichkeit jedoch, um sie genau zu studieren. Ninian war ein sehr sorgfältiger Gelehrter gewesen und hatte bei jeder Drachenart genau vermerkt, was den Kreaturen nützte und schadete. Churon hatte seine Schriften studiert und war zu dem Schluss gekommen, dass die schöne Frau auf dem Kaiserthron tatsächlich eine der Nephren war, die vollkommen menschlich wirkten und ihr Aussehen durch magische Mittel zu besonderer Schönheit steigerten, sodass sie jeden Mann bezaubern konnten. Darin lag ihre Macht; selbst ein gedungener Meuchelmörder würde den Dolch sinken lassen, wenn die überirdische Schönheit dieser Frau vor ihm aufleuchtete.

Aber es gab ein Mittel gegen sie – auch wenn der Hohepriester im tiefsten Herzen erschauderte, es anzuwenden, so grässlich und widerwärtig war es.

Gefährliche Träume

Graf Viborg hatte keine Zeit verloren, seinen Auftrag auszuführen. Er wählte aus den kaiserlichen Soldaten eine Hundertschaft der Besten aus und befahl den Aufbruch. Er selbst ritt auf seinem prächtigen Ross voran, umgeben von seinem Gefolge, dann kamen die Soldaten, und zwischen ihnen und dem Tross der schwer beladenen Lastechsen die wenigen Unbewaffneten, zu denen auch der Magister Ninian gehörte.

Der Gelehrte fühlte sich hin und her gerissen zwischen widerstrebenden Gefühlen. Einerseits begeisterte ihn der Gedanke, den Heimstätten uralter Rätsel nahe zu kommen. Andererseits war er kein Abenteurer und kein Held, er fürchtete sich vor der Wildnis und ihren Gefahren und litt unter der unverhohlenen Verachtung, mit der das Kriegsvolk ihn behandelte.

Vor allem die Hundeführerin Katanja, eine Berufssoldatin, deren hohen Rang nach dem Brauch Thurazims eine bronzene Halbmaske kennzeichnete, tat sich dabei hervor – und noch schlimmer war, dass ihre Hunde dem Magister dieselbe Abneigung bewiesen wie die Herrin. Er musste ständig darauf achten, seine Waden vor ihnen in Sicherheit zu bringen.

Sie folgten einem alten Festungspfad, der in verdeckten Windungen an der Flanke der Luris-Berge entlangführte. Der Weg war den Nachmittag über gleichmäßig angestiegen. Es war ein schmaler, aber gut instand gehaltener Weg, auf dem sogar dann und wann ein Markstein oder eine Hinweistafel auftauchten. Er führte in Serpentinen an der Flanke der Berge entlang, erst in einen Kessel, in dem rote und orangefarbene Blumen im Gras wuchsen und ein Bach über Steine sprudelte, und dann über einen so steilen, kahlen Hang empor, dass es von unten aussah, als ginge es eine senkrechte Wand hinauf. Mit jeder Kehre wurde die Luft kälter und der Wind beißender. Die Welt verlor alle Farbe, wurde zu grauem Stein und silbrigem Gras unter einem bedeckten Himmel.

Der Pfad führte zwischen Zacken und Felstürmen dahin, und Ninian bemerkte, dass sie einem Hindernis auswichen, dessen Natur er erst einige Zeit später erkannte. Eine lang gestreckte Talschlucht war es, steil abfallend, finster und schauerlich, deren kahle Felsenmauern sich in einem See spiegelten … einem See, in den er keinen Zeh hätte hineinstecken wollen! So türkisfarben sein Wasser und so spiegelglatt seine Oberfläche auch waren, starrte er doch voll bösartiger Bedrohung. Zudem hallte jeder winzigste Laut, den die marschierende Truppe von sich gab, dort unten wider, einmal in einem boshaft heiseren Flüstern, dann wieder in einem hohlen, geisterhaften Hall. Sie schwiegen alle und traten so leise auf, dass kaum ein Steinchen unter ihren Füßen knirschte, aber hin und wieder war ein gewisser Lärm unvermeidbar, und dann frohlockte das unheimliche Echo, sodass dem Magister eiskalt wurde. Kein Zweifel, da unten hauste etwas, das mehr war als Stein und Wasser. Er fühlte dessen böse Gegenwart so deutlich, dass er sie nicht zu sehen brauchte.

Zur selben Zeit, als die Heerschar vorbeiritt, lag unten auf dem Grund des tiefen blaugrünen Sees ein Wasserdrache namens Pilas, der sich dieses Gewässer als Zuflucht erobert hatte. Der Blausee, wie ihn die Bauern der Umgebung nannten – die sich sorgfältig von ihm fern hielten –, war so tief und reichte so weit in die schrundigen, zerklüfteten Fundamente der Berge hinab, dass selbst Phuram ihn nicht austrocknen konnte, und so saß der alte Pilas ungestört in seiner Tiefe. Er war ein enorm bösartiger Drache; sein Blut war so giftig, dass ein Tropfen genügt hätte, um einen Baum zum Verdorren zu bringen, und sein Hauch lähmte alles Lebendige. Freilich durfte er diese Fähigkeit nur beschränkt einsetzen, denn hätte er alle Lebewesen im Wasser getötet, so hätte er nichts zu essen gehabt. Also schwamm er gelegentlich nahe ans Ufer, streckte den unförmigen Kopf aus dem Wasser und sandte seinen tödlichen Atem gegen ein Reh, das am Wasser trank, oder ein paar Biber, die dort ihren Damm bauen wollten.

Außerdem war Pilas ein getreuer Vasall des Kadaverfürsten – nicht aus Liebe oder Zuneigung, sondern weil Zarzunabas ihm gelegentlich einen Gefangenen sandte, der in den See geworfen wurde. Kaum war die Karawane vorbeigezogen, hob Pilas den Kopf aus dem Wasser und stieß einen eigentümlichen Pfeifton aus. Sofort eilte ein Rabe herbei und prägte sich die Botschaft ein, die der Drache ihm gab, um sie auf der Stelle zu Zarzunabas zu bringen.

Niemand in der reisenden Heerschar kümmerte sich um den hässlichen schwarzen Vogel, der über ihren Köpfen aufflatterte. Alle waren froh, dass sie den See hinter sich hatten.

Ninian wusste nicht recht, ob er erleichtert oder doppelt beunruhigt sein sollte, als in einiger Entfernung die Öffnung eines Tunnels erkennbar wurde, in den der Pfad hineinlief. Ein Tunnel bedeutete, dass ihm der Anblick der zunehmenden Höhe erspart blieb, aber was für neue Gefahren mochten darin lauern?

Der Feldscher Morisai, der ebenfalls in der Nachhut des Zuges unterwegs war und den Magister mit einiger Freundlichkeit behandelte, erklärte ihm: »Im Tunnel gibt es gewiss Schlangen. Ihr braucht aber nicht erschrecken, wenn Ihr eine seht. Sie sind nicht giftig. Steigt einfach über sie hinweg.«

Ninian presste unwillkürlich die Arme an den Leib. Schlangen! Das auch noch! Giftig oder nicht, ihm grauste vor allem, was keine Beine hatte. Deshalb hatte er sich auch immer aufs Heftigste der Ansicht widersetzt, Himmelsflügler und Schlangen seien dieselbe Spezies. Gewiss gab es oberflächliche Ähnlichkeiten, aber in allen Fällen hatten Drachen zumindest zwei Beine, meist sogar vier, während Schlangen überhaupt keine besaßen.

Einer nach dem anderen schoben sie sich durch die Öffnung in der Tunnelmauer und folgten dem düsteren Pfad. Es dauerte nicht lange, bis der Magister tatsächlich eine der Schlangen sah. Ein armdicker weißer Wurm war es, ohne erkennbare Augen, der sich träge über die nassen Steine schlängelte. Als das Tier die näher kommenden Schritte bemerkte, richtete es sich auf und züngelte drohend, schlüpfte dann aber hastig davon. Bald darauf kam ein zweites in Sicht, dann ein drittes. Jedes Mal spürte Ninian, wie ihm das Herz stockte.

Einmal kamen sie an einer mannstiefen Grube vorbei, die sich unvermittelt neben dem Weg auftat. Ein gutes Dutzend der dicken, weißen Schlangen kroch darin herum, verknotete sich ineinander und löste sich wieder in ein schleimig glänzendes Gewimmel. Der Magister hielt den Atem an, als er sich mit dem Rücken zur Mauer daran vorbeischob. Er wagte sich nicht vorzustellen, was passieren würde, wenn er auf dem glitschigen Stein ausrutschte und in diese Grube fiel. Die Schlangen waren nicht giftig, hatte der Feldscher gesagt, aber sie waren so lang wie Ninians Arm und ebenso dick. Vielleicht würden sie ihn umschlingen und erdrosseln, wie die grausigen Honigschlünde ihre Opfer erdrosselten. Er wagte erst wieder durchzuatmen, als die Schlangengrube hinter einer Biegung des Ganges verschwand.

Katanja hatte ebenfalls bemerkt, dass hier etwas nicht stimmte. Sie besprach sich leise mit ihrem Knappen Buiko und wies alle an, so wenig Lärm wie nur möglich zu machen. Ninian ging auf Zehenspitzen. Einmal meinte er unmittelbar über seinem Kopf ein Schaben und Schlurfen zu vernehmen, als schöbe eine gewaltige Masse sich mit raupenähnlichen Bewegungen vorwärts, aber es mochte auch ein Echo gewesen sein. In diesen Schächten und Kaminen hallte jeder Laut wie in einem wahren Tollhaus des Schalls wider.

Dann endlich endete der Tunnel, und Ninian entspannte sich. Er warf jedoch einen Blick auf die Mündung des Tunnels zurück, durch den sie gekommen waren … und da schien es ihm, als hätte er im Dunkel der Öffnung etwas wie ein noch tieferes Dunkel gesehen, eine massige, ungeschlachte Form, die sich kriechend dahinter bewegte.

Er blickte zu den Gipfeln der Toarch kin Mur hinüber, über denen schillernde Schneefahnen wehten. Selbst aus der Entfernung war die ungeheure Höhe der Berge zu erkennen, neben denen sich selbst die imposanten Gipfelketten der Berge von Luris wie Hügel ausnahmen. Auf dem unüberwindbaren Wall mit den bleigrauen Mauern ragten drohend die gekrümmten Hörner von Gipfeln auf, die bis zu den Sternen zu reichen schienen und jeden Blick auf das Dahinter abschnitten. Unablässig brausten Orkane um die Gipfelhörner und orgelten Stürme von so dämonischer Wut in den Schluchten und Pässen, dass man in stillen Stunden ihr Tosen bis weit ins Land hinein hören konnte, oft vermengt mit dem Rollen und Rauschen der Schneelawinen und dem holpernden Donner der Steinschläge. Ninian hatte viele uralte Landkarten von Chatundra gesehen, aber niemals eine, auf der das Land hinter den Toarch kin Mur aufgezeichnet war. Manchmal war ein Pfeil eingezeichnet, der in Richtung des Nordpols wies, mit der Inschrift: »Hier stand einst die Stadt Luifinlas, die älteste aller Städte, erbaut von unbekannten Wesen«.

Plötzlich schwirrte etwas in der Luft über ihnen, und im nächsten Augenblick klatschte unmittelbar vor dem Magister eine Wurfleine auf den Boden. Er hatte noch gar keinen Schrei hervorgebracht, als die Leine, die ihr Ziel verfehlt hatte, schon wieder eingeholt wurde. Wie eine Schlange fuhr sie rasselnd und raschelnd über die Steine davon.

Die übrigen Waffenlosen waren blitzschnell beiseite gesprungen und drängten sich aneinander, während ihre Blicke nach allen Seiten flitzten und die Umgebung nach den heimtückischen Angreifern absuchten. Katanja sprang mit einem Satz über die Felstrümmer, hinter denen die Leine hervorgekommen war, ihre Hunde folgten ihr. Ninian hörte einen Laut, als eilten Füße in wilder Hast über das lose Geröll davon, dann einen dumpfen Schrei, das wütende Gebell der Hunde und den Fall eines Körpers. Kurz darauf kam Katanja wieder. »Erledigt«, sagte sie zu Buiko. Wen oder was sie erledigt hatte, sagte sie nicht dazu, und ihr Gesicht war so grimmig, dass Ninian sich hütete zu fragen. Er hörte aber wenig später, wie sie mit gedämpfter Stimme hinzufügte: »Wir dürfen uns nicht länger als unbedingt nötig hier aufhalten. Hier befinden sie sich in ihrem eigenen Territorium – sie haben alle Vorteile auf ihrer Seite.«

In Magister Ninian mischten sich die Furcht eines Mannes, den beinahe eine Wurfleine erwischt hat, und die Neugier des Wissenschaftlers. Sobald Katanja und Buiko außer Hörweite waren, wandte er sich an den Feldscher Morisai. »Ihr wart doch schon öfter in der Wüste. Was für Geschöpfe leben hier?«

Der aber zuckte nur die Achseln. Wer sollte diese Frage beantworten! In den Karawansereien schwatzten die Reisenden beim Licht der Ampeln und beim Rauch der Wasserpfeifen von wilden, blutdürstigen und mordlüsternen Stämmen, von Wesen, die mehr als Tiere und weniger als Menschen waren, von Halbdämonen, von den bösartigen kleinen Springern, die winzige, skelettähnliche Geschöpfe waren, mit Schädeln wie Äffchen und einem dolchscharfen Gebiss, und von verlockend bunten Gifteidechsen, deren Berührung genügte, um einen Mann zu töten. Jedoch wusste man nicht mehr über diese Geschöpfe, als ein gelegentlicher Goldsucher, Wüstenläufer oder Einsiedler zu berichten hatte, und denen durfte man nicht jedes Wort glauben. Was immer sie gesehen hatten, wurde mit jedem Mal Wiedererzählen der Geschichte größer und schauriger, bis aus einer Eidechse ein Drachen geworden war. Viele von ihnen litten denn auch, wenn sie zu lange in der Einsamkeit unterwegs waren, unter Halluzinationen.

Da es spät geworden war, wurde bald darauf Rast gemacht. Die Hundertschaft fand einen Rastplatz in einer tiefen, von spitzen Felszinnen zur Ebene hin abgeschirmten Nische. Dort legten sie ihr Gepäck ab und ließen sich müde nieder, während der Proviant zugeteilt wurde. Ninian war froh, dass so viele Menschen um ihn waren. Der Ort sah alles andere als heimelig aus, und als der Glutstern erlosch und die einsame Bergwelt in Schatten versank, nahm alles ein so albtraumhaft bedrohliches Aussehen an, dass er unwillkürlich näher ans Feuer rückte. Wenn er sich umdrehte, sah er weit oben ein Flimmern in der Finsternis und ein fahles Leuchten, wo Schnee die Felsen bedeckte. Hin und wieder wirbelten ein paar Flöckchen um die Rastenden herum. Der Wind heulte rau in den Felsentürmen, die bereits in der Nacht versunken waren, und beißende Kälte flutete von den Bergen herab; sein Singen und Pfeifen in den Gebirgspässen klang, als stammte es nicht von bewegter Luft, sondern aus der Kehle eines lebendigen (und keineswegs wohl wollenden) Wesens. Ninian musste an das Gerede über die schlangenleibigen Wüstendämonen denken, die mit ihrem Gesang und ihrem kunstvollen Pfeifen einsame Wanderer zu sich lockten und dann mit ihren spitzen Zähnen zerfleischten. Allerdings hörte er deutlich noch ein anderes Geräusch als den Wind, ein Schlurfen und Schlappen und gelegentlich den polternden Fall eines zur Seite gestoßenen Steins. War etwas hinter ihnen hergekrochen und wagte sich nun nicht näher heran? Oder war es zu groß und massig für den schmalen Pfad?

Um keinen Preis hätte Ninian sich von seinen Gefährten entfernt. Als er sich erleichtern musste, bat er den Feldscher Morisai, ihn zu begleiten.

Morisai hatte den ganzen Weg über gejammert, es werde knappe Rationen geben, trockenes Brot und alten Käse, aber er sollte Unrecht behalten. Ninian, der immer schon ein bescheidenes Leben geführt hatte, war durchaus zufrieden mit Dauerbrot und Dörrfleisch, Käse, Trockenfrüchten und Nüssen, und dazu frischem Wasser aus einer Quelle, die zwischen den Felsen hervorsprang. Ihr Wasser sprudelte in einer schmalen Rinne zwischen den Steinen dahin, der stillen Flut in der Talsohle zu. Dieses Wasser war so eiskalt, dass sie es eine Weile in den Bechern stehen ließen, bevor sie es tranken.

Die Soldaten teilten Wachposten ein. Die Gegend war einsam, aber wie Katanja den Zivilisten erklärte, hieß das noch lange nicht, dass sie unbewohnt war.

Ninian war müde, doch er fürchtete sich davor einzuschlafen. Er hatte das unangenehme Gefühl, dass der Angriff mit der Wurfleine in engem Zusammenhang mit dem Wunsch der Kaiserin stand, ihn loszuwerden, und dass – da er misslungen war – weitere Angriffe folgen würden. Und außerdem fühlte er sich seltsam, seit er Thurazim verlassen hatte. Traumgesichte plagten ihn, wie er nie zuvor welche erlebt hatte.

Das Schlimmste daran war, dass er im Traum genau zu wissen glaubte, was geschehen war: Der Versuch, die drei Schwestern zu erlösen, war misslungen, und Herr über Chatundra war nun der Wasserdämon Drydd. Alle Küsten waren längst zu Leichenfeldern geworden, und binnen kurzer Zeit würde die bleigraue Tetys alles Land in eine glitschige, übel riechende Schlammfläche verwandeln. Die Schuld an dem entsetzlichen Unheil trug ein einziger Mann, nämlich der Magister Ninian, der genau wusste, wozu er berufen war, und nur zu feige war, sich dieser Berufung zu stellen.

Ein andermal plagte ihn ein ähnlich abscheulicher Traum. Er überquerte auf einer schmalen Brücke eine Fläche, die er erst für einen See hielt. Bald sah er jedoch, dass es eher ein halb ausgetrockneter See oder ein abgelassenes Wehr war. Der Boden bestand aus Schlamm, der unruhig blubberte und Bläschen warf. Es war ein gutes Stück von der Brücke bis hinunter zum Seegrund, auf dem sich allerlei Kreaturen krümmten und schlängelten, also konnten sie nicht zu ihm heraufkriechen, aber ihm blieb doch beinahe das Herz stehen, als er sie sah. Dann entdeckte er etwas, von dem er nicht recht wusste, ob es ihn erleichtern oder noch mehr erschrecken sollte. Da unten, in der übel riechenden Tiefe, im Schatten der schleimüberzogenen Mauern, stapften Leute herum – ein Dutzend oder mehr Personen in grauen Kleidern, die alle sehr beschäftigt wirkten. Er konnte jedoch nicht ausmachen, womit sie beschäftigt waren. Einmal sah es aus, als reinigten sie den Seegrund, dann wieder, als suchten sie unter den schauerlichen Trümmern nach Verwertbarem. Einer von ihnen kam schließlich eine Treppe am Mauerrand herauf und überquerte unmittelbar vor Ninian die Brückenstraße. Er (oder sie) wandte sich um, und nun bemerkte der Magister entsetzt, dass sein graues, ausdrucksloses Gesicht eine Maske war – nichts anderes als eine Maske!

»Das alles«, ächzte eine Stimme hinter der Maske, »ist allein deine Schuld, Ninian. Nun müssen wir als Sklaven dem Wasserdämon dienen und sind so grau und tot wie das Tetysmeer, in dem er haust. Noch in tausend und zehntausend Jahren wird man dich verfluchen, Feigling, der sich weigerte, Mandora zu erlösen!«

Wenn der Magister aus solchen qualvollen Träumen erwachte, war er schweißnass vor Furcht und Scham. Und immer öfter spielte er mit dem Gedanken, diesen Tölpel von einem edlen Ritter kurzerhand zu verlassen und sich auf eigene Faust durchzuschlagen. Was hatte er schon zu verlieren? Hatten nicht andere auch Furcht gehabt und diese Furcht überwunden? Er machte sich keine Hoffnungen, dass es ausgerechnet ihm, dem verweichlichten Gelehrten, gelingen würde, die titanische Barriere der Heulenden Berge zu überwinden. Zweifellos würde er bei dem Versuch erfrieren oder von einem Steinschlag in die Tiefe gerissen werden. Aber war das nicht leichter zu ertragen als die Schande, die jetzt schon auf ihm lastete?

Ninian wusste genau, warum diese Überlegungen gerade jetzt in ihm aufstiegen. Je weiter er sich aus dem unmittelbaren Machtbereich des Kaisers entfernte, desto klarer wurden seine

Gedanken und desto schärfer seine Selbsterkenntnis. Er war, wie er sich mit der Resignation des Weisen eingestand, ein Feigling. Solange jeden Augenblick die kaiserlichen Schergen an seine Türe hatten hämmern können, hatte er selbst seine Gedanken in strenger Zucht gehalten. Aber jetzt quoll unbeherrscht die Sehnsucht in ihm hoch, einmal im Leben ein Held zu sein und einen hohen Auftrag zu erfüllen.

Graf Viborg atmete auf, als er endlich mit seinem persönlichen Adjutanten Tersan – einem pockennarbigen Veteranen zahlreicher Kriege – allein war und mit ihm reden konnte, ohne Verrat und Spionage fürchten zu müssen. Tersan war treu und verschwiegen und bewahrte schon viele Geheimnisse seines Herrn in seinem Herzen.

»Tersan«, begann der Ritter, »du weißt, was in Thurazim geschehen ist – und wen ich im Verdacht habe, die Tat geplant zu haben.«

Der Graubart nickte. Die Nachricht vom Tod des Hohepriesters hatte den Grafen erreicht, nachdem er kaum zwei Tagereisen von der Hauptstadt entfernt war. Furgas war kein sonderlich beliebter Mann gewesen, aber immerhin der Hohepriester, und die Gläubigen waren entsetzt über das Verbrechen und Sakrileg, das an ihm begangen worden war. Graf Viborg war betroffen gewesen, als er von seinem Tod gehört hatte. Zwar war der Ritter kein Mann, der warme Gefühle hegte, aber er war dem Priester zeitlebens dankbar gewesen, dass er ihn, das Findelkind, aufgehoben und ihm eine militärische Ausbildung ermöglicht hatte. Viborg vergaß weder seine Feinde noch seine Freunde.

»Es war eine feige, eine heimtückische Tat«, sagte er. Tersan nickte zustimmend.

Graf Viborg zögerte einen Augenblick, ehe er weitersprach. Die Sache war heikel, selbst im Gespräch mit einem so unverbrüchlich treuen Diener. »Es heißt, seine Leiche sei grässlich zugerichtet gewesen.«

»Nachdem es ein Honigschlund war, der ihn ermordet hat, kann ich mir das lebhaft vorstellen«, antwortete Tersan trocken. »Zweifellos war er über und über voll Blasen, Schwären und Ätzwunden.«

»Man sagt aber, da sei noch etwas anderes an seinem Leib gewesen. Du weißt, was ich meine. Es war unter den Speckfalten seines Bauches versteckt.«

Tersan, der längst begriffen hatte, worauf sein Herr hinauswollte, zuckte mit übertriebener Gleichgültigkeit die Achseln. »Mein edler Herr, fast jeder Mensch hat von Natur aus irgendwo an seinem Körper Fleckchen und Pünktchen, sei es nun der Priester Furgas oder Ihr oder irgendein anderer. Was bedeutet das schon? Drei rote Punkte, klein wie Granatapfelkerne! Es ist ein Zufall, sage ich euch, eine bloße Laune der Natur.«

Viborg starrte düster zu Boden. »Man redet, es sei die Drachenklaue, das Zeichen des Dreigestirns. Alle, die es tragen, seien dazu bestimmt, die Schwestern wieder auf ihren Thron zu bringen. Warum sollte gerade Furgas dazu bestimmt gewesen sein, das Werk zu tun – der Priester des Phuram? Oder ich, der Diener des Kaisers?«

Sein Diener eilte fürsorglich mit einem Humpen starken Weins herbei. »Ihr seid müde und sorgenvoll, das macht Euch so hintersinnig. Drachenklaue! Dreigestirn! Sternenthron! – Seid Ihr ein Kriegsmann oder ein Wurm wie dieser Magister, der uns begleitet, der unentwegt über modrigen Büchern und Sinnsprüchen grübelt und in jedem Echsenfladen ein geheimes Zeichen sieht?« Manchmal brauchte Graf Viborg, der ein wenig zum Trübsinn neigte, eine solch derbe Sprache, wie Tersan aus langer Erfahrung wusste, und es half – gemeinsam mit dem Wein – auch diesmal.

Der Ritter setzte sich auf, trank und machte eine scherzhafte Bewegung, als wollte er Tersan den Humpen an den Kopf werfen. »Recht hast du!«, rief er aus. »Ein Kriegsmann bin ich und will es bleiben!«

Das Gespräch wandte sich dem Aufruhr zu, den die ruchlose Tat in Thurazim ausgelöst hatte. Man verdächtigte die Mondscheiner – richtete sich nicht der Hass der Ketzer auf den Priester des Sonnenfürsten? Ein wildes Geschrei hatte sich erhoben, und hätten die Sundaris nicht solche Angst davor gehabt, die labyrinthischen Gänge der Katakomben zu betreten, so hätten sie zweifellos ein Massaker angerichtet. So blieb es dabei, dass die Nachtleute sich fürs Erste hüteten, ihre dunkle Welt zu verlassen, und die Sundaris sich vom Morgengrauen bis zum Abendrot vor den Abgängen drängten, die vermeintlichen Unholde verfluchten und die Fäuste schüttelten.

Viborg fuhr fort: »Es gefällt mir nicht, wie alles in Bewegung gerät. Es ist, als stünde ich in einer hohen Halle und müsste ansehen, wie die Pfeiler wanken, die Wasserspeier zu Boden stürzen und das Dach einzusinken droht. So vieles, das in Ruhe verharrte, ist mit einem Mal im Aufbruch. Auf dem Thron von Thurazim sitzt die Mokabiterin, sendet die tapfersten Ritter mit unsinnigen Aufträgen aus der Stadt, und ich bin überzeugt, dass sie es auch war, die Schuld am Tod des obersten Priesters trägt. Und was hört man nicht alles an seltsamen Nachrichten! Die Nachtleute ziehen nach Norden, die Tarasquen – möge Phuram ihre Leiber verbrennen! – eilen in ihren unterirdischen Gängen hin und her und stecken die missgestalteten Köpfe überall aus der Erde. Kreaturen, die sich bislang verbargen, kriechen aus ihren Höhlen und Löchern. Diener und Dienerinnen der verfluchten Drachen huschen durch die Nacht und gehen ihren abgründigen Geschäften nach. Tersan, ich bin nur ein einfacher Kriegsmann und verstehe nichts von Religion und Magie, aber sogar ich habe mitbekommen, dass hier tiefere und dunklere Dinge geschehen, als man uns wissen lässt.«

Tersan nickte. Oft genügte es seinem Herrn, dass er ihm mit stummer Aufmerksamkeit zuhörte, aber jetzt wollte Graf Viborg offenbar seine Ansicht hören. Also sprach er in seinem bedächtigen Ton: »Mir scheint genau wie Euch, dass die Kaiserin die

Schuld am Tod des Priesters trägt. Aber sie folgt nur einem größeren Plan. Meine Spione berichten mir, dass Wahrsager und Sterndeuter in Massen auftauchen wie Würmer nach dem Regen und allerorten davon die Rede ist, dass die Sterne Böses prophezeien und ihre Konstellationen einen furchtbaren Krieg ankündigen. Das Gerücht geht um, die Rachmanzai und die Muden Gamul würden bald übereinander herfallen und einander auszurotten versuchen, Phuram und Datura würden gegeneinander ankämpfen und das Reich im Norden wieder auferstehen. So sagen die Sterndeuter.«

»Dann reden sie Unsinn«, erklärte Viborg barsch. »Von Chiritai sind nur noch Ruinen übrig, das haben mir Späher berichtet. Und was Luifinlas angeht – sofern es überhaupt existiert und nicht nur eine Sage ist –, so muss es längst in Trümmer gefallen und im Eis versunken sein. Außerdem – wer kann die Heulenden Berge bezwingen? Selbst ein gewaltiger Drache würde es nicht schaffen, ihre Gipfel zu überfliegen, und auf den Pässen lauern Zarzunabas‹ Wächter.«

Dann kam er auf das Thema zu sprechen, das ihn die ganze Zeit schon beschäftigte. »Ich habe Angst um meinen Herrn, Tersan. Er ist in seinen eigenen Gemächern nicht sicher. Am liebsten würde ich zurückkehren und ihm zur Seite stehen – aber ich habe meine Befehle.« Er hieb in plötzlicher Wut mit der Faust auf den Tisch. »Verflucht, dass er mich Gold suchen schickt, während das Reich in seinen Grundfesten wankt! Bin ich ein Schatzsucher? Soll ich meine Zeit damit verschwenden, im Geröll zu graben?«

Tersan – der beträchtlich klüger war als sein Herr und diesem schon oft seine Geisteskräfte geliehen hatte – blickte ihn listig von der Seite an. »Wenn ich mich recht erinnere, mein edler Herr, so lautete unser Befehl nicht, nach Gold zu graben, sondern die Minen in Besitz zu nehmen. Wie Ihr das macht, dafür gab der Kaiser Euch keine genauen Anweisungen. Also könnt Ihr vorgehen, wie es Eurer Weisheit und Erfahrung am besten erscheint.«

Graf Viborg setzte sich auf und warf Tersan einen scharfen Blick zu. »Sprich offen, mein guter Diener.«

»Nun«, sagte Tersan, »es ist Euch gewiss schon in den Sinn gekommen, dass es klug wäre, das Gebiet erst militärisch zu sichern. Habt Ihr nicht schon selbst den Plan gefasst, mit den Soldaten die Ruinen von Chiritai zu besetzen, um so einen Wall gegen die Muden Gamul zu schaffen? Denn was nützen dem Kaiser Minen, aus denen Gold wie Wasser strömt, wenn täglich die Gefahr droht, dass der Kadaverfürst und seine Eishörner sie ihm aus der Hand reißen? Baut ein starkes Fort in Chiritai auf, setzt Euch als treuen Statthalter dorthin und sichert die nördliche Grenze des Reiches gegen die Muden Gamul.«

Graf Viborg lauschte aufmerksam. Der Plan gefiel ihm. Er nahm die Kränkung von seinem Herzen, dass man ihn wie einen Schatzsucher in die Einöde geschickt hatte, er sprach seinen Sinn für militärische Operationen an, sein Bedürfnis, etwas Nützliches für den Kaiser zu tun – und er sah sich auch weitaus lieber als mächtigen Statthalter als in der Rolle des Goldsuchers. Er hob den Becher und trank seinem Getreuen zu. »Auf uns, mein Freund, und auf ein neues Chiritai!«

Dann stand er plötzlich auf, legte sein Wams ab und entblößte die Stelle des Rückens, auf der sich die Drachenklaue abzeichnete. Er zog seinen Dolch aus der Lederscheide und reichte ihn seinem Diener. »Halte die Spitze ins Feuer«, befahl er ihm, »und wenn sie glüht, brenne damit das Zeichen auf meinem Rücken aus.«

Tersan gehorchte. Graf Viborg saß still da, kaum ein Muskel an seinem mächtigen Körper zuckte, als die rot glühende Dolchspitze sich in sein Fleisch fraß und drei schmorende Grübchen hinterließ, wo die Drachenklaue gewesen war.

In der Nacht hatte der Ritter – der unruhig schlief, weil ihn die Brandwunden im Rücken heftiger schmerzten, als er erwartet hatte – einen seltsamen Traum. Er ahnte nicht, dass einer von

Zarzunabas' Traumgeistern neben seinem Kopf hockte und ihm den Traum auf Befehl seines Herrn einflüsterte, um ihn ins Verderben zu locken.

Er stand auf einer Felskanzel und sah tief unter sich einen Palast liegen. Schattenverhangen und schlaftrunken lag er da, so tief versunken, als wäre in dieser Welt noch niemals heller Tag gewesen. Viborg starrte ihn atemlos an. Die Größe des Palastes, der sich aus den Felsen erhob wie ein geschnitztes Juwel auf einem breiten steinernen Ring, erschreckte und faszinierte ihn ebenso wie der düstere Rubin der Nachtsonne, die rund am Himmel schwebte. Eine gespenstische kalte Pracht aus Stein und Wasser und rotem Mondlicht bot sich seinen Blicken.

Es war ein wunderschönes Gebäude, aber vollkommen tot und verlassen. Die Bilder, die Graf Viborg empfing, flirrten durch seine Gedanken wie Lichtreflexe auf fließendem Wasser. Es war ihm unmöglich, mehr zu bewahren als einen allgemeinen Eindruck haushoher blasser Mauern, auf denen Szenen vorbeiglitten wie Schatten unter dem Mond. Da gähnten titanische Treppenfluchten, die sich über alles menschliche Maß hinaus in die Höhe erhoben, und ein Portal öffnete sich vor ihm, so prächtig und so schrecklich wie der Eingang zu den Hallen der Unterwelt.

Seine beiden Flügel sprangen auf, ohne dass mehr als ein leises Rauschen vernehmbar gewesen wäre, und vor dem Grafen öffnete sich der Zugang zu einer prachtvollen Halle.

Sie war so hoch und weit, dass sie ihm wie ein Wald schlanker alabasterner Stämme erschien, Stämme, deren Kronen sich oben in dämmrigem Silber ineinander verschlangen. Quer über den Fußboden stand in fließenden Lettern geschrieben: »Willkommen, der du wagst, hier einzutreten«. Dahinter erhob sich auf einem Piedestal ein Standbild: Ein prachtvoll aufgezäumter weißer Hengst, auf dem ein Ritter in weißer Rüstung saß. Das Pferd war ohne Zweifel aus Marmor, und auch der Ritter schien aus Marmor zu sein, aber er bewegte den Kopf, als er Viborgs

Schritte auf dem Steinboden hörte, und wandte ihm das geschlossene Helmvisier zu.

Dann schlug er das Visier zurück, und der Graf blickte mit einer Mischung aus Staunen und Grauen in sein eigenes Gesicht, schneeweiß und wie aus Marmor, das mit seinem Munde sprach: »Willkommen, Graf Viborg heute, König Viborg morgen, Kaiser Viborg übermorgen!«

Ein unerwartetes Wiedersehen

In ihrem prunkvollen Schlafgemach begab sich Kaiserin Iwara zu Bett, dessen Strohsack – wie die Mondscheiner behauptet hatten – tatsächlich mit Kaisermünzen gefüllt war. Sie löschte alle Lichter bis auf eine einzige, bläulich schimmernde Ampel, deren Schein die Bettvorhänge, das geschnitzte Ebenholzbett und den wie aus Alabaster gemeißelten Körper der Frau in ein krankes Licht tauchte. Die Mondscheiner waren im Irrtum: Nicht alle Nephren hatten scharlachrote und gelbe Flecken auf dem Hinterteil; das der Kaiserin Iwara war weiß wie ungefärbte Seide.

Die Zofen hatten ihr Haar gebürstet, dass offen und ungebunden bis zu den Kniekehlen hing, ihren schönen Leib gewaschen und gesalbt und die fließenden Nachtgewänder bereitgelegt, ehe sie sich mit vielen Verbeugungen verabschiedeten. Iwara war allein – und dennoch schien es ihr plötzlich, als ob sie nicht ganz allein sei. Etwas bewegte sich in den Schatten.

Sie wollte eine Kerze anzünden, aber ein jäher Hauch pustete die Flamme wieder aus, und als sie – nun wirklich beunruhigt – nach der Pfeife griff, um ihren Vertrauten Bephza herbeizurufen, schlängelte sich etwas aus den Schatten herbei und riss sie ihr aus den Fingern. Iwara stieß einen unterdrückten Schrei aus, als sie sah, was es war: eine lange Strähne Frauenhaar, von Grabesmoder und faulem Blut durchtränkt!

Sie sprang zurück und wollte nach den Hofdamen schreien, aber da fuhr eine zweite armlange Locke aus und schlang sich wie ein Knebel in ihren geöffneten Mund. Immer mehr der unerträglich nach Verwesung stinkenden Schlingen umklammerten sie, wanden sich, von ghulischem Leben erfüllt, um ihre Arme und Beine, ihren Leib, ihren Hals – und dann sah sie in einem fahlen Leichenlicht den Kopf, aus dem das mörderische Schlangenhaar spross. Er schwebte, von keinem Leib getragen, vor ihr im Zwielicht, und aus dem Halsstumpf hing ein grausiges Geschlinge von Eingeweiden. Die kalten, blau gedunsenen Züge waren Iwara trotz der Entstellung nur zu vertraut. Alcina war es – ihre Rivalin Alcina, der sie eine tödliche Falle gestellt hatte, damit sie kein Kind zur Welt bringen konnte, das einst über Chatundra herrschen würde!

Iwara stieß einen Schrei aus, aber das Haarknäuel in ihrem Mund dämpfte ihn, sodass niemand ihn hörte. Die Haarschlinge um ihren Hals zog sie in die Höhe, bis ihre Füße keinen Halt mehr fanden – zog sie höher und höher bis unter die geschnitzte Decke des Schlafgemachs, und dort hing sie im Leeren, krampfhaft zappelnd und strampelnd, während Alcinas von Fäulnis verzerrte Züge sie angrinsten, bis der qualvolle Todeskampf beendet war und der schöne Leib erschlaffte.

Das rachedurstige Ungeheuer aber, das die Beschwörungen des Priesters Churon aus dem Grab gerufen hatten, löste sich in den Schatten auf.

Der Tod des Kaisers

Schrecken erfasste dem Palast, als die Zofen am Morgen ihre ermordete Herrin vorfanden. Nicht nur, dass diese heimtückisch und heuchlerisch gemordet worden war, ihre Leiche hatte sich auch auf eine grässliche Weise verändert, denn nun im Tode kam ihre wahre Natur zum Vorschein, und an ihr war kaum noch etwas Menschliches. Schreiend flohen die Zofen aus dem Schlafgemach und riefen den Dienern zu, was geschehen war, und bald verfiel der ganze Palast in Entsetzen. Man rannte durcheinander, jeder floh in eine andere Richtung, alles jammerte und klagte, doch wagte niemand dem Kaiser die schreckliche Nachricht zu überbringen, den gewiss hätte er den Unglücksboten auf der Stelle töten lassen.

Es ließ sich jedoch nicht vermeiden, dass der Kaiser den Lärm im Palast hörte und nach seiner Ursache fragte, und schließlich war es unmöglich, ihm weiter zu verheimlichen, was geschehen war. Er wurde totenbleich, als er die Nachricht vernahm. Mit gesträubten Haaren und aufgerissenen Augen raste er, den Anblick eines Wahnsinnigen bietend, durch die Gänge zum Schlafgemach seiner Frau. Die Diener, die sich ihm in den Weg stellten, stieß er beiseite, ebenso die Zofen, die sich heulend vor der Türe des Schreckenszimmers versammelt hatten. Einem getreuen Diener, der sich gewaltsam vor ihn stellte und ihn anflehte, sich nicht dem Anblick des unbeschreiblichen Dinges auszusetzen, das keine Ähnlichkeit mehr mit der Frau hatte, die er einst geliebt hatte, schlug er mit einem einzigen Hieb seines Schwertes den Kopf ab. Dann sprang er über die Leiche hinweg; blutige Fußstapfen hinter sich lassend, drang er in Iwaras Zimmer ein und wollte sich über den Leichnam der Geliebten werfen. Doch mit einem grässlichen Schrei prallte er zurück, heulte vor Entsetzen auf wie ein Wolf. Alles Blut wich aus seinem Gesicht, seine Augen starrten wie die eines Uhus, und die schreckensstarren Umstehenden sahen, wie der Verstand ihn verließ.

Niemand wagte es, ihn aufzuhalten, als er durch die Gänge stürmte, hinunter in den Hof und hin zu der schrecklichen Grube, in der das Gerichtstier hauste. Blutgeruch hing in der Luft, aus der Tiefe drang dumpf das Brüllen der Bestie. Mit einem gellenden Schrei stürzte der Wahnsinnige sich in die Grube und blieb mit zerschmetterten Gliedern auf ihrem Grund liegen. Im nächsten Augenblick hatten ihn auch schon die furchtbaren Zähne gepackt. Das Tier, das so viele seiner wahren und vermeintlichen Feinde grausam zerrissen hatte, zermalmte nun den Kaiser selbst zwischen den Zähnen. Die goldene Rüstung konnte ihn nicht schützen, sie wurde zerquetscht, und der Helm mit den zwei Gesichtern platt gedrückt unter den hornigen Pratzen.

Niemand wagte es, die furchtbar entstellte Leiche zu bergen, und so lagen die Knochen des letzten Kaisers zusammen mit seiner goldenen Rüstung und seinem Helm in der Grube des Gerichtstiers, bis die Stadt Thurazim zu Grunde ging.

Grauen erfasste die goldene Stadt, als die Ereignisse bekannt wurden: Die Kaiserin ermordet – der Kaiser beim grässlichen Anblick der Leiche dem Wahnsinn verfallen – Zwietracht und Streit zwischen den Anhängern des Hohepriesters Churon, der sich als Regent auf den Thron gesetzt hatte, und den kaisertreuen Rittern. Die unmittelbare Folge war eine Massenflucht der Mondscheiner, die fürchteten, für den Mord verantwortlich gemacht zu werden, denn diesmal war die Wut so groß, dass die

Sundaris im Stande schienen, ihre Furcht zu überwinden und die Katakomben zu stürmen. Und während der ganzen Zeit hingen die bleifarbenen Gewitterwolken im Süden, und die unheimlichen Finger zeigten vom Himmel zur Erde, während am nördlichen Himmel ein flirrender Dunst schwebte wie von Eisfahnen, die näher und näher an Thurazim heranzogen.

Bephza saß in seinem sorgsam gewählten Versteck und überlegte, was am besten zu tun war. Die Mokabiter würden sich natürlich freuen, vom Tod des Kaisers zu hören, aber sie würden ihm vorwerfen, dass er nicht dagewesen war, um Iwara zu retten. Dabei konnte er gar nichts dafür – schließlich hatte sie keine Zeit mehr gehabt, ihn zu rufen. Aber die Mokabiter hatten ihre eigenen Art, Schuld und Unschuld abzuwägen, wenn sie zornig über einen Misserfolg waren, und Bephza sah es kommen, dass er den grässlichen Strafen unterworfen wurde, die schwarze Magie auch für die Untoten bereithielt. Das waren keine verlockenden Aussichten, und was hatte er sonst noch für Möglichkeiten? Im Kaiserreich hatte er ausgespielt. Mit der Freundschaft anderer Drachen hatte er nicht zu rechnen. Zarzunabas würde ihn vielleicht aufnehmen, aber der war ein noch schlimmerer Herr als die Mokabiter. Am besten war es wohl, sich erst einmal in die Wüste zurückzuziehen und dort das Leben eines Räubers und Wegelagerers zu führen, was ohnehin seinen Neigungen entsprach.

Dann jedoch kam ihm ein anderer Gedanke. Iwara hatte ihm zwei Aufträge erteilt, und er hatte beide erfüllt, nur war er nicht mehr dazu gekommen, ihr auch das Ergebnis des zweiten anzuzeigen. Wenn er nach Thamaz zurückkehren konnte mit der Nachricht, dass er den Menschen gefunden hatte, der das Blutopfer bringen wollte – noch besser, wenn er mit dessen Kopf und der abgezogenen Haut zurückkehrte –, dann würde man ihn in Gnaden wieder aufnehmen.

Bephza hatte sich erst gewaltig den Kopf zerbrochen, wie er

unter den vielen Hunderttausend Menschen, die inzwischen in Chatundra lebten, den einen herausfinden sollte, der in Zukunft etwas tun würde, was er vielleicht selbst noch nicht wusste. Aber da er, wie alle Drachen, eine Leidenschaft für Rätsel und Geheimschriften hatte, war ihm bald ein Gedanke gekommen: Da die Prophezeiung so viele Hinweise auf Zukünftiges enthielt, war vielleicht auch einer auf das Opfer darunter. Selbst wenn es keinem Zwang und keiner Bestimmung unterlag, so vermochte die allgegenwärtige Majdanmajakakis doch zu sehen, was jedes Lebewesen auf Chatundra in der Vergangenheit getan hatte und in Zukunft tun würde und mochte daher den Namen verschlüsselt in die Prophezeiung geschrieben haben.

Er hatte also sämtliche Verse sorgfältig studiert, und da die Bedeutung von allen bis auf einen erschlossen war, nahm er sich diesen vor:

»Wenn das Gold stirbt und verschlungen wird,
ist die Hoffnung nahe.«

Üblicherweise wurde dieser Vers entweder als Hinweis auf Phurams Verschleierung oder den Untergang von Thurazim gedeutet, aber Bephza war schlauer. Da ein Mensch sterben sollte, so bezogen sich die Worte höchstwahrscheinlich auf das Sterben und Vom-Grabe-verschlungen-werden dieses Menschen. Und im Augenblick fielen Bephza nur zwei Menschen ein, auf die der Beiname »Gold« passte. Der eine war der sagenhafte König Kurda, den man seines unermesslichen Reichtums wegen den Goldenen genannt hatte. Der Zweite aber war der Ritter Viborg, dem sein hellblondes Haar und seine phuramgleiche Schönheit denselben Beinamen eingebracht hatten.

Zugegeben, Viborg schien beim besten Willen nicht der Mann zu sein, der sich für Mandora opferte, andererseits war er ein Krieger, der sein Leben im Kampf aufs Spiel setzte; warum also sollte er es nicht opfern, wenn es ihm aus irgendeinem

Grund ratsam erschien? Bephza beschloss einen Versuch zu wagen. Er würde noch einige Nachforschungen anstellen müssen, aber Viborg umzubringen war auf keinen Fall von Schaden, ob er nun der geheimnisvolle Goldene der Prophezeiung war oder nicht: Über seinen abgehauenen Kopf und seine blutige Haut würden sich die Mokabiter auf jeden Fall freuen.

Unter Freunden

Graf Nestor hatte der Mord an der Kaiserin einen gewaltigen Schrecken versetzt. Er und seine beiden Begleiter waren blitzartig untergetaucht, denn ohne Iwaras mächtigen Schutz waren sie den feindlichen Rittern und Priestern der Stadt ebenso ausgeliefert wie dem aufgeregten Volk, das die ungeliebten Fremden als Erstes ergriffen hätte. Dem Rat seiner beiden Begleiter folgend, hatte er die auffällige mokabitische Tracht abgelegt und sich in die schlichten Kleider eines Schecken gehüllt. Ohne Perücke, einen löchrigen alten Hut auf dem Kopf, einen weiten Radmantel um die Schultern, schlich der junge Mann durch die Gassen des »Rabensteigs« mit seinen Kaschemmen und Hurenhäusern. Das üble Häusergewirr lag am äußersten Stadtrand und war die Wohnstatt von Schecken, die ihr Geld als Schmuggler, Schacherer, Hehler und Söldnerwerber verdienten. Hier vermied man es, einander ins Gesicht zu blicken, damit keiner meinte, er sei erkannt worden, und den Zeugen mit einem blitzschnellen Dolchstich beseitigte, und jeder hielt seine Zunge im Zaum. Der Graf war froh, dass er einen dicken Knotenstock mitgenommen hatte, wenn er schon nicht seinen Degen tragen konnte, der ihn verraten hätte.

Casim hatte ihm die Adresse einer Wohnung genannt, in der sie einander wieder treffen wollten, nachdem sie auf unterschiedlichen Pfaden die aufgestörte Stadt durchquert hatten. Dort hätte er Freunde, die ihnen helfen würden, Thurazim auf heimlichen Wegen zu verlassen.

Nestor fand das schmutzige Loch mit einiger Mühe. Es lag versteckt in einem der engen Durchgänge, welche die Häuser miteinander verbanden.

Die Türe stand offen, und er trat ein. In dem niedrig gewölbten Raum herrschten dämmriges Zwielicht und muffige, schlechte Luft. Das winzige Fenster führte auf den Durchgang zwischen den Häusern, sodass kaum Licht hereindrang. Oben hielt ein schwerer Vorhang das Tageslicht noch zusätzlich ab. Überall stand verschmutztes, mit vertrockneten Essensresten überkrustetes Geschirr herum, der Tisch war überhäuft mit den ekelerregendsten Dingen: mumifizierte Tiermissgeburten und klebrige Flaschen mit verdächtigem Inhalt. In dieser Ecke standen auch zwei menschliche, alraunengleich vornüber gekrümmte Gerippe, an denen man deutlich erkennen konnte, wie die gebogene Wirbelsäule und die gewölbten Schulterblätter zu Lebzeiten einen Buckel gebildet hatten. Auf einem Gestell daneben, dessen blauer Vorhang nur halb zugezogen war, schwebten in gläsernen Zylindern bläulich graue, braune und gelbliche Reptilien und Insekten in klarer Flüssigkeit. Nestor erinnerte sich, dass Casim die Frau als Kräuterhändlerin bezeichnet hatte – pah! Wenn das hier keine Hexenküche war!

Die Zauberin kochte etwas in einem Topf, aus dem ein fürchterlicher Gestank aufstieg wie von angebrannten Totengebeinen. Sie stand am Herd in einem jener weit gebauschten, am Hals gebundenen schmeißfliegenschwarzen Kleider, die alte Frauen aus den unteren Schichten bevorzugt trugen. Als sie Nestors Schritt hörte, wandte sie sich um. Das schwere Doppelkinn ruhte auf der Halskrause, die beängstigend weit vorquellenden Augen glotzten ausdruckslos aus einem schimmelfarbenen Gesicht. Das Schlimmste an ihr war jedoch der völlige Mangel an Haaren, den sie durch keinerlei Perücke oder Kopfbedeckung zu verbergen bemüht war: Speckig glänzend wölbte sich eine Glatze von der Stirn über die winzigen, fächerförmig missgebildeten Ohren bis in den kurzen Nacken.

Nestor war noch zu beschäftigt mit dem Geruch, um sich über den Anblick Gedanken zu machen. »Bei allen Nachtgesichtern! Was siedet Ihr da Scheußliches?«, rief er aus.

»Geht Euch nichts an!«, knurrte die Alte. »Kümmert Euch um Euren eigenen Kram und lasst andere Leute zufrieden. Was wollt Ihr überhaupt hier?«

Gerade noch rechtzeitig erinnerte sich Nestor an das Losungswort, das Casim ihm eingeschärft hatte. »Ich möchte Senfkörner gegen Bauchweh kaufen, seit gestern geht es mir sehr schlecht«, erwiderte er hastig.

»Soso.« Die Alte musterte ihn misstrauisch. »Habt Ihr schon etwas eingenommen?«

»Nein, die Flasche war zerbrochen.«

Daraufhin nickte sie, schlurfte hinter einen Vorhang und kehrte gleich darauf mit Casim und Rasko zurück.

Nestor atmete auf. Zwar hatte er in der kurzen Zeit ihrer Bekanntschaft Hinweise genug gefunden, dass die beiden ihn jederzeit ans Messer liefern würden, um selbst zu entkommen, aber diesmal hatten sie Wort gehalten. Sie tuschelten hastig mit der Greisin, dann sagte Casim: »Unsere Freunde sind sehr scheu und den Besuch von Fremden nicht gewohnt. Sie möchten gern unbekannt bleiben, daher müssen wir dir die Augen verbinden, wenn wir dich zu ihnen führen.«

Nestor missfiel das sehr, aber er sah keine Möglichkeiten, sich herauszuwinden, und so ließ er es widerwillig geschehen. Von seinen beiden Begleitern geführt, stieg er blind eine lange Treppe hinunter, dann durch Kellergänge, in denen seine Schritte hallten wie in einer Gruft. Der Weg wurde ihm lang, aber er wusste, wie leicht man sich in einer solchen Situation verschätzte. Er tappte vorsichtig zwischen seinen beiden Führern dahin, in erster Linie darauf bedacht, nicht zu stürzen.

Noch einmal ging es eine Treppe hinunter, und diesmal hörte er von unten her ein Geräusch, das die Anwesenheit von Menschen verriet – und zwar einer beträchtlichen Anzahl von Menschen. Zuletzt war es deutlich als das Gemurmel und Gesumm erkennbar, das von einer großen erwartungsvollen Gesellschaft ausgeht. Dann öffnete jemand von seinen Begleitern die Flügel einer Türe, man nahm ihm die Augenbinde ab, und er sah die Gesellschaft vor sich, die Casim als »unsere Freunde« bezeichnet hatte.

Als die Türflügel aufschwangen, ging eine jähe Bewegung durch den Saal. Alle Blicke richteten sich auf Nestor, und Schweigen breitete sich über den langen Raum, nur von einem gelegentlichen Glucksen eines der Anwesenden oder einem Rascheln der starren Roben unterbrochen.

Er blickte in einen sehr geräumigen, von staubigen Lampen und halb niedergebrannten Kerzen schwach erleuchteten Saal, der bei allem Prunk der Ausstattung einen tristen Eindruck machte. Nestor hatte eine kleine verschwörerische Gruppe erwartet, aber der Saal war bis über den letzten Platz hinaus überfüllt.

Einige Herzschläge lang meinte der junge Graf, eine schreckliche Leere vor sich zu sehen – einen bodenlosen Abgrund, in dem bleiern und stumm ein kaltes Meer suppte, auf das Opfer lauernd, das ihm hinabgestoßen würde. Dann riss ihn Casims Stimme aus seiner Verwirrung.

»Seid gegrüßt, edle Herren und Damen«, rief der junge Edelmann, »seid gegrüßt, Töchter und Söhne des gewaltigen Drydd und der Menschenkönigin Athahatis! Wir sind aus Thamaz gekommen, um Euch zu ehren und Euch zu bitten, dass Ihr uns in Eure Reihen aufnehmt und uns gestattet, an Eurer Seite zu kämpfen.«

Ein dumpfes Grunzen antwortete auf die Worte, denen Nestor fassungslos lauschte. War das ein Trick, um sich bei den Missgestalten einzuschmeicheln, oder wollte Casim tatsächlich seine wahnwitzigen Reden wahr machen und sich zum Anführer dieser halb menschlichen Horde aufschwingen?

Nun fiel Rasko ein, in denselben süßen, schmeichlerischen

Tönen. Er pries den Wasserdrachen Drydd, er verfluchte alle Geschöpfe Mandoras, Plothos und Cuifíns, einschließlich der Rachmanzai, die zu seinen eigenen Ahnen zählten, und wünschte den Scheusalen Glück für ihren Krieg gegen die Menschen.

»Eure Stunde ist gekommen!«, rief er. »Stürmt die Häuser! Stürzt die Götzenbilder des Phuram! Wir sind hier, um den gewaltigen Drydd mit Euch zu verehren und um ihm und Euch ein Opfer darzubringen, wie Ihr es liebt: frisches junges Fleisch, noch rot vom Blut!«

Dutzende runde, rötlich schillernde Krakenaugen starrten den Sprecher an, Münder speichelten vor Vorfreude.

»Nehmt, was Euer ist!«, rief Casim und gab Nestor einen Stoß, dass er vorwärts taumelte.

Nestor begriff zu spät. Die Wahrheit blitzte ihm auf, aber da packten schon feuchte, schwammige Hände seine Arme und Beine, umklammerte ein langer Arm – mehr Tentakel als menschlicher Arm – seinen Hals. Er schlug wild um sich, trat nach den Kreaturen, traf schwammige Bäuche und Gesichter, unter denen geblähte Kehlen hingen wie Säcke. Doch sie waren in der Übermacht, und grunzend, schmatzend, kichernd und schnatternd schleppten sie ihn davon in den Hintergrund der Krypta, in die steinerne Kammer mit dem Becken, das dick von altem Blut verkrustet war.

Ein Ereignis am Himmel

Wenn das warnende Heulen der Nachthörner erklang, leerten sich die Straßen von Thurazim. Die Nachtleute drängten die Treppen hinunter in ihr unterirdisches Gebiet, die Sundaris flohen in ihre schimmernden Türme und schlossen alle Fensterläden und Türen, damit kein Mondstrahl hereindringen und ihre Träume und Gedanken vergiften konnte. Binnen kürzester Zeit ähnelte die tagsüber so geschäftige Stadt einer Nekropole, dunkel, stumm und verlassen.

Dennoch waren um diese Zeit Menschen unterwegs, auch wenn die Sundaris ihre Existenz und Tätigkeit totschwiegen. Der alte Semis war einer von ihnen. Er gehörte zu einem Trupp von »Schmutzmännern«, Mondscheinern und Schecken, die nach Einbruch der Dunkelheit ausrückten und die Müllgefäße aus den Kellern der Türme holten, sie auf den Rücken kräftiger Flugechsen luden und zu den riesigen Verbrennungsöfen weit draußen in der Wüste verfrachteten.

Auch Tierkadaver und menschliche Leichen wurden dorthin gebracht. Kein Sundar hätte einen Toten berührt, und wäre es einer seiner Nächsten und Liebsten gewesen. Alle Trauerfeierlichkeiten wurden rund um ein aus Gips geformtes, kunstvoll bemaltes Abbild begangen, das zuletzt zerschlagen und in einer Urne beigesetzt wurde.

Semis hatte Freude an seiner Arbeit, auch wenn er oft stank wie ein Wiesel von all dem Unrat, mit dem er hantiert hatte. Vor allem freute er sich daran, dass er so oft Gelegenheit hatte, Datura zu sehen und seine Gebete zu ihr zu senden, während er die Lastechse durch die Luft zu den Krematorien lenkte.

Auch in dieser Nacht hockte der Schmutzmann mit untergeschlagenen Beinen auf dem Nacken der Echse, deren weiche Flügel mit schwerfälligen Bewegungen die Luft schlugen, und blickte in frommer Versenkung zum Himmel hinauf, als er unvermutet Zeuge eines atemberaubenden Schauspiels wurde. Im ersten Augenblick dachte er, eine vorüberziehende Wolke habe seinen Blick verwirrt und ihm vorgespiegelt, das runde, rötliche Schlangenei habe sich plötzlich an einer Seite ausgebeult. Aber nein, ihn hatte keine Wolke genarrt! Der Himmel war sternenklar, und doch sah Semis – und wie er alle anderen, die in dieser Nacht zum Himmel aufblickten –, wie das Schlangenei das Kind gebar, das so lange in seinem Schoß gereift war. Die Eihülle blähte sich auf, platzte, und heraus schoss wie der Blitz die Schlangentochter, breitete ihre eben noch eng zusammengefalteten Flügel aus und stieg als hell leuchtender, feuriger Stern in den Zenit des Himmels. Das Schlangenei zog weiter seine gewohnte Bahn, aber Semis und alle anderen Zeugen konnten deutlich erkennen, dass es jetzt nur noch eine leere, fleckenlose Hülle war.

Semis und viele mit ihm sahen in dem Ereignis ein gutes Vorzeichen. Nicht wenige Nachtleute allerdings flüchteten auf geheimen Wegen aus der Stadt in den Nordwesten, und es war nicht nur der Zorn der Sundaris, der sie vertrieb. Das Himmelszeichen war in aller Munde. Mochten die Anhänger Phurams darüber lachen, die Nachtleute wussten genau, was die Geburt der Schlangentochter bedeutete, und viele fühlten sich in Thurazim nicht mehr sicher. Plötzlich, wie aus dem Nichts heraus, war die Rede von Chiritai, das Jahrhunderte lang nur eine halb vergessene Sage gewesen war. Wie ein zauberischer Sog ergriff es die fliehenden Nachtleute: Nach Chiritai!

Ritter Viborgs Queste

Auf dem alten Festungspfad

Die Nachrichten reisten langsam in Chatundra, und so wusste Ritter Viborg noch nichts vom Tod des Kaiserpaares, als er nach Nordwesten zog. Mehrere Tage lang folgte der Tross dem alten Festungspfad, ohne dass ihnen etwas Besonderes begegnet wäre. Immer wieder stießen sie auf Überreste von Wachtürmen und Mauern, die mit rostbraunen Flechten überwachsen waren. Das Tageslicht erlosch, als sie eine Wehranlage erreichten, zu der auch ein halb verfallener Wachtturm gehörte. Ninian empfand es als ausgesprochenen Luxus, dass ihm und den anderen Unbewaffneten dieser Wachtturm als Nachtquartier zugewiesen wurde. Immerhin hatte das Gebäude ein Dach, auch wenn das hölzerne Zwischendach so verrottet war, dass man durch seine Spalten und Lücken unmittelbar in die Dachwölbung hinaufsah. Von den ehemals bunt bemalten Innenwänden war der Verputz über weite Flächen herabgefallen, an manchen Stellen zusammen mit einem Teil der Steine.

Katanja und ihr Schildknappe Buiko waren der Gruppe als Schutz zugeteilt worden, denn Graf Viborg war ein vorsichtiger Kriegsmann. Dass bislang nichts passiert war, steigerte sein Misstrauen eher, als dass es ihn eingelullt hätte. Die beiden Bewaffneten standen vor dem Wachtturm und spielten mit den riesigen Hunden. Die Gruppe der Waffenlosen kauerte währenddessen im Innern der Ruine rund um die Feuergrube, man aß und wärmte sich und unterhielt sich mit gedämpften Stimmen.

Morisai, der Feldscher, war ein gewandter und witziger Erzähler und oft frivol, sodass die Zuhörer auflachten – freilich nur leise, denn kaum hoben sie die Stimmen ein wenig, fuhr Katanja herein und fauchte sie an, sie seien hier auf gefährlichen Wegen und nicht im Basar von Thurazim, und ob sie alle finsteren Kreaturen herbeilocken wollten mit ihrem Geschrei.

»Was ist das doch für ein böses Weib«, flüsterte Morisai, als die Soldatin wieder verschwunden war.

»Sie ist tapfer und sehr vorsichtig«, erwiderte Ninian. »Aber sie hat wirklich einen Giftstachel unter der Zunge.«

»Ich wette, sie würde uns mit ihrer langen Peitsche schlagen, wenn wir nicht unter dem Schutz des Ritters reisten«, ergänzte ein Dritter. »Habt ihr gewusst, dass sie nachts im Schlaf grollt und knurrt und die Zähne zeigt, genau wie die Hunde?«

Darauf folgte ein ersticktes Prusten, und das Gespräch wandte sich anderen gefährlichen Frauen zu. Alle dachten an die Kaiserin, aber niemand wagte sie zu erwähnen. Also redeten sie von den Wüstendämonen, die halb Frau, halb Schlange waren, sich durch den Sand schlängelten und mit ihrem lieblichen Pfeifen die Reisenden zu sich lockten, um sie zu verschlingen. Man erzählte sich auch von der Zauberin Umbra, von der es hieß, dass sie in der Blauen Wüste wohne und die Macht besitze, Männer in Schweine zu verwandeln, und von den Frauen der Ka-Ne, die den Männern des Volkes nicht einmal erlaubten, an ihren Tischen zu essen, sondern ihnen das Essen auf den Fußboden warfen.

Ninian, der sehr müde von der ungewohnten Anstrengung war, döste unruhig in einem Winkel. Die Nachtsonne war aufgegangen, und die Wände des Raumes mit ihren abgeblätterten Malereien lagen in einem schwachen roten Dämmerlicht.

Als er so dalag und durch ein Loch im Dach das Schlangenei am Himmel betrachtete, wurde der Magister Zeuge desselben Phänomens, das den Schmutzmann Semis so beeindruckt hatte. Er sah, wie die Eihülle sich ausbeulte, als das Kind im Inneren sich rührte, sah sie platzen und die Schlangentochter mit dem Feuerschweif eines Kometen in den Zenit hinauffahren, wo sie an dem ihr bestimmten Platz innehielt. Die leere Hülle zog weiterhin ihre Bahn um die Mondin.

Ninian lag reglos vor Staunen und innerer Bewegung. Mit einem Schlag war ihm klar, dass er Zeuge wurde, wie all die urtümlichen Mythen, Lagerfeuergeschichten und Ammenmärchen sich zu einer jähen, beklemmenden Wirklichkeit wandelten. Daturas Jungfer hatte ihr Kind geboren, und nachdem dieses erste mystische Ereignis eingetreten war, würden ihm unausweichlich die weiteren folgen. Eine seltsame Kälte ergriff sein Herz – zugleich Furcht und ein Gefühl der Befreiung, wie es einen Gefangenen überkommen mag, der nach qualvoll langen Prozessen zum Tode verurteilt wird und weiß, dass sein Schicksal endgültig ist.

Wie lange würde es dauern, bis Phuram verschleiert würde? Tage? Wochen? Wenn erst das Zwielicht die Welt überzogen hatte, würde sich mit letzter Klarheit entscheiden, wer auf welcher Seite stand. Der Gedanke erschreckte Ninian nicht mehr so sehr. Er spürte, wie die Waagschalen in seinem Inneren sich hoben und senkten und zuletzt ihre endgültige Stellung einnahmen. Tief in seinem Herzen hatte er eine Entscheidung getroffen, unabhängig von der Furcht, die ihn würgte, und der gänzlichen Verwirrung, wie er seine Pläne verwirklichen sollte.

Er rollte sich in seinen Mantel ein und stellte sich schlafend, um seine Anteilnahme an dem Himmelsphänomen nicht vor den Weggefährten zu verraten, die ihn im besten Fall ausgelacht und im schlimmsten Fall als heimlichen Diener der Drachen angesehen hätten. Schließlich döste er, erschöpft vom Wirrwarr seiner Gedanken und inneren Regungen, auch tatsächlich ein.

Es wurde aber nichts mit dem Schlafen. Kaum war Ninian eingeschlummert, fuhr er schon wieder hoch. Er hatte ein leises Anschlagen der Hunde gehört, und im nächsten Augenblick sprangen die beiden Soldaten, die Spieße in der Hand, auf die Tür zu. Er hörte jemand einen kurzen bellenden Schrei ausstoßen, der wie ein Angriffssignal klang und ein wildes Knurren der Hunde auslöste, dann folgte ein grässliches Knirschen und Scharren, als würde ein rauer Weg mit einem Reisigbesen gekehrt, ein Knacken und ein bösartiges Summen wie von einem Hornissennest. Dann war es still, und die beiden kamen zur Tür zurück. Ninian sah im Licht der Fackeln, dass sie ihre Spieße (an denen etwas Gallertiges, Gelbes klebte) im Gestrüpp abwischten. Kalter Schweiß brach ihm aus, und sein Haar fühlte sich plötzlich strohig an.

Katanja lachte. »He«, sagte sie halblaut zu ihrem Begleiter, »das war sauberes Handwerk!«

»Ja«, gab er, offenbar ebenso gut aufgelegt, zurück, »aber ich hätte nicht gedacht, dass der Kopf noch so lange weiterlebt. Die Augen guckten geradezu noch!«

»Augen waren das? Dieses glibberige Zeug?« Sie lehnte den Speer an die Wand und streckte genießerisch die Arme über den Kopf. »Was meinst du, waren diese spitzen Klauen vorne dran giftig?«, fragte sie.

»Weiß nicht«, erwiderte er. »Ich denke eher, diese Sichel am Schwanz, die sah verdächtig aus. Hör mal, wenn wir wieder einen treffen, halten wir uns nicht mit Stechen auf, da machen wir's kurz. Mit einem Speerwurf pfählen und mit dem Hiebmesser den Kopf ab.«

»Meinst du, es kommen noch mehr?«, fragte sie freudig erregt. Dann setzten sie sich vor die Türöffnung, warteten, ob noch mehr (wovon auch immer) kämen, und schwelgten in Erinnerungen, was sie schon alles zerhackt und aufgespießt und geköpft hatten.

»Als ich mit meiner Gruppe die Forts entlang der Heerstraße überwachte«, erzählte Katanja, »da stießen wir einmal auf ein Ding, das bis zur Hüfte wie eine Frau aussah, aber darunter hatte es nur ein einziges Bein, und das war auch noch ein Pferdebein! Auf diesem einen Bein hopste es um uns herum und zielte mit einer kleinen bronzenen Armbrust auf uns.«

»Da hast du wohl kurzen Prozess gemacht?«

»Das kannst du mir glauben! Ich hieb ihm so schnell den Kopf ab, dass es mich noch ankreischte, als sein Kopf schon auf der Erde herumrollte.«

»Ja, man muss schnell sein. Erinnerst du dich noch an die Harpyien, die uns nachts überfielen? Und die wir dann am Spieß brieten, zur Warnung für alle anderen?«

Ninian zog sich den Mantel über den Kopf und versuchte krampfhaft, an etwas anderes zu denken.

Wenig später – als Ninian es fast geschafft hatte einzuschlummern – fuhr er neuerlich in wildem Alarm aus dem Schlaf. Das geifernde Gebell der Hunde zerriss plötzlich die Dunkelheit, und als Ninian die Decken abwarf, sah er sie vor der Türöffnung im roten Schein der Nachtsonne stehen, die Nackenhaare gesträubt, die Augen schweflig funkelnd. Ihre Fangzähne blinkten unter den böse zurückgezogenen Lefzen. Ninian versuchte zu erspähen, was sie so wütend verbellten, und erschrak zu Tode, denn im ersten Augenblick schien es ihm, als sähe er eine kriegerische Schar Rieseninsekten den Hang herauf anrücken.

Verästelte Riesenfühler wackelten vor dem roten Mond schwerfällig hin und her, Helmköpfe blinkten, ein vielfüßiger Tritt knirschte dumpf auf dem Stein. Dem zornigen Gekläff der Hunde antwortete ein tiefes, hohles Geräusch, halb ein Heulen, halb ein dumpfes Dröhnen, als sängen menschliche Stimmen zur Begleitung von Trommeln einen schauerlichen Choral. Sie stockten und hoben ungefüge Waffen, nur schemenhaft sichtbar im Zwielicht.

Mit einem Satz sprang er hoch und riss sein Messer aus der Scheide, das er bislang nur gebraucht hatte, um seine Federn zu spitzen.

Da hörte er auch schon Katanjas klare Stimme von den Felsen widerhallen: »Tod den Kreaturen des Zarzunabas! Vorwärts, liebe Freunde, zum Angriff!«

Alles rannte. Ninian rannte mit.

Rund um ihn tobte ein fürchterlicher Wirbel, Geheul, Gebell, Geschrei und das trommelnde Dröhnen der Angreifer. Ninian wurde von allen Seiten angerempelt. Eine Pfote trat ihm auf die Füße, ein rauer Schweif fegte, als er sich eben bückte, über sein erhitztes Gesicht. Von den Wesen, die sie überfallen hatten, ging ein erstickender Geruch nach vermoderten alten Tierfellen und verwestem Unrat aus, sodass ihm übel wurde.

Die Gestalten eines Albtraums umtanzten ihn: Rundum wimmelte es von monströsen Bestien, die den Gestank der Verwesung aushauchten. Wie aus verschiedenen Tiermumien zusammengestückelt sahen sie aus, in schwärzlicher Verrottung zusammengeklebt, sodass unmöglich zu unterscheiden war, was Haut, was Kleidung, was Leib und was Maske war!

Katanjas Hunde benahmen sich wie toll, als sie diese Spottgeburten im roten Licht dahinwanken sahen. Sie sprangen ihnen an die Kehle, und Ninian hörte Kiefer knacken und Zähne knirschen und sah die Schnauzen zähnefletschend an etwas Langem, Weißlichem zerren, das sich immer länger abspulte.

Natürlich hatte der Gelehrte keinerlei Erfahrung mit dem Kriegshandwerk und war auch nicht von Natur aus zum Kämpfer geeignet, also bestand sein Beitrag darin, dass er, als der erste der klobigen Kerle auftauchte, sich mit einer Hand die Augen zuhielt und mit der anderen wild nach dem Ungetüm stach. Das Messer drang in irgendetwas ein, aber ob er ihn getroffen oder verwundet oder getötet hatte, erfuhr der Magister nie. Von der Seite packte eine hornige, faulig riechende Hand zu und wollte ihn schnappen, und er stieß sein Messer hinein. Die Hand fuhr zurück. Er sprang keuchend beiseite, sah das Ungetüm torkeln und schleuderte mit aller Kraft einen Stein nach ihm. Es fiel polternd um. Katanja sprang mit einem Satz herbei, holte mit tänzerischer Eleganz mit ihrem Hiebmesser aus und trennte den Kopf vom Rumpf, der den Berghang hinabkollerte.

Brüllend kam eines der Wesen zwischen den Felsen entlanggerannt, eine Flammensäule, die sich in irrer Wut um sich selbst drehte und hin und her stolperte. Einer der Soldaten fuchtelte mit einer Hand voll brennender Zweige, während er ihm entgegenrannte. Das schreckliche feurige Ding stolperte jetzt weit vor ihnen den Weg entlang, hüpfend und brüllend, ehe es sich plötzlich zu einem flammenden Ball zusammenkrümmte und über eine Böschung rollte. Gleich darauf schlugen aus der finsteren Senke darunter die Flammen hoch.

Der Magister war zutiefst erleichtert, als es bald darauf »Kampf aus!« hieß. Der Geröllboden war besät mit den Kadavern von zwanzig oder mehr Unholden. Waren es auf die Stufe von Halbtieren herabgesunkene Menschen? Zwerge? Zwittergeschöpfe? Ninian erfuhr es nie. Er sah nur die klumpigen schwärzlichen Leiber, bärtig, zottig behaart, in stinkende Felle und Federbälge gehüllt, Antilopenhörner auf den Helmen, Hyänenruten am Gewand. Schaudernd zog er sich zurück und sehnte sich nach einem See, in dem er sich den schmierigen Gestank dieser Unwesen abwaschen konnte.

Ein Gespräch zweier böser Drachen

Der Kadaverdrache Bephza war unter den Drachen so unbeliebt wie unter allen anderen Lebewesen, aber er hatte doch einige gute Bekannte, die es ihm an Widerwärtigkeit gleichtaten, darunter den alten Pilas im Blausee. Als er dem Tross des Grafen Viborg folgte, um den Ritter zu töten, sah er eine gute Gelegenheit, Pilas zu besuchen und dessen Rat einzuholen – immerhin kannte der Alte die Gegend besser als Bephza und konnte ihm sagen, wo er dem Tross am besten auflauerte.

Seine Aufgabe stellte sich nämlich als weitaus schwieriger heraus, als er gedacht hatte. Viborg zu töten, das hätte er noch geschafft. Er hätte sich unsichtbar machen können und erst im letzten Augenblick materialisieren, sodass sein Ross scheute und ihn in einen Abgrund schleuderte, oder er hätte einen Stein aus großer Höhe auf ihn hinabwerfen können. Aber was nutzte ihm ein toter Ritter, wenn es ihm nicht gelang, an dessen Kopf und Balg zu kommen? Hätte er Viborg getötet, so wäre die Leiche sofort von treuen Freunden und Kampfgefährten umringt gewesen, um sie vor Schändung und dem Angriff böser Geister zu schützen.

Also hockte Bephza in der Abenddämmerung auf einem dürren Ast am Ufer des Sees und erzählte Pilas, der den verknöcherten Krokodilschädel aus dem Wasser streckte, von seinen Schwierigkeiten.

»Ich muss es schaffen, ihn an einen einsamen Ort zu locken,

weitab von seinen Kampfgefährten, wo ich Zeit genug habe, ihn zu töten und zu häuten. Es nützt mir nichts, wenn ich nur mit einer Geschichte nach Thamaz zurückkehre, die können sie mir glauben oder auch nicht.«

»Ein Ritter der Sundaris ist zu klug, um sich von seinen Begleitern fortlocken zu lassen«, erwiderte Pilas. »Außerdem – warum willst du unbedingt diesen, der so schwer zu kriegen ist? Was ist Besonderes an ihm?«

Bephza rückte etwas widerwillig mit dem wahren Grund heraus. Er teilte seine Erkenntnisse nicht gern mit anderen, aber der mit allen Wassern gewaschene Pilas würde sich kaum mit Andeutungen abspeisen lassen.

»Hmmm.« Der Seedrache ließ sich die Geschichte durch den Kopf gehen. »Und du bist sicher, dass ein Sundar sein Leben freiwillig opfern würde, um den drei Schwestern zu helfen? Das erscheint mir höchst unglaubwürdig.«

Bephza musste zugeben, dass er ebenfalls Zweifel hatte. »Aber es gibt nur noch einen anderen, der der Goldene genannt wurde, König Kurda von Chiritai, und der ist seit Jahrhunderten tot.«

Pilas schloss seine Echsenaugen, bis nur noch ein Strich gelber Glut unter den runzligen Lidern hervorleuchtete. »So, meinst du?«

Bephza legte den Kopf schief. »Was soll das heißen: So, meinst du? Er war ein Mensch, und selbst wenn er uralt wurde, muss er längst tot sein. Die Menschen haben nur eine kurze Lebensspanne. Es lohnt sich kaum, dass sie geboren werden, denn dann sterben sie auch schon wieder.«

»Und wenn ich dir nun sage, dass dieser eine Ausnahme war?«

Bephza barst beinahe vor Neugier, aber er wusste: Wenn er Pilas dies zeigte, so würde ihn dieser noch stundenlang mit Andeutungen hinhalten, nur aus dem Vergnügen heraus, ihn zu quälen. Also antwortete er: »Papperlapapp! Du wirst alt und schwachsinnig, dass du solchen Unsinn glaubst.«

Das ärgerte Pilas natürlich, und so rückte er mit der Geschichte heraus. »Du weißt, dass König Kurda und seine Krieger und Untertanen zur Strafe für ihre Habgier in goldene Echsen verwandelt wurden. Aber die Strafe brach nicht mit einem Schlag über sie herein, sondern langsam, denn Majdanmajakakis wollte ihnen Gelegenheit geben, ihre Torheit zu erkennen und umzukehren. Bei den meisten nützte dieses Entgegenkommen nichts. Sooft sie Gold berührten, schritt die Verwandlung weiter fort – ein Stück Haut verwandelte sich in eine goldene Schuppe, ein Finger in eine Kralle. Aber König Kurda schoss die Reue ins Herz, als er schon sehr weit fortgeschritten war, sodass er sich kaum noch bewegen konnte und das Gold in ihm immer näher an sein Herz herandrängte, das mit jedem Schlag kälter und härter wurde. Er rief Datura um Gnade an und erbot sich, das Opfer für Mandora zu bringen, wenn er vom Fluch des Goldes erlöst würde. Datura bat bei Majdanmajakakis für ihn, und die Allmutter fällte das Urteil: ›Um seines Angebots willen soll der Mensch so lange leben dürfen, bis das Gold in ihm durch Reue und Weisheit wieder zu Fleisch und Blut geworden ist, aber ich will ihn nicht bei seinem Angebot halten, das er in einer Stunde tiefster Verzweiflung gemacht hat, denn es muss freiwillig getan werden, ohne Zwang und ohne Lohn. Wenn seine Bitte erfüllt ist, dann mag er sein Angebot noch einmal machen, und ich werde es annehmen, wenn er es aber nicht wiederholen will, soll er ohne Vorwurf davon frei sein.‹«

Bephza lauschte und dachte gleichzeitig scharf nach. Mit einem wie Pilas musste man auf eine eigene Art reden, und so zuckte er die Achseln und bemerkte schnippisch: »Nun ja, selbst wenn du Recht hast, so kann ihn nach all den Jahren doch keiner mehr finden.«

Pilas schluckte den Köder. Eigentlich hatte er vorgehabt, Bephza zappeln zu lassen, aber sein Widerspruchsgeist war stärker als sein Vergnügen daran, mit seinem Wissen hinter dem Berg zu halten, also platzte er heraus: »Du vielleicht nicht, aber

Leuten mit Verstand fällt das eine oder andere auf. Was würdest du denn denken, wenn du einen Mann auf den Felsen über Chiritai sitzen siehst und ihn laut klagen und das Schicksal seiner Freunde beweinen hörst, die zu Gold erstarrt in den Schatzkammern des ehemaligen Königsschlosses liegen?«

Bephza blieb bei seiner Taktik, und es gelang ihm, Pilas so geschickt zu ködern, dass dieser ihm erzählte, er habe den Mann, den er für König Kurda hielt, oft durch die Berge streifen gesehen und sei ihm gelegentlich auf leisen Tatzen gefolgt, um sich an seinen Tränen und Totenklagen zu ergötzen, denn – wie Pilas freimütig zugab – nichts machte ihm mehr Spaß, als andere leiden zu sehen. Und dieser Mann war noch vergnüglicher als selbst die winselnden Opfer, die Pilas zum Fraß in den See geworfen wurden, denn sein Leiden zog sich schon über Jahrhunderte.

»Aber weißt du, was seltsam ist?«, meinte Pilas. »Er wird nicht älter, so lange er auch auf der Welt herumläuft. Zarzunabas' Knechte, die etwas von solchen Flüchen verstehen, haben mir erzählt, er behalte sein Alter bei, bis er erlöst sei, aber von da an werde er wieder altern wie alle anderen Menschen auch. Kannst du dir vorstellen, jahrhundertelang vierzig Jahre alt zu sein?«

Bephza konnte es nicht, da die Drachen ihre Lebensspanne völlig anders maßen und erlebten als die Menschen, und überdies war er schon so lange untot, dass er sein irdisches Leben vergessen hatte. Er ließ sich von Pilas noch eine ausführliche Beschreibung des Mannes geben und flatterte dann davon. Ob der Seedrache die Wahrheit gesagt hatte, wusste er nicht, aber es würde sich lohnen, der Spur nachzugehen. Auf jeden Fall würde er beide töten, Ritter Viborg und den seltsamen Menschen da – auf die Art ging er völlig sicher, den Richtigen zu treffen, und den doppelten Spaß hatte er auch.

Der Magister und der Drachenfürst

Kurz vor der Abenddämmerung erreichte Graf Viborgs Tross das Garnisonsstädtchen Fort Timlach an der äußersten Grenze des kaiserlichen Landes. Nach den Buchstaben ihrer Proklamationen waren die Sundaris zwar Herrscher über den gesamten Kontinent, aber in Wirklichkeit gehörte ihnen nur der mittlere Teil. Im Süden herrschten die Höllenzwinger, im äußersten Norden das untote Gezücht, das dem Kadaverfürsten diente, und der allergrößte Teil der Wüsten war entweder verödet oder von Wesen bewohnt, die vom Kaiser in Thurazim nicht einmal gehört hatten. Die Anhänger Phurams lebten in der Oase ihrer goldenen Stadt, und nur dort, nahe an den Kultstätten des Sonnenfürsten, fühlten sie sich wohl. Das restliche Erde-Wind-Feuer-Land war, ihrer Anschauung nach, der Lebensraum böser Menschen und böser Geister. Deshalb waren die meisten Gebiete, die nicht im engsten Umkreis der Stadt oder entlang der Heerstraßen lagen, auf ihren Landkarten als weiße Flecken eingezeichnet.

Die Ankunft des berühmten Kriegsmannes in dem verschlafenen Städtchen erregte Staunen und Begeisterung. Alle wollten den Grafen sehen und bewundern, und der genoss es auch, aber schließlich entschuldigte er sich und seine Begleiter damit, sie seien alle sehr müde von dem langen Ritt und wollten erst einmal ausschlafen. Man führte sie also in die besten Quartiere, brachte ihnen zu essen und zu trinken und ließ sie dann für die Nacht allein.

Der Schriftgelehrte Ninian saß wach in seinem einsamen kleinen Gemach mit den Lehmziegelwänden und der blakenden Öllampe. Er dachte an die verlorenen Städte Luifinlas und Chiritai. Selbst für die Schriftgelehrten waren es sagenhafte Orte. Oft hatten sie darüber gerätselt, welche Art von Wesen die Stadt Luifinlas erbaut haben mochten. Sie mussten in uralter Zeit gelebt haben, da sie so völlig verschwunden waren. Manche behaupteten, die drei Mütter der Elemente selbst hätten die Stadt erbaut, aber das glaubte Ninian nicht. Vielleicht hatten sie die Pläne ersonnen, wie man es auch von Thamaz und Thurazim behauptete. Eines der vielen Gerüchte besagte, die drei Frauen hätten Städte erbaut, in denen sie als die Gottheiten für alle Wesen und Völker gegenwärtig sein wollten: Plotho in Thamaz, Cuifín in Thurazim und Mandora in Luifinlas. Aber der Sonnensturm hatte ihre Pläne zerschlagen. Thurazim war das Herzstück des Sundarreiches geworden, Thamaz war herabgesunken zu einem Ort von dunkler, unheiliger Weisheit, und Luifinlas lag verlassen im Eis, geschützt von den Toarch kin Mur, deren eisverkrusteter Riesenwall die Reiche am nördlichen Pol von der übrigen Welt abschottete.

Ninian trat ans Fenster, stieß die Läden auf und starrte hinunter in den Hof, um dessen Mauern die Granatapfelhaine im Nachtwind zischelten wie alte Jungfern, die einander Klatsch und Tratsch berichten. Kein Mensch war zu sehen außer den Wachposten und zwei Mondscheinern, die den Kasematten zustrebten. Einer war ein großer, untersetzter Mann in der rotorangefarbenen Tracht des Geschichtenerzählers, der andere ein Knabe von etwa zwölf Jahren, der mit sichtlichem Stolz dieselbe Tracht zur Schau trug und seinem Meister Tasche und Schellenbaum nachschleppte. Als sie zwischen den Büschen verschwanden, breitete sich wieder eine bedrückende Öde über den Hof.

Ninian seufzte. Seit er die Geburt der Schlangentochter beobachtet hatte, war etwas in ihm aufgewacht, das er sich nie zugetraut hatte. Die Furcht war immer noch da, manchmal so stark, dass er sich vor Magenschmerzen krümmte, aber zugleich zog es ihn mit erschreckender Gewalt nach Norden. Er konnte es kaum erwarten, Chiritai zu sehen, aber dort endete seine Sehnsucht nicht. Er wollte hinauf in die Berge – wollte das himmelhohe Massiv überqueren und den Fuß auf die Eisdecke setzen, die die letzten Reste des gewaltigen Luifinlas deckte. Er spürte, dass er im Begriff war, ein noch schrecklicheres Sakrileg zu begehen als sein Freund, der Richter Beck, der zum Mondscheiner geworden war. Je weiter er sich von Thurazim entfernte, desto eher wagte er sich nämlich einzugestehen, dass er die Rosenfeuerdrachen all die Jahre lang nicht studiert hatte, um sie zu bekämpfen, sondern weil er sie bewunderte.

Wie hatten ihm die urzeitlichen Gesänge ans Herz gegriffen! Wie oft hatte er von der Zeit geträumt, als sich statt öder, sonnenverbrannter Sandmassen blühende Gärten und Wälder über den größten Teil des Erde-Wind-Feuer-Lands erstreckten, von den Mangrovendschungeln im Süden über das lieblich blühende Mittelland bis zu den hehren Zykadeenwäldern auf den Hängen der nördlichen Berge. Damals, so erzählten die Lieder, schwebten in jedem Windhauch die singenden Stimmen der Rosenfeuerdrachen, und über den Altären ihrer Tempel erschienen Botschaften aus Feuerzungen, während der Dampf warmer Quellen sich zu flüchtigen Skulpturen formte. Fremd und wunderbar war diese Welt gewesen und den Menschen in vielem unverständlich, denn sie hatten nur bruchstückhaft hören und sehen können, was die Himmelsflügler gesungen und gebildet hatten. Die Stimmen der vornehmen Alten hatten einen so großen Tonumfang umfasst, dass weite Teile ihrer Gesänge den Menschen unhörbar geblieben waren, und ihre Rauch- und Dampfgebilde waren zuweilen so durchsichtig gewesen, dass die stumpfen Augen der Menschen sie nicht hatten sehen können.

Ninian wurde von einem Klopfen an der Türe gestört, gerade, als er wieder in seine Träume versinken wollte. Er rief »Tritt ein!«, und es erschien ein Diener, der ihn fragte, ob er Unterhaltung wünsche.

»Wenn der edle Herr sich langweilt – es ist ein Geschichtenerzähler am Ort, der auch gut singen und Zauberkunststücke machen kann. Er lässt anfragen, ob Euch seine Kunst zum Zeitvertreib angenehm wäre.«

Ninian winkte ärgerlich ab. Wie lästig ihm diese Angebote waren! Man konnte meinen, dass die Leute jenseits der Stadtgrenze von Thurazim – fast alles Schecken – keine anderen Berufe ergriffen als Geschichtenerzähler, Balladensänger, Spaßmacher, Gaukler und Buhler. »Nein, ich wünsche ihn nicht zu sehen. Ich will meine Ruhe haben.«

Der Diener – der zweifellos bestochen worden war – buckelte unterwürfig und streckte ihm ein Stückchen Pergament entgegen. »Er lässt sagen, der edle Herr Magister möge das lesen, ehe er eine endgültige Entscheidung fällt.«

Ninian griff verärgert nach dem Zettel und wollte ihn schon zu Boden werfen, als er mitten in der Bewegung erstarrte. Anstelle der erwarteten marktschreierischen Anpreisungen las er einen einzigen Namen: VAUVENAL. Und der war in drachischen Runen geschrieben, die aus der Zeit der ersten Schöpfungsperiode stammten!

Ninian schwankte so heftig, dass der Diener erschrocken herbeisprang, um ihn zu stützen, und ihm dann, als er auf einen Diwan niedersank, ein Glas Wein brachte. Gestärkt von dem Getränk, flüsterte der Magister: »Bring ihn zu mir. Auf der Stelle.«

König Viborg der Große

Graf Viborg war ein Mann, der selten einem lyrischen Gefühl in seinem Herzen Raum gab, geschweige denn es nach außen dringen ließ. Daher war sein Gesicht reglos und stolz, als er und seine Truppe die Ruinen von Chiritai erreichten, und niemand – außer vielleicht Tersan – konnte ahnen, welche Ekstase sein Herz erfüllte. König in Chiritai! Ja, das war das Wegzeichen, das er gebraucht hatte. Es minderte seine Treue zum Kaiser nicht, wenn er sich zum König von Chiritai machte, im Gegenteil, es konnte Hugues nur nützen, einen so tapferen und treuen Verbündeten an seiner Seite zu haben.

Der Felsenpfad führte jetzt scharf abwärts, dem Torgebäude zu. Es war noch nicht Tag, als der Tross über einige Geröllhalden auf eine halb verfallene Straße kam. Sie war mit Platten gepflastert, hatte Gossen zu beiden Seiten der Fahrbahn und war mit Pfeilern markiert, auf denen die jeweilige Entfernung bis zu dem Torgebäude eingemeißelt war.

Hinter diesem Gebäude sah König Viborg (wie er sich in Gedanken jetzt bereits nannte) immer deutlicher die Ruinen einer einstmals gewaltigen Stadt. Die Stadt und das Torgebäude waren beide farblos und hoben sich merkwürdig ab von den lebhaft gefärbten Felsen, deren Flanken sich kobaltblau und rostrot hinter ihnen erhoben. Weiter hinten wurden die Felsmauern dunkler und ragten so grimmig in den Himmel auf, dass sie ihn wie Gewitterwolken verdunkelten.

Das verfallene Chiritai war sehr groß, aber gleichzeitig still und erstorben – ein fahles, Meile um Meile wie Sanddünen ausgebreitetes Einerlei aus den Überresten von Dächern und Kuppeln und Türmchen und Giebeln. Erst sah König Viborg es noch von den violetten und bläulichen Schatten der weichenden Nacht verdunkelt. Bald jedoch ging der brennende Stern auf, und mit Phurams Erscheinen über dem Horizont loderte ein wildes Farbenspiel in Rot, Gold und Purpur auf, ein Flammenhimmel, quer gestreift von langen Wolkenbahnen in Schwarz und Grün. Rasch wurde es strahlend hell um ihn. Der Sonnenfürst ging nicht einfach nur auf – er sprang geradezu aus den Wolken, als würde eine glühende Kugel mit gewaltiger Kraft und Geschwindigkeit aus einer unsichtbaren Schleuder abgefeuert. Rasch wurde es schwül, denn überall in den Klüften und Schründen der Berge dampfte noch die Nässe des vergangenen Regens. Zudem war es völlig windstill. Bald rann ihnen allen der Schweiß vom Leib.

Beim Näherkommen stellten die Reisenden fest, dass die Stadt nicht so verlassen war, wie sie gedacht hatten. Kleine Grüppchen von Menschen, alles arme Leute, die einen weiten Weg hinter sich hatten, kauerten in zerlumpten Kleidern im Schatten der Ruinen und spähten ängstlich aus Fensterlöchern, als sie den Tross entdeckten. Katanja wollte einige von ihnen zur Befragung festnehmen lassen, aber sie flohen wie Schaben vor dem Licht in alle Richtungen und versteckten sich im Labyrinth der verfallenen Häuser. Viborg wunderte sich über ihre Anwesenheit, kümmerte sich aber nicht groß darum – sich mit solchem Volk abzugeben war unter seiner Würde.

Als sie durch das Torgebäude ritten (welch große Ähnlichkeit alles hier mit seinem Traum hatte!) hielt der Ritter sein Pferd an und rief mit Donnerstimme: »Es lebe der Kaiser!«

»Es lebe der Kaiser!«, brüllten die Soldaten im Chor.

Viborg richtete sich im Sattel auf. »Männer und Frauen des Kaisers!«, rief er. »Wir nehmen die Stadt Chiritai für unseren

Kaiser Hugues in Besitz und werden sie zu seinem prächtigen Stützpunkt gegen die Eishörner im Norden machen. Einquartierung!«

Da erschallte aus einem der dunklen Fensterlöcher ein langer Klageschrei. »Törichter Mensch! Für unseren Kaiser? Hugues' Knochen bleichen auf dem Grund der Zisterne, in die er sich selbst gestürzt hat, und die verdammte Seele der Kaiserin heult mit den Winden!«

Die hölzerne Dose

Der Magister Ninian erwachte kurz vor der Morgendämmerung mit schmerzenden Knochen und dem Gefühl, dass sich etwas in seinem Leben ganz gewaltig verändert hatte. Er schlug die Augen auf und merkte, dass er in eine grob gewebte Kutte gewickelt auf einem Lager aus Sand und Steinen inmitten eines ungeheuren leeren Raumes lag. Wo das Mondlicht den Boden beleuchtete, waren Geröll und dunkler Sand oder Staub zu sehen. Kniehohe Stachelschwämme, die groteske Schatten warfen, wuchsen zwischen den Steinen. In der Luft schwebte ein feiner Alkalistaub, der beißend in seine Lungen zog und die Nase verstopfte. Der mächtige Orangenmond rollte langsam über den Himmel, begleitet von einem Schwarm schweflig leuchtender Sterne.

Ninian lag reglos und beobachtete die Geschöpfe der Nacht, die um ihn herum ihr eigenes Leben lebten.

Ein plumpes kobaltblaues Wesen, das Ähnlichkeit mit einem Gürteltier hatte, querte watschelnd den Pfad. Ein Raubvogel glitt lautlos über ihn hinweg. Mehrmals hoben sich die zierlichen Umrisse von Fludern von der glimmenden Kugel der Mondin ab: fledermausähnliche Nachtschwärmer, deren Flügel jedoch mit einem feinen Federflaum bedeckt waren.

Der Magister konnte sich nicht mehr erinnern, wie viel Zeit vergangen war, seit er das letzte Mal so viel gelaufen war. Es mussten Jahre sein. Seine Füße schmerzten, in seinen Waden und Oberschenkeln brannte der Muskelschmerz, sein Kopf fühlte sich hohl und leer an, seine Zunge wie Sandpapier. Er war froh, dass der Geschichtenerzähler eine Tasche mitgebracht hatte, die Proviant und Wasserschläuche sowie eine dicht gewebte Kutte enthielt.

Dieser merkwürdige Geschichtenerzähler …

Bruchstückhafte Erinnerungen kehrten wieder, als wäre er eben aus einem schweren Rausch erwacht. Er sah sich im Gespräch mit einem Geschichtenerzähler und dessen Lehrling in seinem Zimmer in der Garnison sitzen, dann schien es ihm, dass er auf den Flügeln eines gewaltigen Drachen an den Rand der Wüste getragen wurde und der Drache ihm sagte, sie würden hier jemand treffen, der sie zu den Bergen von Mur bringen könnte. Ninian hatte ihn gefragt, wie sie die Berge überwinden sollten, und die Antwort bekommen, es gebe einen Weg – ihr Führer werde sie dorthin bringen. Dann war vom Drachen Kulabac die Rede gewesen, dem Fürsten mit dem Karfunkelauge, und dass er den geheimen Weg kenne, der nach Luifinlas führe.

Als sie dann in der kalten Nacht der Wüste standen, unter einem Himmel, an dem Sterne so groß wie silberne Seeigel hingen, hatte Ninian mit großer Überraschung festgestellt, dass der angekündigte Führer kein wettergegerbter, in allen Listen und Kniffen erfahrener Wüstenläufer war, sondern ein zartes, gebrechliches Kind, das kaum Kraft genug zu haben schien, um sich auf den Beinen zu halten.

»Ich wollte Euch nicht erschrecken«, sagte es, »deshalb bin ich zuerst in meiner wahren Gestalt gekommen, aber führen und beschützen werde ich Euch in einer anderen.« Daraufhin hatte es ein Ding wie eine Münze in den Mund geschoben, und Ninian hatte vor Schrecken laut aufgeschrien, als mit einem Mal ein riesiger roter Martichoras vor ihm stand, fünf Schritt lang vom dreifach zähnebewehrten Maul bis zur Schwanzspitze mit dem Skorpionstachel. Verzagt wandte er sich an Vauvenal, der in seiner menschlichen Gestalt hinter ihm stand. »Und Ihr, edler Herr? Ihr werdet nicht mit uns kommen?«

»Doch, aber in anderer Weise, als Ihr das denkt«, erwiderte der Drachenfürst. »Ich kann die Wüste nicht als Drache und nicht als Mann durchqueren, denn es liegt ein Netz des Bösen darüber, das meine Sinne zerstört. Achtet nun genau auf das, was ich sage, und vollzieht es pünktlich und genau!« Er griff in seine Kleider und zog eine hölzerne Büchse hervor, von der Art, wie man sie verwendete, um Gewürze aufzubewahren, mit einem fest aufschraubbaren Deckel. Er reichte sie dem Magister und legte sodann seine Kleider ab, während er weitersprach. »Es wird Euch erscheinen, dass ich sterbe, aber es wird nicht wirklich so sein. Ihr müsst aber Eure Hände über meinen Mund wölben, und wenn etwas herausfliegt, fangt es und steckt es schnell in die Büchse. Verschließt sie gut und öffnet sie unter keinen Umständen wieder, ehe Ihr bei Kulabac seid. Hört Ihr? Unter keinen Umständen, was auch erscheinen und geschehen mag! Und nun beeilt Euch, Ihr habt keine Zeit zu verlieren!«

Das neue Reich

Ritter Viborgs erste Regung war gewesen, mit seinem Tross im gestreckten Galopp zurückzureiten, den Usurpator Churon vom Thron zu fegen und sich selbst daraufzusetzen, aber sein Ratgeber Tersan – und noch mehr die Erinnerung an seinen Traum – überzeugte ihn, dass die Kaiserstadt ein sinkendes Schiff war. Die Soldaten hatten rasch einige der neuen Bewohner der Ruinenstadt gefasst und zum Reden gebracht, und die Leute erzählten ihnen in allen Einzelheiten, warum sie aus Thurazim geflohen waren. Warum sollte er sich dort in Kämpfen mit den Priestern aufreiben, wenn er hier König und Kaiser sein konnte und herrschen, wie es ihm richtig erschien? In der goldenen Stadt hätte er sich weiterhin mit all dem frommen Mumpitz herumschlagen müssen, mit den hunderterlei Regeln und Vorschriften, die sich im Lauf der Jahrhunderte aufgehäuft hatten, und all das würde nur dazu führen, dass seine Kraft erlahmte wie die eines Mannes, der im Treibsand zu laufen versucht. Hier aber konnte er mit frischem Mut ans Werk gehen und alles nach seinem Willen ordnen.

Er quartierte seine Soldaten in den am wenigsten verfallenen Gebäuden ein, erlaubte den Unbewaffneten, sich nach Belieben eine Ruine auszusuchen, und ordnete an, dass sich jeder, der in Chiritai wohnen wollte, mit aller Kraft am Aufbau der Stadt beteiligen müsse. Bald stellte er fest, dass es mit jedem Tag mehr Hände wurden, die mitarbeiteten. Ein Strom von Flüchtlingen kam aus Thurazim, Sundaris, Schecken, und jede Nacht ein Schwarm Mondscheiner, die es sich in den Kellern behaglich machten.

Graf Viborg war ein stolzer Sundar, aber er dachte in erster Linie praktisch, und so fragte er Tersan: »Da so viele Mondscheiner hierher kommen, werden sie Datura opfern wollen. Sollen wir es ihnen gestatten?«

»Mein König«, erwiderte Tersan mit einem feinen Lächeln, »lasst die Leute opfern, wem sie wollen, es fließen ja doch alle Opfer in Eure Kasse, und je mehr verschiedene Priester es gibt, desto mehr sind sie mit Zänkereien untereinander beschäftigt und sehen davon ab, an Eurem Thron zu rütteln. Lasst die Mondscheiner opfern und beten, so viel sie wollen, und sorgt dafür, dass sie arbeiten, so viel wir wollen. Wenn Ihr ihnen keinen Zwang auferlegt, haben wir Leute, die die Nacht hindurch so viel arbeiten wie die anderen bei Tag, und die Stadt wird doppelt so schnell wachsen.«

Jubel brach unter den Mondscheinern aus, als ein königliches Dekret verkündete, dass sie die gleichen Rechte und Pflichten wie die Sundaris hätten, nur eben bei Nacht. Von nun an kehrten jeden Abend müde Sundaris von der Arbeit nach Hause, und ausgeruhte Mondscheiner nahmen ihren Platz ein und arbeiteten im Mondlicht und beim Schein der Laternen. Die Schecken durften sich aussuchen, ob sie bei Tag oder Nacht arbeiten wollten, aber arbeiten mussten sie, und mehr, als ihnen lieb war. Katanja überwachte den Aufbau der Stadt und ritt unermüdlich durch die staubigen, halb zerfallenen Straßen. Sie belobigte die Fleißigen, ließ ihre lange Peitsche über die Köpfe der Langsamen hinwegzischen und schleppte jeden Faulenzer und Drückeberger zum Pranger.

Das Leben war hart und mager in der jungen Stadt, denn seit König Kurdas Zeiten war kein Feld mehr bestellt worden, und anfangs schien es vielen neu Zugezogenen, sie müssten Steine und Sand essen. Aber der kluge Tersan ließ als Erstes einen riesigen schattigen Hof, der einst den Vornehmen als Lustgarten gedient hatte, mit Sandgurken, Natternzungen und Stachelschwämmen bepflanzen, die alle schnell wuchsen, und sandte Jäger und Fischer hinauf in die Berge, wo es fischreiche Bäche und reichlich Wild gab. Das Essen war streng rationiert, sodass zwar nicht alle satt wurden, aber auch keiner verhungerte, und nachdem man den Ersten, der von den Vorräten gestohlen hatte, Katanjas Hunden vorgeworfen hatte, hielten alle sich getreulich an die Vorschriften.

»Ich muss sagen, es gefällt mir hier«, vertraute der Arbeiter Mungram seinen Begleitern an, während sie eifrig hämmerten. »Als ich zuerst davon hörte, dass in Chiritai Werkleute gesucht würden, hatte ich gar keine Lust, hierher in die Wildnis zu kommen und dazu noch so nahe an den Geisterbergen. Aber ich war überrascht. Man bekommt hier zwar vorerst noch keinen Lohn, aber immerhin regelmäßig zu essen und ein kostenloses Quartier, und sie machen einem keinen Ärger, wenn man nicht alle Naselang in den Tempel rennt. In Thurazim war es ohnehin nicht mehr auszuhalten nach all den schrecklichen Dingen, die dort geschehen sind – dem Tod des Kaisers und den Streitereien der Ritter und Priester um seinen Thron.«

»Ja, aber es gibt hier kein Honigschlundöl«, murrte ein Zweiter. »Das vermisse ich sehr.«

»Gewöhn dir ab, auch nur daran zu denken, und zwar so schnell du kannst«, erwiderte der Dritte, Bozum. »Wer hier berauscht angetroffen wird, wird beim ersten Mal ausgepeitscht und beim zweiten Mal in die Wüste gejagt. Und wenn ihr mich fragt, der Kaiser hat Recht. Was sollte er denn mit all den Berauschten, die in den Ecken herumlungern und grunzen wie Schweine?«

»Er ist nicht Kaiser, sondern nur König«, berichtigte Punkas, der sich über den Mangel an Honigschlundöl beschwert hatte.

»Dann ist er als König mehr Kaiser als der närrische Hugues, der von seinem Weib behext wurde und sich in seinem Wahnsinn selbst in die Zisterne des Gerichtstiers stürzte«, antwortete Mungram hitzig. »Was nützt eine Kaiserkrone, wenn sie auf einem hohlen Schädel sitzt? König Viborg macht es richtig. Er hat eine harte Hand, aber er ist vernünftig und gerecht, und vor allem ist er kein Weiberknecht.«

Dem stimmten die anderen zu. Auch wenn Thainach Katanja eine hohe Stellung in der Stadt einnahm, so lieh der König doch sein Ohr lieber dem alten Ritter Tersan, dessen Weisheit und Umsicht allgemein geschätzt wurden.

Die Soldaten waren ebenso gut gelaunt wie die Arbeiter. Sie bekamen zwar auch keinen Sold, aber sie wohnten nicht schlechter als in Fort Timlach – ihre Quartiere waren als Erste wieder aufgebaut worden –, und vor allem durften sie heiraten, sodass bald jeder seine Frau bei sich hatte. In Thurazim, unter der Herrschaft der mächtigen Priester, war es einfachen Sundaris kaum je erlaubt worden zu heiraten, und obwohl die Sundaris nach außen hin ihre Reinheit und Sittsamkeit priesen, waren sie doch insgeheim neidisch auf die Schecken und Mondscheiner gewesen, die keinen solchen Beschränkungen unterlagen. Viborg hatte, kaum dass er die Stadt in Besitz genommen hatte, Heiraten unter den Bürgern erlaubt und gefördert, was einen Strom von Frauen nach Chiritai zur Folge hatte. Jeder durfte heiraten, wen er oder sie wollte, sogar Schecken und Sundaris durften sich untereinander vermählen, was unter Kaiser Hugues als unaussprechliche Schande gegolten hätte. Allerdings musste jeder sich streng an seine eigene angetraute Frau halten, Ehebruch, Prostitution und Vergewaltigung wurden hart bestraft. Überhaupt waren die wenigen Gesetze streng und die Strafen grausam, aber, wie Thainach Katanja zu sagen pflegte: Man brauchte sich nur an die Regeln zu halten, dann hatte man den Henker nicht zu fürchten.

König Kundras Gefährten

Der junge Krieger Botunis und sein Bruder Kalo waren zwei der Späher, die König Viborg ausgeschickt hatte, um die nähere Umgebung von Chiritai zu erforschen. Sie waren als Edelleute des Volkes der Makakau auf den Vulkaninseln geboren worden. Hoch gewachsen und muskulös, mit zimtbrauner Haut, säuberlich kahl geschorenen Köpfen und zahlreichen Schmucknarben, waren sie auf ihre Weise ebenso schön wie Viborg selbst, und das hatte den Ritter angezogen. Er schätzte männliche Schönheit, allerdings ausschließlich dann, wenn sie seine eigene nicht in den Schatten stellte.

Ausgerüstet mit Proviant für mehrere Tage und tüchtigen Waffen, suchten die beiden Soldaten die Hügel oberhalb der Stadt ab. Sie genossen den Auftrag, waren sie doch auf sich selbst gestellt und immerhin kurzfristig erlöst vom ständigen Gebell der Hundeführerin Katanja und ihrer Köter.

Der Pfad, dem sie folgten, führte ein kurzes Stück weit steil bergauf, dann hatten sie den Hügelrücken erreicht und trabten über Felsen, die einem gezackten Basiliskenkamm ähnlich sahen. Die Zacken hielten den Wind ab, der immer wieder in heftigen Böen blies. Die windgeschützten Nischen zwischen den Felsen waren mit vereinzelten niedrigen, rot blühenden Büschen bestanden, und das kurze Gras war gesprenkelt mit rosafarbenen Blumen. Die Landschaft hatte trotz ihrer sonnigen Weite etwas Melancholisches an sich, das sich zur Düsterkeit wandelte, als der Tag sich neigte. Als Botunis den Kopf hob, bemerkte er, dass über dem Pass ein schwaches Licht aus den Wolken sickerte, glitzernd, als regnete es dort oben – ein unbehaglicher Schein, ölig schimmernd wie brackiges Wasser. Das Tal lag jetzt tief unter ihnen. Der Himmel bedeckte sich dichter und dichter mit Wolken, je tiefer die Sonne dem Horizont entgegensank. Linker Hand, wo die Felsen in trostlosen Schrunden und Schuttkegeln zum Tal hin abfielen, sahen sie gelegentlich Schneefelder blinken. Über ihnen vermischte sich die Masse der Berge mit olivfarbenen Wolkenbänken, die schwer und schläfrig am Rand der Welt schwammen.

»Wir müssen zusehen, dass wir Unterschlupf finden, denn in der Nacht wird es regnen und vielleicht sogar schneien«, bemerkte Botunis, der Ranghöhere der beiden.

Kalo deutete geradeaus. »Da drüben! Sieht das nicht wie ein Spalt zwischen den Felsen aus? Vielleicht ist es die Öffnung einer Höhle.«

Es war jedoch viel mehr als eine Höhle. Die beiden Späher fanden sich in einer Kathedrale aus schwarz-grauem Felsen wieder, so hoch, dass das Licht ihrer Fackeln nicht bis an die Decke reichte. Der Höhlenspalt war der Seiteneingang eines riesigen Gebäudes, das auf schlaue und geschickte Weise derart in die Felsen hineingebaut war, dass es mit ihnen verschmolz. Teils überirdisch, teils unterirdisch wand es sich von einer Felsenmauer zur anderen, duckte sich an den flachen Stellen, schmiegte sich an steil aufragende Felstürme.

Die Stimmen der beiden Männer erweckten ein flüsterndes Echo. Botunis fragte sich, welchem Zweck die Anlage wohl gedient hatte. Viel Aufwand war nicht getrieben worden. Man hatte nur die Felsmauern geglättet und den Boden begradigt. Die mit Platten ausgelegten Böden waren intakt, und die Treppen hatten noch all ihre Stufen. Der wuchtige, einfache Baustil verriet, dass das Gebäude von ehrwürdigem Alter sein musste. Botunis neigte zu der Annahme, dass es eine Festung war, die den

Bergpass überwachen sollte, denn jenseits der dahinter liegenden Schlucht ragten bereits die Toarch kin Mur auf.

Das Gebäude sah verlassen genug aus, dennoch herrschte darin ein deutlich spürbarer, stechender Gestank.

»Was kann das sein?«, fragte Kalo leise, während er sich nach allen Seiten umsah, den Spieß stoßbereit in der Hand.

»Keine Ahnung«, erwiderte Botunis. Er konnte den Dunst nicht einordnen. Es roch nach etwas Totem, aber nicht nach frischen Leichen, sondern nach etwas, das schon sehr lange tot war – ein Aschengeruch, der in der Nase juckte. »Sehen wir uns um – aber vorsichtig.«

Sie folgten dem besterhaltenen Gang und stießen bald auf ein Fenster, das zu den dunklen Bergen von Mur hinüberblickte. Nach der ersten Öffnung sahen sie, während sie in vielen Windungen und Kehren bergauf, bergab kletterten, immer häufiger Fenster. Die meisten waren nur mehr gähnende Löcher, aber an einigen erkannte Botunis, dass sie in längst vergangener Zeit mit Maßwerk geschmückt und kunstvoll behauen gewesen waren. Sie lagen zumeist so hoch in den Felsmauern, dass sie sie nicht erreichen und hinaussehen konnten, aber an einer Stelle war ein Stück der Mauern eingestürzt, und beide Soldaten kletterten über den Schutthaufen zu dem klaffenden Loch hinauf und spähten hinaus. Aus diesem Blickwinkel war jedoch nicht viel mehr zu sehen als ein von brodelnden Dämpfen vernebelter und von einer tief stehenden, kupfernen Sonne trübselig erhellter Himmel.

Botunis blieb stehen und kratzte sich hinter dem Ohr. »Hier wird es kompliziert. Aufgepasst, sonst finden wir am Ende nie wieder hinaus.«

Kalo nickte zustimmend. Als er die vielen Bogengänge sah, die in andere Räume führten, wurde ihm klar, in welch verschachteltem Labyrinth sie sich bewegten, und seine Angst, die sich schon ein wenig gelegt hatte, kehrte zurück. Kalo war ein tapferer Mann, den kein menschlicher Feind schreckte, aber er fürchtete sich vor Geistern – und dies war ganz gewiss ein Ort, an dem sie wohnten. Die Löcher in den Wänden gähnten ihn so gespenstisch an, und in der Ferne hörte er undeutlich Wasser rauschen. Es klang, als stürzte es in Stufen durch Schächte hinunter und strudelte durch unterirdische Stollen. Das Geräusch gefiel ihm gar nicht. Wenn es etwas gab, wovor Kalo noch mehr Angst hatte als vor Geistern, dann war es Wasser in finsteren Gängen. Er sah es schon kommen, dass sie sich verirrten und in einem tückisch lauernden, eiskalten See landeten.

Er war erleichtert, als Botunis einen Weg wählte, der an der Außenseite entlangführte. Hier war das Gebäude stark zerfallen, und sie konnten notfalls durch die Löcher ins Freie klettern. In den Zimmern häuften sich Berge von Schutt. Immer öfter waren Treppen und Abgänge halb verschüttet, sodass Kalo mühsam klettern musste. Der Himmel, den er nun deutlich durch die Fensteröffnungen sah, hatte eine Farbe wie eine Kupferschüssel. Um die Gipfel der Heulenden Berge brauste und wirbelte ein böser Sturm, dessen Ausläufer durch die Fenster hereinfauchten.

Dann stießen sie auf Gesellschaft, so unvermutet, dass Botunis einen Schrei nicht unterdrücken konnte, und auch Kalo war froh, dass sie die Szene nur durch eine halb eingestürzte Decke in zehn oder zwölf Schritt Tiefe unter sich zu sehen bekamen.

Das Tageslicht hatte sie davor bewahrt, in das Loch im Boden zu stürzen, aber sie mussten ihre Fackeln zu Hilfe nehmen, von denen sie eine an einen Strick banden und hinunterließen, um in der dämmrigen Tiefe Genaueres erkennen zu können. Wäre nicht der Geruch gewesen, so hätten sie es vielleicht gar nicht bemerkt, aber er biss ihnen so aufdringlich in der Nase, dass sie seine Quelle suchten.

Der Raum in der Tiefe war zweifellos die Schatzkammer der Zitadelle gewesen, denn die vermoderten und verrosteten Truhen, aus denen sich jetzt Ströme von Gold ergossen, waren im schwankenden Fackellicht deutlich erkennbar. Nach dem Auseinanderbrechen der Behälter hatte das Gold den Raum überschwemmt, sodass die Gestalten halb davon bedeckt herumlagen und saßen. Die eingeschrumpften Augen den Eindringlingen zugewandt, lagen sie in ihrem goldenen Grab, ein Dutzend mumifizierter Kreaturen, bei denen Botunis nicht wusste, ob sie Menschen, Echsen oder Hybriden gewesen waren. Ihre Gesichter waren eingesunken, aber noch deutlich erkennbar. Jedenfalls waren sie Soldaten gewesen, und zwar solche von hohem Rang, denn jede Mumie trug einen Brustpanzer, einen Kettenschurz und Beinschienen, alles von feinster Arbeit und kostbar geschmückt. Auf jedem Helm glomm ein grüner Smaragd. Spieße und Schwerter lehnten an den Wänden und den Überresten der Behälter.

So uralt und ausgedörrt sie auch waren, Botunis fuhr sich dennoch mit der zitternden Hand an die Lippen, als er sie sah. Konnte nicht in diesem finsteren Grab ein Zauber herrschen, der das Leben in ihnen wieder erweckte? Die eingeschrumpften Froschaugen der Wächter schienen seinen Bewegungen zu folgen. So sehr er sich auch bemühte, er konnte den Gedanken nicht abschütteln, dass eine dieser hornbewehrten Klauen sich soeben geregt hatte, dass ein Mundschlitz sich öffnete und die bräunlich vertrocknete Zunge hervorkroch.

Kalo flüsterte: »Sind sie da unten verhungert?«

Botunis zögerte, dann schüttelte er den Kopf. Nein, dazu waren die Gestalten zu kräftig. Übermäßig kräftig sogar. Solch dicke Glieder hatte er weder bei seinem eigenen Volk noch bei den Weißen jemals gesehen. Sie wirkten eher, als wären sie gewaltsam gestaucht worden – Arme und Beine, auch der Hals war viel zu kurz. Und was für plumpe Hände sie hatten, an denen die Finger zu krabbenähnlichen Scheren zusammengewachsen waren! Auch die Haltung, in der zwei Gestalten verharrten, ließ nicht darauf schließen, dass sie verhungert waren. Sie saßen aufrecht, als wären sie in der Bewegung erstarrt.

Botunis packte seinen Gefährten an der Schulter. »Wir werden es melden, aber ich will unter keinen Umständen die Nacht hier verbringen. Der Ort ist verflucht. Lass uns gehen!«

Kalo stimmte ihm zutiefst erleichtert zu.

Tochtersohns Visionen

Am Rande der Stöhnenden Wüste saß Tochtersohn in menschlicher Gestalt und wachte, während Ninian und Jajn, erschöpft von den ungewohnten Anstrengungen der Wüstenwanderung, in ihre Kutten gewickelt schliefen. Weder Mädchen noch Knabe, aber begabt mit den Fähigkeiten beider Geschlechter, war Tochtersohn der letzte Spross einer urtümlichen Dynastie solcher Menschen. Wyvern hatte sie behütet, sonst wäre sie schon lange gestorben, so schwächlich, wie sie war. Ihre Hoffnung war, durch Mandoras Wiederkehr zu gesunden, denn lange würde ihr kränkelnder Leib nicht mehr aushalten, und sie konnte nicht endlos in der Gestalt eines Löwen verharren.

Jetzt saß sie mit untergeschlagenen Beinen da in der Haltung der Seher und sandte mit geschlossenen Augen den inneren Blick durch die Welt, wie Wyvern es sie gelehrt hatte. Was sie sah, war bedrohlich und abstoßend zugleich. Sie sah die Rachmanzai in den Glutkammern der Vulkane Feuer schnaubend nach Krieg gieren und die Höllenzwinger flüsternde Gespräche führen. Im Tetysmeer hoben Kreaturen, die bis auf den Grund hinabgesunken waren, wieder die Köpfe. Scheußliche Wesen waren es, platt und gekerbt wie Kellerasseln, aber fünfzig Schritt lang und mit riesigen Krebsscheren.

Tochtersohn richtete den Blick auf die Hügel um Thurazim und sah es im Inneren von Tarasquen wimmeln wie in einem Termitenhügel, und sie sah Eishörner von den Gipfeln der Toarch kin Mur herabfliegen und die Hütten einsamer Landbewohner in zischende Schneestürme hüllen. Scharen von Geistern und Untoten wallten aus den Schlünden der Heulenden Berge und folgten der Vorhut der Eisdrachen in die Wüste hinab, wo sie im Schatten der Felsen vorwärtskrochen, auf den Tag lauernd, an dem der Glanz des Sonnenfürsten erloschen sein würde.

Wenn Tochtersohn nach Norden blickte, sah sie Nebelfetzen, die sich aus der endlos wirbelnden Spule des Windes zu befreien versuchten, und wenn sie nach Süden blickte, sah sie Russwolken aus den Schloten der Vulkane quellen, sah Säulen von Asche und Funken aufsteigen. Die hasserfüllten Purpurdrachen beider Seiten waren zum Krieg gerüstet und warteten nur noch auf den Augenblick, in dem sich Phurams glühendes Antlitz verdüsterte, um übereinander herzufallen.

Ihr schwebender Geist sah König Viborg Hof halten in dem Ruinengebäude über der Halle, in der König Kurdas Ritter zu goldenen Echsen erstarrt waren. Sie sah, wie stolz und prächtig er war und wie kühn die Hundertschaft von Männern und Frauen, die sich um ihn scharten und einen Wall aufrichteten gegen die Bedrohung aus dem eisigen Norden. Ihre Lippen flüsterten:

»Gold kämpft mit Gold, Eis mit Eis,
doch vergebens.«

Waren nicht die Herzen dieser Tapferen so stolz und kalt wie die der Purpurdrachen, deren Feinde sie waren? Wenn sie den Kampf gewannen, würde dann nicht ein neues Geschlecht aufblühen, dessen Pracht und Kühnheit jahrhundertelang von den Überlebenden gepriesen wurde, ehe der Fluch des Goldes es langsam verzehrte?

Tochtersohn wandte den Blick ihrer geschlossenen Augen nach allen Richtungen. Sie sah die Schiffe auf See vor Drydd fliehen, der die Wellen aufwühlte, sich aber noch nicht an die Oberfläche wagte. Im Tang des stillen Jademeers regten sich

Scheusale, im Diamantmeer trieben die kalten, lauernden Leiber von Seeschlangen.

Dann drängten sich Bilder in ihren Geist, flackernde Lichter der Zukunft, wie sie sich zuweilen ungerufen unter die Visionen der Gegenwart mischten, wenn ein magiegeschärfter Geist durch die Welt schweifte. Unter dem bleiernen Himmel der Sonnenfinsternis sah Tochtersohn die schauerliche Gefolgschaft der drei Basiliskenkönige in der von Menschen verlassenen Kaiserstadt wüten, sah, wie sie die Tempel Phurams schändeten und die kristallenen Türme besudelten. Feuer speiende Rachmanzai waren in Kämpfe mit den Eishörnern verwickelt, die klirrende Kälte mit sich brachten. Dann tauchte ein neues Bild auf: Die Stadt lag wüst, und wo einst die prächtigen Alleen verlaufen waren, zogen sich jetzt schrundige Schluchten dahin, in denen Seite an Seite die Kadaver von Rachmanzai und Muden Gamul verrotteten, wie sie im »Letzten Krieg« vom Himmel gefallen waren. Die goldene Stadt war zur Geisterstadt geworden, geplündert, beraubt und zerstört. In den Katakomben der Mondscheiner hatten sich lichtscheue, untote Kreaturen angesiedelt, Tarasquen und anderes Nachtvolk, die nur selten aus ihren finsteren Labyrinthen hervorspähten.

Ein Schauder durchlief ihren Körper, und sie riss sich aus der Trance los, um nicht noch mehr sehen zu müssen.

Die Sorgen der Makakau

Hoch oben in den unfreundlichen Bergen von Luris, an der Mündung einer Passhöhe, die vom Wind blank gefegt zwischen den finster aufragenden Eckpfeilern zweier Felstürme lag, erhob sich auf einem Sockel ein Wegzeichen – ein Obelisk, der im Licht der sinkenden Sonne einen Schatten warf wie eine Sonnenuhr. Das Mauerwerk war nachgedunkelt und hatte vom Wind abgeschliffene Kanten, die Blätter der kupfernen Kränze und Girlanden, die ihn schmückten, waren vom Grünspan zerfressen, aber der vergoldete Schnörkel auf dem Knauf oben lohte wie Feuer. Auf dem Sockel befand sich in altertümlichen Lettern die Inschrift:

»HIER BEGINNT DAS REICH VON KÖNIG KUNDRA, DEM MIT REICHTUM GESEGNETEN.«

An dieser selben Stelle waren nun vier Arbeiter unter Aufsicht von Thainach Botunis, dem Makakau, und vier Soldaten damit beschäftigt, von einem Karren eine neue Tafel abzuladen und aus dem Tuch zu wickeln, das sie vor Schrammen schützte. Mit kräftigen Schlägen von Hammer und Meißel entfernten sie die alte Tafel, deren Schriftzeichen der Wind verwischt hatte, und brachten die neue an, auf der zu lesen stand:

»HIER BEGINNT DAS REICH VON KÖNIG VIBORG.«

Sie waren stolz auf ihre Arbeit, als die Tafel die Strahlen der sinkenden Sonne auffing und weit ins Land schleuderte. Zufrieden kehrten sie zurück zu den Soldaten, die den Transport begleitet hatten und nun auf einem Flecken Gras lagerten und darauf warteten, bis die Arbeiter fertig waren.

Botunis, der das Aufstellen der Grenztafel im Namen des Königs überwacht hatte, erhob sich und winkte mit seinem Stab mit dem Rossschweif. »Wir sind fertig. Beeilt euch! Wir müssen die Passhöhe verlassen, bevor es dunkel wird, und eine Unterkunft suchen.«

Mit diesem Befehl waren Soldaten und Arbeiter sehr einverstanden, denn wenn Chiritai auch ein heimeliger Ort geworden war, so galt das nicht für die finsteren Pässe zwischen den Toarch kin Luris und den Heulenden Bergen. Niemand hatte Lust, nach Sonnenuntergang hier angetroffen zu werden – schon gar nicht Botunis, der das erschreckende Erlebnis in der verfallenen Zitadelle noch nicht verwunden hatte. Auch wenn er mit niemandem außer Kalo darüber sprach, so steckte ihm seit damals ein kalter Stachel im Herzen, und eine Angst, wie er sie noch nie empfunden hatte, hielt ihn umklammert.

Er hatte zahllose Tote gesehen, manche so frisch, dass das Blut noch rann, andere seit Jahrzehnten vermodert, aber keiner hatte ihn je so erschreckt wie diese missgebildeten, halb echsischen Ungeheuer in ihren altertümlichen Rüstungen. Sie waren nicht nur tot gewesen, sie waren hju-hju, Geister, und das war das Schlimmste was einem begegnen konnte.

Die Männer trabten im Laufschritt dahin und trieben die beiden Echsen an, die den Karren zogen, bis die trägen Tiere ein für sie ganz ungewöhnliches Tempo an den Tag legten. Als der Trupp das Ende der Schlucht erreichte, war das Sonnenlicht völlig erloschen und hatte einer Dämmerung Platz gemacht, deren Blau zunehmend von Aquamarin zu Kobalt dunkelte. Der türkis gesäumte Abendhimmel wölbte sich über einem trostlosen Tal, dessen Sohle flach und von rotem Sand und rostfarbenen Steinen bedeckt war. An drei Seiten war es von so hohen und überhängenden Felsklippen umgeben, dass sie für jeden Menschen unerklimmbar waren, an der vierten öffnete es sich zu einer Wasserfläche hin – einer Flussmündung oder einem See. In den tiefen Schatten, die dort lasteten, konnte Botunis nichts weiter erkennen als eine Wasserzunge, die sich durch eine schmale Pforte in das Tal schob.

Sie mussten eine Fackel anzünden, um den Karren und sich selbst sicher in das Tal zu bringen. Dort suchten sie eine geschützte Stelle zwischen den Felsen, nahe genug am Wasser, um zu trinken und die Echsen tränken zu können, und entzündeten ein Feuer aus dem zähen, dornigen Unkraut, das überall zwischen den Steinen wuchs. Sie saßen dicht aneinander gedrängt im Schutz einer Felsnische, wärmten sich die Hände am Feuer und aßen ihren Proviant, während jeweils einer der Soldaten am Eingang der Nische Wache hielt. Die Männer plauderten und unterhielten einander mit Scherzfragen und Rätseln, aber Botunis fand es unter seiner Würde, mit Arbeitern zu schwätzen, und lehnte sich, in seinen Mantel gehüllt, an die Felswand, um nachzudenken.

Vor drei Tagen hatten er und Kalo es wieder versucht und dieselbe Antwort erhalten. Sie hatten den Fetisch ihrer Familie aus seinem Schränkchen geholt, ihn gebadet, neu bekleidet, ihm Speisen, Getränke und Räucheropfer dargebracht und dann die Knöchelchen geworfen, um seinen Ratschlag einzuholen. Und wie bisher hatte er geantwortet: »Übel. Gefahr. Geht. Flieht. Gold. Gift.«

Der Makakau fröstelte trotz seines wollenen Umhangs. Die Nacht in den windumtosten Hügeln war kalt, der Wind pfiff eisig vom Pass herab. Botunis hatte Angst. Manchmal erzählten sich die Soldaten, die die Umgebung ausgespäht hatten, nachts am Feuer von unheimlichen Erscheinungen in den Schluchten, aber sie taten es nur, wenn sie hinter verschlossenen Türen in ihren Quartieren in der Stadt saßen. Die Bauern, die in die Stadt gezogen waren, erzählten, dass sie niemals auf die Berge stiegen. Sie fürchteten sich vor Geistern in den einsamen Schluchten und den winselnden Windkobolden, die auf den Pässen ihr Unwesen trieben. Keiner wagte sich in die steinige Einöde. Botunis erinnerte sich an ein besonders abstoßendes Gespenst, von dem sie erzählt hatten – es bestand nur aus einem langhaarigen Frauenkopf, an dem unten ein verschlungenes Bündel Eingeweide nachschleifte.

Nachdem Botunis und Kalo die versteinerten Echsenritter entdeckt hatten, hatte es nicht lange gedauert, bis die halb vergessenen Sagen über König Kurdas Untergang von neuem die Runde machten. Viele unter den Soldaten und Bürgern waren tief betroffen, als sie bestätigt fanden, dass die alten Legenden der Wahrheit entsprachen, aber rasch entschieden sie, dass ihnen keinesfalls das gleiche Schicksal drohte. Sie waren klüger, sie waren geschickter, sie würden nicht zulassen, dass das verwunschene Gold von Chiritai sie in seinen Bann zog.

Der Fetisch war anderer Meinung, und Botunis war es gewöhnt, auf ihn zu hören.

Er und Kalo hatten erwogen, den König um ihren Abschied zu bitten, aber sie wussten aus Erfahrung, dass er ihnen diese Bitte abschlagen würde. Also blieb ihnen nichts anderes übrig, als zu desertieren, obwohl das ein gefährliches Unterfangen war. Viborg kannte keine Gnade mit Freunden, von denen er sich hintergangen fühlte. Aber Botunis wusste jetzt schon, dass er lieber das Wagnis eines schmählichen Todes als Fahnenflüchtiger einging, als die Warnung des Fetischs in den Wind zu schlagen, und Kalo war ganz derselben Meinung.

Die Queste des Sammlers Ruadh

Durch die Wüste

Kaira stolperte wie im Traum neben dem Sammler her. Einerseits nahm sie alles, was ihr in der Nacht begegnete, überdeutlich wahr, andererseits war es doch seltsam verzerrt – schillernd und schwer fassbar, sodass sie von einem Augenblick auf den anderen vergaß, was sie eben noch gesehen und erlebt hatte. Nachdem das Feuer erloschen war, hatten ihre Augen sich so weit an die von schwachem Mondschein erhellte Nacht gewöhnt, dass sie nicht bei jedem Schritt stolperte. Die drei jungen Leute merkten bald, dass der Weg schon von anderen Leuten begangen worden war, denn ein schmaler Fußpfad führte über den rauen Boden, und zuweilen sahen sie links und rechts die Spuren kleiner Lagerfeuer. Sie sahen aber auch das ausgehöhlte Panzergerüst einer toten Riesenschabe, das nicht weit entfernt vom Weg lag. Die Fühler und Beine starrten in die Luft wie ein vertrocknetes Gestrüpp, und als ein jäher Windstoß über die Berge pfiff, wackelte das Skelett, als wollte es den Hang herab auf sie zurollen.

»Was hast du damit gemeint, dass noch andere auf deiner Liste stehen?«, fragte Tataika ihren Führer.

»Nun«, antwortete Ruadh, »wenn du zählen kannst, dann zähle, wie viele ihr seid! Eins, zwei, drei. Da fehlen noch zehn auf die dreizehn Zweige ohne Stamm, und ein paar von denen muss ich jetzt zusammensuchen, ehe wir nach Luifinlas gehen.«

»In die tote Stadt!«, rief Thilmo. »Du redest irre, Mondgesicht. Wenn sie überhaupt existiert und nicht nur eine närrische Sage ist, wie sie Schwätzer und Müßiggänger erzählen, so liegt sie doch seit Jahrtausenden im Eis begraben, und kein Mensch kann darin wohnen. Glaub nur nicht, dass du mich zum Narren halten kannst mit deinen Fabelgeschichten! Ich wohne im Haus eines bedeutenden Sundar und habe alle Bücher in seiner Bibliothek gelesen.«

»Ja, ich weiß«, antwortete Ruadh mit sanftem Spott. »Du arbeitest im Haus des dicken Verwaltungsbeamten, den sie in Thurazim wegen Unfähigkeit aus dem Amt gejagt und nach Fort Timlach strafversetzt haben, und er besitzt genau drei Bücher. Hat er dir nicht erst vorige Woche seine Sandalen an den Kopf geworfen, weil sie nicht sauber genug geputzt waren?«

Thilmo starrte ihn mit offenem Mund an. »Woher ... woher wisst Ihr das?«, fragte er ängstlich und verfiel in seinem Schrecken in die ehrfürchtige Anrede. »Seid Ihr allwissend?«

»Ich erfahre viel«, antwortete Ruadh. »Aber nicht alles. Und jetzt schweigt still, ihr werdet euren Atem zum Laufen brauchen.«

Es war ein guter Rat. Der Weg führte hügelaufwärts, und bald merkten sie, dass sie tatsächlich nicht gleichzeitig reden und laufen konnten. Kaira spürte, wie ihr die Luft knapp wurde. Sie bekam Seitenstechen, und ihre Waden und Arme brannten.

Ruadh war sichtlich an nächtliche Gewaltmärsche gewöhnt. Er trabte ihnen mit langen Schritten voraus und kümmerte sich nicht viel darum, dass sie immer mehr Mühe hatten, ihm zu folgen.

Auf dem Boden huschten glattpelzige, geschmeidige Vierbeiner, die wie eine Kreuzung aus Katzen und Erdmännchen aussahen und gelbe, im Mondschein feurig phosphoreszierende Augen hatten, geduckt von Schatten zu Schatten. Gleich darauf glaubte Kaira zu träumen, denn eines der Tierchen sauste auf Ruadh zu, klomm an ihm hoch, sprang auf seine Schulter und fuhr mit der Schnauze in sein Ohr, gerade als wollte es ihm etwas zuflüstern! Herzschläge später war es an seiner Vorderseite hinuntergeklettert und verschwand wieder.

Thilmo stieß einen gedämpften Schrei der Überraschung aus. »Hat es dir wirklich etwas gesagt?«

»Ja. Es brachte Nachricht von einer Freundin. Viele Tiere sind gut Freund mit uns Mondscheinern, aber das ist nicht bei allen so. Es gibt auch welche, die der anderen Seite anhängen.«

Sie waren noch nicht lange unterwegs gewesen, als Kaira bemerkte, dass die Dämmerung heraufzog. Der tiefdunkle Himmel begann im Osten zu bleichen. Die Umrisse der Landschaft traten mit erstaunlicher Schnelligkeit immer deutlicher hervor. Bald konnte sie sehen, dass sie in einem Tal unterwegs waren – einem breiten, unfruchtbaren und steinigen Tal, das auf zwei Seiten von feindselig aussehenden Bergen begrenzt wurde. Wiederholt hörte Kaira, wie sich Felstrümmer lösten und mit einem hohlen, bedrohlichen Hall in die Tiefe polterten. Die Szenerie war wüst und von wilder Kühnheit, feindselig und bewundernswert zugleich. In der aufkommenden Dämmerung tauchten bizarre Bergformen auf, manche spitzzackig, manche oben flach, als wären sie mit dem Messer abgeschnitten worden, oder zu phantastischen Gestalten verwittert. Der Himmel leuchtete lavendelfarben, während die Berge zwischen tiefem Schwarz, Violett und Purpur changierten. Die Landschaft hätte ein Bild atemberaubender Schönheit geboten, wäre da nicht der schwarzgraue Staub gewesen, der den Boden bedeckte und bei jedem Schritt in die Luft wolkte, beißender Alkalistaub, der in Mund und Nase drang und auf ihren schweißbedeckten Gesichtern zu grotesken grauen Flecken verschmierte.

Wenig später sahen sie einen Weg links abzweigen. Er führte in einen dunklen Einschnitt hinunter, der etwas Unbehagliches an sich hatte. Von einer bestimmten Stelle aus konnten sie in diese Schlucht hinuntersehen und sie von oben bis unten überblicken. Jemand hatte hier gewohnt – allerdings schon vor einiger Zeit, wie es schien, denn die Stätte wirkte verlassen. Sie sahen die Überreste roh aus Steinen aufgehäufter kegelförmiger Hütten. Es war ein trostloser Ort. Der Hauptgrund jedoch, warum sie weiterhasteten, ohne einen zweiten Blick zurückzuwerfen, war die übermannshohe Figur in der Mitte dieser verödeten Siedlung. Es war keine lebende Gestalt, und doch erschien sie Kaira von einem unfreundlichen Leben erfüllt. Deutlich fühlbar ging eine böse Absicht und Bedrohung davon aus. Wie ein Totempfahl erhob sich ein mächtiger Pfosten, auf dem in groteskem Durcheinander die mumifizierten Kadaver von Tieren aufgenagelt waren. Dem scheußlichen Popanz waren wohl Opfer gebracht worden, denn sie erkannte einen groben steinernen Altar, der vor ihm stand, und zu seinen struppigen Füßen lag ein Wirrwarr aufgehäufter Knochen und Skelette auf dem Boden.

»Was ist das?«, wagte Kaira den Sammler zu fragen, als sie, so schnell sie konnten, die Stelle passiert und den gegenüberliegenden Abhang erklommen hatten.

Er zuckte die Achseln. »Ein Ort, der im Dienst und zu Ehren des Bösen errichtet wurde, wie du wohl selbst gesehen hast. Anhänger des Kadaverfürsten wohnten hier. Ich denke, sie sind fortgezogen, denn ich spüre nichts mehr von ihrer Gegenwart, aber lasst uns dennoch zusehen, dass wir den Platz so weit wie nur möglich hinter uns bringen.«

»Wen meinst du mit ›Kadaverfürst‹?«, fragte Thilmo.

»Hast du noch nie von Zarzunabas, dem ewig Jungen, gehört?«, fragte Ruadh zurück. »Darüber steht wohl nichts in den Büchern deines Sundars?«

Thilmo ärgerte sich über die spöttische Bemerkung, und er erwiderte mit einem deutlich hörbaren Unterton von Verachtung: »Man sagt, die Mondscheiner erzählen viele Geschichten, die man nicht alle glauben muss.«

»Das stimmt«, gab Ruadh friedfertig zu. »Aber es braucht Weisheit zu entscheiden, welche Geschichten wahr sind und welche nicht, und ich glaube nicht, dass du viel Weisheit hast.

Jedenfalls würdest du nicht weit kommen wenn ich nicht hier wäre, um euch zu beschützen.«

Als er darüber sprach, fiel Kaira auf, dass er keine sichtbare Waffe bei sich trug außer dem Messer, mit dem er die Stachelschwämme geschält hatte, und das war zu klein und schmal, um sich wirkungsvoll damit zu verteidigen. Sie hatte gedacht, ein Mann, der auf so gefährlichen Wegen unterwegs war, müsste von Waffen starren.

Thilmo hatte im selben Augenblick wohl Ähnliches gedacht, denn er fragte: »Sag, Feuerfuchs, wenn du gesandt bist, uns zu beschützen, wie kommt es dann, dass du keine Hellebarde und keinen Säbel bei dir hast?«

Ruadh lächelte und schüttelte den Kopf. »Wir Mondscheiner tragen nie Waffen.«

»Aber«, fiel Kaira ein, »wenn dir ein Ungeheuer begegnen würde wie der Ziegenmann, was würdest du dann tun?«

»Ihm aus dem Weg gehen.«

»Und wenn er dir nachläuft?«

Ruadh lachte laut. »Schneller laufen als er.«

Thilmo fand seine Antwort nicht witzig. Er bemerkte verächtlich: »Du bist kein Kämpfer.«

Im Zwielicht der Nacht konnte Kaira Ruadhs Gesicht nur undeutlich erkennen, aber sie hörte seiner Stimme den Ärger an, den er empfand, als er sagte: »Es gibt verschiedene Arten zu kämpfen, Junker, das musst du erst noch lernen.« Er bückte sich und hob einen faustgroßen Stein auf. »Siehst du den Stachelschwamm dort drüben?« Das mannshohe Gewächs, auf das er wies, stand ziemlich weit entfernt und war im blassen Mondlicht nur undeutlich erkennbar. Ruadh wog den Stein in der Hand und zielte sorgfältig, dann schleuderte er ihn. Das oberste fleischige Blatt des Stachelschwamms brach ab, als das Geschoss dagegen prallte.

Tataika klatschte bewundernd Beifall, und Kaira sagte: »Du musst gute Augen haben, dass du auf die Entfernung noch etwas triffst.« Thilmo gab keinen Kommentar ab, sondern schlenderte mit den Händen in den Ärmelaufschlägen weiter.

Wenig später querten sie eine Straße, und hier hatten sie ihre erste Begegnung mit einem der seltsamen Bewohner der Wüste. Kaira hatte eben noch gedacht, wie still und friedlich die Nacht doch war, als ihr Führer sie anstieß und den Finger auf die Lippen legte. »Weg mit euch!«, zischte er. »Weg von der Straße! Und flach auf den Boden!«

Sie rannten alle vier, bis sie ein paar Felsblöcke erreicht hatten, die etwa zwanzig Schritt von der Straße entfernt lagen. Hinter denen warfen sie sich auf den Bauch und wagten sich kaum mehr zu rühren. Kaira war zwischen zwei niedrigen Blöcken zu liegen gekommen und konnte, wenn sie den Blick von den verschränkten Armen hob, die mondbeschienene Straße sehen.

Ruadh musste sehr feine Ohren haben, dass er die Annäherung des Wesens gehört hatte, denn es bewegte sich auf lautlosen Katzenpfoten. Oder hatte er es gar nicht gehört, sondern mit anderen Sinnen gespürt?

Kaira hielt den Atem an. Das Wesen, das da im Mondlicht auftauchte, war zugleich schrecklich und wunderschön, und sie hatte es schon einmal gesehen, wenn auch nur im Traum. Ein riesenhafter, roter Löwe mit menschlichem Antlitz kam die Straße entlang. Die Stacheln seines Schweifes starrten nach allen Richtungen. Der Glanz seines scharlachfarbenen Fells mischte sich mit dem Schillern der im Mondlicht badenden Sandmassen. Einsamkeit und eine großartige Würde umgaben das herrliche, Furcht erregende Tier. Seltsam, dass es sich in ihrem Traum in ein kleines, verwachsenes Kind verwandelt hatte … oder war das Kind die wirkliche Gestalt und der Löwe nur eine übergeworfene Haut?

Plötzlich hielt der Martichoras inne und stieß einen langen, seltsam klingenden Ruf aus. Daraufhin sprang Ruadh auf und antwortete mit demselben Ruf. Sofort kam das Ungeheuer näher und blieb vor ihnen stehen.

Der Sammler hob beide offenen Hände. »Ich bin Ruadh, ein Diener der Monddrachin, und das sind meine Begleiter. Und wer bist du? Du kennst den Ruf der Freunde, aber ich habe dich noch nie gesehen.«

Der Löwe beugte seinen gewaltigen Schädel, spuckte etwas in den Sand, und im nächsten Augenblick fiel seine rote Stachelhaut in sich zusammen wie eine gefaltete Decke und schrumpfte zu einem Stück Tuch. An Stelle des Ehrfurcht gebietenden Monstrums stand ein zartes, nacktes Kind von etwa zwölf Jahren vor ihnen, das mit dem roten Tuch seine Blöße bedeckte.

Kaira sah, dass es tatsächlich dasselbe Kind war, das sie in der Glaskugel gesehen hatte. Es war unmöglich zu sagen, ob es ein Junge oder ein Mädchen war. Sein Körper war verwachsen und gebrechlich, das schwarze Haar lang und strähnig, die Augen von braunen Schatten umflort.

»Tochtersohn!«, rief Ruadh. »Ich wusste nicht, dass du in dieser Gestalt unterwegs bist.« Er beugte sich vor und legte seine Kutte, die er zusammengerollt auf dem Rücken getragen hatte, um das Kind, dessen schwächliche Glieder in der kalten Wüstennacht zitterten.

Tochtersohn lächelte. »In meiner eigenen Gestalt würde ich wohl nicht weit kommen, Feuerfuchs.«

»Sei gegrüßt! Wirst du mit uns ziehen?«

»Nein. Ich habe meine eigenen Gefährten bei mir, den Magister Ninian und den jungen Jajn aus Thurazim, und wir würden zu sehr auffallen, wenn wir eine große Gruppe bildeten. Lass uns lieber getrennte Wege gehen, bis wir uns bei Kulabac treffen.«

Der Sammler lächelte verlegen. »Ja, da hast du Recht. Ich hätte mich nur gefreut, dich näher kennen zu lernen. Ich habe so viel von dir gehört, und dich nun in Person zu sehen …«

Das Kind unterbrach ihn. »Wir haben keine Zeit zu schwatzen, Feuerfuchs, obwohl ich gehört habe, dass du ein guter Geschichtenerzähler bist. Viele Feinde sind hinter uns her. Die Untoten des Kadaverfürsten streifen durch die Wüste, und die

Sundaris senden Patrouillen entlang der Heerstraßen und zu den einsamen Forts. In Thurazim sind schreckliche Dinge geschehen, Kaiser und Kaiserin sind tot, in Chiritai hat sich ein Ritter zum König erhoben …«

Ruadh schreckte so heftig zusammen, dass er die flache Hand auf die Brust presste. Tränen sprangen ihm in die Augen, und er schrie beinahe vor Qual. »In Chiritai, sagst du? Der Stadt des verfluchten Goldes? Was hat den Unglückseligen auf diesen Gedanken gebracht, ein böser Geist?«

»Ja, ein Traumgeist, den der Kadaverfürst ihm gesandt hat. Aber das ist jetzt nicht wichtig. Ihr müsst auf euch selbst achten. Zarzunabas sendet seine Geister durch die Wüste, um alle zu fangen, die sie durchqueren.«

»Wir haben ein Dorf seiner Anhänger gesehen, aber es war verlassen.«

Tochtersohn nickte. »Sie sind auf Befehl ihres Meisters nach Westen gezogen, um den Tross des Ritters anzugreifen, aber nicht viele haben den Kampf überlebt. Dennoch sind genug übrig, um euch zu verfolgen – und zu töten. Wohin gehst du jetzt?«

»Ich will einen Freund abholen, der zu den Berufenen gehört, Beck, der im Dorf Kum lebt.«

»Gut. Aber ich kann jetzt nicht länger mit euch reden. Ihr müsst euch beeilen, ehe Phuram sein Angesicht erhebt, und ich will nicht mit euch gesehen werden, das würde nur uns alle in Verdacht bringen.«

Damit schlüpfte das Kind aus der wärmenden Kutte, hob das Plättchen auf, das es in den Sand hatte fallen lassen, und schob es zwischen die Zähne. Augenblicklich stand wieder der Stachellöwe vor ihnen. Er schüttelte noch einmal kurz seine Mähne, dann drehte er sich um und trabte davon.

»Was war das?«, flüsterte Tataika gebannt, als das Tier längst am fernen Horizont verschwunden und die Nacht wieder leer und still war.

Thilmos Stimme zitterte vor Erregung, als er hervorstieß: »Es war ein Wüstendämon – ein Lügengeist ... Wie konnte es sagen, dass der Kaiser tot ist! Der Kaiser stirbt nie!«

Ruadh lachte heiser. »Junker, wenn du einmal so viele Kaiser sterben gesehen hast wie ich ... ich wollte sagen, auch ein Kaiser muss einmal sterben. Wenn es dich tröstet: Es kommt gewiss ein neuer nach. Ein Thron bleibt niemals lange leer.«

Tataika, die der Tod des fernen Kaisers und seiner Gattin nicht berührte, bohrte nach: »Aber was war das für ein Tier, und wer war das Kind, das du Tochtersohn genannt hast? Du warst so höflich zu ihm, also muss es eine hohe Persönlichkeit sein, aber es sah so mager und krank aus wie ein Bettelkind!«

»Davon erzähle ich euch mehr, wenn wir in Sicherheit sind.« Dann trieb er sie an weiterzugehen, so schnell sie es schafften. »Wir müssen uns beeilen, es ist noch ein weiter Weg, und wir müssen vor Sonnenaufgang bei der Siedlung sein. Bei Tag ist es unmöglich, in der Wüste herumzulaufen. Ihr hättet bald keine Haut und keine Augen mehr.«

Der Tag brach erstaunlich schnell an. Insgesamt dauerte es keine halbe Stunde, bis sich der Himmel von tiefstem Schwarz zu zartem Lavendelblau und Rosa verfärbte. Je heller es wurde, desto deutlicher fühlte Kaira ihre Müdigkeit, und allmählich begann sich eine Übelkeit in ihr breit zu machen, die sie sich nicht recht erklären konnte. Sie kam nicht aus dem Magen, aber auch nicht aus dem Kopf. Es fühlte sich viel eher an, als hätte sie zu lange in der Sonne gebadet, obwohl noch keine Spur der Sonne zu sehen war. Ihre Arme, ihre Hände, ihr Gesicht waren merkwürdig dumpf und fühllos – und bildete sie es sich nur ein, oder waren ihre Hände und Handgelenke tatsächlich geschwollen?

Wenig später fiel ihr Blick auf Thilmo, der neben ihr ging, und beinahe hätte sie aufgeschrien. Sein Gesicht war so aufgedunsen, dass es geradezu breiig wirkte, die Augen gerötet und aufgeschwollen. Er schleppte sich mit bleiernen Schritten dahin, ein völlig ungewohnter Anblick bei einem Junker, der sonst keinen

Augenblick Ruhe fand. Und Tataika … nun, Tataika war robust wie ein Pferd, sie hielt eine Menge aus, aber ihr rundes Gesicht war sehr bleich, und Kaira sah ihr an, dass sie sich ebenfalls nicht wohl fühlte. Schweiß stand in dicken Tropfen auf ihrer Stirn, und ihre sonst so rosige Haut sah aus wie nasser Lehm.

Da blieb Ruadh auch schon stehen. Er blickte prüfend zum Himmel hinauf, sah seine Begleiter an und nickte ihnen zu. »Ihr spürt den Fresser. Wir haben es gerade noch rechtzeitig geschafft. Gleich könnt ihr euch ausruhen.« Und mit einer gewissen grimmigen Befriedigung setzte er hinzu: »Jetzt seht ihr Phurams wahres Gesicht. Er kennt keine Gnade mit denen, die seine Feinde sind oder die er für seine Feinde hält, seine goldenen Pfeile töten sie alle, wenn sie nicht schneller und geschickter sind als er.« Er lächelte. »Diesmal waren wir schneller. Da sind schon die Häuser des Dorfes Kuhm«, erklärte er. »Dort muss ich jemand abholen, und wir können auch dort schlafen. Wir werden zusehen, dass wir morgen Nacht jemand finden, der mit dem Fuhrwerk in die Blaue Wüste fährt, in der Umbra wohnt. Auf die Art kommen wir schneller weiter – und bequemer obendrein.«

»Wer ist Umbra?«, fragte Kaira. Sie fühlte einen seltsamen kleinen Stich des Ärgers bei dem Gedanken, dass Umbra ein Frauenname war.

»Eine sehr weise und sehr mächtige Frau.«

»Wird sie mit uns mitkommen?«, fragte Kaira. Der winzige Giftpfeil, der in ihrem Herzen steckte, brannte schärfer.

»Nein, sie selbst wahrscheinlich nicht, obwohl sie auch eine Berufene ist«, antwortete Ruadh zu ihrer Erleichterung. »Aber bei ihr wartet jemand, der auf meiner Liste steht. Zuerst allerdings müssen wir in das Dorf.«

Danach gab er ihnen eine Menge Anweisungen, wie sie sich zu verhalten hätten. »Vergesst nicht, dass ihr jetzt keine Schecken mehr seid. Also seid vorsichtig! Kopf runter, niemand anschauen, immer dicht an der Wand entlanggehen. Sprecht mit niemand, der euch nicht anspricht, und auch dann nur möglichst kurz. Wenn jemand etwas von euch verlangt, macht es.«

Kaira trottete mit gesenktem Kopf dahin. Der Sammler fuhr mit seinen Anweisungen fort. »Ihr wisst, dass ich von den Sundaris nicht als Sammler erkannt werden darf, also habe ich mir eine gute Tarnexistenz zugelegt. Die Leute entlang meiner Route kennen mich als Schlepper, der in den Wüstendörfern Arbeitskräfte für die Hauptstadt rekrutiert. Merkt euch das, falls sie euch fragen. Ihr könnt ruhig eure Vornamen nennen, aber wenn sie wissen wollen, wo ihr herkommt, so sagt, ihr seid aus Dörfern weit drüben im Osten, und kein Mensch wird nachprüfen, ob ihr wirklich von dort kommt.«

Als sie dem Dorf näher kamen, sah Kaira, dass es sich um eine typische Wüstensiedlung handelte. Niedrige, fensterlose Gebäude aus grauen und ockergelben Lehmziegeln drängten sich eng aneinander. Eine hohe Mauer, in der sich nur ein einziges Tor befand, schützte die Ansiedlung. Kaira fürchtete sich zwar davor, in Ruadhs gefährlicher Gesellschaft ein Dorf zu betreten, aber zugleich überkam sie ein heimeliges Gefühl. Es sah sehr ähnlich aus wie Fort Timlach. Dort waren die Leute ebenfalls überzeugt, dass es rund um ihre Siedlung nur so wimmelte von reißenden Bestien und bewaffneten Räuberbanden, von den Wüstengespenstern gar nicht zu reden. Und obwohl ihnen bislang in der Wüste nichts Übles begegnet war, saß die Furcht auch in ihr tief.

Bald waren sie bis an den Eingang des Dorfes gelangt. An den Pfosten lehnten im Schein greller Fackeln zwei schwer bewaffnete Männer – keine Soldaten oder Landreiter, sondern offensichtlich für diesen Dienst abgeordnete Dörfler. Sie trugen Helme, Brustpanzer und schwere Stiefel, im Übrigen aber unterschieden sich ihre Uniformen nicht viel von Ruadhs Kleidung. Sie waren kaum weniger ausgewaschen und zerlumpt. Beide Männer trugen mächtige Hellebarden und hatten Säbel um den Bauch geschnallt.

Ruadh warnte sie noch einmal, bevor sie in Hörweite der Posten kamen. »Denkt an alles, was ich euch gesagt habe, besonders du, Thilmo. Lasst mich reden und schweigt.«

Sobald die Posten im Tor erkannten, dass sich jemand näherte, sprangen sie vor und richteten die schweren Waffen auf die Ankömmlinge. Einer trat so nahe an sie heran, dass er Kaira die Spitze der Hellebarde in den Bauch drückte, und sie wagte kaum zu atmen aus Angst, er könnte bei einer falschen Bewegung zustechen. Der Kerl lachte in dummer Belustigung, als er ihren Schreck sah. Dann wandte er sich an ihren Führer. »Was willst du hier, Mondgesicht?«

Ruadh stand mit gesenktem Kopf vor ihm. Seine Haltung hatte sich völlig verändert: Mit hängenden Armen und weichen Knien, den Blick auf den Boden gerichtet, bot er ein Bild tiefster Unterwürfigkeit. »Schlafen, Wasser holen, einkaufen«, antwortete er mit gedämpfter Stimme.

»Und was wollen die Halbfertigen?«

»Dasselbe.«

Der Mürrische zögerte, sie einzulassen, aber sein Kamerad rief: »He, das ist Feuerfuchs, den kenne ich. Lass ihn rein.« Dann blickte er die beiden Mädchen an und lachte, wobei er einen Mund voll verrotteter brauner Zahnstummel zeigte. »Passt auf mit dem Mondscheiner, Halbfertige, dass er euch nicht in den Hals beißt. Haben euch eure Eltern nicht gewarnt, dass die Dunkelmänner Blut saufen?«

Der zweite Posten befahl: »Zeig mal, was du in deiner Tasche rumschleppst, Mondgesicht.«

Ruadh stellte gehorsam die Tasche nieder und trat einen Schritt zurück, während der Torposten darin herumwühlte. Unmengen von Leinensäcken kamen zutage, der Teekessel, die Honigbüchse, Löffel und Taschenmesser.

Der Mann brummte. Dann gab er der ausgeräumten Tasche einen Tritt. »Da, pack deinen dreckigen Kram wieder ein und verschwinde.«

Sie durften das Tor passieren, aber bevor sie noch völlig hindurch waren, gab der schlecht gelaunte Posten Ruadh einen so heftigen Schubs von hinten, dass er stolperte und vorwärts auf Hände und Knie fiel. Beide Männer lachten schadenfroh, als er sich aufrappelte und den Sand von den Handflächen wischte.

Ruadh machte keine Bemerkung.

Beck

Das grelle Fackellicht hatte Kairas Augen so irritiert, das sie ein Weilchen lang nur Blitze und tanzende Schatten sah. Erst später erkannte sie, dass das Dorf, obwohl schon der größte Teil der kurzen Nacht vergangen war, noch keineswegs in Schlaf lag. Überall in den Winkeln regte sich flüsterndes Leben. Wie in Fort Timlach verschlief man wohl auch hier den heißen Tag im Schutz des Hauses und wurde erst abends munter.

Unmittelbar innerhalb des Zauns erhob sich ein einstöckiges, weiß getünchtes Haus, über dessen Tor das Sonnensymbol gemalt war. Ruadh flüsterte ihnen zu, das sei das Haus der ortsansässigen Sundaris. »Macht schnell, ich will nicht, dass sie auf uns aufmerksam werden. Die Sundaris, die in den Wüstendörfern leben, sind zwar zumeist unnützes Volk, das man in Thurazim loswerden wollte, aber sie könnten uns an die kaiserliche Reiterei verraten.«

Mit gesenkten Köpfen huschten sie unbemerkt an dem weißen Haus vorbei.

Die Häuser waren alle so gebaut, dass sie der feindseligen Außenwelt fensterlose Fassaden zuwandten, während sich im Schutz ihrer Mauern ein krummwandiges Labyrinth von überdachten Gässchen, Arkaden und Innenhöfen dahinschlängelte. Zumeist war es stockfinster darin, aber an einzelnen Stellen brannten Fackeln und warfen ihr goldfarbenes Licht auf die Bewohner, die plaudernd, Konda-Wurzel kauend und Honigschlundöl trinkend an den Lehmmauern hockten. Auch sie waren, wie die Torposten, in verblichene und ausgeleierte Kleidungsstücke gehüllt. Die meisten hatten widerliche braune Flecken wie Muttermale im Gesicht, und wenn sie lachten, boten ihre Münder den Anblick schwarzer Höhlen, in denen einzelne Zahnstummel blinkten. Alle wirkten betäubt oder angetrunken. Manche dösten, den Kopf auf den Knien, andere führten mit schwerer Zunge zusammenhanglose Gespräche.

Als die Besucher einen der Höfe betraten, fuhr unversehens aus einer schattenverhangenen Öffnung ein Hund heraus, ein gelbbrauner Köter, der sich knurrend vor ihnen aufbaute. Kaira blieb erschrocken stehen. Sie hatte Angst vor Hunden, selbst vor den allerkleinsten, und dieser war groß wie ein Kalb und zeigte hinter angriffslustig zurückgezogenen Lefzen Reißzähne, die ihr so lang wie ihr kleiner Finger vorkamen. Thilmo sprang ebenfalls einen Schritt weit zurück, und sogar Tataika machte ein besorgtes Gesicht. Nur Ruadh blieb gänzlich unbeeindruckt von dem Zähne fletschenden Riesentier, das seinen Weg versperrte.

»Hund!«, rief er in einem Ton, als ermahnte er ein ungezogenes Kind. »Guter Hund! Ja, was machst du denn? Lass mich vorbei.«

Kaira konnte es kaum glauben, aber als der Hund diese Worte hörte, ließ er die Lefzen sinken und entspannte sich. Das Knurren verstummte. Er ließ ein kurzes »Wruff« hören, dann tappte er zu Ruadh hin und schnupperte an seiner Hand.

Der Wüstenläufer kraulte das dichte, lockige Fell. »Guter Hund«, wiederholte er. »Ein guter Hund bist du.«

Der Köter gab den Weg frei und verschwand in den Schatten.

»He!«, rief Tataika beeindruckt. »Wie machst du das? Ich dachte, der wollte uns fressen.«

»Er ist ein guter Hund«, antwortete Ruadh. »Und die tun mir nichts. Die meisten Tiere sind gute Tiere. Einige sind launisch und unfreundlich, aber nur wenige sind wirklich böse.«

Das »Loch«, wie der Schutzraum der Mondscheiner verächtlich genannt wurde, befand sich am Ende eines Hintergässchens, in dem es so finster war, dass sie sich an der Mauer entlangtasten mussten. Sie betraten einen muffig riechenden Torbogen und stiegen eine steile, sparsam beleuchtete Treppe hinunter.

Ein Mauerbogen führte in einen weiteren, niedrigen und sehr langen unterirdischen Raum, an dessen Wänden Fackeln brannten. Die drei Halbfertigen sahen erstaunt, dass der Raum einer riesigen Müllkippe glich. Bis fast zur grau gestrichenen Decke türmten sich Kleider, Schuhe, Taschen, Werkzeug, Töpfe und Schüsseln und viel anderer Kram. Ein halbes Dutzend Menschen wimmelten auf dem Gerümpel herum, alle mit umfangreichen Taschen auf der Schulter, und sammelte eifrig die verschiedensten Gegenstände.

Ruadh wühlte in einem Haufen Kleider und reichte dann seinen Begleitern drei zerlumpte Kutten und drei Paar fester Halbstiefel, wie er selbst sie trug. »Da, das werdet ihr brauchen, wenn ihr weiterhin durch die Wüste lauft. Mit euren Pantöffelchen und Seidenschleiern kämt ihr da nicht weit.«

Thilmo betrachtete angewidert das Schuhwerk. »Soll ich das etwa anziehen?«

»Du musst nicht«, erwiderte Ruadh achselzuckend. »Wenn es dir nichts ausmacht, mit deinen offenen Sandalen auf einen Skorpion zu treten, dessen Stich dich tötet, oder einen Bohrwurm, der sich in deinen Fuß wühlt und dort seine Eier ablegt, oder eine der kleinen, stachelhaarigen Spinnen, die …«

»Ja, hab verstanden«, knurrte der Junge. »Bei Phuram, ist das ein widerlich zerlumptes Zeug! Und wer immer diese Schuhe vor mir anhatte, hatte Schweißfüße. Sie stinken jetzt noch.«

Ruadh grinste nur.

Am Eingang des Raumes hockte hinter einem Tisch ein enorm fetter Bursche in schweißfleckiger Kutte, der den Inhalt der Taschen begutachtete und festlegte, was dafür zu bezahlen war. Er verlangte zwei und eine halbe Goldmünze, aber Ruadh sagte nur: »Beck wird das bezahlen.«

Der Dicke deutete mit einer verstohlenen Kopfbewegung nach hinten. »Ist schon gut, Feuerfuchs, ich weiß, dass du kein Geld berührst. Beck wartet schon auf dich.«

Die drei Halbfertigen tappten hinter dem Sammler her, als er eine Türe öffnete und einen weiteren der unterirdischen Räume betrat. Sie fanden sich in einem schwach erhellten, bescheiden eingerichteten Lokal mit einer Schanktheke und nur wenigen Tischen wieder, die sich in tiefen, dunklen Nischen versteckten. Ein Dutzend Männer und Frauen, alle an ihren gesunden Zähnen und ihrer fahlen Haut als Mondscheiner erkennbar, saßen auf den Hockern, schwatzten und tranken. Ruadh schob den Jungen und die beiden Mädchen vor sich her an einen Tisch und wies sie an, sich niederzusetzen, während er zur Theke ging und bestellte.

Kaira sah, wie er mit gedämpfter Stimme mit einer Frau und einem Mann sprach, offenbar den Besitzern des Wirtshauses. Beide waren um die vierzig, die Frau klein und drahtig, mit einem hübschen Gesicht, in dem eine lustige Stupsnase saß. Der Mann war hoch gewachsen und hager, mit zerknitterten Zügen und grauem Haar. Seine gequälte, zerrissene Erscheinung verriet, dass er kein leichtes Leben hinter sich hatte. Obwohl er lächelte, als er Ruadh begrüßte, blieb der melancholische Ausdruck in seinen Augen unverändert.

Anscheinend hatte Ruadh ihm die Neuigkeiten erzählt, die er von Tochtersohn gehört hatte, denn plötzlich schlug der Mann die Hände zusammen und rief aus: »Kaiser Hugues! So hat ihn die Strafe für seine Torheit ereilt und das Unrecht, das er seiner rechtmäßigen Frau angetan hat!« Aus seiner Stimme klang freilich mehr Überraschung als Betroffenheit, und er schüttelte heftig den Kopf.

Gleich darauf kamen die beiden zu dem Tisch zurück, und Ruadh stellte seine drei Begleiter vor. Dann sagte er: »Das ist Beck, der berufen ist wie ihr und uns begleiten wird.«

Beck widersprach. »Aber nicht gleich, Feuerfuchs. Du weißt,

ich will nicht bei euch sein, wenn ihr zu der Zauberin geht. Rechne es meiner Vergangenheit an, dass ich es nicht aushalten kann, mit einer Zauberin zusammen zu sein, schon gar nicht einer, der man nachsagt, eine Menschenfresserin zu sein. Wir treffen uns, sobald ihr euren Besuch beendet habt. Aber kommt mit, ihr Halbfertigen seht aus, als könntet ihr etwas zu essen gebrauchen, und du auch, mein Freund.«

Sie folgten dem Wirt in ein fensterloses Hinterzimmer, in dem der Schein einer Fackel auf schwere, altväterische Möbel fiel. Beck bedeutete ihnen, sich an den Tisch zu setzen, dann verschwand er und kehrte bald darauf mit einem Tablett wieder, auf dem eine große, noch brutzelnde Pfanne Schinken mit Eiern stand. Dazu gab es Fladenbrot und Blechkuchen. Beck setzte sich zu ihnen, während sie aßen. Damit waren sie auch eine ganze Weile beschäftigt.

Die beiden Mädchen fühlten sich wohl, aber Thilmo murmelte und brummte in seinen Teller hinein und war so sichtlich unzufrieden, dass Ruadh schließlich erklärte: »Thilmo ist nicht glücklich damit, dass Vauvenal und die alte Dame ihn zu mir gebracht haben. Er wäre viel lieber in Gesellschaft von Sundaris.«

»So, wärst du das?«, fragte der Mann und richtete seinen melancholischen Blick auf Thilmo. »Warum denn?«

Thilmo blickte auf. »Auch wenn ich hier mitten unter Mondscheinern sitze, so sage ich euch offen: Ich mag sie nicht. Ich bin schon unzufrieden damit, ein Schecke zu sein. Auf keinen Fall will ich zu den Nachtschatten gehören. Wenn ich nur irgend könnte, wollte ich ein Sundar sein – aber das versteht ihr wohl nicht.«

»Doch, das verstehe ich«, antwortete Beck. »Denn ich war den größten Teil meines Lebens ein Sundar, und nicht nur das, ich war einer der höchsten kaiserlichen Richter in Thurazim.« Er holte tief Luft und erklärte: »Du meinst, die Sundaris hätten das bessere Teil gewählt – aber sieh dir an, wie jämmerlich sie leben. Bei ihnen gibt es andauernd ›Säuberungen‹, die mit pompösen

Schauprozessen und öffentlichen Bestrafungen einhergehen. Sie müssen in ständiger Angst schweben, aus dem Bett gezerrt und vor ein Tribunal geschleppt zu werden, bei dem der Ankläger auch zugleich der Richter ist. Gleichgültig, wie loyal, wie eifrig sie sind, wie hoch ihre Stellung ist, wie verdient sie sich gemacht haben, sie können jederzeit verhaftet und verurteilt werden. Unter den Strafarbeitern auf den Plantagen sind mehr Sundaris als Mondscheiner. Übrigens sind nicht wenige Mondscheiner ehemalige Sundaris.« An den Sammler gewandt, sagte er: »Ich sollte den Halbfertigen erzählen, wer ich bin und warum ich hier bin, und aus welchem Grund ich mit euch komme und bereit bin, mich gegen Phuram zu stellen, dem ich einen Großteil meines Lebens treu gedient habe.«

Ruadh hob mit einem Ruck den Kopf und sah seinen Freund an, dann legte er mit einer raschen Bewegung die Hand auf dessen Arm. »Nicht jetzt, Beck. Sie sind müde und müssen schlafen. Erzähl es ihnen unterwegs.«

Kaira war neugierig geworden, was der Abtrünnige ihnen erzählen wolle, aber sie war tatsächlich todmüde, und so war sie froh, als Beck nur nickte und sagte: »Schlaft gut.«

Die Quartiere die Mondscheiner befanden sich in den Kasematten, wo die Kinder der Nacht vor jedem Sonnenstrahl sicher waren. Die vier betraten einen Kellergang, von dem links und rechts Türöffnungen abgingen. Dahinter befand sich jeweils ein fensterloser Raum, nicht größer als eine Kerkerzelle, mit einem rauen Sandboden, auf dem Strohmatten aufgelegt waren. Die Einrichtung, die im Licht schwacher Fackeln sichtbar wurde, bestand aus dünnen, durchgelegenen Matratzen und aus Decken, die ebenfalls schon ein langes Leben hinter sich hatten.

Tataika fragte: »Wenn Beck ein abtrünniger Sundar ist, hat er dann keine Angst, entdeckt zu werden, wenn er hier unter seinem eigenen Namen lebt, in einem Dorf, in dem Sundaris wohnen?«

Ruadh zuckte die Achseln. »Gefahr droht überall. Aber die Sundaris hier sind so sehr dem Honigschlundöl verfallen, dass sie längst vergessen haben, wer der Inquisitor Beck war, und nicht im Traum auf den Gedanken kämen, der Gastwirt Beck im Keller der Mondscheiner könne mit ihm identisch sein, umso weniger, als Beck ein recht häufiger Name ist. Und was euch angeht – er traut euch, weil ihr zu mir gehört und Berufene seid.«

Wenig später lag Kaira neben der laut schnarchenden Tataika auf einer der dünnen Matten und versuchte vergeblich einzuschlafen. Sie war müde nach dem langen nächtlichen Marsch, und ihr Körper schrie danach, sich einzurollen und in erfrischenden Schlaf zu versinken. Aber ihr Kopf wurde den Gedanken nicht los, dass zwei Stockwerke über ihr das Dorf in glühendem Glast lag. Sie meinte den »Stern mit den Zähnen« durch die Mauern des Schutzraums hindurch zu spüren – und zu hören: In ihrem Kopf war ein Zischen wie von der Flamme einer Fackel, die suchend über die Mauern schweifte. Wo ist Kaira, wo sind die anderen? Wo gibt es etwas zu fressen? Es suchte nach Schwachstellen, nicht nur in den Mauern, sondern auch in Kaira selbst. Es wollte tief in ihr Herz dringen und es durchleuchten.

Weiße Flammenfinger suchten nach Ritzen im Mauerwerk, nach einer leichtsinnig offen gelassenen Luke, einem Spalt in einer Tür. Das Licht trommelte förmlich gegen die Mauern, wütend und enttäuscht, weil es nicht an die Menschen herankonnte, die da tief im Bauch des Gebäudes schliefen. Kaira fühlte den bösen Willen des Lichts, fühlte, wie es nach ihr suchte, ein weißes Raubtier mit flammenden Zähnen. Fressen, fauchte es, fressen. Dieses Licht wollte sie durchdringen, wollte gnadenlos in den letzten Winkel ihrer Seele hineinleuchten. Es wollte seine Finger in ihre Brust zu bohren, zwischen die knöchernen Bogen der Rippen, durch Muskeln und Sehnen hindurch in ihr Herz, und dort wollte es lodern, bis es sie zu Asche verbrannt hatte.

Es dauerte lange, bis sie aus purer Erschöpfung einschlief.

Unterwegs

Ruadh weckte seine Begleiter, sobald der Stern mit den Zähnen gesunken war. »Auf, Leute. Wir haben noch einiges vor.«

Sie waren alle drei noch längst nicht ausgeschlafen, aber ihr Führer blieb unerbittlich. »Je länger wir an einem Ort festsitzen, desto eher werden wir geschnappt. Wisst ihr denn, ob unter den Dörflern nicht ein Spion ist, der uns an die Sundaris verrät? Wir müssen weiter.« Wenigstens brachte er die erfreuliche Nachricht, dass Beck sie mit seinem Echsenkarren in die Blaue Wüste bringen würde, wo Umbra wohnte. Kaira atmete auf, als sie das hörte. Nach der langen Nachtwanderung und dem viel zu kurzen Schlaf spürte sie alle Knochen im Leib. Ihre Muskeln schmerzten bei jeder Bewegung, und sie musste in einem fort gähnen.

»Gibt es wenigstens etwas zu essen, bevor wir losziehen?«, murrte Tataika, die sich die geröteten Augen rieb.

»Später, wenn wir unterwegs sind.«

»Und was ist mit waschen?«, protestierte Thilmo, der es in diesen Dingen sehr genau nahm.

»Wir sind hier in der Wüste, Junge!«, fuhr Ruadh ihn an und verließ die Kammer.

Thilmo starrte ihm wütend nach. »Ich traue ihm nicht«, zischte er. »Er ist ein Sammler, habt ihr das vergessen? Jeder weiß, dass sie schreckliche Verbrecher sind, in allen bösen Künsten erfahren, Giftmischer und Kindermörder, und wir sollen dem Kerl glauben, wenn er uns den treuen Freund vorspielt?«

Kaira wandte ein: »Ich glaube nicht, dass Feuerfuchs uns betrügt. Ich vertraue ihm.«

Tataika stimmte ihr zu. »Ich auch. Er ist in Ordnung.«

Thilmo schnaufte verächtlich.

Als sie in den schwach erleuchteten Hof hinaustraten, sahen sie dort einen Karren stehen, vor den zwei schwerfällige Zug-Echsen gespannt waren – plumpe Tiere mit rostbraunem Schuppenkleid und stupiden Augen. Die verkümmerten Flügel auf ihrem Rücken fächelten im Nachtwind wie dürre Palmblätter. Ruadh stand daneben und unterhielt sich mit Beck, der in seinem faltenreichen, erbsgrünen Umhang kaum zu erkennen war. Als die Halbfertigen näher kamen, deutete er auf die Ladefläche. »Vorne ist kein Platz für euch, ihr müsst da hinten rauf. Ich habe ein paar Decken rausgelegt, falls euch kalt wird.«

Sie kletterten gehorsam auf die Ladefläche, die zum Großteil mit Säcken bedeckt war. Kaum hatten sie jeder einen Platz gefunden, als das Fuhrwerk auch schon mit einem Ruck losfuhr. Das helle Licht der Torfackeln strömte über sie hinweg, während sie das Tor mit den beiden Posten passierten. Gleich darauf versank die Umgebung rundum in Dämmerschatten. Nur eine gelbe Lichtblase eilte vor ihnen her, wo die am Wagen schaukelnde Laterne das Steinpflaster der breiten Heerstraße erhellte.

Eine Weile schwiegen sie alle, doch dann bemerkte Tataika plötzlich: »Feuerfuchs, du bist ganz anders, als ich mir einen Mondscheiner vorgestellt habe.«

Der Mann, den Kaira nur als dunklen Umriss erkennen konnte, erwiderte: »Was hast du dir denn vorgestellt?« Als Tataika sich verlegen weigerte, ihre Vorurteile in Worte zu fassen, sagte er: »Die meisten Sundaris und Schecken verachten uns, aber ist Datura denn geringer als Phuram? Sie wurden als Zwillinge geschaffen, gleich groß und stark. Phuram ist es, der sein ursprüngliches Wesen verraten hat, nicht Datura! Daher ist sie die Edlere, und sie ist gütig, wo er hartherzig und hochmütig ist. Die Mondin kann man anschauen, ohne zu erblinden, den Seelenfresser nicht. Der fressende Stern ist reines Licht, die Mondin hat helle und dunkle Flecken. Die Mondin wechselt ihre Gestalt ständig, sie kann schwach oder stark sein, verborgen oder den Himmel beherrschend, während der Sonnenfürst unwandelbar ist. Phuram durchdringt alles mit seinem Licht, die Mondin lässt barmherzig die Schatten bestehen. Der fressende Stern kennt kein Erbarmen, die Mondin ist gnädig. Datura versilbert das Unansehnliche, verbirgt das Missratene, verwandelt das Alltägliche.« Er seufzte tief auf, wie ein Mann seufzt, der sich in die Arme seiner Geliebten sinken lässt.

Kaira konnte sein Gesicht im Halbdunkel nicht sehen, aber sie hörte den warmen, glücklichen Ton in seiner Stimme. Sie dachte daran, wie er betend im Sand gekniet war und ein Gesicht gemacht hatte, als streichelten ihn unsichtbare, zärtliche Finger. Mit leiser Stimme fuhr er fort, in einem Ton, als läse er aus einem heiligen Pergament vor: »Früher hatte ich es immer für das höchste Ziel gehalten, in allen Dingen so makellos wie möglich zu sein. Heute weiß ich, dass es nur eine Vollkommenheit gibt, nämlich das Unvollkommene anzunehmen, wie es ist, und zu lieben.«

Kaira lehnte in ihrem Winkel der Ladefläche an einem Sack voll alter Kleider und lauschte der tiefen, warmen Stimme in den nächtlichen Schatten. Sie konnte sich gar nicht mehr erinnern, wann sie sich zuletzt so wohl und geborgen gefühlt hatte. Der Gedanke kam ihr, dass Ruadh zweifellos ein glücklicher Mensch war, trotz seines harten und gefahrvollen Lebens und der vielen Erniedrigungen, die er hinnehmen musste. Und im selben Augenblick übermannte sie die Sehnsucht, auch so zu werden wie er, gelassen und glücklich angesichts aller Misshelligkeiten, mit denen das Leben, lästig und aufdringlich, wie es war, sie überhäufte. Aber wie sollte sie das jemals zustande bringen?

Thilmo zeigte sich unbeeindruckt. Mit kalter Stimme bemerkte er: »Die Sundaris sehen das anders.«

Ruadh zuckte die Achseln und erwiderte: »Und wenn schon,

was kümmert das mich?« Es klang mürrisch, und Kaira nahm an, dass er keine Lust hatte, sich über die Ansichten seiner Todfeinde auszulassen. »Die Sundaris sind der Überzeugung, dass alles Nichtvollkommene kein Recht auf Leben hat. Deshalb bringen sie der Sonne alles Unvollkommene zum Opfer, liefern es ihr aus, damit sie es zerstören kann. Sie selbst sind wie Gold, stolz, unbarmherzig, unlebendig. Und mehr will ich jetzt nicht dazu sagen.«

Aber Thilmo ließ sich nicht abschütteln. Er bohrte und drängte und warf Ruadh vor, beschränkt zu sein. »Die Sundaris«, erklärte er, »sind die Edleren, denn sie sehen Phurams Glanz und Majestät als die Verkörperung alles Lichten und zum Guten Strebenden. Zu Recht ist ihr Symbol das reine Gold, das im feurigen Ofen geprüft wurde, denn es gibt nichts Edleres als Gold.«

Ruadh brauste plötzlich so heftig auf, dass die Mädchen erschraken. »Gold! Gold! Verfluchtes Gold!«, schrie er den Jungen an. »Was ist sein Wert? Kannst du es essen? Kannst du es trinken, wenn du dich in der Wüste verirrt hast und dir vor Durst die Zunge im Mund anschwillt? Wärmt es dich, wenn du in kalter Nacht auf den Bergen schläfst? Tröstest es dich, wenn du weinst? Und was hat Phurams Glanz gebracht? Er hat eine blühende Welt in eine Wüste verwandelt; in seinem feurigen Ofen ist alles verbrannt, was in Chatundra lieblich und lebendig und freundlich war. Verfluchtes Gold! Was hat es mir gebracht?«

Dabei schlug er die Hände mit einer Geste wilder Verzweiflung vors Gesicht. Aber noch ehe irgendjemand darauf eingehen konnte, holte er tief Atem und straffte die Schultern. »Gold ist nichts«, sagte er mit einer rauen Stimme, die ruhig zu klingen versuchte, aber immer noch leise bebte. »Es ist nur wertvoll, weil jemand sagt, es sei wertvoll. Und Phurams Glanz ist zum Fluch geworden, als er in seinem Stolz und seiner Machtgier aufs Doppelte anschwoll. Rede nicht über Dinge, Junge, von denen du nichts verstehst.« Dann schwieg er auf eine Weise, die Kaira und ihren beiden Gefährten zu verstehen gab, dass sie jetzt besser auch schwiegen.

Kaira stützte den Arm auf die Bretter, die die Ladefläche nach allen Seiten hin absicherten, und blickte nachdenklich in die Wüste hinaus. Einmal erschrak sie, denn knapp neben der Heerstraße lag im fahlblauen Mondschein das widerliche, struppige Gerippe eines Vogels, mächtig wie ein Adler, der zu Lebzeiten ein Furcht erregendes Vieh gewesen sein musste. Sein Schnabel war so lang wie ihr Unterarm und so spitz wie ein Nagel. Die runden Augenlöcher glotzten leer ins Nichts.

Nach einer Weile sprach Ruadh wieder. Seine zornige Erregung hatte sich gelegt, und sichtlich bemüht, wieder Frieden zu schaffen, sagte er: »Es ist jetzt wohl an der Zeit, dass ich euch all die Dinge erzähle, die ihr wissen müsst und nicht wisst.«

Und damit begann er zu reden und erzählte ihnen von dem großen Imperium der Drachen, von Wyvern und Luind und seiner fernen Nachfahrin Tochtersohn, von Drydds Empörung gegen seine Schwestern und Zarzunabas' Heimtücke, die die vergifteten Schwerter schmiedete, vom Kampf des Sonnenfürsten gegen das Dreigestirn und dem Fluch, mit dem die Allmutter die Törichten und den Rebellen bestraft hatte. Er sprach von den edlen Drachen, von denen es nur noch so wenige gab, von den Höllenzwingern im Süden und von den heulenden Schneedämonen im Norden, von den Listen der bösen Kaiserin Iwara und von der großen Aufgabe, die den Dreizehn aufgetragen war.

Kaira lauschte aufmerksam, aber alles, was er erzählte, erschien ihr so unwirklich wie das bunte Gewebe eines Wandteppichs, und sie konnte sich nicht vorstellen, dass ihr eigenes Leben dorthinein verwoben sein sollte.

Das Treffen der Mondscheiner

Sie waren erst kurze Zeit gefahren, als Beck unversehens von der Heerstraße abschwenkte und über eine Piste rumpelte, die sich als eine im Mondschein kaum sichtbare doppelte Räderspur durch die Wüste zog. Kaira richtete sich alarmiert auf. »Wo fahren wir hin, Feuerfuchs?«

»Zu einem Treffen der Mondscheiner«, antwortete er. »Es wird uns allen gut tun, uns dort Kraft zu holen, ehe wir weiterziehen.«

Becks Fuhrwerk hielt in einem U-förmigen Tal an, das auf drei Seiten von steilen, bröckligen Felsenmauern umgeben war. Anscheinend waren hier einmal Steine gebrochen worden, denn unter den narbigen Felswänden standen noch ein paar hölzerne Gebäude, gut genug, um Schutz vor dem Sonnenfürsten zu bieten. Von der Ladefläche aus entdeckte Kaira, dass schon eine Anzahl Echsenkarren dort standen. Die Leute, die mit den Karren gekommen waren, standen und saßen im Kreis um ein Feuer, auf dem ein mächtiger rußgeschwärzter Topf dampfte. Dumpfe, eintönige Musik schwebte in der Nachtluft, und Kaira sah, dass Musiker auf Brummrohren – mannslangen hohlen Bambusstämmen – bliesen.

Mehrere Festgäste kamen angelaufen, als sie Becks Fuhrwerk sahen. Sie drückten ihn an sich und klopften ihm auf den Rücken, und er erwiderte die stürmische Begrüßung mit einer leidenschaftlichen Zärtlichkeit, wie Kaira sie noch nie bei einem

Mann gesehen hatte. Die Leute waren alle in Lumpen gewickelt und hatten sich vermutlich seit Tagen nicht mehr gewaschen, aber sie sahen freundlich aus, und Kaira fühlte, wie ihr ängstliches Herzklopfen nachließ. Richtig wohl war ihr nicht bei einer solchen heimlichen nächtlichen Versammlung, aber da die Leute Ruadhs Freunde waren, konnte sie ihnen wohl auch vertrauen. Sie lächelte schüchtern.

»Was für hübsche Mädchen du da mithast, Feuerfuchs«, bemerkte eine Frau und strich bewundernd über Tataikas lange Haarmähne. »Möge die alte Dame sie behüten, dass sie sicher durch alle Tore gelangen! Aber kommt, das Essen ist fertig. Ihr seid die Letzten, wir warten alle nur mehr auf euch.«

Als sie sich dem Feuer näherten, roch Kaira den Duft, der aus dem gewaltigen Topf aufstieg – das Aroma einer starken Fleischsuppe, die sehr exotisch gewürzt sein musste, denn sie meinte Kardamom und Wacholder zu riechen. Zögernd nahm sie die Schüssel entgegen, die man ihr hinstreckte. Es war tatsächlich Fleisch in einer scharf und süßlich schmeckenden Soße. Jemand anderer reichte dünne, pfannkuchen-ähnliche Fladen eines hellen Brotes herum, das offensichtlich selbst gebacken war. Die Leute benutzten es als Löffel: Sie rollten den Fladen zu einer Tüte und schöpften damit Fleisch und Soße aus den Schüsseln, die sie alle anstelle von Tellern verwendeten.

Jeder Mund voll schmeckte rotbraun und heiß und würzig, sodass ihr der Schweiß aufs Gesicht trat und Schauder über ihren Rücken liefen, und mit jedem Bissen tauchten Bilder und Visionen vor ihren Augen auf – merkwürdige Bilder. Die starken Gewürze in dem Fleischgericht erhitzten sie von innen her, erfüllten sie mit einer Kraft und Energie, dass sie dachte, sie müsse aufspringen und sich laut schreiend wie ein Kreisel drehen, nur um den inneren Drang loszuwerden. Sie bekam Angst, aber gleichzeitig hoffte sie, es würde noch eine zweite Portion geben, wenn diese zu Ende gegessen war. Noch nie im Leben hatte sie sich so stark und mutig gefühlt.

Ruadh klopfte ihr auf die Schulter. »Na, schmeckt es dir? Du hast ja richtig glänzende Augen.«

Kaira wusste nicht, wie sie in Worte fassen sollte, was das Essen in ihr bewirkte, und so stotterte sie nur: »Es ist sehr scharf. Mein Bauch kribbelt richtig.«

Er lachte. »Ja, meiner auch, und mein Kopf und mein Herz ebenso. Wir nennen es deshalb auch Feuerfleisch. Und das Brot heißt Fünf-Tage-Brot, weil es dich fünf Tage lang stark und fröhlich macht.«

Die Frau mit dem zottigen blonden Haar mischte sich ins Gespräch. »Es sind einige Kräuter und Gewürze dabei, die eine besondere Wirkung haben.« Sie wandte sich an Kaira. »Was wir essen, erweckt die verborgenen Kräfte in dir, es taucht auf den Grund deiner Seele hinab und öffnet dort lange verschlossene Türen. Es kann dir nichts bringen, was du nicht hast, aber wenn das, worüber du verfügst, hinter Schloss und Riegel liegt, so kann es diese Riegel berühren und aufsprengen. Du verstehst, was ich meine, Mädchen, nicht wahr?«

»Ja.« Bevor Kaira noch überlegen konnte, war es ihr herausgerutscht. Dabei hätte sie nicht einmal erklären können, was sie nun wirklich verstanden hatte. Es machte sie stark und aufmerksam. Die vielen sonderbaren Gewürze riefen neue und ungeahnte Empfindungen in ihr wach, sodass sie Dinge dachte, die sie nie vorher gedacht hatte. Ähnlich war es mit dem Brot. Es erweckte eine Kraft in ihr, dass sie überzeugt war, sie würde tatsächlich fünf Tage lang stark und fröhlich sein.

Zwischendurch lauschte Kaira auch anderen Gesprächen. Dabei hörte sie, wie ein wüst aussehender Bursche auf der anderen Seite des Kreises den neben ihm Sitzenden ansprach. »He, ich möchte wetten, ich habe dich schon früher einmal gesehen – du warst doch ein Sundar und Diebsfängerhauptmann in Burnach, nicht wahr? Du warst ein harter Bursche, wenn ich mich recht erinnere.«

Der ehemalige Sundar blickte betreten zu Boden. »Ich habe

euch viel Böses angetan. Aber das war, bevor die Mondin wechselte. Ich will es in Zukunft wirklich besser machen.«

»Jeder von uns macht Fehler«, tröstete ihn sein Nachbar, »Es gibt kein Leben ohne Fehler.« Er legte dem Überläufer den Arm um die Schultern und reichte ihm einen zinnenen Becher. »Komm, trink. Was du getan hast, war vor dem Neumond. Heute leuchtet ein anderer Mond.«

Tataika flüsterte dem Sammler zu: »Ihr nehmt solche Leute tatsächlich auf, nach allem, was sie euch angetan haben?«

Ruadh zuckte die Schultern und widmete seine Aufmerksamkeit wieder dem Essen. »Alle haben Fehler gemacht. Ob die Fehler nun darin bestanden haben, uns zu verfolgen, oder in etwas anderem, ist unwesentlich.«

»Aber werden sie nicht geprüft? Müssen sie sich denn nicht erst bewähren?«

»Nicht von uns, und nicht vor uns. Die alte Dame am Himmel leuchtet für alle. Du darfst das nicht so sehen, dass wir die Sundaris hassen, Tataika. Wir gehen ihnen aus dem Weg, um keinen Schaden von ihnen zu erleiden, und solange sie uns als Feinde gegenübertreten, hüten wir uns vor ihnen. Aber wenn sie nicht mehr unsere Feinde sein wollen, dann nehmen wir sie auf, denn wir bedauern sie viel mehr, als wir sie fürchten.«

Die Gäste der nächtlichen Runde ließen sich Zeit beim Essen, bis auch der Langsamste satt war. Zwischendurch wurden Wasserschläuche mit einem Getränk herumgereicht, und auch dieses war erstaunlich. Es schäumte wie Bier, wenn man es in eine Schüssel oder einen zinnenen Becher goss, hatte eine rostbraune Farbe wie Tee und schmeckte bitter. Als Kaira davon trank, hatte sie das Gefühl, dass es sich glühend heiß in ihrem Körper verbreitete, von der Kehle bis in die Zehen und zu den Fingerspitzen.

Die blonde Frau beugte sich zu Ruadh hinüber und stellte ihm mit leiser Stimme eine Frage. Er zögerte kurz, dann nickte er und stand auf. Mit langen Schritten ging er zu einem flachen

Steinblock hinüber, stieg hinauf und stellte sich in Positur, als wolle er eine Rede halten.

Sofort breitete sich erwartungsvolles Schweigen über die Runde. Alle Gespräche verstummten, die Leute drehten sich um, damit sie ihn besser sehen konnten, und warteten aufmerksam. Kaira dachte, er werde etwas sagen. Stattdessen begann er sich auszuziehen.

Tataika kicherte gedämpft, als sie begriff, was er machte, aber alle anderen verharrten in einer feierlichen Ruhe, als wohnten sie einem Götterdienst bei. Ruadh schälte sich umständlich aus einem Dutzend sandfarbener Hüllen – zu denen ein ulkiges Paar knöchellanger Unterhosen gehörte –, und als er das unterste Hemd über den Kopf zog, stieß Kaira einen Schrei der Überraschung aus.

Außer im Gesicht, an den Händen und Füßen und den Geschlechtsteilen war jeder Fingerbreit seiner Haut mit fantastischen bunten Ornamenten verziert. Und nicht nur das: Die Ornamente befanden sich in einem ständigen, lebendigen Fluss! Erst dachte Kaira, der zuckende Feuerschein hätte sie getäuscht, aber gleich darauf sah sie, dass die Muster sich tatsächlich veränderten. Wie fliegende Wolken über einen mondhellen Himmel jagen, zogen sie über die Haut, nahmen jeden Augenblick eine andere Gestalt an und erzählten doch immer dieselbe Geschichte. Sie konnte nicht erkennen, was die Bilder im Einzelnen darstellten, dazu waren sie zu winzig und zu kompliziert, und sie wechselten auch viel zu schnell, als dass man ihnen hätte folgen können, aber die Mondscheiner sahen aus, als wüssten sie es. Sie nickten und lächelten und warfen dem nackten Mann freundlich Anteil nehmende Blicke zu, Blicke, die ihn umarmten und fest hielten, ihn küssten und streichelten.

Ruadh stand bewegungslos da. Die Hände hatte er mit den Handflächen nach oben nach beiden Seiten ausgebreitet, den Kopf in den Nacken gelegt und den Blick zum Himmel gerichtet, an dem majestätisch und in satter Glut das Schlangenei stand. Die Leute saßen still da, kaum jemand regte sich. Das Schweigen war so tief, dass Kaira das Knacken und Knistern der brennenden Äste hörte. Alle waren in tiefe Gedanken versunken – glückliche Gedanken, denn ihre Gesichter waren klar und ruhig.

Allmählich stand da und dort in der Runde ein Mann oder eine Frau auf, ging zu dem flachen Stein hinüber und legte ebenfalls die Kleider ab. Ein Körper nach dem anderen wurde im Schmuck der wunderlichen Ornamente sichtbar. Sie alle standen schweigend da, den Kopf erhoben, die Hände ausgebreitet.

Kaira hätte nicht sagen können, wie lange es dauerte. Das Feuer brannte nieder, und nun stand Ruadh im hellen Mondschein da. Kaira hatte erwartet, dass die Tätowierungen alle Farbe verlieren würden, sobald das Feuer erlosch, aber nein – im Gegenteil! Im Mondschein leuchteten sie wie aus flüssigem Feuer gezeichnet. Jede komplizierte Arabeske flammte aus sich heraus, während sie sich weiterhin mit atemberaubender Geschwindigkeit wandelte. Es war, dachte Kaira, als versuche sie, den Funken eines Feuerwerks mit den Augen zu folgen. Sie war überzeugt, dass die Bilder eine Geschichte erzählten – eine Geschichte, die sie gern gelesen hätte, die ihr aber verborgen war.

Wenig später merkte sie, dass der Nachthimmel nicht mehr derselbe war wie zuvor. In sein tiefes Schwarz mischte sich ein Hauch Violett an den Rändern. Die Mondscheiner spürten alle das herannahende Morgenlicht. Ruadh kam mit einem Ruck aus seiner Verzückung zu sich, bückte sich und warf sich in seine Kleider, während die anderen aufsprangen und ihre Jacken, Taschen und das Essgeschirr einsammelten. Innerhalb kurzer Zeit hatte sich die feierliche Gemeinde in einen unruhigen Haufen verwandelt, der in aller Eile dem Schutz der Baracken zustrebte. Ruadh kam herbeigelaufen und knöpfte im Laufen noch die letzten Schließen an Jacke und Hose zu. »Los!«, rief er ihnen zu, wobei er auf die Baracken deutete. »Wir müssen uns beeilen, wenn wir vor Sonnenaufgang unter Dach sein wollen.«

Kaira flüchtete mit allen anderen in den Schutz der Baracke, deren Inneres aus einem einzigen langen Raum bestand. Was immer sich an Möbeln und anderen Einrichtungsgegenständen darin befunden hatte, war restlos verschwunden. Die beiden schmalen Fensterschlitze waren mit hölzernen Läden von innen verschlossen. Es roch dumpf und muffig nach sonnenverbranntem Holz und getrocknetem Unrat.

Der Letzte, der durch die Türe drängte, schloss und verriegelte sie hinter sich. Ein Aufatmen ging durch den Raum, als alle sich vor dem beißenden Licht sicher wussten. Jemand zündete eine Fackel an. In dem schwachen rötlich gelben Schimmer drängelten alle hin und her, um einen bequemen Ort zum Schlafen zu finden. Kaira wurde von allen Seiten geschubst, bis Ruadh es endlich geschafft hatte, für sich und seine Begleiter einen Winkel zu ergattern. Kaira wurde so fest gegen den Mann geschoben, dass ihr Kopf auf seiner Schulter lag. Tataika hatte es zuwege gebracht, den Platz an seiner anderen Seite zu belegen, indem sie kurzerhand zwei oder vier Mondscheiner, die auch dorthin wollten, weggerempelt hatte.

Kaira fühlte von neuem den Stich der Eifersucht. Sie versuchte – was ihr nur schwer gelang –, möglichst nahe an Ruadh heranzukommen und gleichzeitig so zu tun, als wäre es ihr völlig gleichgültig, wo sie schlief. Nichts wäre ihr peinlicher gewesen, als wenn der Wüstenläufer bemerkt hätte, dass sie an seiner Seite liegen wollte. Es hätte ausgesehen, als gelüstete es sie nach ihm, und das war das Letzte, was er von ihr denken durfte.

Wenn er ihr Herandrängen bemerkt hatte, so gab er jedenfalls keinen Kommentar dazu ab. Er drehte und wälzte sich, bis er auf dem harten, staubigen Bretterboden zu einer einigermaßen bequemen Lage gefunden hatte, und war eingeschlafen, noch ehe jemand am anderen Ende des Raumes die Fackel löschte. Kaira lag in der Dunkelheit, die Nase dicht an seinem Ärmel, und genoss den warmen, süßen Geruch nach trockenem Holz und Laub, der aus den zerschlissenen Falten aufstieg. In ihrem Inneren tobten ihre Gefühle. Sie streckte vorsichtig eine Hand aus und legte sie auf den Ärmel des Schlafenden. Unter den dicken Schichten mehrfacher Kleidungsstücke konnte sie deutlich den kräftigen Muskel am Oberarm spüren.

Sie hatte nicht gerade viel Erfahrung mit dem anderen Geschlecht, aber immerhin genug, um zu wissen, dass sie nie zuvor so gefühlt hatte. Manche der Burschen, die sie bislang kennen gelernt hatte, hatten ihr zwar gefallen, sie aber zugleich auch mit Angst und Abwehr erfüllt. Ruadh an ihrer Seite zu spüren bedeutete Wärme und Sicherheit. So rätselhaft und ungewöhnlich er zunächst auch schien, empfand sie ihn doch wie eine Insel von Vertrautem. Wieder stieg der schwache Geruch in seinen Kleidern in ihre Nase, der Geruch, der Erinnerungen an ihre Kindheit wach rief. Warmes Holz, Äpfel in einem kühlen Keller. Sie fragte sich, ob Tataika auf der anderen Seite ebenso schnupperte wie sie.

Ruadh, der bereits tief und fest schlief, murmelte etwas Unverständliches und drehte sich halb herum, und bei der Bewegung geschah es, dass mit einem Mal seine Hand in Kairas Hand lag. Sie erschrak so heftig darüber, dass sie sich erst gar nicht rührte. Vorsichtig schloss sie die Finger. Die Hand in der ihren war fest und warm und ein wenig rau. Sie rollte sich eng zusammen, schmiegte die Wange fest an die fremde Hand und schloss die Augen.

Draußen strichen die ersten fauchenden Lichtfinger über die Mauern, erhitzten den alten gelben Putz und den Stein darunter und suchten einen Weg nach drinnen, aber diesmal spürte Kaira keine Angst. Sie schlief ein. Das Einzige, was ihre Seligkeit störte, war der Gedanke, dass Tataika auf der anderen Seite vielleicht ebenfalls eine rau-warme Männerhand umfasst hielt.

Becks Geschichte

Kaira erwachte davon, dass die Schlafenden rundum einer nach dem anderen unruhig wurden, sich rekelten und reckten und mit gedämpften Stimmen durcheinander schwatzten. Sie schlug die Augen auf und sah, dass eine Fackel brannte. Schatten tanzten überall auf den Wänden, als die Mondscheiner ihre Kleider und Taschen zusammensuchten. Gleich darauf flog überraschend die Türe auf, und zusammen mit einem Schwall kalter Nachtluft drang der Schein der Nachtsonne herein, sanft und freundlich.

Frühstück gab es keines, nur ein paar Schluck Wasser aus den Wasserschlauch, das inzwischen schal und lauwarm war. Die Mondscheiner verabschiedeten sich mit vielen Küssen und Umarmungen voneinander und winkten sich zu, während sie auf ihre Echsenkarren stiegen. Die vier kletterten auf die Ladefläche von Becks Karren, und das Fuhrwerk rumpelte auf die Wüstenpiste hinaus.

Kaira suchte sich einen bequemen Platz zwischen den Säcken. Sie schloss die Augen und spürte, wie der kalte Nachtwind über ihr Gesicht strich. Sie hatte eine Menge Dinge im Kopf, die sie gern gefragt hätte, aber sie wagte es nicht. Alles das war so ungewohnt und wunderbar, dass sie lieber schwieg.

Tataika, die weniger zurückhaltend war, fragte: »Wie bist du zu diesen wunderbaren Tätowierungen gekommen, Feuerfuchs? Und wieso sind sie lebendig?«

Der Mann zögerte eine Weile, ehe er antwortete. Es war

offensichtlich, dass es ihm nicht leicht fiel, darüber zu sprechen. Mit merklicher Überwindung erklärte er schließlich: »Von den Mondscheinern lernte ich, dass es keine Starken oder Schwachen gibt. Die Mondin ist weder klein noch groß. Wenn sie voll ist, schrumpft sie alsbald zur Sichel, und wenn sie völlig verschwunden scheint, taucht sie bald wieder auf und gewinnt an Größe. Ich begriff, dass es nicht wichtig ist, was andere von mir denken. Aber diese Erkenntnis wurde auf eine harte Probe gestellt, denn eines Tages verlangte die alte Dame von mir: ›Um deine Arbeit zu tun, musst du dein Herz auf deiner Haut tragen, alles, was in dir ist, soll auch außen auf dir zu sehen sein.‹ Es war die härteste Prüfung, die mir jemals auferlegt wurde.«

Tataika stieß ein zustimmendes Brummen aus. Kaira machte keine Bemerkung, aber sie konnte Ruadh bestens verstehen. Ihr wurde angst und bang bei dem Gedanken, alles, was in ihr war, auch außen auf sich zu tragen. All die dummen Ideen, für die sie so oft ausgelacht und kritisiert worden war – wenn die nun jedermann sehen könnte!

»Jeder Gedanke«, fuhr der Sammler fort, »der sich in meinem Herzen regte, wurde auf diese Weise verewigt. Die Mondscheiner nennen das ›eine Seelenhaut tragen‹. Sie ist nicht immer zu sehen. Sie erscheint nur bei Nacht, und auch dann nur im Kreis von Freunden, die uns lieben, und im Licht des Gestirns, das uns behütet. Denn nur wenn uns Milde und Vergebung erwarten, wagen wir es, uns völlig nackt zu zeigen. Bei Sonnenlicht betrachtet, sind es nichts als wirre Kratzer und Schrammen, die da und dort meine Haut zeichnen.«

Thilmos schrille Stimme klang deutlich gereizt. »Du nennst es Milde, aber ich würde sagen, ihr lasst einander mit euren Fehlern davonkommen, weil jeder von euch selbst genug zu verbergen hat.«

»Nein«, widersprach der Wüstenläufer. »Nicht, weil wir etwas zu verbergen hätten, sondern weil wir wissen, dass es nicht unsere Sache ist, über andere zu richten. Ich sehe die Ornamente auf der

Haut eines anderen Menschen und schweige zu dem, was ich sehe, weil ich weiß, dass er oder sie mich ebenso sehen kann.«

Eine Weile saßen sie alle nur da, lauschten dem gleichmäßigen Trott der Echsen und dem Rauschen des Nachtwinds. Schließlich gestand Ruadh mit leiser Stimme: »Als ich das erste Mal zu einem Treffen der Mondscheiner ging, hatte ich entsetzliche Angst. Ich erwartete nichts anderes, als dass alle mich angaffen und böse Bemerkungen über mich machen würden. Wenn sie auch selbst allerlei Fehler hatten, dachte ich, so war doch gewiss niemand unter ihnen, der so schlecht war wie ich. Sie würden mich verabscheuen und verachten, so wie ich selbst mich verabscheute und verachtete. Als ich auf den flachen Stein hinaufstieg, rannen mir vor Scham die Tränen über die Wangen. Ich zog mich aus und stand dort nackt unter fremden Blicken wie ein zur Schau gestellter Verbrecher.

Ich sah die Runde der Nachtmenschen im Feuerschein vor mir sitzen und suchte mit den Augen nach der ersten Frau, die mich hasserfüllt anblicken würde, dem ersten Mann, der mir einen Fluch zurufen oder einen Stein nach mir werfen würde. Aber sie saßen alle nur da und nickten und lächelten, und jeder Mann, jede Frau, denen ich in die Augen blickte, erwiderte meinen Blick voll Zuneigung und Verständnis. Ich konnte es nicht fassen. Lange Zeit dachte ich, sie hätten bloß nicht begriffen, was die Tätowierungen enthüllten, hätten nicht gesehen, wie schuldig ich war. Erst viel später begriff ich, dass sie es alle gesehen und verstanden hatten – und dass sie alle mich liebten.«

Tataika murmelte: »Ich kann mir nicht vorstellen, dass du jemals etwas wirklich Böses getan hast. Ich meine, du bist ein Mensch, der … dem man vertrauen kann. Und lass dir gesagt sein, ich vertraue nicht leicht einem Mann!«

»Du siehst mich mit liebevollen, aber verschleierten Augen, Tataika«, erwiderte der Sammler. Dann schwieg er, und Kaira hatte das Gefühl, dass er in dunkle und qualvolle Gedanken versunken war.

Wenig später fuhr das Gefährt eine Anhöhe hinauf, und als es auf der anderen Seite wieder hinunterrollte, sah Kaira eine Ansammlung von Häusern vor sich. Alle waren aus dunklem Basalt erbaut und beträchtlich höher und massiver als die Lehmziegelhäuser der Wüstendörfer. Sie schienen völlig verlassen zu sein, denn kein Licht brannte.

»Was ist das?«, fragte Thilmo.

»Fort Zurram. Ein Vorposten der Sundaris – allerdings einer, den sie schon längst aufgegeben haben«, gab Ruadh Auskunft. »Wir benutzen das Fort als Sonnenschutz. Allerdings schlafen wir nicht gern in den Ruinen – es heißt, man träumt an diesem Ort böse Träume.«

»Die träume ich anderswo auch«, murmelte Tataika, während sie steifbeinig von der Ladefläche kletterte. »Aber du hast Recht, urgemütlich sieht es gerade nicht aus.«

Kaira musste ihr vollauf zustimmen. Zwischen den Häusern erhoben sich vier hohe, in abgestuften Plattformen aufragende Türme, die noch unfreundlicher wirkten als die kastenförmigen Häuser. Sie wurde den Eindruck nicht los, dass in diesen Türmen trotz der allgemeinen Verlassenheit des Ortes noch etwas lebte – etwas, mit dem sie keine nähere Bekanntschaft machen wollte.

Ruadh nickte, gab aber weiter keinen Kommentar ab, sondern schob sie eilig durch das ehemalige Tor, von dem nur noch ein Durcheinander von schief hängenden Eisenstangen übrig geblieben war.

Ruadh befahl seinen Begleitern, die Augen offen zu halten und jedes Stückchen Holz, das sie entdecken konnten, sofort aufzusammeln. Der Auftrag erwies sich als schwieriger als gedacht, wie Kaira bald feststellen musste. Wo sich Türen oder Fensterläden aus Holz befunden hatten, gähnten nur noch Löcher, in denen der Wind den Wüstensand zu kniehohen Wechten aufgehäuft hatte, denn Holz war kostbar in der Wüste. Was die Bewohner der umliegenden Dörfer nicht zum eigenen Gebrauch weggeschleppt hatten, hatten die Mondscheiner, die vor ihnen in den

Ruinen kampiert hatten, als Feuerholz verbraucht. Sie wühlten alle fünf eifrig mit den Stiefeln im Sand, suchten in halb zusammengebrochenen Baracken und unbehaglichen, höhlenartigen Eingängen und stocherten in Haufen von Abfall, aber es dauerte eine gute Stunde, bis sie einen Arm voll Holz – alles Späne und Splitter – zusammengeklaubt hatten. Die Baracken hatten offensichtlich schon seit einer Ewigkeit nicht mehr als Militärstützpunkt gedient, denn in den Ecken häufte sich heruntergefallener Mauerputz, und mitten in einem Raum lag das Skelett eines hasen-ähnlichen Tieres, so lange schon, dass die weißen Knochen blank wie Elfenbein waren.

Der dahinter liegenden Siedlung war anzusehen, dass es sich um ein schlichtes Wüstenfort gehandelt hatte. Kein Haus wies irgendeine Verzierung auf. Als sie jedoch mehrere Durchgänge passiert hatten, kamen sie auf einen geräumigen, vom Mondlicht erhellten Innenhof, in dessen Zentrum sich eine Statue erhob – die Statue eines fünfzehn Schritt hohen, beklemmend lebensechten Tausendzahns im goldenen Schuppenpanzer.

Kaira blieb unwillkürlich stehen, als sie sich dem Ungeheuer gegenübersah, das sie aus seinen tückischen, metallisch glänzenden Augen anzulugen schien.

Ruadh war ebenfalls stehen geblieben. Er deutete mit der ausgestreckten Hand zu dem zähnestarrenden, gold glänzenden Schädel hinauf, der drohend über ihnen hing. »Das ist das Wappentier der Sundaris, denn wie der fressende Stern auch verzehrt er alles Kleine und Schwache und vernichtet alles, was seiner Kraft und Wut nicht standhalten kann. Seht, da drüben.« Mit einer Handbewegung lenkte er ihre Aufmerksamkeit auf einen Steinpfeiler mitten auf dem Platz, an dessen weit vorspringendem Querträger ein mannshoher Käfig hing. »Wenn die Sundaris einen Verbrecher – oder jemand, den sie für einen Verbrecher halten – zu fassen bekommen, sperren sie ihn in einen solchen Käfig und überlassen ihn der rächenden Sonne, die ihn verzehrt … erst verdursten lässt und später völlig austrocknet. Wenn sie ihr Werk getan hat, ist nur noch eine braune, gedörrte Mumie übrig.«

Er zog sie rasch weiter, in die Schatten zwischen den Häusern hinein, aber Kaira konnte nicht anders, sie warf einen Blick zurück auf den Käfig und stellte sich vor, wie es sein mochte, von Gitterstäben umschlossen zwischen Himmel und Erde zu hängen und zu fühlen, wie das entsetzliche Sonnenlicht alles Wasser in ihrem Körper verdampfen ließ. Und wer garantierte ihr, dass es nicht genau dieses schreckliche Schicksal war, das ihr – und den anderen – bevorstand?

Ruadh führte sie in eines der Häuser. Ein klammer Dämmerschatten herrschte darin. Wieder hatte Kaira das Gefühl, dass in der Dunkelheit unsichtbare, lautlose Dinge wie Fludern hausten, die aus schwindelnder Höhe auf sie herabblickten und mit dünnen Stimmchen untereinander tuschelten. Sie atmete auf, als Ruadh seine Fackel hob und ihnen voraus eine enge, steile Treppe hinabstieg.

Groteske Schatten tanzten auf den Wänden, als sie mit schwerfälligen Schritten dahintappten. Das Licht, das die Fackeln verströmten, schimmerte fahl und schwach wie Sumpflichter. Es wirkte keineswegs beruhigend. Ganz im Gegenteil, es ließ das Gewölbe noch tückischer und bedrohlicher erscheinen. Kaira bildete sich ein, dass außer den ihren auch noch andere Schatten auftauchten, blass und undeutlich umrissen, die in den Winkeln kauerten und in der Luft schwebten, aber sie war nicht sicher, ob sie sich diese Gespenster nicht nur einbildete. Seit Ruadh ihnen all die alten Geschichten erzählt hatte, war Kairas Kopf zum Bersten voll mit Bildern von Drachen, Rittern, Ungeheuern und sonderbaren Gestalten, und so schien es ihr nicht verwunderlich, wenn einige davon aus ihren Gedanken entkamen und um sie herumschwebten.

Ruadh führte sie in einen Raum, dem man deutlich anmerkte, dass hier schon zahlreiche Mondscheiner kampiert hatten. In einer Ecke waren die Reste eines offenen Feuers zu sehen, dessen

Rauch eine lange, flammenförmige Spur an der Mauer hinterlassen hatte. An der Wand entlang lagen mehrere Matten von derselben Art, wie Kaira sie im Schutzraum des Wüstendorfes gesehen hatte, und auf jeder Matte fand sich eine zerschlissene Decke. Im Zentrum des Raumes erhob sich etwa kniehoch eine kreisrunde Mauer, deren Öffnung mit einem schweren Holzdeckel verschlossen war. Auf dem Deckel stand ein Eimer, der mit einem zusammengerollten Seil am Rand des Schachtes angebunden war.

Es dauerte nicht lange, bis ein neues Feuer in dem Winkel brannte und Ruadh und Beck sich daran machten, den massiven Brunnendeckel wegzuschieben. Ein Schwall kaltfeuchter Luft schlug aus dem Schacht, als die Holzplanke beiseite rutschte. Kaira hörte, wie der Eimer da und dort gegen die Wand prallte, als Ruadh das Seil Hand über Hand hinuntergleiten ließ. Wenig später platschte es, und gleich darauf stieg der Eimer langsam wieder nach oben. Ruadh spähte erst hinein, dann schöpfte er von dem Wasser und kostete vorsichtig. Sein Gesicht entspannte sich. »Es ist in Ordnung«, verkündete er.

Als sie eine Weile darauf beim Essen saßen, bemerkte Thilmo: »Du wolltest uns deine Geschichte erzählen, Beck. Hast du immer noch die Absicht?«

Beck war anzusehen, dass ihm der Ton des Jungen missfiel, aber er nickte nur.

Ruadh legte die Hand auf seinen Arm. »Es wird dir wehtun«, warnte er mit leiser Stimme.

Beck schloss einen Moment lang die Augen, als müsste er einen scharfen Schmerz unterdrücken. »Ich weiß«, sagte er. »Aber ich will sie trotzdem erzählen.«

Ruadh nickte daraufhin nur wortlos, und der ehemalige Sundar hob an zu berichten.

»Ich war bis vor wenigen Jahren ein kaiserlicher Inquisitor von hohem Rang. Kaiser Hugues, der meine Loyalität und meinen Einsatz für der Sonnenfürsten kannte, berief mich in eine

Sonderkommission, die die geheimsten Verbrechen der Mondscheiner untersuchen und einen Bericht ausarbeiten sollte. Ich machte mich mit großem Eifer an die Arbeit … Es gab niemanden, der so viele Gefangene verhörte, so viele Zeugen befragte, so viele Dokumente studierte wie ich. Mit jedem Tag wuchsen mein Zorn und mein Abscheu gegen das lichtscheue Volk, das so furchtbare Verbrechen beging. Aber dann, in einer Vollmondnacht, geschah etwas Merkwürdiges.«

Er schloss die Augen und schien in Gedanken in diese Nacht zurückzukehren. Niemand störte ihn. Die beiden Mädchen schwiegen und warteten, Thilmo blickte finster zu Boden. Seinem Gesicht war anzusehen, welchen Abscheu er vor dem Abtrünnigen empfand, aber er wagte nicht, eine entsprechende Bemerkung zu machen. Beck war, ob Sundar oder Mondscheiner, ein Mann, der Ehrfurcht gebot.

Es dauerte eine ganze Weile, ehe Beck weitersprach. »Wie alle Sundaris war ich davor gewarnt worden, nachts zu arbeiten, und schon gar nicht in einer Nacht, in der der Vollmond riesengroß am Himmel stand. Man sagte mir auch später, ich sei unter einen Fluch gefallen, als ich dieses Gebot übertrat … Aber ich hatte noch einen ganzen Stapel Zeugenaussagen durchzuarbeiten und vergaß die Zeit. Als ich schließlich aufblickte, sah ich, dass die Nacht längst hereingebrochen war und die Mondin in mein Fenster blickte. Angst überkam mich, aber auch eine seltsame Faszination. Ich löschte das Licht und blieb im Mondschein sitzen, den Blick auf die mächtige Kugel gerichtet, die langsam über den Nachthimmel rollte. Meine Gedanken wanderten zu den seltsamsten Orten. Dann schoss es mir ganz plötzlich durch den Kopf, dass ich wohl viele Zeugenaussagen gehört hatte, die die Schlechtigkeit der Nachtleute zu bestätigen schienen, dass aber nie auch nur der kleinste handgreifliche Beweis gefunden worden war. Hunderte Menschen, Sundaris und Schecken gleichermaßen, hatten mir erzählt, dass die Kinder der Nacht Halbfertige raubten und viele andere schwere

Verbrechen begingen, ja dass sie allesamt Mörder und Giftmischer waren. Plötzlich erschien es mir befremdlich, dass so viele Menschen lediglich auf Grund von Zeugenaussagen verurteilt worden waren, ohne jeden stichhaltigen Beweis. Ihr werdet es nicht glauben, aber früher war mir das nie aufgefallen. Für mich war es eine unumstößliche Tatsache gewesen, dass die Nachtleute in einem fort schwere Verbrechen begingen. Es war mir Beweis genug, dass alle Welt darüber redete, dass Zeugen ihre Aussagen machten und die Honigschlund-Plantagen voll waren von verurteilten Mondscheinern. Wo Rauch ist, da muss auch Feuer sein, hatte ich mir immer gesagt. Nun, zum ersten Mal, zweifelte ich daran.«

Wieder unterbrach er sich und saß lange still da, ehe er weitersprach. Kaira meinte ihn vor sich zu sehen, wie er in einem dieser gläsernen Türme saß und die schimmernde Kugel der Mondin anstarrte. Sie fühlte mit ihm, wie er grübelte und sich zu neuen, unbekannten Gedanken geführt sah … und wie er ganz allmählich der Faszination verfiel, die das schimmernde Gestirn auf ihn ausübte.

Er sprach langsam und mit schwerer Stimme weiter.

»Ich forschte nach, und je länger ich forschte, desto klarer wurde mir, dass es wohl viele Beweise für kleine Vergehen gab, aber keine für Giftmischerei, Entführungen oder Menschenopfer. Ich wandte mich an meinen Vorgesetzten, einen der höchsten kaiserlichen Inquisitoren. Mit allen meinen Unterlagen ging ich zu ihm und fragte ihn, wie es möglich sei, dass trotz eifrigster Nachforschungen keine Spur aller dieser grauenhaften Verbrechen zu entdecken sei. Er antwortete mir, die Nachtleute seien Meister der Täuschung. Sie hätten Tausende Mittel, ihre Spuren zu verwischen. Ja, gerade die Tatsache, dass ich keine Beweise entdecken konnte, sei in sich selbst der am schwersten wiegende Beweis: Ersah man nicht gerade daraus, wie tückisch und bösartig sie waren? Wie gefährlich mussten Menschen sein, denen es mühelos gelang, zahllose grausame Verbrechen zu verschleiern!

Dann fragte er mich, wie und wann ich auf den Gedanken gekommen sei, nach Beweisen zu forschen. Er merkte mir wohl an, wie ich verlegen wurde, denn da fiel mir ein, dass ich selbst ein Gesetz übertreten hatte, als ich bis tief in die Nacht hinein wach geblieben war und zudem den vollen Mond betrachtet hatte. Wie auch immer, er fragte und forschte, und da ich Angst bekam, gab ich alles zu. Er erteilte mir eine Rüge, schien aber nicht weiter besorgt zu sein. Dennoch ... schon bald darauf merkte ich, dass ich unter Beobachtung stand. Und dann dauerte es nicht mehr lange, bis ich verhaftet wurde. Ich konnte nicht fassen, was sie mir an den Kopf warfen. Ein Dutzend Leute, die ich kaum vom Sehen kannte, sagten gegen mich aus – beschuldigten mich der unglaublichsten Verbrechen. Sie nannten mich einen Giftmischer, einen Vampir, einen Kinderräuber und Schwarzmagier. Sie beschworen, dass sie mich bei allen diesen Verbrechen beobachtet hatten. Mir wurde klar, dass es um mich geschehen war. Sie würden mich schuldig sprechen und dem Gerichtstier vorwerfen, denn mein Verbrechen hieß nicht nur Blasphemie, sondern auch Hochverrat.«

Tataika, die es nicht erwarten konnte, den Ausgang der Geschichte zu erfahren, fiel ein: »Aber wie kommt es dann, dass du hier sitzt?«

»Das verdanke ich meiner Frau Nevla«, antwortete Beck, und einen Augenblick lang glitt ein Ausdrück rührender Liebe und Zärtlichkeit über sein Gesicht. »Sie war Kerkermeisterin in dem Verlies, in dem ich in Untersuchungshaft saß, und sie verliebte sich in mich. Sie verhalf mir zur Flucht und floh mit mir. Wir versteckten uns in den Katakomben. Anfangs waren wir beide wie zwei verängstigte Tiere, denn obwohl ich nicht mehr an die teuflischen Verbrechen der Nachtleute glaubte, hatte ich doch keine Liebe für sie und nahm nicht an, dass sie mir Liebe entgegenbrachten. Wäre ich damals nicht Feuerfuchs begegnet, so wäre ich heute nicht mehr am Leben. Er wusste, wer ich war, und doch reichte er mir die Hand.«

Einen Augenblick lang lehnte er den Kopf an die Schulter des Sammlers, und Ruadh legte den Arm um ihn und drückte ihn fest an sich. Kaira, die noch nie eine solche Geste unter Männern gesehen hatte, fühlte sich tödlich verlegen. Sie war froh, dass es rundum dunkel war und keiner der beiden ihr Erröten sehen konnte.

Thilmo wollte etwas sagen, aber Ruadh brachte ihn mit einer scharfen Geste zum Schweigen. »Ich will jetzt nichts von dir hören, Junge. Ihr Halbfertigen legt euch hin und schlaft, bis ich euch wecke.«

Bephza

Draußen auf dem hohen Pfosten, an dem der Käfig hing, hockte Bephza und wartete ungeduldig. Er war äußerst schlechter Laune. Die Verfolgung des Ritters hatte er aufgeben müssen, als dieser in Chiritai einzog, denn dort schützte ihn nachts ein Haus, und er war Tag und Nacht von seinen Getreuen umgeben. Sein graubärtiger Waffenträger schlief am Fußende seines Bettes, und vor der Türe lagerten die Hunde mit ihrer Herrin. Inzwischen hatte der Kadaverdrache festgestellt, dass auch die zweite Beute, die er ins Auge gefasst hatte, nicht eben leicht zu packen war. In der Wüste hatte er sich schon bereit gemacht zuzuschlagen – die drei waffenlosen Kinder zu töten wäre nicht schwierig gewesen –, als plötzlich der Martichoras aufgetaucht war. Im Dorf waren zu viele Leute, und beim Treffen der Mondscheiner hatte eine Atmosphäre geherrscht, die dem Kadaverdrachen schwer zu schaffen gemacht hatte; er hatte dort nicht einmal die Kraft gehabt, sich zu materialisieren.

Aber hier in Fort Zurram war er in seinem Element. Er war überzeugt, dass er diesmal Erfolg haben würde. Er kannte die merkwürdige Gewohnheit der Menschen, dass sie nicht gesehen werden wollten, wenn sie sich erleichtern mussten, und wusste, dass der Mann früher oder später allein aus den Ruinen kommen würde. Dann brauchte er ihn nur noch zu packen. Freilich, wenn sie ihn zu lange vermissten, würden die Übrigen heraufkommen und ihn suchen, aber in dem Labyrinth würde es nicht leicht sein, den Leichnam zu finden, und Bephza war überzeugt, dass er Zeit genug haben würde, ihm die Haut abzuziehen und den Kopf abzuschneiden. Er keckerte vor sich hin bei der Vorstellung, was sie für Gesichter machen würden, wenn sie anstelle ihres Freundes einen kopflosen, abgehäuteten Kadaver vorfänden.

Dann jedoch richtete er sich plötzlich auf. Seine feinen Sinne nahmen eine Bewegung in der Ferne war. Er spürte, dass Menschen sich näherten – viele Menschen, die Kriegshunde mit sich führten. Mit einem wütenden Zischen flatterte er hoch und machte sich unsichtbar. War das die Möglichkeit? Ausgerechnet hier, in der tiefsten Einsamkeit, trampelte ein Schwarm schwer bewaffneter Sundaris durch die Nacht!

Verraten und verkauft

Kaira hatte unruhig neben dem Feuer gedöst. Sie schreckte auf, als sie merkte, wie Ruadh sich plötzlich aufsetzte und lauschte. Gleich darauf tat Beck dasselbe. Die beiden Männer sahen einander an. Beck flüsterte beklommen: »Die Mondin helfe uns! Ich hätte nicht gedacht, dass sie das Fort noch kontrollieren, nach all den Jahren. Ist das Zufall, oder hat uns jemand verraten?«

Ruadh ging nicht auf die Frage ein. Er stand mit einem Ruck auf und stieß erst die schlafende Tataika, dann Thilmo grob mit dem Fuß an. »Aufwachen!«, zischte er. »Wir bekommen Besuch.«

Da hörte Kaira es auch schon selbst. Ein Geschoss über ihnen waren schwere Schritte unterwegs. Ein Hund bellte. Sie fuhr hoch, mit einem Gefühl in der Brust, als stecke dort ein Eiszapfen. »Wer ist es?«, stammelte sie.

»Sundaris. Eine Patrouille.« Ruadh war sein Unbehagen anzusehen. »Haltet bloß den Mund, ja? Wenn sie euch fragen, wisst ihr, was ihr zu sagen habt. Drei kleine Schecken, unterwegs in die Hauptstadt, um dort Arbeit zu finden. Er hier heißt Drumm und ist ein Händler. Dann lassen sie uns höchst wahrscheinlich in Ruhe.«

»Können wir nicht mehr fliehen?«, flüsterte Tataika.

»Nein, zu spät. Lasst mich reden. Je dümmer ihr euch stellt, desto besser.«

Noch während er ihnen diese Ratschläge zuflüsterte, wurde

das Dröhnen der schweren Schritte deutlicher. Ein Hund bellte aufgeregt.

Kaira presste sich an die Mauer. Sie versuchte sich zusammenzureißen und tapfer zu sein, aber ihr Körper spielte nicht mit; sie zitterte von Kopf bis Fuß und musste in einem fort schlucken. Dabei dachte sie an den entsetzlichen Käfig an dem Pfeiler im Hof. Wenn sie jetzt etwas falsch machte, nahmen die Sundaris sie mit – und sie würde sicherlich etwas falsch machen!

Licht schimmerte auf der Wand, erst fern und dämmrig, dann immer deutlicher, bis eine große gelbe Lichtblase in den Raum fuhr und eine Stimme ausrief: »Ho! Da ist das Gesindel, Thainach!«

Ein gewaltiger Lärm erhob sich, als in den finsteren Gängen draußen ein Dutzend Männer zu laufen begann. Die Patrouillenmänner – die mehrere gefährlich aussehende Hunde an der Leine führten – stürzten in den Raum. Fackeln loderten auf, so grell, dass die fünf hilflos blinzelten. Die Spitzen stahlglänzender Waffen wurden auf sie gerichtet. Der enge Raum war schlagartig gesteckt voll mit Männern in Brustpanzern und Helmen, an deren Stirnplatte das Sonnensymbol prangte. Sie nahmen an allen Wänden entlang Aufstellung, sodass Kaira und die vier anderen plötzlich in einem Kranz bedrohlicher Hellebardenspitzen standen.

»Alles an die Wand, Gesicht zur Mauer, Hände über den Kopf!«, brüllte ein militärischer Bass. »Seht nach, ob sie Gold gestohlen haben!«

Kaira war so außer sich vor Schreck, dass sie sich torkelnd im Kreis drehte wie ein Huhn, dem man den Kopf abgehackt hatte. Die Arme ausgebreitet, ließ sie sich mit dem Gesicht voran gegen die Mauer fallen, stützte sich mit den Händen daran ab und spreizte die Beine. Ein lärmendes Gewimmel von Männern umdrängte sie. Die rauchgeschwärzte Mauer vor der Nase, konnte sie nicht sehen, was sich abspielte, aber es hörte sich an, als würde Ruadhs Tasche und alles andere, was sie bei sich hatten, ausgeleert und der Inhalt peinlich genau durchsucht. Dann packten zwei grobe Pratzen zu und klopften sie gründlich von oben bis unten ab.

Anscheinend hatte der Besitzer der Pratzen erst gedacht, unter den unförmigen Kleiderhüllen stecke ein Junge, denn er klopfte ganz gleichmäßig. Dann allerdings merkte er, dass er es mit einem Mädchen zu tun hatte. Kaira erstarrte, als er von hinten ihre Brüste packte und mit derben Griffen knetete. Sie spürte, wie ihr Magen sich nach oben wölbte.

Im gleichen Augenblick pfiff ein schneidend scharfer Laut durch den Lärm. Die lüsternen Pfoten ließen Kaira los, ein schriller Schmerzensschrei heulte auf. Unheimliche Geräusche wurden hinter ihrem Rücken laut; es hörte sich an, als drehte sich ein riesiger Käfer rasselnd auf seinem Rückenpanzer, während seine Beine hilflos zappelnd in die Luft ragten. Mit größter Vorsicht schielte sie nach hinten. Da lag der Kerl, der sie begrapscht hatte, auf dem Boden und strampelte mit den Beinen, während er sich vor den Hieben einer Peitsche zu schützen versuchte. Den Griff der Peitsche hielt ein Mensch in weißer Rüstung, dessen Gesicht unter einer bronzenen Halbmaske verborgen war – das Abzeichen eines hochrangigen Soldaten, wahrscheinlich des Mannes, den sie zuerst mit »Thainach« betitelt hatten.

Die Hiebe hörten mit einem Mal auf. »Aufstehen. Hinaus! Nach der Rückkehr zum Posten eine Woche Strafdienst antreten!«, kommandierte eine Stimme hinter der Maske. Sie klang streng und militärisch, aber es war eindeutig die Stimme einer Frau. Der bestrafte Soldat rappelte sich mit schmerzverzerrtem Gesicht hoch und hinkte nach draußen – nicht ohne Kaira einen hasserfüllten Blick zuzuwerfen, als wäre sie schuld an seiner Woche Strafdienst!

Ein anderer Soldat trat auf Kaira zu, ergriff ihr kupfernes Halskettchen und sah es sich genau an, dann tat er dasselbe mit ihrem Ring. Seine Kameraden untersuchten die übrigen. Ihre

Taschen wurden umgedreht, ihre Armreifen geprüft, sogar ihre Ohrläppchen wurden auf Goldschmuck untersucht. Zuletzt meldeten die Männer einstimmig, dass sie bei keinem der Verdächtigen Gold gefunden hätten.

Die Anführerin der Patrouille – die von ihren Untergebenen mit Thainach Katanja angesprochen wurde – wandte sich den Gefangenen zu. »Niederknien und die Hände hinter den Rücken«, befahl sie. Als alle gehorchten, funkelten ihre Augen durch die Schlitze der Bronzemaske jeden Einzelnen von ihnen an. »Du – wer bist du?«, fragte sie und schob den Griff der Peitsche unter Becks Kinn, sodass er krampfhaft den Kopf reckte. Seine Augen waren starr vor Angst in dem schweißglänzenden Gesicht.

»Drumm ist mein Name. Ich bin bloß ein Altwarenhändler, Exzellenz.« Er grinste einschmeichelnd. »War gerade auf dem Weg durch die Wüste, da habe ich die Leutchen hier in meinem Karren mitgenommen, weil sie denselben Weg hatten … die armen Halbfertigen taten mir Leid, weil sie so viel laufen mussten. Der Mann da wollte mit ihnen in die goldene Stadt, und als ich sie sah, da sagte ich mir, du liebe Sonne, die werden ja schon todmüde sein und Blasen an den Füßen haben, wenn sie ankommen, und da sollen sie noch arbeiten und …«

»Schwätz nicht so viel, Nachtschatten.« Katanja wandte sich angewidert von ihm ab und richtete die Peitsche auf Ruadh. »Wer bist du? Was willst du mit den Halbfertigen?«

Der Knieende antwortete, ohne den Blick zu heben. »Man nennt mich Ruadh, oder auch Feuerfuchs, je nachdem. Die Halbfertigen hier sind aus den Dörfern im Südosten. Ich helfe ihnen, in die goldene Stadt zu kommen. Sie wollen in der Stadt Arbeit suchen, und da brauchen sie doch jemand, der ihnen unterwegs ein wenig behilflich ist.«

»Du bist ein Schlepper, sag es doch gleich.« Eisige Verachtung klang aus der Stimme der Frau. »Und? An wen verkaufst du sie? Wer wird sie arbeiten lassen, sieben Tage in der Woche, für nicht mehr als schlechtes Essen und einen Schlafplatz im Keller? Wer wird dich dafür bezahlen, dass du die Dummen fängst? Hast du verdammter Schattenmann überhaupt kein Gewissen?«

Ruadh schwieg, den Blick eisern zu Boden gerichtet.

Die Frau befahl: »Streck die Hände vor. Handflächen nach oben.«

Als Ruadh mit zusammengebissenen Zähnen gehorchte, holte sie weit aus und schlug ihn mit der Peitsche mehrmals in jede Handfläche, so grausam scharf, dass er einen Wehschrei nicht unterdrücken konnte.

Mit vor Abscheu triefender Stimme fragte sie: »Und? Warst du fleißig, Schattenmann? Hast du den Halbfertigen schon beigebracht, nachts in die Wüste zu schleichen und die verderblichen Pflanzen zu sammeln, um Gift daraus zu mischen? Hast du ihr Blut getrunken? Hast du sie mitgeschleppt zu den verfluchten Festen, die ihr bei Vollmond an den Stätten böser Mächte feiert?«

Ruadh hob den Kopf. Auf seinen Zügen malte sich der Schmerz der Schläge – er war sehr blass und seine Augen tränten. »Nichts dergleichen, Thainach«, antwortete er demütig, aber mit fester Stimme. »Wir sind keine Verderber und keine Verbrecher.«

Katanja wandte sich mit einem angewiderten Schnauben ab – es war offenkundig, dass sie ihm kein Wort glaubte. Dann widmete sie sich den drei Halbfertigen. Ihre Stimme klang freundlich. »Passt gut auf, wem ihr vertraut, Halbfertige. Ihr seid sehr einfältig, dass ihr mit einem Mondscheiner mitgegangen seid. Haben euch eure Eltern denn nicht gewarnt? Wenn euch bislang noch nichts Schlimmes widerfahren ist, hat euch Phurams Glanz und Majestät beschützt. Die Nachtleute sind ein teuflisches Volk, verdorben bis ins Mark und voll böser Pläne. Und jetzt seht zu, dass ihr verschwindet, und lasst euch das nächste Mal nicht so leicht fangen.«

Sie winkte ihren Soldaten. »Lasst das schmutzige Gesindel laufen. Ihr kennt die neuen Gesetze. Sie haben kein Gold gestohlen, also sind wir fertig hier, kommt.« Sie ging mit langen Schritten zur Tür und war schon beinahe draußen, als Thilmo mit bebender Stimme ausrief: »Thainach, hört mich an!«

Thainach Katanja wandte sich um. »Was willst du noch, kleiner Engerling?«, fragte sie gereizt.

Thilmo erhob sich. Er war kalkweiß vor Erregung, aber er hielt sich aufrecht. Seine wasserblauen Augen brannten in einem Feuer, wie Kaira es nie zuvor gesehen hatte. Klar und deutlich verkündete er: »Ich möchte bei Euch bleiben, Thainach. Ich möchte nicht länger mit den Männern da mitgehen. Sie sind keine gewöhnlichen Mondscheiner! Feuerfuchs ist ein Sammler und arbeitet für die Mondhexe, und der andere ist der abtrünnige Richter Beck!«

Hinterher schien es Kaira, dass sie in diesem Augenblick ein ähnliches Gefühl würgender Übelkeit empfunden hatte, wie die Nähe der aufsteigenden Sonne es in ihr ausgelöst hatte. Sie sah wie durch einen Nebel die weißen, in Brustpanzer und Helme gehüllten Gestalten der Soldaten, die alle ihre Waffen auf Ruadh und Beck gerichtet hatten. Es herrschte Totenstille, einer starrte den anderen an. Kaira konnte deutlich das leise Knistern der Fackeln hören.

Dann brach der Wirbel los. Während ein Teil der Soldaten ihnen die Spitzen ihrer Waffen ins Fleisch stießen, waren andere bereits damit beschäftigt, Ruadh und Beck mit Lederriemen die Hände auf den Rücken zu fesseln und die Augen zu verbinden. Jeweils zwei Soldaten nahmen einen der Gefangenen in die Mitte und hielten ihn an den Armen fest. Tataika und Kaira erwarteten schon, dass ihnen dasselbe Schicksal widerfahren würde, aber sie blieben frei – soweit man es Freiheit nennen konnte, von einem Dutzend bis an die Zähne bewaffneten Sundaris eskortiert zu werden.

Thilmo hatte sich an die Seite von Katanja gedrängt. Kaira sah ihm an, wie ihm durchaus bewusst war, was er angerichtet hatte, dass es seine Schuld war, wenn Ruadh und Beck (und vielleicht auch Tataika und Kaira) einen grauenhaften Tod starben, aber seine schmal zusammengepressten Lippen und seine kalt funkelnden Augen besagten, dass er dies einkalkuliert hatte. Ihn beherrschte nur ein Gedanke: Wenn er einen Sammler und einen Abtrünnigen auslieferte, mochten sie ihm die Gelegenheit geben, ein Sundar zu werden.

Sie wurden durch die langen nachtschwarzen Gänge der unterirdischen Anlage getrieben, die Treppe hinauf und hinaus in die Gasse, in der knöcheltief der rote Wüstensand lag. Erst war Kaira der Schock nicht einmal richtig bewusst geworden, aber nun begann sie mit einem Mal zu zittern, ihre Knie wurden weich, und sie musste sich an Tataikas Arm klammern. Ihre Freundin stützte sie wortlos. Kaira hätte am liebsten laut geschrien vor Qual und Mitleid, als sie Ruadh und Beck blind und gefesselt zwischen den Soldaten stolpern sah.

Sie kamen auf den Platz mit der goldenen Echsenstatue und dem Käfig. Kaira verkrampfte sich vor Entsetzen bei dem Gedanken, sie würden Ruadh an Ort und Stelle in diesen Käfig zwängen und an dem Mast hoch ziehen, aber sie taten nichts dergleichen. Natürlich, sie mussten ihn ja erst noch ausführlich verhören! Sie würden ihn befragen und foltern und wieder befragen, bis sie alles aus ihm herausgepresst hatten, und ihn zuletzt töten …

Der Soldat an ihrer Seite schubste sie heftig, sodass sie sich beinahe den Knöchel verstaucht hätte. Sie nahm es kaum wahr, so erleichtert war sie, als Katanja ihre Truppe an der alten Richtstätte vorbeiführte. Sie wurden aus dem verfallenen Fort hinausgebracht, dorthin, wo Becks Karren parkte. Streng bewacht mussten sie zusehen, wie die Soldaten das Fahrzeug untersuchten. Kaira wünschte verzweifelt, sie könnte irgendetwas tun oder sagen, um Ruadh und Beck zu retten, aber was sollte das sein? Was konnten sie und Tataika schon gegen ein Dutzend bis an die Zähne bewaffneter Männer ausrichten?

Katanja winkte Thilmo, sich vor sie hinzustellen. »Also?«, befahl sie. »Erzähle. Hat er etwas Ungehöriges mit euch gemacht?«

Thilmo nickte eifrig. »Ja, Thainach, gleich in der ersten Nacht. Er hat mir befohlen, mit ihm hinauszugehen in die Wüste. Dort hat er mich in den Hals gebissen und mir Blut ausgesaugt, so viel, dass mir schwindlig wurde. Erst als er befürchten musste, dass ich in Ohnmacht fallen würde, hörte er auf. Das machte er mit uns allen so, immer abwechselnd, damit wir uns zwischendurch wieder erholen konnten.«

Kaira starrte ihn fassungslos an. Obwohl ihr Mund vor Angst so trocken war, dass ihre Zunge sich wie eine Reibe anfühlte, schrie sie auf: »Du lügst! Das stimmt nicht! So etwas hat er nie getan!« Sie brach ab, als der Soldat, der neben ihr stand, sie grob am Arm riss. Aber nun schrie auch Tataika: »Du lügst!«

»Ruhe!«, befahl Katanja streng. Dann wandte sie sich an Thilmo. Ihre Augen blitzten hinter den Löchern der Maske. »Warum behaupten diese Mädchen, dass du lügst, Bursche?«

Thilmo ließ sich von dem Blick keineswegs einschüchtern. Frech erwiderte er: »Warum wohl? Es hat ihnen gefallen, was er mit ihnen gemacht hat. Sie konnten gar nicht genug davon kriegen. Außerdem hat er ihnen gesagt, es sei gut, böse zu sein – das hat ihnen auch gefallen.«

»Du fieses kleines Schwein«, knurrte Tataika.

Diesmal zeigte Katanja mit der Peitsche auf sie, und eine Kopfbewegung bedeutete dem Soldaten, der neben ihr stand, sie für den Zwischenruf zu bestrafen. Der Kerl stieß ihr den Schaft seiner Hellebarde in die Rippen. Tataika grollte bösartig, war aber klug genug zu bedenken, dass diese Hellebarde auch eine spitze Seite hatte.

»Und du, Bursche«, fuhr die Anführerin des Trupps fort, »erklärst mir genau, was er gesagt hat – dass es gut sei, böse zu sein.«

Thilmo gehorchte beflissen. »Er war noch stolz auf seine Fehler. Er sagte, die Monddrachin habe ihm beigebracht, alles zu lieben, was fehlerhaft und unvollkommen und schlecht sei. Bei dem Fest zeigten sie einander stolz ihre bösen Gedanken, die sie sich sogar auf die Haut tätowieren lassen, um sich ihrer immer bewusst zu sein.«

Die Frau mit der Bronzemaske ging zu Ruadh hin und befahl dem Soldaten, der ihn bewachte, seine Kleider bis zur Hüfte herunterzuziehen. Sie drehte den Gefangenen – der die Prozedur ohne jede Gegenwehr über sich ergehen ließ – herum und besah seinen Rücken, auf dem auch nichts weiter zu entdecken war als ein paar Kratzer und Schrammen. »Da sind keine Tätowierungen«, bemerkte sie mit einem misstrauischen Seitenblick auf Thilmo.

Der lächelte nur gelassen, wie er immer lächelte, wenn ihm eine Frage gestellt wurde, auf die er die Antwort parat hatte. »Sie sind freilich nicht immer zu sehen, nur dann, wenn er seine Hexerei ausübt.«

Katanja betrachtete Ruadh, der geduldig dastand. »Was sagst du selbst dazu, Mondgesicht?«, fragte sie voller Strenge. »Stimmt es, was der Junge sagt – dass du dir deine bösen Gedanken auf die Haut hast tätowieren lassen, um sie immer vor Augen zu haben?«

»Die bösen und die guten Gedanken, Thainach«, erwiderte der Sammler. »Denn beides ist in mir.«

»Und sie werden nur durch Hexerei sichtbar?«

»Nicht durch Hexerei, Thainach. Aber wir zeigen sie nur im Kreise von Menschen, die einander lieben und denen wir uns anvertrauen können. Wir sind …«

»Du schwafelst dummes Zeug«, unterbrach die Frau ihn barsch und wandte sich wieder an Thilmo. »Was hast du bei diesem lästerlichen Fest gesehen? Haben sie dort Gift gemischt?«

»O ja. Sie hatten einen riesigen Topf auf dem Feuer, in dem eine giftige Suppe kochte. Alle haben davon gegessen, damit das Gift ihnen selbst keinen Schaden antun kann, wenn sie es anderen verabreichen.«

»Und hatten sie kleine Kinder dabei, um sie der Mondhexe zu opfern?«

Thilmo zögerte. Anscheinend hielt er es für klüger, nicht allzu dick aufzutragen. »Bei diesem Fest nicht, aber ich bin sicher, dass es bei anderen Festen der Fall war – jedenfalls erzählte er uns das.« Er wechselte rasch das Thema. »Er erzählte uns, dass die Mondhexe es gern sieht, wenn sie schlecht sind. Sie prahlen vor einander damit – jeder freut sich umso mehr, je böser er und alle anderen sind.«

Katanja erklärte mit kalter Stimme: »Die beiden Schurken werden noch reichlich Gelegenheit haben, über ihre bösen Gedanken und Taten zu reden, sobald wir in Chiritai sind. Unsere Torturmeister können gar nicht genug von solchen Dingen hören.«

Kaira fühlte sich elend. Am liebsten hätte sie sich auf Thilmo gestürzt, ihn an den Haaren gerissen, ihm das Gesicht zerkratzt und ihm in die Augen gespuckt, aber sie hatte furchtbare Angst vor der stählernen Spitze, die knapp neben ihrer Hüfte lauerte. Sie wurde von allen Seiten bedroht, tödlich bedroht. Kaira brauchte Ruadh nur anzusehen, um zu wissen, dass sie alle verloren waren. Die Totenblässe seines Gesichts und der Ausdruck in seinen Augen verrieten, dass er nur mehr damit beschäftigt war, sich auf einen würdigen Tod vorzubereiten. Sie fing an, bitter zu weinen. Tataika schaffte es zwar, sich die Tränen zu verkneifen, aber sie rotzte laut in ihren Ärmel.

Katanja ärgerte sich darüber. Sie bemerkte scharf: »Ihr seid mehr als einfältig, Mädchen, dass ihr um ihn weint. Oder seid ihr schon so verdorben?«

Im selben Augenblick mischte Ruadh sich ins Gespräch. Er sprach höflich, aber niemand im Raum entging der leidenschaftliche Zorn, der in seiner Stimme mitschwang. »Thainach, diese Halbfertigen sind nicht verdorben, und ebenso wenig bin ich es, was ich auch sonst an Fehlern haben mag. Dass wir Nachtleute Meister in allen Lastern wären, das, Thainach, ist eine Erfindung der Sundaris, die uns unserer Würde berauben und unsere Scham verletzen, und diese Erfindung dient zu nichts anderem, als ihre Niedertracht zu rechtfertigen, denn wenn sie uns Schande und Gewalt antun, so können sie behaupten, sie täten es, weil wir Schande und Gewalt lieben.«

Seine blaugrauen Augen blitzten die Frau an, und ein zorniges Rot stieg in seine blassen, vom Sonnenbrand aufgerauten Wangen. »Thainach, ich bin mehr als einmal von kaiserlichen Reitern verhaftet worden, aus keinem anderen Grund als dem, dass ich ein Anhänger Daturas bin, und mehr als einmal hat man mich auf eine Weise gedemütigt, dass ich die Scham darüber nicht vergessen kann – und immer hat man mir gesagt, dass die Schuld dafür bei mir läge. Aber seht Euch die Halbfertigen doch an! Wenn ich sie in den Hals gebissen hätte, dass das Blut hervorquillt, müsste man da nicht Spuren solcher Misshandlungen sehen? Müssten sie nicht blau und zerbissen sein? Seht sie Euch an! Sie sind unverletzt. Weder der Junge noch die Mädchen tragen die Spuren meiner Zähne! Ihr seht...«

Katanja nickte dem Soldaten zu, der an der Seite des Gefangenen stand, und der Mann schlug Ruadh mit dem Handrücken ins Gesicht, so hart, dass diesem das Blut aus der aufgeplatzten Lippe quoll. Mit seinen auf dem Rücken gefesselten Händen konnte er es nicht abwischen, und so rann es ihm in einer zähen roten Spur übers Kinn und tropfte auf seine Kleider.

Kaira hatte aufgeatmet, als Ruadh der Soldatin den Beweis seiner Unschuld angeboten hatte, und sie griff eifrig nach dem Kragen ihrer Jacke, um der Frau ihren unverletzten Hals zu zeigen. Aber die wandte sich geringschätzig ab.

Ihre Stimme klang rau, als sie sagte: »Verschone mich mit deinen Unschuldsbeweisen, Schattenmann! Wir wissen nur zu gut, dass eure böse Kunst darin besteht, keine Spuren zu hinterlassen. Ich habe Beweise genug! Nicht nur gefangene Nachtschatten haben alles gestanden, was sie im Geheimen treiben, es gibt auch Überläufer, die offen ihre Verbrechen dargelegt haben.«

Thilmo meldete sich von neuem eifrig zu Wort. »Thainach, Ihr solltet Euch seine Tasche genau ansehen, denn er kann durch Zauberei alles daraus hervorholen, was er will, sei es Gold oder Gift. Sie ist ein Geschenk der Mondhexe. Ich habe selbst gesehen wie er Hände voll Kaisermünzen daraus hervorholte und noch viele andere Dinge.«

Katanja kniff argwöhnisch die Augen zusammen. »Wir haben uns diese Tasche schon angesehen. Es war nichts darin als ein verbeulter Teekessel und schmutziger Kram, wie ein Landstreicher ihn mit sich herumschleppt.« Dann winkte sie jedoch einem Soldaten. »Bring sie her, ich will noch einmal genau nachsehen.« Sie stellte die sperrige Tasche vor sich hin und klappte sie auf – und in dem Moment kam etwas heraus.

Erst sah es aus, als rollte ein silbernes Garnknäuel aus der Öffnung, aber dann wurde es von einem Augenblick zum anderen größer und dichter und weitete sich zu einem silbernen Netz, das über die Soldaten, ihre Anführerin und Thilmo fiel und sie gefangen hielt.

Katanja stieß einen Schrei wie eine Furie aus und stürzte sich auf Ruadh, als wollte sie ihn mit bloßen Händen erwürgen. »Höllenzwinger! Verfluchter Drache!«, schrillte sie. Ihre Hände griffen nach ihm, aber da hatte das Netz sie bereits umfangen.

Kaira hörte, wie sie alle in Panik schrien und durcheinander torkelten. Wo sie auch hinrannten, das Netz war schneller, sperrte ihnen den Weg ab und umwickelte sie von allen Seiten. Ein Chor wilder Flüche, Gebete und wirrer Angstschreie stieg von ihnen auf.

Tataika war einen Augenblick lang ebenfalls verblüfft, aber dann packte sie erst Ruadhs und darauf Becks gefesselte Hände und löste mit geschickten Fingern die Lederriemen.

»Lauf, lauf!«, zischte sie Kaira zu, während sie mit einer Hand die Tasche aufhob – aus der immer noch die Silberfäden flogen wie von der Hand einer unsichtbaren Spinnerin – und mit der anderen den Sammler stützte, der seine von den Fesseln geschwollenen Hände rieb. Zu viert rannten sie los, während die Patrouille der Sundaris hinter ihnen in dem magischen Netz festhing wie Fliegen am Leim und keinen Ausweg aus der Falle fand.

Sie hasteten dahin, so schnell sie konnten, denn keiner von ihnen wusste, wie lange der Zauber anhalten würde. Vor allem aber mussten sie Schutz vor dem Sonnenlicht finden, denn schon bleichte das Onyxschwarz des Nachthimmels, und die Sterne erloschen. Die alte Dame sank hinter die Berge, und im Osten kündigte ein hauchzarter grüner Strich den Anbruch der Dämmerung an. Sie hatten kaum mehr Zeit, einen Unterschlupf zu finden. Wenn sie nicht bald in Sicherheit waren, würden sich die Sundaris keine Mühe damit machen müssen, sie einzufangen.

Kaira rang nach Atem. Mit jedem Schritt vorwärts brannten ihre Lungen, und ihr Herz hämmerte wie toll. Ihr Atem war längst aus dem Rhythmus gekommen, sie keuchte und japste nur noch. Eine tödliche Erschöpfung kroch in ihr hoch. Rote Funken flimmerten vor ihren Augen.

Da blieb Ruadh so unerwartet stehen, dass sie gegen ihn prallte. Sie wollte fragen, was denn war, hatte aber längst nicht mehr genug Atem dafür. Ihr schwimmender Blick wanderte nach allen Seiten. Nirgends war etwas zu sehen, das ihr erklärt hätte, warum der Wüstenläufer seine Flucht jäh unterbrochen hatte. Dann jedoch hörte sie plötzlich einen leisen Pfiff, und gleichzeitig sauste etwas aus den verwirrenden, tintenblauen Schatten der Felsen und Wüstenpflanzen heran. Eines der pelzigen Tierchen war es, die Erdkätzchen genannt wurden. Es klomm blitzschnell an Ruadhs Vorderseite hoch, wobei es die Krallen in seine Kleider hängte, sprang auf seine Schulter und wühlte ihm die Schnauze ins Haar – und diesmal gab es keinen Zweifel mehr, dass es ihm etwas ins Ohr tuschelte. Denn als es wieder hinuntersprang, eilte der Sammler ihm nach, wobei er die Richtung verließ, in die sie bislang gelaufen waren. Über die Schulter hinweg winkte er ihnen hastig zu, ihm zu folgen.

Das Erdkätzchen rannte ihnen voraus, wobei es sichtlich in einem heftigen Zwiespalt befangen war zwischen seiner natürlichen Neigung, blitzschnell und unsichtbar von einem Schatten in den anderen zu tauchen, und der Aufgabe, für die Menschen hinter ihm sichtbar zu bleiben. Es rannte ein Stück weit, dann hopste es nervös auf den Hinterbeinen herum, machte Männchen, glühte sie aus seinen gelb phosphoreszierenden Augen an und huschte weiter. Ruadh hetzte, ohne einen Augenblick lang zu zögern, hinter dem Tier her. Beck, Kaira und Tataika folgten ihm blindlings.

Kaira spürte das Nahen des Sonnenlichts. Der Himmel im Osten war nicht länger ein türkisgrüner Strich, sondern hatte einen muschelfarbenen Ton angenommen. Das Zerren an ihrer Haut setzte ein. Bald würden ihre Handgelenke und Fußknöchel anschwellen.

Immer mehr lebendige Schatten erfüllten die schwindende Nacht um sie herum. Während das Erdkätzchen ihnen vorausjagte, strichen Fludern auf weich gefiederten Schwingen über sie hinweg und umtanzten sie so dicht, dass Kaira zeitweise blinzelnd zurückfuhr.

Die graue Dämmerung erbebte unter der Drohung des Sonnenaufgangs. Das Licht schwoll an. Mit jeder Minute wurde es härter und giftiger. Schon konnte Kaira die Landschaft rundum deutlich erkennen. Der Boden unter ihren Füßen war graublau, steinhart und wie getrockneter Schlamm kreuz und quer von tiefen Rissen durchzogen. Am Horizont dräute immer noch die Eislandschaft der Bergketten, aber davor erhob sich aus dem Dämmerlicht eine Unzahl kuppelförmiger Hügel. Zwischen den Hügeln zogen sich schmale Schluchten dahin, oft gerade nur so breit, dass die Fliehenden einer hinter dem anderen hindurchgelangten. Diese Schluchten schlängelten und krümmten sich und bildeten bald ein unüberschaubares Labyrinth, auf dessen steinhartem Boden kein Fußabdruck haftete.

Plötzlich stieß das Erdkätzchen einen schrillen Pfiff aus,

drehte sich um, sah sie mit beinahe menschlichem Ausdruck an und verschwand dann blitzartig in den Büschen. Ein Vogel über ihren Köpfen zwitscherte, schlug mit den Flügeln und flog davon.

»Wir sind da.« Aus Ruadhs Stimme klang Erleichterung. »Seht! Hier ist der Eingang zu einer Höhle!«

Kaira stürmte wie von Sinnen zu ihm hin.

Und saß plötzlich im Finstern.

Ihr Steißbein schmerzte jämmerlich, aber sonst war sie unverletzt, wie sie nach dem ersten Schrecken feststellte. Sie war auch nicht tief gefallen. Unter ihr wand sich ein von klobigen Felsblöcken verstürzter Höhlenschlund tiefer und tiefer in die Erde hinein, gedreht wie eine Wendeltreppe und offenkundig sehr tief, denn aus dem Schacht wehte ein feuchtkalter Wind herauf. Kaira schrie laut nach ihren Begleitern.

Sie kamen heruntergeklettert, zutiefst erleichtert und völlig erschöpft. Jetzt, wo sie die rettende Höhle erreicht hatten, spürten sie alle vier erst, wie todmüde und geschwächt sie waren. Beinahe wären sie aus purer Erschöpfung auf dem Treppenabsatz sitzen geblieben, obwohl sie das Todeslicht dort erreicht hätte. Mit letzter Kraft stolperten sie ächzend zwischen den Felsblöcken dahin, immer tiefer und tiefer. Schließlich erreichten sie eine von Felsblöcken umgebene Bucht, deren Boden flach und nur von Sand bedeckt war. Der Höhleneingang war gerade noch als helle Luke in einem steinernen Dach weit über ihnen zu erkennen.

Beck, Tataika und Ruadh fielen in den Schlaf wie ein Stein, der in einen Brunnen fällt. Kaira, die neben Ruadh lag, hatte ebenfalls so getan, als schliefe sie, aber in Wirklichkeit lauschte sie den schweren, regelmäßigen Atemzügen des Mannes an ihrer Seite und hing ihren eigenen Gedanken nach.

Auf jeden Fall war ihr klar, dass sie verliebt war. Sie wusste jetzt, dass sie sich von diesem geheimnisvollen Mann vom ersten Augenblick an angezogen gefühlt hatte, gleich bei ihrem ersten

Treffen an der Klippe, und dann immer mehr, immer inniger. Sie war ihm näher und näher gekommen, bis sie sich nicht mehr von ihm zu lösen vermocht hätte.

Erst hatte sie sich über ihre Gefühle hinwegzuschwindeln versucht. Hatte sich eingeredet, dass er ihr einfach sympathisch war, dass sie ihn mochte und ihm Dankbarkeit entgegenbrachte. In der vergangenen Nacht, als sie geglaubt hatte, ihn zu verlieren, hatte sie den entscheidenden Schritt getan und sich eingestanden, dass sie ihn liebte. Verrückt! Dass er sich überhaupt mit einer Kaira abgab, hing doch nur damit zusammen, dass er seine Aufträge erfüllen musste.

Sie fühlte sich jämmerlich. Ob er sie überhaupt mochte? Oder war sie nur eine bedrückende Last für ihn, die er auf Befehl seiner Göttin durchs Land schleppen musste?

All die Fragen gingen Kaira ständig im Kopf herum, vermischt mit der Erinnerung an ihre Träume in der Baracke, wo sie nach dem Fest der Mondscheiner geschlafen hatte, und an den Anblick des nackten Mannes, der in Verzückung versunken auf dem steinernen Podest gestanden hatte. Sie hatte den Blick von seinem Schaft abgewandt. Sie liebte ihn als einen körperlosen guten Geist, einen geschlechtslosen Schutzengel, der sie durch die tödliche Wüste geleitete. Alles andere war gefährlich, war nur wieder eine der tausend Gelegenheiten, bei denen sie etwas falsch machen konnte.

Dennoch zog sein Körper sie ungemein an. Sie wälzte sich auf die andere Seite, und als geschähe es zufällig, rückte sie dabei näher an den Mann heran, so nahe, dass sie nur die Zunge hätte herausstrecken brauchen, um seine Jacke (die oberste seiner Jacken) zwischen den Schulterblättern zu berühren. Sie sog den schon vertrauten Geruch ein, den Duft eines warmen, trockenen und gesunden Körpers, der trotz der seltenen Bäder angenehm roch. Sie richtete den Blick auf den spannenlangen, kupferroten Haarschwanz, der beinahe bis auf ihre Nase herabhing. Ruadh träumte wohl sehr lebhaft, denn er atmete tief und ächzend durch, rollte sich hin und her und rückte schließlich ein Stückchen zurück, wobei er sich mit der behandschuhten Hand übers Gesicht fuhr, als müsse er Schnaken fortjagen. Kaira stellte sich vor, sie würde es wagen, sich dicht an ihn zu schmiegen und die Nasenspitze in sein Haar zu wühlen, dicht am Ohr, wie das Erdkätzchen es zuvor getan hatte. Bei dem Gedanken zuckte ein heißer Schauder durch ihren Schoß, der ihr Angst machte. Sie zuckte heftig zusammen, als der Mann laut, aber unverständlich im Schlaf zu reden begann und sich dabei so schwungvoll auf den Rücken rollte, dass sein ausgestreckter Arm quer über ihrer Brust landete. Der Arm war schwer, und sie schlängelte sich darunter hervor, obwohl es ihr Leid tat, dass sie die aufregende Berührung nicht länger genießen konnte.

Der Mondstein

Bephza war der Raserei nahe. Dass die Beute nach frischem Blut roch, machte ihn toll vor Gier, und der neuerliche Fehlschlag hatte ihn in eine Wut versetzt, die er kaum noch beherrschen konnte. Nur ein Gedanke beschwichtigte ihn: Da es genügte, wenn er den Kopf und die Haut nach Thamaz brachte, konnte er das Fleisch und Blut in aller Ruhe verzehren. Vielleicht war es sogar ganz gut, dass er die Beute jetzt fassen würde, wo die Menschen müde und verstört und verwundet waren, das würde den Kampf abkürzen und verhindern, dass die anderen ihm zu Hilfe eilten.

Ganz gewiss würde er nach einer Weile herauskommen – die Menschen beschmutzten niemals den Ort, an dem sie schliefen – und Bephza wusste auch schon, wohin er gehen würde, um fern von seinem Lager und zugleich möglichst geschützt vor der Sonne zu sein. Unmittelbar neben dem Loch, das in die Tiefe führte, öffnete sich eine Grotte in der Felskuppe des Hügels, tief genug, dass die Sonnenstrahlen nicht hineinfielen.

Dort drinnen legte Bephza sich auf die Lauer und machte sich unsichtbar.

Und wirklich, nach einer Weile erschien eine von Kopf bis Fuß verhüllte Gestalt, hastete die paar Schritte durchs Sonnenlicht und kauerte sich in einen Winkel der Grotte. Bephza wollte schon zuschlagen, als er im letzten Augenblick erkannte, dass es der falsche Mann war, der Große. Wütend zog er sich wieder zurück und wartete weiter.

Dann endlich erschien der Richtige. Er stellte sich mit dem Gesicht zur Höhlenwand, und diesen Augenblick nutzte der Kadaverdrache, berstend vor Ungeduld und aufgereizt vom Blutgeruch, ihn anzugreifen. Zischend fuhr er auf sein Opfer los, wobei er sich sichtbar machte. Es wäre nicht nötig gewesen, aber Bephza genoss jedes Mal wieder den Ausdruck fassungslosen Entsetzens auf den Gesichtern seiner Opfer, wenn sie sahen, welches modrige Ungeheuer ihnen die Krallen in den Hals bohrte.

Der Mann musste feinere Sinne als die meisten Menschen haben, denn er drehte sich um, bevor Bephza ihn noch erreicht hatte. Seine Augen wurden groß vor Schreck. Er torkelte zurück – offenkundig war er sehr schwach nach den Qualen, die er durchgemacht hatte – und hob die Linke, um die zupackenden Drachenkrallen abzuwehren. Bephza sah, dass er keine Waffe trug, und hieb mit Schnabel und Klauen zugleich nach ihm. Aber da zog der Mann hastig den grauen Handschuh von der Linken ab.

Bephza sollte nie erfahren, was ihn getötet hatte. Er sah nur einen Strahl gleißenden Lichts von der Hand ausfahren, als hielte der Mann plötzlich einen glühenden Speer umfasst. Dann zerriss ein Schmerz seinen untoten Leib, der seine Sinne auflöste. Der mumifizierte Körper zersprang erst in Brocken, die rauchend zu Boden fielen, während der Lichtstrahl das Gewebe des magiebeseelten Geistes zerriss und Bephza zuletzt zu Dunst zersprengte. Eine stinkende Wolke wehte nach allen Seiten davon, die sich niemals wieder zusammensetzen sollte. Die Brocken, die zu Boden gefallen waren, schmorten und zerfielen innerhalb weniger Atemzüge zu einem feinen, widerwärtigen Häufchen Staub.

Der Mann zog den Handschuh wieder über die Hand und verließ mit schwerfälligen Schritten die Grotte.

Durch die Blaue Wüste

Erst als der Sonnenstern schon den westlichen Horizont berührte, erwachte Kaira. Sie schlug die Augen auf und blickte zu dem fernen hellen Fleck hoch, der den Durchgang zur Oberwelt bildete.

Ruadh war ebenfalls erwacht. Er stand auf und ergriff die Laterne. »Komm«, flüsterte er ihr zu, »wir lassen Beck und Tataika noch eine Runde schlafen und machen uns auf die Suche nach Wasser. Mit Frühstück, fürchte ich, wird es nichts.«

Sie kletterten langsam und mühselig die Windungen des Schachtes nach unten, so weit das Licht reichte. Höhlenkälte und Höhlenfinsternis schlugen ihnen von unten entgegen, aber sie hörten auch das Plätschern einer Quelle. Das Wasser war so kalt, dass Kairas Lippen und Zunge taub wurden, aber es war frisch. Sie spürte, wie der Schmerz der Schrammen nachließ, als sie sie in die Quelle hielt. Ruadh saß auf einem Stein und kühlte seine geplatzte Lippe mit dem eisigen Bergwasser, indem er den nassen Zwirnhandschuh dagegen drückte.

Während sie sich an den Aufstieg machten, bemerkte Kaira: »Als ich aufwachte, dachte ich, ich hätte das alles nur geträumt – dass uns die Tiere hierher geführt haben. Hast du solche Dinge denn schon öfter erlebt?«

»Hin und wieder. Wir helfen ihnen, wo wir können, und sie helfen uns. Wir sind Freunde.«

Dann schwieg er, denn das Hinaufklimmen zwischen den

Blöcken war mühsam, und Kaira hörte, wie schwer er atmete. Beck und Tataika waren ebenfalls wach, als sie zurückkehrten, und als sie von der Quelle hörten, stiegen sie hinunter, um ihre Schrammen zu kühlen, zu trinken und sich zu waschen.

Kaira kuschelte sich an Ruadhs Seite. Sie war froh, dass sie ihn für sich allein hatte. Mit leiser Stimme sagte sie: »Es tut mir Leid, dass es einer von uns war, der euch verraten hat, dich und Beck. Es muss schrecklich für dich gewesen sein.«

Der Mann starrte vor sich hin. »Ja, das war es«, antwortete er. »Hätte ich nicht den Mond im Bauch gehabt, so hätte ich geschrieen und geweint vor Furcht.«

»Den Mond im Bauch? Was meinst du?«

»Wir gehen in die Wüste, um ein Ritual zu vollziehen, an einen Ort, der die ›Stadt der Stille‹ genannt wird. Dort lernen wir erkennen, wer wir tatsächlich sind. Danach kann uns niemand mehr im Innersten zerstören, auch die Sundaris nicht, und wenn sie sich noch so viel Mühe geben.« Ein Ausdruck von Bitterkeit glitt über sein vom harten Leben gezeichnetes Gesicht. »Das heißt nicht, dass ich es leicht nehme. Ich leide auch, wenn sie mich mit Spott überschütten, mit Vorwürfen, mit unerfüllbaren Forderungen – wenn sie bösartige Witze auf meine Kosten machen und mich der Lächerlichkeit preisgeben, wenn sie mich bedrohen und ängstigen. Aber es ist ihnen noch nie gelungen, mein Herz zu brechen. Verstehst du? Ich habe geweint vor Scham und Schmerz, wenn sie mich misshandelten, und gestern dachte ich, ich könnte die Angst nicht mehr ertragen, aber nie haben sie mich dazu gebracht, mich selbst in den Dreck zu treten.« Die Bitterkeit verschwand, er lächelte wieder – ein stolzes und strahlendes Lächeln.

Sie wollte ihn noch weiter ausfragen, unterbrach sich aber mitten im Satz, denn Tataika, die in der kalten Quelle ihre Schrammen gekühlt hatte, kam zurück, schnaufend von dem steilen Aufstieg, und plumpste neben ihr zu Boden.

»So, mir geht es wieder besser«, verkündete sie. »Jetzt möchte ich nur noch diesen stinkenden kleinen Sack Thilmo in die Finger kriegen und zerfetzen. Du etwa nicht, Feuerfuchs?«

Der Wüstenläufer machte eine Gebärde mit beiden Händen, die besagte: Schluss, kein Wort mehr. »Lass uns von uns reden, Tataika. Es bringt nichts, über andere zu reden. Thilmo geht seinen Weg, und wir gehen unseren. Wir werden in der Nacht versuchen, zu Umbra zu kommen.«

Tataika bemerkte mit gedämpfter Stimme: »Beck hat Angst vor ihr.«

»Viele Menschen haben Angst vor ihr. Sie verbringt ihr Leben in der Wüste, und wenn du lange genug dort lebst, verlierst du entweder den Verstand – was schon vielen Leuten passiert ist –, oder du wirst ein besonderer Mensch. Du lernst mit den Tieren zu reden und sogar mit den Pflanzen und Steinen, du hörst das Wasser in der Tiefe unter dem Sand plätschern und verfängst dich mit dem Haar in den Sternen. Umbra ist eine sehr ungewöhnliche Frau«, schloss er, und Kaira fühlte, wie eine düstere Wolke der Eifersucht über ihr Herz zog.

Kaum war der Feuerbeißer hinter den Horizont gesunken, kletterten sie die felsigen Windungen hinauf und streckten die Köpfe aus dem Loch, in das Kaira am Morgen hineingefallen war. Das Labyrinth der Schluchten am Fuß der Hügel lag bereits in violetten Schatten, aber der rissige Boden strahlte noch die enorme Hitze des Tages aus. Als Kaira aus dem Loch stieg, meinte sie durch wehende Hitzeschleier zu kriechen. Jeder Stein, jeder Erdbrocken glühte. Es war sehr still. Kein Vogel schrie, kein Krümel Erde rieselte unter hastenden Füßen. Kaira holte tief Luft und musste husten, als die heiße Luft in ihre Lungen drang.

Ruadh trieb sie an. »Beeilt euch! Je eher wir zu Umbras Hütte kommen, desto eher gibt es etwas zu essen.«

Sie waren kaum eine Meile durch die Wüste gestapft, als Ruadh plötzlich den Kopf hoch warf und lauschte. Im nächsten

Augenblick hatte er die beiden Mädchen auch schon gepackt und riss sie mit sich zu Boden, wo sie sich in den Sand drückten. Beck warf sich ebenfalls flach auf den Bauch. Gleich darauf hörte auch Kaira das Geräusch, das sich von Nordosten her näherte – das Fauchen gewaltiger Schwingen. Sie warf einen Blick über die Schulter und sah, wie ein Schatten den Himmel verdunkelte. Gleichzeitig erfüllte ein Brodem von Verwesung die Luft, der ihr den Atem verschlug. Es war Schlimmeres als nur verrottende Materie, was sie da roch, es war eine Fäulnis im Geiste und im Wesen, die alles verseuchte, was sie zu erreichen vermochte. In den wenigen Herzschlägen, ehe Kaira das Gesicht in den Sand presste und die Augen zusammenkniff, erkannte sie die nahenden Umrisse eines riesigen Wesens, zweifellos eines Purpurdrachen, aber von entsetzlicher Gestalt.

Er war formlos bis auf einige wenige Teile, die wie das feste Knochengerüst aus einer faulenden Masse aus ihm hervorragten. Waren es hakenförmig gewinkelte Beine? Waren es Stachel, oder waren es die Gräten eines festen Gerippes? Deutlich hatte sie nur den Schädel gesehen, der Ähnlichkeit mit dem Kopf eines monströsen, faulenden Fisches hatte, und die Augen – die bläulichen Gallert-Augen, riesig angeschwollen, die in der Abenddämmerung phosphoreszierten.

In der nächsten Umgebung gab es kein Versteck, nicht einmal einen Busch, in dessen Schatten sie sich hätten kauern können. Aber der Sand hier auf der Oberfläche der Hügel war tief und lose. »Schnell!«, zischte Ruadh, als könnte das heranflatternde Ungeheuer ihn hören. »Grabt euch ein!« Er selbst schlängelte sich hin und her, sodass sein Körper immer tiefer in den Sand geriet, und schaufelte mit beiden Händen Sand über seine Beine. Beck, Kaira und Tataika taten es ihm gleich, so gut sie konnten. Glücklicherweise gab der Sand ohne Widerstand nach, sodass sie mit jeder Bewegung tiefer darin verschwanden, bis von ihnen allen vieren nur noch die Schultern und Köpfe zu sehen waren.

»Kopf runter und nicht bewegen!«, befahl der Sammler.

Kaira hörte das Blut in den Schläfen hämmern. Die Stirn fest auf die Hände gedrückt, lag sie da und wagte kaum zu atmen. Ihre Brust fühlte sich an, als wäre sie hohl, völlig hohl bis auf dieses atemberaubend hämmernde Herz, dessen Rabumm!, Rabumm! ihr in den Ohren dröhnte. Es hat uns entdeckt, dachte Kaira, es hat uns entdeckt! Jeden Augenblick würde diese schauderhafte Masse lebender Fäulnis auf sie herabstürzen und sie unter einem Berg von Aas begraben. Sie erstickte fast an dem Gestank, fühlte den Schlag der gewaltigen Schwingen. Und plötzlich begriff sie, dass das Ungeheuer selbst dazu beitrug, sie zu verbergen: Der Sand, den seine Schwingen aufwirbelten, sank als weiche Decke auf sie nieder und hüllte sie ein, bis sie nicht mehr von dem blaugrauen Boden der Wüste zu unterscheiden waren.

Dann entfernte es sich allmählich. Kaira, die stocksteif vor Angst unter ihrer Decke aus Sand lag, spähte ihm aus zusammengekniffenen Augen nach, wie es über dürre Hügel davonglitt und zuletzt am Horizont verschwand.

Kaum war von dem fliegenden Schrecken nichts mehr zu sehen, als Ruadh aufsprang und sich schüttelte wie ein Spatz, der ein Staubbad genommen hat. Die anderen krochen ebenfalls aus der Deckung hervor. Beck flüsterte: »Die Mondin helfe uns! Was war das?«

»Ein Kadaverdrache«, antwortete Ruadh. »Er flog nach Norden. Wahrscheinlich hat Zarzunabas ihn zu sich gerufen, dass er ihm Bericht erstatte. Kommt! Bei Umbra sind wir in Sicherheit.« Er stiefelte mit langen Schritten los, den Abhang hinunter in die schwarzblauen Schatten der Schlucht, wo Felsblöcke und hohe Stachelschwämme besseren Schutz vor den Augen am Himmel boten.

Sobald es wirklich dunkel geworden und die Mondin aufgegangen war, bekamen sie wieder Begleitung. Ein Schwarm Fludern tauchte aus den Schatten der Nacht auf und umwirbelte sie so dicht, dass Kaira Angst bekam, sie könnten ihr ins Gesicht fliegen. Ruadh streckte einen Arm aus, und die Tiere setzten sich wie Vögel auf seinen ausgestreckten Zeigefinger, die Hand und den Ärmel. Ein paar Schritte weit ließen sie sich tragen, dann schwärmten sie wiederum aus.

Die Mondin schien hell genug, dass sie sehen konnten, wohin sie die Füße setzten. Kaira konnte zwar keinerlei Weg entdecken, aber Ruadh schritt selbstsicher voran, wie ein Jagdhund, der einer unsichtbaren Spur folgt. Er war in vertrautes Gebiet gelangt.

Kaira entdeckte in einem der Hügel eine Öffnung – eine künstlich geschaffene Öffnung, die wie der Eingang zu einer Mine aussah. Sie war viereckig und rundum ausgemauert.

Tataika hatte sie ebenfalls gesehen, denn sie fragte: »Das Loch dort drüben, Feuerfuchs – was ist das? Wohnt dort die Frau, die wir besuchen?«

Der Sammler schüttelte heftig den Kopf. »Nein. Umbra wohnt in einem Haus. Das dort drüben ist die Totenhöhle.«

Die Mädchen wollten beide wissen, warum das Loch die Totenhöhle genannt wurde, aber Ruadh schüttelte nur mürrisch den Kopf, als sie ihn danach fragten, und beeilte sich, den Ort zu verlassen.

Sie waren eben eine der rutschigen Dünen hinaufgeklettert, als Ruadh ihnen zuflüsterte, sie sollten sich flach hinlegen. Kaira fürchtete schon, das fliegende Ungeheuer kehre zurück, aber dann erkannte sie, warum sie alle vier auf dem Bauch lagen: Unten am Fuß der Dünen bewegte sich ein schwacher gelber Schein, der zweifellos von einer Laterne stammte. Derjenige, der dort unterwegs war, suchte etwas, das war deutlich zu erkennen. Ein Flüchtling war es aber nicht, denn die Laterne sank wiederholt zu Boden und stieg dann wieder in die Höhe. Es sah eher nach jemand aus, der etwas aufsammelte.

Ruadh ließ Kairas Schulter los und stieß einen langen, melodischen Ruf aus, den »Ruf der Freunde«, den sie schon einmal gehört hatte, als der Martichoras ihnen begegnet war.

Die Laterne verharrte mitten in der Luft. Gleich darauf kam von unten ein singender Ruf zurück.

Ruadh sprang auf die Füße. »Das ist Umbra! Los, folgt mir!«

Das Haus der Zauberin

Sie kletterten den nackten Abhang hinunter, so schnell sie es im schwachen Mondlicht konnten, und liefen auf das Licht zu. Von der Person, die die Laterne hielt, war erst nicht mehr zu sehen als eine lange, schwarz glänzende Säule, deren Anblick Kaira verwirrte. Dann wurde die Sicht klarer, und sie stellte fest, dass die Säule eine sehr große Frau in einem Kapuzenmantel war.

Ruadh schloss die Frau – die einen Kopf größer war als er selbst – in die Arme, küsste sie liebevoll erst auf die linke, dann auf die rechte Wange und trat einen Schritt zurück, um sie zu betrachten. Die Frau erwiderte den Kuss. Das seltsame, einer riesigen Eidechse ähnelnde Tier an ihrer Seite beobachtete sie mit menschlicher Klugheit. Als es die Fremden erspähte, näherte es sich Kaira und befühlte ihre herabhängende Hand mit einer langen Gabelzunge, wie Hunde fremde Menschen beschnüffeln. Dann tat es dasselbe bei Tataika, Beck (wobei es angewidert nieste) und zuletzt bei Ruadh.

Der Mann hob die Hand und streichelte den glatten Reptilschädel. »Ari!«, begrüßte er das Tier. »Wie geht es denn meinem Kleinen?«

Der Blick der Frau wanderte nachdenklich über Beck, Tataika und Kaira. »Sagtest du nicht, du bringst zwei Mädchen und einen Burschen? Ich sehe hier aber einen ausgewachsenen Kerl. Ist etwas schief gegangen? Und wer ist das überhaupt?«

»Das ist Beck, mein Freund«, stellte Ruadh den ehemaligen

Richter vor, der sich sichtlich unbehaglich fühlte. »Und ich brauche dringend deine Hilfe. Weißt du nicht, was geschehen ist? War die Kaiserliche Reiterei denn nicht bei dir? Der Zauber hat sie wohl kaum länger festgehalten, als nötig war, um uns einen Vorsprung zu geben, und du weißt, wie hartnäckig sie sind. Ich dachte, sie hätten jeden Stein in der Umgebung umgedreht.«

»Möglich, dass sie bei meiner Hütte waren, aber ich war die letzten zwei Tage nicht zu Hause. War die ganze Zeit in der Totenhöhle unten.«

»Zwei Tage in dem verfluchten Loch!«, platzte Ruadh erschrocken heraus. »Du bist verrückt!«

Die Frau lachte spöttisch und hob einen hölzernen Eimer hoch, der zu ihren Füßen gestanden hatte. Darin lagen Hände voll eines rötlich gebänderten Steins, der anscheinend sehr kostbar war. »Ich war tiefer unten als alle anderen vor mir. Es ist nur eine Frage des Mutes. Wenn einer schon auf der ersten Ebene den Mut verliert, darf er sich nicht wundern, wenn er mit leeren Händen zurückkommt.«

Ruadh schüttelte sanft zurechtweisend den Kopf. »Du weißt nicht, was da unten ist, Umbra. Es muss etwas Fürchterliches sein. Mir hat schon die erste Ebene gereicht, und nicht nur wegen der giftigen Gase. Keine zehn Pferde bringen mich mehr dort hinunter. Das Loch stinkt nach Tod und Dämon.«

Die Frau klopfte ihm auf die Schulter. »Ach was – ein Feigling bist du, wie alle Männer. Aber erzähl schon, was ist passiert? Wir können unterwegs reden.« Sie hob die Laterne auf und setzte sich in Bewegung.

Während sie gingen, erzählte Ruadh ihr in knappen Worten, was geschehen war. »Sie sind uns gewiss auf den Fersen. Heute tagsüber haben die Tiere uns gerettet, aber die Sundaris werden nicht so rasch aufgeben, uns zu suchen. Du weißt, wie hartnäckig sie sind, wenn es darum geht, einen Abtrünnigen zu fangen und einen Sammler dazu. Ich bin am Ende meiner Weisheit.«

»Schon gut, Feuerfuchs, du weißt, ich helfe dir, wo ich kann. Aber der Mensch da« – dabei deutete sie mit einer geringschätzigen Geste auf Beck – »kommt mir nicht ins Haus, der muss in den Stall zu dem anderen.«

»Dann habe ich deine Botschaft richtig verstanden?«, fragte Ruadh. »Du hast einen der Berufenen gefunden?«

»Gefunden und gekauft«, antwortete Umbra und lachte. »Sie verlangten auf dem Sklavenmarkt die unverschämte Summe von zwei Kaisermünzen für ihn, weil er lesen und schreiben kann, also habe ich dem Händler Geld gegeben, das er am nächsten Morgen als dürre Blätter vorgefunden hat. Du kannst ihn gleich sehen, aber ich glaube nicht, dass er groß von Nutzen sein wird. Er ist ein jämmerlicher Kerl, obwohl ich ihn gut gefüttert habe.« Dann wechselte sie das Thema. »Weißt du schon, was in Thurazim geschehen ist?«

»Ja, wir haben davon gehört.«

Umbra erzählte, dass einer der Ritter sich in Chiritai einquartiert und zum König ausgerufen habe. Ruadh nahm dies mit erstaunlicher Heftigkeit auf. Er taumelte, als hätte ihm eine unsichtbare Faust einen Schlag versetzt, rang nach Luft und presste die Fingerknöchel an den Mund, um einen verzweifelten Schrei zu unterdrücken. Beck sah ihn überrascht an, aber Umbra schien zu wissen, was ihn bewegte. Sie flüsterte ihm mit gebieterischer Stimme zu: »Still! Fasse dich!«, und Ruadh gewann tatsächlich das Gleichgewicht wieder.

Er murmelte: »Ich hasse das Gold!« Kaira erinnerte sich, dass er dasselbe in einem Gespräch mit Thilmo gesagt hatte, und zwar ebenso heftig und zornig. Danach machte er keine weitere Bemerkung mehr, sondern schritt stumm dahin, aber sein Rücken war gebeugt wie von einer schweren Last.

Wenig später tauchte im Fackelschein ein Häuschen auf, das eher einem übergroßen Kaninchenstall ähnelte als einer menschlichen Behausung. Der Kern war anscheinend eine einfache Blockhütte gewesen, aber dieser Kern war kaum noch zu erkennen unter dem Durcheinander von Anbauten, die ihm auf allen Seiten entsprangen. Teils waren sie aus unverputzten grauen Lehmziegeln erbaut, teils aus Holz, und stellenweise waren quer über Wände und Dächer lange Latten genagelt worden, um die verschiedenen Materialien zum Zusammenhalt zu zwingen. Es hatte keine sichtbaren Fenster und – was noch eigentümlicher war – auch keine sichtbare Türe.

»Umbras Haus ist sehr seltsam«, erklärte Ruadh. »Ich erinnere mich, dass ich einmal hierher kam, und obwohl die Mondin so hell schien, sah ich überhaupt kein Haus, sondern nur einen Haufen Steine. Erst als Umbra den Bann löste, hatte ich es urplötzlich vor Augen.«

»Gehen wir erst einmal zum Stall«, befahl die Frau. Sie näherten sich im freundlichen rotgelben Licht der Laterne einer Veranda auf der hinteren Seite des Hauses, deren Dach auf einer Seite eingebrochen war. Die Veranda war proppenvoll mit den unglaublichsten Gegenständen. Bis in den Hinterhof ergoss sich ein Strom von Gerümpel, von der unbarmherzigen Sonne gebleicht und geröstet. Es sah aus, dachte Kaira, als spuckte Umbras Hütte unablässig Gegenstände aus, die dann im Umkreis verstreut liegen blieben.

Der Hinterhof war übrigens kein angenehmer Aufenthaltsort, denn dort liefen in einem Pferch vier schwarz und rosa gefleckte Schweine herum, die einen üblen Geruch ausdünsteten. Vier feiste Eber waren es, mit gekrümmten, elfenbeingelben Hauern und einem borstigen Haarkamm auf dem Rücken. Sie waren selbst für Schweine ungewöhnlich hässlich, hatten abnormal lange Rüssel und Beine wie Stöckchen, zwischen denen die fetten Hängebäuche beinahe auf dem Sandboden schleiften.

Umbra befahl mit düsterem Vergnügen: »Erzähl deinen Freunden die Geschichte meiner Schweinchen, Feuerfuchs. Sie ist sehr lehrreich.«

Also erzählte der Sammler: In den Dörfern munkelte man, Umbra habe vier Männer, die sich mit bösen Absichten dem

Haus der Einsiedlerin genähert hatten, in diese Schweine verwandelt, die jetzt für den Feuerfleisch-Topf gemästet wurden. Damit sie nicht vergaßen, welches Schicksal ihnen zugedacht war, hing an der Hinterwand des Pferchs das Schlachtmesser, das lang und scharf wie ein Krummsäbel war.

Kaira warf einen zweifelnden Blick auf die vier Eber, die sich grunzend und schnarchend in ihrem Gehege drängten und die Besucher aus bösartig schillernden, blutunterlaufenen Äuglein betrachteten. Waren sie wirklich verzaubert? Jedenfalls hatten sie starke Ähnlichkeit mit bösen, lüsternen Männern.

»Und sie werden wirklich geschlachtet? Bald?«, fragte Tataika, die großen Gefallen an dieser Vorstellung fand.

Als hätten sie die Worte verstanden, rannten die missgestalteten Schweine plötzlich wild durcheinander, wühlten mit ihren Hufen den Boden auf und stießen dazu schaurig quietschende Laute aus.

Ruadh gab keine genaue Antwort darauf. Er äußerte nur: »Umbra ist eine Frau, der man Achtung erweisen muss. Vernünftige Leute begreifen das von selbst. Unvernünftige müssen es lernen.«

Kaira warf einen langen Blick auf die Schweine. Ich möchte auch eine Frau sein, der man Achtung erweisen muss, dachte sie und fühlte, wie ihr vor innerer Erregung die Tränen in die Augen stiegen.

Beck hatte offenbar schon gefürchtet, dass er zu den abscheulichen Schweinen gesperrt werden würde, denn er war sehr erleichtert, als Umbra die Tür eines Schuppens aufschloss und mit ihrer Laterne hineinleuchtete. Ein gedämpfter Schreckensschrei von drinnen verriet, dass sich etwas Lebendiges in dem Schuppen befand, und dann folgte ein hastiges Rascheln wie von einem Tier, das sich unter Stroh verkriecht.

Kaira spähte neugierig hinein, sah aber nichts weiter als eine breite Schütte Stroh, auf der ein Haufen Decken lagen, und einen niedrigen Tisch davor, auf dem mehrere Schüsseln und Krüge aufgereiht standen. Umbra warf einen Blick auf die Schüsseln und bemerkte: »Nun, immerhin hat er gegessen und getrunken.« Dann wandte sie sich an Beck. »Ich habe nichts gegen dich persönlich«, sagte sie, »aber ich mag es nicht, wenn Männer in mein Haus kommen. Selbst Feuerfuchs lasse ich nur hinein, nachdem er gereinigt wurde. Also musst du die Zeit deines Aufenthalts hier drinnen verbringen. Das Stroh ist frisch, die Decken sind warm und sauber, Feuerfuchs wird euch nachher frisches Essen bringen, und du kannst dir die Zeit damit vertreiben, Jannis zu beruhigen und ihm Mut zu machen. Vielleicht glaubt er dir eher als mir, dass ich ihn gekauft habe, damit er seine Pflicht an Mandora erfüllt, und nicht, um ihn zu Suppe zu verkochen.«

Beck antwortete höflich: »Ich danke Euch für Euren Schutz, Umbra, und werde mich angemessen benehmen.« Damit ging er auf die Strohschütte zu und setzte sich nieder.

Umbra schloss die Türe wieder ab und führte die anderen zurück zum Haupthaus. Dort hielt sie an und wandte sich an Ruadh. »Du kennst die Prozedur.«

»Ich weiß, ich weiß. Beeil dich, diese Wüstennächte sind eisig, und mir ist fürchterlich kalt.« Ruadh fummelte an den Knöpfen seiner Jacke herum. Kaira und Tataika sahen erstaunt zu, wie er sich auszog und sich, sobald er nackt war, mit gespreizten Armen und Beinen gegen die klapprige Front des Häuschens stützte.

Umbra nahm einen kleinen Reisbesen, der an einem Haken an der Holzwand hing, und fegte den Mann damit von oben bis unten ab, als müsste sie Staub und Schmutz von seiner Haut kehren. Ruadh zitterte heftig in der eisigen Kälte der Wüstennacht und zuckte schmerzlich, als die scharfen Borsten über seine Haut kratzten, aber er hielt geduldig still. Wie Umbra es ihm befahl, drehte er ihr einmal die Vorder- und einmal die Rückseite zu. Die Frau murmelte etwas vor sich hin, das Kaira nicht verstand. Vielleicht war es ein Zauberspruch. Dann lächelte sie ihn an. »Du kannst hinein.«

Ruadh, dem vor Kälte die Zähne aufeinander schlugen, stürzte sich in seine Kleider.

Erst jetzt sah Kaira – und sie stieß einen leisen Schrei der Verblüffung aus –, dass das Häuschen plötzlich eine Tür hatte, eine ganz normale Türe aus festen Holzbrettern.

Umbra schloss die Tür auf und schob ihre Besucher hinein. Dann folgte sie mit der Laterne, die sie auf eine Truhe stellte.

Kaira sah sich beklommen um. Das Innere der Hütte roch staubig und stickig, wie Häuser riechen, deren Fenster nie geöffnet werden. Der Raum, in dem sie stand, war vom Boden bis zur Decke mit Gerümpel voll gestopft. Um von einem Ende zum anderen zu gelangen, musste man sich an Säulen und Stapeln dieses Gerümpels vorbeiwinden. Es war jedoch ein freundliches, gemütliches Durcheinander, wie es auch im Haus von Kairas Großeltern geherrscht hatte, in dem die Möbel und Erinnerungsstücke von vier Generationen auf winzigstem Raum zusammengepfercht waren.

»Ich habe noch nie ein Tier wie Ari gesehen«, bekannte Tataika. »Er sieht aus wie eine riesige Eidechse, aber er ist viel klüger, nicht wahr?«

»Ja. Viel klüger und unvergleichlich zärtlicher. Er ist auch keine Eidechse. Man nennt diese Geschöpfe Mesris. Sie wohnen weit draußen in der Wüste und sind sehr schwer zu fangen, aber wenn sie zahm werden, sind sie ungemein anhänglich. Ich habe Ari von einem Raubvogel verletzt in der Wüste gefunden, als er noch ein Jungtier war, und ihn gesund gepflegt. Seither ist er mein treuester Gefährte.«

Ruadh bemerkte im Hintergrund: »Dürfen wir in deinen Badezuber, Umbra? Es sind sechs Wochen vergangen seit dem letzten warmen Bad.«

»Dann ist es dringend, das sehe ich ein. Aber du musst das Wasser selbst aus dem Brunnen holen, ich schleppe es nicht für dich.«

Ruadh ließ einen neuerlichen, tief empfundenen Seufzer

hören. »Umbra, ich würde nicht nur Wasser holen, ich würde sogar deine Stiefel putzen und den Küchenboden schrubben, wenn ich dafür baden darf.«

Es gab einen gewaltigen hölzernen Badezuber, so groß, dass selbst ein Mann bis zu den Achseln im Wasser sitzen konnte. Als er bis obenhin voll heißem Wasser war, stellte Umbra zwei zugekorkte Kristallflaschen auf den Rand. »Lass zuerst die Mädchen baden, Feuerfuchs. Ich habe hier etwas, mit dem ihr euch das Haar waschen könnt, und etwas, das euch nach all dem Schrecken und der Aufregung gut tun wird.« Sie entkorkte eine der Flaschen und goss eine ziegelrote Flüssigkeit in das heiße Wasser. Sofort stieg ein scharfer, hitziger Geruch auf, der Kaira den Schweiß auf die Stirn trieb. Das Zeug roch wie roter Pfeffer, aber mit einer süßen Beimischung, die an Vanille und Muskat erinnerte.

Es sah unheimlich aus, wie die dunkelrote Brühe im Zuber schwappte, geradezu, als wäre er mit Blut gefüllt. Aber dann zuckte der Gedanke durch Kairas Kopf, dass sie in einer solchen Brühe niemand nackt sehen konnte! Hastig zog sie sich aus, wobei sie Ruadh den Rücken zuwandte. Sie machte sich nicht die Mühe, ihre Kleider aufzuheben, sondern ließ sie auf dem Kellerboden liegen und schlüpfte flink wie ein Erdkätzchen in den Zuber. Ein tiefer, entspannender Atemzug hob ihre Brust, als sie bis zu den Schultern in dem roten Wasser versank. Nichts war mehr zu sehen außer den Knien, die weiß und spitz wie Kreideklippen aus einem blutigen Meer ragten. Der hitzig-süße Pfeffer-Vanille-Geruch stieg ihr scharf in die Nase, trieb ihr das Wasser aus den Augen und kitzelte sie heftig, dass sie dachte, sie müsste gleich losniesen. Dann ließ das Prickeln nach, und ein tiefes, berauschendes Wohlgefühl durchdrang sie. Es war, als würden all ihre Organe einzeln gereinigt, gewärmt und dann wieder an ihren Platz gelegt. Sie lehnte sich zurück, schloss die Augen und überließ sich mit allen Sinnen dem Behagen eines warmen Vollbades.

Mittlerweile war die Zauberin damit beschäftigt, den Wüstenläufer, der sich ausgezogen hatte, von oben bis unten mit der Laterne abzuleuchten und seine Schrammen zu verarzten.

»Wie sehen deine Hände aus!«, rief sie mitleidig. »Das sind die Hiebe einer Soldatenpeitsche. Barmherziger Mond! Diese Schweine! Sind deine Zähne in Ordnung? Ich gebe dir etwas zum Kauen, das hält sie gesund. Heb den Arm hoch. Oh, das sieht hässlich aus. Was hat dich denn da gebissen? Ein Tausendfüßler? Lass einmal deine Ohren sehen.« Ihren Bemerkungen entnahm Kaira, dass es in den Wüstendörfern ein milbenähnliches Ungeziefer gab, das sich gern in diesen Körperöffnungen einnistete und dort eitrige Entzündungen hervorrief. »Hast Glück gehabt, Feuerfuchs – du bist sauber. Ich gebe dir noch etwas mit, das die Milben auch in Zukunft von dir fern hält, wenn du es dir vor dem Schlafengehen aufs Gesicht streichst.«

Ruadh lachte laut auf, ein Lachen, dem man anmerkte, wie wohl er sich fühlte. »Das letzte Wundermittel, das du mir aufgeschwatzt hast, hat vor allem die anderen Gäste von mir fern gehalten! Es stank so grässlich, dass sie mir drohten, sie würden mich in den Hof hinauswerfen, wenn ich es nicht abwasche.«

Kaira blinzelte. Sie sah, dass Ruadh in unbekümmerter Nacktheit auf dem Hocker saß und es sichtlich genoss, dass die Zauberin ihn so liebevoll umsorgte. Die beiden Älteren neckten einander mit der Vertraulichkeit alter Freunde. »Oh, du ungewaschener Bock, jetzt soll also meine Salbe schuld daran sein, wenn du schlecht riechst?« Sie fuhr zärtlich mit den gespreizten Fingern durch sein langes kupferrotes Haar.

Kaira schreckte hoch, als Tataikas tiefe Stimme an ihr Ohr drang. »He, wie lange willst du dich noch in dem Zuber da suhlen? Ich will auch hinein.«

»Kannst schon hinein.« Kaira tauchte hastig den Kopf unter Wasser, um ihr Haar abzuspülen. Glücklicherweise war der Raum weitgehend in Schatten gehüllt, da Umbra die Laterne hielt, denn Kaira wäre es sehr peinlich gewesen, nackt gesehen zu werden. Sie schlüpfte aus der Wanne und warf sich, ohne sich mit Abtrocknen aufzuhalten, die Kleider über. Tataika verschwand ebenso eilig und schamhaft wie Kaira in der roten Flut.

Kaira verkündete verlegen: »Ich gehe inzwischen schon einmal in die Küche.«

Niemand hatte etwas dagegen, und so flüchtete sie in die Küche (jedenfalls nahm sie an, dass diese Art von Durcheinander nur die Küche sei, weil der Herd darin stand). Wenigstens war Ari dort, der sich sofort vor ihr auf die Hinterbeine stellte und seine kleinen zartknochigen Hände auf ihre Unterarme legte. Sie streichelte ihn vorsichtig, und er leckte mit der gespaltenen Zunge ihre Hand. Als sie sich niedersetzte, kletterte er auf ihren Schoß, schmiegte sich an ihre Brust und gab zu erkennen, dass er weiter liebkost werden wollte. Dabei ließ er ein weiches, melodisches Summen hören, das an den tremolierenden Klang einer singenden Säge erinnerte und wohl das Gegenstück zum Schnurren einer Katze war.

Kaira liebkoste ihn geistesabwesend, während sie an Ruadh und die Zauberin dachte. Sicher war der Wüstenläufer schon oft hier zu Gast gewesen, und es gab keinen Zweifel daran, dass er die wunderliche Frau gern mochte. Vielleicht liebte er sie sogar. Warum auch nicht? Sie war überaus stattlich und sehr freundlich zu ihm. Er hatte ein Gesicht gemacht, als wünsche er, dass sie ihn küsste. Hätte er das getan, wenn sie ihn nicht schon früher geküsst hätte? Und wenn er hier in der Hütte übernachtet hatte, hatte er dann in ihrem Bett geschlafen? Ganz sicher!

Jeder Gedanke, der Kaira durch den Kopf ging, war wie ein Stachel, der sich in sie hineinbohrte. Sie spürte, wie Groll in ihr aufstieg. Nein, Feuerfuchs der Sammler war kein gütiger Engel, kein freundlicher Geist. Er war bloß ein ganz gewöhnlicher Mann. Nun ja, vielleicht kein ganz gewöhnlicher – aber doch einer, der wollte, was sie alle wollten. Und die Zauberin, die einsam in der Wüste wohnte, mit keiner anderen Gesellschaft als diesem spinnefingrigen Zwergdrachen, hatte mit Sicherheit nicht nein gesagt. Sie hätte ihn doch nie so vertraulich berührt, wenn sie ihn nicht schon sehr gut gekannt hätte, oder?

Bei dem Gedanken wurde Kaira so wütend, dass sie, ohne es zu wollen, Ari schmerzhaft hart an sich presste. Er fauchte sie erschrocken und verletzt an und riss sich von ihr los.

Seine Feindseligkeit machte sie noch wütender, und um ein Haar hätte sie ihm einen Tritt versetzt. Keiner mochte sie – nicht einmal diese Eidechse!

»Verschwinde!«, stieß sie beleidigt hervor. »Ekliger Steinschlüpfer!«

Bei dem Schimpfwort drehte der Mesri sich um und warf ihr aus seinen bernsteingelben Mandelaugen – die keine sichtbaren Pupillen hatten – einen so durchdringenden Blick zu, dass sie heftig erschrak. Er konnte doch nicht verstanden haben, was sie gesagt hatte?

Wenig später kamen die drei anderen ins Zimmer. Die Frau hob den Mesri auf und nahm ihn wie ein Kind auf den Arm. Er schmiegte sich eng an sie und schlang die Händchen um ihren Hals. Kaira konnte nicht das geringste Anzeichen erkennen, dass er der Frau etwas mitgeteilt hätte, aber plötzlich fragte Umbra (und krauste drohend die Stirn dabei): »Hast du ihm wehgetan, Mädchen?«

Kaira erschrak so heftig, dass sie rot anlief. »Nicht … nicht absichtlich«, stotterte sie. »Er wollte auf meinen Schoß, und da habe ich ihn wohl zu hart angepackt. Es tut mir Leid.«

»Sie war nur ungeschickt, sagt sie – es tut ihr Leid«, wiederholte die Frau und blickte tief in die Augen des Mesri. Das unheimliche Tier erwiderte den Blick lange und eindringlich, dann entspannte es sich, schmiegte die Wange an ihr Haar und hob mit einer lässigen Bewegung die Vorderpfoten, um sich die schmale Brust kraulen zu lassen.

»Du musst vorsichtig mit ihm umgehen!«, mahnte Umbra, die immer noch sehr ärgerlich wirkte. »Tu ihm niemals weh! Hast du verstanden? Tu ihm niemals weh!« Dann setzte sie das

Tier auf ein Sofa und winkte Kaira, ihr zu folgen. »Nimm die blaue Emailleschüssel da und komm mit. Ihr seht halb verhungert aus … ich mache euch Essen.« Sie ging mit einer zweiten, kleineren Laterne in der Hand aus dem Raum, und Kaira lief ihr nach.

Nie hatte sie ein so wackliges und zusammengestoppeltes Haus gesehen wie dieses. Überall öffneten sich schmale Durchgänge in Schuppen und Anbauten, die ebenso voller Gerümpel waren wie der Hauptraum. Schließlich stieß Umbra eine Gittertür auf und schlüpfte in einen Anbau mit einer schräg abfallenden Wand.

Als sie den Raum betraten und das Licht der Laterne hineinfiel, setzte urplötzlich ein Gegacker wie in einem Hühnerstall ein. Kaira sah sich nach der Quelle des Lärms um, konnte aber nirgends Hühner oder andere Tiere entdecken. Auf einem langen Tisch standen zwar Gitterkäfige, aber sie waren mit Grünzeug gefüllt – dickblättrigen, sattgrünen Pflanzen, die sich hin und her bewegten, als wehte ein kräftiger Wind im Raum.

Tatsächlich, sie bewegten sich! Und sie waren es auch, die dieses Geschnatter dünner Stimmen von sich gaben!

Augenblicklich fielen Kaira die Honigschlünde ein, und sie wich entsetzt zurück. Umbra legte ihr eine beruhigende Hand auf den Arm. »Keine Angst, Mädchen. Die sind harmlos. Wir nennen sie Tronten. Sie machen eine Menge Lärm, aber sie beißen nicht.«

Kaira ergriff die Fackel und trat einen vorsichtigen Schritt näher. Auf dem Boden jedes Gitterkäfigs stand eine tiefe, mit Erde und Sand gefüllte Schale, in der das feiste Kraut wurzelte. Die Pflanzen – jede etwa so groß wie ein Kohlkopf – mussten sehr biegsame und bewegliche Wurzeln besitzen, denn sie schlängelten sich eine gute Handbreit nach allen Seiten, ohne die Wurzel aus der Erde zu ziehen. Das Sonderbarste an ihnen war jedoch ein armlanger Stängel, bleich und häutig wie ein gerupfter Hühnerhals, der aus der Blattrosette hervorwuchs. An seiner obersten Spitze trug er ein Gebilde, das Ähnlichkeit mit einem Hühnerkopf hatte, auch wenn weder Augen noch Schnabel erkennbar waren. Aus diesem Gebilde drangen die Stimmen. Dabei nickte es feierlich auf und ab, wie Menschen, die einander mit Verbeugungen begrüßen.

Umbra öffnete eine Käfigtüre, packte eine der fetten Pflanzen und zog sie heraus. Das Grünzeug zappelte protestierend in ihrer Hand und stieß Schreie aus, die wie »Queck! Queck!« klangen.

»Komm her, ich brauche die Schüssel.« Umbra hielt die zeternde Pflanze mit einer Hand auf dem Holztisch fest, mit der anderen ergriff sie ein scharfes Küchenbeil, das an einem Pfosten hing. Kaira hatte nicht einmal mehr Zeit, die Augen zuzukneifen, da ertönte auch schon ein dumpfes Tschack!, und das Gegacker der Tronte verstummte jäh. Der artischockenähnliche Leib hing schlaff an dem kopflosen Hühnerhals, den Umbras Faust umklammert hielt. Blassrosa Saft tropfte auf den Tisch. Kaira musste würgen, als sie sah, wie der eben noch puterrote, abgehackte Kopf zu einer zart bläulichen Färbung erbleichte.

Ein halbes Dutzend weiterer Tronten teilte das Schicksal der ersten. Umbra warf die Köpfe in einen Eimer, hackte die Hälse ab und warf sie ebenfalls fort. Dann schnitt sie die Blätter ab, teilte den Strunk in kleine Stücke und schaufelte alles in die angeschlagene blaue Emailleschüssel. Als sie die Schnitten schälte, sah Kaira, dass deren Inneres tatsächlich aus zartrosa gefärbtem, sehr weichem Fleisch bestand, das appetitlich aussah. Sie schluckte dennoch bei dem Gedanken, dass diese Häppchen jetzt auf den Tisch kamen. Sie wollte nicht gern etwas essen, das eben noch gelebt hatte, auch wenn es nur ein Gemüse war.

Ari zappelte bereits vor Ungeduld, als sie zurückkehrten. Er lief auf Schritt und Tritt hinter Umbra her, während diese sich zwischen Stapeln von Trödel hindurchzwängte und sich an einem Feuerherd zu schaffen machte, der seit sehr, sehr langer Zeit nicht mehr geputzt worden war. Das Gitter, auf dem die Töpfe abgestellt wurden, war schmierig schwarz und dick mit altem Fett verkrustet. Umbra stellte einen Topf auf den Herd und zündete das Feuer an, warf einen Teil der Fleischbrocken in den Kessel, den Rest in eine mächtige Schmorpfanne.

Schon bald stieg ein Duft aus dem Kessel und der Pfanne, der Kaira das Wasser im Mund zusammenrinnen ließ. Sie vergaß den trübseligen Anblick der frisch geschlachteten Tronten und konzentrierte sich auf den Duft der brodelnden Suppe und der Fleischstücke, die in reichlich Fett goldbraun brieten.

Dann befahl Umbra: »Feuerfuchs, du kannst die Schweine füttern, Kaira hilft dir dabei, und Tataika kann den Tisch decken.«

Als sie in die kalte, von riesigen Sternen erhellte Wüstennacht hinaustraten, folgte Ari ihnen, hielt sich aber auf Abstand.

Ruadh flüsterte dem Mädchen zu: »Hüte dich, ihn noch einmal grob anzufassen! Du erregst Umbras Zorn damit, und du weißt, was sie zu tun vermag.« Während sie damit beschäftigt waren, die garstigen Schweine im Hinterhof zu füttern, erklärte er ihr: »Ich glaube, es gibt kein anderes Wesen, das so empfindsam und anhänglich ist wie ein Mesri. In den Dörfern erzählt man sich die seltsamsten Geschichten über sie. Manche Leute behaupten, dass eine Frau, die einen Mesri geliebt hat, sich danach nie wieder Menschenmännern zuwendet, so berauschend seien die Zärtlichkeiten dieser Geschöpfe.«

Kaira warf einen zweifelnden Blick auf Ari, der in den blauen Schatten auf der hinteren Veranda des Hauses lag, die Vorderpfoten unter dem Kinn gekreuzt, und sie aus seinen unergründlichen Augen beobachtete.

»Man erzählt sich«, fuhr Ruadh fort, »dass die Mesris einen verborgenen Giftzahn haben, mit dem sie tödlich zubeißen können, das aber nur ein einziges Mal. Wenn eine Frau sich mit einem Mesri einlässt und er fühlt, dass sein Tod nahe ist, dann flößt er seiner Partnerin mit einem Biss dieses tödliche Gift ein, um sie nicht einsam zurückzulassen, aber auch, weil er sie keinem Anderen gönnt. Es sind sehr seltsame Geschöpfe.«

Kaira fühlte, wie sie in der kalten Dämmerung schauderte. Plötzlich erschien ihr alles rundum unheimlich, das krumme Haus, die gierig rüsselnden Schweine, das zarte, halb menschliche Wesen in der dunklen Höhlung der Hintertüre. Sie merkte kaum, was sie tat, als sie sich Schutz suchend an Ruadh schmiegte. Er stellte den Eimer ab und schlang beide Arme um ihre Schultern. Seine raue Hand in dem fingerlosen Zwirnhandschuh streichelte zärtlich ihr Haar.

»Komm«, flüsterte er ihr zu. »Du musst nur sehr achtsam sein, dann hast du nichts zu befürchten.«

Sie kehrten ins angenehm durchwärmte Haus zurück. Während Umbra kochte, schlüpfte der hungrige Ari zwischen ihnen hin und her und stellte sich – was sehr possierlich aussah – wiederholt am Herd auf die Hinterbeine, um nachzuprüfen, ob das Essen bald gar war. Als endlich aufgetragen wurde, fiepte er schrill vor Entzücken. Umbra trug ihn an den Tisch – wobei sie ihm ein dickes Kissen unterschob, damit er bequem auf die Tischplatte hinauflangen konnte – und setzte ihm dasselbe vor, was die Besucher auch bekamen: fette, würzige Suppe und eine mächtige Fleischplatte, auf der sich, umgeben von einem Ring dampfender goldgelber Pellkartoffeln, dicke Brocken und Schnitten von rohem, gekochtem und goldbraun gebratenem Fleisch häuften. Ein starker Geruch nach geröstetem Fleisch und Feuerrauch hing in der stickigen Luft. Feuerfuchs bekam den Auftrag, den beiden Männern im Schuppen ihr Essen zu bringen, dann setzten sie sich an den Tisch.

Sie waren alle so hungrig, dass eine Weile nichts zu hören war außer den kleinen Geräuschen, die sie beim Essen machten. Besteck gab es keines, sie fassten die Fleischbrocken mit den Fingern und wischten sich die fettigen Hände in den Fladen eines hellen Brotes ab, das dem Fünf-Tage-Brot der Mondscheiner ähnlich sah. Ruadh musste den Inhalt seines Tellers gegen Ari verteidigen, der mitnaschen wollte: Wiederholt züngelte er in den Teller und griff mit seinen gespenstischen vierfingrigen Händen nach dessen Rand, um ihn zu sich herüber zu ziehen.

Im Übrigen aß der Mesri ganz wie ein Mensch, nahm jeden Bissen in die zierlichen Hände und führte ihn an die schmale, vorne abgeplattete Schnauze, ohne zu kleckern. Allerdings kaute er nicht, sondern schluckte wie eine Schlange jeden Bissen, ganz gleich, wie groß er war, im Ganzen hinunter. Kaira konnte zusehen, wie sein Bäuchlein immer runder und praller wurde, bis er aussah, als hätte er einen Ball verschluckt. Nach dem letzten Bissen ließ er sich schwerfällig von seinem Sitz plumpsen, watschelte zu dem Bett, auf dem Ruadh gelegen hatte, und rollte sich dort zu einem ausgiebigen Verdauungsschläfchen zusammen.

Wie seltsam das Leben war!, dachte Kaira. Da gab es Pflanzen, die fast schon Tiere waren, und jetzt ein Tier, das fast schon ein Mensch war, nur dass es keine Sprache besaß. Sie musste an den Ziegenmann denken, dessen vertrocknetes Skelett sie in der Wüste entdeckt hatte. War der nun ein Tier oder ein Mensch gewesen? Und was machte den Unterschied aus? Wer waren sie selbst? Da saßen sie am Tisch der Raubtierfrau, drei schwitzende, gierige Kreaturen im heißen Licht der Fackel, und verschlangen das Fleisch von Wesen, die vor kurzem noch gelebt hatten. Sie wischten sich das Fett von den Lippen und tunkten mit den Weißbrotstückchen den blutigen Bratensaft halb durchgebratener Stücke auf. Zum ersten Mal wurde Kaira richtig bewusst, dass sie Fleischfresser waren. Raubtiere, die ihre Beute verzehrten. Wilde Tiere, die das Fleisch schwächerer Artgenossen zwischen mörderischen Zähnen zermalmten. Der Unterschied bestand bloß darin, dass ihr Futterfleisch erst in einer Pfanne gelegen hatte, statt dass sie frisch gerissene, blutige Brocken im Wüstensand hin und her zerrten.

Früher, wenn ihr dergleichen eingefallen war, hatte sie sich geekelt, aber hier schmeckte ihr das Trontenfleisch. Sie fand plötzlich nichts Schlimmes mehr daran, ein Tier zu sein, das andere Tiere fraß. Eine befremdliche Wärme durchströmte ihren Bauch, und sie fühlte deutlich ihr eigenes Fleisch, ihre warmen Gedärme, ihr pochendes Herz. Das alles hatte etwas Schmutziges an sich, einen beißenden Raubtiergeruch, vor dem sie zurückschreckte, aber dann fiel ihr plötzlich etwas ein, was Ruadh gesagt hatte: Wer das Leben anfassen will, muss sich die Hände schmutzig machen.

Als sie sich alle satt gegessen hatten, erzählte Ruadh in allen Einzelheiten, was ihnen widerfahren war, und fragte dann: »Hast du Nachrichten? Meine Liste endet hier.«

»Ich habe Nachrichten«, antwortete die Zauberin. »Die Königin der Ka-Ne – du weißt, dass sie mit mir in der Schwesternschaft ist – hat mir berichtet, dass in ihrem Volk eine Berufene ist, eine Frau namens Lulalume. Ihr sollt sie abholen. Die Königin wird euch dann den Weg zu Kulabac zeigen.«

»Und du? Kommst du nicht mit uns?« Sehnsucht klang aus Ruadhs Stimme.

Er war sichtlich enttäuscht, als Umbra den Kopf schüttelte. »Nein. Ich gehe mit Ari meinen eigenen Weg, aber wir sehen uns bei Kulabac wieder. Und ich kann euch bis Dundris mitnehmen, um euch Mühe zu ersparen und die Sundaris von eurer Spur abzubringen.«

Zum Schlafen führte Umbra sie in einen unterirdischen Raum, der von einer Wand bis zur anderen mit einer dicken Matratze ausgelegt war. Sie war mit bunten Teppichen bedeckt, und Polster und Decken, alle aus buntem Garn gewebt, lagen in Mengen darauf. Ein schwerer, süßlicher Duft schwebte in der Luft, vermischt mit dem Geruch brennenden Öls in einer Ampel, deren purpurnes Glas über der Bettstatt hing.

Ari folgte ihnen in dieses schummrig erleuchtete Schlafgemach, und Kaira stellte mit Befriedigung fest, dass er ungemein eifersüchtig war. Er legte sich sofort breitbeinig auf Umbras Brust und Bauch, schob das Schnäuzchen unter ihr dichtes, üppig gekraustes Haar und schnüffelte an ihrem Ohr, während er ihr mit den grazilen Fingern im Gesicht herumtastete. Dabei stieß er das merkwürdige hohe Summen aus, das höchste Zufriedenheit anzeigte, zischte Ruadh jedoch drohend an, wenn der nur eine Bewegung machte. Schließlich musste der Mann sich in die entgegengesetzte Ecke verziehen, wenn er nicht angegriffen werden wollte. Den Mädchen gegenüber zeigte der Mesri sich viel weniger feindselig, also wusste er genau zu unterscheiden, was ein Mann und was eine Frau war und welches der beiden Geschlechter er als Konkurrenten zu fürchten hatte.

Kaira freute sich, als sie seine Eifersucht sah. Der kleine scheckige Teufel hätte nie zugelassen, dass Ruadh sich zu der Frau legte, also hatte sie sich ganz umsonst aufgeregt. Zumindest hier hatte sie keine Konkurrentin zu fürchten. Sie war schlagartig so gut gelaunt, dass sie sich noch einmal bei dem Mesri entschuldigte.

»Sei mir bitte nicht böse wegen vorhin – ich wollte dir wirklich nicht wehtun. Es tut mir Leid.«

Ari streckte die lange Gabelzunge hervor und leckte zum Zeichen, dass er ihr verziehen hatte, flüchtig über ihre ausgestreckte Hand.

Kaira rollte sich unter einer Decke zusammen. Sie hörte Tataika fragen: »Was ist, wenn die Sundaris tagsüber noch einmal hierher kommen? Werden sie uns dann nicht im Schlaf überraschen?«

Die Frau schüttelte den Kopf. »Nein, hab keine Angst. Ich habe Wächter aufgestellt.«

»Wächter? Sind denn außer uns noch Leute im Haus?«

»Nein. Aber wenn die Sundaris sich meiner Hütte nähern, werden sie bei Nacht vier riesige graue Gestalten an deren Ecke Wache halten sehen und bei Tag Hunderte von giftigen, wie Feuer glühenden Ottern, die sich um mein Haus herum im Sand schlängeln.«

Die beiden Mädchen fragten nicht weiter. Kaira wusste nicht recht, ob sie die Worte der Frau als beruhigend oder beängstigend empfinden sollte. Einerseits war es eine Erleichterung zu wissen, dass schauerliche Phantome die Sundaris daran hindern würden, sie tagsüber aus dem Bett zu zerren. Aber wer sagte ihr, dass Umbra nicht vorhatte, sie zu verzaubern?

Aufbruch

In der Abenddämmerung standen sie auf und frühstückten reichlich. Dann gingen sie zum Schuppen hinüber, um Beck und Jannis zu holen. Der Stern mit den Zähnen war eben erst gesunken. Der rissige Boden glühte noch, sodass es unmöglich gewesen wäre, den nackten Fuß darauf zu setzen. Selbst durch alle ihre derben Hüllen hindurch fühlte Kaira die von der Erde her aufsteigenden Glutschleier. Am westlichen Horizont stand ein feuerroter Streifen im Türkis des Abendhimmels – eine Warnung, dass die tödliche Sonne nicht für immer verschwunden war, sondern schon bald wieder aus der Unterwelt emporsteigen würde, um Erde-Wind-Feuer-Land von Neuem mit ihrem grausamen Licht zu verbrennen.

Beck war sichtlich erleichtert, als die Türe aufgeschlossen wurde und er wieder frische Luft atmete. »Komm, Jannis!«, rief er fröhlich. »Die Nacht ist kühl und frisch, und wir sind unterwegs nach Luifinlas! Wir haben Grund, uns zu freuen.«

Der Mann, der hinter ihm aus dem Schuppen trat, schien das nicht so zu sehen. Er war ein magerer, welk und kränklich aussehender Mensch um die dreißig Jahre, mit einem Schopf dunkler Haare und so jämmerlich eingefallenen Zügen, dass seine Nase seltsam lang und spitz wirkte. Er trug die derben, dunkelblauen Hosen und den Kaftan eines Mannes, der zur Strafe für ein Verbrechen in die Sklaverei verkauft wurde, und sein Ausdruck war so verzweifelt trübsinnig, wie es dazu passte – obwohl

Umbra ihn ja freigekauft hatte. Auch wenn er lange und tief geschlafen hatte, wirkte er müde – und so beunruhigend kraftlos, dass Kaira sich fragte, ob er ihnen nicht nur eine Last und ein Hindernis sein würde. Er sah nach einem Mann aus, den man lieb gewinnen konnte, aber auch nach jemandem, der keinen Schutz bot, sondern selbst beschützt werden wollte.

Kaira empfand eine gewisse Sympathie für ihn. Trotz seines Verfalls war sein Äußeres nicht unangenehm, und er hatte schwimmende, nussbraune Augen, die an ihr Herz rührten. Umbra hatte ihnen erzählt, er sei seinen eigenen Worten zufolge einer der Gelehrten, die verstoßen wurden, weil sie Dinge in Erfahrung gebracht hatten, die dem Kaiser missfielen. Hugues hatte allen misstraut, die zu viel in alten Büchern herumschnüffelten.

Beck hatte ihm erzählt, dass Kaiser und Kaiserin tot waren und in Thurazim heftige Thronfolgekämpfe tobten, aber wie er sagte, hatte Jannis sich entschieden geweigert, es zu glauben, und die Nachricht als Lügenpropaganda der Mondscheiner abgetan. Vielleicht, dachte Kaira, konnte er es einfach nicht fassen, dass nicht nur sein eigenes Leben in Trümmern lag, sondern auch die Stützen der sundarischen Gesellschaft fielen. Von einem neuen König hatte er nichts hören wollen. Es gab keine Könige in Chatundra, es gab nur einen Kaiser. Alle anderen waren Betrüger und Narren.

Umbra holte aus einem der wackligen Nebengebäude eine fliegende Lastechse, die wie ein Pferd aufgezäumt war und Platz genug für alle Reisenden bot. Kaira zögerte, als die Zauberin ihnen befahl aufzusteigen, sich an dem Riemen festzuhalten, der über den Rücken gespannt war, und sich möglichst wenig zu bewegen, um das Tier nicht aus dem Gleichgewicht zu bringen. Sie hatte Angst, die Echse könnte sehr hoch fliegen, und wenn sie nun von ihrem Rücken fiel, während sie zwischen den Sternen dahinsauste?

Ihre Sorge war jedoch unbegründet. Das mächtige Tier glitt

nahe über dem Boden dahin, sodass sie sein Steigen und Sinken bei jeder Unebenheit fühlte. Das Licht der Laterne glitt über grobes Gestein, Sanddünen und blau oder rötlich gefärbte Felsblöcke, die der Wind von Jahrtausenden zu phantastischen Formen geschliffen hatte.

Es wurde dunkler und dunkler um sie, während die Echse durch die Wüste schwebte, einer Piste folgend, die nur Umbra erspähen konnte.

DRITTER TEIL
Phurams Verschleierung

Die Mächte der Finsternis

Das Leuchtfeuer von Mesquit

Am Kai der kleinen Hafenstadt Mesquit hoch im Norden standen die Mütter und Frauen der Fischer und beobachteten sorgenvoll den Morgenhimmel. In der Dämmerung waren die Fischerboote wie üblich ausgefahren, um Krebse und Langusten aus der eisigen Tiefe des Diamantmeeres zu ziehen, und da hatte die Welt noch ausgesehen wie immer, aber jetzt geschah etwas, das nicht mehr der Ordnung entsprach. Die Frauen wickelten sich eng in ihre wollenen Kapuzenmäntel und blickten abwechselnd zu den Bergen von Luris auf, von denen ein eisig kalter Wind bösartig herabfauchte, und dem am östlichen Horizont aufsteigenden Sonnenstern.

»Es sind nur Gewitterwolken, meint ihr nicht auch?«, fragte eine junge Frau munter, voll Hoffnung, die anderen möchten ihr zustimmen.

Aber die schüttelten einhellig den Kopf. »Das sind keine Gewitterwolken«, antwortete die Dorfälteste, ein fast hundertjähriges Weib, das immer noch scharfe Augen und einen klaren Verstand hatte. »Seht doch! Es sieht aus, als würde ein Sack voll Asche ausgeleert!«

Und wirklich sah es so aus. Die Wolken waren schwärzer, als je ein Gewitter gewesen war, und wie aus einem ungeheuren Sack, der umgestülpt und ausgeleert wird, quoll aus ihnen ein Gestöber schwarzer Flocken, die im Handumdrehen die Sonne verhüllten. Die Frauen schrien alle gleichzeitig auf, als der unheimliche

Schleier Phurams Angesicht verbarg und alles Licht auf Erden schlagartig erlosch. Ein graugrünes Halbdunkel breitete sich über Chatundra, in dem das Totenantlitz der erstorbenen Sonne nur noch ein schwaches Glimmen verstrahlte.

»Die Schiffe! Die Schiffe auf See!«, schrie die Dorfälteste. »Zündet ein Feuer an, das sie leitet, sonst finden sie den Hafen nicht!«

Und die Frauen hielten sich nicht auf damit, Holz zu sammeln. Sie rannten in das Gemeinschaftshaus, das unmittelbar an der Hafeneinfahrt stand, entzündeten Fackeln am Herdfeuer und liefen durch das ganze Haus, wobei sie alles in Brand steckten, was sie erreichten. Tische und Stühle, Fensterläden und Treppen, Schränke und Dachbalken, alles loderte auf, angefacht von den wütenden Fallwinden, die von den Berggipfeln herunterstürzten. Die Frauen hatten gerade noch Zeit, sich in Sicherheit zu bringen, als das Haus bereits zu einem gewaltigen Leuchtfeuer aufflammte.

Draußen auf See jubelten die Männer auf, als sie in der so plötzlich hereingebrochenen Finsternis den Flammenschein sahen, und jedes Boot wandte den Bug den rettenden Flammen zu. Da der Wind vom Land zum Meer wehte, nützten ihnen die Segel nichts, und die Männer legten sich mit all ihrer Kraft in die Riemen. Ein Boot nach dem anderen erreichte den sicheren Hafen, empfangen von den Frauen, die zugleich lachten und weinten. Sie hatten ihre Männer gesund wieder, aber drohte nicht ihnen allen das Ende der Welt?

Denn als sie aufblickten, hörten sie ein grauenhaftes Getöse am Himmel. Die Schneefahnen am äußersten, meerseitigen Ende der Toarch kin Mur, wo sie mit den Luris-Bergen zusammenstießen, nahmen die Gestalt fliegender Drachen an. Sie stürmten südwärts, wobei sie eine so grausige Kälte verströmten, dass die Menschen unten sogar in der Nähe des brennenden Hauses zu erstarren glaubten. Blitzschnell breiteten sie sich über den Himmel aus und nahmen ihre Posten auf den Gipfeln der Heulenden

Berge ein, um das Reich Zarzunabas' gegen die drohende Gefahr aus dem Süden zu verteidigen und gleichzeitig ihre eigenen Schlachtreihen zu formieren.

Die Totenhöhle

Thainach Katanja war wütend, so wütend wie noch selten in ihrem Leben. Nicht nur, dass ihr diese beiden Erzverbrecher durch die Lappen gegangen waren, sie hatten sie und ihre Männer auch noch lächerlich gemacht. Alle hatten sie geschrien und gebetet, geflucht und gejammert, verstört von ihrer Gefangenschaft in den silbernen Schlingen, in denen sie nur zu deutlich das Netz der Monddrachin erkannten.

Aber sie würde die beiden kriegen, sie würde sie kriegen, und dann würde sie erst mal persönlich mit ihnen abrechnen, ehe sie sie in Ketten zu König Viborg nach Chiritai schickte.

Sie hatte Thilmo unter Bedeckung in die Stadt geschickt, aber sie selbst und ihre Truppe zogen in die Wüste und suchten die Spur der Flüchtigen. Dummerweise hatte der Zauber auch eine gewaltige Wirkung auf die Hunde gehabt, die verwirrt blinzelnd und mit hängenden Ruten neben ihrer Herrin herschlichen und so konfus waren, dass sie nicht einmal einen frischen Hering unter ihrer Schnauze gerochen hätten. Aber irgendwie schafften sie es dann doch, die Spur aufzunehmen. Sie fanden sogar die Höhle, in der die Flüchtigen sich tagsüber versteckt hatten. Katanja war enttäuscht, als sich herausstellte, dass dort niemand mehr war, aber ihre Hoffnung lebte auf, als sie nach mehreren Stunden des Umherirrens zwischen den Dünen einen gemauerten Schachteingang entdeckte. Sie rechnete nach: Bis hierher etwa mochten die Verbrecher gelangt sein, als es Tag wurde, und das hieß, dass sie sich ganz in der Nähe verstecken mussten. Es war also nahe liegend, dass sie sich in dem Tunnel befanden.

Wären Katanja nicht so rachsüchtig gewesen, so hätte sie es sich zweimal überlegt, einen Fuß dort hinein zu setzen. Aber sie konnte es nicht erwarten, die beiden zu fassen, und ihre Männer dachten genauso. Buiko, ihr Adjutant, spähte in den Höhleneingang und bot sich an, als Erster zu gehen.

»Wir gehen alle zusammen«, entschied Katanja. »Abmarsch, und los!«

Sie zündeten die Fackeln an und betraten den Tunnel. Es wurde sofort offensichtlich, dass sie sich in der Vorhalle einer weitläufigen Höhle befanden, denn Luftwirbel zogen nach allen Seiten. Der Wind pfiff und summte insektengleich in den Steinen, mit einem hohen, bösartigen Ton, der Katanja an ein aufgestörtes Wespennest erinnerte. Kaum hatten sie sich ein Stück weit vom Eingang entfernt, als es eisig kalt wurde. Die Soldaten zogen alle ihre Mäntel eng um sich und stülpten sich die Kapuzen über den Kopf. Unwillkürlich drängten sie sich näher aneinander.

Es war zweifellos eine natürliche Höhle, die sie betreten hatten, aber wie es diesen Hohlräumen oftmals eigentümlich ist, erweckte sie den Eindruck eines von Menschenhand geschaffenen Gebäudes. Da waren Gänge und Öffnungen, die zu regelmäßig schienen, um von Natur entstanden zu sein, filigrane Säulen aus Tropfgestein und absonderlicher Zierrat, wie ihn der kühnste Steinmetz nicht hätte entwerfen können. Im Schein der Fackeln kletterte Katanjas Truppe über Schuttkegel, die von langsam zerfallenden Felsmauern herabkrochen, wanden sich durch halb verschüttete Öffnungen und eilten durch altertümliche Hallen und Säle. Sie alle hielt die dumpfe Beklemmung einer Furcht umfangen, die sie nichts Irdischem zuordnen konnten. Vom Eingang über die gesamte erste Ebene hinweg hatten sie nichts Lebendiges gesehen und nichts gehört außer dem heimtückischen Wispern des Windes.

Plötzlich blieb Buiko, der als Erster ging, stehen und bedeutete den Nachkommenden mit ausgestrecktem Arm, es ihm gleichzutun. Er lauschte, dann wandte er sich mit gedämpfter Stimme an Katanja. »Hörst du das? Jemand folgt uns.«

Die Soldatin lauschte, sagte aber: »Ich höre nichts. Vielleicht täuschst du dich? Der Wind und das Wasser machen Geräusche.«

»Doch, ich bin ganz sicher. Da sind Schritte. Sie sind hinter uns her.«

»Die Flüchtigen würden vor uns davonlaufen. Oder meinst du, sie legen einen Hinterhalt?«

Er schüttelte den Kopf. »Das sind keine Gejagten, Thainach, das sind Jäger.« Dicht an ihrem Ohr flüsterte er: »Es sind Tarasquen.«

Katanja presste die Hand auf die Brust, um ihren rasenden Herzschlag zu besänftigen. Sie befahl jedoch mit ruhiger Stimme: »Macht euch bereit, Soldaten!« Das Dunkel setzte ihr mehr zu, als es ein Heer von Feinden gekonnt hätte. Und jetzt war es nicht mehr das Dunkel allein, sondern diese albtraumhafte Gefahr, die ihr bislang nur in ihren schlimmsten Träumen begegnet war. Sie horchte angespannt, konnte aber nichts von den Geräuschen vernehmen, die die scharfen Ohren des Adjutanten aufgespürt hatten.

Buiko stellte seine Fackel auf den Boden und sah sich um. Das schwache Licht erhellte einen Raum, aus dem mehrere Öffnungen nach verschiedenen Seiten in finstere Bergwerksgänge führten. Kalter Wind zog durch unsichtbare Spalten und strich über die erhitzten Gesichter der Soldaten. Er sagte leise: »Wenn die Verbrecher in diese Höhle geflüchtet sind, dann brauchen wir uns nicht mehr die Mühe zu machen, sie zu suchen. Das hier ist todbringender als die Zisterne des Gerichtstiers.«

Katanja hatte einen Entschluss gefasst. »Wir gehen zurück. Beeilt euch – aber passt trotzdem gut auf, wo ihr hintretet. Ein verstauchter Knöchel ist das Letzte, was wir jetzt noch brauchen können.«

Die Männer gehorchten mit kaum verhohlener Erleichterung. Im Finstern Verbrecher zu jagen war eine Sache, aber dabei auch noch auf Kreaturen der Unterwelt zu stoßen war mehr, als man von ihnen erwarten konnte. Sie drehten auf den Fersen um und eilten den Tunnel entlang zurück.

Katanja wünschte nur, sie hätten nicht so viel Lärm dabei gemacht. Wenn die Tarasquen in der Nähe waren, dann mussten sie sie hören. Sie hatte keine Vorstellung davon, wie groß die Bestien sein mochten – waren sie so groß wie Menschen? Oder größer? Oder kleiner, sodass sie mühelos durch Spalten in der Felswand schlüpfen konnten? In all den Geschichten, die sie jemals gehört hatte, war keine Rede davon gewesen, wie die Basilisken eigentlich aussahen, nur, dass sie monströs hässlich waren. Buiko hatte davon gesprochen, dass er Schritte gehört habe, also gingen sie vermutlich auf zwei Beinen und waren – was immerhin eine Erleichterung bedeutete – weder riesenhafte Insekten noch mannsgroße Würmer.

Sie hatten eben eine Stelle überwunden, wo der Gang erst bergauf und dann jenseits der Schwelle steil bergab führte, als Buiko sich mit einem Ruck umdrehte und die Fackel hochriss, wobei er einen lauten Schrei ausstieß. Katanja fuhr herum. Ein paar Herzschläge lang sah sie im schwankenden Lichtschein ein Gesicht um die Krümmung des Höhlenganges spähen – ein großes, ungesund bleiches und schwammiges Gesicht mit einer Schnauze wie ein Schwein, in der sich zwei runzlige Nasenlöcher schnüffelnd bewegten. Es schien ihr, als hätte sie im Glanz eines plötzlich aufzuckenden Blitzes etwas gesehen, denn der Tarasque verschwand augenblicklich wieder, wobei er einen widerlich schnarchenden Laut hören ließ. Katanja vernahm ein Schaben und Scharren, als er sich flüchtend durch den Felsengang zwängte, dann war alles wieder still.

Sie waren alle stehen geblieben und blickten Buiko an. Dem Mann war anzusehen, dass ihm das Herz im Hals klopfte. Er musste zwei Mal ansetzen, ehe er den Satz herausbrachte: »Zündet alle Fackeln an, auch die Vorräte. Das Licht ist unsere beste Waffe gegen sie.«

»Ist alles in Ordnung mit dir?«, fragte Katanja.

Buiko nickte, aber Katanja merkte, dass längst nicht alles in Ordnung war. Die Tarasquen mussten viel, viel schlimmer sein, als selbst die Geschichten der Mondscheiner berichteten, denn Buiko war zu Tode erschrocken, als er das Scheusal deutlich im Licht seiner Fackel gesehen hatte. Auf seinem bleichen Gesicht glänzte der Schweiß, und seine Augen waren groß und wild. Er streckte die Hand nach Katanjas Fackel aus und ergriff sie, während er seine eigene in der Hand trug. Anscheinend traute er dem Schutz des Lichtes aber selber nicht ganz, denn der Ausdruck auf seinem Gesicht sprach eher von verzweifeltem Durchhaltewillen als von wirklichem Mut.

Katanja fragte sich, was er – der als Einziger das Unwesen deutlich gesehen hatte – erblickt hatte. Sie kam aber nicht dazu, länger darüber nachzugrübeln, denn Buiko hatte sich schon wieder in Bewegung gesetzt. Er kletterte, so schnell es bei dem holprigen und glitschigen Untergrund möglich war, den steilen Pfad zwischen den Felsen hinauf.

Sie keuchten alle, aber Hoffnung beflügelte sie: Je steiler der Weg nach oben führte, desto schneller konnten sie dieses kalte, lichtlose Labyrinth hinter sich lassen. Katanja nahm ihre Kraft zusammen, stieg mit weit ausholenden Schritten von einem Felsentritt auf den nächsten. Die vielen Zacken boten gute Griffe, auch wenn sie so scharf waren, dass ihre Hände trotz der Lederhandschuhe schmerzten. Bald hatte sie das Gefühl, dass sie sich an Messerklingen hochziehen musste. Aber sie wagte nicht, auch nur einen Augenblick zu verschnaufen und sich wenigstens die zerschundenen Hände zu reiben, denn inzwischen hörten sie alle, was erst nur Buiko gehört hatte: Jemand war ihnen dicht auf den Fersen.

Beständig füllte sich die feuchte Luft mit wispernden Geräuschen, dem Rollen von Steinen, dem Schaben von festen Teilen an den rauen Felswänden, dem fernen Gezischel von Stimmen. Diese Stimmen waren das Unangenehmste, das Katanja je zu Ohren gekommen war. Ihre Sprache bestand aus schmatzenden, malmenden Geräuschen, als redeten Geschöpfe miteinander, die unterm Reden kauten und schluckten. Kein einziges Wort davon war verständlich, aber Katanja kam nicht darauf, ob die Tarasquen in einer unverständlichen Sprache redeten oder ob sie nur zu weit weg waren, um verstanden zu werden. Sie hoffte das Letztere.

Dann bekam sie – mit einem jähen Schreck, bei dem ihr fast das Herz stehen blieb – eine weitere der Kloakenkreaturen zu sehen. Sie hatte eben einen massigen Felsenpfeiler umstiegen und befand sich an einer Stelle, von der sie wie von einem Treppenabsatz aus den unter ihr liegenden Pfad überblicken konnte. Wieder war das Gesicht, das hinter einem Felsen hervorspähte – ein großes, glattes, blass rosafarbenes Gesicht –, nur kurz im flackernden Licht der Fackeln zu sehen, aber diesmal erkannte Katanja deutlich seinen runzligen Rüssel und die hängenden Backen. Sie sah auch, dass es missgebildete, an die Nacht der Tiefe angepasste Augen hatte, die denen eines Kraken ähnelten, so flach und farblos waren sie. Wieder verschwand das Scheusal blitzartig, als der Lichtschein es traf. Dann war aus dem Gang unten ein wildes Gepolter zu vernehmen, das sich anhörte, als kletterte das vom Licht erschreckte Unwesen in wilder Hast über einen ganzen Haufen von seinesgleichen davon.

Sie waren längere Zeit über einen Schuttkegel hinaufgeklettert, der ständig unter ihren Sohlen abrutschte und ihre ohnehin erschöpften Kräfte bis zum Äußersten strapazierte. Dann hatten sie den Kamm des Kegels erreicht, und mit einem Mal öffnete sich die Mündung der Höhle vor ihnen. Draußen herrschte Nacht, was Katanja überraschte – sie mussten viel, viel länger in der Totenhöhle gewesen sein, als sie angenommen hatte. Aber im Augenblick zählte nur, dass sie aus diesem verseuchten Abgrund entkamen.

Sie stolperten alle den jenseitigen Abhang des Kegels hinab, so schnell sie konnten. Dann standen sie nebeneinander im Eingang der Höhle und starrten zum Himmel hinauf, fassungslos vor Entsetzen. Wo Phurams Angesicht geleuchtet hatte, hing jetzt eine grünliche Scheibe im olivfarbenen Dunst wie das Antlitz eines Ertrunkenen in schmutzigem Wasser.

Katanja hatte nicht lange Zeit, über den ungewohnten Anblick der Sonne zu staunen. Hinter ihnen quoll eine Schar aus der Totenhöhle, die zuvor selten die Oberfläche Chatundras betreten hatte. Was Katanja aber am meisten verblüffte, war, dass vor ihnen her zwei junge Mokabiter in adeliger Tracht stürmten, beide wohl gestaltet und mit schönen Gesichtern, die unter wilden Kampfschreien ihre Degen zogen.

Der Anblick riss die Soldatin aus ihrer Erstarrung. Männer, die blutdürstig auf sie zustürmten, waren ihr ein vertrauter Anblick. »Buiko!«, schrie sie. »Das sind die Anführer! Töten wir sie zuerst!«

Die beiden hörten den Schrei, erkannten in Katanja die Anführerin der feindlichen Truppe und drangen sofort wie Rasende auf sie ein.

Katanja fuhr zurück, wich seitlich aus, und mit einem gewaltigen Sprung stieß sie ihren Speer dem dunkelhaarigen Mann in die Brust, sodass er zu Boden stürzte. Sie beugte sich vor, um mit dem Hiebmesser seinen Kopf abzuschlagen, da fiel sein Gefährte sie von hinten an, und mit aller Kraft stieß er seinen Degen unterhalb des Brustpanzers durch ihren Leib. Katanja schwanden die Sinne, rote Nebel wallten vor ihren Augen, und ohne einen Laut brach sie zusammen. Sie sah nicht mehr, wie Buiko den heimtückischen Angriff rächte und dem Mann den Kopf vom Leib schlug, dass er über die Böschung davonrollte. Der Tod legte sich schwer auf ihre Lider, und sie starb, wie sie immer zu sterben gewünscht hatte – mitten im heißesten Kampf.

Der Drachenkampf über Thurazim

Die schöne, junge Edelfrau Philanis war eine der wenigen reichen Frauen, die noch in Thurazim zurückgeblieben waren. Sie hatte sich nicht entschließen können, ihr Haus mitsamt seinem blühenden Garten aufzugeben und aufs Land zu fliehen. Ständig hatte sie – die ebenso reich wie geizig war – daran denken müssen, dass die plündernden und Unheil stiftenden Schecken eindringen und alles Kostbare wegschleppen würden, wenn es unbewohnt stand. Also hatte sie ihre Sklaven gezwungen, mit ihr in der Stadt zu bleiben, obwohl sie klagten und jammerten und finsteres Unheil prophezeiten.

Philanis erwachte davon, dass ihre Zofe sich über sie beugte und sie schüttelte, während sie immer wieder ihren Namen kreischte und dazwischen »O seht doch nur, seht!« ausrief.

»Bist du von Sinnen, dummes Trampel?«, schimpfte die so unsanft aus dem Schlaf gerissene Edeldame. »Ich lasse dich auspeitschen!«

Aber die Zofe hörte die Drohung nicht mehr. Sie war bereits geflohen, genau wie alle anderen Sklaven auch. Kreischend und jammernd rannten sie aus dem Haus, hastig geknüpfte Bündel mit ihrem nötigsten Besitz auf der Schulter und auf dem Kopf tragend. Philanis – die nun auch begriff, dass etwas Ungewöhnliches geschehen sein musste –, sprang aus dem Bett und sah sie gerade noch um die Straßenecke verschwinden.

Erst dachte sie, ein Sturm ziehe auf, aber dann begriff sie, was geschehen war, und ein langer, gellender Entsetzensschrei entrang sich ihrer Brust. So war es also tatsächlich geschehen, und Phurams Angesicht war verhüllt! Was sollte sie nun tun? Und vor allem, was würde aus ihren Schätzen, die sie vor den Plünderern im Keller versteckt hatte? Waren sie dort sicher genug? In ihrer ersten Verwirrung rannte sie halb nackt im Haus treppauf, treppab, schrie nach den Sklaven und drohte ihnen die grausamsten Strafen an, wenn sie nicht herbeieilten. Dann kam sie zur Vernunft.

Die Sklaven waren weg, und die schlimmsten Drohungen würden sie nicht mehr zurückbringen. Aber ein paar Gärten weiter stand die Villa ihrer Freundin Aniz, zu der würde sie laufen und um ein paar Sklaven bitten, die ihre Schatztruhen in ein noch sichereres Versteck bringen sollten. In Windeseile warf sie sich Kleider und Mantel über, schlüpfte in die Sandalen und warf eine Kapuze über das ungeflochtene und ungekämmte Haar. So stürmte sie auf die Straße.

Sie war nicht die Einzige. Nicht nur in den Vierteln der niedrigen Volksschichten herrschte Tidha tan Techta, selbst hier im vornehmen Villenviertel rannten die Menschen durcheinander wie Hühner, denen man den Kopf abgehackt hat. Sklaven und Herren gleichermaßen kamen aus den Häusern gelaufen und starrten in den entsetzlich veränderten Himmel hinauf. Die einen flehten Phuram an, sich wieder zu enthüllen, die anderen riefen nach ihren Waffen, wieder andere rannten einfach davon, ohne nachzudenken, wohin sie wollten.

Zu Kaiser Hugues Zeiten, ehe er die Mokabiterin geheiratet und sich selbst und sein Reich dem Verfall preisgegeben hatte, war Thurazim eine gut befestigte Stadt gewesen. Aber nun war der Kaiser tot, die Aristokraten geflohen, die Ritter und Priester in Machtkämpfe untereinander verwickelt. Verwirrung und Willkür hatten Einzug gehalten. Als der schwarze Schleier über Phurams Angesicht fiel und das bleierne Zwielicht sich über alle Welt breitete, gab es niemanden, der gewusst hätte, was zu tun war. Die meisten Sundaris flohen in den Phuram-Tempel, während die Schecken kopflos durcheinander rannten und die noch verbliebenen Mondscheiner sich tief in ihren Katakomben verkrochen.

Philanis erreichte das Haus ihrer Freundin, sah aber sofort, dass von Aniz keine Hilfe zu erwarten war. Auf dem Gartenweg lag eine Reihe von Gegenständen, die die fliehenden Sklaven verloren hatten, und aus einem offenen Fenster im Oberstock drang das hysterische Wutgeschrei der Hausherrin, die – wie Philanis zuvor – vergeblich versuchte, die Treulosen zurückzuhalten. Als Philanis nach ihr rief, erschien sie am Fenster und kam gleich darauf, immer noch zeternd, die Treppe heruntergelaufen, um sich der Freundin in die Arme zu werfen.

»Was sollen wir tun? Was sollen wir nur tun?«, schrie sie. Ihre Worte vergingen in einem grausigen Geräusch.

Kaum war Phurams Licht erloschen, als von Süden her ein lang gezogenes Heulen ertönte wie das Nahen eines furchtbaren Sturms. Die Heere der Rachmanzai stürmten, von ihrem Fesseln befreit, brüllend vor Wut ihren Erzfeinden, den Eishörnern, entgegen. Eine riesige Wolke wallte am Horizont auf, schwarz wie die Nacht, erfüllt von feurigen Blitzen, und jagte gegen den Wind auf die unglückliche Stadt zu. Eine Hitzewelle flog vor ihr her und ein feiner, brennender Staub, der sich in Mund und Nase legte. So furchtbar war die Glut, dass ganz Thurazim mit allen seinen Bewohnern in Flammen aufgegangen wäre, hätte sich nicht von Norden her eine zweite Schlachtreihe genähert.

Kreischend und pfeifend stürmten auf weißen Wolken die Eishörner einher, eingehüllt in Schnee und Kälte, silberne Blitze schleudernd.

Hoch über den Köpfen der verstörten Menschen prallten beide Heere unter ungeheurem Getöse und Kampfgeschrei aufeinander. Feuer und Schnee stürmten gegeneinander an, die Luft flirrte von Feuerfunken und Eiskristallen. Dass viele Einwohner von Thurazim den schwarzen Tag überlebten, hatten sie nur der

Wut der Purpurdrachen zu danken, die die anwesenden Menschen vergaßen und an nichts anderes denken konnten, als sich aufeinander zu stürzen und sich bis zur letzten Schuppe und Klaue auszurotten. Der Himmel dröhnte wie ein eherner Gong, die Luft zischte, siedendes Wasser tropfte hinab und gefror, ehe es die Erde erreichte.

Die beiden Frauen starrten mit offenem Mund in den Himmel. Da fiel plötzlich etwas riesiges Schwarzes lodernd herab und klatschte dumpf vor ihnen auf den Rasen – das abgerissene Vorderbein eines Muden Gamul, noch blutend und brennend vom Feueratem des siegreichen Rachmanzai.

Philanis und Aniz flohen bei diesem Anblick in die Gärten und erreichten Philanis' Haus, wo sie alle Türen hinter sich zuwarfen und in den Keller stürmten. Die bronzebeschlagene Tür der Schatzkammer fiel hinter ihnen ins Schloss, und beide zugleich stießen den Riegel vor, ehe sie keuchend und schweißtriefend einander anstarrten.

»Phuram is erloschen! Die Welt geht unter!«, rief Aniz Hände ringend. Philanis aber konnte selbst in diesem Augenblick an nichts anderes denken als daran, wie sie ihre Schätze in Sicherheit bringen sollte. Da lagen sie zuhauf, wie die Diener sie in den unheilvollen letzten Tagen in die Schatzkammer geschleppt hatten: Truhen und Schatullen voll Geschmeide, Haufen von kostbaren Gewändern, Schuhen, Taschen und Hüten, Säcke voll Kaisermünzen ... sollte das alles verloren sein?

Mit einem wilden Aufschrei warf Philanis sich über einen Haufen ihrer besten Kleider und zerrte die schönsten hervor, um sie an irgendeinen anderen Ort zu schleppen, der ihr sicherer dünkte. Aber das Kleid, das sie anpackte, war ungewöhnlich schwer. Sie riss und rüttelte daran, in der Meinung, es hätte sich irgendwo verhakt. Da regte sich das Kleid – und das Ding, das darin steckte, starrte sie aus schwarz umrandeten Krakenaugen an und zischte drohend durch seinen Rüssel. Philanis sprang zurück und wollte fliehen. Zu spät! Der gesamte Kleiderhaufen geriet in Bewegung, über den Spitzenkragen grinsten breite Mäuler, die voll scharfer Hauer steckten, unter den Spitzenhäubchen schielten rötlich schillernde Augen hervor, und wackelnd, hopsend, grunzend, schmatzend und Zähne fletschend umdrängten die Basilisken von allen Seiten die beiden Frauen, die wie im Wahnsinn wimmerten.

Die Herrschaft der Basilisken

Während die Einwohner von Thurazim noch entsetzt zu den kämpfenden Drachenhorden am Himmel hinaufstarrten, kroch eine neue Gefahr aus den Kellern und Katakomben. Die Ersten, die sie bemerkten, waren die Mondscheiner, die sich plötzlich wimmelnden Scharen von Tarasquen gegenübersahen und schreiend flohen. Verblüffte Sundaris und Schecken wurden Zeuge, wie Trauben von Menschen aus den Toren der Unterstadt quollen und in wilder Flucht durch die zwielichterhellten Gassen davonhetzten. Aber sie staunten nicht lange. Bald sahen auch sie, was da die Treppen heraufgehüpft und -gehopst kam, und von Ekel und Grauen gleichermaßen geschüttelt, rannten sie hinter den fliehenden Mondscheinern her. Nur fort, fort aus der verfluchten Stadt, über die Feuer und Eis und das Gewürm des Erdinnern hereingebrochen waren!

Es war die Habgier der Basilisken, die vielen Einwohnern von Thurazim das Leben rettete, denn die Kreaturen konnten nicht widerstehen, alle Schatztruhen, Schmuckschatullen und Kleiderkammern zu plündern, auf die sie stießen. Das hielt sie davon ab, den Fliehenden über weite Strecken zu folgen. Vor allem aber waren es die Statuen Phurams, auf die sie sich wütend stürzten. Da ihre schwammigen Glieder zu schwach waren, um die Riesenbilder zu stürzen, erzwangen sie sich den Zugang zu den Tempeln und Priesterhäusern und verbrachten dort viel Zeit damit, die kleineren Götterbilder zu besudeln und zu schänden.

Nachdem sie den Goldenen Tempel auf unbeschreibliche Weise verunreinigt hatten, schleppten sie aus einer ihrer tiefen unterirdischen Höhlen ein mächtiges Bildwerk herbei und hievten es auf den Altar. Im Dämmerlicht stand es dort, schauervoll anzusehen, denn sechs schuppige Füße trugen den stachelbewehrten Panzerleib einer Riesenschildkröte, an dem hinten ein gewundener Drachenschwanz saß, vorn aber der dreifache Kopf eines bärtigen Mannes – Tarasque, Sohn des Drydd und der Athahatis. Nun triumphierte sein versteinerter Kadaver auf Phurams Altar.

Ihm zu Ehren tanzten seine Abkömmlinge und stimmten Gesänge an, wie sie nie zuvor ein Mensch gehört hatte, während über den Zinnen des Tempels wie ein Sturmwind brüllend die rasende Schlacht der verfeindeten Drachenheere tobte.

Es war ein furchtbarer Krieg. Die Menschen duckten sich unter die Dachtraufen der Häuser, um nicht von dem schaurigen Regen aus blutigen Fleischstücken und gefrorenen Gliedern getroffen zu werden, der aus dem umnachteten Himmel prasselte. Feuerschweife und Eisbrocken fielen auf die Häuser und Straßen, setzten die hölzernen Behausungen der Vorstädte in Brand und zertrümmerten die gläsernen Türme. Überall drängten sich schreiende Menschen, die nicht wussten, wohin sie fliehen sollten. Als die erste der sieben schrecklichen Nächte über Thurazim hereinbrach, umgab ein Ring aus Feuer die Stadt, und die Wüste rundum war voll von Verzweifelten. Sie hörten das Toben am Himmel, aber als Datura leuchtend aufstieg, war von den Drachenheeren keine Spur mehr zu sehen. Allein die zwölf Fallum Fey schwebten am Himmel und trugen das silberne Spinnennetz, in dem ihre Gebieterin ruhte.

Im Süden hatten die Höllenzwinger auf der höchsten Plattform des »Hauses der tausend Türme« das Aufeinanderprallen der Purpurdrachen ebenso gespannt beobachtet, wie im äußersten Norden der Kadaverfürst auf den Zinnen seines Eispalastes stand und den magischen Blick in das Kaiserreich sandte. Beide waren überzeugt, dass ihr Heer siegen und den Erzfeind vernichten würde, und beide wurden von fassungslosem Entsetzen übermannt, als ihnen klar wurde, was tatsächlich geschehen war.

In der besinnungslosen Wut des Kampfes hatte jedes der beiden Drachenheere gemeint, das andere besiegt zu haben, und voll Siegesfreude stürmten sie aneinander vorbei, um auch noch die Befehlshaber des gegnerischen Heeres zu vernichten. Und so kam es, dass die Höllenzwinger schreiend die Wendeltreppen hinunterflohen, als sie den eisigen Schwarm der Muden Gamul auf Thamaz zustürmen sahen, Eis und Blitze schleudernd, eingehüllt in eine Wolke tobender Schneestürme, während zur selben Zeit Zarzunabas, gefolgt von seinem Hofstaat, in wilder Hast vor den Feuer speienden Horden floh, die über die Pässe der Toarch kin Mur brausten. Schauerliche Verwüstung herrschte auf beiden Seiten. Thamaz, das seit Jahrhunderten keinen Winter erlebt hatte, lag unter knietiefem Schnee begraben, während im Norden die eisigen Zinnen des Alabasterschlosses zerrannen und schmolzen. Aber viele Rachmanzai erstarrten in der eisigen Kälte, fielen vom Himmel und versanken im Schnee. Die Muden Gamul wiederum kamen den Vulkanen zu nahe, wurden immer schwerer und nasser und stürzten in die feurigen Schlote, aus denen meilenhoch zischende Dampfwolken aufstiegen.

Als der Morgen anbrach – der kaum heller als die Nacht war –, lagen über ganz Chatundra verstreut die Kadaver der riesigen Drachen, die sich in ihrer Raserei selbst ausgerottet hatten.

Überall herrschte Entsetzen. In Thamaz waren viele Bewohner im Schnee erfroren oder zur Beute der Basilisken geworden, die auch dort aus ihren Madenlöchern gekrochen waren, als sie die Menschen schwach und hilflos gesehen hatten. Diejenigen Bürger von Thamaz, die die Schreckensnacht überlebt hatten, flohen in das Reich der Makakau und baten den König um Hilfe in der Not. Dieser gewährte sie ihnen auch: Die einfachen Bürger durften bleiben, alle Angehörigen des Mokabitergeschlechts ließ er jedoch auf die Insel Macrecourt verbannen und verbot ihnen, sie zu verlassen. Sie hatten dort Wasser und Früchte genug, um zu überleben, und der König der Makakau ließ ein Schiff mit Brot, Reis und Süßkartoffeln hinüberschicken. Aber Freude hatten die genusssüchtigen und verwöhnten Damen und Herren keine daran, dass sie Wasser schleppen und Holz fürs Feuer klauben mussten, und so verbrachten sie den größten Teil der Zeit damit, dass sie untereinander zankten und sich die Schuld an dem Unheil zuwiesen.

Den Geistern und Gespenstern, die Zarzunabas dienten, hatte der Angriff der Drachen keinen Schaden getan, und auch er, der Unsterbliche, hatte ihn unversehrt überstanden, aber mit Geistern konnte er keinen Krieg führen. Sie hatten ihm gute Dienste geleistet, als es darum ging, die Pässe der Toarch kin Mur zu bewachen und einsame Landbewohner in Schrecken zu halten, aber sie waren nicht einmal dazu nütze, Chiritai anzugreifen. Ritter Viborg und seine Soldateska waren keine Leute, die sich von Gespenstern erschrecken ließen.

Die Tarasquen jedoch triumphierten. Sie nahmen Thurazim in Besitz und nannten es in ihrer Sprache Duchlaloch, »eroberte Stadt«. Die Kadaver der Drachen und die Leichen der Menschen, die überall auf den Straßen und in den Ruinen der Häuser herumlagen, boten ihnen so reichliche Nahrung, wie sie seit langem nicht mehr genossen hatten. Wimmelnd wie Maden krochen sie darauf herum, rissen mit ihren scharfen Zähnen Brocken aus dem rasch verwesenden Fleisch und kauten sie, gräulich schmatzend und sabbernd. Als der Schnee in Thamaz schmolz, gaben sie auch dieser Stadt einen neuen Namen: Knulaloch, »zerstörte Stadt«. Sie plünderten jedes Gebäude, vom Haus der tausend Türme bis hinunter zur niedrigsten Hütte in der verrufenen »Schlangengrube«, und töteten alles Lebendige, das nicht zu ihrer Art gehörte. So besudelt war die Stadt, dass selbst die Ratten daraus flohen und sie den Abkömmlingen Drydds überließen.

Der Weg nach Luifinlas

Die Ruinen von Dundris

Irgendwann war Kaira eingeschlafen und erwachte erst, als die Echse sanft auf dem Boden aufsetzte. Sie schreckte hoch und sah, dass die Nacht ihrem Ende zuging. Im Osten war der Horizont bereits muschelfarben – es würde nicht mehr lange dauern, bis der Sonnenfürst aufging.

»Weiter kann ich euch nicht bringen, sonst kommt ihr in die Sonne.« Umbra bedeutete ihr, abzusitzen und sich zu den Übrigen zu gesellen, die bereits abgestiegen waren und ihr Gepäck schulterten. Sie rief ihnen zu: »Gebt auf eure Schritte Acht! Wir sehen uns in Luifinlas!« Gleich darauf erhob sich die Echse wieder in die Luft.

Kaira fror. Sie blickte um sich, noch benommen vom tiefen Schlaf. »Macht es Umbra denn nichts aus, in der Sonne zu reisen?«, fragte sie.

»In ihrer eigenen Gestalt könnte sie es nicht, aber sie verwandelt ihr Äußeres so, dass es ihr möglich ist«, erwiderte Ruadh. »Wir aber müssen selber zusehen, wie wir weiterkommen.«

Rundum erhoben sich, noch halb verschattet von den Schleiern der Nacht, die Ruinen einer gewaltigen Stadt, die ehemals von majestätischer Pracht gewesen sein musste, von der aber kaum noch etwas übrig geblieben war als riesenhafte Torbögen, die sich ins Nichts öffneten, und geborstene Säulen, die gefährlich schief auf ihren Sockeln standen.

Kaira konnte erkennen, dass sie sich nahe am Rand einer

Hochebene befanden, die in steil abstürzenden Klippen endete, aber sie war nicht nahe genug an diesem Rand, um zu sehen, wie es am Fuß der Klippen weiterging. Die Luft war trocken und sehr kalt. So weit das Auge reichte, erstreckte sich das Ruinenfeld. Rund um die Säulen aus rotem Marmor häufte sich der Schutt von Dächern und Mauern. Eingestürzte Giebelfelder, auf denen noch die in Gold eingelegten Ornamente glänzten, lagen inmitten eingefallener Mauern. Der Wind strich eisig über verwitterte Fundamente.

Die Maße der Bauwerke waren so ungeheuerlich, dass sie zweifellos nicht für Menschen erbaut worden waren, und der Baustil war völlig fremdartig. Seltsame Zackenmuster und gebrochene Linien herrschten vor, die an Runen erinnerten. Einige Gebäudereste ließen noch erkennen, dass die Mauern nicht lotrecht gebaut waren, sondern sich trapezförmig einander zugeneigt hatten. In der Ferne erblickte man Pyramiden, die besser erhalten waren, aber einen dunklen und drohenden Eindruck machten, als hausten böse Geister darin. Hinter ihnen erhoben sich die scharfzackigen Gipfel schneebedeckter Berge.

Kaira wandte sich Ruadh, Tataika und Beck zu. Der Sammler schritt bereits auf die nächst liegenden Ruinen zu. »Kommt! Wir müssen einen Weg finden, der die Klippen hinunter in die Wüste führt. Wenn wir nicht lebendig gekocht werden wollen, brauchen wir einen Schutzraum, und zwar rasch.«

Bei diesen Worten schlug Jannis die Hände vors Gesicht und bemühte sich vergeblich, ein Aufschluchzen zu unterdrücken, als ihm klar wurde, dass die einst geliebte und angebetete Sonne ihn gnadenlos zu Asche verbrennen würde, wenn er sich nicht rechtzeitig vor ihr versteckte. Beck, der ihm diesen Jammer am besten nachfühlen konnte, griff nach seinem Arm und drückte ihn. Mit leiser Stimme tröstete er seinen Schicksalsgenossen. »Es ist schlimm, ich weiß. Aber du wirst dich daran gewöhnen. Ich habe es auch überlebt.«

Jannis nahm die Hände vom Gesicht und schlang mit einer

verzweifelten Gebärde die mageren Finger ineinander. »Ich habe mich so bemüht«, stammelte er. »Ich hatte wirklich den besten Willen, aber alles, was ich anfing, ging schief. Es war, als stünde ich auf einer Rutschbahn. Jeder Tag war schlimmer als der vorhergehende. Und jetzt …« Er blickte mit einem trostlosen Ausdruck in den Augen in Richtung Sonnenaufgang. »Jetzt wird die heilige Sonne mich töten, wenn ich nicht vor ihr fliehe.«

Kaira spürte einen dicken Kloß in der Kehle, als er das sagte. Im Osten erschien ein feiner rötlicher Strich über dem Horizont, so glatt und gerade wie der blutende Schnitt, den ein Dolch hinterlässt.

Ruadh wandte sich ungeduldig an seine Begleiter. »Eilt euch, Freunde! Schwatzen können wir später. Jeder von euch läuft in eine Richtung und sucht einen Eingang ins Innere der Ruinen.«

Kaira beeilte sich, ihm zu gehorchen, obwohl ihr bei dem Gedanken, dass sie sich aus der schützenden Nähe ihrer Begleiter entfernen musste, angst und bange wurde. Das Ruinenfeld hatte ihr vom ersten Augenblick an nicht gefallen, und es gefiel ihr immer weniger, je länger sie in der bleichen Morgendämmerung darin herumlief. Sie kroch auf allen vieren über mächtige Schutthaufen, umrundete Säulen, die sich über ihr zu gewaltiger Höhe erhoben, und wich den Überresten von Treppen aus, die in der leeren Luft endeten. Die Stufen dieser Treppen waren beunruhigend hoch. Wer immer sie erbaut hatte, war nicht davon ausgegangen, dass Menschen sie begehen sollten.

Als Kaira Umschau hielt, fiel ihr auf, dass die Ruinen vollkommen kahl waren. Kein Grashalm, keine Wüstenpflanze, nicht einmal ein Moos oder eine kriechende Flechte war an dieser altertümlichen Stätte zu finden. Vielleicht, dachte sie, hing das Fehlen jeder Vegetation mit den gelben, nach Schwefel riechenden Krusten zusammen, die allerorten aus dem steinigen Boden hervorblühten und so giftig aussahen, dass Kaira es sorgfältig vermied, sie zu berühren. Dünne, faulig riechende Dunstschleier stiegen von ihnen auf und vergifteten die klare Wüstenluft. Der Dunst hatte eine benebelnde Wirkung. Kaira lernte rasch, den Atem anzuhalten, wenn sie an den Schwefelblumen vorbei musste.

Bald entdeckte sie auch die Knochen, die überall im Umkreis verstreut lagen, als wäre ein Hagel von Gebeinen über dem Trümmerfeld niedergegangen. Manche waren so gewaltig wie die Knochen von Elefanten, manche winzig wie Mäuseskelette, und wieder andere sahen nach den Knochen von menschenähnlichen Wesen aus. Kunterbunt gemischt und durcheinander geworfen lagen sie zwischen den rot geäderten Marmorblöcken, zwischen Steinen und Schutt. Alle waren von stumpfer, grauweißer Farbe, gebleicht von der unbarmherzigen Sonne und in der eisigen Kälte zahlloser Wüstennächte gefroren, bis sie so spröde wie Glas waren. Unter Kairas Sandalen zersprangen sie mit einem Knistern, das einem wispernden Lachen ähnelte.

Jannis war es, der als Erster winkte und rief, er habe einen Zugang ausfindig gemacht. Sie rannten von allen Seiten zu ihm hin und sahen, dass er am oberen Ende einer steilen Rampe stand, die in tief unter der Erde gelegene Keller führte. Das Haus, das sich einst darüber erhoben hatte, war zu einem formlosen Haufen Schutt zusammengestürzt.

Es war höchste Zeit. Im Osten schob sich gefährlich gleißend der oberste Rand der Sonnenscheibe über den Horizont. Die bittere Kälte der Nacht verflüchtigte sich schnell. Kaira spürte, wie sich ein klammernder Ring um ihre Schläfen legte, spürte das Brennen des sengenden Lichts auf der Haut. Jannis schrie vor Schmerz auf und hielt beide Hände schützend vors Gesicht, als die Pfeile der rächenden Sonne den Ausgestoßenen mit gnadenloser Wut trafen. Er sank auf die Knie nieder und wäre gelähmt vor Angst liegen geblieben, bis ihn der fressende Stern zu Brei zerkocht hätte, aber Beck riss ihn gewaltsam hoch und zerrte ihn hinter sich her in den schützenden Schatten. Die anderen rutschten und krochen die Rampe hinunter, so schnell sie konnten.

Kaira fragte sich, ob Ratten in dieser feuchtkalten Tiefe herumhuschten. Aber noch schlimmer als der Gedanke an Ratten war die Atmosphäre eines schleichenden Übels, die sie von allen Seiten umhüllte. Der Ort war böse, das spürte sie im tiefsten Herzen. Und was immer hier unten wohnte, musste ebenfalls böse sein.

Sie hatten die halb verschüttete Öffnung eines Kellers schon fast erreicht, als plötzlich ein Laut durch die Stille drang – ein bellendes Gelächter, das sich weder menschlich noch tierisch anhörte. Ein ekelhafter Geruch nach Fäulnis mischte sich auf einmal in die klare Luft des anbrechenden Tages, als hätte jemand ein Grab aufgerissen. Ein Schatten huschte über die zerfallenden Steine, aber als Kaira hochblickte, war am Himmel nichts zu sehen, das einen Schatten warf. Dennoch fühlte sie sich beobachtet ... auf eine sehr unfreundliche Weise beobachtet. Zu ihrer großen Erleichterung verschwand der Spuk so plötzlich, wie er erschienen war, aber danach hatten sie es alle miteinander sehr eilig, von der Oberfläche zu verschwinden. Der Glutstern war nicht die einzige Gefahr, die ihnen hier drohte, das war ihnen allen klar.

Tataika, die sich beklommen umgesehen hatte, bemerkte: »Sieht so aus, als hätten hier ziemlich große Leute gewohnt.«

Jannis nickte. Während er in Gedanken versunken eine der Zackenlinien an der Mauer mit dem Finger nachzeichnete, erklärte er: »Die Bewohner von Dundris waren Mlokisai, die Jahrhunderte lang hier lebten, ehe sie plötzlich dahingerafft wurden – von der Blauen Seuche, die Zarzunabas über sie schickte, sagen manche.«

Es stellte sich heraus, dass er erstaunlich gut Bescheid wusste. Er hatte sich mit den verschiedenen alten Kulturen und Überlieferungen auf Chatundra beschäftigt, vorzüglich mit den Indigolöwen. Langsam überwand er seine Ängstlichkeit und begann seine Umgebung mit den Augen des Wissenschaftlers zu betrachten. »Seht nur, hier, die Zackenlinien! Sie sind Runen einer

Schrift, die heute niemand mehr lesen kann. Niemand weiß, wie lange Dundris schon in Trümmern liegt und seine Bewohner von Chatundra verschwunden sind. Selbst die ältesten Schriften und Dokumente sprechen nur von den Ruinen von Dundris. Es muss ein gewaltiges Reich gewesen sein, Jahrhunderte, bevor die Sundaris ihre Stadt erbauten.« Mit einem neuerlichen nervösen Schlucken fügte er hinzu: »Das darf man natürlich nicht laut sagen. Offiziell waren die Sundaris die ersten und ältesten Siedler.«

Ruadh grinste unfreundlich. »Ja, offiziell ist auf Chatundra alles ganz anders, als es in Wirklichkeit war.«

Kaira atmete auf, als sich der kühle Schatten eines Gebäudes über sie breitete. Wenigstens vor dem fressenden Licht waren sie hier geschützt – auch wenn der Raum, in dem sie Zuflucht gesucht hatten, keineswegs anheimelnd wirkte. Seine Wände waren geschwärzt, als hätte ein mächtiges Feuer darin gebrannt, und eine stickige, ungesunde Atmosphäre herrschte, die Kaira an die drohenden Pyramiden am Horizont des Ruinenfeldes erinnerte. Die Wände warfen ihre Stimmen mit hohlem Schall zurück. Kaira merkte, dass auch die anderen zögernd stehen blieben, hin und her gerissen zwischen der Notwendigkeit, sich vor der Sonne zu verbergen, und dem Widerwillen gegen diesen unterirdischen Ort. Vor allem Jannis sah sich mit jämmerlichen Blicken um. Kaira erinnerte sich, dass die Sundaris sich oft schon vor einem gewöhnlichen Keller fürchteten. Sie konnte dem Gelehrten nachfühlen, wie bedrückend dieses Loch für ihn sein musste. Auch wenn der Glutstern ihn verstoßen hatte und ihn genauso zerstören würde wie einen beliebigen Mondscheiner, so war es doch sicher nicht leicht, die Gewohnheiten eines ganzen Lebens abzulegen.

Mit einem Trotz, der aus verzweifelter Furcht entsprang, rief er plötzlich im quengelnden Tonfall eines Kindes, das nicht länger mitgeschleppt werden will: »Ich will wieder nach Hause, ich will zurück nach Thurazim! Ich bin kein Anbeter die Mondhexe und kein Diener der Rosenfeuerdrachen. Sie haben mir nichts zu befehlen. Ich gehe nicht weiter mit.«

Ruadh schüttelte den Kopf angesichts dieser verstockten Ankündigung. »Du bist hier und musst durch, genau wie wir alle. Schließlich hast du Umbra versprochen, dass du deine Berufung erfüllen wirst.«

»Ich will aber nicht. Ich habe nur zugestimmt, weil ich mich nicht getraut habe, nein zu sagen. Meint ihr, ich hätte gewollt, dass diese Wüstenhexe mich in ein Schwein verwandelt? Es war nicht gerecht, mich so einzuschüchtern. Also gilt es auch nicht, dass ich einverstanden war.«

»Du hast ja gesagt, und das gilt.« Ruadh kauerte sich neben dem Gelehrten hin und legte ihm die Hand auf die Schulter. »Komm schon, Jannis. Angst haben wir alle, nicht weniger als du. Aber im Grunde weißt du sehr gut, dass man sich einer Berufung nicht entziehen kann. Du hast keine andere Wahl mehr!«

»Ich will auch keine Wahl mehr!« Er schüttelte Ruadhs Hand mit einem zornigen Ruck ab. »Rühr mich nicht an! Ich bin ein Sundar, du hast kein Recht, mich anzufassen.«

Beck, der aufmerksam zugehört hatte, schüttelte den Kopf – mit einer bedauernden und vorwurfsvollen Geste. »Du warst ein Sundar, Freund. Das ist vorbei. Du kannst nicht mehr zurück. Sie würden dich nicht mehr aufnehmen, das weißt du ebenso gut wie ich.«

An der Art, wie Jannis erbleichte, war deutlich zu erkennen, dass er das sehr wohl wusste, aber nicht wissen wollte. Eigensinnig beharrte er: »Das sagst du nur, weil du selber ein Verräter bist. Du bist unverbesserlich. Sie haben dich zu Recht verstoßen. Aber mich würde der Kaiser wieder aufnehmen. Wenn ich mich ihm zu Füßen werfe und ihm sage, dass ich meine bösen Taten bereue – und ihn bitte …«

Tataika unterbrach ihn mit ihrer tiefen Männerstimme.

»Guter Mann, hör auf, dich selbst und uns zum Narren zu halten. Es gibt keinen Kaiser mehr in Thurazim. Sein eigenes Gerichtstier hat ihn gefressen.«

Jannis barg das Gesicht in den gefalteten Händen. Kaum verständlich murmelte er: »Ich habe Angst. Was ist das für ein verfluchter Ort, Luifinlas? Ich gehe nicht dorthin. Ich will die Drachin nicht sehen, und schon gar nicht will ich ihr helfen. Lieber sterbe ich hier.«

Ruadh bemühte sich, ihm Mut zuzusprechen. »Ich habe auch Angst, genau wie du. Aber wenn wir die alte Dame bitten, wird sie uns alle beschützen. Hat sie dich nicht schon davor bewahrt, als Sklave verkauft zu werden?«

»Was habe ich davon, wenn sie mich stattdessen in die Berge schickt, wo wir alle erfrieren werden?«, trotzte Jannis.

Ruadh wurde zornig, als er das hörte. »Du lästerst die Mondin!«, rief er aus. »Sie hat dir nichts als Gutes getan, aber du lästerst sie!«

Jannis fuhr ebenfalls auf. »Was hat sie mir Gutes getan? Sie zwingt mich, in diese grauenhaften Berge zu ziehen, in eine Stadt, die im Eis erstarrt ist! Sie hat ...«

Ruadh bedeutete ihm zornig zu schweigen. Er blickte sich um, machte einen Schritt auf die Rampe zu und spähte hinaus, zuckte aber dann resignierend die Achseln. »Zu spät«, murmelte er. »Der Feuerbeißer wird jeden Augenblick aufgehen. Wir müssen hier bleiben.«

Beck fragte: »Was war das für ein Ding, das da vorbeigehuscht ist? Hast du so etwas schon einmal gesehen?«

Ruadh schüttelte den Kopf. »Nein. Und ich hoffe, ich werde nie wieder eines von der Sorte sehen. Dieser Ort ist verflucht, Beck. Spürst du das nicht? Es riecht nach Tod, und auf dem Wind reitet die Pest. Zarzunabas' Kreaturen haben ein starkes Fort hier gebaut. Die alte Dame behüte uns alle.«

Kaira schlang die Arme um die eigenen Schultern. Sie spürte, dass Ruadh Angst hatte, und Beck ebenfalls. In dem fahlen Dämmerlicht, das durch die Öffnung hereinsickerte, erschien ihr der unterirdische Raum so grausig wie eine Gruft.

Dabei hatte er einst einem durchaus unschuldigen Zweck gedient: Sie standen in einer Küche. Ein Feuerloch war da, so hoch wie ein kleines Haus, mit einem verrosteten Bock für die Holzscheite und einer balkendicken Querstange, an der einmal die Kessel aufgehängt worden waren. Die Kessel existierten noch, obwohl sie dick mit Rost und Salpeter verkrustet waren. Jeder davon war so groß, dass ein Mensch mühelos hineingepasst hätte, und so hoch, dass Kaira nicht über den wulstigen Rand blicken konnte. In einem Winkel stand ein von zahllosen Beilhieben zerklüfteter, riesiger Hackstock, in einem anderen ein steinernes Becken, dessen Innenwände dunkel verfärbt waren. Im Zwielicht erkannte Kaira noch andere Einzelheiten: Rostige Reifen an der Mauer ließen erkennen, wo Fackeln den Raum erhellt hatten, und in einem Winkel häufte sich allerlei verkrustetes Gerümpel, das nach Küchenwerkzeug aussah, nach Schöpfern, Bratengabeln und Grillzangen. Ganz alltägliches Küchenwerkzeug – freilich mit dem einen Unterschied, dass die Schöpfer und Zangen so lang waren wie Kaira!

Jannis, in dem sich wieder der Wissenschaftler regte, sah sich um und rieb sich nachdenklich mit den Fingerknöcheln die Stirn. »Ich kann mich nicht erinnern, dass Küchen zur Kultur der Mlokisai gehörten. Sie waren keine Fleischfresser. Sie ernährten sich von den zarten frischen Trieben der Zykadeen. Jemand anders muss hier gewohnt haben, jemand, zu dessen Kultur das Kochen und Braten von Fleisch gehörte.«

Beck hatte mittlerweile seine Fackel entzündet und sah sich in den finsteren Winkeln der Küche um. Mit einem Mal schwenkte er die Fackel und rief seinen Gefährten zu, sie sollten kommen und sehen. »Hier gibt es eine Öffnung und dahinter einen weiteren Raum!«

Sie liefen alle zusammen und spähten in eine schmale Kammer, die wohl einmal eine Vorratskammer gewesen war. Entlang der Wände liefen hölzerne Regale – die nur noch in Resten vorhanden waren –, und in einem Winkel drängte sich ein Dutzend mannshoher steinerner Amphoren, alle verkorkt und mit langen, in Wachs getauchten Bändern versiegelt. Beck stocherte neugierig mit seinem Messer an einem der Pfropfen herum. Zusammengerollte Wachsspäne fielen zu Boden. Dann quoll plötzlich etwas aus dem Krug heraus – und zwar ein Ton!

Kaira fuhr so verblüfft zurück, dass sie gestürzt wäre, hätte Jannis sie nicht aufgefangen. Sie hatte sich nicht verhört: Aus dem uralten Krug quoll ein Ton, ein melodisches Summen wie der Klang einer Maultrommel. Es wurde lauter und lauter, bis es den Raum erfüllte. Die fünf standen wie versteinert und lauschten. Der Ton veränderte sich, einmal hallte er tief und dunkel, dann weich und schmelzend, aber immer schwang er süß und bezaubernd in der Luft, und sie konnten sich von dem Gehörten nicht losreißen.

Erst nachdem sie ein Weilchen lang gelauscht hatten, brach Tataikas raue Stimme den Zauber. »Ist ja wunderschön, aber ist das alles, was in den Krügen drinnen ist – Musik?«

»Ich denke schon«, murmelte Jannis, der verzückt gelauscht hatte. »Die Indigolöwen liebten solche Dinge. Sie konnten Klänge trinken und Bilder essen, so zart waren ihre Sinne.«

An der gegenüberliegenden Mauer stand eine riesige Kiste, einer Kohlenkiste ähnlich. Beck setzte einen Fuß auf den eisernen Griff und zog sich hoch. Er schob neugierig den Deckel beiseite und spähte hinein – und dann erstarrte er und flüsterte atemlos: »Barmherzige Mondin!«

Nun rannten sie alle hin und wollten den Inhalt der Kiste sehen, und einer wie der andere erlitten sie dasselbe Erschrecken wie Beck. Der Behälter war bis obenhin gefüllt mit gelb vertrockneten Gliedmaßen!

Kaira musste den Atem anhalten, um nicht zu würgen, als sie diese gedörrten Schädel und eine Unzahl von mumifizierten Händen und Füßen vor sich sah. Nicht alle waren menschlich –

aber viele Schädel waren menschlich in der Form, und viele Hände waren unbehaart. Sie waren alle mit einem sauberen, glatten Schnitt oder Hieb abgetrennt worden, und Kaira dachte fröstelnd daran, dass sie in der Küche einen Hackstock gesehen hatte. Es gab keinen Zweifel: Was sich hier in der Kiste türmte, waren die Körperteile, die nicht zum Kochen, Braten und Dünsten taugten, und die riesige Küche nebenan hatte Menschenfressern gedient!

Sie starrte die muffig riechenden Reste an und zwang sich, tief und ruhig zu atmen. Das steinerne Becken in der Küche fiel ihr ein mit seiner schwarz verschmierten Innenseite.

Ruadh winkte Jannis heran. »Du verstehst mehr von diesem Ort als wir alle zusammen. Was hältst du von den Kadavern hier?«

»Das haben nicht die Mlokisai getan!«, rief Jannis. »Niemals! Diese Mumien sind höchstens hundert Jahre alt, nicht mehr. Das ist wirklich spannend. Lässt vermuten, dass sich lange nach dem Untergang der ursprünglichen Bevölkerung andere Lebewesen hier angesiedelt haben ... Bestien, die sich von großen Zweibeinern ernährten, von Menschenaffen, vielleicht sogar von Menschen. Unglaublich! Ich würde etwas geben dafür, wenn ich diese Funde auswerten könnte.«

Er hatte sich so in Eifer geredet, dass er zu einem völlig anderen Menschen wurde. Er vergaß die Gefahr, in der sie schwebten, vergaß sogar seine eigene schlimme Lage; nichts kümmerte ihn mehr als die Spuren der geheimnisvollen Siedler in den Ruinen von Dundris. »Nicht zu fassen!«, fuhr er mit erregt funkelnden Augen fort. »Das lenkt die Geschichtsschreibung von Chatundra in eine völlig neue Richtung! Die wichtigste Frage ist jetzt: Welche Abschnitte in den alten Schriften lassen sich als Hinweise auf diese Zweibeiner verstehen?«

»Ich würde sagen«, unterbrach ihn Ruadh trocken, »die wichtigste Frage ist viel eher: Hausen hier immer noch Kreaturen, die uns schlachten und braten, wenn sie uns zu fassen kriegen?«

Das schreckte den Schriftgelehrten auf – der in Gedanken schon an einem sensationellen wissenschaftlichen Werk schrieb. Er wischte sich mit dem Handrücken über den Mund und rutschte von seinem Sitz auf dem Rand der Kiste herunter. »Ja, natürlich«, murmelte er schuldbewusst. »Wie dumm von mir. Es tut mir Leid.«

Sie standen im Kreis und blickten einander an, einer so ratlos wie der andere. Niemand wollte in diesem grausigen Schlachthaus den Tag verbringen, aber hinaus konnten sie auch nicht mehr. Allzu deutlich war das giftig gleißende Lichtband zu sehen, das sich die Treppe herunterstahl und mit seiner äußersten Spitze bereits in die Küche der Menschenfresser hineinfingerte, als suchte es die Versteckten. Die Luft war spürbar wärmer geworden.

Jannis blickte Hilfe suchend die beiden anderen Männer an. »Also? Was machen wir jetzt?«, fragte er schüchtern. »Wir wollen alle nicht hier bleiben, oder?« Dann gewann der Wissenschaftler in ihm wieder die Oberhand. »Und vielleicht finden wir noch mehr von Bedeutung, wenn wir weiter vordringen?«

Ruadh zuckte nur stumm die Achseln, langte nach einer Fackel und kehrte in die Küche zurück. Schritt für Schritt suchte er den Raum ab. Dabei konzentrierte er sich vor allem auf die Schutthaufen, die sich überall in den Ecken und an den Wänden türmten.

Beck folgte ihm auf den Fersen. »Was suchst du, Feuerfuchs?«

»Eine Tür, was sonst?«, schnauzte Ruadh ihn an. Seine Stimme klang ungewöhnlich gereizt. Offenbar zerrte die Atmosphäre des Ortes an seinen Nerven. »Wenn das hier eine Küche war, dann stand sie sicher nicht isoliert, sondern war mit dem Hauptgebäude verbunden, also muss eine Tür dorthin führen. Helft mir suchen.«

Es dauerte nicht lange, bis sie die richtige Stelle zum Graben entdeckten. Hinter einem Schutthaufen zeichnete sich deutlich der Rahmen einer Tür ab – eine Pforte für das zyklopische Volk, das einst hier gehaust hatte, aber immer noch groß wie das Tor einer Kathedrale für die fünf Menschen. Sie hätten niemals die Kraft aufgebracht, diese Tür aufzuschieben, aber sie hatten Glück: Die Last des stürzenden Gesteins hatte das Türblatt eingedrückt, und ein Spalt klaffte, durch den sie hindurchkriechen konnten.

Ruadh schlüpfte voraus, um nach Gefahren Ausschau zu halten. Kaira sah eine Weile lang den Schein der Fackel dahin und dorthin huschen, dann tauchte der Sammler wieder auf und rief den oben Wartenden zu: »Hier ist ein gepflasterter Gang ... Vielleicht führt er zu einem Hauptgebäude. Dort finden wir am ehesten eine Treppe, die uns an den Fuß der Klippen bringt. Auf jeden Fall sind wir sicher vor der Sonne.«

Also zwängten sie sich der Reihe nach durch die Lücke und rutschten auf der anderen Seite einen Schutthaufen hinunter. Als eine Fackel nach der anderen aufleuchtete, sah Kaira, dass sie sich in einem schmucklosen, mit einfachen Platten gepflasterten Gang befanden, der leicht ansteigend nach Westen führte. Der Abschnitt nahe der Türe war eingestürzt, aber der Rest war frei. Die Luft war schal, doch wenigstens angenehm kühl, und der Glutstern konnte sie nicht mehr erreichen. Schon das allein reichte aus, dass sie alle viel besser gelaunt wurden. Ruadh eilte ihnen voran, und die Übrigen folgten mit energischen Schritten.

Es dauerte allerdings nicht lange, bis sie erneut stehen blieben und sich dicht aneinanderdrängten. Das Licht der Fackeln fiel auf einen beklemmenden Anblick. Der Gang weitete sich an dieser Stelle zu einer kreisrunden Halle, in deren Mauern konkave Zellen eingelassen waren. Rostige Ketten lagen darin. Die Größe der Hals- und Fußeisen ließ erkennen, dass sie für menschengroße Wesen geschmiedet worden waren – zweifellos die unglücklichen Kreaturen, die auf dem Hackstock der Küche ihr Ende gefunden hatten. In einem Winkel gähnte eine tiefe Grube, deren Boden dicht bedeckt mit weißen Knochen war. Aber es waren andere Knochen, die die Eindringlinge erstarren ließen.

Diese anderen Knochen lagen noch säuberlich angeordnet auf dem Boden, sodass es nicht schwierig war, die ehemalige Gestalt des Wesens zu erkennen, dessen Skelett sie gebildet hatten. Aber was für eine Gestalt das war! In der Mitte lagen zwei gewölbte Platten wie der Panzer einer Riesenschildkröte, jede so groß wie eine Tischplatte. Aus der oberen entsprang ein flacher Schädel mit einem hakenförmigen knöchernen Schnabel, der ebenfalls dem einer Schildkröte ähnelte. Rund um dieses Mittelteil lagen, teils lang ausgestreckt, teils zusammengerollt, zwölf riesenhafte Beine oder Fangarme, jeder mit einem Dutzend doppelter Gelenke versehen, sodass die Kreatur sich nach Belieben wie eine Spinne auf Hakenbeinen fortbewegen oder wie ein Kraken dahinschlängeln konnte. Jedes Tentakel endete in einem Büschel dünner Knochen, die an langfingrige Hände denken ließen.

Das Schlimmste an diesen monströsen Überresten war jedoch, so schien es wenigstens Kaira, dass sie einem denkfähigen Lebewesen gehört hatten – auf jedem Fall einem Wesen, das die menschliche Eigenschaft der Eitelkeit gekannt hatte, denn als die Weichteile der Tentakel verfault waren, waren die vielen Reifen und Spangen zu Boden gefallen, die sie geschmückt hatten, und um den knöchernen Halswirbel hing ein breites Halsband aus einem bossierten Metall.

Kaira fühlte sich auf grausige Weise an den lachenden Schatten erinnert, der sie draußen auf dem Ruinengelände erschreckt hatte. War das nun das körperlose Gespenst eines solchen Monstrums gewesen? Konnte ein Unwesen spuken?

Ruadh war der Erste, der die Stimme wieder fand. Er trat näher an das Gerippe heran und hielt die Fackel darüber. »Es sieht aus, als wäre es an Gift oder einer Seuche verendet«, erklärte er. »Ich sehe nirgends eine Verletzung, die es getötet haben könnte.«

Jannis hatte sich auf die Fersen gehockt und begutachtete im Licht seiner Fackel mit lebhafter Aufmerksamkeit die bleichen Knochen. »Das ist eine Sensation!«, rief er begeistert. »Ein Vielfüßler … Fleischfresser. Verständig. Und offenbar ein Kulturwesen.« Er hob eines der Armbänder hoch, die die Knochen umschlangen. Das Metall war mit einer dunklen Patina so dick bedeckt, dass keine Zeichnung erkennbar war, aber als Jannis es am Stoff seines Kittels blank rieb, kam ein grobes Muster zum Vorschein – in das Metall getriebene Punkte, die zu einfachen Ornamenten angeordnet waren.

Beck, der das Skelett des Ungeheuers mit gerunzelter Stirn betrachtet hatte, murmelte: »›Kulturwesen‹ heißt wohl, dass es die armen Kerle in den Zellen mit Messer und Gabel gefressen hat, vielen Messern und Gabeln.«

Der Schriftgelehrte überhörte den Einwurf. Aufgeregt sprach er weiter. »Ich bin überzeugt, dass wir noch mehr von seinesgleichen finden werden. Phantastisch! Die Existenz dieser Ungeheuer erklärt zweifellos viele Stellen in alten Dokumenten, die bislang unverständlich waren. Das ist eine wissenschaftliche Sensation ersten Ranges. Ich muss unbedingt mit dem obersten Schriftgelehrten darüber sprechen – aber nein ... Sie würden ja nicht einmal mehr mit mir reden!« Plötzlich wurde ihm wieder bewusst, wie es um ihn stand, und eine solch abgründige Verzweiflung überwältigte ihn, dass er die Stirn auf die Knie drückte und laut aufschrie.

Ruadh trat neben ihn und fuhr ihm mit gespreizten Fingern durchs Haar.

Der Mann spürte die freundliche Geste, und plötzlich warf er sich auf die Knie und schlang die Arme um die Hüften des Sammlers. Wie ein Ertrinkender an ihn geklammert, schrie er auf: »Ich habe eine Entdeckung gemacht, für die jeder Wissenschaftler sich eine Hand abhacken ließe – aber niemand wird mir zuhören! Niemand wird mir glauben! Alle diese Stellen in den alten Schriften werden unerklärlich bleiben ... Ich habe die Antwort, aber ich darf sie nicht aussprechen ...« Dann wurde ihm bewusst, welch grotesken Anblick er bot, und er raffte sich verlegen schniefend auf. »Es tut mir Leid«, entschuldigte er sich peinlich berührt. »Ich wollte nicht so unbeherrscht sein. Aber es ist hart zu ertragen. Wenn ich diese Knochen vor einer Woche entdeckt hätte, wäre ich heute ein Thainach unter den Schriftgelehrten.«

Beck, der ihn voll Mitgefühl betrachtet hatte, widersprach. »Ich glaube eher, du wärst als ein besonderer Leckerbissen für das Gerichtstier in die Zisterne gestoßen worden. Muss ich dich daran erinnern, dass Hugues es gar nicht schätzte, wenn seine Ansichten widerlegt wurden? Wenn du mit einem Beweis dafür ankommst, dass die Sundaris im Irrtum sind, schicken sie dich mitsamt deinen Beweisen in die Wüste.«

Dass er damit Recht hatte, war Jannis, der durchaus kein Dummkopf war, inzwischen auch klar geworden. Er entschuldigte sich verlegen für seinen Überschwang, vor allem dafür, dass er sich in seiner wilden Erregung hatte hinreißen lassen, Ruadh zu umklammern, und errötete vor Scham. Kaira erinnerte sich daran, dass körperliche Berührungen aller Art bei den Sundaris als grobe Ungehörigkeit galten. Doch Ruadh erlöste ihn aus seiner Verlegenheit, indem er zum Aufbruch drängte.

»Wir sollten uns gründlich in dem Gang hier umsehen, sonst laufen wir Gefahr, dass uns irgendetwas von hinten anspringt.«

Sie fanden jedoch nichts Lebendiges. Nach einer Weile weitete sich der Gang von neuem. In der riesenhaft überkuppelten Halle lagen in grausigem Gewirr ein Dutzend Skelette, ineinander und übereinander gemengt, als wären die Vielfüßler in ihrem Todeskampf übereinander hinweg gekrochen. Wie viele es gewesen waren, ließ sich an der Anzahl der Schildkrötenpanzer abzählen. Die übrigen Knochen bildeten eine grauweiße Schicht auf dem Steinboden. Auch hier war ein Teil zermalmt worden. Kaira hoffte inständig, dass die lebende Walze, die die Knochen pulverisiert hatte, inzwischen auch ausgestorben war. Sie wollte sich gar nicht vorstellen, wie ein Scheusal aussah, das eine solche Zerstörung anrichten konnte.

Jannis war fasziniert von ihrer neuen Entdeckung. Wieder ging er in Gedanken all die alten Schriften durch, die er studiert hatte, ob sie irgendeinen Hinweis auf eine spätere Bevölkerung von Dundris enthielten. »Es müssen zweierlei Arten von Siedlern gewesen sein, die nach den Mlokisai kamen«, erklärte er. »Erst wurden die riesigen Vielfüßler in den Ruinen sesshaft, und dann, nachdem diese ausgestorben waren, kam etwas anderes … etwas, das womöglich noch immer hier lebt.«

»O Mann«, knurrte Tataika, »du kannst einem ja richtig schön Mut machen.« Sie war aber nicht wirklich böse auf ihn. Kaira gewann sogar den Eindruck, dass Tataika – die Männer sonst nicht ausstehen konnte – den schüchternen, nervösen Gelehrten sympathisch fand, denn sie hielt sich, als sie weitergingen, eng an seiner Seite und griff immer wieder Halt suchend nach seinem Arm. Als ob Tataika einen Mann gebraucht hätte, der sie stützte und beschützte! Aber da Jannis das nicht wusste, bemühte er sich ritterlich um sie und legte sogar einen Arm um ihre Mitte, damit sie nicht stolperte.

Wenig später gerieten sie an eine Wendeltreppe. Zwar war der Zugang von einem massiven Gitter versperrt, aber die Maße dieses Gitters waren für Mlokisai berechnet, und die fünf Menschen konnten mühelos zwischen den verrosteten Stäben hindurchkriechen.

Ruadh blieb stehen. »Ich denke, das hier ist ein guter Weg.«

Da die Fackeln nicht unbegrenzt vorhielten, ordnete er an, dass immer nur eine Fackel brennen sollte. Er ging ihnen voraus, die Fackel hoch erhoben in der Hand, und die anderen mussten sich in einem trügerischen Durcheinander von Licht und Schatten die Treppe hinabtasten. Die Stufen waren unregelmäßig, manchmal so hoch, dass sie sich hinsetzen und die Beine über die Kante schwingen mussten, um sie zu überwinden, manchmal so niedrig, dass sie mühelos von einer zur anderen gelangten.

Bald merkten sie alle, dass sie sich nicht mehr in einem Gebäude befanden. Die Treppenstufen waren aus lebendem Fels gehauen, einem weichen Gestein, das Kreide zu sein schien. Da und dort waren Zeichen in die Wand geritzt, die Jannis als Buchstaben erkannte. Doch die Zeiten, in denen irgendjemand in Erde-Wind-Feuer-Land die Schrift der Indigolöwen von Dundris hatte lesen können, war lange vorbei; Jahrhunderte hatten die alte Kultur in der Wüste mit dem Staub des Vergessens bedeckt.

Schließlich gelangten sie in eine Kammer, die gefährlich nahe am Tageslicht lag, und Ruadh schlug vor, dass sie hier die Nacht abwarten sollten. Sie waren alle froh, sich niedersetzen zu können. Nebeneinander lehnten sie an der Mauer, streckten die schmerzenden Beine und tranken der Reihe nach von dem geharzten Wein, mit dem Umbra vor der Abreise ihre Feldflaschen gefüllt hatte. Kaira stellte fest, dass dieses Getränk den Hunger ebenso vertrieb wie den Durst, denn obwohl viel Zeit seit der letzten Mahlzeit vergangen war, hatte sie nicht das Bedürfnis nach Essen. Den anderen ging es genauso; nicht einmal Tataika verlangte nach etwas zu essen, und das wollte etwas heißen.

Jannis, den der Weg weitaus mehr erschöpft hatte als die beiden anderen Männer, hockte mit hoch gezogenen Knien an der Wand und ließ die Hände lose zwischen den Knien herabpendeln. Hin und wieder schlang er die Finger ineinander oder spielte mit seinem Siegelring.

Plötzlich sagte er: »Wie viele Geheimnisse hier doch in den Schatten der Zeit versunken sind.« Er seufzte sehnsüchtig. »Ich wäre der glücklichste Mann auf Chatundra, wenn ich mein Leben hier verbringen und ihnen nachforschen dürfte, aber das ist mir wohl nicht bestimmt.« Er rieb sich unbehaglich die Hände, als müsse er Schmutz davon abwischen, obwohl er sie eben erst gewaschen hatte. »Ihr seid alle sehr freundlich zu mir. Wirklich. Viel freundlicher, als ich erwartet habe. Trotzdem … Wenn man ein Sundar ist und verstoßen wird, ist das ein schrecklich tiefer Sturz. Alle wissen, dass man gescheitert ist. Dass man versagt hat. Und das Schlimmste ist es, wenn man moralisch versagt hat. Es ist entsetzlich, das eingestehen zu müssen.« Er zerrte an seinen dünnen Fingern, bis die Knöchel knackten.

Beck nickte. »Ich verstehe dich, Jannis«, sagte er in ernstem und zugleich freundlichem Ton. »Mir ging es genauso wie dir. Aber du bist nicht böse. Hugues war es, der böse war, und er steckte alle anderen damit an. Sie haben Angst, und diese Angst macht sie grausam.«

Jannis riss entsetzt die Augen auf. »Du darfst nicht so vom Kaiser reden, Beck, du lästerst Phurams Glanz und Majestät damit!«

»Und wenn schon!«, rief der ehemalige kaiserliche Inquisitor in hellem Zorn aus. »Was habe ich denn von der Sonne gehabt? Sie hat mich zu einem Lügner und Heuchler gemacht. Mein halbes Leben ist in ihrer Glut zu Asche verbrannt!«

»Das ist nicht wahr! Sie ist groß! Sie ist herrlich!«

Beck wollte widersprechen, aber Ruadh mischte sich in den Disput und ordnete an, dass sie bis zum Sonnenuntergang schlafen sollten, um dann frisch zu sein. »Wir müssen aber Wachen aufstellen – dieser Ort ist nicht geheuer, und ich fürchte, es lebt noch etwas darin. Jannis, Kaira – ihr übernehmt die erste Wache.«

Kaira war insgeheim überzeugt, dass Ruadh sie und Jannis zusammengespannt hatte, weil er der Ansicht war, dass zwei halbe Portionen eine ganze ergaben. Ruadh, Beck, Tataika – sie waren alle stark genug, um allein Wache zu halten. Kaira war schwach. Jannis ebenfalls.

Sie hockten nebeneinander auf den Stufen, die sich über ihnen und vor ihnen im Dunkel verloren. Die Fackel stand zwischen ihnen, aber Ruadh hatte angeordnet, dass sie nur angezündet werden durfte, wenn es unbedingt notwendig war. Ansonsten musste das schwache Dämmerlicht ausreichen, das durch die Luken hoch oben in der Wand in die Kammer und von dort aus auf den Treppengang schimmerte.

Eine Weile saßen sie schweigend da und lauschten in die Stille, die nur von den tiefen Atemzügen der vier Schlafenden gestört wurde. Dann, als das Schweigen unbehaglich wurde, fragte Jannis mit gedämpfter Stimme: »Du und deine Freundin – habt ihr denn keine Angst gehabt? Er ist ein Sammler, das müsst ihr doch wissen. Die Sammler sind die schlimmsten und grausamsten unter den Mondscheinern. Sie saugen Blut und rauben kleine Kinder, um aus ihrem Fett Hexensalben zu kochen.«

»Das ist Unsinn«, widersprach Kaira heftig. »Feuerfuchs ist unser Freund, und er hat uns weder das Blut ausgesaugt noch sonst etwas Böses getan. Beck übrigens auch nicht. Die Mondscheiner sind freundlich und gut.«

Jannis zog die Knie ans Kinn und schlang die Arme um die Knöchel. Er widersprach nicht, aber Kaira merkte, dass er das nur deshalb nicht tat, weil er sich nicht auf einen Streit einlassen wollte. Überzeugt war er nicht. Nun, dachte sie, es war vielleicht ein bisschen viel verlangt, dass er innerhalb von so kurzer Zeit sein gesamtes Weltbild umwerfen sollte. Auch wenn sie ihn verstoßen hatten, war er doch noch aus ganzem Herzen ein Sundar. Auf einmal fiel ihr ein Spruch ein, den sie von Ruadh gehört hatte: »Bedränge niemand und lass dich von niemand bedrängen.« Sie beschloss, das strittige Thema fallen zu lassen. Es war klüger, mit Jannis über die Dinge zu reden, über die er reden wollte, und das Nächstliegende waren die Ruinen von Dundris.

Er erzählte ihr eine Menge über die Mlokisai, aber plötzlich stockte er, beinahe mitten im Wort, und ergriff Kairas Arm. »Husch! Hörst du das auch?«

Sie setzte sich aufrecht hin und lauschte angespannt. Tatsächlich, da war ein Geräusch! Es hörte sich durchaus harmlos an: ein Tingeln wie von einem Glöckchen, zart und silberhell. Aber es kam ständig näher, und was hatte ein Glöckchen in den Ruinen von Dundris zu suchen? Kaira dachte entsetzt an die Ringe und Halsbänder, die die monströsen Skelette der Vielfüßler schmückten. Wenn nun eines dieser Unwesen die gewundene Treppe heraufkroch? Denn das Geräusch näherte sich rasch, und es kam zweifellos von dem Teil der Treppe, der ins Freie hinausführte.

Jannis sprang mit einem Satz auf. »Es kommt hierher! Wir müssen Ruadh und die anderen wecken!«

So standen sie gleich darauf alle fünf in der Türöffnung der Kammer und lauschten dem Klingeln, dass immer deutlicher zu hören war. Jetzt waren auch Schritte zu vernehmen, leise Schritte wie von bloßen Füßen.

Dann – als sie alle vor Spannung den Atem anhielten – erschien eine Gestalt in der Türe, wie sie nie zuvor eine gesehen hatten.

Lulalume

Vor den Gefährten stand eine kleine, gedrungene Frau, so grauschwarz wie der Nachthimmel über der Wüste, mit langen Armen und kurzen, krummen Beinen, an denen kräftige Muskeln und Sehnen spielten. Das Klingeln, das die Wächter alarmiert hatte, stammte von kupfernen Ringen, von denen je ein Dutzend an den Hand- und Fußgelenken hing. Jeder Ring war mit winzigen Schellen besetzt.

Die fünf Gefährten starrten die Frau fassungslos an. Sie war aus der glühenden Mittagssonne gekommen, und doch trug sie keinerlei Schutzkleidung – genauer gesagt, sie trug überhaupt keine Kleidung. Stattdessen war ihr Körper von Kopf bis Fuß mit komplizierten Mustern in weißer Farbe bemalt, sodass die ursprüngliche anthrazitfarbene Haut nur an wenigen Stellen durchschimmerte. Ihr Haar, das zu dichten Lockenschnüren verfilzt über Schultern und Rücken hing, war mit grauweißem Staub – vermutlich dem Staub der Kreidefelsen – gepudert. Das Gesicht wies fremdartige, löwenähnliche Züge auf: eine kurze, breite Nase, schnauzenartige Lippen und schräge, schimmernd lohgelbe Augen. Die Ähnlichkeit mit den gedörrten Mumienschädeln in der Kiste war überwältigend. Es gab keinen Zweifel, dass sie einem Menschen der Rasse gegenüberstanden, die den Vielfüßlern als Nahrung gedient hatten.

Jannis hatte die Frau erst erschrocken angestarrt und war immer weiter an die Wand zurückgewichen. Aber dann schlug urplötzlich die Neugier in ihm durch und siegte über seine Furcht. Aufs Höchste angespannt, näherte er sich der Besucherin. Die leeren Hände weit ausgebreitet, zeigte er ihr, dass er keine Waffe trug und friedliche Absichten hatte. Seine Stimme war heiser vor Erregung, als er fragte: »Ka-Ne?«

Die seltsame Besucherin nickte eifrig, hob den Zeigefinger der Rechten und ließ einen Strom von gutturalen, aber ausgesprochen wohlklingenden Lauten los, dem nur zu entnehmen war, dass sie tatsächlich eine Ka-Ne war und Lulalume genannt wurde. Zweifellos war sie eine Botin, die die Fremden zu den Ka-Ne bringen sollte, aber was sie sonst noch alles erzählte, blieb unverständlich.

Jannis bedeutete ihr, dass er ihre Sprache nicht verstand, indem er mit beiden Händen in der Luft herumfuchtelte.

Die antwortenden Gebärden der Besucherin besagten: Das ist aber sehr bedauerlich. Was machen wir denn da?

Um ihre freundlichen Absichten zu bekräftigen, holte sie aus dem bunten Teppichbeutel, den sie über der Schulter trug, Häppchen von knusprigem Dauerbrot hervor und etwas, das wie gedörrte Pflaumen aussah, und reichte jedem davon.

Kaira kostete misstrauisch. Es schmeckte salzig und rauchig – keine Pflaume, sondern ein Stück geselchtes und getrocknetes Fleisch.

Beck konnte die misstrauische Frage nicht zurückhalten, was für Fleisch das denn sei?

Määääh.

Daraufhin griffen sie alle viel herzhafter zu, und die Fremde teilte großzügig weitere Brot- und Fleischstücke aus.

Sie fand die fremden Besucher höchst merkwürdig, das verriet die Art, wie sie sie begutachtete. Als sie sah, dass Beck im Sitzen die Beine ausstreckte, begann sie laut zu lachen. Ihre Gesten machten deutlich, dass sie das für eine ausgesprochen ulkige Art hielt, sich hinzusetzen. Sie selber hockte lässig auf den Fersen. Die Sprache der Fremden amüsierte sie ebenso – sie gab mit beredten Händen zu verstehen, dass sie für ihre Ohren wie das Zwitschern von Vögeln klang. Am meisten freilich beeindruckte sie Ruadhs brandrotes Haar. Es war eindeutig, dass sie noch nie dergleichen gesehen hatte. Sie schüttelte immer wieder den Kopf und ahmte mit beiden Händen das Flackern von Flammen nach. Als er sich einmal zufällig bückte und sein Haar ihrer nackten Haut in die Nähe kam, zuckte sie erschrocken zurück und ließ ein seltsames Wort hören: Hulewuwu.

Der Schriftgelehrte stellte ihr Fragen nach den Ruinen von Dundris, die bereitwillig, wenn auch nicht immer verständlich beantwortet wurden.

Zuerst, so erklärte Lulalume, hatten große Leute – sehr große Leute – in Dundris gewohnt. Dann, vor langer, langer Zeit, hatte der Wind sie hinweggeblasen – phffft. Wieder nach langer Zeit waren die Hau-Hau gekommen. Sie waren ebenfalls gestorben. Nach den Hau-Hau, die viele Ka-Ne getötet und gegessen hatten, waren Tiere in Dundris aufgetaucht, die Schomma genannt wurden. Sie waren sehr schwer, so schwer wie Felsen, aber auch sehr dumm. Sie hatten Ähnlichkeit mit ungeheuren Würmern oder Schlangen und bewegten sich fort, indem sie sich in Spiralen um die eigene Achse drehten. Man konnte sie essen, und sie schmeckten gut. Dann zeichnete sie mehrere kleine Pyramiden in den Staub und wiederholte die Aufforderung, sie zu begleiten.

Ruadh bedeutete ihr, dass sie nicht in die Glut des Sonnenfürsten hinausgehen konnten, indem er erst auf den Himmel wies, dann mit beiden Zeigefingern wiederholt auf sich selbst einstach und zuletzt die Hände über der Brust kreuzte und mit geschlossenen Augen »tot« in sich zusammensank. Die Ka-Ne schüttelte den Kopf und setzte eine seltsame Gebärde hinzu: Sie deutete auf die Sonne und wiederholte Ruadhs Gesten: »Phuram stirbt.«

Und die Sprecherin verhüllte ihren Kopf mit beiden Händen.

Die fünf Besucher starrten sie an. Redete sie von der angekündigten Sonnenfinsternis? Jannis zog seinen blauen Sträflingskittel hoch und warf ihn wie einen Schleier über den Kopf. So?

Eifrig bejahende Gesten folgten und dann wieder ein Schwall von Worten. Obwohl Lulalume inzwischen wusste, dass die Weißen sie nicht verstanden, ließ sie sich nicht abhalten, ihre Meinung zum Besten zu geben, und zwar sehr ausführlich. Dabei wandte sie sich fast ausschließlich an Jannis, dem sie einen gelehrten Vortrag zu halten schien.

Dann drängte sie die fünf so energisch, ihr zu folgen, dass sie schließlich gehorchten. Sie kletterten die letzten Stufen hinunter und fanden sich in einem Torbogen, den ein Gitter verschloss – freilich wieder ein Gitter von riesigen Ausmaßen, sodass sie anstandslos hindurchklettern konnten.

Kaira sah, dass sie am Fuß einer Kreideklippe standen, die hinter ihnen bis zum Himmel zu reichen schien. Jedenfalls war sie so hoch, dass von den gigantischen Ruinen, die darauf emporragten, nichts mehr zu erkennen war. Vor ihnen erstreckte sich ein steil abfallendes Geröllfeld, das in eine Wüstenlandschaft überging. Dieselben rostroten Hügel, dieselbe Landschaft zerklüfteter Berge am Horizont, über deren bizarren Felsformen eben die Nachtsonne aufging. Allerdings war die Landschaft hier nicht ganz so unfruchtbar, war eher Savanne als Wüste. Stellenweise wuchs zähes Gras, oder ein Dornenstrauch streckte seine ineinander verflochtenen Ranken zu Himmel. Sogar Bäume gab es, oder jedenfalls ein mannshohes, von Dornen starrendes Gewächs, das wie ein Zwitter aus einem Baum und einem Stachelschwamm aussah.

Sie zögerten noch, ins Freie zu treten, denn das Sonnenlicht glühte ungebrochen, aber gleich darauf geschah es auch schon. Ein Windstoß fuhr über die karge Oase, dass die Bäume sich kreischend bogen, und dann erlosch das Licht. Die eben noch unerträgliche Glut erkaltete, und über das trockene Land breitete sich ein graugrünes, trübseliges Zwielicht aus, begleitet von einer fühlbaren Abkühlung. Ruadh schob vorsichtig den Kopf durch die Öffnung und stieß dann einen langen, seufzenden Atemzug aus.

»Es ist so weit«, verkündete er. »Phuram ist verschleiert.«

Die Übrigen drängten hinter ihm her. Jannis ließ einen langen Klagelaut hören, als er auf den düsteren Himmel blickte, und die beiden Mädchen erschraken. Nie hatte Kaira etwas dergleichen gesehen. Es war nicht wirklich dunkel, aber über die ganze Welt hatte sich ein bleiernes Zwielicht gebreitet, das zutiefst bedrückend wirkte, wie das Zwielicht vor einem schweren Sturm. Wo eben noch der fressende Stern gestanden hatte, schimmerte jetzt schwach eine kränkliche, kaum sichtbare Scheibe, deren Licht etwas Widerwärtiges an sich hatte.

Lulalume brach in einen melancholischen Gesang aus, den sie mit langsam fließenden, tänzerischen Bewegungen begleitete. Der klagende Refrain war eindeutig:

»Mandola eo ey,
ooh, ooh, Mandola ey ..«

Sie waren nicht weit gegangen, als jenseits einer Sanddüne der schwache Schein eines Feuers aufleuchtete. Wenig später kam die Oase mit der Ansiedlung der Ka-Ne in Sicht. Ein paar Dutzend winziger, fensterloser Steinpyramiden scharten sich um eine beträchtlich größere Pyramide, zweifellos das Haus der Königin oder Hauptfrau. Neben diesen Gebäuden war ein Pferch aus Dornenzweigen errichtet, in dem eine Herde langhaariger Ziegen gehalten wurde. Erst dachte Kaira, in dem Gehege tummelten sich lauter Kitzlein, so klein waren die Tiere, aber dann entdeckte sie, dass auch die erwachsenen Ziegen, sogar die Böcke, nicht größer als Katzen waren!

In einem weiteren Pferch ruhten mit gefalteten Schwingen zwei Dutzend Flugechsen, sanfte, einfältige Tiere mit pferdeähnlichen Köpfen. Sie waren gefleckt wie Leoparden, zumeist braun und weiß. Gemächlich mümmelten sie an Haufen belaubter Zweige.

Die Wüstenbewohner hatten mit Spannung auf die Rückkehr der Botin gewartet, denn sie liefen den Besuchern aufgeregt schwatzend entgegen und umringten sie von allen Seiten. Die herrschende Kühle schien ihnen so wenig auszumachen wie die tödliche Hitze des Tages. Viele hatten zwar weiche, sandfarbene Decken wie Mäntel um die Schultern geworfen, trugen sie jedoch mehr zur Zierde als wegen der Kälte, denn von den Decken abgesehen waren Männer wie Frauen splitternackt. Alle waren muskulös und gedrungen. Alle hatten verfilztes, staubgepudertes Haar, das in langen Schnüren über Schultern und Rücken herabhing. Alle waren mit weißen Ornamenten und zahllosen metallenen Glöckchen-Reifen geschmückt, sodass die Luft von einem ständigen zarten Gebimmel erfüllt war. Jeder und jede trug sein eigenes Muster zur Schau, raffinierte Kombinationen aus Strichen, Punkten, Zacken und ausgefüllten Flächen, die sich leuchtend von der grauschwarzen Haut abhoben. Die Kupferschmiede am Ort mussten Tag und Nacht zu tun haben, denn die Nachfrage nach Schmuckreifen, Anhängern, Ohrringen, Glöckchen und Halsketten war offenbar unersättlich.

Auch an den Fremden begeisterte sie, wie es schien, in erster Linie deren Äußeres. Kleidungsstücke, Ausrüstung, Haare, Armreifen, Ringe und Halskettchen wurden besichtigt und bestaunt, so eifrig, dass die Träger manchmal grob hin und her gerissen wurden, weil vier verschiedene Ka-Ne gleichzeitig ihren Schmuck sehen wollten. Vor allem Ruadh erregte großes Aufsehen wegen seiner Haarfarbe. Allerdings fasste ihn niemand an. Entweder hielten sie ihn für tabu, oder sie fürchteten, dass jemand, dem helle Flammen aus der Kopfhaut schlugen, auch sonst sehr heiß sein könnte, denn sie wichen aufschreiend zurück, wenn er einen Schritt auf sie zu machte. Die Art, wie die Leute durcheinander schnatterten, ließ erkennen, dass sie verschiedene Theorien aufstellten, wie jemand zu einer solchen Haarfarbe kommen mochte.

Das Kopfschütteln und die staunenden Ausrufe wären vielleicht noch lange so weitergegangen, aber da hallte plötzlich ein tiefer Ton wie der Schlag eines Gongs durch die Siedlung, und augenblicklich verstummten die Ka-Ne, zogen sich von den Besuchern zurück und starrten zu der zentralen Pyramide hinüber. Lulalume deutete mit dem Zeigefinger und flüsterte ehrerbietig: »Hulewuwu!«, ehe sie in der Menge verschwand.

Kaira wusste nicht, ob damit die Pyramide gemeint war oder die Greisin, die gebückt aus dem niedrigen Eingangsloch trat. Pechschwarz und knochenhager, wie aus Ebenholz geschnitzt, stand sie da, den Kopf von einer dichten, grauweißen Mähne umzottelt, ein Leopardenfell über der Schulter. Im Schein des Feuers leuchteten ihre Augen glühend rot wie Signallichter. Ihre Zähne waren lang und gelb, und sie hatte so viele davon, dass es aussah, als besäße sie doppelte Zahnreihen.

Sie war offenkundig die Anführerin der kleinen Gemeinschaft, ihre Hauptfrau oder auch ihre Königin, denn die eben noch so geschwätzigen Ka-Ne schwiegen ehrfürchtig, als sie auf die Fremden zuschritt.

Kaira schreckte auf, als Ruadh sie knuffte und ihr bedeutete, sie solle das tun, was auch er tat, nämlich sich tief vor der Greisin verbeugen. Jannis wusste noch besser, was sich in Gegenwart einer Königin geziemte. Er kniete vor der Frau nieder, schöpfte mit einer Hand von dem Staub zu ihren Füßen und küsste dieses Häufchen – eine Unterwürfigkeit, die sehr wohl wollend aufgenommen wurde. Die Ka-Ne murmelten Beifall. Jannis zog seinen Siegelring vom Finger. Den Kopf bis zum Boden gesenkt, die gewölbten Hände erhoben, bot er sein Gastgeschenk an. Ruadh beeilte sich, die Geste nachzuahmen, und die anderen taten es ihm gleich, sodass sich das Oberhaupt der Ka-Ne am Ende der Zeremonie im Besitz von fünf Armreifen, zwei Halskettchen und vier Ringen fand. Nur seinen Ring mit dem Mondstein, den er unter dem Handschuh versteckt trug, gab Ruadh nicht her.

Die Königin gab Jannis zu verstehen, dass sie die Geschenke gnädig annahm, aber noch etwas anderes haben wollte. Dabei wies sie auf Ruadh und winkte ihm, nach vorne zu kommen. Er gehorchte und kniete ehrerbietig vor ihr nieder. Die Königin beugte sich vor, ergriff das rote Haarschwänzchen in seinem Nacken und erklärte: Das war es, was sie haben wollte.

Niemand von ihnen wagte zu widersprechen, und so trat eine der Frauen vor und säbelte mit einem Bronzemesser das rote Haar ab. Die Locken wurden mit einem Lederstreifen gebunden und in ein Kästchen gelegt – alles mit der Ehrfurcht, die einem mächtigen Zauber gebührt, während ein struppig zurechtgestutzter Ruadh auf seinen Platz zurückkehrte.

Daraufhin wurden die Besucher mit Gebärden und freundlichen, wenn auch unverständlichen Worten aufgefordert, in die Pyramide der Hauptfrau zu kommen. Eine Anzahl Ka-Ne-Frauen – offenkundig die Vornehmen des Stammes – begleiteten sie.

Das Eingangsloch der Pyramide war so schmal und eng, dass Tataika Schwierigkeiten hatte, sich hindurchzuzwängen, und Beck, der Größte von ihnen, sich tief ducken musste. Kaira schlüpfte hindurch und fand sich in einem Raum, in dessen Mitte ein Feuer in einer gemauerten Grube gloste. Das Schönheitsbedürfnis der Ka-Ne, stellte sie fest, erstreckte sich auch auf ihre Wohnstätten. Überall an den Wänden schimmerte kupferner und goldener Zierrat. Zimtfarbene Teppiche bedeckten den Boden. Der steinerne Thron der Königin war kunstvoll gemeißelt und mit dicken bunten Kissen gepolstert. Darüber hing ein Glockenspiel aus fünf kupfernen Stäbchen, die leise vor sich hin tingelten, wenn die Luft im Raum sich bewegte.

Unmittelbar hinter dem Thron bedeckte ein Basrelief die steinerne Wand, das unverkennbar die drei Schwestern zeigte, auch wenn sie in Gestalt von drei Ka-Ne-Frauen dargestellt waren. Auf dem Bildwerk thronten sie zwischen den Sternen in einem feurigen Ring von Rosenfeuerdrachen, die ihnen Ehre erwiesen, und unter ihnen wimmelte es von Drachen und Menschen, die die Hände erhoben hatten und ihnen huldigten.

Die Ka-Ne drängten nach den Gästen hinein und nahmen im Fersensitz auf dem teppichbelegten Boden Platz, wobei die Frauen sich vorn um den Thron scharten, während sich die Männer im Hintergrund hielten. Die Besucher taten es ihnen gleich, aber als Jannis sich neben Ruadh und Beck setzen wollte, wurde er von einer streng aussehenden Frau – die die Zeremonienmeisterin zu sein schien – in die vorderen Reihen verwiesen. Offensichtlich waren die Ka-Ne der Meinung, er gehöre zu den Frauen.

Kaira begriff nicht ganz, wie es zu diesem Irrtum gekommen war. Jannis war zwar nicht gerade ein Prachtexemplar von einem Mann, aber doch eindeutig als solcher erkennbar. Die Geste der Zeremonienmeisterin war jedoch unmissverständlich, und so kauerte der Sundar sich gehorsam zwischen den beiden Mädchen auf den Teppich hin.

Sobald die greise Anführerin sich auf ihrem Thron niedergelassen hatte, erschienen ein paar niedliche Knaben, die Erfrischungen servierten: flache braune Blechkuchen, dazu gedörrtes Ziegenfleisch, stark gesüßte Ziegenmilch und Klumpen von eingetrocknetem Honig. Nach dem ersten Bissen merkte Kaira, wie hungrig sie war, und sie bediente sich reichlich. Anscheinend galten bei den Ka-Ne die gefräßigsten Gäste als die höflichsten, denn sie nickten und lächelten wohl wollend, sooft die Besucher zugriffen. Vor allem Tataika hatte es ihnen angetan. Sie bewunderten – wie ihren Ausrufen und Gebärden zu entnehmen war – nicht nur ihre beachtliche Körpergröße, sondern auch ihren Appetit.

Es dauerte eine Weile, bis sie sich hinreichend miteinander verständigt hatten, aber Jannis erwies sich als recht geschickt darin, sich mit Gebärden auszudrücken. Er schilderte, dass Umbra sie geschickt hatte, dass sie auf dem Weg nach Luifinlas waren, dass sie eine Frau suchten, die mit ihnen kommen sollte.

Immer öfter nickte die Greisin, und alle im Raum Versammelten nickten mit.

Lulalume war unterwegs verschwunden, aber jetzt kehrte sie zurück, und Kaira war sofort klar, dass sie die Auserwählte war, von der Umbra gesprochen hatte: Vier Frauen trugen sie ehrerbietig auf den Schultern, und sie war in ein weißes, mit stilisierten Drachen bemaltes Gewand gehüllt. Nun folgte eine längere Zeremonie, vermutlich eine offizielle Entsendung und Segnung durch die Königin.

Eine gegerbte Tierhaut wurde ausgebreitet und darauf der Weg aufgezeichnet, den sie nehmen mussten: zum Nest des Drachen Kulabac tief in den Toarch kin Mur, der würde sie nach Luifinlas bringen.

Kulabac! Der Drache mit dem Karfunkelauge, von dem Vauvenal ihnen erzählt hatte!

Lulalume saß stolz und ängstlich zugleich auf dem Ehrenplatz, auf den man sie gesetzt hatte, aber die alte Königin starrte düster vor sich hin. Irgendetwas schien ihr Sorgen zu machen. Plötzlich gab sie einen Befehl, und vier junge Männer verschwanden. Sie kehrten wenig später mit einem mannslangen Ledersack zurück, der an der Vorderseite mehrfach verschnürt war. Er musste sehr schwer sein, denn die kräftigen Burschen schleppten ihn sichtlich mit Mühe herbei.

Die Dolmetscherin erklärte mit Gebärden: Wir gehen beten – sehr, sehr große Leute – tot – viele, viele, viele – dies hier gefunden – ins Dorf getragen. Nach dieser stummen Schilderung folgte ein Wort, mit dem die angespannt lauschenden Gäste nichts anzufangen wussten: »gurguntai«. Jannis wiederholte das Wort mit fragender Betonung und erhielt die Erklärung: Gurguntai nannte man den Ort, an dem viele tote Mlokisai lagen.

Der Sack wurde auf den Boden gelegt, die Verschnürung geöffnet, und zum Vorschein kam in einer Wolke von muffigem Gestank ein erschreckendes Objekt. Dick mit salinen Ablagerungen verkrustet, lag da ein plumper, nackter männlicher Körper:

Menschlich in der allgemeinen Gestalt, aber von einem Äußeren, als wären seine Glieder durch irgendeine seltsame Krankheit verkürzt, verknöchert und versteift worden. Seine Haut war verdickt, borkig und rissig wie die einer Echse. Erst dachte Kaira, er trage einen Panzer aus goldenen Schuppen, aber dann erkannte sie, dass diese Schuppen – und sie bestanden tatsächlich aus metallischem Gold – über weite Teile des Körpers unmittelbar aus der Haut sprossten. Vermutlich waren sie der Grund, warum der Körper so schwer war. Es musste ihm zu Lebzeiten sehr mühsam geworden sein, sich in diesem dicken Panzer aus Echsenhaut und Gold zu bewegen.

Mit einer kurzen Geste erteilte die Königin einer ihrer Hofdamen einen Befehl, und die kauerte sich nieder und löste das Band, das den Unterkiefer des Echsenmannes hochhielt. Er klappte mit einem entnervenden Ächzen herunter, und sichtbar wurde eine starre, steife, goldene Zunge in einer goldenen Mundhöhle!

Die Beobachter fuhren entsetzt zurück, vor allem Ruadh stieß einen gellenden Schrei aus und presste die Knöchel gegen den Mund, um weitere Schreie zu ersticken. Die Königin beobachtete ihren Schrecken mit sichtlicher Befriedigung und ließ ihnen von der Dolmetscherin mitteilen: Vor langer Zeit – König Kulda – viele mächtige Leute – Gold, Gold, Gold (die alte Frau deutete die Habgier dieser Menschen sehr drastisch an, indem sie sich Gold in den Mund zu schaufeln schien) – so sind sie geworden – alle hju-hju (was wohl »verwunschen« hieß).

Jannis war angewidert zurückgewichen, aber dann zog plötzlich etwas seine Neugier auf sich. Außer der Leiche hatte der Ledersack noch etwas enthalten, nämlich ein in zwei Teile zerbrochenes irdenes Gefäß – eine spannenlange Amphore, deren Inneres dunkel verfärbt war, als wäre sie mit Asche oder Schlacke gefüllt gewesen. Die Außenseite war grün glasiert und mit einem rot-goldenen Zackenmuster verziert, das aus vielen aneinander gereihten Gesichtern bestand. Alle hatten sie viereckige Augen und eine viereckige Nase.

Jannis stieß bei dem Anblick einen ekstatischen Schrei aus, der wie in einem Stöhnen höchster Lust ausklang, und kniete neben dem Kadaver nieder. Seine Hände zitterten vor Aufregung, als er die zerbrochene Amphore aufhob und die beiden Teile von allen Seiten betrachtete.

»Das stammt aus Dundris!«, rief er. »O goldene Sonne! Eine Urne aus Dundris – und ich halte sie in der Hand!« Der Gedanke regte ihn so auf, dass er nach Atem rang.

Dann fragte er mit Gebärden, ob er die Tonteile behalten dürfe, wurde aber mit einer energischen Wackelbewegung des Zeigefingers abgewiesen und erhielt mit drastischen Gesten die Warnung, er dürfe in Gurguntai nichts, aber auch gar nichts mitnehmen, sonst würde es ihm ergehen wie dem Verfluchten, dessen Kadaver vor ihm lag.

»Wir nehmen kein Gold! Wir nehmen kein Gold!«, rief Ruadh, der in eine völlig ungewohnte Aufregung verfallen war, im Hintergrund – was ihm eine scharfe Rüge der Zeremonienmeisterin eintrug. Offenbar war es nicht erwünscht, dass jemand anderer als Jannis sich äußerte. Warum dieser in so hohem Ansehen bei den Ka-Ne stand, während die beiden anderen Männer geradezu demütigend behandelt wurden, war Kaira freilich ein Rätsel.

Man teilte ihnen mit, dass die Gäste schlafen und ruhen sollten, während Lulalumes Entsendung mit einer geheimen Zeremonie im Haus der Königin gefeiert und gesegnet wurde und die ganze Nacht dauern würde.

Kaira hatte Ruadh eine Menge Fragen stellen wollen, aber als sie das Haus der Königin verließen, wurden sie auf dieselbe Weise getrennt wie zuvor – freundlich, aber nachdrücklich. Ruadh und Beck wurden von einer Gruppe der kleinen, nackten, schwarzgrauen Männer zu einer aus dürren Zweigen geflochtenen, schäbigen Hütte geführt, während die beiden Mädchen und Jannis von einer Gruppe Frauen zu einer Pyramide geleitet wurden. Sie wurden eingeladen, auf einem Lager aus bunten Matten Platz zu nehmen, und vier der Frauen setzten sich hinter sie. Sie mussten sich auf den Rücken legen, den Kopf im Schoß einer der Frauen, und wurden hingebungsvoll gebürstet, gekämmt und massiert. Vier weitere Frauen zogen ihnen die Stiefel aus und kneteten ihnen kunstvoll die Füße. Währenddessen plauderten sie in ihrer dunklen, weichen Sprache drauflos, unbekümmert darum, dass die Besucher kein Wort verstanden. Immer wieder wurden ihnen kleine Leckerbissen aufgedrängt, getrocknete Beeren, harte Honigklümpchen, gedörrtes Fleisch, Ziegenmilch und würziger Käse.

Kaira musste zugeben, dass sie sich schon lange nicht mehr so wohl gefühlt hatte, und den anderen erging es ebenso. Tataika grunzte vor Behagen. Jannis lag selig entspannt da, den Kopf im Schoß einer Frau, die nackten Füße im Schoß einer anderen. Während Kaira den Sundar betrachtete, fiel ihr auf, dass die würdige Greisin, die die Zeremonie beaufsichtigte, ihn ebenfalls aus den Augenwinkeln beäugte, auf eine Weise, als müsste sie sich über etwas klar werden, das ihr keine Ruhe ließ. Sie schüttelte wiederholt den Kopf, rieb sich die Nase und schnitt Grimassen, die besagten: Da ist etwas faul!

Zuletzt stand sie mit einer entschlossenen Bewegung auf, humpelte auf das Teppichlager zu und beugte sich über den Mann. Mit einer entschuldigenden Handbewegung bedeutete sie ihm, er möge nur ruhig bleiben, sie habe nichts Böses vor. Dann zog sie seinen Kittel bis zu den Achseln hoch.

Die übrigen verharrten mitten in der Bewegung. Neugierig und verwundert beobachteten sie, wie die Greisin Jannis' flache Brustmuskeln betrachtete, dann den Kopf schüttelte – und jählings mit dem ganzen Arm in seine Hose fuhr.

Der Mann schrie auf vor Schreck und Schmerz, als er an seiner empfindlichsten Stelle so grob angepackt wurde. Die Alte grinste, während sie die Hand zurückzog, und krächzte triumphierend: »La-Lau!«

Das sorgte für eine Sensation. Im nächsten Moment sprangen alle Frauen auf, steckten die Köpfe zusammen und tuschelten untereinander, wobei sie immer wieder fassungslose Seitenblicke auf den erschrockenen früheren Sundar warfen. Tataika und Kaira sahen einander an. Beide wagten sie nichts zu sagen. Was war passiert? Worüber ereiferten sich die Frauen? Waren sie zornig? Kaira begann sich bereits Sorgen zu machen, dass sie vielleicht irgendein Tabu verletzt oder ein Gesetz gebrochen hätten. Zuletzt endete das aufgeregte Palaver jedoch damit, dass alle wieder ihre Plätze einnahmen und weiter bürsteten und massierten. Es war ihnen aber deutlich anzusehen, dass sie etwas Erstaunliches in Erfahrung gebracht hatten – etwas, das sie unbedingt auf der Stelle dem gesamten Dorf mitteilen mussten. Immer neue Ka-Ne-Frauen tauchten auf, die den Kopf durch die Türöffnung steckten, Jannis neugierig begafften und sich dann mit allen Anzeichen des Erstaunens wieder verzogen. Die Alte, die ihn entlarvt hatte, lauerte neben der Tür und erzählte jeder Nachbarin, die hereinspähte, die Geschichte von vorn. Worauf die Frauen, eine wie die andere, in einen lauten Ausruf verfielen, der nur bedeuten konnte: Das ist doch nicht die Möglichkeit!

Kaira war froh, als sie endlich allein gelassen wurden. Die Ka-Ne waren zwar überaus liebenswürdig, aber sie war todmüde nach allem, was sie an diesem Tag schon erlebt hatte, und außerdem wollte sie endlich erfahren, was passiert war – vorausgesetzt, dass Jannis ihr das erklären konnte. Sie beobachtete ungeduldig, wie die letzte der Frauen ihnen fürsorglich ein paar warme Decken hinlegte, eine winzige Ampel als Nachtlicht neben das Lager stellte und ihnen mit vielen freundlichen Gesten eine gute Nacht wünschte, ehe sie den Teppich, der das Türloch verhängte, hinter sich zufallen ließ.

Kaum war sie verschwunden, als die beiden Mädchen über den Schriftgelehrten herfielen. »Was war da los? Worüber haben sie geredet? Hast du begriffen, was passiert ist?«

Jannis setzte sich auf und warf sich eine der Decken wie einen Umhang um die Schultern. Den Ka-Ne mochte die Eiseskälte der Nacht nichts ausmachen, aber die Besucher spürten sie deutlich, nachdem das Feuer in der Grube heruntergebrannt war. Auch Kaira und Tataika hüllten sich in Decken.

Tataika sagte: »Sie haben dich zuerst für eine Frau gehalten, nicht wahr? Aber warum?«

Der frühere Sundar fuhr sich verlegen mit beiden Händen durchs Haar. »Ganz genau weiß ich auch nicht, was da geschehen ist, aber ich kann mir einiges zusammenreimen. Als Lulalume uns abgeholt hat, habe ich am meisten mit ihr gesprochen und sie befragt. Sie hat bemerkt, dass ich ein Gelehrter bin. Bei den Ka-Ne sind aber nur Frauen Gelehrte oder überhaupt angesehene Persönlichkeiten. Also – der Schluss lag auf der Hand: Wer gebildet ist, muss eine Frau sein!«

Die Ka-Ne-Frauen, erzählte Jannis den beiden Maiden, deuteten die Welt nämlich so, dass sie selbst einst von den drei Schwestern geschaffene Rosenfeuerdrachinnen gewesen seien, die vom Himmel herabschwebten und Eier legten, aus denen nach dem Willen der hohen Frauen die Menschen schlüpfen sollten. Ihre Männer hätten die Gelege bewachen und bebrüten sollen, aber Drydd hatte sie verlockt, und weil sie dumm und unaufmerksam waren, hatten sie sich ablenken lassen und zu wenig für die kostbaren Nester gesorgt. Daher waren die meisten Eier zu früh ausgekühlt, und statt Menschen, wie sie sein sollten – klein, anthrazitfarben und mit Löwengesichtern –, waren die missratenen Halbmenschen geschlüpft, die jetzt die Erde von einem Ende bis zum anderen besiedelten: bleich wie tote Fische, mit fahlen Augen und langen, dünnen Nasen wie Ameisenbären. Zur Strafe waren die Ka-Ne-Männer mit dem Fluch des niedrigen und missachteten Lebens belegt worden, der bis zu diesem Tage anhielt und ewig anhalten würde, weil sie in der langen Zeit der Strafe um nichts klüger geworden waren.

Tataika kicherte in ihre Decke. »Die Großmutter hat dich aber ganz schön in die Früchtchen gekniffen, was? Ich wette, das hat sie absichtlich gemacht.«

Kaira merkte, wie verlegen der Mann wurde, und lenkte rasch ab. »Was meinen sie mit Hulewuwu? Sie gebrauchen das Wort andauernd, aber ich komme nicht dahinter, was es wohl bedeutet.«

»Genau weiß ich das auch nicht«, gab Jannis zu. »Ich nehme an, es heißt heilig, tabu, besonders, magisch, auserwählt. Die Königin des Stammes ist Hulewuwu, die weisen Frauen sind es ebenfalls. Was die Alte ihren Nachbarinnen zurief – hulewuwu La-Lau –, hieß wohl: ›Die – angebliche – weise Frau ist ein Mann!‹ Aber auch die Leiche, die sie uns gezeigt haben, ist tabu. Deswegen durfte ich die Amphore nicht untersuchen. Eine Amphore aus Dundris, und ich durfte sie nicht einmal richtig ansehen!« Eine finstere Wolke zog über sein Gesicht.

Tataika blickte ihn von der Seite an. »Vergiss es, Jannis. Der Anblick dieser Leiche sollte uns eine Warnung sein.«

Jannis, der sich ertappt fühlte, stand auf und zog seine Decke um sich. »Ich bin müde. Ich lege mich dort hinten in die Ecke. Gute Nacht.«

Tataika fixierte ihn mit einem langen, tiefdunklen Blick, der ihn sichtlich nervös machte. Dann grollte sie: »Sei nicht kindisch! In dem Winkel erfrierst du. Du schläfst hier bei uns.«

Jannis geriet in einen solchen inneren Zwiespalt, dass er förmlich zu zappeln begann. »Aber der Kaiser erlaubt nicht...«

»Dein Kaiser ist mausetot, begreif das doch endlich«, schnauzte Tataika ihn an. Im nächsten Augenblick jedoch lächelte sie – ein so warmherziges, Willkommen heißendes Lächeln, wie Kaira es noch nie an ihr gesehen hatte. »Kommst du jetzt, oder muss ich dich holen?«

Jannis zog es vor, freiwillig zu kommen, aber er war äußerst beunruhigt. Bislang hatte er hoffen dürfen, dass der Sonnenfürst und der Kaiser ihn beschützten, jetzt aber war er Freiwild. Er hielt den Atem an, sooft auch nur ein Rascheln hörbar wurde.

Kaira war froh, als das Lämpchen erlosch und nur noch der schwache rötliche Schimmer des erlöschenden Feuers die Pyramide erhellte. Sie gähnte und erklärte: »Ich bin todmüde … gute Nacht allseits.« Sie wählte ihren Platz so, dass Tataika zwischen ihr und dem Schriftgelehrten lag. Sehr gefährlich sah Jannis ja nun nicht aus, aber die Nähe eines Mannes war ihr dennoch nicht geheuer.

Als Kaira dann endlich einschlief, hatte sie einen grausigen Traum.

Wie die meisten ihrer Albträume begann auch dieser damit, dass sie träumte, sie erwache. Sie wusste sogar noch, was sie aufgeweckt hatte, nämlich eine federleichte Berührung im Nacken, ein Darüberhuschen, als hätte sie ein wehender Vorhang gestreift. Gab es hier etwa Ungeziefer? Sie schüttelte sich und fuhr mit der Hand ins Genick, aber dort war nichts zu spüren. Beruhigt, dass kein Kakerlake über sie hinweggekrabbelt war, sah sie sich um. Die Pyramide war fast völlig in Dunkel gehüllt, nur noch ein schwaches rotes Glimmen verriet, wo das Feuer gebrannt hatte.

Aber dieses Glimmen war nicht das einzige Licht. Ein zweiter Schein geisterte durch das Dunkel, ein phosphoreszierender Schimmer wie der von verfaulendem Holz. Kaira starrte ihn eine Weile an, ohne zu begreifen, woher dieses unholde Leuchten kam, aber schließlich wurde ihr klar, dass dessen Quelle sich hinter ihrem Rücken befinden musste. Sie manövrierte sich unauffällig in eine Lage, in der sie über die Schulter zurückblicken konnte, drehte sich um – und schluckte einen Aufschrei des Entsetzens hinunter! Denn da lag Tataika, bequem auf dem Bauch ausgestreckt und offenkundig in tiefem Schlaf, und auf ihrem Rücken schlängelte und ringelte sich ein entsetzliches Ungeheuer! Das Ding, das vom Kopf bis zur Schwanzspitze in eine dämmrige, schweflige Aura gehüllt war, ähnelte einem mannslangen Tausendfüßler, mit einer Unzahl von Beinen ausgestattet, die wie Federbüschel herumwuselten, und zwei armlangen, gelenkigen Zangen. Mit diesen Zangen hielt es Tataikas Nacken fest, und nun schnellte zwischen den Greifzangen ein zierlicher

Rüssel wie der eines Schmetterlings hervor. Er saugte sich am Fleisch der Schlafenden fest und zog irgendetwas aus ihr heraus, so gierig, dass der Rüssel anschwoll, wenn das Ungeheuer saugte, und sich entspannt wieder einrollte, wenn es zwischendurch Luft holte. Erst dachte Kaira, es sauge Blut, aber in Wirklichkeit war es etwas anderes, etwas, das substanzlos wie Nebel war, aber ein lebhaftes rosiges Leuchten ausströmte. Dabei stützte sich das tausendfüßige Monstrum mit einigen seiner Beinpaare auf Tataikas Schultern und Oberschenkel, und während es wie aufgebockt auf diesen filigranen Beinen stand, buckelte und krümmte sich der biegsame Leib und räkelte sich in Wellen, die zweifellos ein Ausdruck von Lust und Entzücken waren. Dann schwenkte es plötzlich das Hinterteil, sodass die schweflig glühende Federboa über Kaira hinwegwischte, und das Grauen dieser Berührung weckte sie auf.

Sie fuhr mit einem Ruck hoch, keuchend vor Schreck und der Anstrengung des jähen Erwachens, und starrte ins Dunkel. Wie in ihrem Albtraum war die Pyramide fast dunkel, nur die zusammengesunkenen Kohlen des Feuers strahlten einen schwachen Schein aus. Da war nichts. Kein Tausendfüßler, keine Zangen, kein rosenfarben leuchtender Rüssel. Neben ihr lag Tataika, die sich von der jähen Bewegung ihrer Bettnachbarin gestört fühlte und drohend vor sich hinbrummelte, ohne jedoch aufzuwachen. Ein unbestimmter Schatten hinter ihr musste Jannis sein. Er lag reglos da, und dennoch hatte Kaira das Gefühl, dass er genauso wach war wie sie. Sie überlegte schon, ihn anzureden, ließ es dann aber bleiben. Wenn sie ihm ihren Albtraum erzählte, würde er sich – gelehrt und gebildet, wie er war – vielleicht nur über sie lustig machen.

Sie drehte sich wieder auf die Seite und versuchte von neuem einzuschlafen. Zuletzt gelang es ihr sogar, aber sie schlief unruhig. Immer wieder störte sie das Gefühl, dass etwas wie ein Flederwisch über sie hinweghuschte, hauchzart und doch seltsam bedrohlich. Im Halbschlaf versuchte sie das Ding wegzuwischen, aber es kroch mit lästiger Beharrlichkeit wieder und wieder an sie heran. Erst als der Hahn krähte, ließ es sie endlich in Ruhe.

Kaira schlug die Augen auf und begriff ein paar Herzschläge lang nicht, warum sie in fremdartige Decken und Teppiche eingehüllt lag. Dann fielen ihr die Ereignisse des Vortags wieder ein, und sie setzte sich auf und blickte um sich. Tataika lag tief schlafend neben ihr, und hinter Tataika, eng an ihren massigen Körper geschmiegt, schlief Jannis.

Kaira schlüpfte in ihre Kleider und Stiefel und hob eine Ecke des Teppichvorhangs an. Noch ehe es richtig dämmerte, betraten mehrere Frauen das Gästehaus und servierten ihnen ein überreichliches Frühstück aus gesüßter Ziegenmilch, Blechkuchen und getrockneten Beeren. Jannis war es peinlich, dass die Gastgeberinnen ihn im selben Bett wie die beiden Mädchen antrafen, er schlüpfte rasch unter den Decken hervor und zog seine Stiefel an. Als er sich dann zum Frühstück setzte, fiel Kaira auf, wie erfrischt er aussah, weitaus mehr, als ein langer, gesunder Schlaf es bewirken konnte. Seine Haut war beträchtlich glatter geworden, die scharfen Kerben um den Mund und die Fältchen um die Augen gemildert. Sein Haar glänzte. Und nicht nur sein Äußeres hatte sich verändert, sein ganzes Wesen wirkte verjüngt und gekräftigt. Er langte mit beträchtlichem Appetit zu.

Bald darauf erschienen zwei Männer und führten Ruadh und Beck zu ihren Gefährten. Der Teppich wurde wieder vor die Türe gezogen, und die Gäste blieben allein.

Ruadh warf einen Blick auf das Frühstückstablett. »He! Für uns gab es nur Brot und Ziegenmilch.«

Tataika grinste ihn unverschämt an. »Ihr seid ja auch bloß Männer. Für euch ist das Billigste noch zu teuer. Aber ihr dürft ausnahmsweise mithalten, wenn wir schlemmen.«

Während sie aßen, bemerkte Kaira, wie Jannis sich unauffällig immer näher an Tataika heranmanövrierte, bis er auf Tuchfühlung an ihr lehnte. Tataika schien das keineswegs unangenehm zu sein, denn sie legte ihm den Arm um die Schultern und zog ihn noch näher an sich, was er sich gern gefallen ließ. Sie hatte auch nichts dagegen, dass er die Hand auf ihren nackten Unterarm legte. So erstaunlich es klingen mochte – Tataika, die Männer so sehr ablehnte, dass sie niemals heiraten wollte, hatte Gefallen an einem Mann gefunden!

Kaira merkte, dass auch Beck sich über die Zutraulichkeit des Schriftgelehrten Gedanken machte. Er hatte ihn eine Weile lang aufmerksam von der Seite beobachtet, und plötzlich sagte er mit einer Stimme, die den ehemaligen kaiserlichen Inquisitor verriet: »Du hast uns nicht die Wahrheit gesagt, warum sie dich verjagt haben, Jannis, nicht wahr? Du bist ein Vhul.«

Der Mann schreckte heftig zusammen und erbleichte. Mit bebender Stimme stieß er hervor: »Das ist nicht wahr, du beschuldigst mich ohne Grund. Ich habe nichts getan.«

Beck schüttelte den Kopf. »Versuch nicht zu leugnen!«, mahnte er streng. »Das nützt dir nichts, und du fügst deinen Sünden noch eine Lüge hinzu. Du hast die Mädchen in der Nacht ausgesaugt, als du mit ihnen in einem Bett gelegen hast, und du bist auch jetzt voller Gier nach ihrer Kraft. Seht ihn an!«, wandte er sich an Ruadh und Kaira. »Er sieht zehn Jahre jünger aus als gestern.«

Das war tatsächlich leicht zu erkennen. Jannis merkte, dass Abstreiten und Leugnen nichts nützen würden, und Kaira sah ihm an, wie eine furchtbare Angst in ihm aufstieg. Er blickte sich nach allen Seiten um, so gehetzt, als erwöge er tatsächlich die wahnwitzige Idee, in die Wüste hinaus zu flüchten, die bereits wie ein Backofen glühte. Aber bevor er noch das – oder etwas ähnlich Selbstmörderisches – tun konnte, fragte Tataika mit ihrer tiefen Stimme: »Was meinst du damit, Beck? Was ist ein Vhul?«

Beck erklärte es ihr. »Ein Vhul ist ein Mensch, der zu wenig eigene Lebenskraft hat. Er muss sich von anderen holen, was er braucht. Er lebt wie ein Vampir, nur ist es nicht Blut, was er seinen Opfern aussaugt, sondern die Energie, die alles Leben erhält. Diese Geschöpfe sind so ausgestattet, dass sie die Lebenskraft anderer Menschen durch die Haut aufnehmen können, wenn sie diese berühren – umso mehr, je größer die Hautflächen sind, die aufeinander zu liegen kommen. Manche Gelehrten nennen es eine abscheuliche Abirrung, andere, die milder denken, sprechen von einer angeborenen, schweren Krankheit. Wie auch immer, niemand will mit solchen Menschen etwas zu tun haben, denn sie ziehen alle Lebenskraft ihrer Umgebung an sich.«

Die Vhul – zumindest die Klügeren unter ihnen – gaben sich große Mühe, ihre abwegige Veranlagung oder ihre Krankheit zu verbergen, erklärte Beck weiter. Sie fristeten mit möglichst kärglichen Portionen ihr Leben, um nicht aufzufallen, aber meistens erreichten sie irgendwann ein Stadium, wo sie ihre Gier nicht mehr bezähmen konnten und sich mit anderer Leute Lebensenergie voll soffen wie ein Schwamm mit Wasser. Nach solchen Exzessen waren sie am leichtesten zu entlarven, weil jedermann sehen konnte, wie verjüngt sie urplötzlich waren. Einmal ertappt, erlitten sie das traurige Schicksal der Verfemten und Verstoßenen.

Den scharfen Blick auf ihn gerichtet, fragte Beck den Gelehrten, der mit dem Blick eines überführten Verbrechers zu Boden starrte: »So ist es doch, nicht wahr?«

Jannis hatte nicht mehr die Kraft und den Mut, zu leugnen. Er nickte schwach. Die einzige Entschuldigung, die er vorzubringen wagte, hieß: »Ich habe nur ganz wenig genommen ... nur so viel, dass ich überleben konnte. Ich war schon so geschwächt von all der Aufregung und Anstrengung. Es ist ja keine Kleinigkeit, wenn man erst verstoßen und als Sklave verkauft und dann noch in einem Stall gefangen gehalten wird, immer in der Angst, in Schlachtvieh verwandelt zu werden. Ich wollte nur ein kleines bisschen Kraft, um den nächsten Tag zu überstehen. Die junge Frau ist so stark ... es hat ihr sicher nicht geschadet.«

Ruadh hatte aufmerksam zugehört und immer wieder mitfühlend den Kopf geschüttelt. Nun wandte er sich mit freundlicher Stimme an den Unglücklichen. »Ich will dir nur sagen … Ich hege keinen Abscheu gegen dich. Es ist nicht deine Schuld, dass du so zur Welt gekommen bist, immer bedürftig nach der Kraft anderer Menschen. Ganz gewiss ist es eine Krankheit, für die es jetzt noch kein Heilmittel gibt. Aber lass die Hände von den Mädchen! Ich selbst bin, Datura sei Dank, stark und gesund; wenn du also Kraft brauchst, dann nimm von mir.« Er blickte auffordernd zu Beck hinüber. »Wenn wir ihm jeder ein bisschen Kraft abgeben, wird es uns nicht schaden und ihm nutzen. Ich mache den Anfang.« Dabei streifte er die Ärmel bis zum Ellbogen hoch und hielt dem Vhul seine nackten Unterarme entgegen.

Jannis – der bereits um sein Leben gebangt hatte – war sichtlich erleichtert, dass er so freundlich angesprochen wurde, aber auch zutiefst beschämt. Er antwortete leise: »Ich will dich nicht mit meiner Abscheulichkeit belästigen. Es ist nur so, dass ich mich … sehr krank fühle, wenn ich zu lange hungern muss. In den letzten Wochen, bevor ich verstoßen wurde, wagte ich nicht mehr zu saugen, aus Furcht, das könnte mein Schicksal endgültig besiegeln. Ich wagte nicht einmal, zu den Leuten zu gehen, die unsereins für Geld ernähren und die ebenso verachtet werden wie wir.«

Tataika hatte aufmerksam zugehört. Nun legte sie zärtlich beide Arme um Jannis und schützte ihn mit dieser Gebärde vor den Blicken und Worten der anderen. »Mach dir keine Sorgen«, sagte sie leise. »Ich habe genug Kraft für uns beide, wenn es das ist, was du brauchst. Kannst dir holen, so viel du willst.« Mit diesen Worten knöpfte sie mit einer Hand ihr Hemd auf und entblößte einen voluminösen, milchweißen Busen.

Jannis stieß einen gicksenden Laut aus, als er die überquellende Pracht sah, die den Mann und den Vampir in ihm gleichermaßen entzückte. Unfähig, sich noch länger zu beherrschen, umklammerte er Tataika mit beiden Armen, vergrub das Gesicht zwischen ihren Brüsten und saugte sich mit Lebenskraft voll.

Tataika sah danach aus wie immer, aber Jannis war auf eine unglaubliche und (unter den Umständen) unheimliche Weise aufgeblüht. Aus dem bleichen, stotternden Häufchen Elend war ein Mann mit klaren, lebhaften und klugen Augen und einem frischen, keineswegs unansehnlichen Gesicht geworden. Sein Haar war reich und voll und glänzte in einem hübschen Kastanienbraun, sein ganzer Körper – wenn er auch noch immer sehr dünn war – verriet bei jeder Bewegung Spannkraft und Schwung. Allerdings war ihm anzumerken, dass er sich für dieses gute Aussehen schämte, wusste doch jeder, welcher Mahlzeit er es zu verdanken hatte. Er setzte sich etwas abseits vom Feuer hin und wischte sich wie ein Kind, das heimlich genascht hat, schuldbewusst mit dem Handrücken über die Lippen.

Ruadh wandte sich an Jannis. »Im Augenblick bist du satt, das ist gut, denn wir alle werden deine Unterstützung brauchen – du bist der Einzige von uns, der etwas von alten Grabanlagen versteht. Wir verlassen uns auf dich.«

Es war rührend zu sehen, wie der arme Jannis unter dieser Huldigung an seine beruflichen Fähigkeiten aufblühte. Mit leiser, unterwürfiger Stimme antwortete er: »Ich habe mich immer sehr bemüht, meine Schlechtigkeit zumindest damit wieder gutzumachen, dass ich besonders fleißig studierte und arbeitete; so, dachte ich, würde man mir eher verzeihen, dass ich der Sonne nicht würdig bin. Aber es kam doch anders. Niemand hat mir verziehen. Sie haben mich fortgejagt wie einen räudigen Hund.«

Ruadh bemerkte darauf – und es war klar, dass er damit einen Köder auslegte: »Die Mondin verzeiht, Jannis. Und mehr als das. Ihre Kraft kann dir die Kraft ersetzen, die dir durch ein böses Schicksal fehlt; sie kann deinen Mangel auffüllen und dich so stark machen wie jeden anderen Mann.«

Aber Jannis schüttelte nur widerwillig den Kopf, und so ließ Ruadh ihn in Ruhe.

Wenig später traten Lulalume und einige andere Frauen ein und gaben ihnen zu verstehen, dass sie mitkommen sollten. Die

Gäste wurden in die große Pyramide geführt, in der sich die Szene vom Vortag wiederholte. Die Königin saß auf ihrem Thron, die Frauen des Stammes kauerten lärmend in den vordersten Reihen, während die Männer sich schüchtern und schweigsam im Hintergrund hielten. Tataika wurde mit besonderer Ehrerbietung behandelt – was sie in die Verlegenheit brachte. Erst als sie nachdrücklich auf Jannis deutete, durfte er weiterhin den Wortführer machen, sofern bei diesem weitgehend stummen Dialog von einem solchen die Rede sein konnte.

Dann erteilte die hohe Frau ihrer Adjutantin einen Auftrag, den diese an vier junge Diener weitergab. Die Burschen verschwanden, kehrten aber bald darauf wieder, jeder mit einem ledernen Sack auf der Schulter. Der Inhalt dieser Säcke wurde auf dem Teppich vor dem Thron der Hauptfrau ausgebreitet. Alles, was man für eine Expedition brauchte, lag dort: zwei Dutzend Pechfackeln, zwei warme Decken für jeden, dazu reichlich getrocknetes Fleisch, Käse und gedörrte Beeren, zwei große Wasserschläuche aus Ziegenhaut und ein kleiner, in Lederstreifen gewickelter metallener Krug, dessen Zweck Kaira erst nicht klar war. Später erfuhr sie, dass er dazu diente, glühende Holzkohle zu transportieren. Darauf ließ die Königin sie wissen, dass sie über das alles verfügen konnten, und außerdem noch über Flugechsen, die die Ausrüstung tragen würden.

Die Gurguntai

Kaira hätte nichts dagegen gehabt, noch eine Zeit lang bei den freundlichen Leuten zu bleiben, aber sie brachen unmittelbar nach der Zeremonie auf. Unter den aufmerksamen Augen aller Dorfbewohner wurden die Ledersäcke auf die Flugechsen geladen, und die Reisenden stiegen auf. Freundliche Zurufe und ein vielfaches Fingerschnalzen verabschiedeten die Expedition, als sie durch das Pyramidendorf zog und an dem Ziegenpferch vorbei den Weg in die Wüste einschlug.

Die Echsen flogen mit gemächlichem Flügelschlag knapp über dem Boden dahin. Die Tiere ähnelten riesenhaften Fludern, waren aber weiß mit beigefarbenen und braunen Tupfen und hatten mit einem weichen, hauchzarten Flaum bedeckte Schwingen mit einer Spannweite von nicht weniger als zwanzig Schritt. Tataika, Jannis und Kaira teilten sich eines der Tiere.

Kaira atmete tief die kalte Luft ein, die der Rauch der Fackel würzte. Der Feuerschweif tauchte das öde, sonnenlose Land in ein geheimnisvolles Licht. Hinter ihrem Rücken hörte sie Jannis und Tataika, die dicht aneinander gedrängt saßen, miteinander flüstern.

»So lange du bei mir bist, wirst du niemals wieder Hunger haben. Ich sorge für dich.«

»Wie kannst du so gut zu einem schlechten Menschen wie mir sein?«

»Sei nicht albern«, erwiderte Tataika barsch. »Du bist nicht schlecht. Du brauchst eben mehr Kraft als andere Leute, und ich habe genug davon.«

Jannis seufzte nur. Wahrscheinlich sah er in Gedanken endlose Schlemmereien vor sich, herrliche Tage, an denen er satt und kräftig sein würde und sich nicht vor dem schrecklichen Hunger zu fürchten brauchte.

Plötzlich senkte sich die Flugechse ein wenig, und Kaira bemerkte erschrocken, dass sie die Hochebene verlassen hatten und das Tier in ein Tal tauchte. Hin und wieder erhellte ein Aufflackern des Lichts braune Felswände, deren weicher Sandstein auf eine sehr eigentümliche Art und Weise verwittert war, als hätte ein Steinmetz sie mit zahllosen winzigen Säulchen und Spitzen verziert. Tiefe Stille herrschte, eine Stille, wie Kaira sie nie zuvor wahrgenommen hatte. Sie hatte immer gedacht, Stille sei die Abwesenheit von Geräuschen. Hier war es anders. Das Schweigen, das auf dem Tal lastete, war so dicht und schwer, dass jedes Geräusch Mühe hatte, es zu durchdringen. Mit jedem Schritt merkten sie deutlicher, dass es in den kahlen braunen Hügeln tatsächlich nicht geheuer war.

Was sie eigentlich sahen oder hörten, war schwer zu sagen, aber ganz deutlich war da das Gefühl, dass sie beobachtet wurden. Kaira ertappte sich immer wieder bei der Vorstellung, dass hinter ihrem Rücken ein riesiges Gesicht, flach wie eine Maske und mit verschwommenen, aber eindeutig unerfreulichen Zügen, sich langsam über den Horizont schob – gerade so weit, dass sie den oberen Teil eines missgestalteten Mundes mit löchrigen Zähnen erkennen konnte. Wenn sie über die Schulter zurückblickte, versteckte die Maske sich augenblicklich unter dem Horizont. Sobald Kaira aber nach vorn sah, stieg sie wiederum in die Höhe, mit einer gleichmäßigen, bedrohlichen Langsamkeit, als ginge ein böser Stern über den Horizont auf.

Es wurde nicht besser davon, dass von Zeit zu Zeit Laute durch die trübselige Wildnis drangen, Laute, die sich im Ohr einnisteten und es mit einem widerwärtigen Surren und Wimmern erfüllten. Das Ekelhafte daran war, dass die Geräusche körperlich erschienen, als wären sie Ohrwürmer, die erst in ihren Ohren und dann in ihrem Gehirn wimmelten. Mit der Zeit war ihr zumute, als krabbelten Hunderte solcher Scheusale in ihrem Kopf herum. Sie war zutiefst erleichtert, als es mit einem Mal kräftig knackte und die Ohrwürmer aus ihrem Kopf verschwanden. Im selben Augenblick, in dem sie sich befreit fühlte, überkam sie jedoch die Gewissheit, dass in einiger Entfernung eine Gestalt auf einem Hügel stand: schwarz wie Ebenholz, hoch gewachsen, steif und aufrecht, in einen langen Mantel gehüllt, der rechteckig zu Boden fiel, als stünde dort ein aufgestellter Sarg und auf diesem Sarg der Kopf eines Schakals. Kaira fühlte, wie es ihr eiskalt über den Rücken lief. Sie blickte zu Lulalume hinüber und sah, dass diese sich eng zusammengekauert und die Hände vors Gesicht geschlagen hatte.

Der Pfad, dem die niedrig fliegenden Echsen folgten, verlief auf dem Grund eines Hohlweges. Erst waren die Erdwälle auf beiden Seiten nicht höher als die Steinmauern, die in vielen Teilen Chatundras die Felder begrenzten, aber bald wurden sie mannshoch, und wenig später hatte sich der Hohlweg in eine Schlucht verwandelt, deren Mauern mit jedem Schritt höher und höher emporwuchsen. Wenig später war der so unheimlich veränderte Himmel nur noch als ein schmaler Streifen zwischen den Klippen auf beiden Seiten zu erkennen.

Dann bogen sie um eine vorspringende Felsnase, und vor ihnen lagen die Gurguntai, die ältesten Gräber von ganz Erde-Wind-Feuer-Land.

Sie stiegen ab und luden das Gepäck ab. Da drinnen waren ihnen die Echsen nichts nützte, also drehte Lulalume die Köpfe der Tiere herum und flüsterte ihnen ein paar Worte in ihrer Sprache zu. Daraufhin erhoben sie sich in die Luft und flogen den Weg zurück, den sie gekommen waren.

Beck hielt die brennende Fackel, während sie alle das Portal bestaunten. Die Schwärze, die den hohen Eingang füllte, war unheimlich. Die Fackel brannte jetzt mit düsterer, rauchender Flamme. Dennoch hatten die Stille und die Finsternis nichts Böses an sich. Was Kaira empfand, war das Schweigen einer Stätte, die schon einsam lag, als die Stadt Dundris noch von Leben erfüllt war.

Jannis schien das am deutlichsten zu empfinden. Er bemerkte leise: »Das ist ein schauerlicher Ort … und doch möchte man am liebsten niederknien und beten.«

Sie standen ein Weilchen in ehrfürchtigem Schweigen und Staunen vor dem Riesenportal. Dann sagte Ruadh mit klarer Stimme: »Die alte Dame beschütze uns alle!« Er warf sich einen der Ledersäcke über die Schulter und trat mit festen Schritten in die Dunkelheit.

Die anderen folgten ihm, Beck und Tataika mit den beiden übrigen Säcken, Kaira und Lulalume mit je einer brennenden Fackel und Jannis mit dem Vorrat an Fackeln.

Sobald sie das Felsentor durchschritten hatten, schien es Kaira, dass sich eine Wand hinter ihnen schloss, so solide und undurchdringlich wie ein Burgtor. Kein Geräusch wurde laut, nichts bewegte sich, und doch war sie überzeugt, dass sie von diesem Augenblick an nicht mehr umkehren konnten.

Das tanzende Licht der Fackel erhellte einen hohen Gang, der mit Platten gepflastert war. Es war kühl darin, aber nicht kalt. Ein Luftzug verriet, dass es in der Grabhöhle eine natürliche Belüftung gab. So war auch die Luft besser, als sie erwartet hatten. Der Gang war schmucklos und wirkte eigentümlich unberührt. Obwohl dieser vorderste Teil der Höhle bei Tag vom Sonnenlicht erreicht wurde, sah Kaira nirgends auch nur eine Spur von Vegetation.

Nach wenigen Schritten stießen sie auf ein Fallgitter, das den Zugang zu der Grabanlage versperrte – freilich nur für die Mlokisai. Die sechs Menschen schafften es ohne Mühe, zwischen den Stäben hindurchzuklettern.

Jannis gab ihnen den Rat: »Passt auf, wo ihr hintretet, und

fasst nichts unnötig an. Solche alten Begräbnisstätten sind oft mit Fallen gespickt, um die Grabräuber abzuhalten, und ich habe keine Lust, dass wir alle in einen Schacht stürzen oder von herunterfallenden Steinen erschlagen werden.«

Daraufhin bewegten sie sich alle sehr vorsichtig. Jannis fuhr fort: »Ich wünschte, wir hätten einen Stab oder Stock, mit dem wir vor uns hertasten könnten. Die Grabräuber haben für gewöhnlich eine Stange bei sich, mit der sie die Fallen auslösen.«

Tataika blickte Ruadh fragend an. »Du hast uns doch gesagt, dass du in deiner Tasche alles findest, was du brauchst. Warum schaust du nicht nach?«

Der Sammler schüttelte den Kopf. »Nein, da ist nichts. Ich spüre es, wenn etwas da ist. Entweder wir finden die Stange auf andere Weise, oder wir brauchen keine.« Er hielt sich dicht neben Kaira und sah sich in einem fort um, ob irgendwo etwas Verdächtiges zu entdecken war. Als der Gang in einen Quergang mündete, nahm er ihr die Fackel ab und spähte vorsichtig erst in den einen, dann in den anderen Tunnel. Sie waren spiegelgleich. In jedem führte eine breite Treppe mit sehr hohen Stufen in die Tiefe hinab.

Auf jeder Stufe standen dicht an den Mauern zwei grün glasierte Urnen. Auf dem Behälter war ein stilisiertes Gesicht mit zwei rhombischen, drohenden Schlitzaugen aufgemalt, die die Eindringlinge anstarrten. Im unruhigen Licht der Fackeln wirkten sie so lebendig, dass Kaira einen Schauder des Unbehagens unterdrücken musste. Zweifellos waren sie mit der Absicht aufgestellt worden, unerwünschte Gäste zu bedrohen, und es war kein angenehmer Gedanke, dass sie die Asche von Kriegern oder Sklaven enthielten, die über die ungestörte Ruhe ihrer Herren wachen sollten.

Kaira fand die Stufen so hoch, dass sie nicht hinuntersteigen konnte. Sie musste sich auf jeder Stufe hinsetzen, die Beine über die Kante schwingen und sich halb rutschend, halb fallend auf die nächst tiefere Ebene begeben – und das alles mit einer Fackel in der Hand, die mindestens ebenso viel Rauch wie Licht verströmte.

So hoch das unruhige Licht reichte, war die Mauer mit bemalten Kacheln gefliest, deren Fugen mit Gold eingelegt waren. Die Grundfarbe der Kacheln war jadegrün, die Malereien darauf in Rot ausgeführt, alle in dem typischen scharfzackigen Stil, den sie schon in den Ruinen gesehen hatten. Die Indigolöwen wurden als Strichmännchen dargestellt, mit einem großen Viereck als Kopf und vier kleinen Vierecken als Hände und Füße, rhombischen Flügeln und einem langen, aus vielen Rhomben zusammengesetzten Drachenschwanz. Bäume erschienen als Vierecke mit einem schnurgeraden Stängel, Tiere als drollig aussehende Kombinationen von Vierecken, Rechtecken und Strichen. Wie es aussah, erzählten die Malereien auf den Wänden der Halle fortlaufende Bildergeschichten, die über das Leben der riesenhaften Bewohner Auskunft gaben. Man sah sie manchmal fliegend, meist aber auf vier oder zwei Beinen gehend, häufig in Gruppen, die in gelehrte Gespräche versunken schienen, und oft waren sie beim Essen abgebildet, wie sie ganze Palmfarne ausrupften und gemächlich zerkauten. Kaira fühlte sich ein wenig besser bei dem Gedanken, dass sie keine Fleischfresser gewesen waren.

Jannis war begeistert, und sie mussten ihn alle paar Schritte weiterziehen, weil er unbedingt stehen bleiben und die Inschriften entziffern wollte. Er fand seine Theorie bestätigt, dass die jetzt so öde Gegend zu Lebzeiten der Indigolöwen dicht bewaldet gewesen sein musste und die großen Geschöpfe von den Schösslingen, Blättern und Früchten der Vegetation gelebt hatten.

Am Ende der Treppe entdeckten sie etwas, das Jannis einen neuen Jubelruf entlockte.

»Ich wusste es!«, rief er. »Feuerbestattung! Wie ich immer sagte, Feuerbestattung! Aber dieser Schwachkopf von Darkanis musste mir ja unbedingt widersprechen!«

Was er gefunden hatte, war der Ofen des urzeitlichen Krematoriums. Ein riesiges schwarzes Steingefüge, ragte er wie ein kleines Haus inmitten der Halle auf. Beck leuchtete mit seiner Fackel in das Feuerloch, und sie sahen im Innern des Steinwürfels einen gigantischen Rost, lang und breit genug, um ein Dutzend Ochsen zugleich darauf zu braten. Darunter gähnte die Grube, in der man das Feuer entzündet hatte, so tief, dass sie im flackernden Fackelschein keinen Boden erkennen konnten.

Beck rief: »Sieh an, was da liegt! Das können wir gut gebrauchen!« Was er entdeckt hatte, war tatsächlich etwas sehr Nützliches, nämlich ein eiserner Schürhaken – ein zierliches Ding für die Riesen, aber eine lange Stange für Menschen. Ruadh nahm den Haken sofort an sich.

Sie entdeckten, dass die tieferen Ebenen der Gurguntai weitaus schwieriger zu erreichen waren als die erste. Von den vier Ecken des Saales gingen vier Treppen ab. Zweifellos hatten die schlauen Mlokisai die unnötig vielen Treppen nur angelegt, um Grabräuber in die Irre zu führen.

»Ich weiß zwar nicht«, erklärte Jannis seinen Begleitern, »ob diese Krypten nach demselben Schema wie die bereits erforschten Grabstätten angelegt sind, aber es ist gut möglich, dass kein großer Unterschied besteht, und in dem Fall kann ich euch ungefähr sagen, wo die bösen Überraschungen versteckt sind. Passt trotzdem sorgfältig auf. Wenn wir uns ein Mal irren, kriegen wir keine zweite Gelegenheit mehr dazu.«

Sie wählten schließlich auf gut Glück eine Art Dienstbotentreppe, die im hintersten Winkel der Halle in die Tiefe führte – eine schmale Treppe für die Begriffe der Erbauer, aber ungeheuer groß für die fünf Menschen, die mühsam Stufe um Stufe hinabturnten. Jannis ging als Erster und tastete vorsichtig den Weg mit dem langen eisernen Hakenstab ab; er schlug damit an die Mauern und prüfte die Haltbarkeit der Stufen.

Auf dieser Ebene zumindest, so stellten sie erleichtert fest, befanden sich keine Fallen. Der Boden war fest und solide, die

Mauern ebenfalls, und auch in der Dunkelheit über ihren Köpfen lauerte keine Gefahr. Allerdings standen auch hier die Urnen mit den böse blickenden Augen auf jeder Treppenstufe, und Kaira, die sich vor Masken und gemalten Gesichtern fürchtete, schob sich beklommen an ihnen vorbei.

Nicht nur Kaira ängstigte sich. Lulalume kniff bei jeder Gelegenheit die Augen zu und umklammerte die Amulette, die um ihren Hals hingen. Sie alle, sogar Jannis, empfanden ein drückendes Unbehagen, wenn die Augen auf ihnen ruhten.

Außerdem entdeckten sie sehr bald, dass der Weg in die Tiefe keineswegs so frei von Schwierigkeiten war, wie sie gedacht hatten. Die Treppe mündete in einen Gang, der wiederum durch ein Eisengitter verschlossen war. Nachdem sie hindurchgeschlüpft waren, stellten sie fest, dass der Gang sich nach in paar Dutzend Schritten nach beiden Seiten teilte, und als sie probeweise die rechte Abzweigung einschlugen, teilte die sich bald darauf wieder. »Zurück!«, rief Jannis alarmiert. »Nicht weitergehen! Das ist ein Labyrinth!«

Sie kehrten zu der Treppe zurück. »Was sollen wir jetzt tun?«, fragte Beck ratlos. »Sollen wir in die oberste Halle zurückkehren und es bei einer der anderen Treppen versuchen?«

Jannis schüttelte den Kopf. »Nein. Die führen garantiert in dasselbe Labyrinth.« Er sah sich um, dann zuckte er hilflos die Achseln. »Tut mir Leid, aber ich habe keine Ahnung, wie dieses Labyrinth angelegt ist. Ich würde mich genauso hoffnungslos verirren wie ihr.«

Ruadh hatte aufmerksam zugehört. Jetzt rief er: »Halt, wartet einmal!« Er kniete neben seiner Tasche nieder und wühlte darin herum. Gleich darauf stieß er einen Jubelruf aus. »Ich hab's!« Er sprang auf und hielt ihnen ein dickes rotes Garnknäuel hin. »Das brauchen wir nur hier am Eingang zu befestigen, und schon können wir uns nicht mehr verirren!«

Jannis staunte ihn an. »Was hast du denn alles in deiner Tasche?«

»Immer das, was ich am dringendsten brauche«, entgegnete Ruadh. »Sie ist ein Geschenk der alten Dame an mich. Aber kommt, vorwärts!«

Sie banden ein Ende des Garnknäuels an das Fallgitter, und während Jannis ihnen mit der erhobenen Fackel voranging, spulte Ruadh das Knäuel ab. Kaira wurde bald klar, dass sie sich ohne dieses Knäuel in kürzester Zeit heillos verirrt hätten, so raffiniert war der Irrgarten angelegt. Der rote Faden aber bewahrte sie davor, denselben Weg zwei Mal zu gehen, und wenig später hatten sie den Mittelpunkt erreicht, von dem aus eine weitere Treppe in die Tiefe führte.

Vom ersten Treppenabsatz ging eine Öffnung ab, die in eine Halle führte. Diese war niedriger als die darüber liegende, aber sehr lang und weit, und dort, auf dem ebenso kunstvoll eingelegten Mosaikfußboden, standen in Gruppen aneinander gedrängt die grün glasierten Urnen. Sie waren von gewaltigen Ausmaßen, kaum kleiner als die musikalischen Krüge in Dundris. Jannis huschte zwischen ihnen hin und her und hielt die brennende Fackel einmal dahin, einmal dorthin, um die Malereien, mit denen sie bedeckt waren, genauer zu studieren.

Beck sah sich erstaunt um. Er pochte mit den Fingerknöcheln kräftig an eine Urne. Der dumpfe Klang verriet, dass sie voll war. »Die Dinger sind riesig, da muss die Asche von ganzen Familien drinnen sein!«

Jannis belehrte ihn etwas von oben herab, dass das nicht der Fall sei. »Die Asche der Verstorbenen wurde zusammen mit ihrem persönlichen Besitz in solchen … Was war denn das?«

Sie hatte allen denselben scharfen Knall gehört, der ihn erschreckt hatte, und gleich darauf folgte ein Geräusch, als kollerten plumpe Tonscherben eine Treppe hinab. Ruadh hob die Fackel und lief zur Türe, die anderen drängten hinter ihm her. Sie sahen sofort, was das Geräusch verursacht hatte: Zwei der Wächter-Urnen waren zerbrochen, die Scherben über die Kante der Stufe hinuntergefallen. Genau vor Kairas Füßen lag ein zackiges Tonstück, ausgerechnet jenes, auf das die Augen der Wächter gemalt waren, und in ihrer Nervosität schien es ihr, dass diese roten, viereckigen Augen sie mit mörderischen Blicken anstarrten. Die Asche, die sich darin befunden hatte, war verschwunden. Vermutlich hatte sie der Luftzug davongewirbelt, den die aufgeschreckten Menschen verursacht hatten, als sie alle herbeigestürzt waren.

Ruadh hob die Fackel und leuchtete die Treppe hinauf und hinunter, so weit das Licht reichte. Er sah besorgt aus. »Vielleicht ein Tier«, sagte er. »Der Eingang ist immer offen, ein Tier aus der Wüste könnte hereingeschlüpft sein … Trotzdem, Beck: An deiner Stelle würde ich hier nichts mehr anfassen.«

Der bekehrte Sundar hielt sich an den Rat, aber Kaira wurde das bange Gefühl nicht los, dass das Unheil bereits geschehen war. In die feierliche Stille und Schwärze der Krypten mischte sich etwas Neues, Bedrohliches. Auf einmal fingen sie alle an, merkwürdige Dinge zu hören, Schritte und Stimmen, das Klirren von Metall. Keines dieser Geräusche war eindeutig hörbar. Sie hielten sich immer gerade am äußersten Rand des Hörbaren. Sie tönten fern genug, um mit dem Rauschen des eigenen Bluts in den Ohren und dem leisen Singen des Windes in den ungeheuren Kavernen verwechselt zu werden, aber immer noch deutlich genug, um sie zu beunruhigen. Die Gefährten blickten in einem fort über die Schulter zurück, und das Gefühl, nicht mehr allein zu sein, überwältigte sie alle.

In dem Moment, in dem Kaira aus der Türöffnung trat, spürte sie einen Widerstand, weich, aber doch zäh – und dabei kalt und klamm. Es dauerte nur Herzschläge lang, dann gab die unsichtbare Sperre nach; aber sie wurde das Gefühl nicht mehr los, dass sich in der dichten Schwärze jenseits des Fackelscheins eine beunruhigend große Anzahl solcher Dinge materialisierten. Sie schwebten in der Finsternis, wie ein Schwarm von durchsichtigen Quallen in einem schwarzen Meer treibt. Wie die Geräusche zuerst, waren auch die Dinge nur am äußersten Rand ihrer Sinne wahrnehmbar, schon deshalb, weil der rauchige, rote Schein der Fackel bizarre Schatten auf die Mauern zauberte und selbst feste Gegenstände in diesem unruhigen Licht unheimlich belebt erschienen.

Beck flüsterte: »Da sind Phantome um uns, Feuerfuchs.«

Der Sammler nickte. »Ich weiß. Ich spüre sie auch. Ich wette, es sind die Wächter, die in den Urnen steckten ... Wir haben sie aufgestört, als wir die Urne berührten.« Er sagte nichts davon, dass es Beck ganz allein gewesen war, der an den Tonkrug gepocht hatte, und Kaira dachte, dass das sehr entgegenkommend von ihm war.

Sie kletterten weitere Stufen hinunter, wobei Jannis mit doppelter Vorsicht mit dem eisernen Stab deren Sicherheit prüfte, denn er war der Ansicht, dass sich in der obersten Grabkammer die Urnen weniger bedeutsamer Leute befanden, und je tiefer die Kammer, desto höher der Rang der Verstorbenen war. Umso höher war jedoch auch die Wahrscheinlichkeit, dass die Kammern mit Fußangeln gespickt waren.

Beck bemerkte: »Ich meine, sie müssen große Magier gewesen sein, denn das, was uns begleitet, kam aus den Urnen.«

Jannis nickte. Ja, so stand es auch in den alten Manuskripten zu lesen. Die Sundaris hatten darüber gelächelt; in ihren Augen waren das Geistergeschichten unterentwickelter Stämme, die im Licht der Sonne verwehten wie Morgennebel. Aber diese aufgeklärten Sundaris waren niemals in die dicht gewebte, tintenschwarze Dunkelheit unterirdischer Grabkammern hinabgestiegen, und sie waren niemals von unsichtbaren Wächtern begleitet worden.

Jannis gab zu, dass er früher auch über die Vorstellung gelacht hatte, dieses uralte Volk hätte über magische Kräfte verfügt. Aber er war kein solcher Dummkopf, dass er jetzt immer noch darüber gelacht hätte. Er machte kein Hehl daraus, dass ihn die geisterhaften Begleiter mit Sorge erfüllten. »Kannst du nicht irgendetwas tun?«, wandte er sich an Ruadh. »Ich verstehe nichts von solchen Dingen.«

Der Sammler zögerte. »Ehrlich gesagt ist es auch das erste Mal, dass ich mit dergleichen zu tun habe. Das Schlimmste, was mir bislang begegnet ist, war die Totenhöhle in der Blauen Wüste, und das war kein Vergleich mit dem hier. Aber wir können es versuchen.« Er wandte sich an die anderen. »Kommt, stellt euch hierher zu mir.«

Nachdem sie seinem Wunsch gefolgt waren, erhob er die Stimme und redete mit feierlichem Klang die Dunkelheit an. »Ehrwürdige Ruhende! Wir sind nicht gekommen, euren Frieden zu stören. Wir begehren kein Gold. Wir kommen nur, um den Drachen Kulabac zu besuchen. Wir bitten euch, lasst uns tun, was uns aufgetragen ist, und hindert uns nicht. Nehmt unsere Entschuldigung dafür an, dass wir eure Ruhestätte betreten haben.«

Sie horchten alle, ob irgendeine Antwort käme, aber nichts rührte sich. Die Dunkelheit hing wie verrußte Spinnennetze um sie herum, und inmitten dieser Netze bewegten sich, halb sichtbar, halb unsichtbar, die formlosen, qualligen Schatten. Kaira bildete sich ein, dass sie dann und wann rötlich glühende Augen aufblitzen sah, aber vielleicht waren es auch nur Funken gewesen, die von der Fackel sprangen.

Ruadh seufzte und zuckte die Achseln. »Ich weiß nicht, ob es etwas genutzt hat. Machen wir weiter.«

Wenig später erreichten sie – nach einer Serie mühsamer Turnübungen, denn die Stufen wurden zusehendes schmaler und höher – die nächstgelegene Ebene. Jannis erklärte ihnen, dass sie an dieser Stelle besonders vorsichtig sein mussten, denn zumeist lauerten die Fallgruben kurz vor dem Eingang zu einer Grabkammer. Die Erbauer, sagte er, waren wohl davon ausgegangen, dass Grabräuber an solchen Stellen – in Sichtweite der erwartete Schätze – alle Vorsicht außer Acht lassen und blind vor Gier voranstürzen würden, ein leichtes Opfer der heimtückischen Maschinerie, die sich da und dort in den Mauern versteckte.

Was er damit meinte, sollten sie bald erfahren. Er hielt auf der letzten Stufe über dem Treppenabsatz an – dem Absatz, von dem rechter Hand die Tür in die nächste Urnenhalle abging. Den Arm weit ausgestreckt, pochte er mit dem Feuerhaken da und dort an die Mauern und horchte aufmerksam, ob der Schall eine Höhlung verriet. Und tatsächlich: Die Mauer zur Rechten klang hohl!

»Zurück!«, schrie Jannis und sprang nach hinten.

Im selben Augenblick ertönte ein Geräusch, als schnurrte ein Seil durch eiserne Ringe. Eine Steinplatte in der Mauer glitt hoch, und quer über die ganze Breite der Stufe sauste etwas Riesiges, schwarz Glänzendes, so blitzschnell, dass keiner von ihnen ausmachen konnte, was es war. Es krachte wie ein Lavastoß, als der Gegenstand an die Mauer prallte. Ein Hagel von Steinsplittern spritzte nach allen Seiten, und mitten drinnen erfolgte ein weiterer Krach, der sich dumpf widerhallend durch die Kavernen fortsetzte. Das Ding kippte unter der Wucht seines Anpralls und fiel dröhnend um.

Sie hatten zwar damit gerechnet, dass etwas passieren würde, aber die brutale Wucht des Armwurfs hatte sie alle erschreckt, so sehr, dass sie mit zitternden Knien da standen und aus weit aufgerissenen Augen das Geschoss anstarrten, das rücklings auf dem Stiegenabsatz lag. Was sie sahen, war ein Eisenkloß, etwa zwei Schritt lang und einen Schritt breit, der zum groben Ebenbild eines Mannes geschmiedet war. Aus seiner Mitte ragte ein eiserner Spieß hervor. Hätten sie den Treppenabsatz betreten, so hätte dieser Spieß sie durchbohrt.

Beinahe noch schlimmer als dieser Unhold war das Gebaren der Wächter. Als würden sie von einem Wirbelwind angesogen, sausten sie herbei, zweifellos in der freudigen Erwartung, die Eindringlinge zerschmettert und aufgespießt vorzufinden. Als das nicht der Fall war, huschten sie wieder auseinander, ein bösartiger Reigen, der in den schattenverhangenen Ecken und Winkeln jenseits des Fackelscheins tanzte – und darauf wartete, dass die Fremden bei der nächsten Falle weniger Glück hatten.

Jannis war ebenfalls heftig erschrocken, konnte sich aber einen gewissen Triumph darüber nicht verkneifen, dass er die Falle rechtzeitig entdeckt hatte. Er deutete mit dem Feuerhaken auf den umgestürzten Koloss. »Ich hatte Recht ... und das heißt, dass sich vermutlich auch die übrigen Fallen an den üblichen Orten befinden. Aber wie gesagt, seid trotzdem vorsichtig.«

Sie gingen unwillkürlich alle auf Zehenspitzen, als sie den mit Steinbrocken übersäten Treppenabsatz betraten und den eisernen Koloss umrundeten, dessen grobes, trollhaftes Gesicht sie böse anstarrte. Jannis prüfte die Mauern des Eingangs und streckte den eisernen Stab probeweise durch die Öffnung; erst dann gestattete er ihnen einzutreten.

Diese zweite Ebene war genau so wie die darüber liegende mit Hunderten von Urnen voll geräumt. Allerdings waren die Urnen hier um vieles prächtiger bemalt als die im oberen Stockwerk, ein Beweis dafür, dass der Schriftgelehrte Recht hatte mit seiner Ansicht, in der am leichtesten zugänglichen Halle sei die Asche der weniger bedeutenden Persönlichkeiten beigesetzt worden. Die Urnen der Vornehmen waren mit ähnlichen Bilderstreifen verziert wie die Wände der Halle. Wahrscheinlich waren es Nekrologe, die über das Leben und die hervorragenden Taten dieser Verstorbenen Auskunft gaben. Jannis geriet in helle Aufregung, als er feststellte, dass es sich hier um Bilderstreifen mit Schrift handelte: Nicht nur, dass sich unterhalb jedes Bildchens ein paar Zeilen mit den zackigen Runen befanden, es gab auch innerhalb der Bilder Rechtecke mit Schriftzeichen! Die Stimme des Gelehrten zitterte, als er seinen Begleitern erklärte, das hier könnte der Schlüssel zur Entzifferung der dundrischen Schrift sein – ein Unternehmen, das bislang als völlig unmöglich gegolten hatte! Wie berauscht stand er da, strich mit dem Zeigefinger zärtlich über die Runen und Bilder und flüsterte: »Stellt euch das vor ... Jahrhunderte sind vergangen, seit der Letzte gestorben ist, der diese Schrift lesen konnte. Und nun wird es vielleicht möglich sein, sie wieder zu lesen. Ich werde erfahren, wie dieser hier« – damit wies er auf die Urne, vor der er stand – »gelebt hat, was sein Name war, welchen Beruf er hatte … Es ist unbeschreiblich, unbeschreiblich!« In seiner Erregung schlug er laut klatschend die Hände zusammen, schloss die Augen und schauderte in ekstatischem Entzücken wie ein Liebhaber, der seine Freundin umarmt.

Ruadh dagegen war deutlich anzusehen, dass ihn das Leben der Indigolöwen von Dundris eher unberührt ließ. Er bemühte sich, Jannis zum Weitergehen zu bewegen, und schließlich gelang es ihm auch, indem er darauf hinwies, dass sie in erster Linie den Zugang zum Drachennest finden mussten.

Als sie mit der Fackel wieder auf den Treppenabsatz hinaustraten, entdeckten sie etwas, das der dröhnende Sturz des Eisenmannes ihnen verborgen hatte: Auf den Stufen oberhalb und unterhalb der Falle waren weitere Urnen zersprungen, insgesamt sechs an der Zahl. Dass der Inhalt dieser Urnen Gestalt angenommen hatte, und zwar eine höchst bedrohliche Gestalt, war deutlich zu spüren. Vielleicht konnten die gespenstischen Wächter sich umso eher materialisieren, je öfter die Ruhe der Toten gestört wurde (und je mehr Wächter demzufolge befreit wurden), denn sie waren jetzt keine bloßen Schatten mehr. In der Finsternis, die jenseits des rötlichen Lichtscheins der Fackel herrschte, schwebten Gestalten.

Sie waren zwergenhaft klein, was Kaira erst überraschte, denn zweifellos waren auch die Diener und Krieger der Leute von Dundris Giganten gewesen. Lag es vielleicht daran, dass sie ihre Energie nicht dafür verschwenden wollten, riesenhafte Scheinleiber zu bilden? Alle waren sie nämlich auf eine merkwürdige Weise gestaucht, sodass sie in der Breite verzerrt erschienen, mehr breit als hoch, mit Gesichtern, die zu einem liegenden Oval zusammengedrückt waren, angedeuteten Flügeln und Schwänzen, kurzen Beinen und bis zu den Knien hängenden Armen. Sie hatten eine kupferfarbene Haut, schräge, rot leuchtende Augen, und trugen eine reich verzierte Rüstung, an der vor allem der eigentümliche Helm – ein kegelförmiger Hut mit einem Knauf an der Spitze – auffiel. In den Händen hielten sie Speere. Bei jedem Schritt, den die Eindringlinge taten, sprangen sie diesen in den Weg und streckten mit drohenden Grimassen ihre Waffen vor. Es war lästig, die Phantome ständig beiseite wischen zu müssen, und die Gefahr wurde mit jedem Schritt größer. Noch waren sie zu schwach, um die sechs mit ihren Speeren wirklich zu verletzen, aber wie lange würde es dauern, bis weitere Fallen ausgelöst wurden, weitere Urnen zersprangen?

Sie erreichten jedoch ohne Zwischenfall das Ende der Treppe. Vor ihnen lag ein kurzer Gang, mit Platten gepflastert, der zu der tiefsten Grabkammer führte. Dass es sich um das Vorzimmer zu einem heiligen und bedeutsamen Raum handelte, war leicht zu erkennen. Die Mauern waren mit Basreliefs in den Lieblingsfarben der Mlokisai – rot und grün – geschmückt. Rechts und links des Eingangs knieten auf hohen Sockeln zwei steinerne Wächter, der Beweis dafür, dass die alte Kultur nicht nur Baumeister, sondern auch Steinmetzen von Rang hervorgebracht hatte. Jannis geriet völlig außer sich, als er die fein gearbeiteten Figuren sah. Sie lieferten nämlich gleichzeitig einen Hinweis darauf, dass in Dundris parallel zu den Indigolöwen Ziegenwesen gelebt hatten, denn die Wächter zeigten die Körper von Männern und die Schädel von Ziegen. In den Händen hielt jeder einen kurzen eisernen Spieß. Sie waren aus einem Stein gehauen, die Augen bestanden aus Edelsteinen. Beinahe hätte der Schriftgelehrte, von seiner Begeisterung hingerissen, seine eigenen Warnungen vergessen und wäre zu den faszinierenden Bildwerken hingestürzt – aber im letzten Moment fiel ihm ein, dass die Skulpturen nicht nur zur Zierde dort saßen. Er schluckte seinen Jubel hinunter und betrachtete sie mit Argwohn.

»Was meinst du?«, fragte ihn Ruadh. »Welche Fallen sind hier versteckt?«

»Das weiß ich nicht genau. Es gibt verschiedene Varianten. Wahrscheinlich sind die Wächter ausbalanciert, sodass sie kippen, wenn man die Steinplatte zwischen ihnen betritt.« Jannis deutete mit dem Eisenhaken auf die beiden Figuren. »Du musst bedenken, dass es auf dieser Ebene kein Kommen und Gehen gab wie auf den oberen, wo ständig neue Urnen aufgestellt wurden. Wenn ich Recht habe, dann liegt hier im Herz der Grabhöhlen der Urvater der Riesen, vielleicht der Gründer ihrer Stadt oder ein Religionsstifter. Sein Grab ist vermutlich mit einem Mechanismus geschützt, der es unmöglich macht, dort einzutreten.«

Ruadh seufzte und warf einen Blick auf die Ziegenwesen, die sie aus den Winkeln ihrer leuchtenden Augen anfunkelten. »Wir müssen aber hinein. Lass dir etwas einfallen.«

Jannis erwies sich als durchaus einfallsreich. Er wies auf Ruadhs Echsenledertasche. »Wir versuchen es einmal damit. Gib mir dein Seil, Beck.« Er rollte das Seil auf und band ein Ende mit einem kunstvollen Knoten an die Schulterriemen der Tasche. Dann bedeutete er seinen Begleitern, sie sollten so weit wie möglich zurücktreten. Mit dem Eisenhaken schob er die schwere Tasche vorwärts, immer näher auf die beiden Figuren zu.

Kaira musste schlucken, so heftig pochte ihr Herz. Sie hasste plötzliche Bewegungen und Geräusche, und beides war hier zu erwarten. Der Eisenmann, der aus der Wand herausgefahren war, hatte sie gelehrt, das Schlimmste zu erwarten. Wenn nun der gesamte Gang einstürzte, sobald die Last der Tasche den verborgenen Mechanismus auslöste?

Jannis beobachtete angestrengt die beiden Wächter, auf jede noch so winzige Bewegung wartend, die verraten mochte, dass irgendeine Falle zuschnappte. Handbreit um Handbreit schob er die Tasche vorwärts, bis sie den Raum zwischen den beiden Skulpturen berührte, immer bereit, sich mit einem Satz in Sicherheit zu bringen.

Dann passierte es. Dasselbe Geräusch, welches das Auftauchen des Eisenmannes angekündigt hatte, ertönte: ein heiseres Schnurren und gleich darauf das Krächzen eines verborgenen

Mechanismus. Die Bodenplatte, die sich unmittelbar zwischen den beiden Figuren befand, kippte nach unten, während die Wächter nach vorne schnellten, bis die Ziegenhörner zusammenstießen. Gleichzeitig flogen verborgene Türchen in den Sockeln auf. Der Mechanismus hatte jedoch in der langen Zeit Schaden genommen, denn die Platte blieb stecken. Statt in einem Winkel von fünfundvierzig Grad zu kippen, wie es zweifellos vorgesehen war, hing sie als schiefe Ebene an ihren Scharnieren.

Die vier Männer packten das Seil und zerrten daran, bis die Tasche zu ihnen zurückkehrte. Kaum war das Gewicht verschwunden, als die Figuren sich langsam wieder aufrichteten und die Bodenplatte zurückschwang. Der verklemmte Mechanismus ließ sie jedoch nicht völlig in die Ausgangsstellung zurückgleiten. Die Wächter verharrten mitten in ihrer Vorwärtsbewegung. Kaira sah, dass nur ein Teil der Bodenplatten ausbalanciert war. Entlang dem Sockel verlief ein schmales Steinsims, auf dem sie in Sicherheit die Grabkammer erreichen konnten.

Jannis ergriff eine Fackel und trat vor, um die Falle genauer zu betrachten. Sie bestand aus zwei Teilen, die mit teuflischer Präzision aufeinander abgestimmt waren. Betrat ein Eindringling die Bodenplatte, so klappte diese unter ihm auf, während gleichzeitig die Spieße der Wächter seinen Kopf oder Brustkorb durchbohrten. Allerdings war die Falle auf die Maße von Giganten abgestimmt, was Jannis einen neuen Ausruf entlockte.

»Seht ihr, was das bedeutet? Als die Indigolöwen von Dundris dies hier bauten, gab es im Westen noch keine Menschen! Und die Ziegenwesen befanden sich auf einer Entwicklungsstufe, bei der nicht anzunehmen war, dass sie Gräber plündern würden. Anders hätten diese so sorgfältigen Baumeister sicher eine Falle gebaut, in der sich auch kleinere Wesen gefangen hätten. Des Weiteren erfahren wir daraus: Die Kultur befand sich bereits im Niedergang, da die Erbauer der Grabanlage damit rechnen mussten, dass einer aus ihren eigenen Reihen die heilige Stätte entweihte. Darkanis' Ansichten sind damit eindeutig widerlegt, wir sehen…«

»Mach vorwärts, Jannis, und halte uns keine Vorträge!«, rief Beck ungeduldig. »Können wir jetzt in die Grabkammer?«

»Warte noch einen Augenblick«, beschied ihn der Schriftgelehrte. »Ich will nachsehen, ob es hier noch eine Überraschung gibt.«

Neugierig inspizierte er die Türchen in den Sockeln, die sich beim Betrieb der Falle geöffnet hatten. Dann stieß er einen lauten Schrei aus. »Seht euch das an! Das ist unglaublich!« Er fuhr mit dem Feuerhaken in die Höhlung des Sockels und angelte etwas heraus, das im ersten Augenblick wie ein grauer Sandsack mit vier Zipfeln aussah. Genauer betrachtet, war es eine fette, abstoßend hässliche Warzenkröte von unglaublicher Größe.

Jannis schlug mit dem Feuerhaken dagegen. Es gab ein merkwürdiges, dumpfes Geräusch, als hätte er auf Holz geschlagen.

Beck starrte den ekligen Kadaver an. »Wie ist die hier hereingekommen? Hat sie sich verirrt?«

Jannis schüttelte den Kopf, trat an das andere Türchen heran und zog einen zweiten Kadaver heraus. »Diese Kröten waren die Wächter der Grabkammer. Sie wurden hier drinnen uralt. Zweifellos galten sie als magisch begabte Tiere. Nachdem sie verendet waren, mumifizierten sie in der trockenen, kühlen Höhlenluft. Es gibt vergleichsweise ähnliche … he, warte auf mich!«

Das galt Ruadh, der sich ungeduldig an ihm vorbeigedrängt hatte und nun die Grabkammer betrat.

VIERTER TEIL
Die Hoffnung der Bernsteindrachen

Im Feuerschein des Vulkans

Der vornehme Herr Kulabac

Nie im Leben hätte der junge Mondscheiner Jajn sich träumen lassen, dass er einmal einem lebendigen Drachen begegnen würde – und nun kannte er gleich zwei! Vauvenal sah er zwar fast immer in seiner menschlichen Gestalt, aber Kulabac verwandelte sich nie, obwohl er es zu Stande gebracht hätte. Er war bequem und träge und stieg nur noch selten an die Oberfläche. In seinem behaglichen Nest tief, tief unter den Felsen fühlte er sich weitaus wohler.

»Wollt Ihr denn nie hinaufsteigen und Euch ein wenig Bewegung machen?«, fragte Jajn, der ein quirliger Junge war und sich nicht vorstellen konnte, Tag für Tag auf einem riesigen Haufen Gold und Juwelen zu faulenzen, ohne auch nur die Flügel zu strecken.

»Zwerg«, antwortete der Drache, »wenn ich Bewegung brauche, stehen mir Tausende Meilen von Stollen zur Verfügung, durch die ich kriechen, fliegen, gleiten, schlängeln und schwimmen kann, wozu also die Anstrengung unternehmen, hinaufzuklettern?«

Tochtersohn, Jajn und Ninian hatten das Nest des Drachen nach etlichen Strapazen erreicht und die hölzerne Dose sicher an ihren Bestimmungsort gebracht. Kulabac war höchst überrascht gewesen, als Ninian die Dose öffnete und etwas wie eine winzige Grille hervorsprang, das wuchs und wuchs und dabei immer mehr die Gestalt eines Menschen annahm.

»Vauvenal, mein edler Freund!«, rief er aus. »so habt Ihr es geschafft, die Wüste zu durchqueren, allen Listen und Fallen des Kadaverfürsten zum Trotz?«

»Wie Ihr seht!«, antwortete Vauvenal, der sehr stolz auf seine gelungene List war. »Aber glaubt nicht, dass es angenehm war, sich so lange in den Körper einer Grille zu zwängen und in einer zugeschraubten Dose zu sitzen.«

Während sie auf die Übrigen warteten, sorgte Jajn für das Wohlergehen des Drachenfürsten, der für sie alle so wichtig war, und er hatte viel zu tun. Den ganzen Tag jagte der Fürst ihn herum, um sich einmal dies, dann das von seinen Schätzen holen zu lassen und Jajn zu erzählen, welche hohen Persönlichkeiten es ihm in seiner Jugend geschenkt hatten. Zwischendurch wollte er den Spiegel haben, um sich von vorn bis hinten zu betrachten, und dann erspähte sein Karfunkelauge da ein Fleckchen und dort ein Stäubchen, das er weggeputzt haben wollte.

Er war tatsächlich so ungemein prächtig, wie die alten Geschichten erzählten, und unterstrich die natürliche Schönheit seines rosa, hellgrün und aprikosenfarben leuchtenden Schuppenkleides durch Perlenketten und Geschmeide, die er rund um den Leib wand. Wie die meisten Drachen war er nicht frei von Eitelkeit und hörte es gern, wenn der Junge um ihn herumlief und ihn von der Schnauze bis zur Schwanzspitze bewunderte.

»Ich dachte immer, Drachen seien nur rot, oder grün«, bemerkte Jajn, während er eifrig die Schuppen einer Vorderklaue polierte. »Wer hätte gedacht, was sie für schöne Farben haben! Und Federn dazu!«

Kulabac war nämlich keineswegs ein simples Schuppentier. Er glich vielmehr einem Ritter in phantastischer Rüstung, denn am Kopf, am Kinn und am Schwanzende wuchs ihm etwas Goldenes, das nicht wirklich Federn waren, wie Jajn meinte, sondern zugleich Federn und langes Haar wie ein Rossschweif und ein wundervoll weicher Flaum. Jajn konnte nicht aufhören, es zu berühren, so zart fühlte es sich an. Und das Angenehmste daran war, dass der Drache von innen heraus warm war, sodass der Junge in seiner Nähe niemals fröstelte und sich zum Schlafen bequem an seine pelzige, gefiederte Schwanzquaste kuscheln konnte.

»Tja«, antwortete Kulabac geschmeichelt, »unsere tatsächliche Erscheinung übersteigt die Vorstellungskraft der Menschen. Sieh einmal, ich glaube, hier hat sich auch etwas Staub angesetzt.« Dabei streckte er die Krallen vor, von denen jede so lang war wie Jajn von Kopf bis Fuß und so glänzend wie Perlmutt, dabei aber gefährlich scharf wie ein Nurdimer Säbel.

Jajn fand ihn ungemein unterhaltsam, denn er kannte mehr Rätsel, Schauergeschichten, Mären und Scherzgedichte als alle Mondscheiner von Chatundra zusammen und verstand es aufs Beste, sie zu erzählen. Und an den aufregendsten Stellen schnaubte er stets ein wenig Feuer oder ließ ein Grollen hören, von dem die unterirdischen Gemächer erzitterten.

Durch die Schlünde der Finsternis

Kaira wusste nicht mehr, ob sie wachte oder träumte, als sie in der hohen, von rötlichem Zwielicht erhellten Felsenhalle standen, wo der Drache auf seinem goldenen Bett lag. Sie hatte Angst, er könnte Feuer schnauben und sie damit versengen, aber gleichzeitig war sie außer sich vor Bewunderung über seine Schönheit. Wie Jajn hatte sie immer gedacht, Drachen seien bestenfalls rot, wenn nicht schmutzig grün, und sie traute ihren Augen nicht, als sie die golden schimmernde Mähne und den langen, spitzen Bart sah, die gewundenen Widderhörner, zwischen denen das Karfunkelauge glühte, und die aprikosenfarbenen, roten und apfelgrünen Schuppen. Und wie herrlich er geschmückt war! Eine Perlenkrone saß auf seinem Haupt, sein Körper war umwunden mit Perlenschnüren, und all seine Gliedmaßen glitzerten von Geschmeiden. An jeder Kralle steckten zahlreiche Ringe, so groß wie Armreifen der Menschen.

Umbra und Ari waren bereits da und außer ihnen noch ein Junge, der ein Diener des Drachen zu sein schien, und ein fremder Mann in der Tracht eines Gelehrten. Jannis und Beck erkannten ihn beide sofort wieder und sprachen ihn mit »Magister Ninian« an.

In einem Winkel der Grabkammer saß auf einem Haufen Gold der geheimnisvolle Geschichtenerzähler und begrüßte sie lächelnd. »Seht!«, rief er, »da kommt Tochtersohn!« Er zeigte auf eine Bewegung in den schattigen Arkaden der Kammer, und gleich darauf trat das Kind hervor. Es war in ein Tuch gekleidet, das es um den ganzen Körper gewunden hatte, dennoch war deutlich zu sehen, dass seine Glieder noch viel dünner waren als bei ihrer letzten Begegnung. Sein blasses, eingesunkenes Gesicht war von Krankheit und Schwäche gezeichnet, ja es sah aus, als hätte es nicht mehr lange zu leben. Sein Blick war jedoch klar und freundlich.

»Willkommen«, sagte es. »Ich bin froh, dass ihr da seid, die Zeit wird knapp.«

Dann schwiegen jedoch alle, denn Kulabac wollte etwas sagen.

»Nun«, begann er, »ich dachte nicht, dass ich noch einmal so viele Menschen bei mir begrüßen würde, die ich gar nicht kenne ... außer dir natürlich.« Das galt Ruadh, der unter dem Blick des Karfunkelauges sichtlich verlegen wurde. »Du hast dich sehr verändert, seit ich dich das letzte Mal sah, König Kurda.«

Alle – außer Umbra, Ari und Vauvenal – fuhren bei dieser Anrede erstaunt herum und starrten den Sammler an, der heftig errötet war. Mit leiser, heiserer Stimme antwortete er: »Mein Fürst, ich hoffte zu vergessen, dass ich jemals diesen Namen getragen habe.«

»Ein Drache vergisst nie«, erwiderte Kulabac selbstzufrieden. »Auch wenn es lange her ist ... wie lange wohl? Ein paar hundert Jahre werden es schon sein, nicht wahr?« Da Ruadh keine Antwort gab, fuhr er fort: »Ich hatte meine Zweifel, ob Datura es zu Stande bringen würde, den Fluch von dir zu nehmen, aber mir scheint, es ist ihr gelungen. Aber nun zu den dringlichen Geschäften!«

Kaira hörte nur mit halbem Ohr zu, wie der Drache ihnen den geheimen Weg nach Luifinlas erläuterte. Sie konnte nicht glauben, was sie eben gehört hatte. König Kurda war für sie – selbst wenn er nicht nur eine Sagengestalt war – immer einer Persönlichkeit aus fernster Zeit gewesen, so lang im Staub versunken wie die Indigolöwen von Dundris, und nun gab Kulabac diesen Namen ihrem Freund, ihrem Ruadh, ihrem Feuerfuchs!

Tataika neben ihr flüsterte: »Das kann nicht wahr sein, oder? Er ist noch keine vierzig Jahre alt, und der Drache redet von Jahrhunderten.«

Aber da war Kulabac mit seiner Erklärung zu Ende gekommen und befahl: »Alles aufsitzen – das heißt, nicht alle, die andere Hälfte trägt Vauvenal. Ich nehme die beiden Mädchen, den dünnen Mann da, Jajn, Umbra und Ari – Vauvenal den Rest.« Und sofort streckte er sich zu seiner vollen Länge aus und ließ sie aufsteigen. »Keine Angst, ich lasse niemand fallen!«, rief er. »Aber haltet euch trotzdem gut fest, ich habe Zacken genug.«

Kaira musste aufsteigen und sich zwischen zwei der vielen wie Hörner geschwungenen Zacken auf seinem Rücken setzen. Angst stieg in ihr auf. Er würde doch nicht am Ende mit ihnen auf dem Rücken über die Heulenden Berge hinwegfliegen? Wie sollte sie sich in den fürchterlichen Stürmen da oben auf seinem Rücken festhalten?

Aber als sie ihre Sorge mit Tataika teilte, zischte die ihr zu: »Hättest du zugehört, statt zu träumen! Er fliegt nicht über die Berge, sondern darunter hindurch!«

Da setzte sich der mächtige Drache auch schon in Bewegung. Wie ein Schiff, das vom Stapel läuft, glitt er von seinem Goldbett herunter. Rasselnd schürften seine Klauen und Schuppen über den rauen Felsboden. Das rote Licht des Karfunkelauges warf einen schwachen Schein in die unterirdische Nacht. Hinter sich hörte Kaira ein mächtiges Schnauben und laute Geräusche, die sie nicht deuten konnte – erst später begriff sie, dass es Vauvenal sein musste, der seine Drachengestalt annahm und die restlichen Passagiere aufsteigen ließ. Und gleich darauf wurde Kulabac immer schneller und schneller, sodass sie sich – trotz seines Versprechens, sie nicht fallen zu lassen – mit Armen und Beinen an das Horn klammerte und den Kopf einzog, um nicht irgendwo an die Decke zu stoßen. Dann sauste er mit einer Geschwindigkeit, dass ihr Hören und Sehen verging, davon in ein rauschendes, hallendes, schwach rötlich schimmerndes Dunkel.

Von dem Weg, den sie zurücklegten, behielt Kaira nur sehr vage Eindrücke in Erinnerung. Allmählich wurde es heiß, aber sie wusste nicht, ob der Drache sich bei der körperlichen Betätigung erhitzte oder die Stollen um sie herum heiß waren. Dampf flog ihr ins Gesicht und durchfeuchtete ihr Haar. Sehen konnte sie nichts außer dem Horn, das sie umklammert hielt, und den Funken, die um sie stoben. In ihren Ohren hallte das Schnauben und Flügelknattern der beiden fliegenden Drachen wider, und manchmal tönte es auf eine Weise, die Kaira verriet, dass sie über ungeheure Abgründe hinwegflogen. Dann schloss sie fest die Augen, um nicht einen zufälligen Blick in die Tiefe zu werfen und vor Angst in Ohnmacht zu fallen.

Schließlich verlangsamte Kulabac seinen Flug und hielt bald darauf an. Kaira, die sich halb betäubt fühlte, fand sich am Ausgang eines Tunnels wieder, der von Zwielicht erhellt und von frischer, sehr feuchter Luft erfüllt war.

»Wir sind da«, sagte der Drache.

Zarzunabas' letztes Aufgebot

In seinem Schloss aus Eis fuhr Zarzunabas von seinem Thron hoch und stieß einen gellenden Schrei besinnungsloser Wut aus, als er erkannte, dass er überlistetet worden war und die Gefährten auf geheimen, unterirdischen Wegen nach Luifinlas gelangt waren, während seine Wächter auf den Pässen und in den Schluchten der Toarch kin Mur lauerten. Ein Sturm fuhr von seinem Schloss nieder und fegte all die Untoten und Gespenster zusammen, in den riesigen Audienzsaal mit seinem spiegelglatten Boden und den Säulen aus wirbelndem Eis. Aufgeschreckt von der Wut ihres Meisters, wirbelten sie durcheinander, bis sein scharfer Befehl sie zur Ruhe brachte.

»Sie sind entkommen«, rief Zarzunabas. »Kulabac – ein Dämon über das aufgeputzte alte Gerippe! – hat sie durch die Schlünde der Finsternis getragen, und nun sind sie in Luifinlas! Auf, nutzloses Pack! Tut euer Bestes, sie vom Toar Kadenach und Mandoras Grab fern zu halten, erschreckt sie mit allem, was ihr habt, tötet sie, wenn ihr könnt! Und jetzt fort mit euch!«

Ein pfeifender Schneesturm fuhr aus allen Luken und Türen des Schlosses und raste wie eine weiße Wand über die Berge von Carrachon hinweg, auf die Stadt Luifinlas zu. Zarzunabas starrte ihm nach und knirschte mit den Zähnen; seine leichenkalten Finger krallten sich in die Handflächen, bis wässriges Blut hervorquoll. Er hatte seine Eishörner in der Schlacht verloren, und er wusste genau, dass die Gespenster nicht viel nütze waren. Zu viele Drachen hatten sich in Luifinlas versammelt, um das Grab der Mutterjungfrauen zu schützen. Aber die Gespenster waren alles, was er noch hatte.

Das Gesicht verzerrt vor Raserei, mit gefletschten Zähnen und grün glühenden Augen, stieg er die Treppe empor, die zur höchsten, allerhöchsten Turmspitze führte, einer bloßen Nadel aus Eis, die nur einem einzigen Menschen Raum bot. Dort trat er an die Luke, die nach Luifinlas blickte, und stierte hinaus. Er sah sein grauses Heer auf dem Schneesturm reiten, hörte das Winseln und Pfeifen, als es zwischen den Gipfeln der Berge von Carrachon hindurchfuhr, die so nahe beieinander standen wie die Stacheln eines Igels, und sah es als riesige, schneeweiße Wolke in das Tal von Luifinlas hinabsinken.

Die Stadt der Drachen

Kaira blieb in der Öffnung stehen, überwältigt von dem Anblick, der sich ihr bot. Nach allem, was sie gehört hatte, hatte sie sich nur undeutliche Vorstellungen von Luifinlas gemacht – und auf keinen Fall hätte sie sich auszumalen vermocht, was sie jetzt vor sich sah.

Die Gipfel der Heulenden Berge ragten so hoch über ihnen auf, dass sie nur noch ein ferner Schrecken waren. Unter einem von rötlichen Nebelschwaden verhüllten Himmel lag vor ihr ein Tal, bedeckt von dampfender Vegetation, in dessen Mitte sich in majestätischer Schönheit der Toar Kadenach erhob. Aus seinem Gipfelschlot stieg eine Feuersäule, die das verborgene Tal zugleich erleuchtete und erwärmte. Wohin Kaira auch blickte, sah sie Grün, vom leuchtenden Smaragd der Farnwedel bis zum Blaugrün der Zykadeen und Schachtelhalme, die überall zu ungewöhnlicher Höhe und Üppigkeit aufgeschossen waren. Der Feuerschein des Vulkans tauchte alles in ein geheimnisvolles, ebenso bezauberndes wie beunruhigendes Licht, sodass manche der schwellenden Gewächse purpurn erschienen und andere violett.

Halb verschlungen von dem alles überwuchernden Grün, sah sie die Ruinen einer Stadt. Sie konnte von ihrem Standort aus nur wenige weiße Steine erkennen, anscheinend die Bruchstücke einer gewaltigen Kuppel, die beim Einsturz des Gebäudes zerschellt war, aber schon diese Bruchstücke genügten, um ihr zu zeigen, wie fremdartig die Stadt ausgesehen haben musste. Am ehesten ähnelten sie noch der kopfgroßen Meeresmuschel, die ein weit gereister Soldat einmal nach Fort Timlach gebracht und den Kindern gezeigt hatte, so wunderlich verdreht und geschwungen waren die Trümmer.

Die Übrigen standen und staunten ebenso, bis Kulabac sich bemerkbar machte. »Nun, ihr seid, wo ihr hinwolltet, und ich werde mich wieder zurückziehen.«

Jajn, der den alten Herrn wirklich lieb gewonnen hatte, rief betrübt: »Wollt Ihr denn nicht hier bleiben?« Dabei schlang er die Arme um seinen Nacken und vergrub das Gesicht in seinem goldenen Bart.

Kulabac schien gerührt von so viel Anhänglichkeit, denn er brummelte: »Nun ja ... ich hänge sehr an meiner Wohnung, es ist alles so behaglich dort ... Aber ich werde zu Besuch kommen, gewiss, das werde ich. Lass mich los, Zwerg, und hör auf, in meinen Bart zu schniefen.«

Damit zog er sich in die Schlünde zurück, und Vauvenal, der wieder seine menschliche Gestalt angenommen hatte, befahl der Gruppe, ihm zu folgen. »Ich weiß, Luifinlas ist erstaunlich«, sagte er, »aber ihr müsst das Staunen auf später verschieben, denn eure Aufgabe ist noch ungetan. Also kommt.«

Kaira folgte ihm gehorsam, aber völlig verwirrt. Nie in ihrem Leben hatte sie so viel Grün auf einmal gesehen. Es beängstigte sie geradezu, aber andererseits war es sehr schön. Der Pfad führte unter einem Dach tropfender Blätter hindurch, von denen jedes einzelne groß genug war, um sie in voller Länge einzuwickeln. Überall rieselte Wasser, von dem Dampf aufstieg, und Vauvenal warnte sie davor hineinzugreifen, denn manche der Bäche und Quellen waren sehr heiß.

Dann sah sie die ersten Tiere: ein Rudel buntscheckiger Grolme, die wie junge Hunde auf einer Wiese spielten und sich balgten. Als Kaira vor Entzücken aufschrie, lächelte Vauvenal. »Sie sind possierlich, ja, aber nichts im Vergleich zu dem, was ihr hier noch an Drachen sehen werdet. Die Edelsten unter ihnen haben sich hier gesammelt, um ihrer gefallenen Schöpferin nahe zu sein.«

Es dauerte auch nicht lange, bis einer dieser Vornehmen am Himmel sichtbar wurde. Mit gemessenem Schlag seiner rotgolden schimmernden Flügel zog er dahin, ein schlanker, zartgliedriger Luftdrache mit langer Schnauze und zierlichem Schwanz.

»Die Drachen, die hier wohnen«, erklärte ihnen ihr Führer, »sind nicht dem Verderben verfallen, das ihre Verwandten in der äußeren Welt heimgesucht hat. Sie blieben, wie sie geschaffen wurden, ob sie nun Erd-, Luft- oder Feuerdrachen sind. Seht ihr denn die Salamander, die in der Feuersäule über dem Gipfel tanzen?«

Er wies hin, aber die menschlichen Augen waren zu schwach, um zu erkennen, was er ihnen zeigen wollte. Kaira sah nur einen unbestimmten Wirbel roter Schleier, die sich wie ein Strudel drehten und Funken nach allen Seiten sprühten.

Je weiter sie dem Pfad durch das rötliche Zwielicht des Regenwaldes folgten, desto häufiger stießen sie auf Trümmer der Stadt. Alle waren aus marmorähnlichen, weißen und rosenfarbenen Steinen, die völlig unberührt von der Witterung erschienen, so glatt, als wären sie gestern erst gemeißelt worden.

Ninian, der vor Erregung über all diese Wunder außer sich war, fragte, ob der Großteil der Stadt denn unter der Erde begraben läge, und Vauvenal bejahte. »Ihr könnt ganze Gebäude finden, die unversehrt unter der Erde liegen.« Mit einem Lächeln fügte er hinzu: »Aber noch nicht jetzt, Herr Magister – erst nachher.«

Unwillkürlich wandten alle den Blick dem Toar Kadenach zu. Der Berg erhob sich in sanftem Schwung aus der Mitte des heimlichen Tals, mit glatten, bernsteinbraunen Flanken, über die da und dort glühende Rinnsale herabrieselten.

»Wie kommen wir hinein?«, fragte Tataika stirnrunzelnd.

»Es gibt einen Eingang. Ich werde euch bis dorthin führen,

aber weiter dürfen nur die Berufenen gehen. Ihr anderen wartet hier mit mir – Ari. Ruadh.«

Kaira traf es wie ein Stich, dass Ruadh sie nicht weiter begleiten durfte. Sie hatte sich darauf verlassen, dass er immer bei ihnen sein und ihnen helfen würde, dass sie sich in jeder Not an ihm festhalten konnte. »Feuerfuchs…«, begann sie und spürte, wie ihr Tränen in die Kehle stiegen.

Aber er schüttelte den Kopf und wandte sich ab.

Ari schien auch sehr betrübt zu sein, dass er Umbra nicht weiter begleiten durfte.

Kalte Luft

Im selben Augenblick, in dem sie aufbrachen, trat eine plötzliche Veränderung ein. Die Luft wurde schlagartig kalt, und der warme Dampf, der über dem Regenwald hing, gefror zu Hagelkörnern, die mit großer Wucht herunterprasselten. Blätter wurden zerfetzt und von den Zweigen gerissen, die spielenden Grolme flohen kreischend in ihre Erdhöhlen, während die in der Luft schwebenden Drachen in Panik landeten, als das eisige Geisterheer gegen sie heranbrauste. Anfangs waren alle verwirrt, denn die Macht der Blendung war eine von Zarzunabas' gefährlichsten Kräften, und Drachen wie Menschen sahen grauenhafte Schreckensbilder im Schnee und Sturm.

Kaira schien es, dass in den weißen Schleiern berittene Skelette gegen sie anstürmten, wie Elmsfeuer leuchtende Kronen auf den beinernen Schädeln, Schwerter aus lebenden Blitzen in den Knochenfingern. Sie warf sich blindlings zu Boden und hielt die Hände über den Kopf, überzeugt, dass im nächsten Augenblick die hohlen Hufe der Pferdekadaver über sie hinwegtrampeln würden. Stinkende Kadaverdrachen fuhren in geringer Höhe über sie hinweg und verströmten Wolken von Fäulnis, die jeden, der sie einatmete, halb betäubt zu Boden sinken ließen. Kaira rechnete damit zu sterben, aber kein Hufschlag traf sie, kein Blitz verbrannte ihren Körper. Mitten in dem furchtbaren Schrecken, der sie erfasst hatte, begriff sie, dass es nur Trugbilder waren, die gegen sie anstürmten. Dennoch wagte sie nicht, aufzustehen und sich den grinsenden Skeletten zu stellen, die in wilden Horden durch das Tal ritten und mit jedem Hufschlag feurig leuchtende Spuren hinterließen. Sie kroch auf allen vieren unter eine der Pflanzen mit den riesigen Blättern und kauerte dort, am ganzen Leib zitternd, während die Luft um sie von den heiseren Kriegsschreien der Gespenster widerhallte – pfeifenden, krächzenden Schreien aus durchlöcherten Kehlen und halb verrotteten Kiefern.

Eine Welle von Entsetzen und Verblüffung war über das Tal hereingebrochen, mit solcher Wucht, dass selbst die Mächtigen unter den versammelten Drachen erstarrten. Aber es dauerte nicht lange, bis sie die Täuschung durchschauten, und nun fuhren sie mit all ihrer Macht auf das Blendwerk des Kadaverfürsten los und zerstreuten es in alle Winde. Kaira, die vorsichtig zwischen den Blättern hervorspähte, sah den eben noch so freundlichen und gemütlichen Vauvenal zu seiner Drachengestalt anschwellen und seine volle Pracht entfalten. Ein Drachenfürst in seinem Zorn fuhr auf die Untoten los, Feuer speiend und mit jedem Schlag seiner riesigen, silbern gesäumten Flügel Scharen von ihnen zu Rauch und Dunst zerschmetternd, sodass sie winselnd in alle Richtungen flohen. Es sah großartig aus, wie die weiße Elfenbeinkrone auf seinem Haupt in einem Glanz wie der volle Mond leuchtete, Blitze aus seinen Augen sprühten und Feuerstrahlen aus seinem aufgerissenen Rachen fuhren. Ein Dutzend anderer hochrangiger Drachen tat es ihm gleich, während die weniger Vornehmen auf den Berghängen herumflitzten und mit ihren Schwänzen nach den Untoten schlugen, sie zu Nebelfetzen zerrissen und mit ihren Pratzen auf den formlosen Gebilden herumsprangen, die sich quäkend und krächzend in Nichts auflösten. Feuerströme quollen aus weit aufgerissenen goldenen Rachen und schmolzen den Hagel zu Regen, der schwer auf den Nebel herunterprasselte und die letzten geisterhaften Energiefetzen wegschwemmte.

Als Kaira sich wieder hervorwagte, trat sie in heiße Bäche, in denen noch seltsam geformte Hagelkörner schwammen, und in der feuchten Luft schimmerten Schemen, die manchmal die Gestalt von Pferden, manchmal die von geisterhaften Reitern annahmen, ehe sie zerflossen.

Vauvenal aber kehrte in seine Menschengestalt zurück. »Kommt!«, rief er. »Versteckt euch nicht länger. Sie sind verschwunden, und ihr könnt euer Werk tun.«

Mandoras Grab

Sie hatten nicht weit zu gehen. In der Flanke des Toar Kadenach öffnete sich ein hoher schwarzer Riss, durch den sie einer nach dem anderen eintraten.

Sie standen in einem langen ovalen Raum mit niedriger Felsendecke. Wie der gesamte Berg war auch Mandoras Grab von einem ständigen Murmeln, Singen und Beben erfüllt, das Wände und Boden erschütterte, und starke Hitze herrschte darin. Mitten im Raum steckten, weiß glühend vor Hitze, drei Schwerter im steinernen Boden, jedes mehr als mannslang, alle drei mit goldenen Griffen, die mit dem Siegel Phurams geschmückt waren. Kaira spürte, wie ihr der Schweiß über den Körper lief und Schwindel ihre Gedanken vernebelte. Das Pochen und Beben des Feuerberges ängstigte sie, und sie hatte keine Ahnung, was sie und die Übrigen eigentlich tun sollten. Die Männer waren gerade groß genug, die Griffe der Schwerter zu erreichen, aber wie konnten sie etwas berühren, das in heller Glut stand?

Sie merkte, dass auch die anderen ratlos waren. Niemand hatte ihnen sagen können, was sie zu tun hatten, um den dreigeteilten Leib zu vereinen. Einer wie der andere standen sie da, schwitzend und benommen, und wussten nur, dass sie es in dieser glühenden Kammer nicht lange aushalten würden. Bald würden sie die Flucht antreten müssen, um nicht zu ersticken, und gewiss würden sie kein zweites Mal die Gelegenheit bekommen, in den Berg zu steigen.

»Tochtersohn«, flüsterte Ninian, »du bist die Einzige, die uns hier weiterhelfen kann; sag, was wir tun müssen!«

»Ich habe auch keine Antwort«, erwiderte Tochtersohn. »Aber eines weiß ich: Was immer wir zu tun haben, wir müssen es gemeinsam tun, alle von uns, also lasst uns einen Kreis um die Schwerter bilden und einander an den Händen halten, damit wir wie ein einziger Leib sind. Lasst einander nicht los, was auch geschieht!«

Nachdem dies der einzige Rat war, den sie bekamen, befolgten sie ihn und fassten einander an den feuchten, zitternden Händen. Und es war ein guter Rat gewesen, denn kaum hatten sie einander berührt, als sie spürten, wie eine neue Kraft sie alle durchschauerte, die von einem zum anderen lief.

»Näher, näher zueinander!«, rief Jannis. »Je enger wir miteinander verbunden sind, desto stärker wird die Kraft!«

Sie rückten näher zusammen, aber das hieß, dass sie auch näher an die glühenden Schwerter heranmussten, sodass die Hitze immer schlimmer wurde. Kaira spürte, wie ihre Haut brannte und schmerzte, so schlimm wie an dem Morgen in der Wüste, an dem sie gemeint hatte, ihr Fleisch würde zu Brei zerfließen und ihre Haut Fäden ziehen wie schmelzender Käse. Jetzt hielten sie einander nicht nur an den Händen, sondern hakten sich ein, und als sie noch ein Stückchen näher rückten – Kaira meinte zu spüren, wie ihr Haar schmorte –, konnten sie auch die Füße über die der Nachbarn stellen. Die Kraft nahm immer mehr zu. Kaira schien es, dass sie mit den anderen im Kreise verschmolz. Hatte die Hitze ihr die Sinne verwirrt, oder wirkte ein Zauber? Ein paar Herzschläge meinte sie Jannis zu sein, dann wieder Tochtersohn, die an ihrer linken Seite kauerte. Sie spürte Becks Sehnsucht nach seiner Frau Nevla und den Zwiespalt im Herzen des Magisters Ninian, der sich halb zu Tode fürchtete und zugleich wie berauscht vor Glück war, für die Bernsteindrachen zu leiden. Aber wie lange konnten sie noch aushalten? Schon spürte sie, wie ihre Haut im Gesicht spannte und schmerzte. Nicht lange mehr, und sie würden so von Brandwunden bedeckt sein, dass sie fliehen oder sterben mussten!

Da stieß Lulalume plötzlich einen langen, seltsam klingenden Schrei aus, bedeutete ihren Nachbarn, den Ring hinter ihr wieder zu schließen, und sprang mit einem Satz auf. In ihr weißes Zeremoniengewand gehüllt, begann sie zu tanzen, wobei sie Hände klatschend vorwärts und rückwärts sprang und sich gleichzeitig im Kreise bewegte. Dabei sang sie ein Lied, das erst niemand verstand und das sie alle für eine Beschwörung in der Ka-Ne-Sprache hielten, aber dann kamen Kaira plötzlich einzelne Silben bekannt vor, und mit einem Mal hörte sie Umbra mitsingen:

Bobus phatunzilam
Murmaros echti,
glumus aburzolos
kebit! Agloi!

Es war das närrische Lied, das der körperlose Kopf im Haus der alten Dame gesungen hatte, und jetzt merkte Kaira, wie sehr sie sich getäuscht hatte, als sie es für unsinniges Geplapper gehalten hatte, denn kaum waren die ersten Silben erklungen, als die drei Schwerter zu vibrieren anfingen und die weiß leuchtende Glut zu Rot dunkelte. Hastig stimmten Kaira und Tataika mit ein:

Bunchthan marbubilos
Nubule pampa
Kor pisztum sangrabus
Ude kabbalo ..

Kaira hatte keine Ahnung, was die Worte bedeuten sollten, aber der Magister Ninian erkannte sie wieder, denn er rief laut: »Der Gesang des Bûl! Das ist der Gesang des Bûl, das erste Lied, das je auf Chatundra gesungen wurde!« Und sofort fiel auch er in den Gesang ein, der immer kräftiger wurde, denn als der Magister diese Worte rief, war auch Jannis wieder eingefallen, wie die Verse lauteten, und nach der zweiten Wiederholung hatte sie auch Beck gelernt.

Die Schwerter knirschten und bebten. Sie steckten jetzt nicht mehr so fest, sondern schienen von unsichtbaren Händen hin und her gerüttelt zu werden. Die Öffnungen im Boden, in denen ihre Spitzen versanken, wurden breiter und breiter. Schon klaffte ein feuriger Spalt. Lulalume tanzte immer noch, aber während des Tanzes wand sie sich aus ihrem weißen Kleid, und plötzlich schwang sie es mit einem lauten Ausruf hoch über ihren Kopf und warf es über die Schwerter.

Ein Ohren zerreißendes Klirren ertönte. Die drei Klingen flogen aus den Spalten, in denen sie gesteckt hatten, und wollten in die Höhe steigen, zweifellos um den Berufenen die Köpfe abzuhauen, aber das Gewand fing sie ein und zog sie mit sich in den Feuerschlund hinunter, aus dem jetzt deutlich der Schlag eines gewaltigen Herzens dröhnte.

Wir haben es geschafft, dachte Kaira, wir haben es geschafft! Denn die Schwerter waren verschwunden, und vom Eingang der Gruft her kam Feuerfuchs auf sie zu, blass, aber lächelnd. Mit ausgebreiteten Händen trat er an sie heran, und eben, als Kaira ihn anreden wollte, sprang er mit weit ausgebreiteten Händen in den lodernden Schlund hinein.

Sie schrien alle zugleich auf. Kaira hätte sich in ihrer Verblüffung und ihrem Schmerz losgerissen, hätten die Übrigen sie nicht so fest umklammert. Der Gesang schien sie auf den Boden zu bannen. Aber sie fühlte sich, als wären die Schwerter in ihr Herz gefahren. Wie von fern nahm sie wahr, dass eine gewaltige Veränderung das Grabmal durchschauerte. Das Beben des Felsens ging in eine Bewegung über, als reckte sich ein gigantischer Leib. Felsen knirschten gegeneinander, Dampf quoll aus dem Schlund, aus dem eben noch Feuer gelodert hatte. Dann ging ein

Riss durch die Welt, den sie alle wie ein einziger Leib spürten. In einem Augenblick sank der alte Äon in die unendliche Nacht, und ein neuer brach an. Auf ganz Chatundra erzitterte die Erde, die Bäume raschelten, und die Tiere schrien. Dann verstummte der mächtige Herzschlag, und zugleich mit ihm der Gesang und der Tanz. Beides ging in ein gewaltiges Rauschen über, als von Luifinlas bis hinunter zum Reich der Makakau ein schwerer, süßer Regen fiel, der alle Wüsten befruchtete.

Der Kreis löste sich auf, als die Berufenen sich allmählich schwankend erhoben. Sie taumelten aus dem dichten Dampf, der die Höhle erfüllte – die jetzt kein Grab mehr war –, hinaus in den Regen und fühlten, wie er ihre verbrannten Gesichter, Hände und Füße kühlte und heilte. Kaira lag im Gras und weinte um Feuerfuchs, und Tataika weinte mit ihr, bis Umbra kam und sich zu den beiden setzte.

»Weint um ihn, aber weint nicht zu lange«, sagte die Zauberin. »Denn heute hat er die Erlösung gefunden, nach der er sich mehr als alles andere sehnte.«

»Ich habe ihn so lieb gehabt«, schluchzte Kaira.

»Ich auch«, antwortete Umbra. »Aber ich wusste auch, wie sehr er gelitten hat. Ich kannte ihn all die Jahrhunderte, in denen er über Chatundra pilgerte und wartete und betete, dass das Gold, zu dem sein Körper geworden war, sich allmählich wieder in Fleisch verwandelte.«

Tataika wischte sich über die Augen und setzte sich auf. »Dann war er wirklich dieser König?«

»Ja, und all die Geschichten, die man über ihn erzählte, sind wahr. Als er schon fast völlig erstarrt war und nur noch ein winziger Teil seines Herzens lebte, da sah er seine Torheit ein und flehte um Erbarmen, und Datura war es, die es ihm gewährte. Aber sie konnte nur seinen völligen Ruin verhindern; sie hatte nicht die Macht, ihm sein Menschsein wieder zu geben. Das musste er selbst wieder finden, wiewohl die Monddrachin ihm die Kraft für seine Suche gab.« Die Zauberin legte die Arme um die Schultern der beiden Mädchen und zog sie an sich. »Weint nicht zu lange um einen, dessen glücklichste Stunde heute geschlagen hat. Nichts ist seliger, als sterben zu dürfen, wenn man zu lange gelebt hat. Kommt! Seht, was alles geschehen ist!«

Immer noch verwirrt folgten Kaira und Tataika der Frau.

Die Rückkehr der Schwestern

Iarwain und Gilline nahmen ihren Dienst an der Frau des Drachenfürsten sehr ernst. Jeden Tag erfüllten sie ihre Pflichten. Sie saßen am Bett der Verwunschenen, erzählten ihr die Geschichten, die abends am Herdfeuer in Mesquit die Runde machten, und Gilline – die eine hübsche Stimme hatte – sang Lieder für sie. Nie ließen sie sie allein, und Nacht für Nacht wachten sie getreulich an ihrem Bett, obwohl ihnen manchmal unheimlich wurde, denn unsichtbare Wesen versuchten sich Eintritt zu erzwingen. Balor, der Hausverwalter, erzählte ihnen, dass es böse Träume seien, die sich der Seele der armen Schlafenden zu bemächtigen versuchten, um sie zu quälen.

Von ihm hörten sie auch, dass es der niederträchtige Zarzunabas gewesen sei, der die Unglückliche so verflucht habe, und dass alle Zauberkraft ihres mächtigen Gatten sie nicht aufzuwecken vermochte.

Die beiden Dienstboten hatten sich mit Balor angefreundet, nachdem sie ihm gegenüber erst sehr ängstlich gewesen waren. Zwar war er kratzig und bissig wie eine alte mürrische Katze, aber wenn man ehrerbietig mit ihm umging und ihn nicht reizte, war er kein übler Kerl.

An einem Nachmittag saßen die beiden wieder am Bett der Kranken. Gilline kämmte ihr Haar, während Iarwain am Fußende des Bettes kauerte und die nackten Füße, die so zart und blaß wie Lilienblüten waren, mit geschickten Händen massierte.

Draußen waren dunkle Wolken aufgezogen, und ein Rumpeln und Poltern zog über die Gipfel der Schuppenbäume dahin und kündigte ein nahendes Gewitter an.

Vom drohenden schlechten Wetter abgesehen, war es ein friedlich stiller Nachmittag, und so traf es Iarwain und Gilline völlig unerwartet, als ein entsetzliches Geräusch ertönte – ein Kreischen, als würde etwas Zähes mit fürchterlicher Gewalt auseinander gerissen. Die Erde unter dem Palast bebte, dass Gläser und Krüge klirrend umfielen und die Blumen, die das Herz der Kranken erfreuen sollten, über den Boden verstreut wurden. Ein paar Herzschläge lang verdunkelte eine vollkommene Finsternis die Welt, dann stieg eine dreifache rote Lichtsäule in den Himmel und übergoss alles Land mit einem schwelenden Schein wie von einem Vulkanausbruch. Sternschnuppen flogen über den Himmel, so dicht wie Schneeflocken und alle rötlich gefärbt. Einen Augenblick später sank die Feuersäule in sich zusammen, und zugleich erstrahlten im Zenit des Himmels drei riesige, bernsteinfarbene Gestirne. Das Feuerrot wechselte zu einem klaren, fast taghellen Licht, das jedoch völlig anders gefärbt war als das der verschleierten Sonne, der Mondin und der Nachtsonne. Es hatte eine Farbe wie das golden-braune Wasser der Gebirgsbäche in den Toarch kin Luris, die zwischen Moos und Felsen ihren Weg suchten, und dieselbe belebende Kraft strömte davon aus. Die Zykadeen und Palmen vor den Fenstern ächzten, als wollten sie bersten von all dem Saft, der in sie einschoss. Gilline sah, wie Balor – der sonst die Würde in Person war – zwischen den Palmen hin und her raste und über die Steinmauern sprang wie eine tolle Katze, und sie selber spürte ein jähes, überwältigendes Begehren, sodass sie Iarwain packte und an sich presste. Der Jüngling fühlte dasselbe, und unter allen anderen Umständen wären sie einander in die Arme gesunken, aber das Ereignis war so seltsam und beunruhigend … Und als das honigfarbene Licht immer mehr an Kraft zunahm, stöhnte die reglose Schläferin in ihrem Bett plötzlich auf, drehte sich zur Seite und tastete benommen um sich.

»Euer Gnaden, oh, Euer Gnaden!«, rief Gilline und sprang hin, um die Dame zu stützen, die bei ihren unsicheren Bewegungen aus den Bett zu fallen drohte. Iarwain folgte ihr. Gleich darauf hielten sie beide eine Frau in den Armen, die sich aufsetzte, wirr nach allen Seiten blickte und murmelte: »Mein Gatte, wo ist er? Ich hatte so schwere und schreckliche Träume … Ach, ich bin ja wieder wach! Nun wird alles gut.«

Menschen und Basilisken in Thamaz

Im verschneiten Thamaz hatten sich etwa fünfzig Bürger in einen Glockenturm des Palastes geflüchtet und die schweren Bohlentüren hinter sich verrammelt, um nicht den überall herumwimmelnden Basilisken zum Opfer zu fallen. Wenn sie aus den Fensterschlitzen spähten, bot sich ihnen ein schauervolles Bild. Der Himmel drückte auf die Stadt wie ein Bleidach. Die zerstörten Häuser und Gassen lagen tief verschneit rundum, aber der Schnee war nicht weiß, sondern rot vom Blut der Drachen und Menschen. Überall lagen erstarrte Leichen mit bläulichen Gesichtern und die gigantischen, von den Basilisken halb abgefressenen Kadaver der Rachmanzai und Eishörner Seite an Seite.

Die Tarasquen huschten und schlüpften selbst im Zwielicht nur von Deckung zu Deckung an der Oberfläche dahin. Wäre nicht so viel Grässliches geschehen, so hätten die Eingeschlossenen lachen müssen beim Anblick der glotzäugigen, plattfüßigen und buckligen Gestalten mit ihren schmutziggrauen Gesichtern, die sich von Kopf bis Fuß in kostbare Kleider gehüllt und mit geraubtem Schmuck behängt hatten. Samtene Schleppen nachschleifend, schleierbehängte Kegelhauben auf dem Kopf, geplatzte und zerrissene Handschuhe an den missgestalteten Pratzen, schlurften sie klingelnd und klirrend vor Schmuck im Halbdunkel dahin und spähten aus rötlich schillernden Fischaugen nach neuer Beute. Sie wirkten lächerlich und verächtlich, aber die Bürger von Thamaz hatten die leidvolle Erfahrung gemacht, wie scharf ihre Zähne waren. Was ihnen an körperlicher Kraft fehlte, machten sie wett, indem sie in Horden angriffen und ihr Opfer von allen Seiten zugleich aus einem Hinterhalt ansprangen. Keiner der Bürger im Turm wusste, wie viele von ihnen in den Ruinen herumkrochen. Sie wussten nur, dass es den Tod bedeutet hätte, den Schutz des Turms zu verlassen. Aber wie lange würde es noch dauern, bis auch das Bleiben den Tod bedeutete? Sie hatten nichts mehr zu essen, und zu trinken nur den Schnee, der sich auf den Simsen und Vorsprüngen häufte. Die Basilisken wussten, dass der Turm Beute enthielt, die ihnen nicht mehr entkommen konnte, und warteten im Schutz der Torbögen und Trümmer geduldig darauf, dass der Hunger die Unglücklichen aus dem Versteck trieb. Mehrere von ihnen hockten auf den Stufen, grunzten und schmatzten und nagten an Gebeinen, von denen niemand wusste, ob sie menschlichen oder tierischen Ursprungs waren.

Auch die Eingeschlossenen hörten einen dumpfen, erschreckenden Lärm und fühlten das Beben des Mauerwerks unter ihren Füßen. Aufschreiend sprangen sie, die vom Hunger ermattet in den zwielichtigen Winkeln hingesunken waren, auf die Füße. War es Hoffnung, die das Geräusch ankündigte, oder ein neuer Schrecken?

Da fuhr ein Blitz wie feuerflüssiges Metall vor den Luken nieder, sodass das Innere des Turms von glühendem Schein erfüllt war. Unter Schreckensschreien wichen die Menschen zurück, überzeugt, dass der Blitz eingeschlagen habe und der Turm brannte. Aber da war die Feuerröte auch schon wieder verschwunden, und stattdessen breitete sich ein mildes, bernsteinhelles Licht über die Stadt, wie die Leute es nie zuvor gesehen hatten. Gleichzeitig brach eine gewaltige warme Regenflut los, die den Schnee von Dächern und Mauern in die Gossen spülte und von dort in die unterirdischen Bereiche der Stadt.

Die Späher, die all die vor dem Tor hockenden Basilisken im Auge behalten hatten, stießen Freudenschreie aus. Das Licht und der blitzende Regen missfielen den Unwesen aufs Äußerste. Sie sprangen davon, wobei sie sich auf die ungewohnt langen Kleider traten und sich in den Perlenschnüren verhedderten, und ihr wütendes Quaken hallte durch die Gassen. Wohin sie sich vor dem Licht verkrochen, erfuhren die fünfzig Bürger nicht, und sie gaben sich auch keine Mühe, es zu erfahren. Ausgehungert, wie sie waren, nützten sie die Gelegenheit, stießen die Tore auf und rannten, so schnell ihre geschwächten Beine sie trugen.

Viele hatten gemeint, sie würden nicht mehr die Kraft haben zu fliehen, selbst wenn sich eine Möglichkeit ergäbe, die Zuflucht zu verlassen, nun aber fühlten sie sich auf erstaunliche Weise gestärkt. Nach einer Weile begriffen die Klügsten, dass diese Kraft etwas mit dem warmen, ja heißen Regen zu tun hatte, der vom hellen Himmel herabströmte. Je nasser sie wurden, desto besser fühlten sie sich. Selbst den Alten und Kranken gelang es, die fluchbeladenen Ruinen hinter sich zu lassen und ins freie Land hinauszueilen.

Und dort erwartete sie ein neues Wunder. Die sonnenverbrannten Wüsten blühten unter dem Regen auf wie nie zuvor. Zwar hatte man in Thamaz schon früher die Wüste mit erstaunlicher Geschwindigkeit aufleben sehen, wenn es regnete, aber dies übertraf alles. Die Laufenden spürten, wie das Gras um ihre Knöchel aufschoss, sie sahen Laub aus den vertrockneten Bäumen hervorbersten und die Stachelschwämme zu grünen Kugeln anschwellen. Als die Menschen erkannten, dass die Wüstenfrüchte kein Blendwerk waren, fielen nicht wenige von ihnen auf die Knie und dankten für ihre Errettung, und da es keine Rachmanzai mehr gab – oder fast keine –, dankten sie den drei sanft strahlenden Gestirnen am Himmel, in deren Zentrum die Schlangentochter glänzte.

König Viborg erlebte die Rückkehr der Schwestern in der Stunde, in der er stumm vor Zorn auf den Leichnam der tapferen Katanja niederblickte, den die Überlebenden von der Walstatt getragen hatten. Trauer kannte der harte Kriegsmann keine, auch hatte er keine warmen Gefühle für Katanja gehegt, aber es grämte ihn, dass er eine so kühne und nützliche Streiterin verloren hatte, und sein Zorn verlangte nach Rache.

»Auf!«, befahl er seinen Männern. »Wir reiten zu der Totenhöhle und vernichten, was von dem Gezücht noch übrig ist.«

Aber der Befehl kam nie zur Ausführung, denn eben da bebte Chiritai von einem Ende zum anderen, dass nicht wenige der wackligen Ruinen gänzlich einstürzten, und durch die Luft hallte ein langer, unmenschlicher Schrei, begleitet von einem Lärm wie von einem Steinschlag. Der bleiern blinde Himmel färbte sich glühendrot, als wären alle Vulkane der Toarch kin Luris gleichzeitig ausgebrochen, und gleich darauf strömte ein bernsteinfarbenes Licht herab, in dem die verschleierte Sonne verschwand.

»Was ist das?«, schrie der König und griff nach seinem Schwert, obwohl er wusste, dass ihm die Klinge nichts nützen würde.

Der alte Tersan antwortete ihm: »Die Prophezeiung hat sich erfüllt, mein König, Phuram ist gestürzt, und an seiner Statt herrschen die drei Schwestern wieder.«

Bald konnten sie sehen, dass es tatsächlich so war. Als die Abenddämmerung sank, verschwand das geheimnisvolle Licht langsam, und die zum Horizont sinkende Phuramscheibe trat wieder hervor. Staunend sahen die Menschen, dass sie nur mehr halb so groß war wie bislang, nicht größer als Datura, die eben erschienen war. Die kleine Nachtsonne war gänzlich verblasst, sodass sie nur mehr als ein messingfarben schimmerndes Scheibchen zu sehen war. Als Phuram unterging, erschien ein neues Sternbild am Nachthimmel: Drei große, gelblich leuchtende Sterne bildeten ein ebenmäßiges Dreieck, und in seiner Mitte schillerte und blinzelte die winzige Schlangentochter.

Als der warme Regen zu fallen begann, staunten die Leute in Chiritai ebenso wie in Thamaz. Kaum hatte dieser seltsame Regen die Jahrhunderte alte Vulkanasche berührt, die den Boden bildete, als der Grund fruchtbar wurde. Schachtelhalme und

Farne schossen hoch und erfüllten die Stadt mit dem Duft von frischem Laub. Nicht nur Gras und Büsche sprossen, sondern auch alle die Gewächse, die zu König Kurdas Zeiten in Chiritai kultiviert worden waren: Bislang wüste Höfe hallten plötzlich vom Gegacker der Tronten wieder, überall blühten die seeanemonengleichen Blumen und ließen ihren Gesang erschallen, und die Pomeranzen und Granatäpfel schlugen aus. Alles schoss so schnell ins Kraut, dass Soldaten und Bürger hin und her rannten, einander zuriefen: »Da! Da schaut!« und zurücksprangen, wenn unter ihren Füßen etwas kribbelte und sich beim Nachsehen als ein Pflänzchen entpuppte, das entschlossen ans Licht strebte. Die ganze Nacht standen sie mit Laternen und Fackeln in Händen da und starrten den Boden an, aus dem unablässig hervordrängte, was Phurams Glut so lange am Wachsen gehindert hatte. Zum ersten Mal durften alle essen, so viel sie wollten, und die Leute stopften sich bis zum Bersten voll mit frisch gebratenen Tronten, Sandgurken und ersten Früchten.

Am Morgen hielt König Viborg es nach einem überreichlichen und ungewohnt köstlichen Frühstück für angeraten, einen Götterdienst zu Ehren der drei Mutterjungfrauen zelebrieren zu lassen, an dem er in höchsteigener Person teilnahm. Dabei wurde der Grundstein eines gewaltigen Tempels gelegt, und nicht wenige Sundaris, die von Phuram enttäuscht waren, scharten sich um den Stein.

Der Lohn der Schwestern

Von den ungeheuren Tempeln und Wohnhäusern, die einst die unbekannten Erbauer von Luifinlas errichtet hatten, waren nicht mehr viele intakt, aber einen schönen Saal gab es, und dort hielt Tochtersohn, die von den drei Schwestern zu ihrer Hohepriesterin ernannt worden war, den ersten Götterdienst zu ihren Ehren ab.

Es war kein krankes Kind mehr, das auf den mächtigen Steinblock hinaufstieg, der als Thron und Altar zugleich diente, und augenblicklich in Trance verfiel. In der Nacht war Tochtersohn in die Glut der Lavaseen gestiegen, und Mandoras Kraft hatte ihr einen gesunden Körper und einen strahlenden Geist geschenkt. Immer noch zart wie ein Menschenfisch, aber innerlich leuchtend, saß sie dort und sprach, was der Geist der drei Schwestern ihr eingab.

Es war ein höchst eindrucksvoller Götterdienst, denn sämtliche Drachen in Luifinlas nahmen teil. Freilich passten nicht alle in die Ruinenhalle, so weitläufig sie auch war, sondern viele mussten draußen auf dem Platz und den Flanken des Toar Kadenach lagern. Dort schimmerten und glitzerten ihre Schuppenkleider wie Haufen von Gold und Juwelen, und die Feuer aus ihren Nüstern tanzten halb durchsichtig in der bernsteinfarbenen Luft.

Kaira sah sich um. Vauvenal war in seiner menschlichen Gestalt erschienen, seine schöne Frau an seiner Seite, die von einem Knecht und einer Magd liebevoll gestützt wurde. Viele andere Drachendiener und -mägde waren ebenfalls in aller Eile nach Luifinlas gekommen, denn nun war es nicht mehr nötig, den Weg durch die Schlünde der Finsternis zu nehmen. Die Wiederkehr der Schwestern hatte das Gelichter, das Zarzunabas diente, aus den Toarch kin Mur vertrieben, und die Himmelsflügler konnten die Pässe überqueren – was freilich eine mühsame Fahrt war, denn um die kahlen Gipfel heulten nach wie vor die Stürme, und Lawinen tosten von den Steilwänden. Der alte Suramal erschien und weinte Tränen der Freude, als er seinen Zögling wieder sah.

Dann sprach eine fremde Stimme aus Tochtersohn, eine Frauenstimme und doch ganz anders als alle irdischen Stimmen.

Kaira war so überwältigt von dem Ereignis, dass sie nur teilweise mitbekam, worüber gesprochen wurde. Sie nahm erst wieder den Sinn der Worte auf, als die Stimme die Berufenen der Reihe nach fragte, was sie sich als Lohn wünschten.

Jannis bat darum (und war so aufgeregt dabei, dass er schluckte und stotterte), die Kultur der Mlokisai von Dundris erforschen zu dürfen, und Tataika wollte mit ihm gehen. Beck bat nur darum, so schnell wie möglich zu seiner Frau zurückkehren zu dürfen, und Umbra erbat die Heimkehr für sich und Ari. Der Magister Ninian flehte darum, in Luifinlas bleiben und ein Drachenschüler werden zu dürfen. Lulalume bat, die erste Priesterin der wiedergekehrten Mutterjungfrauen bei den Ka-Ne werden zu dürfen. Jajn wollte weiterhin Vauvenals Schüler bleiben und von ihm und Fürst Kulabac alle Mären und Gesänge der Drachen erlernen.

Die beiden jungen Leute in Vauvenals Gesellschaft wurden ebenfalls gefragt, was sie für ihre treuen Dienste wünschten. Iarwain, der Träumer, bat nur darum, sein Leben lang unter Drachen wohnen zu dürfen, aber Gilline flüsterte Tochtersohn noch eine weitere Bitte ins Ohr. Daraufhin antwortete diese: »Er soll zum Gipfel des Toar Kadenach hinaufsteigen und dort bis über die Hüften in den Feuersee tauchen, der im Krater lodert, dann wird wiederkommen, was ihm genommen wurde. Er muss keine Angst haben, es ist keine Gefahr für Leib und Leben dabei.«

Trotz dieser Zusicherung rief Iarwain, der gespannt zugehört hatte, erschrocken aus: »Nein – dann lieber nicht – ach, Gilline, lass uns einfach weitermachen wie bisher!«

Daraufhin lächelten alle, und Tochtersohn sprach mit ihrer fremdartigen Stimme: »Da du Furcht hast vor dem größeren Geschenk, Iarwain, will ich dir ein kleineres machen. Geh hinaus, und den ersten frischen Drachenköttel, den du findest, heb auf und lege ihn auf die Narbe. Dann wird zwar das Vergangene nicht wiederkehren und das Zerstörte nicht wiederhergestellt werden, aber du wirst dennoch Kraft genug haben, deine Frau glücklich zu machen.«

Iarwain errötete heftig, aber er dankte mit so wohl gesetzten Worten, wie sie ein einfacher Bursche zu Stande brachte, und ging hinaus, um einen Drachenköttel zu suchen.

»Und du, Kaira?«, fragte die Sprecherin. »Was erbittest du dir von mir?«

»Ich weiß es nicht«, antwortete Kaira leise. »Ich habe eigentlich nur einen Wunsch, aber den kann mir niemand erfüllen. Ich habe Feuerfuchs so sehr geliebt, ich wünschte nur, ich könnte ihn mein Leben lang bei mir haben.«

Tochtersohn schüttelte missbilligend den Kopf. »Es ist kein guter Wunsch, Kaira, jemand von den Toten zurückrufen zu wollen.«

»Ich weiß«, antwortete Kaira verlegen. Einen Augenblick lang erschreckte sie der Gedanke, Feuerfuchs könnte in Gestalt eines verbrannten Leichnams zurückkehren, wenn sie ihn so frevelhaft beschwor. »Ich will auch nicht, dass er zurückkommt … ach, ich weiß nicht, was ich will. Es war einfach so schön, bei ihm zu sein, ihn von seinem Glauben an die Monddrachin reden zu hören, ihm vertrauen zu können … Verzeiht mir den törichten Wunsch.« Sie brach in Tränen aus.

Das schien Mandora zu rühren, denn der Zorn verschwand

aus der Stimme, als sie sagte: »Ich kann dir eines schenken, Kaira. Du kannst ein Mensch von der Art werden, wie er zuletzt einer war. Du kannst lernen, was er gelernt hat, glauben, was er geglaubt hat, geben, was er gegeben hat. Auf diese Weise wird er immer in dir gegenwärtig sein, und du wirst eins mit ihm.«

Kaira nickte unter einem Strom von Tränen.

Tochtersohns Zukunftsvisionen

Tochtersohn stand auf dem Gipfel des Toar Kadenach. Sie ließ ihren magiegeschärften Blick über Erde-Wind-Feuer-Land schweifen, von den Vulkaninseln im äußersten Süden bis zum nördlichen Pol. Ihr Geist schwebte wie ein Falke über den Städten und Ländern und sah, was sich seit Mandoras Wiederkehr verändert hatte.

Lulalume war zu ihrem Volk zurückgekehrt und regierte nun als Hohepriesterin gemeinsam mit der alten Königin ein Reich, dessen Bewohner immer wohlhabender wurden. Die grünende Wüste erlaubte es, nicht nur die winzigen Ziegen zu halten, sondern auch Schafe, Ponys und – zum Schmuck und zum Vergnügen – kleine, leuchtend bunt gefärbte Grolme. Es wurde sehr modern, die trägen Tierchen als Boa um die Hals oder wie einen Turban auf dem Kopf zu tragen. Lulalume besaß hundert Ziegen, fünfzig Schafe, vier Grolme, zwei Flugechsen sowie zwanzig Männer und Knaben und war nach der Königin die am höchsten angesehene Frau ihres Volkes, aber sie vergaß nie, welche entsetzliche Angst sie bei ihrem Auftrag ausgestanden hatte.

Umbra war mit ihrem ständigen Begleiter in ihre Hütte zurückgekehrt, obwohl alle sie gebeten hatten, in Luifinlas zu bleiben. Sie wollte allein sein mit Ari, und er mit ihr.

Nichts und niemand hätte jedoch den Magister Ninian dazu bringen können, den Ort zu verlassen, an dem er so vielen Drachen nahe sein konnte. Er hatte in einem der am besten erhaltenen Türme eine neue Sammlung angelegt und verbrachte beinahe Tag und Nacht damit, den Weisheiten Vauvenals und anderer hoch geborener Drachen zu lauschen und sie aufzuschreiben.

Tochtersohn wandte den Blick den Ruinen von Dundris und den Gurguntai zu. Auch dort grünte die Wüste, aber der Ort war so abgelegen und von alters her so tabu, dass niemand dort wohnen wollte außer dem Schriftgelehrten Jannis und seiner getreuen Begleiterin Tataika, die ihn ernährte, beschützte, ermutigte und ihn schalt, wenn es notwendig war. Für Jannis war das Leben ein Rausch der Glückseligkeit. Er durchforschte die Ruinen, zeichnete Skizzen von allem, was er sah, sammelte und ordnete, entzifferte mehr und mehr von der Schrift der Indigolöwen und verharrte oft halbe Tage lang in stummem Zwiegespräch mit der Asche eines der längst Verblichenen. Er hatte sich mit Kulabac angefreundet, dessen Erinnerung unendlich weit zurückreichte und der ihm viel zu erzählen wusste. Kulabac war es auch, der die aufgestörten Seelen und ihre Wächter beruhigte und sie überzeugte, dass der Gelehrte allein zu ihrer Ehre tätig war. So konnte Jannis arbeiten, ohne von Wächtern bedroht und verfolgt zu werden. Ja, die Geister der längst verstorbenen Indigolöwen halfen ihm sogar; sie führten ihn an die Orte, wo er die wichtigsten Zeugnisse fand, leiteten ihn zu den Stellen, an denen unter dem Schutt verborgen Inschriften und Relikte aus der Vergangenheit zu finden waren.

Beide, Jannis und Tataika, waren gern gesehene Gäste bei den Ka-Ne, wobei freilich nur Tataika offiziell als Gast empfangen wurde und Jannis eine unbestimmte Stellung zwischen Sekretär und Leibsklaven einnahm. Den Ka-Ne war es immer noch peinlich, dass sie einen Mann mit einer Frau verwechselt hatten.

Aber nicht alles war gut in dieser neuen Welt. Die alten Feinde lohnten es den Mutterjungfrauen schlecht, dass sie gnädig mit ihnen verfahren waren. Die Höllenzwinger in ihrem Exil auf Macrecourt – das inzwischen bei den Schiffern den Namen »Zänker-Insel« hatte, weil sich die Verbannten ständig lautstark in den Haaren lagen – schmiedeten unablässig neue Pläne, wie sie die Ketten abschütteln und sich wieder zu Herren aufwerfen könnten. Zarzunabas war voll Angst vor Rache in die tiefsten Verliese seines Schlosses geflohen und saß auf dem Grund des Diamantmeeres, in den eisigen, lichtlosen Fluten, ein Gefangener in seinem eigenen Kerker, unter der meilendicken Eiskappe des Nordpols, und dort lauerte er mit der Geduld des Unsterblichen auf einen erneuten Umsturz. Die überlebenden Basilisken hatten sich tief, tief unter die Erde verkrochen, und dort lebten sie von den weißen Schimmelflechten an den Mauern und den blinden Fischen in den Flüssen der Finsternis. Noch waren sie gelähmt vor Schrecken vom Anblick des Himmelslichts, aber irgendwann würden sie sich der Oberfläche wieder nähern.

Thamaz und Thurazim lagen in Trümmern. In beiden Städten wohnte niemand mehr. Nur die Schatzgeister, deren Seelen an das Gold gefesselt waren, huschten zwischen den Trümmern hin und her. Eine dieser Kreaturen war die reiche Dame Philanis, die unter den würgenden Klauen der Tarasquen den Tod gefunden hatte. Sie hauste immer noch in dem Keller, in dem sie und ihre Freundin Aniz gestorben waren, und hütete ihre Schätze. Von ihrer Schönheit war nichts geblieben, denn ihre Züge hatten die Gestalt des Geizes und der Habgier angenommen, die ihr Herz beherrschten. Klein und unförmig, mit langen, spinnenfingrigen Händen und vor Gier glotzenden Augen, hockte sie, in das kostbarste ihrer Kleider gehüllt, auf den Truhen, zählte die Münzen und ließ die Geschmeide durch die Finger gleiten.

Dafür war Chiritai zu neuem, prachtvollem Leben erblüht. Aus den Ruinen wuchsen neue Häuser, Straßen und Brücken. Ein junger Kaiser regierte die Stadt, der sich jetzt schon Kaiser Viborg der Große nannte. Ihm zur Seite standen seine Günstlinge, der alte Ritter Tersan und ein schmeichlerischer junger Höfling namens Thilmo, der oft mit seiner edlen Abkunft und vornehmen Erziehung prahlte.

Die ehemalige Ruinenstadt Chiritai war zu einer Stadt der

Gärten und Tempel geworden. Es waren tapfere, arbeitsame und wohlhabende Leute, die dort wohnten. Jeder wurde satt, und noch der Niedrigste ging in sauberen Kleidern.

Aber Tochtersohn sah auch, wie das Herz des jungen Kaisers anfing, sich zu verändern – wie es, von ihm selbst und allen anderen unbemerkt, an einer winzigen, unbedeutenden Stelle zu kaltem Gold wurde.

Thomas Plischke
Die Zwerge von Amboss

PIPER

Fünf Dinge braucht man zu allem:
Kraft, Vernunft, Willen, Axt und Schild.

– alte zwergische Redensart

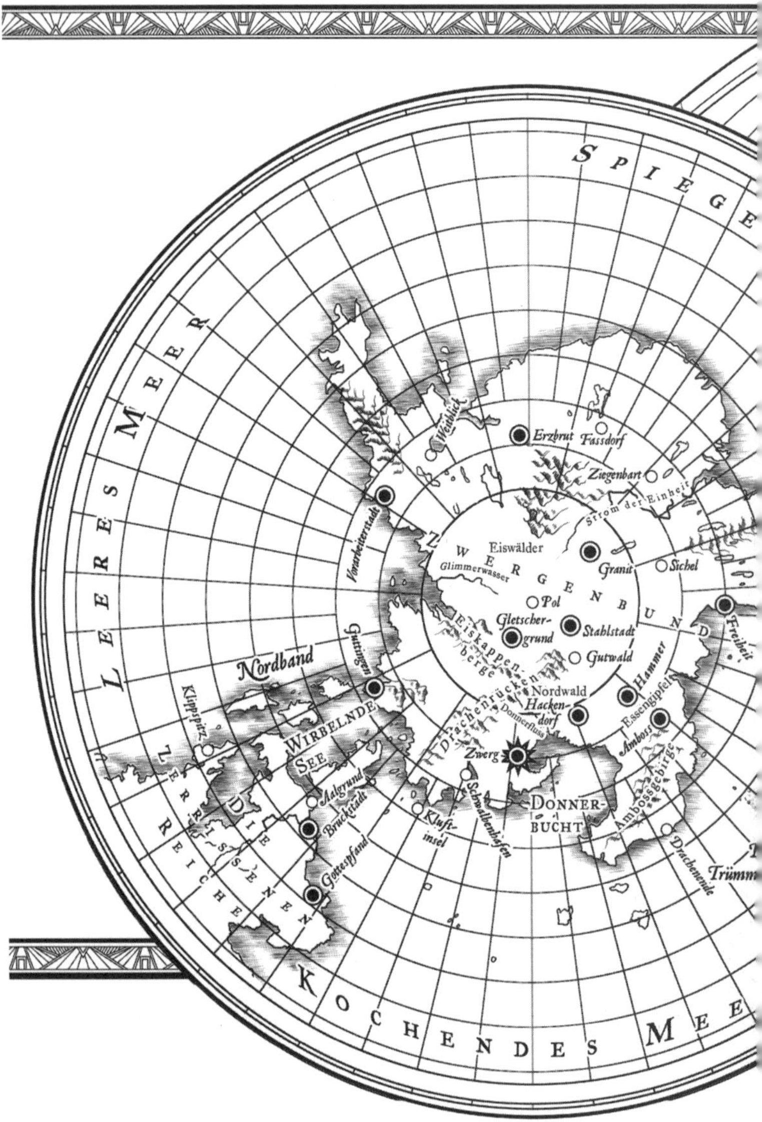
Spiege
Leeres Meer
Kochendes Meer
Zwergenbund
Eiswälder
Glimmerwasser
Erzbrut
Fassdorf
Weitblick
Ziegenbart
Strom der Einheit
Granit
Sichel
Pol
Gletschergrund
Stahlstadt
Gutwald
Freiheit
Hammer
Vorarbeiterstadt
Guttingen
Nordband
Eiskappenberge
Drachenrücken
Nordwald
Hackendorf
Donnerfluss
Essengipfel
Amboss
Ambossgebirge
Zwerg
Wirbelnde See
Klippspitz
Die Zerrissenen Reiche
Aalgrund
Bruckstadt
Gottespfand
Kluftinsel
Schwalbenhafen
Donnerbucht
Drachenende
Trümm

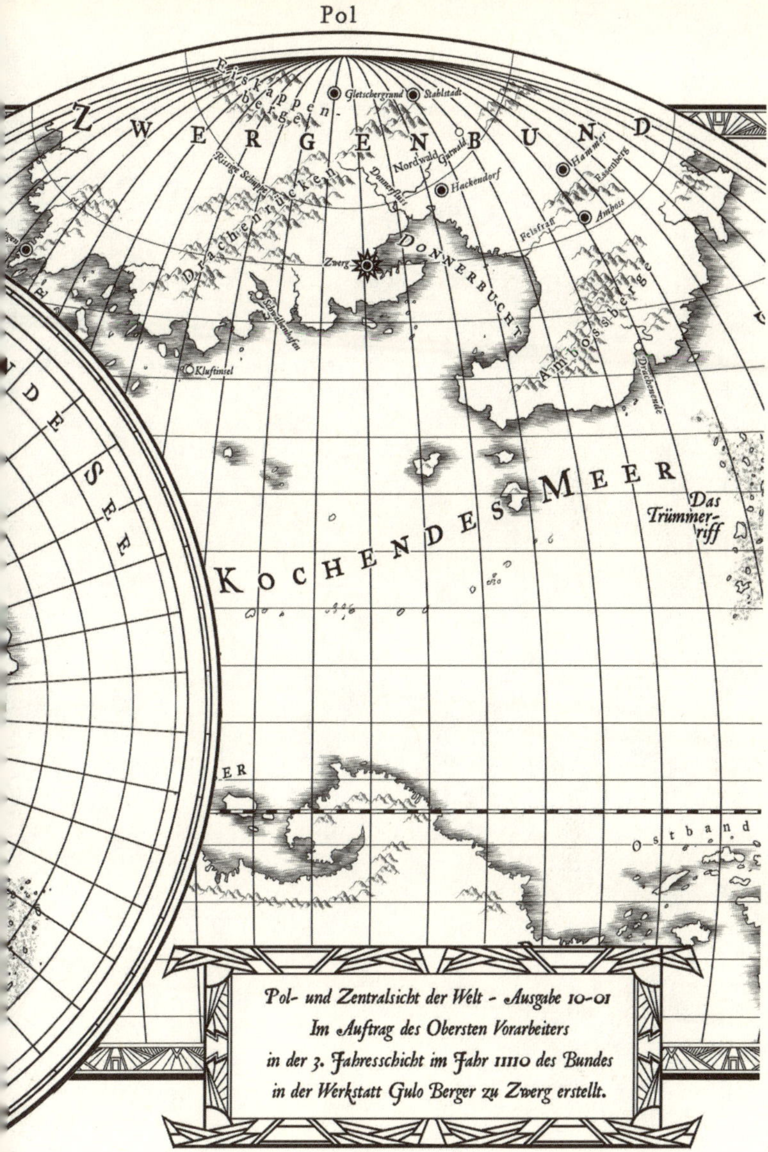
Pol
ZWERGENBUND
Eiskappenberge
Gletschergrund
Stahlstadt
Nordwald
Gutwald
Rissige Schuppe
Drachenrücken
Donnerfluss
Hackendorf
Hammer
Essenberg
Amboss
Felsfraß
Zwerg
DONNERBUCHT
Schwalbenhafen
Kluftinsel
Ambossberge
Drachenende
KOCHENDES MEER
Das Trümmerriff
Ostband
Pol- und Zentralsicht der Welt - Ausgabe 10-01
Im Auftrag des Obersten Vorarbeiters
in der 3. Jahresschicht im Jahr 1110 des Bundes
in der Werkstatt Gulo Berger zu Zwerg erstellt.

Prolog

Eine Woge aus Blut und Feuer brandete über eine blühende Alm hinweg, die sich in den stahlgrauen Hang eines Bergrückens schmiegte. Wo die Welle den Fels berührte, wusch sie ihn blank, bis sich das Strahlen einer unbarmherzigen Sonne so grell darin spiegelte, dass der Träumer sich abwenden musste, um nicht geblendet und von ewigem, stillem Gleißen verschlungen zu werden.

Ein dumpfer, pochender Schmerz, als habe sich eine Made in seine Wange eingenistet und fräße sich dort nun langsam dick und satt, ließ Gorid Seher erwachen. Schmerz und Traum gleichermaßen waren ihm schon lange nicht mehr fremd, und es war der Druck auf seinem Kiefer, der ihm größere Sorgen bereitete als die immer gleichen Bilder der Verwüstung, die sein Hirn Nacht für Nacht heraufbeschwor.

Gorid hielt die Augen geschlossen, während er die Zungenspitze dem kleinen Hügel straff gespannten Fleischs entgegenreckte, der sich im letzten, feuchten Winkel seiner Mundhöhle rings um den hintersten Backenzahn gebildet hatte. Es schien ihm, als würde bereits ein sachtes Antippen mit der Fingerkuppe genügen, damit der Eiter aus der Tasche in seinem Zahnfleisch hervorquoll. Er war versucht, seiner Vermutung auf den Grund zu gehen, doch dann hätte er den Eiter entweder schlucken oder auf das Bettzeug schmieren müssen, falls er recht behalten sollte.

Blinzelnd richtete er sich ein wenig auf, bemerkte, dass das Kissen in seinem Nacken von Schweiß durchtränkt war, und befreite sich von der Daunendecke, die ihn warm durch die frostigste Nacht des jungen Jahres gebracht hatte. Die Residenz des Obersten Vorarbeiters war zu einer Zeit erbaut worden, in der sein Volk noch nicht gelernt hatte, wie sich ein Zimmer durch eine kluge Anordnung von Röhren beheizen ließ, die man unter den Steinfliesen verlegte und durch die heißes Wasser strömte. Und die Erinnerung an jenen

Zwerg, zu dessen Ehren dieser weit verzweigte Palast einst errichtet worden war, war selbst nach so vielen Jahren noch derart lebendig, dass es keiner seiner Nachfolger je gewagt hatte, abgesehen von den allernotwendigsten Instandhaltungsmaßnahmen etwas am Grundaufbau der Räumlichkeiten zu verändern. Wie konnte man auch ernsthaft daran denken, an diesem Ort eine zeitgemäße Heizung einrichten zu lassen, wo der Oberste Vorarbeiter selbst doch nie über die zugige Kälte in seinen Gemächern geklagt hatte? Der Stollen, den der Bundschmied gegraben hatte, war lang und tief, und sosehr sich seine Nachfolger auch darum mühten, ihm gleichzukommen, blieb sein Werk unerreicht. Er hatte Seevolk und Bergvolk zueinandergeführt, den heimatlosen Halblingen den Geschwisterkuss geschenkt und der größten Metropole auf dem gesamten Kontinent einen neuen Namen gegeben, der Zeugnis darüber ablegte, wie untrennbar das Schicksal jedes einzelnen Bürgers mit dem des Bundes verschmolzen war: Die Stadt hieß Zwerg.

Gorid fragte sich, ob er derjenige war, dessen Entscheidungen den Untergang einer stolzen Zivilisation bewirken würden, oder ob der Weg, den er zu gehen gedachte, sein Volk zu neuer Größe führen konnte.

Er schwang die Beine aus dem Bett und hastete über die rauen Fliesen hinüber an den Waschtisch, wo seine Kammerdienerin Demi einen Krug Wasser, eine Porzellanschüssel und ein Schälchen Seife für seine morgendliche Körperpflege bereitgestellt hatte. Obwohl sie fast vollständig von dichtem, schwarzem Haar überwuchert waren, fühlten sich Gorids Brustwarzen an, als wären sie hart wie Braunkirschholz, und sein Zapfen war ihm zwischen den Beinen zu einem höchst kümmerlichen Würmchen zusammengeschnurrt. Eigentlich standen ihm die dicksten Nachthemden aus vorzüglichster Wolle zu, aber er schlief stets nackt – ganz wie der größte Held, den die Zwerge je besungen hatten.

Während er sich mit dem Schwamm unter den Achseln entlangfuhr, betrachtete Gorid seinen Leib im Spiegel neben dem Waschtisch. Die Breite seiner Schultern reichte an das Kreuz eines Zugochsen heran, sein Bauch wölbte sich stattlich über seinen Schoß, und in sein ebenmäßiges Gesicht hatte die Zeit nicht mehr Falten gegraben, als es für einen Zwerg seines Alters zu erwarten gewesen wäre. Er hatte sicherlich noch einige gute Jahre, doch was würde von ihm bleiben, wenn er seinen letzten Hammerschlag getan hatte? Morsche Knochen unter ledriger Haut, die in einer Gruft zerfielen; ein, zwei dicht beschriebene Seiten in den Chroniken des Bundes; eine Gedenktafel an den Mauern eines Rathauses irgendwo im Hinterland … Mehr war schließlich auch von den meisten seiner Amtsvorgänger nirgends mehr zu finden, und wenn sein großer Plan scheiterte, würde es ihm nicht anders ergehen.

Erst als er seine Waschungen beendet hatte, widmete er sich der schmerzenden Stelle in seinem Mund. Er hatte sich nicht getäuscht: Ein leichter Druck war alles, was es brauchte, um das Geschwür zum Platzen zu bringen. Er spie den blutigen Eiter in das milchige Gemisch aus Seife und Wasser, das vor ihm in der Schüssel schwappte. Der kranke Zahn wackelte bedenklich, und Gorid war zu alt, als dass ihm noch ein gesunder nachwachsen würde. Einen Augenblick spielte er mit dem Gedanken, sich den Zahn an Ort und Stelle selbst herauszureißen und dem Kieferrichter diese Arbeit zu ersparen. Dann entschloss er sich dagegen. Der Schmerz, den ihm der Zahn verursachte, half ihm, nicht zu vergessen, was er sich und seinem Volk bald an Opfern abverlangen würde.

Gorid trocknete sich den Finger ab und zog eine der Schubladen am Waschtisch auf. Das schwache Strahlen der Morgenröte, das durch die schweren Samtvorhänge seines Schlafzimmers fiel, reichte gerade aus, um den goldenen Ring in der Lade zum Schimmern zu bringen. Manchmal vergaß er, wie lange es her war, dass er dieses Kleinod abgestreift hatte, um es durch ein anderes zu ersetzen, das ungleich schlichter wirkte, obwohl es ihm die höchste Macht im Bund verlieh. War er jenen wenigen verdienten Zwergen, die ihm in seiner Jugend den Reif der Sonne verliehen hatten, um ihn zu ihresgleichen zu machen, tatsächlich mehr verpflichtet als den ungewaschenen Massen, deren Entscheidung an der Wahlurne es gewesen war, ihn mit dem Ehernen Ring des Obersten Vorarbeiters zu schmücken?

Als er eine Fünftelschicht später in seinem Arbeitszimmer auf die Standuhr in der Ecke starrte, deren silberne Zeiger langsam, aber unaufhaltsam über das Zifferblatt aus weiß gewaschenem Granit krochen, fiel Gorid etwas auf, was ihm bisher entgangen war: Es musste Vorgänger in seinem Amt gegeben haben, die dem Gedächtnis des Bundschmieds die Stirn geboten hatten. Während der Herrschaft des Ersten Vorarbeiters hatte sein Volk Zeit noch mit weitaus simpleren Methoden gemessen als dem komplexen Mechanismus von Federn, Rädern und Gewichten, der in der Standuhr sein unablässiges Werk verrichtete: mit Kerzen von einer bestimmten Länge, mit Sand, der aus einem Behältnis rieselte ... Irgendeiner von Gorids Vorgängern war jedoch offenkundig mutig genug gewesen, ein solches Meisterstück der Mechanik erschaffen zu lassen und aufzustellen. Der Name dieses forschen Zwergs war trotzdem in Vergessenheit geraten.

Das Ticken der Uhr erfolgte mit einer Präzision, der die Atemzüge des Halblings in der olivgrünen Dienstuniform eines hochrangigen Verwaltungsbeamten in nichts nachstanden. Awoho 29-2 hätte ebenso gut als bizarres Standbild zur Einrichtung des Zimmers zählen können, wären da nicht die feinen Wölkchen um seine Nasenspitze gewesen, die seine Atemzüge so regelmäßig hervorbrachten.

Gorid raffte die pelzbesetzte Weste um seine Schultern ein wenig enger und griff nach dem Füllfederhalter auf dem wuchtigen Schreibtisch. »Darf ich dir eine Frage stellen und auf eine ehrliche Antwort hoffen, Awoho?«

Der Halbling ging nicht auf die leise Unterstellung einer möglichen Unaufrichtigkeit ein. »Selbstredend. Das ist der wesentlichste Teil meiner Arbeit.«

»Wie steht es um den Bund?«

»Laut der Berechnungen des Amts für Prognostik ist für die nächsten zehn bis fünfzehn Jahre von einer nachhaltig begrüßenswerten Entwicklung auszugehen«, schnarrte Awoho, dessen Blick auf einen Punkt hinter Gorid gerichtet blieb. »Die Wirtschaft wächst, und die Forschung liefert immer neue Mittel, um dieses Wachstum aufrechtzuerhalten, das mit einem weiteren Anstieg der Bürgerzahlen einhergeht. Alle Ortschaften mit mehr als fünfzigtausend Einwohnern werden an das Bahnnetz angeschlossen werden, in allen Städten mit mehr als hunderttausend Ansässigen werden die Straßen nachts beleuchtet sein. Die Zahl der sittlichkeitsfördernden Stücke, die zur Aufführung gelangen, wird …«

»Und danach?«, unterbrach ihn Gorid. »In zwanzig, fünfundzwanzig Jahren?«

Auf dem schmalen Gesicht des Halblings, das Gorid aufgrund seiner Nacktheit stets ein bisschen an das eines Kindes erinnerte, zeichnete sich ein Anflug von Unbehagen ab. »Zu diesem Zeitpunkt besteht die Möglichkeit einer Stagnation und unter Umständen sogar die einer Regression. Die augenblicklich betriebenen Minen werden alle verfügbaren Vorkommen an Bodenschätzen abgebaut haben, der landwirtschaftliche Ertrag wird lediglich drei Fünftel des erforderlichen Bedarfs decken können, und alle Entdeckungen, die im Bereich der Wissenschaft derzeit absehbar sind, werden gemacht sein.«

Gorid tippte mit der Kappe des Füllfederhalters auf die drei Aktenstapel vor sich. »Wann hätte ein Eingreifen erfolgen müssen, um dieser Regression entgegenzuwirken?«

Awoho ließ sich mit seiner Antwort einen Wimpernschlag Zeit. »Vor fünf bis zehn Jahren hätten kleinere Maßnahmen – wie etwa die Einführung eines neuen Ansatzes zur Verteilung der erwirtschafteten Jahresboni oder die Aufnahme fester Handelsbeziehungen zu anderen Nationen – vermutlich noch ausgereicht, um den Wohlstand des Bundes langfristig zu sichern. Mittlerweile wären wohl tiefgreifendere Umwälzungen erforderlich, um dieses Ziel zu erreichen.«

Gorid wusste nur zu gut, welche Umwälzungen sein Sekretär meinte. Sie waren beide an der Ausarbeitung jener Beschlüsse beteiligt gewesen, die der Rat vor einigen Tagen abgesegnet hatte und die nun nur noch auf die Unterschrift Gorids warteten. Mit ihnen würde eine neue Maschinerie in Gang gesetzt werden, die sich danach in ihrem Lauf durch nichts mehr würde aufhalten lassen.

Gorid Seher schraubte die Kappe des Füllfederhalters ab. Es bedurfte nun nur noch einiger beherzt auf das Papier geschriebener

Runen, und mit etwas Glück und gutem Gelingen wäre sein Name auch in tausend Jahren nicht vergessen. Wenn er diese drei Unterschriften leistete, mochte sein Leib dahinmodern, doch sein Werk würde Bestand haben – ein Werk, dessen Bedeutung selbst die Klänge des stolzesten Marsches nur unzureichend zu preisen vermochten. War sein Name bereit für die Ewigkeit?

Amboss

1

Garep Schmied hätte nie erwartet, im Zuge seiner Arbeit einmal eine Silberflöte aus dem Rücken eines Zwergs ragen zu sehen. Er stellte sich vor, welche schaurigen Klänge der letzte Atemzug des alten Graubarts dem Instrument entlockt hatte.

Ein Räuspern riss Garep aus seinen Gedanken. Offenbar hatte er zu lange auf die Leiche des Komponisten gestarrt, den der Tod ereilt hatte, als er gerade die Metrik einer Hymne zu Ehren des Fleißes und der Schaffenskraft des Zwergenvolks geglättet hatte. *Wieder und wieder hallt der Hammer durch die Kammern*, lautete eine der Zeilen, die jäh durch eine Schliere halbgeronnenen Blutes unterbrochen wurde.

»Er kann noch nicht allzu weit sein, Bugeg«, sagte Garep und wandte sich zu dem ungeduldigen jüngeren Sucher um.

Bugeg nickte eifrig. »Ich weiß. Das Blut verrät es uns. Ich habe auch schon ein paar unserer Männer losgeschickt, um nach ihm Ausschau zu halten.«

Garep klopfte seinem Gehilfen mit dem geckenhaft gezwirbelten Bart wohlwollend auf die Schulter. »Gut aufgepasst, Bugeg. Du hast viel gelernt, und deine Arbeit wird Bestand haben.«

Die traditionelle Lobesformel brachte Bugegs Augen zum Leuchten. »Ich habe zwar auf dich gewartet, aber ich war bestimmt nicht faul.« Er griff in die Innentasche seiner Jacke aus Mullleder und holte einen abgegriffenen Notizblock hervor. »Der Name des Opfers lautet Namul Trotz. Er komponierte Stücke für den Rat der Stadt Amboss und einige der wohlhabenderen Familien – Loblieder für Bestattungen, Hochzeitsgesänge, Choräle für Manufaktureinweihungen und so weiter. Wenn mich nicht alles täuscht, stammt sogar die Vertonung unseres Suchereids von ihm.«

Während Bugeg in seinem Block hin und her blätterte, ließ Garep seinen Blick durch das Arbeitszimmer des Komponisten schweifen. Die Decke des Raumes war ungewöhnlich hoch – ein Zwerg hätte einem anderen auf die Schultern steigen und sich dort zu voller Größe aufrichten können, ohne sich den Kopf zu stoßen. Die Wände waren mit Bücherregalen bedeckt. Die Titel, die Garep ins Auge fielen, verrieten ihm, dass Trotz ein gebildeter Zwerg gewesen war, dessen Hauptinteresse Musik und Kunstgeschichte gegolten hatte. Neben *Von der rechten Ordnung der Töne* befand sich eine mehrbändige Ausgabe der *Betrachtungen zu den 555 Formen des behauenen Steins*, und zwischen *Über die Gesänge unserer Ahnen* und dem *Aufruf zu einer neuen Schönheitslehre des Klangs* stand ein weiterer Wälzer, der zu den Werken zählte, die man gelesen haben sollte, wenn man sich bei einer Plauderei unter Arbeitern der Stirn nicht blamieren wollte: *Der Einfluss unseres Brudervolks auf Schaffen und Wirken.* Auf dem wuchtigen Arbeitstisch mit den zu Greifenläufen gedrechselten Beinen stapelten sich Notenblätter, die mit winzigen, steinernen Nachbildungen unterschiedlicher Streich- und Blasinstrumente beschwert waren – ein stummes Orchester, in ewiger Tonlosigkeit erstarrt.

»Die Sippe der Trotzens hat sich in den vergangenen Jahrhunderten mehrfach um die Verteidigung einiger der bedeutendsten Städte des Bundes verdient gemacht«, fuhr Bugeg fort. »Der Rat der Räte hat ihnen offenbar jedes Mal einen saftigen Bonus ausgezahlt. Das erklärt im Übrigen auch den bis heute beachtlichen Wohlstand der Sippe.«

Garep nickte beiläufig und zwang sich, die Leiche näher in Augenschein zu nehmen. Haar und Bart des Toten waren so gut gepflegt, dass Garep sich unwillkürlich die Frage stellte, wann er selbst eigentlich zum letzten Mal seinen Knebelbart ordentlich gestutzt hatte. Der Morgenrock des Komponisten war aus feinster Seide – und damit gewiss aus den Zerrissenen Reichen der Menschen importiert. In der starren Hand des Toten war ein Kristallglas zersprungen, aus dem er anscheinend dann und wann ein Schlückchen Rotwein getrunken hatte, um sich inspirieren zu lassen, ehe sein Mörder ihm ein teures Instrument aus seiner Sammlung von hinten in den Rücken gerammt hatte. Wein und Seide – Namul Trotz waren die Genüsse und Annehmlichkeiten der Menschen vertraut gewesen.

»Wir haben nirgendwo im Haus Spuren eines Kampfes finden können.« In den nunmehr zwei Jahren, in denen Bugeg auf Anweisung des Stadtrats als Gareps Gehilfe arbeitete, hatte der jüngere Zwerg mehr und mehr gelernt, worauf es dem erfahrenen Sucher bei Ermittlungsarbeiten ankam. »Anscheinend hat Trotz hier allein mit seinem Haushälter gelebt – einem Menschen von einer Insel aus dem Nordband.«

»Ich nehme an, der Mann ist nicht hier. Vermutlich ist er auch der Verdächtige, nach dem du bereits fahnden lässt.«

»So ist es.« Bugeg zupfte sich nervös am Bart. »Gibt es irgendwelche Einwände gegen diese Vorgehensweise?«

»Nein, nein. Du hast alles richtig gemacht, mein Freund. Woher wissen wir von diesem Haushälter?« Garep schritt neben den blutigen Fußstapfen, die der Mörder hinterlassen hatte, hinüber zu der Tür, die zur Treppe ins Erdgeschoss führte. Irgendwo auf den mit rotem Samtteppich bespannten Stufen verlor sich die Spur, da der Stoff die letzten Reste von Trotzens Lebenssaft gierig von den Sohlen des Täters gesogen hatte. Auf der weiß getünchten Wand hingegen legten große Flecken ein nicht zu übersehendes Zeugnis der Gewalttat ab.

»Ich habe bereits mit den Nachbarn gesprochen – das heißt, ich habe es versucht. Die Leute von gegenüber sind nicht zu Hause.« Bugeg ließ den Deckel seiner Taschenuhr aufspringen. »Wahrscheinlich sind sie noch auf irgendeinem Ball oder einer sonstigen Veranstaltung – es ist ja gerade einmal die dritte Stunde der Abendschicht angebrochen.«

Garep war die Mischung aus unterdrücktem Neid und geheimer Bewunderung für die Bewohner dieses Viertels nicht entgangen. Bugegs Sippe würde noch viele Schichten arbeiten müssen, um sich Häuser in dieser Gegend leisten zu können – sofern ihnen keine Sondervergütung des Rates für wahrhaft herausragende Verdienste für das Gemeinwohl zuteil würde. Eines der ehernen Gesetze der Zwerge, das zugleich Grundlage so unterschiedlicher Aspekte ihres

Daseins wie Zeitmessung und Währung war, schrieb den Erhalt einer Münze für jede Stunde geleisteter Arbeit im ganzen Bund verbindlich vor – unabhängig davon, wie diese Arbeit aussah. Dieses System belohnte Eifer und Einsatz, aber Garep wusste auch um seine Schwächen, die vielen ärmeren Zwergen bisweilen wie Ungerechtigkeiten erschienen. Er selbst hielt es für einen großen Fehler, dass die Sondervergütungen der Räte von Jahr zu Jahr großzügiger ausfielen. Als er noch näher am Pol gelebt hatte, war ihm diese Politik oftmals sauer aufgestoßen, und Pinaki hatte häufig lange auf ihn einreden müssen, um ihn auf andere Gedanken zu bringen. Doch seit Pinakis Tod scherte es Garep nicht mehr, was die Räte entschieden.

»Bei den anderen Nachbarn hatten wir aber offensichtlich mehr Glück, nicht wahr?«, fragte Garep rasch, um zu verhindern, dass sein Geist sich in der Vergangenheit verlor, wo nur Schmerz wartete.

»In der Tat«, antwortete Bugeg grinsend. »Trotzens Nachbarin ist zu alt, um noch auszugehen und sich einen warmen Leib für die Nacht zu suchen. Allerdings sind ihre Augen so scharf, dass ihr kaum etwas vom Treiben ihres Umfelds entgeht. Von ihr weiß ich auch von dem Haushälter. Sie konnte ihn aber nicht sehr genau beschreiben.« Bugeg zuckte die Achseln. »Irgendwie sehen sich die Menschen doch sowieso alle ähnlich. Ich frage mich immer, wie sie sich überhaupt unter ihresgleichen auseinander halten können. Viele von ihnen haben ja nicht mal einen Bart ...«

»Wie hat sie den Menschen denn nun beschrieben?« Garep wollte nicht zu ungehalten klingen, aber er verspürte keine Lust, Bugegs schier endlose Reihe zwergischer Vorurteile anzuhören.

»Fast doppelt so groß wie ein Zwerg soll der Haushälter wohl sein, aber sehr, sehr hager und ...« – Bugeg blätterte wieder in seinem Notizblock – »... und mit einem kahlen Schädel, den er unter einer teuren Perücke verborgen hält. Die kann ihm unserer Zeugin zufolge nur sein Arbeitgeber bezahlt haben.«

»Hat sie irgendwas davon gesagt, dass Trotz heute Abend Besuch gehabt hat?«

»Kein Besuch, nein. Zumindest hat sie niemanden gesehen. Außerdem hat sie gesagt, Trotz habe nur selten Gäste empfangen. Er sei eigenbrötlerisch und ein eingefleischter Junggeselle gewesen. Soweit ich das beurteilen kann, hat Trotz sich all ihrem Werben standhaft widersetzt«, gluckste Bugeg. »Verständlicherweise, wie ich hinzufügen möchte.«

»Haben wir das Arbeitszimmer schon verdunkelt?«

Bugeg schüttelte den Kopf. »Damit wollten wir warten, bis du hier bist. Du bist in solchen Dingen aufmerksamer und geschickter als ich.«

»Spar dir die Schmeicheleien«, sagte Garep lächelnd. Er löschte die beiden Öllampen neben der Tür und blies die Kerze auf dem Arbeitstisch aus. Bis auf das fahle Schimmern der Sterne, das durch das große Oberlicht in der Zimmerdecke fiel, war es stockdunkel. Garep hielt einen Moment lang die Lider fest geschlossen, ehe er die Augen wieder aufschlug, um den verdunkelten Tatort zu inspizieren.

Sowohl von ihm selbst als auch von seinem Gehilfen ging ein grünlicher Glanz aus, während alle unbelebten Gegenstände im Arbeitszimmer nunmehr stumpf und düster erschienen. Zunächst richtete Garep seinen Blick auf die Leiche. Trotzens Leib hatte bereits so viel von seiner Wärme verloren, dass er an ein Stück schwach glimmender Kohle gemahnte. Das Leuchten, das von dem Ermordeten ausging, reichte kaum noch aus, um den Stuhl und den Schreibtisch zu erhellen.

Garep hatte Bugegs letzte Äußerung zwar als Schmeichelei abgetan, aber es war in der Tat so, dass Sucher Schmied in dem Ruf stand, genau feststellen zu können, wann ein Mordopfer umgebracht worden war. Er bediente sich dazu jener besonderen Wahrnehmungsform der Zwerge, mit deren Hilfe sie sich selbst in völliger Finsternis zurechtfinden konnten. Es war schwierig, Angehörigen anderer Völker ein Gespür dafür zu vermitteln, wie ein Zwerg die Welt um sich herum wahrnahm, sobald er sie mit dem zweiten Blick betrachtete. Garep hatte es einem Menschen einmal so erklärt: Er solle sich vorstellen, er würde mit geschlossenen Augen durch einen in gleißendes Licht getauchten Raum gehen und sich nur anhand der schemenhaft erkennbaren Möbelstücke orientieren, die sich als dunklere Punkte und Flecken erahnen ließen. Der zweite Blick der

Zwerge war dem nicht ganz unähnlich, wobei der von Garep gebrauchte Vergleich ein wenig hinkte: Die Zwerge sahen nämlich keine dunklen Schemen, sondern vielmehr ein helles Leuchten, dessen Strahlkraft von der Temperatur eines Objekts abhängig war – je wärmer ein Gegenstand war, desto deutlicher war er mit dem zweiten Blick auszumachen.

Garep hätte alles dafür gegeben, kein Experte auf diesem Gebiet zu sein, denn seine eindrücklichsten Erfahrungen in Sachen zweiter Blick hatte er während der endlos langen Stunden gemacht, in denen er auf Pinakis erkaltenden Leib gestarrt und sich immer wieder gefragt hatte, wie es möglich war, dass das Leben so schnell aus ihrem Körper wich …

»Und, Garep? Kannst du irgendetwas erkennen?« Bugegs Atem ging schwer. Den Mitgliedern der Sippen, die schon lange an der Oberfläche lebten, war die Gabe des zweiten Blicks mit den Jahren ein wenig unheimlich geworden, da man sie im Sonnenlicht nicht mehr allzu oft brauchte.

»Deine Vermutung war korrekt. Der Mord kann nicht länger als zwei oder drei Stunden zurückliegen. Sofern der Mörder nicht den Zug genommen hat, sollte er sich noch irgendwo in der Stadt aufhalten.« Garep ging im Geiste die verschiedenen Viertel durch, in denen ein Mensch Zuflucht suchen könnte, ohne sofort unangenehm aufzufallen – insbesondere, wenn er mit dem Blut seines Opfers besudelt war. »Haben wir uns schon das Badezimmer angesehen, Bugeg?«

»Noch nicht verdunkelt«, antwortete Gareps Gehilfe kleinlaut.

»Ich glaube nicht, dass das überhaupt nötig sein wird.« Garep zündete mit seinem Sturmfeuerzeug die Kerze auf Trotzens Schreibtisch wieder an. »Es wird vollkommen ausreichen, sich ein wenig nach Blutspuren umzusehen. Wo finden wir das Bad?«

Bugeg führte seinen Mentor an der Treppe ins Erdgeschoss vorbei und hielt ihm die Tür zum Badezimmer auf, das so luxuriös eingerichtet war, dass man es nur als verschwenderisch bezeichnen konnte.

»Fließend Warmwasser«, murmelte Garep anerkennend. »Die Sippe der Trotzens muss wahrhaft einen hohen Blutzoll zur Sicherung der Bundesgrenzen entrichtet haben.«

Zwei Öllampen neben dem großen Spiegel über dem marmornen Waschbecken schickten flackernde Schatten über die Fliesen. Garep befühlte den Ausguss des Beckens. »Trocken«, stellte er fest und musterte sein Spiegelbild. Sein Haar fiel ihm bis über den Hemdkragen. Dieser Schnitt war seit mindestens zwei Jahren aus der Mode. Er konnte sich nicht einmal mehr erinnern, wann er den zerschlissenen mausgrauen Anzug gekauft hatte, den er trug.

Er ging in die Hocke und suchte die Fliesen um das Waschbecken herum nach verräterischen Spuren der Bluttat ab. »Nichts, nicht einmal ein einziger Tropfen. Genau, wie ich es mir gedacht habe.«

Er richtete sich wieder auf. »Ich nehme an, der Haushälter hat auch hier gewohnt.«

Bugeg, der in der Tür stehen geblieben war, nickte. »Ganz recht. Er hatte ein eigenes Zimmer. Könntest du dir vorstellen, mit einem Menschen zusammenzuwohnen? Ich meine, in einen Laden zu gehen und etwas von ihnen zu kaufen ist eine Sache, aber gleich einen bei sich im Haus zu haben ... Ich hätte immer Angst, dass er eines Tages verschwunden wäre und alles mitgenommen hätte, was nicht niet- und nagelfest ist.«

Garep blickte seinen Gehilfen milde an. »Wie oft hat dir denn schon ein Mensch die Brieftasche gestohlen, Bugeg?«

Der jüngere Zwerg schien auf Gareps Frage gut vorbereitet. »Mir persönlich ist es noch nicht passiert, aber man konnte in letzter Zeit in der Presse wiederholt lesen, dass die Zahl der von Menschen verübten Verbrechen im ganzen Bund stetig zunimmt.«

Garep fragte sich angesichts von Bugegs Streitlust, wie oft sein Gehilfe diese Diskussion wohl schon mit anderen geführt hatte. »Du solltest nicht alles glauben, was sich die Rufer aus den Fingern saugen, mein Freund. Sie müssen ihre Seiten voll kriegen und haben das vom Rat vorgegebene Soll an täglichen Berichten zu erfüllen.«

»Der Rat würde nicht zulassen, dass das Volk getäuscht wird«, erwiderte Bugeg trotzig. »Vielleicht übertreiben die Rufer manchmal etwas, aber wenn alle es so oft melden, muss doch etwas dran sein. Wo Rauch ist, brennt auch Feuer.«

»Wenn du meinst ... Aber wir haben einen Mörder zu stellen, und deshalb sollten wir noch einen Blick in das Zimmer des Haushälters werfen.«

Bugeg deutete auf eine Tür ein Stück weiter den Gang hinunter. »Dort drüben hat der Mensch gewohnt.«

Garep ging voraus und stieß die angelehnte Tür ganz auf. Sein Blick fiel auf ein langes und sehr breites Bett, in dem bequem zwei Zwerge Platz gefunden hätten, einen wuchtigen Kleiderschrank aus dunklem Eichenholz und einen Nachttisch, auf dem ein aufgeschlagenes Büchlein lag.

»Haben wir hier schon reingeschaut?«, erkundigte sich Garep und betrachtete die Bettlektüre des Haushälters. Das Buch war in der Sprache der Menschen geschrieben, und die wenigen Zeichen ihrer Schriftform, die er kannte, reichten bei Weitem nicht aus, um den Inhalt zu begreifen.

»Haben wir«, antwortete Bugeg und quittierte Gareps Interesse an dem Buch auf dem Nachttisch mit einem Stirnrunzeln. »Glaubst du, dass es wichtig ist, was der Kerl gelesen hat, wenn er nicht einschlafen konnte? Mich beunruhigt vor allem die Tatsache, dass er nur durch eine dünne Wand von seinem Arbeitgeber getrennt war. Ich sehe den undankbaren Sohn einer Ratte vor mir, wie er sich in diesem Bett hin und her wälzt und Mordpläne schmiedet, weil er sich aus irgendeinem Grund schlecht behandelt fühlt. Irgendwann war sein Hass so groß, dass er sich hinüber ins Arbeitszimmer schlich und dem armen Trotz die Flöte in den Rücken rammte.« Bugeg redete sich mehr und mehr in Rage und begann so wild zu gestikulieren, dass sich eine vor Pomade glänzende Strähne aus seiner perfekt sitzenden Frisur löste. »Wer weiß? Vielleicht hat er das von Anfang an geplant – vom ersten Tag seiner Anstellung an, meine ich. Er wartete nur auf den richtigen Zeitpunkt.«

Garep schürzte die schmalen Lippen. »Ein denkbarer, aber meines Erachtens nach in hohem Maße unwahrscheinlicher Ablauf der Ereignisse. Ich gehe nicht davon aus, dass der Haushälter den Mord über längere Zeit hinweg vorbereitet hat.« Garep wies auf ein Regal neben dem Kleiderschrank, auf dem ein geöffnetes Kästchen mit Samteinsatz lag. »Ich glaube, darin wurde die Tatwaffe aufbewahrt.

Und was verrät uns das? Der Haushälter musizierte selbst, und wenn ich mich nicht irre, entwickeln die meisten Musiker eine enge Bindung zu ihrem Lieblingsinstrument. Zu eng, als dass man es benutzen würde, um einen geplanten Mord damit zu begehen.«

»Mag sein«, gab Bugeg zu, »dennoch stammt die Tatwaffe augenscheinlich aus diesem Zimmer. Willst du etwa sagen, ein Unbekannter sei ins Haus eingedrungen und hätte sich ausgerechnet die Flöte des Menschen geschnappt, um den Komponisten umzubringen?«

Garep hob warnend einen Zeigefinger. »Du musst genauer auf das hören, was ich sage. Ich habe mit keinem Wort bezweifelt, dass eine Suche nach dem Haushälter angebracht wäre. Ich habe lediglich gesagt, dass er den Mord nicht geplant hat. Schau auf den Schrank. Was siehst du da?«

»Eine geschmacklose Vase und zwei Koffer.«

»Richtig, Koffer. Wir wissen, dass viele Menschen dazu neigen, nicht mehr als ein paar Jahre an ein und demselben Ort zuzubringen. Hätte der Mensch die Mordabsichten tatsächlich schon so lange mit sich herumgetragen, wie du denkst, hätte er sicherlich vor oder nach der Tat seine Koffer gepackt, um sich aus dem Staub zu machen. Dabei fällt mir ein: Wer hat uns eigentlich verständigt?«

»Die alte Dame von nebenan. Ihr war aufgefallen, dass die Haustür offen stand und nur im Obergeschoss Licht brannte. Also hat sie ihr Dienstmädchen hinübergeschickt, das nachsehen sollte, ob alles in Ordnung ist. Wie du dir vielleicht vorstellen kannst, hat das junge Ding den Anblick der Leiche nicht sehr gut verkraftet und ist schreiend auf die Straße gerannt. Mich wundert nur, dass sie sich bei all dem Blut auf der Treppe überhaupt ins Obergeschoss gewagt hat.«

»Ja, das passt«, murmelte Garep in seinen Bart. »Wir halten also fest: Der Mensch lässt sein gesamtes Hab und Gut hier zurück und ist zudem noch dumm genug, die Haustür nicht hinter sich zu schließen, als er vom Tatort flüchtet. Hätte er seinen Arbeitgeber schon lange umbringen wollen, hätte er bestimmt an all das gedacht. Das hat er aber nicht. Dies lässt nur einen einzigen Schluss zu.«

»Der Mensch war unglaublich dumm?«, fragte Bugeg vorsichtig.

»Ach, Unfug«, zischte Garep mit einer Spur echter Verärgerung in der Stimme. »Vergiss einen Moment lang deine Vorurteile, du Klapperkopf. Was ich damit andeuten wollte, ist, dass wir es hier mit einem Verbrechen aus Leidenschaft zu tun haben.«

Bugeg legte den Kopf schief. »Ein Verbrechen aus Leidenschaft?«

»Komm mit!« Garep stapfte an seinem Gehilfen vorbei auf den Gang und öffnete die Tür zum Schlafzimmer des Komponisten so, dass er selbst noch nicht sehen konnte, was dahinter lag. Ungeduldig winkte er Bugeg heran. »Mach das Licht an und beschreib mir, was du siehst«, fauchte er und zog seine Taschenuhr aus der Westentasche.

Da Bugeg einen der berühmt-berüchtigten Wutausbrüche seines Mentors fürchtete, tat er, was Garep von ihm verlangte. Er entzündete eine der beiden Öllampen neben der Tür, machte einen zögerlichen Schritt in das Zimmer hinein und drehte sich einmal um die eigene Achse. »Ich sehe einen Schrank – sehr teures Stück, Rosenholz, wie es scheint – und eine Kommode, die sicher auch nicht ganz billig war, und ein großes Bett …«

»Halt!«, rief Garep von draußen. »Wie groß ist das Bett?«

»Es ist … oh …« Einen Moment lang rührte sich nichts, und dann stürzte Bugeg leichenblass aus dem Schlafzimmer heraus. »Es könnte ein Mensch darin schlafen!«

Der Deckel von Gareps Taschenuhr schnappte zu. »Nicht schlecht, nicht schlecht. Ich hatte eigentlich erwartet, dass das länger dauern würde …«

»Wer konnte denn ahnen, dass Trotz … nun … dass er mit diesem Menschen …«

Mit einer fürsorglichen, väterlichen Geste strich Garep seinem Gehilfen das Haar glatt. »Was wäre denn daran so ungewöhnlich?«, fragte er in ruhigem Tonfall.

Bugeg starrte seinen Mentor an, als hätte dieser den Verstand verloren. »Das … das … so etwas gehört sich doch einfach nicht …«

Garep setzte ein verschmitztes Lächeln auf. »Und diese Worte aus dem Mund desselben Zwergs, der mir gegenüber noch vor ein paar Monaten von dieser ach so entzückenden Halblingin aus der Verwaltung schwärmte.«

Bugegs Bestürzung wandelte sich zu Empörung. »Ja, aber das ist doch nun etwas vollkommen anderes, Garep. Die Halblinge sind unser Brudervolk, das bereits seit Jahrhunderten in unserer Mitte lebt und sich mit ganzem Herzen dem Dienst am Bund verschrieben hat.«

»Und trotzdem ist ein Halbling kein Zwerg und ein Zwerg kein Halbling.«

Noch ehe Bugeg zu einem weiteren »Ja, aber« ansetzen konnte, trat Garep in das Schlafzimmer. Wenn Pinaki nicht am Fieber gestorben wäre, hätte sie ihr gemeinsames Schlafzimmer gewiss ähnlich geschmackvoll eingerichtet. Aber da die Leiböffner am Pol erst Jahre nach ihren Kollegen in den fortschrittlicheren Städten an der Küste damit begonnen hatten, sich die Hände zu waschen, bevor sie an ein Wochenbett herantraten, hatte Pinaki keine Gelegenheit mehr erhalten, Ordnung in Gareps Leben zu bringen. Eine der Statuetten auf der Kommode erinnerte ihn an ihre sehnigen Arme. Vielleicht konnte Garep die Relikte aus der Zeit der Dunkelheit nur deshalb nicht ertragen, weil die Künstler jener lange vergangenen Tage, in denen die beiden Zwergenvölker noch getrennt gewesen waren, einem weiblichen Schönheitsideal angehangen hatten, das sich mit seinem persönlichen Geschmack deckte. Versonnen strich Garep mit dem Finger über das Gesicht des Figürchens und fragte sich, wie lange der Künstler wohl an seinem Werk gearbeitet hatte und ob er Zeuge jenes schicksalhaften Tages geworden war, an dem der Befreier die Zwerge aus den Höhlen zurück ans Licht geführt hatte.

Bugeg hatte seine Fassung indes zurückgewonnen. Er trat neben Garep und knurrte: »Hübsch. In diesen Dingen bewies Trotz offenbar mehr Geschmack als bei der Wahl seiner ...«

»Genug jetzt«, sagte Garep leise. Er wandte sich zu seinem Gehilfen um. »Begreifst du jetzt, warum wir es nicht mit einem geplanten Mord zu tun haben?« Er wartete nicht auf eine Antwort, sondern schritt das Zimmer ab und offenbarte Bugeg seine Deutung. »Ich sehe noch einige Unwägbarkeiten, aber ich kann mir sehr gut vorstellen, dass Trotz und sein Geliebter in einen heftigen Streit gerieten. Über den genauen Grund können wir natürlich nur mutmaßen, solange wir den Täter nicht vernommen haben.« Garep entging nicht, wie die Hand seines Gehilfen an den Knauf seiner Pistole wanderte. »Ich denke nicht, dass wir es mit einer wirklich gemeingefährlichen Person zu tun haben. Wie ich schon sagte: Wir wissen noch nichts Genaueres über die Gründe, die zu dieser Tat geführt haben. Vielleicht war der Haushälter das Versteckspiel satt. Nicht auszuschließen, dass Trotz diese Beziehung geheim hielt, weil er Repressalien und Anfeindungen fürchtete. Wer weiß? Womöglich ging es auch nur um eine Sache, die jedem Außenstehenden belanglos erscheinen würde.«

»Die Menschen sind für ihren Wankelmut und ihre Unberechenbarkeit bekannt. Man muss sich ja nur ihre Heimat ansehen, um zu erkennen, dass sie von Natur aus gewalttätig sind«, warf Bugeg ein. »Unter Umständen hat der Mensch nur eine kleine Bemerkung seines Arbeitgebers falsch ausgelegt und ist dann sofort auf Trotz losgegangen. Und außerdem schien der Streit schon länger zu schwelen, denn immerhin hat der Mensch zumindest ab und zu in seinem Zimmer geschlafen. Ansonsten läge ja wohl das Buch nicht auf dem Nachttisch. Es dürfte eine dieser wirren Schriften sein, die all die widersprüchlichen Regeln und Gebote zusammenfassen, nach denen die Menschen ihr Leben ausrichten.«

Garep seufzte schwer. »Mag sein. Ich verstehe nicht viel von dem Glauben, dem die Menschen folgen. Ihr Volk ist anscheinend noch nicht so weit, die Bande der Religion abzustreifen, um sich ganz der Vernunft zu öffnen wie wir. Aber dennoch muss auch unter ihnen die Liebe einen Wert besitzen. Eines Tages, Bugeg, wirst du verstehen, welche Tragödie sich in diesem Haus abgespielt hat.«

Beim Gedanken an die Kraft der Liebe spürte Garep einen Stich tief in seinem Herzen. So stark seine Liebe auch gewesen sein mochte, hatte sie doch nicht ausgereicht, um Pinaki am Leben zu erhalten. Der Schwindel, der Garep plötzlich befiel, erinnerte ihn daran, dass seine letzte Pfeife Blauflechten schon länger als eine Schicht zurück lag. Er hoffte inbrünstig, dass sein Gehilfe das Zittern seiner Hände nicht bemerkte, als er fortfuhr. »Nach dem tödlichen Ausgang des Streits wusste der Mensch nicht, was er als Nächstes tun sollte. Er wankte einfach auf die Straße hinaus und verschwand in der Dunkelheit. Wenn wir ihn nicht bald finden, setzt er seinem Leben vielleicht sogar selbst ein Ende.«

»Das klingt ja fast, als hättest du Mitleid mit ihm.«

»Er hat das alles nicht gewollt, mein Freund.«

Bugeg schlug mit der geballten Faust seiner Rechten in die Handfläche der Linken, um seinen Worten durch den angedeuteten Hammerschlag auf den Amboss mehr Nachdruck zu verleihen. »So oder so ist die Rechtslage klar. Er hat seinen Arbeitgeber getötet, und dafür wird ihn der Rat in die Minen am Pol schicken, bis er seine Schuld abgearbeitet hat. Und wenn ich nicht vollkommen falsch liege, wird er tot sein, ehe er der Sippe der Trotzens ihren Verlust ersetzt hat.«

Garep war zu müde und zu erschöpft, um sich auf eine weitere Auseinandersetzung mit seinem Gehilfen einzulassen. Er sehnte sich nach dem bittersüßen Geschmack des Flechtenrauchs auf seiner Zunge und dem Vergessen, das er verhieß. Vorsichtig setzte er sich auf den Rand des übergroßen Betts, um Bugeg nicht mehr anschauen zu müssen. Bugeg, der so jung und voller Tatendrang war und nie die Hand einer sterbenden Zwergin gehalten hatte.

Besorgnis schwang in Bugegs Stimme mit. »Sollten wir nicht langsam mal nach unten gehen und dort nach weiteren Hinweisen suchen?«

Garep nickte stumm. Sein Gehilfe trat an seine Seite und legte ihm die Hand auf die Schulter. »Nimm es dir nicht so zu Herzen, Garep.«

Schweigend traten sie auf den Gang zurück. An der Treppe sahen sie erneut die blutigen Fußspuren des Mörders, die im Rot des Teppichs kaum noch zu erkennen waren. Auf halber Strecke nach unten blieb Bugeg stehen.

»Warum gibt es hier noch einmal eine Stelle, an der die Spur viel breiter ist? Sollte sie nicht schmaler und weniger deutlich zu erkennen sein?«, fragte er.

Garep stellte sich unmittelbar neben den feucht schimmernden Fleck und blickte nach links und rechts. »Er ist stehen geblieben oder zumindest mehrfach auf diese Stufe getreten.« Der kunstvoll bemalte Wandbehang aus feinstem Pergament zu seiner Linken zeigte den Befreier und Ersten Vorarbeiter bei der Ausrufung des Bundes. Damals hatten die Zwerge ihre Bärte noch lang getragen und ihre Schlachten mit Äxten und Schwertern schlagen müssen. Für einen Augenblick war Garep ganz in den faszinierenden Details dieses beeindruckenden Kunstwerks gefangen. Wer immer es auch geschaffen haben mochte, hatte sogar daran gedacht, das Bergvolk bleich und das Seevolk sonnengebräunt darzustellen. Er beugte sich so dicht an den Wandbehang heran, dass er fast mit der Nasenspitze dagegen stieß, um die Pinselstriche einer genaueren Betrachtung zu unterziehen.

Bugeg, der für die Kunstfertigkeit seiner Vorfahren nicht besonders viel übrig zu haben schien, stützte sich mit einer Hand gegen den Wandschmuck, um nachzusehen, was sein Mentor trieb. »Was machst du da?«

»Ich schaue mir an, wie viel Arbeit sich der Künstler mit diesem Werk gemacht hat – ich wäre auch schon fast zu einem Urteil gekommen, wenn du nicht so ein Banause wärst«, grummelte Garep und warf einen Blick hinauf zu den Holzringen, mit denen das Kunstwerk an einer mit Blattgoldverzierungen überzogenen Ebenholzstange aufgehängt war.

»Eselsrotz und Ziegenscheiße«, fluchte Bugeg, sprang eine Stufe nach unten und starrte auf seine Hand. »Das ist ja Blut!«

An der Stelle, an der er sich zuvor abgestützt hatte, war das hauchdünne Pergament nicht zurückgeschwungen, sondern klebte an der Wand fest. Bugegs Handabdruck war als kaum wahrnehmbarer Schemen auf dem Gesicht eines jubelnden Seezwergs zu erkennen. Garep zupfte behutsam an dem Wandschmuck, der sich mit einem leisen Schmatzen löste.

Bugeg kramte ein Taschentuch aus der Innentasche seiner Jacke und säuberte sich mit angewidertem Gesichtsausdruck die Hand. »Sogar hier hat er das Blut an die Wände gespritzt. Wenn wir den Kerl erwischen …«

Garep eilte raschen Schritts die letzten Stufen nach unten und suchte den Boden und die Wände ab. »Hier unten ist nichts«, rief er seinem Gehilfen zu, der sich gerade auf den Weg ins Badezimmer machen wollte, um sich gründlich zu säubern.

»Na und?«, blaffte Bugeg und warf einen ungeduldigen Blick in Richtung Badezimmertür.

»Denk nach, Bugeg, denk nach.« Garep stapfte die Treppe wieder hinauf. »Im Arbeitszimmer deutet nichts auf einen Kampf hin. Allem Anschein nach stieß der Mörder dem nichtsahnenden Opfer die Flöte ganz überraschend in den Rücken. Er war fassungslos ob der von ihm begangenen Tat und lief die Treppe hinunter, aber auf halbem Weg blieb er stehen.« Garep wuselte die Stufen bis zu dem großen Fleck hinunter. »Was geschah nun an dieser Stelle? Bemerkte er seine blutverschmierten Hände und wischte sie an dem Wandbehang ab? Taumelte er und musste sich stützen? In beiden Fällen hätten wir viel früher bemerkt, dass das Pergament blutbesudelt ist. Wie kam das Blut also an diesen Ort?«

Bugeg kniff die Augen zusammen. »Ich nehme an, du wirst es mir gleich verraten.«

»Das werde ich«, sagte Garep und griff nach dem Saum des Kunstwerks. »Der einzige Ort, von dem das Blut stammen kann, liegt hinter dem Pergament.« Mit diesen Worten schob er den Wandbehang beiseite. Was er dahinter erblickte, verblüffte selbst ihn mit all seiner Erfahrung. Der Mörder hatte in ungelenker Schrift, die zeigte, dass er die Sprache der Zwerge selten schrieb, eine Botschaft hinterlassen. Die kantigen Zeichen waren an einer Stelle ein wenig verwischt, aber der Inhalt der Nachricht ließ sich nach wie vor ohne Weiteres erkennen. Im Blut von Namul Trotz stand an der Wand: *Die Knechtschaft der Menschen hat ein Ende!*

»Ha!«, stieß Bugeg triumphierend aus und hatte seine klebrigen Finger ganz vergessen. »Habe ich es dir nicht gesagt, Garep? Ein geplanter Mord! Noch dazu ein politischer! Der Menschenspion hat sich das Vertrauen von Meisterkomponist Trotz erschlichen, indem er dessen fehlgeleitete Zuneigung ausnutzte, um ihn dann zu einem günstigen Zeitpunkt zu ermorden!«

Garep wich so weit von der Schrift zurück, bis er an das Treppengeländer stieß. »Aber das ergibt keinen Sinn …«

»Natürlich passt das nicht zu deiner Theorie vom Mord aus Leidenschaft, aber einen Sinn ergibt das sehr wohl.« Bugeg baute sich vor seinem Mentor auf. »Garep, du solltest besser darauf achten, was du deinem Verstand antust.«

Gareps Herz schlug schneller.

»Nun schau nicht so bestürzt!« Bugeg sprach mit ihm wie mit einem kleinen, dummen Kiesel, dem man erklärte, warum er sich auch heute wieder die Schnürsenkel zu binden hatte. »Jeder Sucher in Amboss weiß von deiner Sucht. Wir haben alle Verständnis dafür, wie sehr dich der Tod deiner großen Liebe mitgenommen hat, und bisher haben dich die Blauflechten in deiner Arbeit auch nicht beeinträchtigt. Aber so langsam scheint es, als würde dein Blick für die Wirklichkeit getrübt. Du bemerkst ja nicht einmal, dass die Menschen versuchen, den Bund zu unterwandern.«

»Halt den Mund!«, knurrte Garep. »Sprich nicht von Dingen, von denen du nichts verstehst!« Er bohrte Bugeg einen Finger in die Brust. »Selbst wenn es in diesem einen Fall so sein sollte, dass ein Attentäter zugeschlagen hat, bin ich noch lange nicht bereit, dein blödsinniges Gefasel von einer Unterwanderung des Bundes ernst zu nehmen.«

Bugeg packte die Hand seines Mentors. »Du kannst nicht einmal mehr Freund und Feind auseinanderhalten, Garep Schmied. Und selbst an den Verlautbarungen der Rufer zweifelst du. Schlimmer noch, du nimmst sie nicht einmal mehr zur Kenntnis! Denn sonst wüsstest du, dass dies nicht der erste, sondern bereits der dritte Vorfall dieser Art in zwei Monaten ist.«

Gareps Schultern wurden schlaff. »Was?«

»Du hast richtig gehört«, sagte Bugeg und ließ Gareps Hand los. »Die anderen beiden Morde wurden nicht in unserem Bezirk begangen. Aber die Suchertreffen sind dir ja auch nicht mehr besonders wichtig. Das letzte halbe Jahr hast du mich immer allein hingeschickt, damit ich die anderen vertröste.«

Gareps Hände umklammerten das Treppengeländer in seinem Rücken. »Aber warum hast du mir nie etwas davon erzählt?«

Bugeg klang verbittert. »Weil du mir sowieso nur gesagt hättest, es gebe keine Unterwanderung und die Menschen seien nicht anders als wir Zwerge auch. Dein Mitleid mit diesen dahergelaufenen Flüchtlingen trübt dein Urteilsvermögen.«

»Sucher Schmied? Sucher Gerber?«, rief eine Stimme aus dem Untergeschoss.

»Auf der Treppe!«, antwortete Bugeg.

Ein keuchender Zwerg trat in die Halle. Der rundliche Kerl, dessen Namen Garep nicht kannte, war einer der Anwärter auf den nächsten freiwerdenden Gehilfenposten.

»Was gibt es, Anwärter Seiler?«, fragte Bugeg in angemessenem Befehlston.

Der Anwärter stützte sich auf das Treppengeländer, holte tief Luft und sagte: »Wir haben den Mörder gefunden, den ihr sucht!«

2

Siris zügelte sein Pferd auf dem schmalen Grat und ließ den Blick über den Talkessel schweifen, der sich unter ihm erstreckte. Der Wind, der in diesen Höhenlagen und um diese Jahreszeit noch immer unangenehm kühl war, strich träge über die brachliegenden Felder. Siris wunderte sich nicht darüber, dass er keine Bauern bei der Arbeit erspähte. Er wusste schon, dass in dem Dorf in der Mitte des Tals kein Mensch mehr am Leben war.

Siris griff zum Fernrohr, um sich einen genaueren Überblick über die Lage zu verschaffen. Die wichtigste Lektion, die ein Mann lernen musste, wenn er sich sein Geld mit der Jagd auf die gefährlichsten Vertreter der Tierwelt der Zerrissenen Reiche verdienen wollte, lautete: Wachsamkeit ist die schärfste Waffe. Siris hatte mit Blut, Schweiß und Tränen dafür bezahlt, dass er sich viel Zeit mit dieser Erkenntnis gelassen hatte. Zu Beginn seiner Laufbahn war er dem Irrglauben aufgesessen, seinen Mangel an Geduld durch Mut und Entschlossenheit wettmachen zu können. Die wulstige Narbe, die sich von seinem rechten Handrücken bis hinauf zur Schulter zog, gemahnte ihn nachdrücklich daran, dass sich die wenigsten Raubtiere von jugendlichem Ungestüm beeindrucken ließen.

Sein durch die geschliffenen Linsen des Fernrohrs geschärfter Blick fiel auf einen Schwarm Krähen, der sich an der Leiche eines Bergbauern gütlich tat. Die schwarzen Vögel reckten gierig die Hälse, um an die schmackhaftesten Leckerbissen ihres grausigen Mahls zu kommen. Wieder und wieder verschwanden ihre Schnäbel in Brust und Bauch des Toten. Dem Zustand seines Fleisches nach war der Dörfler schon vor mindestens einem Dutzend Tagen heim zu seinen Herren gerufen worden.

Siris spielte einen Moment lang mit dem Gedanken, einen Schuss abzufeuern, um die Krähen und andere Aasfresser aufzuscheuchen.

Er entschied sich jedoch dagegen. Ein solcher Akt der Ehrerbietung vor den Toten hätte die Bewohner des Dorfs auch nicht wieder lebendig gemacht. Sollten sich die Krähen doch ruhig die Bäuche vollschlagen. Dort, wo die Seelen der Toten jetzt waren, brauchten sie keinen Leib mehr. Den Herren hatte es in ihrer unergründlichen Weisheit gefallen, die Dörfler den Dienst an ihnen fortan im Jenseits verrichten zu lassen. An ihrer Tafel würde es den Heimgeholten an nichts mangeln. Zumindest erzählten das die Prediger …

Von seinem Aussichtspunkt zählte Siris insgesamt rund drei Dutzend Leichen. In den Weilern in dieser Gegend lebten selten mehr als fünf oder sechs Familien. Er vermutete, dass in den Häusern nicht allzu viele weitere Tote lagen. Dennoch musste es ein wahres Schlachtfest gewesen sein, als das Grauen Einzug in der kleinen Siedlung gehalten hatte.

Siris ließ das Fernrohr sinken und atmete zweimal tief durch die Nase ein und durch den Mund wieder aus. Diese einfache Übung, die ihm sein Vater vor so vielen Jahren beigebracht hatte, diente der Gewahrwerdung und Ergründung seiner Gefühle. »Den Herren weiß es wohl zu gefallen, wenn ihre Diener sich stets ihrer Rührungen bewusst sind und niemals vorschnell handeln«, hatte der fromme Mann seinen Kindern gepredigt. Siris scherte sich nicht sonderlich darum, was den Herren gefiel, aber die Erfahrung hatte ihn gelehrt, dass das Atemholen seinem Geist Klarheit brachte.

Er verspürte kaum so etwas wie Bestürzung oder Betroffenheit ob des Massakers an den Dörflern. Er hatte bei seinen Streifzügen durch die Lande der Menschen schon zu viele dahingeschlachtete Unschuldige gesehen, als dass das Schicksal der Bergbauern sein Herz hätte rühren können. Alles, was für ihn zählte, war die Erfüllung seines Auftrags und die Entlohnung, die ihm dafür zuteil werden würde. Mitleid konnte ihm bei seiner Aufgabe nur im Weg sein.

Siris ritt ein Stück den Grat entlang, um eine geeignete Stelle für den Abstieg in den Talkessel zu finden. Sein Rappe war an Reisen durchs Gebirge gewohnt, sodass Siris es sich erlauben konnte, seine Gedanken ein wenig schweifen zu lassen. Das Gespräch, das er vor drei Tagen mit dem Hüter von Herrentreu geführt hatte, wollte ihm nicht aus dem Kopf. Es war nicht so sehr der Inhalt der Unterredung mit dem untersetzten Mann, was ihn beschäftigte. Zu oft schon hatte er mit besorgten Vorstehern abgelegener Siedlungen einen angemessenen Preis für den Kopf eines menschenfressenden Ungeheuers ausgehandelt. Es war fast immer dasselbe: Das Erstgebot blieb zunächst weit hinter Siris' Ansprüchen zurück. Dann legte er seinem Gegenüber in knappen Worten dar, welch große Gefahren er auf sich nahm und welcher Sold ihn überhaupt dazu bewegen konnte, seine Haut aufs Spiel zu setzen. Die meisten Hüter lenkten nach diesen notwendigen Erläuterungen zähneknirschend ein. In den seltenen Fällen, in denen diese sanfte Taktik nicht fruchtete, verwies Siris gern mit Nachdruck auf das grausame Schicksal, das so manche arme Seele erwartete, sollte ihr Hüter den Beutel nicht ordentlich klimpern lassen. Die Schilderungen abgetrennter Gliedmaßen, zermalmter Leiber und verstümmelter Kinder überzeugten üblicherweise selbst die geizigsten und halsstarrigsten Granden von der unbedingten Notwendigkeit, auf Siris' Forderungen einzugehen.

Mit dem unwürdigen Feilschen und Schachern der Hüter hatte sich Siris schon lange abgefunden. Was ihm in letzter Zeit übel aufstieß, waren die abschätzigen Blicke, mit denen er von seinen Auftraggebern bedacht wurde. Sie sahen in ihm nicht den mutigen Recken, der eine drohende Gefahr abwendete. Für sie war er nur ein Handlanger, der ihre Drecksarbeit erledigte. Siris konnte es ihnen nicht einmal verdenken. Er zog kreuz und quer durch die Lande, ein herrenloser Herumtreiber, der sein Auskommen im Leid anderer Menschen fand. War es da denn weiter verwunderlich, dass die Hüter erleichtert aufatmeten, sobald er nach Erledigung seines Auftrags ebenso schnell wieder verschwand, wie er zuvor aufgetaucht war? Menschen wie er waren eine Bedrohung für den letzten Rest von herrengegebener Ordnung, die den Zerrissenen Reichen nach Generationen kleinerer und größerer Bürgerkriege noch geblieben war. In einem wichtigen Punkt nämlich stimmten alle Auslegungen der Heiligen Schriften, die den Menschen von den Herren vor Urzeiten überlassen worden waren, überein: Jeder Mensch soll einen Herrn finden und ihm treu dienen.

Das Pferd hatte indes eine Stelle entdeckt, an welcher der Abstieg in den Talkessel keine große Herausforderung darstellte. Die mit genügsamem Berggras bestandene Fläche war von den Dorfbewohnern bestimmt als Alm für ihre Schafe und Ziegen genutzt worden. Zurzeit jedoch war nicht ein einziges Stück Vieh zu sehen. Ein kleiner Bach schlängelte sich hinunter zu einem Teich, in dessen gekräuselter Oberfläche sich die Wolken und die hoch am Himmel stehende Sonne spiegelten. Siris folgte dem Lauf des Wassers und flocht sich das lange Haar zu einem losen Zopf im Nacken zusammen. Anschließend entledigte er sich seines schweren, ärmellosen Ledermantels und verstaute ihn in der Satteltasche. Siris ließ den Rappen an einer Weide am Ufer des Teichs zurück. Der Hüter hatte unter Berufung auf den Augenzeugenbericht eines fahrenden Händlers behauptet, es handele sich bei dem Ungeheuer, das das Dorf ausgelöscht hatte, um einen Greifen. Wenn dem wirklich so war, sollte das Geäst des Baums Siris' Reittier ausreichend Schutz vor einem Angriff bieten.

Er prüfte noch einmal den Sitz seines Holsters an der Hüfte, ehe er sich zum ersten Gebäude am Rand der Siedlung aufmachte. Es war ein Holzhaus von ansehnlicher Größe mit einem Anbau, der sicherlich als Stallung für das Kleinvieh der Bauernfamilie diente.

Der Verwesungsgestank, der aus der sperrangelweit geöffneten Tür zu ihm herüberdrang, verschlug Siris schier den Atem. Vorsichtig lugte er ins Innere des Hauses. Vier Reihen von Tischen und Stühlen waren auf eine armbreite Schiefertafel ausgerichtet, auf der in Kreide der immer gleiche Buchstabe geschrieben stand. Vor der Tafel lag die Leiche einer hellhaarigen Frau. Die tiefe Wunde, die sie das Leben gekostet hatte, zog sich klaffend über ihren gesamten Rücken. Von den Kindern, die in dieser einfachen Schule unterrichtet worden waren, gab es keine Spuren außer achtlos weggeworfenen Griffeln und zerborstenen Tontäfelchen. Siris betrachtete die Schreibutensilien und dachte an seine eigene harte Lehrzeit zurück. Sein Vater war äußerst streng und mit dem Rohrstock schnell zur Hand gewesen, wenn Siris die ihm gestellten Aufgaben nicht zur vollsten Zufriedenheit gelöst hatte. »Der Diener, der seinen Herren gefallen will, ist gelehrig«, war der Leitspruch gewesen, dem Siris' kaltherziger Erzeuger vorbehaltlos gefolgt war. In seinem Ehrgeiz hatte er sich das Ziel gesetzt, seine Kinder binnen vier Jahren sämtliche Dialekte der Herrensprache zu lehren. Der einzige Dialekt, dessen Erlernen Siris damals sinnvoll erschienen war, war jener der elfischen Händler. Zweimal im Jahr kamen die feingliedrigen, wohlriechenden Geschöpfe mit ihren prachtvollen Schiffen in Siris' Heimatstadt am Stillen Meer. Jeder ihrer Besuche wurde von den Menschen sehnsüchtig erwartet. Das Eintreffen der Elfen bedeutete den dringend benötigten Nachschub an Zauberwaffen, mit denen die Städter ihrer Auslegung der Heiligen Schriften zu weiterer Verbreitung verhelfen wollten: unzerbrechliche Schwerter, an denen kein Blut haften blieb, federleichte Armbrustbolzen, die bis zum Horizont zu fliegen schienen, scharfe Äxte, mit denen sich selbst Stein spalten ließ, und derlei mehr. Im Gegenzug erhielten die Besucher aus der Fremde warme Pelze, seidene Tücher, feinste Gewürze und edle Hölzer, die in rauen Mengen in den Laderäumen ihrer Schiffe verstaut wurden. Siris' Vater hatte es als Zeichen der Güte des elfischen Volks gedeutet, dass sich die verehrten Gäste ihre Waren mit so niederen Gütern vergelten ließen. Siris hingegen hatte sich nie des Gefühls erwehren können, dass die Wesen mit den großen Augen und den spitzen Ohren die Menschen irgendwie über den Tisch zogen.

Manchmal fragte er sich, ob er nicht ein besserer Unterhändler geworden wäre als sein Vater, der immerzu die Großzügigkeit der von den Herren gesegneten Elfen pries.

Bevor die Erinnerung an seinen Vater alten Hass wieder hochkochen lassen konnte, durchquerte Siris raschen Schritts die Schulstube, um den Anbau, den er zuvor für eine Stallung gehalten hatte, näher in Augenschein zu nehmen. Mit dem kurzen Lauf seines Gewehrs schob er den einfachen Wollvorhang zwischen Hauptraum und Anbau zur Seite und fand heraus, wohin zumindest ein Teil der Schulkinder verschwunden war. Siris zählte die Körper nicht, sondern ließ den Vorhang rasch wieder sinken.

Er eilte hinaus und umrundete das Haus, um zu jenem Teil des Dorfs zu gelangen, der seinem Blick bisher verborgen geblieben war.

Als er die verkohlten Überreste eines Herrenschreins entdeckte, war er sich endgültig sicher, dass es wohl kaum ein Greif gewesen sein konnte, der den Dörflern den Tod gebracht hatte. Er stöberte mit der Stiefelspitze in der kalten Asche der geschändeten Andachtsstätte und förderte neben den Scherben einer kunstvoll gefertigten Opferschale eine rußgeschwärzte Pfeilspitze zutage.

Siris blickte versonnen auf das verformte Stück Metall. »Das Leben ist in stetem Fluss, denn nur der Dienst an den Herren hat Bestand«, murmelte er und spie aus. Mit einem verbitterten Kopfschütteln machte er sich auf, um nach den restlichen Opfern des Überfalls zu suchen.

Siris ging von Haus zu Haus, und mit jeder Tür, die er öffnete, und mit jedem Leichnam, den er untersuchte, vervollständigte sich sein Bild von den Ereignissen, die sich in dem abgeschiedenen Dorf zugetragen hatten. Als die Sonne in ihrem Lauf schon beinahe hinter den Berggipfeln verschwand, holte er sein Pferd und brachte es in einen leer stehenden Stall. Er breitete seine Decke auf der gegenüberliegenden Seite des Verschlags aus, entzündete vorsichtig seine Laterne und platzierte sie so, dass sie ihm ausreichend Licht zum Schreiben spendete. Wie die Atemübung zur Klärung des Geistes war auch das Tagebuchschreiben eine Angewohnheit, die er von seinem Vater übernommen hatte. Siris legte allerdings kein Zeugnis vor seinen Herren ab, sondern hielt die Einzelheiten seiner Reisen aus einem weitaus profaneren Grund fest: Sein Tagebuch half ihm bei der Planung der Jagd. Siris bildete sich ein, in den langen Jahren seiner unsteten Wanderschaft jeder Art von Ungetüm mit einer Vorliebe für Menschenfleisch zumindest einmal begegnet zu sein. Immer, wenn er einen neuen Auftrag angenommen hatte, studierte er die Aufzeichnungen über seine vorherigen Jagden auf ein Exemplar der jeweiligen Rasse, der er gerade nachstellte. Auf diese Weise hatte er sich noch in Herrentreu alles wieder ins Gedächtnis gerufen, was er zuvor über Greifen in Erfahrung gebracht hatte. Es war nun schon das vierte Mal, dass er dafür bezahlt wurde, einen dieser fliegenden Räuber zur Strecke zu bringen. Der Greif war eine gefährliche Beute, aber Siris zweifelte keinen Augenblick daran, auch dieses Monstrum zu erlegen.

Er schlug das kleine Büchlein auf, in dem er allabendlich seine Gedanken festzuhalten pflegte. Es war in rotes Leinen gebunden und gewiss sündhaft teuer gewesen. Ungeachtet seines Werts hatte Siris keinerlei schlechtes Gewissen gehabt, das Geschenk seiner Schwester anzunehmen. Selbst vor ihrem Auszug ins Land der Zwerge hatte Sira, mit der er sich einst den Schoß der Mutter geteilt hatte, höchst selten den vollen Preis für eine Ware bezahlt. Siris wäre ausgesprochen überrascht gewesen, wenn sich daran in der Zwischenzeit auch nur das Geringste geändert haben sollte. Er befeuchtete seinen Stift ein wenig mit der Zunge, ehe er ihn geschwind über das Papier gleiten ließ.

Ich bin gegen Mittag in dem Dorf angekommen, in dem der Greif gewütet haben soll. Keiner der Einwohner hier ist noch am Leben. Aber das war nach den Aussagen des fahrenden Händlers, der die Bestie gesehen haben will, auch nicht anders zu erwarten. Ich habe rund vier Dutzend Leichen gefunden. Alle sind schon so verwest, dass die Leute mit Sicherheit schon ein paar Tage tot waren, als der Händler hier vorbeikam.

Sie könnten allerdings noch am Leben sein, wenn sie so schlau gewesen wären, ein paar Wachen aufzustellen. In dieser Gegend wird Leichtsinn schneller mit dem Tod bestraft, als man »Lobpreis den gnädigen Herren« sagen kann.

Jedenfalls gehörten sie wohl jener Auslegungsrichtung an, die sich den klangvollen Namen »Erbauung des Wortes« gegeben hat. Die Anzeichen sind eindeutig: schlichte Kleidung, einfache Möbel, kein Schmuck (demzufolge leider auch nichts, was ich anderswo gewinnbringend veräußern könnte). Aber natürlich eine Schule, wo man den lieben Kleinen vor und nach der Feldarbeit noch ein wenig Wissen eintrichtern kann. Unter Umständen wäre es sinnreicher gewesen, die Dörfler hätten ihren Kindern beigebracht, wie man eine Armbrust statt eines Griffels hält. Nicht, dass das nun noch eine Rolle spielen würde.

Der Herrenschrein des Dorfs wurde niedergebrannt. Dies spricht für einen in der Auslegung der Heiligen Schriften begründeten Überfall. Diese Annahme wird dadurch gestützt, dass allen Toten die Fin-

ger und die Zunge abgeschnitten wurden (soweit es mir noch möglich war, dies zu beurteilen, denn die Aasfresser ließen nicht lange auf sich warten).

Was den Greifen angeht, gibt es im Grunde zwei Möglichkeiten: Entweder er ist erst im Tal aufgetaucht, als die Bergbauern schon niedergemetzelt waren, oder er war schon die ganze Zeit über hier und die Bewohner des Dorfs haben ihn nicht als Bedrohung gesehen. Gut möglich, dass die Bestie ab und an ein Schaf oder eine Ziege riss, aber das tun auch andere Räuber – was den Verbleib des Viehs angeht, so wurden die Tiere meiner Auffassung nach von den Mordbrennern als Teil der Siegesbeute betrachtet und grasen mittlerweile auf einer anderen Weide. So oder so gehe ich davon aus, dass der Greif schon in der Morgendämmerung gefressen hat und deshalb heute Abend nicht wieder zurückkehren wird.

Andererseits kann ich meine Jagdstrategie getrost darauf aufbauen, den Greifen hier im Dorf beim Fressen zu überraschen. Die Bestie weiß, dass der Tisch noch mehr als reichlich für sie gedeckt ist. Greifen sind keine Kostverächter und noch dazu recht träge. Der Bestie wird es nicht in den Sinn kommen, frische Beute zu machen, solange sie ihren Hunger auch einfacher stillen kann.

Was die wahren Mörder der Bergbauern angeht, so ist deren Verfolgung nicht Teil meiner Aufgabe. Der Hüter von Herrentreu will den Kopf eines Greifen, also wird er auch den Kopf eines Greifen von mir kriegen. Damit ist die Angelegenheit für alle Beteiligten erledigt: Der Hüter kann wieder ruhig schlafen, und ich habe genug Geld beisammen, um Siras nächste Lieferung zu bezahlen. So langsam gehen mir die Patronen aus. Ich kann nur hoffen, dass Jarun sich nicht wieder verspätet. Schlimm genug, dass mich manche Hohlköpfe unentwegt anstarren, weil ich ein Zwergengewehr mit mir führe. Die Vorstellung, dass mir wegen Jaruns Schlampigkeit die Mittel ausgehen, meinen Lebensunterhalt zu verdienen, ist einfach unerträglich. Ich frage mich ohnehin, was meine Schwester an diesem weibischen Einfaltspinsel findet. Aber das ist allein ihre Entscheidung – genauso wie ihr Versuch, ihr Glück unter den Kurzbeinen zu machen.

Beim Auslegen des Köders musste ich unentwegt an Sira denken. Ei-

nes der toten Mädchen aus dem Dorf hatte ihr strohblondes Haar. Das Haar unserer Mutter. Womöglich würde unser Vater noch leben, wenn unsere Mutter tapferer gewesen wäre. Vielleicht hätte sie dann meinem Arm Einhalt geboten und den alten Tyrannen gerettet. Aber was getan ist, ist getan, und es führt kein Weg zurück. Eine der wenigen Herrenregeln, mit denen ich mich immer mehr anzufreunden beginne, enthält zumindest ein Körnchen Weisheit: Wähle deine Taten mit Bedacht.

Am Ende habe ich mich dagegen entschieden, das blonde Mädchen als Köder zu benutzen. An ihr wäre wahrscheinlich ohnehin zu wenig dran gewesen, um die Aufmerksamkeit des Greifen zu erregen. Wie gut, dass einer der alten Bauern richtig wohlgenährt war. Ich habe ihn in die Asche des Schreins geschleift und anschließend alle Leichen, die offen im Freien herumlagen, notdürftig mit Stroh abgedeckt. Der Greif wird sich ganz auf seine scharfe Sicht verlassen, und das einzige Aas, das er jetzt noch aus der Luft erkennen kann, liegt genau dort, wo ich ihn haben will. Es wird kein Entkommen für die Bestie geben.

Siris wickelte sein Tagebuch sorgsam in ein Stück Öltuch und stopfte das kleine Päckchen wieder in die Satteltasche. Er löschte die Lampe und streckte sich auf der Decke aus. Seine Gedanken kreisten noch eine Weile um die bevorstehende Jagd, ehe er mit dem Bild seiner Beute vor Augen endlich einschlief.

Er erwachte vom Gesang einer Gelbhalsdrossel, noch bevor die ersten zaghaften Strahlen der Sonne über die schroffen Gipfel im Osten des Tals spitzelten. Sein Schlaf war in der Regel so leicht, dass sein Geist nicht sämtlichen Sinneseindrücken verschlossen blieb. Dank dieser Gabe erkannte er stets jene Laute, die vom Herannahen eines neuen Tages kündeten.

Nach einem kargen Morgenmahl aus Dörrfleisch und Wasser unterzog Siris sein Gewehr einer gründlichen Untersuchung. Er hatte sich schon oft gefragt, wie seine Zwillingsschwester überhaupt an diese Waffe gekommen war. Schließlich weigerten sich die Zwerge im Gegensatz zu den Elfen beharrlich, Waffen an die Menschen zu verkaufen. Mit anderen Gütern waren sie zwar wesentlich freigiebiger, aber ein Großteil der wundersamen Gerätschaften des kleinen

Volks war den Bewohnern der Zerrissenen Reiche unheimlich. Nirgendwo in den Heiligen Schriften stand etwas über sie geschrieben. Daher konnten die Menschen nicht mit Sicherheit wissen, ob den Herren solch faszinierende Dinge wie mechanische Zeitmesser, Klangscheiben und die Schienenbahn gefällig waren. Derlei vom Glauben geprägte Überlegungen schränkten den Warenverkehr zwischen Zwergen und Menschen nicht unerheblich ein. Nur wenn die Kurzbeine Edelsteine von beachtlicher Größe boten, konnten die Händler an der Küste nicht widerstehen, diese Schätze der Erde im Austausch gegen Wein, Seide und Gewürze in ihren Besitz zu bringen.

Siris konnte nachvollziehen, weshalb die Zwerge wenig erpicht darauf waren, ihre Waffen in den Händen anderer Völker zu sehen. Keine Rüstung bot Schutz vor den Kugeln der Gewehre, die noch weiter flogen als die elfischen Zauberpfeile. Siris staunte auch nach Jahren noch über die Kunstfertigkeit der Handwerker, die seine Waffe gebaut hatten. Er fragte sich noch immer, wie sie die feinen Rillen graviert hatten, die sich im Lauf des Gewehrs ertasten ließen. Ein noch größeres Geheimnis war ihm die Art und Weise, wie sich die Trommel mit den Patronen wie von Geisterhand drehen konnte, nachdem er einen Schuss abgefeuert hatte. Selbst Jarun hatte ihm keine einleuchtende Erklärung dafür liefern können, und der Schmuggler lebte schon lange unter den Zwergen.

Siris fuhr nachdenklich über die Perlmuttintarsien am Kolben des Gewehrs und trat dann aus dem Stall hinaus in die kalte Morgenluft. Er bezog Stellung unter einem Ochsenkarren, von wo aus er einen guten Blick auf die ausgebrannte Ruine des Schreins hatte.

Die leeren Augenhöhlen des toten Bauern starrten anklagend in den klaren Himmel. Tau glitzerte in seinem blutverkrusteten Haar.

Siris legte das Gewehr und seine beiden langen Dolche neben sich und wartete ab. Eine der Unwägbarkeiten seines Plans war die Frage, ob der gewaltige Flugräuber seine Beute in seinen Horst schaffen wollen würde. Der Greif war mit hoher Wahrscheinlichkeit der größte Fleischfresser, der die nähere Umgebung als sein Revier beanspruchte. Unter diesem Gesichtspunkt war es nicht undenkbar, dass er hier im Dorf fraß. Doch selbst wenn Siris falsch liegen sollte, musste sich der Greif in Schussweite begeben, um seine Beute zu packen und davonzutragen. Unter Umständen würde schon ein einziger ordentlicher Treffer ausreichen, um die Bestie zu erledigen oder sie zumindest flugunfähig zu machen.

Urplötzlich ertönte ein schriller Schrei wie der eines Falken, gefolgt von einem hohen Pfeifen. Der Greif hatte den Köder bemerkt. Siris griff nach dem Gewehr, die uralte Segensformel seiner Zunft im Kopf: »Möge deine Hand kein Zittern kennen, wenn die Bestie naht.«

3

Hufschlag übte stets eine beruhigende Wirkung auf Garep aus. Er hatte nie ergründet, woher dieses Gefühl rührte. Er hatte es schlicht und ergreifend als gegeben akzeptiert, nachdem er zum ersten Mal in der Kutsche gefahren war, die ihm der Stadtrat als Bonus für lange Jahre erfolgreichen Dienstes als Sucher zur Verfügung gestellt hatte. Es war ein eleganter Zweispänner mit einem strapazierfähigen Verdeck, unter dem man selbst bei heftigstem Regen noch angenehm trocken blieb. Womöglich war es auch gar nicht der Hufschlag der Ponys, der Garep beruhigte, sondern vielmehr das sanfte Schaukeln der erstklassigen Federung.

Nachdem Anwärter Seiler ihnen den Weg zu jener Mietskaserne gewiesen hatte, wo der Mörder von Namul Trotz zu finden sein sollte, hatte Bugeg von Feuereifer ergriffen die Peitsche knallen lassen und das Gespann zu höchster Eile angetrieben. So rumpelten sie nun in der Kutsche die breite Prachtstraße hinunter, die zur Tausendspannbrücke führte. Während die mit Wasserspeiern und Türmchen verzierten Anwesen der reichsten Sippen der Stadt an ihnen vorüberzogen, wurde Bugeg nicht müde, seinen Triumph voll auszukosten.

»Ein Mord aus Leidenschaft! Pah! Du liest zu viele schlechte Bücher, mein Freund, geschrieben von verblendeten Narren im Flechtenrausch. Aber ich will dir keine Vorhaltungen machen. Womöglich hätte ich schon früher einmal all meinen Mut zusammennehmen müssen, um dir gegenüber die richtigen Worte zu finden.«

Wäre Garep nicht immer noch von einer erschlagenden Fassungslosigkeit ergriffen gewesen, die seine Zunge zu lähmen schien, hätte er die Respektlosigkeit seines Gehilfen sicherlich scharf gerügt. In seinem momentanen Zustand allerdings fand er nicht die nötige Kraft für eine Zurechtweisung, sondern ließ den jungen Sucher weiter drauflos plappern. Wenn Bugeg nicht die Zügel in Händen gehalten hätte, hätte er seine Tirade bestimmt mit einem wahren Stakkato an Bekräftigungsgesten unterstrichen.

»Du bist ja schließlich nicht der Einzige, der die Augen vor der Wirklichkeit verschließt. Man braucht sich nur umzusehen. Ich bezweifle, dass ich in diesen Prunkbauten hier auch nur zehn aufrechte Zwerge fände, die sich nicht ausschließlich dem Luxus hingeben. Was unternehmen diese feinen Leute denn gegen die Bedrohung, die den Fortbestand des Bundes selbst gefährdet? Solange sie Menschen bei sich aufnehmen, die ihnen jeden Wunsch von den Augen ablesen, kann man ja nicht erwarten, dass sie über ihren goldenen Tellerrand schauen.«

»Du spuckst beim Reden, Bugeg«, rang sich Garep nun doch zu einer Bemerkung durch und musterte seinen Gehilfen eingehend. Woher kam nur all dieser Hass?

Bugeg schwieg einen Augenblick und sagte dann mit kalter Stimme: »Wo deine Vernunft versagt, findest du nur Spott. Ich frage mich, ob der Komponist mit der Flöte im Rücken darüber lachen könnte.«

Garep schwieg. Was hätte er auch erwidern sollen? Allem Anschein nach hatte Bugeg sogar recht, so schwer es Garep auch fiel, sich diese Tatsache einzugestehen. Hatte sein Schmerz über den Verlust seiner geliebten Pinaki, an dem er sich mehr als zwei Jahrzehnte festgeklammert hatte, seinen Verstand denn tatsächlich nach und nach in derart hohem Maße getrübt, dass sich mittlerweile selbst die offensichtlichsten Hinweise an einem Tatort nicht mehr zu einem Gesamtbild der Ereignisse fügten? Oder war es die Droge, der er sich so zügellos hingab, die ihn in seiner Arbeit nachlässig werden ließ?

Ein Schlagloch im Kopfsteinpflaster, das Bugeg nicht rechtzeitig erkannt hatte, ließ die Kutsche heftig schwanken, was der junge Zwerg zum Anlass nahm, sein Gezeter wieder aufzunehmen. »Früher, als es dem Bund noch gut ging, hätte es so etwas nie im Leben gegeben. Auf diesen Straßen kann doch kein Zwerg mehr ordentlich fahren. Und wofür wird unserer Arbeit Lohn vom Rat ausgegeben? Für bessere Straßen? Nein, nein. Da ist es viel wichtiger, dass jeder Mensch sofort ein Dach über dem Kopf hat, wenn er aus dem Flüchtlingsschiff steigt. Ist es denn unsere Schuld, dass die Menschen ihre Probleme nur mit Waffengewalt lösen können, anstatt sich zusammenzusetzen und vernünftig zu diskutieren, bis ein Kompromiss ausgehandelt ist? Wenn es nach mir ginge …«

»Glücklicherweise geht es aber nicht nach dir«, zischte Garep und riss sich zornig die Wollmütze vom Kopf. »Denn wenn es nach dir ginge, hätte unser Volk jeglichen Anstand schon vor langer Zeit verloren. Die Menschen kommen hierher, weil sie in ihrer Heimat um ihr Leben fürchten müssen. Kannst du es ihnen denn wirklich verdenken, dass sie da an einen sichereren Ort fliehen möchten? Und glaubst du etwa, es fiele ihnen leicht, daheim alles aufzugeben und sich auf eine Reise ins Ungewisse zu machen?«

»Du bist zu weichherzig«, sagte Bugeg verächtlich. »Womöglich könnten wir einige der Menschen in unserer Mitte aufnehmen, aber die Massen, die zu uns strömen, verschlingen Unsummen.« Er deutete hinüber zur großen Markthalle, deren Vorplatz sie gerade passierten. »Weißt du eigentlich, wie lange ein Zwerg mittlerweile schuften muss, um seine Familie zu ernähren? Weißt du, was eine Steinrübe kostet?«

Die Markthalle lag um diese Zeit verlassen da, und nichts deutete darauf hin, welch buntes Treiben hier tagsüber für gewöhnlich herrschte. Es war einer der wenigen Orte, an denen sich Garep in Amboss bisweilen noch wohlfühlte. Er liebte die zotigen Sprüche, mit denen die Händler ihre Waren priesen, die betörenden Düfte, das Stimmengewirr, die Farben der Früchte und das fast schon greifbare Gefühl von Lebensfreude, das von all den Leuten in der Halle ausging. Nachts blieb von diesem sinnenfrohen Durcheinander kaum eine Spur zurück. Schwere Rollgitter verschlossen die Eingänge, vor denen matschiges Obst und fauliges Gemüse zu kleinen Bergen aufgetürmt lag. Zu späterer Stunde würden einige der Ärmsten wie jede Nacht versuchen, sich in das beste Viertel der Stadt zu schleichen, um auf der Suche nach Essbarem den Abfall zu durchwühlen.

Garep setzte seine Mütze wieder auf und seufzte schwer. Womöglich war es für ihn an der Zeit, seinen Posten aufzugeben und zurück in die Berge zu gehen. Das Einzige, was ihn daran hinderte, war seine Furcht davor, dass die Erinnerungen an Pinaki näher am Pol noch schmerzlicher sein könnten als in der großen Stadt.

Als sie die Tausendspannbrücke erreichten, die über jene tiefe Schlucht hinwegführte, die der Fluss Felsfraß in äonenlanger Arbeit in den Stein geschnitten hatte, hellte sich Gareps Stimmung merklich auf. »Ist dieser Anblick nicht immer wieder atemberaubend?«, fragte er Bugeg in versöhnlichem Tonfall.

Bugeg nickte ergriffen. »Ein beeindruckendes Zeugnis zwergischen Strebens. Das unvergängliche Manifest des unbeugsamen Willens unseres Volks. Acht Säulen für die acht großen Sippen des Bergvolks. Fünf Bögen für die fünf ewigen Tugenden: Fleiß, Treue, Mut, Gerechtigkeit und Ehrlichkeit. Ich wäre gern dabei gewesen.«

»Beim Bau der Brücke?«

»Beim Auszug des Heers der Einheit, als das Bergvolk und das Seevolk nach dem Schmieden des Stählernen Bandes die Grenzen des Bundes setzten. Fünf mal fünf Reihen in voller Rüstung nebeneinander. Umjubelt und beweint zugleich.«

»Wenn man dich so hört, könnte man fast meinen, du würdest gern in einer der Säulengrüfte liegen.«

Bugeg wich dem Blick seines Mentors aus. »So gern ich auch ein Held wäre, so genau weiß ich auch, dass die Zeit der alten Helden mit Axt und Kettenhemd unwiederbringlich vorüber ist. Jeder Zwerg im gesamten Bund ist nur noch eine Zahl in den Büchern des Rates. Erst, wenn nicht nur der Oberste Vorarbeiter endlich erkennt, dass sich die Zeiten geändert haben, kann es neue Helden geben.«

Garep schaute zu den im Wind flatternden Fahnen im Blau und Schwarz der geeinten zwergischen Völker. »Es steht mir nicht länger zu, dir Ratschläge zu erteilen, wo doch der Schüler anscheinend beginnt, seinen Lehrer zu überflügeln; doch lass dir eines gesagt sein: Helden sterben früh, und du bist noch viel zu jung zum Sterben.«

»Mag sein. Aber zumindest habe ich noch nicht aufgehört zu leben.«

Die Bemerkung seines Gehilfen versetzte Garep einen Stich. Er hatte unterschätzt, wie aufmerksam Bugeg im Grunde war. Offenbar waren all seine Versuche, sich gegenüber dem jüngeren Zwerg nichts von seiner Melancholie anmerken zu lassen, fruchtlos geblieben. Er dachte an die vielen Nächte, in denen ihn seine ziellosen Streifzüge schließlich hierher zur Tausendspannbrücke geführt hatten, wo er hinab in die Dunkelheit gestarrt und dem fernen Raunen des Flusses gelauscht hatte. Wieder und wieder hatte ihn die Frage beschäftigt, was ihn davon abhielt, sich in die Schlucht hinabzustürzen. Er wäre nicht der erste Zwerg gewesen, der entschlossen hätte, seinem Schmerz dergestalt ein Ende zu machen. War es die verwaschene Erinnerung an das, was er in den Bergen zurückgelassen hatte, die ihn daran hinderte, den Schritt ins Vergessen zu tun?

Bugeg brach das Schweigen, das nach seiner letzten Äußerung zwischen ihnen entstanden war. »Hast du bemerkt, dass die Brücke voll beflaggt ist? So früh hat das der Rat vor einer Wahl noch nie anordnen lassen. Denkst du, der Oberste Vorarbeiter will bei den Traditionalisten auf Stimmenfang gehen?«

»Wir sollten nicht über Politik reden, Bugeg, wenn wir uns nicht sofort wieder gegenseitig am Bart zerren wollen. Nur so viel: Der Oberste Vorarbeiter versteht es meiner Meinung nach ausgezeichnet, seine wahren Motive zu verbergen. Ganz gleich, wie sehr er beteuert, dass ihm das Wohl des einfachen Arbeiters am Herzen liegt, glaube ich eher, die Interessen der Manufakturbetreiber bestimmen, wie der Bund regiert wird. Nach außen wahrt er den schönen Schein, doch die Botschaft hinter Halbwahrheiten und Schönfärberei lautet ganz anders.«

Bugeg lächelte. »So wie die Botschaft des Mörders hinter dem Wandschmuck, meinst du?«

Garep setzte zu einer Antwort an, aber plötzlich hatte er das Gefühl, in seinem Geist sei ein Hebel umgelegt worden. Er konnte Bugeg nicht sagen, worauf ihn dessen als Scherz gedachte Frage gestoßen hatte, denn der junge Sucher hätte Gareps Einfall ohnehin sofort verworfen. Und doch arbeitete es in seinem Kopf unaufhaltsam: Wenn der Mord an Namul Trotz die politisch motivierte Tat eines Fanatikers gewesen war, weshalb versteckte der Eiferer dann die Drohung an das Volk der Zwerge hinter einem Wandbehang, anstatt sie an prominenter Stelle im Haus für alle deutlich und auf den ersten Blick sichtbar zu hinterlassen? Es war eigentlich nur eine kleine Ungereimtheit, aber sie reichte völlig aus, um Gareps Selbstzweifel hinwegzufegen. Vielleicht wurde er tatsächlich langsam alt, aber er war immer noch einer der erfahrensten und erfolgreichsten Sucher der Stadt. Er vermutete mehr hinter der versteckten Botschaft als nur ein makabres Spiel des Mörders mit seinen Häschern.

Auf der anderen Seite der Schlucht begann der bergferne Teil der Stadt, der wesentlich jünger war als der bergnahe. Nach der Zeit der Dunkelheit und der Errichtung der Tausendspannbrücke hatte sich Amboss immer weiter ausgebreitet, wobei sich schnell herausstellte, dass es die Mitglieder der reichsten Sippen vorzogen, möglichst nahe an ihren angestammten Besitztümern unter der Erde wohnen zu bleiben. Die weniger gut betuchten Sippen fanden ihr neues Zuhause am Hang jenseits des Felsfraßes, und als die ersten Flüchtlingswellen aus den Zerrissenen Reichen Amboss erreichten, sorgten die einflussreichen Fürsprecher der höhergestellten Sippen dafür, dass die Menschen ihnen nicht zu nahe kamen. Den ärmeren Zwergen wurden die neuen, hochgewachsenen Nachbarn durch einmalige Sonderzahlungen angenehm gemacht. Im Lauf der Jahre war nicht nur die Zahl der Flüchtlinge stetig gestiegen. Auch immer mehr Zwerge, deren Sippen einst am Fuß der Berge gelebt hatten, wurden durch die knapper werdende Arbeit gezwungen, ihren Wohnsitz in den bergfernen Teil der Stadt zu verlegen, der mehr und mehr zu einem gewaltigen Armenviertel wurde. Um den wachsenden Unmut der Bevölkerung zu besänftigen und dem Viertel einen wirtschaftlichen Aufschwung zu bescheren, hatte der Stadtrat vor nunmehr einem halben Zwergenleben beschlossen, dort den Bahnhof bauen zu lassen, der Amboss an das Schienennetz anschloss. Doch der erhoffte Aufschwung blieb aus, da die immer zuverlässiger und effizienter arbeitenden Maschinen in den Manufakturen mehr Arbeitsplätze vernichteten, als die Eisenbahn schaffen konnte. So setzte sich der Niedergang des Viertels fort, und trotz aller Anstrengungen des Stadtrats schien es kein Mittel zu geben, dieser besorgniserregenden Entwicklung in absehbarer Zukunft entgegenzuwirken.

Der Wegbeschreibung ihres Untergebenen folgend bogen die beiden Sucher von der Hauptstraße ab und tauchten in das verwirrende Netz schmaler Straßen zwischen trostlosen Mietsblöcken ein, die für die Armenviertel so charakteristisch waren. Jeder Block hatte zehn Etagen, wobei das Erdgeschoss jedes fünften Blocks als kleine Ladenzeile angelegt war. Je tiefer man in das Armenviertel vordrang, desto größer wurde die Zahl von Etablissements, die Waren und Dienstleistungen anboten, die von den Bewohnern des älteren Teils der Stadt als anstößig empfunden wurden. Während sich in der Nähe der größeren Straßen in erster Linie die kleinen Geschäfte und Werkstätten menschlicher Einwanderer neben Wäschereien und Trinkstuben der Zwerge fanden, reihten sich in den schmalsten Gassen nur noch Blauflechtenhöhlen an Pfandleihen und Bordelle. Ganz gleich, welche beschönigenden Worte der Stadtrat auch für das Viertel fand, es war nichts anderes als ein Sumpf aus Armut und Verbrechen. Nur die wenigsten, die in ihn hineingerieten, fanden je wieder einen Weg heraus.

Bugeg hatte die Ponys ein wenig gezügelt, da er nun zunehmend größeren Hindernissen auf der Fahrbahn ausweichen musste. Mal war es ein liegengebliebener Karren, mal ein sturzbetrunkener Saufbruder, den es vorsichtig zu umkurven galt, ohne mit den Rädern am Gehsteig entlangzuschrammen. Aus Hauseingängen machten den beiden Suchern grell geschminkte Zwerge beiderlei Geschlechts mit kahl rasierten Wangen und unverschämt aufreizender Kleidung eindeutige Angebote.

»Da gibt es eine Sache, die mir einfach nicht in den Kopf will«, sagte Bugeg unvermittelt.

»Und die wäre?« Gareps Neugier war geweckt, und jede Ablenkung von dem Gedanken daran, dass sein Vorrat an Blauflechten zur Neige ging und er bald einen der einschlägigen Händler würde aufsuchen müssen, war ihm mehr als willkommen.

»Warum flüchtet sich der Mörder hierher?« In Bugegs Stimme schwang eine Mischung aus Verachtung und echter Bestürzung mit. »Ich meine, er hätte doch genug Geld aus dem Haus seines Opfers mitgehen lassen können, um sich damit eine Fahrkarte für die Eisenbahn zu kaufen. Er könnte schon längst im Zug sitzen und über alle Berge sein.«

Garep legte die Stirn in Falten. »Du bist es doch, der mir bewiesen hat, dass es sich um einen Mord mit politischem Hintergrund handelt. Wo sonst würdest du denn eine Zelle aufrührerischer Bundfeinde vermuten, wenn nicht hier?«

»Natürlich besteht die Möglichkeit, dass er versuchen wollte, hier bei seinen Kumpanen unterzutauchen. Aber andererseits muss diesen Verbrechern doch klar sein, dass wir Sucher früher oder später das ganze Viertel auf den Kopf stellen, um einen Mörder zu finden. Wäre es da nicht einfacher gewesen, nach der begangenen Bluttat aus der Stadt zu fliehen?«

»Die Menschen wissen ebenso gut wie wir, dass Sucher hier keine gerngesehenen Gäste sind.« Garep strich sich grüblerisch über den Bart. »Zugegebenermaßen sehen sie sich hier zwar den größten Anfeindungen ausgesetzt, aber trotzdem kannst du nicht verkennen, dass es sich in diesem Milieu auch wunderbar untertauchen lässt.«

Bugeg gab keine Antwort, sondern brachte die Kutsche vor dem nächsten Mietshaus zum Stehen. Sofort eilte von der nächsten Ecke eine Zwergin im blauen Lodenmantel der Anwärter auf einen Gehilfenposten auf das Gefährt zu. »Gut, dass du hier bist, Sucher Gerber!«, sagte sie erleichtert.

Ihr Blick fiel auf Bugegs Begleiter. »Sucher Schmied?«, fragte sie schließlich mit einem Hauch von Unsicherheit.

»Der bin ich«, antwortete der Angesprochene, während er vom Kutschbock kletterte.

»Anwärterin Schneider«, sagte die Zwergin mit einem Lächeln und ergriff Gareps Hände im traditionellen Gruß, der für die unerschütterliche Einheit der Zwerge stand. »Deine Arbeit findet nur Lob.«

Garep nickte anerkennend. »Ich tue, was ich kann.« Die unverhohlene Bewunderung im Blick der Zwergin machte ihn ein wenig verlegen, was nicht zuletzt daran lag, dass sie sich den Bart auf ihren Wangen genau auf die Länge gestutzt hatte, die Garep besonders attraktiv fand. Im Gegensatz zu vielen ihrer Altersgenossinnen, die ihre Gesichter haarlos wie Halblinge hielten, war sie nicht der herrschenden Mode gefolgt.

»Wo ist der Mörder?«, fragte Bugeg ungehalten.

Anwärterin Schneider ließ die Hände sinken und schien nach den richtigen Worten zu suchen. »Er ist im Hinterhof, aber …«

Ohne den weiteren Ausführungen der Anwärterin zu lauschen, packte Bugeg seinen Mentor am Arm und zog ihn auf die dunkle Hofeinfahrt zu. »Gleich wissen wir endgültig Bescheid!«

Schon nach dem ersten Schritt in den fast menschenhohen Durchlass konnten die beiden Sucher erkennen, dass sich ein größerer Auflauf von Schaulustigen im bretterumzäunten Hof der Mietskaserne eingefunden hatte. Zwei weitere Anwärter versuchten vergebens, die Menge dazu zu bewegen, sich aufzulösen. »Geht weiter!«, rief der eine immer wieder, während sein Kollege wiederholt beteuerte, es gebe nichts zu sehen. Die Leute, die aufgeregt murmelnd um etwas auf dem Boden Liegendes herumstanden, das sie erschrocken und fasziniert anstarrten, straften seine Worte Lügen. Mit spitzen Ellenbogen bahnte sich Bugeg einen Weg durch die Gaffer, wobei er die Proteste durch dumpfes Grollen und eine finstere Miene unterband.

Der Anblick des zerschmetterten Leibs, der mit verrenkten Gliedern im Dreck lag, ließ selbst einen so erfahrenen Sucher wie Garep schwer schlucken.

»Das ist er also«, murmelte Bugeg heiser und machte einen Schritt von der Leiche zurück, als hätte er Angst, sich die Schuhe an ihrem Blut schmutzig zu machen.

»Er kann noch nicht sehr lange hier liegen«, bemerkte Garep. Er hatte es sich bei solchen Leichenfunden angewöhnt, in seinem Kopf eine Routine ablaufen zu lassen, um die nötige Distanz zum jeweiligen Objekt seiner Beobachtung zu wahren. Üblicherweise versuchte er zunächst anhand der vor Ort verwertbaren Spuren und Hinweise, die Todesursache festzustellen, aber in diesem Fall konnte es kaum einen Zweifel daran geben, dass der Mensch durch einen Sturz aus großer Höhe ums Leben gekommen war. Die durch eine Vielzahl von Knochenbrüchen bedingte vollkommen unnatürliche Haltung sprach Bände. Im nächsten Schritt nahm er für gewöhnlich die Kleidung des Toten unter die Lupe, da sich daraus oftmals überraschende Rückschlüsse auf die geistige Verfassung des Toten zum Zeitpunkt des Dahinscheidens ziehen ließen.

»Schreib mit, Bugeg. Ich will, dass uns kein Hinweis verloren geht«, sagte Garep und zupfte seinen Gehilfen am Ärmel.

»Soll ich nicht lieber die Leute hier befragen, wer von ihnen etwas gesehen hat?«, schlug Bugeg vor, zückte aber dennoch seinen Notizblock. »Sie kann doch bestimmt auch schreiben«, fügte er hinzu und deutete auf Anwärterin Schneider, die sich soeben durch die Gaffer gekämpft hatte.

»Wenn du meinst«, sagte Garep schulterzuckend und winkte die Anwärterin zu sich herüber. »Anwärterin Schneider, du wirst meine Ausführungen festhalten. Sucher Gerber stellt uns dafür gern sein Schreibwerkzeug zur Verfügung.«

Ein Lächeln huschte über das Gesicht der Zwergin, die eilfertig Bugegs Notizblock an sich nahm und zur ersten freien Seite blätterte. »Meine Arbeit wird keinen Grund zur Beanstandung geben, Sucher Schmied.«

Garep schmunzelte. Er hatte diese besondere Art von Eifer schon einmal gesehen, als Bugeg ihm zugeteilt worden war. Nun sah es ganz so aus, als wäre sein Gehilfe erfahren genug, um sein eigenes Glück zu schmieden. »Wenn wir an diesem Fall schon gemeinsam arbeiten, solltest du mich ruhig Garep nennen. Wie ist dein Name?«

»Karu, Karu Schneider«, antwortete die Anwärterin rasch. »Es bedeutet mir viel, zu deiner Arbeit beizutragen.«

Garep drehte sich nach Bugeg um, doch der war schon dabei, die beiden anderen Anwärter in ihrem Bestreben zu unterstützen, die Schaulustigen zumindest ein paar Schritte zurückzudrängen. »Nun gut, wir werden sehen, was du beitragen kannst. Schau dir die Leiche genau an! Was siehst du?«

»Einen toten Menschen«, gab Karu zurück. »Er ist vom Dach gesprungen.«

»Was hat er an?«

Karu blinzelte verwirrt. »Ein braunes Jackett, eine dunkle Hose und … ich glaube, das Hemd war einmal weiß.«

»Sehr schön. Schreib es auf.« Garep bemerkte, dass die Finger der Anwärterin ein wenig zitterten. »Was ist mit den Schuhen?«

»Die Schuhe? Einer ist ihm vom Fuß gerutscht, und …«

»Das meine ich nicht. Was fällt dir an den Schuhen auf?«

Karu dachte einen Augenblick nach. »Es sind sehr gute Schuhe. Feines Leder, sorgfältig poliert. Sie haben bestimmt mehr gekostet, als eine Wäscherin aus diesem Viertel in einem Jahr verdient.«

»Aha. Und was sagt uns das über diesen Menschen?«

»Er ist nicht von hier. Er muss auf der anderen Seite der Brücke gearbeitet haben.« Karus Stimme gewann an Sicherheit.

»Richtig. Womit hat er sein Geld verdient? Musste er hart dafür arbeiten?« Garep gefiel es, dass sich die junge Zwergin mit dem kecken Kinn nicht von seiner Autorität erdrücken ließ.

Die Anwärterin musterte den Leib des Toten genauer. »Er wirkt so dünn, als wäre er krank. Selbst für einen Menschen kommt er mir abgemagert vor. Aber seine Kleidung spricht eher dagegen, dass er körperlich schwer arbeiten musste. Trotzdem bin ich mir in dieser Frage sehr unsicher. Ich kenne mich mit dem Körperbau der Menschen nicht sonderlich gut aus.«

»Dann belassen wir es doch dabei, dass der Tote bestimmt kein Schienenklopfer war.« Garep deutete auf den Kopf der Leiche. »Was sagst du hierzu?«

In ihm selbst weckte der Kopf des Mannes die Erinnerung an die Bergtaubeneier, die er in seiner Zeit mit Pinaki bei ihren gemeinsamen Ausflügen ab und an gesammelt hatte. Manche der zugänglicheren Nester waren gelegentlich schon von anderen Räubern geplündert worden, die nur leere Schalen und hier und da einen Klecks Dotter zurückgelassen hatten.

»Er trägt eine Perücke«, sagte Karu stockend. »Er war schon alt und schämte sich für sein schütteres Haar.«

»Ein eitler, alter Geck? Ist es das, wofür du ihn hältst?« Kaum hatte er die Frage gestellt, wurde Garep der Altersunterschied zwischen ihm und der Anwärterin bewusst. Sie hätte mit Leichtigkeit seine Tochter sein können.

»Man könnte es fast meinen, aber er trägt keinerlei Schmuck, wie man es bei einem reichen Mann erwarten könnte, der gesteigerten Wert auf seine äußere Erscheinung legt: keine Kette, keine Uhr. Und soweit ich sehen kann auch keine Ringe …« Karu verstummte plötzlich und beugte sich näher zur Leiche hinunter, um deren rechte Hand zu betrachten.

»Was gibt es?« Garep ging neben Karu in die Hocke, um zu sehen, was der Anwärterin so unvermittelt die Sprache verschlagen hatte.

»Sein Finger«, hauchte Karu. »War das ein Hund oder eine Ratte?« Dem rechten Zeigefinger des Toten fehlte das oberste Glied. Die Wundränder des Stumpfs waren so unregelmäßig, dass es in keinem Fall ein scharfes Schneidwerkzeug gewesen sein konnte, womit die Fingerspitze abgetrennt worden war.

»Möglich, aber unwahrscheinlich«, erläuterte Garep mit jenem schnarrenden Unterton in der Stimme, den Bugeg zweifelsfrei als Zeichen der unterdrückten Erregung seines Mentors gedeutet hätte. »Er liegt nicht lange genug hier, als dass ihn ein Tier hätte anfressen können. Trotzdem ist die Wunde noch recht frisch. Er muss sie sich heute Nacht zugezogen haben.«

Er hielt sich ein Taschentuch vor die Nase und beugte sich ganz nah zu dem verstümmelten Finger hinunter. Er hatte solche oder ähnliche Verletzungen nach heftigen Schlägereien in Spelunken oder Handgreiflichkeiten zwischen Verwandten schon häufiger gesehen. Karu hatte recht mit ihrer Vermutung, dass der Finger abgebissen worden war, aber es war kein Tier gewesen, das auf vier Beinen ging.

Es kostete Garep einige Überwindung, die halbgeöffneten, blutverschmierten Lippen des Toten weiter auseinanderzuziehen, um einen Blick auf die Zähne werfen zu können, aber seine Neugier war größer als sein Ekel. Er hoffte nur, dass das Licht der Laternen, die die Anwärter um den Leichnam herum aufgestellt hatten, ausreichen würde, um zu finden, wonach er suchte. Und tatsächlich: In einer kleinen Lücke zwischen den oberen Schneidezähnen hing ein winziger Fetzen Fleisch. Nun war Garep schon lange genug als Sucher tätig, um zu wissen, dass es sich dabei auch um Reste der letzten Mahlzeit des Mörders handeln konnte, aber dennoch war er sicher, dass der Leichenbeschauer bei einer genaueren Untersuchung des Mageninhalts oder des restlichen Verdauungstrakts das verschwundene Fingerglied rasch ausfindig machen würde. Sein Instinkt hatte ihn nur höchst selten getäuscht, und er vertraute ihm auch in diesem Fall.

Karu legte vorsichtig eine Hand auf Gareps Schulter. »Hast du etwas entdeckt?«

Garep nickte. »Ich denke, ich weiß jetzt, wer für den abgebissenen Finger verantwortlich ist.«

Karu blies sich ungeduldig eine Strähne ihres weizenblonden Haars aus der Stirn. »Lässt du dir immer so die Würmer aus der Nase ziehen?«

»Entschuldige bitte. Wahrscheinlich ist das etwas, das ich mir in meiner Arbeit mit Bugeg angewöhnt habe.«

Sie richteten sich beide aus der Hocke wieder auf. Garep fasste Karu sanft am Ellenbogen und bugsierte sie zu einem Platz innerhalb des Laternenkreises, an dem sie so weit wie möglich von Lauschern entfernt waren. Zwar zeigten die redlichen Bemühungen der anderen beiden Anwärter, die gaffende Menge aufzulösen, nach und nach Erfolg, aber es gab trotzdem noch zu viele Schaulustige, die anscheinend darauf hofften, dass dem ersten Spektakel noch ein zweites folgen würde.

Gareps Mund war dicht an Karus Ohr, als er sie auf den aktuellen Stand der laufenden Ermittlungen brachte. Er berichtete ihr in einer verknappten Version, wie er und Bugeg den Tatverlauf weitgehend rekonstruiert hatten, verschwieg der Anwärterin jedoch seine immer noch nicht gänzlich ausgeräumten Zweifel daran, dass es sich wirklich um einen Fememord gehandelt hatte. Er kam nicht umhin zu bemerken, dass Karus Haut nach Honig duftete. »Und so drängt sich mir nun der Verdacht auf, dass der Mörder sich selbst den Finger abgebissen hat«, schloss Garep seine Ausführungen.

Karu stand ihre Verwirrung deutlich ins Gesicht geschrieben. »Aber warum hätte er das tun sollen?«

»Das ist eine ausgezeichnete Frage, die es unbedingt zu klären gilt, wenn wir den Dingen restlos auf den Grund gehen wollen. Womöglich hat es etwas mit den Glaubensvorstellungen der Menschen zu tun, aber das ist nur eine Mutmaßung.«

»Du meinst, es geschieht wegen derselben religiösen Wahnvorstellungen, aus denen heraus manche Menschen angeblich unsere Zisternen vergiften und unsere Säuglinge entführen?«

»Ich gebe nicht viel auf dieses Gerede.« Garep spürte ein Gefühl in sich aufwallen, aber er hätte nicht zu sagen vermocht, ob es nun Zorn oder doch eher Enttäuschung über Karus Vorurteile war. »Ich glaube nicht an vergiftete Brunnen und entführte Säuglinge. Vielleicht bin ich bereit, meine Meinung zu ändern, sobald mir jemand eine Handvoll Zeugen oder ein beweisträchtiges Lichtbild präsentiert. Im Augenblick jedoch sind diese Geschichten für mich nicht mehr als gefährliche Agitation und Hetze.«

Garep sah die Bestürzung in Karus Miene, aber er hätte sich dessen ungeachtet weiter in Rage geredet, wenn nicht Bugeg mit einer zottelbärtigen Zwergin im Schlepptau auf sie zugekommen wäre. »Wir haben eine Augenzeugin, Garep. Ich dachte mir, du möchtest bestimmt noch einmal selbst mit ihr reden.«

»Danke, Bugeg. Sieh zu, ob du noch andere Leute findest, die etwas gesehen haben könnten.« Garep atmete tief durch und ergriff die schwieligen Hände der Zeugin. »Sucher Schmied. Mein Kollege sagt, du hättest etwas gesehen.«

»O ja, klar habe ich das.« Der Atem der zahnlosen Alten verriet, dass sie an diesem Abend schon tief in den Krug geschaut hatte. Selbst der Ruß und der Rauch aus den Abertausenden Öfen des Viertels konnten den Geruch von billigem Rübenfusel nicht überdecken. »Ich war doch dabei, als dieser Mensch oben auf dem Dach war.« Sie warf einen verächtlichen Blick auf die Leiche und spie aus. »Das Pack macht uns immer nur Ärger.«

»Ganz langsam und von vorne, meine Liebe«, beschwichtigte Garep sie. »Du warst also auf dem Dach. Was hast du da gemacht?«

»Frisch gewaschene Windeln aufgehängt. Meine nichtsnutzige Tochter ist sich ja zu fein dafür. ›Ich bin müde, wenn ich von der Arbeit komme, Mutter‹, sagt sie immerzu. Ich soll lieber froh sein, dass sie noch Arbeit hat und mich mit durchfüttern kann, meint sie. Ist das der Dank dafür, dass ich sie unter Schmerzen auf die Welt gebracht habe? Müde! Hat man so was schon mal gehört? Wir waren früher auch nicht müde. Und Arbeit nennt sie das, was sie da auf den Straßen treibt.«

»Ich verstehe. Manche Kinder zollen ihren Eltern nicht den gebührenden Respekt, aber ich bin mir sicher, deine Tochter wird schon noch zur Vernunft kommen und ihre Dankbarkeit in angemessener Form unter Beweis stellen«, sagte Garep beruhigend und bedeutete Karu mit einem Fingerzeig, Notizen zu machen. »Erzähl mir von dem Menschen.«

»Tja, ich hänge da also die Windeln auf, obwohl man sie bei all dem Dreck in der Luft ohnehin nicht mehr richtig sauber bekommt. Als ich noch ein kleiner Kiesel war, war das alles anders. Drauf geschissen. Bald mache ich sowieso die Augen für immer zu und dann kann der ganze Rest der Welt sehen, wo er bleibt. Jedenfalls muss ich mich gerade mehr recken und strecken, als es für meinen Rücken gut ist, weil der Hauswart die Leine viel zu hoch gespannt hat, da höre ich die Tür aufgehen. Ich drehe mich um, und da steht er. Was hab ich mich erschrocken! Ich hab gedacht, jetzt ist es so weit. Jetzt bringt er dich um. Ganz voll Blut war er, und die Augen hatte er so weit aufgerissen, dass ich schon dachte, gleich fallen sie ihm aus. Man hört ja so viel Schreckliches über diese Menschen. Man traut sich als Zwergin nachts kaum noch auf die Straße. Na ja, ich war also ganz steif und starr vor Schreck und konnte mich nicht rühren. Ganz allein auf dem Dach mit diesem widerlichen Monstrum.« Die Alte schüttelte sich, dass ihre Bartzotteln flogen. »Da läuft er auf seinen riesigen Beinen einfach an mir vorbei. Aber nicht schnell, sondern ganz langsam mit ganz staksigen Schritten. Ich glaube, er hat mich nicht mal gesehen.«

»Ist dir sonst noch etwas an ihm aufgefallen?«

Die Graubärtin kratzte sich durch den fadenscheinigen Stoff ihres Kleids an der Brust. »Nun, er ging eben ganz komisch. Einen Schritt vorwärts, und dann zwei wieder zurück. Aber immer auf die Kante zu. Ach ja, und mit den Armen um sich geschlagen hat er dabei wie ein Irrer. So, als würde ihn jemand festhalten und er würde versuchen, sich loszureißen. Was hatte ich für eine Angst! Mucksmäuschenstill bin ich geblieben. Und dann, als er nur noch ein, zwei

Schritte von der Kante weg ist, da fängt er auf einmal an zu schreien. Um Hilfe hat er geschrien.«

»Er rief um Hilfe? Bist du dir sicher, dass du ganz allein mit ihm auf dem Dach warst? Da war wirklich niemand sonst?«

»Ich werde doch wohl wissen, wie das alles war. Schließlich war ich dabei. Ja, er hat um Hilfe gerufen und immer doller mit den Armen gerudert. Und dann war er an der Kante, machte einen Schritt zu viel, und dann habe ich es auch schon unten klatschen gehört. Ich wär' beinahe in Ohnmacht gefallen, aber wenn man schon so viel mitgemacht hat wie ich, kann man sich zusammenreißen. Manchmal fällt es natürlich schwer, aber dann muss man sich am besten denken …«

»Vielen Dank für deine Hilfe«, unterbrach Garep die Alte. »Du hast uns die Arbeit sehr erleichtert.«

»Da gibt es nichts zu danken. Das ist doch wohl nur anständig, euch Suchern die Arbeit so leicht wie möglich zu machen.« Irgendetwas im Rücken der Zwergin knackte und knirschte bedenklich, als sie sich zu ihrer vollen Größe aufrichtete. »Was mich nur noch interessieren würde, ist, was ihr Sucher dagegen unternehmt, damit so etwas nicht wieder passiert. Die Menschen sind doch schon überall. Das kann ja nicht so weitergehen. Manche von ihnen sprechen nicht einmal ein einziges Wort unserer Sprache, obwohl sie schon Jahre hier leben. Und das liegt nur daran, dass der Rat sie nicht zwingt, ordentlich Zwergisch zu lernen. Wo soll das alles nur hinführen?«

»Der Rat hat seine Gründe für die Beschlüsse, die er fasst«, antwortete Garep ausweichend. »Wir müssen darauf bauen, dass er den Tugenden unseres Volks Achtung zollt.«

Die Zwergin quittierte Gareps letzten Satz mit einem Augenrollen und einem wütenden Schnauben, ehe sie auf dem Absatz kehrtmachte und in Richtung des Hauseingangs verschwand. Garep achtete nicht weiter darauf, was sie in ihren ungepflegten Bart murmelte, sondern wandte sich zu Karu um. »Bist du dir wirklich sicher, dass du diesen Beruf ergreifen möchtest, meine Teuerste?«

Die Anwärterin ließ den Notizblock sinken. »Ganz sicher. Mach dir keine Sorgen, Garep. Ich weiß, dass man ein dickes Fell dafür braucht. Wie geht es denn nun weiter?«

»Wir warten, bis der Lichtbildner und der Leichenbeschauer hier waren. Anschließend werden wir wohl nach Hause gehen können.« Garep nahm Karu den Notizblock aus der Hand und überflog die Aufzeichnungen, die die Anwärterin gemacht hatte. »Deine Arbeit wird Bestand haben«, sagte er schließlich zufrieden.

Noch bevor Karu auf die Lobesformel reagieren konnte, kam Bugeg zu ihnen herübergeschlendert. Der junge Sucher sah ausgesprochen zufrieden aus. »Damit dürfte der Fall wohl gelöst sein, nehme ich an.« Er ließ den Deckel seiner Taschenuhr aufspringen. »In einer mehr als zufriedenstellenden Zeit.«

»Und du wunderst dich gar nicht, warum der Mörder vom Dach gesprungen ist?«

Bugeg verschränkte die Arme vor der Brust. »Ach, komm schon, Garep. Das liegt doch wohl auf der Hand.«

Garep zog eine Augenbraue in die Höhe. »Ich bin gespannt.«

»Nun, ich weiß jetzt, warum der Mörder hierhergekommen ist. In diesem Hinterhof wollte er sich allem Anschein nach mit dem Rest der umstürzlerischen Zelle treffen, die ihn angeworben hatte. Gut möglich, dass es irgendwann in jüngster Vergangenheit tatsächlich einen Streit zwischen Trotz und seinem … Hausdiener … gegeben hat. Im Anschluss daran fasste der spätere Mörder den Entschluss, Kontakt zu subversiven Elementen aufzunehmen, um sich bei ihnen Rat zu holen, wie er seinen Arbeitgeber beseitigen und mit heiler Haut davonkommen konnte. Leider hat er nicht damit gerechnet, dass seine treulosen Komplizen ihn nur als Werkzeug für ihre niederen Zwecke missbrauchen wollten. Wahrscheinlich haben sie ihm gesagt, sie würden ihn aus der Stadt schaffen oder irgendwo in Amboss in einem sicheren Versteck unterbringen, sobald er Trotz umgebracht hatte. Er kommt hier im Hinterhof an, stellt fest, dass er hereingelegt worden ist, und entzieht sich selbst in seiner Verzweiflung der Gerichtsbarkeit unseres Volks.« Bugeg zuckte die Achseln. »Die Aussagen unserer Zeugin passen ganz wunderbar zu dieser Theorie. Es sah ja nun nicht gerade so aus, als würde er voller Freude von der

Kante hüpfen. Ganz im Gegenteil: Er rief bis zum Schluss nach Hilfe – Hilfe, die er sich von seinen Komplizen erhoffte und die niemals kam. Letzten Endes zog er dann den Sprung vom Dach der Strafarbeit in den Minen vor. Wie du siehst, Garep, ergibt alles einen Sinn, womit der Fall meines Erachtens abgeschlossen ist.«

Garep nickte und musterte noch einmal die Leiche des Mörders. Er hätte sich Bugegs Meinung gerne angeschlossen, wenn da nicht zwei Fragen geblieben wären, auf die er keine Antwort fand: Weshalb hatte der Mensch die Botschaft, die das Motiv für seine Tat lieferte, hinter dem Wandschmuck hinterlassen? Und was nur konnte ihn dazu getrieben haben, sich einen Teil des Fingers abzubeißen? Er blickte hinauf zum Mond, dessen Licht kaum die dichte Rauchglocke durchdrang, die über Amboss hing. Bevor die Zwerge die Bande des Glaubens abgestreift hatten, hatte der Mond als Bewahrer der Geheimnisse gegolten, vor dessen blassrotem Auge nichts verborgen blieb und der viele Antworten geben konnte, sofern man ihm nur die richtigen Fragen stellte. Im Zeitalter der reinen Vernunft und der kritischen Wissenschaft war der Bewahrer jedoch verstummt, und Garep musste sich allein auf seinen eigenen Scharfsinn bei der Lösung jener Rätsel verlassen, vor die ihn der Fall Namul Trotz stellte. Die offiziellen Ermittlungen würden sicherlich eingestellt werden, aber niemand würde in Gareps Kopf hineinschauen können.

In dieser Nacht träumte der Sucher von Händen ohne Finger und von in Blut geschriebenen Versen.

4

Die junge Halblingin in der kargen Zelle hatte die Beine angezogen und hielt die spitzen Knie mit ihren dürren Ärmchen umschlungen. Ihre Augen waren geschlossen, und ihren Kopf hatte sie gegen die weißen Kacheln der Rückwand ihrer Unterkunft gelehnt. Wahrscheinlich schlief Patientin 23.

Himek Steinbrecher musterte sie aufmerksam durch die kleine Glasscheibe in der Zellentür. Er fragte sich, woher das besondere Interesse rührte, das er ausgerechnet an dieser Person empfand. Lag es allein in jenen Belangen begründet, die mit seiner Tätigkeit als Leiböffner in Verbindung standen? Nüchtern betrachtet konnten es nicht die Unterschiede in der Anatomie von Zwergen und Halblingen sein, die ihn in den vergangenen Wochen immer wieder vor die Zelle geführt hatten, in der Patientin 23 ihr Dasein fristete. Im Zuge seiner Ausbildung an der Lehrstätte für Heilkunst hatte er alles über die physiologischen Besonderheiten des Brudervolks der Zwerge erfahren: dass die Schädel seiner Angehörigen länger und schmaler waren. Dass sie hinsichtlich des Aufbaus ihres Skeletts und der Struktur ihres Muskelapparats den Menschen ähnlich waren. Und dass an verschiedensten Stellen ihres Körpers bemerkenswerte Verdichtungen von Nervengewebe festzustellen waren, über deren Funktion nahezu nichts bekannt war.

Himek zupfte unsicher den Kragen seines Leinenhemds zurecht. Wieso nur kam ihm Patientin 23 so ungemein vertraut vor? Wie alle Insassen dieser Heilanstalt hatte man sie bei ihrer Ankunft entkleidet, ihr das Haar geschoren und ein lindgrünes Leibchen übergestreift. Sie sah nicht anders aus als die Halblinge in den benachbarten Zellen, und auch in ihrem Verhalten waren keinerlei spektakuläre Auffälligkeiten festzustellen. Sie schlief offensichtlich von Natur aus ein wenig mehr als viele der anderen Patienten unter Himeks Aufsicht, weshalb die Dosis Ruhwurz, die ihr verabreicht wurde, im Verhältnis zu ihrem Körpergewicht unter dem Durchschnitt lag.

Himek blinzelte, um die störenden Gedanken aus seinem Kopf zu vertreiben, und wandte sich der klobigen Maschine zu, die an der Zellentür angebracht war. Er drehte an einem Kupferrädchen, das einen Fingerbreit aus der Fichtenholzverkleidung des Geräts hervorragte. Nun musste er nur noch den kleinen Hebel an der Seite des Apparats umlegen, um den Pillenspender in Gang zu setzen. Himeks Hand war bereits zum Schalter gewandert, als ihm eine Idee kam.

Er beugte sich so nah an die Scheibe in der Zellentür heran, dass er die Kühle des Glases spüren konnte. Dann legte er die Hände so an Schläfen und Wangen, dass sie sein Sichtfeld eingrenzten, wie Scheuklappen bei einem Maultier. Himek hielt die Augen drei ganze Atemzüge lang fest geschlossen, doch als er sie wieder aufschlug, musste er sofort erkennen, dass es sowohl auf dem Korridor als auch in der Zelle selbst schlichtweg zu hell war, um den zweiten Blick zu nutzen. Nachbilder und bunte Schemen verzerrten seine Wahrnehmung. Die Scheibe blieb für einen Augenblick eine undurchdringliche Wand aus poliertem Vulkanglas, in der sich sein schmales Gesicht als heller Fleck spiegelte, ehe sie durchlässig wurde und ihm einen ungehinderten Blick auf das Innere der Zelle gestattete. Patientin 23 saß noch ebenso reglos da wie zuvor.

Seufzend ließ Himek die Hände sinken. Es bestand die Möglichkeit, beim Verwalter der Heilanstalt eine kurzzeitige Drosselung der Gaszufuhr zu beantragen, um für eine ausreichende Verdunkelung der Zellen zu sorgen, aber Himek bezweifelte, dass man seinem Gesuch nachkommen würde. Ein solcher Eingriff in die Umwelt der Patienten war vom Leiter der Heilanstalt zu genehmigen, und Fejod Kolbner hatte Himek gegenüber bereits unzählige Male betont, dass es seiner Auffassung nach mit großen Risiken verbunden war, die Patienten ungewohnten Reizkonstellationen auszusetzen.

Nach einer nochmaligen Überprüfung der Einstellung, die er am Pillenspender vorgenommen hatte, legte Himek den Schalter um. Ein Surren und Klicken ertönte, als Federn und Plättchen zwei weiße Kügelchen in den Ausgabeschlitz auf der anderen Seite der Zellentür beförderten. Die Tür war zu dick, als dass Himek hätte hören können, wie die Pillen leise klimpernd in einer Metallschale landeten, die fest mit den schweren Holzbohlen verschraubt war. Ein anderes Geräusch vermochte die Tür jedoch nicht zu dämpfen: Das helle Klingen einer kleinen Messingglocke sollte Patientin 23 darauf hinweisen, dass sie nicht vergessen worden war und man sich jenseits ihrer weiß gekachelten, auf vier mal vier Platten beschränkten Welt weiterhin um ihre Heilung bemühte.

Himek erschrak beinahe, als Patientin 23 die Augen aufschlug. Die Lider der jungen Halblingin flatterten nicht, als wäre sie durch die Glocke aus einem tiefen Schlaf geweckt worden. Vielmehr wirkte es, als hätte sie nur einen Wimpernschlag lang einen sonderbaren Gedanken verfolgt. Ihr Blick war starr auf die Scheibe in ihrer Zellentür gerichtet, und Himek hätte selbst vor den blauberobten Obleuten des Bundesgerichts geschworen, dass Patientin 23 ihn sehen konnte, obwohl dies allen Gesetzen zuwiderlief, die die Zwerge hinsichtlich der wahren Beschaffenheit der Welt hochhielten. Denn nur von Himeks Seite der Tür aus war die Scheibe tatsächlich durchsichtig. Wenn die Patienten in ihren Zellen zur Tür schauten, sahen sie dort keine Scheibe, durch die sie auf den Korridor hinausblicken konnten, sondern lediglich einen Spiegel. Den Patienten die Möglichkeit zu bieten, etwas darüber zu erfahren, was auf den Gängen der Anstalt vor sich ging, hätte Kolbners These widersprochen, wonach seine Schützlinge vor allen heftigen Reizeinflüssen zu schützen waren, sofern man ihre Heilungschancen zu maximieren gedachte. Unabhängig davon, wie es um den Wahrheitsgehalt von Kolbners Ansichten bestellt war, stand eines fest: Patientin 23 konnte Himek einfach nicht sehen, wie er da vor ihrer Zellentür stand. Dennoch konnte er sich des verstörenden Eindrucks nicht erwehren, dass die Halblingin nicht nur um seine Anwesenheit wusste, sondern zudem aus ihren großen, grünen Augen Himeks Blick fest erwiderte.

Daran änderte sich auch nicht das Geringste, als Patientin 23 sich nach vorn beugte, um sich auf allen vieren über die nackten Fliesen hinweg in Richtung der Zellentür zu bewegen. Ihr Blick blieb nach oben gerichtet, zu dem, was für sie ein Spiegel sein musste. Sie kroch nicht wie ein geprügelter Hund. So, wie sie eine Hand vor die andere setzte, erinnerte sie Himek mehr an einen der Bergparder, die in besonders kalten Wintern von den schroffen Hängen bis in die Dörfer hinunterschlichen, um anstelle von Gemsen oder Rundhörnern die Schafe und Ziegen der Bauern zu reißen.

Himek fragte sich, warum die Halblingin nicht aufgestanden war. Patientin 23 war noch nicht lange genug in der Zelle untergebracht, als dass sie den aufrechten Gang hätte verlernen können, wie es bedauerlicherweise bisweilen der Fall war, wenn die Behandlung einer Person erforderte, dass sie über Monate und Jahre hinweg auf engstem Raum zu leben hatte. War jemandem bei der Berechnung der Ruhwurzdosis für Patientin 23 etwa ein Fehler unterlaufen? Die Tatsache, dass es ihrem Blick an jener befremdlichen Glasigkeit mangelte, die auftrat, wenn die Wirkung des Ruhwurz den Verstand eines Patienten vollends zu vernebeln drohte, sprach gegen diese Vermutung.

Patientin 23 verschwand kurz aus Himeks Sichtfeld, als sie die Pillen, die der Automat an der Zellentür ausgespuckt hatte, aus dem Auffangschälchen klaubte. Himek schluckte trocken und atmete anschließend erleichtert auf. Er hatte schon beinahe befürchtet, Patientin 23 könnte an diesem Tag die Einnahme ihrer Medikamente verweigern. Dann hätte er sich gezwungen gesehen, zwei der kräftigeren Wärter herbeizurufen, um dafür Sorge zu tragen, dass die Patientin die Hilfe bekam, die sie brauchte. Im schlimmsten Fall hätte er der Halblingin das Ruhwurzpulver in gelöster Form mittels einer Spritze in den Oberarm verabreichen müssen, und dies war selbst mit Unterstützung der Wärter keine leichte Aufgabe, wenn sich ein Patient ernsthaft zur Wehr setzte. Noch dazu wusste Himek, dass Kolbner schon mehrfach widerspenstige Patienten in eine andere Anstalt hatte verlegen lassen. Himek kam eine solche Entscheidung zwar wie eine Kapitulation vor dem Leiden seiner Schutzbefohlenen vor, doch wer war er schon, um die Beschlüsse eines derart erfahrenen und renommierten Heilers wie Fejod Kolbner anzuzweifeln?

Patientin 23 war an ihren angestammten Platz an der hinteren Zellenwand zurückgekehrt. Ihre Linke war zur Faust geballt, und erneut richtete die Halblingin den Blick zielstrebig auf den Spiegel in der Tür. Dann öffnete sie die Faust und gab ihrem eigentlich unsichtbaren Betrachter preis, was sie darin verborgen gehalten hatte. Die graugrünen Kügelchen waren kaum größer als ein Stecknadelkopf, als wollten sie mit ihrer Winzigkeit darüber hinwegtäuschen, welche Wirkung zu entfalten sie imstande waren. Es gehörte zur Ausbildung eines jeden Leiböffners, alle Mittel, die er verabreichte, zumindest einmal selbst einzunehmen, und Himek dachte nur ungern daran zurück, welche unheimliche Veränderung der Ruhwurz in ihm ausgelöst hatte.

Wie jeder Zwerg, der sich voll und ganz der Wissenschaft verschrieben hatte, war Himek stolz auf die Schärfe seines Intellekts. Vielleicht rührte es daher, dass ihn seine erste und einzige Erfahrung mit Ruhwurz so sehr erschreckt hatte. Das rasche Verfolgen zielgerichteter Gedankengänge war für ihn unter dem Einfluss dieses Medikaments schlicht unmöglich gewesen. Gewiss, nach einer Einnahme behielt man einen bestimmten Rest an Kontrolle über das eigene Denken, der es einem wenigstens erlaubte, Nahrung zu sich zu nehmen und mit quälend langsamen Schritten von einem Raum in den nächsten zu wanken. Ansonsten jedoch befand man sich in einem Zustand, den Himek als höchst befremdlich erfahren hatte: Die Zeit verrann so wie alter Ahornsirup, alltägliche Geräusche wurden bis in den Bereich des gerade noch Vernehmbaren gedämpft, und einfachste Entscheidungen wuchsen sich zu schwierigsten Rätseln aus, die sich nur mit der Hilfe anderer Personen lösen ließen.

Trotzdem machte sich Himek keine Illusionen darüber, was die Sinnhaftigkeit des Einsatzes von Ruhwurz in der zwergischen Medizin anging. Es gab Situationen, in denen es zweifelsohne das Beste war, einem Patienten die nötige Ruhe zu verschaffen, um ausschließen zu können, dass er zu einer Gefahr für sich und andere wurde. Wie im Fall von Patientin 23. Laut ihrer Akte hatte sie bei einem Streit mit ihrer Mutter die Beherrschung über sich verloren und die ältere Halblingin umgebracht, weshalb das zuständige Gericht sie in die Obhut von Fejod Kolbner überstellt hatte. Patientin 23 konnte von Glück reden, in einer Zeit zu leben, in der die zwergische Zivilisation aufgeklärt genug war, um ihre Tat als Ausdruck einer krankhaften Hysterie zu begreifen. Früher, als die Zwerge des Bergvolks noch durch das Dunkel der Höhlen gewandelt waren, wäre sie für ein solches Vergehen in die tiefste Erdspalte geworfen worden, die ihre Scharfrichter hätten finden können.

»Sie sind faszinierende Geschöpfe, nicht wahr?«, drang eine sanfte Stimme an Himeks Ohr, und er spürte den sachten Druck einer Hand, die sich ihm auf die Schulter gelegt hatte.

»Anstaltsleiter Kolbner«, sagte Himek überrascht. »Entschuldige meine Unachtsamkeit. Ich habe dich gar nicht kommen gehört.«

Kolbners graue Augen funkelten amüsiert hinter den dünnen Gläsern des feingearbeiteten Zwickers, den der Graubart auf der Knollennase trug. »Ich habe es mir zur Angewohnheit gemacht, meine Visite auf leisen Sohlen vorzunehmen. Viele unserer Patienten reagieren ausgesprochen nervös auf laute Schritte.« Ohne die Hand von Himeks Schulter zu nehmen, stellte sich der Anstaltsleiter so neben seinen Assistenten, dass auch er in die Zelle hineinblicken konnte. »Sie hat wunderschöne Augen.«

Himek nickte stumm. Er wagte es nicht, Kolbner darauf anzusprechen, ob er es für möglich hielt, dass Patientin 23 tatsächlich durch den Spiegel hindurchschauen konnte. Der Anstaltsleiter hatte mehrere Belobigungen für die kühle Logik und unerschütterliche Rationalität der von ihm veröffentlichten Schriften erhalten. Jemandem wie ihm brauchte man nicht mit Ahnungen und mulmigen Gefühlen zu kommen.

Kolbner legte den Kopf schief und schürzte die Lippen. »Man könnte fast meinen, sie hätte auf mich gewartet.«

Kaum hatte er diesen Satz gesagt, nahm die junge Halblingin mit spitzen Fingern eine der Pillen von ihrer linken Handfläche und schob sich das Kügelchen zwischen die vollen Lippen.

»Sie weiß, dass sie etwas Besonderes ist«, murmelte Kolbner und richtete sich anschließend mit einer Frage an Himek, die diesem trotz der angenehmen Temperaturen, die in der gesamten Anstalt herrschten, eine Gänsehaut bescherte. »Denkst du nicht auch, dass sie den Eindruck macht, als wüsste sie, dass wir hier stehen?«

»Wahrscheinlich kann sie hören, dass jemand vor ihrer Zelle spricht«, antwortete Himek hastig. Stellte Kolbner womöglich gerade sein Urteilsvermögen auf die Probe? »Die Tür ist ja nicht so dick, dass keine Geräusche durch sie dringen.«

»Du kannst ruhig unbefangen über deine Eindrücke sprechen«, versicherte ihm der Anstaltsleiter, als könnte er Gedanken lesen. »Es ist keine Schande, sich seine Empfindungen einzugestehen. Man sollte sich nur nicht von ihnen leiten lassen.«

Himek wusste nicht, was er darauf erwidern sollte, doch einen winzigen Augenblick, bevor ihm sein Schweigen peinlich geworden wäre, fuhr Kolbner mit versonnener Stimme fort.

»Viele meiner Kollegen halten es für ausgemachten Unfug, anzunehmen, dass unser Brudervolk über Qualitäten verfügt, die einer wissenschaftlichen Betrachtung bislang verschlossen geblieben sind. Trotzdem kann mir keiner dieser Flachdenker erklären, welche Funktion die Nervenknoten haben, die sich an sechs Stellen vom Scheitel bis zum Schoß eines jeden Halblings finden lassen. Noch weniger Erkenntnisreiches wissen sie dazu zu sagen, weshalb diese Knoten bei manchen Individuen mal größer, mal kleiner ausfallen, als es der Norm entspricht. Sogar die Traditionen unseres Brudervolks treten sie mit Füßen, indem sie all seine Legenden als Aberglauben und Märchen abtun, während sie zugleich das Andenken des Befreiers feiern, ohne mit absoluter Sicherheit sagen zu können, ob diese Gestalt je existiert hat.«

»Aber die Chroniken des Bundes …«, setzte Himek zu einem leisen Protest an, aber Kolbner fiel ihm umgehend ins Wort.

»Die Chroniken des Bundes sind von Zwergenhand verfasst und damit ebenso anfällig gegenüber Unwahrheiten und Fehlschlüssen wie jedes andere Schriftstück auch. Glücklicherweise gibt es im Bund noch einige Geister, die begreifen, wie die Ergebnisse meiner Forschungen uns alle voranbringen könnten. Hin zu neuem Ruhm und fort von der Unsitte, alten Glanz ein ums andere Mal aufzupolieren. Du wirst es sehen, Himek. Der Tag ist nicht mehr fern, an dem auch mein Name in den Chroniken stehen wird – ebenso wie deiner.«

»Ich verstehe nicht ganz«, stammelte Himek. Die Aussicht auf eine solche Ehre erschien ihm wie ein unerfüllbarer Traum. Doch die Worte des Anstaltsleiters hatten so geklungen, als wäre es geradezu eine Unausweichlichkeit, dass der Oberste Vorarbeiter dem Bundeschronisten schon bald auftragen würde, Fejod Kolbner und Himek Steinbrecher zu Streitern des Schaffens auszurufen. »Ich bin nur ein einfacher Leiböffner.«

Kolbner lächelte. »Du solltest unbedingt damit aufhören, so zu tun, als mühtest du dich mit stumpfer Hacke an hartem Fels. Du bist ein echtes Juwel, mein Freund. Hast du nicht eine Belobigung für den Eingriff erhalten, den du bei deiner Abschlussprüfung an der Bundeslehrstätte durchgeführt hast?«

»Es war nur eine Belobigung dritten Ranges. Andere aus meinem Jahrgang haben besser abgeschnitten.«

»Mag sein.« Kolbner nahm die Hand von Himeks Schulter. »Doch keiner von ihnen hat sich an eine so schwierige Operation gewagt wie du. Du hast Wagemut, und darum habe ich dich zu mir geholt. Mit einem Zauderer hätte ich nichts anfangen können – ganz gleich, ob es ein Zauderer mit einer Belobigung ersten Ranges gewesen wäre.«

»Aber trotzdem bin und bleibe ich ein Leiböffner.« Himek hatte den Eindruck gewonnen, dass ihm dieses Gespräch endlich die Möglichkeit bot, seinem Vorgesetzten gegenüber einige der Befürchtungen anzusprechen, die er insgeheim hegte. »Diese Anstalt scheint nicht der richtige Ort für mich zu sein. Du beschäftigst dich mit Dingen, die sich um die Vorgänge in den Köpfen deiner Patienten drehen. Ich hingegen habe mich in meiner Ausbildung nicht viel darum gekümmert, wie es im Kopf eines Patienten zugeht. Ich weiß, wie ein Herz aussieht und warum es schlägt. Mit etwas Glück kann ich jemandem entzündetes Gedärm aus dem Leib schneiden, ohne dass er dabei zugrunde geht. Ich habe mir sämtliches Wissen darüber angeeignet, wie Brüche zu schienen sind, damit die Knochen nicht krumm und schief wie eine Krüppelkiefer zusammenwachsen. Und ich habe auch schon ein Hirn seziert. Dir hingegen geht es um Krankheiten, die sich nicht immer daran erkennen lassen, wie es um den Körper des Patienten bestellt ist. Anstaltsleiter Kolbner, ich befürchte, ich kann dir nicht so zur Seite stehen, wie du es dir vielleicht wünschst. Hoffentlich bist du nicht zu enttäuscht …« Himek seufzte tief. »Ich will nicht, dass du deine Wahl bereust. Wirklich nicht. Aber ich habe einfach keine Vorstellung davon, wie ich dich in deinen Forschungen unterstützen soll.« Er zog ein kleines Klemmbrett aus einer der Seitentaschen an seinem Hosenbein. »Natürlich kann ich den Patienten hier Pillen verabreichen und sorgsam Buch darüber führen. Doch jeder Pfleger könnte das genauso gut, wenn du ihn ein wenig anlernst. Ich begreife nicht, was du in mir siehst, und ich habe Angst davor, dass es etwas sein könnte, was ich nicht bin.«

Kolbner schwieg und beobachtete, wie im Innern der Zelle, vor der er mit seinem Untergebenen stand, die zweite Pille im Mund von Patientin 23 verschwand.

»Wenn ich dich verärgert haben sollte, bitte ich um Verzeihung«, sagte Himek unsicher. »Das lag nicht in meiner Absicht.«

Kolbner schaute weiter auf die Halblingin, als könnten seine grauen Augen die heimlichsten und subtilsten Prozesse überwachen, die sich hinter ihrer Stirn abspielten. »Du bist also unzufrieden. Gut, das kann ich verstehen. Du bist ein Leiböffner. Folglich sehnst du dich danach, deine Instrumente zum Einsatz zu bringen. Das ist nicht weiter verwunderlich.« Unter seinem mit weißen Strähnen durchsetzten Schnurrbart umspielte ein Lächeln Kolbners wulstige Lippen, und er warf Himek einen kurzen Blick zu, ehe seine Aufmerksamkeit wieder Patientin 23 in ihrer Zelle galt. »Sei unbesorgt, mein Freund. Du bist in den letzten Wochen sehr geduldig gewesen. Ich habe nicht vergessen, zu welcher Arbeit es dich drängt. Du brauchst nicht mehr lange zu warten. Es wird sich schon ein Leib finden lassen, den du für mich öffnen kannst.«

5

Der Greif, der auf seinen gewaltigen weißen Schwingen auf die Ruine des Dorfschreins hinabstieß, war mit Abstand das größte Exemplar dieser Gattung, das Siris je gesehen hatte. Das Ungetüm hatte die Größe eines ausgewachsenen Kaltblutpferdes, und seine Spannweite betrug mindestens acht Mannslängen. Die hellroten Streifen, die sich an den Flanken durch das schmutzigbraune Gefieder zogen, verrieten Siris, dass es sich bei seiner Beute um ein Weibchen handelte. Wie er es sich erhofft hatte, musste das Tier landen, um an den ausgelegten Köder zu gelangen. Seine schiere Masse und die verbliebenen Stützpfeiler des Schreins verhinderten, dass der Räuber die Leiche des Bauern im Tiefflug packen und sofort wieder in den Himmel aufsteigen konnte.

Der schnabelbewehrte Schädel des Greifen, aus dem pechschwarze, faustgroße Augen funkelten, war so breit wie Siris' Oberkörper. Die Läufe des Monstrums endeten in gekrümmten Klauen, die sich mühelos um einen menschlichen Oberschenkel schließen konnten.

Obwohl sich der Greif am Boden weitaus weniger anmutig bewegte als in der Luft, hegte Siris keinen Zweifel daran, dass das Ungeheuer ihm an Schnelligkeit nach wie vor überlegen war. Einen Wettlauf gegen das Tier auf ebenem Gelände hätte er wahrscheinlich nicht für sich entscheiden können. Wie gut, dass er erst gar nicht näher an den Greifen heran musste, um ihn zur Strecke zu bringen. Der strenge Geruch, der von dem geflügelten Schrecken ausging und bis zu Siris' Versteck unter dem Ochsenkarren drang, war nahezu unerträglich. Er erinnerte ihn an einen unausgemisteten Hühnerstall.

Der bei der Landung des Greifen aufgewirbelte Staub senkte sich langsam wieder, als sich das Tier zielstrebig dem Köder näherte. Anscheinend hatte es sich im Laufe seiner jüngsten Jagdflüge daran gewöhnt, dass sich im Dorf außer ein paar kleineren Aasfressern nichts mehr regte.

Ein nervöses Schnauben aus dem Stall, in dem Siris sein Pferd untergestellt und die Nacht verbracht hatte, zerriss die unheilschwangere Stille, die sich nach der Ankunft des Greifen über das Dorf gelegt hatte. Bei dem plötzlichen Geräusch legte das Greifenweibchen lauschend den Kopf schief. Ein Gelehrter hätte sich sicherlich gefragt, wie der Greif ohne Ohren hörte. Für Siris hingegen zählte allein die Tatsache, dass das Gehör seiner Beute bei Weitem nicht so scharf war wie ihre Sicht. Wahrscheinlich konnte sie nicht einmal das aufgeregte Scharren und Stampfen des verängstigten Rappen wahrnehmen.

Als das Ungeheuer begriff, dass von dem ungewohnten Geräusch keine Gefahr ausging, widmete es seine volle Aufmerksamkeit wieder der Leiche, die lang ausgestreckt in der kalten Asche des Schreins lag. Nachdem es eine Kralle in den Oberarm des toten Bauern geschlagen hatte, zog es ihn mühelos ein wenig näher zu sich heran. Dann senkte der Greif das Haupt und breitete instinktiv die Schwingen über das Fressen, um seinen Anspruch darauf zu unterstreichen.

Dies war genau der Moment, auf den Siris gewartet hatte. Lautlos legte er das Gewehr an und nahm seine Beute ins Visier. Die Linsenschleifer der Zwerge waren wahre Meister ihrer Kunst, denn dank des winzigen Fernrohrs auf seiner Waffe hatte Siris den Eindruck, keine Handbreit von dem Greifen entfernt zu sein. Er konnte jede einzelne Feder am Leib des Monstrums ausmachen, als er nach der Stelle suchte, an der seine Kugel einschlagen sollte. Siris zielte auf einen Punkt im muskelbepackten Nacken des Greifen, hinter dem er einen der Halswirbel des Tieres vermutete. Wenn alles glattging, würde er nur einen Schuss brauchen, um seine Beute zu erlegen.

Als Siris' Finger sich um den Abzug des Gewehrs krümmte, ließ ein verzweifeltes Wiehern des Rappen den Kopf des Greifen mit einem Mal nach oben zucken. Noch ehe das Krachen des Schusses verhallt war und Siris den Rückstoß seiner Waffe mit der Schulter abgefangen hatte, wusste er, dass er sein Ziel verfehlt hatte. Das Greifenweibchen stieß einen wütenden Schrei aus. Die Kugel hatte nicht seinen Hals, sondern jene Stelle an seiner Schulter getroffen, aus der die rechte Schwinge wuchs. Kraftlos sank der riesige Flügel zuckend zu Boden.

Siris versuchte sofort, einen weiteren Treffer zu landen, doch nun zeigte sich, wie schnell der Greif wirklich war. Die Rauchwolke des abgegebenen Schusses war für seine scharfen Augen unübersehbar, und er hetzte mit ausgreifenden Sprüngen auf Siris' Versteck zu. Zwar schaffte Siris es noch, eine Kugel in der Seite des Greifen zu versenken, bevor das Ungetüm die Strecke zwischen sich und seinem Angreifer vollends hinter sich gebracht hatte, aber auch dadurch war der rasende Lauf nicht aufzuhalten.

Der Karren bot Siris nur für einen Wimpernschlag Schutz vor dem blutverschmierten Schnabel der Bestie. Das Tier begriff blitzschnell, dass sein Peiniger irgendwo unter dem hölzernen Gefährt zu suchen war. Siris robbte hastig ein Stück tiefer unter die Ladefläche, aber selbst dieses Manöver brachte ihm keine Verschnaufpause ein. Mit einem mächtigen Hieb schlug der Greif den Karren zur Seite. Der Lauf von Siris' Gewehr verfing sich zwischen den Speichen eines der Räder und wurde ihm aus den Händen gerissen. Seiner Deckung beraubt, wollte Siris auf die Beine springen, um die Flucht zu ergreifen. Er sah den nächsten Schlag der schrill kreischenden Bestie kaum kommen. Die schiere Wucht des Angriffs schleuderte ihn durch die Luft, als sei er nur eine Lumpenpuppe. Ohne das doppelt genähte Leder seines Mantels hätten ihm die Krallen des Greifen die Brust aufgeschlitzt und es wäre um ihn geschehen gewesen.

Siris landete unsanft inmitten der Kräuterbeete im Vorgarten eines Bauernhauses. Der stechende Schmerz in seiner Seite deutete auf ein oder zwei angeknackste Rippen hin, aber wenigstens war er nicht auf einer der eisernen Pflanzstangen aufgespießt worden. Zudem hatte der weiche Boden seinen Sturz um Einiges gedämpft.

Das Greifenweibchen wütete zwei, drei Herzschläge lang inmitten der zersplitterten Trümmer des Ochsenkarrens. Siris hoffte schon, es habe ihn vollkommen aus den Augen verloren. Als sein wild um sich schnappender Schnabel jedoch kein weiches Fleisch zu fassen bekam, drehte der vor Pein rasende Greif seinen Kopf ähnlich einer Eule in alle Richtungen. Als das Monstrum Siris schließlich erspähte, stürzte es ohne Zögern in seine Richtung.

Siris schaute sich verzweifelt nach irgendetwas um, mit dem er sich halbwegs zur Wehr setzen konnte. Neben der Leiche einer Frau, die er gestern erst mit Stroh bedeckt hatte, steckte ein Spaten, keine zwei Schritte von ihm entfernt, im lockeren Erdreich. Mit zusammengebissenen Zähnen riss Siris das Werkzeug an sich. Es war kein Schwert und erst recht kein Ersatz für sein Gewehr, aber in jedem Fall besser, als sich dem Greifen mit bloßen Händen zu stellen.

Schon barst die Bestie durch den hüfthohen Zaun des Vorgartens. Die nutzlos gewordene Schwinge und der Blutverlust aus den beiden Schusswunden schienen sie immer mehr zu schwächen, denn ihre Bewegungen wurden zusehends langsamer. Dennoch war für Siris keineswegs daran zu denken, die Schläge des Monstrums mit dem Spaten parieren zu können. Den Klauen auszuweichen war die einzige erfolgversprechende Taktik, wenn er seine improvisierte Waffe nicht umgehend wieder verlieren wollte.

Der Greif drängte den Bestienjäger Stück für Stück durch den Vorgarten auf die Wand des Bauernhauses zu. Siris durfte nicht zulassen, dass ihn das Tier gänzlich in die Enge trieb.

Wieder und wieder stellte sich der Greif auf die Hinterläufe, um erst mit der einen und dann mit der anderen Klaue zuzuschlagen. Irgendwann konnte Siris einen Schritt zur Seite machen und dem Greifen just in jenem Augenblick mit aller Kraft den Spaten über den Schnabel ziehen, als alle vier Läufe des Tieres kurz auf dem Boden ruhten. Ein fingerlanger Hornsplitter wirbelte umher. Dieser kaum nennenswerte Erfolg machte das Ungetüm zwar in keiner Weise ungefährlicher, lenkte es aber dennoch einen winzigen Moment lang ab. Diese Zeitspanne nutzte Siris, um so weit er konnte vor der Bestie zurückzuweichen.

Der kalte Blick des Tieres wanderte unruhig zwischen Siris und der Ruine des Schreins hin und her. Der zögerlichen Art nach zu urteilen, in der es einen kleinen Schritt auf Siris zu machte, war sein Zorn ein wenig abgeklungen. In einer beinahe verlegenen Geste strich es mit dem Schnabel durch das blutgetränkte Gefieder seiner verletzten Schwinge.

Siris hielt den Stiel des Spatens umklammert und hoffte auf ein Wunder. Er hatte schon die unglaublichsten Verhaltensweisen aller erdenklichen Tierarten beobachtet. Wenn er das Gebaren des Monstrums tatsächlich richtig deutete, fiel gerade eine wichtige Entscheidung. Sollte es zurück zu seiner schon beanspruchten Beute oder sich doch lieber erst des Störenfrieds entledigen, von dem es am Fressen gehindert worden war?

Nach bangen Minuten, die Siris wie eine halbe Ewigkeit vorkamen, entschärfte sich die Lage für ihn. Der Greif schickte ein letztes drohendes Fauchen in seine Richtung, um sich dann mit vorsichtigen Schritten rückwärts in Bewegung zu setzen. Erst nachdem das Tier den von ihm überrannten Zaun passiert hatte, wandte es sich um. Seine rechte Schwinge schleifte durch den Staub, als es zurück zu seiner Beute trottete.

Einen Augenblick der Schwäche lang war Siris versucht, ebenjenen Herren zu danken, die er für nichts weiter als ein Hirngespinst seines Volks hielt. Trotz des Stechens in seiner Seite zog er es vor, es bei einer Atemübung zur Klärung des Geistes zu belassen. Die Natur, deren gefährlichste Geschöpfe er für gewöhnlich jagte, hatte ihm soeben das Leben gerettet. Offenbar war man vor den Nachstellungen eines Greifen, der Beute geschlagen hatte, verhältnismäßig sicher, sofern man nur einen gewissen Abstand zu dem Räuber einhielt und ihn nicht reizte. Siris konnte es dem Tier beim besten Willen nicht verübeln, dass es seinen Schuss als strafenswerte Provokation empfunden hatte.

Der Greif begann damit, seine Beute unter Zuhilfenahme von Klauen und Schnabel in leichter zu verschlingende Portionen zu zerteilen. Siris achtete nicht auf diesen von schmatzenden und reißenden Geräuschen untermalten Vorgang, sondern musterte das Tier genauestens. Nur unverschämtes Glück hatte ihn davor bewahrt, gleich dem toten Bauern in schnabelgerechte Stücke zerlegt zu werden. Wenn er diesem Schicksal auch in den nächsten Minuten entgehen wollte, musste er weiterhin auf der Hut bleiben.

Obwohl Siris' Schüsse das Greifenweibchen nicht auf der Stelle erlegt hatten, hatten sie es doch stärker geschwächt, als er zunächst gedacht hatte. In der morgendlichen Kühle dampfendes Blut quoll nach wie vor aus den beiden Wunden, und immer wieder knickten die Läufe des Tieres ein. Offenbar war es nur eine Frage der Zeit, bis seine Kräfte es ganz verließen. Zwar würgte es in unverminderter Gier saftige Stücke seiner Beute hinunter, doch die Chancen, dass es sich je wieder in die Lüfte erheben würde, standen allein ob seines lädierten Flügels denkbar schlecht. Womöglich musste Siris nichts weiter tun, als abzuwarten, bis der Greif erschöpft zusammenbrach, um ihm anschließend den Todesstoß zu versetzen.

Als Siris spürte, dass sich ein Krampf in seinen Schultermuskeln ankündigte, ließ er den Spaten vorsichtig sinken. Besser noch als ein Todesstoß wäre natürlich ein Fangschuss. Er hatte in der Vergangenheit schon die unangenehmsten Überraschungen bei der Annäherung an einige Bestien erlebt, die er für mausetot gehalten hatte. Selbst ein letztes, verzweifeltes Aufbäumen des Greifenweibchens könnte ihn noch den Kopf kosten.

Siris versuchte sich daran zu erinnern, in welche Richtung sein Gewehr geschleudert worden war, als der Greif den Ochsenkarren beiseite gefegt hatte. Wenn ihn sein überreizter Geist nicht täuschte, war seine Waffe mit dem Großteil des Karrens irgendwo rechts von ihm gelandet. Nach einer kleinen Weile entdeckte sein suchender Blick die zwergische Meisterarbeit, die neben einem halben Wagenrad in den Ranken einer Brombeerhecke hing. Er atmete auf, denn aus der Ferne waren keine größeren Schäden an der Waffe auszumachen.

Siris prägte sich die Lage der Hecke gut ein und wich dann zurück zu der Eingangstür jenes Hauses, in dessen Vorgarten er auf Tuchfühlung mit dem Greifen gegangen war. Er verspürte nicht die geringste Lust, sein Glück erneut auf die Probe zu stellen. In der Wohnstube des Hauses öffnete er die obersten beiden Knöpfe seines Mantels, um einen Blick auf seine Brust zu werfen. Dort, wo ihn das Tier getroffen hatte, begann sich die Haut bereits deutlich dunkel zu verfärben. Wenn diese ganze Sache vorbei wäre, würde er sich dringend ein paar Tage schonen müssen.

Er verließ das Haus durch die Hintertür, huschte an einem leeren Kaninchenverschlag vorbei und flankte über den Zaun in den benachbarten Garten. Anschließend warf er einen Blick durch die Lücke zwischen den Häusern, um zu sehen, was der Greif trieb, doch das Tier schien ihn vollkommen vergessen zu haben. Es hatte sich mittlerweile auf die Hinterbeine gesetzt und pflügte mit dem Schnabel lustlos durch die Reste seiner Mahlzeit.

Zwei Gärten und zwei Zäune weiter schlich sich Siris entlang einer Wäscheleine, an der vergessene Laken wie Totenhemden hingen, wieder in Richtung Dorfmitte. Sein Orientierungssinn hatte ihn nicht im Stich gelassen. Die Brombeerhecke wucherte keine zehn Schritt entfernt von ihm, und tatsächlich sah es ganz danach aus, als wäre sein Gewehr heil geblieben.

Der Greif war nun zu schwach zum Stehen geworden. Sein Blick war glasig, und sein Atem ging rasselnd und feucht. Ab und an lief ein Zucken durch die gesunde Schwinge, als ob das Ungetüm versuchte, vom Boden loszukommen. Sogar Siris' Rappe schien nun zu spüren, dass von dem Flugräuber keine allzu große Bedrohung mehr ausging, und stellte sein Schnauben und Wiehern ein.

Siris nickte zufrieden. Es mangelte ihm nicht an der nötigen Geduld, das Verenden des Monstrums abzuwarten. Er setzte sich, griff in die Innentasche des Mantels, holte sein Tabakbeutelchen heraus und drehte sich eine Zigarette. Er liebte den Geruch von Schwefel, den ein brennendes Streichholz verströmte. Eines Tages, wenn er sich endgültig zur Ruhe setzte, würde er Jarun beauftragen, ihm eines jener Sturmfeuerzeuge zu besorgen, die sich bei den Zwergen so großer Beliebtheit erfreuten. Es war das verabredete Zeichen an seine Schwester, dass er gedachte, Sira zu den Kurzbeinen zu folgen. Ob er sich im Dampfland, der Heimat der Zwerge, wo den Berichten einiger Reisender zufolge, die Siris als Kind gelesen hatte, aus allen Spalten und Rissen in der steinigen Erde heiße Gase aufstiegen, wohlfühlen würde? Schlimmer als hier, wo er in einem herrenverlassenen Dorf in der Einöde darauf wartete, dass ein Ungeheuer endlich krepierte, konnte es unter den Zwergen auch nicht sein.

Nach einer halben Zigarettenlänge war der Atem des Greifenweibchens bereits so unregelmäßig geworden, dass Siris sich traute, zur Brombeerhecke zu gehen. Vorsichtig befreite er sein Gewehr aus den dornigen Ranken und unterzog es einer genaueren Untersuchung. Der Lauf war weder verzogen, noch wies er irgendwelche Sprünge auf. Die Trommel ließ sich mühelos mit den Patronen an seinem Gürtel nachladen. Selbst das kleine Fernrohr war nicht zu Schaden gekommen.

Als die Zigarette so weit heruntergebrannt war, dass Siris die Glut bei jedem Zug deutlich an den Lippen spüren konnte, rührte sich der Greif überhaupt nicht mehr. Das sterbende Geschöpf öffnete und schloss noch einige Male seine Klauen, bis der Glanz in seinen Augen endgültig erlosch.

Siris wollte kein Risiko eingehen und wahrte einen gebührenden Abstand, bevor er die Fangschüsse anbrachte. Er feuerte die ganze Trommel in Brust und Nacken des Greifenweibchens. Womöglich handelte es sich dabei um Verschwendung teurer Munition, aber Siris war nicht seines Geizes oder seiner Zurückhaltung wegen so erfolgreich als Bestienjäger. Nur an wenigen Stellen waren die Heiligen Schriften so eindeutig wie in jenem Abschnitt, den die meisten anderen Bestienjäger als Glaubensbekenntnis ihrer Zunft betrachteten: »Frei von gefährlichen Bestien sollt ihr halten das Land eurer Herren, auf dass sich deren Diener unbehelligt in reicher Zahl vermehren mögen. Wer diesem Dienst nachgeht, der soll ohne Zaudern alle Waffen führen, denn so ist es den Herren gefällig.«

Nachdem Siris ganz sicher war, dass kein Leben mehr in dem Greifenweibchen steckte, las er erst seine Dolche aus den Trümmern des Karrens auf und machte sich dann auf die Suche nach einem Beil. Er fand eines, dessen Klinge ihm groß und scharf genug erschien, neben einem Holzklotz vor einem der Häuser. Ein Beil, mit dem man das harte Holz der Bergfichten spalten konnte, würde gewiss auch dazu ausreichen, den Kopf des Greifen vom Nacken zu trennen.

Siris stellte sich breitbeinig neben den Kadaver, schwang das Beil über den Kopf und trieb es mit einem satten Schmatzen in den Hals des Tiers. Gerade als er zu einem zweiten Hieb ansetzen wollte, glitt ein riesiger Schatten über ihn hinweg.

Das, was da am Himmel suchend seine Kreise zog, ließ ihm das Blut in den Adern gefrieren. Ein zweiter Greif von noch beeindruckenderer Größe als das Weibchen, das Siris soeben erlegt hatte, schwebte hoch droben über dem Dorf.

Siris' Gedanken rasten. Wo kam die Bestie her? Stammte sie aus einem benachbarten Revier? Das war höchst unwahrscheinlich, denn gewöhnlich beanspruchten Greife ein ausgedehntes Gebiet für sich, in dem sie keine Eindringlinge duldeten. Da fiel es Siris wie Schuppen von den Augen. Der einzige Anlass, aus dem sich zwei Greifen über einen längeren Zeitraum hinweg ein und dasselbe Revier teilten, war gegeben, wenn sie gemeinsam Junge großzogen. Demzufolge konnte es sich bei dem Neuankömmling nur um das Männchen handeln, dessen Partnerin Siris zur Strecke gebracht hatte. Es würde sicher nicht lange dauern, bis der Greif sein totes Weibchen erspäht hatte.

Siris schleuderte das Beil von sich, klaubte sein Gewehr vom Boden auf und rannte so schnell er konnte in Richtung des Stalls, in dem er die letzte Nacht verbracht hatte. Auf halber Strecke hörte er den gellenden Schrei, der davon kündete, dass der Greif auf die Bewegung aufmerksam geworden war. Er warf einen Blick nach oben. Das gewaltige Ungeheuer stürzte mit angelegten Schwingen pfeilschnell auf das Dorf hinab.

Siris sprang durch die geöffnete Stalltür, als die Krallen des Greifen tiefe Furchen an jene Stelle rissen, an der er noch vor einem Wimpernschlag gestanden hatte. Ein Rauschen und Tosen wie von brechenden Wogen erfüllte die Luft, als das Monstrum mit den Flügeln schlug, um wieder an Höhe zu gewinnen.

Siris rappelte sich auf, presste eine Hand auf seine schmerzenden Rippen und schlug die Stalltür zu. Mit einem leisen Prasseln senkten sich der Staub und die Steinchen ab, die der Greif bei seinem Angriff aufgewirbelt hatte. Der Rappe hatte sein unruhiges Stampfen und Scharren wieder aufgenommen.

Durch einen schmalen Spalt zwischen den Brettern der Tür lugte Siris nach draußen, wo der Greif gerade neben dem leblosen Leib seines Weibchens landete. Sein prächtiges, in der Sonne glänzendes

Gefieder und der unterarmdicke Sporn, der drohend über den Schnabel hinausragte, wiesen das Tier ohne jeglichen Zweifel als kapitales Männchen aus. Es war beinahe so massig wie manche der Elefanten, die Siris bei seinen Reisen in den Süden gesehen hatte.

Das Greifenmännchen stieß seine Gefährtin zärtlich mit dem Schnabel an. Es wiederholte diese Geste einige Male, ehe es sich schwerfällig auf alle viere niederließ, den Kopf auf die ausgestreckten Vorderläufe legte und klagend krächzte.

Siris fand nichts Anrührendes in diesem Anblick. Das Auftauchen des Männchens brachte seinen ganzen schönen Plan, das Dorf noch vor Mittag zu verlassen, mit einem Schlag durcheinander. Wie hätte er auch ahnen sollen, dass er es gleich mit zwei Ungeheuern zu tun hatte? Irgendwo in den Bergen gab es jetzt bestimmt ein Nest, in dem drei oder vier noch nicht flügge gewordene Junge auf die Rückkehr ihrer Eltern warteten. Siris konnte ihre gierig aufgerissenen Schnäbel förmlich vor sich sehen. Er stieß einen leisen Fluch aus und wog seine Handlungsmöglichkeiten ab. Am einfachsten wäre es gewesen, das Männchen trauern zu lassen und sich den Kopf des Weibchens zu holen, sobald sein Gefährte sich verzogen hatte. Diese verlockende Vorstellung hatte allerdings einen Haken: Zum einen konnte Siris nicht wissen, wie lange das Männchen noch an der Seite des toten Weibchens bleiben würde. Zum anderen war es nicht gut, den zweiten Greifen am Leben zu lassen. Der Hüter von Herrentreu würde das Dorf bestimmt neu besiedeln lassen. Nicht, dass Siris sich um die Unversehrtheit der neuen Siedler scherte. Es ging ihm allein um seinen Ruf. Wenn dem Hüter zu Ohren käme, dass immer noch ein Greif sein Unwesen in dieser Gegend triebe, würde er sich von Siris hintergangen fühlen. Auch der Gefühlslage des Hüters hätte Siris nicht gleichgültiger gegenüberstehen können. Was ihm Sorgen bereitete, war die Tatsache, dass der Hüter anderen Autoritäten von Siris' scheinbarem Betrug berichten könnte. Es gab also nur einen Ausweg: Der zweite Greif musste ebenfalls erlegt werden.

Der Rappe hatte sich inzwischen so weit an den Geruch und die Laute des Greifen gewöhnt, dass er nur noch ab und an verhalten die Nüstern blähte. Siris verließ seinen Ausguck an der Tür, um sich ein wenig um sein Pferd zu kümmern. Es wäre ohnehin nicht zu überhören, wenn das Greifenmännchen genug getrauert hätte und das Weite suchen würde. Nachdem er dem Pferd erst sanft über Kruppe und Widerrist gestreichelt hatte, murmelte er ihm beruhigende Worte ins Ohr. Der Rappe würde eine entscheidende Rolle bei dem Vorhaben spielen, zu dem sich Siris durchgerungen hatte. Seinen ersten Einfall, das zwergische Sprengpulver aus den Satteltaschen zum Einsatz zu bringen, hatte er rasch verworfen. Es gab schlicht zu viele Unwägbarkeiten, was die richtige Länge der Lunte oder die einzusetzende Menge Sprengstoff anging. Siris hatte große Erfolge damit erzielt, Höhlen bewohnende Ungeheuer mittels einer gezielten Sprengung in ihrem eigenen Bau zu begraben. Für ein so wendiges Geschöpf wie das Greifenmännchen aber würde es einer riskanteren List bedürfen.

Nachdem er sein Gewehr nachgeladen hatte, legte Siris dem Rappen das Zaumzeug an. Mit lockenden Lauten und mildem Zügelzug führte er das Pferd behutsam aus dem Stallabteil in den schmalen Mittelgang zur Tür. Schritt um Schritt brachte er den Rappen in Position. Hätte ihm das Pferd nicht so vollkommen vertraut, wäre sein Plan von vornherein zum Scheitern verurteilt gewesen. Obwohl der Rappe spürte, dass er sich dem Räuber näherte, und immer widerwilliger wurde, ließ er sich von Siris fast bis an die Stalltür leiten. Siris knotete die Zügel fest um einen niedrig hängenden Balken und hoffte, dass sowohl das Holz als auch das Leder der Kraft des Pferdes standhalten würden.

Er warf einen letzten, prüfenden Blick durch den Spalt auf den Greifen. Das Monstrum hatte damit begonnen, das verklebte Gefieder am Hals seiner toten Gefährtin zu putzen. Erhoben hatte es sich dazu jedoch nicht, wie Siris zu seiner Zufriedenheit feststellte. Das Gelingen seines Plans hing nicht zuletzt davon ab, wie schnell der Greif die Strecke zwischen abgebranntem Schrein und Stall zurücklegen würde.

Siris zählte stumm bis drei, riss die Tür auf, steckte seinen Kopf nach draußen und brüllte aus vollem Hals los. Kaum hatte der Greif die Quelle des plötzlichen Lärms ausgemacht, sprang das Ungetüm auf und raste auf die geöffnete Stalltür zu. Der Rappe wieherte angsterfüllt und scheute, doch die Zügel hinderten ihn an der Flucht.

Siris hoffte inbrünstig, die Größe des Greifen, die Belastbarkeit des Türrahmens und die Entfernung des Rappen vom Eingang des Stalls richtig abgeschätzt zu haben. Er stellte sich in sicherer Entfernung neben den Türrahmen, lehnte sich mit dem Rücken gegen die Wand und stemmte die Beine fest gegen den Boden. Die Wucht, mit der das Greifenmännchen gegen die Stallwand prallte, ließ Siris trotz aller Vorsichtsmaßnahmen einen Schritt nach vorne taumeln. Holz splitterte krachend, und der gesamte Stall erbebte, als zürne die Erde selbst.

Mit Schaum vor dem Maul schlug der Rappe in Richtung des Greifenkopfs aus, der durch den gesplitterten Türrahmen in den Stall hineinragte. Der Greif pfiff und kreischte in ohrenbetäubender Lautstärke, doch sosehr er den Hals auch streckte, es wollte ihm nicht gelingen, seinen Schnabel in den Leib des vor Schreck rasenden Pferdes zu versenken. Sein Schwingenansatz war zu breit, als dass er je durch eine Tür gepasst hätte, die für Pferde und Ochsen ausgelegt war.

Siris brachte das Gewehr in Anschlag und feuerte. Auf so kurze Distanz war es nahezu unmöglich, den gigantischen Schädel des Greifen zu verfehlen. Fünfmal blitzte es im Halbdunkel des Stalls auf, und fünfmal regnete ein feiner Schleier aus Daunen und Blut auf das schmutzige Stroh. Dann sank der Kopf des Greifen langsam zu Boden.

Als Siris an diesem Abend sein Lager unter einem Felsvorsprung aufschlug, war er so erschöpft, dass es ihn einige Überwindung kostete, einen Eintrag in sein Tagebuch zu verfassen.

Ich habe heute eine Menge über Greifen gelernt. Ich hätte mir meine Lektion zwar etwas angenehmer vorgestellt, aber irgendetwas ist ja immer zu bemängeln. Jedenfalls scheint man vor ihnen sicher zu sein, solange sie nur fressen und man nicht dumm genug ist, dabei zu nahe an sie heranzukommen. Darüber hinaus gibt es eine starke Bindung zwischen Männchen und Weibchen, sobald Junge im Spiel sind. Wie bei uns Menschen auch lässt sich dieses Band hervorragend ausnutzen, um beide zur Strecke zu bringen. (Beim nächsten Mal wüsste ich allerdings ganz gerne im Voraus, mit wie vielen Gegnern ich es zu tun habe.)

Ich sollte dringend darüber nachdenken, mir eine Kette zu besorgen, mit der ich das Gewehr an meinem Gürtel festmachen kann. Andererseits finde ich die Idee wahrscheinlich auch nur so lange gut, bis ich zum ersten Mal irgendwo hängen bleibe, wenn es gerade brenzlig wird.

Immerhin hat mich der Pferdehändler in Westburg damals nicht angelogen – der Rappe ist wirklich ein erstklassiges Tier. Ich hoffe sehr, dass ich ihn nicht noch einmal als Lockvogel missbrauchen muss. Es wäre wirklich schade, wenn das Pferd dran glauben muss, nur weil ich mich verschätze.

Was meine Entlohnung für diesen Auftrag angeht, stelle ich mich wohl besser darauf ein, dass der Hüter mir nur einen Abschuss bezahlen wird. Trotzdem sollte ich versuchen, einen kleinen Aufschlag aus ihm herauszuholen. Man wird sehen …

Ich hatte kurz mit dem Gedanken gespielt, den Greifenhorst zu suchen. Dann ist mir aufgefallen, dass mich kein Mensch dafür bezahlen wird. Wahrscheinlich verhungern die Jungen sowieso, jetzt da ich sie zu Vollwaisen gemacht habe. Noch dazu habe ich keine Lust, in meinem angeschlagenen Zustand irgendwelche Steilwände zu erklimmen.

Der blaue Fleck ist riesengroß, aber ich schätze, zumindest meine Knochen sind heil geblieben. Ich habe vorhin etwas Heilsalbe aus Meerschaum draufgetan. Das muss reichen, bis ich in Gottespfand bin.

Kaum zu glauben, wie sehr ich mich darauf freue, wieder in einem richtigen Bett zu schlafen. Wenn ich mich nicht mit Jarun treffen müsste, würde ich mich wohl ein paar Tage in Herrentreu ausruhen. Sollte der Trottel sich dieses Mal wieder so verspäten, schlage ich ihm den Schädel ein – oder wenigstens die Zähne in den Hals. Als Schoßhündchen meiner lieben Schwester kann er die ohnehin nicht mehr gebrauchen. Ich frage mich, wie sie es nur mit so einem Windei aushält. Späte Rache an unserem heimgeholten Vater, der sie gerne gut verheiratet hätte?

Siris dachte noch ein wenig über den letzten Satz nach, ehe er die Decke fester um sich zog und die Laterne löschte. Er ging davon aus, dass der Greifengestank selbst die neugierigsten Geschöpfe der Nacht fernhalten würde. Im fahlroten Licht des Mondes wirkten die Blutflecken auf den Laken, in die er seine Trophäen für den Transport gewickelt hatte, pechschwarz.

In jenem angenehmen Dämmerzustand zwischen Wachen und Träumen, in dem oft die besten Listen für die Jagd zu ihm kamen, vermeinte Siris die Stimme seiner Mutter zu hören. Sie erzählte ihm von den schwarzen Augen, mit denen die Herren über die Menschen wachten, und ihrem silbrigen Blut, das sie vergossen, um ihre Wunder zu wirken.

6

Himek Steinbrecher betastete den kahlen Schädel seiner Patientin, um diejenige Stelle zu finden, an der sich ihre Haut für den ersten Schnitt am besten straffen ließ. Es war lange her, dass er sich zum letzten Mal seine Handschuhe aus hauchdünnem Leder übergestreift hatte, um einen Eingriff vorzunehmen.

Die Patientin, deren Haut so blass wie die Blüte einer Gipfelrose war, lag auf einer Tischplatte aus blank poliertem Stahl ausgestreckt vor ihm. Wenn sich ihr Brustkorb nicht in langsamen, aber regelmäßigen Abständen gehoben und gesenkt hätte, wäre Himek vielleicht der Gedanke gekommen, wieder in der Lehrstätte für Heilkunst zu sein, wo er jede neu erworbene Schnitttechnik viele Dutzend Male an Leichen geübt hatte, ehe er sie am lebenden Subjekt erproben durfte.

Er nahm zufrieden zur Kenntnis, dass die Pfleger bei der Rasur des Haupthaars seiner Patientin ausgesprochen gründlich vorgegangen waren. Es konnte rasch zu gefährlichen Entzündungen kommen, wenn etwas von außen in den Körper eines Patienten gelangte. Schon ein Haar konnte nach Meinung der führenden Fachleute bisweilen eine bedrohliche Wirkung entfalten. Um dieses Risiko so gering wie nur irgend möglich zu halten, trug jeder gewissenhafte Leiböffner während einer Operation daher auch seine Maske. Der hintere Teil dieses Schutzes war eine Art Haube aus feinem Leinen, die den Hinterkopf des Leiböffners umschmiegte, während der vordere Teil, der sich über das Gesicht des Trägers legte, aus Ebenholz geschnitzt war. Um zu verhindern, dass auch nur eine ausgefallene Wimper ihren zufälligen Weg in den geöffneten Leib eines Patienten fand, waren in die Augenschlitze der Maske zwei gläserne Schalen eingesetzt.

Nachdem Himek die gesuchte Stelle am Schädel seiner Patientin gefunden hatte, griff er nach seinem Skalpell. Die scharfe Klinge des

Instruments glitt mühelos durch die Kopfhaut und die darunter liegenden Fettschichten. Einen kurzen Moment sah Himek einen Gewebestreifen, der ihn von der Farbe her an jene glitschige, aber köstliche Masse erinnerte, die sich aus dem Kopf einer am Spieß gebratenen Schillerechse heraussaugen ließ. Dann quoll Blut aus dem fingerlangen Schnitt hervor und rann in winzigen Strömen auf die stählerne Platte, wo es sich in kleinen Pfützen zu sammeln begann.

»Gut gemacht«, sagte Fejod Kolbner und reichte Himek ein Tuch. Die Stimme des Anstaltsleiters klang dumpf unter seiner Maske hervor, in deren schwarzer Oberfläche sich das warme Strahlen der Gaslaternen spiegelte, die für die nötige Helligkeit im Operationssaal sorgten. »Ich denke, das ist tief genug. Wir müssen nicht ganz bis zum Knochen schneiden.«

Himek gab ein zustimmendes Brummen von sich, ehe er sich daran machte, den Schnitt sauber zu tupfen, so gut es eben ging. Dann legte er das Tuch beiseite und fuhr mit dem Skalpell sacht unter den Rändern der Wunde entlang, um den nächsten Schritt der Operation vorzubereiten. Kolbner hatte ihm im Vorlauf des Eingriffs dargelegt, dass der Leib der Patientin an insgesamt sechs Stellen zu öffnen war, und Himek hatte sich entschlossen, sich von oben nach unten vorzuarbeiten.

Kolbner wandte sich zu einem Rollwagen um und öffnete ein Metallkästchen. »Ich verstehe, dass unser Vorhaben dir ungewöhnlich erscheint, mein Freund. Bestimmt hat man dir beigebracht, dass es einem Patienten nur schaden kann, wenn man etwas in seinen Leib einpflanzt. Warum sonst sollten wir die Masken tragen? Andererseits solltest du dir vor Augen halten, dass sowohl in diesem besonderen Fall als auch im Allgemeinen ein gewichtiger Unterschied zwischen Reinem und Unreinem besteht.«

Der Anstaltsleiter drehte sich zu Himek und präsentierte ihm, was er aus dem Kästchen entnommen hatte: Ein kugelrund geschliffener Kristall von der Größe eines Fliegenwachteleis lag auf dem schwarzen Leder von Kolbners Handschuh und funkelte wie ein Stern am nächtlichen Firmament.

»Dies hier ist eines der reinsten Materialien, von dem die Wissenschaft weiß«, setzte der Graubart seine Ausführungen fort. »Falls meine Überlegungen richtig sind, werden wir dieses Geschöpf in keiner Weise gefährden, wenn wir die Kristalle zur Anwendung bringen. Ganz im Gegenteil. Wir werden ihm helfen, wieder zu seiner wahren Bestimmung zurückzufinden. In jenem Zustand, in dem es aufgrund seines Leidens derzeit gefangen ist, kann es uns Zwergen nicht so dienen, wie es die anderen Angehörigen seines Volks bereitwillig tun. Eine wahre Schande.«

Er ließ die Kugel über seine Handfläche bis zu den Fingerspitzen rollen und hielt das Kleinod in den Schnitt am Schädel der Patientin. »Ich halte das, bis du die ersten Stiche gemacht hast.«

Himek hatte bereits sechs Nadeln vorbereitet und reißfestes Garn aus Katzendarm eingefädelt. Es war nicht schwierig, die Wunde zu schließen, nachdem er eine Klammer dazu verwendet hatte, die auseinanderklaffenden Hautlappen zusammenzupressen. Später würde das nachgewachsene Haar der Patientin die schmale Narbe, die sich trotz Himeks Geschick nicht vermeiden ließ, ganz verdecken.

»Das wäre geschafft«, murmelte Kolbner, und aus der Neigung seines Haupts konnte Himek ablesen, dass sein Vorgesetzter wohl die abnorme Wölbung am Kopf der Patientin betrachtete. »Jetzt können wir nur noch hoffen, dass die Energien, die aus dem Kristall strömen, ihr Werk verrichten und einen dämpfenden Einfluss auf die Überbeanspruchung ihres Schädelknotens ausüben.« Kolbner strich mit dem Finger über die wulstige Haut zwischen den Stichen. »Man mag es kaum glauben, dass eine derart winzige Ansammlung von Nerven eine solch große Auswirkung auf den gesamten Organismus haben kann.«

An einem in die Wand eingelassenen Becken wusch sich Himek rasch das Blut von den Handschuhen. »Wie vielen Patienten hast du auf diese Weise schon helfen können, Anstaltsleiter Kolbner?«, fragte er über die Schulter.

»So einigen.« Kolbner holte den nächsten Kristall aus dem Kästchen auf dem Rollwagen. »Leider hat dein Vorgänger sich zu Höherem berufen gefühlt. Er wollte nicht als mein Handlanger enden. Das waren genau seine Worte.«

Himek kehrte zum Operationstisch zurück und nahm sich ein frisches Skalpell aus einem Schälchen mit Salzlauge. »Dein Handlanger? Wie hat er das gemeint?«

Kolbner zuckte die Achseln. »Er war sich offenbar zu schade dafür, immer nur eine Art von Operation durchzuführen. Es mangelte ihm an der nötigen Beharrlichkeit, die einen echten Streiter des Schaffens auszeichnet.«

Himek spürte, wie er unter seiner Maske errötete. Obgleich er den einen oder anderen Zweifel an Kolbners Thesen hegte, fühlte er sich dennoch geehrt, dass ihm sein Vorgesetzter zutraute, zu einem wahren Helden zu werden – einem Helden, der die Wissenschaft und die Heilkunst weiter voranbrachte, als es derzeit allgemein für möglich gehalten wurde.

Um sich durch seine Gedanken an eine strahlende Zukunft nicht allzu sehr ablenken zu lassen, überprüfte Himek, ob die Narkoseschläuche in der Nase der Patientin noch richtig saßen. Als er sich davon überzeugt hatte, dass dem tatsächlich so war, pumpte er durch das Betätigen eines Pedals aus einem versiegelten Druckfass frisches Traumgas in die Nase der Halblingin. Er hatte zu viele Schauergeschichten über Eingriffe gehört, bei denen der Patient mit einem Mal völlig unvermittelt aus seinem Schlaf erwacht und vor lauter Angst mit geöffnetem Leib vom Operationstisch gesprungen war, als dass er es darauf ankommen lassen wollte, einen folgenschweren Patzer bei der Sicherung der Traumgaszufuhr zu begehen.

»Zwei Fingerbreit über der Nasenwurzel«, mahnte ihn Kolbner zur Eile. »Und denk daran: Nicht zu tief, sonst verletzen wir den Stirnknoten.«

»Meine Hand ist unbeirrbar wie der Lauf des Mondes«, antwortete Himek mit der Lieblingsweisheit eines seiner Tutoren an der Lehrstätte.

»Mein Auge ist mein Finger, und mein Finger ist mein Auge«, fuhr er leise fort, als er das Skalpell auf der Stirn der Patientin ansetzte. Doch Himek fühlte nicht die Ruhe in sich aufsteigen, die die uralten Formeln zur Bündelung der geistigen Kräfte üblicherweise in ihm auslösten.

Schon den ganzen Morgen über fiel es ihm ungewohnt schwer, seine Gedanken nicht fort von der Operation und hin zu dem verstörenden Traum schweifen zu lassen, der ihn ganze drei Stunden vor Beginn seiner Morgenschicht aus dem Schlaf gerissen hatte. Er konnte die beiden Menschenkinder einfach nicht vergessen. Sie hatten so traurig ausgesehen, traurig und zornig.

Im Grunde hielt Himek nicht viel von der sich in wissenschaftlichen Kreisen rasch verbreitenden Vorstellung, wonach die Bilder, die das Hirn eines Schlafenden allnächtlich produzierte, Aufschluss über solche geistigen Vorgänge erlaubten, denen sich der wache Verstand für gewöhnlich verschloss – sei es nun aus Scham, Unachtsamkeit oder reinem Unvermögen. Nach Himeks Auffassung war eine Erdspalte eine Erdspalte, und sie blieb auch dann nicht mehr als eine lang gezogene Öffnung im Boden, wenn sie als Teil eines Traums in Erscheinung trat. All die von selbsternannten Fachleuten angestellten Ausdeutungen von Schlaferlebnissen kamen ihm höchst suspekt vor.

Warum wollte ihm dann ausgerechnet sein Traum der letzten Nacht nicht mehr aus dem Kopf? Er hatte schon häufiger von Ereignissen geträumt, die noch in der Zukunft lagen. War es denn ungewöhnlich, dass er in den letzten Wochen vor der Abschlussprüfung an der Lehrstätte mehrfach schweißgebadet aus einem Traum erwacht war, in dem ihm bei einer simplen Operation ein fataler Fehler unterlaufen war? Nein, denn er wusste damals ja, dass jener schreckliche Augenblick auf ihn zukam, in dem er unter den aufmerksamen Blicken aller Mentoren und Tutoren des Instituts seine Qualifikationen als Leiböffner unter Beweis stellen musste. Insofern überraschte es ihn nicht, dass er auch in der vergangenen Nacht von einem Eingriff geträumt hatte, bei dem viel auf dem Spiel stand – und den er gerade durchführte. Hier ging es um nichts weniger als die Achtung Kolbners, um die Rückgewinnung seines angeschlagenen Selbstvertrauens und um eine möglicherweise epochale Neuerung in der Heilkunst.

Wahrscheinlich war es der Umstand, dass bei seiner geträumten Operation diese beiden Menschenkinder zugegen gewesen waren, der es ihm so schwer machte, sich nun völlig auf die derzeitige Aufgabe zu konzentrieren.

Dass sein Traum sich in genau jenem Operationssaal abgespielt hatte, in dem der Eingriff wirklich stattfand, erschütterte Himek kaum. Für seinen schlafenden Geist musste es schlicht der naheliegendste Ort gewesen sein, der die Kulisse für das herbeigesehnte und zugleich mit einer hohen nervlichen Belastung verbundene Ereignis darstellte. Ein Leiböffner nahm seine Eingriffe nun einmal in einem Operationssaal vor.

Wesentlich bemerkenswerter war, dass zwei sonderbare Kinder, die ungefähr gleichen Alters und ihrem Gesichtsschnitt nach zu urteilen Geschwister gewesen waren, ihn im Traum bei der Arbeit beobachtet hatten. Himek kannte die beiden kleinen Langschädel überhaupt nicht – um genau zu sein, kannte er gar keine Menschen. Natürlich hatte er schon viele aus der Nähe gesehen, denn selbst in den größeren Städten der Bergprovinzen waren die vor den Unruhen in ihrer Heimat geflohenen Angehörigen dieser Rasse kein seltener Anblick mehr. Wie auch in den südlicher gelegenen Regionen des Bundes hatten es manche Menschen sogar in den nördlichsten Metropolen wie etwa Stahlstadt durch Fernhandel zu einem beachtlichen Reichtum gebracht, während andere auch Jahre nach ihrer Flucht in eilig zusammengezimmerten Notunterkünften untergebracht waren. Himek wollte sich kein Urteil darüber erlauben, aus welchem Grund letztere Gruppe keine ernstzunehmenden Anstrengungen unternahm, um sich aus dem Morast bitterer Armut herauszustrampeln, in dem sie nach und nach versank. Schließlich war es in letzter Zeit selbst für Zwerge nicht mehr so leicht, eine Arbeit zu finden.

Ebenso wenig konnte Himek sagen, ob die Kinder aus seinem Traum nun aus reichem oder armem Elternhaus stammten. Zumindest hatten sie wohlgenährt gewirkt und waren einigermaßen anständig gekleidet gewesen: Das blonde Mädchen hatte ein weites, weißes Kleidchen getragen, der schwarzhaarige Junge eine dunkelblaue Samtweste und eine braune Baumwollhose. Am Anfang des Traums hatten sie Himek mit großen Augen schweigend zugesehen, wie er einen Kristall nach dem anderen in den Leib seiner Patientin pflanzte. Erst als er sich daran gemacht hatte, einen Schnitt über dem Schambein anzubringen, in den das letzte der Kleinode einzunähen war, hatten die Kinder ihr Schweigen gebrochen.

»Er wird ihr wehtun«, hatte das Mädchen mit tränenerstickter Stimme gesagt, und als hätte Himek die Operation an dem Menschenkind und nicht an seiner Patientin durchgeführt, erschien auf dem Kleidchen der Kleinen ein stetig wachsender Fleck von hellem Rot.

»Nein, das wird er nicht«, hatte daraufhin der Junge in trotzigem Tonfall geantwortet und seine rechte Hand, die er bis dahin sorgsam hinter dem Rücken verborgen gehalten hatte, in Himeks Richtung ausgestreckt. Der Junge hielt einen Gegenstand, der eigentlich viel zu schwer war, als dass er ihn mit einer Hand hätte anheben können, und noch dazu um einiges zu lang und zu groß, um ihn am Körper zu verstecken: eine von Meisterhand gefertigte fünfschüssige Flinte.

Himek erinnerte sich ausgezeichnet daran, wie sich sein geträumtes Gegenstück zur Seite geworfen hatte und wie ohrenbetäubend und überlaut das Donnern des Schusses erklungen war, als der Junge abgedrückt hatte. In einem wichtigen Punkt ließ sein Gedächtnis ihn jedoch im Stich: Himek wusste nicht mehr, ob er getroffen worden war, als er auf den warmen Sandsteinplatten neben seinem Bett erwachte, auf die ihn sein allzu ruckartiges Herumfahren hinabgeschleudert hatte.

»Vorsicht, du Klapperkopf«, fauchte Kolbner und hätte ihm um ein Haar das Skalpell aus der Hand geschlagen. »Schau nur, was du angerichtet hast!«

Himek starrte fassungslos auf den Schnitt, den er der Patientin zugefügt hatte, ohne sich dessen bewusst gewesen zu sein. Die Wunde reichte nicht bis knapp zwischen die Augen, wie es Kolbner bei der Vorbesprechung des Eingriffs verlangt hatte. Der grobe Schnitt, der Himek an der Lehrstätte mit Sicherheit eine scharfe Rüge durch einen seiner Mentoren eingebracht hätte, lief bis zur Mitte des Nasenrückens hinunter. Schlagartig wurde ihm klar, dass das Gesicht seiner Patientin nach diesem Eingriff furchtbar entstellt sein würde, selbst wenn die Heilung reibungslos verlaufen sollte.

»Wie konnte dir das passieren?« Kolbners Maske verbarg zwar seine zornige Miene, doch der ungehaltene Ton in seiner Stimme war nicht zu überhören. »Habe ich dir vorhin nicht genauestens erklärt, wie dieser Eingriff abzulaufen hat?«

»Entschuldige bitte meine Unachtsamkeit, Anstaltsleiter Kolbner.« Himek versuchte, mit einem sauberen Tuch dem aus der Wunde sprudelnden Blut Einhalt zu gebieten. »So etwas wird nicht wieder vorkommen.«

Nach dem Einpflanzen des Kristalls gab sich Himek alle erdenkliche Mühe, den Schnitt sauber zu vernähen, um einer übermäßigen Narbenbildung vorzubeugen, doch er war sich sicher, dass dieses Unterfangen letztlich nur eine hilflose Geste bleiben würde, die seinen zuvor begangenen Fehler nicht ungeschehen machen konnte.

Als Himek wenig später die Finger über den Hals der Patientin wandern ließ, um die kleine Kuhle unter dem Kehlkopf zu finden, in die die dritte Kugel einzusetzen war, spürte er Kolbners wachsamen Blick auf sich ruhen. Er durfte den Anstaltsleiter nicht enttäuschen. Sonst würde es ihm nie gelingen, den Mann, den er seinen Vater nannte, Lügen zu strafen. Der alte Steinbrecher hatte immer gesagt, Himek habe nicht das Zeug dazu, ein guter Leiböffner zu werden, und er solle es besser als Marmorschneider versuchen, wenn er schon unbedingt mit scharfem Werkzeug arbeiten wolle.

»Warum zögerst du?« Kolbner war offenkundig aufgefallen, dass sein junger Gehilfe erneut mit den Gedanken ganz woanders war.

»Der nächste Schnitt bereitet mir Sorgen«, sagte Himek, und diese Aussage war nicht einmal eine echte Lüge. »Wenn ich mich verschätze, besteht die Gefahr, dass ich ihre Stimmbänder verletze.«

»Schau an.« Kolbner streckte die Hand aus, griff nach einem frischen Skalpell und hielt es Himek entgegen. »Es ist sehr löblich, dass du die Folgen deiner Handlungen reflektierst. Wer zu forsch voranschreitet, findet sich bisweilen auf einem gefährlichen Pfad wieder. Doch du solltest deinem Verstand keine unnötigen Lasten aufbürden.« Der Graubart straffte die Schultern. »Selbst wenn unser Eingriff diesem Geschöpf die Stimme raubt, wird es andere Wege finden, um zu uns zu sprechen.« Er schaute auf Himeks Finger, die in ihrer tastenden Bewegung verharrt waren. »Ist das die Stelle?«

Himek nickte.

»Ausgezeichnet.« Kolbner schnalzte mit der Zunge. »Bald werden wir wissen, wie es um den Wahrheitsgehalt der alten Legenden bestellt ist.«

»Welche Legenden?«

»Die Mythen unseres Brudervolks«, antwortete der ältere Zwerg und drückte seinem Untergebenen das Skalpell in die freie Hand. »Die Geschichten aus jener Zeit, da die Halblinge noch in ihrer einstigen Heimat lebten. In den Tagen vor dem Hammerschlag, der Feuer vom Himmel regnen ließ. Du kennst die Sagen über diese Katastrophe doch bestimmt. Andere Episoden aus der grauen Vorzeit sind für unsere Zwecke allerdings weitaus interessanter. Beispielsweise die Geschichte von Anaho und Anaha.«

Kolbner bedeutete Himek mit einem knappen Winken, endlich den nächsten Schnitt vorzunehmen. »Anaho und Anaha waren Geliebte, die sich nur heimlich treffen konnten, da sie untereinander verfeindeten Sippen angehörten. Ich spreche hier natürlich von einer Zeit, da langjährige Blutfehden unter den Halblingen noch an der Tagesordnung waren. Erst nachdem sie Aufnahme bei uns Zwergen fanden und unter unseren mäßigenden Einfluss gelangten, schworen sie dieser sinnlosen Praxis ab.«

Himek setzte die Spitze des Skalpells dicht unter dem Kehlkopf seiner Patientin an.

»Ich schweife ab«, entschuldigte sich Kolbner. »Wie gesagt: Die Liebe von Anaho und Anaha konnte nur an solchen Orten Erfüllung finden, an die sich sonst nie jemand verirrte. Eines Tages fand sich Anaha verfrüht an einem der verabredeten Treffpunkte tief im dichtesten Wald ein, wo sie die Aufmerksamkeit eines hungrigen Tüpfeltods erweckte.«

Mit pochendem Herzen schnitt Himek in die zarte Haut an der zuvor ertasteten Stelle.

»Beim Tüpfeltod handelt es sich meines Erachtens um einen im Wald lebenden Verwandten des Bergparders, wie wir ihn auf unserem Kontinent finden, doch eigentlich tut es nichts zur Sache, welcher Art von Raubtier sich Anaha gegenübersah. Sie ergriff die Flucht vor dem Ungetüm und versteckte sich in einem hohlen Baum. Die Öffnung, die in ihre Zuflucht führte, war viel zu schmal, als dass der Tüpfeltod sich hätte hindurchzwängen können, doch der Räuber vermochte sehr wohl mit seiner Pranke nach ihr zu schlagen. Ein ums andere Mal fuhren seine Krallen in ihr Fleisch, und Anaha rief verzweifelt nach ihrem Liebsten.«

Wieder hatte Himek einen Wimpernschlag lang Gelegenheit, einen kurzen Blick auf das sonderbare Nervengewebe zu werfen, dessen Funktion der Anstaltsleiter zu kennen glaubte.

»Als Anaha an der Lichtung anlangte, auf der er Anaho beizuwohnen gedachte, fand er keine Spur von seiner Herzensdame. Gerade als in ihm der schreckliche Verdacht aufkeimte, ein anderer tapferer Krieger könnte sie für sich gewonnen haben, vernahm er ihre Stimme, die aus weiter Ferne zu ihm drang.«

Kolbner wartete, bis Himek den Schnitt gesäubert hatte, und legte danach eine der kleinen Kristallkugeln in die Wunde.

»Anaho folgte dem Ruf seiner in höchste Bedrängnis geratenen Geliebten, stellte sich dem Tüpfeltod, bezwang die Bestie und schloss Anaha in die Arme. Da sie aufgrund ihrer Wunden erheblich geschwächt war, trug Anaho Anaha durch den Wald in das Dorf ihrer Sippe.«

Himek brachte die winzigen Metallklammern an, die es ihm erleichterten, den Schnitt zu vernähen.

»Doch Anaho bezahlte seine Heldentat mit dem Tod, weil ihn Anahas Brüder und Vettern für seinen Frevel erschlugen. Immerhin hatte er dem schönen Mädchen die Tugend geraubt. Doch das ist nicht der Aspekt der Geschichte, um den es mir geht.«

Der Leiböffner legte die Nadel beiseite und begutachtete sein Werk. »Welcher Aspekt ist es dann, Anstaltsleiter Kolbner?«

»Es ist jener, dass besagte Anaha in allen Variationen dieser Legende, die mir bekannt sind, unter einem ganz besonderen Gebrechen litt.« Kolbners Blick fiel auf die vernähte Wunde. »Wenn man der Geschichte Glauben schenken will – und das tue ich –, wäre es

Anaha unmöglich gewesen, Anaho herbeizurufen, als ihr der Tüpfeltod zusetzte.«

»Aber warum?«

»Weil Anaha stumm war.«

»Du scherzt!«, entfuhr es Himek.

»Mitnichten.« Kolbners rechte Faust klatschte laut in seine linke Handfläche. »Anaha war stumm. Und diese Geschichte ist nur eine von vielen, in denen Halblinge sich verständigen, ohne dabei ihren Sprachapparat bemühen zu müssen. Mehr noch: Ich halte diese Fähigkeit für lediglich eines der besonderen Talente unseres Brudervolks, das nach ihrem Kontakt mit der Zivilisation zunehmend in Vergessenheit geriet. Es gibt unzählige weitere Sagen der Halblinge, in denen die Helden zu spektakulären Taten in der Lage sind: Ilele Feuerbringer, der die Hütten seiner Feinde mit einem einzigen Blick in Brand setzen konnte. Die Knaben Eki und Oki, die den giftigen Nebeln des Flüstertals entkamen, indem sie einfach über die Wasser des Kochenden Sees hinwegschritten, als liefen sie über weichen Waldboden. Oder Uduju, die ...«

»Aber das sind doch nur Mythen«, fiel Himek seinem Vorgesetzten ins Wort. »Wie sollten solche Geschehnisse denn mit den Gesetzen der Natur vereinbar sein?«

Der Graubart hob einen warnenden Zeigefinger. »Vorsicht, mein Freund, Vorsicht! Das Denken des Schaffenden sei steil, nicht flach. So lauteten die Worte des Ersten Vorarbeiters. Ich will versuchen, dir anhand eines Beispiels meine These zu erläutern: Obgleich wir die Luft um uns herum nicht sehen können, wissen wir dennoch, dass sie existiert. Richtig?«

»Richtig«, sagte Himek vorsichtig.

»Wir wissen auch, dass Gase, die weder Farbe noch Geruch besitzen, eine Verbindung mit der Luft eingehen können. Das eine Unsichtbare vermengt sich mit dem anderen Unsichtbaren. Selbiges gilt für das Phänomen der strömenden Energien, die sich in Blitzen bündeln. Was, wenn das Maß an freien Energieformen, die unserer Wahrnehmung verborgen bleiben, um ein Vielfaches höher liegt, als man gemeinhin vermutet? Und was, wenn man sich diese Energien unter besonderen Voraussetzungen nutzbar machen kann?«

»Wie soll das gehen? Obwohl ich weiß, dass es die freien Energieströme gibt, kann ich sie doch noch lange nicht meinem Willen unterwerfen, ohne dafür Maschinen einzusetzen, die mir die Bändigung der natürlichen Kräfte erlauben. Ohne die Erfindung und den Bau des Blitzwerfers hätten unsere Truppen die freien Energieströme nie als Waffe gegen unsere Feinde einsetzen können.«

Kolbner seufzte. »Du übersiehst, dass die Natur jedem Geschöpf seine eigene Maschine mitgegeben hat: den Leib. Deine Hand ist ein Greifwerkzeug. Dein Herz ist eine Pumpe. Deine Lungen sind ein Blasebalg.« Der Anstaltsleiter deutete auf die drei Stellen, an denen der Patientin bereits Kristalle eingepflanzt worden waren. »Die Nervenknoten der Halblinge sind ebenfalls Maschinen. Maschinen, die es den Angehörigen unseres Brudervolks erlauben, freie Energien zu formen.«

Während er sich auf den Weg zum Waschbecken machte, fragte Himek: »Wenn dem so wäre, müssten dann nicht alle Halblinge von Natur aus dazu in der Lage sein? Sollten sie diese besonderen Fähigkeiten dann nicht ständig einsetzen?«

Kolbner schaute nachdenklich auf die drei Kristallkugeln, die noch in dem Kästchen auf dem Rollwagen verblieben waren. »Der Erste Vorarbeiter war ein Zwerg. Er schuf vor langer, langer Zeit einen Gesetzestext, der bis heute die Grundlage unserer Gesellschaft darstellt und aus dem große Weisheit zu uns spricht. Du bist gleichermaßen ein Zwerg. Wirst du ein ähnliches Werk vollbringen?«

»Nein, selbstredend nicht.« Himek fragte sich, warum der Anstaltsleiter so plötzlich das Thema gewechselt hatte.

»Na siehst du. Ein Zwerg ist nicht immer wie der andere. Der Erste Vorarbeiter verfügte offensichtlich über eine Fähigkeit, die derart selten ist, dass es bislang keinen zweiten gegeben hat, der von sich behaupten könnte, diese Fähigkeit ebenfalls zu besitzen. Ähnlich verhält es sich mit den Talenten, die ich den Halblingen zuspreche. Sie sind sehr, sehr selten geworden. Bei allem Respekt, den ich unserem Brudervolk entgegenbringe, muss ich dennoch darauf verweisen, dass die Zahl derjenigen, die den Hammerschlag überlebten und in unsere Obhut gelangten, so klein gewesen ist, dass es über einen längeren Zeitraum hinweg zu ebensolchen Verunreinigungen der Erbmasse gekommen ist, wie sie sich bei einer Schafsherde einstellen, der man nicht in regelmäßigen Abständen neues Blut zuführt.«

Himek kehrte an den Operationstisch zurück. »Du meinst also, die Halblinge, die heute unter uns leben, hätten ihre früheren Kräfte nach und nach eingebüßt?«

»Exakt. Und nun ist es an uns, ihre ursprüngliche Verfassung wiederherzustellen.« Kolbner legte die Rechte auf den Rumpf der Patientin. »Geschöpfe wie dieses sind der beste Beweis dafür, dass unser Brudervolk weiter verrohen wird, bis schließlich auch der letzte Halbling einer vollkommenen geistigen und moralischen Zerrüttung zum Opfer gefallen ist.«

Himek schaute betreten auf Kolbners Hand, die knapp unter dem Busen der Patientin ruhte. »Womöglich hast du recht«, gestand er ein. »Wenn es so ist, wie du sagst, Anstaltsleiter Kolbner, dürfen wir nichts unversucht lassen, um …«

Himek brachte seinen Satz nie zu Ende.

Etwas war nicht in Ordnung. Kolbners Hand bewegte sich nicht, obwohl sie sich doch eigentlich im langsamen Rhythmus, den der Atem der Patientin unter dem Einfluss des Traumgases gefunden hatte, hätte heben und senken müssen.

Kaltes Entsetzen packte Himek. »Sie … sie … atmet nicht mehr.«

»Was?« Trotz seines überraschten Ausrufs zog Kolbner seine Hand nicht zurück, sondern spreizte leicht die Finger, als wollte er erfühlen, ob Himeks Befürchtung der Wahrheit entsprach.

»Sie atmet nicht mehr«, wiederholte Himek, ehe er in seinem Handeln jenem harten Drill folgte, dem er an der Bundeslehrstätte unterworfen gewesen war. Er streifte sich mechanisch die Handschuhe ab und fühlte den Puls der Patientin, doch an ihrem Hals war kein sanftes Pochen der Hauptschlagader zu spüren. »Sie ist tot«, stellte er tonlos fest und zog sich die Maske vom Gesicht.

Kolbner tat es ihm nach. Die Miene des Graubarts verriet keine Regung. Nur in seinen Augen funkelte es vor Zorn.

Urplötzlich ballte der Anstaltsleiter die Hand zur Faust und hieb zwei-, dreimal auf den schlaffen Leib der Patientin ein. Dann gewann er die Fassung zurück und blickte Himek an.

»Ich ... ich weiß nicht, ob ...«, rang Himek um Worte, doch in seinem Kopf herrschte nur taube Leere.

»Es ist nicht deine Schuld.« Kolbner zerrte der Toten mit einem barschen Ruck die Schläuche des Narkoseapparats aus der Nase. »So etwas ist schon öfter vorgekommen. Anfangs dachte ich, es könnte der Blutverlust sein, doch daran liegt es nicht. Manche von ihnen sterben einfach, und ich weiß nicht, warum.« Er kniff die Lippen zusammen. »Zieh deine Handschuhe wieder an!«

»Wieso?« Der Leiböffner kam der Aufforderung seines Vorgesetzten nach.

»Wir schneiden die Kristalle wieder heraus. Schlimm genug, dass sich die Patientin als untauglich erwiesen hat. Da müssen wir nicht auch noch die Implantate verlieren.«

Himek schluckte schwer, doch er konnte Kolbner verstehen. Die Kristalle waren gewiss nicht billig gewesen. »Und wie geht es weiter? Mit dem Projekt, meine ich.«

Kolbner verschränkte die Arme vor der Brust. »Morgen werden wir einen neuen Versuch unternehmen. Mit etwas Glück wird Patientin 23 zäh genug sein, um den Eingriff zu überstehen.«

7

Garep Schmied hätte nicht ernsthaft von sich behaupten können, ein großer Freund gesellschaftlicher Anlässe irgendwelcher Art zu sein. Die Arbeiterbelobigungsfeier in der Ehrenhalle bildete da keine Ausnahme, und doch fühlte sich der Sucher an diesem Abend nicht so unwohl wie sonst, wenn er ähnlichen Veranstaltungen beiwohnte.

Möglicherweise lag es an der Tatsache, dass er mit neuer Frisur und neuem Anzug weniger deplatziert wirkte als in den vorangegangenen Jahren. Vielleicht war der Grund auch darin zu sehen, dass Garep sich wirklich darauf freute, Karu wiederzutreffen. Er hatte in den drei Tagen, die seit dem Mord an Namul Trotz verstrichen waren, eine Menge Zeit gehabt, über einige Dinge nachzudenken. Da waren zum einen die ungelösten Fragen, vor denen er auch nach dem offiziellen Ende der Ermittlungen stand. In dieser Sache war Garep zu dem Schluss gelangt, dass er wohl oder übel auf den besten Freund eines jeden Suchers bauen musste: den Zufall. Nur mit der Unterstützung dieses wankelmütigen Helfers konnte er darauf hoffen, je eine Antwort auf die Rätsel zu finden, vor die ihn das Ableben des Komponisten gestellt hatte.

Der zweite Vorfall, um den seine Gedanken gekreist waren, war Bugegs Vorwurf, er habe schon aufgehört zu leben. Diese Äußerung hatte sich Garep in seinem Lesesessel bei einer Pfeife Blauflechten ausgiebig durch den Kopf gehen lassen. Nach einem heftigen Weinkrampf und einer gründlichen Inspektion des jämmerlichen Bildes, das er im Spiegel bot, hatte er sich eingestehen müssen, dass Bugeg recht hatte. Er konnte es drehen und wenden wie er wollte, aber von dem lebenslustigen Zwerg, der einmal davon geträumt hatte, eine Familie zu gründen und das Wohl seines Volks zu mehren, war erbärmlich wenig übrig geblieben. Irgendwann war ihm die Erkenntnis gedämmert, dass sich daran aber unter Umständen noch etwas ändern ließe.

So hatte er seine freie Zeit dazu genutzt, zwei Handwerker aufzusuchen, deren Dienste er schon länger nicht mehr in Anspruch genommen hatte: einen Friseur und einen Schneider. Mit dem modisch kurzen Haarschnitt und dem neuen Anzug aus blauer Seide fühlte sich Garep nicht nur wesentlich besser, sondern auch zum ersten Mal seit Jahren auf die bevorstehende Belobigungsfeier ausreichend vorbereitet.

Mehrere hundert Bürger der Stadt Amboss hatten sich eingefunden, um den strebsamsten Arbeitern den gebührenden Respekt zu erweisen. Kein anderer Ort als die Ehrenhalle wäre diesem Ereignis auch nur ansatzweise gerecht geworden, denn nur hier, in jenem monumentalen Bau, den die Zwerge unmittelbar nach dem Auszug aus den Berghöhlen errichtet hatten, herrschte die angemessene Atmosphäre traditionsbewussten Fortschrittsglaubens, die für eine solche Feier unabdingbar war. Ein Mosaik, das sich über den gesamten Hallenboden erstreckte, erzählte in den leuchtenden Farben teuerster Edelsteine die Geschichte der Einung der beiden Zwergenvölker nach der Zeit der Dunkelheit, als der Befreier, der zugleich der erste Oberste Vorarbeiter gewesen war, den Grundstein für den Bund gelegt hatte. Die schwelgerische Farbenpracht dieses Kunstwerks stand in krassem Gegensatz zu der Nüchternheit des Tonnengewölbes, das auf Pfeilern ruhte, deren Monumentalität den Eindruck erweckte, sie könnten selbst den Stürmen der Ewigkeit trotzen.

Das Stimmengewirr zahlloser Unterhaltungen übertönte fast die Klänge des Orchesters, dessen Mitgliedern anzusehen war, wie sehr sie dank der perfekten Akustik der Halle ihren Auftritt genossen. Sie ließen die Pauken wummern und die Becken scheppern, als gäbe es kein Morgen. Die meisten Anwesenden zeigten allerdings mehr Interesse an den Gaumenfreuden des üppigen Büffets als an den verspielten Rhythmen und den eingängigen Melodien der musikalischen Untermalung.

Im Augenblick war Garep die Schlange vor den Platten, Töpfen und Pfannen noch zu lang, als dass er sich hätte anstellen wollen. Wie er sein Glück kannte, würden die besten Häppchen bestimmt schon aus sein, sobald er sich doch dazu durchringen konnte, sich den Gourmets und Gourmands anzuschließen, die ihre Teller mit Spezialitäten aus allen Regionen des Bundes füllten. Angesichts seiner sonstigen Kost würde er sich jedoch auch gerne mit einer getrüffelten Fliegenwachtel oder panierten Vielarmringen zufriedengeben, wenn denn tatsächlich schon alle Almenlammzungen und überbackenen Austern in den hungrigen Mägen der Festgesellschaft gelandet sein sollten.

Garep stellte sich auf die Zehenspitzen und hielt über dem Meer aus Köpfen und Hüten Ausschau nach bekannten Gesichtern. Hier und da überragten Menschen wie schlanke Säulen die Zwerge und Halblinge, die den Großteil der geladenen Gäste stellten. Sehr zum Ärger der konservativeren Sippen hatte der Stadtrat bereits vor einigen Jahren damit begonnen, Einladungen für die Belobigungsfeier auch an die reichsten menschlichen Kaufleute zu schicken, die in Amboss lebten und Geschäfte machten. Nicht alle Menschen, die aus den Zerrissenen Reichen kamen, waren bettelarm oder bei wohlhabenderen Zwergen in Anstellung. Einige von ihnen waren wahrhaft begnadete Kunsthandwerker, deren Erzeugnisse aus dem Leben vieler Zwerge nicht mehr wegzudenken waren, während wieder andere sich sogar ganz aus freien Stücken dazu entschlossen hatten, ihr Glück als Fernhändler unter den Zwergen zu versuchen. Trotz des Neids und der Ablehnung, mit denen sie gelegentlich zu kämpfen hatten, wuchs die Kundschaft beider Gruppen beständig, denn die Zwerge hatten durchaus Geschmack an manchen Hervorbringungen menschlicher Kultur gefunden – insbesondere an solchen Luxusgütern wie Wein und Seide.

Jemand zupfte Garep forsch am Ärmel und polterte mit dumpfer Stimme: »Wenn das mal nicht der faulste Gehilfe ist, den ich je bei meiner Arbeit als Sucher ertragen musste!«

Garep schloss den Graubart mit dem beinahe schon furchteinflößenden Bauchumfang in die Arme. »Dekut Schuster! Was für eine Freude! Deine Arbeit ist unvergessen … auch wenn ich gedacht hatte, deine Enkel würden schon deine Grabplatte fegen!«

Der alte Zwerg drückte Garep so fest an sich, dass ihm das Kreuz krachte. »Das könnte dir so passen, du frecher Kiesel! Aber ich muss dich leider enttäuschen. Die Glut meiner Esse ist noch nicht erloschen. Obwohl einem die Knochen schon anfangen zu rosten, wenn man die lieben langen Schichten nur zu Hause sitzt.«

»Ich bin mir sicher, Lale macht es dir so angenehm wie möglich«, entgegnete Garep lächelnd.

»Wenn du wüsstest«, brummte Gareps ehemaliger Mentor. »Sie verbietet mir sogar, mit dem Fernglas am Fenster zu sitzen und so zur Sicherheit der Nachbarschaft beizutragen. Dabei kann man in einer so großen Stadt doch gar nicht vorsichtig genug sein.«

»Warum bist du dann nicht tiefer in den Bergen geblieben, mein Freund?« So sehr sich Garep auch freute, jenen Zwerg wiederzusehen, der ihn die Grundzüge der Arbeit eines Suchers gelehrt hatte, förderte sein Erscheinen dennoch zugleich Erinnerungen an die alte Heimat zutage, mit denen Garep nun endlich für immer abschließen wollte. »Sag mir nicht, das sei deine Entscheidung gewesen …«

Dekut rümpfte die Nase. »Mein Weib hat hier in Amboss ein Haus geerbt, und da gab es für sie kein Halten mehr. Das Leben auf dem Land war nie so recht nach ihrem Geschmack, aber ich musste mir damals ja unbedingt so eine Stadtschnepfe anlachen. Aber wir haben genug über mich geredet. Wie geht es dir, mein Junge?«

Garep entging die Besorgnis in Dekuts Stimme nicht. »Ich bin dabei, eine schmerzhafte Erfahrung zu machen, die dir nicht ganz unbekannt sein dürfte: Mein Gehilfe macht inzwischen so gute Arbeit, dass er mich bald nicht mehr brauchen wird.«

Dekut kratzte sich unter seinem Zylinder. »Ja, das ist in der Tat sehr hart. Trotzdem wirst du dich daran gewöhnen müssen. Mir ist es auch nicht leichtgefallen, dich ziehen zu lassen, aber irgendwann kommt immer der Zeitpunkt, an dem es besser für beide ist, voneinander Abschied zu nehmen. Dann verschwindet der Gehilfe aus deinem Leben und du kannst nur darauf hoffen, ihn zufällig bei irgendeiner Feier wiederzutreffen …«

Garep hob verzweifelt die Arme. »Keine Vorwurfsarien bitte! Ich weiß, dass ich versprochen hatte, dir zu schreiben, und ich gelobe Besserung. Wird dir ein Glas Perlwein über die Enttäuschung hinweghelfen?«

Mit gespielt verbitterter Miene musterte der Graubart den Knauf seines Gehstocks. »Es wäre zumindest ein Anfang gemacht«, sagte er schließlich und versetzte Garep einen Schubs in Richtung einer der Nischen, in denen Getränke ausgeschenkt wurden.

Kaum hatte Garep mit seinem alten Freund angestoßen, hallten die Schläge eines Hammers auf einem Amboss durch den Saal. Angeregte Unterhaltungen wurden zu leisem Geflüster, und alle Blicke richteten sich nach vorne zur Bühne, auf der nicht nur das Orchester untergebracht war, sondern auch ein mit aufwendigen Schnitzereien verziertes Rednerpult stand. Ein Mensch in einem grellroten Seidenanzug legte gerade den Hammer beiseite, mit dessen Schlägen er die Gäste auf seine bevorstehende Ansprache aufmerksam gemacht hatte. Seiner Kleidung und seinem Doppelkinn nach zu urteilen, handelte es sich bei dem Mann mit dem kurzen blonden Haar keinesfalls um einen mittellosen Flüchtling. Darüber hinaus verriet die Selbstsicherheit, mit der er sich auf der Bühne bewegte, dass es nicht seine erste Rede vor einem so großen Publikum war.

Der Mensch räusperte sich und wartete ab, bis sich eine erwartungsvolle Stille über die Ehrenhalle gelegt hatte, ehe er seine für Zwergenohren fast schon unangenehm helle Stimme erhob. »Verehrte Gäste der diesjährigen Arbeiterbelobigungsfeier der Stadt Amboss! Schenkt mir einige Augenblicke eurer kostbaren Aufmerksamkeit, und ich verspreche euch, dass ich versuchen werde, euch nicht über Gebühr zu langweilen.« Verhaltenes Lachen bewies, dass der kleine Scherz die gewünschte Wirkung nicht verfehlt hatte. »Es fällt mir schwer, die richtigen Worte zu finden, die meiner Dankbarkeit angemessen Ausdruck verleihen. Dankbarkeit, die ich aus tiefstem Herzen dafür empfinde, mit meiner Familie Aufnahme im Bund der Zwerge gefunden zu haben. Eine solche Güte ist dort, wo ich herkomme, gewiss keine Selbstverständlichkeit, sondern nur der Wunschtraum einiger hoffnungsfroher Seelen, die sich nicht mit der immerwährenden Zwietracht innerhalb ihres eigenen Volks abfinden können.« Der Mensch sprach fast ohne Akzent, und nur die Art, wie er einige Wortendungen verschluckte, verriet, dass er nicht von Geburt an unter Zwergen gelebt hatte. »Und da Worte dem Gefühl, das ich in mir trage, nur spotten können, will ich Taten sprechen lassen. Ich bin ein reicher Mann, und mein Reichtum gründet sich nicht zuletzt auf der Großzügigkeit eures Volks. Ihr, die ihr mir so viel gegeben habt, sollt etwas von mir zurückerhalten: Der zehnte Teil meiner Gewinne soll fortan zusätzlich in den Haushalt des Stadtrats wandern.« Ein erstauntes Raunen ging durch die Menge. »Diese Gelder sollen den Armen zukommen – Menschen wie Zwergen gleichermaßen. Dies ist das Opfer, das ich bereitwillig bringen möchte, um zu einem besseren Verständnis zwischen unseren Völkern beizutragen, da ich der festen Auffassung bin, dass die Zahl der Dinge, die uns einen, weitaus größer ist als die Zahl der Dinge, die uns voneinander unterscheiden. In Wohlstand wie Armut sind Menschen und Zwerge gleich, und nur durch eine gerechte Verteilung der Mittel wird es uns eines Tages gelingen, jenes Unkraut der Seele mit Stumpf und Stiel auszurotten, das den Namen Zwietracht trägt. Doch genug der mahnenden Worte und der hehren Ziele. Wir sind an diesem Ort zusammengekommen, um Strebsamkeit und Pflichterfüllung zu feiern. Lasst uns in diesem Sinne unsere Gläser und Humpen erheben und einen lauten Gruß an den Obersten Vorarbeiter entsenden.« Der Mann hob seine Sektflöte und rief dann aus vollem Hals: »Auf den Fleiß!«

»Auf den Fleiß!«, kam die Antwort wie ein Donnerhall aus der Menge. »Auf den Fleiß!«

Der Redner deutete eine leichte Verbeugung an, während das Orchester die ersten Takte des Einheitsmarsches spielte. Am Fuß der Treppe zur Bühne erwartete ihn schon eine Traube von Gratulanten, die den Mann mit Bekräftigungsgesten und Hochrufen feierte.

»Wer hätte gedacht, dass dieses Jahr ausgerechnet ein Mensch einen Akt der Freigiebigkeit verkündet, der auch einigen unserer Manufaktureigner gut zu Gesicht stünde?«, brummte Dekut, nachdem sich der Jubel ein wenig gelegt hatte.

»Es würde schon reichen, wenn sie sich zumindest dazu durchringen könnten, ihre Steuern pünktlich zu zahlen«, erwiderte Garep. »Wir sollten aber auch nicht vergessen, dass die Manufakturbesitzer vielen Zwergen Arbeit geben.«

»Schon recht.« Dekut nippte an seinem Perlwein. »Dann sollten wir aber auch nicht vergessen, dass die Arbeit im ganzen Bund weniger wird. Und dass der Befreier in seiner Gruft keine Ruhe mehr fände, falls man ihm mitteilen könnte, wie sehr die Manufaktoren ihre Privilegien missbrauchen. Mag sein, dass einem von Rechts wegen ein fester Jahresbonus zusteht, wenn man derart viel Verantwortung trägt, aber diese Flachdenker sind unersättlich. Und noch dazu halten sie ihre Versprechen nicht. Die Maschinen, die sie immerzu bauen lassen, fressen mehr Arbeit, als sie bringen. Wenn der Oberste Vorarbeiter die nächste Wahl tatsächlich gewinnen will, sollte er sich schleunigst etwas einfallen lassen, wie er die Leute wieder in Lohn und Brot bringt.«

»Und wie sollte er das deiner Meinung nach anstellen?«, erkundigte sich Garep. Er erinnerte sich an ähnliche Diskussionen, die er mit Dekut geführt hatte, als der sturköpfige Graubart noch sein Mentor war.

»Die Arbeit eines jeden Zwergs hat dem Gemeinwohl zu dienen«, zitierte Dekut eine der Regeln des Befreiers. »Eigentum, das auf eine Weise genutzt wird, die diesem Gedanken zuwiderläuft, kann der Obhut des Rates der Räte unterstellt werden.«

»Du solltest dich wirklich einmal mit meinem Gehilfen unterhalten«, seufzte Garep. »In einigen Punkten würde dir Bugeg bestimmt sofort beipflichten.«

»Wo steckt der Kiesel denn überhaupt? Es klingt ganz so, als wäre mit dem Burschen etwas anzufangen.« Dekut schob streitlustig das Kinn nach vorn. »Zumindest mehr als mit einem Griesgram, der vergessen hat, was unser Volk zusammenhält.«

Garep lächelte gequält und ließ seinen Blick durch die Halle schweifen. »Um ehrlich zu sein, habe ich nicht die geringste Ahnung. Für gewöhnlich lässt er sich solche Feiern nicht entgehen.«

In der Nähe eines der Pfeiler fiel Garep eine Person auf, deren Erscheinen ihn trotz ihres hohen Rangs in der Verwaltung überraschte. Entgegen des weitverbreiteten Klischees vom stets pflichtbewussten Halbling, der sich nach der Schicht aber umso besser darauf versteht, wild und ausgelassen zu feiern, blieb Eluki 29-12 auch nach Dienstschluss ein paragrafenreitender Drache. Mit Sucher Schmied verband Eluki eine glühende Hassliebe epischen Ausmaßes. Jeder Antrag, den Garep je gestellt hatte, war von Eluki einer eingehenden Prüfung unterzogen worden – selbst, wenn es nur um die Bewilligung von zusätzlichem Büromaterial ging. Andererseits hatte der Sucher der Verwaltungsbeamtin einige Annehmlichkeiten wie beispielsweise die Bereitstellung seiner Kutsche zu verdanken, ohne dass er dahinter gekommen wäre, wodurch er sich dieses Zeichen ihrer Anerkennung verdient hatte.

Garep deutete auf die zierliche Halblingin mit dem vorzeitig ergrauten Haar, das sie anlässlich der Feier offen und nicht wie sonst in einem strengen Dutt trug. »Wenn ich dir schon nicht mit meinem Gehilfen dienen kann, würde ich dich bitten, mir bei der Dame dort drüben den Rücken zu stärken.«

Dekut legte die wettergegerbte Stirn in Falten. »Was willst du denn von der verschrumpelten Dörrpflaume?«, beschwerte er sich, folgte Garep allerdings bereitwillig, der sich unbeholfen und mit einer schier endlosen Serie entschuldigender Gesten einen Weg durch die Menge bahnte.

»Ich hoffe, dass du nicht vergessen hast, was sich gehört, wenn man es mit einem Mitglied der ersten zwanzig Halblingsfamilien zu tun hat«, rief Garep Dekut über die Schulter zu, während er sich zwischen einer Gruppe bereits angetrunkener Finanzbeamter und einem in der Werbung begriffenen Zwergenpärchen hindurchzwängte. »Nur weil du dich nicht mehr mit den Idiotien der Verwaltung herumschlagen musst, seit du in den Ruhestand getreten bist, wäre ich dir dennoch sehr verbunden, die Gute nicht dazu zu bringen, mich noch mehr zu verabscheuen, als sie es ohnehin schon tut.«

»Du hast dich mit der Beamtin verkracht, die für deine Dienststelle zuständig ist?«, fragte Dekut ungläubig. »Wie hast du diese Meisterleistung nur wieder hingekriegt, Junge? Denk immer daran: Ob es ihm nun besonders schmeckt oder nicht, ein Sucher muss sich mit den Halblingen in der Verwaltung unbedingt gut stellen. Ansonsten kann er es gleich vergessen, seiner Arbeit unbehelligt nachgehen zu dürfen.«

»Ja, ja, ja«, blaffte Garep giftig. »Es ist alles noch genauso wie früher: Du weißt alles, und ich weiß nichts.«

Dekut hob drohend den Gehstock. »Halt dein freches Maul, du Steinesel. Du warst es doch, der um meine tatkräftige Unterstützung gebeten hat.«

Ein kräftiger Arm in einem Puffärmel legte sich um Dekuts Nacken wie eine bleiche Würgeschlange. »Und ich hatte dich gebeten, schön in meiner Nähe zu bleiben, du Strolch. Wenn wir den Anfang des Tanzes verpassen, kannst du heute Nacht auf dem Boden schlafen.« Der Ton in Lale Schusters Stimme duldete im Grunde keinen Widerspruch, aber der pensionierte Sucher aus der Provinz war kein Zwerg, der bereits bei den kleinsten Schwierigkeiten aufsteckte.

»Wir werden den Tanz schon nicht verpassen, meine Goldmünze. Habe ich jemals eines meiner Versprechen gebrochen?« Dekut zog seine Gemahlin in eine zärtliche Umarmung. Lale war mindestens fünfundzwanzig Jahre jünger als ihr Gatte und noch immer so strahlend schön, wie Garep sie in Erinnerung hatte, obwohl auch sie der herrschenden Mode folgend ihren blonden Backenbart ein wenig gestutzt hatte. Wie sie ihrem Mann nach dessen leicht durchschaubarem Beschwichtigungsversuch die kleine Gerte in ihrer Rechten pfeifend über den Bauch zog, bewies Garep, dass sie von ihrem Durchsetzungsvermögen ebenso wenig eingebüßt hatte wie von ihrer Schönheit.

Sein Interesse am Ausgang der Auseinandersetzung zwischen Dekut und Lale war eher mäßig, weshalb Garep die beiden Geister aus seiner Vergangenheit stehen ließ, um sich ganz der Zukunft zu widmen – einer Zukunft, über die nicht zuletzt die Launen Elukis entschieden.

»Neunundzwanzig Generationen ungebrochene Pflicht«, grüßte Garep die Beamtin mit der Formel, die ihrem Alter und dem Ansehen ihrer Familie Achtung zollte. Eluki, deren rechendürrer Leib in einem schlichten Hosenanzug aus gelbem Leder steckte, hatte das Herannahen des Suchers nicht bemerkt, da sie sich gerade mit zwei Halblingen in der olivgrünen Ausgehuniform des Kommissariats für

Bundessicherheit unterhielt. »Sucher Schmied«, sagte sie überrascht und starrte Garep aus ihren weit aufgerissenen graublauen Augen an. »Welch angenehme Überraschung, dass wir beide uns einmal ganz privat begegnen!« Eluki musterte ihn von Kopf bis Fuß. »Ein Seidenanzug! Wie ich sehe, beginnst du deine Boni sinnvoll zu investieren. Und ganz im Ernst: Ich liebe diese neue Frisur. Du wirkst so jugendlich damit.«

»Schmied?«, mischte sich einer der beiden Kommissare ein. »Der Sucher Schmied, der gemeinsam mit seinem Gehilfen Bugeg Gerber den Fememord am Meisterkomponisten Namul Trotz in Rekordzeit aufgeklärt hat?«

»Du bist wahrlich exzellent informiert«, zeigte Garep sich beeindruckt.

»Genau das ist die Aufgabe, der wir nachkommen«, sagte der andere Kommissar mit einem knappen Nicken und wandte sich zum Gehen. »Einen angenehmen Abend noch.« Sein Begleiter folgte ihm auf dem Fuße.

Eluki bemerkte Gareps skeptischen Blick, als er den beiden nachschaute, die rasch im Gewühl verschwanden. »So wie du dreinschaust, könnte man fast meinen, du hättest Angst, ich würde den Herren von der Bundessicherheit etwas erzählen, das sie nicht wissen sollten.«

Garep schnaubte verächtlich. »Was könnte man schon jemandem erzählen, der von sich behauptet, alles zu wissen?«

Die Halblingin zog genüsslich an ihrer beinahe unterarmlangen Zigarettenspitze. »Höre ich da etwa einen Hauch von Verbitterung? Oder ist es vielleicht sogar Neid?«

»Verbitterung? Neid?«, äffte Garep sie nach. »Dass ich nicht lache. Solange mir die Kommissare nicht in meine Arbeit hineinreden, können sie tun und lassen, was sie wollen. Aber reden wir bitte über etwas anderes. Habe ich dir schon gesagt, dass dir Gelb ausgezeichnet steht? Noch dazu, wenn es Leder ist?«

Eluki legte in aufgesetzter Überraschung eine perfekt manikürte Hand auf ihr Dekolleté. »War das ein Kompliment, mein Bester? Du treibst mir noch die Schamesröte ins Gesicht!« Ihre Stimme senkte sich um eine Oktave und nahm einen knarzenden Unterton an. »Was willst du?«

»Wie kommst du nur darauf, dass ich etwas von dir wollen könnte?« Garep spielte immer noch den Speichellecker.

»Garep«, setzte die Beamtin an, »in all den Jahren, in denen wir beide uns nun schon kennen, hast du immer nur dann versucht, mir zu schmeicheln, wenn du eine dringende Eingabe machen wolltest. Also lassen wir die Kieselspielchen und reden besser gleich wie Erwachsene miteinander.« Eluki schenkte ihm einen unschuldigen Augenaufschlag. »Obwohl mir deine neue Verpackung wirklich das Wasser im Munde zusammenlaufen lässt.«

Garep nestelte verlegen an den Messingknöpfen seiner Weste. »Schon gut, Eluki. Du hast gewonnen. Ich will wirklich, dass du eine Eingabe beim Rat für mich machst.«

»Und worum geht es dabei genau?«

»Dir dürfte nicht entgangen sein, dass Bugeg mittlerweile so weit ist, seine eigenen Fälle zu übernehmen. Das bedeutet wiederum, dass mir bald ein neuer Gehilfe zugeteilt werden wird.« Garep entschloss sich, alles auf eine Karte zu setzen und Eluki durch Offenheit auf seine Seite zu ziehen. »Ich hätte einen Wunsch, was diesen neuen Gehilfen angeht. Am liebsten wäre mir Karu Schneider.«

Eluki grinste wie eine Katze, die sich gerade eine dicke Maus einverleibt hatte. »Karu Schneider? Ich kann nachvollziehen, dass diese Anwärterin gewisse … Vorzüge als deine Gehilfin hätte, und ich würde dir ja auch liebend gern weiterhelfen, aber mir sind leider die Hände gebunden.«

»Ich dachte, wir hätten uns darauf geeinigt, die Kieselspielchen sein zu lassen. Was meinst du damit, dass dir die Hände gebunden sind?« Garep spürte einen dicken Kloß im Hals, der sich auch durch heftiges Schlucken nicht beseitigen ließ.

Eluki seufzte schwer. »Es werden im laufenden und im kommenden Jahr Suchern keine neuen Gehilfen zugewiesen, Garep. Auf Anweisung des Obersten Vorarbeiters wird der Stadtrat die dafür ursprünglich eingeplanten Finanzmittel anderweitig verwenden. Was man den Suchern an Arbeitsstunden nimmt, wird den Streitkräften und der Bundessicherheit zur Verfügung gestellt. Vielleicht wirst du im übernächsten Jahr einen neuen Gehilfen erhalten. Dann kann ich mit allerhöchster Wahrscheinlichkeit dafür sorgen, dass deine Wünsche berücksichtigt werden. Momentan sieht es allerdings so aus, dass ich nicht das Geringste für dich tun kann.«

»Das ist ungerecht. Man hätte uns Suchern mitteilen müssen, dass der Finanzplan geändert wird.«

Eluki ergriff Gareps Hand und tätschelte sie wie die eines Kiesels, der sich das Knie gestoßen hat. »Reg dich nicht auf, mein Guter. Die Sucher werden eine Mitteilung erhalten – nach der Wahl, versteht sich.«

»Und woher weißt du dann schon von der bevorstehenden Änderung?«, fragte Garep und riss die Hand zurück.

»Nun, sagen wir, ich habe es aus berufenem Munde erfahren«, sagte Eluki mit einem Augenzwinkern. »Und wo wir eben von Karu Schneider sprachen ... Kommt sie da drüben nicht herein?«

Gareps Blick folgte dem ausgestreckten Zeigefinger der Halblingin. Karu war gerade durch einen der Seiteneingänge in die Halle getreten. Die junge Zwergin setzte für die Feier offenbar auf Schlichtheit, denn ihr weißer Dreiteiler aus Samt war frei von jeglichen Applikationen. Nur ihren Rundhut und ihre Handtasche zierte je eine einzelne lange Feder in kräftigem Rot. Selbst aus der Ferne war nicht zu übersehen, dass Karu sich die Wangen glatt rasiert und gepudert hatte, und Garep hätte schwören können, dass dies der Einfall ihres Begleiters gewesen war. Bugeg selbst hatte seine schwere Lederjacke gegen einen keck geschnittenen, kupferfarbenen Gehrock getauscht, dessen Ärmel mit schwarzen Perlen in einem Dreiecksmuster bestickt waren.

Garep rühmte sich, binnen weniger Augenblicke erfassen zu können, welcher Art die Beziehung zwischen zwei Personen war. Dieses Talent hatte ihm bei der Aufklärung so manchen Falles ausgezeichnete Dienste geleistet, denn insbesondere Morde waren in der Tat häufig Verbrechen aus Leidenschaft – auch wenn sein Gehilfe hinter jedem Totschlag gleich ein politisches Attentat vermutete. Als Garep nun jedoch beobachtete, wie Bugeg und Karu miteinander umgingen, wünschte er sich, er wäre mit Blindheit geschlagen. Trotzdem schaffte er es nicht, den Blick von dem Paar abzuwenden, das sich schnurstracks in Richtung Büffet aufmachte. Die Art, wie die beiden sich mit leuchtenden Augen anschauten und einander mit Knüffen und sanftem Schubsen neckten, während sie die aufgefahrenen Leckereien begutachteten, war für Garep Beweis genug, dass das Paar schon das Bett geteilt haben musste. Bugeg ließ eben nichts anbrennen.

Gareps Gefühlswelt war ein Chaos aus Zorn, Enttäuschung und Verzweiflung. Sein Zorn richtete sich weniger gegen Bugeg als gegen sich selbst. Wie hatte er nur so dumm sein können, ernsthaft daran zu glauben, eine junge, lebenslustige Zwergin wie Karu für sich zu gewinnen? Sein Gehilfe wiederum hatte ja nicht ahnen können, dass er Gefallen an der Anwärterin gefunden hatte, denn Bugeg hatte noch nie erlebt, dass sein Mentor romantisches Interesse an einer anderen Person zeigte. Enttäuscht war Garep vor allem deshalb, weil er nicht wusste, wann und ob die Herzensregung, die er für Karu empfunden hatte, bei einer anderen Zwergin einsetzen würde. Und seine Verzweiflung rührte letzten Endes daher, dass er die aufkeimende Zuneigung zu der Anwärterin als einzigen Ausweg aus dem Labyrinth aus Schmerz gesehen hatte, in dessen Gängen er sich seit Pinakis Tod immer weiter verirrt hatte. Garep sehnte sich nach einer Pfeife Blauflechten.

Ein dreifach dröhnender Paukenschlag ließ ihn zusammenzucken. Bewegung kam in die Menge der Feiernden, als die Gäste Aufstellung für den Tanz der Einheit und der Verbrüderung nahmen.

»Wie sieht es aus, Sucher Schmied? Bist du bereit für den erbaulichsten Teil des Abends?« Eluki bot Garep ihren Arm an.

»Ich tanze nicht«, sagte Garep knapp und schob sich gegen den Strom in Richtung der riesigen bronzenen Eingangstüren, wo bequeme gepolsterte Stühle für all jene Gäste bereitgestellt worden waren, die nicht am Tanz teilnehmen konnten oder wollten. Der Tanz der Einheit und der Verbrüderung war eine althergebrachte Tradition, die die glorreiche Historie des Zwergenvolks anschaulich darstellte. In jeder Festhalle im ganzen Reich gab es ein ähnliches Mosaik wie das, das den Boden der Ehrenhalle in Amboss schmückte. Die vier großen Felder, in die das Mosaik unterteilt war, standen für die vier Gruppen, in deren Rolle die Tänzer symbolisch schlüpften. Das linke obere Viertel der Tanzfläche, an dessen unterem Rand die Darsteller des Seevolks Aufstellung nahmen, war mit in Wellenmustern ausgelegten Saphiren bedeckt. Eingesprenkelte Diamanten deuteten Gischt und die Schaumkronen der Wogen an. Das darunter liegende Viertel war bis auf feine Adern aus Silber und Gold, die sich zwischen den Opalen und den Obsidianplatten entlangzogen, so schwarz wie die finsteren Höhlen, in die sich das Bergvolk während der Zeit der Dunkelheit geflüchtet hatte. Die verbleibenden Viertel waren den beiden fremden Rassen vorbehalten, die beim Tanz eine gewichtige Rolle spielten. Das untere war ein mittels leuchtender Smaragde nachempfundenes Abbild jener blühenden Heimat, aus der die Halblinge vor Urzeiten vertrieben worden waren, während das obere Feld mit seinen Bernsteinen und Topasen die unwirtliche Einöde repräsentierte, aus der die vielarmigen Drachen dereinst in das Land der Zwerge eingefallen waren. Jeder Teilnehmer am Tanz durfte seine Rolle frei wählen, wobei es sich kein Halbling nehmen ließ, zumindest für eine kurze Zeit, wenn auch nur in der Phantasie, in jenes blühende Paradies zurückzukehren, das seinen Vorfahren geraubt worden war.

Während die Tänzer zum dumpfen Pochen einer einzelnen Kesselpauke noch Aufstellung bezogen, fand Garep einen freien Platz in der hintersten Stuhlreihe neben zwei in Würde gealterten Zwergen. Die beiden Graubärte klagten laut darüber, dass die jungen Leute jedes Jahr länger brauchten, bis der Tanz endlich losgehen konnte.

»Wenn ich noch besser zu Fuß wäre, würde ich diesen Langweilern zeigen, wie ein anständiger Zwerg tanzt«, schnaufte der eine und wischte sich mit einem Spitzentuch die Schweißperlen vom feisten Hals. Sein Korsett war so eng geschnürt, dass er kaum atmen konnte.

Der andere schob seinen Kneifer zurecht und hüstelte gekünstelt. »Wenn du noch besser zu Fuß wärst, würden heute einige mit blauen Zehen nach Hause gehen.«

Die Tänzer waren nun so weit, dass die Musiker des Orchesters das heitere Thema anstimmen konnten, mit dem die Zeit der Einheit untermalt wurde, als die beiden Zwergenvölker noch nicht geteilt waren. Seezwerge und Bergzwerge standen eng beieinander und hüpften im Takt zwischen ihren jeweiligen Vierteln hin und her. Die Halblinge vollführten einen komplizierten Schreittanz, dessen Schrittfolge sie jedoch nicht über den Rand ihrer immergrünen Heimat hinausführte, während die Darsteller der Drachen dicht gedrängt in der äußersten Ecke des gelbgoldenen Viertels standen und das muntere Treiben der Zwerge beobachteten. Mit einem Mal schlichen sich bedrohliche Untertöne in die Musik ein, die die Drachen zum Anlass nahmen, gierig mit den Kiefern zu mahlen und mit den Zähnen zu klappern. Sie schwärmten mit hoch erhobenen Armen und zu Klauen gespreizten Fingern aus und näherten sich langsam den fröhlich in die Hände klatschenden Zwergen. Plötzlich schepperten die Becken und jeder der Drachen packte zwei Seezwerge am Hals, um die hilflosen Opfer in sein angestammtes Viertel zu ziehen.

»Sonderlich bedrohlich wirkten die Drachen nun gerade nicht«, meckerte der Zwerg mit dem Kneifer.

»Stimmt, Ralek«, pflichtete ihm der Korsettträger bei. »Die dicke Wachtel da drüben hat ihre speckigen Arme kaum hochbekommen. Und der Mensch da rechts außen läuft, als ob er sich in den Anzug geschissen hätte. Was für ein unwürdiges Schauspiel.«

Indes hatten die Geigen begonnen, schaurig zu klagen, und der traurige Klang der Hörner kündete von der Flucht der Bergzwerge in ihr selbst gewähltes Exil. Das hinterste Tanzpaar deutete mit den Armen einen Höhleneingang an, in den sich das von den Drachen verschonte Volk gemessenen Schritts flüchtete. Die ins gelbe Viertel verschleppten Seezwerge wurden derweil von einem Drachen zum nächsten gestoßen, und nur den Halblingen entging die große Tragödie, die sich soeben ereignet hatte.

Garep brachte nicht die nötige Energie auf, Ralek und seinen Kumpanen darauf hinzuweisen, wie unangebracht ihre nörgelnden Kommentare waren. Stattdessen ergab er sich ohnmächtig in sein Schicksal, als sein Nachbar, der schwitzende Rollbraten, sich zu ihm hinüberbeugte, um ihn in das Gespräch einzubinden.

»Was hältst du denn von dieser Aufführung, Bruder?«, fragte ihn der Graubart und leckte sich über die fleischigen Lippen.

»Ich warte mit meinem endgültigen Urteil lieber bis zum Ende des Tanzes«, lautete Gareps unverbindliche Antwort, und er drehte den Kopf ein wenig zur Seite, um dem alten Zwerg verständlich zu machen, dass er zurzeit wenig Wert auf Konversation legte.

Zu einem pathetisch-mitreißenden Satz, der von den Bläsern des Orchesters dominiert wurde, traten die Seezwerge unmittelbar hinter die Drachen und deuteten wilde Axthiebe an, mit denen sie ihre Peiniger schließlich bezwangen. Die besiegten Monstren sanken zu Boden und rührten sich nicht mehr. Die meisten älteren Tänzer übernahmen gern die Rolle der Drachen, da sie nicht nur am kürzesten, sondern auch am wenigsten anstrengend war. Ihre Aufgabe für den Rest der Darbietung bestand nur noch darin, in ihrer Sterbepose zu verbleiben.

Das Publikum feierte den Triumph der Seezwerge mit dermaßen donnerndem Applaus, als hätte sich der Sieg über die Drachen gerade eben erst zugetragen und läge nicht viele Jahrhunderte zurück. Selbst Gareps Sitznachbarn ließen sich von der Stimmung anstecken und stampften begeistert mit den Füßen.

Die Seezwerge waren mittlerweile mit einigen beherzten Sprüngen in ihr ursprüngliches Viertel zurückgekehrt und forderten die Bergzwerge mit lockenden Gesten auf, wieder aus der Höhle zu treten. Unterstrichen wurde diese Bitte durch süßeste Flötenmelodien, die selbst einen im Blutrausch rasenden Vielfraß eingelullt hätten. Das Tanzpaar, das den Höhleneingang darstellte, öffnete seine über Kreuz verschränkten Arme und gestattete so den Bergzwergen die Rückkehr ins Licht. Verwundert und geblendet zugleich drehten sie sich immerzu um die eigene Achse, bis sie ins Taumeln gerieten und von den zu Hilfe eilenden Seezwergen aufgefangen werden mussten. Dankbar ließen sich die Bergzwerge in die Mitte des Mosaiks führen, wo auf einem Rund aus Basalt und Aquamarin stolz das Wappen des Bundes prangte. Die beiden Gruppen vermischten sich und bildeten einen großen Kreis als Zeichen der wiedergefundenen Einheit der Zwergenvölker. Das Orchester stimmte noch einmal das heitere

Thema des Anfangs an, und die Zuschauer nahmen ihren Jubel in unverminderter Begeisterung wieder auf.

Ralek klopfte seinem Begleiter auf den Rücken, der sich bei einem allzu lang gezogenen Johlen verschluckt hatte und krebsrot anlief. »Du kennst kein Maß, mein Lieber. Nicht beim Saufen, nicht beim Fressen, nicht einmal beim Jubeln. Das wird dich eines Tages noch umbringen. Du kannst wirklich froh sein, dass du mich hast, Kabet. Ansonsten lägst du nämlich schon lange in der Gruft.«

Kabet schnappte nach Luft wie ein auf dem Trockenen gelandeter Fisch und keuchte schließlich ein dankbares »An deiner Arbeit ist nichts auszusetzen«, als es ihn nicht mehr schüttelte.

Das Verstummen aller Instrumente bis auf die Pauken und die Becken, die immer lauter lärmten, kündigte den Hammerschlag an. Mit dem Einsetzen der größten Katastrophe, die die Welt je gesehen hatte, ergriffen die Halblinge Hals über Kopf die Flucht aus ihrem zum Untergang verdammten Paradies und umringten den Kreis der Zwerge. Sie wiegten ihre Oberkörper im stetig langsamer werdenden Rhythmus, der von den Schlaginstrumenten vorgegeben wurde, und reckten die Hände flehentlich gen Himmel.

Als das letzte Grollen des Hammerschlags verklungen war, folgte ein Moment vollkommener Stille. Erst als die Zwerge ihren Kreis öffneten, um den Halblingen Einlass in ihre Mitte zu gewähren, setzte das Orchester wieder voller Inbrunst mit dem beschwingten Leitthema des Tanzes ein. Die Halblinge formierten sich zu einem kleineren Reigen innerhalb des schützenden Walls der Zwerge, und so war das unzertrennbare Band der Bruderschaft zwischen den beiden Rassen für ein weiteres Jahr gefestigt. Den Darstellern der Drachen war es nun erlaubt, sich wieder zu erheben und von der Tanzfläche zurückzuziehen, aber für die restlichen Gruppen war der Tanz noch lange nicht vorbei. Traditionell endete er erst, wenn einer der verbliebenen Tänzer spürte, dass ihm die Beine schwer wurden, und natürlich wollte niemand der Erste sein, der zugab, dass ihm langsam die Kräfte schwanden.

»Jetzt wird es spannend«, jauchzte Kabet. Das Orchester spielte mittlerweile so laut, dass er beinahe schreien musste, um sich verständlich zu machen. »Wollen wir doch mal sehen, wann ihnen die Puste angeht. So dürr, wie die meisten von denen aussehen, kann es ja nicht sehr lange dauern. Ich wette, einer der Menschen gibt als Erster klein bei.« Er trommelte aufgeregt mit den Fäusten auf Raleks Knie.

Garep bedachte seine Sitznachbarn mit einem tadelnden Blick, der Ralek dazu veranlasste, seinen Begleiter ein wenig zu mäßigen. »Sei doch nicht immer so laut, Funkelquarz. Damit störst du nur die anderen Leute. Außerdem wäre ich mir nicht so sicher, dass einer der Menschen ...«

Ralek wurde jäh unterbrochen, als seine Stirn aufplatzte und sich die obere Hälfte seines Gesichts in einer Wolke aus Blut, Hirnmasse, Knochensplittern und Haaren auflöste. Das Krachen des Schusses war in den Bemühungen des Orchesters, den Tanz in Schwung zu halten, beinahe völlig untergegangen.

Gareps Hand zuckte zu dem Holster unter seinem Jackett. Kabet schrie wie am Spieß, während Raleks Leiche vornüber kippte und gegen die Lehne des Stuhls vor ihr sackte. Der Mensch, der den Graubart gerade mit einer großkalibrigen Pistole erschossen hatte, starrte mit geöffnetem Mund auf die Rauchschwaden, die von seiner Waffe aufstiegen. Laute des Entsetzens und des Schreckens breiteten sich durch die Sitzreihen aus.

Als Garep seinen Revolver gerade gezogen hatte, schob sich der Mensch, der in die teure Kleidung eines reichen Fernhändlers gekleidet war, mit einer mechanisch anmutenden Geste den heißen Lauf seines Mordinstruments zwischen die Lippen und jagte sich eine Kugel in den Kopf. Instinktiv riss Garep schützend den Arm vors Gesicht, obwohl keine Gefahr mehr von dem Menschen ausging.

Der Attentäter brach zusammen und verschwand aus Gareps Sichtfeld. Hastig kletterte Garep über die Stuhllehne und wäre beinahe vom ersten Schwall von Gästen, die panisch die Flucht ergriffen, zu Boden gerissen worden. Erst als er sich unter Zuhilfenahme von Ellenbogen und Fäusten zur Leiche des Schützen vorgekämpft hatte, bemerkte das Orchester, das bis dahin munter weitergespielt hatte, etwas von der Bluttat. Das Leitthema des Tanzes der Einheit und der Verbrüderung endete in einem hässlichen Missklang, und nun begriffen auch die Tänzer nach und nach, dass die diesjährige Belobigungsfeier soeben ein unvermitteltes Ende genommen hatte.

Die sterblichen Überreste des Attentäters boten einen grauenhaften Anblick, was nicht allein an der fehlenden Schädeldecke, sondern vor allem auch daran lag, dass die meisten der Flüchtenden einfach über die Leiche hinweggetrampelt waren. Garep steckte die Pistole weg und stellte sich breitbeinig über den Leichnam. Er durfte nicht zulassen, dass noch weitere wichtige Hinweise auf die Identität des Täters vernichtet wurden, sollte es sich bei dem Mörder nicht um einen der geladenen Gäste handeln.

»Was ist denn hier passiert?«, rief Bugeg, der plötzlich mit zerzaustem Haar und halb abgerissenem Jackettärmel neben Garep stand.

»Wie sieht es denn aus?«, entgegnete Garep.

Bugeg warf erst einen kurzen Blick auf die Leiche des Menschen und dann hinüber zu Kabet, der wimmernd den leblosen Leib seines Begleiters an sich presste. »All das Streben dahin und noch so viel zu tun.« Es war eine Trauerlosung, die der dicke Zwerg mühsam zwischen zwei Schluchzern hervorbrachte.

»Noch ein Fememord? Hier? Auf der Feier?« Bugegs Bestürzung hätte größer nicht sein können.

»So ist es, Bugeg. Nur, dass wir dieses Mal den Attentäter nicht einmal lange zu suchen brauchen.«

»Hast du ihn erschossen?«

»Ich bin nicht dazu gekommen«, antwortete Garep trocken. »Er hat sich selbst gerichtet. Offenbar fürchten die Menschen neuerdings unsere Minen am Pol mehr als den Tod.« Er klopfte Bugeg aufmunternd auf die Schulter. »Ich denke, ich werde hier nicht mehr gebraucht. Wärst du so gut, allein auf den Beschauer zu warten? Meinen Bericht werde ich sowieso erst morgen schreiben.« Gareps durch den Vorfall in den Hintergrund gedrängte Bitterkeit kehrte mit einem Mal zurück. »Karu leistet dir bestimmt gern Gesellschaft.«

Ohne Bugeg die Gelegenheit zu geben, gegen seine Entscheidung zu protestieren, wandte sich Garep zum Gehen. Womöglich war es doch besser, sich in den Schwaden des Blauflechtenrauchs zu verlieren, anstatt sich einer Welt zu stellen, die mit oder ohne sein Zutun immer mehr aus den Fugen zu geraten schien.

8

Wie jeden Abend zog ein halbes Dutzend feister Männer mit kahl rasierten Schädeln in safrangelben Roben durch die Straßen von Gottespfand, um die Herren, die die Geschicke der Welt lenkten, mit wohlklingenden Gebeten gnädig zu stimmen, damit die Sonne auch am nächsten Morgen wieder aufging. Bislang war ihr in lautem Singsang vorgetragenes Flehen noch jedes Mal erhört worden.

Siris schüttelte den Kopf und trat einen Schritt vom Fenster seines Zimmers im Obergeschoss der kleinen Herberge zurück, in die er sich nach seiner Ankunft in der größten Hafenstadt im Osten der Zerrissenen Reiche eingemietet hatte. Ihm waren viele Splittergruppen und Sekten bekannt, die dem Herrenglauben fanatisch anhingen, doch für die Vertreter jener Gemeinschaft, die sich die Sonnenkinder nannte, hegte er eine ganz besondere Verachtung. Diese Heuchler predigten Armut und Mäßigung, doch Siris war noch nie einem Sonnenkind begegnet, das ihm nicht verdächtig rund und wohlgenährt vorgekommen wäre, obwohl die milden Gaben, die sie sich allerorten erbettelten, angeblich einzig und allein für den Erwerb von Weihrauch für ihre Riten und Tuch für ihre Roben ausgegeben wurden. Siris' Abneigung gegen die Sonnenkinder rührte nicht daher, dass sie das eine sagten und das andere taten, denn darin unterschieden sie sich kaum von vielen anderen Herrengläubigen. Nein, es war die Dreistigkeit, mit der sie vorgingen, und die haltlose Behauptung, die Herren hätten der Welt schon lange ein finsteres Ende bereitet, wenn die Safranmöpse nicht gewesen wären.

Siris zündete das Öllämpchen an, das ihm die Wirtin auf dem Nachttisch bereitgestellt hatte, um das Zwielicht der Dämmerung aus seiner Kammer zu vertreiben. Das weiche Federbett lockte ihn mit der Verheißung auf tiefen, erholsamen Schlaf, doch er musste dieser Versuchung noch eine Weile widerstehen. Er stöberte in der

Schublade des Nachttischs, bis er hinter einem Stapel erbaulicher Schriften wie *Lobpreisungen unserer gnädigen Herren* und *Von den Zehn Dingen, die das Herz unserer Herren am meisten erfreuen* das bunt bemalte Ledersäckchen fand, nach dem er gesucht hatte. Die Bewohner von Gottespfand waren glücklicherweise der Auffassung, dass es keinen Frevel darstellte, den elfischen Händlern, die ihren Hafen regelmäßig ansteuerten, jenes weiße Pulver abzukaufen, das schon in geringsten Mengen die größte Erschöpfung restlos verfliegen ließ, und jeder Wirt, der etwas auf sich hielt, stellte das Wundermittel seinen Gästen gern zur Verfügung. Dieses Pulver, dessen Herstellung eines der vielen Geschäftsgeheimnisse der Spitzohren darstellte und das sich nicht zuletzt unter Söldnern und Huren großer Beliebtheit erfreute, trug in den Küstengebieten der Zerrissenen Reiche viele Namen, von denen Feenstaub der geläufigste war.

Mit dem Säckchen in der Hand ging Siris zu dem Tisch hinüber, auf dem er seine Satteltaschen abgelegt hatte, und goss sich aus einem bauchigen Krug einen Becher Wasser ein. Dann knotete er die Kordel des Beutelchens auf und ließ eine Prise seines Inhalts in den Becher rieseln. Siris rührte das Gemisch mit dem Finger um und trank das kühle, erquickende Nass in langsamen, genussvollen Zügen.

Mit geschlossenen Augen wartete er darauf, dass die Wirkung des Feenstaubs einsetzte. Ein pelziges Gefühl breitete sich auf seiner Zunge aus, und er spürte ein angenehmes Kribbeln im Hinterkopf, beinahe so, als striche ihm jemand sachte übers Haar. »Sehet die Freuden, die uns die Herren schenken; unendlich in ihrer Zahl, unermesslich in ihrer Vielfalt«, murmelte Siris und sah seinen Vater vor sich, wie er einen dampfenden Laib Brot aufschnitt und die Scheiben eine nach der anderen an seine Familie verteilte.

Jäh wurde das unerwartete, seiner Müdigkeit geschuldete Bild aus der Vergangenheit von einem klaren Gedanken an das Hier und Jetzt verdrängt: Er sollte sich vor seinem Treffen mit Jarun noch einmal anschauen, wie viel Munition für sein Zwergengewehr er verbraucht hatte, um gegebenenfalls für die nächste Zusammenkunft eine umfangreichere Lieferung einzufordern.

Als Siris sein Tagebuch aus der Satteltasche holte, war sein Tastsinn dank des Feenstaubs um ein Vielfaches geschärft. Jede Unebenheit im Leder wurde unter seinen Fingerkuppen zu einem hoch aufragenden Berg, und das glatte Metall der Schnalle war kalt wie Eis. Er glaubte sogar, jede einzelne Faser des Leinens zu spüren, in das das Büchlein gebunden war. Die Empfindungen, die in Siris aufkeimten, waren von einer betörenden Sinnlichkeit, doch er kämpfte sie mühsam nieder. Es würde auch nach dem Treffen mit Jarun noch Zeit bleiben, den Einflüsterungen des Feenstaubs nachzugeben.

Siris blätterte bis zur letzten Seite seines Tagebuchs, wo er eine Strichliste führte, die ihm einen Überblick über seinen Munitionsverbrauch verschaffte. Sein Verdacht bestätigte sich: Es sah ganz danach aus, als wären die Bestien in den Zerrissenen Reichen im letzten Jahr besonders zahlreich und umtriebig gewesen – zumindest hatte er in jüngster Zeit häufiger zu seinem Gewehr greifen müssen als noch zum Beginn seiner Laufbahn. Wäre er ein echter Herrengläubiger gewesen, hätte er diese Entwicklung gewiss als schlechtes Omen gedeutet, doch Siris sah darin einen Beleg für etwas vollkommen anderes: Seine Geschäfte liefen gut, und die nackten Zahlen erweckten nicht den Eindruck, als würde sich daran auf absehbare Zeit etwas ändern. Er würde auf jeden Fall mehr Patronen von Jarun brauchen.

Ehe er das Buch zuschlug und wieder in der Satteltasche verstaute, las Siris noch einmal den Eintrag, den er am vorigen Abend verfasst hatte.

Morgen werde ich in Gottespfand ankommen. Bleibt nur zu hoffen, dass Jarun sich nicht wieder verspätet. Ich habe seine Ausreden satt. Mag sein, dass die Kurzbeine einen komisch angucken, wenn man als Mensch zurück in Richtung der alten Heimat reist, und dass sie einem jede Menge Fragen stellen. Das entschuldigt aber noch lange nicht, dass man erst ein oder zwei Wochen nach dem vereinbarten Termin am Treffpunkt ankommt.

Ein kluger Mann würde solche Verzögerungen einfach in seine Reiseplanungen einbeziehen, aber leider ist Jarun kein kluger Mann. Er kann froh sein, bei den Zwergen zu leben und es sich gutgehen zu lassen.

Wenn er Bestienjäger oder auch nur Söldner wäre, würde ich ihm keine zwei Wochen geben, bis er einen Bolzen im Bauch stecken hätte oder im Magen eines Kraken gelandet wäre. Ich frage mich, wie es so ein aufgeblasener Nichtsnutz überhaupt schafft, etwas über die Grenze zu schmuggeln. Ich will gar nicht so genau wissen, wie er die Munition an den Zwergen vorbeibringt. Am Ende trägt er meine Patronen im Arsch spazieren …

Muss morgen unbedingt daran denken, so ein Sturmfeuerzeug von ihm zu verlangen. Wahrscheinlich wird er mir dann erzählen, das sei im Moment nicht so leicht zu besorgen und er könne mir nichts versprechen, aber fragen kostet ja nichts.

Mal sehen, was es Neues von meiner Schwester gibt. Ob sie immer noch ihre alte Masche bei den Zwergen durchzieht? Ich kann mir kaum vorstellen, dass die Stummel so einfältig sind, ihr Spiel nicht irgendwann zu durchschauen. Ob ich ihr von Jarun vielleicht ausrichten lasse, dass sie sich mal eine andere Rolle ausdenken sollte?

Hatte heute eine ausgesprochen interessante Begegnung, die etwas Abwechslung in meinen Reisealltag gebracht hat. Die Wochen, seit mir der Hüter von Herrentreu das Gold für die Greifenköpfe ausgehändigt hat, waren ein wenig eintönig.

Sie stand einfach auf dem Feld herum und tat so, als würde sie den Acker umgraben. Niemand gräbt von Hand einen Acker um, wenn er nicht unbedingt muss, und auf der Weide neben ihrem Feld grasten zwei Kühe. Jedenfalls hat sie aufgeschaut, als ich angeritten kam, und sie hat mich ganz freundlich gegrüßt. Ich habe nur kurz genickt, aber dann hat sie plötzlich angefangen, irgendetwas davon zu faseln, dass sie schon lange keinen so kräftigen Mann mehr gesehen hat und dass ihr mein Haar gefällt.

Nur ein Kastrat hätte nicht verstanden, worauf sie aus war, und weil sie einen schönen Mund hatte, bin ich auf ihr Angebot eingegangen. Wir sind in einem Holunderstrauch gelandet, wo sie sich nicht mal ausgezogen hat. Sie schlug einfach den Rock hoch und beugte sich vornüber.

Als ich fertig war, habe ich sie gefragt, ob sie das immer so macht. Ich hätte meine Zunge besser hüten sollen.

Sie fing an zu heulen und war vollkommen aufgelöst. Wenn ich ihr Gejammer richtig verstanden habe, schläft sie seit über zwei Jahren unter dem Dach eines Mannes, ohne dass ihr Schoß gefüllt gewesen wäre. Der Mann befürchtet mittlerweile, er könnte sich eine taube Nuss ins Haus geholt haben. Sie hingegen ist sich sicher, dass er statt Samen nur Wasser verspritzt, und da ist ihr der Einfall gekommen, sich von einem anderen dick machen zu lassen. Die Männer aus ihrem Dorf schieden natürlich aus, weshalb sie auf einen Fremden wie mich gewartet habe.

Aus reiner Boshaftigkeit wollte ich ihr schon aus den Schriften zitieren – von wegen »Die Herren allein bestimmen, wann Knecht und Magd einander beiwohnen, doch sehen sie es gern, wenn der Knecht den Samen weit streut, wo die Magd die Furche schmal zu halten hat« und so weiter –, aber dann ist sie vor mir auf die Knie gefallen und hat mich angefleht, sie nicht zu verraten. Sie habe nur das Kleid vor mir gelupft, weil sie sterben müsse, wenn ihr der Bauch nicht bald schwelle. Der Hüter in ihrem Dorf legt nämlich den Vers »Nur die Magd, die wirft, ist den Herren untertan« so aus, dass alle Frauen, die kinderlos bleiben, umgebracht werden müssen, um die Gunst der Herren zurückzugewinnen.

Ich habe ihr noch gesagt, sie solle in Zukunft vorsichtiger sein, weil nicht alle Reisenden so verständnisvoll sind wie ich, und habe mich danach aus dem Staub gemacht.

Ich sollte darüber nachdenken, ob ich Siras Angebot, zu ihr zu den Zwergen zu ziehen, nicht vielleicht doch annehmen möchte. Die Menschen meiner Heimat verfallen immer abwegigeren Wahnvorstellungen, und es ist wohl nur noch eine Frage der Zeit, bis sie einander endgültig zerfleischt haben.

Als er seinen Mantel überstreifte, fragte sich Siris, ob ihn der Feenstaub dazu verleitet haben mochte, gerade jetzt den letzten Eintrag in seinem Tagebuch noch einmal zu studieren. Die Erinnerung an die Frau vom Wegesrand erfüllte ihn mit einer sonderbaren Mischung aus Lust und Ekel. Womöglich hätte er ihre Notlage nicht ausgenutzt, wenn er überhaupt darum gewusst hätte. Irgendwie fühlte es sich so an, als hätte er sich unwissentlich zum Büttel jenes Glaubens gemacht, den er für eine Verirrung des menschlichen Geistes hielt. Er machte sich keine Illusionen darüber, dass sein Denken derzeit maßgeblich durch die Wirkung des Feenstaubs beeinträchtigt war, doch immerhin war es seine freie Entscheidung gewesen, das Pulver einzunehmen, und auch seine Wirkung kam nicht überraschend. Die Frau vom Wegesrand hingegen hatte ihn – seiner Ansicht nach – hinters Licht geführt, und Siris mochte es nicht, wenn er getäuscht wurde.

Im Schankraum der Herberge drängten sich Dutzende von Gästen an den niedrigen Tischen. Die meisten von ihnen waren anhand ihrer breiten Krägen und ihrer hohen, federgeschmückten Hüte leicht als Fernhändler aus dem Osten zu erkennen, die mit ihren Karawanen nach Gottespfand zogen, um ihre Waren am Hafen an andere Vertreter ihrer Zunft zu verkaufen, die über eigene Flotten verfügten. Sie erzählten sich allerlei Anekdoten über ihre ach so gefährlichen Reisen durch vom immerwährenden Krieg verwüstete Landstriche, wobei ihre Stimmen verrieten, dass sie es mit der Darstellung der Risiken deutlich übertrieben. Siris verzichtete darauf, einen besonders lautstark dahinfabulierenden Kaufmann darauf hinzuweisen, dass es nördlich des Braunen Stroms keine Säbelwölfe mehr gab. Sollte der Kerl ruhig weiter behaupten, er habe eines dieser Ungetüme höchstpersönlich und nur mit einem Degen bewaffnet in die Flucht geschlagen. Geschichten wie diese waren gut für Siris' Geschäft.

Auf der breiten Straße vor der Herberge herrschte reges Treiben. Zwischen den gedrungenen Häusern mit den vom Seewind verwitterten, grauen Schindeln eilte jenes bunte Gemisch an Angehörigen unterschiedlichster Völker aus allen Himmelsrichtungen umher, für das Gottespfand bis in die entlegensten Winkel der Zerrissenen Reiche berühmt war und in dem man lange nach einem echten Einheimischen suchen musste. Das Blut der Menschen, die an der Nordostküste lebten, hatte über die Jahrhunderte hinweg derart viele Eigenschaften von Besuchern aus der Fremde in sich aufgesogen, dass es nahezu unmöglich geworden war, eine Aussage darüber zu treffen, wie die Urbevölkerung jener Stadt, die heute den Namen Gottespfand trug, einmal ausgesehen haben mochte. Nichtsdestoweniger gab es eine verhältnismäßig einfache Möglichkeit, einen

Gottespfändler zu erkennen: Vor der Brust eines solchen Menschen baumelte nämlich ein breites, kreisrundes Amulett, das auf der einen Seite das grimmig dreinblickende und auf der anderen Seite das freundlich lächelnde Gesicht eines der Herren zeigte. Mit diesem Schmuckstück brachten die Gottespfändler ihre grundlegende Überzeugung zum Ausdruck: Es gab zwar unbestreitbar viele Herren, doch all diese übermächtigen Geschöpfe waren ihrer Meinung nach Splitter oder Facetten ein und derselben Wesenheit, die sie als den Herrn der Herren oder schlicht »unseren Gott« bezeichneten und der den Menschen zur gleichen Zeit sowohl wohlgesonnen als auch missgestimmt entgegentreten konnte. Selbstredend führte diese ungewöhnliche Haltung dazu, dass viele andere Glaubensgemeinschaften die Gottespfändler der übelsten Ketzerei bezichtigten, doch andererseits legten die Bewohner der Küstenstadt eine derartig große Offenheit und Nachsicht an den Tag, dass sie jeden anderen Herrengläubigen warmherzig willkommen hießen.

Siris sah die ganze Angelegenheit wesentlich nüchterner: Die Vorfahren der heutigen Gottespfändler waren schlaue Kaufleute gewesen, die begriffen hatten, dass Ausgrenzung und übertriebene Frömmigkeit ihren Gewinnen schadeten. Die Gepflogenheiten der Gottespfändler hatten durchaus auch einen praktischen Vorteil. Im Umgang mit diesen Leuten war es recht schwierig, ein peinliches Missgeschick zu begehen, da die Gottespfändler ihre jeweilige Gemütslage offen zur Schau stellten. Trugen sie das Amulett mit der lächelnden Seite nach außen, so bedeutete dies, dass sie bester Laune waren und selbst über gröbste Verstöße gegen ihre Sitten und Gebräuche mit einem leichten Schmunzeln hinwegsahen. Wenn ein Gottespfändler das grimmige Gesicht auf der Brust trug, wusste jeder, der ihm begegnete, mit nur einem einzigen Blick, dass man die betreffende Person besser nicht reizte und im Gespräch mit ihr äußerste Vorsicht walten ließ.

Siris schätzte, dass nur einer von zehn der Menschen, die ihm auf seinem Weg zum Hafen begegneten, jenes Amulett um den Hals hängen hatte. Der Rest rekrutierte sich aus Seeleuten auf Landgang, Unterhändlern diversester Sekten, die in Gottespfand zusammenkamen, um kurzlebige Waffenstillstände zwischen ihren Gemeinden auszuhandeln, und anderen Fremdlingen wie ihm. Je mehr er sich dem Hafenbezirk näherte, desto dichter wurde das Gedränge und desto mehr zwielichtige Gestalten fielen ihm auf: verkrüppelte Bettler, mehr oder minder geschickt vorgehende Taschendiebe, halbnackte Huren und Puppenjungen sowie Torheiten in die Menge schreiende Wanderprediger in zerlumpter Gewandung.

Trotz seines zwergischen Gewehrs zog Siris kaum Blicke auf sich. Er war beiliebe nicht der einzige Mann in Gottespfand, der ein solches Meisterstück der Handwerkskunst des Kleinen Volks sein Eigen nannte. Die Nähe zum Zwergenbund sorgte beinahe zwangsläufig dafür, dass eine gewisse Zahl an Schusswaffen ihren Weg in die Küstenstadt fand, obwohl die Kurzbeine ihre Ausfuhr durch strenge Gesetze zu unterbinden suchten – ein Vorhaben, das die meisten menschlichen Schmuggler mehr als Herausforderung denn als Abschreckung sahen.

Aus den geöffneten Fenstern des *Schaftenden Hengstes* drang laute Musik, bei der das Jammern von Pfeifbeuteln die Melodie und das blecherne Scheppern von Fingerschellen den Takt bestimmten. Siris schaute kurz auf das in der Brise baumelnde Schild, auf dem die Geilheit des Tieres, das dieser Spelunke seinen Namen gegeben hatte, dank der schonungslosen Darstellung eines unbekannten Künstlers nicht zu übersehen war.

Siris öffnete die Tür und sah sich einer drallen Schankmaid gegenüber, die keine Zeit vergeudete.

»Lobpreis sei dem Herrn der Herren, der deine Schritte durch diese Pforte leitete«, gurrte die Frau, die sich das Haar rot gefärbt und zu hüftlangen Zöpfen geflochten hatte. Ihre Hand wanderte zielsicher zu Siris' Schritt. »Möge unser Gott geben, dass dein Stamm niemals morsch wird.«

Der Feenstaub ließ Siris die Säfte wallen. Es war nicht sein erster Aufenthalt in Gottespfand, und er hatte die Huren der Stadt als äußerst biegsam und gelenkig in Erinnerung. »Du wirst noch ein Weilchen warten müssen, bis ich mich in dich versenke. Doch es kann nicht schaden, wenn du deine Glut schon ein wenig schürst.«

In gespieltem Ärger ob dieser Zurückweisung verschränkte die Frau die Arme vor der Brust, wobei sie das Amulett mit dem Herrenantlitz verdeckte, das sie in ihrem Beruf wahrscheinlich stets nur mit der lächelnden Seite nach vorn trug. »Dann steht dir der Sinn erst nach anderen Geschäften?«

»Mir steht nicht nur der Sinn, aber ich wäre ein Narr, meinen Beutel nur an einer Stelle zu leeren.« Siris grinste und schob sich an ihr vorbei ins Innere der Spelunke.

Er bemerkte, dass sich auf der Bühne im hinteren Teil des rauchverhangenen Raumes neben dem Pfeifbeutelbläser und dem Fingerschellenschläger auch ein hagerer Gesell auf einer Klöppelzither abmühte, wobei das feine Klimpern der Saiten kaum zu hören war. Siris hegte einige Zweifel, ob die Klientel, die sich im *Schaftenden Hengst* eingefunden hatte, überhaupt auf die musikalische Untermalung achtete. Auf weichen Kissen saßen hartgesottene Männer und Frauen, die sich ihren Lebensunterhalt damit verdienten, andere Menschen gegen Bezahlung vom Leben zum Tod zu befördern. Es steckte viel Wahrheit in der alten Behauptung, wonach ein Söldner in den Zerrissenen Reichen nie Hunger litt. Andererseits holten die Herren die Söldner noch wesentlich früher zu sich als die meisten ihrer anderen Knechte und Mägde. Auch einem Söldner selbst blieb diese Erkenntnis selten lange verborgen, weshalb keiner von ihnen je auf den Gedanken gekommen wäre, sich weiter als eine Armeslänge von seiner Waffe zu entfernen, und es gehörte zu ihren unumstößlichen Gepflogenheiten, stets so viel Abstand zueinander zu wahren, dass sich jeder dazu in der Lage sah, rasch blank zu ziehen – selbst wenn man sich in einem Hurenhaus aufhielt.

Siris erspähte Jarun in einer Nische, die durch einen hauchdünnen Seidenvorhang vom Rest des Schankraumes abgetrennt war. Ohne auf die Vorgänge in den anderen Nischen zu achten, bahnte er sich einen Weg um die Sitzgruppen herum, hinüber zum Gespielen seiner Schwester, der mit geschlossenen Augen gierig am Mundstück einer Wasserpfeife saugte.

Als Siris geräuschlos in die Nische schlüpfte und sich auf einem Kissen gegenüber von Jarun niederließ, stellte er sich jene Frage, die ihn immer umtrieb, wenn er Jarun von Angesicht zu Angesicht begegnete: Wie konnte Sira sich nur mit einem solchen Gecken einlassen? Jaruns wallende Gewänder, sein ölig glänzendes, lockiges Haar, der Puder auf seinen runden Wangen, die langen, schmalen Hände, die wahrscheinlich nie eine Waffe geführt hatten – all dies verstand Siris als den äußeren Widerschein einer inneren Weichheit, einer Schwäche, die eines Mannes unwürdig war.

Siris wartete geduldig, während Jarun den Rauch seines letzten Zuges aus der Wasserpfeife genießerisch durch die Nasenlöcher strömen ließ. Als der eitle Pfau schließlich träge die dunklen Augen aufschlug, durchfuhr ihn ein derart heftiges Zucken, als sähe er sich nicht Siris, sondern einem grässlichen Ungeheuer gegenüber.

Jarun rang einen Moment sichtlich um Fassung, legte dann den Schlauch der Wasserpfeife beiseite und küsste seine rechte Handfläche, um sie Siris im Gruß der Wanderer auf dem Sanften Pfad entgegenzustrecken.

»Spar dir das. Meinethalben brauchst du keinen Schein zu wahren.«

Jarun zog die Hand zurück und setzte ein unsicheres Lächeln auf. »Ich bin froh, dich zu sehen.«

»Ist das so?«

»Selbstredend. Bei der Berufung, der du nachgehst, könnte jedes unserer Treffen das letzte sein. Nicht, dass ich mir wünschen würde, dass du den Tod findest, aber …« Der Schmuggler schob eine Hand unter seine Robe, als wolle er sich den Bauch kratzen. »Ich wollte nur sagen, dass du dich vielen Gefahren aussetzt.«

»Geschenkt. Lass es uns kurz machen. Hast du meine Lieferung bei dir, oder muss ich sie irgendwo abholen?«

Jarun lachte verlegen auf. »Ich weiß gar nicht so genau, wie ich es dir beibringen soll. Es hat Schwierigkeiten gegeben.«

»Schwierigkeiten?« Siris straffte die Schultern.

»In der Tat.« Jarun nickte eifrig. »Ein unrühmlicher Zwischenfall an der Grenze. Eine Bande Freibeuter, die unter der Flagge Galabriens segelte, nutzte eine der kleineren Inseln im Nordband, auf die die Zwerge Anspruch erheben, als Ausgangspunkt für ihre Kaperfahrten. Als die Späher der Bundesflotte das Fort der Freibeuter entdeckten, kam es zu einem Gefecht. Die Freibeuter wurden zwar alle niedergemacht, doch bedauerlicherweise kamen auch einige der zwergischen Seesoldaten ums Leben.«

»Das ist eine interessante Geschichte, aber inwiefern betrifft sie uns beide?«

»Nun«, sagte Jarun und schien sich erneut am Bauch zu kratzen. »Teile der zwergischen Admiralität sehen in diesem Zwischenfall einen Affront, der mit Blut vergolten werden muss.«

»Steht eine Strafaktion bevor?« Siris beschloss, sich in den nächsten Monaten eher in den südlichen Gefilden der Zerrissenen Reiche nach Arbeit umzusehen. Er verspürte nicht die geringste Lust, mit auf Rache versessenen Kurzbeinen aneinanderzugeraten.

»Schlimmer noch«, seufzte Jarun. »Es ist die Rede von Krieg.«

Instinktiv griff Siris nach dem Kolben seines Gewehrs. »Ein Krieg? Aber wieso? Das ist doch nicht das erste Mal, dass Menschen ins Territorium der Zwerge vordringen und von den Stümpfen zurückgeschlagen werden.«

»Wohl wahr. Aber es war das erste Mal, dass die Bundesflotte es mit einem Trupp menschlicher Kombattanten zu tun bekam, der mit Gewehren und Kanonen ausgerüstet war, die aus zwergischen Werkstätten stammten. Die Besorgnis im Bund ist so groß, dass die Kontrollen an den Grenzen noch einmal deutlich verschärft wurden. Viele meiner … Mitbewerber in diesem Geschäft sind bereits in den Minen gelandet.«

»Ich hoffe sehr, dass du mir nicht sagen willst, du und meine Schwester steckten hinter dieser Angelegenheit mit den Freibeutern.« Ein Anflug von Zorn hatte sich in Siris' Stimme geschlichen.

»Nein, nein. Wir haben damit nicht das Geringste zu tun. Aber wir leiden sehr wohl unter dieser Entwicklung.« Der Schmuggler steckte auch seine zweite Hand unter die Robe. Anscheinend hatte er sich auf seiner Reise einen hartnäckigen Flohbiss geholt. »Ich muss dir etwas gestehen: Es war mir nicht möglich, Munition über die Grenze zu bringen.«

»Was?«, entfuhr es Siris.

»Reg dich um der Herren willen nicht auf.« Jaruns Lächeln wirkte nun außerordentlich gequält, als säße er nicht auf einem weichen Kissen, sondern auf einer Herdplatte, die heißer und heißer wurde. »Ich konnte dieses Mal einfach nicht das Risiko eingehen, von den Zwergen erwischt zu werden. Und ich habe wirklich gut daran getan. Du hättest sehen sollen, wie sie mein Gepäck durchwühlt haben. Ich musste mich doch tatsächlich vor ihnen entkleiden, damit sie ganz sicher gehen konnten. Sogar die Schuhe musste ich ausziehen.«

Der Feenstaub sorgte dafür, dass in rascher Folge Bilder vor Siris' innerem Auge auftauchten und wieder verschwanden – Eindrücke, die nur einen winzigen Moment Bestand hatten, ehe sie auseinanderstoben: Der Bestienjäger sah die Greifen vor sich, die er vor zwei Wochen erlegt hatte. Hätte er auch ohne Gewehr ihren Klauen entfliehen können? Er fühlte sich auf jenen schmalen Waldpfad zurückversetzt, auf dem ihm im vorletzten Winter eine Horde ausgehungerter Marodeure aufgelauert hatte. Wäre es ihm nur mit einem Schwert gelungen, die Briganten in die Flucht zu schlagen?

»Ich brauche Munition«, knurrte er schließlich. »Sonst ist mein Gewehr nichts wert.«

»Ich verstehe deine Besorgnis.« Dicke Schweißperlen zogen Bahnen in die Puderschicht auf Jaruns Stirn. »Doch so, wie die Zwerge sich augenblicklich gebärden, kann ich dir nicht sagen, wann ich das nächste Mal liefern kann.«

»Was hat meine Schwester zu dieser Angelegenheit zu sagen?«, fragte Siris mit gebleckten Zähnen. »Ist das etwa eine List von ihr, um mich an ihre Seite zu holen?«

Jaruns Kehlkopf hüpfte auf und nieder, als er schwer schluckend zu einer Antwort ansetzte: »Deine Schwester … nun … Sira und ich … wir … wir haben gemeinsam beschlossen, unsere Beziehung zu beenden.«

In jeder anderen Lage hätte diese Aussage eine freudige Zufriedenheit in Siris ausgelöst, doch hier, in dieser Kaschemme in Gottespfand und nach dem bisherigen Verlauf seiner Unterredung mit dem Schmuggler, weckte sie nur sein Misstrauen. »Ihr seid also nicht mehr zusammen? Warum bist du dann hier?«

»Ich sah keinen Grund, den geschäftlichen Kontakt zu dir abzubrechen, nur weil ich nicht mehr das Bett mit deiner Schwester teile. Du wirst hoffentlich einsehen, dass wir uns beide in einer Zwickmühle befinden. Ich würde dich gern beliefern, aber mir sind die Hände gebunden.« Jaruns Finger verschwanden tiefer zwischen den Falten seiner Robe.

»Ich habe es nie so gesehen, dass du es bist, der mich beliefert«, berichtigte ihn Siris. »Du bist für mich nur der Botengänger meiner Schwester – nicht mehr und nicht weniger. Ganz gleich, was auch zwischen euch vorgefallen sein mag, sie hätte dich nie nach Gottespfand kommen lassen, ohne dir eine Nachricht an mich mitzugeben.«

»Womöglich kann ich dir in einigen Wochen neue Munition besorgen.« Der Schmuggler leckte sich die Lippen. »Ich kann dir nichts versprechen, und ich werde sie nicht zu den ausgezeichneten Konditionen liefern können, die deine Schwester dir eingeräumt hat, aber …«

»Wo ist die Nachricht von Sira an mich?«, grollte Siris. Er hatte genug von den Ausflüchten des Wurms, der sich vor ihm wand. Seine Schwester hatte es in der Vergangenheit nie versäumt, ihn in einem langen Brief, den sie ihrem Gespielen übereignete, über ihr Befinden in Kenntnis zu setzen.

Der Schmuggler rutschte tiefer in sein Sitzkissen hinein. »Unser Auseinandergehen war von gegenseitigen Vorwürfen überschattet.« Jarun beugte den Oberkörper zurück, als befürchtete er, der Bruder seiner ehemaligen Geliebten könne ihm einen wütenden Fausthieb versetzen. »Es sind Worte gefallen, die nicht hätten fallen dürfen.«

Siris warf sich nach rechts und packte sein Gewehr. Sein geübter Finger fand den Abzug der Waffe so schnell, dass dem Schmuggler nicht einmal die Zeit blieb, ein verblüfftes Gesicht zu machen. Das Krachen des Schusses hallte dumpf zwischen den Wänden der Nische wider. Blutige Spritzer verschandelten die detailgetreuen Abbildungen ineinander verschlungener Liebespaare, die die Säfte der Besucher des *Schaftenden Hengsts* in Wallung bringen sollten.

Jarun kippte stumm nach hinten. Das Loch in seiner Brust, aus dem es hellrot hervorsprudelte, war größer als die Faust so manches Hafenarbeiters.

Pfeifbeutel, Fingerschellen und Klöppelzither waren jäh verstummt und ihr Lärmen durch andere Geräusche ersetzt worden: spitze Schreie, erstaunte Rufe und das charakteristische Schaben von scharfgeschliffenem Metall, das aus Lederscheiden fährt – ein Laut, den Siris wohl nur dank der Wirkung des Feenstaubs vernehmen konnte.

Er sprang auf die Füße, riss den Seidenvorhang zur Seite und hielt sein Gewehr schützend vor sich. Huren und Söldner musterten jede seiner Bewegungen.

»Du!«, rief Siris und zeigte auf die rothaarige Schankmaid, mit der er am Eingang kurz geplaudert hatte. »Komm her und schlag seine Robe zurück!«

Er richtete den Lauf auf einen der anderen Gäste, der Anstalten machte, sein Wurfmesser zu heben. »Wenn ihr euch einen Moment lang in Geduld übt, muss heute Nacht nur dieser eine Haufen Scheiße hier herausgefegt werden.«

Die Hure huschte in gebührendem Abstand an Siris vorbei und tat, wozu er sie aufgefordert hatte. Sie rang dem Toten einen Gegenstand aus den Fingern, der kaum größer als ihre Hand war. »Er hat recht«, sagte sie laut und präsentierte der Menge ihren Fund.

Der Mann mit dem Wurfmesser zog eine Augenbraue in die Höhe und pfiff leise durch die Zähne. »Ein schönes Stück. Wusste gar nicht, dass die Zwerge die Dinger überhaupt in so kleiner Ausführung bauen.«

»Ihr seid alle meine Zeugen«, hob Siris zu einer Erklärung an. »Dieser feige Hund wollte mich umbringen, weil ich seine Preise ein wenig zu hoch fand. Ich habe mich lediglich meiner Haut erwehrt.«

Die Menge schwieg.

»Davon sollten wir uns aber nicht den Abend verderben lassen«, fuhr Siris fort, der erkannte, dass es eines besonderen Anreizes und einer Lüge bedurfte, um die Söldner auf andere Gedanken zu bringen. »Meine Dankbarkeit gegenüber den Herren ist so weit wie das Firmament. In ihrer unendlichen Gnade haben sie mir die Absicht dieses Schufts rechtzeitig offenbart. Und ich will es ihnen gebührend vergelten: In der nächsten Stunde geht alles auf mich – sauft, fresst und hurt, als ob es kein Morgen mehr gäbe!«

Es dauerte einen Moment, bis die von Wein und Traumtang benebelten Söldner begriffen, dass Siris ihnen soeben Tür und Tor für ein rauschendes Fest geöffnet hatte, doch dann brachen sie in begeistertes Gejohle aus. Pfeifbeutel, Fingerschellen und Klöppelzither nahmen ihr Lärmen wieder auf.

Die rothaarige Hure warf die winzige Pistole zurück auf Jaruns Leiche und schmiegte sich an Siris' Seite. »Sind deine anderen Geschäfte denn nun erledigt?«

Siris ließ das Gewehr sinken und legte den Arm um die ausladende Hüfte der Frau. »Fürs Erste sieht es ganz danach aus.«

»Dann nehme ich den Dank, den du den Herren zollen möchtest, gern entgegen.«

Siris schaute ihr stumm in die Augen. Diese Hure würde vielleicht für lange Zeit die letzte Frau sein, zwischen deren Schenkeln er sich versenken konnte. Wer wusste schon, ob es bei den Zwergen überhaupt Huren gab? Seine Sorge um Sira war groß, und seine Entscheidung, zu ergründen, was es mit Jaruns rätselhaften Äußerungen auf sich hatte, war bereits in jenem Augenblick gefallen, als er diesem weibischen Bastard eine Kugel durch die Brust gejagt hatte. Doch in welcher Lage Sira sich auch befinden mochte, er würde ohnehin kein Schiff finden, das vor dem Morgengrauen in Richtung der zwergischen Hauptstadt in See stach. Es sprach folglich nichts dagegen, sich die einsamen Nächte im Bauch irgendeiner nach Stockfisch stinkenden Kogge mit einer angenehmen Erinnerung an die Künste einer erfahrenen Hure zu versüßen.

Er fuhr der Rothaarigen über die straffe Rundung ihrer Hinterbacke. »Ich bin gespannt, in welcher Muschel ich bei dir eine Perle finde, sobald ich damit fertig bin, mir die Überreste dieses Schweinefickers näher anzuschauen«, sagte er und schielte über ihre Schulter auf den Leichnam des Schmugglers. Wenn Siris zu den Herren gebetet hätte, wäre er nun versucht gewesen, diese fernen Geschöpfe darum anzuflehen, dass es nicht der Mörder seiner Schwester war, der dort in seinem eigenen Blut lag.

9

»Sie lügt, wenn sie nur den Mund aufmacht.« Bugeg Gerbers Augen waren zwei starre Murmeln, die unbeirrbar auf jene Person gerichtet blieben, die er und sein Vorgesetzter zum Verhör ins Sucherhaus vorgeladen hatten.

»Wie kannst du dir da so sicher sein?« Garep war dazu übergegangen, nicht die Menschenfrau jenseits des Einwegspiegels, sondern das Gesicht seines Gehilfen zu mustern, der ihm immer mehr wie ein Fremder vorkam.

»Schau sie dir doch an. Wie sie da sitzt und ganz unschuldig tut.« Bugeg fuhr sich versonnen über den gezwirbelten, geölten Bart, der im sanften Licht der Gaslampen seidig glänzte. »Und dabei steckt sie doch bestimmt mit dem Mörder unter einer Decke.«

Garep trat an ihn heran und legte ihm die Hand auf die Schulter. »Weißt du, warum es einen Raum und einen Spiegel wie diesen in jedem Sucherhaus gibt?«

»Um bei einer Vernehmung die Möglichkeit zu haben, den Verhörten im Auge zu behalten, ohne dass er etwas davon mitbekommt. Es ist ja kein Geheimnis, dass so manche Maske fällt, wenn ihr Träger sich unbeobachtet fühlt.«

»Das ist nur einer der Gründe. Es gibt noch einen weiteren: Der Raum und der Spiegel schaffen eine Distanz zwischen dem, der verhört, und demjenigen, der verhört wird. Diese Distanz hilft dem Sucher dabei, sich nicht durch Oberflächlichkeiten täuschen zu lassen.«

»Es sind keine Oberflächlichkeiten, von denen du dich gerade täuschen lässt«, erwiderte Bugeg. »Es ist diese Menschenfrau, die dich hinters Licht führt. Wirkt sie auf dich etwa so, als würde sie um den Verlust ihres Geliebten trauern? Ich meine nur, dass ich nicht so ruhig dasitzen würde, wenn meine Geliebte erst jemanden erschießt und sich anschließend selbst eine Kugel durch den Kopf jagt. Oder denk doch nur daran, wie sehr dich der Verlust deiner Gefährtin bis heute noch beschäftigt, obwohl ihr Tod schon so lange zurückliegt.«

»Trauer hat viele Gesichter«, gab Garep zu bedenken. Es gefiel ihm nicht, dass sein Gehilfe das Andenken an Pinaki nutzte, um seinen Standpunkt durchzusetzen, aber er sah dennoch von einer Rüge ab. Das Verhältnis zwischen ihm und Bugeg war in der letzten Zeit ohnehin von einer merklichen Spannung geprägt. Trotzdem erlaubte Garep sich eine Frage an Bugeg, die ihn seit einigen Tagen beschäftigte. »Triffst du dich eigentlich noch mit Karu?«

»O ja.« Der jüngere Zwerg nickte, und sein Blick löste sich endlich von der Menschenfrau und wanderte zu Anwärterin Schneider hinüber, die auf der anderen Seite des Spiegels dafür Sorge trug, dass die Vorgeladene sich nicht unerlaubt aus dem Vernehmungszimmer entfernte. »Wir haben viel Spaß zusammen.«

Garep nahm die Hand von Bugegs Schulter. »Das freut mich für euch. Vielleicht kann sie dir helfen, die Dinge in Zukunft wieder etwas differenzierter zu sehen.«

»Sollte ich das?« Die Sehnen an Bugegs Hals begannen sich deutlich unter der Haut abzuzeichnen, als hätte er Mühe, seinen Unmut über Gareps leisen Vorwurf im Zaum zu halten.

Garep hatte schon nach der Klinke gegriffen, als Bugeg ihm einen Vorschlag unterbreitete, der ihm sofort die Zornesröte ins Gesicht trieb.

»Was hältst du davon, die Nadeln einzusetzen?«, fragte der jüngere Sucher in einem Tonfall, als erkundige er sich bei seinem Mentor nach der Uhrzeit.

»Genug jetzt!«, donnerte Garep. Es war ihm gleich, ob man ihn im Nebenraum hörte. Bugeg war zu weit gegangen. »Was soll dieser Blödsinn? Die Nadeln! Dafür besteht nicht der geringste Anlass. Du weißt ebenso gut wie ich, dass die Regularien den Einsatz der Nadeln nur in absoluten Ausnahmefällen erlauben. In solchen Situationen, in denen zu befürchten steht, dass der Verhörte Informationen zurückhält, die das Leben Dritter retten könnten.«

»Wir befinden uns doch in einer solchen Situation!« Bugegs Faust klatschte in seine Handfläche.

»In welchem dunklen Stollen hast du dich denn verirrt? Welches Leben würden wir wohl retten, wenn wir dieser Menschenfrau Nadeln unter die Fingernägel treiben?«

»Ganz einfach: das Leben der Zwerge, die die Nächsten auf der Liste der Verschwörer sind.« Bugeg senkte zwar die Stimme, doch dies milderte nicht die Inbrunst, die in seinen nächsten Worten lag. »Die Morde an Namul Trotz und Ralek Schätzer stehen miteinander in Verbindung. Und es werden nicht die letzten Gräueltaten dieser Art gewesen sein. Irgendjemand unter den Langschädeln hat es auf wohlhabende und angesehene Bürger unserer Stadt abgesehen. Wenn wir nicht schleunigst herausfinden, wer dieser Jemand ist, wird er wieder und wieder zuschlagen. So lange, bis unsere Gemeinschaft so erschüttert ist, dass sie sich der Unterwanderung nicht mehr entgegenstemmen kann.«

»Hältst du es für möglich, dass du auf die Propaganda von Menschenhassern hereingefallen bist, die den laufenden Wahlkampf nutzen, um ihre absurden Ideen unters Volk zu bringen?«, zischte Garep.

»Und hältst du es für möglich, dass du die Augen vor der Wahrheit verschließt, weil sie sich nicht mit deinem Weltbild deckt?«, fragte Bugeg zurück und verschränkte die Arme vor der Brust. »Ich lasse mich nicht mehr von dir einschüchtern. Die Zeiten, in denen ich alles abgenickt habe, was du so von dir gibst, sind endgültig vorbei.«

Garep hob entnervt die Hände. »Du hast völlig den Verstand verloren. Ich erwarte gar nicht, dass du mir nach dem Mund redest oder immer einer Meinung mit mir bist. Im Moment verlange ich nur, dass du Abstand von der wahnwitzigen Idee nimmst, diese Menschenfrau auf der Grundlage persönlicher Überzeugungen grausam zu foltern.«

Der Stoff seines rot karierten Hemds spannte sich straff über Bugegs Brust, als der junge Sucher sich zu voller Größe aufrichtete. »Wie sieht deiner Meinung nach die Alternative zu den Nadeln aus?«

Garep griff in die Innentasche seines Jacketts und holte sein ledergebundenes Notizbüchlein hervor. »Das hier ist die Alternative, Bugeg. Wir gehen dort rüber und haken noch einmal bei der Verdächtigen nach. Wir vergleichen die Angaben, die sie jetzt macht, mit denen aus dem letzten Durchgang. Ich bin kein Klapperkopf. Mir ist durchaus bewusst, dass sie uns etwas vorenthält. Deshalb habe ich mir ja auch so fleißig Notizen gemacht. Ich verstehe meine Aufgabe als Sucher so, dass ich erst Beweise für ein Verbrechen sammeln muss, ehe ich eine Anschuldigung aussprechen kann. Mag sein, dass diese Frau eine Beziehung zu dem Mörder von Ralek Schätzer unterhielt, aber das heißt noch lange nicht, dass sie seine Komplizin gewesen ist. Wenn du heute Nacht losziehst und einen Menschen niederschießt, könnte ich doch auch nicht hingehen und Karu für dein Vergehen in die Minen schicken, oder?«

Garep konnte deutlich sehen, wie sein Gehilfe mit sich selbst rang. Bugegs Kiefer mahlten unruhig, und er hatte die Augenbrauen eng zusammengezogen. Schließlich senkte er den Blick so tief, als wären die weißen Spitzen seiner Halbschuhe mit einem Mal von ganz besonderem Interesse für ihn.

Für Garep war die Diskussion an diesem Punkt beendet. Mit einem expliziten Einlenken oder gar einer Entschuldigung seines Gehilfen war ohnehin nicht zu rechnen. Garep drehte sich um und öffnete die Tür, die hinaus auf einen der breiten Korridore des Sucherhauses führte. Er nickte einem Kollegen, der einen Stapel Akten durch die Gegend trug, kurz zu und betrat das Vernehmungszimmer, in dem Karu Schneider und Arisascha von Wolfenfurt auf ihn warteten.

Die Anwärterin, die an eine der kahlen, dunkelbraunen Wände des Raums gelehnt stand, nahm Haltung an, als sich die Tür öffnete. »Sie hat keine Schwierigkeiten gemacht, Sucher Schmied.«

»Deine Arbeit wird Bestand haben«, murmelte Garep flüchtig in Karus Richtung und nahm gegenüber der ganz in Schwarz gekleideten Menschenfrau auf einem gepolsterten Stuhl Platz. Kaum berührte sein Hintern die Sitzfläche, wünschte sich Garep, er wäre stehen geblieben. Er hatte sich fest vorgenommen, den zweiten Durchgang des Verhörs auf Augenhöhe mit Arisascha zu beginnen, aber nun war es zu spät. Die Frau überragte ihn um mehr als drei Haupteslängen. Es hatte beinahe etwas Komisches an sich, sie an diesem Tisch sitzen zu sehen. Arisascha musste bestimmt das Gefühl haben, in einer Puppenstube vernommen zu werden. Wenn die Angaben zu ihrer Person, die sie bisher gemacht hatte, der Wahrheit entsprachen, lebte sie andererseits schon so lange im Bund, dass sie sich wahrscheinlich an die Abmessungen zwergischer Einrichtungsgegenstände gewöhnt hatte.

Garep schlug sein Notizbüchlein auf und zückte einen Stift. »Fangen wir noch einmal von vorn an, Arisascha.« Der schwierige, fremdartige Zischlaut kam ihm nur peinlich feucht über die Lippen, und er war sich nicht ganz im Klaren darüber, ob er für eine korrekte Anrede auch Arisaschas Herkunftsort hätte nennen müssen, der bei ihrem Volk allem Anschein nach die Funktion eines Nachnamens erfüllte.

»Stört es dich, wenn ich rauche?« Arisascha strich sich eine Strähne ihres strohblonden Haars aus der Stirn.

Garep schob den Glasaschenbecher, der zwischen ihnen auf dem Tisch stand, ein Stück näher an sie heran. »Du sprichst unsere Sprache ohne jeden Akzent.«

Die Menschenfrau öffnete den Verschluss ihrer Umhängetasche aus glattem, schwarzem Leder. »Alle Sprachen sind wie Äste und Zweige ein und desselben Baums«, erklärte sie und klappte ein silbernes Zigarettenetui auf, in das ein hübsches Muster aus geschwungenen Linien eingraviert war. »Wer die Wurzeln dieses Baums kennt, kennt auch sein kleinstes Blatt. So haben es die Herren in ihrer Weisheit eingerichtet.« Sie nahm eine lange Zigarette, die noch schmaler als ein Strohhalm war, aus dem Etui und schaute Garep auffordernd an.

»Oh, ich vergaß«, sagte er und griff in seine Hosentasche. »Du musstest bestimmt dein Feuerzeug abgeben. Entschuldige meine Unaufmerksamkeit.«

Arisascha beugte sich nach vorn, dem erwachenden Flämmchen von Gareps Feuerzeug entgegen, wobei ihre pelzbesetzte Weste verrutschte und den Blick auf die milchweiße Haut ihrer rechten Schulter freigab. Sie zog kräftig an ihrer Zigarette, bis die Spitze sich in rot glimmende Glut verwandelt hatte. Dann lehnte sie sich zurück und schlug die Beine übereinander. »Ist es nicht erstaunlich, wie ähnlich wir uns sind? Menschen und Zwerge, meine ich. In unserer Sprache.« Von ihrer Zigarette stieg ein dünner Rauchfaden auf. »In unseren Sitten.«

Garep räusperte sich und rückte sein Notizbüchlein vor sich zurecht. Für ihn galt dasselbe wie für Bugeg: Obwohl seine Meinung sich von der der Menschenfrau nicht grundlegend unterschied, durfte er nicht zulassen, dass seine persönlichen Einschätzungen sein Gespür für Wahrheit und Lüge durcheinanderbrachten. »Du heißt Arisascha von Wolfenfurt?«

»Richtig.«

»Du gehst dem Beruf einer ...« – er stockte, da ihm das Konzept eines organisierten Aberglaubens, wie ihm die Menschen anhingen, bei aller Toleranz ein wenig suspekt vorkam – »... dem Beruf einer Predigerin nach?«

Arisascha nickte. »Ich führe andere Wanderer auf dem Sanften Pfad.«

»Was beinhaltet diese Aufgabe?«

»Wenn ein Wanderer befürchtet, vom Sanften Pfad abgekommen zu sein, kann er sich an mich wenden, und wir konsultieren dann gemeinsam die Schriften, um festzustellen, ob es sich tatsächlich so verhält, dass die Schritte dieses Wanderers in die falsche Richtung gehen.«

»Was geschieht, wenn die Person, die sich an dich gewendet hat, wirklich gegen die Regeln und Gebote dieser Schriften verstoßen hat?«

»Dann suchen wir in den Weisungen, die die Herren ihren niedersten Dienern hinterlassen haben, nach der angemessenen Form der Buße«, sagte Arisascha ernst.

»Ist dabei Gewalt im Spiel?«, mischte sich Karu in das laufende Verhör ein.

»Was soll das, Anwärterin Schneider? Ich führe dieses Verhör, nicht du«, raunte Garep ungehalten über seine Schulter.

»Verzeihung, Sucher Schmied.« Karu trat an Gareps Seite und senkte den Kopf.

Garep sah von einer körperlichen Züchtigung der Anwärterin ab.

Mit ihrer vorlauten Bemerkung hatte sie seine Gedanken in Bahnen gelenkt, denen er bislang noch nicht gefolgt war. »Besteht denn die Möglichkeit einer gewaltsamen Bestrafung für einen deiner Glaubensbrüder?«

Arisascha beantwortete die Frage, wobei der Blick ihrer blauen Augen auf Karu ruhte. »Die Wanderer auf dem Sanften Pfad üben keine Gewalt gegen andere aus, wenn es das ist, was du vermutest, Anwärterin Schneider. Die Buße, die ein Wanderer zu tun hat, richtet sich stets gegen ihn selbst.«

»Das schließt also nicht aus, dass der Betreffende sich selbst Gewalt zufügt?«

»Du bist ein aufmerksamer Zwerg«, gab Arisascha zurück und aschte ab. »Eine schmerzhafte Strafe durch die eigene Hand kann durchaus Teil einer Buße sein. Aber dies ist nur bei den schrecklichsten aller Taten angebracht. Mord, Vergewaltigung, Brandstiftung. Solche Dinge. Die lässlicheren Sünden können durch Mildtätigkeit oder Genussverzicht ungeschehen gemacht werden, um die Waagschalen der Seele wieder ins Gleichgewicht zu bringen.«

»Wie groß ist dein Einfluss auf das Strafmaß?« Garep schickte Karu mit einem Wink zurück in die Ecke des Vernehmungszimmers. Die Nähe zu ihr lenkte ihn immer noch ab, obwohl er sie an Bugeg verloren hatte.

»In Situationen, die sich nicht zweifelsfrei einer der Angaben in den Schriften zuordnen lassen, entscheide ich nach bestem Wissen und Gewissen, welche Art der Buße angebracht ist«, sagte Arisascha, deren Stimme mit einem Mal sehr hart klang. »Bevor du mir eine weitere unnütze Frage stellst, möchte ich eines sofort klarstellen: Es steht mir nicht zu, über den Tod eines anderen Menschen zu bestimmen. Unser aller Leben wird uns von den Herren geschenkt, und es sind die Herren, die dieses Geschenk zu gegebener Zeit zurückfordern. Ich hätte Dschedschin nie befehlen können, sich eine Pistole in den Mund zu stecken und abzudrücken, um für irgendeine Sünde zu büßen. Darauf wolltest du doch hinaus, oder etwa nicht?«

Garep strich sich über den Bart. »Ein guter Sucher zieht alle Möglichkeiten in Betracht.«

Arisaschas Reaktion überraschte den Zwerg. Die Menschenfrau lachte verbittert auf. »Auch die Möglichkeit, dass ich den Menschen, den ich liebe, erst zum Mord und dann zum Selbstmord treibe? Weil ich zufällig eine Predigerin meines Glaubens bin und er womöglich eine schwere Sünde begangen hat, die nicht verziehen werden kann?« Sie drückte ihre Zigarette aus. »Ich hatte gedacht, derart verqueres Denken würde man nur in meiner alten Heimat finden und nicht hier im Bund, wo man sich doch angeblich an die Weisungen der reinen Vernunft hält.«

Garep hörte, wie sich mit einem leisen Klicken des Drehknaufs die Tür hinter ihm öffnete. Er kannte Bugeg so gut, dass er sich nicht umzudrehen brauchte, um zu wissen, wer soeben das Zimmer betreten hatte.

Garep beschloss, eine der Beobachtungen seines Gehilfen aufzugreifen. Arisascha war ohnehin schon so aufgebracht, dass seine nächste Bemerkung keinen größeren Schaden mehr anrichten konnte. »Du sagst, du hättest Dschedschin geliebt, doch du zeigst dich über seinen Tod … Nun, man merkt dir deine Trauer kaum an.«

Die Menschenfrau presste einen Augenblick zornig die dunkelblau geschminkten Lippen aufeinander, ehe sie zu einer Erwiderung anhob. »Anscheinend habe ich mich vorhin geirrt, als ich sagte, Menschen und Zwerge seien sich ähnlich. Anders kann ich mir nicht erklären, wie du dich so täuschen kannst, Sucher Schmied. Ich wäre ein Stein, wenn ich nicht um Dschedschin trauern würde. Er war das, was man bei euch als das funkelndste Juwel aus dem tiefsten Schacht bezeichnet. Ich hatte nicht mehr daran geglaubt, einem Menschen wie ihm zu begegnen: höflich, kultiviert, voller Herrenfurcht und strebsam. Mir zerspringt schier das Herz, wenn ich daran denke, dass ich ihn erst wiedersehen werde, wenn die Herren mich ebenfalls zu sich holen. Ich habe die schönste Zeit meines Lebens mit Dschedschin von Schönwald verbracht, aber gleichzeitig kommt es mir so vor, als hätte ich ihn nie wirklich gekannt. Ich stehe vor demselben Rätsel wie du, Sucher Schmied. Warum ist Dschedschin an diesem Abend losgegangen, um den armen alten Zwerg umzubringen? Warum? Darauf können mir nicht einmal die Schriften eine klare Antwort geben. Und nun sitzt du da und unterstellst mir, ich wäre diejenige, die so viel Leid über Unschuldige gebracht hat. Das ist nicht gerecht.«

»Dem Sucher geht es um Wahrheit, nicht um Gerechtigkeit.« Bugeg zog sich einen Stuhl heran und setzte sich zur Linken Gareps. »Was Gerechtigkeit ist, entscheiden die Obleute.«

Arisascha ging nicht auf den Einwand des jungen Suchers ein. »Ich werde seit fast einer Schicht hier festgehalten, als wäre ich eine Verbrecherin.«

»Weil du mit einem Verbrecher das Bett geteilt hast!« Bugeg schlug so hart mit der Faust auf den Tisch, dass der Teller mit Krapfen, den Karu vor dem ersten Durchgang des Verhörs besorgt hatte, eine ganze Handbreit in die Höhe sprang. »Deine enge Beziehung zum Mörder gibt Grund zu der Annahme, dass du in seine Pläne eingeweiht warst.«

Garep bemerkte ein gefährliches Funkeln in den Augen der Menschenfrau. Er dachte schon, sie würde Bugeg an den Bart gehen, doch dann schloss sie die Augen und atmete einige Male so ruhig und gleichmäßig, als wollte sie sich der Vernehmung durch eine Flucht in die Arme des Schlafs entziehen. »Das ist absolut lächerlich«, sagte Arisascha schließlich mit gefasster Stimme, nachdem sie die Lider überraschend wieder aufgeschlagen hatte.

»Zurück zur Sache«, unternahm Garep einen Versuch, die angespannte Atmosphäre aufzulockern. »Wie lange hast du Dschedschin gekannt?«

Arisascha blickte über Gareps Kopf hinweg in die Nebel der Vergangenheit. »Ich bin Dschedschin das erste Mal vor ungefähr zwei Jahren begegnet. Er hat mich in meiner Funktion als Predigerin gebraucht, denn er hegte Zweifel, ob eine geschäftliche Entscheidung, die er kurz zuvor getroffen hatte, mit den Geboten der Schriften in Einklang stand.«

»Seine Geschäfte als Fernhändler hatten eine spirituelle Komponente?«

»Unser gesamtes Sein ist von den Wünschen der Herren durchdrungen. Vom Alltäglichen zum Einmaligen, vom Kleinen zum Großen, vom Denken zum Handeln. Dschedschin wählte seine Schritte auf dem Sanften Pfad mit Geschick, Bedacht und Mitgefühl. Aus diesem Grund wollte er von mir wissen, ob es richtig gewesen war, einen seiner Buchhalter zu entlassen, der der Veruntreuung einer beträchtlichen Summe überführt worden war.«

Die Geschichte wurde aus Gareps Warte immer unglaublicher. Warum hätte man in so einer Sache von irgendwoher Rat einholen müssen? Ein größerer Vertrauensbruch zwischen zwei Personen, als wenn der eine das Geld des anderen unterschlug, war für ihn kaum denkbar. Das zwergische Gemeinwohl und der Fortbestand des Bundes ruhten auf den festen Säulen treuer Pflichterfüllung und gemeinsam geschulterter Verantwortung. Wer an diesen Säulen rüttelte, musste hart bestraft werden, damit sein rücksichtsloses Verhalten nicht zum Vorbild für Nachahmer wurde.

»Nachdem ich ihm die Schriften ausgelegt hatte«, fuhr Arisascha fort, »blieben wir in losem Kontakt. Gelegentlich lud er mich zu einem Abendessen oder ins Schauspielhaus ein. Es dauerte mehr als ein Jahr, bis er den nötigen Mut aufbrachte, mich zu fragen, ob ich zu ihm ziehen würde. Ich habe mir einige Wochen Bedenkzeit ausgebeten und sein Angebot nach sorgfältigem Abwägen angenommen.«

»Gut, gut«, brummte Garep. »Würdest du sagen, dass es in der Folgezeit keine Geheimnisse mehr zwischen dir und Dschedschin gab?«

»Diese Frage ist nicht sonderlich klug«, sagte Arisascha ernst. »Die Schriften lehren uns, dass allein die Herren in das wahre Herz eines Menschen blicken können. Insofern kann ich dir nicht sagen, ob Dschedschin Geheimnisse vor mir hatte. Ich kann nur festhalten, dass ich nicht das Gefühl hatte, als ob es so gewesen wäre.«

Bugeg schnaubte abschätzig, doch Garep ergriff rasch das Wort, um ein unangebrachtes Vorpreschen seines Gehilfen zu verhindern. »Arisascha, dir ist bestimmt bekannt, dass ein Sucher über besondere Mittel verfügt, um die Spur der Wahrheit zu verfolgen.« Garep entging nicht, dass Bugeg ihm einen überraschten Blick zuwarf.

»Nach meiner Ankunft im Bund hielt ich es für meine Pflicht, mich umfassend mit der zwergischen Kultur vertraut zu machen.

Allerdings muss ich einräumen, dass ich mich nicht mit den genauen Arbeitsmethoden eines Suchers beschäftigt habe.«

»Ich verstehe.« Garep legte den Stift quer über die aufgeschlagenen Seiten seines Notizbüchleins und faltete die Hände. »Eines dieser besonderen Mittel, von denen ich sprach, nutzt einen unleugbaren Umstand: Unsere Worte mögen manchmal trügen, doch unser Körper ist der Aufrichtigkeit zugetan. Schon vor einer ganzen Weile hat ein Leiböffner die Beobachtung gemacht, dass es gewisse Reaktionen unseres Körpers gibt, wenn wir eine Lüge aussprechen. Besagter Leiböffner, der in der Hauptstadt seiner Aufgabe nachging, war der Lebensgefährte eines Suchers. Diese beiden Streiter des Schaffens haben einen Apparat konstruiert, der es erlaubt, eines der physischen Signale einer bewusst geäußerten Lüge zu messen.«

»Und ich nehme an, du hast einen solchen Apparat hier«, stellte Arisascha nüchtern fest.

Garep drehte den Kopf zu dem schmalen, hohen Schrank in der gegenüberliegenden Ecke des Vernehmungszimmers. »Anwärterin Schneider, bring mir die Pupillenlinse.«

Während Karu der Aufforderung ohne Zögern nachkam, beugte sich Bugeg zu Garep hinüber und flüsterte: »Die Pupillenlinse statt der Nadeln? Ob uns das unserem Ziel näher bringt?«

»Wir werden sehen«, antwortete Garep, der ein Senken der Stimme für unangemessen hielt. Er zog es üblicherweise vor, in einem Verhör mit offenen Karten zu spielen. Er hatte die Erfahrung gemacht, dass in jenen Fällen, in denen sein ganzes Können als Sucher gefordert war, die Verdächtigen in der Regel schlau und gerissen genug waren, um die meisten Täuschungsmanöver mit Leichtigkeit zu durchschauen. Die Aufklärung der jüngsten Mordanschläge war ein solcher Fall.

Karu reichte Garep ein Kästchen aus braunem Holz, in dessen Deckel das Wappen der Bundeslehrstätte für Licht- und Linsenkunde eingebrannt war – ein Prisma, durch das ein breiter Lichtstrahl fiel, der sich nach seinem Weg durch den pyramidenförmigen Körper in fünf schmalere Bänder auffaserte.

»Bevor ich diese Methode anwende, muss ich dich auf etwas hinweisen.« Garep klappte das Behältnis auf und überprüfte den auf einem Samtkissen ruhenden Inhalt auf Vollständigkeit. »Eine Aussage, die unter Zuhilfenahme einer Pupillenlinse gemacht wurde, besitzt gegenüber den Obleuten dieselbe Wertigkeit wie ein Zeugnis, das unter Eid abgelegt wird. Ein Eidbruch muss zwangsläufig mit einem Aufenthalt in den Minen bestraft werden, dessen Dauer mindestens fünftausend Schichten von je fünf Stunden schwerer Arbeit beträgt. Dir steht das Recht zu, den Einsatz dieser Methode abzulehnen.«

Arisaschas Hand wanderte zu dem goldenen Anhänger, der auf der straffen Haut ihres Busens ruhte, und ließ das zerbrochene Schwert durch ihre Finger gleiten, als streichle sie ihren toten Geliebten. »Wenn ich mich dem, was du vorschlägst, verweigere, mache ich mich nur noch verdächtiger, als ich es in den Augen deines Mitarbeiters ohnehin schon bin, Sucher Schmied. Ich möchte noch einmal ausdrücklich betonen, dass wir Wanderer auf dem Sanften Pfad jegliche Form der Gewaltanwendung zutiefst verabscheuen. Lange Zeit dachte ich, die Zwerge, in deren Land ich und so viele meiner Brüder und Schwestern im Glauben eine neue Heimat gefunden haben, wären ebenfalls auf eine friedliche Lösung aller Probleme bedacht, denen sich eine Gesellschaft gegenübersieht.«

»Hast du auch in dieser Sache deine Meinung geändert?«

Arisascha zuckte die Achseln. »Ich habe mir noch kein endgültiges Urteil gebildet. Mal gewinne ich den Eindruck, meine ursprüngliche Einschätzung wäre richtig, mal zweifle ich daran. Wenn die Werkstatt eines Juweliers bis auf die Grundmauern niederbrennt und die Früchte seiner Arbeit in Flammen und Rauch vergehen. Wenn ich die Worte eines Rufers lesen muss, der alle Zwerge, die reinen Herzens sind, dazu auffordert, die gierigen Parasiten, die sich im warmen Pelz des Bundes eingenistet haben, endlich auszuräuchern, um ein Wiedererstarken des zwergischen Strebens zu erwirken. Wenn eine Frau, die nichts als das Kleid an ihrem Leib ihr Eigen nennt, auf dem Marktplatz einen Laib Brot oder einen Apfel stiehlt, um die hungrigen Mäuler ihrer Kinder zu stopfen, und dafür aufs Übelste misshandelt wird. Dann zweifle ich daran, dass es hier wirklich anders zugeht als in den Zerrissenen Reichen.«

»Stimmst du einer Befragung mit der Pupillenlinse nun zu oder nicht?« Bugeg war während Arisaschas flammender Rede aufgestanden, um ein Formular mit einem Dutzend Feldern, in die allerlei sinnreiche und weniger sinnreiche Angaben einzutragen waren, aus einer abgegriffenen Aktenkladde zu ziehen, die in einer Schublade am Kopfende des Tisches verwahrt war.

»Ich werde alles tun, um zu beweisen, wie abwegig die überall in dieser Stadt kursierenden Vermutungen sind, wonach es ein Komplott von Menschen gibt, die ihren zwergischen Gastgebern nach dem Leben trachten. Die Herren werden mein Schutz und Schild gegen solche haltlosen Verleumdungen sein.«

»So, so«, sagte Bugeg spöttisch, zückte einen Stift und begann damit, das Formular auszufüllen, das nach dem Ende des Verhörs auf dem Schreibtisch irgendeines Halblingbeamten landen würde.

Während sein Gehilfe seinen Teil dazu beitrug, die Mühlen der Bürokratie am Mahlen zu halten, baute Garep die Pupillenlinse auf. Die handtellergroße Scheibe aus konvex geschliffenem Glas war in einen breiten Metallring gefasst, der sich mit einem Gewindestutzen auf ein feingliedriges Dreibein aufschrauben ließ. Mit ruhiger Hand und einem weichen Tuch, dessen Stoff so dünn war, dass Garep die Gravuren auf dem Glas unter seinen Fingerspitzen vorbeihuschen fühlte, polierte er die Linse.

Bugeg faltete das ausgefüllte Formular in der Mitte zusammen und steckte es in seine Jacke. »Fang ruhig ohne mich an. Ich hole lieber noch etwas Tee, denn so wie es aussieht, werden wir ja noch eine Weile hier sitzen.«

»Davon ist auszugehen«, pflichtete Garep ihm bei. Er wunderte sich zwar ein wenig darüber, dass Bugeg selbst losging, anstatt Karu zu schicken, die im Rang unter ihm stand, aber vielleicht wollte der junge Sucher seine Liebste während der Dienstzeit schonen, um später im Privaten seinen Frieden zu haben. Garep hatte schon häufig erlebt, wie eine Beziehung zwischen zwei Zwergen, die am gleichen Ort tätig waren, daran scheiterte, dass der eine seine überlegene Position zu sehr ausnutzte oder der andere sich nicht damit abfinden konnte, von jemandem Anweisungen entgegenzunehmen oder eine

Rüge zu erfahren, mit dem er kaum eine halbe Schicht zuvor einen romantischen Ausflug in eine Klamm oder einen Flechtengarten unternommen hatte.

Garep prüfte noch, ob es störende Spiegelungen in der Linse gab, dann bat er Arisascha, möglichst nah an den Tisch heranzurücken. Anschließend stellte er die Linse auf die richtige Höhe ein. Die Befragung würde nur die gewünschten Ergebnisse liefern, wenn das Auge der Verhörten, der Mittelpunkt der Linse und das Auge des Suchers auf einer Linie lagen.

»Schau einfach durch die Linse und fixiere den winzigen Punkt in ihrer Mitte«, forderte er Arisascha auf. »Achte nicht auf die Ringe um das Zentrum herum. Konzentriere dich einfach nur auf den Punkt.«

Es war wichtig, dass Garep sich genau einprägte, wie viele Ringe Arisaschas ins Riesenhafte vergrößerte Pupille im Ruhezustand abdeckte. Dazu mussten er und die Menschenfrau einige Zeit reglos verharren. Zwei Gedanken gingen ihm durch den Kopf: Der eine drehte sich um den Vorgang der Pupillenmessung, der andere hatte mit seinen Ermittlungsbemühungen nur am Rande zu tun.

Es bereitete ihm ein gewisses Unbehagen, dass er gar nicht zu sagen vermochte, ob die Reaktionen, die Arisaschas Pupille zeigen würde, überhaupt zulässige Rückschlüsse auf den Wahrheitsgehalt ihrer Aussagen erlaubten. Sie war keine Zwergin und er kein Leiböffner, der sich auf die Physiologie von Fremdrassen spezialisiert hatte. Garep würde sich in letzter Konsequenz auf sein Gefühl verlassen müssen, obwohl er doch eigentlich eine nüchterne, rationale Methode der Beweisfindung hatte wählen wollen.

Der zweite Gedanke, der ihn umtrieb, war zwar ein wenig angenehmer, aber einer kühlen Betrachtung des Falls dennoch nicht zuträglich. Garep war aufgefallen, dass er es mit einer hübschen Menschenfrau zu tun hatte. Gut, ihr Gesicht war zu lang gezogen, ihre Schultern zu schmal und ihre Wangen zu nackt, um sie nach zwergischen Maßstäben als echte Schönheit zu bezeichnen. Ungeachtet dessen war Arisaschas Äußeres von einer betörenden Exotik. Ihr blondes Haar duftete nach Blüten aus fernen Ländern, das Blau auf Lippen und Lidern strahlte Härte und Weichheit zugleich aus, und ihre Augen hatten jenen wachen Glanz, der einen scharfen Geist verriet. Nicht, dass Garep sich zu ihr hingezogen fühlte – der Schmerz über die Enttäuschung, die er mit Karu erlebt hatte, saß noch viel zu tief –, doch er machte sich keine Illusionen darüber, ob man sich selbst als erfahrener Sucher eher von einer attraktiven oder einer unansehnlichen Person Lügen als Wahrheiten verkaufen ließ.

Arisaschas Pupille deckte sieben Ringe ab.

»Hat Dschedschin sein Opfer gekannt?«, fragte Garep ohne weitschweifige Einleitung.

Das schwarze Rund in Arisaschas Auge wuchs zwar, doch nicht einmal um einen halben Ring. Die Frau zeigte eine absehbare Reaktion auf die erste Frage.

»Ich kann nicht ausschließen, dass sich Dschedschin und Ralek schon vor dieser schrecklichen Tat einmal begegnet sind. Sie verkehrten ja in ähnlichen Kreisen.« Arisaschas Pupille schrumpfte in den Ausgangszustand zurück.

»Hast du Ralek gekannt?« Garep wollte sich nach dem Verhör nicht vorwerfen müssen, eine Anfängerfrage ausgelassen zu haben.

In Arisaschas Auge war keine Veränderung festzustellen. »Nein.«

Garep stellte die nächste Aussage, die die Menschenfrau schon im Verlauf des Verhörs gemacht hatte, auf die Probe. »Bist du in deinem Leben je gezwungen gewesen, Gewalt anzuwenden?«

»Ich habe noch nie die Hand gegen eine andere Person erhoben.« Das sprunghafte Wachstum der Pupille blieb knapp in jenem Bereich, der eine unverdächtige Form der Erregung anzeigte.

Garep, der die Hände flach neben das Dreibein der Apparatur gelegt hatte, fühlte Arisaschas Atem über die Härchen auf seinen Fingern streichen. »Ich möchte etwas ansprechen, das ich bislang ausgespart habe. Ich hatte die Gelegenheit, mit einigen deiner Nachbarn zu sprechen.« Die Pupille zeigte eine winzige Regung. »Mehrere von ihnen wollen gesehen haben, wie in der Mordnacht zwei Gestalten vor der Mauer zu Dschedschins Grundstück auf und ab gingen. Sie wirkten so, als behielten sie das Haus im Auge, doch aufgrund der späten Stunde sind sich meine Zeugen nicht sicher. In einem Punkt jedoch decken sich die Aussagen: Ihrer Größe nach zu urteilen, muss es sich bei den beiden Personen um Menschenkinder oder Halblinge gehandelt haben.« Arisaschas Pupille weitete sich ein wenig mehr. »Kurz nachdem die Gestalten verschwanden, verließ Dschedschin das Haus, und einer der Zeugen schwört, er habe beobachtet, wie du ihm ein Stück nachgegangen bist und auf ihn eingeredet hast. Er soll dir allerdings keine weitere Beachtung geschenkt haben, und schließlich bist du umgekehrt und schnellen Schritts ins Haus zurückgeeilt. Was ist da zwischen euch vorgefallen?«

Die Linse war nicht zu täuschen, als die Menschenfrau Garep antwortete. »Wir hatten einen Streit über eine geschäftliche Frage, die unser Zusammenleben betraf. Er plante, sein Handelsnetzwerk auszuweiten, obwohl die Gewinne in letzter Zeit recht spärlich ausgefallen waren. Ich drohte ihm damit, ihn zu verlassen, aber das hat ihn nicht beeindruckt.«

Garep nahm den Kopf zurück und schaute Arisascha über den Rand der Linse hinweg an. Er hätte die Apparatur nicht gebraucht, denn ihre Stimme verriet sie. Diese Antwort war zu schnell und mit zu großer Offenheit gekommen. Niemand sprach unbefangen über Momente, in denen eine Liebe zu zerbrechen drohte. »Das war nicht die Wahrheit«, sagte er ernst.

Ein kurzes, heftiges Pochen an der Tür übertönte Arisaschas geflüsterte Erwiderung. Garep blieb weder die Zeit für ein »Herein!« noch die Aufforderung an die Menschenfrau, ihre letzte Äußerung zu wiederholen.

Die Tür zum Vernehmungszimmer öffnete sich. Zwei Halblinge im vollen Ornat von Kommissaren der Bundessicherheit traten ein.

»Sucher Garep Schmied?«, fragte einer der Beamten, während der andere sich zwischen Karu und seinem Kollegen postierte. Die Anwärterin, die gebannt dem Gespräch zwischen Arisascha und Garep gelauscht hatte, wirkte völlig überrumpelt.

»Ja?« Garep erhob sich zögernd. Manchmal war es ihm ein Rätsel, wie die Angehörigen seines Brudervolks es schafften, trotz ihrer zerbrechlich erscheinenden Körper eine Autorität und Präsenz auszustrahlen, die viele Zwerge selbst in hohem Alter nie erreichten.

Der Kommissar holte einen Umschlag aus der Seitentasche seines knöchellangen Ledermantels. »Dies ist eine Überstellungsanordnung des Kommissariats für Bundessicherheit. Das Kommissariat dankt dir für deine bisherige Arbeit, die ohne Fehl und Tadel bleibt. Arisascha von Wolfenfurt wird bis auf Weiteres unter den Schutz unserer Behörde gestellt.«

»Aber wieso?«, entfuhr es Garep.

»Die Zeit drängt. Fragen sind das Lied des Zauderers.« Der Kommissar antwortete mit einer hellen Stimme, die ebenso scharf wie die Klinge seines Ehrendolches war. Garep befürchtete im ersten Moment sogar, der Halbling könnte die Waffe, die ihn als Kommissar auswies und die er im Duell gegen einen älteren Vertreter seines Standes gewonnen hatte, ziehen, um seine Ungeduld noch deutlicher zu machen. Darauf wollte er es auf keinen Fall ankommen lassen.

»Karu«, wies Garep die verschüchterte Anwärterin an, »lauf zu Eluki und sag ihr, dass ich sie dringend sprechen muss. Und zwar hier.«

Karu nickte und schob sich vorsichtig zur Tür, den Blick fest auf den zweiten Kommissar gerichtet. Erst als sie die Schwelle des Vernehmungszimmers passiert hatte, wagte sie es, schneller zu gehen.

Arisascha stand auf und wollte ihr Zigarettenetui in ihre Umhängetasche packen, doch der Halbling, der Garep den Umschlag überreicht hatte, sagte: »Das wirst du nicht brauchen«, und nahm ihr das silberne Behältnis aus der Hand. Er unterzog es einer kurzen Begutachtung, brummte zufrieden und steckte es ein.

»Was geht hier vor, Sucher Schmied?« Ein Anflug von Panik lag nun in Arisaschas Frage. »Passiert das, weil ich dir etwas verschwiegen habe?«

Der zweite Halbling lachte meckernd. »Wende dich besser an uns, Langschädel. Sucher Schmied hat mit dieser Angelegenheit nichts mehr zu tun.«

Garep bemühte sich, sein klares Denken gegen die ohnmächtige Wut zu verteidigen, die in ihm aufloderte.

»Der Kommissar hat recht, Arisascha«, presste er hervor. »Man hat mir den Fall entzogen. Alles, was du noch zu sagen hast, solltest du ihnen sagen.« Gareps Zorn galt der Menschenfrau beinahe ebenso sehr wie den Kommissaren. Wenn sie von Anfang an aufrichtig zu ihm gewesen wäre, hätte er womöglich etwas gegen das dreiste Vorgehen der beiden Halblinge unternehmen können. So hatte er nur die Erkenntnis gewonnen, dass es die Geliebte des Mörders von Ralek Schätzer mit der Wahrheit nicht sehr genau nahm – und dies war sicher keine überraschende Information für die Vertreter der Bundessicherheit. Sie wussten offensichtlich mehr als er, denn sonst wären sie gar nicht erst aufgetaucht.

Arisascha zupfte ihre Weste zurecht und schloss die Faust um ihr Amulett. »Die Herren gestatten Knecht und Magd die Lüge, wenn die Wahrheit ihrem gesamten Hof den Tod brächte«, sagte sie zu Garep, als würde dieses Zitat aus den Heiligen Schriften ihres Volks alles erklären, was in diesem Zimmer gerade vor sich ging.

Die beiden Kommissare packten sie an den Unterarmen und zogen sie unsanft in Richtung Tür.

Garep ließ sich kraftlos auf seinen Stuhl sacken, während die Schritte der Halblinge und der Menschenfrau draußen auf dem Korridor verhallten. Er war so kurz davor gewesen, Arisascha die Wahrheit zu entlocken. Die Frage nach den merkwürdigen Gestalten vor dem Haus, das sie zusammen mit Dschedschin von Schönwald bewohnte, hatte irgendeine Befangenheit in ihr ausgelöst. Nun würde er wohl nie erfahren, wie viel sie tatsächlich über Dschedschins Vorhaben gewusst hatte. Das Kommissariat hielt seine Akten strengstens unter Verschluss. Nur der Oberste Vorarbeiter selbst durfte sie ohne die Erlaubnis der Obleute des Gerichts einsehen, und es war Gareps Wissen nach noch nie vorgekommen, dass die Archive geöffnet worden waren, um einem Sucher Einsicht in die Akten zu einem Fall zu gestatten, der ihm zuvor entzogen worden war. Die Kommissare schützten ihre kleinen und großen Geheimnisse, um ihren Ruf als Ermittler sondergleichen zu wahren und zu mehren. Nein, aus dieser Quelle würde Garep keine Weisheit schöpfen, was die Hintergründe der jüngsten Attentatsserie anging.

Arisascha von Wolfenfurt würde spurlos verschwinden, als hätte sie nie existiert. Die Minen waren immer hungrig, und die Bundessicherheit verschaffte ihnen Futter.

10

Die Säule in der Mitte des Spielfelds gab ein zischendes Pfeifen von sich und spie aus einer ihrer kreisrunden Öffnungen eine kleine weiße Kugel aus, die pfeilschnell auf Himek zuschoss. Er hatte Glück: Die Kugel flog in einer äußerst günstigen Höhe, was es ihm erlaubte, seinen Schläger in einer gezielten Parade zu schwingen. Bei den letzten beiden Kugeln hatte er sich damit begnügen müssen, die Kugel mit Müh und Not abzuwehren, ohne ihr noch die gewünschte Richtung mitgeben zu können.

Selbst seine wattierten Handschuhe konnten die Wucht, mit der das harte Holz der Kugel auf das ebenso harte Holz seines grau lackierten Schlägers prallte, nicht vollkommen abdämpfen. Torwächter war nun einmal kein Spiel für Zwerge, die vor Schmerzen zurückschreckten.

Himeks Gegner warf seine gesamte Erfahrung aus Hunderten vorangegangener Partien in die Waagschale. Trotz seines Alters hatte sich Fejod Kolbner eine Geschmeidigkeit und Agilität bewahrt, die noch immer davon zeugten, dass er in seiner Jugend mehrfach den Meisterkelch seiner Heimatstadt mit nach Hause genommen hatte. Ein langer Ausfallschritt brachte seinen Schläger im letzten Moment hinter die Kugel, die in hohem Bogen knapp unter der Hallendecke zurück in Himeks Spielhälfte flog.

Mit einem leisen Fluch auf den Lippen spurtete Himek los, doch er ahnte schon auf halber Strecke, dass er zu spät kommen würde. Er wedelte zwar noch verzweifelt mit seinem Schläger, aber dieser hilflose Versuch konnte nicht verhindern, dass die Kugel in jenem Bereich des Spielfelds landete, den er eigentlich vor gegnerischen Angriffen zu schützen hatte.

»Keine schlechte Parade, mein Freund«, rief ihm sein Gegenüber zu, wobei sich Himek nicht sicher war, ob Kolbner gerade über seine Leistung spottete oder nicht. Die letzte Partie Torwächter, die Himek gespielt hatte, lag schon einige Zeit zurück, und auch die Umstände waren gänzlich andere gewesen. Der staubige Dorfplatz, auf dem er mit den anderen Kieseln aus der Nachbarschaft den von Hand geschleuderten Kugeln hinterhergerannt war, ließ sich mit der modernen Anlage, auf der er sich einem versierten Veteranen dieses beliebten Sports gegenübersah, nur insofern vergleichen, als dass das Spielfeld ungefähr die gleichen Ausmaße hatte. Die Maschine, die hier in Stahlstadt die fünfundzwanzig Kugeln auf die Kontrahenten abfeuerte, verlieh ihren Geschossen eine Präzision und eine Geschwindigkeit, von denen der dicke Kanib, der in Himeks Heimat für gewöhnlich die Rolle des Werfers übernommen hatte, nur träumen konnte. Noch dazu hatte Kanib sich im Gegensatz zu der dampfbetriebenen Apparatur bisweilen durch das Versprechen von Honigtröpfchen oder anderen Leckereien dazu hinreißen lassen, entweder die schwarzen oder die weißen Kugeln ein wenig zielgenauer zu werfen – je nachdem, welches Mitglied seiner Ammengruppe ihm die größere Köstlichkeit in Aussicht stellte.

Kolbner ließ seinen Schläger einmal über dem Kopf kreisen, als wäre das Sportgerät eine Doppelaxt aus der kriegerischen Vergangenheit seines Volks. Überhaupt hätte sogar der kritischste Revisionist unter den zwergischen Geschichtsgelehrten nur schwer die Ursprünge der Freizeitbetätigung leugnen können, der Himek und sein Vorgesetzter gerade nachgingen: Beide trugen neben ihren Handschuhen eine Montur, die im Grunde nichts anderes als eine Rüstung war. Ein Schalenhelm mit einem Visier aus einem engmaschigen Drahtgeflecht schützte den Kopf, und ein lederner Überwurf, zwischen dessen zwei Schichten mit Sand gefüllte Beutel eingenäht waren, sollte den Oberkörper vor schweren Verletzungen bewahren. Prellungen und blaue Flecken musste man jedoch nach wie vor in Kauf nehmen, und solche Blessuren machten Torwächter in den Augen vieler hartgesottener Zwerge, die eine Partie in erster Linie als Prüfung ihrer körperlichen Belastbarkeit empfanden, erst wirklich interessant. Himek hingegen hatte sich nur auf das Duell gegen Kolbner eingelassen, weil der Anstaltsleiter bei der Unterbreitung des Vorschlags so voller Begeisterung darüber gewesen war, auch jenseits ihrer gemeinsamen Arbeitsstätte einmal Zeit mit seinem Schützling verbringen zu können.

Die beiden Kontrahenten behielten die drehende Säule fest im Blick, während sie darauf warteten, dass sich im Innern der Maschine der nötige Druck aufgebaut hatte, um die nächste Kugel ins Spiel zu bringen.

»Wie geht es denn Patientin 23?«, fragte Kolbner über das Zischen, Klicken und Knarren der unberechenbaren Wurfapparatur hinweg.

»Ihr Zustand ist unverändert«, keuchte Himek. Ihm lief der Schweiß in Strömen den Rücken hinunter, und es ärgerte ihn schon ein wenig, dass in der Stimme des Graubarts weitaus weniger Anstrengung mitschwang als in seiner eigenen. »Soweit ich es beurteilen kann, haben sich die Schnitte nicht entzündet. Trotzdem schreitet die Heilung langsamer voran, als ich gedacht hätte. Sie schläft jetzt noch viel mehr als vor dem Eingriff.«

»Ich halte das für eine natürliche Reaktion ihres Körpers auf die Implantate«, antwortete Kolbner lapidar. »Wahrscheinlich muss sich das Gewebe der Nervenknoten erst noch auf die Energieströme einstimmen, die von den Kristallen gebündelt werden.«

»Werden diese Energieströme die Narbenbildung beeinflussen?« Wenn Himek an die straffen Hautwülste auf der Stirn der jungen Halblingin dachte, unter denen einer der Kristalle nun fest mit dem Fleisch der Patientin verbunden war, breitete sich eine leichte Beklommenheit in seinem Geist aus. Es war kein Ekel, den er empfand – er hatte an der Bundeslehrstätte immerhin die grausigsten Wucherungen gesehen, die der Innere Feind im und am Körper eines Zwergs wachsen lassen konnte. Himek wünschte sich lediglich, Patientin 23 würde keine allzu entstellenden Narben davontragen. Schließlich war sie eigentlich recht hübsch, und er befürchtete, dass allein schon die Beule, die mit Sicherheit auf ihrer Stirn zurückbleiben würde, sie in den Augen von Zwergen wie Halblingen zu einer Außenseiterin machen könnte. Beide Völker hingen verhältnismäßig klaren Vorstellungen an, was den Zusammenhang zwischen der Schönheit des Leibes und der Schönheit des Geistes anging. Die äußere Erscheinung von Patientin 23 würde zukünftig zumindest als ungewöhnlich eingestuft werden – was für einen aufmerksamen Betrachter nahe legte, dass auch in ihrem Inneren nicht alles der Norm entsprach.

»Es ist nicht wichtig, ob einer unserer Patienten Narben zurückbehält oder nicht.« Kolbner tänzelte ungeachtet des Gewichts seiner Sportbekleidung leichtfüßig an der Grundlinie entlang – zwei Schritte nach rechts, zwei Schritte nach links. »Für unsere Sache ist es nur von Belang, ob die Behandlung den gewünschten Erfolg zeigt. Nur bei den Patienten, deren Körper die Kristalle nicht abstoßen, ist überhaupt daran zu denken, die nächste Phase einzuleiten. Sobald die Versuche …«

Kolbner brach mitten im Satz ab, als die Wurfapparatur erneut ein Geräusch von sich gab und eine schwarze Kugel in Richtung des Anstaltsleiters spuckte. Obgleich die Maschine über keinen eigenen Willen verfügte, schien Kolbner ein tieferes Verständnis für die unsichtbaren Vorgänge in ihrem Leib aus Holz und Stahl zu besitzen. Offenbar hatte der Graubart erahnt, wohin die nächste Kugel gehen würde. Er holte weit aus und schmetterte die Kugel mit einem kräftigen Rückhandschlag quer über den Platz.

Himek rührte sich gar nicht erst von der Stelle. Er hätte schon die langen Beine eines Menschen haben müssen, um diese Kugel noch zu erlaufen. Auch dieser Punkt ging an seinen Gegenspieler.

»Sind dir die Füße festgewachsen?«, rief Kolbner vergnügt, und dieses Mal war der Spott in seiner Stimme nicht zu überhören.

Himek verkniff sich eine Erwiderung. Wenn er sich nicht verzählt hatte – und seine Konzentration hatte im Verlauf des Spiels zugegebenermaßen so sehr gelitten, dass dies nicht gänzlich undenkbar war –, würde die nächste Kugel die letzte sein. Vielleicht war es sogar besser für ihn, wenn Kolbner die Partie deutlich für sich entschied. Ein Sieg seines Untergebenen hätte den alten Zwerg womöglich in seinem Stolz gekränkt – nicht, dass Himek wirklich eine Chance auf einen echten Triumph gehabt hätte. Der Anstaltsleiter war schon seit einigen Schichten bester Laune, und Himek vermutete, dass diese heitere Gemütslage irgendwie mit den jüngsten Neuzugängen in der Heilanstalt zusammenhing.

In der neuerlichen Pause, die sich nun ergab, beschloss Himek, seine Annahme einer Überprüfung zu unterziehen, während die Wurfapparatur den erforderlichen Druck für das Abfeuern der letzten Kugel aufbaute. »Was hat es eigentlich mit den Neueinlieferungen auf sich, Anstaltsleiter Kolbner?«

»Inwiefern?«

»Ich habe mir die Einweisungsunterlagen angesehen, weil ich doch neue Krankenakten anlegen musste. Dabei ist mir aufgefallen, dass viele der neuen Patienten gar nicht aus anderen Heilanstalten, sondern aus Gefängnissen aus dem ganzen Bund zu uns überstellt worden sind.« Himek hoffte, dass Kolbner die nächste Frage nicht als unbotmäßiges Herumstochern im eigenen Zuständigkeitsbereich erachten würde. »Warum haben wir uns plötzlich um Verbrecher zu kümmern?«

Kolbner packte den Griff seines Schlägers fester. »Du enttäuschst mich, Himek. Ich hätte dich für einen Zwerg gehalten, der begreift, dass es manchmal töricht ist, allzu scharfe Trennlinien zu ziehen. Manche Formen des Verbrechens lassen sich nur durch eine Schwäche im Geist des Täters erklären: Vergewaltigung, Brandstiftung, Verrat. Die Liste ist lang. Schau dir einfach nur die Historie von Patientin 23 an. Liegt es in ihrem Fall nicht auf der Hand, dass sie zwar ein Verbrechen begangen hat, aber keinesfalls für dieses Vergehen verantwortlich gemacht werden kann?«

»Unter Umständen. Aber eines ist mir noch aufgefallen. Alle Neueinlieferungen sind Menschen.«

»Das liegt daran, dass die menschliche Rasse eine besondere Anfälligkeit gegenüber Geisteskrankheiten aufweist, insbesondere solchen, die die Bereitschaft, ein Verbrechen zu begehen, in erheblichem Maße fördern.« Kolbner lachte leise. »Sie sind uns eben in allen Belangen unterlegen – im Körper wie im Geiste.«

Himek bekam keine Gelegenheit mehr, auf Kolbners Bemerkung einzugehen. In einer der Öffnungen an der Säule der Wurfapparatur tauchte die letzte Kugel auf. Wieder erweckte die Maschine den Eindruck, als stünde sie auf Kolbners Seite, so präzise feuerte sie die Kugel auf eine der Ecken des Spielfelds ab.

Himek biss die Zähne zusammen und setzte zu einem gewagten Sprung an. Er würde diesem selbstgefälligen Kerl dort drüben seine angebliche Enttäuschung über ihn um die Ohren schlagen. Ein stechender Schmerz, als würde ihm die Schulter aus dem Gelenk gerissen, durchzuckte Himeks gesamte rechte Seite, als die Kugel den äußersten Rand seines Schlägers traf. Der Aufprall auf dem Hallenboden war nicht weniger unsanft: Himek wurde sämtliche Luft aus den Lungen gequetscht, und bunte Lichter tanzten vor seinen Augen.

Stöhnend wälzte er sich auf den Rücken und horchte in sich hinein. Einige Bänder in seiner Schulter waren sicherlich überdehnt, doch wenigstens hatte er sich bei dem waghalsigen Manöver nichts gebrochen. Die bunten Lichter stellten ihren Reigen nach und nach ein, weshalb er davon ausging, dass auch sein Hirn keine bleibenden Schäden davongetragen hatte, und die Schmach über die erlittene Niederlage würde sich mit etwas Glück schon bald in die dunkleren Ecken und Enden seines Denkens verkriechen.

Ein Schatten fiel auf Himeks Gesicht. »Wie lange willst du denn da noch liegen bleiben?« Der Schatten sprach mit Kolbners Stimme. »Ich muss schon sagen, dass ich nicht damit gerechnet hätte, mit nur fünf Punkten Vorsprung zu gewinnen.«

»Was?«, stöhnte Himek verwirrt.

»Dein letzter Schlag war wirklich sehenswert. Vor ein paar Jahren hätte ich ihn noch mühelos pariert, aber man wird eben nicht jünger. Der härteste Fels weicht dem Wasser der Zeit.« Der Graubart streckte ihm die Hand entgegen. »Und nun wenden wir uns lieber den anderen Vergnügungen zu, die dieser Ort zu bieten hat.«

Kurze Zeit später sinnierte Himek über die Frage, wie es sich wohl anhand der Regeln von Ursache und Wirkung erklären ließ, dass Schmerz und Freude im Leben so häufig unmittelbar aufeinander folgten. Das warme Wasser des flachen Beckens, in das er sich mit Kolbner zurückgezogen hatte, war mit entspannenden Kräuteressenzen versetzt, die verkrampfte Muskeln lockerten und ein angenehmes Prickeln auf der Haut auslösten. Der Leiböffner seufzte wohlig und rutschte bis zur Nasenspitze in die sanft blubbernde Flüssigkeit.

»Das war eine verblüffend einfache, aber wirksame Strategie von dir.« Kolbner fischte eine Stachelbeere aus der Porzellanschale neben dem Becken. »Ich kann froh sein, dass keiner meiner Kameraden aus der Verdientenschaft dabei zugesehen hat, wie du mich in die Schlucht gelockt hast.«

Himek stützte sich auf den Ellenbogen ab. »Welche Strategie?«, fragte er.

»Tu nicht so unschuldig, mein Freund.« Die Stachelbeere verschwand in Kolbners Mund. »Mich mit Fragen zu löchern, während die Maschine sich auflädt. Das meine ich. Simpel, aber effizient. So wie deine Arbeit.«

»Es lag nicht in meiner Absicht, dich in deiner Konzentration zu stören, Anstaltsleiter Kolbner.«

Mit einem Murren spritzte der ältere Zwerg dem Leiböffner ein paar Tropfen Wasser ins Gesicht. »Spar dir den Anstaltsleiter, Himek. Wir liegen hier so nebeneinander, wie wir aus dem dunklen Stollen unserer Mutter gekrochen kamen. Da brauchen wir nicht mehr auf die Formalitäten zu achten. Nenn mich ruhig Fejod.«

Himek spürte, wie sein Gesicht, das wegen der dichten Dampfschwaden, die durch den stillen Ruheraum zogen, ohnehin schon stark gerötet war, noch eine Schattierung dunkler wurde. Es war ihm unangenehm genug, sich einem Zwerg, der nicht Teil seiner Sippe war, völlig nackt zu zeigen. Mochte sein, dass er sich weniger gehemmt gezeigt hätte, wenn er zumindest ein Angehöriger der Verdientenschaft gewesen wäre, in deren Haus der Begegnung Kolbner ihn eingeladen hatte. So jedoch kam sich Himek angreifbar und verletzlich vor. Er wollte nicht ausschließen, dass die Moral der Städter sich von denen der Bergbewohner unterschied. Es war sehr wohl möglich, dass Kolbner als Kiesel eine andere Erziehung genossen hatte. Himek allerdings hatte die schrecklichen Geschichten über den Tropfsteinbeißer und den Höhlenschlüpfer nie vergessen, die seine Amme immerzu erzählt hatte, um ihre Zöglinge dazu zu bewegen, ihre Blößen stets bedeckt zu halten.

Kolbner kratzte sich das buschige Brusthaar, über das sich bereits der Raureif des fortgeschrittenen Alters gelegt hatte. »Wenn du es wirklich nicht darauf abgesehen hattest, mich aus dem Rhythmus zu bringen, dann stellst du wohl im Allgemeinen eine Menge Fragen.«

»Es liegt in meiner Natur. Ich wollte schon immer alles ganz genau wissen.« Sollte Himek Kolbner davon erzählen, wer ihm diesen Charakterzug vermacht hatte, oder tat er besser daran, sich über seine Vergangenheit auszuschweigen?

Der Graubart lächelte jenes undurchschaubare Lächeln, das Himek mittlerweile wohlbekannt war. »Und es ist gut, dass du dich wissbegierig zeigst. Du musst nur noch lernen, wann es opportun ist, welche Fragen zu stellen. Dann hast du eine große Zukunft vor dir.«

Himek unterdrückte den Reflex, die Knie anzuziehen, um seinen Unterleib zu schützen. Kolbners letzte Bemerkung hatte nicht wie eine Rüge geklungen. Trotzdem wollte sich der junge Zwerg Gewissheit verschaffen. »War es falsch von mir, dich nach den Neueinweisungen zu fragen?«

Kolbners Hand glitt über seinen stattlichen Bauch. »Eigentlich nicht. Aber eines hat mich gewundert: dein großes Interesse an der Tatsache, dass es sich bei den neuen Patienten um Menschen handelt.«

»Ich denke, es hat damit zu tun, dass ich dort, wo ich herkomme, nie viel mit Menschen zu tun hatte.« Himek legte den Kopf in den Nacken und versenkte sich in das Wabern und Wehen der Dampfschwaden. »Die Menschen gehen nicht in die Berge, und ich bin keinem von ihnen begegnet, bis ich an die Bundeslehrstätte berufen wurde. Sie sehen so merkwürdig aus, und ich habe mir sagen lassen, dass sie nicht an die Allmacht der Vernunft glauben und immerzu etwas von ihren seltsamen Göttern erzählen.«

»Sie sind faul«, merkte Kolbner mit ernster Stimme an. »Sie bauen nicht auf die Kraft, die in ihnen wohnt. Stattdessen werfen sie sich vor Ausgeburten ihrer kranken Phantasie in den Staub und betteln darum, dass ihnen jemand die Verantwortung für ihr eigenes Handeln abnimmt. Sie sehen die Welt, aber sie begreifen sie nicht. Sie sind wie Wölfe, die den Mond anheulen. Sie sehen das Licht, aber sie wissen nichts von seinem Ursprung.«

»Ist es nicht verwunderlich, dass sie weiter in Unwissenheit leben wollen, obwohl sie doch über alle Gaben verfügen, mit denen sie so werden könnten wie wir?«

»Sie werden niemals sein wie wir. Sie schauen sich nur manche Dinge von uns ab. Sie äffen uns nach, mehr nicht.«

»Wahrscheinlich hat sie mich deshalb um ein Buch gebeten«, sagte Himek versonnen.

»Wer?«

Das Misstrauen in der Stimme des Graubarts riss Himek aus seinen verwirrenden Gedanken an eine Unterhaltung, die er vor zwei Schichten geführt hatte. »Diese Menschenfrau, die mich angesprochen hat. Die Pfleger wollten sie gerade in ihre Zelle schließen, da hat sie sich zu mir umgedreht und mich um einen Gefallen gebeten.«

Als Himek bemerkte, wie sehr sich Kolbners Blick verfinstert hatte, fügte er rasch hinzu: »Du hast zwar andere Auflagen für die Neueinlieferungen gemacht als für die alten Patienten, aber in deinen Anordnungen stand nichts von einer strikten Abschottung von äußeren Einflüssen.«

»Das war anscheinend ein Fehler von mir.« Kolbner legte Himek eine Hand auf die Brust. »Dein Herz können sie bestimmt nicht vergiften, aber nicht alle Zwerge sind so standhaft wie du. Es ist unsere Pflicht, unsere leichtgläubigeren Geschwister vor den Einflüsterungen der Menschen zu schützen. Wenn die Saat der Unvernunft erst einmal ausgebracht ist, ist es beinahe unmöglich, das Unkraut wieder auszurotten.« Kolbner holte kurz Atem. »Was war denn nun der Gefallen, um den diese Menschenfrau dich gebeten hat?«

»Sie fragte mich, ob ich ihr ein Notizbuch und einen Stift in die Zelle bringen könnte.«

Das Gewicht von Kolbners Hand war Himek Last und Lob zugleich. Er genoss die Nähe zu seinem Mentor, doch die Zuneigung, die aus der väterlichen Geste sprach, rief ihm auf unangenehme Weise ins Gedächtnis, wie trügerisch solche Gefühle sein konnten. Die Worte jener Zwergin, die er über seine gesamten Kieseljahre hinweg für seine Mutter gehalten hatte – und die er noch immer so liebte, wie ein Sohn eine Mutter lieben musste –, klangen ihm in den

Ohren: »Nanub ist nicht dein Vater, und ich, ich bin nicht deine Mutter, Himek.« Im Nachhinein war er für diese Offenheit dankbar, doch er wünschte sich dennoch, er hätte früher erfahren dürfen, dass er nur ein Mündel und kein leibliches Kind der Steinbrechers war.

»Und was hast du ihr geantwortet?«, fragte Kolbner.

»Ich habe ihr versprochen, darüber nachzudenken.«

»Das ist gut«, sagte Kolbner nickend. »Eine kluge Antwort. So kann sie nicht enttäuscht sein, wenn sie erkennt, dass es für sie kein Buch geben wird.«

»Dann verbietest du mir, ihr den Gefallen zu tun?«

»Ich verbiete dir nichts.« Kolbner nahm die Hand von Himeks Brust und tippte seinem Untergebenen mit einem feuchten Finger an die Stirn. »Ich appelliere an deine Vernunft. Und überhaupt: Was bedeutet es schon, einem Menschen einen Gefallen zu verweigern? Genauso gut könntest du dir Gedanken darüber machen, ob man einem Steinesel oder einem Grubenhund einen Gefallen tun kann.« Der Anstaltsleiter ballte die Faust vor Himeks Gesicht. »Es gibt Wichtigeres, worüber du dir Gedanken machen solltest. Das hier zum Beispiel.«

Der goldene Siegelring an Kolbners Hand funkelte feucht. Himek erkannte die Gravur darauf sofort: eine Sonne, die ihre breiten, spitz zulaufenden Strahlen in alle vier Himmelsrichtungen entsandte. Es war das Wappen von Kolbners Verdientenschaft.

»Ich trage diesen Ring nicht umsonst. Meine Freunde und ich glauben, dass ein neuer Morgen für uns Zwerge anbrechen muss – wie damals, als der Erste Vorarbeiter unsere Vorfahren ins Licht führte.« Tiefe Ehrfurcht lag in den Worten des Graubarts. »Du kannst dazu beitragen, dass dieser neue Morgen früher kommt, als viele es für möglich halten. Du darfst nur nie dein Ziel aus den Augen verlieren. Wer die schmale Brücke über den tiefen Abgrund wählt …«

»… wird straucheln, wenn er zögert«, vollendete Himek den alten Sinnspruch.

»Ganz genau«, pflichtete ihm Kolbner bei und ließ die Faust sinken. Er tauchte bis zu den Schultern in das warme, blubbernde Wasser ein und taxierte Himek aus halbgeschlossenen Lidern wie ein Schlammreißer, der auf Beute lauert.

»Ich verstehe nichts von politischer Arbeit«, sagte Himek vorsichtig. »Und ich denke, dass ich darin ein gewisses Geschick unter Beweis stellen müsste, um Aufnahme in diese Verdientenschaft zu finden.«

»Nicht jede politische Arbeit ist auf den ersten Blick als solche zu erkennen. Du leistet bereits politische Arbeit, mein Freund.«

»Ich?«

»Lass es mich erklären«, sagte Kolbner und wuchtete sich unvermittelt über den Beckenrand.

Himek folgte seinem Vorgesetzten, der sich mit traumwandlerischer Sicherheit durch die Dampfschwaden bewegte.

Der Anstaltsleiter führte ihn zu einer der Seitenwände des Ruheraums, wo sich aus drei Wasserspeiern in Form von Drachenköpfen kühles Nass in eine knöcheltiefe Metallwanne ergoss.

»Das wird deinen Geist beleben«, verkündete Kolbner, stellte sich unter einen der Wasserspeier und griff nach einem runden Stück Seife aus einer in die Wand eingelassenen Schale.

Himek betete stumm die gesundheitlichen Vorzüge von Wechselbädern herunter, was ihn nicht vor einem kurzen Erschauern bewahrte, als ihm nach dem Betreten der Wanne das kalte Wasser auf den Kopf prasselte.

Kolbner ließ sich mit seiner Erklärung Zeit, bis er sich gründlich das dichte Haar auf Rücken und Brust eingeseift hatte. »Dir ist sicherlich nicht entgangen, dass die bevorstehenden Wahlen im Bund mit großer Spannung erwartet werden. Die Entscheidungen, die der Oberste Vorarbeiter während seiner letzten Amtszeit getroffen hat, sind nicht überall auf Gegenliebe gestoßen.« Der ältere Zwerg reichte seinem Begleiter die Seife. »Manche meinen, er hätte nicht genügend unternommen, um denen, die ohne Arbeit sind, zu helfen. Das ist natürlich Unfug. Diese Flachdenker unterschätzen die Weitsicht des Obersten Vorarbeiters, der drei wesentliche Dinge erkannt hat. Erstens: Die ungeahnten Fortschritte, die Wissenschaft und Technik in jüngster Zeit gemacht haben, wirken sich nachhaltig auf unsere Lebensweise aus. Eine Arbeit, für die man vor vielleicht drei Generationen noch Dutzende von Zwergen gebraucht hätte, wird heute von einer einzigen Maschine schneller und präziser erledigt. Zweitens: Die Reinlichkeitsvorschriften, die Vertreter deiner Zunft vor Kurzem erst in Stein gemeißelt haben, führten zu einem beachtlichen Rückgang von Infektionen aller Art – eigentlich ein wünschenswerter Effekt, doch die Kopfstärke im Bund wächst und wächst aufgrund dieser Maßnahmen. Diese beiden Faktoren förderten ein Klima der Unzufriedenheit, da es nun mehr untätige Hände als zu bewältigende Vorhaben gibt. Es wird schwerer und schwerer, sich einen Bonus zu verdienen – und für die Angehörigen der niedersten Zünfte sieht es so aus, als müssten sie und ihre Nachkommen fortan von der Hand in den Mund leben. Die dritte Erkenntnis, die der Oberste Vorarbeiter gewonnen hat, ist die einzige Lösung für dieses Problem: Wir Zwerge brauchen mehr Land, denn mehr Land bedeutet mehr Vorhaben aller Art – das Graben von Minen, das Anlegen von Feldern, den Bau von Straßen und Städten. Und somit bedeutet mehr Land auch mehr Wohlstand für uns alle.«

Die glitschige Seife glitt Himek aus den Fingern und landete platschend in der Metallwanne. »Du meinst, der Oberste Vorarbeiter plant eine Ausdehnung der Bundesgrenzen?«, fragte er, während er sich bückte, um im schaumigen, kalten Wasser nach der heruntergefallenen Seife zu suchen.

»Ihm bleibt keine andere Möglichkeit. Bedauerlicherweise muss er bis nach der Wahl warten, ehe er seine Absichten kundtut. Er hat genügend Gegner, die die Logik hinter seinen Plänen verleugnen würden.«

Himek bekam die Seife zu fassen und richtete sich wieder auf. »Aber was ist, wenn er die Wahl gar nicht gewinnt?«

Kolbner wusch sich den Schaum vom Körper und lächelte schief. »Er wird die Wahl nicht verlieren, mein Freund.«

»Wie kannst du dir da so sicher sein?«

»Weil ich glaube, dass am Ende die Vernunft siegen wird.« Der Anstaltsleiter stieg aus der Wanne und nahm sich ein feuchtes Tuch, das über einem an der Wand verlaufenden Heizungsrohr hing.

Himek seifte sich rasch zu Ende ein. »Und wie genau trägt unsere Arbeit dazu bei?«

»Die Grenzen des Bundes werden nur dann ausgedehnt werden können, wenn wir Zwerge stark sind. Du und ich, wir merzen eine der vielen Schwächen aus, unter denen wir derzeit leiden.« Der Graubart wickelte sich das breite Tuch um die Hüften und stapfte in Richtung Tür davon. »Und das, Himek, ist eine politische Arbeit«, rief er seinem Untergebenen noch zu, ehe er in den Dampfschwaden verschwand.

Als Himek sich eine Fünftelschicht später von Anstaltsleiter Kolbner verabschiedet hatte, traf ihn die Kälte, die vor dem Haus der Begegnung herrschte, wie ein heftiger Schlag ins Gesicht. Der Sommer, der Stahlstadt einen kurzen Besuch abstatten würde, ließ in diesem Jahr besonders lange auf sich warten. Was Himek allerdings noch mehr frösteln ließ als der schneidende Wind, war der Gedanke an die Blicke, die ihm Kolbners Kameraden geschenkt hatten. Der Anstaltsleiter hatte ihn den ältesten Mitgliedern der Verdientenschaft vorgestellt, und Himek war sich dabei vorgekommen, als priese Kolbner einen besonders zugkräftigen Grubenhund an. Der junge Leiböffner wusste nur zu gut, wie Grubenhunde endeten: Sobald sie die Lore nicht mehr ziehen konnten, wurden sie geschlachtet und ihr zähes, geschundenes Fleisch zu Wurst verarbeitet.

Das Gespräch mit Kolbner hatte Himeks Aufmerksamkeit für die Passanten auf der Straße geschärft. Dank des wertvollen Materials, das ihr ihren Namen gegeben hatte, war Stahlstadt eine der wohlhabendsten Siedlungen in den nördlichen Regionen des Bundes, und vielen ihrer Bewohner sah man diesen Reichtum auch an. An so manchem Mantel glänzte eine goldene Brosche, sechs von zehn Stiefelpaaren, die ihren Besitzer trockenen Fußes durch den matschigen Schnee brachten, waren aus wetterfestem Echsenleder gefertigt, und der Rauch, der aus den Pfeifen der meisten Passanten dem bleiernen Himmel entgegenquoll, duftete nach den vorzüglichsten Mischungen, die man im gesamten Bund kaufen konnte.

Himek hätte Kolbners Ausführungen für das eitle Geschwätz eines besserwisserischen Graubarts halten können, wären da nicht auch die anderen Zwerge auf den Straßen Stahlstadts unterwegs gewesen, die augenscheinlich nicht von den Gewinnen profitierten, die die Essen ihrer Heimat abwarfen. Auf jede feine Dame, deren zarte Hände durch einen prächtigen Muff vor der eisigen Kälte geschützt waren, kam eine hohlwangige Zwergin, die ihre Finger mit zerschlissenen Lumpen umwickelt hatte. Die Zahl der Armenküchen, an denen Himek vorüberging, kam ihm beinahe höher vor als die der schmucken Gaststätten, die mit erlesenen Gerichten um Zulauf warben.

Stellte eine Ausdehnung der Bundesgrenzen tatsächlich eine angebrachte Strategie dar, um dieses Elends Herr zu werden? Himek war kein Narr. Er wusste, in welche Richtung eine solche Ausdehnung erfolgen würde – nach Südwesten und somit in die Zerrissenen Reiche der Menschen hinein. Dass dies auf friedlichem Wege zu erreichen war, erschien ihm eher unwahrscheinlich. Mit wem hätte der Oberste Vorarbeiter auch über eine Expansion verhandeln sollen? Die Menschen hatten keinen Vertreter, der für alle Angehörigen seiner Rasse sprach. Warum nur verweigerten sich die Menschen so beharrlich allem, was selbst dem unvernünftigsten Zwerg einsichtig war? Liebten sie das Chaos so sehr und schon seit so langer Zeit, dass sie vergessen hatten, was Ordnung war?

Himek musste an die Menschenfrau denken, die ihn um Schreibwerkzeug gebeten hatte. An der Höflichkeit, mit der sie diese Bitte vorgetragen hatte, gab es nichts auszusetzen, und er hatte nicht den Eindruck gewonnen, dass sie zu Gewalttätigkeit neigte. Kolbner hatte ihm nicht ausdrücklich verboten, der Frau ein Buch und einen Stift zukommen zu lassen. Wollte der Anstaltsleiter seine Urteilskraft auf die Probe stellen? Himek erinnerte sich an das, was man ihm zu Beginn seiner Ausbildung an der Bundeslehrstätte eingebläut hatte: Jedes Problem ist im Grunde lediglich eine Manifestation des Prinzips von Ursache und Wirkung. Um die Wirkung eines Problems vollständig erfassen zu können, muss man seine Ursache kennen. Welche Wirkung es haben würde, wenn er der Bitte der Menschenfrau nachkam, vermochte Himek nicht abzuschätzen, da ihm die Ursache ihres Wunsches nicht bekannt war. Warum wollte sie etwas zum Schreiben haben?

Diese Frage würde nur die Menschenfrau selbst beantworten können, weshalb Himek seine Schritte beschleunigte und in eine Seitenstraße abbog.

Auf dem Weg zur Heilanstalt stemmte sich Himek unbeirrt den heftigen Böen entgegen, die von den Bergflanken ins Tal hinunterpeitschten. Einmal hätte es ihm fast die Schirmmütze vom Kopf geweht, und seine Rockschöße flatterten ihm um die Beine wie ein Schwarm Wildtauben, doch er widerstand der Versuchung, umzukehren und es sich in seiner kleinen Wohnung am flackernden Kamin gemütlich zu machen. Die Zwergin, bei der er als Mündel aufgewachsen war, hatte ihm oft gesagt, er sei so stur wie sein Vater – und lange Zeit hatte er gedacht, sie spräche in solchen Momenten von Nanub Steinbrecher.

Von außen betrachtet bestand die Heilanstalt nur aus einer Fassade. Den Rest der Anlage hatte man bei der Erbauung tief in den Fels hineingeschlagen. Kolbner hatte Himek erklärt, der Stadtrat habe sich damals für diese Bauweise entschieden, um die irren Schreie der Wahnsinnigen im Bauch des Berges verhallen zu lassen und die Gesunden draußen nicht über Gebühr zu belästigen.

Nach einem kurzen, belanglosen Plausch mit dem Pförtner – einem robusten Zwerg in Himeks Alter, der freundlich, aber nicht sehr gebildet war – suchte er den Zellentrakt im hintersten Teil der Anstalt auf, in dem die Neueinweisungen untergebracht waren. Er brauchte nicht lange, um die Tür zu finden, hinter der die Menschenfrau mit gesenktem Haupt und vor der Brust verschränkten Armen auf dem gefliesten Boden kniete.

Ehe er sie ansprach, warf Himek einen Blick auf die Schiefertafel neben der Zellentür, auf der mit Kreide der Name der Patientin geschrieben stand. Warum benannten sich die Menschen wohl nach ihrem Herkunftsort und nicht nach der Arbeit, der ihre Sippengründer einmal nachgegangen waren? Wo die Wiege eines Zwergs stand, war unerheblich. Was seine Vorfahren für die Gemeinschaft geleistet hatten, sagte viel mehr über sein Wesen aus. Womöglich fühlte sich

Himek deshalb gelegentlich unwohl in seiner Haut, weil er nicht den Namen seines leiblichen Vaters trug.

Er öffnete den schmalen Schieber unterhalb des Einwegspiegels, durch den er in die Zelle hineinsprechen konnte, ohne dafür eigens die Tür öffnen zu müssen. »Was machst du da, Arisascha von Wolfenfurt?«, fragte er die Frau.

Arisaschas Kopf zuckte herum, und Himek bemerkte, dass ihre Augen ein ganzes Stück zu hoch nach der Stimme suchten, die sie aus ihrer Versenkung geholt hatte. »Ich bete«, antwortete die Patientin schließlich. »Ich spreche zu den Herren, so wie ihr Zwerge früher zu euren Ahnen gesprochen habt.« Sie erhob sich und setzte sich auf das Bett, das merklich zu klein für sie war. »Du bist der Leiböffner, den ich am Tag meiner Ankunft hier angesprochen habe, nicht wahr?«

»Du hast gute Ohren«, gab Himek zurück. Wie lang der Schädel dieser Person war und wie fein das blonde Haar, das darauf wuchs! Offenbar hatte es Kolbner nicht für nötig befunden, die Neueinweisungen scheren zu lassen.

»Deine Stimme erinnert mich nur an jemanden, dem ich vor Kurzem begegnet bin«, sagte Arisascha. »Aber das gehört nicht hierher. Hast du darüber nachgedacht, worum ich dich gebeten habe?«

»Das habe ich.«

»Und zu welchem Schluss bist du gelangt?« In den Worten der Menschenfrau lag nur wenig Hoffnung. Sie wirkte mager und ausgezehrt, aber Himek konnte nicht sagen, ob sie wirklich Hunger gelitten hatte, bevor sie in die Heilanstalt gebracht worden war. Alle Menschen, die er bisher gesehen hatte, waren in seinen Augen von geradezu bizarr hagerer Gestalt.

»Ich kann mich erst entscheiden, wenn ich weiß, wofür du das Buch und den Stift brauchst«, eröffnete er seiner Patientin das Problem.

»Oh.« Arisascha zog eine Augenbraue in die Höhe. »Dann wärst du vielleicht bereit, meiner Bitte nachzukommen?«

»Vielleicht. Wenn mir der Grund dafür angemessen erscheint.«

Arisascha schwieg einen Moment und nestelte verlegen am Saum ihres lindgrünen Überwurfs, der ihr kaum bis über die Scham reichte. »Ich weiß, dass dein Volk kein gutes Wort für den Glauben meines Volks übrig hat. Ihr haltet ihn für ein Zeichen von Unvernunft. Ich hingegen denke, dass die Zwerge zu wenig über die Herren wissen, und ich will versuchen, etwas daran zu ändern, solange mir noch die Zeit dafür bleibt.«

»Du möchtest ein Buch über die Gebote deines Glaubens schreiben?«

Arisascha seufzte. »Allein aus dieser Frage ersehe ich, wie du meinen Glauben siehst. Du denkst, es ginge nur um Gebote, um Regeln und um Vorschriften. Doch der Glaube an die Herren, wie ich ihn pflege, ist anders, ist mehr.« Die Frau schloss die Augen und sagte: »Wenn der Regen kommt und die Sonne geht, sind mir die Herren Dach und Schutz. Wenn das Horn erklingt und der Kriegswind weht, sind mir die Herren Schild und Trutz. Eltern sind sie ihren Mägden und Knechten, die Reinen und Echten.«

»Das ist sehr« – Himek suchte nach den richtigen Worten – »interessant«, legte er sich letzten Endes fest. »Es ist ein bisschen wie eines der Lieder, die man bei uns einem Kind vorsingt, wenn es schlecht geträumt hat und nicht wieder einschlafen will. Doch ich bin kein Reimschmied. Erwarte also kein näheres Urteil von mir.«

»Es würde mir leichter fallen, an der Metrik und an den genauen Übersetzungen zu feilen, wenn ich meine Gebete aufschreiben könnte«, sagte Arisascha.

Himek wog das Für und Wider ab. Gegen das Erfüllen der Bitte Arisaschas sprach eigentlich nur, dass Himek unter Umständen Kolbners Erwartungen an ihn enttäuschte. Aber hätte der Anstaltsleiter die Regeln für den Umgang mit den neuen Patienten wirklich gelockert, wenn er sich darum sorgte, dass es zu Vorfällen kommen könnte, die die Sicherheit seiner Untergebenen gefährdeten? Die geltenden Vorschriften hielten das Risiko eines Ausbruchsversuchs oder eines Angriffs auf einen der Pfleger äußerst gering. Wie sollte Arisascha Himek oder einem seiner Kollegen mit einem Buch und einem Stift gefährlich werden können? Eine Aushändigung dieser Utensilien an die Patientin hingegen konnte sicherlich dazu beitragen, dass die Menschenfrau insgesamt eher zufriedener mit ihrer derzeitigen Situation werden würde.

»Du bekommst, was du dir gewünscht hast«, sagte Himek. Die Reaktion der Patientin auf diese Ankündigung fiel noch verwirrender aus als das Gebet, das sie ihm vorgetragen hatte. Sie stand auf, küsste ihre Handfläche und hielt sie dem einzigen Körperteil Himeks entgegen, das sie durch den Sprechschieber sehen konnte: seinem Mund.

»Danke«, hauchte sie dann. »Du weißt nicht, was das für mich bedeutet.«

»Eine Frage habe ich noch an dich«, sagte Himek, nachdem die Frau ihre Hand hatte sinken lassen. »Du hast gesagt, dir bleibt nicht mehr viel Zeit, um deine Gebete aufzuschreiben. Warum glaubst du das?«

Die Antwort, die Arisascha Himek gab, jagte ihm einen Schauer über den Rücken. »Weil ich weiß, dass nur meine Seele diesen Ort wieder verlassen wird, denn mein Leib wird in einem eurer Öfen enden, wenn ihr mit ihm fertig seid.«

11

Wie eine wuchernde Schlingpflanze, die ihre unzähligen Ranken an jedem noch so feinen Riss in einer Mauer emporwachsen ließ, drang der üble Geruch von Erbrochenem, Schweiß und Kot durch jede Ritze an Bord der *Schwingenritt*. Der stete Wind aus Südsüdwest ließ den zweimastigen Schoner mit gebauschten Segeln anmutig über die Wogen des Wirbelnden Meeres hinweggleiten, doch allein das sanfte Auf und Ab des Schiffs reichte aus, um die Mägen vieler Passagiere an Bord auch nach den langen Tagen und Nächten auf See immer wieder in Aufruhr zu bringen.

Siris war zwar komfortabler untergebracht als die meisten seiner Mitreisenden, aber die Überfahrt in das Herrschaftsgebiet der Zwerge gestaltete sich für ihn dennoch weitaus unangenehmer, als er gedacht hatte. Sein anfängliches Vorhaben, sich einen Fernhändler zu suchen, der noch ein nettes Plätzchen auf seiner Kogge frei hatte, war gescheitert: Am Kai in Gottespfand hatte er zu seiner Bestürzung nur Schiffe gefunden, deren nächste Zielhäfen noch weiter im Süden lagen. Mit einer Einschätzung hatte Jarun, dessen Leiche mittlerweile wahrscheinlich aufgedunsen und von Fischen angefressen irgendwo im Hafenbecken der Küstenstadt vor sich hindümpelte, Recht behalten: Der unschöne Grenzzwischenfall, von dem der Schmuggler dem Bestienjäger berichtet hatte, war letztlich so bedeutsam gewesen, dass nahezu sämtliche Kauffahrer vor Ort die Gewässer, auf die das Kleine Volk Anspruch erhob, eine Weile meiden würden. Zum Glück gab es eine Ware aus den Zerrissenen Reichen, die sich, wenn man einen guten Gewinn erzielen wollte, einzig und allein in die Gefilde der Zwerge überführen ließ: Flüchtlinge. Die großen und die kleinen Kriege, die erbittert geführten Zwiste und die wie aus dem Nichts entstehenden Feldzüge zur Säuberung bestimmter Regionen von einer Auslegung der Schriften, die von den

Bewohnern der Nachbargebiete als übelste Ketzerei wider die Herren erachtet wurde – all diese Ausbrüche hemmungsloser Gewalt, die den Zerrissenen Reichen ihren Namen gegeben hatten, speisten einen breiten Strom von Seelen, der sich seit Generationen träge, aber beharrlich in ein und dieselbe Richtung voranwälzte. Wer das Leben in einem Land, in dem man nicht vorhersagen konnte, ob die Saat auf den Feldern nicht schon morgen von den schweren Stiefeln einer vorbeiziehenden Streitmacht niedergetrampelt werden würde, endgültig satt hatte, der suchte sein Heil in der Flucht nach Norden. Diejenigen, die in der Heimat keinen Trost mehr in ihren Gebeten an die Herren fanden, hegten die Hoffnung, ihr Flehen könne erhört werden, wenn sie es auf fremdem Boden äußerten. Mütter und Väter, die ihre erstgeborenen Söhne auf dem Altar falscher Frömmigkeit hatten opfern müssen, um die Gier ihrer Oberen nach geschlossenen Schlachtreihen zu stillen, wünschten sich für ihren verbleibenden Nachwuchs ein weniger schreckliches Schicksal. Was des einen Elend war, war jedoch des anderen Geschäft: Die Kapitäne von Flüchtlingsschiffen ließen sich das Risiko, das sie mit ihren Fahrten eingingen, teuer bezahlen. Arian vom Walschlachter hielt es nicht anders – bis auf eine Handvoll Münzen war das kleine Vermögen, das Siris durch den Verkauf seines Rappen gewonnen hatte, in der Schatztruhe dieses wettergegerbten Schiffsgeborenen gelandet. Nach zähen Verhandlungen hatte Siris es geschafft, dass Arian seinen Maat aus dessen Kajüte ausquartierte, um Siris Platz zu machen. Er empfand kein Bedauern darüber, dass der Maat nun seinetwegen die Nächte im Laderaum verbringen musste – dort, wo sich einige hundert Menschen Schulter an Schulter zusammenzwängten. Der Seemann tat bestimmt gut daran, einmal am eigenen Leib nachempfinden zu können, weshalb man sich in den Häfen erzählte, das Salz im Bilgewasser eines Flüchtlingsschiffs stamme zu gleichen Teilen aus dem Meer und aus den Tränen seiner Passagiere.

Siris warf einen unentschlossenen Blick zur Kajütentür, deren bleicher Rahmen aus den Rippen eines Wals gefertigt war. Seit dem Sturm fühlte er sich unter Deck nicht mehr richtig wohl. Doch was hätte er davon gehabt, an die Reling gelehnt der zerklüfteten Küste dabei zuzusehen, wie sie hinter dem Horizont verschwand? Aalgrund war der letzte Zwischenhalt gewesen, bevor die *Schwingenritt* in einigen Tagen im Hafen der Hauptstadt Zwerg einlaufen würde. Siris musste sich in Geduld üben – ganz gleich, wie sehr er sich auch danach sehnte, wieder im Sattel zu sitzen und selbst darüber entscheiden zu können, wohin ihn sein Weg führte.

Obwohl die Sonne noch nicht ganz in den Wogen des Meeres versunken war, holte er sein Tagebuch hervor und setzte sich auf den mit den Bodenplanken verschraubten Schemel vor dem breiten Brett, das sich aus der Kabinenwand herunterklappen ließ. Er nutzte das spärliche Licht, das durch das salzverkrustete Bullauge fiel, um seine Gedanken über die Ereignisse des Vortages zu Papier zu bringen.

Das Wirbelnde Meer ist seinem Ruf gerecht geworden. Im einen Augenblick schien noch die Sonne, im nächsten zogen wie aus dem Nichts dunkle Wolken auf. Dieser Halsabschneider Arian hat mir mittlerweile erzählt, dies sei nicht im mindesten ungewöhnlich und man müsse jederzeit damit rechnen, dass eine steife Brise sich mit einem Mal in eine Böe verwandelt, die alles von Bord weht, was nicht niet- und nagelfest ist. Dabei hat dieser Fischlecker nur dämlich gegrinst, als amüsierte er sich köstlich darüber, dass mir vor Angst das Wasser im Arsch kochte.

Jedenfalls ging alles sehr, sehr schnell. Ich hörte im Halbschlaf die ersten Brecher gegen die Seitenwand des Schiffs schlagen und wäre um ein Haar aus meiner Koje geschleudert worden. In meiner Panik habe ich beim Aufstehen eine der Herrenstatuen des Maats von der Wand gerissen und dabei eines der Beinpaare abgebrochen. Der Kerl ist selbst schuld, wenn er sich so billigen Tand andrehen lässt. Die Statuen bei mir daheim gingen nie so leicht zu Bruch.

Zunächst war ich der festen Überzeugung, ich wäre unter Deck sicher und bräuchte nur zu warten, bis sich der Sturm wieder gelegt hatte. Dann brandeten die ersten Wogen gegen mein Bullauge und ich machte mir ernsthaft Sorgen, ob das Glas der Wucht der Wellen standhalten würde. Aus dem Laderaum erklang das ängstliche Wimmern der Kinder und das Murmeln der Gebete ihrer Eltern, während an Deck laut geschrien und hastig kreuz und quer über die Planken gelaufen wurde.

All dieser Aufregung begegnete ich noch einigermaßen gefasst, da ich als Kind viele Reiseberichte von Entdeckern und Eroberern gelesen habe. Die Helden meiner Jugend trotzten der Wut des Meeres, wie ausweglos sich ihre Lage auch bisweilen darstellte, und ich nahm mir vor, es ihnen gleichzutun. Nichtsdestoweniger malte ich mir in tristesten Farben und in schrecklichsten Einzelheiten aus, was für ein grausiges Ende diese Fahrt der Schwingenritt *nehmen würde. Da splitterten Masten, Segel wurden in Fetzen gerissen, das Schiff brach in der Mitte auseinander, und schäumende Gischt verschlang Mann und Maus.*

Lieber hätte ich es mit einem Kraken aufgenommen, der aus den schwarzen Tiefen des Meeres nach oben gestiegen kam, um auf Beutefang zu gehen. Sogar ein Überfall feindlicher Freibeuter hätte mich nicht geschreckt. Sowohl das schleimige Ungeheuer als auch die Mordbrenner irgendeines Potentaten von der Ostküste wären in die Flucht zu schlagen gewesen, doch der Sturm bot mir einfach kein Ziel, auf das ich mit meinem treuen Gewehr hätte anlegen können. Diese Naturgewalt war wie ein Geist – ihr Leib war nicht fassbar, ihr Wirken jedoch umso mehr.

Ich muss mir dringend angewöhnen, meinen Gedanken nicht allzu freien Lauf zu lassen, wenn mir eine gesichtslose Gefahr wie dieser sechsmal verfluchte Sturm droht. Hätte ich mich nicht zuvor in Hirngespinsten ergangen, wäre ich womöglich einfach in meiner Kajüte geblieben und hätte die ganze Sache ausgesessen. So allerdings löste der mit den Armen rudernde, kreischende Schemen, der nach einer Weile an meinem Bullauge vorbeistürzte, eine Furcht in mir aus, wie ich sie bislang nur selten gekannt habe. Ich könnte mir selbst dafür in den Hintern treten, doch ich flüchtete aus der Kajüte. Dieser Anblick überzeugte mich endgültig davon, dass das Schiff verloren war und ich ersaufen würde wie eine Ratte, wenn ich mich weiterhin in seinem hölzernen Bauch verkroch.

Ich kletterte die schmale Stiege hinauf, die auf das Hauptdeck des Schiffs führte, und schon auf halbem Weg ergoss sich ein Schwall eiskaltes Wasser durch die Luke. Triefend nass kämpfte ich mich weiter.

Auf Deck herrschte ein heilloses Durcheinander. Die armen Schweine unter den Flüchtlingen, die nicht mehr im Laderaum untergekommen waren, hatten rings um die Masten ihr Lager aufgeschlagen.

Für sie gab es keinen Schutz vor den Brechern, die sich zunächst häuserhoch auftürmten, um dann mit einem Gewicht von mehreren Dutzend Ochsen auf das Schiff niederzugehen. Es war keine Hilfe, dass die glitschigen Planken sich mal zur einen, mal zur anderen Seite neigten. Fässer rollten umher, und schwere Truhen glitten dahin, als wären sie nur mit Daunen gefüllt. Zwischen den Flüchtlingen und der zu einem unberechenbaren Eigenleben erwachten Fracht hasteten Seeleute umher, die nach wild peitschenden Tauen griffen, während der Wind ihnen ihre Flüche von den Lippen riss.

Als ich die Taue sah, wusste ich, was zu tun war. Schnell lief ich …

»Störe ich?«, fragte eine dunkle Stimme hinter Siris.

Er fuhr zur Kajütentür herum. Sein Stift zog einen hässlichen Strich über den noch unbeschriebenen Teil der Seite. Seine linke Hand zuckte zu der schmalen, lederbespannten Kiste, die während der gesamten bisherigen Reise nur ein einziges Mal unbeaufsichtigt geblieben war.

Der unerwartete Gast hatte es geschafft, die Tür zu öffnen und wieder zu schließen, ohne dass Siris es bemerkt hätte. Der kleingewachsene Mann mit dem schlohweißen Haar und dem geflochtenen Bart, an dessen Ende zwei winzige Messingschellen baumelten, verstand sich allem Anschein nach darauf, sich völlig lautlos zu bewegen. Der Mann – nein, ein Mensch von derart kleiner, aber breitschultriger Statur war Siris noch nie untergekommen, weshalb es ihm langsam dämmerte, dass er wohl einen Zwerg vor sich haben musste – hatte die Hände in einer entschuldigenden Geste gehoben. »Ich wollte dich nicht erschrecken«, sagte das Geschöpf, dessen Zunge keine Mühe damit hatte, die singenden Laute der menschlichen Sprache hervorzubringen, mit ruhiger Stimme.

»Was willst du?«, knurrte Siris. Seine Hand glitt über das glatte Leder der Kiste, bis er das Metall des Schnappverschlusses unter seinen Fingerspitzen spürte.

Ein smaragdgrünes Augenpaar richtete den Blick auf die Koje mit der durchgelegenen Strohmatratze. »Wir wohnen für den Rest der Fahrt zusammen.«

Diese Antwort überraschte Siris. »Das glaube ich nicht«, entgegnete er und grinste. »Für das, was ich Arian in den Rachen geworfen habe, hätte ich anderswo einen Palast mit Knechten und Konkubinen kaufen können. Entweder musst du dich in der Tür geirrt haben, oder der Kapitän hat dir einen stinkenden Fisch in die Hose gesteckt.«

Unbeeindruckt setzte der Zwerg seinen schweren Rucksack ab. »Ich denke nicht, dass ein Irrtum vorliegt.« Er machte den Rucksack auf und kramte ein wenig darin herum. »Hab keine Angst, dass wir uns die Koje teilen müssen. Ich breite einfach meine Decke dort drüben in der Ecke aus. Eure Betten sind mir eh zu weich.«

Verwirrt strich sich Siris eine schwarze Strähne aus der Stirn und beobachtete, wie der Zwerg seine Ankündigung in die Tat umsetzte. »Du scheinst mir ein ganz schön hartnäckiger Geselle zu sein.«

»Kann sein«, brummte der Zwerg und strich mit der Stiefelspitze eine Falte aus der karierten Decke, die er neben der Tür auf den Holzbohlen drapiert hatte. »Dort wo ich herkomme, sagt man, kein Baum ließe sich mit einem Hieb fällen.«

Siris nahm die Hand von der Kiste, da er sich nicht vorstellen konnte, dass dieser so gefasst wirkende Zwerg völlig unvermittelt zum Angriff übergehen würde. Obgleich es ihm schwer fiel, dass genaue Alter seines neuen Kajütengefährten einzuschätzen, fühlte er sich dem Kurzbein so oder so körperlich überlegen – ganz gleich, wie breit die Schultern des Zwergs auch sein mochten. »Wie heißt du eigentlich?«

Das weißhaarige Kurzbein hatte sich zum Probeliegen auf seiner behelfsmäßigen Schlafstätte ausgestreckt. »Mein Name ist Darik, und ich gehöre zur stolzen Sippe der Wappners.« Offenbar kannte der Zwerg keine Scheu vor den Menschen, obwohl sie ihn doch um einiges überragten, denn er zwinkerte Siris verschwörerisch zu. »Aber verrate das besser keinem im Bund. Ich reise nämlich geheim.« Darik richtete sich auf. »Und jetzt, da du weißt, wer ich bin, wäre es da nicht ausgesprochen höflich von dir, mir deinen Namen zu verraten?«

»Ich bin Siris.«

Darik legte die Stirn in Falten. »Nur Siris? Ich dachte, ihr Menschen sagt auch immer gleich, wo ihr herkommt.«

»Ich reise geheim«, entgegnete Siris lächelnd.

Der Zwerg lächelte zurück. »Ein Geist so flink wie eine Stollenratte. Das gefällt mir.« Flugs erhob er sich auf seine Stummelbeine, die in Pluderhosen aus dunkelrotem Samt steckten. »Hör mal, eine Sache sollten wir noch sofort klären. Ich will dir keinerlei Umstände machen. Falls du bei irgendetwas lieber allein sein möchtest, beim Beten oder so etwas …«

»Ich bete nicht«, unterbrach ihn Siris.

»Ach nein?«, wunderte sich der Zwerg. »Ich dachte immer, alle Menschen würden ständig beten. Selbst Arian betet, und er scheint mir jemand zu sein, der nichts und niemanden fürchtet. Trotzdem holt er sich Beistand bei euren Göttern.«

»Wenn ich mein ganzes Leben lang auf so einem Kahn über das Wirbelnde Meer schippern würde, wäre ich vielleicht auch ein wenig frommer.« Siris klappte sein Tagebuch zu. »Mir ist zu Ohren gekommen, ihr Zwerge hättet überhaupt keine Götter. Stimmt das?«

Darik nickte so heftig, dass die Schellen an seiner Bartspitze klimperten. »Selbstredend. Wozu braucht man denn auch Götter? Früher hat mein Volk sich ab und an Rat bei unseren Ahnen geholt, aber sogar das ist lange her. Wir verlassen uns lieber auf uns selbst.« Der Zwerg wackelte auf Siris zu und deutete auf die Narbe, die sich als erhabener, weißer Grat deutlich vom rechten Handrücken des Bestienjägers abhob. »So wie du dich auch am meisten auf dich selbst verlässt, wie ich sehe. Du bist ein Krieger, nicht wahr?«

Siris zuckte die Achseln. »Wenn man so will.«

»Dürfte ich das Gewehr einmal sehen?«

Siris' Hand lag binnen eines Wimpernschlags wieder schützend auf der Kiste. »Woher weißt du, was da drin ist?«

»Denkst du etwa, ich wüsste nicht, wie ein Gewehrkoffer aussieht?«, entrüstete sich der Zwerg.

Siris entspannte sich. Er hatte über dem netten Geplauder mit Darik ganz vergessen, dass Schusswaffen im Zwergenbund beileibe nicht so ungewöhnlich waren wie in der Heimat der Menschen. Siris überspielte den peinlichen Ausrutscher, indem er die Schnappverschlüsse der langen, flachen Kiste aufspringen ließ.

Darik stellte sich auf die Zehenspitzen, um in den Gewehrkoffer hineinschauen zu können. Beim Anblick von Siris' Waffe pfiff er leise durch die Zähne. »Ein hübsches Stück. Erstklassige Intarsienarbeiten. Praktische Proportionen.« Der Zwerg klang beinahe, als spräche er von einer schönen Frau. »Es wäre mir eine Ehre, sie einmal in Händen zu halten.«

Siris nahm das Gewehr aus dem Futter und zog leicht an der Walzenachse der Trommel, die zur Seite herausklappte. Er ließ die fünf Patronen aus der Trommel in seine Hand rutschen und reichte die Waffe erst dann an ihren zwergischen Bewunderer weiter.

»Du misstraust mir?« Darik schmunzelte und amüsierte sich köstlich über die Vorsichtsmaßnahme. Behutsam streichelte der Zwerg den Lauf der Waffe. »Warst du schon so, bevor du dir die Narbe eingehandelt hast, oder hast du dir deinen Schmerz zum Lehrmeister gemacht?«

Siris spielte mit dem Gedanken, dem Zwerg die Faust ins Gesicht zu hämmern, wie er es üblicherweise sofort getan hätte, wenn ihm jemand anders so gekommen wäre. Was ihn davon abhielt, war zum einen Dariks Tonfall, der sowohl von Verständnis als auch von Spott kündete, zum anderen das Bild, das der Zwerg und die Waffe gemeinsam boten. Darik hielt das Gewehr wie ein Vater, dem die Hebamme soeben seinen erstgeborenen Sohn in die Arme gelegt hatte.

Der Zwerg trat einen Schritt näher an das Bullauge heran und studierte die feinen Gravuren um den Hahn der Waffe aufmerksam. Als er gefunden hatte, wonach er suchte, nickte er anerkennend. »Hast du sie selbst gekauft?«

»Nein, eine Frau hat sie mir geschenkt.«

»Die Schenkerin muss große Stücke auf dich halten.« Die breiten, gelben Zähne des Zwergs blitzten kurz zwischen seinen wulstigen Lippen auf. »Wirbt sie etwa um dich?«

»Sie ist meine Schwester«, grollte Siris.

»Aha. Dann hast du eine sehr großzügige Schwester.« Darik zeigte auf eine der Gravuren, die er zuvor so eingehend gemustert hatte. »Das ist ein Amboss.«

»Und?«

»Da schlag mir doch einer eine Hacke in den Kopf!« Der Zwerg klang ehrlich beleidigt. »Du schleppst ein Gewehr mit dir herum und weißt nicht einmal, dass es in der berühmtesten Meisterwerkstatt im gesamten Bund gefertigt wurde?«

»Nicht alle Schätze glänzen so hell, dass man sie als Gold erkennt«, antwortete Siris mit einem Zitat aus den Heiligen Schriften, das sein Vater immer angebracht hatte, wenn er an der Befähigung seines Sohnes zweifelte, zu einem frommen Herrengläubigen zu werden.

»Zum Glück behandelst du dieses Prachtexemplar bereits jetzt wie einen Schatz.« Darik kicherte. »Aber im Ernst: Man sollte wissen, woher die Dinge kommen, mit denen man arbeitet. Das hier ...« Er tippte mit einem erstaunlich langen Finger gegen die Trommel des Gewehrs. »Das hier hat die Meisterwerkstatt in Amboss zur reichsten und berühmtesten Waffenmanufaktur im Bund gemacht. Vorher waren die meisten Gewehre zwar auch schon Hinterlader, doch man konnte immer nur einen Schuss mit ihnen abfeuern, ehe man wieder nachladen musste. Ein mühseliges Geschäft, wie du dir denken kannst. Doch dann hatte ein Büchsenmacher einen wahren Geistesblitz: Er erdachte einen Drehmechanismus, bei dem der Hahn durch das Ziehen am Abzug neu gespannt und gleichzeitig die nächste Patrone schussbereit gemacht wird. Es gibt einige abergläubische Flachdenker, die behaupten, die Ahnen hätten diesem Meisterhandwerker einen Traum gesandt, in dem bei einem Feldzug die alten Kesselpauken geschlagen wurden, und so sei ihm der Einfall mit der Trommel gekommen, doch das ist natürlich alberner Unfug. Er hat einfach gründlich über das Problem nachgedacht, mit dem er sich beschäftigte, und seine Vernunft hat ihn zu einer simplen, aber eleganten Lösung geleitet.« Darik legte das Gewehr vorsichtig zurück in den Koffer.

»Das klingt beinahe so, als würdest du dich wirklich gut mit diesen Dingen auskennen«, merkte Siris an, der nur ungefähr die Hälfte dessen verstanden hatte, was der Zwerg ihm hatte erklären wollen.

»Meine Arbeit hat Bestand«, kam Dariks rätselhafte Antwort. Er schaute zum Bullauge und zog die buschigen Brauen so weit in die Höhe, dass die borstigen Härchen fast zu ihren verlorenen Geschwistern auf seinem Haupt zurückgefunden hätten. »Wir sollten uns beeilen, wenn wir den Sonnenuntergang bestaunen wollen. Schnell, schnell.«

Der Zwerg wuselte zur Tür und öffnete sie. »Was sitzt du da noch herum? Schnell, sage ich.«

Siris war schon unhöflicher vorgetragenen Aufforderungen gefolgt. Erstaunt stellte er fest, dass ihn der Gedanke, den Rest der Reise mit Darik zu verbringen, nicht mehr schreckte: Der Stumpf würde ihm mit Sicherheit allerlei Spannendes und Interessantes über die Lebensweise seines Volks erzählen können, und im Grunde war es bei der Suche nach Sira wie bei jeder anderen Pirsch auch – je mehr ihm über das Revier seiner Beute bekannt war, desto leichter würde es ihm fallen, sie am Ende zu stellen. Jarun hatte sich einer eingehenderen Befragung schließlich durch seinen feigen Mordversuch entzogen.

Trotz der Eile, zu der ihn Darik drängte, nahm Siris sich die Zeit, sein Gewehr zu laden und es mit aus der Kajüte zu nehmen. Schlimm genug, dass er es hatte liegen lassen, als während des Sturms seine Angst die Oberhand über seinen Verstand gewonnen hatte.

Darik bewegte sich mit jenem forschen Gang auf die Stiege zum Hauptdeck zu, den nur diejenigen an den Tag legen, die längere Zeit auf einem Schiff zugebracht haben. Auch die Art und Weise, wie er behände die Stufen erklomm, verriet Siris, dass dies nicht die erste Seereise des Zwergs war.

Auf Deck angekommen steuerte Darik schnurstracks auf die Reling zu. Er sog begierig Luft durch weit geblähte Nüstern. »Ah, das ist doch viel besser als dort drunten, wo dem Steinesel der Bauch geplatzt ist«, seufzte er zufrieden, und Siris konnte nicht anders, als dem Kurzbein recht zu geben. Der Geruch nach Salz und Tang war den Aromen des Laderaums bei Weitem vorzuziehen.

Die sterbende Sonne malte auf der Leinwand des Himmels ein Meisterwerk aus schillerndem Orange und zartem Purpur, und der

Wind trieb zerzauste Wolkenbänder vor sich her, deren mattes Grau das Spiel der Wogen widerzuspiegeln schien.

Schweigend starrten Darik und Siris eine Weile zum Horizont.

Aus den Augenwinkeln sah Siris die gedrungene Gestalt des Kapitäns, die sich ihnen vom Oberdeck her näherte.

»Ich bin überglücklich, Euch an Bord zu wissen, Meister Darik«, sagte Arian vom Walschlachter und deutete eine leichte Verbeugung an, bei der sein mit Haifischzähnen verzierter Harnisch knirschte und knarrte, als wäre die Ehrerbietung, die er dem Zwerg zollte, wesentlich größer ausgefallen.

»Ihr kennt euch?«, fragte Siris.

»Wir sind sozusagen alte Bekannte«, antwortete Darik mit einem verschmitzten Lächeln, ehe er sich an Arian wandte. »Du brauchst dir keine Sorgen über weitere Stürme zu machen, mein Freund. Wo ich bin, ist das Meer ruhig.«

Die dunklen Kreise und Spiralen, die auf Arians Wangen tätowiert waren, tanzten fröhlich, als der Schiffsgeborene ein heiteres Lachen von sich gab. »Die Herren haben mir den liebsten Gast geschickt, den man sich wünschen könnte, Meister Darik. Ich hatte schon gedacht, ich müsste auf dieser Fahrt die Zeit nur mit sauren Seegurken wie Siris hier totschlagen. Wo wir gerade von Totschlagen sprechen …« Arian verschränkte die Arme vor der Brust und schaute Siris an. »Besirne hat mir erzählt, du hättest ihr während des Sturms ihre Zähne in den Hals geschlagen.«

»Sie hätte mir einfach das Tau geben sollen, das ich von ihr haben wollte, anstatt sich aufzuführen wie eine Kuh, die sich nicht melken lassen will«, entgegnete Siris. Die Seefrau sollte lieber froh sein, dass er sie nicht gleich über die Reling geworfen hatte.

»Warum in aller Herren Namen hast du dich denn so dringend am Mast festbinden müssen, wenn ich fragen darf?« Die Tatsache, dass Besirne in Zukunft ihren Zwieback würde lutschen müssen, schien Arian nicht weiter zu stören.

Siris löste seinen Zopf, nur um seine Mähne sogleich wieder mithilfe des dünnen Lederriemchens zu bändigen, das sein Haar im Zaum hielt. »Ich war ein wenig beunruhigt wegen des Sturms. In der

Kajüte habe ich es nicht mehr ausgehalten, aber hier oben sah alles danach aus, als würden wir jeden Augenblick untergehen. Dann hast du mich auf die rettende Idee gebracht.«

»Ich?« Seine zugefeilten Schneidezähne verliehen Arian den Charme eines Reißmauls. »Was habe ich denn damit zu tun, dass du …«

»Du warst schließlich auch am Steuerrad festgebunden«, fiel ihm Siris ins Wort. »Du hattest wohl ebenso wenig Lust wie ich, über Bord gespült zu werden.«

»Ich bin bei rauer See am Steuer festgebunden, weil ich auf diesem Schiff geboren bin und auf diesem Schiff sterben werde. Sonst holen mich die Nassen Würger und ich kann nie an der Tafel der Herren sitzen«, erklärte der Kapitän ernst.

»Aber du heißt doch Arian vom Walschlachter und nicht Arian vom Schwingenritt«, gab Darik zu bedenken.

Der Schiffsgeborene senkte den Blick. »Ich habe den Namen des Schiffs geändert.«

»Warum das?«, wollte der Zwerg wissen.

»Weil *Schwingenritt* der bessere Name ist, wenn man möglichst viele Flüchtlinge an Bord kriegen will«, sagte Arian trocken.

»Das ist für dich«, piepste es mit einem Mal hell neben Darik. Ein kleines Mädchen drückte dem Zwerg ein goldenes Kettchen in die Hand. »Weil wir bei euch bleiben dürfen.«

An der grünen Kappe und dem zusätzlichen Paar Ärmel, das an das zerschlissene Kleid des Mädchens genäht und mit Wolle ausgestopft worden war, erkannte Siris, dass die Eltern des Kindes Spiegler sein mussten – Angehörige einer Sekte, die glaubten, die Gunst der Herren zu gewinnen, indem sie ihr Äußeres den Darstellungen der fernen Götter anglichen, wie sie in manchen Varianten der Heiligen Schriften beschrieben und abgebildet waren.

»Das ist ganz reizend von dir, mein Juwel«, sagte Darik und strich der Kleinen über den Kopf.

Siris bemerkte, wie sich Arians Miene verfinsterte. Wahrscheinlich ärgerte sich der Schiffsgeborene darüber, dass die Spiegler ihm nicht sämtliches Geschmeide aus ihrem Besitz übereignet hatten. Der Kapitän ließ die Fingerknöchel knacken und verabschiedete sich mit einem gereizten »Ich habe eine Nachverhandlung wegen der Fahrtkosten zu führen« von Darik und Siris. Mit wehendem Umhang schritt er über die Planken auf die Familie des Mädchens zu, die die Übergabe des Goldkettchens an den Zwerg von ihrem notdürftigen Zelt aus – einer Plane, die zwischen zwei Stapeln Fässer gespannt war – wie gebannt beobachtet hatte.

Darik beugte sich zu dem Mädchen hinunter. »Geh zum Kapitän und richte ihm von mir aus, dass ich das letzte Mal auf seinem Schiff gereist bin, wenn er euch Ärger macht«, hörte Siris ihn flüstern. »Kannst du das?«

Das Mädchen nickte und hüpfte wohlgemut davon.

»Kommen wir zu dir, Siris«, sagte Darik.

»Was soll das heißen?«, fragte Siris lauernd.

»Ich weiß, warum die Eltern dieses Mädchens in den Bund wollen. Mir müssten schon die Möwen ins Auge geschissen haben, um das nicht zu erkennen.« Der Zwerg tippte Siris an die Brust. »Doch was hat ein Krieger wie du im Bund verloren? Sind dir die Schlachten in der Heimat zu langweilig geworden?«

»Ich suche meine Schwester.«

»Ah, die Frau, die dir das Gewehr geschenkt hat.«

»Ganz recht.«

»Das ist ein guter Grund.« Der Zwerg nickte versonnen. »Ein wirklich guter Grund. Dir ist hoffentlich klar, dass dir die Zöllner bei der Einreise Schwierigkeiten machen werden.«

Darik sprach etwas an, worüber Siris noch nicht so recht nachgedacht hatte. Er kannte niemanden im Bund, und um seine Kenntnisse über die Sitten und Gepflogenheiten dort war es ähnlich schlecht bestellt. »Womit muss ich rechnen?«

»Hat dir deine Waffe gute Dienste geleistet?« Darik ging nicht auf Siris' Frage ein.

»Das kann man wohl sagen. Wenn dieses Gewehr nicht wäre, würden wir diese Unterhaltung nicht führen.«

»Dann hat der Büchsenmacher, der sie gefertigt hat, tadellose Arbeit geleistet?«

»Ja«, sagte Siris zögernd, der immer noch keinen Schimmer hatte, worauf der Zwerg hinauswollte.

»Das freut mich zu hören. Es ist wohl immer noch so, wie es der erste Büchsenmacher sagte: Meiner Hände Arbeit ist geschmiedetes Leben und gegossener Tod.« Darik strich sich über den Bart, der im letzten Sonnenlicht bronzen schimmerte. »Es gibt nur einen Weg, wie sie dich als Mensch mit solch einer Waffe in den Bund lassen.«

»Und der wäre?«

»Du musst den Zöllnern sagen, dass du nach Amboss reisen willst, um dort eine Belobigungstafel für die Meisterwerkstatt zu stiften, aus der dein Gewehr kommt. Wenn sie sich querstellen, musst du mit der Größe der Tafel prahlen – zwei auf zwei Platten klingt protzig genug.« Darik gab ein belustigtes Brummen von sich. »Früher hätte man sich geschämt, eine kleinere Tafel irgendwo anzubringen, doch unsereins ist geizig geworden.«

»Wenn ich tue, was du sagst, komme ich einfach so über die Grenze? Wegen einer Platte, die ich stiften will?« In Siris' Ohren klang das alles ziemlich unvorstellbar.

»Wegen einer Tafel«, berichtigte ihn Darik. »Einer Belobigungstafel. Und ja, das wird dir den Weg ebnen. Falls die Zöllner sich besonders störrisch geben, solltest du ihnen anbieten, den Gewehrkoffer amtlich versiegeln zu lassen.«

»Und das heißt was?«

»Nun, man bringt eben ein Bleisiegel am Verschluss des Koffers an, damit du deine Waffe nicht benutzen kannst, solange du dich auf Bundesboden aufhältst«, erläuterte der Zwerg und warf einen sehnsüchtigen Blick auf das Gewehr, das Siris an die Reling gelehnt hatte.

»Ich könnte das Siegel doch jederzeit aufbrechen.«

»Und damit aus freien Stücken deine Ehre verlieren?« Nun war es an Darik, sich über die Äußerungen seines Gegenübers verwirrt zu zeigen.

Siris verzichtete darauf, dem Zwerg näher darzulegen, in welch zerrüttetem Zustand sich seine Ehre bereits seit langer Zeit befand. »Nein, natürlich würde ich meine Ehre nicht durch eine Torheit aufs Spiel setzen«, log er stattdessen.

»Gut.« Darik nickte. »Für den Fall, dass diese Klapperköpfe an der Schwere deines Geldbeutels zweifeln, steckst du ihnen das hier zu.« Der Zwerg ließ das Goldkettchen des kleinen Mädchens in die Seitentasche von Siris' Mantel gleiten. »Spar dir den Dank. Ich kann damit ohnehin nichts mehr anfangen.«

»Wenn du es sagst ...« Siris betrachtete seinen Gönner, dessen Haut im Zwielicht bleich wie Alabaster war. »Eines lässt mir keine Ruhe, Darik. Du kennst mich nicht, und trotzdem hilfst du mir. Warum?«

Darik legte seine kalte Hand auf die des Bestienjägers und streichelte mit zwei Fingern über die Narbe, die dort als ewiges Andenken an die scharfe Klaue eines Steppenpanthers prangte. »Weil du zu denen gehörst, die dafür sorgen werden, dass die Geschäfte meiner Sprösslinge besser laufen als je zuvor. Die Zwerge werden bald mehr Gewehre brauchen, als Fische im Meer schwimmen.«

12

»Du musst dich damit abfinden, Garep. Die Suche ist vorbei.« Eluki 29-12 schnitt vorsichtig einen der jungen Triebe zurecht, der den gleichförmigen Wuchs ihrer Topfeiche zu verschandeln drohte.

»Hättest du die Freundlichkeit, wenigstens einen Augenblick die Schere aus der Hand zu legen, wo du mir schon nichts Aufbauenderes zu sagen hast?« Garep Schmieds Ärger schlug sich deutlicher in seiner Stimme nieder, als er beabsichtigt hatte. Eluki besaß das unvergleichliche Talent, seine Emotionen, die er ansonsten gern hinter einer Maske unverbindlicher Höflichkeit verbarg, aus der Reserve zu locken.

Die Halblingin schielte zu der Schere hinunter, als zuckte ihr der Gedanke durch den Kopf, das spitze Stück Metall in Gareps Brust zu bohren, um seinem Jammern und Klagen endlich Einhalt zu gebieten. »Mein Heimatbaum ist mir wichtig.«

Garep kannte die Bedeutung, die Eluki der kaum kniehohen Pflanze in der sonnigsten Ecke ihres kleinen Büros beimaß. Die Beamtin hatte bei ihrem Einzug sogar eigens einen Aktenschrank verrücken lassen, um optimale Wachstumsbedingungen für die Topfeiche zu schaffen.

»Ja, ja, ich weiß«, sagte er. »Der Baum wird seit Generationen innerhalb deiner Familie von der Mutter an die Tochter weitergegeben. Sein Same stammt noch aus eurer verlorenen Heimat, dem Grünenden Land, das durch den Hammerschlag in tausend Stücke zerschlagen wurde.«

»Ein wenig mehr Respekt für die Traditionen deines dienstbaren Brudervolks könntest du schon aufbringen.« Eluki legte die Schere auf ihrem Schreibtisch ab und ging hinüber zum Fenster, wo sich auf einer Messinggießkanne das Gleißen der Abendsonne spiegelte. »Wir Halblinge hatten so gut wie nichts, als wir hierher zu euch

Zwergen kamen. Ist es da verwunderlich, dass wir an solchen Erinnerungen festhalten wollen?«

Garep beobachtete Eluki nachdenklich. Bei der Belobigungsfeier, deren Ende so jäh und blutig gekommen war, hatte sie ihm besser gefallen. Der strenge Dutt machte sie alt, obwohl sie für die Maßstäbe, die unter den langlebigen Zwergen angesetzt wurden, wie die meisten Angehörigen ihres zierlichen Volks noch immer etwas Kindliches an sich hatte. »Es ging mir nicht darum, über deine Herkunft zu spotten. Ich wollte dir nur zu verstehen geben, dass es mir mit meinem Anliegen sehr ernst ist.«

Eluki befühlte die Gießkanne mit dem Handrücken, zeigte sich mit der Wärme des Metalls zufrieden und schritt gemächlich zurück zu ihrem Heimatbaum. »Bei dir ist immer alles furchtbar wichtig und unfassbar dringend«, seufzte sie. »Vielleicht solltest du dir auch einmal eine Topfeiche zulegen. Bei ihrer Hege lernt man Geduld.«

»Wo ist Arisascha von Wolfenfurt?« Garep hatte für diese Schicht genug über Heimatbäume und andere Sitten der Halblinge gehört. Wenn er ihr jetzt nicht in die Parade fuhr, würde Eluki ihm am Ende noch davon erzählen, wie viel Vertrauen es erforderte, einen Heimatbaum dort zu pflegen, wo man als Halbling zum Wohl seines Gast- und Brudervolks wirkte, anstatt dem schönen Stück einen Ehrenplatz daheim in den eigenen vier Wänden zu geben. »Ich nehme an, du weißt, wo sie ist.«

Eluki zerrieb erst prüfend einen Krümel Erde zwischen den Fingern und goss anschließend reichlich Wasser auf die Wurzeln der Topfeiche. »Du kannst mich fragen, sooft du willst, mein Lieber, und trotzdem wird die Antwort stets die gleiche bleiben: Ich habe nicht die geringste Ahnung, was das Kommissariat mit dieser Menschenfrau vorhat.«

Garep hielt es nicht mehr auf seinem Stuhl. »Es muss doch irgendwelche Akten über den Vorgang geben. Auch im Kommissariat arbeiten Halblinge, und wenn ich eines in meiner Zeit als Sucher gelernt habe, dann, dass ihr, du und deine Leutchen, sehr gründlich seid – manch einer würde sogar sagen: penibel bis zum Rand der Unvernunft.«

»Deine Komplimente waren selten schmeichelhafter«, entgegnete Eluki und stellte die Gießkanne zurück aufs Fensterbrett.

Garep zog seine Taschenuhr aus der Weste hervor und schaute auf die Datumsanzeige auf dem Zifferblatt. »Zehn Tage, Eluki. Es ist jetzt zehn Tage her, seit die Kommissare mir meine Zeugin weggenommen haben. Das sind fünfzig Schichten, in denen eine Benachrichtigung an dich hätte geschickt werden müssen, was du in deine eigene Akte zu diesem Fall einzutragen hast. Keine Handlung ohne Weisung. Heißt es nicht so bei euch Beamten?«

»Deine Fragen sind wie Kletten.« Die Halblingin zupfte sich eine unsichtbare Fluse von der blaugrauen Dienstbluse. »Und bevor ich sie nie mehr aus den Haaren bekomme ... Selbstredend gibt es im Kommissariat für Bundessicherheit eine Akte zu diesem Vorgang, allein aus Gründen der Nachvollziehbarkeit, falls es zu einem späteren Zeitpunkt zu Unstimmigkeiten kommt oder Klärungsbedarf in einer rechtlichen Frage besteht. Doch diese Akte suchst du bei mir vergebens.«

»Und was steht in der Akte, die du zu diesem Fall bereits angelegt hattest?« Garep schob trotzig das Kinn vor.

Eluki zog eine Schublade an ihrem dunkelrot lackierten Schreibtisch auf und legte eine graue Kladde auf die Arbeitsfläche. »Hier. Schau doch selbst nach.«

Garep trat an den Schreibtisch heran, drehte die Kladde zu sich und schlug sie auf. Ihr Inhalt war ein fingerdicker Stoß unterschiedlichster Dokumente: Vernehmungsprotokolle, Gutachten von Leiböffnern, detailgetreue Skizzen und Lichtbilder des Tatorts, Aufstellungen über die Kosten der laufenden Suche und ähnliches mehr. Den Großteil der Schriftstücke kannte Garep, da er an ihrer Erstellung mittelbar oder unmittelbar beteiligt gewesen war. Doch das letzte Blatt hielt bereit, was er zwar erwartet, aber bisher noch nicht gesehen hatte: Unter dem Wappen des Kommissariats für Bundessicherheit stand der Satz, der Garep Schmied von allerhöchster Stelle bescheinigte, dass seine Arbeit im Zusammenhang mit dem Mord während der Belobigungsfeier beendet war. *Die Sucherschaft der Stadt Amboss ist ihrer Pflicht, die Hintergründe des Mordes an Ralek Schätzer lückenlos zu klären, bis auf Weiteres enthoben.*

Obgleich er es nun mit eigenen Augen las, konnte sich Garep eines Gefühls des eigenen Versagens nicht ganz erwehren. Er schlug die Kladde zu und ließ die Hände sinken.

»Bist du nun zufrieden?«, fragte Eluki in vorwurfsvollem Tonfall.

Garep kaute auf seiner Unterlippe. »Ich habe nie gesagt, dass du Schuld daran trägst, wie diese ganze Sache gelaufen ist.«

»Das wäre ja auch noch schöner gewesen.« Eluki strich ihren Rock glatt und setzte sich auf den Drehstuhl hinter ihrem Schreibtisch. »Wir müssen uns mit dem Gedanken anfreunden, dass die Grube jetzt von jemand anderem zugeschüttet wird. Kräuterbonbon?« Sie schob Garep eine flache Metalldose entgegen.

Er ging auf das übliche Versöhnungsangebot der Beamtin ein und befreite eine der kleinen Süßigkeiten aus ihrer Papierhülle. »Etwas will mir trotzdem nicht in den Kopf, Eluki. Warum mischt sich das Kommissariat überhaupt in diese Angelegenheit ein?«

Die Halblingin zuckte mit den schmalen Schultern. »Womöglich liegt es an der politischen Dimension des Falls. Es passt dir vielleicht nicht, aber auch aus meiner Warte betrachtet geht es hier um mehr als Morde aus Leidenschaft, wie du es noch bei Namul Trotz und seinem Diener vermutet hast. Es kann allerdings genauso gut sein, dass den Grünmänteln einfach ein wenig langweilig war oder sie die Existenzberechtigung ihres Kommissariats unterstreichen wollten. Eine genaue Nachfrage ist zwecklos.«

Garep zweifelte nicht an Elukis Einschätzung. Schließlich schworen die Kommissare bei ihrer Ernennung, über ihr Wirken Stillschweigen zu bewahren, bis die Trümmer des Grünenden Landes sich dereinst zusammenfügen und den Halblingen die Rückkehr in ihre Heimat erlauben würden – eine der längsten Umschreibungen für »bis in alle Ewigkeit«, die Garep kannte. Er steckte sich das Bonbon in den Mund, setzte sich wieder hin und wartete darauf, dass das erste Kribbeln der Taubminze auf seiner Zunge abklang.

»Es gibt allerdings keinen Grund, dir den schlauen Kopf zu zerbrechen«, fuhr die Beamtin derweil fort. »Du bist nicht der erste Sucher, dem ein Fall durch das Kommissariat entzogen wird. Ganz im Gegenteil.« Sie schob eine der anderen unzähligen Laden an ihrem Schreibtisch auf, aus der sie nach kurzer Suche ein einzelnes Blatt entnahm, das sie mit einer geschickten Drehung des Handgelenks so durch die Luft schweben ließ, dass Garep es mühelos fangen konnte, bevor es zu Boden gesunken wäre.

Eine sauber mit der Schreibmaschine getippte Tabelle mit zwei Säulen gab Aufschluss darüber, wie häufig es in den zurückliegenden fünfzehn Jahren vorgekommen war, dass das Kommissariat für Bundessicherheit sich in die Suche nach der Ursache eines Verbrechens einschaltete, und wie oft dies in eine Übernahme der laufenden Arbeiten durch die Beamten dieser Institution mündete.

»Woher stammen die Daten für diese Auswertung?«, fragte Garep. »Die Zahlen beziehen sich doch unmöglich nur auf Amboss.«

Mit einem geheimnisvollen Lächeln strich Eluki über die schwarze Perle in einer ihrer Haarnadeln. »Das Kommissariat macht sich mit seiner verschwörerischen Art nicht nur Freunde. Die Verwaltungsbeamten bei vielen Sucherschaften stehen miteinander in Verbindung. Die meisten von ihnen heißen das Vorgehen der Kommissare zwar gut, aber das gilt längst nicht für alle. Ich habe mich ein wenig umgehört, hier und da eine Anfrage eingereicht, mich mit ein paar alten Freunden zum Essen getroffen ... Es war gar nicht so schwer, diese Aufstellung anzufertigen. Es sei allerdings angemerkt, dass sie sich nur auf die Lage in den südlicheren Provinzen bezieht. Die Fäden meines Netzes reichen leider nicht näher an den Pol. Die Tendenz ist dennoch ziemlich eindeutig. Fällt dir etwas an den Zahlen auf?«

»Aber ja doch. Es gibt einen deutlichen Anstieg der Kommissariatsaktivitäten in den letzten fünf Jahren. Und die Fälle, in denen die Bundessicherheit in gewöhnliche Suchen eingreift, nehmen seither weiter zu. Was hat es damit auf sich?«

Die Halblingin warf einen verstohlenen Blick in Richtung der Bürotür. »Diese Frage wirst du dir selbst beantworten müssen, aber meiner Meinung nach hat wohl irgendjemand in den oberen Verwaltungsrängen den Eindruck gewonnen, dass die Sucher nicht effizient genug arbeiten.«

»Das ist doch Unfug!« Garep ließ das Tabellenblatt auf Elukis Schreibtisch segeln, um die Hände für eine Bekräftigungsgeste freizuhaben. »Zumindest kann das nicht der Grund sein, warum man mir den Mordfall Schätzer entzogen hat. Man kann mich doch nicht für den einen Fall noch belobigen, nur um mir dann gleich den nächsten einfach so wegzunehmen. So würde doch nur jemand handeln, der völlig den Verstand verloren hat. Hast du eigentlich keine Angst davor, dass diese Angelegenheit unsere ganze Sucherschaft in einem schlechten Licht dastehen lässt?«

»Ich mische mich prinzipiell nicht in die Belange der mächtigsten Familien ein. Und zu diesen Belangen gehört auch das, was das Kommissariat so treibt.«

»Und warum machst du dir dann die Mühe mit der Tabelle?« Gareps Entrüstung war von einer tiefen Verwunderung unterwandert worden. »Was willst du damit anfangen, wenn du dich doch nicht in die Vorhaben deiner angeseheneren Volksgeschwister einmischen willst?«

»Unterstell mir nicht, meine Arbeit wäre Zeitverschwendung«, schnarrte Eluki ungehalten. »Ein offenes Eingreifen könnte das Ende meiner Karriere in der Verwaltung bedeuten. Und ich habe keine Lust, mich zu den Hausierern und Bettlern zu gesellen, die neuerdings aus allen Löchern gekrochen kommen. Ich beobachte lieber die Lage und warte ab, bis sich meine Aufmerksamkeit auszahlt.«

»Dann geht es dir dabei einzig und allein um dich?« Garep hatte mit einem Mal trotz des Bonbons einen schalen Geschmack im Mund. »Es interessiert dich nicht im Mindesten, wie der Rest der Sucherschaft dasteht?«

»O doch!« Eluki hatte die Hände zu Fäusten geballt, und ihre dünne Haut schien sich fast bis zum Zerreißen über ihre spitzen Knöchel zu spannen. »Es hat nur keinen Sinn, sich gegen eine Entwicklung zu stemmen, die nicht aufzuhalten ist. Und genau aus diesem Grund muss es selbst ein Dickschädel wie du endlich begreifen: Du kannst dich auf den Kopf stellen und versuchen, mit deinem Hintern Mücken zu fangen, aber die Suche ist und bleibt vorbei.«

Garep stand wortlos auf, nahm sein Jackett von der Stuhllehne und stapfte auf die Tür zu.

»Und noch etwas«, rief ihm Eluki nach, als er schon halb auf dem Gang stand. »Falls mir zu Ohren kommen sollte, dass du die Suche entgegen aller Anordnungen weiter vorantreibst, bleibt mir nichts anderes übrig, als dich dem Rat zu melden.«

»Vergiss nicht, deinen Baum zu düngen«, giftete er sie über die Schulter hinweg an und schloss rasch die Tür, bevor sie einen ihrer Briefbeschwerer nach ihm werfen konnte.

Auf seinem Weg aus dem Sucherhaus reagierte Garep kaum darauf, wenn ein Kollege ihm freundlich zunickte oder eine Schreibkraft aus den untersten Rängen der Verwaltungshierarchie respektvoll Haltung annahm. Er war viel zu sehr damit beschäftigt, sich auszumalen, wie es ihm wohl ergehen würde, falls Eluki je dahinterkam, dass er schon längst weitere Ermittlungen in der ihm entzogenen Suche angestellt hatte. Ob sie ihn tatsächlich dem Rat melden würde, wie sie es ihm gerade angedroht hatte? Unmöglich war es sicher nicht. Sollte er besser ihren Ratschlag befolgen und sich eingestehen, dass er mit dem Fall Schätzer nun nichts mehr zu tun hatte?

Auf der breiten Treppe, die vorbei an in dunklen Farben gehaltenen Porträts der erfolgreichsten Sucher der Stadt Amboss ins Erdgeschoss hinunterführte, fasste Garep einen Entschluss. Er würde noch einer letzten Spur nachgehen, und sofern auch diese im Sand verlief, würde Eluki ihren Willen bekommen und er würde aufhören, sich mit dieser Angelegenheit zu befassen, die zunehmend an seinen Nerven zehrte.

Er hatte in den vergangenen Tagen seine Freischichten genutzt, um weitere Hinweise auf die Hintergründe der rätselhaften Mordserie aufzuspüren. Ihm war von vornherein klar gewesen, dass er in einer Sackgasse landen würde, wenn er herauszufinden versuchte, wohin Arisascha von Wolfenfurt gebracht worden war. Die Menschenfrau konnte bereits wegen des Verdachts auf eine Komplizenschaft im Mordfall Schätzer im Schnellverfahren zu fünfzehn Jahren Zwangsarbeit in den Minen am Pol verurteilt worden sein – wenn sie nicht sogar irgendwo in einem Verhörzimmer des Kommissariats zu Tode gekommen war. Unter den Suchern erzählte man sich so einiges über die Methoden der Halblinge, und das meiste davon ließ keinen Zweifel an der gnadenlosen Sorgfalt, mit der die Kommissare ihrer Arbeit zum Schutz des Bundes nachgingen. Aufgrund dieser ungünstigen Vorzeichen hatte Garep seine Suche in eine andere Richtung vorangetrieben.

Natürlich war er nicht so unvorsichtig gewesen, bei seinen Ermittlungen offiziell als Sucher aufzutreten. Das Risiko, das er mit den privaten Nachforschungen einging, war auch ohne das Herumzeigen seiner Dienstmarke groß genug: Amboss war zwar keine kleine Stadt, trotzdem drohte immer die Gefahr, dass jemand ihn als Sucher erkannte, und für diesen Fall war es besser, wenn er behaupten konnte, er habe sich nur aus reinem Eigeninteresse ein wenig umgehört. Garep war überzeugt, dass die Lösung des Rätsels unter den Menschen zu suchen war. Leider kannte er niemanden aus der örtlichen Gemeinschaft der Zugewanderten gut genug, um das Gewirr aus persönlichen Banden, geschäftlichen Beziehungen und religiös bedingten Rollenverteilungen zu entwirren, in das Dschedschin von Schönwald wie nahezu jeder andere Vertreter seines Volks fest eingesponnen gewesen war. Garep hatte sich an eine Quelle wenden müssen, aus der er lieber nicht geschöpft hätte.

Vor dem klobigen Sucherhaus mit seiner grün schimmernden Marmorfassade war nicht zu übersehen, dass soeben die Glocken zum Ende der Tagschicht geläutet worden waren. Dutzende Zwerge und Halblinge drängten sich auf dem Gehsteig vor dem Droschkenstand und schwatzten über das erstaunlich sonnige Wetter, während sie warteten, bis ihre Vorderleute Platz in einem der Zwei- oder Vierspänner gefunden hatten, um danach selbst die Fahrt nach Hause antreten zu können.

Garep reihte sich hinter einem nach Enzianwasser duftenden Ordner vierten Ranges in die Schlange ein. Unter den zwergischen Suchern bezeichnete man Halblinge wie diesen gern abschätzig als Aktenschlepper. Garep hoffte nur, der Beamte würde bei seinem weiteren Aufstieg in der vielschichtigen und weitverzweigten Verwaltungsstruktur zumindest einen kleinen Funken Idealismus in seinem Herzen bewahren, anstatt zu einem eiskalten Opportunisten zu werden. Wenn der Bund auf eines verzichten konnte, dann waren es Gareps derzeitiger Gemütslage nach obrigkeitshörige Duckmäuser wie Eluki 29-12.

Das nervöse Wiehern eines Ponys und das empörte Gemurmel zahlreicher Lippenpaare durchbrachen die Atmosphäre entspannter Heiterkeit.

»Auf keinen Fall fahre ich da hin«, schrie eine Zwergin aus voller Kehle. »Und jetzt schaff dich runter vom Trittbrett, bevor ich dir meine Peitsche auf der flachen Nase tanzen lasse.«

Garep stellte sich auf die Zehenspitzen, um über die Hüte und Köpfe der Umstehenden hinweg eine Kutscherin mit prächtigem rostroten Backenbart zu erspähen, die drohend ihre Peitsche erhoben hatte. Das Opfer des angekündigten Hiebes war eine Menschenfrau in einer zerschlissenen safrangelben Robe, die anscheinend im Begriff gewesen war, in den Vierspänner zu steigen.

»Ich kann bezahlen«, jammerte die so harsch Zurückgewiesene und hielt der Kutscherin ihre Geldbörse entgegen.

Die Zwergin spie in übersteigert zur Schau gestellter Verachtung aus. »Kannst du mir auch die Laternen bezahlen, die mir das Gesindel in deinem Viertel abmontiert, wenn ich auch nur einen Augenblick nicht aufpasse?«

Die Menschenfrau schwieg.

»Außerdem mache ich nur bergnahe Fahrten«, fügte die Kutscherin hinzu, was der junge Zwerg, der hinter der Menschenfrau in der Schlange stand, zum Anlass nahm, unter deren ausgestrecktem Arm hindurch in die Droschke zu klettern.

»In die Adlerallee 26, wenn's recht ist«, sagte der neue Fahrgast und lehnte sich genüsslich ins weiche Polster zurück.

»So schnell uns die Hufe tragen«, antwortete die Kutscherin und ließ die Peitsche knallen. Die Ponys trabten gehorsam an, und rasch hatte sich das Gefährt in den fließenden Verkehr eingeordnet. Die Menschenfrau, die über die Menge am Droschkenstand emporragte wie ein mit gelbem Stoff verhüllter Turm, starrte der Kutsche einen

Moment lang hinterher. Dann senkte sie den Kopf und ging langsam davon.

Nach kurzem Schweigen nahmen die Wartenden ihre belanglosen Plaudereien wieder auf. Das Verhalten des jungen Zwergs, der sich mir nichts, dir nichts an der Menschenfrau vorbeigedrängelt hatte, erinnerte Garep an seinen Gehilfen. Auch Bugeg wäre eine solche Dreistigkeit ohne Weiteres zuzutrauen gewesen. Um unangenehmen Streitigkeiten mit der aufmüpfigen Flaumwange aus dem Weg zu gehen – und weil er es vermeiden wollte, dass Bugeg irgendwelche Fragen dazu stellte, wie sein Vorgesetzter seine Freischichten verbrachte –, hatte Garep seinem Gehilfen aufgetragen, einige unspektakulärere Suchen, die in den letzten Tagen angefallen waren, auf eigene Faust durchzuführen: ein Fall von minderschwerem Diebstahl und eine leichte Sachbeschädigung nach einer Rangelei in einer Gaststätte. Garep hoffte darauf, dass Bugeg diese Maßnahme eher als Lob denn als Rüge erachtete. Eigentlich lohnte es sich für Garep nicht mehr, sich über sein Verhältnis zu Bugeg allzu große Gedanken zu machen. Schon bald würde der junge Zwerg eigene Wege gehen und eigene Suchen vorantreiben. Wie uneins Garep mit seinem Gehilfen auch sein mochte, Bugeg würde aller Voraussicht nach einen ausgezeichneten Sucher abgeben – so wie Karu Schneider, sobald sie ausreichend Erfahrung gesammelt hatte. Garep bedauerte es ein wenig, dass er die Anwärterin wahrscheinlich nicht unter seine Fittiche nehmen würde, doch zugleich war er sich nicht mehr sicher, ob sein früherer Wunsch, Karu um sich zu haben, seinem Pflichtbewusstsein als Sucher oder eher doch seiner Einsamkeit geschuldet gewesen war.

Obwohl ihn jeder Kutscher sicherlich auch zu einem bergfernen Ziel jenseits des Flusses, der die Stadt Amboss in zwei Hälften teilte, gefahren hätte, war Garep froh, dass er nicht in eines der Elendsviertel wollte. Dort wäre er gewiss mit so viel Not und Leid konfrontiert worden, dass er sich womöglich entgegen seiner guten Vorsätze umgehend in die tröstenden Arme des Flechtenrauschs gestürzt hätte. Es erfüllte ihn mit Hoffnung und Stolz, dass es ihm gelungen war, dieser Versuchung in jüngster Zeit zumindest ansatzweise zu widerstehen. Er gönnte sich nur noch morgens und abends ein Pfeifchen, und diese Dosis reichte bei Weitem nicht aus, um seinen über lange Jahre an die Droge gewöhnten Verstand zu vernebeln. Er hatte seine Sucht im Griff, und er würde der Welt mehr hinterlassen als das Andenken an einen Sucher, der trotz einer ansehnlichen Zahl von Belobigungen hinter seinem Potenzial und seinen eigenen Erwartungen zurückgeblieben war. Die Tage, in denen er sein Heil in der Flucht vor der Wirklichkeit suchte, mussten ein Ende finden. Schlimm genug, dass er nach Pinakis Tod das Einzige aufgegeben hatte, was von seiner Liebe zu ihr geblieben war und was ihn in seinen Träumen selbst nach so langen Jahren noch heimsuchte. Es hatte ihre Augen gehabt.

»Wir sind da«, sagte der Kutscher, und die Falten auf seiner Stirn verrieten, dass er schon mehrfach versucht hatte, seinen Gast anzusprechen.

Garep schlug einen ordentlichen Bonus auf den Fahrpreis auf und stieg ebenso geistesabwesend aus der Kutsche, wie er eingestiegen war.

Das Teehaus, vor dem er stand, trug den klangvollen Namen *Zum Warmen Sud,* und auf einer großen Klapptafel vor dem Eingang warb der Besitzer des Lokals damit, über 250 verschiedene Sorten des traditionellen zwergischen Heißgetränks im Angebot zu haben. Als Garep im Begriff war, durch die breite Glasfront zu schauen, um nachzusehen, ob seine Verabredung bereits eingetroffen war, tippte ihm jemand von hinten auf die Schulter.

Der Sucher drehte sich um und blickte in das von einem gelockten Vollbart überwucherte Gesicht eines Zwergs, der Garep stolz seinen Bauchladen präsentierte.

»Geschenke für jede Gelegenheit«, prahlte der Händler. »Für das erste Treffen Papierblumen, die nie verwelken – so wie die wahre Liebe. Für das zweite Treffen silberne Armreifen, damit das Band geflochten werden kann. Für das dritte Treffen …«

»Ich bin nicht in der Werbe«, sagte Garep trocken. »Du kannst dir dein Sprüchlein sparen.«

Sofort versuchte es der Händler mit einer anderen Masche. »Das macht doch gar nichts: Ich verkaufe auch sehr viel Schönes, an dem man sich allein erfreuen kann, wenn man ein Teehaus aufsucht. Hier!« Er deutete auf einen der Seitenflügel seiner tragbaren Auslage. »Die neuesten Journale und Magazine. So frisch, dass man die Druckerschwärze noch riechen kann.«

»Ich gehe nicht allein ins Teehaus.« Garep kramte in seiner Jacketttasche nach einer Münze, mit der er den aufdringlichen Gesellen zum Schweigen bringen wollte.

»Dann ist es ein Treffen unter Freunden? Na, da kann man doch nicht mit leeren Händen kommen. Ich würde einen Satz Spielkarten mit aufreizenden Motiven empfehlen, damit die gemeinsame Freischicht besonders vergnüglich wird.«

Garep atmete tief durch und schnippte dem Händler die Münze zu, die er endlich gefunden hatte. »Dein Mund hallt wie eine Grotte.«

»Man tut, was man kann«, gab der Händler zurück. »Darf es denn wirklich nichts sein?«

»Ich wünsche dir eine Schicht, die die Kasse füllt«, antwortete Garep und wandte sich rasch ab. Trödler konnten schlimmer als Bettler sein.

Der *Warme Sud* war für die frühe Stunde erstaunlich gut besucht. Unter jedem der Stövchen auf den runden Tischen brannte eine Kerze, und die aufmerksamen Bedienungen in ihren feinen Livreen eilten flugs umher, um Bestellungen aufzunehmen oder großzügig nachzuschenken, wo der Tee in den dünnwandigen Gläsern zur Neige zu gehen drohte.

Buna Brauer saß mit dem Rücken zur Glasfront und blätterte gelangweilt in einer Zeitung. Garep hatte sie gleich an ihrem Haar erkannt, das tiefschwarz mit einem Stich ins Bläuliche war.

»Behältst du die Konkurrenz im Auge?«, fragte Garep lächelnd, nachdem er zu der Ruferin an den Tisch getreten war.

Buna lächelte zurück und schlug die Zeitung zu. »Garep Schmied, so schnippisch, wie man ihn kennt. Und genau so stattlich, wie ich ihn in Erinnerung hatte.«

Obwohl die Gefahr bestand, dass Buna seine Geste missverstehen würde, streichelte Garep seiner alten Bekannten sanft über die modisch glatt rasierte Wange. »Jetzt tust du aber, als hätten wir uns ewig nicht gesehen.«

Die Ruferin rückte kokett ihr Rundhütchen mit der Fasanenfeder zurecht. »Mir kam es jedenfalls so vor.«

Garep nahm ihr gegenüber auf einem gepolsterten Korbstuhl Platz. Es war ihm ein bisschen unangenehm, mit Buna in einem Teehaus zu sitzen. Er hatte nicht vergessen, mit welch unerschütterlicher Inbrunst die Ruferin um ihn geworben hatte, kurz nachdem er aus den Bergen nach Amboss gekommen war. Unter Umständen hätte er sogar ein gewisses Interesse an ihr gezeigt, wenn der Schmerz über den Verlust von Pinaki nicht gewesen wäre.

»Was verschafft mir denn nun die Ehre, dich derart unverhofft treffen zu dürfen?« Buna winkte einer Bedienung zu.

Garep spielte an einem losen Faden des Spitzendeckchens, das vor ihm auf dem Tisch lag, während er nach den richtigen Worten suchte. »Das ist eine heikle Frage.«

»Es geht also um deine Arbeit?« Wie jede gute Ruferin war Buna nicht gerade schwer von Begriff.

Garep nickte erst und schüttelte dann doch den Kopf. »Ja und nein.«

»Was für eine Geheimniskrämerei.« Buna lachte und klatschte fröhlich in die Hände. »Und wie niedlich dein Nasenhaar zuckt, wenn du dich so windest.«

»Buna, bitte«, sagte Garep, der zu einer Erklärung ausholen wollte, aber von einem Kellner unterbrochen wurde. Der Ober stellte eine bauchige Kanne auf das Stövchen.

»Süßstangenkraut und Bitterblatt. Der Trank, der Liebende bindet«, erklärte er mit feierlicher Stimme und goss anschließend die dampfende Flüssigkeit in die Kristallgläser, die vor seinen Gästen standen.

Garep schloss gequält die Augen und murmelte: »Auf welchen Flüsterer im Dunkeln habe ich nur gehört?«

»Auf dein schlechtes Gewissen, würde ich sagen«, antwortete Buna spöttisch. »Nun stell dich nicht so an. Eine Zwergin braucht ihren Spaß. Und jetzt raus mit der Sprache: Warum wolltest du mich sehen?«

»Du hast sicherlich von den Morden an Namul Trotz und Ralek Schätzer gehört.«

»O ja. Wer hat das nicht? Hast du nicht sogar eine Belobigung für die rasche Auflösung des ersten Falls erhalten? Deine Arbeit wird Bestand haben.« Buna pustete in ihr Glas.

Garep schaute an ihr vorbei durch das breite Fenster auf die Straße hinaus, wo wohlhabende Damen und Herren im Sonnenschein den Gehsteig entlangflanierten. »Schön, dass du das so siehst. Das Kommissariat für Bundessicherheit hingegen schätzt meine Fähigkeiten offenbar anders ein. Die Ledermäntel haben mich der Suche enthoben, um selbst in dieser Angelegenheit zu ermitteln.«

»Und jetzt bist du so sehr in deinem Stolz gekränkt, dass du nach einer starken Schulter suchst, an der du dich ausweinen kannst.«

»Nein, jetzt suche ich nach jemandem, der mir etwas über die Menschen in Amboss erzählen kann und die Sache nicht sofort in jeden Türsturz meißelt.«

»Und damit wendest du dich an mich? Eine Ruferin?« Buna legte erstaunt eine Hand auf ihr Dekolleté.

»Ich will dir einen Handel vorschlagen: Du sagst mir, von wem ich die Informationen bekomme, die ich brauche. Dafür erhältst du von mir alles, was ich über die Hintergründe der Mordserie in Erfahrung bringe. Du musst natürlich warten, bis ich mit meiner Suche fertig bin, bevor du die Nachricht unters Volk bringst.« Garep beugte sich so weit über den Tisch, dass er die Hitze der Kerzenflamme an der Nasenspitze spürte. »Ich bin hier etwas wirklich Großem auf der Spur – einer Geschichte, die du an Magazine im ganzen Bund verkaufen kannst.« Diese letzte Behauptung entsprach zwar nicht ganz der Wahrheit, doch Garep wollte unbedingt die Neugierde der Ruferin wecken.

Buna rührte ihren Tee um, ohne den Blick vom Gesicht ihres Gegenübers abzuwenden. »Dann hat die Sucherschaft also auch schon Wind davon bekommen. Respekt.«

»Was meinst du damit?«, fragte Garep verblüfft. Die Scheibe in

Bunas Rücken knackte leise, als dehnte sich das Glas durch die Wärme im Innern des Teehauses ein winziges Stückchen aus.

»Dass es einen Schmugglerring in Amboss gibt, der von Menschen betrieben wird«, sagte die Ruferin leise. »Nichts, was sich zweifelsfrei nachweisen ließe oder vor die Obleute gebracht werden könnte, aber trotzdem eine Entwicklung, die nicht unbemerkt geblieben ist.«

Garep hörte zum ersten Mal von einem angeblichen Schmugglerring. War diese Angelegenheit vielleicht bei einem jener Suchertreffen zur Sprache gekommen, an denen er nicht teilgenommen hatte? Aber wenn dem so gewesen wäre, warum hatte ihm dann Bugeg nichts davon erzählt? Diese Vorwürfe hätten doch bestens in das verquere Weltbild der Flaumwange gepasst. »Gehörst du etwa auch zu denen, die den Menschen die Schuld für all das geben, was im Bund im Argen liegt?«

»Ach was«, winkte Buna ab. »Ich bin keine Freundin einfacher Erklärungen. Die derzeitige politische Situation ist das Ergebnis vieler Einzeleinflüsse. Die Menschen spielen in diesem Zusammenhang nur eine untergeordnete Rolle. Aber es ist nicht von der Hand zu weisen, dass sie sich mehr und mehr organisieren. Sie nutzen die Verbindungen in ihre alte Heimat – im Guten wie im Schlechten.«

»Unsere Manufakturbetreiber stellen keine Menschen an. Was bleibt den Flüchtlingen, die das nötige Kapital über die Grenze gerettet haben, denn auch anderes übrig, als sich als Händler zu betätigen?«

»Dagegen habe ich ja nichts. Ich liebe das Gefühl von Seide auf der Haut und den Geschmack von Wein an meinem Gaumen. Aber bedauerlicherweise gibt es eine ganze Reihe Menschen, die mit weniger legalen Waren Handel treiben.« Erneut klackte die Scheibe hinter Buna deutlich vernehmbar. »Und dieser Grenzverkehr fließt in beide Richtungen.«

»Sprich weiter«, forderte Garep seine alte Bekannte auf. Sein Geist nahm die Mosaiksteinchen, die sich aus Bunas Worten ergaben, dankbar auf und drehte und wendete sie, um sie irgendwie zu einem

Gesamtbild zusammenzufügen, in dem auch seine bisherige Erkenntnisse Platz fanden. Die Ruferin hatte völlig neue Perspektiven auf den Mordfall Ralek Schätzer eröffnet. Das Opfer war schließlich von einem reichen menschlichen Fernhändler erschossen worden. Gehörte Dschedschin von Schönwald möglicherweise zu dem Schmugglerring, den Buna erwähnt hatte? Aber weshalb hätte der Mensch sich die Hände schmutzig machen sollen? Sein Vermögen war sicherlich groß genug gewesen, um Schätzer mithilfe eines gedungenen Mörders auf wesentlich unauffälligere Art aus dem Weg zu räumen. Und warum musste Schätzer überhaupt sterben?

»Nach allem, was ich gehört habe, schaffen die Schmuggler auch Güter aus dem Bund heraus. Güter, die unter den Menschen reißenden Absatz finden, weil sie Kriege entscheiden können.« Buna nippte an ihrem Tee.

»Waffen?«

Die Ruferin nickte. »Denk nur an den Zwischenfall im Nordband. Irgendwoher müssen die Gewehre und Kanonen ja gekommen sein, mit denen die menschlichen Seeräuber ausgerüstet waren. Die Admiralität ist nicht ohne Grund so besorgt.«

»Und du hast sicherlich eine Ahnung, woher diese Waffen stammen?«

»Die besten und produktivsten Meisterwerkstätten für Kriegsgerät aller Art stehen in Amboss. Alles, was die Schmuggler brauchen, um an die Waffen zu kommen, wäre ein Zwischenhändler, der bei den Manufakturen kaufen kann, ohne Verdacht zu erregen.«

»Das müsste allerdings ein Zwerg sein.« Garep strich sich über den Bart. »Oder ein Halbling. Auf alle Fälle ein Bürger des Bundes.«

»Und genau das ist meiner Meinung nach der Grund, weshalb das Kommissariat derzeit noch die Füße stillhält und den Ring nicht einfach zerschlägt. Kannst du dir den Aufruhr vorstellen, wenn ans Licht käme, dass die ganzen Klapperköpfe, die behaupten, die Menschen würden die Verdorbenheit mancher unserer Volksgenossen ausnutzen, um den Bund insgeheim zu unterwandern, zumindest teilweise recht hätten?« Buna senkte die Stimme. »Die Bergferne würde in Flammen stehen.«

Garep teilte diese Einschätzung nur bedingt. Natürlich wäre es ein Skandal, falls es tatsächlich einen Schmugglerring gab, dessen Umtriebe von der Bundessicherheit aus falsch verstandener Besorgnis um die öffentliche Sicherheit heraus gedeckt wurden, aber Garep baute dennoch auf die gesunde zwergische Vernunft. Die Gefahr eines echten Aufstands innerhalb der Bevölkerung schien ihm in weiter Ferne zu liegen. »Ist die Lage denn wirklich so brisant, dass mit gewaltsamen Ausschreitungen zu rechnen wäre?«

Die Ruferin zuckte zusammen, als es hinter ihr einen dumpfen Schlag gegen die Scheibe gab. Garep suchte nach dem Vogel, der gegen das Glas geprallt sein musste, aber da war nicht einmal ein blutiger Fleck, an dem eine Handvoll Federn klebte. Hatte vielleicht jemand einen Stein gegen die Scheibe geworfen? Auch die anderen Gäste des *Warmen Suds* schauten kurz von ihrem Tee oder ihrer Zeitung auf. Als sie feststellten, dass die Leute draußen auf der Straße ungestört ihren mittäglichen Vergnügungen nachgingen, war der merkwürdige Laut rasch wieder vergessen.

»Hast du dir in letzter Zeit den Helm zu tief ins Gesicht gezogen?«, beantwortete Buna Gareps Frage, nachdem sie ihre Aufmerksamkeit wieder auf die laufende Unterhaltung gerichtet hatte. »Es ist wie in einem Stück aus der Zeit der Zwietracht: Das Volk leidet, und es gewinnt den Eindruck, die Höhle stünde kurz vor dem Einsturz, weil sich niemand darum kümmert, wie schlecht es um den Bund steht. Je weniger die Leute zu essen haben, desto unzufriedener werden sie. Die Arbeiter der Stirn denken sich immer neue Apparate aus, um uns das Leben zu erleichtern, aber sie vergessen darüber, dass ihre Erfindungen den Arbeitern der Hand nach und nach die Daseinsgrundlage rauben.«

»Dann wird das Volk seinen Unmut bei der nächsten Wahl äußern.« Garep scharrte mit den Schuhsohlen unruhig über das Parkett unter seinen Füßen. »Der Oberste Vorarbeiter wird auf die Wünsche des Volks eingehen müssen – ganz egal, wer dieses Amt für die nächsten fünf Jahre übernehmen wird.«

Buna nahm sich den Zuckerstreuer und süßte ihren Tee nach. »Deshalb solltest du dir gut überlegen, wen du wählst. Die Veränderungen, die der jetzige Oberste Vorarbeiter plant, falls er im Amt bestätigt wird, würden dir vielleicht nicht gefallen.«

»Wieso?«

»Da kriecht irgendetwas aus der Tiefe heran, mein Treuester.« Die Ruferin tat einen tiefen Atemzug, der ihr eng geschnürtes Korsett zu sprengen drohte. »Der Oberste Vorarbeiter hat viele Steuermittel abgezweigt, um Vorhaben zu finanzieren, die nur in den Nachtbüchern geführt werden. Ist es nicht wunderbar, dass man als mächtigster Zwerg im Bund unter dem Deckmantel der Sicherheit seine eigenen Spielchen treiben kann, ohne dass je irgendwer erfährt, wofür man das Geld anderer Leute eigentlich ausgibt?«

»Wenn da nicht das löbliche Pflichtbewusstsein aufrechter Rufer wäre, nehme ich an?«

»Und Sucher mit flinken Zungen, die wissen, was eine Zwergin hören will.« Buna legte die Fingerspitzen auf Gareps Handrücken, ein Ausdruck von Zuneigung, der etwas unvermittelt kam, seine Wirkung aber nicht verfehlte.

Garep drehte die Hand so, dass er Bunas Finger mit den seinen umschließen konnte. Wäre er in Amboss womöglich glücklicher geworden, wenn er ihrem Werben nachgegeben hätte?

Mit dem Geräusch, mit dem eine überspannte Lautensaite reißt, platzte die Scheibe hinter der Ruferin nach innen. Aberhunderte gläserner Klingen wirbelten durch die Luft und schnitten durch Stoff, Fleisch und Knochen. Garep spürte einen nadelfeinen Stich an der Stirn, und schon rann es ihm rot und warm in die Augen. Ein Krampf ging durch Bunas Hand, der binnen eines Wimpernschlags kraftloser Erschlaffung wich.

Nachdem das Prasseln der herabregnenden Scherben verklungen war, gellten die ersten Schreie der Verletzten und Sterbenden durch den Schankraum des Teehauses.

Garep sprang von seinem Stuhl auf, um Buna zu stützen. Er achtete nicht darauf, dass er dabei mit den Knien gegen die Tischplatte stieß und die Kanne samt Stövchen umwarf. Er bemerkte nicht das Entsetzen in den Gesichtern der Passanten vor dem *Warmen Sud*, denen sich ein grausiger Anblick bot: Der Ober, der auf den Stumpf starrte, wo eben noch sein Arm gewesen war. Der wimmernde Graubart, dem sich ein Splitter durch sein Monokel hindurch ins Auge gebohrt hatte. Die Lache aus Blut und Tee, in der ein umhertaumelnder Gast mit einer klaffenden Halswunde ausglitt.

Garep fasste Buna unter den Achseln und zog sie auf den Boden. Was, wenn der feige Angriff noch nicht vorüber war? Garep hockte sich über die Ruferin, um sie vor einer Attacke zu verteidigen. Als er das armlange Stück Glas in ihrem Nacken sah, eröffnete ihm sein kühler Verstand schonungslos die Erkenntnis, dass es in Buna Brauer kein Leben mehr gab, das es noch zu schützen galt.

13

»Es ist sehr wichtig, einen gewissen Abstand zu wahren«, wies Fejod Kolbner seinen Untergebenen an.

Obwohl die Innenseite seines Bleihelms gut gepolstert war, fühlte sich Himek Steinbrecher, als hätte jemand zehn oder fünfzehn Steinplatten auf seinem Kopf gestapelt. Überdies war ihm nicht ganz wohl dabei, sich ohne seine Maske in einem Operationssaal aufzuhalten. Die Lektionen der Mentoren waren tief in seinem Bewusstsein verankert – ganz anders als die neuen Lehren, mit denen Kolbner ihn nach und nach vertraut machen wollte.

Der Anstaltsleiter ging, so schnell es das beachtliche Gewicht seiner klobigen Schutzmontur zuließ, noch einmal um die dicke, milchige Scheibe herum, die als Trennwand zwischen den beiden am Versuch beteiligten Patienten diente. »Du weißt, was ich von dir erwarte?«, fragte der Graubart den Halbling, der hinter dem trüben Glas auf einem einfachen Schemel saß.

»Ja, Anstaltsleiter.« Der Patient nickte. Der unter seinem Kehlkopf implantierte Kristall erinnerte im verwaschenen Schattenriss an den Kropf eines Vogels.

»Das will ich hoffen«, sagte Kolbner. »Und denk daran: Du musst dich ganz öffnen, damit die dunklen Energien in den verstärkten Nervenknoten gebunden werden und aus dir herausströmen können. Nur wenn du deinen Verstand völlig freimachst, werden die Barrieren in deinem Kopf überwunden.«

Himek wandte sich dem Menschen zu, der vor ihm auf dem Operationstisch lag und bereits vor einiger Zeit dank der Wirkung des Traumgases in einen ruhigen Schlaf verfallen war. Das Gesicht des Patienten wurde von einem Bart überwuchert, dessen Dichte und Struppigkeit ihn beinahe wie einen Zwerg hätte erscheinen lassen, wären da nicht die viel zu hohe Stirn und die um einiges zu klein geratene Nase gewesen. Nichtsdestoweniger fand Himek diesen Menschen wesentlich unansehnlicher als Arisascha. Lag es daran, dass sie weiblichen Geschlechts war, oder hatte es damit zu tun, dass Himek durch die Hervorbringungen ihres Geistes voreingenommen war? In den letzten Tagen hatte er sich immer wieder ihr Buch durch den Schuber reichen lassen, um die Aufzeichnungen dieser ungewöhnlichen Patientin zu lesen. Die Menschenfrau hatte recht behalten: Nun, da sie etwas zum Schreiben hatte, war die Qualität der Verslein und Sprüche, die sie für die Nachwelt festhalten wollte, deutlich gestiegen. Natürlich war ihr Inhalt nach wie vor von einer Naivität geprägt, wie sie Himek bisher nur bei den kleinsten Kieseln untergekommen war, doch ihr Stil genügte durchaus den Anforderungen, die ein zwergischer Druckmeister für eine Veröffentlichung als Freischrift angelegt hätte. Ob auch der vom Traumgas betäubte Patient zu solchen Leistungen fähig war, die Kolbner den Menschen für gewöhnlich absprach?

Sein Vorgesetzter wusste nichts davon, dass Himek Arisaschas Wunsch nachgekommen war, und ihn plagte deshalb auch kein schlechtes Gewissen. Immerhin hatte Kolbner nicht noch einmal nachgefragt, wie Himeks Entscheidung in dieser Sache letztlich ausgefallen war. Überhaupt blieb Kolbners gesamte Aufmerksamkeit auf die derzeitige Phase seiner Forschungen gerichtet. Mittlerweile hatte Himek einen besseren Einblick bezüglich Kolbners Theorie zu den besonderen Fähigkeiten der Halblinge gewonnen, doch worum es bei den neuen Experimenten genau ging, war ihm noch schleierhaft. Welchem Zweck diente es wohl, jene dunklen Energien, die sich nach Auffassung des Anstaltsleiters in den kranken Halblingen aufstauten, auf die Körper von Menschen zu überführen?

»Zeit, das Gefäß zu füllen«, kündigte Kolbner mit freudiger Erwartung in der Stimme an. »Sei doch so freundlich und dämpfe das Licht etwas. Das fördert die Entspannung unseres Probanden.«

Himek schleppte sich zum Drehregler neben der Tür des Operationssaals. Das Blei, das in seinen ledernen Überwurf eingenäht war, machte die Schutzmontur noch schwerer als die Rüstung, die man bei einer Partie Torwächter trug. Jeder Schritt kostete Überwindung.

Er fuhr die Gaszufuhr so weit herunter, dass die Flämmchen in den Deckenlaternen nur noch die Größe eines Daumennagels aufwiesen, und trat anschließend an Kolbners Seite. Der Anstaltsleiter hatte sich einen Beobachtungspunkt im Operationssaal gewählt, an dem er sowohl den Halbling als auch den Menschen gut im Auge behalten konnte.

»Patient 27 ist äußerst vielversprechend«, raunte der Graubart.

»Hattest du nicht gesagt, Patientin 23 wäre die Kandidatin, die am besten für dein Experiment geeignet ist?«, flüsterte Himek.

»Sie sperrt sich gegen meine Anweisungen.« Eine Spur von Verärgerung kroch in Kolbners gemurmelte Worte. »Doch das wird sich schon noch legen. Bis dahin müssen wir uns mit der zweiten Wahl begnügen. Patient 27 hat große Dankbarkeit für meine Heilungsbemühungen zum Ausdruck gebracht.« Mit einem Mal reckte der Graubart einen Zeigefinger in die Höhe. »Ist der Gipfel meines Geistes denn nur noch Geröll? Fast hätte ich es vergessen: Du musst den Vorgang mit dem zweiten Blick betrachten.«

»So wie du?«

»Nein«, seufzte Kolbner kaum hörbar und schüttelte trotz des wuchtigen Helms sachte den Kopf. »Diese Perspektive ist mir leider nicht vergönnt. Ein Unfall in meiner Jugend, bei dem Weißfeuer und Schwefel eine unrühmliche Rolle spielten.«

Als Leiböffner wusste Himek, wie empfindlich die Zellen, die den Zwergen den zweiten Blick ermöglichten, gegenüber grellem Leuchten waren. Es wunderte ihn nur, wie freimütig sein Vorgesetzter ihm eingestand, in früheren Zeiten nicht die nötige Sorgfalt beim Umgang mit brennbaren Steinen bewiesen zu haben.

Himek schloss die Augen und zählte bis zehn, ehe er sie wieder öffnete. Es wäre sicherlich besser gewesen, die Gaslaternen ganz zu löschen, aber dann hätte Kolbner den Prozess der Energieabführung nicht mehr beobachten können. Daher musste sich Himek damit abfinden, dass die Kontraste zwischen warmen und kalten Körpern nicht so scharf hervortraten wie unter optimalen Verdunkelungsbedingungen.

Zunächst geschah nichts, was darauf hingedeutet hätte, dass Kolbners Experiment bereits im Gange war. Von beiden Patienten ging ein grünes Leuchten aus, wobei das des Menschen etwas schwächer ausfiel, was Himek der Metallplatte des Operationstischs zuschrieb. Insgesamt hatte er eigentlich erwartet, dass die Versuchspersonen mehr Wärme abstrahlen würden, doch die dünnen Leibchen, die sie trugen, sorgten allem Anschein nach für eine gewisse Abkühlung. Himek spitzte zwar die Ohren, doch er nahm auch keine ungewöhnlichen Geräusche wahr. Abgesehen vom nie verstummenden Zischen der Erdspalten unter der Heilanstalt, das überall in der Anlage zu vernehmen war, hörte er lediglich die Atemzüge der Anwesenden – seine und die des Menschen gingen ruhig, Kolbners und die des Halblings ein wenig hektischer.

Mit einem Mal richteten sich die borstigen Haare in Himeks Nacken auf und das Herz schlug ihm bis zum Hals. Es war wie damals, als Kanib und er sich als Kiesel bei einem ihrer Streifzüge zu weit vom Dorf entfernt hatten und hinter einem Gebüsch urplötzlich einem Rotkammbären begegnet waren – nur der ranzige Geruch, der von dem Ungetüm ausgegangen war und ihm die Tränen in die Augen getrieben hatte, fehlte. Der Operationssaal war vor dem Versuch sorgfältig von allen Keimen gereinigt worden, und die Luft schmeckte leicht nach der alkoholhaltigen Lösung, mit der einer der Pfleger den Boden und die Wände gewischt hatte. Sosehr sich Himeks Verstand auch gegen seine Instinkte zur Wehr setzte, ließ sich das Gefühl nicht verleugnen, dass er sich irgendetwas ungeheuer Gefährlichem gegenübersah – etwas, das unsichtbar, aber keineswegs unfühlbar war.

Himek bemerkte, dass der Körper des Halblings rapide an Temperatur verlor. Mehr und mehr verglomm sein Leuchten und verschmolz mit dem düsteren Hintergrund der kalten Wände. Himek hatte schon frische Leichen gesehen, die langsamer erkaltet waren.

»Spürst du es?«, wisperte Kolbner ehrfürchtig. »Die Energien fließen.«

Himek war zu keiner Antwort fähig. Sein zweiter Blick haftete zunächst wie gebannt auf dem Halbling, bis ihm auffiel, dass der Mensch zu seiner Linken von einem derart gleißenden Schein umflort war, als würde sein Leib soeben in eine vorgeheizte Backröhre geschoben.

Himek hörte sich selbst scharf Atem holen, als ein Zucken durch den Körper des Menschen ging. Zur gleichen Zeit rutschte der Halbling von seinem Schemel und schlug mit dem Klatschen nackter Haut auf blanken Fliesen unsanft neben der milchigen Glasscheibe auf.

Angst loderte in Himek hoch. Der Mensch hätte sich nie im Leben bewegen dürfen – nicht bei der Dosis Traumgas, die der Leiböffner seinem Patienten verabreicht hatte. Und es blieb nicht bei einer einmaligen Regung: Mal verkrampften sich nur die Zehen des Menschen, als wollte der Betäubte mit ihrer Hilfe einen zu Boden gefallenen kleinen Gegenstand aufklauben, mal bog sich der gesamte Rücken durch und hob sich dabei wie ein makabrer Torbogen aus Knochen und Fleisch mehr als zwei Handbreit von der stählernen Platte des Operationstischs.

Himeks Furcht war groß, doch sie reichte nicht aus, um sein Pflichtbewusstsein als Leiböffner in den Schatten zu stellen. Dieser Mensch brauchte ganz offenkundig seine Hilfe. Er machte einen unbeholfenen Schritt auf den Patienten zu, als er auch schon Kolbners festen Griff um seinen Oberarm spürte.

»Ich muss zu ihm«, drängte Himek, ohne die Stimme über ein Flüstern zu heben. Der unsichtbare Räuber hatte bestimmt scharfe Ohren.

»Das sind nur die Anpassungserscheinungen der Energieübertragung«, gab Kolbner ebenso leise zurück.

»Wenn die Krämpfe anhalten, könnten seine Muskeln oder Gelenke Schaden nehmen«, beharrte Himek.

»Dieses Risiko müssen wir eingehen.« Kolbners Finger spannten sich merklich.

Himek rang schwer mit sich. Sollte er die Hand seines Vorgesetzten einfach abschütteln, um seiner Pflicht nachzukommen? Das Leid seiner Patienten war der größte Feind eines Leiböffners. Manchmal hatte man sich eines kleinen Leids zu bedienen, wenn man ein größeres bekämpfen wollte, doch bei diesem Versuch kam es ihm bislang nicht so vor, als würde dem Menschen oder dem Halbling irgendwie geholfen.

Kolbner war die Unentschlossenheit seines Untergebenen nicht entgangen. »Wenn deine Arbeit Bestand haben soll, musst du dich jetzt zusammenreißen«, knurrte er.

Himek deutete auf den Operationstisch. »Aber er hat Schmerzen.«

Mit einem Ruck drehte der Anstaltsleiter den Leiböffner zu sich. »Dieser Mensch leidet für eine gute Sache. Wer Erz trägt, holt sich einen wunden Buckel.« Kolbner ließ Himeks Arm los und hielt dem jüngeren Zwerg die geballte Faust unter die Nase. »Siehst du diesen Ring?«

Himek nickte. Sein Vorgesetzter kam ihm plötzlich beinahe so bedrohlich vor wie die sonderbare Präsenz, die ihn nach wie vor beunruhigte. Seine Schutzmontur hatte Kolbner derart erhitzt, dass sich das Gold des Kleinods am Finger des Anstaltsleiters mit dem zweiten Blick gesehen nur noch schwach von der Haut darunter abhob.

»Glaubst du, ich würde diesen Ring tragen, wenn ich in meinem Leben keine Opfer gebracht hätte? Wenn du einen dieser Ringe tragen willst, wirst auch du Opfer bringen müssen, mein Junge.«

Himek schaute zu dem Menschen hinüber, der sich wand wie ein Wurm auf einer heißen Herdplatte. Langsam begriff er, weshalb Kolbner darauf bestanden hatte, den Patienten mithilfe der Lederriemen, die über Brust und Hüfte verliefen, zu fixieren. Es war erschreckend, welche Kräfte der Mensch unter dem Einfluss der dunklen Energien entwickelte. Dabei war er so fügsam gewesen, als Himek ihn gebeten hatte, sich auf den Operationstisch zu legen. Er erinnerte sich daran, wie er dem Patienten noch versichert hatte, er brauche sich keine Sorgen zu machen.

Ein tierhafter Schrei drang aus dem weit aufgerissenen Mund des Menschen, der nach einigen Wimpernschlägen, die Himek wie eine Ewigkeit vorkamen, in einem erstickten Schluchzen verebbte. Ein Summen wie von Abertausenden zorniger Bienen breitete sich in Himeks Schädel aus, und ein Geruch, der unter freiem Himmel von einem baldigen Gewitter gekündet hätte, stieg ihm in die Nase. Er spürte das Blei seines Helms vibrieren und ein unangenehmes Ziehen in den Zähnen, als hätte er einen Schluck viel zu heißen Tee im Mund.

»Ja, ja, das ist es«, keuchte Kolbner neben ihm.

»So … so … so kalt«, stammelte der menschliche Patient mit matter Zunge.

»Er hat es tatsächlich geschafft«, flüsterte der Anstaltsleiter ergriffen. »Er hat die Brücke über die tiefe Schlucht geschlagen.« Er griff unter seinen Überwurf und holte eine Taschenuhr hervor. »Die Zeit läuft.«

Der Mensch reckte den Kopf in die Höhe und rollte wie wild mit den Augen. »Zu groß … zu schwer …« Hellroter Schaum quoll ihm über die Lippen.

»Das Krampfzucken. Er hat alle Symptome des Krampfzuckens«, sagte Himek fassungslos und stapfte zum Operationstisch. Kolbner, dessen Blick zwischen dem Zifferblatt seiner Uhr und dem Patienten hin und her pendelte, schenkte ihm keinerlei Beachtung.

Die Instrumente auf dem Rollwagen neben dem Tisch klirrten und klimperten, und das Glas der Laternen knackte leise. Der Mensch, dessen Gesicht nunmehr zu einer verzerrten Fratze erstarrt war, schien durch Himek hindurchzusehen. Eine der Pupillen des Patienten war auf die Größe eines Stecknadelkopfs geschrumpft, die andere so sehr geweitet, dass vom Dunkelbraun der Netzhaut nur noch ein schmaler Reif um eine schwarze Murmel geblieben war.

Himek konnte nicht erkennen, ob der rötliche Schaum vor dem Mund des Menschen von einem Biss in die Zunge herrührte, den der Proband sich selbst zugefügt hatte, oder ob das Blut aus einer anderen Quelle stammte, die tiefer im Körper lag.

Das tosende Summen in Himeks Schädel wurde immer unerträglicher. Mit zitternden Fingern tastete er nach den beiden Schläuchen des Traumgasfasses. Er musste den Patienten unbedingt ruhig stellen, um ihn vor weiterem Schaden zu bewahren.

Himek hatte große Mühe, die Pfropfen in die Nasenlöcher des Probanden einzuführen. Nachdem es ihm irgendwie gelungen war, den ersten in die schmale Körperöffnung hineinzuquetschen, verharrte er mitten in der Bewegung, den zweiten Schlauch bereits einmal um die Hand gewickelt, wie man es ihm in der Lehrstätte beigebracht hatte.

Wie Dutzende winziger roter Schlangen krochen feinste blutige Fädchen unbeirrbar über die Augäpfel des Menschen. Das Netz geplatzter Blutgefäße wurde engmaschiger und engmaschiger, bis kaum noch weiße Einschlüsse blieben. Himek dachte an einen Vers, den er erst während der letzten Schicht in Arisaschas Buch gelesen hatte: *Weint euch nicht die Augen rot, die Herren sind des Todes Tod.*

Der Patient gab ein nasses Gurgeln von sich und bäumte sich so heftig auf, dass das Brechen seiner Schulterknochen sogar durch das Blei von Himeks Helm zu hören war. Es dauerte einen Moment, ehe sein Bewusstsein zwei wesentliche Eindrücke verarbeitet hatte: Zum einen war das unheimliche Summen verstummt, als wäre es nur das gewöhnliche Arbeitsgeräusch einer Maschine gewesen, an der jemand einen Schalter umgelegt hatte, weil der Vorarbeiter zum Schichtende blies. Zum anderen lag der Mensch nur noch stocksteif da und starrte mit leerem Blick zur Decke des Operationssaals.

»Ausgezeichnet«, hörte Himek seinen Vorgesetzten hinter sich rufen. »Das ist wesentlich länger gewesen als bei der letzten Versuchsreihe.«

Himek schaute ungläubig zu, wie der Graubart lächelnd die Taschenuhr verstaute, um sich anschließend dem zu Boden gesunkenen Halbling zu nähern. Es war doch eigentlich der Mensch, dem nun die Sorge des Anstaltsleiters gelten sollte. Hatte der Proband nicht schweren Schaden durch diesen sonderbaren Versuch genommen? Himek suchte am Handgelenk des Menschen nach einem Puls und sah sich gezwungen, seine Diagnose zu revidieren: Der Mensch hatte nicht nur schweren Schaden genommen. Der Mensch war tot.

»Fejod! Wir haben ihn umgebracht!«, brach es aus ihm hervor.

Sein Vorgesetzter ignorierte ihn und sprach mit ungewohnt sanfter Stimme zu dem Halbling, neben dem er ungelenk in die Hocke gegangen war. »Das hast du sehr, sehr gut gemacht. Deine Familie kann stolz auf dich sein.«

»Es war so kalt«, wimmerte der Halbling.

»Du wirst dich daran gewöhnen«, beruhigte Kolbner Patient 27.

»Fejod! Wir haben ihn umgebracht!«, wiederholte Himek seine bestürzte Klage.

»Und ganz egal, wie oft oder wie laut du das noch sagst, er wird nicht wieder lebendig werden«, winkte Kolbner ab, während er dem Halbling vom Boden auf den Schemel half.

Achtlos schleuderte Himek den Schlauch des Traumgasfasses beiseite. »Aber ich dachte, wir wollten ihm helfen.« Er ging um die Glasscheibe herum, um seinem Vorgesetzten ins Gesicht zu sehen. »Wir wollten ihm helfen, und jetzt ist er tot.«

Kolbner tätschelte Patient 27 den Kopf. Der Halbling hatte die Arme um den Oberkörper geschlungen und rieb sich die Schultern, als stünde er splitternackt auf einem Gletscher. »Unsere erste Sorge gilt dem Leiden unseres Brudervolks«, erläuterte Kolbner gelassen. »Wenn ein Mensch sein Leben lässt, damit das Los eines Halblings sich zum Guten wendet, ist das ein Opfer, das ich jederzeit gerne bringe. Ohne Zögern, ohne Zaudern.«

Patient 27 schaute mit großen Augen zu Himek auf. »Habe ich etwas falsch gemacht?«

»Nein, ganz und gar nicht. Wir sind sehr zufrieden mit dir«, beantwortete Kolbner die Frage, erhob sich und schob Himek ein Stückchen zur Seite. »Hör auf, ihn mit deinem Gerede zu verwirren.«

»Das ist nicht das erste Mal, oder?« Himek zitterte vor Wut. Was hatte ihm sein Vorgesetzter alles verheimlicht? Gab es denn keinen Zwerg im gesamten Bund, der aufrichtig zu ihm war? Erst der alte Steinbrecher, jetzt Kolbner. Warum behandelten ihn alle Graubärte immer noch so, als wäre er nur ein dummer Kiesel? »Das ist schon vorher passiert, nicht wahr?«

Kolbner zuckte die Achseln, so gut es in seinem schweren Lederüberwurf eben ging. »Die Versuche haben ihre Unwägbarkeiten.«

»Sind diese Unwägbarkeiten vielleicht der Grund, weshalb mein Vorgänger dir nicht mehr zuarbeiten wollte?«, fragte Himek. Wie hatte er sich nur von Kolbners Theorien blenden lassen können? Wie lange führte der Anstaltsleiter diese Experimente schon durch, tief im Bauch der Berge, wo sich niemand an den Schreien der sinnlos Gequälten störte?

»Dein Vorgänger war ein Flachdenker«, sagte Kolbner kalt. »Ein

Feigling. Er hat sich von seinen Gefühlen leiten lassen, anstatt auf seinen Verstand zu hören. Begreifst du denn nicht, welche Möglichkeiten sich uns bieten, wenn es uns gelingt, eine dauerhafte Übertragung zu erreichen?«

»Du wirst diese Versuche niemals beenden.« Himeks Feststellung war von grausamer Endgültigkeit.

»Wie könnte ich das? Selbst wenn ich noch Hunderte von Menschen brauche, bis ich mein Ziel erreicht habe, kann und darf ich nicht aufgeben. Das Schicksal zweier Völker hängt davon ab.« Kolbner ballte die Faust und präsentierte Himek erneut den Siegelring mit der stilisierten Sonne. »Der neue Morgen muss kommen, wenn wir nicht in ewiger Nacht dahinvegetieren wollen. Dafür ist kein Preis zu hoch.«

Himek lugte aus den Augenwinkeln zu der Leiche auf dem Operationstisch. Der Anblick bot zwar reichlich Nahrung für seine Wut, doch er senkte den Kopf und murmelte: »Wahrscheinlich steht es mir nicht zu, über diese Dinge zu urteilen. Ich bin das einfache Leben in den Bergen gewöhnt.«

»Das ist mir nicht entgangen«, erwiderte Kolbner mit einem süffisanten Lächeln. »Aber trotzdem halte ich große Stücke auf dich. Du musst nur noch lernen, wie es um die Welt wirklich bestellt ist. Wie man sich von den Dingen löst, die einen davon abhalten, zu einem wahren Arbeiter der Stirn zu werden. Ich wäre kein guter Vorgesetzter, wenn ich dir nicht dabei helfen würde. Dieser Mensch dort drüben ist nur die Kohle, mit der man den Kessel befeuert, um Dampf zu erzeugen. Mehr nicht. Geh nach Hause und schlaf eine Schicht über diese Sache. Morgen unternehmen wir einen neuen Versuch.«

Himek rang sich ein stummes Nicken ab, obwohl Kolbners Ankündigung seine Wut in blankes Entsetzen verwandelte. Wie sollte er mit dieser Arbeit fortfahren? Er wandte sich ab und machte sich daran, den Operationssaal zu verlassen. Seine Schutzmontur schien mit einem Mal tausend Barren schwer.

»Noch etwas, Himek«, rief Kolbner ihm nach, als er sich der Tür bereits bis auf wenige Schritte genähert hatte. »Meine Hilfe beschränkt sich nicht auf Worte. Taten sind die besten Lehrmeister.

Morgen wird die Menschenfrau, der du das Buch gebracht hast, auf dem Tisch liegen.«

Himek keuchte erschüttert und hoffte, dass Kolbner diesen verräterischen Laut überhört hatte. Der Anstaltsleiter wusste von dem Buch, und er sah es ganz offenkundig als Zeichen von Schwäche an, dass sein Untergebener die harmlose Bitte der Menschenfrau erfüllt hatte.

Himek kämpfte sich bis in die Umkleide neben dem Operationssaal, wo er sich auf eine der harten Holzbänke vor den Blechspinden setzte. Er nahm den Helm ab und quälte sich aus dem Überwurf. Kolbner wusste von dem Buch. Schlimmer noch: Arisascha würde es auszubaden haben, dass der Anstaltsleiter Himeks Verhalten ihr gegenüber als Fehltritt erachtete. Sosehr Himek auch über den Tod des Patienten beim heutigen Versuch betroffen war, hätte er nichts tun können, um das Leben des Menschen zu retten. Er hatte ja nicht einmal geahnt, dass Kolbners Experimente mit solchen Gefahren für die Teilnehmer verbunden waren. Nun waren sie ihm auf drastische Weise vor Augen geführt worden, und er würde zumindest eine Teilschuld daran tragen, falls es Arisascha ähnlich erging wie dem armen Tropf, dessen Körper dem Einfluss der dunklen Energien nicht gewachsen gewesen war. Genauso gut hätte Himek Kolbner eine Axt reichen können, mit der der Anstaltsleiter der Menschenfrau den Kopf von den Schultern schlug. Er konnte es drehen und wenden, wie er wollte: Kolbner war ein Mörder, und er, Himek, würde endgültig zu seinem Komplizen werden.

Himek dachte darüber nach, was es wohl nutzte, wenn er die Sucherschaft von Stahlstadt über die Vorgänge in der Heilanstalt in Kenntnis setzte. Würden die Sucher Kolbner Einhalt gebieten? Aber was, wenn seine Experimente tatsächlich von den Verwaltungsbeamten genehmigt worden waren? Wie sonst hätte er an all diese Menschen herankommen sollen, die er für seine Versuche brauchte? Außerdem würde eine gründliche Suche viel Zeit in Anspruch nehmen – Zeit, in der der Anstaltsleiter seine Experimente ungehindert fortsetzen würde. Am Ende war es vielleicht völlig egal, ob Himek sich an die Sucherschaft wandte oder nicht: Arisascha wäre so oder so tot.

Himek trocknete sich das schweißnasse Haar mit einem Tuch aus seinem Spind. Eines stand fest: Seine Zeit in dieser Heilanstalt war vorüber. Er war nicht Leiböffner geworden, um einem Graubart, der zweifelsohne den Verstand verloren hatte, dabei zur Hand zu gehen, Unschuldige zu quälen und zu foltern. Er würde in die Berge zurückkehren und sich um eine Anstellung in einer Mine bemühen. Gleich zur nächsten Schicht würde Kolbner sein Wanderschreiben erhalten. Doch wie wäre Arisascha damit geholfen?

Er fragte sich, ob er sich womöglich zu viele Gedanken um die Frau machte. Immerhin war sie eine Verbrecherin. Das hatte Kolbner ihm gesagt, und das bestätigten auch die entsprechenden Akten. Doch in den Papieren stand nichts darüber zu lesen, welches Vergehen es war, das Arisascha ins Gefängnis gebracht hatte, und Kolbner war nie aufrichtig zu ihm gewesen. Er musste sie selbst fragen, um eine Entscheidung treffen zu können.

Auf dem Weg zur Zelle der Menschenfrau hatte Himek das Gefühl, als fiele mit jedem Schritt eine Last von ihm ab. Selbstredend entstand dieser Eindruck nur durch die Tatsache, dass er nun keine zwanzig Barren Blei mehr an seinem Körper durch die Gegend schleppte, aber dieser Umstand wirkte sich dennoch auf sein Denken aus. War es überhaupt wichtig, welches Verbrechen Arisascha begangen hatte? Hätte man sie nicht schlimmstenfalls zur Zwangsarbeit in den Minen am Pol verurteilen können?

Himeks Eifer erhielt einen beachtlichen Dämpfer, als er in den Trakt abbog, in dem Arisaschas Zelle lag. Ein Pfleger wischte gelangweilt mit einem Feudel über die Fliesen und summte dabei die Melodie eines Belobigungsmarsches vor sich hin.

»Leiböffner Steinbrecher«, sagte der Zwerg erstaunt und begann umgehend damit, den Feudel in einem schnelleren Takt hin und her zu schwenken. »Ich habe dich gar nicht kommen gehört.« Er hastete zu seinem bereitstehenden Eimer und wrang die Lappen seines Putzwerkzeugs aus. »Gleich blitzt und blinkt hier wieder alles.«

»Fleiß ist die Freude des Arbeiters, Binob«, entgegnete Himek und tippelte nervös auf der Stelle. Warum musste der Klapperkopf ausgerechnet jetzt diesen Korridor säubern?

Der Pfleger tauchte den Feudel in die Seifenlauge und nahm sein Wischen wieder auf. »Wenn ich nur noch jede Schicht so hinlangen könnte ... Aber meine Schulter ist nicht mehr die jüngste.« Binob verzog in gespieltem Schmerz das Gesicht. »Früher hätte ich den ganzen Trakt schneller sauber bekommen, als ein geiler Bock auf die Ziege springt. Aber heute ...«

»Warum trinkst du dann nicht erst einmal eine schöne Tasse Tee?«, fragte Himek.

»Mitten in der Schicht?«, fragte der Pfleger zurück. Obwohl seine Stimme einen misstrauischen Unterton hatte, schwang er den Feudel bereits nicht mehr ganz so wild.

»Nur ein ausgeruhter Arm ist ein starker Arm«, erwiderte Himek mit Nachdruck. »Es bringt ja nichts, wenn du dich in den ersten Stunden deiner Schicht so sehr verausgabst, dass du in den letzten nur noch mit halber Kraft am Werk bist.«

Binob stützte sich nun auf seinem Feudel ab und fuhr mit der Zunge über die durch zu viel Hartbrot frühzeitig abgenutzten Zahnstummel in seinem Mund. »Das stimmt schon, Leiböffner. Doch was ist, wenn ... nun ja, wenn der Anstaltsleiter davon erfährt?«

»Anstaltsleiter Kolbner ist anderweitig beschäftigt. Und von mir wird er bestimmt keine Klagen über dich zu hören bekommen.«

»Wenn das so ist ...« Binob klemmte sich den Feudel unter den Arm und griff mit der anderen Hand nach dem Henkel seines Putzeimers. »Du bist ein guter Vorgesetzter«, sagte er und zwinkerte Himek verschwörerisch zu.

Himek wartete, bis die Schritte des Pflegers verhallt waren, und trat dann vor die Tür zu Arisaschas Zelle.

Die Menschenfrau saß auf dem Boden neben ihrem Bett, das sie als Ersatz für einen Tisch nutzte, um die Arbeit an ihren Aufzeichnungen voranzubringen. Sie führte den Stift in ungewöhnlich langsamen, geschwungenen Bögen über das Papier und setzte nur hier und da einmal ab, um kurz über ihre nächsten Worte zu sinnieren.

Himek griff in die Hosentasche und befühlte das glatte Metall des Schlüsselbunds, der ihm zu Beginn seiner Tätigkeit in der Heilanstalt von Kolbner persönlich ausgehändigt worden war. Unter gewöhnlichen Umständen wäre sein Vorhaben ein unverzeihlicher Vertrauensbruch gewesen, doch er fühlte sich seinem Vorgesetzten nicht länger verpflichtet.

Nachdem er den richtigen Allschlüssel für den Trakt gefunden hatte, erörterte Himek stumm ein letztes Mal die Frage, ob der Plan, den er gefasst hatte, sich mit den Gesetzen der Logik vereinbaren ließ. Er stieß auf dieselben Lücken wie zuvor, die sich aus seinem mangelnden Wissen über die Hintergründe des vorliegenden Problems ergaben. Er hatte weder die Zeit noch die Möglichkeiten, diese Lücken zu schließen. Er konnte nicht mit Sicherheit sagen, ob es besser wäre, sich auf die Sucher zu verlassen. Er würde aus keiner zuverlässigen Quelle schnell genug erfahren, welches Verbrechen man Arisascha anlastete. Letztlich blieb ihm nur das, wovor ihn Kolbner noch gewarnt hatte. Er musste sich auf sein Gespür verlassen.

Als er die schwere Tür aufzog, klappte Arisascha ihr Buch zu und legte ihren Stift auf den Einband. Sie schob sich das Leibchen ein wenig weiter über die Schenkel und blickte Himek erwartungsvoll an.

»Komm«, sagte er heiser. Ganz gleich, wie eindeutig das Urteil seines Gespürs auch ausfiel: Diese Entscheidung war nicht leicht gewesen.

Arisascha stand auf. »Ist es so weit?«

»Was?«

»Ist das der Augenblick, in dem ich meinen letzten Weg beginne?« Wenn sie Furcht empfand, verstand sie sich darauf, dies gut zu verbergen.

»Nein, nein«, beeilte sich Himek zu sagen und warf unruhig einen Blick den Korridor hinunter. »Ich hole dich hier raus.«

Arisascha rührte sich nicht. »Und wohin wirst du mich bringen?«

Darüber hatte Himek nicht nachgedacht. »Ich weiß es noch nicht. Zuerst bringe ich dich in den Lagerraum, in dem deine Sachen verwahrt werden. Du brauchst ordentliche Kleidung. Der Pförtner wird uns nicht aufhalten, wenn du in meiner Begleitung bist.« Hatte er eben Schritte gehört? »Wir haben keine Zeit, lange herumzureden. Komm jetzt!«

Die Menschenfrau machte keine Anstalten, die Zelle zu verlassen.

»Ich hoffe, du weißt, worauf du dich da einlässt. Sie werden nach uns suchen. Wir brauchen jemanden, der uns versteckt.«

»Wir können in die Berge flüchten«, sagte Himek händeringend. Sollte er die Tür einfach wieder zuschlagen? Noch war es nicht zu spät.

»In die Berge? Dort falle ich auf wie ein Kalb mit zwei Köpfen.«

»Er wird dich umbringen«, beschwor Himek das halsstarrige Geschöpf, das sich so beharrlich seiner eigenen Rettung verweigerte.

»Ich weiß. Das habe ich dir selbst schon gesagt.« Arisascha setzte sich auf den Rand ihres Bettes. »Aber dort draußen werden sie mich auch umbringen. Ich will in Würde zu den Herren gehen.«

»Du wirst hier aber nicht in Würde sterben«, entgegnete Himek bitter. »Du wirst festgeschnallt auf einem Tisch liegen, und dir werden die Augen platzen. Wenn es das ist, was du willst, kannst du ruhig da sitzen bleiben.«

»Ich werde nicht in die Berge gehen«, antwortete Arisascha, doch da sie ihr Buch in die Hand nahm, war seine letzte Äußerung wohl nicht ohne Wirkung geblieben.

Himeks Gedanken überschlugen sich schier. Es war ein unangenehmes Eingeständnis, aber die Frau hatte recht: Er musste sie an einen Ort bringen, an dem sie halbwegs sicher war. Einen Ort, an dem ihn keiner kannte und an dem sie nicht allzu sehr auffiel. Es musste eine der größeren Städte sein, dort würde man nicht sofort nach ihnen suchen.

»Wir fliehen nach Süden«, sagte er hastig. »Dorthin, wo es mehr Menschen gibt.«

»Kennst du jemanden, bei dem wir Unterschlupf finden können?«

»Ja, ich kenne jemanden in Amboss«, log Himek. Er kannte lediglich einen Namen – den Namen einer Person, die er noch nie in seinem Leben gesehen hatte.

Arisascha stand endlich auf. »Kannst du diesem Jemand vertrauen?«

Himek packte die Menschenfrau am Arm und zog sie auf den Gang hinaus. »Er schuldet mir etwas. Er schuldet mir sogar eine ganze Menge.«

14

Siris hätte es nie für möglich gehalten, dass er sich jemals den Klang von Pfeifbeuteln, Klöppelzithern und Fingerschellen zurückwünschen könnte. Andererseits war er auch lange der festen Überzeugung gewesen, er würde unter keinen Umständen auch nur einen Fuß auf von Kurzbeinen beherrschtes Territorium setzen, doch nun hockte er auf einem Stuhl, dessen Lehne ihm gerade einmal bis knapp über die Lendenwirbel reichte, im Speisesaal eines Gasthaus in einer der größten Städte des Zwergenbundes und versuchte, seine Gedanken von dem unablässigen Trommeln und Dröhnen abzulenken, das ein sonderbarer Kasten unweit der Eingangstür von sich gab. Was Siris in Unruhe versetzte, waren nicht die fremdartigen Tonfolgen oder die für seine Ohren eintönige Rhythmik, sondern der Umstand, dass diese Musik von einer Maschine erzeugt wurde. Das gelegentliche Zischen des armdicken Rohres, das an der Wand entlanglief und auf der Rückseite der Apparatur in einem mit Bolzen verschraubten Stutzen endete, trug nicht dazu bei, dass er sich in seiner derzeitigen Umgebung wohler fühlte.

Siris war noch immer überrascht, wie warm es in den zwergischen Gebäuden war. Für ein Volk, das so hoch im Norden lebte, wo im Winter eisige Stürme über das Land fegten und der Schnee auf den Gipfeln der Berge selbst im Sommer nie zur Gänze schmolz, legten die Stümpfe erstaunlich viel Wert auf angenehme Temperaturen innerhalb der Räume, in denen sich ihr gemeinschaftliches Leben abspielte. Ihm war nicht entgangen, dass der Boden im Gasthaus auf allen drei Stockwerken, die er bisher betreten hatte, eine solche Wärme abstrahlte, als würden die Fliesen beständig von unten erhitzt. Sira hatte allem Anschein nach in ihren Briefen die Wahrheit geschrieben, wenn sie behauptete, die Zwerge nutzten den Dampf, der überall in ihrem Herrschaftsgebiet durch Ritzen, Spalten und Rissen aus der Tiefe an die Oberfläche drang.

An den Kochtöpfen, was also die Bandbreite an Gerichten anging, begnügten sich die Zwerge hingegen mit einer bedrückenden Schlichtheit. Seit die *Schwingenritt* in der Hauptstadt Zwerg eingelaufen war, hatte Siris kaum etwas außer Eintöpfen und Grillfleisch in unterschiedlichsten Spielarten gegessen. Er war sich jedoch etwas unsicher, ob dies vielleicht nicht damit zusammenhing, dass die Schankleute ihm stets zu diesen Gerichten geraten hatten.

Auch der Kellner dieses Gasthauses – oder war es eine Kellnerin? – hatte Siris wortreich versichert, man würde ihm ein Essen auftischen, das seinem zarten Gaumen angemessen war. Was das bärtige Geschöpf schließlich auf grobem Steingut serviert hatte, war zumindest weder Eintopf noch Grillfleisch gewesen. Siris vermutete, dass es sich bei den gelblichen Kugeln, die in einer dicken, rotbraunen Soße schwammen, um Getreideklöße handelte, in die gewürfelter Speck eingebacken war. Entgegen seinen Erwartungen waren sie jedoch nicht weich, sondern ungefähr so hart wie eine Haselnuss. Ähnlich ungewohnt wie die Konsistenz der Klöße war die säuerliche Note der zähen Soße, die ein wenig nach vergorenem Fruchtsaft schmeckte.

Siris hatte nach ein, zwei Löffeln beschlossen, dass diese sonderbare Speise sein Magengrimmen, unter dem er nun schon seit rund zehn Tagen litt, nicht lindern würde. Er schrieb das Brennen in seiner Brust seiner Reise mit jenem Rauch speienden, ratternden Ungetüm zu, das die Kurzbeine Zug nannten. Dennoch sorgte er sich um seine Gesundheit: War es denkbar, dass der robuste Leib eines Zwergs der irrwitzigen Geschwindigkeit, mit der die Schienenbahn über hohe Brücken und durch quälend lange, stockfinstere Tunnel raste, besser standhielt als der eines Menschen? Hatten seine Eingeweide durch diese absurd schnelle Fortbewegungsweise Schaden genommen?

Nach einem unterdrückten Rülpsen rieb sich Siris den Bauch und begegnete dem neugierigen Blick eines anderen Gasts zwei Tische weiter. Der Zwerg ließ sich nach einem kurzen Moment von der finsteren Miene des Bestienjägers abschrecken und wandte sich wieder der Haxe auf seinem Teller zu, die er mit einer zweizinkigen Gabel und einem handlichen, scharfen Messer bearbeitete.

Siris schüttelte den Kopf. Es verwirrte ihn, wie viel Aufmerksamkeit ihm von Seiten der Zwerge zuteil wurde. Die Blicke an sich störten ihn nicht – schließlich erregte er dank seines Gewehrs auch in seiner Heimat eine Menge Aufsehen. Doch die Kurzbeine beäugten ihn die ganze Zeit über, obwohl sein Gewehr in seinem Transportkasten gar nicht als Waffe zu erkennen war. Die Zwerge starrten ihn an und schauten ihm hinterher – ihm als Person und nicht seines Besitzes wegen. Oder war es womöglich doch wegen seiner ungewöhnlichen Kleidung und seiner Haartracht? Mit seinem ärmellosen Mantel und seinem Zopf war er keine alltägliche Erscheinung.

Zwei erfreuliche Dinge wogen all die kleinen Probleme auf, von denen Siris sich geplagt sah: Zunächst fand er es bemerkenswert, dass sich Dariks Rat als wirklich klug herausgestellt hatte. Die Zöllner in der Zwergenhauptstadt hatten die Geschichte, wonach er eine Belobigungstafel für die Meisterwerkstatt in Amboss zu stiften gedachte, ohne Murren geschluckt – wenn man davon absah, dass sie tatsächlich darauf bestanden hatten, Siris' Gewehrkoffer mit Blei zu versiegeln. Dafür war das Goldkettchen in seinem Besitz geblieben, das Darik ihm als Bestechung für die Zöllner mitgegeben hatte. Darüber hinaus war Siris eigentlich davon ausgegangen, dass sich seine Reise durch den Zwergenbund ähnlich kostspielig gestalten würde wie die Überfahrt auf der *Schwingenritt.* Diese Befürchtung hatte sich mittlerweile als unbegründet erwiesen. Die Fahrt im Zug hatte ihn nur einen Bruchteil dessen gekostet, was im Haifischrachen von Arian vom Walschlächter gelandet war. Überhaupt kamen ihm die Preise bei den Kurzbeinen sehr niedrig vor, wenn er sie mit den horrenden Summen verglich, die man unter den Menschen schon für den unbedeutendsten Dienst oder jede noch so leicht verfügbare Ware entrichten musste. Anders hätte er es sich auch nicht leisten können, in einem Gasthaus wie der Bundes- und Ehrenherberge zu Amboss abzusteigen.

So geräumig einem Zwerg das Zimmer, das Siris bezogen hatte, erschienen wäre, gab es dennoch einige Unannehmlichkeiten, die schlicht und ergreifend durch die Körpergröße eines Menschen bedingt waren. Bereits im Schlafwagen des vermaledeiten Zugs war Siris auf schmerzhafte Weise damit konfrontiert worden, dass alles um ihn herum auf die breitschultrige, untersetzte Statur der Zwerge zugeschnitten war. Er war gezwungen gewesen, sich auf seiner Liege zusammenzurollen, und selbst in dem Bett, auf dem er in seiner ersten Nacht in Amboss in einen traumlosen Schlaf gesunken war, hatte er sich quer auf die dünne Matratze legen müssen, damit seine Beine nicht in der Luft hingen.

Siris schob seinen Teller von sich, um Platz für sein Tagebuch zu schaffen. Gern hätte er in seinem Zimmer geschrieben, doch das Fenster dort war nur ein schmaler Schlitz, durch den lediglich ein ebenso schmaler Streifen Licht fiel, und er traute den merkwürdigen Laternen nicht, die fest an der Wand angebracht waren und deren Helligkeit sich durch ein Drehrädchen regeln ließ. Er befürchtete, er könnte versehentlich zu viel Gas in die Laternen hineinströmen lassen und im Schlaf ersticken. Deshalb hatte er sein Buch in den Speisesaal mitgebracht, wo ein wagenradgroßer Kronleuchter mehr Licht spendete als die Sonne in den Zerrissenen Reichen an so manchem Tag im Spätherbst.

Wenn mich mein Glück heute Nacht verlässt, ist dies vielleicht mein letzter Eintrag in dieses Buch.

Ich neige weder zu Übertreibungen noch zur Schwarzseherei, wie jeder bestätigen kann, der schon einmal mit mir auf die Jagd gegangen ist. Warum schreibe ich diese Zeilen dann überhaupt?

Nun, ich werde dieses Buch beim Wirt hinterlegen, sobald ich fertig bin. Sofern ich den Stumpf richtig verstanden habe, gibt es hier eine Art stählernen Wandschrank, in dem die Gäste ihre wertvollsten Besitztümer verwahren können.

Dieses Buch ist wertvoll – nicht ganz so wertvoll wie mein Gewehr, aber man müsste mir einen toten Fisch in den Schädel stopfen, damit ich bereit wäre, meine Waffen abzulegen.

Dieses Buch enthält einen wahren Schatz an Wissen, der für einen guten Bestienjäger nützlich ist. Falls ich es nicht weiterführen kann, wird derjenige, der es liest, viel über die gefährlichsten Kreaturen erfahren, die sich Menschen – und wahrscheinlich auch Zwerge – zur

Beute machen. Ein Kurzbein hat mir während der Fahrt im Zug erzählt, die Druckverfahren seines Volks seien denen der Menschen und der Elfen bei Weitem überlegen. Wenn dem so ist, sollte es nicht schwierig sein, meine Erkenntnisse über die Bestien unserer Welt in alle Lande hinauszutragen. Dies wäre dann der letzte Wunsch eines toten Mannes, ein Wunsch nach einer bescheidenen Form der Unsterblichkeit, ohne an irgendwelche Hirngespinste wie die Gnade der Herren glauben zu müssen.

Ich treffe heute Abend die Qualle. Der Name klingt nicht besonders bedrohlich, aber der, der ihn trägt, ist ohne jeden Zweifel äußerst gefährlich. Außer Jarun bin ich noch keinem Waffenschmuggler begegnet, der mir wie ein Windei vorgekommen wäre – und selbst das Stück Dreck, mit dem sich meine Schwester eingelassen hat und das mir die Ehre erwies, ihm in Gottespfand die Flamme ausblasen zu dürfen, war hinterlistig und verschlagen genug, mich in eine Falle locken zu wollen.

Ich kann nicht sagen, was mich erwartet. Ich weiß nur, dass irgendetwas in dieser Stadt vor sich geht, das der Obrigkeit bestimmt nicht gefallen würde.

Ich habe noch einmal über meinen Besuch in der Werkstatt nachgedacht. Im Grunde sah sie gar nicht aus wie eine Werkstatt – es gab viel zu viele Maschinen und viel zu wenig Zwerge, die mit den Händen gearbeitet hätten. Ich bin auch keinen Deut schlauer, was die Frage angeht, wie ein Gewehr überhaupt gefertigt wird – dazu müsste ich wissen, was die Kurzbeine mit den Maschinen genau anstellen. Immerhin haben mir die Büchsenmacher bestätigt, dass mein Gewehr wirklich aus ihrer Werkstatt stammt. Die beiden Kerle, mit denen ich gesprochen habe, waren sich zunächst ein wenig uneins darüber, ob sie den Gewehrkoffer öffnen sollten. Das Siegel hat sie ziemlich verunsichert. Dann ist der eine losgegangen, während mir der andere einen Tee angeboten hat. Als der erste wieder zurückkam, hatte er einen Halbling dabei.

Ich musste mich zusammenreißen, um nicht laut loszulachen – dafür, dass die Halblinge noch schmächtiger sind als die Stümpfe, machen sie anscheinend einen Riesenaufwand um ihre Aufgaben als Büttel für die Anführer der Zwerge. Der Halbling – er hieß Onoho oder Olojo oder so – blieb die ganze Zeit über im Zimmer, während die zwei Kurzbeine mein Gewehr in Augenschein nahmen. Als die Zwerge fertig waren, erneuerte er mit viel Brimborium das Siegel und erwähnte etwas von einer hohen Strafe, falls ich mich daran zu schaffen machen sollte. Ich war heilfroh, dass er sich danach rasch wieder verzog – nicht ohne den Büchsenmachern einen Zettel zu überreichen, auf dem sie anscheinend irgendwelche Eintragungen zu machen hatten. Wie ich die Lage derzeit einschätze, gibt es hier im Bund keine einfachen Abwicklungen für einfache Vorgänge.

Ich habe anschließend gefragt, ob die Zwerge – ich denke, sie waren Brüder, da sie sich mir beide als Wappner vorstellten – wüssten, wer mein Gewehr ursprünglich einmal gekauft hätte. Sie antworteten mit einer Gegenfrage: Sie wollten wissen, wer mir gesagt hatte, ich solle mich bei ihnen umhören. Dann geschah etwas wirklich Seltsames. Ich habe ihnen von Darik erzählt. Erst sind sie ganz blass und danach ganz rot im Gesicht geworden. Obwohl sie es nicht offen zugeben wollten, unterstellten sie mir, ich würde sie anlügen. Sie erklärten mir, Darik Wappner sei schon vor zweihundert Jahren auf einer Reise in den Westen auf See verschollen. Ich zuckte nur mit den Schultern. Ich habe keine Ahnung, wie alt so ein Zwerg überhaupt werden kann, weshalb ich ihnen mit Nachdruck versicherte, Darik habe an Bord der Schwingenritt *ziemlich lebendig gewirkt. Daraufhin entbrannte ein kurzer, aber heftiger Streit zwischen den Brüdern, der sich – nach dem, was ich heraushören konnte – um Vernunft und Unvernunft drehte. Irgendwann ist der jüngere wutentbrannt aus dem Zimmer gestürmt.*

Ich wollte schon mein Gewehr schnappen und verschwinden, da schaute mich der ältere unter seinen buschigen Brauen hervor komisch an und fragte, wie Darik denn ausgesehen habe.

Ich zeigte nur auf die Büste, die auf einem Podest an der Rückwand des Raumes stand. Der Bildhauer hatte Darik ziemlich gut getroffen – sogar die Glöckchen im Bart waren da.

Daraufhin kaute der verbliebene Zwerg eine Weile auf der Unterlippe herum und nahm sich schließlich ein Stück Papier, auf dem er mir aufgeschrieben hat, wo der Mann zu finden ist, dem er ab und an über einen Zwischenhändler Waffen verkauft. Er bat mich inständig darum,

Stillschweigen zu bewahren, und plapperte gleichzeitig etwas davon, dass man sich dem Willen der Ahnen nicht verweigern dürfe. Dabei hatte mir Sira noch weismachen wollen, die Zwerge wären nicht so abergläubisch wie die Menschen.

Wie dem auch sei: Mit der Qualle werde ich ungemein vorsichtig umspringen müssen – wer unter der Hand Gewehre kauft, stellt mit Sicherheit irgendetwas damit an, das ihm eine Menge Ärger einbringt, falls die ganze Sache auffliegen sollte. Und wer so ein Risiko eingeht, ist wahrscheinlich nicht gerade zimperlich.

Siris schlug sein Buch zu, zog den Gewehrkoffer unter dem Tisch hervor und verließ unter den verstohlenen Blicken der anderen Gäste den Speisesaal. In der mit blauschwarzen Gobelins und golddurchwirkten Bändern geschmückten Eingangshalle der Herberge händigte er dem Zwerg hinter dem Empfangstresen – der Vollbart dieses Kurzbeins war zu wollig, als dass Siris sich hinsichtlich des Geschlechts des Portiers hätte täuschen können – das Buch aus, in dem Erinnerungen, Eindrücke und Erlebnisse aus mehr als zehn Jahren niedergeschrieben waren. Siris brauchte drei Anläufe, bis der Zwerg verstand, was er von ihm wollte. Die anfängliche Verwirrung des Portiers schrieb Siris dabei keinem Mangel seiner Sprachkenntnisse zu. Er hatte sicher weder den größten Wortschatz, noch konnte er auf irgendwelche geschliffenen Formulierungen zurückgreifen, aber dennoch wirkte er seines Erachtens nach nicht wie ein stammelnder, radebrechender Idiot. Der Zwerg konnte wahrscheinlich nur nicht nachvollziehen, weshalb ein Mensch ausgerechnet ein Buch in diesem bizarren stählernen Wandschrank verwahrt wissen wollte.

Vor der Herberge erwartete Siris jenes wohlgeordnete Bild, das ihn jedes Mal in Erstaunen versetzte, wenn er es mit den Städten seiner Heimat verglich. In diesem Viertel von Amboss herrschte kaum weniger Trubel als in der Hafengegend Gottespfands, doch den Zwergen war es gelungen, selbst dieses Chaos unter ihre ganz eigene Ordnung zu zwingen. Es klafften keine Löcher im ebenen, schwarzen Belag der Straße, die durch eine handbreite gelbe Linie in zwei Spuren unterteilt war – eine Grenze, die die Kutscher achteten, ganz gleich, ob sie in ihren Gefährten nur gemächlich vorbeirollten oder ob sie die gedrungenen Ponys ihrer Gespanne zu großer Eile antrieben. Die Passanten traten nicht einfach in den fließenden Verkehr hinein, wenn sie die Straße überqueren wollten, sondern warteten auf den gepflasterten Gehsteigen geduldig auf eine Lücke. Offenbar hatte es auch niemand nötig, seinen Unrat aus dem Fenster hinauszukippen, und es gab auch keine streunenden Hunde, die einem nach Futter bettelnd um die Beine strichen.

Die Bewohner der Stadt trugen ihren Reichtum unverhohlen zur Schau. Siris sah keinen einzigen Zwerg ohne Schuhe, und die Mäntel der meisten Kurzbeine schienen nicht älter als ein oder höchstens zwei Jahre zu sein, da sie weder Flicken noch Löcher aufwiesen. Noch dazu fiel ihm auf, dass keiner der Passanten – ob es sich nun um einen Zwerg oder einen Halbling handelte – den stechenden Geruch von altem Schweiß verströmte, der einem in einer Stadt in den Zerrissenen Reichen bei jedem Schritt in die Nase wehte. Stattdessen dufteten die kleinen Geschöpfe nach Blumen, Gewürzen oder Früchten. Siris begann nach und nach zu begreifen, warum kein Flüchtling, der es hierher geschafft hatte, jemals wieder in seine alte Heimat zurückkehrte.

Er ging gemessenen Schritts zum Straßenrand, wo sich einige Zwerge und Halblinge hinter einem Pfosten aufgereiht hatten, an dem ein Schild mit einem fünfspeichigen Wagenrad hing. Als die Schlange so weit vorgerückt war, dass Siris ganz vorne stand, zögerte er nicht lange, sondern stieg eilig in die vorgefahrene Droschke ein. Er hatte an anderen Tagen bereits mehrfach beobachten können, dass sich manche Zwerge im Umgang mit Menschen etwas abweisend benahmen. Bevor der Kutscher ihn seines Gefährts verweisen konnte, hielt Siris dem bulligen Zwerg den Zettel unter die Nase, auf dem ihm der Büchsenmacher notiert hatte, wo die Qualle zu finden war.

Der Kutscher stutzte zwar und murmelte etwas Rätselhaftes über nahe und weite Gebirgszüge, doch dann ließ er die Peitsche knallen und die Droschke setzte sich in Bewegung. Während der Fahrt bestaunte Siris die Baukunst der Stümpfe. Wie schafften sie es bloß,

Häuser mit einem Dutzend und mehr Stockwerken zu errichten, ohne dass die unteren Etagen von der Last der darüberliegenden zermalmt wurden? Bauten von monumentaler Pracht, die unter den Menschen nur als Sitz der mächtigsten Herrscher oder als Tempel zu Ehren der Herren hätten dienen können, wurden bei den Zwergen dazu genutzt, einfachen Bürgern ein warmes Heim zu bieten.

Je weiter die Kutsche fuhr, desto flacher wurden die Häuser, ohne dabei etwas von ihrem Glanz und ihrem Prunk einzubüßen. Im Gegenteil: Sein Weg führte Siris in ein Viertel, in dem die Geldbörsen der Bewohner stets prall gefüllt sein mussten. Hinter hohen Mauern, über die die Wipfel von Tannen und Fichten spitzelten, waren grüne Gärten zu erahnen, in denen die Angehörigen der wohlhabendsten Sippen nach Belieben lustwandeln konnten.

Auch das Anwesen, vor dem der Kutscher schließlich die Ponys zügelte, war von einer solchen Mauer umgeben, die sich jedoch in einem wesentlichen Punkt von den anderen unterschied: Diese Mauer war in hellen Sandfarben bemalt. Rötliche Wirbel und Spiralen tanzten über Gelb und Ocker, durch die sich breite Streifen in Himmelblau und Steingrau zogen.

Siris war noch ganz in die Farben der Wüste versunken, als ihn der Kutscher vorsichtig darauf hinwies, sein Kunde möge doch bitte den Fahrpreis entrichten. Siris zog ein schmales Bündel der bedruckten Papierfetzen hervor, die unter den Kurzbeinen als goldgleiche Währung durchgingen. Er blätterte durch die Zettel, die für ihn schwer auseinanderzuhalten waren, da sie unabhängig ihres Werts alle die gleiche Größe und Farbe aufwiesen, bis er endlich einen passenden Schein gefunden hatte.

Der Kutscher zeigte sich mit der Bezahlung zufrieden und ruckelte mit seiner Droschke davon, nachdem Siris aus der engen Kabine geklettert war. Mit dem Gewehrkoffer in der Rechten sah er sich um. Die Straße lag still und verlassen da. Er sah nicht einmal eine Magd oder einen Knecht den Gehsteig entlanghasten, obwohl die Sonne noch hoch genug am Himmel stand, um den einen oder anderen Botengang zu erledigen oder noch Besorgungen für den anbrechenden Abend zu machen.

Siris wandte sich dem Tor des Anwesens zu, einem gusseisernen Ungetüm mit scharf geschliffenen Spitzen. Er musste sich gehörig strecken, um durch die Gitterstäbe hindurch die Kette zu erreichen, mit der sich eine kleine Glocke läuten ließ. Anscheinend empfing die Qualle Gäste von kleinerem Wuchs nur nach einer Voranmeldung.

Siris nutzte die Zeit, die nach dem Läuten verstrich, um sich den Garten, der jenseits des Tores lag, etwas genauer anzuschauen. Das Anwesen selbst war vom Tor aus nicht zu sehen. Zu dicht wuchsen die Hecken und Büsche, die man entlang eines gut geharkten Kieswegs gepflanzt hatte. Siris fiel auf, dass die meisten Pflanzen nicht aus dem Herrschaftsgebiet der Zwerge, sondern aus den Zerrissenen Reichen stammten. Hatte sich die Qualle etwa ein Stück Heimat fernab der Heimat geschaffen? Wie teuer musste es gewesen sein, die Setzlinge nach Amboss zu bringen? Oder hatte die Qualle sie vielleicht schon während ihrer Flucht aus dem Tiefen Süden im Gepäck gehabt?

Der Mann, der sich nach einer Weile dem Tor näherte, trug einen Anzug, der augenscheinlich die Arbeit eines zwergischen Schneidermeisters war, denn von ihrem Schnitt her erinnerten die weiße Jacke und die dunkelbraune Hose an die feinste Ausgehkleidung der Kurzbeine. Das pechschwarze Haar des Bediensteten, der ohne jedes Anzeichen von Eile auf Siris zuging, war raspelkurz geschoren, und seine große Hakennase wies darauf hin, dass das heiße Blut der Sandfresser in seinen Adern floss.

Der Südländer legte eine Hand auf den Knauf des Säbels, der an seiner Hüfte baumelte, und zeigte mit der anderen auf Siris' Gewehrkoffer

»Wir haben keinen Musiker bestellt«, sagte er mit einem abschätzigen Lächeln, blieb jedoch in einigem Abstand zum Tor stehen, wohlwissend, dass Siris kein harmloses Instrument mit sich führte.

Siris zeigte auf das Band ineinandergewundener, gewachster Haarlocken, die den Hals des Sandfressers wie ein zu tief gerutschter falscher Bart umschlossen. »Du siehst auch nicht gerade wie jemand aus, der seine Abende damit zubringt, der Leier zu lauschen. Wie viele Trophäen sind das? Zwanzig? Dreißig?«

»Siebenunddreißig«, antwortete der Südländer stolz im schnarrenden, heiseren Dialekt der Herrensprache, für den die Menschen im äußersten Südosten der Zerrissenen Reiche ebenso bekannt waren wie für ihre tiefbraune Haut. »Du wirst an der ganzen Perlenküste keinen besseren Duellanten finden als Schischaradsch von Salzkliff.«

»Ich werde bei Gelegenheit Erkundigungen einholen, um deine Behauptung auf die Probe zu stellen.« Siris versuchte, seine Bemerkung nicht wie die grobe Beleidigung klingen zu lassen, die ein Mann, der seine Klinge mit Gift überzog, eigentlich verdiente. »Ich möchte mich mit der Qualle unterhalten.«

»Worüber?«

Der Bestienjäger hob den Gewehrkoffer leicht an. »Über die Geschäfte, die hier gemacht werden.«

»Das wollen viele«, antwortete der Duellant.

»Aber nur die wenigsten, die keine Flüchtlinge sind, bringen einen so weiten Weg hinter sich wie ich, wenn sie deinen Herrn zu Gesicht bekommen wollen.«

Schischaradsch legte den Kopf schief, als müsste er noch über Siris' letzte Worte nachdenken, griff mit der Hand aber bereits betont langsam nach dem Schlüsselbund an seinem Gürtel.

Siris ertrug das Schauspiel des Südländers wortlos. Wer sich mit den Sandfressern einließ, brauchte eine Menge Geduld.

Nachdem Schischaradsch endlich das Tor geöffnet hatte, geleitete er Siris den gewundenen Kiesweg hinunter.

Er hatte ein gewaltiges Anwesen erwartet, doch der Bau, der schließlich sichtbar wurde, enttäuschte Siris ein wenig. Er schien aus einer Zeit zu stammen, in der die Zwerge noch nicht dazu übergegangen waren, ihre Gebäude hoch in den Himmel hinauf wachsen zu lassen. Obwohl man am Rand des Flachdachs eine elegante Statue neben die nächste gestellt hatte, um die Fassade für das Auge des Betrachters zu strecken, wirkte die Heimstatt der Qualle merkwürdig gedrungen. An diesem Eindruck vermochten auch die filigranen Wandbemalungen, die nachträglich vorgenommen und eindeutig von menschlichen Künstlern geschaffen worden waren, nichts zu ändern. Die stilisierten Ranken und Blüten machten den Steinklotz wohl einen Deut ansehnlicher, doch seine Wuchtigkeit und Schwere nahmen sie ihm nicht.

Schischaradsch brachte Siris durch einen breiten Torbogen in einen Innenhof, aus dem das Gemurmel von in entspannter Atmosphäre geführten Gesprächen erklang. Trotz der Anwesenheit eines guten Dutzends weiterer Südländer, die auf gepolsterten, Kamelsätteln nachempfundenen Hockern saßen, konnte kein Zweifel daran bestehen, wer der Gastgeber war. Schwerer fiel Siris das Urteil darüber, ob der Berg von einem Mann sich die Mühe gemacht hatte, seine Blöße zu bedecken, oder ob er von vornherein darauf vertraut hatte, dass sein Schritt vor den Blicken seiner Gäste ohnehin von den unzähligen Wülsten und Ausstülpungen aus Fleisch und Fett verborgen wurde, die seinen aufgeblähten Leib ausmachten. Für einen Sandfresser war seine Haut ungewöhnlich blass und uneben. Siris konnte gut nachvollziehen, wie sich die Qualle seinen Rufnamen eingehandelt hatte, denn auch der Wust Hunderter perlenverzierter Zöpfe, zu denen sein Haar geflochten war, wirkte beinahe wie die Fangarme.

»Noch mehr Besuch?«, blubberte der Koloss amüsiert und richtete den Blick seiner kalten Augen auf Siris. Mit einem grün lackierten Fingernagel, der so lang war, dass er sich bereits wieder nach innen zur Handfläche zu krümmen begann, wies der Waffenhändler auf einen freien Hocker. »Dort drüben zwischen dem Goldzahn und der Adlernase ist noch Platz für dich. Du kommst gerade rechtzeitig.«

Siris war mit den Gepflogenheiten der Sandfresser gut genug vertraut, um zu wissen, dass die ausgebliebene Vorstellung keine Unhöflichkeit von Seiten der Qualle darstellte. Die Menschen aus dem Süden sprachen Namen eine ganz besondere Kraft zu. Siris bezweifelte, dass auch nur einer der Anwesenden den wahren Namen seines Sitznachbarn kannte. Der Name, mit dem man den Herren geweiht war, wurde unter den Südländern ausschließlich engsten Freunden und Blutsverwandten verraten, da sie glaubten, die Zeit bis zu ihrer Heimrufung ins Haus der Herren auf diese Weise verlängern zu können. Sie schrieben einem Passus in den Heiligen Schriften eine übertriebene Bedeutung zu, in dem es hieß, die Herren könnten nur diejenigen ihrer Mägde und Knechte zu sich rufen, deren Namen sie kannten. Wie alle anderen Verhaltensregeln, die die Schriften dem wahren Gläubigen abverlangten, war dies in Siris' Augen abergläubischer und in sich widersprüchlicher Firlefanz – insbesondere in Anbetracht der Tatsache, dass die Südländer nicht im Mindesten an der Allwissenheit ihrer Götter zweifelten. Im Grunde versuchten sie, etwas geheim zu halten, das nicht geheim zu halten war. Schischaradsch sah dies offenbar ähnlich – sofern der Duellant Siris tatsächlich seinen wahren Namen preisgegeben hatte.

Siris setzte sich auf den ihm zugewiesenen Hocker, der sich als ausgesprochen bequem herausstellte. Der hagere Mann neben ihm spießte mit einem Fingernagel, dessen Länge an die Klauen der Qualle heranreichte und somit eindeutig Zeugnis darüber ablegte, dass der Sandfresser reich genug war, um selbst die einfachsten körperlichen Arbeiten zu meiden, eine rote Traube auf. Als er das Funkeln zwischen den Lippen des Südländers bemerkte, klärte sich auch die Herkunft des Rufnamens dieses Mannes für ihn zweifelsfrei.

Vier kräftige Männer schleppten zwei große Tonkrüge heran, aus deren runden Bäuchen, die die Träger gerade noch mit den Armen zu umfassen vermochten, ein beharrliches Scharren und Kratzen zu vernehmen war. Die in schlichte Roben gewandeten Diener legten im Umgang mit den Behältnissen eine bemerkenswerte Vorsicht an den Tag. Sie stellten die Krüge in die Mitte des Innenhofs, sodass jeder der Gäste einen guten Blick auf das Geschehen haben würde.

»Der Boden ist nun warm genug, Meister«, wandte sich einer der Männer an die Qualle, nachdem er zuvor mit der flachen Hand eine der glasierten Fliesen befühlt hatte.

»Worauf wartet ihr dann noch?«, drängte die Qualle. »Lasst uns die Rivalen endlich sehen!«

Behutsam kippten die Diener die Krüge, bis beide dunkle Öffnungen waagerecht zueinander wiesen. Das Scharren wurde heftiger, und schließlich schob sich der keilförmige Kopf einer Hörnerechse aus dem linken Krug. Das grünblau schimmernde Reptil von der

Größe eines durchschnittlichen Straßenköters schmeckte mit seiner gespaltenen Zunge die Luft, während die Südländer es lauthals anfeuerten. Der Lärm der Gäste lockte auch den Kontrahenten der Echse aus seinem behelfsmäßigen Bau. Dieses Exemplar, das von seiner Masse her seinem Gegenüber einen Deut überlegen schien, hatte wohl gerade erst eine Häutung hinter sich gebracht, denn an seinen Flanken hingen noch die letzten, trockenen Reste seines alten Schuppenkleids.

»Nun, wie sieht es aus, Fremder?«, sprach die Qualle Siris an. »Auf wen setzt du? Vorausgesetzt, du hast etwas, das du setzen kannst.«

Die anderen Sandfresser schauten die Weißhaut in ihrer Mitte erwartungsvoll an. Siris griff in den Mantel und holte das Goldkettchen hervor, mit dem das kleine Flüchtlingsmädchen auf der *Schwingenritt* Darik Wappner für seine Unterstützung gedankt hatte. Mit einer lockeren Handbewegung warf er dem Waffenhändler das Kleinod vor die Füße. »Der Kümmerling wird sich durchbeißen.«

»Mutig, mutig«, brummte die Qualle. »Ich halte dagegen.«

Schischaradsch legte für seinen Meister eine schwarze Perle neben das Kettchen. Mit einem Auge auf den Echsen machten auch die anderen Südländer untereinander ihre Wetten aus. Der Wert ihrer Einsätze hätte in den Zerrissenen Reichen einer ganzen Familie über Monate hinweg frisches Fleisch auf den Tisch gebracht.

Die Hörnerechsen nahmen ihren Kampf um das Weibchen, das sie wohl nie bespringen würden, mit einem langsamen Umeinanderherumkriechen auf, bei dem beide darauf achteten, außerhalb der Stoßreichweite des jeweils anderen zu bleiben. Ihre Instinkte verrieten ihnen, dass jeder noch so kleine Fehler nun mit einem qualvollen Tod auf den drei Hörnern ihres Rivalen bestraft werden würde.

»Was führt dich nach Amboss, Fremder? Und was in mein Haus?«, fragte die Qualle wie beiläufig. Der Blick löste sich dabei nicht von den sich gegenseitig belauernden Echsen.

»Ich hatte gehofft, du könntest mir verraten, wo ich meine Schwester finde.« Siris sah keinen Grund, lange um den heißen Brei herumzureden. Der fette Kerl mochte eine Maske der Gelassenheit aufgesetzt haben, doch der Bestienjäger ließ sich nicht davon täuschen.

»Und deine Schwester, die sicherlich ebenso hübsch ist wie du selbst, trägt doch gewiss einen Namen? Wenn dem so ist, müsstest du ihn mir verraten, denn wie könnte ich dir Auskunft zum Verbleib einer namenlosen Schönheit geben?« Die Qualle bewegte leicht die Schulter, als hätte er sich einen Muskel verspannt. Ein zierliches Mädchen mit knospenden Brüsten, das noch keine fünfzehn Sommer gesehen haben konnte, trat aus dem Schatten eines Baldachins heran, goss aus einer silbernen Kanne Öl auf die Haut seines Meisters und knetete die glänzende Flüssigkeit sofort mit geschickten Fingern in die teigige Masse.

Siris ignorierte die Schmeicheleien der Qualle. »Meine Schwester heißt Arisascha von Wolfenfurt.«

Der Waffenhändler gab ein erstauntes Glucksen von sich. »Dann bist du Irisanjo von Wolfenfurt?«

Siris nickte. Es war lange her, dass ihn jemand mit seinem vollen Namen angesprochen hatte. »Ich kann wohl davon ausgehen, dass du meine Schwester kennst?«

»Aber selbstredend.« Die Qualle strich dem Mädchen, das die Schulter massierte, mit den Fingerknöcheln über die Wange. »Deine Schwester genießt einen ausgezeichneten Ruf, und der Mann, mit dem sie über Jahre hinweg Tisch und Bett geteilt hat, ist einer meiner treuesten Diener.«

Das größere Echsenmännchen setzte zu einem blitzschnellen Angriff an, dem sein Kontrahent mit einer ebenso gewandten Drehung um Haaresbreite entging.

»Jarun wickelt für mich viele Geschäfte ab. Zurzeit bereist er in meinem Auftrag die Heimatlande, um neue Märkte für meine Waren zu erschließen«, fuhr die Qualle im Plauderton fort. »Eigentlich sollte er längst zurück sein, doch es wäre nicht das erste Mal, dass eine seiner Reisen länger dauert als erwartet. Die Zwerge bewachen die Grenzen wie ein Rudel Dünenteufel.«

Siris beschloss, den wahren Grund für Jaruns Verspätung bis auf Weiteres für sich zu behalten.

Die Echse, auf die Siris gesetzt hatte, unternahm einen halbherzigen Gegenangriff, der damit endete, dass die Hörner beider Tiere sich ineinander verkanteten. Die Südländer begannen aufgeregt durch die Zähne zu zischen, um die Kämpfer weiter anzustacheln.

»Wer für mich arbeitet, kann es in dieser Stadt weit bringen«, erläuterte die Qualle und rief mit einem Zehenwackeln einen halbnackten Knaben herbei, der ihm mit einem feuchten Lappen die Füße wusch. »Falls du bleiben willst, bin ich mir sicher, dass ich einen angemessenen Platz für dich finden werde. Welchem Handwerk du auch immer nachgehen magst.« Der Waffenhändler schielte auf den Gewehrkoffer, den Siris vor sich abgestellt hatte.

»Das ist ein großzügiges Angebot, das ich gründlich überdenken werde. Doch zuerst muss ich meine Schwester finden.«

»Ah ja, Arisascha.« Der feiste Sandfresser gurrte wie eine Taube. »Sehr bedauerlich, dass ich sie nicht mehr sehe, seit sie Jaruns Zuneigung müde geworden ist. Ich hätte sie gern bei mir aufgenommen, aber sie hat sich anders entschieden. Eine herbe Enttäuschung, doch Vögelchen wie sie kann man nicht in einem Käfig halten, wenn man will, dass sie noch süß für einen singen.«

Mit einem nassen Knacken büßte die kleinere Echse eines ihrer Hörner ein. Eingeschüchtert suchte sie Abstand zu ihrem Kontrahenten.

»Warum hat sie Jarun überhaupt verlassen?«, fragte Siris.

Die Qualle breitete die speckigen Arme aus. »Warum weht der Wind? Warum geht die Sonne auf? Warum wogen die Wellen?«

»Weil es der Wille der Herren ist«, antwortete Siris und runzelte die Stirn. Worauf wollte der Waffenhändler hinaus?

»Ganz recht, Irisanjo, ganz recht. Ich muss gestehen, ich war selbst überrascht, aber es sieht ganz danach aus, als hätte die bezaubernde Arisascha eine neue Berufung gefunden – eine Berufung, bei der ihr Jarun im Weg stand. Eine Predigerin und der Laufbursche eines Kaufmanns können keine glückliche Verbindung eingehen.«

»Meine Schwester ist eine Predigerin geworden?« Siris wäre nicht verblüffter gewesen, wenn ihm die Qualle eröffnet hätte, Sira böte als Hure ihren Leib dem Meistbietenden feil. Hatte sie ihm nicht noch geschrieben, sie arbeite zur Tarnung für ihre Geschäfte als Hauslehrerin bei irgendeinem Kurzbein?

Fauchend stürzte sich das größere Echsenmännchen mit einem Satz auf seinen Gegner und begrub das kleinere Reptil unter seinem massigen Leib, wobei seine scharfen Krallen tiefe Furchen in die Seite des überrumpelten Tieres zogen.

»Wie gesagt: Auch ich war überrascht. Jarun hat gesagt, sie habe zu viel in den ältesten Büchern der Zwerge gelesen und das habe ihr den Kopf verdreht.« Die Qualle zwinkerte Siris verschwörerisch zu. »Wer weiß schon, worauf sie gestoßen ist? Die Herren offenbaren sich in den absonderlichsten Dingen. Jedenfalls hat deine Schwester Jarun zu verstehen gegeben, dass die Glut ihrer Leidenschaft erloschen ist. Seltsam, dass sie so schnell von einem anderen entfacht wurde.«

Siris konnte sich noch immer nicht vorstellen, wie seine Schwester zum Glauben gefunden haben sollte. Er hatte sie immer als Zweiflerin erlebt, wenngleich ihr Urteil über den Herrenglauben nie so vernichtend ausgefallen war wie sein eigenes. Und nun sollte sie eine Predigerin sein? Womöglich war es einfach eine neue Tarnung von ihr.

Die Echse, die die Oberhand gewonnen hatte, setzte allem Anschein nach darauf, das andere Tier zu erdrücken. Sie blieb starr auf ihrem Gegner sitzen und rührte sich nicht, wohingegen die auf die Verliererstraße geratene kleinere Echse sich wie verrückt wand, um sich von der erstickenden Last zu befreien.

»Wo ist meine Schwester jetzt?«, fragte Siris ungeduldig.

»Wenn ich das nur wüsste, Irisanjo, wenn ich das nur wüsste.« Die Qualle schüttelte in geheuchelter Trauer den Kopf. »Ich würde alles daransetzen, sie zu befreien.«

»Befreien?« Eine kühle Hand nahm Siris' Herz fest in ihren Griff.

»Womöglich war es nicht die weiseste Entscheidung, Jarun dermaßen vor den Kopf zu stoßen.« Die wulstigen Lippen des Waffenhändlers zogen sich zu einem vielsagenden Lächeln auseinander. »Vielleicht hat er sich in gekränkter Eitelkeit zu einer Dummheit hinreißen lassen. Nur so kann ich mir erklären, dass deine Schwester in die Fänge der Bundessicherheit geriet.«

Das Zucken der kleineren Echse wurde zusehends schwächer, während das größere Reptil träge den Kopf hängen ließ, als drohte ihm nicht die geringste Gefahr mehr.

»Jarun hat sie verraten?« Das Einzige, was Siris in diesem Augenblick mit Zufriedenheit erfüllte, war, dass Sira nicht ungerächt geblieben war.

»Das habe ich nicht gesagt. Ich habe nur eine Vermutung geäußert.« Die Qualle wies mit dem Kinn, unter dem sich ein Kehlsack blähte, der einen Ochsenfrosch hätte neidisch werden lassen, auf die Echsen. »Mir scheint, du hast heute kein Glück, Irisanjo.«

Schischaradsch beugte sich vor seinem Meister nieder, um das Goldkettchen und die schwarze Perle vom Boden aufzulesen.

Unter den erstaunten Rufen der Sandfresser stand Siris auf und versetzte der größeren Echse einen Tritt. Das Tier rollte kraftlos auf die Seite. Schmatzend lösten sich die beiden verbliebenen Hörner des vermeintlich unterlegenen Männchens aus seiner durchbohrten Brust.

»Mir scheint, du täuschst dich«, sagte Siris, während der geschundene Sieger des Kampfs sich auf den Bauch zurück drehte und blutend auf den Krug zukroch, in dem er zuvor herangeschafft worden war.

Unschlüssig behielt Schischaradsch den Wetteinsatz in der Hand, anstatt ihn an seinen Meister zu übergeben. Selbst der Duellant zeigte sich davon überrascht, welchen Ausgang das Ringen der Echsen genommen hatte.

»Du bist ein Kaufmann, und ein schlauer Kaufmann erkennt ein gewinnträchtiges Geschäft.« Siris hatte sich zu voller Größe aufgerichtet, und dennoch überragte ihn die Qualle, wie er da auf den nackten Fliesen saß, um mehr als eine Haupteslänge. Trotzdem war der Waffenhändler kein Ungeheuer, das Siris Furcht einflößte. Er hatte schon wesentlich größere Ungetüme zur Strecke gebracht. Die entscheidende Frage war stets, welcher Mittel man sich bei der Jagd bediente. »Die Kette gehört dir, wenn du mich nicht mit leeren Händen gehen lässt.«

Die Qualle schwieg. Eine Wettschuld war eine Ehrenschuld. Unter gewöhnlichen Umständen hätte der Sandfresser seinen Duellanten auf Siris gehetzt, um zu beweisen, dass ihm ohnehin schon alles gehörte, wonach es ihn verlangte. Siris baute darauf, dass der Südländer sich vor den Augen seiner Gäste jedoch zu keiner Tat verleiten lassen würde, die ihn das Gesicht kosten könnte. Wenn man sich mit den Sandfressern einließ, brauchte man nicht nur Geduld. Es konnte nie schaden, ihre Traditionen zu kennen und sie mit ihren eigenen Waffen zu schlagen.

Die Qualle wäre kein echter Südländer gewesen, wenn er auf die dreiste Forderung dieser unverschämten Weißhaut nicht mit der gebotenen Würde reagiert hätte. »Ich gebe dir etwas Besonderes, Irisanjo«, sagte er schließlich und legte eine lange Pause ein, um den Worten die richtige Wirkung zu verleihen. »Ich gebe dir einen Namen.«

Die anderen Gäste und die Bediensteten des Waffenhändlers hielten den Atem an. Ein kostbareres Gegenangebot war für sie kaum vorstellbar.

»Ich gebe dir den Namen des Zwergs, der deine Schwester an die Halblinge ausgeliefert hat.«

15

Garep Schmied starrte in die Kerzenflamme und fragte sich, zu welchem Zeitpunkt ihm sein ansonsten doch tadelloses Urteilsvermögen abhanden gekommen war. War es schon ganz zu Beginn jener unheilvollen Vorgänge gewesen, die ihn immer weiter vom sicheren Pfad der Vernunft heruntergelockt hatten? Damals, als er noch davon ausgegangen war, Namul Trotz sei einem Verbrechen aus Leidenschaft zum Opfer gefallen. Oder war es erst mit der unglücklich verlaufenen Befragung Arisaschas von Wolfenfurt so weit gekommen, dass er auf seine Ahnungen und Gefühle hörte, anstatt sich auf die Gesetze der Logik zu verlassen?

Eine Frage, die ihn noch heftiger quälte, war die nach seiner Schuld an Buna Brauers Tod. Sie hätte nie in diesem vermaledeiten Teehaus gesessen, wenn er sie nicht um ein Treffen gebeten hätte. Und er hätte die Ruferin nie um ein solches Treffen gebeten, wenn er einfach die Füße stillgehalten hätte, wie es ihm Eluki aufgetragen hatte. Zu Anfang war er tatsächlich geneigt gewesen, den Anschlag auf den *Warmen Sud* als tragisches Ereignis zu sehen, das mit seiner Suche nicht in unmittelbarer Verbindung stand, doch irgendwann hatte er damit aufgehört, sich etwas einzureden. Man hatte unweit des Tatorts Flugblätter gefunden, auf denen sich eine Gruppierung von Menschen, die sich als Freiheitskämpfer für ihr Volk verstanden, eindeutig zu dem Attentat bekannt hatte. Damit bestand eine Verbindung zu der vorangegangenen Mordserie, die sich durch kein Argument widerlegen ließ. Aber wie hätte Garep ahnen sollen, dass die Mörder mit einem Mal dazu übergingen, sich ganze Ansammlungen von Zwergen als Ziel für ihre Aktionen auszuwählen, anstatt ihre alte Strategie gezielter Attacken auf einzelne verdiente Mitglieder der Gemeinschaft beizubehalten?

Er hätte sich zu gern näher mit dem Attentat befasst, an dem so einiges unerklärlich war. In den ersten Momenten nach dem Angriff hatte Garep geglaubt, ein Schütze hätte aus kurzer Distanz mit einer großkalibrigen Büchse auf die Glasfront des Teehauses gefeuert, doch seine Kollegen hatten im Innern des *Warmen Suds* keine verräterischen Schrotkügelchen gefunden. Auch für die Verwendung eines Sprengsatzes hatten sie keinerlei Hinweise aufspüren können. Wieso fand man nur keine Spuren, die Aufschluss darüber gaben, mit welchen Mitteln die Attentäter die Scheibe zum Platzen gebracht hatten? Garep selbst würde auch nicht dazu beitragen können, Licht in diesen Fall zu bringen. Er konnte kaum etwas anderes tun, als im Halbdunkel seiner engen, muffigen Wohnung zu hocken und darauf zu warten, dass Eluki eine Entscheidung fällte, ob sie ihn nun dem Rat meldete oder nicht.

Garep ahnte bereits, wie die Sache für ihn ausgehen würde. Die Beamtin war an ihre Vorschriften gebunden, die in Abertausenden von Paragrafen jede nur denkbare Situation vorhersahen und nur spärlichen Spielraum für ein Eigenermessen ließen. Ganz gleich, wie viel Verständnis Eluki auch für Gareps Verhalten aufzubringen bereit war, die Lettern der Gesetze kannten weder Mitgefühl noch Erbarmen. Sobald Eluki Garep an den Rat gemeldet hatte, würde der Rat die Obleute einberufen, und die Obleute würden aus einer zeitweiligen Befreiung von den Pflichten eines Suchers eine dauerhafte machen. Seine Karriere in Amboss war endgültig und unwiderruflich vorbei und seine Zukunft noch düsterer als die Schatten, die um ihn herum über die Stofftapeten an den Wänden tanzten. Sollte er sein Heil in der Flucht suchen und sich in die Berge aufmachen, um sich bei einem Bauern als Ziegenhirte oder Pilzpflücker zu verdingen?

Einen anderen Ausweg aus seiner Misere hielt Garep bereits seit Stunden in Händen, ohne den nötigen Mut – oder vielleicht eher die erforderliche Feigheit? – dafür aufzubringen. Die Pfeife war immer für einen da, und die Flechten scherten sich nicht um Schuld oder Unschuld. Wie viel Rauch es wohl brauchte, um in einen Traum hinüberzusinken, aus dem es kein Erwachen gab?

Die Kerze, die vor dem Sucher auf dem runden Teetisch stand, flackerte, als striche ein sanfter Hauch durchs Zimmer. Garep spürte einen sanften Druck im Nacken, wie man ihn fühlt, wenn einem jemand den Arm um die Schultern legt. Ein unwillkürliches Zucken des Kopfs folgte, begleitet von einem überraschten Atemzug. Dann kam sich Garep mit einem Mal winzig klein vor und in der Enge des eigenen Schädels gefangen. Wo seine Gedanken einen Wimpernschlag zuvor noch laut und klar durch seinen Geist gehallt waren, blieb von ihnen nun nicht mehr als ein säuselndes Flüstern.

Seine Hände legten Pfeife und Flechtendose beiseite. Der Impuls, der seinen Körper zum Aufstehen aus dem bequemen Ohrensessel verleitete, kam nicht von Garep selbst. Er war zum Werkzeug einer unsichtbaren Kraft geworden, die sich seines Leibes bemächtigt hatte.

In jenem Rest von Gareps Bewusstsein, der noch zu einem Empfinden fähig war, herrschte eine bestürzte Verwunderung vor. Fühlte es sich etwa so an, wenn man den Verstand verlor?

Mit schlurfenden Schritten bewegte er sich auf die Tür zu, fing sich nach einem kurzen Straucheln an der Teppichkante und trat anschließend schwankend in die Diele hinaus. Dort drehte er sich einmal um die eigene Achse, als müsse er sich erst zurechtfinden, obwohl dieser Ort doch seit Jahren sein Zuhause war.

Verwunderung wandelte sich zu Beklommenheit. Wohin führte ihn sein Weg, und warum kannte er die Antwort auf diese Frage nicht? Er versuchte, seinem Körper Einhalt zu gebieten, als er über die Schwelle seiner Wohnungstür schritt – genauso gut hätte ein Berg einem Gletscher befehlen können, seine Eismassen nicht tiefer ins Tal hinabzuschieben.

Im Treppenhaus war es stockfinster, doch wer immer Gareps Sinne gerade nutzte, kam auch mit dem zweiten Blick bestens zurecht. Die linke Hand stets am Geländer, erklomm er Stufe um Stufe.

Was bis dahin Beklommenheit gewesen war, wuchs sich zu aufkeimender Furcht aus. Dieser ohnmächtige Zustand musste irgendwie ein Ende finden!

Die Nacht lag bereits zu lange über der Stadt und der letzte Schichtwechsel war schon zu viele Stunden her, als dass er einem anderen Besucher des Mietshauses hätte begegnen können. So bemerkte ihn auch niemand, wie er sich beharrlich vom zweiten Stock bis zum Dachaufgang nach oben schleppte.

Ein frischer Wind fuhr ihm durchs Haar, als Garep quer über das Flachdach tappte, hin zu jenem niedrigen Sims, der mehr Zierde als Schutz vor einem Sturz in die Tiefe war. Teilnahmslos funkelten und blitzten die Sterne am Firmament wie kalte Spiegelungen der Lichter der schlafenden Stadt.

Je näher sein Körper dem Abgrund kam, desto verzweifelter wehrte sich Gareps Geist gegen den ungebetenen Gast, der sich in seinen Kopf geschlichen hatte. Doch seine Beine gehorchten ihm nicht, und es kostete ihn allein schon eine gewaltige Anstrengung, seiner trockenen Kehle ein jämmerliches Stöhnen abzuringen.

Aus weiter Ferne nahm er ein dumpfes Poltern wahr. Der Fremde in ihm ließ ihn den rechten Fuß auf den Sims setzen. Sein nächster Schritt würde in die Leere gehen.

Irgendetwas packte Garep am Hemdkragen und riss ihn mit aller Gewalt zurück. Er stolperte über die eigenen Füße und schlidderte über die raue Dachpappe. Sein Ellenbogen brannte wie Feuer, und er hörte ein wildes »So nicht, Kurzbein!«. Erst als der Schatten seines Retters auf ihn fiel, begriff er, dass die Präsenz, die von ihm Besitz ergriffen hatte, so schnell und unmerklich wieder verschwunden war, wie sie seinen Geist zuvor überrumpelt hatte. Angesichts der Schmerzen in seinem Arm und der hochgewachsenen, finsteren Gestalt, die sich über ihn beugte, war es schwer für Garep, sich über das unerwartete Zurückweichen des körperlosen Eindringlings zu freuen.

Der Mensch, der Garep vom Sims zurückgezogen hatte, fuhr sich mit dem Handrücken übers Gesicht, als müsste er sich Blut oder Rotz von der Nase wischen. »Was war das?«, fragte der Mann, dessen Gesichtszüge in der Dunkelheit nicht zu erkennen waren.

Garep wagte es nicht, sich wieder auf die Beine zu kämpfen. Stattdessen blieb er liegen und rieb sich den verletzten Arm. »Ich … weiß … ich weiß es nicht«, brachte er stöhnend hervor.

Der Fremde, der einen merkwürdigen Mantel ohne Ärmel trug und nach Schweiß und Leder roch, zeigte sich ausgesprochen ungehalten. »Ich habe keine Lust auf Spiele, die die Kinder spielen«, fauchte er, wobei sowohl seine umständliche Wortwahl als auch die falsch gelegten Betonungen verrieten, dass er sich noch nicht allzu lange im Bund aufhalten konnte.

Gareps Instinkte als Sucher warnten ihn davor, den Zorn des Menschen weiter anzustacheln. Mit dem zweiten Blick betrachtet strahlte er so grell, als stünde sein Körper in hellen Flammen – ein eindeutiges Zeichen für eine große körperliche Anstrengung, die erst wenige Momente zurückliegen konnte.

»Wer … wer … bist du?«, keuchte er mit bebender Stimme.

»Mein Name ist eine dumme Frage«, blaffte der Mensch. »Du sagst mir, wo die Tochter meines Vaters ist. Wenn deine Lippen verschlossen bleiben, werfe ich dich mit den eigenen Armen vom Haus.«

»Ganz ruhig«, beschwor Garep den Fremden. »Ganz ruhig.« Aus den Äußerungen dieses Mannes schlau zu werden, überforderte ihn, denn sein Herz pochte dumpf wie eine Kesselpauke in der Brust und sein Hals fühlte sich an, als hätte man ihn mit einem Würgestrick zugezogen. »Ich habe leider keine Ahnung, wovon du redest.«

Der Hüne spie geräuschvoll aus. »Du lügst, du Wurm.« Er hob drohend die Faust, die größer als ein Dachsschinken war. »Ich weiß, dass du sie kennst.«

»Wen?«

»Die Tochter meines Vaters«, wiederholte der Mensch mit gebleckten Zähnen, die im Licht der Sterne schimmerten wie Porzellan. Zumindest schlug er nicht sofort zu.

»Du meinst …«, begann Garep, um Zeit zu gewinnen. Ein Großteil seines aufgerüttelten Verstands war noch voll und ganz damit beschäftigt, eine Antwort auf die Frage zu finden, wie er überhaupt auf das Dach gekommen war. Trotzdem begriff er langsam, was ihm der Mann sagen wollte. »Du suchst eine Verwandte von dir, oder?«

Der Mensch nickte. Sein langes Haar, das er in einer Art ungeflochtenem Zopf trug, wehte im Wind.

Garep zog die Knie an und wuchtete den Oberkörper in die Höhe. »Du wirst mir schon ein Bild von ihr zeigen oder mir wenigstens verraten müssen, wie sie heißt.«

Offenbar musste der Mann kurz über diesen Vorschlag nachdenken, was Garep die Zeit verschaffte, sein Denken wieder in etwas vernünftigere Bahnen zu lenken. Es spielte im Augenblick keine Rolle, was ihn dazu getrieben hatte, wie ein Wiedergänger aus den alten Geschichten über die axtschwingenden Ahnen seines Volks aus seiner Wohnung zu wanken, um sich anschließend um ein Haar in den sicheren Tod zu stürzen. Wichtiger war, was dieser Kerl von ihm wollte, denn der Mensch machte durchaus den Eindruck, als würde er seine Drohung in die Tat umsetzen.

»Ihr Name ist Arisascha von Wolfenfurt«, sagte der Fremde schließlich im Tonfall eines Mannes, der schweren Herzens ein gut gehütetes Geheimnis preisgab.

»Was?« Garep wurde heiß und kalt zugleich. Erlebte er gerade, wie das, was unter den Zwergen Zufall und unter den unwissenderen Völkern Schicksal genannt wurde, seine schier unglaubliche Macht entfaltete? »Du suchst nach Arisascha von Wolfenfurt?«

»Also kennst du sie.« Eines war dieser Mensch allem Anschein nach nicht: begriffsstutzig.

»Ja, ja«, antwortete Garep rasch, duckte sich unter der Faust des Mannes weg und stand auf. »Ich habe ein Verhör mit ihr geführt.«

»Ich weiß.«

Garep schluckte. Wer war dieser Mann, der umfassende Erkundigungen über ihn eingeholt haben musste?

»Wo hast du sie hingebracht?«, fragte der Fremde.

Garep hätte taub sein müssen, um zu überhören, dass es dem Menschen sehr, sehr ernst war und er sich nicht durch fadenscheinige Ausreden hinhalten lassen würde. »Ich habe sie nirgendwo hingebracht. Die Kommissare der Bundessicherheit haben sie geholt. Glaub mir, mir wäre es lieber gewesen, das wäre nicht passiert. Aber wenn das Kommissariat etwas anordnet, muss man spuren. Ich würde dir wirklich gern weiterhelfen, weil Arisascha eine wichtige Zeugin bei meiner letzten Suche gewesen ist. Was rede ich da? Die einzige und damit wichtigste Zeugin sogar.«

»Wo ist dieses … dieses … das Kommi…«

»Das Kommissariat?«, half Garep dem Mann aus. »Es unterhält Büros und Anlagen im gesamten Bund. Arisascha könnte mittlerweile überall und nirgends sein.«

Der Hüne ließ enttäuscht die Faust sinken. »Dann bist du ohne Wert in der Mitte meines Blicks gewesen. Dann hätte ich dich den Sturz machen lassen können.«

»Ich bin dir sehr dankbar dafür, dass du mich gerettet hast«, erwiderte Garep und trat einen Schritt zurück. »Ich schulde dir mein Leben. Willst du mir nicht doch sagen, wer du bist?«

Der Mensch wandte sich jäh von ihm ab und lief ein Stück den Sims entlang. »Siris«, sagte er dann und beugte sich zu einer schmalen, lang gezogenen Kiste hinunter, die er hin und her drehte, als würde er sie auf Beschädigungen untersuchen.

»Wie bist du hierhergekommen?«, wollte Garep wissen. War das etwa ein Gewehrkoffer, was der Mensch da in Augenschein nahm?

»Ich komme von dort.« Siris zeigte auf den Nachbarblock.

»Du hast mich auf das Dach kommen sehen und bist von da drüben hier herübergelaufen? Erst die ganzen Treppen nach unten und dann sechs Stockwerke in diesem Haus wieder nach oben? Lob und Achtung! Du bist wirklich schnell.«

Siris zuckte die Achseln. »Ich bin nicht gelaufen. Ich bin über den Graben zwischen den zwei Häusern gesprungen.«

Einen Augenblick lang wollte Garep nicht so recht glauben, dass irgendjemand über den bestimmt sieben Platten breiten Spalt zwischen den beiden Mietsblöcken hinwegsetzen konnte, doch dann wurde ihm bewusst, dass sein Denken zwergischen Maßstäben verhaftet war. Ein Mensch mit seinen langen, dürren Beinen konnte sehr wohl zu einer solchen Großtat in der Lage sein. Welchen Grund hätte Siris auch gehabt, ihn anzulügen?

»Das ist ein Gewehrkoffer«, äußerte Garep seine Vermutung. »Ich nehme an, er gehört dir.«

»Ich habe ihn aus der Hand gegeben, weil ich meine beiden Arme dringend frei haben wollte, um dich zu retten«, antwortete der Mensch mit einer seiner holprigen und verwirrenden Formulierungen. »Der Behälter für das Gewehr ist wie ein Stein, wenn ich ehrlich schnell sein will. Und ich habe ehrlich schnell sein müssen, um …«

Siris brach mitten im Satz ab und wirbelte abrupt herum. Garep zuckte erschrocken zusammen, während der Mensch einen wütenden Fluch in seiner Muttersprache ausstieß.

Aus dem Schatten des Schuppens, in dem der Treppenaufgang zum Dach endete, lösten sich zwei schlanke, kleingewachsene Gestalten in olivgrünen, auf Taille geschnittenen Ledermänteln. Einer der beiden Neuankömmlinge hielt den rechten Arm ausgestreckt und wies auf Siris.

Der Mensch warf sich zur Seite. Ein fingerlanger Schemen huschte an der Stelle vorbei, an der er eben noch gestanden hatte.

Ohne den zweiten Blick hätte Garep den Stahlbolzen, den der Kommissar aus seiner Natter abgefeuert hatte, nicht einmal bemerkt. Was hatte die Bundessicherheit hier verloren? Und warum schossen sie ohne Warnung auf den Menschen? Ein zweiter Bolzen, der so dicht an Gareps Kopf vorüberzischte, dass er die Befiederung des Geschosses an seinem Ohr entlangstreichen spürte, beraubte ihn der Illusion, die Halblinge hätten es nur auf Siris abgesehen. Mit einem entsetzten Aufschrei ließ er sich zu Boden fallen, um ein kleineres Ziel zu bieten.

Siris hatte sich geschickt abgerollt und rannte ohne Zögern auf die Angreifer zu. Er konnte nicht wissen, dass es lediglich einen kurzen Handgriff brauchte, um die Miniaturarmbrüste, mit denen die Kommissare bewaffnet waren, nachzuladen. Umgekehrt waren die Halblinge anscheinend noch nie mit einem Menschen aneinandergeraten, dem das Töten anscheinend zur zweiten Natur geworden war. Siris vermied zwei Fehler, die ein unerfahreneres Opfer vielleicht das Leben gekostet hätten: Zum einen schlug er keine Haken, sondern konzentrierte sich voll und ganz darauf, die Entfernung zwischen sich und den Schützen zu überbrücken. Zum anderen blieb er nicht stehen, als er sein Ziel erreicht hatte, um sich auf ein gefährliches Handgemenge mit gleich zwei Gegnern einzulassen. Stattdessen packte er aus vollem Lauf einen der Halblinge um die Schultern und zerrte den Kommissar mit sich fort. Verzweifelt schlug dieser um sich, doch er war Siris an Größe und Kraft weit unterlegen.

Siris brachte den Schuppen zwischen sich und den zweiten Halbling, um aus der unmittelbaren Schusslinie zu geraten, wodurch er allerdings auch aus Gareps Sichtfeld verschwand. Der schrille Schrei, der erst jäh erklang und dann unvermittelt abbrach, ließ jedoch keinen Zweifel daran, welchen Weg der Mensch gewählt hatte, um sich seiner zappelnden Last zu entledigen: Er hatte ihn einfach vom Dach geschleudert.

Garep robbte ein Stück nach vorn auf den Gewehrkoffer zu. Hastig machte er sich an den Verschlüssen zu schaffen, die mit einem versiegelten Draht doppelt gesichert waren. Endlich konnte er die Waffe aus ihrer Polsterung zerren und nachschauen, ob das Gewehr auch geladen war. Stumm lobte Garep die Umsicht des Menschen, der, den Geräuschen von jenseits des Schuppens nach zu urteilen, mittlerweile von dem zweiten Kommissar gestellt worden war.

Garep nahm das Gewehr in Anschlag und pirschte sich in gebührendem Abstand zum Rand des Dachs an die Kämpfenden heran. Es sah nicht danach aus, als ob Siris Unterstützung brauchte: Er saß rittlings auf dem am Boden liegenden Halbling und stieß ihm in rascher Folge zwei-, dreimal einen winzigen Dolch in die Brust, der in der Pranke des Menschen wie ein harmloses Spielzeug wirkte.

Garep wollte das Gewehr schon wieder sinken lassen, als sich etwas ereignete, das ihn ernsthaft in Erwägung ziehen ließ, dass es sich bei allem, was sich gerade zutrug, um einen Albtraum oder eine Einflüsterung seines nun doch dem Wahnsinn anheimgefallenen Geistes handeln musste.

Hinter dem schwer atmenden Siris schoben sich erst ein Kopf, dann ein Oberkörper und schließlich ein Beinpaar über den Sims. Als hätte man ihm Taue unter den Achseln hindurchgeschlungen, wurde der Kommissar, den der Mensch zuvor vom Dach geworfen hatte, weiter und weiter in die Höhe gezogen – nur, dass es diese Taue nicht gab. Über und unter dem Halbling war nichts als Luft. Die Hitze, die von seinem Leib ausging, war derartig groß, dass Gareps zweiter Blick seine restliche Wahrnehmung zu überlagern begann. Es war, als hätte sich die Sonne mitten in der Nacht dazu entschlossen, über Amboss aufzugehen.

Der Halbling schwebte nun waagerecht auf Siris zu. Der Kommissar verharrte in seiner allen Naturgesetzen spottenden Lage zwischen Himmel und Erde und richtete seine Natter auf den Kopf des Menschen, der in aller Ruhe seine eigene Waffe am Hemd seines Gegners abwischte.

Gareps Finger legte sich wie von selbst um den Abzug. Ein trockenes Krachen, ein dumpfer Aufprall – und der Anblick, der sein Weltbild ins Wanken brachte, war hinweggefegt.

Siris' Kopf zuckte zu dem Kommissar herum, der von Gareps Kugel getroffen worden war. Der Mensch, der erstaunlich kaltblütig blieb, sprang auf und rannte – den Dolch nach wie vor fest umklammert – zu dem unerwartet zurückgekehrten Feind hinüber. Die Tatsache, dass er die Klinge nicht sofort erneut zum Einsatz brachte, bedeutete wohl, dass Garep einen tödlichen Treffer gelandet hatte.

Vor seinen Augen erkaltete der Leib des Halblings, der aus dem Spalt zwischen den Mietsblöcken hervorgeschwebt war. Einige Stellen am Körper des Kommissars zeigten jedoch nur wenig Anzeichen einer beginnenden Abkühlung. So ging das Strahlen an der Stirn und an der Kehle des Halblings kaum zurück, und auch von seinem Schoß strahlte weiter eine auffällige Wärme aus.

Siris durchstöberte den Ledermantel jenes Halblings, dem er selbst den Garaus gemacht hatte, als Garep sich endlich dazu aufraffen konnte, zu den beiden Leichen hinüberzugehen. Der Mensch beachtete ihn nicht weiter, sondern setzte seine Suche unbeirrt fort.

»Wir müssen hier weg, Siris«, sagte Garep tonlos. »Wenn wir hier auf dem Dach bleiben, bieten wir ein zu leichtes Ziel.« Er trat einen Schritt näher an die Toten heran. »Vielleicht haben sie noch irgendwo Verstärkung sitzen. Diese Halblinge …« Er stockte. Selbst in der Düsternis war nicht zu übersehen, dass etwas mit den Gesichtern der Kommissare nicht in Ordnung war. Hatte Siris die Angreifer so übel zugerichtet? Sie hatten beide eine gewaltige Beule an der Stirn, als wäre ihnen mit einem Hammer vor den Kopf geschlagen worden. Aber wenn Siris' Kraft auch nicht zu unterschätzen war und womöglich sogar die Wirkung eines Hammerschlags haben konnte, warum war die Beule bei dem einen Kommissar so heiß, wie Garep mit dem zweiten Blick erkannte? Er schaute näher hin. Die Beulen befanden sich tatsächlich bei beiden Halblingen an der exakt gleichen Stelle.

Mit einer solchen Präzision konnte doch nicht einmal ein geübter Kämpfer seine Schläge führen.

Siris hatte bei den Toten nichts gefunden, was seine Aufmerksamkeit gefesselt hätte. Mit einem verächtlichen Grunzen ließ er den Dolch fallen und sagte: »Zu kleine Waffen. Aber es sind ja auch kleine Leute. Gib mir mein Gewehr.«

»Was?«

»Mein Gewehr. Ich gehe nicht ohne mein Gewehr. Du hast gesagt, wir gehen. Wo gehen wir hin?« Der Hüne schaute Garep erwartungsvoll an.

»Auf alle Fälle runter vom Dach.«

»An den Ort, an dem du lebst?«

»In meine Wohnung?« Garep begann zu dämmern, dass dieser Vorfall sein Leben von Grund auf verändern würde. »Ich bin mir nicht sicher, ob das eine gute Idee ist.«

»Wohin gehen wir dann?«

Garep wartete zu lange mit einer Antwort. Der Mensch nahm ihm das Gewehr aus der Hand und stupste ihm den Lauf vor die Brust.

»Dann gehen wir in deine … deine Wohnung«, sagte Siris in einem barschen Ton, der keinen Widerspruch duldete. Was hätte Garep ihm auch entgegenzusetzen gehabt? In Anbetracht der Art und Weise, wie der Mensch sich im Kampf gegen die Kommissare verhalten hatte, war ein Sucher gewiss kein ernsthafter Gegner für ihn.

Auf dem Weg durch das Treppenhaus fragte sich Garep, ob er sich womöglich wünschen sollte, dass einer der anderen Bewohner des Mietsblocks etwas von dem Tumult auf dem Dach bemerkt hatte. Irgendjemand musste doch den Schuss gehört haben. Andererseits war eben nur ein einziger Schuss gefallen, und aufgrund seiner vielen Suchen, die er durchgeführt hatte, wusste Garep, wie häufig Zeugen einen Schuss mit dem Zuschlagen einer Tür oder einem ähnlichen Geräusch verwechselten. Außerdem hätte es seine Lage nur noch schlimmer gemacht, wenn zum Beispiel der alte Punig Köhler aus dem dritten Stock aufgetaucht wäre. Sein Krakeelen hätte Siris mit Sicherheit dazu gezwungen, ihm umgehend das Maul zu stopfen – und danach hätte der Mensch unter Umständen keine andere Wahl, als auch ihn zum Schweigen zu bringen.

Die Tür zu Gareps Wohnung stand noch immer offen. Siris bugsierte seinen Gefangenen hindurch und schloss sie hinter sich. Dann schubste er Garep in die Wohnstube und zeigte mit dem Lauf der Waffe auf den Ohrensessel. »Hinsetzen«, knurrte er.

Garep befolgte den Befehl dankbar, da ihm die Knie mittlerweile heftig schlotterten.

»Wer waren diese Leute?« Siris bezog Position neben dem Fenster und versuchte, auf die Straße hinunterzulugen.

»Kommissare der Bundessicherheit.«

Im Kerzenlicht konnte Garep nun zum ersten Mal sehen, dass die Arme des Menschen bis zu den Ellenbogen mit halbgetrocknetem Blut überzogen waren. Der Ehrendolch des einen Kommissars hatte reichlich zu trinken bekommen.

»Das sind die Leute, die die Tochter meines Vaters geholt haben«, stellte Siris fest.

»Richtig.«

»Warum haben sie sie geholt?«

Garep legte die Hände auf die Lehnen, um dem Hünen zu zeigen, dass er sich nicht zu einer Verzweiflungstat würde hinreißen lassen. »Soweit mir bekannt ist, glaubt die Bundessicherheit wohl, Arisascha gehöre zu einem Schmugglerring.«

»Schmugglerring?« Siris hatte Mühe, das Wort auszusprechen.

»Eine Gruppe, die verbotene Dinge aus dem Bund an die Menschen verkauft«, versuchte sich Garep an einer Erklärung. »Dinge wie deine Waffe.«

Siris zeigte sich wenig überrascht. »Das kann sein. Dafür sollte man keinen bestrafen. Die Zwerge sitzen auf ihren schönen Sachen wie Hühner auf ihren Eiern.«

»Wir möchten nur nicht, dass mit unseren Gewehren gemordet wird«, verteidigte Garep die Ehre seines Volks. »Natürlich kann ich verstehen, dass solche Waffen für jemanden wie dich sehr nützlich sind. Als Söldner sucht man bestimmt immer nach einer besseren Waffe, und unsere Waffen sind sehr gut.«

»Ich bin kein Söldner.« Der Mensch, dessen Zopf sich im Kampf gelöst hatte, hob stolz den Kopf. »Ich töte keine Menschen. Nicht für Geld. Ich töte große Tiere.«

»Wie auch immer. Jedenfalls ist das Kommissariat der Auffassung gewesen, dass Arisascha Waffen aus dem Bund herausschmuggelt. Und zwar nicht nur eine Handvoll und nicht nur einfache Büchsen. Deswegen haben sie sie verhaftet. Damit hatte ich aber wirklich nichts zu tun.«

Der Blick, den Siris Garep schenkte, war undeutbar. »So.«

Garep nickte. »Ja, so ist das.«

»Wo schaue ich nach, wo sie jetzt ist?«

Es klopfte an die Tür.

Garep erstarrte und krallte die Finger in die Polsterlehnen, während Siris zwei schnelle Schritte zur Seite machte und sich halb hinter eine Kommode duckte. »Wer ist das?«, zischte der Mensch.

Garep zuckte die Schultern.

Siris schwenkte den Lauf seines Gewehrs von Gareps Kopf zur Wohnungstür. Es klopfte erneut.

»Mach auf«, forderte der Mensch Garep auf. »Aber niemand kommt rein.«

Garep konnte sich kaum vorstellen, wer ihm zu so später Stunde noch einen Besuch abstatten wollte. Dass es die Verstärkung der beiden toten Kommissare war, schloss er aus. Die Halblinge hätten sich nicht lange mit Höflichkeiten aufgehalten, sondern gleich die Tür eingetreten. War es vielleicht einer seiner Nachbarn, der doch den Schuss gehört hatte? Immerhin wussten die Leute im Haus, dass er Sucher war, und wenn man schon einen Rechtshüter als Nachbarn hatte, würde man ihn bestimmt verständigen wollen, wenn man glaubte, einen Schuss gehört zu haben.

Siris machte eine ungeduldige Kopfbewegung. Garep atmete tief durch und ging zur Tür, an der es nun ein drittes Mal klopfte.

Er öffnete sie nur einen Spalt und linste auf den Gang hinaus.

Seine Besucherin war ziemlich groß und trug ihr langes, blondes Haar unter einem geblümten Tuch verborgen. Er erkannte sie dennoch sofort an ihren Augen wieder.

»Die Herren lenken unsere Schritte, Sucher Schmied«, sagte Arisascha von Wolfenfurt mit einem Anflug von Spott, aber auch Erleichterung in der Stimme. »Und bisweilen geben sie uns auf unserem Weg die sonderbarsten Gefährten an die Seite.« Sie drehte sich leicht zur Seite, sodass Garep, der vor Überraschung wie gelähmt war, den jungen Zwerg sehen konnte, der hinter ihr stand. Garep hatte das Gefühl, in einen Spiegel zu blicken, der auf wundersame Weise die Zeit um Jahrzehnte zurückdrehen konnte. Das war seine Nase, sein Mund, sein Kinn – nur die Augen gehörten Pinaki, die in einer fernen Gruft im Schlaf der Toten ruhte.

»Ich brauche deine Hilfe, Vater«, sagte Gareps jüngeres Ebenbild. »Ich baue darauf, dass du nur mich und nicht auch deine Ehre in den Bergen vergessen hast.«

Hammer

16

Ulaha störte sich nicht daran, in einer Zelle gefangen zu sein. Die weißen Fliesen überall um sie herum gaben ihr keineswegs das Gefühl, irgendwo im Nichts verloren zu sein. Sie waren lediglich die Grenzen eines Orts, an dem sie nicht mehr allzu lange würde bleiben müssen.

Wenn die junge Halblingin eines bedauerte, dann war es das Fehlen jeglichen Grüns. In ihrem alten Zuhause hatte es so viele Pflanzen gegeben. »Unseren eigenen kleinen Wald«, hatte ihre Mutter den Wintergarten genannt, und Ulaha erinnerte sich noch gut daran, wie sie sich unter den Blättern eines Farns zum ersten Mal in die Heimat ihres Volks zurückgeträumt hatte. In die Zeit vor dem Hammerschlag. In die Zeit, als alle Halblinge so lebten, wie es in ihrer Natur lag. Damals waren sie noch stolz und frei gewesen wie die Buntfalken, die hoch über dem Wald ihre Klauen in die flatternden Leiber der Schleiertauben bohrten. Heute hatten sich die Halblinge wie nichtsnutzige Stinkkäfer unter die Rinde eines fremden Baums gefressen.

Wie lange war sie nun schon hier? Wie lange hatte sie dem leisen Zischen der Dämpfe gelauscht, die hinter den Fliesen verborgen Stunde um Stunde, Tag um Tag durch armdicke Röhren rauschten? War es der Atem der Erde, den sie da hörte? Und wenn ja, wie konnten die Zwerge nur glauben, diese Macht unwiderruflich unter ihren Willen gezwungen zu haben? Sie vermutete, dass sie mehr als zwanzig Wochen in dieser Zelle zugebracht hatte, doch es gab für sie keine Möglichkeit, das Verstreichen der Zeit zu messen. Wozu auch? Seit jenem Tag, an dem sie im Park vom Baum gefallen war, hatten sich die Nebel der Ewigkeit nur gelüftet, wenn sie es wollte. Hatte sie sich vielleicht erst gestern den Schädel an einem Stein zwischen den Wurzeln jenes Baums zerschlagen, in dessen höchste Äste sie hinaufgeklettert war? Nein, gestern war sie hier in der Zelle gewesen. Und am Tag zuvor. Und am Tag vor diesem Tag.

Sie rollte sich auf der dünnen Matratze zusammen, umschlang die Knie mit den Armen und schloss die Augen. Sie fühlte sich nicht einsam, denn alle, die ihr je begegnet waren, und alle, die ihr je begegnen würden, waren bei ihr. In ihr. Da war ihre Mutter, die ihr den leichten, in den Himmel gerichteten Schwung ihrer Nase geschenkt hatte. Ihr Vater, dem sie ihre kräftigen Zähne verdankte, die ein wenig zu lang und zu spitz für ein zierliches Ding wie sie waren. Und Ojono mit den Sommersprossen, der nach dem Sturz nicht mehr mit ihr spielen wollte, weil sie ihm von den Dingen erzählte, die sie wusste.

Weshalb war sie hier? Weil es so sein musste. Weil sie es geträumt hatte. Weil sie und der alte Zwerg und der junge Zwerg miteinander verflochten waren wie die Wurzeln einer uralten Bluteiche. Es würde einen mächtigen Blitz brauchen, um diese Verbindung zu sprengen.

Ulaha lächelte, als sie an den alten Zwerg dachte. Er hatte ihr seinen Namen schon oft gesagt, aber sie hatte ihn jedes Mal vergessen. Sie würde ihn wissen, wenn es so weit war. Der alte Zwerg war dumm. Er hielt sich für schlau, o ja, aber wenn das Wissen um die Welt ein Strand war, so hielt er nicht einmal zwei Körner Sand in der Hand. Er glaubte, es fiele Ulaha schwer, die Dinge zu tun, deretwegen ihm so viel an ihr lag. Er dachte, sie müsste dafür große Anstrengungen auf sich nehmen.

Sie hasste den alten Zwerg nicht, obwohl er dem jungen Zwerg gesagt hatte, an welchen Stellen sie aufzuschneiden war, damit sie die runden, durchsichtigen Steine in ihren Körper hineinstopfen konnten. Warum hätte sie ihn hassen sollen? Sie hasste ja auch den Kater nicht dafür, dass er Mäuse jagte. Sie hatte Mitleid mit ihm, weil er nicht ahnte, wie schnell die Wolken des großen Sturms heraufzogen.

Der junge Zwerg war das Spielzeug des alten. Wenn Ulaha an den jungen Zwerg dachte, sah sie die Fäden vor sich, an denen der alte Zwerg nur zu ziehen brauchte, um seine Puppe zum Tanzen zu bringen. Es war erheiternd und traurig zugleich, wie eine Fliege, der man die Flügel ausgerissen hatte, um sie auf eine heiße Herdplatte zu setzen.

Bei der Menschenfrau mit dem Buch war es nicht viel anders. Was erwartete sich dieses langgliedrige Geschöpf davon, all seine verworrenen Gedanken auf einem Stück Papier festzuhalten? Dachte es etwa, es könnte sich einen Schlüssel herbeischreiben, um der Gefangenschaft zu entfliehen? Oder hatte die Menschenfrau es darauf abgesehen, dass etwas von ihr in der Welt zurückblieb, wenn man sie in den leuchtenden Saal brachte? Ganz so wie es bei Ulahas Sippe üblich war, möglichst viele Kinder in die Welt zu setzen, um der Ewigkeit zu trotzen und die Erinnerung an die Heimat nicht sterben zu lassen?

Sie drehte den Kopf und spürte, wie der Stein in ihrer Stirn über den Stoffbezug der Matratze schabte. Die Haut über dem Schnitt war rasch verheilt, und soweit Ulaha es ertasten konnte, hatte sich nicht einmal eine Narbe gebildet. Am Anfang hatten die Wunden noch geschmerzt, und einmal hatte sie versucht, die Nähte an dem Wulst über ihrer Scham herauszuziehen, um sich von dem Brennen und Pulsieren des Steins zu befreien. Dann war ihr die Geschichte von Inana und den sieben Prüfungen am Dornenstrauch eingefallen. Inana war dem Schmerz als Freund gegenübergetreten, der ihr verraten konnte, an welcher Stelle im Wald die Feinde ihrer Sippe den Schädel ihres erschlagenen Vaters vergraben hatten. Und hatte nicht auch Ulaha etwas durch ihren Schmerz gewonnen? Fiel es ihr nun nicht noch leichter, sich aus ihrem Leib zu schälen und als Geist umherzustreifen? So wie es die Wandler in der Zweiten Welt einst getan hatten, als ihr Volk noch in den Bäumen lebte? Als sie vom Baum gefallen war, hatte sie damit begonnen, die Fäden der Zeit zu einer Hülle um sich selbst zu spinnen. Nur ab und an hatte sie vorsichtig einen Fühler durch diesen Kokon hindurch ausgestreckt, weil sie sich vor ihren Träumen fürchtete. Mit ihren Messern hatten der alte und der junge Zwerg die Hülle aufgeschlitzt, und sie war endgültig aus ihr emporgestiegen. Hatte sie nicht schon lange gewusst, dass ihre Verwandlung bevorstand? Hatte sie sich vielleicht nur vor den Schmerzen gefürchtet, die damit verbunden waren? Es war gut, dass die Zwerge ihr diese Entscheidung abgenommen hatten.

Ulaha musste wieder an die Menschenfrau mit dem Buch denken. Fürchtete sie sich auch vor einer Verwandlung, der sie nicht entgehen konnte? Schrieb sie deshalb all diese merkwürdigen Dinge auf? Die Halblingin war sich nicht ganz sicher, wie lange es her war, seit sie zum letzten Mal nach der Frau gesehen hatte. War es vor oder nach den Schnitten und den Steinen gewesen? So oder so konnte es nicht schaden, der Frau einen Besuch abzustatten.

Mit einem tiefen Atemzug löste sich Ulaha von dem zusammengerollten Ball aus Fleisch, Knochen, Sehnen, Blut und Haut, der so lange ihr wahres Gefängnis gewesen war. Sie schaute auf die ausgezehrte Kreatur mit dem kahl rasierten Schädel hinab. War das wirklich sie? Wenn dem so war, warum fühlte sie sich dann in ihrer neuen Gestalt, die keinen Körper kannte, so viel besser?

Sie glitt auf die Tür mit dem absonderlichen Apparat zu, durch den ihr die Zwerge Pillen in die Zelle schickten, und huschte durch das Hindernis, das keines war, hindurch. Sie wählte einen Weg durch die Gänge, dem sie schon oft gefolgt war – vorbei an einem Zwerg, der summend einen Besen vor sich herschob, vorbei an dem Raum, in dem man ihr nach ihrer Ankunft die Kleider ausgezogen und die Haare geschoren hatte. Wo war ihr Haar wohl jetzt? In einem Ofen verbrannt? Auf einer Müllhalde vor der Stadt? Warum kümmerte es sie?

Als Ulaha in der Zelle der Menschenfrau angekommen war, hielt sie verwundert inne. Der kleine Raum war leer. Keine Frau, kein Buch.

Hatten die Zwerge die Menschenfrau schon zu ihrer Verwandlung geführt? War sie in einer anderen Zelle untergebracht? Enttäuscht ließ sich Ulaha auf die Matratze niedersinken, wo sie einen letzten Rest der Insassin zu spüren glaubte. Ein nasser Fleck auf einem Stein, der im Licht der Sonne schrumpfte und schrumpfte, bis er irgendwann vollkommen verschwunden war. Die Haare eines Wolfs, die sich dort zwischen den Zweigen finden ließen, wo der Räuber durch das Unterholz gestrichen war, bis der Wind die Spuren mit sich forttrug.

Ulaha fühlte ein sachtes Ziehen, das ihr gesamtes Wesen durchdrang. Das Fleisch rief nach ihr. Sie mochte nicht ihr Leib sein, aber ihr Leib gehörte zu ihr. Der Adler konnte nicht verleugnen, dass er

Schwingen besaß. Zögerlich gab sie dem Klagen ihres einsamen Körpers nach und ließ sich von ihm aus der Zweiten Welt zurückreißen.

Wie immer, wenn sie von ihren Streifzügen zurückkehrte, empfand Ulaha die Schwere und die Starrheit ihres Leibs als ungeliebte, erdrückende Last. Ihr Herzschlag donnerte irrsinnig laut, ihr Blut rauschte wie ein reißender Wildbach durch die Adern, und mit jedem Atemzug schien sie einen gewaltigen Felsen auf ihrer Brust ein winziges Stückchen weiter von sich herunterzuschieben. Doch ihr stand ein weiterer Weg offen, sich aus der Umklammerung der Stofflichkeit zu lösen. Ein Weg, der ihren Geist nicht nach außen, sondern nach innen führte. Dorthin, wo die echten Wahrheiten zu finden waren.

Eine Weile hatte sie geglaubt, was sie vor sich sah, wenn sie den Schleier zwischen Wachen und Träumen zerriss, sei nichts weiter als das Werk ihrer Großmutter. Immerzu hatte sie an ihrem Bett gesessen und von dem Wald erzählt, aus dem alles entsprang. Von den Bäumen, den Tieren, den Sträuchern, dem Wind, dem Moos. Von den Lichtungen, wo auf ewig Tau auf den Gräsern glitzerte. Von den stillen Seen, über denen silberne Wolken vorüberzogen. Von den Nestern der Weberschnäbel, die größer waren als die größten Bauten der Zwerge. Von den Zeugnissen der Zeit vor der Zeit in den fernsten Teilen des Waldes, die von Ranken und Lianen überwuchert waren. Wie hätte ein Kind nicht von einem solchen Ort träumen können, wo er doch durch die gemurmelten Worte einer geliebten Person wieder und wieder zum Leben erweckt worden war?

Erst nach ihrem Sturz hatte Ulaha begriffen, dass dieser Ort ebenso wirklich war wie die Stube, in der sie sich im Fieber auf ihrem schmalen Bettchen wand, die Glieder von Krämpfen verdreht, für die es scheinbar keine Linderung gab. Wenn sie dort war, konnte sie den Wind spüren, der ihr über die Haut strich. Sie roch das Harz, das zäh aus den Bäumen quoll, und die feuchte, fruchtbare Erde unter ihren Füßen.

Ulaha hatte eine Lieblingsstelle, die sie immer aufsuchte, sobald sie sich in diesem Wald wiederfand. Im kühlen Schatten eines uralten Baumriesen streckte sie sich auf einem Lager aus weichem Moos aus. Leise drang das Plätschern eines Bächleins an ihr Ohr, dessen

Wasser fröhlich über ihr Bett aus Steinen und Ästen hinwegsprangen. Sie genoss das sachte Kitzeln ihres Haars im Nacken. Wie stolz war sie auf ihre prächtigen roten Locken. Schimmerndes, gesponnenes Feuer. Die Glut ihrer Seele.

Sie bohrte ihre Finger tief in das Moos. Sie wusste, woher die schmierige Nässe an ihren Händen stammte. Es war das Blut, das sie vergossen hatte und das sie noch vergießen würde. Es gab kein Leben ohne Blut, ohne Blut kein Leben und ohne Leben keinen Tod.

Hatte die Menschenfrau mit dem Buch dies im Augenblick ihrer Verwandlung begriffen? Hatte sie verstanden, dass das Alte sterben musste, damit das Neue leben konnte? Dass die Frucht verfaulen musste, damit die Saat in ihrem Innern aufgehen konnte? Wo war die Frau jetzt? Welche Gestalt hatte ihr der Wald wohl geschenkt?

Ein Schaben Abertausender winziger Beinchen ließ Ulaha aufhorchen. Sie rollte sich auf die Seite. Ein breiter Strom von kleinen, gepanzerten Leibern wälzte sich über die Lichtung, emsig einem Ziel zu, das nicht mehr allzu fern sein konnte. Dicht an dicht marschierten die Ameisen an ihr vorüber. Die vielgliedrigen Geschöpfe verströmten einen widerlich süßen Geruch, da jedes von ihnen ein glänzendes Bröckchen einer schwammigen, grünlichen Masse auf dem Rücken trug.

»Womit habt ihr euch so schwer beladen?«, fragte Ulaha eine der Ameisen, die ein wenig vom restlichen Trupp abgekommen war und kaum eine Armlänge von ihr entfernt vorbeikrabbelte.

Die Ameise blieb stehen und klackte mit den Mandibeln. »Wir haben Aas gefunden.«

»Wenn ihr so viel zu tragen habt, muss etwas sehr Großes gestorben sein«, sagte Ulaha. Die Stimme der Ameise kam ihr bekannt vor, aber sie konnte nicht sagen, warum. Es war ein bisschen so, als unterhielte sie sich mit einem Onkel oder einem Vetter, den sie nur ein- oder zweimal auf einer wichtigen Familienfeier – dem Tag der Vertreibung oder vielleicht auch irgendeiner Hochzeit – gesehen hatte.

»Es hat sehr lange gebraucht, bis es tot war.« Die Ameise wippte mit den Fühlern. »Wir haben schon gedacht, es würde gar nicht mehr sterben.«

Zwei andere Ameisen, die ihr Päckchen Aas abgelegt oder einem ihrer unzähligen Geschwister auf den Rücken gepackt haben mussten, wuselten zu dem Ausreißer heran. Sie waren um ein Vielfaches größer als ihre verirrte Schwester und ungefähr so lang wie Ulahas Zeigefinger.

»Was stehst du hier so nutzlos herum?«, fragte die Erste.

»Du solltest besser nicht so viel reden«, beschwerte sich die Zweite.

Die kleinere Ameise beugte den runden Kopf so tief, dass ihre Mandibeln über den Waldboden kratzten. »Ihr habt ja recht. Es tut mir leid«, sagte sie und huschte zurück in Richtung des restlichen Zugs.

Die beiden neu angekommenen Ameisen richteten den starren Blick ihrer Facettenaugen auf Ulaha.

»Du hast nichts gesehen«, schnarrte die erste.

»Wir haben Wege, dich zum Schweigen zu bringen«, klackte die zweite.

»Warum seid ihr denn so unleidig?«, erkundigte sich Ulaha, deren Haut am ganzen Körper kribbelte, als zöge der gesamte Ameisenstaat nicht an ihr vorbei, sondern über sie hinweg.

»Das geht dich nichts mehr an.« Die erste Ameise hob drohend den Hinterleib an.

»Du gehörst nicht mehr zu uns, und du wirst nie mehr zu uns gehören«, verkündete die Zweite.

Die Fühler der beiden Tiere berührten sich kurz und verständigten sich auf eine Art und Weise, die Ulaha verborgen blieb. Offenbar waren sie zu einer Übereinkunft gekommen. Sie entfernten sich rückwärts von der Halblingin, bis sie sich außerhalb der Reichweite Ulahas befanden. Dann drehten sie sich um, wuselten zurück zu ihrem Trupp und verschwanden rasch in der wabernden Masse der Leiber ihrer großen und kleinen Geschwister.

Ulaha wunderte sich über die letzte Bemerkung der Ameisen. Wenn sie jetzt nicht mehr zu den Ameisen gehörte, bedeutete dies dann nicht, dass sie einmal zu ihnen gehört hatte? Sie konnte sich nicht daran erinnern, eine Ameise gewesen zu sein. Verwechselten sie die kleinen Krabbler vielleicht mit jemand ganz anderem?

Während sie versuchte, diesem Rätsel auf den Grund zu gehen, nahm die Prozession schillernder Leiber ein Ende. Ulaha stutzte. Die Ameisen hatten eine Schneise hinter sich hergezogen, die beinahe so aussah, als wären das Gras und der darunter liegende Humus von einem heftig wütenden Feuer verbrannt worden. Sie sah zwar keine Rauschschwaden aufsteigen, aber ansonsten gab es keinen Zweifel: Am Rand der Schneise waren Grashalme zu braunen, ausgetrockneten Spiralen gekrümmt, und die Luft über der Spur aus grauschwarzer Asche flimmerte.

Die Narbe im Waldboden würde nicht lange Bestand haben. Da war sich Ulaha sicher. Der Wald heilte sich selbst, so wie er es immer getan hatte und immer tun würde. Die Gesetze, die hier galten, waren wandelbar und flüchtig, doch eines war unumstößlich: Der Wald war ewig. Ulaha würde nur einen kleinen Augenblick warten müssen, um zu sehen, wie sich die Hitze verflüchtigte, neues Leben in die verdorrten Halme schoss und frisches Moos über die Asche wucherte.

Nichts dergleichen geschah.

Ulaha setzte sich auf und dachte darüber nach, näher an die verbrannte Schneise heranzutreten, da ertönte aus nicht allzu weiter Ferne ein Geräusch, das ihr Herz in Furcht versetzte. Das Lärmen, das jenseits der Lichtung erklang, kam schnell näher. Es war ein Bersten und Krachen, begleitet von einem Rauschen und Rascheln. Es waren die Schreie sterbender Bäume.

Irgendetwas Großes bahnte sich seinen Weg durch den Wald, irgendetwas, das so mächtig war, dass es alle Bäume achtlos beiseite fegen konnte, anstatt sich zwischen den Stämmen hindurchzuzwängen.

Ulaha kannte nur noch einen Gedanken: Flucht! Aber wohin? Sie sprang auf und lief los, den Kopf über die Schulter gewandt, da sie befürchtete, die gigantische Kreatur könnte jeden Moment auf die Lichtung treten. Hart prallte sie mit der Schulter gegen den Stamm jenes Baums, in dessen Schatten sie geruht hatte. Ohne Zögern griff sie mit ausgestrecktem Arm nach dem erstbesten Ast und zog sich in die Höhe. Ihre nackten Zehen krallten sich in die Rinde und gaben ihr Halt für den nächsten Sprung. Erst als sie so hoch hinaufgeklettert war, dass die Zweige zu dünn wurden, um ihr Gewicht zu tragen, erkannte sie das Wagnis ihres Unterfangens. Das, was im Wald wütete, knickte selbst die ältesten Baumriesen mit spielerischer Leichtigkeit um. Welchen Schutz bot ihr also die Krone eines Baums? Sie umschlang den Stamm, der mittlerweile unter jedem Schritt des herannahenden Ungetüms erzitterte, fest mit beiden Armen und hoffte auf das Beste – dass das Geschöpf ausgerechnet diesen Baum unangetastet lassen würde.

Das Ungeheuer hatte die Lichtung erreicht. Ulahas Blick war durch ein Geflecht aus Ästen und Blättern behindert, aber sie konnte erahnen, dass das massige Monstrum größer sein musste als das Haus, in dem sie mit ihrer Mutter und ihrer Großmutter gelebt hatte, bis sie einem ihrer blutigeren Träume gefolgt war. Das Ding hatte grüngelbe, schuppige Haut, unter der dicke Muskelstränge pochten und zuckten. Anscheinend ging es nicht wirklich auf allen vieren, sondern stützte sich auf langen Armen ab, während seine kurzen, aber kräftigen Beine es in seltsam ungelenken Schritten über das Gras der Lichtung trugen. Der Kopf war für Ulaha erst zu erkennen, als sich die Kreatur vornüber beugte, um schnaubend und schnaufend an der verbrannten Erde zu scharren, die die Ameisen zurückgelassen hatten. Das grässliche Geschöpf hatte die platte Nase eines Affen, die dunklen Augen einer Echse und die schartigen Hauer eines Ebers.

Ulahas Magen bewegte sich spürbar in Richtung ihrer zugeschnürten Kehle, als der Gestank, der von der Bestie ausging, zu ihr in die Höhe stieg. Sie kannte diesen Gestank. Sie hatte ihn schon einmal gerochen. Damals war sie noch ganz klein gewesen, in jenem unvorstellbar heißen Sommer, in dem ihrer Großmutter alle Blumen in den Beeten eingegangen waren. Als die Schlachter kein Eis hatten, um das Fleisch in ihren Kühlkammern frisch zu halten.

Das Ungeheuer unter ihr drehte ihr nun den Rücken zu, und es war unübersehbar, woher der abscheuliche Gestank rührte. Sporne so lang wie Äste wuchsen dem Monstrum aus dem Rückgrat, auf denen die Beute der Bestie aufgespießt war. Langbeinböcke mit aufgeschlitzten Bäuchen, Rüsselbüffel mit zerquetschten Köpfen, Wipfelspringer mit aus den Schultern gerissenen Armen … Fast schien es Ulaha, als könnte es im gesamten Wald kein Leben mehr geben, so groß war die Zahl der Leiber auf den Spornen des riesigen Ungeheuers. Die getrockneten Säfte der getöteten Tiere bildeten eine dicke Kruste auf dem Rücken der Kreatur, wie Schorf über einer klaffenden Wunde.

Das Ding ließ sich auf die Hinterbeine nieder, griff mit seinen langen Armen nach einem der aufgespießten Rüsselbüffel und zerrte an einem der Läufe des Tiers. Mit einem satten Schmatzen löste sich das Glied vom Rest des Kadavers und landete im Maul des Ungetüms. Das trockene Knacken der Knochen und das gierige Schlürfen, mit dem das Monstrum das faule Mark aufsaugte, ließen Ulaha um ein Haar vor Ekel die Besinnung verlieren.

Ein Brocken der eingetrockneten Masse löste sich vom Rücken der Kreatur und flog auf die Halblingin zu. Nein, das war kein Schorf. Es war nur ein Vogel, dessen Gefieder die gleiche Farbe wie die widerwärtige Kruste hatte. Er landete auf einem Ast unweit von Ulaha und lugte hinter einem großen Blatt nach unten, als wartete er darauf, bis das Ungetüm auf der Lichtung seinen Hunger gestillt hatte.

Wo hatte Ulaha diesen Vogel schon einmal gesehen? Seinem langen, spitzen Schnabel nach zu urteilen, war er ein Madenhacker. Ihre Großmutter hatte ihr von den Madenhackern erzählt. Sie waren zu dumm, um selbst auf die Jagd zu gehen, aber schlau genug, um das zu fressen, was andere Räuber übrig ließen.

»Madenhacker«, flüsterte Ulaha, um den Vogel auf sich aufmerksam zu machen.

Der Madenhacker hüpfte erschrocken ein Stückchen auf seinem Ast zur Seite und drehte seinen Kopf auf dem schmalen, biegsamen Hals in alle Richtungen.

»Hier drüben«, wisperte die Halblingin.

Der Madenhacker betrachtete sie neugierig aus seinen rotumrandeten Augen. »Ah, du bist es. Das hätte ich mir denken können«, krächzte er und hüpfte näher an Ulaha heran. Der Gestank von Aas hatte sich in seinen Federn festgefressen, und Ulaha löste zögerlich einen Arm vom Baumstamm, um sich die Nase zuzuhalten.

»Woher kennst du mich?«, wollte sie wissen.

Der Vogel trippelte verlegen. »Ich habe dich schon oft hier gesehen. Dir gefällt es hier.«

»Du hast mich beobachtet?« Ulaha wusste nicht, ob sie sich geschmeichelt oder empört fühlen sollte.

Der Madenhacker tat so, als müsse er sich dringend die Schwungfedern putzen. »Gelegentlich. Du bist schön, wenn du da so auf dem Moos liegst. Aber auch ein wenig unheimlich.«

»Wieso denn unheimlich?«

»Du kommst und gehst, wie es dir gefällt. Wir anderen können das nicht.«

»So, so.« Der Madenhacker war offenbar wirklich nicht sehr schlau. Ulaha spreizte einen Finger von der Nase ab und deutete hinunter auf die Lichtung. »Was ist das für ein Tier, mit dem du durch die Gegend ziehst? Und warum habe ich so ein Tier noch nie gesehen?«

»Das ist ein Stachelrücken. Es gibt nur sehr wenige von ihnen, und sie leben gut versteckt, damit die anderen Tiere nicht vor ihnen flüchten.« Der Madenhacker steckte den Kopf unter den Flügel. »Sogar ich fürchte mich ein wenig vor ihm.«

»Warum suchst du dir denn dann keinen anderen Freund?«

»Weil er gut zu mir ist und es immer genug zu fressen gibt«, antwortete der Vogel.

»Sag mal, Madenhacker. Wird der Stachelrücken lange hierbleiben? Ich kann nämlich nicht ewig auf diesem Baum hocken.« Das war nicht gelogen. Der Ast, auf dem Ulaha saß, wurde von Augenblick zu Augenblick unbequemer.

»Das kann schon noch eine Weile dauern«, sagte der Vogel. »Wenn er gefressen hat, ruht er sich aus.«

Hoffnung keimte in Ulaha auf. »Dann schläft er bestimmt bald ein, oder?«

»O nein.« Der Madenhacker schüttelte den Kopf. »Der Stachelrücken schläft nie.«

»Oh«, machte Ulaha. »Das ist schlecht. Kannst du ihn nicht vielleicht dazu überreden, dass er sich woanders ausruht? Dann könnte ich schnell hinunterklettern, sobald ihr weg seid.«

Der Madenhacker schiss einen breiten Streifen weißen Kot auf den Ast, auf dem er saß. »Das geht nicht, das geht nicht.«

»Wieso denn nicht? Wenn er dein Freund ist, wird er auf dich hören.«

»Er ist gerade nicht sehr gut auf mich zu sprechen. Er ist zornig wegen der Wildkatze«, plapperte der Vogel aufgeregt.

»Welche Wildkatze? Ich habe keine Ahnung, wovon du redest.«

»Nicht? Komisch. Dabei habe ich dich doch dabei beobachtet, wie du ihr zugeschaut hast, als sie ihre Krallen an den Bäumen gewetzt hat.« Der Madenhacker legte den Kopf schief. »Kannst du dich gar nicht daran erinnern? Du wolltest mit den Fingern durch die Kerben in der Rinde fahren, aber deine Finger waren zu dick.«

»Bist du dir sicher, dass ich das war?« Womöglich war der Madenhacker so dumm, dass er Ulaha mit jemand anderem verwechselte.

Der Vogel ließ den Schnabel einen Moment lang offen stehen. »Wenn du es nicht warst, dann war es jemand, der genauso aussieht wie du«, sagte er dann. »Jedenfalls kann ich den Stachelrücken um nichts bitten, was ihn noch zorniger macht. Er ist ohnehin schon zornig genug, weil ich dieser Wildkatze geholfen habe. Da kann ich nicht auch noch dir helfen.«

»Und was soll dann aus mir werden? Irgendwann geht mir die Kraft aus, und dann falle ich vom Baum. Und wenn das passiert, wird dein Freund mich auf einen seiner Stachel spießen. Willst du das?«

Die Flügel des Madenhackers hingen schlaff herunter. »Nein. Es wäre schade um dich. Wo du doch so schön bist.«

»Siehst du? Du musst mir helfen«, sagte Ulaha flehentlich.

»Aber ich schaffe das nicht allein«, jammerte der Madenhacker.

»Dann brauchst du eben Unterstützung.«

»Wer würde mir denn schon helfen, dich zu retten?«

»Vielleicht diese Wildkatze, von der du geredet hast. Immerhin ist sie dir etwas schuldig.« Ulaha klammerte sich mittlerweile wieder mit beiden Armen am Baumstamm fest. Der Gestank des Madenhackers war schlimm, aber jetzt vom Baum zu fallen wäre noch viel schlimmer gewesen.

»Da ist etwas dran«, gestand der Vogel ein und plusterte sich auf. »Ohne mich hätte sie es nie geschafft zu entkommen.« Sein Gefieder fiel wieder in sich zusammen. »Aber mit ihr allein komme ich auch nicht weit, wenn ich dir helfen soll.«

»Denk nach«, forderte Ulaha den Madenhacker auf. »Es muss doch noch andere Tiere geben, denen du einmal einen Gefallen getan hast.«

Der Vogel kniff die Augen zusammen und pickte ein-, zweimal in die Rinde seines Astes. »Das sagst du einfach so, ohne mich zu kennen. Ich kenne mich ja selbst kaum. Als Küken bin ich schon aus dem Nest gefallen, und niemanden hat es geschert. Ganz lange bin ich über den Boden gekrochen, ganz weit weg, bis ich nicht einmal mehr wusste, auf welchem Baum mein Nest war. Wenn mich Stachelrücken nicht gefunden hätte, wäre ich wohl verhungert.«

»Das ist doch Unsinn«, warf Ulaha ein. »Und ein so schlauer Vogel wie du sollte das auch wissen. Wenn man aus dem Nest fällt, dann wird nach einem gesucht.«

»Weißt du, was der Unterschied zwischen uns beiden ist?«, fragte der Madenhacker unvermittelt.

Ulaha blieb stumm.

»Ich bin aus dem Nest gefallen, weil man mich gestoßen hat. Du dagegen bist gesprungen, weil du es so wolltest.«

»Du scheinst mich tatsächlich gut zu kennen«, sagte Ulaha lauernd. »Aber lass mich dir auch eine Frage stellen: Hast du je darüber nachgedacht, warum du überhaupt aus dem Nest gestoßen wurdest?«

Jetzt war es der Vogel, der stumm blieb.

»Ich bin mir sicher, dass du Hilfe für uns beide findest, wenn du nach dem Baum suchst, auf dem dein Nest war. Aber du solltest dir mit deiner Suche nicht zu lange Zeit lassen, denn sonst ist es auch für uns beide zu spät.« Ulaha sprach mit einer Gewissheit, die sie selbst kaum noch schreckte. Sie war sich nun sicher, dass der Madenhacker sie wirklich schon viele Male zuvor gesehen hatte, und sie glaubte ihm auch das, was er über die Wildkatze erzählt hatte. Ihr war nun wieder eingefallen, dass sie den Madenhacker und die Wildkatze bereits eine ganze Weile kannte. Sie hatte es nur vergessen, weil es ihr nicht wichtig vorgekommen war. Sie hatte schon immer viel vergessen, seit sie an einem anderen Ort zu einer anderen Zeit von einem anderen Baum gefallen war. Nichtsdestoweniger war ihr immer alles Wichtige wieder eingefallen, sobald es ihr einfallen musste, damit sie ihrer wahren Bestimmung nachgehen konnte.

Der Madenhacker spreizte die Flügel. »Du redest fast so, als bräuchtest du gar keinen, der dir von diesem Baum herunterhilft. Aber es kann sein, dass du recht hast. Wir werden sehen.« Der Vogel hüpfte von seinem Ast und fiel einen Moment wie ein Stein in die Tiefe, ehe er mit den Schwingen schlug, um wieder an Höhe zu gewinnen. Mit jedem Schlag seiner Schwingen sendete er ein feines Klingen aus wie von einer kleinen Glocke.

Das letzte Bild aus dem Wald, das in Ulahas Geist aufstieg, bevor sie das Läuten des Pillenspenders zurück in jene Welt holte, die viele für die einzige und echte hielten, war der Madenhacker, wie er hoch über die Wipfel der Baumriesen stieg, dunklen Wolken entgegen. Sie konnte nur hoffen, dass es sein Nest war, wonach er suchte.

Ulaha öffnete die Augen und starrte auf den Spiegel an ihrer Zellentür, den Aasgestank des Stachelrückens noch in der Nase. Der alte Zwerg, der den Apparat betätigt hatte, sollte ruhig wissen, dass sie ihn sehen konnte und dass es ihr nichts ausmachte, von ihm beobachtet zu werden. Lange würde er sich an ihrem Anblick nicht mehr erfreuen können.

17

Alles in Arisascha von Wolfenfurt schrie danach, diesen furchtbaren Ort umgehend zu verlassen. Doch wenn sie eines von den Wanderern auf dem Sanften Pfad gelernt hatte, dann war es die Zügelung der Gefühle. Was würde es ihren Begleitern für Unmut bereiten, wenn sie nun die Fassung verlieren und Hals über Kopf flüchten würde? Die Herren sahen es nicht gern, wenn ihr Gesinde seinen niedersten Instinkten nachgab.

Was wohl ihr Vater dazu gesagt hätte, seine Tochter an einem solchen Sündenpfuhl zu sehen? Hier, wo die Besucher ihre Sinne betäubten und sich im Rausch verloren, anstatt ihren Pflichten nachzugehen. Sie musste lächeln. Ihr Vater hätte bestimmt einen guten Zwerg abgegeben.

Wie die anderen Zwerge über jene urteilen würden, die in diesem Kellergewölbe ihren Süchten frönten, stand ebenso fest: Sie waren Nichtsnutze, Versager, Ungeziefer.

Der blaugraue Rauch war so dicht, dass Arisascha Mühe hatte, mehr als nur verwaschene Schemen auszumachen, die auf harten Steinbänken lagen. Die Glut der Flechtenpfeifen leuchtete wie rotglühende Augen, und das Schmatzen und Saugen der Rotnusskauer erweckte den Eindruck, als fiele irgendwo im Halbdunkel ein Rudel verwilderter Hunde gemeinsam über einen vergessenen Kadaver her.

»War es eine gute Idee, ausgerechnet hierher zu kommen?«, fragte sie Sucher Schmied.

»Sonst wären wir nicht hier«, antwortete der Zwerg. Arisascha entging nicht, dass es Schmied schwerfiel, ihrem Blick zu begegnen. »Das ist ein Ort, an dem mich wohl kaum jemand von meinen Kollegen vermutet.«

»Aber werden wir hier denn nicht trotzdem auffallen?«, hakte Himek nach. Sein Tonfall war für Arisascha kaum zu deuten. Sprach da etwa Verachtung für seinen leiblichen Vater aus dem jungen Leiböffner? Auf ihrer Fahrt nach Amboss hatte sie mehrfach den Versuch unternommen, sich die ganze Sache von ihrem Begleiter erklären zu lassen. Offenbar war es nicht unüblich, dass Zwerge ihre Kinder in die Hände von Zieheltern gaben, wenn sie sich aus irgendwelchen Gründen der Erziehung ihrer Nachkommen nicht gewachsen fühlten. Auf Arisascha wirkte dies wie ein ausgesprochen törichter Brauch, der mehr Probleme schuf, als er löste, denn augenscheinlich standen die leiblichen Eltern eines Mündels auch nach der Übergabe des Kindes bei ihrem Sprössling in einer Art Ehrenschuld. Eine Schuld, die Himek nun eingelöst haben wollte.

Als wollte er Himeks Frage beantworten, trat ein Zwerg an den niedrigen Tisch heran, um den sie sich geschart hatten. Selbst für die Maßstäbe seines Volks war dieser Zwerg ungemein massig, mit dicht behaarten Händen wie die Pranken eines Bären und einem Brustumfang, mit dem so manches Weinfass nicht hätte mithalten können. Haar und Bart waren kohlrabenschwarz und standen in krassem Gegensatz zu der bunten Seidenweste, die der Neuankömmling trug, einem Kleidungsstück, das sicherlich ein Vermögen gekostet, aber unzweifelhaft schon bessere Tage gesehen hatte.

»Schau an, schau an«, sagte der Zwerg, wobei seine Worte sich fast im Murmeln und Klimpern der Wasserklangbleche und Singschalen verloren. »Welch hoher Besuch.«

Unter Gareps Knebelbart zuckten seine Lippen verächtlich. »Du betreibst das beste Haus seiner Art, Dagul Schächter. Wundert es dich da wirklich, dass sich auch die Sucher für dich interessieren?«

Schächter grinste breit. »Du irrst dich, Sucher. Ich bin hier nur Gast. So wie du. Der Laden gehört einem Bekannten, dem ich vor einiger Zeit unter die Arme gegriffen habe, als ihm das Geld knapp wurde. Und du kannst es mir kaum zum Vorwurf machen, in was mein Bekannter meine kleine Zuwendung investiert hat.« Er deutete auf Himek. »Ist das ein Spritzer aus deinem Zapfen? Er ist dir ja wie aus dem Gesicht geschnitten.«

Himek lief puterrot an.

»Geh weg, Zwerg«, knurrte Siris, der sich bislang erstaunlich ruhig verhalten hatte.

Arisascha legte ihrem Zwillingsbruder die Hand auf den rechten Arm und gab ihm durch einen leichten Druck zu verstehen, dass er sich hier besser nicht einmischte.

»Er ist mein Brudersohn aus den Bergen«, log Garep und tätschelte Himek die Wange. »Ich mache ihn nur mit den Versuchungen der großen Stadt vertraut.«

»Aha.« Dagul schaute zu den beiden Menschen. »Und wer sind die? Dein Waschweib und dein Kammerdiener? Der Rat muss dich ja richtiggehend verwöhnen.«

»Lass uns keine längere Zange holen, wo es auch die kurze tut«, entgegnete Garep. »Ich habe nicht erwartet, ohne Gegenleistung auf dein Schweigen bauen zu können, Dagul. Mein Angebot lautet wie folgt: Du hast uns nie gesehen, und dafür brauchst du dir für fünfzig Tage nicht den Kopf darüber zu zerbrechen, ob dieses Haus Ziel einer Suche wird.«

»So, so«, brummte Dagul. »Wenn mein Bekannter hundert Tage ruhig schlafen könnte, würde ich vergessen, dass du jemals hier warst.«

»Fünfundsiebzig Tage«, gab Garep zurück. »Und keinen Tag mehr. Ich kann mich für dich nicht zu lange über die Esse lehnen.«

Dagul blinzelte verschwörerisch. »Wir wollen ja nicht, dass dein Bart Feuer fängt. Na gut, Sucher – ach, was rede ich denn da? Welcher Sucher?« Er drehte sich um und ging zwei, drei Schritte in die Rauchschwaden hinein, ehe er Garep über die Schulter zurief: »Die nächste Runde Pfeifen geht auf mich.«

Arisascha sprach die Frage aus, die Himek ins Gesicht geschrieben stand, nachdem sie gespürt hatte, wie sich die Muskeln in Siris' Oberarm entspannten. »Sollte ein Sucher denn nicht stets aufrichtig sein?«

Garep zuckte die Achseln und öffnete den obersten Knopf seines Hemdes. »Ich werde nicht mehr allzu lange Sucher sein, befürchte ich.«

»Was war das überhaupt für ein Kerl?«, brach es schließlich aus Himek heraus. »War er etwa ein Verbrecher? Aber wie kann das sein? Wenn du weißt, dass er ein Verbrecher ist, warum wird er dann nicht verhaftet?«

»Nicht so laut«, zischte Garep. »Bringt man euch in den Bergen denn keine Vorsicht bei?«

»Den Kieseln mit Vätern schon«, antwortete Himek spitz.

Da war er wieder, der Vorwurf, der in beinahe jeder Äußerung des Leiböffners mitschwang. Arisascha erkannte die Weisheit des Gebots aus den Heiligen Schriften, die es Mägden und Knechten verbot, die Frucht ihrer Lenden zu leugnen. Wie kam es, dass die Zwerge an einem so unvernünftigen Brauch wie der Mündelweitergabe festhielten, obwohl sie doch ständig behaupteten, ihr gesamtes Handeln den Gesetzen der Vernunft unterzuordnen? Stammte er noch aus jener Zeit, in der auch die alten Folianten in der Zweigstelle der Bundesbibliothek zu Amboss geschrieben worden waren, die sie eingehend studiert hatte? Die Bücher, die Zweifel in ihr wachgerufen hatten, was die wahre Natur der Heiligen Schriften ihres eigenen Volkes anbelangte?

»Schächter gehört zu einer Gruppe, die großen Einfluss auf die einfachsten Arbeiter ausübt«, erklärte Garep. »Jeder im Sucherhaus weiß, dass diese Gruppe existiert, aber ihre Zerschlagung würde nur zu einer Unruhe führen, die der Rat besser vermieden sehen will. Man beschränkt sich auf die gelegentliche Suche, wenn man den Eindruck gewinnt, Schächter und seine Kumpane trieben es gar zu toll. Dann schließt man eines der Häuser wie dieses hier, wohlwissend, dass in irgendeinem anderen Keller irgendwo im bergfernen Teil der Stadt bereits das nächste eröffnet wird.«

»Die gute Magd lebt mit den Dingen, die sie nicht ändern kann.« Arisascha nickte. Der verwirrte Blick ihres Bruders entging ihr nicht. Siris würde sich mit einer Erklärung, weshalb sie sich für ihn so unverständlich fromm gebärdete, noch ein Weilchen gedulden müssen. Vorhin, in der Wohnung des Suchers, die sie anschließend in aller Eile verlassen hatten, war lediglich Zeit für eine kurze Begrüßung und eine rasche Umarmung gewesen. Sosehr sie sich freute, Siris zu sehen, sosehr fürchtete sich Arisascha, dass sein Erscheinen ihre Pläne durcheinander bringen könnte. Wenn er sich nicht genau so verhielt, wie sie es erwartete, wäre alles verloren.

Garep rieb sich einen Moment die Nase, als verspürte er ein unangenehmes Jucken. »Ihr behauptet also, ihr wüsstet, was mich um ein Haar dazu getrieben hat, mich vom Dach meines Hauses zu stürzen?«

»Ich habe mit eigenen Augen gesehen, wie so etwas möglich ist«, antwortete Himek. »Falls mein Wort dir nicht genügt, dann …«

»Dein Vater wird uns Glauben schenken«, beschwichtigte Arisascha den Leiböffner. »Er hat bereits bei unserer ersten Begegnung geahnt, dass ich ihm mehr sagen konnte, als ich zu sagen bereit war.« Sie schaute auf ihre Hände. »Es war wahrscheinlich ein Fehler, dir etwas vorenthalten zu wollen, Sucher Schmied. Das, was dir widerfahren ist, ist auch Dschedschin widerfahren. Als man mich gesehen hat, wie ich ihm nachgelaufen bin und auf ihn eingeredet habe, da war Dschedschin nicht er selbst. Es war, als wäre ein anderer in ihn eingefahren.«

»Das ist doch Humbug«, zischte Garep, aber das Zittern, das seinen gesamten Leib schüttelte, verriet Arisascha, dass der Sucher eigentlich nicht an das glaubte, was er gerade sagte.

»Welche Erklärung gäbe es sonst für ein solches Verhalten? Warum sollte ein reicher Mensch plötzlich losziehen und einen Zwerg erschießen? Aus politischen Gründen? Wegen einer persönlichen Fehde?« Arisascha schüttelte den Kopf. »Selbst wenn Dschedschin einen anderen hätte tot sehen wollen, dann wäre er klug genug gewesen, einen Mörder dafür anzuheuern. Und wie steht es mit deinem nächtlichen Spaziergang, Sucher Schmied? Warum hätte in dir völlig unvermittelt der Wunsch aufkeimen sollen, dich vom Dach zu stürzen?«

»Vielleicht weil er keinen Mut hat«, warf Siris ein.

»Wie bitte?«, fragte Garep. »Ich habe doch schon gesagt, dass ich nicht Herr meiner Sinne war und dass ich dir dankbar für meine Rettung bin.«

»Vielleicht lügst du«, sagte Siris mit zusammengekniffenen Augen.

»Er lügt nicht.« Himek klatschte die Faust in die Handfläche. »Wir müssen nur die Tatsachen betrachten, um diese Möglichkeit auszuschließen. Ich war Zeuge, als in der Anstalt ein Halbling Besitz vom

Körper eines Menschen ergriff. Mein Vater sagt, er konnte sich nicht gegen die Handlungen seines Körpers wehren, und nachdem du ihn davor bewahrt hast, in den Tod zu stürzen, Siris, seid ihr von zwei Halblingen angegriffen worden, die versucht haben, euch beide umzubringen. Die Halblinge sind das Verbindungsglied.«

Garep schaute zur niedrigen Decke des Kellergewölbes, wo die Rauchschwaden aus den Pfeifen der anderen Gäste in einem scheinbar ewigen Tanz träge umeinander waberten. »Die einen Halblinge waren nervenkrank, die anderen gehörten der Bundessicherheit an. Insofern ist das, was du da vorbringst, höchstens ein Indiz, aber kein Beweis.«

»Gegen mich lagen auch nur Indizien vor«, gab Arisascha zu bedenken und griff nach einem der zusammengerollten Blättchen, die vor ihr in einer Steinschale auf dem Tisch standen. Sie schnupperte daran. Offenbar hatte man die zerstoßene Nuss im Innern des Blatts nicht nur mit Kalk, sondern auch mit geraspeltem Süßholz vermengt. »Und obwohl es keine Beweise gegen mich gab, bist du deinem Gefühl gefolgt und hast mich zu einer Vernehmung vorgeladen.«

»Das hatte nichts mit Gefühlen zu tun. Die Logik befahl es, dich zu vernehmen. Immerhin warst du als Letzte gemeinsam mit dem Mörder gesehen worden«, antwortete Garep.

Arisascha legte das Blatt zurück in die Schale. »Dschedschin war kein Mörder. Er war nur die Mordwaffe, wenn man so will.«

»Das ist absurd.« Gareps Protest fiel bereits leiser aus als beim ersten Mal. »Wenn in dieser Anstalt, aus der dich mein Sohn befreit hat, Experimente vorgenommen werden, dann spricht eigentlich alles dafür, dass der Prozess, bei dem ein Geist in den anderen eindringt, noch lange nicht ausgereift ist. Noch dazu kann man solche Versuche nicht ohne Erlaubnis durchführen oder zumindest nicht, ohne bei der Verwaltung Aufsehen zu erregen. Es werden doch Krankenakten geführt, und man kann nachvollziehen, dass die Personen, die in die Anstalt eingeliefert werden, sehr bald nach ihrer Ankunft dort sterben. Das lässt sich nicht so leicht vertuschen.«

Himek schüttelte nur verzweifelt den Kopf, während Arisascha sich über den Tisch hinweg näher zu Garep beugte, um dem Zwerg in die Augen sehen zu können. »Du vergisst etwas, das von entscheidender Bedeutung ist. Die Akten, von denen du da redest, werden von Halblingen geführt. Die ganze Verwaltungsarbeit wird von Halblingen geleistet, und wir wissen beide, welche Sippen das höchste Ansehen und damit auch den größten Einfluss auf ihre Geschwister genießen – die Familien, deren Mitglieder die Bundessicherheit stellen. Und wer könnte die Vorgänge in der Anstalt besser vertuschen als die Bundessicherheit selbst?«

Garep wandte sich hilfesuchend an Siris. »Was denkst du denn eigentlich über diese ganze Angelegenheit? Du warst doch mit mir auf dem Dach? Glaubst du, diese Sache hat etwas mit der Anstalt zu tun?«

»Meine Schwester lügt nicht«, erwiderte der Mensch trocken.

Arisascha bemerkte, wie die Schultern des Suchers in sich zusammensackten. »Ich kann verstehen, dass es dir schwerfällt, dich der Wahrheit zu stellen. Es klingt unwahrscheinlich, dass es eine Verschwörung solchen Ausmaßes geben kann. Gerade, wo dein Volk doch so sehr auf Ordnung und Ehrlichkeit setzt. Aber denkst du, dein Sohn hätte mich hierhergebracht und seine Vatersschuld eingefordert, wenn er nicht glauben würde, dass es diese Verschwörung gibt?« Arisascha folgte einem alten Leitspruch aus den Heiligen Schriften: *Wenn alle Bande reißen, halten die des Blutes dennoch.*

Garep legte Himek eine Hand aufs Knie. »Ich kenne dich nicht, aber du bist und bleibst mein Sohn. Ich weiß, dass ich nicht zur Unvernunft neige, und deine Mutter tat es genauso wenig. Daher gehe ich davon aus, dass auch du keine vorschnellen Urteile triffst. Wenn du mir sagst, dass du keinerlei Zweifel an der Verbindung zwischen dem hegst, was mir heute Nacht zugestoßen ist, und dem, was in der Anstalt vor sich geht, bin ich bereit, diese Verbindung ebenfalls zu sehen.«

»Ich habe schon gesagt, wie ich die Dinge einschätze.« Himek rutschte ein Stück zur Seite, als wollte er den Abstand zwischen sich und dem Mann, dessen Samen ihn in die Welt geholt hatte, unbedingt wahren. »Wenn dir keine Pilze in den Ohren wachsen, hast du das auch bereits gehört.«

Garep nahm die Hand vom Knie seines Sohnes und kratzte sich verlegen an der Schläfe. »Ich habe es sehr wohl gehört. Ich bin mir nur nicht darüber im Klaren, was ihr von mir erwartet.«

»Kannst du nicht irgendetwas unternehmen, um die Anstalt schließen zu lassen?«, fragte Himek. »Damit wäre deine Vaterschuld mir gegenüber aufgehoben, und wir könnten beide wieder unserer Wege gehen.«

»In einer Sache sind wir uns sicher«, seufzte Garep. »Die Bundessicherheit hat es auf mich abgesehen. Damit sind mir die Hände gebunden. Und sobald die beiden toten Kommissare gefunden werden – was nur eine Frage der Zeit ist –, werde ich selbst zum Ziel einer Suche werden.«

»Ich habe gesagt, es ist keine Richtigkeit, sie liegen zu lassen«, meinte Siris in seiner ungelenken Wortwahl. »Ich habe gesagt, wir nehmen sie mit in das Haus und schneiden sie klein. Dann werfen wir sie in den Fluss, wo sie nicht zu sehen sind.«

»Das hätte viel zu lange gedauert«, sagte Arisascha, die die Kaltblütigkeit ihres Bruders nicht erschreckte. Siris war ein Jäger, und sie hatte nicht vergessen, wozu er fähig war.

Siris wechselte zu seiner Muttersprache. »Wir müssen dringend reden, Schwester. Ich will sofort wissen, was hier los ist.«

Arisascha setzte ein Lächeln auf und wandte sich an die beiden Zwerge. »Entschuldigt die Unhöflichkeit meines Bruders. Er meint es nicht böse. Er sorgt sich um mich, und er ist in eurer Sprache nicht gewandt genug, als dass er seinen Gefühlen Ausdruck verleihen könnte. Bitte gebt uns einen Moment Zeit.« Sie blickte zurück in Siris' maskenhaft starres Gesicht, das von dem heißen Zorn zeugte, der in ihm brodelte. Sie wollte nicht daran denken, was geschehen war, als dieser Zorn sich zum letzten Mal Bahn gebrochen hatte.

In einer Geste, die halb zärtlich, halb drohend war, kniff Siris Arisascha in die weiche Haut ihres Nackens. »Du hast mir eine Menge Fragen zu beantworten. Zum Beispiel die, was wir hier noch treiben. Du steckst bis zum Hals in der Scheiße und solltest schleunigst zusehen, dass du aus dem Zwergenbund verschwindest. Stattdessen zackern wir mit diesen beiden Kurzbeinen herum. Wieso?«

Arisascha neigte den Kopf so, dass sich ihre Wange an den Handrücken ihres Zwillingsbruders schmiegte. »Ich will dir nichts vormachen. Ja, ich sollte von hier verschwinden, aber das kann ich nicht. Diese Sache ist noch nicht ausgestanden.«

»Welche Sache?«

»Die, die mich überhaupt hierher zu den Zwergen gebracht hat.« Sie senkte die Stimme, obwohl sie hörte, dass Garep und Himek ihrerseits ein Gespräch aufgenommen hatten und keiner der beiden die Sprache der Menschen verstand. Doch es war besser, Vorsicht walten zu lassen. »Ich bin nicht nur eine Schmugglerin.«

»Das habe ich schon gehört«, antwortete Siris spöttisch. »Du wandelst jetzt auf dem Sanften Pfad, Sira.«

»Die Magd erfüllt die Rolle, die den Herren am besten gefällt«, zitierte Arisascha die Heiligen Schriften. »Aber im Ernst: Nur weil du deinem Glauben abgeschworen hast, muss ich es dir noch lange nicht nachmachen. Und mein Glaube hält mich auch nicht davon ab, das Richtige zu tun. Ganz im Gegenteil.«

»Hör bitte auf, in Rätseln zu mir zu sprechen.« Siris kniff sie erneut in den Nacken. »Dafür bin ich nicht um die halbe Welt gereist.«

»Du musst mir vertrauen, Irisanjo. Und du hast die Wahrheit verdient. Ich bin nicht aus freien Stücken hier. Man hat mich geschickt. Du weißt, wie es in unserer Heimat aussieht. Die Königreiche werden zerrissen bleiben, wenn sie nicht von starker Hand geeint werden. Und diese starke Hand muss eine mächtige Waffe führen.«

»Jetzt sprichst du auf einmal, als würdest zu den Erzwingern des Wahren Weges gehören«, sagte Siris ungläubig.

Arisascha schwieg. Was hätte sie auch sagen sollen? Dass sie es leid war, tatenlos mit anzusehen, wie sich ihre Brüder und Schwestern unablässig zerfleischten? Wie sie wenige Monate nach der Flucht aus ihrem Elternhaus einem Mann begegnet war, aus dessen Worten die unerschöpfliche Weisheit der Herren gesprochen hatte? Dass ihr dieser Mann einen Auftrag gegeben hatte, dem sie bereitwillig nachgekommen war?

Siris zog seine Hand zurück. »Es gibt keine schlimmeren Mordbrenner als die Sekte, der du dich verschrieben hast.«

»Glaub nicht alles, was man sich auf den Marktplätzen erzählt«, sagte Arisascha. »Glaub mir, Irisanjo. Die Erzwinger sind hart, aber gerecht. Töten sie? Ja. Morden sie? Nein. Sie kämpfen für ein geeintes Königreich, dafür, dass die Linie des Mundschenks der Herren zurück an die Macht kommt.«

»Das ist ein Traum, der seit langer Zeit ausgeträumt ist. Er ist genauso tot wie die Herren selbst.« Siris packte sie an den Schultern. »Wie kannst du nur glauben, dass es anders ist?«

»Es geht nicht um mich, Irisanjo. Es geht um alle Menschen. Die Zwerge werden Krieg gegen uns führen, und sie werden uns überrennen, wenn wir nicht geeint sind. Schau nicht so überrascht. Dir kann nicht entgangen sein, dass die Zwerge auf einen Krieg aus sind. Nie wurden mehr Waffen gefertigt und mehr Soldaten ausgebildet als unter der Herrschaft des derzeitigen Obersten Vorarbeiters. Jede Armee braucht einen Krieg, und der Oberste Vorarbeiter wird ihn seinem Heer geben. Bald. Sehr bald.« Sie nahm Siris' Gesicht in beide Hände. »Du bist beileibe nicht der Einzige, dem ich ein Zwergengewehr verschafft habe. Aber Gewehre allein gewinnen keine Schlacht. Kämpfer gewinnen Schlachten. Kämpfer wie wir.«

»Versuch nicht, mich zu bekehren.« Es war kein Zorn mehr in Siris' Stimme. Nur noch eine tiefe Niedergeschlagenheit. »Ich liebe dich wie mich selbst, aber verstrick mich nicht in Fehden, die mich nichts angehen. Du glaubst, unser Volk lässt sich einen. Ich habe gesehen, wie unser Volk wirklich ist. Ein ganzes Schulhaus voller toter Kinder. Geschändete Schreine. Wie soll aus diesem Erbe je ein geeintes Volk erwachsen?«

»Indem das Wirken der Herren offenbar wird. So wie es in den Heiligen Schriften geschildert wird.«

»Wunder? Wunder sollen unser Volk retten?« Siris lachte verbittert auf und wich so weit von seiner Schwester zurück, dass sie ihn mit ihren Händen nicht mehr berühren konnte. »Das letzte Wunder, von dem die Schriften berichten, liegt Jahrhunderte zurück. In einer Zeit, in der die Herren angeblich noch unter ihren Mägden und Knechten weilten. Du erzählst von einer neuen Einheit und meinst doch nur die Schatten der Vergangenheit. Hast du deswegen angefangen, die alten Bücher der Zwerge zu lesen? Hat dich das in diese Anstalt gebracht?«

»Woher weißt du das?«, fragte Arisascha verblüfft. Hatte ihr Bruder Nachforschungen über ihre Zeit unter den Zwergen angestellt?

»Ein gemeinsamer Freund hat mir das verraten. Ein Freund, der …«, setzte Siris an.

»Ihr habt sicherlich viel zu bereden, aber die Zeit drängt«, sagte Garep laut und tippte auf seine Taschenuhr. »Eure Unterhaltung könnt ihr auch an einem anderen Ort fortsetzen.«

Arisascha zupfte das Kopftuch glatt, das ihr Himek noch in Stahlstadt besorgt hatte, um ihr verräterisches blondes Haar darunter zu verbergen. »Du hast recht, Sucher Schmied.«

»Spar dir den Sucher, Arisascha von Wolfenfurt. Es wird genügen, wenn du mich fortan Garep nennst.« Der Zwerg kam Arisascha vor, als wäre das Gespräch mit seinem Sohn ähnlich unangenehm verlaufen wie das ihre mit Siris. »Himek hat mir verraten, dass ihr vorhabt, die anderen Menschen aus dieser Anstalt zu retten.«

»Nicht nur die Menschen«, warf der Leiböffner ein. »Wir müssen auch die Halblinge dort herausholen. Nicht alle überleben die Experimente, die Kolbner mit ihnen anstellt.«

Siris schielte zu Arisascha und stopfte sich ein Rotnussblatt in den Mund. »Es ist wie ein Haar an meinem Hintern, was mit den Leuten in dem Haus für Verstandlose geschieht. Sira und ich gehen dorthin, wo wir herkommen.«

»Mein Bruder spricht nicht für mich«, sagte Arisascha. »Ich treffe meine eigenen Entscheidungen.« Sie spielte ein gefährliches Spiel, doch sie hatte keine andere Wahl.

»Ich bin auch bereit, nach Stahlstadt zurückzugehen«, verkündete Himek und verschränkte die Arme vor der Brust. »Wer die Hacke hinwirft, wenn erst der halbe Tunnel gegraben ist, hätte sie besser gar nicht in die Hand nehmen sollen.«

»Ich verstehe deine Besorgnis, Siris«, wandte sich Garep an den Bestienjäger. »Aber hier geht es um viel mehr als eine Handvoll Geisteskranker.«

Arisascha spürte, wie sich die Härchen an ihren Oberarmen aufrichteten. Konnte der Sucher etwa Gedanken lesen?

»Falls es stimmt, was Himek und Arisascha erzählen, dann sind diese Halblinge, an denen man in Stahlstadt Versuche durchführt, hochgefährlich. Sie sind Waffen, Siris, und ich habe gesehen und … und selbst gespürt … was diese Waffen anrichten können. Mein Volk kennt ein Sprichwort: ›Man schmiedet keine Axt, um Felder zu pflügen.‹ Verstehst du, was ich damit sagen will?«

Siris schaute zu seiner Schwester, als er antwortete: »Du willst sagen, dass ein Krieg kommt. Ein Krieg gegen die Menschen.«

»Richtig.« Garep strich sich nachdenklich über den Bart. »Du scheinst unsere Sprache besser zu verstehen, als ich dachte.«

»Ich hatte Hilfe«, gab Siris zurück.

»Ich kann sehr gut nachvollziehen, wenn du dich nicht in die Angelegenheiten von uns Zwergen einmischen willst«, fuhr Garep fort. »Doch diese Angelegenheit betrifft unser beider Völker.«

»Ich will keine Zeit damit vergeuden, jemanden zu überreden, der uns nicht helfen will«, sagte Himek ungeduldig. »Wenn Arisaschas Bruder nicht mit uns kommt, dann lässt sich das eben nicht ändern. Aber je länger ich hier herumsitze, desto wahrscheinlicher wird es, dass Kolbner sie schon umgebracht hat.«

»Sie?«, fragte Arisascha.

Der Leiböffner räusperte sich, als hätte man ihn beim Nasebohren ertappt. »Sie alle. Die Patienten und die Menschen, meine ich.«

Arisascha war es im Grunde gleich, aus welchen Gründen Himek zurück nach Stahlstadt ging. Es war nur wichtig, dass er die Unterstützung hatte, die er brauchen würde. Himek war kein Krieger. »Notfalls müssen wir es eben zu zweit versuchen, mein Freund. Wir haben es bis jetzt ja auch allein geschafft. Obwohl ich zugeben muss, dass ich mir von unserer Reise nach Amboss mehr erhofft hatte.«

»Nein, Sira, nein.« Siris' Zähne waren vom Saft der zerstoßenen Nuss rot wie Blut. »Du gehst nach Hause.«

Arisascha unterdrückte ein erleichtertes Lächeln. Sie hatte gewusst, dass ihr Bruder so etwas sagen würde.

Bei seinen nächsten Worten sprühte Speichel von den Lippen des

Bestienjägers. »Du, Zwerg«, sagte er und zeigte auf Garep. »Du schuldest mir Dinge. Ohne mich wärst du tot. Geht meine Schwester zurück in das Haus der Verstandlosen, ist sie auch tot. Ich werde gehen. Dein Sohn wird mit mir kommen. Du bringst sie nach Hause.«

Gareps verwirrter Blick wanderte zwischen Siris und Himek hin und her. »Ich … du … mein Sohn, ich habe ihn gerade erst getroffen …«

»Du bringst sie nach Hause«, wiederholte Siris. »Oder niemand geht.« Er klopfte vielsagend auf den Gewehrkoffer, den er neben sich abgestellt hatte.

»Ich kann ihr eine Fahrkarte für den Zug in die Hauptstadt besorgen«, bot Garep an. »Von dort fahren Schiffe in alle Welt.«

»Hast du keine Ohren?« Siris legte einen Arm um Arisascha. »Du gehst mit ihr. Sie sagt dir, wenn sie keine Not mehr für dich hat.«

»Ich brauche einen Moment Bedenkzeit«, sagte Garep rasch und stand auf. »Wirklich nur einen Moment«, betonte er noch, ehe er durch den rauchverhangenen Keller in Richtung Tresen davonwankte.

»Heißt das, dass nur wir beide zurückgehen?«, fragte Himek bei Siris nach.

»Du kannst dich auf ihn verlassen, Himek«, antwortete Arisascha anstelle ihres Bruders. »Er wird dir eine größere Hilfe sein, als ich es je sein könnte. Ich hoffe nur, dass es dich nicht zu sehr schmerzt, deinen Vater …«

»Ich hege keinerlei Gefühle für ihn.« Himek betrachtete seine Fingerspitzen. »Ich habe mir mein Recht verschafft. Wenn er dich dorthin bringt, wo du jetzt hingehen möchtest, hat er seine Schuld bei mir abgetragen und wir müssen uns nie wiedersehen.«

»Was ist, wenn er nicht mit mir gehen möchte?«, wollte Arisascha wissen.

»Er muss es tun. So oder so. Wenn nicht deinetwegen, dann meinetwegen.« Der junge Zwerg drehte sich zum Tresen um. »Sobald er seine Pfeife geraucht hat, wird er uns sagen, dass er mich mit deinem Bruder gehen lässt.«

»Ein Ding bleibt«, sagte Siris. »In dem großen Haus, wo ihr wart, sitzen zu viele. Zu viele kann ich nicht aus der Tür bringen. Einer geht. Mehr nicht.«

»Wir sollen nur eine einzige Person retten können? Aber was ist mit den anderen?«, protestierte Himek.

»Einer. Mehr nicht«, wiederholte Siris.

»Mein Bruder versteht einiges von seinem … Handwerk, Himek«, griff Arisascha ein. »Wenn er der Meinung ist, dass es unmöglich ist, alle Insassen der Anstalt zu befreien, dann solltest du auf seine Meinung hören. Sieh es doch einmal so: Es ist besser, einem der Gefangenen die Freiheit zu bringen, als sie alle sterben zu lassen.«

»Aber Kolbners Versuche werden weitergehen«, gab Himek zu bedenken.

»Ist Kolbner der Schmied?«, fragte Siris. Himek schaute ihn verständnislos an. »Ist er der, der die Äxte schmiedet? In dem großen Haus?«, fragte Siris weiter.

»Ja, Kolbner ist der Anstaltsleiter«, antwortete Arisascha, die wusste, was ihr Bruder sagen wollte.

»Dann töten wir den Schmied. Dann gibt es keine neuen Äxte.« Der Bestienjäger grinste. »Große Freude überall.«

»Sind diese Bedingungen für dich akzeptabel, Himek?«, erkundigte sich Arisascha.

Der Leiböffner blickte zu Boden, doch er nickte.

Siris gab ein zufriedenes Brummen von sich, doch als Arisascha ihm dankbar übers Haar streicheln wollte, wich er vor ihr zurück. Hatte sie ihren Willen bekommen, aber Siris' Zuneigung verloren?

»Die Herren geben, und die Herren nehmen«, murmelte sie und richtete ein stummes Gebet an ihre fernen Götter.

18

Die Kälte des Morgens kroch mit gierigen Fingern durch das kleine Zimmer mit den kahlen Wänden. Karu Schneider tastete unter der Decke nach dem Körper neben sich, der in der vergangenen Nacht ein heiß loderndes Feuer in ihr entfacht hatte, doch sie spürte nur einen letzten Rest Wärme zwischen den Falten des Bettzeugs. Bugeg war fort.

Seufzend schlang sie die Decke enger um sich. Sie fror sehr leicht, vor allem an den Armen und an den Füßen. Eiszapfen. Mit diesem Spitznamen hatte ihre Mutter sie bedacht, wenn Karu als Kiesel zu ihren Eltern ins Bett gekrochen kam. Bugeg wusste, wie man das Eis zum Schmelzen brachte.

Sie presste das Gesicht tief in sein Kissen und saugte seinen Geruch in sich ein: die schwere Süße der teuren Pomade, die aufregende Säure von in Leidenschaft verströmtem Schweiß, die Bitternis von kaltem Rauch. Der Geruch eines starken Zwergs, der sie nie enttäuschen würde.

Sie dachte daran, wie dicht und weich das Haar auf seinem Rücken wuchs, wie die straffen Muskeln darunter bebten, wenn er auf ihr lag. Wie sein schwerer Atem in kehligem Keuchen an ihrem Ohr entlangstrich. Wie er ihr sanft in die Schulter biss, wenn sich alles in ihm löste.

Ihre Mutter würde gewiss die keck vorspringende Nase rümpfen, sobald Karu ihr von Bugeg erzählte. Der Sucher entsprach überhaupt nicht dem Bild, das eine Zwergin sich von einem Werber um die Gunst ihrer Tochter machte. Es gab viele Verbindungen, die erfolgversprechender und prestigeträchtiger gewesen wären. Ehrgeizige Söhne von bestens situierten Manufakturbetreibern, ungebundene Heeresoffiziere, Bildhauer und Straßenplaner mit vorzüglichen Kontakten zum Rat, die ihnen auf Jahrzehnte hinweg einen beachtlichen Wohlstand sicherten. Warum musste es ausgerechnet ein Sucher sein – und noch dazu einer aus einer Familie, zu deren Ehre bestimmt noch nie auch nur eine einzige Gedenktafel errichtet worden war?

Karu hörte ein Klappern und Scheppern aus der Küche, gefolgt von einem unterdrückten Fluch, der ob seiner Unflätigkeit einer anständigen Zwergin aus gutem Hause die Schamesröte ins Gesicht hätte treiben sollen. Wie gut, dass sie sich nach einer Nacht wie dieser nicht besonders anständig vorkam.

»Hast du dir wehgetan?«, rief sie halb spöttisch, halb besorgt, nachdem sie sich träge auf den Rücken gewälzt hatte.

»An mir ist noch alles dran«, kam die gebrummte Antwort. »Zumindest alles, was dir wichtig sein dürfte.«

Sie richtete sich auf und angelte mit ausgestrecktem Arm nach Bugegs Hemd, das über dem Bettpfosten hing. Es war zwar kein sorgsam vorgewärmter Morgenmantel, wie sie es von daheim gewohnt war, aber für den Weg zum Wasserklosett draußen auf dem Flur des bergfernen Mietshauses würde es reichen. Sie schlüpfte in die kratzige Strauchwolle hinein, schwang die Beine aus dem Bett, erschrak darüber, wie kalt die Bohlen unter ihren nackten Sohlen waren, und hastete eilig zu Bugegs ausgetretenen Filzpantoffeln hinüber.

Der Besitzer der Hausschuhe trug lediglich eine weiße Unterhose, die ihm knapp bis zu den Knien reichte. Er war damit beschäftigt, die Splitter einer Teetasse mit vorsichtigen Handbewegungen zu einem Häufchen auf dem Spülstein zusammenzukehren. Sein Haar stand ihm in alle nur erdenklichen Richtungen vom Kopf ab.

Karu gluckste amüsiert. Sie war es gewesen, die ihm seinen ganzen Stolz so zerzaust hatte. »Wer Scherben macht, muss Ruhe lernen«, scherzte sie, hauchte Bugeg im Vorbeigehen einen Kuss auf die Wange und trat durch die dünne Holztür hinaus auf den Flur, wo es unfassbarerweise noch kühler war als in der engen Wohnung. Der Blockhüter hatte die zwei Öllampen auf diesem Stockwerk bereits gelöscht, weil durch das schmale Fenster am Ende des Gangs seiner Ansicht nach anscheinend schon genug Tageslicht fiel.

Karu musste warten, bis die alte Dreherin, die zwei Wohnungen weiter wohnte, ihr Geschäft (dem Ächzen und Stöhnen nach zu urteilen offenbar ein großes) verrichtet und ihr anschließend von ihrer schlafraubenden Sorge um das weitere Wohl des Bundes berichtet hatte, ehe das Wasserklosett frei war und sie sich erleichtern konnte.

Als sie in die Küche zurückkehrte, hatte Bugeg den Tisch für sie beide gedeckt: zwei große Tassen Tee (aus Steingut, nicht aus Porzellan) und einen halben Honigzopf, dem man ansehen konnte, wie hart und trocken er war.

»Tut mir leid, dass das Essen heute Morgen etwas karg ausfällt, aber ich bin gestern nicht mehr zum Einkaufen gekommen«, erklärte Bugeg.

»Warum denn das, Igelchen?«, erkundigte sie sich unschuldig und setzte sich auf seinen Schoß.

»Ich hatte Besuch von einer hübschen Dame, die mich keinen Augenblick missen wollte.« Erfreut stellte Karu fest, dass die Erinnerung an den gestrigen Abend ausreichte, damit sich sein Zapfen in der Hose merklich regte.

»Das war aber ausgesprochen unhöflich von dieser Person, dich von deinen Besorgungen abzuhalten.«

»Sie hatte wohl ihre Gründe.«

»Und welche könnten das gewesen sein?«

»Erstens weiß sie, dass ich morgens ohnehin kaum einen Bissen hinunterbekomme ...«

»Dann hat sie also nicht das erste Mal bei dir übernachtet?«

»... und zweitens konnte sie einfach nicht genug von mir kriegen.«

»Von so einem ungehobelten Klotz wie dir? Das zeugt aber nicht von einem sonderlich guten Geschmack, denn ...«

Er unterbrach sie mit einem langen, fordernden Kuss. Dann knöpfte er ihr Hemd (oder vielmehr sein eigenes, das sie gerade am Leibe trug) auf und vergrub den Kopf zwischen ihren Brüsten.

»Wann sagen wir es eigentlich unseren Eltern?«, fragte Karu unvermittelt. Dahinter stand nicht die Absicht, Bugegs Eifer zu bremsen, ganz im Gegenteil. Sie war glücklich wie nie zuvor in ihrem Leben, und sie konnte es kaum erwarten, dies ihren Eltern, der ganzen Stadt und dem gesamten Bund mitzuteilen. Sie würde ein Bindefest ausrichten lassen, wie es Amboss noch nicht gesehen hatte, und es war schließlich Sitte, zuerst die eigene Familie über die bevorstehenden Feierlichkeiten in Kenntnis zu setzen, sobald die Werbung einen erfolgreichen Abschluss gefunden hatte. Die Eintragung beim Amt war der zweite Schritt und bei traditionsbewussteren Paaren letztlich auch der unbedeutendere. Es war nicht so, dass Karu zwingend die Erlaubnis ihrer Eltern gebraucht hätte, um eine Verbindung einzugehen, aber die Höflichkeit gebot es, sie über derart wichtige persönliche Entwicklungen im Leben ihres Kindes nicht im Dunkeln zu lassen.

»Damit sollten wir noch eine Weile warten«, sagte Bugeg knapp und begann mit sauertöpfischer Miene und schlagartig verflogener Lust, Karus Hemd zuzuknöpfen. »Unsere Eltern werden es schon früh genug erfahren. Außerdem sind deine Mutter und dein Vater keine Klapperköpfe. Sie werden wahrscheinlich zumindest eine Ahnung haben, mit wem du so viel Zeit verbringst. Immerhin hast du mich ihnen ja bereits vorgestellt.«

Karu nahm Bugegs Hände. »Ja, aber doch nur als meinen Vorgesetzten.«

»Wie gesagt, deine Eltern sind nicht dumm. Mir ist nicht entgangen, wie deine Mutter mich angeschaut hat.«

»Das bildest du dir nur ein. Wann bekomme ich eigentlich deine Eltern zu Gesicht?«

Bugeg schob Karu von seinem Schoß und stand auf, wobei er zu Boden blickte, als suche er nach einer weiteren Scherbe der zuvor zu Bruch gegangenen Tasse. »Sobald der richtige Zeitpunkt dafür gekommen ist.«

»Das ist keine sehr befriedigende Antwort.« Karu fühlte einen Hauch von Ärger in sich aufkeimen. »Und die gleiche Antwort, die du mir jedes Mal gibst.«

»Vielleicht sollten wir noch warten, bis deine Beförderung zur Sucherin in trockenen Tüchern ist.« So wie Bugeg das sagte, war es eine Feststellung, die keinen Widerspruch duldete, und kein Vorschlag, der zu verhandeln gewesen wäre. Karu hasste es, wenn Bugeg in diesem Tonfall mit ihr sprach.

»Ich bin keine Verdächtige, die du zu einer Befragung vorgeladen hast. Also sprich nicht mit mir, als wäre ich dir ausgeliefert.«

Bugeg drehte sich um, strich sich über den Schnurrbart und setzte ein wölfisches Lächeln auf. »So? Du bist mir nicht ausgeliefert? Kein bisschen? Nicht einmal in einer allen Regeln der Vernunft zuwiderlaufenden Liebe?«

»Lenk jetzt nicht ab«, verweigerte sich Karu dem, was Bugegs Naturell entsprechend die einzige Entschuldigung war, die sie von ihm zu erwarten hatte. »Warum versteckst du mich vor deinen Eltern? Schämst du dich für mich? Stimmt etwas nicht mit mir?«

»Was sollte denn nicht mit dir stimmen?«

»Nach allem, was ich dir bisher über deine Eltern aus der Nase ziehen konnte, sind sie stark den alten Sitten unseres Volks verhaftet«, erläuterte Karu. »Womöglich sehen sie es nicht gern, wenn eine Zwergin sich die Wangen glatt rasiert. Sie hoffen unter Umständen, ihr Sohn würde sich lieber mit einer altmodischen Bärtigen einlassen.«

»Das ist es nicht.« Bugegs Lächeln war verschwunden.

»Was ist es dann?«

»Es liegt nicht an dir. Es liegt an mir. Genauer gesagt an meinen Eltern. Du wirst mit Sicherheit enttäuscht von ihnen sein.«

»Was? Aber weshalb denn?«

»Du stammst aus einer Familie, die nie etwas anderes als Strebsamkeit und Erfolg gekannt hat und der kein Berghang zu steil ist«, quetschte Bugeg zwischen zusammengebissenen Zähnen hervor. »Meine Leute haben noch nicht einmal erkannt, dass es überhaupt einen Berg zu erklimmen gibt, und selbst wenn sie es je täten, gäbe es sofort jemanden, der ihnen von oben auf die Finger treten würde.«

»Das klingt beinahe so, als ob du Zwergen wie meinen Eltern die Schuld dafür gibst, dass es deine Familie noch nicht zu Wohlstand gebracht hat.« Karu war nicht entrüstet, sondern vielmehr überrascht von dieser Eröffnung. »Das kannst du nicht denken, oder?«

Bugeg schwieg, aber Karu bemerkte ein zorniges Funkeln in seinen Augen. Sie griff nach ihrer Teetasse, deren Inhalt über dem Streit kalt geworden war. Einerseits hätte sie Bugeg liebend gern den Tee ins Gesicht geschüttet, um ihn zur Besinnung zu bringen; andererseits hätte eine derartige Tat die Lage nur komplizierter gemacht. Karu rang noch mit sich, wie nun am besten zu verfahren war, um diesen Morgen nicht in einer Katastrophe für ihre Verbindung zu Bugeg enden zu lassen, als es an der Tür klopfte.

»Sucher Gerber?«, fragte eine helle Stimme durch das dünne Holz hindurch.

Bugeg öffnete die Tür, ohne sich etwas überzustreifen. Karu sah einen jungen, blonden Halbling mit der Schwingenkappe eines Eilboten auf dem Kopf. Der Baum auf der Schulterlitze seiner Uniform hatte kaum Äste vorzuweisen, was darauf hindeutete, dass der Rang des Boten irgendwo auf den untersten Sprossen der Hierarchie innerhalb der Verwaltung zu suchen war. Der Keimling – eventuell durfte er sich sogar schon Setzling nennen – überreichte Bugeg einen mehrfach gefalteten Zettel und wandte sich um, damit der Empfänger der Nachricht selbige unbeobachtet lesen konnte.

Als Bugeg die wenigen Zeilen überflogen hatte, tippte er dem Boten auf die Schulter und sagte: »Gib Bescheid, dass wir uns umgehend auf den Weg machen.«

Der Halbling nickte knapp und lief aus dem Stand los, als wäre eine Meute hungriger, streunender Hunde hinter ihm her. Offenbar konnte er es kaum erwarten, die Bergferne hinter sich zu wissen.

»Eluki möchte mich dringend sehen. Dazu bräuchte ich mein Hemd zurück.«

»Ich dachte, du hättest eine Freischicht«, sagte Karu, während sie Bugegs Hemd auszog.

»Das habe ich auch.«

»Oh, dann ist es wohl tatsächlich sehr dringend.«

»Willst du mich begleiten?«

Karu ging auf Bugegs Friedensangebot ein. Zumindest hoffte sie, dass es ein solches und nicht nur ein vorübergehender Waffenstillstand war. Nach einer etwas überhasteten Morgentoilette hatten sie es wenig später geschafft, eine freie Kutsche zu finden – ein rumpelndes Ungetüm mit vier klapprigen Gäulen im Gespann, das schon bessere Tage gesehen hatte, aber für die Verhältnisse der Bergferne einer Prunkkarosse gleichkam –, um sich durch den dichten Verkehr zum Sucherhaus der Stadt Amboss befördern zu lassen. Der Weg dorthin war wie der einer Lore aus den finsteren, schmutzigen Schächten einer Mine hinauf ins strahlende, reine Licht der Sonne.

Karu war eine Zwergin, der längeres Schweigen schnell unbehaglich wurde, weshalb sie recht bald das Wagnis einging, das unterbrochene Gespräch wiederaufzunehmen. »Ich wollte dich vorhin nicht beleidigen.«

»Ich frage mich, weshalb sie einen Halbling und keinen der Anwärter aus dem neuen Jahrgang geschickt hat«, sagte Bugeg, womit er Karu deutlich zu verstehen gab, dass sie den Streit besser ruhen lassen sollte.

»Wahrscheinlich ist es so, wie ich vorhin schon sagte: sehr, sehr dringend.«

»Entweder das, oder sie hatte einen anderen Grund: Sie hat keinen Anwärter geschickt, damit niemand aus dem Sucherhaus erfährt, dass sie mich eigens aus einer Freischicht zu sich bestellt. Nun schau nicht so betroffen: Es ist kein Geheimnis, wie viel in unseren ehrwürdigen Hallen geschwatzt wird. Übrigens nicht nur von den Anwärtern. Auch gestandene Sucher hauen gerne aufs laute Blech.«

Karu winkelte die Knie an, um ihre Füße so weit wie möglich von einem Fleck auf dem Boden der Kutsche fernzuhalten, der verdächtig nach dem getrockneten Mageninhalt eines früheren Fahrgasts aussah. Wenigstens war der saure Geruch einigermaßen erträglich. »Was sollte Eluki vor unseren Kollegen verheimlichen wollen?«

»Keine Ahnung«, erwiderte Bugeg achselzuckend. Mit seinem nun wieder hervorragend gebändigten, pomadigen Haar wirkte er so gepflegt und gesittet, wie Karu ihn kennengelernt hatte. »Es wird viel gemauschelt, und viele Entscheidungen werden gefällt, ohne dass man es in riesigen Lettern in einen Türsturz meißeln würde. Das solltest du eigentlich am besten wissen.«

»Ich?«

»Du brauchst nicht so unschuldig zu tun, mein Kleinod. Ich habe beim letzten Suchertreffen die Vorlage in die Hände bekommen, mit der deine Ernennung zur Sucherin beschlossen werden soll.«

»Was? Davon höre ich soeben zum ersten Mal. Ich meine, selbstredend freue ich mich, dass wir bald echte Kollegen sind, aber mir hat niemand etwas davon gesagt.«

»So, so. Weißt du, dass deine Ernennung etwas ganz Außergewöhnliches ist?«

»Inwiefern?«

»Die Finanzmittel, die der Rat den Suchern zugesteht, sind für dieses Arbeitsjahr bereits vollkommen erschöpft. Unsere Kassen sind leerer als die Bäuche der Tagelöhner dort drüben.« Bugeg zeigte durch das Fenster auf eine Gruppe Zwerge in zerlumpter Kleidung, die schon dieser frühen Stunde viel zu tief in den Bierkrug geblickt hatten. »Und trotzdem ernennt man dich demnächst zur vollwertigen Sucherin. Soll ich dir sagen, wieso?«

»Ich bin gespannt«, log Karu.

»Weil dein Vater dein Vater ist.«

»Was soll das schon wieder heißen?«

Ihr Vater war ein Versuchsrechner, der für die in Amboss ansässigen Waffenmanufakturen zahlreiche Experimente durchführte. In erster Linie beschäftigte sich Pagod Schneider damit, wie es um den Zusammenhang zwischen der Lauflänge eines Geschützes und dessen Reichweite und Treffsicherheit bestellt war. Es erschloss sich ihr nicht, auf welche Weise ihm dies einen Einfluss auf die Entscheidungen im Sucherhaus oder im Rat ermöglichen sollte – denn genau darauf spielte Bugeg ja offensichtlich an.

»Das heißt, dass dein Vater genügend wichtige Leute kennt, um das rasche Vorankommen seiner Tochter zu sichern«, erklärte Bugeg. »Verrat mir eines: Könnte es in den jetzigen Zeiten einen einflussreicheren Wirtschaftszweig als die Waffenmanufakturen geben?«

»Du glaubst also auch, dass ein Krieg kommt?«

»Ich glaube es nicht nur, ich weiß es.« Die Kutsche ratterte über die Tausendspannbrücke, über der die Bundesflagge in aberdutzendfacher Ausführung im kalten Wind flatterte. »Jeder, der seinen Verstand benutzt, weiß es. Die Menschen werden übermütig. Sie haben es als Zeichen unserer Schwäche gedeutet, dass wir so viele von ihnen unter uns dulden. Daher greifen sie nun auch unverfroren unsere Schiffe im Nordband an. Der Oberste Vorarbeiter muss mit aller Entschlossenheit gegen diese ersten Auswüchse menschlicher Angriffslust vorgehen, weil die Langschädel ansonsten versuchen werden, uns zu überrennen. Und ein Krieg kann nicht ohne vorzügliche Waffen geführt werden. Folglich muss jeder Rat – vom kleinsten Dorf bis zur Hauptstadt selbst – um die Gunst der Waffenmanufakturbetreiber buhlen.«

»Du sitzt in einem dunklen Stollen und siehst Licht, wo nur weißer Stein ist«, entgegnete Karu. »Nehmen wir einmal an, du hast insoweit recht, als dass mein Vater sich mit der Bitte um meine rasche Ernennung an einen seiner Bekannten aus dem Rat gewendet hat. Das soll nicht bedeuten, dass es so gewesen ist. Ich will dir nur eine andere Möglichkeit aufzeigen. Hältst du es für denkbar, dass man meinem Vater diese Bitte nur deshalb erfüllt, weil er täglich Leib und Leben riskiert, um gute Arbeit zu machen?«

»Und andere Zwerge tun das nicht?« Karu entging nicht, wie sich Bugegs Hände, die ihr sonst so viel Zärtlichkeit zu schenken vermochten, zu Fäusten ballten. »Die einfachen Arbeiter in den Manufakturen? Die Hämmerer und Klopfer in den Minen?«

»Mein Vater hat für seine Arbeit eine Hand und ein Auge gegeben«, verteidigte sich Karu.

»Und der Rat ließ ihm als Bonus ein Glasauge anfertigen, das mehr wert ist als der gesamte Besitz meiner Sippe, und er gab eine mechanische Hand in Auftrag, die deinen Vater seinen Verlust so gut wie vollkommen vergessen lässt. Wenn einem Heizer der Kessel um die Ohren fliegt und ihm dabei das Gleiche zustößt wie deinem Vater, dann muss sich der arme Kerl für den Rest seines Lebens mit einem Stumpf den Hintern abwischen.«

»Du bist ungerecht«, sagte Karu und biss sich auf die Unterlippe. Woher kam nur all der Hass auf ihre Familie, der in Bugeg schwelte? Ihre Sippen kannten einander nicht einmal.

»Erzähl das dem Heizer mit dem Stumpf«, murmelte Bugeg.

Es waren seine bedingungslose Aufrichtigkeit und Offenheit, mit der der junge Sucher Karus Herz gewonnen hatte, doch mittlerweile kam in ihr gelegentlich der Verdacht auf, dass ihr diese Eigenschaften ihres Geliebten auf lange Sicht mehr Schmerz als Freude bereiten könnten, sofern sie nicht einen Weg fand, ihm unmissverständlich vor Augen zu führen, wie sehr sie seine unverblümte Art ab und an verletzte. Sie hatte es sich die Familie, in die sie hineingeboren wurde, genauso wenig ausgesucht wie Bugeg selbst. Warum wollte er das einfach nicht verstehen?

Sie suchte nach seiner Hand. »Freust du dich denn überhaupt nicht für mich? Ist meine Ernennung kein Anlass, über den ich glücklich sein darf?«

Seine Finger wanden sich vorsichtig um ihre. »Doch, natürlich. Du wirst eine ausgezeichnete Sucherin abgeben. Mit Boni überhäuft, von allen bewundert, von allen respektiert. Und alle werden mich darum beneiden, dass ich der Zwerg an deiner Seite bin.« Er beugte sich zu ihr hinüber und küsste sie auf die Wange. »Das kann mir keiner nehmen. Niemals.«

Sie verbrachten den Rest der Fahrt zum Sucherhaus mit dem Austausch geflüsterter Versicherungen, wie sehr sie einander brauchten und dass sie nichts je würde auseinanderbringen können. Karu hoffte, dass dies mehr als die süßen Torheiten und unschuldigen Flunkereien waren, die Werbende von sich gaben.

An jenem Ort, in dem Zwerge und Halblinge Seite an Seite dafür arbeiteten, dass Unrecht und Verbrechen in der Stadt Amboss restlos ausgemerzt wurden, erwartete die beiden das übliche Bild einer Frühschicht. Einige Kollegen standen in Grüppchen vor ihren Büros, hielten Tassen und Gebäck in den Händen und plauderten über die jüngsten Ereignisse, während das hektische Klackern, das hinter so manch geschlossener Tür erklang, davon zeugte, dass die Fleißigeren bereits dabei waren, die Ergebnisse ihrer Bemühungen mithilfe ihrer Schreibmaschinen auf geduldigem Papier festzuhalten.

Karu nickte Sucher Schleifer zu, mit dem sie – wie es ihr schien – erst gestern zum ersten Mal in der Uniform einer Anwärterin unterwegs gewesen war, um einen mysteriösen Wäschediebstahl aufzuklären. Sie erinnerte sich noch gut daran, wie herzhaft der dicke Kerl gelacht hatte, als ihr endlich aufgegangen war, dass er einen traditionellen Schabernack mit ihr trieb, den jeder Anwärter über sich ergehen lassen musste. Ebenso gut erinnerte sie sich daran, wie rot ihre Wangen vor Scham gewesen waren, als Schleifer den anderen Suchern in einem umfassenden mündlichen Bericht davon erzählt hatte, wie Karu tatsächlich eine Vernehmung mit dem in den Scherz eingeweihten »Opfer« anberaumen wollte, um die betreffende Zwergin genau auflisten zu lassen, welche ihrer Mieder und Korsette entwendet worden waren. Schleifer grinste breit, als er Bugeg sah, und sagte: »Du solltest dir diese Zwergin unbedingt auch als Kollegin warmhalten, Sucher Gerber, nur für den Fall, dass dir mal die Unterhosen abhanden kommen.«

Auf der Treppe kam ihr Anwärter Wäscher entgegen, der ihr vergnügt zuzwinkerte. Augenscheinlich wusste auch Wäscher, der so schmalbrüstig war, dass man ihn auf den ersten Blick für einen etwas zu groß geratenen Halbling hätte halten können, schon von Karus anstehender Beförderung. »Du hättest ruhig mal etwas früher eine Anspielung machen können«, fauchte sie Wäscher in gespielter Verärgerung an, einen Vorwurf, dem der Anwärter mit einem völlig überzogenen, ängstlichen Zurückweichen begegnete, das ihm sofort eine Anstellung in jedem Schauspielhaus des Bundes eingebracht hätte.

Bugeg trat ohne zu klopfen in Elukis Büro. Die Halblingin sah von ihrem Heimatbaum auf, legte die Schere weg, mit der sie gerade einen unerwünschten Trieb hatte wegschneiden wollen, und zupfte ungehalten am Saum ihrer Dienstbluse, wohin sich ein Krümelchen Erde aus dem Pflanztopf verirrt hatte. »Höflichkeit zählt offenkundig nicht zu deinen Tugenden, Sucher Gerber.« Der Blick ihrer graublauen Augen fiel auf Karu. »Gleiches gilt für Diskretion.«

Karu wollte schon die Bürotür wieder von außen schließen, doch Bugeg hielt sie am Ärmel ihrer dunklen Anwärteruniform fest. »Du musst mir verzeihen, Eluki. Wenn ich aus einer Freischicht geholt werde, vergesse ich schon ab und zu meinen guten Benimm. Und was Karu angeht, denke ich, dass ich ihre Unterstützung bei der Suche, auf die du mich in Kürze schicken wirst, gut gebrauchen kann.«

Eluki setzte sich hinter ihren rot lackierten Schreibtisch. »Wenn das so ist … Man sieht, unter wem du gelernt hast, mein Kiesel.«

Karu presste die Hände an die Hosennähte und sagte: »Neunundzwanzig Generationen ungebrochene Pflicht!«

Die Halblingin lächelte, was nur schwerlich über ihre Müdigkeit hinwegtäuschte, denn dazu waren ihre Augenringe schlicht zu tief. »Immerhin gibt es noch eine anständige Zwergin in diesem Haus, die die Gebote der Höflichkeit achtet. Nehmt Platz.«

»Warum bin ich hier?«, wollte Bugeg wissen, der sich von Elukis Bärbeißigkeit nicht einschüchtern ließ.

Die Verwaltungsbeamtin öffnete eine Schublade, aus der sie eine hauchdünne Metallfolie – dem matten Schein nach zu urteilen aus echtem Silber – hervorholte, die sie mit spitzen Fingern vor sich auf dem Tisch platzierte. »Deshalb.«

Karu glaubte, im Zuge ihrer Ausbildung schon einmal etwas von solchen Folien gehört zu haben, doch ihr wollte beim Bart des Ersten Vorarbeiters nicht einfallen, was es mit ihnen auf sich hatte.

»Ich nehme an, du hast die Nachricht gelesen«, sagte Bugeg.

»O ja, das habe ich. Ich wäre auch ein Klapperkopf gewesen, wenn ich es nicht getan hätte. Immerhin hat man *mich* dafür auch aus einer verdienten Freischicht geholt.«

»Du hast mein vollstes Mitgefühl. Darf ich?« Bugeg beugte sich über Elukis Tisch und griff nach einem winzigen Gegenstand, der für Karu verdächtig nach einem Gewürzstreuer im Miniaturformat aussah. Und tatsächlich schüttelte der Sucher diesen Streuer, aus dem nun feine Späne eines dunklen Metalls auf die Silberfolie hinabrieselten. Anschließend beugte sich Bugeg über die Nachricht und blies in sanften, kurzen Stößen seinen Atem über die Platte.

Karu konnte erkennen, wie sich die Späne von zwei unsichtbaren Kräften gelenkt – von denen die eine von Bugeg selbst ausgelöst wurde, während die andere offenbar an die Silberfolie gebunden war – in einem bestimmten, wohlvertrauten Muster anzuordnen begannen. An manchen Stellen der Folie blieben die Späne besser haften als an anderen, und so bildeten sich nach und nach Buchstaben aus dem anfänglichen Chaos heraus. Nun dämmerte der Zwergin, um welche Art von Nachricht es sich bei der Platte handelte: Es war ein blinder Brief des Kommissariats für Bundessicherheit. Die Silberfolie diente dabei als haltbare und strapazierfähige Unterlage, auf die die Halblinge unter Zuhilfenahme dünner Pinsel mit kaum mehr als drei oder vier Haaren eine Nachricht schrieben. Dabei verwendeten sie eine besondere, durchsichtige Tinte, der winzige Partikel jenes Materials namens Haftstein beigemischt waren, das die Eigenschaft besaß, gewisse andere Materialien anzuziehen oder abzustoßen. Der Haftstein wiederum, den man in lediglich einer Handvoll streng bewachter Minen in unmittelbarer Polnähe abbaute, wurde nur ausgewählten Bereichen der Forschung und der Wirtschaft zugänglich gemacht, die ihn für spezielle, aber sehr konkrete Zwecke benötigten – wie etwa die Herstellung von Richtungsnadeln. Der blinde Brief konnte nach seiner Trocknung in einem Ofen auf eine einzige Weise lesbar gemacht werden: durch das Ausstreuen von Eisenspänen, so wie es Bugeg gerade vorgeführt hatte.

Bugeg studierte die Nachricht, und Karu studierte Bugegs Gesicht. Zunächst glaubte sie, anhand der leicht geweiteten Nasenlöcher ihres Geliebten so etwas wie Bestürzung auszumachen, doch dann kniff er die Augen zusammen und seine Kiefermuskeln wölbten sich zu straffen Hügeln entlang seiner Wangen aus. Er wirkte nun wie ein Zwerg, der Zeuge wurde, wie ein Ereignis, mit dem er schon lange gerechnet hatte, endlich eintrat.

»Diese Anweisung kommt direkt aus der Hauptstadt?«, fragte er.

»Richtig, aber ihr Ursprung liegt wahrscheinlich woanders. Ich habe Erkundigungen eingeholt, und heute Nacht müssen die Drähte der Fernschreiber im ganzen Bund geglüht haben«, antwortete Eluki.

»Wahrscheinlich hat er gar nicht geahnt, worauf er sich einlässt.« Bugeg sprach auf eine Art und Weise, als wäre dieser geheimnisvolle »Er« bereits tot. »Das sähe ihm zumindest ähnlich.«

Die Halblingin hob in einer entschuldigenden Geste die Hände. »Ich habe versucht, ihn davor zu warnen, dass er in ein Wespennest stößt. Entweder habe ich mich nicht deutlich genug ausgedrückt, oder er wollte nicht auf mich hören. Wie dem auch sei, es ändert nichts an den Konsequenzen: Er hat sich Feinde gemacht, die ihn aus dem Weg geräumt sehen wollen.«

»Du bist nicht die Einzige gewesen, die versucht hat, ihm die Schlacke aus dem Kopf zu spülen. Aber ich hätte genauso gut auf einen Felsen einreden können. Ich begreife einfach nicht, wie ihm so etwas passieren konnte. Mir wäre es jedenfalls nicht passiert.«

»Diese Überheblichkeit steht dir nicht gut zu Gesicht, Bugeg.« Eluki schaute ihrem Gegenüber tief in die Augen. »Lass dir etwas von jemandem sagen, der dieses Spiel schon mitmacht, seit du dich noch in irgendeinem Hinterhof in der Bergferne mit toten Katzen beschäftigt hast: Ganz gleich, wie viele sogenannte Freunde mit goldenen Ringen am Finger man auch haben mag, sie lassen einen alle fallen, sobald man keinen Nutzen mehr für sie hat.«

»Das mag bisher so gewesen, doch die Zeiten ändern sich«, entgegnete Bugeg mit leisem Spott in der Stimme. »Bald wird alles anders sein, und die Strebsamen werden ihren gerechten Lohn empfangen.«

Karu kam es so vor, als unterhielten sich die beiden über ein Thema, mit dem sie nicht einmal ansatzweise vertraut war – Sternenlaufkunde oder Braukunst beispielsweise.

»Glaubst du, er hat die beiden Kommissare wirklich getötet?«, fragte Bugeg. »In der ganzen Zeit, die ich ihn kenne, hat er nur höchst selten zur Waffe gegriffen. Es erscheint mir merkwürdig, dass er es plötzlich anders halten soll.«

»Er musste wohl sein Leben verteidigen«, erwiderte Eluki achselzuckend. »In solchen Situationen sind viele Leute zu erstaunlicher Grausamkeit fähig. Vielleicht hat er es auch nicht allein getan. Unter Umständen war es sein Begleiter, von dem im Brief die Rede ist und den seine Nachbarn gesehen haben wollen.«

»Alle werden ihn für einen Verräter halten. Das hat er nicht verdient.«

»Man bekommt selten das, was man verdient. Sollte er sich wirklich mit einem Menschen eingelassen haben, wird es noch leichter werden, ihn als Verräter darzustellen und die Stimmung weiter anzuheizen.« Eluki senkte den Blick. »Du hast recht, Bugeg. Die Zeiten ändern sich, und die angestoßene Entwicklung ist nicht mehr aufzuhalten. Er wird nicht das einzige Opfer bleiben.«

»Warum schickst du mich los, um ihn festzunehmen?«

»Den eigentlichen Grund kannst du dir denken: Es hat sich bereits für dich ausgezahlt, dir die richtigen Verbündeten mit den richtigen Ringen an den Fingern zu suchen. Doch selbst, wenn man mir nicht nahe gelegt hätte, dich auszuwählen, wäre es das Vernünftigste gewesen, dich mit dieser Suche zu betrauen. Weil du am besten weißt, wie er denkt und was er denkt. Nähe schafft Vertrautheit.« Die Beamtin zog eine Augenbraue in die Höhe. »Oder sollte ich mir Sorgen darüber machen, dass diese Vertrautheit deine Arbeit beeinträchtigen wird?«

»Ein Sucher kennt nur die Wahrheit, und sein Streben dient allein dem Gesetz«, sagte Bugeg nach einem kurzen Moment. »Er ist für den Tod von zwei Kommissaren verantwortlich oder trägt wenigstens eine Mitschuld daran. Folglich muss er seiner gerechten Strafe zugeführt werden. Mir ginge es nur etwas besser dabei, wenn ich wüsste, dass man ihn nach seiner Festnahme nicht öffentlich vorführen und seinen Namen in den Schmutz ziehen würde.«

»Was schlägst du dann vor? Sollte man ihn besser heimlich in eine Mine am Pol schaffen und so tun, als wäre er einfach verschwunden? Würde das nicht noch mehr Fragen aufwerfen?« Eluki wies auf das Fenster hinter sich. »Die Bürger der Stadt Amboss sind ohnehin bereits besorgt, weil es der Sucherschaft nicht gelingt, die Anschläge auf die reichsten und angesehensten ihrer Vertreter zu verhindern. Natürlich werden sie empört sein, wenn sie erfahren, dass es einen Sucher gegeben hat, der in diese Fememorde verwickelt war. Allerdings nur zu Anfang. Dann werden sie erkennen, dass die Sucher solche Umtriebe in ihrer Mitte nicht dulden und mit aller Härte durchgreifen. Das wird sie eine Weile beruhigen.«

»Sofern die Anschläge nicht weitergehen.«

»Sie werden enden – dank der Arbeit von Suchern wie dir und Anwärterin Schneider.«

Karu zuckte zusammen, als unvermittelt ihr Name fiel, nachdem sie beinahe schon den Eindruck gewonnen hatte, Bugeg und Eluki hätten ihre Anwesenheit vergessen. »Dein Vertrauen in die Güte meiner Arbeit ehrt mich«, sagte sie überrascht.

Die Halblingin schenkte ihr einen mitleidigen Blick, als wäre Karu ein vorlauter Kiesel, der sich mit einer unaufgefordert herausgeplapperten Dummheit in ein Gespräch zwischen Erwachsenen einmischte. »Das Ende der Anschläge wird nichts mit der Güte deiner Arbeit zu tun haben. Es wird lediglich eine Darstellung geben, die das so erscheinen lässt.« Dann wandte sich Eluki wieder an Bugeg. »Wenn du diese Suche schnell und erfolgreich zu Ende bringst, werden wir beide davon profitieren. Enttäusch mich also nicht.«

»Ich habe völlig freie Hand, wie ich die Dinge angehe? Wen ich zu einer Befragung einbestelle? Welche Durchsuchungen ich anberaume?«

Eluki nickte. »Deine Suche wird die mit der höchsten Dringlichkeit sein.«

»Was, wenn er Amboss bereits verlassen hat?«

Die Halblingin zog eine andere Schublade an ihrem Schreibtisch auf. »Daran ist bereits gedacht.« Sie reichte Bugeg einen Umschlag, auf dem das Wappen des Obersten Vorarbeiters als goldene Prägung prangte. »Der kluge Lenker unserer Geschicke hat eine Bundeshatz gestattet. Möge deine Arbeit Bestand haben, Jäger Gerber.«

Karu hielt den Atem an. Bugeg hatte soeben die Erlaubnis erhalten, in den Arbeitsgebieten sämtlicher Sucherschaften des gesamten Bundes zu operieren und dabei alle Ressourcen in Anspruch zu nehmen, die er benötigte, um einen Feind der zwergischen Gemeinschaft zur Strecke zu bringen. Die einzigen Beamten, die seinen Anweisungen von nun an nicht ungefragt Folge zu leisten hatten, waren die Kommissare der Bundessicherheit. Wenn sie sich richtig erinnerte, war es mehr als hundert Jahre her, seit der letzte Jäger ernannt worden war, und bis zum heutigen Tag war über diese Bundeshatz nur bekannt, dass die Beute gestellt worden war. Es gab Gerüchte darüber, dass ein Versuchsrechner den Zorn des damaligen Obersten Vorarbeiters durch die Veröffentlichung einer Druckschrift auf sich gezogen hatte, in der er behauptet hatte, bei der Wahl hätten Unstimmigkeiten zwischen der abgegebenen Zahl der Stimmen und dem amtlichen Endergebnis bestanden – nicht dass es eine Möglichkeit gegeben hätte, diese Gerüchte auf ihre Stichhaltigkeit zu überprüfen.

Die Bundeshatz als Mittel der Rechtsvollstreckung selbst war mittlerweile zur Legende geworden – eine Legende, die jedoch jeder Sucher kannte, weshalb Bugeg sich wohl auch nicht erst die Mühe machte, das Schreiben zu öffnen und zu lesen. Außerdem wusste er zweifelsohne schon, wen es zu stellen galt, und damit hatte er seiner Geliebten etwas voraus.

»Wer …« Karu räusperte sich und setzte ein zweites Mal an. »Wer ist die Beute bei dieser Hatz?«

Eluki schaute zu Bugeg. Karu war bestürzt darüber, dass sich die Machtverhältnisse zwischen der Beamtin und dem Sucher – nein, dem Jäger – durch die simple Überreichung eines Schriftstücks ins Gegenteil verkehrt hatten. Aus Bugegs Vorgesetzter war seine weisungsgebundene Untergebene geworden.

»Bevor du Karu eine Antwort gibst, hätte ich zunächst noch eine Frage«, sagte Bugeg. »Dieses Schreiben kann unmöglich über Nacht aus der Hauptstadt hierhergebracht worden sein. Wie ist es dann möglich, dass nun ausgerechnet sein Name darin geschrieben steht?«

»Als ich diese Anordnung erhielt, gab es an entscheidender Stelle eine Lücke, die nur darauf wartete, gefüllt zu werden. Und nun hatte ich sie zu füllen. So einfach ist das. Verzeih mir diese Anmerkung, aber im Grunde hätte dort jeder Name stehen können. Deiner, meiner, ihrer.« Der ausgestreckte Finger der Halblingin deutete zu Karu. »Und um dich jetzt endlich aus dem Dunkel ins Licht zu holen: Die Beute dieser Hatz ist auch für dich kein Unbekannter. Sein Name lautet Garep Schmied.«

19

Es war eine dumpfe Ahnung, die Arisascha aus einem Traum riss, in dem sie mit ihrem eigenen Blut Passagen aus den Heiligen Schriften auf die weißen Kacheln ihrer Zellenwände schmierte. Sie hatte schon immer einen leichten Schlaf gehabt, und ihre jüngsten Erfahrungen trugen nicht dazu bei, ihren überstrapazierten Geist zur Ruhe kommen zu lassen.

Jemand stand neben ihrem Bett. Eine unförmige Gestalt mit großen, dunklen Augen beugte sich über sie. »Verzeiht«, flüsterte die Zofe im weiten Gewand einer Südländerin. Ihre Wiege hatte wohl nicht an der Perlenküste gestanden, denn dazu war ihre Haut zu golden und ihr schwarzes Haar zu kraus. Arisaschas Gönner musste die Sklavin auf einem Markt gekauft haben, ehe er seine Residenz in den Zwergenbund verlegt hatte. Wahrscheinlich befand sie sich bereits seit Jahrzehnten in seinem Besitz, doch Arisascha war nie sonderlich gut darin gewesen, das Alter von Sklaven einzuschätzen, deren Gesichter rascher und tiefer von Falten zerfurcht wurden als die freier Menschen.

Obwohl sie von der Zofe nichts zu befürchten hatte, brauchte Arisaschas Herz einige Augenblicke, um von einem erschrockenen Hüpfen zu einem ruhigeren Rhythmus zurückzufinden. »Was gibt es?«, fragte sie, wobei sie versuchte, einen Ton zu wählen, der nicht zu herrisch klang.

»Ihr wolltet früh geweckt werden«, wisperte die Zofe. Es stand ihr nicht zu, einer Freien gegenüber die Stimme über ein Flüstern zu erheben, es sei denn, sie erhielt eine ausdrückliche Aufforderung, dies zu tun.

Arisascha gab der Sklavin durch einen Wink zu verstehen, dass sie sich einige Schritte vom Bett zu entfernen hatte. Die Zofe drehte sich um, und einen Wimpernschlag später ertönte das leise Klappern von Geschirr.

Das Gemach, in dem Arisaschas Gönner sie untergebracht hatte, war vom Duft frisch geschnittener Blumen erfüllt, die überall im Zimmer in bauchigen, langhalsigen Vasen geschmackvoll arrangiert waren. Zusammen mit dem gestickten Blütenmuster auf ihrer Decke und den stilisierten Ranken an den Wänden hatte Arisascha beinahe den Eindruck, in einem blühenden Garten erwacht zu sein. Zwei Türen führten aus dem Raum, von denen eine ein faustgroßes Schloss aufwies, das von seiner Form her einer weiblichen Scham nachempfunden war. Die andere Tür hingegen besaß lediglich eine Klinke, aber kein Schloss. Wäre sie nicht mit den Gepflogenheiten des Südens vertraut gewesen, wäre Arisascha womöglich beunruhigt gewesen.

Sie schlug die Decke zurück, tapste hinter eine Stellwand, auf der Einhörner über eine grüne Wiese tänzelten, und erleichterte sich in einen Nachttopf aus purem Gold. Ihr Gönner war wirklich ein ausgesprochen wohlhabender Mann. Als sie hinter dem Paravent hervortrat, bemerkte sie, wie die Zofe einen sehnsüchtigen Blick auf die Speisen warf, die auf einem Tablett für Arisascha angerichtet waren. Arisascha dachte darüber nach, der Sklavin eine Orange anzubieten, entschied sich allerdings dagegen. Es wäre ein Verstoß gegen die guten Sitten gewesen, denn hieß es nicht in einem Abschnitt der Heiligen Schriften, der unter den Südländern besondere Bedeutung besaß: »Die Herren richten ein, welche ihrer Diener oben und welche ihrer Diener unten stehen. Es ist nicht an den Dienern – weder an denen, die oben sind, noch an denen, die unten sind –, den Willen ihrer Herren je in Zweifel zu ziehen.«

Die Zofe verbeugte sich und verließ das Zimmer durch die Tür mit dem auffälligen Schloss. Arisascha hörte das Klimpern eines Schlüsselbunds, und schon war die Tür zugesperrt.

Sie ging hinüber zum Fußende des Betts mit dem hohen Baldachin, wo ihr die Sklavin ein Morgengewand bereitgelegt hatte. Mit einem wohligen Stöhnen schlüpfte Arisascha in die rote Seide, die nicht mehr als ein sanfter Hauch auf ihrem Leib war. Sie schüttelte ihr Haar aus und strich sich über die Hüften. Ungeachtet ihres beunruhigenden Traums hatte sie schon lange nicht mehr so gut geschlafen wie in der letzten Nacht. Sie würde die Kraft, die sie daraus geschöpft hatte, brauchen können, sobald sie sich auf die Reise in ihre Heimat machte.

Als sie sich dem Tablett zuwandte, bemerkte sie, dass ihr der Gönner ein Geschenk geschickt hatte, um seine Zuneigung ihr gegenüber zum Ausdruck zu bringen. Das Goldkettchen war auf vielsagende Weise in den Spalt zwischen zwei gelben Äpfeln gelegt worden, und Arisascha ertappte sich dabei, wie ihr diese frivole Spielerei ein Lächeln entlockte.

Sie fand es nach wie vor faszinierend, wie ein Mann, der in dem Ruf stand, grausam und berechnend zu sein, zugleich eine derart heitere Ader in seinem gewaltigen Leib haben konnte. So oder so war er einer ihrer treuesten Verbündeten, an dessen Aufrichtigkeit für sie nicht der geringste Zweifel bestand. Garep hatte sich zunächst ein wenig dagegen gesträubt, im Haus eines Menschen Zuflucht zu suchen. Er hätte Amboss lieber sofort verlassen, aber er hatte eingesehen, dass ihre Reise wesentlich leichter sein würde, falls sie sich gefälschte Papiere besorgen konnten – und Arisascha wusste genau, wo Dokumente zu bekommen waren, die einer eingehenderen Überprüfung standhalten würden. Der misstrauische Blick, mit dem er sie nach dieser Eröffnung bedacht hatte, war ihr deutlich in Erinnerung geblieben. Es war eigentlich an der Zeit für ein klärendes Gespräch zwischen ihnen, doch Arisascha hatte nicht vor, ihre gesamten Pläne vor dem ehemaligen Sucher offenzulegen. Andererseits könnte es wohl auch gefährlich für sie werden, wenn sie dem Zwerg nicht zumindest das Gefühl gab, ihr vertrauen zu können.

Sie seufzte und öffnete die Tür, die in das angrenzende Gemach führte. Es war beinahe, als wäre sie durch einen Spiegel hindurchgetreten, so ähnlich waren sich die beiden Zimmer in ihrer Einrichtung. Erstaunt stellte sie fest, dass die Zofe wohl auch bereits in Gareps Schlafgemach gewesen war. Auch für ihn war frische Kleidung zurechtgelegt worden, und auch hier stand ein Tablett mit erlesenen Spezialitäten neben dem Bett. Der Zwerg hatte jedoch offensichtlich nichts davon mitbekommen. Im ersten Augenblick überkam sie der erschreckende Gedanke, ihr Gönner könnte sich dazu entschlossen haben, Garep Schmied zu vergiften. Das Gesicht des Zwergs war kalkweiß, sein Mund stand offen, und Schweiß glänzte ihm auf der Stirn. Dann gab Garep ein lautes Schnarchen von sich und wälzte sich schwerfällig auf die Seite. Dort, wo er eben noch gelegen hatte, kam ein dunkler Fleck auf der Matratze zum Vorschein, und Arisascha sah, dass das Rückenhaar des Zwergs nass auf der dicken, grobporigen Haut klebte. Der Geruch, den Garep verströmte, ließ Arisascha an faule Eier denken. Die Flechte war eine grausame Herrin. *Schlechte Mägde und Knechte lassen ihre Leiber zerfallen*, dachte sie und blieb unschlüssig stehen. Sollte sie besser wieder gehen?

Garep keuchte und warf sich herum. Seine Augen standen weit offen, und er starrte Arisascha an, als hätte er einen Geist vor sich. »Pinaki?«, ächzte er.

Arisascha kannte diesen Namen nicht, und so blieb sie einfach stumm.

Garep atmete einmal tief durch und murmelte dann: »Wo sind wir?«

»Dort, wo wir gestern schon waren.« Arisascha setzte sich zu dem Zwerg aufs Bett. »Im Haus der Qualle.«

»Ja … ja, die Qualle«, stöhnte Garep. »Die Qualle. Ist das sein richtiger Name?«

Arisascha schüttelte den Kopf.

»Wie heißt er dann?«

»Das kann ich dir nicht sagen.«

»Wieso?«

»Es würde ihm nicht gefallen. Es ist ein Verstoß gegen die Gebote seines Glaubens.«

»Mir gefällt es nicht, bei jemandem zu Gast zu sein, dessen Namen ich nicht kenne«, maulte Garep und legte sich die Hand über die Augen, als blendete ihn ein grelles Licht. »Mir gefällt das alles nicht. Wie lange müssen wir noch hier bleiben?«

»So lange, bis er uns gegeben hat, was wir von ihm wollen«, erklärte Arisascha.

»Dazu müsstest du mit ihm reden.«

»Er wird mit mir reden. Es wäre unhöflich von ihm gewesen, mich sofort zu empfangen. Außerdem habe ich ihm bereits eine Nachricht zukommen lassen. Er ist darüber in Kenntnis gesetzt, mit welchem Anliegen ich mich an ihn wende. Gute Fälschungen sind nicht in ein paar Stunden angefertigt.«

»Weshalb bist du dir eigentlich so sicher, dass er uns helfen wird?« Garep klang matt und hoffnungslos.

»Weil wir beide uns sehr gut kennen.«

»Woher?«

»Über Dschedschin. Sie haben gemeinsame Geschäfte gemacht, bevor mein Geliebter …« Arisascha ließ den Satz absichtlich unvollendet. Je länger sie Garep glauben machen konnte, dass sie um Dschedschin trauerte, desto besser. »Er hat mir bereits zu verstehen gegeben, dass er mich nicht im Stich lassen wird.« Sie strich über das Kettchen, das sie nun am Handgelenk trug.

»Wenn ihr beide so gut Freund miteinander seid, weshalb sperrt er uns dann ein? Das klingt für mich nicht gerade nach tiefem Vertrauen.« Gareps Hand wanderte zu seinem Bauch, und der Zwerg begann, sich den Wanst zu reiben.

»Du deutest das vollkommen falsch«, erklärte Arisascha amüsiert. »Wenn er uns hier in den Frauengemächern einschließt, tut er das nicht, um sich vor uns zu schützen. Vielmehr will er uns damit vor Feinden schützen, die in sein Haus eindringen könnten. Er hält sich nur an die Traditionen seines Volks. Mägde sind dem Knecht ein kostbares Gut, das er behandelt wie einen Schatz …«

»Augenblick!«, warf Garep ein. »Wenn das seine Frauengemächer sind, warum bin ich dann hier? Und wo sind seine Frauen?«

»Offenbar misst er dir denselben Wert bei, den er auch einer Frau wie mir beimisst. Das ist eine große Ehre«, log Arisascha. Die Qualle hatte Garep in den Frauengemächern untergebracht, weil er den Zwerg nicht der Behandlung für würdig hielt, die er einem Menschen hätte angedeihen lassen. Wäre Garep in den Augen der Qualle ein echter Mann gewesen, hätte der Zwerg ein wesentlich größeres Quartier beziehen dürfen und die letzte Nacht auf keinen Fall allein verbracht. Die Qualle hätte ihm mit Sicherheit zwei oder drei seiner Sklavinnen geschickt, um ihn zu wärmen. »Und was die Frage nach den anderen Frauen angeht, verhält es sich so, dass unser Gastgeber noch keine feste Braut gewählt hat. Er behauptet, er habe noch nicht die Passende gefunden, um sie dauerhaft zu sich ins Haus zu holen – will meinen, keiner der anderen südlichen Händler hier in Amboss kommt ihm mächtig und wohlhabend genug vor, um das Blut mit ihm zu mischen. Hörst du mir überhaupt zu?«

»Ja, ja, natürlich«, antwortete Garep mit schmerzverzerrtem Gesicht. »Aber mein Magen bringt mich um.«

»Dann solltest du etwas essen.« Arisascha packte das schwere Tablett an seinen Elfenbeingriffen und stellte es zwischen sich und den Zwerg aufs Bett. »Der Entzug wird nicht leichter, wenn du hungerst.«

Sie konnte sehen, wie Garep mit sich rang, ob er ihr eine barsche Erwiderung entgegenbringen sollte. Die Vernunft behielt die Oberhand. »Du hast recht. Obwohl ich sagen muss, dass man schneller von der Flechte loskommt, als man denkt. Ich selbst habe schon …«

»Viele Male der Pfeife abgeschworen«, unterbrach sie ihn. »Und jedes Mal hast du deinen Schwur gebrochen.« Sie goss ihm eine Tasse dampfenden Herznusssud ein. »Hier! Trink das! Es wirkt belebend.«

Garep rümpfte die Nase. »Ich habe gehört, es belastet die Nieren und schwächt die Nerven.«

Arisascha hielt ihm die Tasse unters Kinn. »Ihr Zwerge redet viel, wenn die Schicht lang ist. Herznuss ist nicht schlimmer als die grauenhaften Teesorten, die ihr trinkt.«

Nach einem vorsichtigen Nippen verzog Garep angewidert die Lippen. »Es ist ganz furchtbar bitter.«

»Man gewöhnt sich daran.« Arisascha ließ keine Ausflüchte gelten. Der Zwerg stellte sich an wie ein kleines Kind, dem eine widerliche Medizin verabreicht wurde, aber wenigstens musste sie ihm nach den ersten zwei Schlucken nicht mehr die Tasse halten.

Sie nahm sich einen Blätterteighalbmond und biss genüsslich in das weiche Gebäck. Eine warme, sämige Masse quoll in ihren Mund. So süß sie war, sosehr weckte sie in ihr Erinnerungen an den Grund, aus dem Siris und sie sich vor langer Zeit so schwer versündigt hatten. *Dem Kind ist der Vater der Herr*, dachte sie und beeilte sich, den ersten Bissen ihren Hals hinunterrutschen zu lassen. Sie durfte jetzt nicht an die Vergangenheit denken, wenn sie eine Zukunft haben wollte.

Nachdem Garep die Tasse geleert hatte, tat er es Arisascha nach und kostete ebenfalls von einem der Halbmonde. »Das ist gut, aber viel zu weich.«

»Du hast bisher wohl noch viel zu wenige Entbehrungen erlebt, Sucher Schmied«, spöttelte Arisascha. »Zu bitter, zu weich. Lass das nicht die Qualle hören. Er könnte deine Nörgeleien als Beleidigungen empfinden. Gerade die Geduld eines Glaubensführers hat ihre eng abgesteckten Grenzen.«

Blätterteigbrösel sprenkelten Gareps Knebelbart. »Hast du nicht eben noch gesagt, die Qualle sei ein Händler?«

»Das eine schließt das andere nicht aus.«

»Dann ist es also möglich, bei euch Menschen zwei Berufungen nachzugehen? Man kann gleichzeitig Händler und – wie nanntest du damals deine Tätigkeit – Prediger sein?«

»Zunächst einmal tätest du gut daran, nicht immer von ›euch Menschen‹ zu sprechen.« Arisascha goss sich selbst eine Tasse Herznusssud ein. »Vielleicht ist das für jemanden, der in einem in sich geschlossenen Reich wie dem Zwergenbund aufgewachsen ist, schwierig zu verstehen, aber in unterschiedlichen Regionen meiner Heimat gelten unterschiedliche Regeln. Das ist ja genau der Grund, aus dem all die Zwiste und Kriege erwachsen. Aber ja, im Süden der Zerrissenen Reiche, dort, wo die Wiege der Qualle stand, stellt es keinen Widerspruch dar, Handel zu treiben und zugleich als Deuter der Heiligen Schriften und Schlichter von Streitigkeiten verstanden zu werden. Es ist sogar so, dass die Südländer glauben, Reichtum spiegele die besondere Gunst der Herren wider. Wer arm ist, handelt auf irgendeine Weise dem Willen der Herren zuwider und wird deshalb durch ein fortgesetztes Dasein in Not und Elend bestraft. Und da die Qualle einen beispiellosen Wohlstand angehäuft hat, gilt er unter den anderen Südländern, die sich in Amboss angesiedelt haben, als eine Art Mittler zwischen ihnen und den fernen Herren.«

»Dann seid ihr doch Kollegen, du und die Qualle?«, fragte Garep.

»Wenn du es so sehen möchtest … Wir sind auf vielfältige Weise miteinander verbunden, und das ist kein Geheimnis.«

Der Zwerg schwieg eine Weile. Es war ihm deutlich anzusehen, wie sein Verstand hinter der seltsam gedrungenen Stirn arbeitete. Arisascha ahnte schon lange, ehe Gareps Mund sich wieder öffnete, dass das Ergebnis dieser Bemühungen eine weitere Frage sein würde. »Was hat es mit deinem Bruder auf sich?«

Arisascha setzte eine beleidigte Miene auf. »Ist das etwa eine Vernehmung, Sucher Schmied?«

Garep winkte ab. »Spar dir deine Scherze, Arisascha von Wolfenfurt. Meine Tage als Sucher sind gezählt. Ich möchte nur gern erfahren, weshalb mein Hintern in einem zu kleinen Eimer steckt. Dein Bruder hat mir das Leben gerettet, und ich frage mich, warum er das getan hat.«

»Tot hättest du ihm nichts genutzt«, antwortete Arisascha lapidar. »Er wollte mich finden, und er hat von jemandem erfahren, dass du mit der Suche nach Dschedschins Mörder betraut warst.«

»Ihm muss viel an dir liegen«, dachte Garep laut. »Er ist eigens in den Zwergenbund gereist, um sich vom Wohlbefinden seiner Schwester zu überzeugen.«

»Mein Bruder und ich vertrauen einander völlig.« Arisascha brauchte sich nicht zu sorgen, dass Garep ihre Lüge durchschaute. »Das ist schon immer so gewesen. Wir haben uns den Schoß unserer Mutter geteilt. Näher können sich zwei Menschen nicht kommen. Seine Reise hierher ist nicht das erste Mal, dass er etwas für mich tat, was kein anderer hätte tun können. Ohne ihn wäre ich nie zu der Frau geworden, die ich heute bin.« Sie wischte Garep einen Krümel aus dem wolligen Brusthaar. »Aber wenn das hier keine Vernehmung, sondern ein zwangloses Gespräch ist, wirst du mir sicher erlauben, dass ich dir auch einmal eine Frage stelle, nicht wahr?«

»Nur zu.«

»Bedauerst du es nicht, deinen Sohn so schnell wieder gehen zu lassen? Ich meine, du hast ihn anscheinend jahrelang nicht zu Gesicht bekommen, und dann steht er plötzlich vor deiner Tür. Trotzdem war euer Umgang miteinander kühl. Ich hätte es verstanden, wenn er von Zorn oder von Freude geprägt gewesen wäre. Doch da war keine Regung. Bei keinem von euch beiden. Wie kann so etwas sein?«

»Ich habe Himek gezeugt, aber ich habe ihn nicht großgezogen. Seine Mutter ist gestorben, und es war kein Platz für ihn in meinem Leben.« Arisascha glaubte nun doch, den Widerhall eines tiefsitzenden Schmerzes in Gareps Stimme zu hören. »Also bin ich einer uralten Tradition gefolgt und habe ihn in eine fremde Familie gegeben, deren Namen er von da an trug. Damit habe ich ihm Unrecht getan, weshalb ich auch in seiner Schuld stand. Doch diese Schuld ist jetzt abgegolten, weil ich mich dazu bereiterklärt habe, dich sicher außer Landes zu bringen. Himek und ich sind wieder das, was wir eigentlich schon vorher waren: Fremde.«

»Und jetzt wollt ihr euch nie wiedersehen? Verzeih mein Unverständnis, aber mir kommt diese Haltung sonderbar vor. In meiner Heimat heißt es, das Band zwischen Eltern und Kindern könne allein der Tod lösen.« Arisascha verschwieg dem Zwerg, dass sie eben jenes Band zu ihrem eigenen Vater in voller Absicht hatte durchtrennen lassen. »Was du da berichtest, erweckt in mir den Eindruck, als herrschten in den Herzen der Menschen ganz andere Gefühle als in denen der Zwerge.«

Garep setzte sich auf und reckte sich nach der braunen Leinenrobe, die die Zofe für ihn bereitgelegt hatte. »Wenn ich mich nicht irre, bist du es gewesen, die bei der Vernehmung, die ich mit dir geführt habe, noch behauptet hat, unsere Völker seien sich ähnlich.«

Arisascha wartete mit einer Erwiderung, bis der Zwerg sich den groben Stoff über den Oberkörper gestreift hatte. »Ich habe mich allerdings kurz darauf berichtigt und die Möglichkeit eingestanden, dass ich mich in meiner Auffassung getäuscht haben könnte.«

Mit einem Ächzen wälzte sich der Zwerg an den gegenüberliegenden Rand des Betts, wandte sich von Arisascha ab und stand auf. Die Robe rutschte ihm bis über die Füße hinunter. »Mir geht es nicht sehr viel anders als dir, Arisascha. Vieles, was ich über die Menschen erfahre, verwirrt mich gewiss ebenso sehr, wie die Gebräuche meines Volks dir unverständlich erscheinen. Obwohl ihr seit Jahrzehnten unter uns lebt, konnten wir uns kaum ein klares Bild von euren Sitten machen. Was ihr denkt. Warum ihr handelt, wie ihr handelt. Wie ihr wider alle Regeln der Vernunft an eurem Glauben festhalten könnt.«

»Mir sind bislang nur wenige Zwerge begegnet, die ein merkliches Interesse an diesen Dingen gezeigt hätten. Wer nicht fragt, bekommt auch keine Antworten.« Arisascha musterte den Sudsatz in ihrer Tasse, als ließe sich in dem schlammigen Häufchen eine Lösung dafür finden, wie die Kluft zwischen zwei Völkern zu überbrücken war. »Doch vielleicht können wir beide ja einen Anfang machen, dies alles zu ändern.«

»Wie soll das gehen?«, fragte Garep, der träge versuchte, die Robe zumindest so weit zu raffen, dass er in ihr gehen konnte, ohne über den Saum zu stolpern.

»Während meiner Gefangenschaft habe ich einige der Grundzüge meines Glaubens in einem Buch niedergeschrieben.« Sie deutete auf die Tür zu ihrem Schlafgemach. »Lies es, wenn du verstehen willst, von welchen Geboten mein Leben bestimmt wird. Es liegt unter meinem Kissen.«

Der Zwerg fuhr sich verlegen durch das zerzauste Haar. »Ich spreche deine Sprache nicht, Arisascha. Wie kannst du dann denken, ich wäre fähig, sie zu lesen?«

»Ich habe mein Buch in der Sprache deines Volks geschrieben«, antwortete Arisascha, die sich nicht anmerken ließ, welche klammheimliche Freude ihr Gareps Unbehagen bereitete. Sollte er ruhig denken, sie hätte wirklich nichts unversucht gelassen, um auf eine bessere Verständigung zwischen Zwergen und Menschen hinzuarbeiten.

»Dein Fleiß trägt den größten Berg ab«, murmelte Garep beeindruckt. »Es wäre eine Schande, würde ich dein Buch nicht lesen.«

Es klopfte an der Tür, die hinaus auf den Gang führte. Garep zuckte erschrocken zusammen, als hätte er für einige Augenblicke völlig vergessen, wo er sich eigentlich aufhielt.

»Arisascha von Wolfenfurt?«, schnarrte eine männliche Stimme durch das Holz.

»Ich warte geduldig auf die Gunst meines Herrn und danke ihm, meine Tugend in dieser Nacht bewahrt zu haben«, sagte Arisascha, um dem Mann draußen zu zeigen, dass er die Tür ruhig öffnen konnte, da sie bereits wach und angekleidet war. Es überraschte sie nicht, dass der Mann an Gareps Tür geklopft hatte. Sie war ohnehin davon ausgegangen, dass ihr Gespräch mit dem Zwerg nicht unbeobachtet geblieben war. Irgendwo zwischen den Rankenornamenten an den Wänden versteckte sich sicherlich ein gut getarntes Guckloch.

Ein Schlüssel drehte sich im Schloss, und die Tür wurde aufgezogen. Die Kleidung des Bediensteten, den die Qualle geschickt hatte, war von einem Schnitt, der unter den Zwergen in dieser Saison als besonders modisch galt. Die Kette um den Hals des Mannes, an der eine beachtliche Zahl von gewachsten Haarlocken baumelte, verriet ihr, dass er ungeachtet seiner sonstigen Erscheinung seine alte Heimat nicht vergessen hatte.

»Schischaradsch von Salzkliff«, stellte sich der Duellant mit der großen Adlernase rituell vor und deutete eine Verbeugung an, wobei er den gebotenen Abstand zur Türschwelle peinlich genau einhielt. »Ich wurde entsandt, dich zu holen. Mein Herr hat die Zeit gefunden, dich in seiner Anwesenheit zu dulden.«

»Wenn der Herr ruft, eilt diese Magd, so schnell sie ihre Füße tragen.« Arisascha wandte sich an Garep. »Du wirst hier auf mich warten müssen.« Sie unterband seinen Protest, indem sie ihm einen Finger auf die Lippen legte. Der Bart des Zwergs fühlte sich weicher an, als sie es erwartet hatte. »Mach dir keine Sorgen um mich. Ich bin bald wieder zurück.«

Sie ging auf Schischaradsch zu und hielt ihm den Arm so entgegen, dass er seine Hand in ihre Ellenbeuge legen konnte. Der Duellant überließ es einem anderen Knecht der Qualle, das Frauengemach wieder zu verriegeln, und führte sie gemessenen Schritts einen langen Gang hinunter. Die Qualle hatte bereits auf Arisaschas unangekündigtes Erscheinen reagiert: Sklaven waren damit beschäftigt, schwere Platten und Balken aus Holz durch das Anwesen zu tragen. Arisaschas Gastgeber rechnete offenkundig mit einem baldigen Angriff seiner Widersacher und hatte die Anweisung erteilt, das Haus zusätzlich zu befestigen.

Arisascha und Schischaradsch bogen um eine Ecke, und in diesem Korridor erhaschte sie durch einen offenen Torbogen einen Blick in den Innenhof des Gebäudes. In der Mitte des Platzes loderte ein Feuer unter einem Bronzekessel, in dem man bequem ein Bad hätte nehmen können. Das gewaltige Gefäß war mit der Darstellung von Pferden verziert, die sich eine steile Klippe hinunterstürzten. Auf den Wangen der feisten Köchin, die den Inhalt des Kessels mit rudernden Bewegungen ihrer kräftigen Arme umrührte, glaubte Arisascha Tränen glitzern zu sehen, doch vielleicht war ihr auch nur ob ihrer anstrengenden Arbeit der Schweiß ausgebrochen.

»Ich bin deinem Bruder begegnet«, sagte Schischaradsch unvermittelt.

»So?«

»O ja. Bedauerlicherweise werde ich nicht mehr die Gelegenheit erhalten, die Klinge mit ihm zu kreuzen.«

»Besteht dazu denn ein Anlass?«

»Es soll genügen, wenn ich dir sage, dass die Dreistigkeit deines Bruders deiner Höflichkeit in nichts nachsteht.« Schischaradsch spielte nachdenklich mit einer der gewachsten Haarlocken. »Hier wird wohl nie die achtunddreißigste Strähne hängen.«

Dank Schischaradschs letzter Äußerung begann sich ein Bild in Arisaschas Geist zu fügen. »Dein Herr wird Amboss verlassen?«

»Schon bald«, gestand der Duellant mit fester Stimme ein. »Möge sein Weg ein glücklicher sein.«

Danach wechselten sie kein Wort mehr miteinander. Alles, was gesagt werden musste, war gesagt. Arisascha verspürte einen gewissen Kummer darüber, dass sie den Duellanten nach ihrer Abreise aus Amboss wohl nie mehr wiedersehen würde. Sie mochte ihn irgendwie, trotz – oder womöglich sogar wegen – seiner prahlerischen Art. Doch Schischaradsch hatte von Anfang an um die Gefahren gewusst, die mit seiner Anstellung bei einem Menschen wie der Qualle einhergingen. Wer seinen Schwertarm verkaufte, durfte sich nicht beklagen, wenn ihm ein fremdes Schwert zum Schicksal wurde.

Schischaradsch brachte sie bis vor eine Tür, die so breit war, dass man mit einem Zweispänner hätte hindurchfahren können, und auf der ihr in leuchtenden Farben eine Szene vom Grund des Meeres entgegenstrahlte. Bunte Fische, Schlangen, Schildkröten und allerlei anderes Getier schwammen zwischen Felsen, Wasserpflanzen und Korallen emsig umher, doch jedes dieser Geschöpfe bewegte sich dabei in gefährlicher Nähe zu einem der unzähligen Fangarme einer Qualle, die über dem Getümmel schwebte.

Der Duellant zog an einer dicken Kordel, woraufhin ein Glöckchen erklang, auf dessen zartes Läuten kurz darauf ein satter Gongschlag dröhnte. Danach schwang die Tür wie von selbst auf und gab den Blick auf den dahinterliegenden Raum frei. Dutzende Kissen unterschiedlichster Größe waren überall im Zimmer verteilt, aus dem ein verführerischer Duft nach Rosen auf den Gang hinauswaberte. All diese Kissen schienen nicht mehr als winzige Flusen zu sein, die von einem voluminösen, samtgrünen Polster heruntergeweht worden waren, das die gesamte Rückwand des Prunkgemachs dominierte. Auf dem Polster thronte die Qualle, und obwohl es kaum möglich war, glaubte Arisascha, der Leib des Mannes habe in jüngster Zeit noch weiter an Masse gewonnen. Falte um Falte wölbte sich an Rumpf und Gliedern des Kolosses, der es irgendwie bewerkstelligt hatte, sich im Schneidersitz auf seinem Kissen niederzulassen.

»Tritt doch näher, Arisascha«, blubberte die Qualle. »Herzen schlagen höher, meine Taube, nun, da Gewissheit besteht, dass du in den Zeiten deiner Abwesenheit nichts von deinem Liebreiz eingebüßt hast.«

Arisascha straffte die Schultern und ging schnurstracks auf den Berg aus Fett und Haut zu. »Wir haben keine Zeit, um Schmeicheleien auszutauschen, Tschoradschun.« Sie blickte sich um. Zwischen zwei Bronzeschalen zu ihrer Linken, in denen glühende Kohlen glimmten, kniete ein Knabe, der elf oder vielleicht zwölf Sommer gesehen haben mochte. Das Kind, das einen ehernen Reif um den schmalen Oberarm trug, der es als Sklave auswies, war in ein stummes Gebet vertieft und schenkte Arisascha keinerlei Beachtung. »Hast du keine Angst, dass er uns belauschen könnte?«

»Hältst du meinen Leichtsinn für größer als den Umfang meines Leibes?« Die Qualle grinste. »Das niedliche Fröschlein dort drüben ist stumm.«

»Von Geburt an?«

»Nein. Als ich es gekauft habe, hatte es seine Zunge noch. Ich ließ sie entfernen, weil es vieles erleichtert und den Mund meines Fröschleins noch angenehmer macht.« Der Händler verlagerte seine Masse ein wenig, um Platz für eine Regung seines Unterleibs zu machen. »Aber du hast ganz recht. Wir haben nicht viel Zeit. Ich kann dir mitteilen, dass ich habe, worum du mich gebeten hast.« Er neigte sich zur Seite und scharrte mit seinen langen Fingernägeln einen dicken Umschlag aus einer Falte im Polster seines Kissens. »Die Pässe, Fahrkarten für einen Zug in die Hauptstadt sowie eine nicht weiter erwähnenswerte Summe, damit du auf deiner Reise nicht zu darben brauchst.«

»Ich bin dir zu immerwährendem Dank für deine Gastfreundschaft und deine Unterstützung verpflichtet.« Arisascha näherte sich ihrem Gönner und Verbündeten so weit, dass sie die Hitze spüren konnte, die von ihm ausging.

»Das ist alles nicht der Rede wert, meine Taube, denn es dient allein der Sache, der wir uns beide verschrieben haben. Ich frage mich nur, was du mit diesem Zwerg willst, den du mir ins Haus gebracht hast. Er stinkt bis hierher nach Flechte und scheint mir nicht nur seines schwachen Willens wegen kein geeigneter Begleiter für dich zu sein.«

Arisascha setzte sich neben die Qualle und legte ihre Hand dorthin, wo sie sein Knie vermutete. »Er ist ehrlich, Tschoradschun, und er ist meinetwegen in großer Gefahr.«

»So mitfühlend kenne ich dich gar nicht«, brummte Tschoradschun. »Wenn er so ehrlich ist, kann ich nicht umhin, mich zu fragen, wie ehrlich du zu ihm gewesen bist.«

»Er weiß nur das, was er wissen muss. Darüber hinaus kann es nicht schaden, mit jemandem unterwegs zu sein, der sich bestens damit auskennt, welche Schritte die Zwerge unternehmen werden, um mich zu finden. Immerhin ist er selbst ein Sucher gewesen.«

Die Qualle schürzte die Lippen, was sie wie einen jener Fische aussehen ließ, die sich an Walen festsaugten, um ihnen die Parasiten aus der Haut zu fressen. »Denkst du, dieser ehemalige Sucher hat einen Verdacht, aus welchem Grund man Dschedschin und Ralek Schätzer umgebracht hat?«

»Nein. Er hält mich für den Schlüssel zur Lösung dieses Rätsels, und ich habe ihm damals bei der Vernehmung versichert, Dschedschin und Ralek hätten sich nur zufällig gekannt, weil sie beide Handel getrieben haben. Garep tappt im Dunkeln. Er hat zwar anscheinend mitbekommen, dass es einen Schmugglerring in der Stadt gibt. Und er weiß auch, dass Ralek als Einkäufer Geschäfte mit den örtlichen Waffenmanufakturen getätigt hat. Was er nicht weiß, ist, dass Dschedschin dein Mittelsmann zu Ralek war. Du solltest den Wappners zu verstehen geben, dass sie sich bedeckter halten müssen. Siris ist nur über sie auf dich aufmerksam geworden.«

»Meine Geschäfte mit den Wappners sind bereits abgeschlossen. Lass uns lieber darüber reden, wie unsere Feinde es geschafft haben, zwei unserer Freunde mit einem Streich auszuschalten.«

»Erinnerst du dich an die Gerüchte über die geheimen Gefängnisse?«

Tschoradschun nickte.

»Es gibt diese Gefängnisse wirklich. Ich bin selbst in einem gewesen. Und nun rate einmal, wer mir die Flucht von dort ermöglicht hat.« Arisascha musste lachen. »Ausgerechnet der Sohn des Zwergs, dessen beharrliche Suche überhaupt dafür gesorgt hat, dass die Bundessicherheit auf mich aufmerksam geworden ist.«

»Der Sohn dieses Suchers?« Die Qualle schüttelte den Kopf. »Die Herren legen verschlungene Pfade für ihre Knechte und Mägde aus.«

»Wie ich sehe, erkennst auch du in dieser Fügung das Wirken der Herren. Sie sind unserem Anliegen zweifelsohne wohlgesonnen. Und es geht noch weiter: Gareps Sohn hat mir berichtet, in diesem Gefängnis würden Versuche durchgeführt, die es Halblingen erlauben sollen, in die Körper von Menschen einzufahren.«

»Bei den Armen der Herren!«, entfuhr es Tschoradschun bestürzt. »Die Kurzbeine wollen schwarze Wunder wirken!«

»Es sieht alles danach aus. Und es würde erklären, weshalb Dschedschin an jenem sechsmal verfluchten Abend losgezogen ist, um Ralek zu erschießen. Unsere Feinde haben uns damit ein Zeichen gegeben, eine Warnung. Sie kennen unsere Pläne, und die Zeit, in der sie unser Treiben geduldet haben, ist endgültig vorüber. Sie suchen nach den losen Fäden, um das gesamte Gespinst zu entwirren. Sie haben ihre schwarzen Wunder sogar auf Garep gewirkt. Sie wollten, dass es so aussieht, als hätte er sich das Leben genommen. Wenn Siris nicht dazwischengegangen wäre, würde ich nicht hier sitzen. Gareps Sohn und ich wären von den Kommissaren, die mein Bruder getötet hat, bestimmt bemerkt worden.«

»Dieser Gedanke beschwört schreckliche Ängste in mir herauf, meine Taube.« Der Koloss fuhr Arisascha mit einem Fingernagel über den Scheitel. »Ohne deinen klugen Kopf würde unser Ziel in unerreichbare Ferne rücken. Und wo du doch mit solcher Schläue gesegnet bist, kannst du mir auch gewiss erklären, wie der Mord an diesem Komponisten und die anderen Anschläge sich in das Bild fügen.«

»Die Sache mit dem Komponisten war unter Umständen nur eine Probe für die eigentliche Aufführung«, meinte Arisascha. »Ein Bereiten der Bühne, nicht mehr und nicht weniger. Unsere Gegner sind darauf aus, die Zwerge gegen alles Fremde in ihrer Mitte aufzubringen. Ich befürchte fast, wir haben ihnen sogar in die Hände gespielt. Sie werden zu gegebener Zeit unsere Existenz enthüllen und damit den Zorn eines ganzen Volks wecken.«

»Nach der nächsten Wahl, für die schon die Urnensäle eingerichtet werden«, sagte die Qualle. »Aber wo wir gerade von Fremden sprachen: Ich hoffe, das Wiedersehen mit deinem Bruder hat dein Herz erfreut.«

»Ich habe festgestellt, dass du ihm beileibe nicht alles über mich erzählt hast.« Arisascha kniff Tschoradschun spielerisch in eine seiner zahllosen Speckrollen.

»Da ich es nicht darauf ankommen lassen wollte, ihm etwas preiszugeben, das vielleicht nicht für seine Ohren bestimmt ist, entschied ich mich, nur das Nötigste zu sagen.«

»Du hast meinen Bruder auf Garep angesetzt. Wolltest du einen Bluthund von der Kette lassen?«

»Ich glaubte dich verloren und wollte dich rächen, wie es meine Pflicht ist«, sagte Tschoradschun. »Wie sonst hätte ich mich jemals wieder meinen Mägden und Knechten als guter und gerechter Herr zeigen können? Die Fügung hat jedoch anders entschieden: Du, dein Bruder und selbst dieser Zwerg sind alle noch am Leben.«

»Siris hat Jarun umgebracht, als sie sich in Gottespfand begegnet sind«, eröffnete Arisascha der Qualle. Sie wollte nicht, dass sie auseinandergingen, während noch Unausgesprochenes zwischen ihnen stand.

»Jarun ist kein Verlust. Er war zu gierig und damit eine Gefahr.« Tschoradschun kratzte sich tief in einer seiner Falten. »Du hättest ihn hören sollen, nachdem du zu Dschedschin gegangen bist: ›Gib mir mehr Verantwortung. Setze mehr Vertrauen in mich. Nur so kann ich Arisascha zurückgewinnen!‹ Du hast deinen Bruder richtig eingeschätzt. Er hat für uns einen sauberen Schlussstrich gezogen.«

»Mein Bruder sagt, Jarun wollte ihn umbringen.«

»Ich schwöre dir beim Erbe des betrogenen Mundschenks, das war nicht der Auftrag, mit dem ich ihn nach Gottespfand geschickt habe. Da siehst du, wie töricht er war und wie sehr es uns nutzt, dass wir ihn losgeworden sind.«

»Gut.« Arisascha atmete auf. »Jaruns Blut ist Wasser im großen Fluss. Er hätte nie verstanden, warum ich in Dschedschins Haus gezogen bin. Ich brauchte Dschedschin mehr als ihn. Ohne Dschedschins guten Ruf hätten mir die Zwerge nie ihre ältesten Archive geöffnet, ganz gleich, wie lange ich mich als Predigerin der Wanderer auf dem Sanften Pfad ausgegeben hätte. Jaruns Kenntnis der Heiligen Schriften war jämmerlich begrenzt. Steht denn nicht geschrieben, dass die Liebe der Magd zu einem Knecht unter der zu ihren Herren zu stehen hat? Ich musste dem Willen der Herren Folge leisten. Wenn der Glaube in ihm stark gewesen wäre, hätte Jarun dies verstanden.«

»Er hätte es nicht verstanden, wenn ich es ihm mit einem Brandeisen auf den Bauch geschrieben hätte«, tröstete sie die Qualle. »Deine Besuche in den Archiven waren von allergrößter Bedeutung für das Gelingen unseres Plans. Hast du die Erkenntnisse, die du dort gewinnen konntest, ausreichend gesichert?«

»O ja«, entgegnete Arisascha und versetzte dem Koloss mit ihren nächsten Worten absichtlich einen Schrecken. »Ich habe sie in einem Buch aufgeschrieben.«

»In einem Buch? In einem Buch, das jeder lesen kann?«

»Es wird gerade von Garep gelesen«, sagte Arisascha in beiläufigem Tonfall und bemerkte, wie die Qualle den Atem anhielt und es unter dem Fett blubbernd rumorte. »Doch das, was er liest, ist nicht das, was der Kundige darin lesen wird. Ich habe den wahren Inhalt verschlüsselt.«

Die Qualle schnaufte erleichtert. »Über die Zahl der Verbotenen Verse, nehme ich an?«

»Die Botschaft ist sicher«, antwortete Arisascha mehrdeutig. »Die Erzwinger des Gerechten Weges werden sie erhalten. Ich sorge mich mehr um deine Sicherheit, Tschoradschun. Du wirst hier nicht bleiben können.« Sie stand auf, streckte sich über den Bauch der Qualle und nahm sein Gesicht zärtlich in beide Hände. »Du musst fort, so schnell wie möglich.«

Der fette Händler tätschelte ihr beruhigend den Rücken. »Ich weiß, ich weiß. Alle Vorbereitungen für meine baldige Abreise sind getroffen.« Er tastete nach einer Kordel über seinem Kopf, ähnlich der, die vor der Tür zu seinem Prunkgemach hing. Er zog kräftig daran, und ein großer Wandteppich, dem Arisascha bislang nicht die geringste Aufmerksamkeit geschenkt hatte, glitt zur Seite. »Schau nur dorthin!«

In einer breiten Nische war ein flaches Becken in den Boden eingelassen, dessen Rand mit faustgroßen Saphiren besetzt war. Dieser Ring aus Edelsteinen fand sein Gegenstück an der Decke über dem Becken, wo die hellblauen Kostbarkeiten keine Wasserfläche, sondern einen Spiegel umrahmten, in dessen Mitte eine Art spitzes Zepter aus einem grauen, stumpfen Metall nach unten ragte wie ein Dolch.

Arisaschas Bauch kribbelte vor einer tiefen Ergriffenheit angesichts der unverhüllten Macht der Herren. »Ein Bodenloser Brunnen«, hauchte sie. »Wo hast du ihn nur gefunden?«

»In den Bergen des Fließenden Feuers. Meine Heimat hat den Segen erfahren, dass nicht alle Häuser der Herren zerfallen sind. Begraben, ja. In beklagenswertem Zustand, gewiss. Vergessen von vielen. Aber nicht vollends vernichtet. Es war leichter, den Brunnen an den Zwergen vorbeizubringen, als mein Fröschlein in den Bund zu schaffen. Die Kurzbeine verspotten uns wegen unseres Glaubens, doch sie sind blind für den Glanz der Herren.«

»Woher weißt du, dass das Wunder wirken wird? Und wohin wird dich der Brunnen führen?«

Die Qualle zuckte die Schultern. »Ich werde dorthin gehen, wo die Herren mich am dringendsten brauchen, damit ihr Mundschenk sein Erbe antreten kann. Und was das Wirken des Wunders anbelangt, so kann ich nicht wissen, ob mir die Herren gnädig sind. Das Rätsel des Glaubens …«

»… liegt im Leugnen des Wissens«, vollendete Arisascha die uralte Lobpreisung. Sie warf einen Blick zu dem Knaben, den Tschoradschun sein Fröschlein nannte. Das Kind wirkte entrückt und unvorstellbar tief in sein Flehen an die Herren versunken. »Werden deine Mägde und Knechte tun, was nötig ist, damit du im Brunnen baden kannst?«

»Sie sind meine Knechte, und ich bin ihr Herr.«

Diese Antwort hatte Arisascha zu genügen. Sie ließ sich auf Tschoradschuns Schoß sinken und küsste ihn auf eine seiner goldbestäubten Brustwarzen. »Ich hoffe sehr, dich wiederzusehen.«

»Bis dahin könnten viele Tage vergehen, meine Taube.« Die Qualle presste Arisascha fest an sich. »Und ich habe noch etwas ganz Besonderes für dich, damit du mich nicht vergisst.«

Arisascha lächelte zufrieden. Tschoradschun mochte vieles sein, doch er war kein Mann, der falsche Versprechungen machte.

20

Träge wälzte sich der Felsfraß zwischen den hoch aufragenden, zerklüfteten Wänden der gewaltigen Schlucht dahin, die sein Lauf über ungezählte Zeitalter hinweg in den steinigen Untergrund gegraben hatte. Die grauschwarzen Wasser des Flusses mochten langsamer zu Werke gehen als ein Trupp Zwerge mit Spitzhacken, Schaufeln und Spaten, aber dafür waren sie umso beharrlicher.

Siris kam es beinahe so vor, als glitte er von unsichtbaren Händen getragen über eine breite Prunkstraße, die links und rechts von solch riesigen Gebäuden gesäumt war, wie sie die Kurzbeine in ihren Städten unablässig errichteten. Allein die fehlenden Fenster erinnerten ihn daran, dass nicht der von Zahlen und deren Gesetzen gelenkte Einfallsreichtum zwergischer Baumeister, sondern die freien, ungezügelten Kräfte der Natur dieses Wunder geschaffen hatten.

Anders verhielt es sich mit dem Schiff, auf dem Siris und Himek den Felsfraß hinauffuhren. Zwar schnaufte und schnaubte es wie ein lebendiges Geschöpf, doch sein mechanischer Atem war nur der letzte Seufzer der Kohlen, die im Innern einer Dampfmaschine verglühten, um Wasser in einem stählernen Kessel im Bauch des Gefährts zu erhitzen. Wasser, das sich in Dampf verwandelte und unzählige Kolben zu einem stampfenden Rhythmus antrieb. Zumindest hatte Himek es ihm so erklärt, und der Zwerg hatte ihm zudem versichert, dass das gleiche Prinzip auch die enorme Masse eines Zugs mit all seinen Waggons in Bewegung versetzte und ihm zu rasender Geschwindigkeit verhalf.

Nach dieser Erläuterung hatte Siris einen leisen Zweifel an seiner Entscheidung verspürt, mit dem Schiff nach Stahlstadt zu fahren. Hatte er nicht deshalb so eisern auf diesem Entschluss bestanden, weil er seinen Körper eigentlich nicht noch einmal einer derartigen Geschwindigkeit aussetzen wollte? War sein Magen bei seiner Ankunft in Amboss nicht gerade wegen der unnatürlich plötzlichen Bewegung in Aufruhr versetzt worden? Und war dies nicht einzig und allein aufgrund der Macht des Dampfes geschehen?

Womöglich hätte er doch auf Himek und Garep hören sollen. Dem älteren Zwerg war sichtlich unwohl dabei gewesen, noch einen Gefallen bei den zwielichtigen Gesellen einzuholen, in deren verräuchertem Kellerloch sie ihr weiteres Vorgehen geplant hatten. Siris hatte seines Erachtens nach dennoch die richtigen Fragen gestellt, und als er gehört hatte, dass man mit dem richtigen Schiff auf dem Felsfraß nur unwesentlich länger nach Stahlstadt brauchte als mit dem Zug, war es ihm völlig gleichgültig gewesen, wie sehr sich Garep dafür verbiegen oder was er seinen merkwürdigen Freunden alles versprechen musste.

Siris hatte volles Verständnis dafür, dass seine Schwester und ihr Begleiter die schnellste Möglichkeit wählen wollten, um in die Hauptstadt zu gelangen. Immerhin waren sie auf der Flucht. Er hingegen befand sich streng genommen auf der Jagd, und da konnte übertriebene Eile tödlich sein. Soweit er Himek verstanden hatte – und je länger sich Siris unter Zwergen aufhielt, desto mehr dämmerte es ihm, dass er die Sprache der Stümpfe bei Weitem nicht zur Genüge beherrschte –, war es denkbar, dass die Person, die sie aus diesem Irrenhaus befreien sollten, bereits tot war. Und für eine Leiche wollte er es einfach nicht riskieren, sich noch einmal dem wahnwitzigen Tempo eines Zugs auszusetzen.

»Hast du Hunger?« Eine sonderbar gedämpfte Stimme riss Siris aus seinen Gedanken.

Er drehte sich zum Bug des Schiffs um. Entlang des schmalen Gangs zwischen den Aufbauten, von wo aus eine Treppe in den Laderaum und zu den Kajüten hinunterführte, und der Reling, die Siris gerade einmal bis zur Mitte der Oberschenkel reichte, watschelte Himek heran. Der Zwerg kaute auf einem Zwieback herum, der, dem Mahlen seiner Kiefer nach zu urteilen, steinhart sein musste.

»Nein«, sagte Siris und richtete sich von der Kiste auf, von der aus er halb liegend, halb sitzend zu den vorbeiziehenden Felswänden hinaufgeschaut hatte.

Himek zuckte die Achseln und wollte anscheinend wieder kehrtmachen.

»Halt«, rief Siris. »Wir müssen Worte wechseln.«

»Du willst reden?«

»Ja.«

Siris wartete, bis sein Reisegefährte so nah herangekommen war, dass seine Worte den Lärm der Dampfmaschine und das Prasseln und Rauschen des Schaufelrads am Heck übertönten. »Es gibt wichtige Fragen, deren Antworten noch dunkel sind.«

»Aha.« Himek musterte ihn misstrauisch.

»Und eine Sache, die unbedingt auszusprechen ist«, fuhr Siris fort. »Ich wollte dir Dank sagen, dass du die Fesseln meiner Vatertochter zerschnitten hast. Im Haus der Wahnsinnigen, wo du Arbeiter warst.«

»Oh, ich habe nur getan, was jeder anständige Zwerg in meiner Situation getan hätte.« Himek biss krachend in seinen Zwieback. »Dafür habe ich keinen Dank verdient.«

»Das kann nicht der Grund sein«, sagte Siris kopfschüttelnd. Er wollte herausfinden, was Himek umtrieb. Die Motive der meisten Zwerge waren ihm nach wie vor so einsichtig wie das Innenleben einer Dampfmaschine. Dies hätte ihn nicht weiter scheren müssen, aber er plante eine gefährliche Aktion, an der Himek beteiligt sein würde, und deshalb musste er zumindest ansatzweise begreifen, welche Räder sich im Geist dieses einen Kurzbeins drehten. Er hatte keine Lust darauf, dass es Himek im entscheidenden Moment mit der Angst zu tun bekam und er sich am Ende in diesem Irrenhaus ganz allein einer aufgebrachten Menge zwergischer Quacksalber gegenübersah. Er hatte nicht vor, bei der Befreiung der geheimnisvollen Person, an der Himek offenbar so viel lag, mehr Zwerge zu töten als nötig. »Warum Sira? Warum gerade sie? Du kannst die Wahrheit sprechen. Mein Zorn wird davon nicht wach. Gefällt sie dir?«

»Wie bitte?«

»Ob dir Sira gefällt«, drängte Siris weiter. »Sie zieht vielen Männern das Blut aus dem Kopf. Wolltest du die Bettstatt mit ihr teilen?«

»Nein, nein«, beeilte sich Himek zu sagen. »Das war es nicht. Wo denkst du hin?«

Siris runzelte die Stirn. »Dann gefällt sie dir also nicht. Dann ist sie für dich also nur so schön wie ein Eimer Dreck.«

Himeks schmale Lippen bebten, als würde er jeden Augenblick in Tränen ausbrechen. »Nein. Natürlich ist sie nicht hässlich. Aber sie ist eine Menschenfrau, und ich bin doch ein Zwerg.«

Siris dachte einen winzigen Moment darüber nach, Himek zu erzählen, welch weitaus ungewöhnlichere Paare man in so manchem Bordell in den weniger zivilisierten Gegenden der Zerrissenen Reiche beobachten konnte, verwarf diesen Gedanken aber schnell wieder. Das arme Kurzbein wand sich schon genug.

»Lass es mich dir bitte noch einmal erklären«, plapperte Himek aufgeregt, wodurch die Zwiebackbröckchen, die sich in seinem Bart verfangen hatten, wie grober Sand auf seine breite Brust hinabrieselten. »Ich wusste zu Anfang nicht, was mit den Patienten in der Anstalt geschehen sollte, und als ich es herausgefunden hatte, musste ich etwas tun. Ich wünsche mir doch selbst, noch mehr Patienten gerettet zu haben. Deshalb fahren wir ja zurück nach Stahlstadt.« Er warf einen Blick über die Schulter, als läge der Ort seiner Schande bereits hinter der nächsten Biegung des Flusses. »Ich habe Sira befreit, weil sie diejenige war, die mich überhaupt darauf gebracht hat, dass in der Anstalt etwas im Argen lag.«

Siris gab ein zufriedenes Brummen von sich. Es war also so, wie er es sich schon gedacht hatte. Irgendwie war es seiner Schwester gelungen, den Zwerg um den Finger zu wickeln. Es mochte durchaus sein, dass ihre äußeren Reize dabei wirklich keine besondere Rolle gespielt hatten, doch so ganz wollte er das immer noch nicht glauben. »Vielleicht magst du Rüben lieber als Schnecken«, äußerte er seinen Verdacht.

Der Zwerg starrte ihn mit offenem Mund an. Siris fragte sich, ob seine Wortwahl diesmal so missverständlich gewesen war. Jedenfalls dauerte es eine Weile, bis Himek vorsichtig antwortete. »Ich habe noch nie um jemanden geworben.« Er trat an die Reling und senkte den Blick. »Und das geht dich auch nichts an.«

Siris schwieg und musterte das leuchtende Spiel der letzten verirrten Sonnenstrahlen auf dem Wasser. Täuschte er sich oder strömte der Felsfraß nun mit einem Mal schneller dahin?

»Wo wir gerade von deiner Schwester reden.« Himeks Tonfall verriet Siris, dass der Zwerg all seinen Mut zusammennahm, um jetzt seinerseits eine Frage an ihn zu richten. »Warum hast du sie so schnell wieder mit Garep losziehen lassen? Ich meine, wo du doch eigens in den Bund gereist bist, um sie zu finden.«

Siris löste seinen Zopf und ließ sein dünnes Haar in der leichten Brise flattern, die zwischen den Felswänden wehte. »Sie ist kein Kieselstein mehr. Ich muss sie nicht an der Hand halten. Außerdem ist sie kein Schepperkopf. Sie weiß immer, wen sie als Freund braucht. Und sie weiß, wie man sich durch schmale Spalten drückt.«

Siris entging nicht, wie Himek die Reling so fest umklammert hielt, dass die Knöchel an seinen Händen weiß wie schneebedeckte Gipfel unter der haarigen Haut hervortraten. Befürchtete der Stumpf etwa, Siris könnte ihn über Bord schleudern wollen, wenn er seine nächsten Worte zu hören bekam?

»Wenn Sira so schlau ist, wie du sagst, und wenn sie sich immer die richtigen Freunde aussucht, wie konnte es dann passieren, dass sie in der Heilanstalt landete und von mir gerettet werden musste?«

Siris grinste. Es gefiel ihm, dass Himek sich nicht gänzlich von ihm einschüchtern ließ. »Vielleicht sehe ich Sira mit blinden Augen. Vielleicht tritt sie manchmal neben den Weg. Aber trotzdem ist sie jetzt nicht mehr im Haus der Wahnsinnigen. Also kann sie selbst auf sich aufpassen.«

In Himeks schiefem Blick lag eine Menge Zweifel. »Wenn man es so sehen will ...« Der Zwerg löste die Hände von der Reling. »Aber was ist mit uns?«

Siris hob fragend eine Augenbraue.

»Was machen wir, wenn wir in Stahlstadt sind? Hast du einen Plan, wie wir unser Ziel erreichen? Wir können ja schlecht einfach in die Heilanstalt hineinspazieren.«

Siris bückte sich nach einem Steinchen, das sich am Pier in Amboss irgendwie auf das Dampfschiff verirrt haben musste. »Wenn die

Uhr richtig schlägt, kommt auch der Einfall.« Er warf den Stein in Richtung des schmalen Uferstreifens am Fuß der Felswand. Auf halber Strecke zwischen dem Schiff und dem brüchigen Schiefer der Felsen plumpste der Kiesel in den Fluss. »Der Einfall kann aber erst kommen, wenn ich das Haus der Wahnsinnigen gesehen habe.«

»Ich könnte es dir beschreiben«, schlug Himek vor und wischte sich die Zwiebackkrümel von seiner Weste, deren Wolle so grob aussah, als könnte man damit die Planken des Dampfschiffs schrubben.

»Das hat keinen Nutzen.« Siris wies den Vorschlag mit einem leichten Kopfschütteln zurück. »Dann malst du nur ein Bild für deinen Kopf, das in meinem nicht das gleiche ist.« Er schaute sich suchend um, ob er einen zweiten Stein fand, den er in den Fluss werfen konnte. Es gefiel ihm nicht, untätig auf diesem Schiff herumzusitzen, und jede noch so kleine körperliche Betätigung würde ihm dabei helfen, die Unruhe zu lindern, die in ihm wuchs wie hartnäckiges Unkraut in einem sorgsam gehüteten Beet.

»Ich bin ziemlich gut darin, Dinge zu beschreiben«, beharrte Himek. »Meine Mentoren haben gesagt, ich könnte einen Fuß samt Sohlenform und Zehenhaar so zutreffend beschreiben, wie es in den besten Lehrbüchern zur Körperbaukunde geschrieben steht.«

Siris hatte nicht die geringste Ahnung, wovon der Stumpf da genau redete. Das einzige lange Wort aus Himeks letzter Bemerkung, dem er einen Sinn zuweisen konnte, war der Begriff »Lehrbuch« gewesen. Er setzte eine verächtliche Miene auf und winkte mürrisch ab. »Du hast so viele Bücher gelesen, dass dein Kopf ganz voll ist und kein ordentlicher Gedanke mehr aus ihm herausfindet. Ein Buch ist ein Buch und nie die echte Sache. Lange Sätze machen einen schwindelig, und man sieht das Leben nicht mehr. Oder man lebt, als wäre man in einer Geschichte. Wegen Büchern und Geschichten fließt Blut in meiner Heimat. Sie sind zu nichts gut.« Er tippte mit der Fußspitze gegen den Gewehrkoffer, den er neben sich abgestellt hatte. »Das da drin ist zu etwas gut.«

Wenn Siris seinen Mitgeschöpfen mit etwas mehr Vertrauen und Offenheit begegnet wäre, hätte er Himek gegenüber womöglich eingestanden, dass es einen triftigen und weitaus persönlicheren Grund als die Fehden in den Zerrissenen Reichen gab, weshalb er derzeit nicht gut auf Bücher und deren Inhalt zu sprechen war: Das Büchlein, in dem er den Verlauf seiner bisherigen Jagden und seine Erfahrungen im Umgang mit Dutzenden verschiedenster Bestien festgehalten hatte, war in dem stählernen Wandschrank jenes zwergischen Gasthauses zurückgeblieben, wo er sich nach seiner Ankunft in Amboss eingemietet hatte. Siris sah nur zwei mögliche Zukunftsschicksale für sein mit viel Aufwand entstandenes Werk: Entweder das Buch wurde irgendwann aus dem Wandschrank entfernt, um Platz für andere Wertsachen zu machen, und landete dann in einem Ofen, weil keiner der Stümpfe die Schriftzeichen darin zu lesen verstand. Dies war der wahrscheinlichere Weg. Oder es geriet durch eine glückliche Fügung in die Hände eines Kurzbeins, das aus irgendeinem unerfindlichen Grund der menschlichen Schriftsprache mächtig war. Dann bestünde noch ein winziges Fünkchen Hoffnung, dass Siris' Wissen doch zur Verbreitung gelangte – aller Voraussicht nach als Kuriosum, über das sich interessierte Zwerge im ganzen Bund amüsierten, weil es als unwiderlegbarer Beweis dafür gedeutet werden würde, dass die Menschen nichts als Gewalt kannten. Und Siris wäre der traurige Held dieser schmählichen Geschichte … Nun ja, wenigstens hatte er sein Gewehr und sein Sprengpulver noch. Siris konnte bis jetzt kaum glauben, dass die zwergischen Zöllner tatsächlich auf den uralten Trick hereingefallen waren, mit dem er die drei Handvoll winziger Körner in den Zwergenbund geschmuggelt hatte. Kein Wunder, dass die Qualle so gute Geschäfte machen konnte, wenn die Kurzbeine so leicht hinters Licht zu führen waren.

Himek hielt die Arme vor der Brust verschränkt und reckte trotzig das Kinn vor. »Es ist mir herzlich egal, wie du zu Büchern und Beschreibungen stehst, aber eines ist wie gesagt sicher: Deine Chancen, die Heilanstalt gründlich zu erforschen, stehen eher schlecht. Wie sollen wir da überhaupt reinkommen? Du bist nicht gerade unauffällig, und mein Gesicht wird man dort leider auch noch nicht vergessen haben.«

Siris stellte seine erfolglose Suche nach einem weiteren Stein ein. Der Zwerg hatte nicht ganz unrecht, aber Siris wäre lieber in ein

Nest voller ausgehungerter Bohrwürmer gesprungen, als dies dem Stumpf gegenüber einzugestehen. Immerhin hatte das Kurzbein genug Mumm, um Siris zu widersprechen, was darauf hoffen ließ, dass Himeks Herz nicht nur Feigheit und Zaudern kannte. »Wenn die Uhr richtig schlägt, kommt auch der Einfall.«

Himek ließ erst die Arme sinken und hob sie sogleich wieder, um sich mit beiden Händen durch sein dichtes Haupthaar zu fahren. »Uns wird schon etwas einfallen? Das ist dein Plan? Du zerschmetterst jeden Fels der Logik mit dem Hammer der Unvernunft.« Himek kniff die Augen zu Schlitzen zusammen. »Ich glaube, ich weiß, warum du das tust. Du vertraust wohl auf deine Götter, so wie es auch deine Schwester macht. Gleich sprichst du ein … ein … wie hat sie es genannt? Ah ja, ein Gebet. Du sprichst ein Gebet und hoffst auf eine Antwort, die …« Der Zwerg stockte, als er das breite Grinsen des Menschen bemerkte. »Was findest du denn so komisch?«

»Ich habe keine Götter«, sagte Siris vergnügt. »Götter sind nur schwere Steine, die einen am Boden halten.« Ihm fiel ein, dass er vor gar nicht allzu langer Zeit in eine ganz ähnliche Unterhaltung mit einem anderen Zwerg verwickelt gewesen war – ein Gespräch, das noch dazu ebenfalls auf einem Schiff stattgefunden hatte. Unter Umständen konnte Himek ihm dabei helfen, ein Rätsel zu lösen, das Siris seit seinem Besuch in der Meisterwerkstatt der Wappners in Amboss beschäftigte. »Wie viele Sommer sieht ein Zwerg?«

Himek machte einen kleinen Schritt nach hinten, so überraschend kam für ihn offenbar die Frage. »Du willst wissen, wie alt wir Zwerge werden?«

Siris nickte. »Wie viele Sommer sieht ein Zwerg?«

»Das ist unterschiedlich. Es gibt eine recht breite Spanne in der Lebenserwartung eines Zwergs, je nachdem, welche Nahrung er überwiegend zu sich nimmt, wie viel schwere körperliche Arbeit er zu verrichten hat, wo im Bund er lebt und ob er von gefährlichen Krankheiten verschont bleibt«, ratterte der Heiler herunter.

»Deine Worte sind wie Fliegen in meinen Ohren«, beschwerte sich Siris. »Gib mir eine Zahl von Sommern.«

Himek schürzte brüskiert die Lippen. »Obwohl ich weiß, dass du nicht viel darauf gibst, was in Büchern steht, kann ich dir sagen, dass ich in einem Buch gelesen habe, der älteste Zwerg, von dem meine Zunft weiß, habe angeblich fünfundzwanzig Gänge zu den Urnen erlebt.«

Siris runzelte ungehalten die Stirn, und Himek ergänzte sofort: »Das bedeutet, dass dieser Zwerg mehr als hundertfünfundzwanzig Sommer gesehen hat.«

Siris brauchte nicht lange, um zu einem Ergebnis zu kommen, das ihn ungemein faszinierte, da es ihm zum einen erklärte, warum die Zwerge in der Meisterwerkstatt plötzlich dazu bereit gewesen waren, ihm weiterzuhelfen, und ihm zum anderen vor Augen führte, dass der Tod womöglich nicht jenes unumstößliche und unwiderrufliche Ereignis war, für das ihn die meisten hielten. »Ich glaube, ich habe einen Geist gesehen«, verkündete er Himek.

Der Zwerg schaute ihn fassungslos an. »Was?«

»Ich denke, ich bin einem Zwerg begegnet, der schon tot ist«, versuchte er es mit einer etwas anderen Formulierung.

Himek entfuhr ein nervöses Kichern, und er schaute sich um, als wollte er in Erfahrung bringen, ob jemand die Behauptung seines Begleiters gehört hatte, die ihm allem Anschein nach irgendwie peinlich war. »Bei allem Respekt, Siris, aber das ist doch Humbug.«

Siris wusste zwar nicht, was ein Humbug war, aber aus der Tonlage des Zwergs konnte er heraushören, dass Himek ihm keinen Glauben zu schenken schien. »Ich habe den Geist gesehen. Du nicht«, stellte er lapidar fest.

»Beim Bart des Befreiers!«, entrüstete sich Himek. »Du kannst doch nicht mit so viel Aberglauben durchs Leben gehen. Du musst auf die Vernunft bauen.« Weshalb begann der Zwerg nun mit der rechten Faust wieder und wieder auf seine linke Handfläche zu klatschen? »Sie ist die schärfste Waffe deines Geistes. Das Licht im dunklen Stollen. Wenn du dich ihr verschließt, bist du nur ein blinder, tauber Wurm.«

Siris unternahm den Versuch, die Worte des Zwergs auszublenden. Er hatte noch ein anderes, merkwürdiges Geräusch bemerkt, dem schallenden Klatschen von Himeks unergründlicher Geste so ähnlich, dass man es kaum davon unterscheiden konnte.

»Hörst du mir denn eigentlich noch zu?«, wollte Himek wissen. Die Augen des Kurzbeins weiteten sich vor Schreck, als Siris den Arm vorschnellen ließ, um ihm die Hand auf den Mund zu pressen. Der Bestienjäger gab ein scharfes Zischen von sich und hielt sich den Zeigefinger seiner anderen Hand vor die Lippen. Da! Da war es wieder. Und gleich noch einmal. Ein Platschen, das lauter und lauter wurde.

Ohne die Hand vom Mund des Stumpfs zu nehmen, klemmte sich Siris den Gewehrkoffer unter den Arm, drehte Himek unsanft um und schob ihn vor sich her auf den Bug des Dampfschiffs zu. Ein feiner Nebel aus aufgewirbelten Wassertröpfchen wehte ihnen entgegen. Ein Stück vor ihnen den Felsfraß hinunter wurde das Bett des Flusses so schmal, dass sich die Schieferwände links und rechts davon an ihren höchsten Punkten beinahe berührten. Die Strömung des Flusses umspülte eine Reihe von Felsbrocken, die überall im Wasser verstreut lagen wie das vergessene Spielzeug eines riesigen Kindes, das zu ungeduldig gewesen war, den Damm, den es bauen wollte, fertigzustellen. Es würde gewiss nicht leicht werden, durch diese Hindernisse hindurchzumanövrieren – vor allem, weil die gesichtslosen Kräfte, die den Felsfraß antrieben, den Fluss an dieser Stelle zu solch großer Hast anstachelten, dass es um die Felsen herum schwappte und schäumte wie in einem Kessel Wasser, der über einer Feuerstelle erhitzt wurde.

Ein unförmiger Klumpen fiel aus dem Himmel herab und verschwand mit einem satten Klatschen in den Fluten. Einen Augenblick lang befürchtete Siris, ein Vogel von unvorstellbarer Größe schwebte über der Schlucht und hätte mitten in sie hineingeschissen. Doch dann wiederholte sich der Vorgang, und als er seinen Blick an den grauen Schieferwänden nach oben streichen ließ, erkannte Siris, dass zwei Trupps Zwerge dafür verantwortlich waren. Soweit es sich auf die Entfernung erkennen ließ, wuselten sie gerade zu einer großen Stange, die sie in den Fels hineingetrieben hatten und an der sie nun mithilfe eines komplizierten Geflechts von Seilen, die an der Spitze des Masts zusammenliefen, zu ziehen begannen. Die Stange bog sich bedenklich wie ein dürrer Baum in einem Wirbelsturm, doch schließlich gab der brüchige Fels nach und eine Schieferplatte von der Größe einer Prunkkutsche löste sich aus der Wand.

Siris nahm die Hand von Himeks Mund. »Was soll das?«, blaffte er und zeigte auf die emsigen Zwerge, die bereits zur nächsten Stange liefen.

Himek blieb stumm.

»Da spül mir einer die Grotte mit Brandessig aus«, erklang es aus einem anderen bärtigen Mund. Die Kapitänin des Dampfschiffs – zumindest hätte Siris ein hübsches Sümmchen darauf gewettet, dass es sich bei dieser kurzbeinigen Kreatur trotz der wuchernden, pechschwarzen Gesichtsbehaarung um eine Zwergin handelte, denn wenn er es richtig gesehen hatte, wölbten sich da zwei Brüste über ihrem beachtlichen Bauch – war unbemerkt neben sie getreten. »Ich fasse es nicht. Diese Grottenolme haben es wirklich ernst gemeint.«

»Wer … wer … sind die?«, stammelte Himek.

Die Kapitänin fletschte die Zähne, die die Farbe von blühendem Mohn hatten und Siris verrieten, welche verbotene Fracht dieses Schiff nach Stahlstadt brachte. »Das sind diese Stinkzipfel, denen ich Wegegeld zahlen sollte«, knurrte sie. »Und das, obwohl der Fluss allen freien Arbeiterbünden zu gleichen Teilen gehört. Ich nehme an, die kleine Kröte, die sie zu mir geschickt haben, hat es nicht so gut vertragen, dass ich ihm ein neues Kackloch gerissen habe.« Sie spie einen Batzen Speichel über die Bugreling, der dank der Rotnuss, die sie kaute, wie ein Spritzer Blut aussah. »Und jetzt wollen sie es mir heimzahlen, diese Hunde.«

Siris hatte genug gehört. Er hatte schon vor langer Zeit gelernt, wie man sich in einer solchen Lage am besten Respekt verschaffte, und er würde keine kostbare Zeit vergeuden.

»Sie hoffen wohl darauf, dass sie uns mit so einem Brocken erwischen. Oder sie wollen, dass wir umkehren«, fuhr die Kapitänin fort.

»Was machen wir denn jetzt, Lika?«, erkundigte sich Himek mit einem klagenden Unterton in der Stimme.

»Das«, grollte Siris und drückte ab. Mit dem Fernohr auf seiner Waffe war es ihm ein Leichtes gewesen, die Zwerge, die dort oben von Stange zu Stange huschten, ins Visier zu nehmen – und er konnte gut erkennen, wie sich einer von ihnen nun erst krümmte und dann in die Knie ging, die Hände, die eben noch an einem der Seile gezogen hatten, um sein rechtes Knie geklammert. Er grunzte zufrieden, als die Kumpane des Getroffenen auseinanderliefen, um Deckung zu suchen, und er erlaubte sich ein grimmiges Lächeln, als es ihm gelang, einem der Flüchtenden eine Kugel zwischen die Schulterblätter zu jagen, ehe die Freibündler so weit von der Kante der Felswand zurückgewichen waren, dass er sie nicht mehr unter Beschuss nehmen konnte.

Ruhig lud Siris die Trommel seines Gewehrs nach. Auf die ungläubigen Blicke, die ihm sowohl Himek als auch Lika schenkten, achtete er kaum. Er verstaute seinen wertvollsten Besitz wieder in seinem Tragekoffer.

»Was ist, wenn sie nun auf uns schießen?«, sagte Himek halblaut zu der Kapitänin, als befürchtete er, die in die Flucht geschlagenen Angreifer könnten ihn hören.

»Das werden sie nicht«, behauptete Lika im Brustton der Überzeugung. »Das würde ihnen auch nichts bringen. Wir könnten uns einfach unter Deck verschanzen und warten, bis ihnen die Munition ausgeht. Und bis sie hier heruntergekraxelt wären, um uns vom Ufer aus anzugreifen, wären wir schon längst weg.« Sie kaute zweimal auf dem Rotnusspäckchen in ihrem Mund. »So einen Kerl wie deinen großen Freund hier könnten wir gut bei uns brauchen.«

Siris klappte den Deckel des Gewehrkoffers zu und legte dem verdatterten Himek einen Arm um die Schultern. »Siehst du, Stumpf. Ich habe keine Lüge erzählt. Wenn die Uhr richtig schlägt, kommt auch der Einfall.«

21

Seit dem Erscheinen des Stachelrückens war Ulaha jedes Mal, wenn sie in den Wald zurückkehren wollte, an der gleichen Stelle aufgetaucht – auf eben jenem Ast eben jenes Baums, auf den sie sich vor dem Herannahen der widerlichen Bestie geflüchtet hatte. Konnte es wirklich sein, dass das Ungeheuer den gesamten Wald in Beschlag genommen hatte? Alle Zeichen deuteten darauf hin, denn es gab durchaus Veränderungen, die sie bei jedem neuen Besuch des Ewigen Hains beobachten konnte.

So hatte sie beispielsweise immer größere Mühe, ihre Arme, mit denen sie den Stamm ihres Baums umklammert hielt, von dessen weicher Borke zu lösen. Auf ihrer Haut, deren blasser Ton von Mal zu Mal dunkler wurde, als tropfe kräftiger schwarzer Tee in eine Schale Milch, begannen sich feine, dunkle Rillen herauszubilden. An ihren Fingerspitzen, die sich tief in die Rinde hineingegraben hatten, spürte sie kühles Nass, das in die Blätter hoch über ihr gesogen wurde.

Es war nicht leicht für sie, den Kopf zu drehen, um auf die Lichtung hinunterzublicken, denn auch ihr Haar war im Begriff, eine dauerhafte Verbindung mit dem Baum einzugehen. Schmale, feuerrote Strähnen waren wie aus eigenem Willen auf den Stamm zugewachsen, hielten den Ast, auf dem sie saß, fest umschlungen und suchten, von einem sanften Wind getragen, nach weiteren Stellen, an denen sie sich an den Baum schmiegen konnten.

Ulaha wünschte sich beinahe, ihr Haar hätte sie auch vor ihrem ersten Sturz bewahrt. Jenem Sturz in der anderen – der harten, unwandelbaren – Welt, in der ihr Leib zerschmettert worden war. Doch dann wäre sie nicht die geworden, die sie nun war. Überhaupt vermochte sie nicht zweifelsfrei zu sagen, ob sie damals gefallen oder gesprungen war. Bei ihrem Gespräch mit dem Madenhacker war sie noch ganz sicher gewesen, dass man sie gestoßen hatte, aber mittlerweile fehlte ihr diese Gewissheit. Trieb sie ihr Schicksal voran oder war sie nur eine vom Schicksal Getriebene? Und worin bestand der Unterschied?

Das Schnauben, das der Stachelrücken in regelmäßigen Abständen ausstieß und das selbst das dichte Laub des Baums nicht dämpfen konnte, verriet Ulaha, dass das Monstrum eingeschlafen sein musste. Es konnte noch nicht allzu lange her sein, dass es zum letzten Mal seinen Hunger gestillt hatte. Wann würde der Zeitpunkt kommen, da sich der Stachelrücken wieder erheben würde, um auf die Jagd zu gehen, weil die Vorräte, die er mit sich trug, erschöpft waren? Wenn Ulaha daran dachte, welche Mengen Aas auf dem Rücken des Ungeheuers vor sich hingefault hatten, als es aus dem Unterholz auf die Lichtung gebrochen war, kam in ihr der Verdacht auf, dass sie noch eine ganze Weile untätig auf diesem Baum herumsitzen würde. Ob der Madenhacker wohl inzwischen die Wildkatze gefunden hatte? Oder zumindest das Nest, in dem er dereinst aus dem Ei geschlüpft war? Was, wenn der Madenhacker sie vergessen hatte? Oder falls er beschlossen haben sollte, dass er ihr so oder so nicht würde helfen können? Würde sie irgendwann ganz und gar eins mit dem Baum werden? Diese Vorstellung jagte ihr einen gehörigen Schrecken ein. Nach ihrem ersten Sturz hatte sie am eigenen Leib erfahren, wie trostlos es war, sich nicht rühren zu können und völlig hilflos an einen Ort gefesselt zu sein. Und der Ast, auf dem sie saß, war nicht annähernd so weich wie das Bett, in dem sie als Kind gelegen hatte. Und hier im Ewigen Hain gab es auch niemanden, der mit beruhigender Stimme Lieder für sie sang, aus denen sie Kraft und neuen Mut schöpfte. Ihre Großmutter war tot, ihr Leib nur noch Staub, ihr Geist eine flüchtige Erinnerung.

Ulaha musste wenigstens den Versuch unternehmen, sich selbst zu helfen. Es kostete sie große Überwindung, ihre rechte Hand aus der Rinde des Baums zu ziehen, und als sich ihre Finger endgültig von der Borke lösten, zuckte ein grässlicher Schmerz durch ihren gesamten Arm bis in ihre Schulter hinauf. Für einen Augenblick dachte sie, der Baum würde sie niemals loslassen wollen und sie hätte sich soeben selbst den Arm abgerissen, doch dann schwand dieser Eindruck wieder. Die merkwürdigen Rillen in ihrer Haut blieben jedoch, genau wie die Feuchtigkeit an ihren Fingerspitzen. Ihr Arm rutschte ihr schlaff auf den Oberschenkel. Fasziniert starrte sie auf das winzige Loch in ihrer Ellenbeuge, aus dem ein praller Tropfen Blut hervorperlte. Sie konnte sich nicht erklären, woher diese Verletzung stammte. War eine Schlange den Stamm des Baums hinaufgekrochen, um sie im Schlaf zu beißen? Aber sie kannte keine Schlange, die nur über einen einzigen Giftzahn verfügt hätte.

Mit einem Mal war ihr, als könne sie sich gefahrlos zurücklehnen, ohne vom Baum zu stürzen, da sie einen sanften, beruhigenden Widerstand in ihrem Rücken spürte. Auch ihre Beine waren nicht länger gespreizt, und der Ast zwischen ihren Schenkeln war verschwunden. Sie sah nicht mehr den Stamm des Baums vor sich, sondern schaute auf ihre Zehen, die in weichen Filzpantoffeln steckten. Es fiel ihr nun auch wesentlich leichter, den Kopf zu drehen, denn es gab auch kein Haar mehr, das in den Ritzen der Rinde nach Halt suchte. Allein das Schnauben des Stachelrückens war noch zu vernehmen, obwohl sie sich nicht länger im Ewigen Hain befand.

»Ich hatte schon die Befürchtung, es wäre vollkommen unmöglich, dich zu wecken«, wurde das Schnauben unterbrochen, »aber wie ich sehe, beginnt das Mittel zu wirken. Versuch bitte nicht aufzustehen. Du würdest wahrscheinlich nur von der Liege herunterrollen.«

Der alte Zwerg legte eine dünne Glasröhre mit einer metallenen Nadel daran beiseite und setzte sich auf einen mit dunklem Leder bespannten Hocker neben sie. Er bedachte Ulaha mit einem nachdenklichen, aber nicht unfreundlichen Blick. War das Blut, was da dunkel im Grau seines Bartes schimmerte? Sie blinzelte, und das nasse Glänzen war nicht mehr zu sehen.

»Du hast mich aus dem Wald geholt.« Ulahas Mund war trocken, und ihre Lippen und ihre Zunge formten die Worte so ungelenk und schwerfällig, wie ein ungeschicktes Kind mit dicken Fingern einen Klumpen Ton in eine Vase zu verwandeln versuchte. Ihr Leib war offenkundig bewegt worden, während ihr Geist an einem anderen Ort geweilt hatte, und nun schienen diese beiden Hälften ihres Seins nur bedingt gewillt, sich wieder zu einem Ganzen zusammenzufügen.

»Erzähl mir von diesem Traum«, sagte der alte Zwerg. Sein Atem stank nach totem Fleisch.

Ulaha schwieg. Das gedämpfte Licht der heruntergedrehten Öllampen reichte gerade aus, damit sie erahnen konnte, dass der Raum, in dem sie erwacht war, wesentlich größer sein musste als ihre Zelle. Zudem waren die Wände dunkel – vielleicht mit Holz getäfelt? – und nicht so hell wie die weißen Fliesen ihres vertrauten Gefängnisses.

»Du hast mir Schuhe angezogen.« Sie schaute an sich hinunter. »Und ein Kleid.« Der linke Ärmel war beinahe bis zu ihrer Schulter hochgekrempelt. »Du hast mich gestochen.«

»Es ist an der Zeit, dass wir uns eingehender unterhalten.« Ihr Gegenüber ging nicht auf ihr kraftloses Gemurmel ein. »Es wird noch einen Moment dauern, bis du wieder ganz bei dir bist. Ich will diese Augenblicke nutzen, um dir zu erläutern, in welcher Klemme ich stecke. Ich bin ein Zwerg, der auf der Suche nach Halblingen wie dir ist, meine liebe Ulaha. Ich will etwas wecken, das in euch schläft. Bei vielen anderen ist mir dies bereits gelungen. Du hingegen wehrst dich und verweigerst meine Hilfe.«

»Ich verstehe nicht, was du von mir willst.« Ulahas Herz begann heftig zu pochen und trieb mit jedem Schlag neue Kraft in ihre Glieder.

»Ich muss den Grund erfahren, weshalb du dich mir verweigerst«, erklärte der alte Zwerg. »Nur dann kann ich einen Weg finden, dich zu dem zu machen, was du wirklich bist.« Er griff ins Dunkel, und als seine Hand ins Licht zurückkehrte, hielt sie eine schmale Kladde, die der alte Zwerg umgehend aufschlug. »Wann haben die Träume angefangen?«

Die Frage kam Ulaha merkwürdig und sinnlos vor. Sie träumte, seit sie denken konnte, und wahrscheinlich hatte sie schon zuvor geträumt. »Schon immer. Der Traum ist die Stimme der Welt, die wir nur hören können, wenn unser Geist schweigt.«

»Woher weißt du das?«

»Meine Großmutter hat es mir gesagt.«

Papier raschelte. »Ulaha, deine Großmutter starb, bevor du geboren wurdest.«

»Aber mein Keim war schon in den Schoß meiner Mutter gepflanzt.« Der alte Zwerg wusste wirklich nichts.

»Haben sich deine Träume nach deinem Sturz verändert?« Er tarnte seine Unwissenheit mit immer neuen Fragen.

»Dem Sturz vom Baum?« Ulaha lächelte. »O ja. Die Stimme der Welt wurde lauter, aber ich habe mich vor ihr gefürchtet. Das war sehr, sehr schlimm. Bis dahin kannte ich nämlich keine Angst.«

»Und der Sturz hat dir beigebracht, was Angst bedeutet?«

Sie schüttelte den Kopf. »Die Zeit danach. Die Zeit, in der ich mich nicht bewegen konnte. Die Zeit, in der Schlafen wie Wachen war. Zum Glück war meine Großmutter für mich da. Sonst wäre ich verrückt geworden.«

Der alte Zwerg räusperte sich. »Wovon hast du während deiner Lähmung geträumt?«

»Von den Wurzeln der Welt. Von den Gesetzen, die niemand zu ändern vermag. Aus dem Samen wächst ein Baum, doch der Baum wächst nur seinem Ende entgegen. Kein Stamm kann der Fäulnis ganz entgehen.« Sie stützte sich auf den Ellenbogen und suchte den Blick des alten Zwergs. »Und wenn der Sturm kommt und den Blitz bringt, werden alle Bäume hinweggefegt.«

»Das klingt nicht nach angenehmen Träumen. Vor allem, wenn man bedenkt, was für ein kleiner Kiesel du damals warst.«

»Du denkst, ich fürchte mich bis heute vor diesen Träumen, aber du irrst dich. Ich bin kein Kind mehr. Ich weiß, dass mein Leib eines Tages nicht mehr sein wird. Dann kannst du auch die funkelnden Steine zurückhaben, die dein junger Freund in ihn hineingenäht hat.« Sie tippte sich an die Beule an ihrer Kehle. »Falls du sie noch willst.«

»Ich denke, sie sind dort, wo sie jetzt sind, bestens aufgehoben«, antwortete der alte Zwerg. Hatten sie dieses Gespräch nicht schon einmal geführt, und hatte er Ulaha dabei nicht seinen Namen genannt?

Wieder raschelte Papier, dann Stoff, als sich Gießer – war das vielleicht sein Name? – erhob und ein paar rasche Schritte auf eine der beiden Öllampen zumachte. Dann wurde es plötzlich heller, und das Dunkel gab die Einrichtung des Zimmers preis. An den Wänden standen offene Schränke, in denen sich Buchrücken an Buchrücken reihte. Hier und da gab es Lücken zwischen den Folianten, in die man absonderliche Apparaturen unterschiedlichster Größe gestellt hatte – zerbrechliche Konstrukte aus Metall und Glas, deren Zweck Ulaha nicht kannte. Erstarrtes, Totes mit der aufgezwungenen Form des Lebendigen. Waren das die Dinge, mit denen der alte, dumme Zwerg nach Wahrheit suchte? Dann würde es sie nicht wundern, wenn Koch – war sein Name Koch? – ebenso wenig über die tatsächliche Beschaffenheit der Welt in Erfahrung gebracht hatte wie seine Vorgänger, deren Köpfe als in Stein gehauene Abbilder auf Podesten in den Ecken des Raumes über seine Arbeit wachten.

Kolbner – ja, das war sein Name: Kolbner! – war hinter einen imposanten, wuchtigen Schreibtisch aus Ebenholz getreten. »Ich würde dir gern einige Bilder zeigen, Ulaha.«

»Wovon?«

»Das möchte ich von dir hören.« Er griff nach einem Stapel Drucke und präsentierte ihr das erste Bild, indem er es vor seine straffgewölbte Weste hielt. »Beschreib mir einfach, was du darauf siehst.«

»Blut, das eine alte Zwergin mit Löchern in der Lunge in ein Taschentuch gehustet hat.«

Kolbner kniff die Augenbrauen zusammen. »Und auf dem hier?«

»Zwei Halblinge, die sich um ein Zwergenkind streiten und es dabei in der Mitte auseinanderreißen.« Ulaha lehnte sich zurück. »Keiner von beiden hat recht.«

Der alte Zwerg zeigte das nächste Bild.

»Eine große Stadt, die von einem Feuer verwüstet ist. Die Leute versuchen aus den Fenstern zu springen, um sich zu retten, aber sie brennen schon.«

»Wie steht es mit diesem Bild?« Kolbner klang nervös.

Ulaha ließ sich mit einer Antwort Zeit.

»Nenn mir nur deinen ersten Eindruck«, drängte der alte Zwerg.

»Wenn du zu lange darüber nachdenkst, verfälschst du das Ergebnis des Experiments.«

»Es ist eine Schlupfwespe«, sagte Ulaha schließlich. »Sie hat ihren Stachel in den Nacken eines Hammels gebohrt. Die Larven werden sich ihren Weg bis in den Kopf des Tiers fressen und es dazu bringen, sich von einer Klippe zu stürzen, damit die Larven in aller Ruhe den Rest des Körpers verzehren können.«

Kolbner korrigierte den Sitz des Zwickers auf seiner Nase und kehrte an Ulahas Seite zurück. Sie fühlte sich mittlerweile stark genug, um es sich im Schneidersitz auf der Liege bequem zu machen, was den alten Zwerg wohl dazu veranlasste, sich lieber nicht wieder auf den Hocker zu setzen. »Es ist sehr aufschlussreich, was du auf diesen Bildern siehst.«

»So?« Sie war gespannt darauf, mehr darüber zu erfahren, was Kolbner nun über sie dachte.

»Du offenbarst eine bedenkliche Hinwendung zu Tod und Zerfall. Dies könnte dir für deine spätere Aufgabe zwar noch nützlich werden, aber derzeit stellt es dich vor gewisse Hindernisse bei der Entfaltung deiner Möglichkeiten.« Er streckte die Hand nach ihr aus, zog sie dann aber jäh wieder zurück. »Lass uns über den Tag reden, an dem du von zu Hause weggeholt wurdest. Was ist damals geschehen?«

Ein leichter Schwindel befiel Ulaha. Die Geschichte, die Kolbner von ihr hören wollte, würde sie nicht zum ersten Mal erzählen. Da waren bereits einige andere – Zwerge und auch Halblinge – gewesen, denen sie von diesem Tag berichtet hatte. Sie konnte sich gut an ihre bestürzten Gesichter erinnern. Ulaha legte die Hände in den Schoß und schloss die Augen. »Ich wache auf. Ich höre meine Mutter in der Küche rumoren. Mein Vater ist schon auf dem Weg zum Amt, wie jeden Morgen. Meine Mutter hat Schinken aufgeschnitten und brät ihn in einer Pfanne. Sie hört mich nicht kommen. Das Messer ist genau dort, wo es in meinem Traum war. Neben dem Brett, mit dem Griff zu mir. Sogar die Fliege aus meinem Traum sitzt auf der Klinge und putzt sich die Flügel. Da weiß ich, was zu tun ist. Danach setze ich mich an den Tisch und warte, bis mein Vater nach Hause kommt.«

»Warum hast du deine Mutter wirklich umgebracht, Ulaha?«, fragte Kolbner.

Sie schlug die Augen auf. »Weil ich es geträumt hatte.«

»Aus keinem anderen Grund?«

»Hätte es einen besseren Grund geben können?«

Kolbner schwieg eine Weile und studierte etwas in der Kladde, die er zuvor wieder zur Hand genommen hatte. Das Lichtbild spiegelte sich in seinem Zwicker. Ulaha kannte dieses Lichtbild. Ein Sucher hatte es ihr gezeigt. Auf dem Bild war das Blut ihrer Mutter schwarz, doch in der Küche war es rot gewesen. Das Bild zeigte nicht die Welt, die ständig im Fluss war, sondern nur den Abdruck eines einzigen Augenblicks, der nun für alle Zeit gefangen war. Kolbner konnte so lange darauf starren, wie er wollte, er würde nie erfahren, was in diesem Augenblick in der Welt geschehen war. Genauso wenig hätte er aus einem Blatt lernen können, wie ein Wald aussah.

»Hast du immer eine klare Vorstellung davon, wann du wachst und wann du träumst?«, wollte der alte Zwerg wissen, ohne sie dabei anzusehen.

»Hast du das denn?«, erwiderte Ulaha. »War es nicht richtig, was ich getan habe?«

Kolbner riss seinen Blick von dem Lichtbild los. »Wie kannst du so etwas fragen? Du hast einen Mord begangen.«

»Ohne diesen Mord wäre ich nicht hier.«

»Willst du etwa sagen, du hättest gewusst, dass man dich hierherbringen würde, wenn du deine Mutter umbringst?«

Ulaha nickte. »Ich habe es geträumt.«

»Richtest du dein gesamtes Handeln an deinen Träumen aus?«, fragte Kolbner ungläubig. »Selbst wenn sie dir nahe legen, andere zu töten? Sogar die eigene Mutter?«

»Wenn die Stimme der Welt zu einem spricht, kann man nicht so tun, als wäre man taub«, erläuterte sie. »Meine Großmutter hätte das verstanden. Konnte sich Ejali Plagenbringerin dagegen wehren, in das Lager ihrer Sippe zurückzukehren, obwohl man sie weggeschickt hatte, weil der Blutfraß in ihrem Innern so furchtbar hungrig war? Hätte Agugu Schwesternschänder Inene widerstehen können, wo doch diese Schande genau den Halbling hervorbringen sollte, der sein Volk nach dem Hammerschlag in den Bund der Zwerge führte? Agugu wusste, dass man ihm die Haut dafür abziehen und seinen Leib in tausend Stücke schneiden würde, aber er hat seinen Keim trotzdem in Inenes Schoß gepflanzt.«

»Du glaubst also, dass es dein Schicksal war, deine Mutter zu töten?«

»So wie es ihr Schicksal war, von mir getötet zu werden.« Ulaha nickte.

Kolbner stand auf und ging zu einem der Schränke hinüber. »Es ist ein erstaunlicher Zufall, dass du von den alten Legenden deines Volks sprichst.« Er tippte auf den Rücken eines besonders dicken Buchs. »Es waren genau diese Geschichten, die mich zu meinen Forschungen angeregt haben. Viele meiner Kollegen halten sie für abergläubische Hirngespinste, doch für mich deuten sie auf eine verborgene Wahrheit hin. Auf etwas, das um ein Haar in Vergessenheit geraten wäre. Mittlerweile ist es mir gelungen, einige Forscher, die nicht dem Flachdenkertum verfallen sind, von meinen Ansichten zu überzeugen.«

Ulaha musste sich ein Lachen verkneifen. Wie gern sich dieser alte Zwerg reden hörte! Und wie er dabei so tat, als ließe sich die Welt durch seine Worte erklären …

»Du gehörst zu jenen besonderen Angehörigen deines Volks, bei denen sich uralte Begabungen nahezu unverfälscht und unverdorben manifestieren. Meinen Schätzungen zufolge gibt es unter zehntausend Halblingen womöglich nur ein oder zwei Subjekte, bei denen das so ist. Erkennst du nun langsam, warum mir so viel an dir liegt? Wir verfolgen ein ähnliches Ziel. Du glaubst an dein Schicksal und willst es erfüllen, und vielleicht hilft es dir, mich als denjenigen zu sehen, der deinem Streben die entscheidende Richtung verleiht.«

»Mag sein. Doch was hast du davon?« Ulaha zeigte Kolbner ihre langen, scharfen Zähne.

Kolbner erwiderte ihr Lächeln, doch für sie lag keine Wärme darin. Sie hatte das Blut in seinem Bart nicht vergessen. »Es wäre zu unser beider Vorteil, falls es dir gelingen sollte, deine Talente auf eine

Art und Weise einzusetzen, die dem Wohl des Bundes dient. Ich wäre ein Klapperkopf, würde ich verkennen, wohin dich dein Drang leitet. Ich kann dir lediglich anbieten, diesen Drang in bestimmte Kanäle zu lenken. Ich will dir zeigen, wozu du fähig bist, wenn du dich mir ganz öffnest.«

Wie so häufig in ihrem Leben bestand für Ulaha nicht der geringste Zweifel daran, was in den nächsten Augenblicken geschehen würde. In der harten Welt war der Gang der Dinge wesentlich leichter vorherzusehen als im Ewigen Hain. Sie hatte keine Ahnung, wie lange der Stachelrücken noch auf der Lichtung verweilen würde, doch was Kolbner ihr zeigen wollte, hatte sich ihr bereits vor vielen Nächten eröffnet. Sie lehnte sich zurück und schaute zu, wie der alte Zwerg eine Schublade seines Schreibtischs öffnete. Die Gegenstände, die er danach auf der Arbeitsfläche auslegte, sahen genauso aus, wie sie es erwartet hatte.

»Ich möchte, dass du diese Objekte berührst und mir die Eindrücke schilderst, die du dabei empfindest«, bat Kolbner.

Sie stand auf und tat ihm den Gefallen, wobei sie nur mit der Fingerspitze von Gegenstand zu Gegenstand wanderte. Sie musste diese Dinge nicht einmal wirklich berühren, um zu wissen, woher sie stammten und was Kolbner von ihr hören wollte. »Diese Taschenuhr mit dem Kratzer im Deckel. Sie gehörte einem Zwerg, der angegriffen wurde, weil ein anderer Zwerg an sein Geld wollte. Der Stich hätte ihn getötet, wenn die Uhr nicht gewesen wäre. Richtig?«

Kolbner nickte mit geöffnetem Mund.

»Der Ring mit dem blauen Stein ist alt. Er kommt aus dem Grab eines mächtigen Zwergs, der vor langer Zeit gelebt hat. Jetzt hast du ihn, weil man ihn dir gegeben hat. Als Belohnung für eine gute Arbeit. Du hast dich sehr darüber gefreut. Doch du warst auch überrascht, weil man die Gruft dieses Zwergs geöffnet hat, um dir den Ring geben zu können.« Sie ging ohne Umschweife zum dritten Gegenstand über. »Diese Murmel ist ganz neu. Du hast sie erst vor ein paar Tagen gekauft. Sie war billig. Du hast sie hier dazugelegt, um zu sehen, ob ich etwas kann. Etwas, von dem du dir sehr wünschst, dass ich es wirklich kann. Und ich kann es.«

Kolbner war zwei Schritte vom Tisch zurückgewichen. »Woher weißt du das alles?«

»Von dir.«

»Das kann nicht sein. Ich habe nie mit dir über diesen Versuch gesprochen«, beteuerte der alte Zwerg, der mit einem Mal noch älter aussah.

»Doch, das hast du. In meinen Träumen. Dein Kopf denkt sehr laut.« Ulaha fasste sich an die Stirn. »Seit die Steine in mir sind, ist es noch viel, viel lauter geworden.«

»Du liest meine Gedanken?« War das etwa Furcht in Kolbners Stimme?

»Nein, nein.« Ulaha schüttelte entschieden den Kopf. »Deine Stimme kommt zu mir. Ich war noch nie in dir drin.«

Der alte Zwerg schnaubte bestürzt. »Unfassbar«, murmelte er. »Völlig unfassbar. Du bist weiter als jeder andere Halbling, den ich je untersucht habe. Ach was, als jeder Halbling, der je in einer unserer Anstalten untersucht wurde. Und das, ohne die Übungen absolviert zu haben. Ohne jede Verabreichung von Mitteln, die es dir erlauben, den Energiefluss durch die Kristalle zu lenken.« Seine Bestürzung verwandelte sich in eine andere Regung, die Ulaha nicht zu deuten verstand. Der alte Zwerg wirkte jetzt ganz aufgeregt, aber nicht so, wie man aufgeregt wurde, wenn man etwas Schlimmes sah oder hörte. Freute er sich über etwas? »Mit dir allein ließe sich jeder Krieg gewinnen.«

»Ich soll für dich kämpfen?« Davon hatte Ulaha bisher noch nicht geträumt. »Gegen wen?«

Kolbner machte einen Schritt auf sie zu und tätschelte ihr die Wange. Seine Hand war kalt und feucht. »Mach dir darüber keine Sorgen. Darüber reden wir, wenn es so weit ist.«

22

»Mir ist sonst niemand eingefallen, an den ich mich mit meinen Bedenken hätte wenden können.« Karu Schneider versuchte, nicht auf den sauren Klumpen in ihrem Magen zu achten, der sich offenbar unmittelbar vor ihrem Klopfen an Elukis Bürotür gebildet hatte. Dass sie von ihrer Vorgesetzten bislang noch nicht dazu aufgefordert worden war, auf einem der beiden Stühle Platz zu nehmen, trug kaum zu einer Verbesserung ihres Befindens bei.

»Aha«, sagte die Halblingin und zupfte ein gelb geflecktes Blatt aus dem Laub ihres Heimatbaums.

»Er verhält sich mit einem Mal ganz anders.« Karu machte einen unbeholfenen Schritt auf die Beamtin zu, unsicher, wie weit sie sich ihr nähern konnte, ohne dabei allzu aufdringlich zu wirken.

»Das war nicht anders zu erwarten.«

»Aber …«, setzte Karu an. Sollte sie Eluki davon erzählen, wie fordernd Bugeg ihr gegenüber plötzlich war? Dass er sich nun einfach nahm, worum er zuvor noch geworben hatte?

»Du wirst dich damit abfinden müssen, dass für ihn seit seiner Ernennung zum Jäger völlig andere Maßstäbe des Handelns gelten, Anwärterin Schneider.« Ein weiteres krankes Blatt wanderte von einem Ast des Heimatbaums in einen Papierkorb unter Elukis Schreibtisch. »Er besitzt jetzt große Macht, und daraus erwächst große Verantwortung. Ich hoffe sehr, dass er diesen Zusammenhang begreift, denn so, wie ich ihn einschätze, hat er zeit seines Lebens nach einem Posten wie dem, den er jetzt innehält, gestrebt. Wie ein Keim nach der Sonne. Ich mag gar nicht daran denken, wie diese Sache ausgehen könnte, falls es ihm an der nötigen Reife dafür mangelt.«

»Ich höre aus deinen Worten heraus, dass auch du eine gewisse Besorgnis empfindest.«

»Es steht mir nicht zu, an den Entscheidungen des Obersten Vorarbeiters zu zweifeln. Sein Wille ist der Wille unser beider Völker. Ich hingegen bin nur ein einzelner Baum in einem dichtbestandenen Hain.«

Karu war sich uneins, ob diese letzte Bemerkung ein Beweis für die bedingungslose Obrigkeitshörigkeit der Halblingin oder doch eher ein Zeugnis ihrer in der gesamten Sucherschaft gerühmten Schläue war. Was brachte es aus der Warte Elukis denn auch, gegen Dinge anzukämpfen, die sich wahrscheinlich so oder so nicht ändern ließen? War es feige von ihr, sich den Anordnungen ihrer Oberen zu beugen, ohne Kritik an deren Entscheidungen zu üben? Oder war nicht eigentlich Karu selbst diejenige, die eine schändliche Feigheit an den Tag legte? Hätte sie nicht lieber das Gespräch mit ihrem Geliebten suchen sollen, anstatt sich bei der Vorgesetzten auszuweinen?

»Du hast gesagt, Bugeg besitze jetzt große Macht. Doch wie kann man ihn davon abhalten, diese Macht zu missbrauchen, wenn es außer dem Obersten Vorarbeiter niemanden mehr gibt, dem gegenüber er noch Rechenschaft abzulegen bräuchte?«

»Sprichst du von der bloßen Möglichkeit, dass Bugeg seine Macht missbrauchen könnte, oder hat er bereits etwas getan, das deiner Meinung nach einen Missbrauch darstellt? Im letzten Fall hätte es nicht gerade lange gedauert, bis Bugeg seine Unreife unter Beweis gestellt hätte. Dann wäre er binnen einer einzigen Nacht der Versuchung erlegen, die mit einem völligen Abstreifen der Fesseln jeder Verantwortung so häufig einhergeht. Schau nicht so bestürzt: Er wäre nicht der Erste, bei dem dies so ist.«

»Er hat bei seinen letzten Befragungen die Nadeln eingesetzt.« Karu setzte sich, obwohl Eluki sie nicht dazu aufgefordert hatte. Wenn sie schon ihr Herz ausschüttete und der Halblingin großes Vertrauen entgegenbrachte, brauchte sie das zumindest nicht im Stehen zu tun wie eine einfache Bittstellerin. »Und ich gebe mir die Schuld daran.«

»Wie kommst du denn darauf?«

»Nachdem du ihm eröffnet hast, dass er die Bundeshatz anführen soll, war sein Eifer kaum noch zu bremsen. Er war wie ein Grubenhund, den man jahrelang unter der Erde gehalten hat und der plötzlich die Witterung der unendlich weiten Welt über ihm aufnimmt.«

»Ich nehme an, er hat letzte Nacht auch ein gesteigertes körperliches Interesse an dir gezeigt.«

Karu schaute ertappt auf ihre Fußspitzen. »Woher weißt du das?«

»Auch wenn es vielleicht nicht den Anschein haben mag, gab es durchaus Vertreter des männlichen Geschlechts, die um mich geworben haben. Mir ist aufgefallen, dass ihr Buhlen um meine Gunst immer dann besonders drängend ausfiel, wenn sie gerade eine Beförderung erhalten hatten.« Eluki schob eine Dose auf sie zu. »Kräuterbonbon?«

Karu schüttelte den Kopf. »Bugeg wollte sofort alle Hebel in Bewegung setzen, um wirklich jeden zu einer Befragung vorladen zu lassen, der je in Kontakt mit Garep Schmied stand. Es war unmöglich, ihn davon abzubringen.«

»Auch wer eine Fackel trägt, ist manchmal blind.«

»Er wollte nicht auf mich hören, als ich ihm sagte, dass er mit diesem Vorgehen womöglich eher Schaden anrichtet, als dass es ihn bei der Hatz voranbringt.«

»Das ist bedauerlich.« Die Beamtin klopfte mit der flachen Hand auf eine Kladde, die auf ihrem Schreibtisch lag. »Mir wurde heute Morgen zugetragen, seine Vorstöße hätten bei einigen zwielichtigen Bürgern unserer Stadt für einiges Aufsehen gesorgt. Angeblich hatten sie erst unlängst von einem Sucher die Zusage erhalten, für längere Zeit von Nachstellungen verschont zu bleiben. Und wenn Bugeg so weitermacht, wird dies nicht die einzige Beschwerde bleiben.«

»Aber es ist doch nicht schlimm, wenn er diesen Kumpanen ins Handwerk pfuscht. Immerhin begehen sie Tag für Tag neues Unrecht. Eigentlich ist es doch die Pflicht der Sucherschaft, dieses Treiben zu unterbinden«, warf Karu ein. Für sie war es bedenklicher, dass Bugeg so rasch zum Mittel der Folter gegriffen hatte.

»Du hast noch viel zu lernen, bis du eine kluge Sucherin abgibst, Anwärterin Schneider.« Eluki hob die schmalen Hände und hielt sie vor sich wie zwei Waagschalen. »In jeder Stadt im Bund mit einer bestimmten Größe herrscht ein empfindliches Gleichgewicht. Die Freien Arbeiterbünde – wie sich die eine Seite gerne nennt – bedienen Märkte, von denen sich die angeseheneren Bürger oftmals einreden, sie existierten gar nicht. Die andere Seite – und das sind die Sucherschaften – muss dafür Sorge tragen, dass diese Geschäfte das Gemeinwohl nicht in Gefahr bringen. Üblicherweise werden stillschweigende Übereinkünfte zwischen den beteiligten Parteien getroffen, um die Situation nicht eskalieren zu lassen. So entsteht denn auch das besagte Gleichgewicht. Wird es gestört, fließt in aller Regel Blut.« Eluki ließ die Hände sinken. »Aber du hast mir meine Frage noch gar nicht beantwortet: Wie kommt es, dass du glaubst, die Schuld daran zu tragen, dass Jäger Gerber alle gebotene Vorsicht fahren lässt?«

Karu griff nun doch nach der Bonbondose, überlegte es sich im letzten Augenblick jedoch wieder anders. Ihr Magen befand sich noch immer in Aufruhr. »Ich habe ihm geraten, sich Gareps letzte Suche anzusehen. Die, an der Bugeg selbst beteiligt gewesen ist. Diese Sache mit dem menschlichen Fernhändler, diesem Dschedschin von Schönwald. Bugeg hatte mir gegenüber erwähnt, Garep sei danach noch verschlossener geworden. Da Arisascha von Wolfenfurt nicht auffindbar ist, ließ Bugeg sämtliche Bedienstete des Händlers einbestellen, um sie zu befragen. Und dann hat er zu den Nadeln gegriffen.«

»Sie stellen ein akzeptiertes und probates Mittel der Wahrheitsfindung dar.«

»Diese Meinung ist nicht unumstritten«, erwiderte Karu. »Und mittlerweile weiß ich auch, warum. Ich habe mit eigenen Augen gesehen, wie Bugeg einem Laufburschen Dschedschins die Nadel bis zur dritten Kerbe unter den Nagel getrieben hat. Dieser Mensch hätte ihm gesagt, er habe Ralek Schätzer höchstpersönlich erschossen, nur damit die Schmerzen endlich aufhören.«

»Hat die Befragung verwertbare Ergebnisse gebracht?«

»Durchaus. Sofern der arme Kerl die Wahrheit gesagt hat, stand Dschedschin von Schönwald in Verbindung zu einem anderen Fernhändler seines Volks, der verbotene Waren über die Grenzen zu den Ländern der Menschen schmuggelt.«

»Dann ist der Jäger womöglich schon einen Schritt näher an seine Beute herangekommen. Je tiefer die Nadel sticht, desto näher gelangt sie an die Wahrheit.« Eluki schürzte die Lippen. »Doch du tätest gut daran, deinen Geliebten darauf aufmerksam zu machen, auf welch dünnem Eis er sich bewegt. Garep Schmieds letzte Suche wurde von der Bundessicherheit an sich gezogen. Und meine Geschwister aus den ehrwürdigsten Sippen lassen sich nur ungern in ihre Angelegenheiten hineinreden – auch nicht von einem Jäger im Auftrag des Obersten Vorarbeiters.«

»Du hast Andeutungen darüber gemacht, dass Bugeg mächtige Freunde hat. Wer soll das sein?«

»Mir wäre es lieber, wenn er dir das selbst erzählt. Ich bin nämlich alt genug, um zu wissen, dass man nicht immer für andere ins Dorngestrüpp steigen sollte, um ihnen die saftigen Beeren zu pflücken.« Eluki lehnte sich auf ihrem Drehstuhl zurück und lächelte. »Außerdem munkelt man, Bugeg wäre nicht der einzige junge Zwerg mit ausgezeichneten Beziehungen.«

Karu war es satt, dass die Beamtin ihr beständig auszuweichen versuchte. Es war an der Zeit für eine Frage, die sich mit einem einfachen Ja oder Nein beantworten ließ. »Hat sich mein Vater wirklich darum bemüht, dass ich den Suchereid schneller ablegen darf als die anderen Anwärter meines Jahrgangs?«

Eluki schwieg, und als Karu glaubte, die Vorgesetzte würde sich überhaupt nicht mehr zu dieser Frage äußern, war der Klang ihrer Stimme ungewöhnlich sanft. »Es lohnt nicht, sich darüber Gedanken zu machen, Karu. Der stärkste Ast bricht, wenn zu viele schwarze Vögel ihr Nest auf ihm bauen. Nur so viel: Uns allen stehen unruhige Zeiten bevor. Einige werden davon profitieren, andere werden viel verlieren. Ich denke, du könntest es weit bringen – vorausgesetzt, du übst dich in der Tugend der Geduld. Ich würde es zutiefst bedauern, dich scheitern zu sehen.«

Es klopfte.

»Bitte«, schnarrte Eluki mit der alten Kühle.

Die Tür öffnete sich, und ein Botengänger trat ein. Das schwere Keuchen des Halblings und der Schweiß auf seiner Stirn zeigten, dass er in dieser Schicht schon einige eilige Nachrichten überbracht hatte. Er überreichte Eluki einen Zettel und warf einen begehrlichen Blick auf den freien Stuhl neben Karu.

»Anwärterin Schneider, du solltest dich umgehend auf den Weg in den Kutschhof machen«, befahl Eluki und knüllte den Zettel zu einem kleinen Ball zusammen.

Karu sprang auf. »Ist etwas vorgefallen?«

Das Schrillen der Alarmglocken, das durch das gesamte Sucherhaus hallte, erübrigte jede weitere Erklärung. Karu eilte hinaus auf den Gang vor Elukis Büro, wo weitere Türen aufflogen wie Klappen über den Überdruckventilen einer Dampfmaschine. Zwerge, die in vollem Lauf ihre Jacken und Mäntel überstreiften, strömten in gemeinsamer Front die Treppen in den Kutschhof hinunter. Ponys stampften und wieherten unruhig, Anwärter und vollwertige Sucher riefen sich aufgeregt Halbsätze zu – die einen murrten, dass sie ausgerechnet kurz vor Ende der Tagschicht noch einmal ausrücken mussten, die anderen beklagten sich, dass sie noch gar nicht an der Stechuhr gewesen waren, um den Beginn ihres Dienstes abstempeln zu lassen –, während die Tore, die zur Straße hinausführten, sich bereits quietschend und ächzend öffneten.

Karu landete auf einem Sechsspänner neben dem Kutscher. In der Kabine hinter ihrem Rücken fluchte ein ganzes Dutzend Zwerge lauthals darüber, dass sich das Gefährt ruckelnd und zuckelnd in Bewegung setzte, ehe sie ihren Platz auf den Sitzbänken eingenommen hatten.

»Dreh die Kurbel«, raunzte sie der Kutscher an, der mit einer Hand seine Mütze festhielt. Mit der anderen ließ er die Peitsche knapp über den angelegten Ohren der Ponys schnalzen, deren Hufe ein klackerndes Stakkato auf dem Kopfsteinpflaster trommelten.

Es brauchte einige Umdrehungen, bis die Warnsirene ihr klagendes Geheul anstimmte, doch als sie aus der Toreinfahrt hinaus auf die Straße schossen, war aus dem anfänglichen leisen Jammern ein schier ohrenbetäubendes Jaulen geworden. Karu versuchte zu erkennen, wohin die wilde Fahrt ging, doch dieses Unterfangen wurde dadurch erschwert, dass sie mehrfach befürchtete, die Kutsche würde jeden Augenblick einen Passanten überrollen oder mit anderen Fuhrwerken zusammenprallen, die nicht schnell genug Platz für die dahinrasenden Sucher machten. Der einzige andere Volleinsatz der Sucherschaft, an dem sie beteiligt gewesen war, hatte in der Bergferne stattgefunden, und die Vermutung, dass es auch dieses Mal Ärger in einem der Armenviertel gab, lag nahe. Stand dieser Einsatz etwa mit dem Unmut der Freien Arbeiterbünde in Verbindung, den Bugeg heraufbeschworen hatte?

Überrascht stellte Karu fest, dass der Kutscher nicht die Route zur Tausendspannbrücke einschlug. Der Weg führte offenbar in eines der reicheren Viertel der Stadt. Je weiter sie kamen, desto weniger andere Kutschen waren auf den Straßen unterwegs, und diese Gefährte mit ihren kunstvoll gedrechselten Speichen und ihren wappenverzierten Seitentüren wirkten zunehmend edler und teurer.

Sie bogen um eine Ecke, und eine Handvoll Gestalten in langen, dunklen Wollmänteln sprang zur Seite, um nicht unter den Rädern der Kutsche zermalmt zu werden. Erst auf den zweiten Blick begriff Karu, dass sie selbst einen ähnlichen Mantel trug, und als sie sich weit vom Kutschbock wegbeugte, um nach hinten zu sehen, erkannte sie, dass es sich bei den vermeintlichen Flaneuren um Anwärter der Sucherschaft handelte, die die Straße abriegelten, nachdem das letzte Gespann des Trosses an ihnen vorbeigerast war.

Der Kutscher riss die Zügel vor die Brust und trat mit voller Wucht auf die Bremse. Hätte Karu nicht mit beiden Händen die Kurbel der Warnsirene umklammert, wäre sie sicherlich zu Boden geschleudert worden. So jedoch gelang es ihr, einen Sturz zu vermeiden und behände von der Kutsche herunterzuklettern.

Ein Stück die Straße hinunter herrschte vor einem offenstehenden Gittertor, das den einzigen Zugang zu einem von einer hohen Mauer gesäumten Grundstück darstellte, eine sonderbare Form von geordnetem Chaos. Aus der Tür eines Wagens der Städtischen Heilanstalt Amboss ragten die Füße eines Zwergs, neben dem ein Leiböffner kniete, dessen schwarze Lederschürze merkwürdig feucht glänzte. An den Säulen, in denen das Gittertor verankert war, hatten zwei Sucher Aufstellung bezogen, die ihre Dienstwaffen auf ein unsichtbares

Ziel gerichtet hielten. Hinter einem der beiden Schützen stand ein weiterer Sucher mit einem Sprachrohr an den Lippen und wollte mit blechern klingenden Worten jemanden jenseits des Tores zur Aufgabe eines angeblich hoffnungslosen Widerstands bewegen. Der Wind wehte den schwefligen Geruch von gezündetem Schießpulver heran.

Aus den Kutschen, die vor ihr im Tross gewesen waren, ergoss sich eine wahre Flut von Zwergen. Ihre Kollegen hatten sich rote Schärpen übergestreift, wie es der Dienstanweisung für eine Situation entsprach, in der es einer klaren Unterscheidung von Freund und Feind bedurfte. Sie nahmen in Reih und Glied Aufstellung und warteten auf weitere Befehle.

Zwei Zwerge kamen um den Rettungswagen herum, von denen der eine so gehorsam nickte, als wäre sein Kopf nur durch eine dünne Feder mit dem Rest seines Körpers verbunden, während der andere in ebenso rascher Folge mit geballter Faust auf seine Handfläche einhämmerte.

Karu lief los und rief Bugegs Namen. Der Jäger stockte kurz in seinen Ausführungen und wandte sich dann wieder dem weiterhin eifrig nickenden Zwerg an seiner Seite zu. Bugeg deutete die Straße hinunter, woraufhin sein Untergebener die Beine in die Hand nahm und losrannte, als hätte ihm der Jäger eine Schaufel glühende Kohlen in die Hosen gestopft.

Karu wollte zu einer Umarmung ansetzen, doch Bugeg hielt sie an der Schulter zurück und hauchte ihr einen flüchtigen Kuss auf die Wange. »Nicht jetzt!«

»Was ist hier los?«

»Das dort drüben ist das Grundstück eines gewissen Tschoradschun von Feuerberg, unter seinesgleichen besser bekannt als die Qualle. Er gehört zu dem Schmugglerring, zu dem auch Dschedschin von Schönwald gehörte. Wir hatten ihn zu einer Befragung bestellt, aber unsere Leute, die ihm diese Botschaft überbringen sollten, sind nicht zurückgekommen. Zwei von ihnen hat es erwischt, und von dem dritten fehlt jede Spur. Diese Ratte hat gewusst, dass wir kommen.«

»Es hat Tote gegeben?«

»Ja, einen. Töpfer. Schippner wird wohl durchkommen, wenn die Leiböffner ihre Arbeit richtig machen.«

Karu hatte Schwierigkeiten, sich Sucher Töpfers Gesicht ins Gedächtnis zu rufen, weil ihr Magen nun endgültig bereit war, seinen Inhalt aufzugeben und aus ihrer Kehle herauszudrücken. Sie kämpfte den Würgereiz mühsam nieder. »Und was nun?«

Bugeg wies auf den Sucher mit dem Sprachrohr. »Ich habe den Langbeinen da drin mitteilen lassen, dass sie bis zum Ende der Tagschicht Zeit haben, die Waffen zu strecken.«

»Und falls sie es nicht tun?«

»Dann gehen wir rein.«

Karu kramte nach ihrer Taschenuhr. Die Menschen in dem Haus, das von der Straße aus nicht zu sehen war, da es hinter Büschen und Sträuchern verborgen lag, würden sich bald entscheiden müssen. Obwohl das Gebäude gewiss noch fünfzig oder fünfundsiebzig Platten entfernt war, konnte Karu deutlich hören, dass sich die Schmuggler alles andere als still verhielten. Die Geräusche, die sie von sich gaben, klangen ein bisschen wie das Geheul der Warnsirene – nur dass der Lärm immer wieder durch seltsames Pfeifen und Zischeln unterbrochen wurde.

»Was tun die Menschen da?«

»Ich glaube, sie singen«, gab Bugeg barsch zurück. »Wo steckt der Übersetzer?«, rief er laut in Richtung jener kleineren Gruppe von Suchern, die schon eine Weile länger vor dem Tor Stellung bezogen hatten.

Zunächst schien es, als blieben betretene Blicke und Achselzucken die einzige Antwort, doch dann streckte einer der Zwerge den Arm aus und deutete die Straße hinunter. »Da kommt er, Jäger Gerber!«

»Du!« Bugeg zeigte auf den Zwerg, der ihn auf die Ankunft des Übersetzers hingewiesen hatte. »Du bist dafür verantwortlich, dass der Schwellenbrecher da ist, wenn wir ihn brauchen.«

»Sucher Gerber?«, fragte eine dünne Stimme.

Bugeg und Karu drehten sich um.

»*Jäger* Gerber«, berichtigte Bugeg den schmalbrüstigen Zwerg mit der dicken Brille auf der Nase. »Bist du der Übersetzer?«

»Ridab Wollschläger«, antwortete der Neuankömmling. »Ich komme von der Wissenssammelstelle für volksfremde Sprachen der hiesigen Bundeslehrstätte und ...«

»Mund zu, Ohren auf, Wollschläger. Was singen die Langbeine da?«

Wollschläger zog den Hals ein wie eine Schildkröte, die sich vor einem Angreifer in ihren Panzer flüchten wollte, und schaffte es dabei dennoch irgendwie, einen brüskierten Gesichtsausdruck aufzusetzen. Offenbar war er in der Lehrstätte einen anderen Umgangston gewöhnt. Trotzdem wühlte er aus den tiefen, ausgebeulten Taschen seines braunen Lodenmantels ein vielfach gewundenes Hörrohr hervor, das er sich in einer geübten Bewegung ans Ohr setzte. Der Wissenssammler schloss die Augen und lauschte.

Karu griff nach Bugegs Hand, um das gespannte Warten erträglicher für sie zu machen. Bugegs Finger waren kalt wie Eis. Sie fragte sich, wie Wollschläger aus dem, was für sie wie Jaulen, Heulen und Zischen klang, einen Sinn zusammensetzen wollte und wie Bugeg wohl reagieren würde, falls es dem komischen Gesellen nicht gelang.

Ihre Befürchtungen erwiesen sich als grundlos, denn nach einer kurzen Weile schlug Wollschläger die Augen auf. »Es ist eine ungewöhnliche Spielart der menschlichen Sprache. Wenn ich mich nicht irre, wird sie nur in einigen wenigen Regionen im Süden der Zerrissenen Reiche gepflegt. Noch dazu scheint der Inhalt des Liedes ...« Er räusperte sich, als steckte ihm eine Fischgräte im Rachen. »Es ist ein kultischer, religiöser Gesang. Sie flehen ihre Götter an, in den Lauf der Welt einzugreifen. Sie möchten, dass diese Götter ein ... nun ... ein Wasserloch für sie graben, das tiefer ist als alle anderen Wasserlöcher. Denn dann ... ähm ... dann kann einer von ihnen in diesem Wasserloch baden. Und wenn er aus dem Bad entsteigt, steht er am Ufer eines anderen Wasserlochs. Dies ist allerdings ... äh ... kein freudiger Anlass, weil alle bis auf den Badenden ertrinken müssen.«

»Das ist doch Firlefanz«, beschwerte sich Bugeg. »Da tut es mir beinahe leid, dich hierherbemüht zu haben.«

»Oh … äh … zerbrich dir darüber nicht den Kopf«, antwortete Wollschläger. »Ich werte dieses Ereignis als günstige Gelegenheit, einige Einblicke in die gröberen Strukturen der menschlichen Sprache zu erhalten. Zugegebenermaßen ist einem vernünftigen Geist … nun … Dieser Weg ist durch den Hang des Menschen, sein Denken mit substanzlosen Konstrukten zu überfrachten … äh … Es ist kein einfacher Zugang zu ihren Vorstellungen vorhanden. Wenn es dich bei deiner Arbeit nicht behindert … äh … Sucher Gerber … nun … ich würde gern noch ein wenig weiterlauschen.«

»Solange du dich von dem Haus fernhältst, soll es mir recht sein.« Bugeg legte Karu den Arm um die Hüfte und schob sie einige Schritte von Wollschläger weg. »Ich hatte mir eigentlich etwas mehr von diesem Klapperkopf versprochen, aber es ist nun einmal, wie es ist. In einen weichen Berg kann man keinen festen Stollen treiben.« Bugeg musterte ihre ineinander verschmolzenen Schatten, die ihnen ins Riesenhafte verzerrt vorauseilten. »Wie spät ist es?«

Karu schaute auf ihre Taschenuhr. »Dein Ultimatum ist abgelaufen.«

Bugeg löste sich von ihr und ging zu den versammelten Suchern hinüber, die nach wie vor in perfekter Formation vor den Kutschen standen. Karu wünschte sich, sie hätte Bugeg noch etwas mehr Wärme auf seinem weiteren Weg mitgeben können. Sie genoss jeden Augenblick, den sie bei ihm war, doch nach und nach wuchs in ihr der Zweifel, ob ihre Verbindung wirklich von Dauer sein würde. Sie beobachtete, wie Bugeg die Reihe der Suchergruppen abschritt, die Hände vor der Brust verschränkt, das Kinn hocherhoben. Ob er in diesem Augenblick das Gleiche sah wie sie? Sie sah Zwerge, die zu frieren begannen, nun, da die Sonne ihren Kampf gegen die Nacht wieder einmal verloren hatte und die heraufziehende Dämmerung die Straße in ein bläuliches Licht tauchte, in dem allen anderen Farben die Leuchtkraft ausgesogen wurde. Selbst die roten Schärpen hoben sich kaum noch von der restlichen Kleidung der Sucher ab. Karu sah Zwerge, deren Körper vor Anspannung zitterten und bebten, obwohl sie sich redlich mühten, diese unwillkürlichen Regungen im Zaum zu halten. Die Nachricht vom Tod eines – und möglicherweise zweier – ihrer Kollegen hatte gewiss schon die Runde gemacht, und Karu vermutete, dass nicht alle Gesetzeshüter echte Angst verspürten. In einigen von ihnen regierte bestimmt die Wut. Ganz gleich, was die Sucher auch immer empfinden mochten, es lag nun an Bugeg, diejenigen unter ihnen auszuwählen, die er womöglich auf einen raschen Weg in ihre Gruft schicken würde. Sie neidete ihm diese Entscheidung nicht.

Die fünfzehn Sucher und Anwärter, auf die die Wahl fiel, pirschten mit gezogenen Pistolen und Gewehren im Anschlag durch das Tor hindurch und ihrem ungewissen Schicksal entgegen.

Bugeg stellte sich neben Karu. »Wir haben es im Guten versucht. Jetzt werden wir sehen, ob die Menschen mittlerweile zur Besinnung gekommen sind.«

Sie zuckte zusammen, als die ersten Schüsse fielen und ein Raunen durch die vor der Mauer zurückgebliebenen Kollegen ging. Bugegs Gesicht schien in gefühllosen Stein gehauen, dem selbst die lauten Schreie der Getroffenen keine Regung abringen konnten. Er wartete nicht ab, bis die Überlebenden der ersten Welle wenig später als schwankende, geduckte Schemen aus dem Zwielicht des dunklen Gartens zurückkehrten, sondern begann umgehend damit, zwei weitere Gruppen von Suchern für eine besondere Aufgabe auszusortieren. Karu erschauerte, als sie dem entsetzten Blick eines Anwärters begegnete, der seine Hand fest auf den Bauch gepresst hielt, als könnte er dadurch sein Blut daran hindern, in spritzenden Schüben aus seinem Leib hervorzuschießen. Sie wollte dem Grauen den Rücken zuwenden, doch es gelang ihr nicht. Leiböffner hasteten an ihr vorbei auf die Verletzten zu. Zwei Sucher, die unversehrt davongekommen waren, trugen den schlaffen Leib eines reglosen Kameraden den Gehsteig entlang.

Sie hörte ein Klacken und Schaben hinter sich und drehte sich um. Die Sucher hatten damit begonnen, die breiten, mit Eisen beschlagenen Kabinentüren der neueren Transportkutschen aus den Angeln zu heben. Die Griffe an der Innenseite der schweren, dicken Rechtecke ermöglichten es, dass die Türen, von je zwei Zwergen getragen, wie ein wuchtiger Schild als Schutz für eine Handvoll Sucher dienen konnten. Die Gesetzeshüter am Tor des Grundstücks stießen das schmiedeeiserne Gitter ganz auf, um Platz für ihre Kameraden zu schaffen, die sich in Grüppchen hinter den behelfsmäßigen Schilden versammelt hatten. Auf ein Pfeifensignal hin begann der eigentliche Ansturm auf das Anwesen, wobei vier Schilde am Tor zurückblieben und so postiert wurden, dass man dahinter eine Kutsche schützen konnte. Der Gesang der Menschen ging erneut im Krachen der Schüsse unter, doch dieses Mal hielt sich die Zahl der Schmerzensschreie in Grenzen. Sie wurden von dem Sirren und Klirren ersetzt, das entstand, wenn Geschosse von den Schilden abprallten.

In diesem Moment rollte ein Fuhrwerk heran, auf dessen offener Ladefläche ein wuchtiger Balken mit groben Beschlägen festgezurrt war. Bugeg und der Sucher, den er zuvor mit der Beschaffung des Schwellenbrechers betraut hatte, wiesen einige bullige Anwärter an, den Schwellenbrecher abzuladen und einsatzbereit zu machen. Der Jäger begutachtete kurz den Beschlag an der Spitze des Rammbocks: Im Halbdunkel glänzte die Nachbildung eines ungemein hässlichen Zwergenkopfs mit einer weit über den zu einem Schrei geöffneten Mund ragenden Nase. Bugeg griff in den Schlund des Monstrums, befühlte etwas, das tief im Rachen verborgen war, und wischte sich anschließend die Hand am Jackett ab, als hätte er sie besudelt. Danach kam er mit entschlossener Miene auf Karu zu.

»Was immer auch passiert: Du setzt keinen Fuß auf dieses Gelände«, sagte Bugeg. Er verströmte nicht mehr den Geruch von Pomade, den sie so sehr mochte. Bugeg stank, als hätte er in Lampenöl gebadet, so durchdringend waren die Dämpfe, die vom Rotz des Schwellenbrechers stammten und sich in den Fasern seines Jacketts festgefressen hatten.

»Du willst doch hoffentlich nicht selbst dabei helfen, den Schwellenbrecher zu tragen?«, fragte sie.

»Nein, aber ich werde mit vorrücken, sobald die anderen Schilde in Position sind.«

Sie streckte die Hand aus und fuhr ihm zärtlich um den Bart. »Niemand erwartet von dir, dass du den Angriff persönlich führst.«

»Das ist eine Lüge, die ich dir verzeihe, weil ich weiß, dass du dir

Sorgen um mich machst. Natürlich muss ich den Angriff führen. Ich bin ein Jäger auf Bundeshatz. Was sollen meine Leute denken, wenn ich mich hier hinter einer Mauer verstecke?« Er nahm ihre Hand und küsste jeden ihrer Finger. »Ich werde diese Menschen dort drin lehren, was es heißt, sich mit der Sucherschaft anzulegen, und ich werde zu dir zurückkommen.«

Dann drehte er sich um und gab das Zeichen für die Schildträger am Tor, sich in Bewegung zu setzen. Hinter der Deckung, die die Schilde boten, wurde der Schwellenbrecher in den Garten hineingeschleppt. Seine Beschläge waren so angebracht, dass sie viele günstige Griffmöglichkeiten boten und es den Trägern erlaubten, das schwere Sturmgerät mit hoher Präzision zu führen. Karu wünschte ihren Kollegen eine sichere Hand – insbesondere jenem, der den flammenden Atem im hoffentlich richtigen Augenblick entfesseln würde.

Der Beschuss der Menschen auf die heranrückenden Schilde wurde noch heftiger, als sich der Schwellenbrecher und seine Eskorte dem Haus näherten. Die Eingeschlossenen ahnten bestimmt, dass ihre Chancen, diese Schlacht für sich zu entscheiden, zusehends geringer wurden.

Obwohl Karu den Schwellenbrecher nicht länger sehen konnte, hörte sie, wann er an seinem Ziel angekommen war. Dumpfer Donner hallte durch den Garten, als der Zwergenkopf auf dickes Holz prallte. Einmal, zweimal, dreimal. Es mochte sein, dass sie sich täuschte, aber Karu hätte schwören können, dass das Pochen im gleichen Takt erfolgte, an dem sich auch der an- und abschwellende Singsang der Menschen ausrichtete. Nach einer Weile verstummte das Pochen und wurde durch ein jäh einsetzendes Fauchen wie von einer gewaltigen Felsenkatze ersetzt. Fast sofort stieg dichter Rauch auf, und ein rotes Auge erglühte in der Dunkelheit. Dann schnitt ein schriller Pfiff durch die kühle Abendluft. All jene Angehörigen der Sucherschaft, die bislang vor ihren Kutschen aufgereiht geblieben waren, sammelten sich in Paaren vor dem Tor.

Außer ihr selbst blieb nur ein knappes halbes Dutzend anderer Sucher und Anwärter auf der Straße zurück, in denen Karu nach einigen Augenblicken die unverletzten Überbleibsel der ersten Welle erkannte.

»Wie lange wird es wohl dauern, bis sie durch die Tür durch sind?«, fragte eine Zwergin, die Karu nicht kannte, einen ihrer Kameraden, dessen schnurrbärtigem Gesicht sie ebenfalls keinen Namen zuordnen konnte.

»Das hängt ganz davon ab, wie dick das Holz ist.« Der Sucher sprach mit lauter Stimme, um das Knallen und Peitschen der Schüsse zu übertönen. »Und davon, wie kräftig unsere Leute am Schwellenbrecher sind.«

Karu wog ab, was für sie auf dem Spiel stand, wenn sie Bugegs Anweisung zuwiderhandelte. Er war ihr Vorgesetzter, und sie hatte ihm Folge zu leisten, aber er war auch ihr Geliebter, und das machte die Lage etwas weniger eindeutig. Letztlich liefen ihre bangen Überlegungen auf eine entscheidende Frage hinaus: Würde sie es sich verzeihen können, falls Bugeg etwas zustieß, obwohl sie dies vielleicht hätte verhindern können, wenn sie ihm nachgefolgt wäre?

Sie suchte nach der Stelle, wo die Leiböffner die bisherigen Opfer auf dem Gehsteig abgelegt hatten. Sie schlug eines der weißen Laken mit den dunklen Flecken zurück und achtete darauf, dem Toten darunter nicht ins Gesicht zu blicken. Seine Schärpe war glitschig, doch es gelang ihr dennoch, den Knoten zu lösen und den Stoffstreifen unter der Leiche hervorzuziehen. Sie wischte sich die Hände an dem Laken ab und verwandelte das Stück blutigen Stoffs mittels eines simplen Knotens wieder in eine Schärpe, die sie sich trotzig überstreifte.

Der Sucher mit dem Schnurrbart schüttelte den Kopf, als sie sich an ihm und seiner Kollegin vorbei in den Garten hinein und auf das rote Leuchten zu bewegte. Sie lief in geduckter Haltung von Busch zu Busch, bis sie etwa auf gleicher Höhe mit der hintersten Schildgruppe war. Soweit sie es erkennen konnte, war das einstöckige, eindeutig von Zwergenhand errichtete Anwesen des Schmugglers einmal von schlichter, herrschaftlicher Pracht gewesen, doch der jetzige Besitzer hatte diesen Eindruck schwer verschandelt, indem er die gesamten Wände mit geschwungenem Gekritzel hatte bemalen lassen.

Bugegs Plan schien aufzugehen: Der lodernde Rotz des Schwellenbrechers hatte das Holz der großen Eingangstür in Brand gesetzt. Die Verteidiger mussten sich indes tiefer ins Gebäude zurückgezogen haben, denn es fielen nur noch vereinzelt Schüsse, was es den Angreifern hinter den Schilden nun erlaubte, sich näher an die Fenster des Hauses heranzuschieben. Auf diese Entfernung konnte Karu Bugeg barsche Befehle bellen hören. Wie fremd und anders klang er in diesem Moment!

Die Zwerge, die am Schwellenbrecher nun wieder mit ihrem groben Werkzeug auf die Tür einhieben, waren für Karu nicht mehr als Schattenrisse, wie emsige Arbeiter vor einer glühenden Esse. Brennende Splitter flogen nach allen Seiten davon, und so manches Mal musste brennendes Haar oder der glimmende Ärmel eines Mantels mit wildem Ausklopfen gelöscht werden, wenn einer der unzähligen aufstiebenden Funken auf einem der Anwärter gelandet war.

Über dem Prasseln der Flammen wäre Karu beinahe entgangen, dass ein anderer Laut immer leiser wurde und schließlich gänzlich erstarb. Die Menschen sangen nicht mehr. Als hätten sie durch ihr Schweigen den Brand weiter angefacht, gelang es den Zwergen genau in diesem Augenblick, die in Flammen stehende Tür endgültig aufzustoßen. Ein neuerlicher Pfiff schickte die hinter den Schilden Wartenden auf ihren ungewissen Weg unmittelbar an die Hauswand heran. Die Sucher zielten darauf ab, durch die Fenster ins Innere zu gelangen. Auch Karu kroch weiter auf das Anwesen zu, als sie hinter sich mit einem Mal das Trampeln vieler Schritte vernahm. Die Nachhut vom Tor rannte in den Garten hinein.

Dieser rasche Vorstoß verwirrte Karu. Wie konnte Bugeg so früh das Signal zu einem derart kopflosen Vorgehen geben? Und warum kletterte nun doch offenbar niemand durch die Fenster?

Sie wartete ab, bis ihre Kollegen an ihr vorbeigestürmt und im Haus verschwunden waren. Mit so vielen Zwergen an seiner Seite konnte Bugeg einfach nichts zustoßen – zumindest hoffte sie inständig darauf. Die Zahl der abgegebenen Schüsse – und auch die der schmerzerfüllten Schreie – nahm noch einmal deutlich zu, als fände ein erbittert geführtes Feuergefecht statt.

Karu zählte stumm fünfmal bis fünfzig, schlich auf den Eingang zu und stieg vorsichtig über die glimmenden Überbleibsel der Tür hinweg. Vor ihr öffnete sich ein Innenhof, der bis auf einen Zwerg, der mit toten Augen in den Himmel hinaufstarrte, und einen gewaltigen, umgestürzten Kessel vollkommen leer war. Alle Fenster, die zu diesem Areal hinwiesen, waren mit Holzplatten vernagelt, in die man krude Schießscharten gesägt hatte. Angesichts dieser Verteidigungsmaßnahmen wunderte es Karu, dass sie hier lediglich einen einzigen ihrer Kollegen von einer Kugel niedergestreckt vorfand. Warum hatten die Menschen die Stellung so früh aufgegeben?

Bei ihrem weiteren Weg durch das Haus verließ sich Karu ganz auf ihr Gehör. Die Richtung, aus der das lauteste Poltern zu ihr drang, musste die sein, die auch die anderen Sucher eingeschlagen hatten. Der Gestank des schwarzen Rauchs, der aus dem Schlund des Schwellenbrechers hervorgequollen war, und der des helleren Pulverdampfs, den Pistolen und Gewehre ausgespien hatten, überlagerte ein buntes Gemisch von Gerüchen, von denen einige betörend – Rosen, Honig und Zimt – und andere abstoßend waren – Blut, Erbrochenes und Schweiß. Ab und an musste sie um eine Leiche herumgehen, und sie schämte sich fast, als sie sich darüber freute, dass die toten Menschen verglichen mit den niedergestreckten Zwergen deutlich in der Überzahl waren. Einige Male traf sie auch auf verwundete Kollegen, die das Glück gehabt hatten, nicht getötet zu werden, aber zugleich das Pech, sich eine so schwere Verwundung zuzuziehen, dass der Kampf für sie vorzeitig endete – darunter Anwärter Wäscher, dem eine Kugel das Knie zerschmettert hatte. Sie sprach beruhigend auf ihn ein, während sie ihm mit seinem Gürtel das Bein am Oberschenkel abband, eine Prozedur, über der der junge Zwerg das Bewusstsein verlor.

Sie folgte einer Biegung des Gangs und blickte in einiger Entfernung auf ein hell erleuchtetes Rechteck: So dunkel es in den Korridoren und Hallen des Hauses gewesen war, so grell wirkte nun das Licht, das aus einer breiten, blauen Tür, die schief in den Angeln hing, auf die schwarzen Marmorfliesen vor ihr fiel. Zwei Sucher hielten wohl Wache an der Tür, doch sie hatten Karu den Rücken zugewandt, weil ihre gesamte Aufmerksamkeit sträflicherweise den Vorgängen innerhalb des weitläufigen Raums galt.

»Nicht schießen«, rief sie trotzdem, um einem tödlichen Irrtum vorzubeugen, und lief aufrecht auf das strahlende Zimmer zu.

Karu ließ ihre beiden überrumpelten Kollegen einfach stehen und schritt über die Schwelle. Sie wünschte sich nur einen Wimpernschlag später, sie wäre bei den Überlebenden der ersten Welle hinter der sicheren Mauer geblieben. Ihre schlimmste Befürchtung hatte sich zwar nicht bewahrheitet – sie sah Bugeg, der mit gezückter Pistole breitbeinig über der Leiche eines Menschen in hellem Jackett stand –, aber ungeachtet dessen hätte kein Albtraum ein furchtbareres Bild malen können: Die Zwerge, die das Haus gestürmt hatten und deren Gesichter noch von den unmittelbar zurückliegenden Anstrengungen gezeichnet waren, standen inmitten Dutzender toter Menschen. Doch was den langgliedrigen Geschöpfen aus den weitgeöffneten Mündern rann, war kein Blut. Diese Flüssigkeit war stattdessen klar und frei von jedem Geruch. Im Grunde wirkte sie wie Wasser. Jeder der Toten – und es waren Männer, Frauen und Kinder jeden Alters darunter – hielt eine geradezu lächerlich winzige Schale aus blau glasiertem Ton in Händen, wobei die Finger eigentümlich verkrampft waren, als hätte die Leichenstarre viel zu früh eingesetzt.

»Mit der letzten Kugel«, schimpfte Bugeg lauthals. »Ich dachte schon, dieser Wahnsinnige wäre gar nicht totzukriegen.« Er bückte sich und hob das Schwert des Menschen zu seinen Füßen auf, der sich ihm anscheinend bis zum letzten Atemzug widersetzt hatte. »Hat er wirklich geglaubt, er kann mir mit diesem krummen Ding zu Leibe rücken?«

»Was ist hier geschehen, Bugeg?«, fragte Karu fassungslos.

»Was machst du denn hier? Habe ich dir nicht befohlen, draußen auf mich zu warten?« Bugeg fuhr den nächstbesten Zwerg an, den sein suchender Blick erhaschte. »Und was glotzt ihr eigentlich alle so blöd wie Schafe, wenn es blitzt? Sucht nach dieser Qualle. Er muss hier irgendwo stecken. Ich denke nicht, dass man ihn übersehen kann. Ich will, dass dieses ganze Haus auseinandergenommen wird.« Er ließ das Schwert fallen, stapfte auf Karu zu und wäre fast über das ausgestreckte Bein einer Menschenleiche gefallen. »Und sobald ihr diese Qualle gefunden habt, schickt den Lichtbildner rein. Je früher wir diese ganzen Langschädel rausschaffen, desto besser.«

Bugeg behielt seine Untergebenen im Auge, bis er restlos davon überzeugt war, dass sie seinen Befehlen auch nachkamen. Sein Gesicht war rußverschmiert und er würde sich seinen angesengten Bart stutzen müssen, aber Karu konnte keine ernsthafte Verletzung an ihm feststellen. Er packte sie am Ärmel und zog sie zu einem riesigen Kissen vor der Rückwand des Raumes, auf dem eine ganze Zwergensippe ohne größere Umstände Platz gefunden hätte. Sie kletterten auf das weiche Polster, in dem sie bis über die Knöchel einsanken. Dies war der einzige Bereich, in dem sie nicht ständig auf den makabren Leichenteppich treten mussten.

Auf dem Weg dorthin hatte Bugeg offenbar vergessen, dass er Karu eigentlich für ihren Ungehorsam rügen wollte. »Sie haben sich doch tatsächlich vergiftet, um sich ihrer gerechten Strafe zu entziehen. Was geht nur in ihren deformierten Schädeln vor?«

»Es sind aber nicht alle am Gift gestorben. Ich habe draußen doch Menschen gesehen, die ihr auf eurem Weg hierher erschossen habt.«

»Ich nehme an, das waren nur diejenigen, die einigermaßen wussten, wie man mit einer Waffe umgeht. Der mit dem Schwert war der schlimmste von allen. Er hat Weidner den Bauch aufgeschlitzt und Sänger den halben Arm abgeschlagen. Dieser Eifer beweist mir, dass der Kopf der Bande hier noch irgendwo stecken muss.« Er wies anklagend auf das Kissen unter sich, das mit einem Stoff bezogen war, aus dem man gemeinhin nur die feinsten Abendkleider schneiderte. »Da siehst du, was diese Parasiten mit ihren schmutzigen Geschäften verdienen.« Bugeg spie verächtlich aus. »Und meine Sippe muss auf dem Bauch durch die Scheiße kriechen.« Er ließ die Schultern hängen, und die Anspannung des Einsatzes fiel von ihm ab. »Was rege ich mich denn überhaupt auf? In den Minen am Pol sind alle gleich. Und da wird diese Qualle auf jeden Fall landen, so viel ist sicher.«

Ein leises Plätschern lenkte Karu von Bugegs Tirade ab. Wegen der angewiderten Faszination, die er dem Riesenkissen entgegenbrachte, nahm ihr Geliebter gar nicht wahr, wie sie von dem Polster hinunterhüpfte, um dem ungewöhnlichen Geräusch nachzugehen. Sie war sich nicht ganz sicher, aber seine Quelle lag anscheinend hinter einem schweren Wandvorhang. Sie schlüpfte durch einen Spalt im Stoff, hinein in ein Glitzern und Funkeln. Sie war dankbar, dass Bugeg das in Saphire gefasste und von zahllosen Kerzen umrahmte Becken noch nicht entdeckt hatte. Der Anblick von derart verschwenderischem Prunk hätte seine Laune nicht verbessert. Das Wasser im Becken schwappte noch, als wäre erst vor wenigen Augenblicken etwas sehr Großes hineingefallen. Doch obwohl sie bis auf den Grund blicken konnte, sah sie nichts, was das Schwappen hätte auslösen können.

23

Mit dem groben Helm, den der alte Zwerg trug, sah er so ungeschlacht aus wie eine von einem Kind geknetete Tonfigur, das für sein Spielzeug eine viel zu große, bleierne Murmel als Kopf auserkoren hatte. Kolbner hatte diesen Helm mittlerweile immer auf, wenn Ulaha ihn zu Gesicht bekam – ganz gleich, ob er sie in ihrer Zelle besuchte oder ob sie sich in seinem Arbeitszimmer gegenübersaßen wie in jenem Augenblick. So wie er schnaufte und ab und an unruhig die Schultern bewegte, musste der Helm recht schwer sein. Zu Anfang hatte Ulaha noch gedacht, der alte Zwerg befürchtete wohl, sie könnte versuchen, ihm etwas über den Schädel zu ziehen. Sie war sogar ein wenig stolz darauf gewesen, dass er anscheinend Angst oder zumindest gehörigen Respekt vor ihr hatte. Inzwischen war sie klüger: Kolbner hatte sie darüber aufgeklärt, dass er den Helm trug, weil er glaubte, es ihr dadurch unmöglich zu machen, seine Gedanken zu hören. Und tatsächlich war seine innere Stimme in ihrem Kopf nun so leise geworden, dass sie nicht mehr als unverständliches Gemurmel war.

Kolbner klappte die Akte zu, in der er gelesen hatte, und stützte sich mit den Ellenbogen auf der Arbeitsplatte seines Schreibtischs ab. »Es gibt eine Sache, die du unbedingt begreifen musst, wenn wir dein immenses Potenzial jemals ganz ausschöpfen wollen: Alles, was du kannst – jede einzelne der Begabungen, die du besitzt und die dich zu etwas Besonderem macht –, stammt aus keiner anderen Quelle als dir selbst. Du bist nicht das Werkzeug fremder Mächte, Ulaha. Du bist die Macht.«

Ulaha betrachtete eine der seltsamen Apparaturen, die zwischen Kolbners Büchern in den Regalreihen an den Seitenwänden des Raumes standen. »Aber wie kann das sein? Meine Großmutter hat es mir anders erklärt. Und sie hat mich bestimmt nicht angelogen. Jede ihrer Geschichten ist wahr.« Sie zeigte auf das Gewirr aus Drähten und Glasstäben, das sie so eingehend gemustert hatte. »Ihre Wahrheit ist alt. Deine Wahrheit, die Wahrheit, die du mit diesen Maschinen suchst, ist neu. Sie ist keine echte Wahrheit.«

»Ulaha, ich habe es dir oft genug gesagt: Deine Großmutter war schon Asche in einer Urne auf dem Kaminsims deines Elternhauses, ehe du geboren wurdest.« Er hob beschwichtigend die Hände, da er bereits ahnte, dass sie zu einer trotzigen Erwiderung ansetzen wollte. »Aber das heißt nicht, dass ich deine Berichte abstreiten möchte, nach denen du mit deiner toten Großmutter gesprochen hast. Ich habe lange über deinen Fall nachgedacht, und ich denke, ich habe eine logische Erklärung gefunden.«

»Logisch?« Sie hatte noch immer nicht begriffen, was der alte Zwerg mit diesem Wort meinte.

»Eine mit den Gesetzen der Vernunft in Einklang zu bringende Erklärung«, versuchte Kolbner sich deutlicher auszudrücken. »Ich weiß, dass du die dunklen Energien, die die gesamte Welt durchziehen und weder sichtbar noch auf sonst irgendeine Weise direkt erfahrbar sind, besser zu lenken verstehst als jedes andere Geschöpf, das mir jemals begegnet ist. Wahrscheinlich sind deine Talente bereits zu einem sehr frühen Zeitpunkt erwacht. Dein Sturz, der zu deiner vorübergehenden Lähmung geführt hat, spielte dabei wohl eine entscheidende Rolle. Ist es nicht so gewesen, dass du deine Großmutter zum ersten Mal gesehen hast, als du als Kiesel in deinem Bettchen lagst und dich nicht rühren konntest, obwohl du doch furchtbare Schmerzen hattest?«

Ulaha nickte. Sie erinnerte sich nicht gern an diese Zeit. An das Brennen in ihren Armen und Beinen. An das Gefühl, als würde ihr Kopf unter einem schweren Stein zermalmt. Aber es war dennoch die Zeit gewesen, als sie zum ersten Mal das Gesicht gesehen hatte. Dieses freundliche, von dünnem, weißem Haar umflorte Gesicht. Mit dem faltigen Mund, aus dem eine sanfte Stimme erklungen war, die ihr vom verlorenen Erbe der Halblinge berichtet hatte.

»Warst du in all dieser Zeit allein?«, fragte Kolbner.

»Allein in meinem Zimmer?«

»Allein in eurem Haus.«

»Nein. Meine Mutter war ja da.«

»Das habe ich mir gedacht.« Der alte Zwerg klopfte gegen seinen Helm. »Bevor ich diesen Helm trug, konntest du mich denken hören, nicht wahr?«

»Ja.« Sollte sie ihm sagen, dass sie ihn noch immer denken hörte, aber einfach nicht mehr genau verstand?

»Dieses Phänomen entsteht dadurch, dass die dunklen Energien ihre Schwingungen an das Muster meiner Gedanken anpassen, die in meinem Verstand als Worte erscheinen. Dein Verstand wiederum liest die dunklen Energien und entschlüsselt die Muster der Schwingungen.« Kolbner klang äußerst überzeugt von seiner These. »Was für die tatkräftigen Gedanken gilt, lässt sich womöglich auch auf das ruhende Gedächtnis anwenden. Die Bilder all dessen, was wir erlebt haben, bleiben in unserem Verstand erhalten. Wie sonst könnte man sich beispielsweise an einen Moment erinnern, der Jahre oder gar Jahrzehnte in der Vergangenheit liegt? Wie dem auch sei: Meiner Ansicht nach bist du in der Lage, nicht nur Worte, sondern auch Bilder zu entschlüsseln. Und genau diese Begabung liefert eine Erklärung, weshalb es durchaus denkbar ist, dass in dir der Eindruck entstand, du hättest dich mit deiner toten Großmutter unterhalten.«

Ulaha zuckte die Achseln. »Ich weiß nicht, was du mir damit sagen willst.«

»Manchmal denke ich, du willst es nicht verstehen«, ächzte Kolbner. »Im Grunde ist es ganz einfach. Das Bild deiner Großmutter, das dir damals erschienen ist, ist nicht irgendeinem schattenhaften Reich, durch das die Geister der Toten streifen, entsprungen. Sein Ursprung ist unter den Lebenden zu suchen.« Er runzelte die Stirn. »Oder zumindest unter jenen, die damals noch unter den Lebenden weilten. Du kannst deine Großmutter nicht gekannt haben, Ulaha, aber in deiner unmittelbaren Umgebung hielt sich jemand auf, der eine Bindung zu ihr aufwies, wie sie enger kaum sein könnte. Die Tochter deiner Großmutter. Deine Mutter, Ulaha. Du hast die Abstrahlungen ihres Gedächtnisses wahrgenommen und umgedeutet. Da war nie ein Geist, meine Teure. Nur eine Erinnerung, die in deinem Verstand Gestalt angenommen hat.«

Ulaha legte die Hände in den Schoß. Was bedeutete es für sie, falls der alte Zwerg recht hatte? War es überhaupt möglich, dass er die Wahrheit sagte? Er war ja eigentlich dumm, obwohl er sich für sehr, sehr schlau hielt. Oder hatte sie ihn unterschätzt? Wenn dem so war, stellte dies vieles in Frage, was sie in ihrem bisherigen Leben getan hatte. Dann war es vielleicht gar nicht so, dass in ihren Träumen die Stimme der Welt zu ihr sprach. Und dann wäre der Traum, in dem sie ihre Mutter getötet hatte, eben nicht mehr als ein Traum gewesen. Und dann …

»Du willst mir mein Schicksal ausreden«, rief sie so laut, dass Kolbner erschrocken in seinem Sessel zusammenzuckte. Einen Augenblick lang schienen die Umrisse des Zwergs wie zerfließendes Wachs, als ihr heiße Tränen in die Augen schossen.

»Nein, nein.« Der Anstaltsleiter gewann seine Fassung schnell zurück. »Ich will dir lediglich aufzeigen, dass sich dein wahres Schicksal von dem unterscheidet, was du bisher für deine Bestimmung gehalten hast.« Er stand auf und reichte ihr sein Taschentuch. »Du brauchst nicht zu weinen, meine Teure, denn du hast nicht den geringsten Verlust zu beklagen.«

Ulaha vergrub das Gesicht in dem weichen, nach Pfeifenrauch duftenden Stoff. Sie war sich ihrer Sache so sicher gewesen, und nun drohte ihr gesamtes Leben ihr endgültig aus den Händen zu gleiten. Sie sehnte sich zurück an den einen Ort, an dem sie stets das Gefühl gehabt hatte, geborgen zu sein – bis zu jenem Tag, an dem der grässliche Stachelrücken dort aufgetaucht war. »Was ist mit dem Ewigen Hain?«, murmelte sie mit tränenerstickter Stimme. »Gibt es den dann auch nicht?«

»Das kommt ganz darauf an, wie man es sehen will. Legt man als Maßstab der Beobachtung an, ob dieser Wald auch außerhalb deines Verstandes existiert, so müsste man sagen, dass es ihn nicht gibt. Doch wenn man den Standpunkt einnimmt, dass die Dinge, die im Geist einer Person vorhanden sind, zumindest für den oder die Betreffende eine gewisse Wirklichkeit besitzen, dann gibt es diesen Wald – wenn auch nur in deinem Kopf. Er ist eine Rückzugsmöglichkeit, die du dir geschaffen hast, um deinen gequälten Gedanken etwas Ruhe zu bringen.« Er strich ihr über die rauen, roten Stoppeln, die nachgewachsen waren, seit Kolbner die regelmäßigen Scherungen abgesetzt hatte. »Aber es ist nicht gut, wenn du dich zu oft in diesen Wald flüchtest. Dein Leben findet nicht dort drinnen in deinem Kopf, sondern hier draußen statt.«

Draußen. Der alte Zwerg sprach von einer Welt dort draußen, die Ulaha schon lange nicht mehr gesehen hatte. War es Winter oder Sommer? Regnete es jenseits der Mauern dieses großen, dunklen Hauses, oder schien die Sonne auf die Dächer der Stadt, in die man sie gebracht hatte, nachdem sie von zu Hause fortgeholt worden war? Was wohl ihr Vater gerade machte? Dachte er manchmal an sie, oder war er mit anderen Dingen beschäftigt?

»Du hast gesagt, dass ein Krieg kommen wird«, sagte sie leise. Ein Krieg war weder eine gute noch eine schlechte Sache. Manche Leute starben, damit andere leben konnten. Er brachte scheinbar Veränderungen, aber in Wahrheit änderte sich nichts. »Welchen Krieg meinst du?«

»Den Krieg um dein Schicksal, um mein Schicksal und um das Schicksal unser beider Völker«, erklärte der alte Zwerg. »Es wird ein gerechter Krieg sein, in dem ein gleißendes Licht sämtliche Finsternis bezwingt. Wie die Sonne, wenn sie die Nacht zurückdrängt.«

Mit einem Mal sprach Kolbner in Bildern, die für Ulaha einen Sinn ergaben. Er wollte den Lauf der Welt anhalten, um einen Tag anbrechen zu lassen, der niemals enden würde. Wie sollte das gehen? Auf den Tag folgte die Nacht und auf die Nacht der Tag – ein Wandel und Wechsel, der kein wirklicher Wandel und Wechsel war, da er starren Regeln folgte. Die Zeit in der festen Welt war wie ein Fluss, der sich so tief in sein Tal hineingegraben hatte, dass seine Ufer zu steil geworden waren, um die Wasser noch aus diesem Bett befreien zu können. So hatte es ihr die Großmutter erklärt. Aber was, wenn ihre Großmutter tatsächlich nicht mehr als ein Bild gewesen war, das Ulaha selbst aus dem Verstand ihrer Mutter herausgelöst hatte? »Gegen wen führen wir diesen Krieg?«

Kolbner zeigte ihr den breiten, goldenen Ring an seiner rechten

Hand. »Gegen jene, die alles tun, um zu verhindern, dass dieser neue Morgen je anbricht.«

Eine Standuhr schlug mit leisem Klang zur vollen Schicht. Kolbner stellte sich neben die Tür und drehte an einem Rädchen, das auf ein dünnes Metallrohr aufgesetzt war. »Es ist besser, wenn du dich vor unserem nächsten Experiment noch ein wenig ausruhst.«

Ulaha erhob sich von der Liege und strich das Kleid glatt, das der alte Zwerg ihr bei ihrem letzten Besuch in seinem Arbeitszimmer geschenkt hatte. Es war aus warmer, blauer Wolle, die eine Stickerin mit blassroten Bergrosen auf kurzen, graugrünen Stängeln verziert hatte. Wem dieses Kleid wohl ursprünglich einmal gehört hatte?

Es klopfte, Kolbner sagte: »Bitte!«, und zwei Pfleger traten ein.

»Du hast die Flamme lodern lassen, Anstaltsleiter Kolbner?«, fragte der eine, ein Graubart mit Armen wie Keulen, der seinen Vorgesetzten um eine ganze Haupteslänge überragte.

»Bringt Patientin 23 zurück in ihre Zelle«, ordnete Kolbner an.

»Du wirst an unserer Arbeit keinen Grund zur Beanstandung finden«, sagte der zweite Pfleger, dessen knollige Nase so aussah, als wäre sie aus einer Gussform gekommen, die nach der Nase des ersten modelliert worden war.

Die beiden Zwerge nahmen Ulaha in die Mitte. Ihre Gedanken waren sehr laut. Der ältere Pfleger fragte sich, ob sein Sohn mit der Arbeit in diesem Haus zufrieden war, während der jüngere darüber sinnierte, ob der Bonus, den man ihm in diesem Jahr auszahlte, ausreichen würde, um endlich anständig um Pega zu werben.

»Obacht«, sagte Ulaha, kurz bevor sie um eine Ecke bogen. Trotz ihrer Warnung wäre der ältere Pfleger beinahe über einen Wäschewagen gestolpert, der quer im Gang stand. Sie hatte letzte Nacht geträumt, dass der Wagen genau an dieser Stelle sein würde.

Sie ließen das Hindernis hinter sich. Auf der Treppe begegnete ihnen eine dunkelhaarige Zwergin mit breiten Hüften und schmalen Fesseln. »Eine schöne Schicht, Pega«, wünschte Ulaha ihr. »Tudid hat Gefallen an dir gefunden.«

Die Pflegerin schaute den jüngeren der beiden Begleiter Ulahas überrascht an, der sofort bis unter die Haarspitzen errötete und die

Patientin am Arm packte, um sie weiter die Stufen hinunterzuschieben. Er dachte daran, ihr einen Schubs zu versetzen, weil sie ihn so bloßgestellt hatte. Der Vater zeigte sich amüsiert und freute sich auf die Kiesel, die ihm vielleicht schon bald auf dem Bauch herumspringen würden. Pegas Gedanken kreisten um Tudids starke Arme.

»Regnet es draußen, oder scheint die Sonne?«, fragte Ulaha, als Tudid die Tür zu ihrer Zelle aufschloss.

Die Stimme in seinem Kopf sagte: »Wenn sie doch bloß das Maul halten würde!« Die Stimme aus seinem Mund antwortete ihr: »Ich habe nicht die geringste Ahnung.«

24

Arisaschas Gedanken kreisten um den ewigen Widerstreit der Gegensätze, von denen die Welt geprägt war: Licht und Dunkel, Feuer und Eis, Liebe und Hass, Nacht und Tag, Treue und Verrat, Werden und Vergehen, Enge und Weite. Sie stand in einem Raum, in dem sie sich nicht zu voller Größe aufrichten konnte, ohne sich den Kopf an der Decke zu stoßen. Wenn sie ihre Arme ausstreckte, konnte sie von der Mitte des Schlafabteils aus alle vier Wände berühren. Doch dieser kleine Raum mit seinen eng abgesteckten Grenzen war Teil eines größeren Ganzen, denn er befand sich in einem ganzen Waggon solcher Abteile. Der Waggon gehörte wiederum zu einer langen Kette von Waggons, die von einer großen Dampfmaschine auf stählernen Rädern über Schienen gezogen wurde. Die Zwerge nannten eine derartige Kette dementsprechend Zug, und dieser ratterte rauchend und fauchend durch eine Landschaft, in deren Weite sich das Wunderwerk der Technik verlor. Die Berge, die ihre Häupter als blaugraue Zacken wie die Zinnen einer fernen Festung über den Horizont erhoben, würden der Szenerie jenseits der Schiebefenster schon bald ihre Weite rauben, doch noch bestimmten von schimmernden Bächen durchzogene Wiesen und Weiden das Bild, auf denen Wollkühe und Zwirbelhornschafe grasten. Manche der Tiere hoben träge die Köpfe, wenn der Zug vorüberfuhr, die Mäuler voll mit einem Brei aus den genügsamen Gräsern, die sie zwischen ihren Kiefern zermahlen hatten.

Arisascha klappte eine der schmalen, gepolsterten Sitzflächen aus der Fensterseite des Abteils, ließ sich darauf nieder und legte das Geschenk, das Tschoradschun ihr gemacht hatte, auf ihre Oberschenkel. In den Heiligen Schriften stand geschrieben: »Der Glanz der Herren offenbart sich in den Hervorbringungen der fleißigen Hände Arbeit ihrer Knechte und Mägde«, und das Geschenk war ohne jeden Zweifel ein ebenso atemberaubender Anblick wie die schneegekrönten Gipfel des Gebirgszugs, den Arisascha auf ihrem Weg in die Zwergenhauptstadt durchqueren musste. Aber nach dem Metall, aus dem es gefertigt war, würde man im Drachenrücken vergebens schürfen. Es stammte auch nicht aus den Essen der Zwerge oder den Schmelzöfen der Menschen. Das Geschenk hatte einen weiten Weg hinter sich. Im Bauch eines der so zerbrechlich wirkenden elfischen Handelsschiffe, die Arisascha in ihrer Jugend häufig bestaunt hatte, war es um die halbe Welt gereist. Wahrscheinlich hatte Tschoradschun es noch vor seinem Auszug in den Zwergenbund erworben, und mit Sicherheit hatte der fette Fernhändler trotz seiner beispiellosen Verhandlungskünste ein Vermögen dafür bezahlt. Und nun lag es auf Arisaschas Schoß, wunderschön anzuschauen und doch tödlich, leicht und widerstandsfähig zugleich.

Tschoradschun hatte große Umsicht bewiesen. Sein kostbares Geschenk war so winzig, dass Arisascha es an ihrem Körper verbergen konnte, ohne dass ein Betrachter Verdacht geschöpft hätte. Sein Mechanismus war so einfach zu bedienen, dass selbst ein Kind in der Lage gewesen wäre, ihn zu begreifen. Was Arisascha da vor sich sah, war ein Zeugnis eines unheilvollen, unbändigen Strebens, das wohl allen denkenden und fühlenden Wesen gleich welcher Rasse zu eigen war: das Streben, immer neue Möglichkeiten zu ersinnen, die Existenz eines anderen denkenden und fühlenden Wesens auszulöschen. Das Geschenk Tschoradschuns war als Artverwandter jenes Gegenstands anzusehen, nach dessen Spuren Arisascha während ihrer Zeit unter den Zwergen gesucht hatte – sofern man sich der Vorstellung öffnete, dass der hauchdünne Stachel einer Wespe sich nur bedingt von der groben Klaue eines Greifen unterschied.

Würde sie Tschoradschun je wiedersehen? Sie hegte keinen Zweifel daran, dass ihm die Flucht aus Amboss gelungen war, doch sie vermochte nicht zu sagen, aus welchem Bodenlosen Brunnen die Qualle wohl auftauchte und ob er dann noch der gleiche Mann war wie zuvor. In vielen Legenden, die sich um die Bodenlosen Brunnen rankten, forderten die Herren einen schrecklichen Preis von der Magd oder dem Knecht, der ins spiegelnde Wasser ging. Die einen verloren den Verstand, die anderen trugen auf ewig schwärende

Wunden davon, und manche verschwanden sogar auf Nimmerwiedersehen. Doch sie durfte nicht verzagen. Wenn Tschoradschun gemäß dem Willen der Herren gehandelt hatte, würden sie sicherlich eine Hand schützend über ihn halten.

Sie musste mit einem Mal an ihren Zwillingsbruder denken. Siris leugnete die Herren und hatte nie versucht, ihrem Willen gerecht zu werden, trotzdem war er noch am Leben – und das, obwohl er als Bestienjäger sich Tag für Tag großen Gefahren stellte. Arisascha lächelte versonnen. Nein, um ihn brauchte sie sich nun wirklich nicht zu sorgen. Er würde die Aufgabe, vor der er und Himek standen, bewältigen. Die Zwerge rühmten sich ob ihrer Härte und priesen ihre unerbittliche Standhaftigkeit als Zeichen der Überlegenheit ihres eigenen Volks im Vergleich zu allen anderen Geschöpfen. Die Kurzbeine waren tatsächlich zäh – wo es sie im Zug beständig fröstelte, verhielten sich die anderen Reisenden, als befänden sie sich in einer gut geheizten Stube. Doch die Zwerge täuschten sich, wenn sie als Maßstab für die Leistungen eines Menschen allein ihre Erfahrungen im Umgang mit den gewöhnlichen Flüchtlingen ansetzten, die in den letzten Jahrzehnten in ihr Herrschaftsgebiet geströmt waren. Siris war von einem gänzlich anderen Schlag. Er hatte die Reise zu den Zwergen nicht gewagt, um eine neue, friedlichere Heimat zu finden, sondern um sie, Arisascha, zu retten – und sie war sich sicher, dass er sich dabei durch das halbe Heer der Zwerge geschossen hätte, wenn es denn nötig geworden wäre. Das Erstürmen der Nervenheilanstalt in Stahlstadt und die Befreiung der Menschen, die man dort gefangen hielt, war eine Mission, die Siris nicht mehr in Gefahr bringen würde, als wenn er an der Westküste der Zerrissenen Reiche ein Nest von Pferdeskorpionen ausgeräuchert hätte.

Arisascha rieb sich den Nacken. Ihre eigene Reise kam ihr entbehrungsreicher vor als die, die ihr Bruder unternahm. Die Schlafabteile waren auf die Proportionen von Zwergen zugeschnitten, weshalb sie sich letzte Nacht zu einem Ball hatte zusammenrollen müssen, um in der unteren Etage des Stockbetts ein wenig Schlaf zu finden. Abgesehen von dieser unbequemen Position hatte Gareps lautes Schnarchen ein Übriges zu ihrer wenig erholsamen Nachtruhe beigetragen.

Die Kontakte der Qualle hatten es ihnen ermöglicht, den Zug noch vor allen anderen Reisenden zu besteigen – genauer gesagt noch außerhalb der Bahnhofshalle, auf dem Gleis, wo die Waggons aneinandergereiht wurden. Zuvor waren sie durch ein Loch in einem Bretterzaun geschlüpft, der die Gleisanlagen von den umliegenden Stadtvierteln abgrenzte. Hinter dieser Öffnung hatte ein missmutiger Zwerg in der rotblauen Montur eines Bahnarbeiters gewartet, dank dessen Ortskundigkeit sie sicher über das Areal gekommen waren, ohne bei der Überquerung der Schienen von einem rumpelnden Güterwaggon zerquetscht zu werden. Auf diese Weise waren sie einer Überwachung des eigentlichen Bahnhofs durch die Sucherschaft oder gar die Bundessicherheit entgangen. Dem Gerüttel und Geschüttel des fahrenden Zugs konnte Arisascha hingegen nicht entkommen. Das Gefährt, das sie nach Zwerg bringen sollte, war laut, und es stank nach Rauch und Maschinenöl. Selbst ihre Überfahrt aus Gottespfand in den Zwergenbund war ihr weniger unangenehm in Erinnerung geblieben, doch diese Reise lag Jahre zurück, und Arisascha wusste um die erstaunliche Fähigkeit der Zeit, das Gedächtnis zu täuschen. Sie hatte sich in ihrer Zelle in Stahlstadt sogar schon einmal dabei ertappt, sich nach der vermeintlichen Behaglichkeit ihres Elternhauses zurückzusehnen – und wenn es einen Ort gab, der mit schmerzlichen Erinnerungen behaftet war, dann war es dieser. Verglichen mit den Jahren, die sie unter der Knute ihres Vaters gelitten hatte, waren die zwei Tage und zwei Nächte, die sie noch in diesem lärmenden Gefährt ausharren musste, wie ein Festmahl an der Tafel der Herren.

Sie versteckte Tschoradschuns Geschenk unter dem breiten Gürtel des zweiteiligen Ausgehkostüms, das ihr als weiteres Zeichen der Wertschätzung zum Abschied überreicht worden war. Wie viele andere Kleidungsstücke, die wohlhabende Menschen trugen, ahmten auch die auf Taille geschnittene Jacke und der enge, knielange Rock Strömungen der zwergischen Mode nach, wobei die Schneider aus Arisaschas Volk nicht immer mit dem raschen Geschmackswandel unter den Kurzbeinen mithalten konnten.

Sie hängte sich ihre Handtasche über den Arm, schob die Tür des

Abteils auf und trat auf einen schmalen Gang hinaus, der mit einem grünen Teppich ausgelegt war. Als sie sich an den anderen Abteiltüren vorbei in Richtung des Speisewagens bewegte, fiel ihr auf, dass die Berge sehr schnell näher gerückt waren. Die Geschwindigkeit des Zugs, der unter ihren Sohlen summte und klackte, als befände sie sich im Innern eines riesigen, stählernen Tausendfüßlers, war wahrlich beeindruckend.

Der Anblick des Speisewagens stellte Arisascha wieder einmal vor eine alte Frage: Wie konnten die Zwerge nur ernsthaft behaupten, ein Volk von Gleichen zu sein? Garep hatte ihr erklärt, dass es für Zugfahrkarten drei unterschiedliche Preiskategorien gab, und Tschoradschun hatte es sich nicht nehmen lassen, die teuerste für seine Verbündete und deren Begleiter auszuwählen. Weder die Einrichtung des Speisewagens noch die äußere Erscheinung der Reisenden ließ Zweifel an diesem Umstand aufkommen. Die Tische waren aus dem rotbraunen Holz uralter Rostkiefern, die die Zwerge nur noch in den entlegensten Ausläufern des Nordwalds schlugen. Die Decken darauf waren aus geklöppelter Strauchwolle und mit dem in Goldfäden gewebten Wappen der Zwergenbahn verziert. Die Gäste – eine illustre Schar in Samt, Brokat und Seide – speisten von handbemaltem Porzellan, das beim Handel auf manchem Markt in den Zerrissenen Reichen in Diamanten aufgewogen wurde. Silbernes Besteck funkelte in gepflegten Händen, die noch nie einen Hammer geschwungen oder ein Stück nasse Wäsche ausgewrungen hatten. Die bunten Federn exotischer Vögel wippten auf den Hüten der Damen, und nicht weniger seltene Tiere hatten ihre Häute für die perlenbestickten Handschuhe der Herren lassen müssen. Ein Glockenspieler in Livree untermalte das Geplauder der Elite des Bundes mit den heiteren Klängen ausgewählter Kompositionen, die von ihrer Zuhörerschaft schon sehr bald als hoffnungslos überholt und rückständig beurteilt werden würden.

Sie achtete nicht auf die Blicke, die ihr einige der Zwerge verstohlen zuwarfen. Arisascha war nicht die Einzige, der diese fragwürdige Ehre zuteil wurde: Garep erging es nicht anders.

Es war nicht sein rotes Haar – die anderen Reisenden konnten schließlich nicht wissen, dass die rötliche Färbung, die für Arisascha noch etwas ungewohnt war, von einer ausgiebigen Behandlung mit den Früchten des Purpurkapselstrauchs herrührte. Die Aufmerksamkeit, die er erregte, rührte auch nicht von seinen nackten Wangen her, denn er war beiliebe nicht der einzige bartlose Zwerg in diesem Wagen. Was vor einiger Zeit nur unter einigen Zwerginnen als verführerische Mode galt – nämlich sich die Wangen so glatt wie die einer Halblingin zu rasieren, hatte zwischenzeitlich auch unter zwergischen Vertretern des männlichen Geschlechts Verbreitung gefunden. Es lag vielmehr an seinem zerknitterten, mausgrauen Anzug. Obwohl er wahrscheinlich gutes Geld gekostet hatte, wirkte er auf die reichen Reisenden wohl so, als wäre Garep in einem groben Leinenüberwurf zu einer Feier erschienen, bei der alle anderen Gäste feinste Seide trugen. Noch dazu waren Gareps Wangen eingefallen und seine Augen tief in die Höhlen unter den buschigen Brauen gesunken. Ungeachtet dessen war Arisascha nach wie vor erstaunt darüber, wie sehr Garep nun wie sein Sohn Himek aussah – wenn auch wie eine wesentlich ältere Ausgabe des jungen Leiböffners mit aschfahler, ungesunder Hautfarbe, einem stumpfen Glanz im Blick und hängenden Schultern.

Sie setzte sich Garep gegenüber. Natürlich stießen ihre Knie von unten gegen die Tischplatte, und selbstredend reichte ihr die Stuhllehne nur bis knapp über die Lendenwirbel. »Was machst du denn heute Morgen so ein sauertöpfisches Gesicht?«, fragte sie in betont heiterem Tonfall.

Garep zeigte auf den halbleeren Teller vor sich. »Ich vertrage dieses Essen nicht. Zu viel fette Ölnüsse, zu viel Goldkraut und zu viel Pfeffer. Mein Magen macht das einfach nicht mit.«

»Oh, das wundert mich. Wenn einer von uns beiden mit solchen Widrigkeiten zu kämpfen haben sollte, dann doch wohl eher ich.« Sie wies auf das Fenster neben sich, hinter dem sich bereits erste sanfte Hügel erhoben. »Für mich ist diese Art der Fortbewegung schließlich vollkommen neu.«

»Ich fahre auch nicht jeden Tag mit der Bahn.« Lustlos stocherte Garep in seinen Essensresten herum.

»Wie häufig nutzt du denn diese wunderbare Hervorbringung der klügsten Köpfe, die der Bund zu bieten hat?«

»Ganz ehrlich?«

Arisascha nickte.

»Das hier ist die zweite Fahrt meines Lebens.«

»Oh«, machte Arisascha überrascht und versuchte sich an einem unschuldigen Scherz: »Ich bin also mit einem erfahrenen Reisenden unterwegs.«

»Und ich mit einer erfahrenen Lügnerin.« Der Zwerg verstand wohl gerade keinen Spaß.

Ein Ober, der an ihrem Tisch erschien – selbstverständlich ebenfalls in einer Livree wie der, die der Glockenspieler trug –, hielt Arisascha von einer spitzen Erwiderung ab. »Was darf ich dir bringen?«

»Mein Freund hat mir das, was du ihm gebracht hast, ausdrücklich empfohlen. Und dazu hätte ich gern eine Tasse Lindenblütentee.«

»Sehr wohl.« Der Ober verschwand.

Arisascha beschloss, den sich anbahnenden Streit noch im Keim zu ersticken. Sie holte ihr Buch aus der Handtasche und legte es auf den Tisch. »Mir ist aufgefallen, dass du es nicht nur gelesen, sondern auch etwas hineingeschrieben hast.«

»Tut mir leid, dass ich dein Eigentum benutzt habe, ohne dich vorher um Erlaubnis zu bitten«, sagte Garep verlegen. Sosehr die Zwerge auf das Gemeinwohl bedacht waren, so vorsichtig waren sie im Umgang mit den persönlichen Besitztümern anderer. »Aber in den Räumlichkeiten, in denen dein Bekannter uns untergebracht hatte, war kein anderes Papier zur Hand.« Garep senkte den Blick, um Arisascha dann unvermittelt wieder tief in die Augen zu sehen. »Machst du dir eigentlich gar keine Gedanken um ihn?«

»Nein«, antwortete sie ruhig.

»Ich meine, es hätte doch durchaus die Möglichkeit bestanden, dass er mit uns reist. Bei der derzeitigen Lage ist es gefährlich für ihn, noch länger in Amboss zu bleiben.«

»Sei unbesorgt. Er ist inzwischen bereits abgereist.«

Der Ober brachte ihre Bestellung. Ihr entging nicht, wie der junge, gepflegte Zwerg aus den Augenwinkeln zu ihr schielte, als er die Tasse Tee und den Teller mit dem exquisiten Eintopf vor ihr auf den Tisch stellte. Je näher die Öffnung der Urnensäle rückte, desto misstrauischer wurden die Kurzbeine gegenüber den Menschen und desto größer wurden die Chancen des jetzigen Obersten Vorarbeiters, sein Amt auch weiterhin zu bekleiden. Schließlich hatte er in seinen letzten Reden dem Volk versprochen, sich im Fall seiner Wiederwahl ernsthaft um eine Lösung in der Menschenfrage zu bemühen.

Rasch öffnete Arisascha ihre Geldbörse und steckte dem Ober einen Schein in die Brusttasche seines Jacketts. »Das ist dafür, dass du deine Arbeit so schnell erledigt hast.«

Der Zwerg deutete eine Verbeugung an. »Deine Großzügigkeit ist ein Kind deines erfolgreichen Strebens.«

Nachdem er gegangen war – und Arisascha hoffte, dass ihr nun zumindest von seiner Seite aus weitere merkwürdige Blicke erspart bleiben würden –, nahm Garep das unterbrochene Gespräch wieder auf. »Wenn er nicht mit uns gekommen ist, dann hat dein Freund wohl einen späteren Zug genommen?«

Arisascha roch an ihrem Lindenblütentee und schüttelte den Kopf.

»Ist er mit einer Kutsche gefahren?«, fragte Garep. »Aber das ist doch viel langsamer, und seinem Anwesen und unseren Fahrkarten nach zu schließen, kann er es sich doch bestimmt leisten, die schnellste Reisemöglichkeit zu wählen.«

»Das hat er auch.« Sie nahm einen Schluck Tee aus der Tasse, aus der in den Zerrissenen Reichen nur Puppen getrunken hätten. »Doch er ist weder mit der Kutsche noch mit dem Zug gefahren.«

»Womit denn dann?«

Arisascha wog ab, wie viel sie dem ehemaligen Sucher erzählen wollte. »Es hat sich ein Wunder ereignet, das es ihm gestattet hat, Amboss binnen kürzester Zeit weit, weit hinter sich zu lassen.«

Garep lehnte sich überrascht ein Stück zurück. »Ein Wunder? Das Eingreifen einer höheren Macht, deren Existenz unbeweisbar ist? Wie kannst du so etwas ernsthaft behaupten? Du kommst mir eigentlich ganz vernünftig vor, Arisascha von Wolfenfurt.«

Sie setzte die Tasse ab und verschränkte die Arme vor der Brust. »Ich dachte, du hättest mein Buch gelesen. Oder hat dich sein Inhalt schon nach den ersten Sätzen so sehr abgeschreckt, dass du es gleich angewidert zugeschlagen hast?«

»Wenn dem so gewesen wäre, dann hätte ich wohl keine Frage hineingeschrieben, oder?«

»Ach ja, die Frage.« Sie blätterte in ihrem Buch, strich eine Seite glatt und schob es Garep so hin, dass der Zwerg bequem darin lesen konnte. »Ich habe auch schon eine Antwort für dich.«

Die Frage, die Garep ihr gestellt hatte, war in den kantigen, klaren Runen der Zwergenschrift geschrieben:

Wenn es die Herren wirklich gibt und falls sie es tatsächlich so gut mit den Menschen meinen, warum sind die Reiche deiner Heimat dann zerrissen und aus welchem Grund widerfährt den Mägden und Knechten auch nur das geringste Leid?

Sie hatte ihm in seiner Sprache geantwortet, doch in ihren Runen spiegelten sich ihre Schreibgewohnheiten unübersehbar wider: Die Kanten waren zu rund, und manches Mal waren Buchstaben durch einen verhuschten Strich miteinander verbunden, die eigentlich getrennt voneinander zu stehen hatten:

Wer eine solche Frage beantworten will, kommt nicht umhin, über die Heiligen Schriften zu sinnieren. Die Vorgaben, die die Herren ihren Mägden und Knechten in diesen uralten Texten machen, sind klar, aber dennoch deutungsoffen. In diesem Widerspruch offenbart sich die Widersprüchlichkeit des Seins. Ich möchte diesen Umstand an einem Beispiel verdeutlichen. In jenen Abschnitten der Heiligen Schriften, die sich mit der herrengefälligen Erscheinung der Mägde und Knechte befassen, heißt es: ›Der gute Knecht schert sich den Bart, wenn er den Herren gefallen will.‹ Dieser Satz scheint auf den ersten Blick unmissverständlich, doch er gibt sehr wohl Anlass zur Auslegung. Ist mit der genannten Regel gemeint, dass der Knecht unter keinen Umständen einen Bart tragen darf? So sagen die einen. Oder verweist die Regel eher darauf, dass der Knecht sich erst einen Bart wachsen lassen muss, den er scheren kann, sobald er in einer besonders misslichen

Lage dringend die Gunst der Herren für sich gewinnen sollte? So sagen die anderen.

Hinter diesem Streit verbirgt sich ein noch weitaus grundlegenderes Problem: Da an der Allmacht und der Allwissenheit der Herren kein Zweifel bestehen kann, wäre es Frevel, der Ansicht zu verfallen, sie hätten ihre Worte nicht treffender und eindeutiger wählen können. Da dies nicht geschehen ist, stellen sie ihre Mägde und Knechte folglich mit jeder ihrer Handlungen erneut vor die Wahl, ob sie ihren Herren Gehorsam oder Ungehorsam zeigen wollen.

Diese Wahl – von der die Zwerge gern als freiem Willen sprechen – manifestiert sich durchgängig und in unendlicher Vielfalt auf sämtlichen Ebenen des Seins. Wäre den Mägden und Knechten die Absicht ihrer Herren stets ersichtlich, brächte der Glaube der Menschen an sie weder Opfer noch Risiken mit sich. Aus Glauben würde Gewissheit und aus einer mit Lasten und Gefahren verbundenen Pflicht letztlich nur noch eine selbstverständliche Gefälligkeit. Die Herren weilen genau deshalb nicht mehr unter uns, weil viele ihrer Mägde und Knechte diesen bedeutenden Unterschied zwischen Pflicht und Gefälligkeit nicht mehr kennen oder ihn beharrlich leugnen. Erst, wenn alle Mägde und Knechte sich dieser Erkenntnis stellen, werden die Herren zurückkehren, um ihre festliche Tafel für uns hier auf Erden zu decken. Bis dahin wird noch viel Unrecht geschehen, doch dieses Unrecht führen die Mägde und Knechte selbst herbei – und nicht die Herren.

Garep schlug das Buch zu, wollte sich scheinbar über den Bart streichen und ließ seine Hand sinken, als er feststellte, dass es neuerdings kein Haar mehr um seinen Mund herum gab, über das er hätte streichen können. Stattdessen fasste er sich jäh an die Brust, als unterdrückte er ein Rülpsen. »Ich muss über deine Ausführungen nachdenken. Eine Sache ist mir aber gleich aufgefallen: So wie du die Lage schilderst, wäre es doch eigentlich vollkommen gleich, ob es die Herren wirklich gibt oder ob sie nur in der Vorstellungswelt deines Volks existieren. Sehnt ihr Menschen euch denn nicht trotzdem nach einem unwiderlegbaren Beweis?«

Offenkundig hatte Garep nicht richtig verstanden, was Arisascha ihm als Antwort geschrieben hatte, oder er war so sehr in den Denkmustern seines Volks verhaftet, dass ihm eine tiefere Einsicht in Sachen Religion schlichtweg unmöglich geworden war. »Du fragst mich nach Beweisen, als hätte ich nicht selbst am eigenen Leib unzählige Male das Wirken der Herren erfahren. Denk nur an meine Rettung: Dein verlorener Sohn Himek befreit mich aus einer Zelle in einer Nervenheilanstalt in Stahlstadt, in die ich gebracht wurde, nachdem deine Befragung gescheitert ist. Das kann kein zufälliges Ereignis sein. Es gibt etwas, das diese Begegnungen zwischen dir, mir und Himek herbeigeführt haben muss. Und meiner Ansicht nach sind es die Herren gewesen. Du solltest nicht vorschnell über mich und mein Volk urteilen, Garep, denn ich habe gelernt, dass beileibe nicht alle Zwerge demgegenüber unempfindlich sind, was du als Aberglauben bezeichnen würdest. Es mag sein, dass die Zwerge als Ganzes die Vernunft zu ihrem Heiland auserkoren haben und nicht länger die Geister ihrer Ahnen anbeten – wie sie es zuvor über eine sehr, sehr lange Zeit hinweg getan haben, sofern in den ältesten Aufzeichnungen in euren Archiven nicht nur Lügen zu finden sind. Trotz dieser Hinwendung zur Vernunft und der Behauptung, es gebe keine Geister, bin ich Zwergen begegnet, die mir Stein und Bein geschworen haben, sie hätten einen Geist gesehen.« Sie zuckte die Achseln. »Vielleicht ist es töricht zu glauben, die Welt ließe sich restlos erklären.«

Es gluckerte laut und gasig in Gareps Gedärm. Der Zwerg sprang auf. »Von all diesem Gerede habe ich Bauchgrimmen bekommen. Bitte entschuldige mich.« Er hastete aus dem Speisewagen hinaus in den benachbarten Waggon auf der Suche nach einer der kleinen Kabinen, in denen man sich in eine Porzellanschüssel mit einem hölzernen Boden erleichtern konnte. Betätigte man danach einen Hebel, klappte der Boden der Schüssel nach unten weg und der Unrat sprühte zwischen die Gleise.

Arisascha verstaute ihr Buch wieder in der Handtasche und wandte sich ihrer Mahlzeit zu. Glücklicherweise waren die Speisen der Zwerge so mächtig, dass selbst die kleine Portion auf dem kleinen Teller, die sie mit einem Silberlöffel aß, mit Sicherheit satt machen würde. Garep hatte recht gehabt: Der Koch hatte es gut mit den Gästen gemeint und den Eintopf mit reichlich Pfeffer abgeschmeckt, aber Arisascha war scharfe Gerichte gewohnt.

Nach einer Weile bemerkte Arisascha, dass der Zug seine Fahrt verlangsamte. Als sie aus dem Fenster schaute, zogen draußen die vielgeschossigen Häuser einer Zwergenstadt vorbei. Auf einem Schild, das neben dem Gleisbett aufgestellt war, stand der Name *Hackendorf.* Der Himmel über Hackendorf war rauchverhangen, da ein wahrer Wald aus Schloten, der die Stadt umringte, dicken Qualm ausstieß, den der Wind kaum davonzutreiben vermochte. Der Bahnhof, an dem der Zug schließlich zum Stehen kam, war ein unansehnlicher Klotz aus rußverschmiertem Granit. Arisascha konnte von ihrem Tisch aus nicht sehen, wessen Fahrt hier endete und welche neuen Reisenden zustiegen. Dafür hatte sie einen ungehinderten Blick auf das freie Gleis am gegenüberliegenden Bahnsteig. Sie lächelte zufrieden. Zwischen dem Schotter wuchs trotziges Unkraut, das sich allen Versuchen der Zwerge, überall in ihrem Bund Ordnung zu schaffen, standhaft widersetzte. Dieser Anblick stand im Einklang mit den Heiligen Schriften: »Das Wirken der Mägde und Knechte ist vergänglich, wie sehr sie sich auch um Unvergänglichkeit mühen. Allein das Wirken der Herren währt ewig.«

Es dauerte recht lange, bis der Zug wieder anfuhr. Trotzdem war Garep noch immer nicht an seinen Platz zurückgekehrt. Sie dachte darüber nach, inwiefern Garep seine Beschwerden dem scharfen Eintopf verdankte und welchen Anteil daran die Entwöhnung von jenem verführerischen Stoff hatte, der bis vor Kurzem noch Dreh- und Angelpunkt seines Daseins gewesen war. Hätte sie auf Tschoradschuns Warnung hören sollen? War es ein Fehler, sich von Garep begleiten zu lassen? Wie zuverlässig war eine Person wie er in einer derart brisanten Lage wie dieser? Und warum blieb er nur so lange weg? Wie groß war die Menge an Unrat, die in einem Zwergenleib stecken konnte? War es denkbar, dass Garep gerade in der Kabine eine Pfeife Blauflechten rauchte? Doch wo hätte er die Flechten verstecken sollen? War er verzweifelt genug, sie im eigenen Körper verborgen zu halten, wie es manche Sklaven im Süden taten, wenn sie etwas aus den Gemächern ihrer Besitzer stahlen?

Diese Gedanken beschäftigten sie so sehr, dass sie um ein Haar nicht gemerkt hätte, wie ihr die Ohren zugingen. Der Zug kämpfte sich mittlerweile jaulend und ächzend eine steile Steigung hinauf. Die Neige Tee in Arisaschas Tasse stand bedenklich schräg. Wenn sie nun aus dem Fenster blickte, sah sie nichts als eine grauschwarze Felswand, und wenn sie den Kopf hob, um über die Köpfe der Reisenden auf der anderen Seite des Speisewagens hinwegzuschauen, erstreckte sich dort die Weite der Ebene, die der Zug in der zurückliegenden Nacht durchquert hatte.

Das erste Anzeichen, dass ihr Unheil drohte, war die jähe Stille, die mit einem Mal im gesamten Speisewagen herrschte. Das Geplauder der reichen Zwerge und das leise Klappern und Klirren von Geschirr waren verstummt. Selbst der Glockenspieler hatte anscheinend seine Klöppel beiseite gelegt. Nur das Wummern und Zischen der Dampfmaschine am Kopfende des Zugs war zu hören.

Arisascha drehte sich um. Am Eingang des Speisewagens standen zwei Kommissare der Bundessicherheit in ihren langen, olivgrünen Ledermänteln, die passenden Barette geradezu keck auf ihre schmalen Köpfe gesetzt. Arisascha wusste genau, wonach – oder eher nach wem – die Bundesbeamten Ausschau hielten. Sie saß in einer Falle, aus der es kein Entrinnen geben würde. Die Kommissare mussten sie jeden Moment bemerken, denn sie stach unter den anderen Reisenden hervor wie eine Kuh in einer Schafherde.

In Arisaschas Kopf schien sich die Zeit so zu verlangsamen, wie es die Fahrt des Zugs in der Steigung getan hatte. Bilder kamen in ihr hoch, die ihr eine Erklärung dafür anboten, wie sie die Kommissare gefunden hatten: Vor ihrem inneren Auge sah sie Garep vor sich, wie er Tschoradschuns Zofe bestach, um eine Nachricht aus dem Anwesen der Qualle an seine Kollegen bei der Sucherschaft zu übermitteln. Sie sah die Telegrafenleitungen, durch die die Kunde vom Ziel ihrer Flucht durch den gesamten Bund getragen wurde. Sie sah, wie der Sucher, dem sie vertraut hatte, in Hackendorf aus dem Zug stieg, lachend seinen Sohn Himek umarmte und ihn zum Gelingen ihres perfiden Plans beglückwünschte. Sie hatten es geschafft, ihr doch noch die Identität der anderen Mitglieder des Schmugglerrings zu entlocken, indem sie ihr eine erfolgreiche Flucht aus der Nervenheilanstalt in Stahlstadt vorgaukelten – eine Flucht, die sie zurück nach Amboss und unmittelbar in die Fänge eines Gesetzeshüters geführt hatte.

All diese Befürchtungen Arisaschas zerstoben, als Garep im Rücken der beiden Halblinge auftauchte, die nun gemessenen, aber nichtsdestoweniger entschlossenen Schritts auf sie zukamen. Die Bestürzung auf der Miene des Zwergs war echt. Sie suchte seinen Blick. Wenn er es darauf ankommen ließ, konnte er sich womöglich irgendwo an Bord des Zugs verstecken, bis die Kommissare sie verhaftet und am nächsten Halt zum Aussteigen gezwungen hatten. Einer der Halblinge würde die Begegnung mit ihr jedoch nicht überleben. Ihre Finger wanderten unter ihren Gürtel, zu Tschoradschuns Geschenk. Als sie das warme Metall berührte, fiel ihr ein, dass ihr auch noch ein anderer Ausweg blieb, um ihre Mission zu schützen: ein Entkommen in den Tod.

Noch ehe sie diesen Entschluss in die Tat umsetzen konnte, schnappte Garep sich eine Teekanne von einem der Tische und donnerte sie dem hinteren der beiden Halblinge mit voller Wucht auf den Schädel. Der Stoff des Baretts dämpfte den Schlag zwar ein wenig ab, aber der Getroffene ging dennoch in die Knie. Garep versetzte ihm einen Tritt in den Rücken und zwang ihn so gänzlich zu Boden. Wie auf das unsichtbare Signal eines Bühnenmeisters während der Aufführung einer Oper reagierten die restlichen Reisenden mit entsetztem Schreien, das mit einem fassungslosen Raunen unterlegt war.

Der Halbling, der noch stand, wollte sich zu Garep umdrehen, doch der Zwerg packte ihn mit der einen Hand an der Schulter und mit der anderen ihm Nacken, um ihm so die Stirn gegen eine Tischkante zu schlagen. Im nächsten Augenblick stand Garep auch schon neben Arisascha und zerrte sie unsanft in die Höhe. »Zeit zu verschwinden. Die Kommissare erkennen jede Fälschung.«

Arisascha hatte die Passpapiere, die Tschoradschun ihnen besorgt hatte, völlig vergessen, aber sie sah keinen Grund, an den Worten ihres Retters zu zweifeln.

Sie ließ sich von ihm aus dem Speisewagen hinausziehen. Die anderen Reisenden wichen vor ihnen zurück, als wären Arisascha und Garep zwei mit aufgeplatzten Pestbeulen überzogene Bettler.

»Wohin jetzt?«, fragte sie ihn.

»Erst einmal weg von den beiden. Sie werden nicht lange liegen bleiben.«

»Weiter den Gang hinunter?«

Garep lachte auf. »Sei nicht dumm. Wir können nicht einfach durch den Zug spazieren. Die Bundessicherheit hat bestimmt nicht nur zwei Leute geschickt.«

»Wohin wollen wir dann?«

Garep schob die Tür zu ihrem gemeinsamen Schlafabteil auf. »Aufs Dach. Dann sehen wir weiter.«

Sie hängte sich ihr Täschchen um den Hals, um die Hände zum Klettern frei zu haben, während Garep das Schiebefenster öffnete. Die Kälte der Berge schlug Arisascha entgegen.

Der Zwerg klappte eine der Sitzflächen in der Seitenwand hinunter, stellte sich mit beiden Beinen darauf und lehnte sich rücklings aus dem Fenster. Mit einem Klimmzug wuchtete er sich aus der Öffnung hinaus, stützte sich auf der Unterkante des Fensterrahmens ab und verschwand aus Arisaschas Sicht.

Es polterte über ihr, dann tauchte Gareps kräftiger Arm vor dem Fenster auf und der Zwerg brüllte: »Los, los!«

Einen Moment hing Arisascha über dem Abgrund, der zur einen Seite des Zugs gähnte, und wäre Garep ein Mensch gewesen, hätte dieser schreckliche Augenblick noch wesentlich länger gedauert. So jedoch fand sie sich binnen eines Wimpernschlags auf dem leicht gewölbten Dach des Waggons wieder. Garep atmete schwer, und von seinem Mund stiegen weiße Wölkchen auf, als wären seine geöffneten Lippen das Überdruckventil einer wesentlich kleineren Ausführung jener Dampfmaschine, die den Zug antrieb.

Die Strecke stieg nach wie vor so steil an, dass Arisascha befürchtete, sie könnte das Dach entlangrutschen, weshalb sie verzweifelt nach einem Halt auf dem mit glatten Metallplatten beschlagenen Holz suchte.

»Sollen wir springen?«, rief sie.

Garep schüttelte den Kopf. »Wo willst du denn hinspringen?« Der kniende Zwerg wies nach links. »Gegen die Felswand?« Er deutete nach rechts. »Oder etwa den Hang hinunter?«

»Ich dachte, du hättest einen Plan, als du gesagt hast, wir müssten aufs Dach.«

»Den habe ich auch.«

»Und wie sieht dein Plan aus?«

»Wir laufen bis zum letzten Waggon. Dann klettern wir an seinem Ende hinunter und springen auf die Gleise«, erklärte der Zwerg nüchtern.

»Aber dazu müssten wir doch von Waggon zu Waggon springen, oder etwa nicht?« Bei der Vorstellung, wie viel mal sie die Spalten zwischen den einzelnen Waggons zu überwinden hatte, wenn sie sich an Gareps Plan hielten, wurde Arisascha plötzlich speiübel.

»Bist du nicht diejenige, die eben noch gefragt hat, ob wir vom Zug hinunterspringen sollen?«

Sie blickte über die Waggons hinweg zum Ende des Zuges. Am Fuß der Steilwand, an der die Holzbohlen der Gleisschwellen wie eine gewaltige Leiter den Berg hinaufführten, war der dichte, graue Rauch zu sehen, der über Hackendorf hing. Sie kroch ein Stück auf allen vieren voran und fragte sich, ob sie nur den Mut finden würde, sich auf dem wackelnden Dach ganz aufzurichten.

An einem der hintersten Waggons, in denen diverse Güter in die Hauptstadt befördert wurden, sprang eine Dachluke auf, aus der eine seltsam helle Staubwolke aufstieg. Kurz darauf schob sich das Barett eines Kommissars über den Rand der Öffnung. Während der Halbling, dessen Mantel mit dem hellem Staub überzogen war, behände aus der Luke kletterte, hatte Arisascha das Gefühl, als käme ihr auf unerklärliche Weise nicht nur dieser Häscher, sondern auch der ganze Getreidewaggon entgegen, doch dann verriet ihr ihr Verstand, dass dieser Eindruck sich erklären ließ: Der Zug hatte die Steigung endlich bewältigt.

»Runter!«, rief Garep hinter ihr und warf sich auf ihren Rücken. Dann wurde es schlagartig dunkel. Hatte sie das Bewusstsein verloren? Nein, denn sie spürte das volle Gewicht des Zwergs auf sich und hörte das Rattern und Klackern des Zugs mit einem Mal viel klarer und lauter als zuvor. Sie mussten in einen Tunnel gefahren sein.

»Bleib unten«, zischte ihr Garep ins Ohr. »Die Decke hängt sehr tief.«

Er rollte sich von ihr herunter.

»Hinter uns sind noch zwei«, sagte Garep und fluchte.

Arisascha wagte es nicht, sich aufzusetzen, aus Angst, ihrem Kopf könnte es an der Tunneldecke ergehen wie einem Stück Käse an der Reibe. Stattdessen hob sie den Kopf nur ein winziges Stück und verdrehte den Hals, um einen Blick über die Schulter zu werfen, doch sie konnte in der Dunkelheit nichts erkennen. »Wo sind sie?«

»Da drüben! Ziemlich nahe an der Dampfmaschine. Sie wollen uns den Weg in beide Richtungen abschneiden.«

In einem stummen Gebet dankte sie den Herren dafür, dass sie den Zwergen des Bergvolks die Gabe des zweiten Blicks geschenkt und sie ihnen belassen hatten, denn sonst wären die Kommissare womöglich vollkommen ungesehen an sie herangelangt.

Obwohl ihr Vater ihr die Worte, die man zum Dank für einen Beweis ihrer Gnade an die Herren richtete, in Dutzenden von Abwandlungen eingebläut hatte, fiel es ihr plötzlich schwer, diese Sätze in ihrem Geist zu formen. Es war ihr, als hätten sich ihr zwei riesige Hände um den Kopf gelegt, die unerbittlich zudrückten, als wollten sie ihr das Hirn aus dem Schädel pressen. Lag es an der großen Höhe, in der sie sich jetzt befand? Musste sich ihr Körper erst auf diese fremde Umgebung einstellen? Der Druck nahm unvermindert zu. Ihr Arm zuckte erst unwillkürlich, und dann schossen ihr plötzlichen die eigenen Finger an die Kehle und begannen zu drücken. Sie wollte schreien, doch alles, was sie noch zustande brachte, war ein klägliches Wimmern.

Es krachte donnernd dicht an ihrem Ohr, und der Druck wurde von ihr genommen. Sie hielt sich die Hand, mit der sie sich eben noch gegen ihren eigenen Willen gewürgt hatte, vors Gesicht, obwohl sie in der Schwärze des Tunnels nach wie vor nicht das Geringste erkennen konnte. Der Geruch von Pulverdampf war das Einzige, was sie wahrnahm.

»Er wollte in mich hinein«, schrie sie. »Garep, er war in mir drin!«

»Das habe ich gemerkt«, kam die Antwort aus dem Dunkel. »Einer der beiden an der Dampfmaschine hat sich plötzlich nicht mehr bewegt. Und das wird er jetzt wohl auch nie wieder.«

Aus undurchdringlichen Schatten wurde unvermittelt ein düsteres Zwielicht. Der Ausgang des Tunnels konnte nicht mehr allzu fern sein. Weitere Schüsse krachten, doch diesmal stammten sie nicht aus Gareps Pistole. Die Kommissare hatten das Feuer auf sie eröffnet.

»Die meinen es ziemlich ernst«, sagte der Zwerg. »Offenbar spielt es jetzt keine Rolle mehr für sie, ob sie uns tot oder lebendig zu fassen bekommen. Das Ganze ist nun eine Frage der Ehre für sie, weil ich einen von ihnen getötet habe. Blut ruft nach Blut.«

Als sie den Tunnel hinter sich ließen und wieder ins Tageslicht hinausfuhren, das Arisascha viel greller erschien als vorher, dachte sie zunächst, der Zug würde über Wolken gleiten. Sie rollte sich zum Rand des Dachs und erkannte, dass der Zug gerade auf einer gemauerten Brücke mit wuchtigen Pfeilern über einen schmalen Fluss hinwegsetzte, der in einer halben Ewigkeit ein breites Hochtal in den Berg geschnitten hatte. Das Wasser schien nicht so tief unter ihr zu liegen, dass man nach einem Sprung auf seiner Oberfläche zerschellt wäre wie ein geworfenes Ei an einer Häuserwand, aber der reißende Strom schäumte weiß und zornig über schroffe Felsen hinweg. Es galt für sie die Wahl zwischen Glauben und Gewissheit zu treffen. Sie glaubte, dass man den Sprung in die Tiefe überleben konnte, und sie wusste, dass die Halblinge sie töten würden, falls sie ihnen in die Hände fiel.

Als könnte er ihre Gedanken lesen, sagte Garep: »Ich überlasse dir die Entscheidung. Kämpfen wir bis zum letzten Atemzug, oder ergeben wir uns und hoffen auf das Beste?«

Arisascha kämpfte sich aus ihrer liegenden Position in die Hocke, zog Garep dicht zu sich heran und legte ihm den Arm um die Hüften. »Ich hoffe sehr, du kannst schwimmen«, sagte sie und versetzte dem Zwerg einen kräftigen Schubs. Dann überstellte sie auch ihr eigenes Schicksal der Gnade jener wütenden Wasser, die zwischen den Pfeilern der Brücken tanzten.

25

Der Morgen war noch jung, und der Wind, der aus den Bergen hinunter durch die Straßen und Gassen von Stahlstadt piff, trug noch viel von der Kälte der vergangenen Nacht in sich. Es würde noch eine Weile dauern, bis die Sonnenstrahlen genügend Kraft hatten, um den letzten Schneematsch in den Rinnsteinen gänzlich zum Schmelzen zu bringen. Dementsprechend dick vermummt waren auch die Zwerge, die zu dieser Zeit bereits unterwegs waren. Kaum einer war ohne Mütze oder Kappe aus dem Haus gegangen, und die empfindlicheren Bewohner der größten Siedlung in den nördlichen Regionen des Bundes schützten ihre Finger mit pelzgefütterten Fäustlingen.

Immer wieder lugte Himek Steinbrecher aus dem schmalen Spalt zwischen seinem hochgeschlagenen Mantelkragen und dem festen Schirm seiner Mütze verstohlen nach links und rechts, und immer wieder musste er den inneren Drang niederringen, einen Blick über die Schulter zu werfen. Wenn Himek etwas gelassener gewesen wäre, wäre ihm klar gewesen, dass das Risiko, von einem der Passanten erkannt zu werden, eher gering war. Schließlich hatte er nur sehr kurz in Stahlstadt gelebt, und den Großteil dieser Zeit hatte er in der Heilanstalt zugebracht. Wie groß war also die Wahrscheinlichkeit, dass er ausgerechnet jetzt einem Pfleger begegnete, der auf dem Weg zur Arbeit war? Womöglich waren es die sonderbaren Blicke der Frühaufsteher, die seine Beunruhigung nährten – Blicke, die allerdings nicht ihm, sondern in erster Linie seinem Begleiter galten. Es gab nicht sehr viele Menschen in Stahlstadt, und man hätte ihm genauso neugierig nachgeschaut, wenn er anstelle von Siris einen kahl geschorenen Rotkammbären durch die Stadt geführt hätte.

Himek unterdrückte ein amüsiertes Glucksen. Wenn diese Leute nur wüssten, wie merkwürdig dieses Geschöpf an seiner Seite wirklich war und welches jeder Vernunft widersprechende Verhalten dieser Mensch pflegte – und wie gefährlich ihn dies machte. Der Vorfall auf dem Felsfraß hatte Himek deutlich vor Augen geführt, dass Siris den schweren Vorschlaghammer mehr schätzte als den feinen Bohrer. Trotzdem – oder vielleicht auch gerade deshalb – übte der Bestienjäger eine ungemeine und in Teilen höchst beunruhigende Faszination auf Himek aus. Er kam sich ein wenig vor, als hätte man ihn in einer winzigen Kammer mit einem wilden Bergparder eingeschlossen. Das Raubtier war unberechenbar und schrecklich, aber zugleich von einer betörenden Anmut. Solange man geduldig und mit ruhiger Stimme auf es einsprach, musterte es seine mögliche Beute nur aus unergründlichen, kalten Augen, anstatt sofort zum tödlichen Sprung anzusetzen.

Nach dem gescheiterten Versuch der rivalisierenden Freibündler, Likas Schiff an der Weiterfahrt zu hindern, war es ebendiese Strategie gewesen, für die sich Himek entschieden hatte: Er redete unablässig auf Siris ein, um den Bestienjäger bei Laune zu halten, denn er bildete sich insgeheim ein, der Mensch könnte eine Art von Gefallen an ihm gefunden haben, wie sie auch ein Kiesel zeigte, der beim Spielen auf einer Wiese ein ungewöhnliches Insekt aufgespürt hatte. Himek war sogar dreist genug gewesen, die Heilanstalt zu beschreiben, obwohl Siris ihm zuvor zu verstehen gegeben hatte, dass er eine solche Auskunft für in etwa so nützlich hielt »wie einen dritten Hoden unter dem Kinn«.

Himek hatte nach und nach immer weitere Details einfließen lassen. Erst hatte er nur vom groben Aufbau der Heilanstalt geredet. Davon, wie lang und breit ihre Gänge waren. Wie viele Zellentrakte es gab. Wo die Operationssäle lagen. Aber all dies führte nicht dazu, dass Siris sich darauf eingelassen hätte, einen echten Plan zu erarbeiten, der über ein schlichtes Vertrauen auf den Zufall als entscheidenden Helfer hinausging. Himek war dazu übergegangen, von der Einrichtung der Anstalt zu erzählen. Von den Pillenspendern in den Türen. Von den Schlössern, für die es einen Allschlüssel gab. Von den Gaslampen. Von den großen Klappen in den tiefsten Geschossen, durch die man die Abfälle in die verschlungenen, rauschenden Tunnel der Kanalisation hineinkippte. Erst bei der Erwähnung dieser unterirdischen Adern, durch die kein Blut, sondern eine widerliche Brühe aus Wasser, Müll und Exkrementen floss, wurde der Bestienjäger hellhörig. Der Bergparder spitzte jäh die Ohren und peitschte aufgeregt mit dem Schwanz.

Zunächst dachte Himek noch, Siris wolle ihn veralbern, als der Mensch ihm klarzumachen versuchte, dass selbst in den bedeutendsten Städten seiner Heimat ein funktionierendes Kanalisationssystem keine Selbstverständlichkeit war. Offenbar landete dort allerlei Unrat einfach auf der Straße, wie es unter den Zwergen nur noch in den allerärmsten Regionen im äußersten Nordwesten des Bundes den Gepflogenheiten entsprach. Es überraschte ihn, als Siris ihm eröffnete, dass sie nun ausgerechnet ein Weg, bei dem sie buchstäblich durch die Scheiße einer ganzen Stadt zu waten hatten, zum Erfolg und zur Befreiung von Patientin 23 führen sollte. Der Mensch war von dieser Idee durch keine Einwände mehr abzubringen.

»Man kann sich dort unten Krankheiten holen«, hatte Himek mit angewidertem Gesichtsausdruck zu bedenken gegeben.

»Du bist doch Heiler. Dann heilst du uns«, war Siris' Antwort.

»Wir wüssten doch gar nicht, wohin wir in den Tunneln laufen sollten«, hatte Himek angemerkt.

»Für alle Wege gibt es jemanden, der die Wege kennt.« Damit war auch dieser Einwand an dem Bestienjäger abgeprallt.

»Aber ich habe doch keine Ahnung, wer dieser Jemand sein soll«, hatte Himek beteuert.

»Dann werden wir sie fragen, sie kennt sich vielleicht auch mit Unrat aus«, war Siris' Entgegnung, begleitet von einem ausgestreckten Zeigefinger auf Lika, die gerade ein paar Schrauben an der Aufhängung des Schaufelrads nachzog.

Die Kapitänin des Dampfschiffs hatte sich als hilfreiche Quelle für die Frage nach einem Führer erwiesen, der sich in den dunklen Gängen der Kanalisation von Stahlstadt auskannte. Selbst der Name dieser Person war äußerst treffend: Bibet Darmwäscher. Denn war nicht auch der Darm letztlich nur die Röhre des Leibs, aus der er seinen Abfall in die Welt entließ? Und passte es da nicht, dass der Freibündler – denn dass es sich bei Bibet um einen solchen handelte, stand für

Himek sofort fest, wenn man bedachte, womit Lika ihr täglich Brot verdiente – den Namen einer Sippe trug, deren Mitglieder die Aufgabe hatten, die Därme von Schweinen freizuspülen, um sie als Pelle für Würste aller Art nutzbar zu machen? Aus dem Widerwärtigen machten sie gleichsam die Hülle eines köstlichen Genusses …

Für den Ort, an dem sie diesen Bibet Darmwäscher nun treffen sollten, wäre die Bezeichnung ›Restaurant‹ der Ehre zu viel gewesen, und ein reicher Zwerg, der es sich leisten konnte, jeden Abend außer Haus zu speisen, hätte sich womöglich ein gehässiges Lachen nicht verkneifen können, wenn man ihn auf ein Etablissement wie den *Heißen Stein* angesprochen hätte. Tatsächlich bot diese Wirtschaft nicht gerade einen verlockenden Anblick, als Himek sie auf der gegenüberliegenden Straßenseite erspähte. Auf der breiten Fensterfront hatten Tabakrauch und Bratfett einen Schleier gebildet, hinter dem das einfache Mobiliar – klobige Eckbänke mit abgewetzten Bezügen, wackelige Tische mit zerkratzten Platten und eine Handvoll geschmackloser Lampen, von denen nur die Hälfte brannte – nur höchst verwaschen auszumachen war. Die Markise vor der Eingangstür war wohl einmal grün gewesen, doch von dieser Farbe waren nur noch vereinzelte Flecken auf einem stumpfen Grau geblieben, wie spärliche Grasbüschel auf einer kahlen Geröllwüste.

Vor der Tür standen zwei Zwerge, von denen Himek auf den ersten Blick vermutete, sie wären Zwillinge. Gemäß der herrschenden Mode hatten sie sich die Wangen rasiert, und ihr halblanges, dunkles Haar war von der heißen Frisierzange eines Scherers in sanfte Wellen gelegt worden. Beide trugen braune Jacken und Fingerlinge aus Mullleder, aber ihre Füße steckten in wuchtigen Stiefeln, mit denen man mühelos einem Grubenhund den Schädel hätte zertreten können.

Als er und Siris die Straße überquert hatten, nahm Himek mit dem kundigen Auge des geschulten Leiböffners wahr, dass die Freibündler doch nicht ihrer Mutter am gleichen Tag aus der Spalte gerollt sein konnten, denn der eine von ihnen – ein breitschultriger Klotz mit dem Gesichtsschnitt eines Zwirbelhornwidders – war bestimmt zwanzig, wenn nicht gar dreißig Jahre älter als der andere.

Der jüngere Zwerg, der mit einem Muttermal von der Größe einer Hummel knapp oberhalb seines breiten Mundes geschlagen war, zog eine Braue in die Höhe und machte einen betont selbstsicheren Schritt auf sie zu. »Wir haben noch geschlossen.«

»Lika schickt uns. Wir möchten zu Bibet Darmwäscher«, sagte Himek.

»Und wer ist wir?«, nuschelte das Widdergesicht.

»Mein Name ist Himek Steinbrecher, und das« – er wies zu Siris, der eine ernste Miene aufgesetzt hatte – »ist Irisanjo von Wolfenfurt.«

Das Muttermal lachte. »Wolfenfurt? Was ist das denn für ein Name? Hilft seine Sippe Wölfen über einen Fluss, oder was?«

»Wolfenfurt ist der Name des Viertels seiner Heimatstadt, in dem mein Begleiter …«

»Das interessiert mich einen feuchten Furz«, blaffte das Widdergesicht. »Bibet ist nicht zu sprechen. Er mag es nicht, wenn man ihn beim Essen stört.«

»Wann ist er denn mit seinem Frühstück fertig?«, erkundigte sich Himek und bemühte sich weiterhin um einen freundlichen Tonfall.

»Versucht es noch einmal in einer halben Schicht«, antwortete das Widdergesicht.

»Ja, wenn ihr Glück habt, ist Bibet dann noch nicht beim Mittagessen«, ergänzte das Muttermal, woraufhin die beiden Freibündler in dreckiges Gelächter ausbrachen.

Siris bewegte sich so schnell, dass Himek einen Augenblick lang dachte, die Zeit selbst habe sich urplötzlich beschleunigt. Mit zwei, drei schnellen Schritten überbrückte der Bestienjäger die höfliche Distanz, die Himek zu der Eingangstür der Wirtschaft eingehalten hatte, und versetzte dem Muttermal einen kräftigen Hieb mit der Kante seines Gewehrkoffers. Da Siris so viel größer war als sein Gegner, konnte der Treffer nur in dessen Gesicht landen. Es knirschte, als knacke jemand eine Nuss, und schon spuckte der Freibündler mit einem erstickten Ächzen die Reste seiner Schneidezähne auf den Gehsteig. Siris war indes bereits weitergehuscht und hatte dem Widdergesicht Zeige- und Mittelfinger seiner rechten Hand in die Nasenlöcher gebohrt.

Himek verzog das Gesicht, als wäre er es, dem beinahe der Zinken abgerissen wurde. Dann musste er fassungslos mitansehen, wie der Mensch sein Opfer an der Nase hinter sich her und durch die Schwingtür hinein in den *Heißen Stein* zog. So wie es aussah, hatten die beiden Freibündler die Geduld des Bergparders über Gebühr strapaziert, und nun zeigte die Bestie ihre Krallen.

Zögerlichen Schritts ging Himek an dem Kerl mit dem Muttermal vorbei, der sich stöhnend auf dem Boden wand. Himek spürte unter seinen Sohlen die Zähne schaben, die Siris dem Freibündler ausgeschlagen hatte, und sagte: »Ich muss mich für meinen Freund entschuldigen. Er ist nicht von hier«, ehe er dem Bestienjäger folgte.

Im *Heißen Stein* gewann Himek für einen Moment den Eindruck, versehentlich auf der Bühne eines Schauspielhauses gelandet zu sein, wo gerade eines dieser neumodischen Stücke aufgeführt wurde, deren Handlung sich dem Zuschauer erst nach dem Besuch mehrerer Vorstellungen erschloss. Hinter dem heißen Stein, der der Wirtschaft ihren Namen gab, stand ein schmerbäuchiger Koch, der drohend einen Grillschaber erhoben hatte, während auf der Platte vor ihm einige Streifen Speck munter vor sich hin brutzelten. Der Duft, den sie verströmten, war einfach köstlich.

Auf der Eckbank in der hintersten Nische saß ein Graubart in einem graublauen Hemd und schälte behutsam ein Ei, das in seinen riesigen Pranken lächerlich winzig wirkte. Er schnippte die Schale auf einen Teller, wo sich schon die Überreste von mindestens zehn anderen Eiern zu einem Berg aus weißen Kalkstücken aufgetürmt hatten.

Siris stand in der Mitte des Raums, zu seinen Füßen der reglose Leib des Freibündlers, den er auf so demütigende Weise hier hineingeschleift hatte. Ein roter Fleck an einer Tischkante, den er in einer anderen Lage womöglich für einen vergessenen Soßenfleck gehalten hätte, verriet Himek, weshalb sich das Widdergesicht nicht mehr rührte.

Er war noch damit beschäftigt, aus dem Gewirr seiner Gedanken denjenigen herauszufiltern, mit dem sich ein weiteres Wüten des Bestienjägers vermeiden ließ, als der Graubart das Wort ergriff. Seine Stimme klang, als würden irgendwo in den Tiefen seines Bauchs zwei Felsbrocken aneinandergerieben. »Ich habe vor vielen Jahren ein Gartenfest ausgerichtet, zu dem ich nur meine besten Freunde eingeladen hatte, um den erfolgreichen Abschluss der Werbung meines ältesten Sohnes um eine der schönsten Töchter der Stadt zu feiern. Ich dachte, ich hätte überall verlautbaren lassen, dass ich mir an diesem Abend keine Störungen wünsche. Doch ein Flaumbart, der unbedingt Aufnahme in meine Unternehmungen finden wollte, hielt dies wohl für eine belanglose Floskel. Er ist über die Mauer meines Anwesens geklettert und hat die Braut meines Sohnes zu Tode erschreckt. Sie ist ins Buffet gefallen, mitten zwischen die Torten und die Kuchen und den Pudding. Ich habe dem Störenfried die Augen ausgestochen und an meine beste Hündin verfüttert, und wenn mein Sohn sich heute die Pfeife stopft, holt er den Tabak dafür aus einem Lederbeutelchen, das einmal der Sack dieses Klapperkopfs war. Wenn ihr kurz über diese Geschichte nachdenkt, begreift ihr vielleicht, wie gern ich ungebetene Gäste habe.«

Himek spürte, wie ihm sämtliches Blut aus den Wangen wich, und er hatte mit einem Mal einen aussichtslos scheinenden Kampf gegen seinen eigenen Schließmuskel auszufechten. »Wir wollten dich nicht beim Essen stören, Bibet Darmwäscher. Es ist nur so, dass …«

Siris packte Himek am Ärmel und schob ihn zu der Nische, in der der Graubart saß. Das geschälte Ei verschwand gerade in Bibets Mund, als der Bestienjäger Himek auf die Bank gegenüber dem Freibündler drückte. »Wir reden«, sagte Siris, stellte seinen Gewehrkoffer ab und setzte sich dann neben seinen verdatterten Begleiter.

»Nur zu.« Bibet tupfte sich mit einer Serviette ein wenig Dotter von der Lippe.

Siris legte die Hände vor sich auf den Tisch, drehte den Kopf zu Himek und schnarrte: »Rede mit ihm.«

Himek schluckte schwer, kniff den Hintern zusammen und hoffte inständig darauf, doch noch irgendwie lebend aus dem *Heißen Stein* herauszukommen. »Ich bin Himek Steinbrecher, und mein Begleiter heißt Irisanjo von Wolfenfurt. Du musst unser unangemeldetes Erscheinen und unser unverzeihliches Drängen entschuldigen«, setzte er an.

»Muss ich?« Der Freibündler kratzte sich hinter einem seiner Ohren, die wie Kohlblätter von seinem wuchtigen Schädel abstanden.

»Von müssen kann keine Rede sein«, verbesserte sich Himek, der Freibündler bis zu seinem Besuch der Rauchstube in Amboss nur aus Romanen gekannt hatte, die man als Flaumbart so las und in denen am Ende immer die Sucher gewannen. »Aber es wäre sehr schön, wenn du es womöglich dennoch tätest. Es stand nicht in unserer Absicht, dich bei irgendetwas zu stören. Uns wurde leider nicht gesagt, was für ein vielbeschäftigter Zwerg du bist.«

»Woher wusstet ihr, wo ich zu finden bin?«

»Von Lika. Wir sind mit ihrem Schiff in die Stadt gekommen.«

»Mit *meinem* Schiff«, korrigierte ihn der Freibündler. »Und ich wusste nicht, dass sie neben ihrer Fracht neuerdings auch Passagiere befördert.«

»Das hat sich auf die Schnelle so ergeben«, sagte Himek rasch. »Ich bin sicher, dass dir kein Schaden daraus erwächst, dass wir auf deinem Schiff gefahren sind. Ganz im Gegenteil.«

»Das will ich auch hoffen.« Bibet griff in eine Schüssel und begann, das nächste Ei zu pellen. »Jetzt muss ich ja nur noch wissen, was ihr eigentlich von mir wollt.«

»Wir suchen jemanden, der sich in der Kanalisation auskennt, weil wir einen ungewöhnlichen Weg in die hiesige Heilanstalt suchen, und Lika hat gemeint, du hättest bestimmt einen Freund, der uns da helfen könnte.« In Himek kam der Wunsch auf, der Freibündler würde nun den Kopf schütteln und die Sache wäre damit erledigt, doch das Glück war ihm nicht hold.

»Kann schon sein, dass ich so einen Freund habe. Kann auch sein, dass ich ihm Bescheid gebe, damit er euch hilft.« Bibet schaute Himek tief in die Augen, und der Leiböffner bemerkte, wie ihm die Knie schlotterten. »Das kommt ganz darauf an, was für mich dabei herausspringt.«

»Es wird nichts springen, denn es ist schon etwas gesprungen«, mischte sich Siris in die Verhandlungen ein. Er spielte mit den Nähten am Saum seiner Mantelärmel.

Bibet legte den Kopf schief, als hätte er den Menschen nicht richtig verstanden. »Und was genau soll da gesprungen sein?«

»Die roten Nüsse aus dem Bauch des Schiffs«, sagte Siris. »Feinde von dir haben uns eine Falle in der Schlucht des Flusses gebaut. Das Schiff und die roten Nüsse wären nicht hier, wenn ich nicht so schießen könnte, wie ein Adler sieht.«

Bibet warf Himek einen fragenden Blick zu.

»Mein Begleiter hat recht. Ein rivalisierender Freibund hatte Lika vor unserer Abfahrt in Amboss dazu aufgefordert, Wegegeld für die Nutzung des Felsfraßes zu entrichten. Sie hat sich geweigert, weil der Fluss allen Freibünden zum gleichen Teil gehört. Aber das weißt du sicherlich besser als ich. Jedenfalls haben uns einige Schergen dieses anderen Freibunds aufgelauert, und wenn Siris nicht gewesen wäre, der sie durch einige gezielte Schüsse in die Flucht geschlagen hat, wäre die Ladung des Schiffs verloren gegangen. Das meinte er, als er sagte, du hättest bereits eine Gegenleistung erhalten.«

»So, so.« Bibet lehnte sich ein Stück zurück. »Die Rettung der Ladung bei diesem Überfall war also meine Gegenleistung für ein Geschäft, von dem ich zum damaligen Zeitpunkt beim besten Willen noch nicht einmal etwas ahnen konnte.«

»So sieht es mein Begleiter«, sagte Himek.

»Ich sehe es etwas anders.« Der Freibündler strich sich über den schlohweißen Bart. »Ihr wart auf dem Schiff, weil ihr nach Stahlstadt wolltet. Insofern wäre es ziemlich dumm von euch gewesen, euch ausrauben zu lassen. Im Grunde habt ihr nur das getan, was jeder andere in eurer Situation auch getan hätte. Aber hattest du nicht die Heilanstalt erwähnt? Was ist so wichtig, dass ihr unbedingt dort hineinwollt?«

»Das ist nicht für dein Ohr.« Siris riss so heftig an dem Faden zwischen seinen Fingern, dass sich die gesamte Naht löste.

»Reg dich bitte nicht auf, Siris.« Himek hatte das Gefühl, zu ihm und dem Bergparder hätte sich mit Bibet Darmwäscher nun noch ein weiteres gefährliches Geschöpf in die viel zu kleine Kammer gesellt – und falls die beiden Bestien aneinandergerieten, würde er von ihren Bissen und Klauenhieben bestimmt zerfetzt. »Ich bin mir sicher, dass wir eine Einigung erzielen können, die uns alle zufriedenstellt.«

Siris hob die Arme, als dächte er darüber nach, über den Tisch hinweg nach der Kehle des Freibündlers zu greifen, doch dann ließ er die Hände auch schon wieder bis unter die Tischplatte sinken. Er schüttelte die Schultern aus, wohl um die Spannung abzubauen, die sich in ihnen in den letzten Minuten aufgebaut hatte.

Himek vernahm ein leises Rieseln, das er dem hohen Druck zuschrieb, mit dem sein Blut von all der Aufregung durch seinen Leib getrieben wurde. Als ihm schließlich ein Geruch in die Nase stieg, der ihn an ein gerade abgebranntes Streichholz erinnerte, fragte er sich, ob sich der Innere Feind in seinem Hirn ausgebreitet hatte, um ihm mit seinen Wucherungen den Tod zu bringen. Bibet Darmwäscher rauchte zwar, denn zwischen den Tellern, Schüsseln, Tassen und Gläsern auf dem recht überladenden Tisch lag auch ein Päckchen Zigaretten, doch bis jetzt hatte sich der Freibündler noch keine der Tabakröllchen angezündet.

»Wenn dein Freund hier der Auffassung ist, dass es mich nichts angeht, was ihr in der Heilanstalt zu suchen habt, sehe ich keine Veranlassung, euch auszuhelfen«, verkündete Bibet, der sich von Siris offenbar nicht einschüchtern ließ. Wahrscheinlich hatte er es jede Schicht mit ähnlich harten und skrupellosen Gesellen zu tun.

»Wenn mein Tun eine Beleidigung war, sollte das nicht so gewesen sein.« Siris deutete eine Verbeugung an. »Wir Menschen machen andere Geschäfte als die Zwerge. Nimmst du meine Schuld von mir?«

Himek glaubte zu sehen, wie sich unter Bibets Bart ein Lächeln ausbreitete. »Wenn das eine Entschuldigung war, nehme ich sie an.«

»Mein Dank gehört dir«, sagte Siris. Himek hatte den Bestienjäger noch nie mit einer derart ruhigen Stimme sprechen gehört. Hatte der Bär aus dem Bergparder etwa eine zahme Hauskatze gemacht? »Darf ich einen Rauchstab nehmen?«

»Nur zu.« Bibet reichte Siris das Zigarettenpäckchen. Ein weiteres Mal deutete der Mensch eine Verbeugung an.

»Feuer?«, bat er.

»Aber rauchen kannst du sie hoffentlich allein«, brummte der Freibündler und zündete dem Menschen die Zigarette an. »Und jetzt zurück zu unserer Verhandlung.«

»Sehr gern.« Himeks Schließmuskel zeigte sich nun eigenartig ruhig. »Wir müssen in die Heilanstalt, weil wir jemanden aus ihr befreien wollen. Niemand Besonderen. Nur eine Patientin unter vielen. Was für eine Gegenleistung hast du denn für deine Hilfe im Sinn?«

Bibet schaute einen Moment in die Rauchschwaden, die von Siris' Zigarette der Decke entgegenwaberten. »Ich trage ein gewisses Risiko bei dieser Sache. Wenn ihr euch erwischen lasst und sie euch die Nadeln unter die Finger treiben, könnte mein Name fallen. Unter diesen Umständen bräuchte ich mindestens fünftausend Münzen an Bestechungsgeldern, um mich von den Vorwürfen reinzuwaschen. Die Sucher hier sind gierig wie die Stollenratten.«

Und so nahm Himeks Schließmuskel sein drängendes Pochen wieder auf. »Fünftausend Münzen? Eintausend volle Schichten Arbeit?«

Siris legte die Hand mit seiner Zigarette in den Schoß. »Ist das der Preis deines Lebens?«

Bibet runzelte die Stirn. »Willst du mir etwa drohen?«

Siris zuckte die Achseln.

»Falls dem so ist, wirfst du besser mal einen Blick über die Schulter.«

Der Bestienjäger hielt den Kopf unbeirrt nach vorn gerichtet, aber Himek schielte mit angehaltenem Atem nach hinten.

»Was ist da?«, fragte ihn Siris. Mit einer ähnlich gelangweilten Stimme hätte er sich bei Himek nach der Uhrzeit erkundigen können.

»Der … der Koch.« Himeks Zunge schien mehr zu wiegen als das Dampfschiff, mit dem sie nach Stahlstadt gekommen waren. »Und … er hat … er hat ein Gewehr.«

Siris gab ein Grunzen von sich.

»Und du wolltest mir ganz sicher nicht drohen?«, hakte Bibet nach.

»Meine Frage war ehrlich. Alle haben einen Preis.«

»Ich muss zugeben, so einer wie du ist mir noch nie untergekommen«, wunderte sich der Freibündler. »Wie kannst du so ruhig bleiben, wo ich nur den Finger heben muss, damit Kidad dir eine Kugel in den Leib jagt?«

»Die Antwort liegt unter dem Tisch«, sagte Siris.

Misstrauisch beugte sich Bibet zur Seite, um zu sehen, wovon der Bestienjäger redete. Seine Augen weiteten sich. »Ist das ...«

»Ja.« Siris verzog keine Miene.

Himek krümmte sich so auf der Bank zusammen, dass auch er einen Blick unter den Tisch werfen konnte. Wovon redeten die beiden nur? Doch bestimmt nicht von dem Häufchen Dreck zwischen Siris' Stiefeln. Warum sollte sich ein Freibündler von einer Handvoll grobkörnigem, schwarzem Pulver einschüchtern lassen? In jenem Moment der Klarheit, der nun von Himeks Geist Besitz ergriff, kam in ihm das Gefühl auf, sein Kopf wäre mit einem Mal ganz leicht und er bräuchte nur die Augen zu schließen und schon würde er davonsegeln wie ein Blatt im Sommerwind. Natürlich hatte Bibet Angst vor diesem Dreck. Er selbst hatte auch Angst vor diesem Dreck, denn er hatte ihn schon einmal gesehen. In dem Schuppen am Mineneingang, in dem Kiesel wie er und der dicke Kanib nicht spielen durften. Und nun war er sich auch sicher, dass sein Hirn vom Inneren Feind verschont geblieben war. Er wusste jetzt, woher der Streichholzgeruch stammte, der ihm in die Nase gestiegen war. Sprengpulver. Wie Blasen, die vom Grund eines Sees nach oben stiegen, tauchten vor Himeks geistigem Auge die Lichtbilder von Unfällen mit Sprengopfern auf, die er an der Bundeslehrstätte gesehen hatte. Verbrannte Haut, die so aussah, als könne man sie so leicht abziehen wie das Fleisch von einem gebratenen Wachtelknochen. Dunkle Klumpen, die man nur unter Aufbietung großer Phantasie als die Überreste von Zwergenleibern erkennen konnte, denen durch die immense, lodernde Wucht, die in den schwarzen Körnern schlummerte, sämtliche Gliedmaßen abgerissen worden waren. Gedärm, das sich wie makabre Girlanden um die geborstenen Stützbalken eines halbeingestürzten Stollens wickelte.

Aus weiter Ferne drang Siris' Stimme an sein Ohr, die etwas vom Fauchen einer gereizten Katze an sich hatte. »Ich hoffe, der Topfarbeiter schießt gut. Trifft er falsch, fällt der Rauchstab. Fällt der Rauchstab …«

Himek wagte es nicht, das Sprengpulver aus den Augen zu lassen. Er war vollkommen überzeugt davon, dass es explodieren würde, sollte er den Blick davon abwenden. So konnte er auch nicht wissen, was zwischen Bibet und Siris vor sich ging, und umso mehr versetzte ihn das rumpelnde Lachen des Freibündlers, das nach einer halben Ewigkeit die bange Stille in tausend Scherben schlug, in ungläubiges Staunen.

»Beim fetten Arsch meiner Mutter!«, prustete Bibet. »Die Steine in deinem Sack müssen so groß sein wie meine Fäuste, und wenn du dich so auf mein Gesicht setzt, muss ich daran ersticken. Das gefällt mir. Das gefällt mir wirklich. He, du! Du! He!«

Nach dem dritten oder vierten ›Du‹ kam bei Himek an, dass der Freibündler wohl versuchte, ihm irgendetwas zu sagen. Mit der sicheren Gewissheit, nun binnen eines Wimpernschlags in unzählige Einzelteile gerissen zu werden, schaute er auf. Die Explosion blieb aus.

»Kennst du dich hier aus?«, fragte ihn Bibet seltsam heiter.

Himek nickte. Er hatte die unangenehme Befürchtung, das Ringen gegen seinen Schließmuskel doch noch verloren zu haben.

»Hervorragend.« Der Freibündler schüttelte den Kopf und fischte erst nach einer Serviette und dann nach einem Stift in der Brusttasche seines Hemds. »Was für ein dreister Auftritt. Und ich bin so klapperköpfig und gebe ihm auch noch Feuer. Ha!« Er kritzelte ungelenk etwas auf die Serviette und überspielte das Zittern seiner Finger mit einem neuerlichen prustenden Lachen. Anschließend beugte er sich über den Tisch und drückte Himek die Serviette in die Hand. »Wartet dort in drei Tagen zur letzten Stunde der Frühschicht auf meinen Tunnelkriecher.« Er winkte dem Koch. »Weg mit dem Knallkolben, Kidad! Bring lieber einen Besen. Wir haben da etwas wegzufegen. Und hol einen Lappen. Ich glaube, ich habe mir in die Hosen gepisst.«

26

Ulaha blinzelte verwirrt. Wo war sie? Das war nicht ihre Zelle. Sie saß auf einem Hocker, gestützt von zwei Pflegern, deren Finger wie Schraubzwingen um ihre Schultern waren. Ein starker Duft von Branntwein trieb ihr den Gestank von Verwesung aus der Nase. Links von sich sah sie eine geflieste Wand, rechts eine milchigweiße Scheibe.

»Es ist Zeit für den Versuch, meine Teure.« Kolbner tätschelte ihr lächelnd die Wange.

»Wo bin ich?«

»In einem Operationssaal.«

Ulaha strampelte hilflos mit den Beinen.

»Keine Angst, keine Angst«, sagte Kolbner rasch. »Wir haben nicht vor, deinen Leib zu öffnen. Es geht um etwas völlig anderes.« Er wies auf die Scheibe neben sich. »Dahinter liegt eine Menschenfrau auf einem Tisch. Ich möchte, dass du in sie hineingehst. Du hast gesagt, du wärst schon in anderen gewesen, also sollte es dir ein Leichtes sein, diese Aufgabe zu vollbringen.« Nervös wischte er sich den Schweiß von der Stirn, der unter dem Rand seines Helms hervorrann. »Du wirst mich gewiss nicht enttäuschen. Tu einfach das, was in deiner Natur liegt, Ulaha. Folge deiner Bestimmung. Ich werde von dort drüben zusehen.« Er zeigte auf eine Stelle tiefer im Raum, von der aus er sehen konnte, was auf beiden Seiten der Scheibe vorging. »Dir kann nichts geschehen.« Er gab den beiden Pflegern, die hinter ihr standen, ein Zeichen, sie loszulassen. »Lasst uns allein.«

Die Zwerge gingen um die Scheibe herum, und einen Augenblick später konnte Ulaha hören, wie eine Tür geöffnet und sogleich wieder geschlossen wurde.

»Wo ist dein Freund?«, fragte sie Kolbner, als sie allein waren.

»Wen meinst du?« Überraschung zeichnete sich auf dem faltigen Gesicht des alten Zwergs ab.

»Den, der sich so sehr um die Menschenfrau mit dem hellen Haar gekümmert hat.«

Kolbners Kiefermuskeln spannten sich merklich an. »Er ist nicht mehr hier, und er kommt auch nicht mehr zurück. Aber das tut jetzt nichts zur Sache.«

»Hat er etwas getan, was dir nicht gefallen hat?«

»Du solltest deine Gedanken auf die Aufgabe richten, die vor dir liegt.« Kolbner unterstrich seine Anweisung mit einem drohend erhobenen Zeigefinger. Er wollte ihr nicht sagen, was vorgefallen war, doch als sie ihn nach dem jungen Zwerg gefragt hatte, war die Stimme in seinem Kopf so laut geworden, dass selbst der Helm sie nicht dämpfen konnte. »Wenn ich ihn in die Finger bekomme, gebe ich ihm sein verräterisches Herz zu fressen«, hatte Kolbner gedacht.

Also hatte der junge Zwerg ihn enttäuscht. Was würde Kolbner mit ihr anstellen, falls sie ihn enttäuschte? Würde er ihr den Leib aufschneiden, um auch ihr Herz herauszureißen?

Ulaha schloss die Augen. Es war gefährlich, Kolbner weiter zu reizen. Sie rutschte von dem Hocker herunter und streckte sich auf den Fliesen aus, die wie überall in diesem großen Haus erstaunlich warm waren. Warum hatte Kolbner sie eigentlich auf einen Hocker gesetzt? Er hätte doch wissen müssen, dass sämtliche Kraft aus ihrer Hülle wich, sobald ihr Geist die Ketten des Fleischs abstreifte.

Als sie sich von der Schwere ihres Leibs löste, fühlte sich Ulaha wie befreit. Die letzten Male, die sie versucht hatte, ihren Geist umherschweifen zu lassen, war sie rasch an Grenzen gestoßen, denn es gab kein Durchkommen durch die Platten an den Wänden ihrer Zelle. Hier, an diesem Ort, den Kolbner einen Operationssaal nannte, hatte sie keine dieser Platten gesehen. Nichts hielt sie davon ab, sich im großen Haus umzusehen und vielleicht sogar einen Blick auf die Welt draußen – eine Welt ohne Mauern und Türen – zu werfen. Sich weiter und weiter von Kolbner zu entfernen und nie mehr zurückzukehren. Doch sie wusste, dass sie dies nicht tun würde. Der Geist sehnte sich nach dem Fleisch, und bei einer solchen Flucht würde unweigerlich der Augenblick kommen, an dem ihr eigener Körper nach ihr rief. Doch es gab noch einen anderen Weg.

Ulaha schlüpfte durch die Scheibe. Die Menschenfrau dahinter war nicht allein. Neben ihr stand ein Zwerg mit der schwarzen Maske eines Leiböffners, der den Sitz zweier Schläuche prüfte, die von der Nase der Frau zu einem kniehohen Fass liefen. Hinter dem Leiböffner stand ein Wagen, auf dem sonderbar geformte Messer, Sägen und spitze Stöcke aus poliertem Stahl funkelten. War dieser Zwerg der Ersatz für den jungen Zwerg, der Kolbner abhanden gekommen war? Ob dieser neue Leiböffner auch manche Insassen der Zellen heimlich beobachtete, wie es sein Vorgänger getan hatte?

Die Menschenfrau auf der kalten Metallplatte war beileibe nicht so hübsch wie die mit dem hellen Haar, die zur selben Zeit wie Kolbners junger Freund verschwunden war. Sie war wesentlich älter, ihre teigige Haut hatte einen gelblichen Stich, und so wie ihre Lippen nach innen in den Mund gesackt waren, konnte sie nicht mehr viele Zähne im Kiefer haben. Wie weit würde Ulaha in dieser Hülle kommen?

Das Eintauchen in das fremde Fleisch löste in Ulaha einen Schwindel aus, der ebenso schnell wieder verflog, wie er über sie gekommen war. Im Innern der Frau herrschte vollkommene Stille. Da war nicht einmal mehr das leise Murmeln einer Stimme. War sie etwa schon tot? Nein, Ulaha spürte den schwachen, tonlosen Schlag eines Herzens. Das Fleisch, in das sie eingefahren war, lag lediglich in einem tiefen Schlaf versunken, aus dem es erweckt werden musste. Ihr Geist breitete sich in der Menschenfrau aus wie ein Kind, das in einen Mantel hineinwuchs, den es von einem seiner älteren Geschwister übernommen hatte. Nach und nach drangen die Empfindungen des schlafenden Körpers in Ulahas Bewusstsein vor. Die Kühle des Operationstischs unter ihr. Der Druck an den Nasenlöchern, die durch etwas Hartes, was man in sie hineingesteckt hatte, schmerzhaft geweitet waren. Der schale Geschmack von Knoblauch im Mund.

Dieser Leib war ungewohnt kraftlos. Ein schwaches Feuer, das zu erlöschen drohte. Ulaha konzentrierte sich darauf, einen der Finger ihrer neuen Hülle zu bewegen, und stieß auf unerwarteten Widerstand. Es war, als wären die Muskeln des Fingers in einem anhaltenden Krampf zusammengeschnurrt. Sie ließ von ihrem Vorhaben ab und wandte sich den Augenlidern zu. Fast kam es ihr so vor, als hätte jemand schwere Gewichte an den Wimpern befestigt, denn es kostete sie eine unglaubliche Anstrengung, einen schmalen Spalt zu schaffen, durch den Licht ins Auge der Frau fiel. Ein drohender Schatten fiel über sie, in dem Ulaha die Maske des Leiböffners erkannte.

»Ich glaube, es geht los.« Sie hätte den Zwerg deutlicher vernehmen können, wenn er durch einen Ballen Strauchwolle gesprochen hätte. »Aber die Regungen liegen noch deutlich unter den von dir erwarteten Werten, Anstaltsleiter Kolbner.«

Ulaha bündelte ihre Energien an jenen Punkten, an denen sie in ihrem eigenen Leib die meiste Kraft verspürte. Der Schoß der Menschenfrau war ausgedörrt und leer. Auf diesem Acker würde nichts mehr gedeihen, doch trotzdem erinnerte sich dieser Grund nach wie vor daran, wie es war, als ihn noch heftiger Regen tränkte. Ulaha stärkte diese blasse Erinnerung, bis eine feuchte Wärme sich zwischen den Schenkeln auszubreiten begann.

Diese Regung ließ Kraft an jene Stelle am Leib der Frau strömen, an der sie dereinst mit einem anderen Körper verschmolzen gewesen war, dessen Inneres ihr Schutz geboten hatte, bis die Verbindung zwischen Mutter und Kind aufgegeben werden musste, damit ihr eigenes Dasein in der Welt beginnen konnte.

»Eben hat sich ihr Bauch bewegt«, hörte Ulaha den Leiböffner sagen.

Das Herz ihrer Hülle sog die Kraft, die von unten nach oben stieg, begierig in sich auf. Aus dem leisen Schlagen wurde ein lautes Pochen, und flüssiges Feuer schoss durch alte Adern, die sich bereitwillig öffneten.

Ulahas Geist tastete nach den sehnigen Fasern in der Kehle des Körpers, deren Schwingungen ihren Gedanken Laut verliehen hatten.

»Sie macht ein Geräusch.« Der Zwerg mit der Maske klang überrascht. »Sie … ja, sie summt, Anstaltsleiter Kolbner.«

So wie ein plötzlicher Windstoß die Asche aus einem Kamin bläst, vertrieb das Summen die Mattigkeit aus dem Schädel von Ulahas

Hülle. Eine aus Knochen und Muskeln gefertigte und von Blut und Atem betriebene Maschine setzte sich zögerlich in Gang. Ulaha unternahm einen weiteren Versuch, die Finger zu bewegen, und tatsächlich ballte sich ihre rechte Hand zur Faust. Sie hatte vergessen, wie gut es tat, einen fremden Körper in Besitz zu nehmen. Das berauschende Gefühl einer Macht, die sich über alle Zwänge und Fesseln des Seins hinwegsetzte. Die unvergleichliche Freude zu wissen, dass sie mehr war als das, was jenseits der milchigen Scheibe auf den Fliesen lag. Was nahm sich der alte Zwerg nur heraus, sie zu behandeln wie ein Kind? Was wusste er schon? Nichts. Er redete von Kriegen, ohne je auf einem Schlachtfeld gestanden zu haben. Er beschwor einen neuen Morgen herauf, obwohl ihm die wahren Schrecken der Nacht fremd waren. Er sprach von ihrem Schicksal und meinte doch nur seine eigenen Pläne. Er spielte mit dem Feuer und glaubte, sich niemals daran verbrennen zu können. Er irrte sich.

Mit einem Ruck riss sich Ulaha die Schläuche aus der Nase. Blut rann ihr auf die Oberlippe, und sie streckte die Zunge heraus, um seinen süßen Geschmack zu kosten.

»Was ist da los?«, rief Kolbner. »Schnell, die Spritze!«

Ulaha setzte sich auf. Die Menschenfrau, in der sie war, mochte viele Sommer gesehen haben, aber die Kraft, die Ulaha in ihr geweckt hatte, schmolz die Jahre dahin wie Schnee. Ihre rechte Hand schnellte nach oben und riss dem Leiböffner die Maske vom Gesicht. Das bärtige Antlitz darunter war von nackter Angst gezeichnet.

»Du bist nicht mein Schicksal«, grollte Ulaha.

Der Leiböffner wich einen Schritt von ihr zurück, doch er konnte seiner gerechten Strafe nicht entkommen. Sie sprang auf und schloss die Finger um den feisten Hals des Zwergs. Ihr Opfer stolperte ein paar Schritte rückwärts und prallte gegen den Wagen mit den Werkzeugen seiner Zunft. Gemeinsam gingen sie zu Boden, aber Ulaha ließ seinen Hals nicht los. Sie zerrte den Zwerg ein Stück in die Höhe und schmetterte seinen Hinterkopf gegen die Fliesen. Einmal, zweimal, dreimal. Der Leiböffner wand sich verzweifelt unter ihr, doch in dieser Hülle war sie ihm zumindest an Größe, wenn auch nicht unbedingt an Masse, weit überlegen.

Der Zwerg, dem fingerdicke Adern auf der Stirn anschwollen wie Egel, die sich unter seiner Haut die Bäuche vollschlugen, schaffte es, eine seiner Hände zwischen ihren Armen hindurchzuschieben. Ulaha hatte bereits so viel seines Lebens aus ihm herausgequetscht, dass er nicht mehr die Kraft besaß, ihren Griff zu sprengen. Stattdessen bohrte er seinen Daumen in ihre Augenhöhle. Wäre dieser Leib ihre angestammte Hülle gewesen, hätte sie vielleicht geschrien. So jedoch erfreute sie sich an der Spur von Hoffnung im Blick des Leiböffners. Sie lachte, als das Auge dem Druck nicht länger standhielt und zerplatzte wie ein fauler Apfel unter dem Huf eines Ponys. Sie brauchte die Augen der Frau nicht, um den Kehlkopf des Zwergs zu zermalmen.

Ulaha spürte eine seltsame Empfindung am Hals. Erst war da eine scharfe Kälte, die kürzer andauerte als ein Wimpernschlag. Darauf folgte das Gefühl, als würde ein riesiges Geschwür aufbrechen, und das Gesicht des Leiböffners verschwand hinter einer neuen Maske, die rot und klebrig war.

»Nein«, wollte Ulaha die Menschenfrau rufen lassen, doch es drang nur ein Gurgeln über die Lippen ihrer Hülle.

Langsam erstarb die Kraft, die sie dem fremden Körper geschenkt hatte. Der Kopf sackte auf die Brust, und sie drohte vornüber zu kippen. Sie stemmte sich ein letztes Mal gegen den Tod dieses Leibs und verlagerte sein Gewicht zur Seite. Mit dem gesunden Auge nahm sie noch wahr, wie Kolbner auf sie zukam. Er zeigte keine Angst. Jede seiner Bewegungen verriet seine kalte Entschlossenheit. Hatte sie sich in ihm getäuscht? Hatte er geahnt, dass ihn das Feuer sehr wohl verbrennen könnte? Ihr blieb nicht die Zeit, darüber nachzudenken. Mit einem gezielten Stoß rammte er das Skalpell, mit dem er zuvor die Kehle ihrer Hülle durchtrennt hatte, in die Brust der Menschenfrau.

»Das war sehr, sehr dumm von dir«, flüsterte er dicht neben ihrem Ohr. »Und es wird dir noch sehr, sehr leid tun.«

Dann wurde Ulaha aus der Frau hinaus und in eine Schwärze hinein gerissen, in der jede Andeutung von Licht nicht mehr als ein ferner, unwirklicher Traum war.

27

Karu Schneider saß auf einem struppigen Pony, das gemütlich einen Bergpfad entlangtrottete, zu jenem Ort, an dem es endlich eine Spur von Garep Schmied gab. Bugeg hatte Läufer zu allen Höfen in der näheren Umgebung entsandt, um sich bei den Bauern zu erkundigen, ob sie in den letzten Tagen etwas Verdächtiges beobachtet oder gar unerwarteten Besuch erhalten hatten. Diese Maßnahme zahlte sich nun aus.

Karu war froh, dass das Pony erfahren genug war, um zu begreifen, dass seine Reiterin einfach nur den Berg hinaufgebracht werden wollte. So konnte sie die Zügel schleifen lassen und sich an den warmen Hals des Ponys schmiegen. Der Duft nach Heu, der sich im Fell des Tiers festgesetzt hatte, wirkte äußerst beruhigend auf sie – was sie von Bugegs ständigem Gemurre nicht gerade behaupten könnte.

»Das Vieh stinkt ja zum Himmel«, maulte er.

»Von diesem harten Sattel bekomme ich Blasen am Hintern«, grummelte er.

»Warum führt mich diese Suche ausgerechnet in die tiefste Provinz?«, beschwerte er sich.

Was diese letzte Klage anging, musste sie ihm allerdings zustimmen. Der Drachenrücken war zwar nicht mit der Einsamkeit und Abgeschiedenheit der eisigen Gebirge in unmittelbarer Polnähe zu vergleichen, doch einem Zwerg, der in einer derart großen Stadt wie Amboss lebte und sie in seinem ganzen Leben auch noch nie verlassen hatte, musste dieser Teil des Bundes hoffnungslos rückständig vorkommen. In den Karten, die Karu gemeinsam mit Bugeg vor ihrer Abreise studiert hatte, war neben der Bahnstrecke nach Zwerg noch eine Straße eingezeichnet gewesen, doch der Bau dieser Verbindung lag im vorgesehenen Zeitplan weit zurück. Allem Anschein nach hatte man im Bauamt beschlossen, dass es in anderen Provinzen wichtigere Vorhaben umzusetzen gab. Außerdem existierten im

Drachenrücken noch einige Zugangs- und Versorgungswege, die man während des Baus der Gleisanlagen geschaffen hatte. Diese waren sicherlich keine echten Verkehrsstraßen, die in mehr oder weniger schnurgerader Linie durch das Gebirge geführt hätten, aber man kam auch auf den kleineren Straßen von einer Seite der Berge auf die andere. Daneben bestand für mutige Reisende, die zudem vor Entbehrungen nicht zurückschreckten, die Möglichkeit, über die alten Bergpfade zu ziehen.

Und ausgerechnet hier mussten sie die Spuren von Garep Schmied und seiner menschlichen Begleiterin verfolgen, die vor der Bundessicherheit vom Dach eines Zugs in den Gipfelspalterfluss gesprungen waren. Die Überprüfung des Flusses durch die Sucher von Hackendorf hatte vorerst nichts erbracht, aber weiter oben am Berg hatten die Suchkommandos etwas aufgespürt und einen Anwärter zu Bugeg geschickt, damit er mit seinen Leuten hier heraufkam. Karu wollte nun endlich wissen, was das denn wohl für eine Spur war.

Wie sie so die Wange an den Hals des Ponys presste und die kräftigen Muskeln unter dem dichten Fell spürte, fragte sie sich, wann ihr Geliebter sie eigentlich zum letzten Mal mit einem Kosenamen bedacht hatte. War das tatsächlich gewesen, noch bevor sie das Anwesen der Qualle erstürmt hatten? Oder konnte sie sich nur nicht daran erinnern, wie er sie bei ihrer Zugfahrt nach Hackendorf vielleicht sein Igelchen oder sein Juwel genannt hatte? Wie konnte es sein, dass es ihr so schwerfiel, sich die Beweise seiner Liebe ins Gedächtnis zu rufen? Die Veränderung, die mit ihm vorging, war Karu ein wenig unheimlich.

Auch wenn sie einander ihre Lust befriedigten, zeigte Bugeg nur noch wenig von jener vorsichtigen Zurückhaltung, die sie zu Anfang sehr geschätzt hatte und von der sie sogar ein wenig amüsiert gewesen war. Hatte er früher noch die Frage gestellt, ob er sie küssen dürfe, packte er sie nun häufig im Nacken und zog sie ohne jede Zärtlichkeit in seine Arme. Die Nacht, die sie im Zug verbracht hatten, war das beste Beispiel für seinen Wandel. Sie war müde gewesen, doch er drängte sie dennoch dazu, sich ihm zu öffnen. Als sie gesagt hatte, ihr sei kalt, hatte er nur gelacht und sich auf sie gelegt. Ihren

Versuch, sich auf ihn zu setzen, wie sie es gerne tat, weil der Anblick seines runden, haarigen Bauchs ihre Erregung erheblich steigerte, hatte er dadurch unterbunden, dass er ihr aufgetragen hatte, ihre Liebesarbeit an ihm mit Mund und Brüsten zu verrichten.

Das Pony trat auf einen losen Stein, und das jähe Schwanken des Tiers holte Karu aus dem engen Schlafabteil des Zugs in die atemberaubende Weite der Berge zurück. Es bestand keine Gefahr eines Absturzes, denn das Pony fasste rasch wieder Tritt und wieherte leise, als wolle es sich dafür entschuldigen, Karu einen Schreck eingejagt zu haben.

Der Bergpfad führte zu einem Areal, das im Grunde nicht mehr als ein besonders breiter Vorsprung in der Steilwand war. Von unten hätte man nie geahnt, dass es auf dieser Fläche grünte und blühte. Eine Herde Wollschafe blökte aufgeregt und scharte sich um das älteste Muttertier, als der Hufschlag der Ponys sie aus ihrem friedlichen Grasen riss. Die Suchergruppe passierte die Mauer aus sorgsam aufgeschichteten Steinen, die die Schafe davon abhielt, die nahen Felder kahl zu fressen. Um die exakt ausgerichteten Reihen von Steinrübensetzlingen herum waren auf wackeligen Holzgerüsten Hohlspiegel aus poliertem Stahl aufgestellt, die es von ihrer Größe her mit dem Zifferblatt der Uhr am Sucherhaus von Amboss aufnehmen konnten. Dank der Aufenthalte bei ihrem Onkel Hobuk wusste Karu, welchem Zweck die dicken Taue dienten, die von den Gerüsten herunterhingen und träge im Wind baumelten. Mit ihrer Hilfe ließen sich die Spiegel so drehen, dass sie das Licht der Sonne bündelten und es auf die Felder lenkten, damit die umgeleitete Wärme die Steinrüben zu einer Größe heranwachsen ließ, bei der sie möglichst viel von ihrem bitteren Geschmack verloren. Das Ausrichten der Spiegel war eine mühselige Arbeit, für die man starke Arme brauchte und die mehrfach am Tag zu bewältigen war, wenn man das gewünschte Ergebnis erzielen wollte.

Der Anwärter, der Bugeg die Nachricht von der heißen Spur überbracht hatte und sichtlich dankbar dafür war, den Weg zum Berghof nun auf dem Rücken eines Ponys zurückgelegt haben zu dürfen, streckte den Arm aus. »Das ist der Hof von Perag Senner.«

Bugeg zügelte sein Pony, stieg ungelenk ab und wandte sich an Karu und die drei Zwerge aus Hackendorf: »Karu, du kommst mit mir. Ihr anderen wartet hier.« Er knöpfte seinen Mantel auf und stapfte auf eine windschiefe Hütte zu, die augenscheinlich nur dadurch aufrecht gehalten wurde, dass sie unmittelbar an die Felswand gebaut war. Aus einem krummen Rohr auf ihrem Dach stieg eine dünne Rauchfahne auf.

Nachdem sie aus dem Sattel geglitten war, streichelte Karu ihrem Pony über die Nüstern und beeilte sich dann, zu Bugeg aufzuschließen. Als sie ihn eingeholt hatte, war der Jäger bereits durch die schmale Tür des Bretterverschlags getreten. Nun zeigte sich, dass die Hütte lediglich eine Art Windfang war, in dem die Bergbauern ihre Mäntel und allerlei Werkzeuge und Geräte wie Hacken, Äxte und Rechen verwahrten. Die eigentlichen Wohnräume des Hofs waren in den Fels hineingeschlagen und durch einen Vorhang abgetrennt, dessen Saum auf dem kahlen Stein hohe Falten warf.

Hinter dem Vorhang, den Bugeg eilig zurückschlug, lag ein gemütliches Zimmer, das gute Stube und Küche zugleich war. Auf einem gemauerten Ofen, von dem eine behagliche Wärme ausging, blubberte kochendes Wasser in einem zerbeulten Teekessel. Eine Graubärtin in einem schlichten Wollkleid, die mit einem Schürhaken in der Glut gestochert hatte, richtete sich auf und schaute die Neuankömmlinge ebenso erwartungsvoll an wie der alte Zwerg in seinem rotweiß karierten Leinenhemd, der auf einer mit Fellen ausgelegten Steinbank vor einem niedrigen Holztisch saß und an seiner Pfeife zog.

»Perag Senner?«, fragte Bugeg ernst.

Der Bauer, der noch der alten Sitte anhing, sich seinen weißen Bart unter dem Kinn zu Zöpfen zu flechten, nickte.

Bugeg zog sich die Handschuhe aus und griff in die Innentasche seines Mantels. »Mein Name ist Bugeg Gerber, Jäger auf einer Bundeshatz im Auftrag des Obersten Vorarbeiters. Dieses Schreiben bestätigt mich in meinem Amt.« Er hielt Senner den Umschlag entgegen, mit dem Eluki ihm eine Macht verschafft hatte, von der andere Zwerge ein Leben lang nur träumen konnten.

Der Graubart winkte ab. »Steck das wieder weg. Ich habe nie lesen gelernt, und ich bin froh, dass ich die Runen hinbekomme, von denen man mir gesagt hat, sie würden meinen Namen ausmachen.«

Bugeg räusperte sich und ließ das Schreiben flugs wieder verschwinden. »Wenn das so ist …«

»Aber ich kann euch einen Tee anbieten«, fuhr Senner fort. »Ihr kommt gerade rechtzeitig. Das Wasser, das Dikani aufgesetzt hat, kocht schon.«

»Ich brauche keinen Tee«, antwortete Bugeg.

»Das wäre sehr freundlich«, sagte Karu gleichzeitig.

Ihr Geliebter warf ihr einen tadelnden Blick zu, während er erneut in seinen Mantel griff. Als seine Hand wieder zum Vorschein kam, hielt er ein Lichtbild zwischen den Fingern, das er vor Senner auf den Tisch legte. »Kennst du diesen Zwerg?«

Der Bauer beugte sich über das Bild und runzelte die Stirn, als wäre es schwer für ihn, mehr darauf zu erkennen als ein Gewirr aus schwarzen und weißen Klecksen.

Karu stellte sich auf die Zehenspitzen, um selbst einen Blick auf das glänzende Rechteck aus speziell behandeltem Papier zu werfen, dessen Eigenschaften es unter Zuhilfenahme eines passenden Lichtbildapparats möglich machten, die äußere Erscheinung einer Person oder eines Gegenstands auf ewig festzuhalten. Das Bild zeigte Garep, aber es musste schon sehr alt sein, denn sein Gesicht strahlte frisch und jugendlich, ganz anders als die düstere, griesgrämige Miene, für die der flüchtige Sucher bei all seinen ehemaligen Kollegen nun bekannt war.

Nach zwei Zügen an seiner Pfeife sagte Senner: »Ja, diesen Zwerg habe ich erst vor Kurzem gesehen. Aber da hatte er keinen Bart.«

»Hast du ihn hier gesehen?«, wollte Bugeg wissen.

»Wo sonst?«

»Aha.« Der Jäger verschränkte zufrieden die Arme hinter dem Rücken. »Er ist also bei dir gewesen.«

»Ja.«

»War er allein?« Karu war es satt, schweigend herumzustehen, während Bugeg die Befragung durchführte.

»Nein«, meldete sich die Bäuerin erstmals zu Wort. Sie kam um den Tisch herumgelaufen und reichte Karu eine Steinguttasse, aus der ein angenehmer Kräuterduft dampfte. Nun erst fiel Karu auf, dass die rechte Hand der alten Zwergin grausam verstümmelt war. Die drei Finger, die sie noch hatte, sahen aus, als wären sie in das Räderwerk einer Maschine geraten, doch da die Graubärtin in den Bergen lebte, war es wahrscheinlich ein Raubtier gewesen, das sie zum Krüppel gemacht hatte.

»Er hatte eine Menschenfrau dabei«, erklärte die Bäuerin weiter. »Ich habe sie fast so ungläubig beäugt, wie du meine Hand ansiehst. Was für ein komisches Geschöpf. So groß. Und kaum einen Flaum auf den Wangen. Sogar noch weniger als du. Sie waren beide klitschnass und ganz verfroren, als sie plötzlich vor uns standen. Ein jämmerlicher Anblick. Sie wären bestimmt umgekommen, wenn sie die Nacht über draußen geschlafen hätten.«

»Ihr habt den beiden Obdach geboten, nehme ich an?« Bugegs Stimme hatte einen schneidenden Unterton angenommen.

»Sie haben eine Nacht bei uns geschlafen«, sagte Senner. »Es ist das Gesetz der Berge, verirrten Wanderern einen Platz am Feuer zu geben. Ein uraltes Gesetz, das nicht gebrochen werden darf.«

»Ich kenne dieses Gesetz der Berge nicht«, spöttelte der Jäger. »Und ich wüsste auch nicht, dass es in irgendeinem Buch geschrieben steht, an das sich die Obleute halten.«

Senner legte seine Pfeife beiseite. »Ich wiederum weiß nichts von irgendwelchen Büchern, aber nicht jedes Gesetz muss in Runen gebannt sein.«

Bugeg straffte die Schultern und warf seine Handschuhe auf den Tisch. »Ich warne dich, Alter. Versuch nicht, mir etwas über das Wesen und die Natur von Gesetzen zu erzählen. Sei nicht die Kohle, die dem Juwel beibringen will, wie man funkelt.«

»Was haben sie euch denn erzählt?« Karu wollte nicht zulassen, dass Bugegs Feindseligkeit und sein gekränkter Stolz in eine Auseinandersetzung mündeten, bei der die beiden Graubärte zu Schaden kommen würden. »Die verirrten Wanderer, meine ich. Sie müssen doch irgendetwas gesagt haben, weshalb sie plötzlich in einem so schlimmen Zustand vor euch standen.«

Senner begegnete trotzig Bugegs zornigem Blick, als er eine Antwort auf Karus Frage gab. »Natürlich haben sie etwas gesagt. Der Zwerg hat erzählt, er sei mit der Menschenfrau drunten am Fluss gewesen. Erst hat er sich geziert, doch dann hat er eingestanden, dass sie eine Weile ungestört sein wollten. Die Menschenfrau wollte es ihm nicht allzu leicht machen, seinen Zapfen in ihre Grotte zu versenken, und hat so getan, als würde sie vor ihm fliehen. Dabei ist sie auf die Felsen geklettert, ausgerutscht und ins Wasser gefallen. Er ist ihr hinterhergesprungen und konnte sie tatsächlich retten. Dann haben sie den Rauch bemerkt, der von unserem Ofen aufsteigt, und so sind sie zu uns gekommen.«

Bugeg schürzte die Lippen und zog eine Augenbraue in die Höhe. »Und ihr habt ihnen diese Geschichte geglaubt? Es kam euch nicht merkwürdig vor, dass sich ein Zwerg mit einer Menschenfrau trifft, um seinen glühenden Stab in ihr zu löschen? Oder dass sie sich dafür ausgerechnet in diesem abgelegenen Tal herumtreiben?«

»Wir sind nicht davon ausgegangen, dass sie uns belügen.« Die Bäuerin begann damit, ihrem Gatten eine frische Pfeife zu stopfen. »Was ein Zwerg mit einer Menschenfrau will, geht uns nichts an. In den Bergen sind alle gleich. Von mir aus hätte er sich an einem Schaf abarbeiten können, solange es nicht eines von unseren ist. Es steht uns nicht zu, uns in fremde Angelegenheiten einzumischen.«

Bugeg setzte ein triumphierendes Lächeln auf. »Nur leider habt ihr genau das getan, als ihr diesem Pärchen Unterschlupf botet. Bei den beiden handelt es sich nämlich um Verbrecher, die im ganzen Bund gesucht werden.«

Die Bäuerin hielt den Atem an und schaute betreten zu Boden, doch Senner streichelte ihr zärtlich den Oberschenkel. »Woher hätten wir das wissen sollen? Wir hören nur selten etwas von den Dingen, die jenseits der Berge vor sich gehen. Dieses Tal verlassen wir nur dann, wenn wir etwas kaufen wollen, das wir nicht mit unserer eigenen Hände Arbeit fertigen können. Unsere Ernte und unsere Felle nimmt uns ein fahrender Händler ab, der mit seinen Maultieren im Frühjahr und im Herbst durch das Tal zieht.«

»Aber dann erfahrt ihr ja gar nicht, wie es um den Bund bestellt ist«, sagte Karu. War es wirklich möglich, so zurückgezogen zu leben? Suchten die beiden Graubärte denn nicht die Nähe zu anderen Zwergen, die mehr von der Welt gesehen hatten als Felsen, Schafe und Steinrüben?

Senner gab ein belustigtes Brummen von sich wie ein Bär, der einen Topf Honig gefunden hat. »Was schert mich der Bund? Meine Ahnen waren schon Bauern, als der Erste Vorarbeiter noch in die Windeln schiss und an der Zitze seiner Mutter hing. Und ihre Ahnen waren auch Bauern. Und deren Ahnen ebenfalls. Ich weiß, wo mein Platz ist. Das Einzige, was mir die Tränen in die Augen treibt, ist der Gedanke daran, dass alle Kiesel, die je aus Dikanis Grotte gerollt sind, zu schwach waren, um ihren ersten Winter zu überleben. Was sollte ich in die Stadt gehen, nur um mich von dem Rauch aus den Kaminen vergiften zu lassen? Was sollte ich dort zu hören bekommen, das mein Leben anders macht, als es jetzt ist? Dass sich die Zwerginnen nun die Bärte scheren? Dikani braucht ihren Bart, damit der Wind sie nicht in die Wangen beißt.«

»Du könntest zum Beispiel in diesen Tagen in die Stadt gehen, um das zu tun, was ein anständiger Bürger zu tun hat«, erwiderte Bugeg. »Nämlich seine Kugel in die Urne werfen, damit wir alle erfahren, ob der Oberste Vorarbeiter sein Amt behält oder ob alles für den Wettstreit um seine Nachfolge vorbereitet werden muss.«

Der Bauer fletschte die Zähne und hieb mit der Faust so heftig auf den Tisch, dass Bugeg einen überraschten Schritt nach hinten machte. »Wie kannst du es wagen?«, rief Senner. »Du redest von Anstand und beleidigst mich im gleichen Atemzug. Ihr trinkt meinen Tee und wärmt euch an meinem Feuer, und zum Dank bringst du mein Blut zum Kochen.«

Karu sah, wie sich Bugegs Hände zu Fäusten ballten. »Wo sind die beiden Wanderer jetzt?«, fragte sie daher rasch und stellte die Tasse mit ihrem Tee auf dem Boden ab, um sich zur Not zwischen den Jäger und den Bauern zu werfen.

»Sie haben nur eine Nacht bei uns geschlafen«, sagte Dikani leise. »Das ist jetzt vier Tage her. Dann sind sie weitergezogen. Über die Wand. Tiefer in die Berge hinein.«

»Haben sie gesagt, wo sie hinwollen?« Je länger Karu mit der Bäuerin sprach, desto mehr Zeit hatten Bugeg und Perag, um sich wieder zu beruhigen.

»Nein«, antwortete die Graubärtin. »Und wir haben sie auch nicht danach gefragt.«

»Habt ihr ihnen etwas mitgegeben?« Bugeg klang nun tatsächlich etwas ruhiger, auch wenn er noch nicht völlig abgekühlt war.

»Ja, das haben wir«, antwortete Senner, ebenfalls friedlicher als zuvor. »Einen alten Rucksack, ein Messer, ein paar alte Kleider – obwohl es keine gab, die dieser Menschenfrau wirklich gepasst hätten –, ein wenig Brot und drei oder vier Rüben, die wir entbehren konnten.«

Bugeg nahm seine Handschuhe vom Tisch. »Gut, das wäre alles.« Er bedeutete Karu mit einer knappen Geste, von ihrem Hocker aufzustehen. »Wir gehen.« Dann verschwand er durch den Vorhang.

»Danke für den Tee«, sagte Karu, weil ihr nichts Besseres einfiel. Sie hoffte, dass ihr betroffenes Gesicht mehr zum Ausdruck brachte als tausend Worte.

Vor dem Bretterverschlag warteten die Sucher aus Hackendorf auf den Jäger. Bugeg zog seine Handschuhe an und bestieg sein Pony. Er hielt schon die Zügel in der Hand, als er sich noch einmal zu Karu umdrehte. »Und noch etwas, mein Igelchen: Ich würde es sehr begrüßen, wenn du nicht bei jeder sich bietenden Gelegenheit meine Befragungen in Zweifel ziehen würdest. Vor allem nicht vor anderen. Dieses unerträgliche Gebaren zersetzt die Moral und den Gehorsam.« Dann schnalzte er mit der Zunge und hieb seinem Reittier die Fersen in die Flanken.

28

»Steh auf«, sagte der eine Zwerg.

»Los jetzt!«, drängte der andere.

Ulaha stand mit nackten Füßen auf dem warmen Boden ihrer Zelle. Zwei Pfleger – der verliebte Tudid und sein Vater, dessen Namen sie vergessen hatte – hielten sie an den Armen gepackt. Die Zwerge, die jene klobigen Helme trugen, die es Ulaha unmöglich machten, ihre inneren Stimmen zu verstehen, führten sie hinaus auf den Gang, wo es ihr wesentlich kühler vorkam als in ihrer Zelle. In ihrem Kleid hätte sie bestimmt nicht gefroren, aber Kolbner hatte ihr das Kleid weggenommen. Er war sehr zornig gewesen, weil sie im Leib der alten Menschenfrau seinen Gehilfen angegriffen hatte. Sogar die weichere Matratze war aus ihrem Gefängnis verschwunden, und ihre Haare hatte man ihr auch wieder geschoren.

Auf dem Korridor wartete ein merkwürdiges Gefährt auf sie. Es sah aus wie ein Karren, mit dem in Lagerhäusern schwere Säcke oder Fässer transportiert wurden, nur dass an seinem Gestänge breite Lederriemen mit wuchtigen Schnallen angebracht waren, um die Fracht fest zu verzurren.

Während Tudid sie gegen den Holzrahmen der Karre drückte, zog sein Vater die Lederriemen an. Einen um ihre Fesseln, einen um ihre Knie, einen um ihre Hüften, einen unter dem Ansatz ihres Busens um den Brustkorb, einen um die Schultern. Dann wand Tudid ihre Arme durch das Gestänge des Rahmens hindurch und fesselte ihr die Hände auf den Rücken.

In ihrer jetzigen Lage konnte sie nur noch den Kopf drehen. Selbst als sie ihren gesamten Leib erschlaffen ließ, um zu sehen, ob die Riemen ein wenig nachgaben, änderte sich daran nichts. Sie hörte ein Rascheln hinter sich, und einen Wimpernschlag später lastete ein schweres Gewicht auf ihrem Schädel. Tudid verknotete zwei Bänder unter ihrem Kinn und brummte: »Mal sehen, ob das hält.«

»Es muss reichen«, antwortete der ältere Zwerg. »Wir haben einfach keinen Helm, der nicht viel zu groß für ihren Erbsenkopf wäre. Die Kappe wird es schon tun, solange die Platten nicht verrutschen.«

Ulaha ahnte, von welchen Platten da die Rede war. Kolbner traf jede nur erdenkliche Vorsichtsmaßnahme gegen einen weiteren ihrer Versuche, ihren Körper zurückzulassen und in eine andere Hülle zu schlüpfen. Wie dumm sie doch war! Sie hätte sofort, nachdem die Zwerge sie ergriffen hatten, ihren Geist auf die Suche nach einem fremden Körper schicken sollen. Nun war ihr auch dieser Weg versperrt.

Die Pfleger traten hinter sie, kippten die Karre schräg nach hinten und schoben Ulaha den Korridor entlang, vorbei an Zellentür um Zellentür. Hinter wie vielen wohl andere Patienten ein Dasein in Gefangenschaft fristeten? Und für wie viele von ihnen würde diese Gefangenschaft eines Tages so enden wie für sie?

Sie verlor rasch den Überblick, wie oft sie schon um eine Ecke gebogen waren und wie häufig Tudid seinem Vater schon eine Tür aufgeschlossen und offen gehalten hatte, damit der alte Zwerg seine lebende Fracht in einen anderen Teil des großen Hauses befördern konnte. Irgendwann wurde Ulaha in einen Gang gerollt, in dem nur eine einzige Gaslaterne brannte und der vor einem breiten Rollgitter endete, hinter dem eine kleine Kammer lag. Tudid schob das Gitter in die Höhe, und nachdem die Räder des Karrens über eine kaum merkliche Unebenheit gerollt waren, rasselte das Tor auch schon wieder nach unten. Aus den Augenwinkeln erhaschte Ulaha einen Blick darauf, wie Tudid einen Hebel an der Seitenwand der Kammer umlegte, woraufhin ein Zischen, Klacken und Rumpeln ertönte und ihr Magen einen deutlichen Satz nach oben machte. Das merkwürdige Gefühl in ihrem Bauch verschwand schnell wieder, doch die Geräusche blieben. Dann wurde ihr Magen mit einem Mal nach unten in Richtung ihrer Knie gezogen, und der Lärm erstarb.

Die Karre drehte sich um die eigene Achse, und Ulaha schaute erneut auf ein Rollgitter. Sie bemerkte kaum, wie es geöffnet wurde, da der Anblick zwischen den metallenen Waben des Metallnetzes ihr kalten Angstschweiß auf die Stirn trieb. War es eine Höhle, die die

Kräfte der Natur geformt hatten, oder eine von Zwergenhand geschaffene Halle, in die sie nun hineingeschoben wurde? Ging das Summen und Knistern, das sie hörte, von jener riesigen Konstruktion aus Stein, Stahl und Holz aus, die wie eine unglaublich dicke Säule der dunklen Decke der Kaverne entgegenstrebte? Von woher kam dieser eigenartige Geruch, der in der Luft lag, und woher kannte sie ihn? Hatte man sie vielleicht aus dem Großen Haus herausgebracht und draußen war Nacht? Doch dann hätte sie Sterne blinken sehen müssen. Außer der Himmel war bewölkt. Ja, das konnte durchaus sein, denn das, was sie da roch, war der Vorbote eines heftigen Gewitters. Doch dann hätten die Zwerge bestimmt Regenmäntel und nicht ihre Pflegeruniform getragen.

Je näher sie der Säule kamen, desto deutlicher erkannte Ulaha, dass die Konstruktion aus vielen unterschiedlichen Einzelapparaturen bestand, die man wie Bauklötze übereinander gestapelt hatte. Sie sah Zahnkränze und Ketten, Kolben und Stangen, Bolzen und Schrauben, Gewichte und Pendel. All diese Einzelteile waren durch ein Aderwerk aus Schläuchen und Rohren miteinander verbunden.

Die Zwerge stellten sie samt Karre zwanzig Schritte von dem monströsen Gebilde entfernt ab und gingen gemächlich darauf zu. Am Fuß der Säule angekommen, nahm Tudid eine Hakenstange von ihrem Halter und öffnete eine Klappe, hinter der glühende Kohlen glommen. Sein Vater warf einen prüfenden Blick auf die Glut und sagte: »Sie ist heiß genug.«

Tudid schloss die Klappe wieder und brachte die Stange zurück an ihren Platz. Er zeigte auf ein sich rasend schnell drehendes Schwungrad, dessen Speichen ob der irrwitzigen Geschwindigkeit zu einer geschlossenen, stahlgrauen Scheibe verschmolzen waren.

Es krachte und knallte. Ulahas Kehle entfuhr ein erstickter Schreckensschrei, als Funkenbögen zwischen Aberdutzenden von absonderlich geformten Stäben hin und her sprangen – Stäbe, die mehr Wülste aufwiesen als das Gedärm, das ihr Vater an Schlachttagen aus den Bäuchen der toten Kaninchen gezogen hatte. Hatten die Zwerge mit diesen Stäben die Macht der Blitze gebändigt?

Ulaha wandte ihren Blick von dem grellen Gleißen ab und wurde für ihre Furcht mit einem neuen Grauen gestraft. Inmitten der schauderhaften Maschinerie – halb verloren zwischen all ihren starren und beweglichen Teilen – hing eine bedauernswerte Kreatur. Die Haut des Halblings, der nackt und mager von einem Geschirr aus Schlingen gehalten wurde, war bleicher als die eines Grottenolms. Ein dicker Schlauch steckte in seinem Mund, und zwei weitere, die um einiges dünner waren, hatte man in die Öffnungen seiner Ausscheidungsorgane eingeführt. Bestürzt erkannte Ulaha, dass sein Körper Beulen an den Stellen aufwies, wo sie auch welche hatte – man musste ihm, ebenso wie ihr, die durchsichtigen Steine in den Leib gepflanzt haben. Unmittelbar neben diesen Beulen waren dem geschundenen Halbling mit Drähten umwundene Splitter dieser verfluchten Steine ins Fleisch gerammt worden. Aus seinem Schädel wuchsen dicht an dicht gleich ein halbes Dutzend dieser Stacheln.

»Ich war sehr enttäuscht von dir, Ulaha.«

Sie riss den Kopf herum. Kolbner war unbemerkt aus den Schatten der Höhle neben sie getreten. Er trug seinen Helm, und seine Augen waren hinter den schwarzen Gläsern einer Brille verborgen. »Ich hätte wirklich nicht erwartet, dass du eine solche Unvernunft an den Tag legst und mein Vertrauen derartig ausnutzt. Insbesondere nach all dem, was ich für dich getan habe. Damit du begreifst, was du zu verlieren hast, wenn du dich meinen guten Absichten weiterhin verweigerst, möchte ich dir gern etwas zeigen.«

Ulaha schämte sich für die Tränen, die ihr über die Wangen rannen. Sie wollte nicht, dass er sie weinen sah. »Ich habe schon genug gesehen.« Zu ihrer eigenen Bestürzung klang ihre Stimme eher verzweifelt als trotzig.

»Das glaube ich nicht.« Kolbner wischte ihr mit einem behandschuhten Finger über die Nase. Er entfernte sich von ihr und hielt auf eine Stelle am Fuß der Säule zu, wo auf einer eng begrenzten Fläche eine verwirrende Zahl von Rädchen, Hebeln und Schaltern angebracht war. Während er sich mit routinierten Bewegungen an den Reglern zu schaffen machte, sagte er: »Du schätzt mich völlig falsch ein. Du denkst, ich wolle dir nur Böses, aber im Grunde ist eine Ehre für dich, all dies hier überhaupt mit eigenen Augen zu sehen. Nur wenige Personen im gesamten Bund wissen überhaupt von der Existenz dieses Raumes – und noch weitaus weniger wissen, was für eine bahnbrechende Arbeit ich hier leiste. Trotzdem sind meine Bemühungen bedauerlicherweise von gewissen Rückschlägen geplagt. Viele Patienten, von denen ich mir viel versprochen habe, sind dem Druck der frei um uns im Raum fließenden dunklen Energien nicht gewachsen gewesen. Sie brachen nach Ablauf einer Frist in sich zusammen, so wie ein Stück trockenes Holz von den Flammen eines Feuers unweigerlich verzehrt wird. Ihr Verstand wurde von den dunklen Energien förmlich zerfressen, und lange Zeit dachte ich, diese Patienten wären zu nichts mehr zu gebrauchen. Wenn ich heute daran denke, wie vieler von ihnen ich mich übereilt entledigt habe …« Er hielt kurz inne, die Hand auf einen Schalter gelegt. Dann schüttelte er den Kopf. »Es bringt nichts, nach Stützbalken zu verlangen, wenn der Schacht bereits eingestürzt ist. Jedenfalls bin ich auf meiner Suche nach einer Lösung auf die Schriften eines nahezu völlig vergessenen Naturforschers gestoßen, der sich seinerzeit mit den Eigenschaften der freien Energieströme befasst hat. Er untersuchte jedoch nicht jene Formen von Energie, die ich als dunkel begreife und die Halblinge wie du offenkundig unter bestimmten Bedingungen zu lenken vermögen, sondern diejenigen Ströme, die man gemeinhin als hell bezeichnet.« Er deutete kurz auf die Funkenbögen zwischen den wulstigen Stäben. »Besagter Naturforscher hat die Kräfte der hellen Energien genutzt, um die Gliedmaßen von toten Fröschen in Bewegung zu versetzen und das Herz von unlängst verendeten Hunden wieder zum Schlagen zu bringen. Sein Wirken hat mich auf eine Idee gebracht: Lassen sich mit den gleichen Mitteln auch die Nervenknoten in euch Halblingen anregen, mit deren Hilfe ihr die dunklen Energien kontrolliert? Der Zwerg, dessen Geistesgröße mich inspiriert hat, schuf damals eine direkte Verbindung zwischen den Trägern der hellen Energien und den Nervenbahnen, in die die Ströme fließen sollten. Ich habe mich an sein Vorbild gehalten, und bereits die ersten Ergebnisse weckten große Hoffnung in mir.«

Kolbner bediente einen Hebel. Einer der gebändigten Blitze schoss weg von einem der wulstigen Stäbe durch das Gewirr aus Drähten, zog andere Blitze an, die sich mit ihm vereinigten, bis ihr Strahlen heller und heller wurde, ehe sie sich in ihrem Ziel – einem der Kristalle im Unterleib des in der Maschine fixierten Halblings – entluden. Das halbtote Geschöpf winkelte sofort sein rechtes Bein so weit an, wie es ihm die Riemen des Geschirrs erlaubten.

»Und dies ist nur eine der simpelsten Reaktionen«, erklärte Kolbner stolz und drehte an einem Regler. Die Blitze fanden ihren Weg dieses Mal in den Stein in der Kehle des Halblings. Seine Lippen schlossen sich fester um den Schlauch, der in seinem Mund steckte, und das Spiel der Halsmuskeln zeigte, dass der Halbling kräftig daran saugte und was immer auch daraus hervorquellen mochte, begierig herunterschluckte.

»Siehst du, was eine einfache Zufuhr an hellen Energien alles in ihm auslösen kann?«, frohlockte Kolbner. »Faszinierend, nicht wahr? Er ist derjenige meiner Patienten, der diese Verbindung mit meinen Apparaten bislang am längsten aufrechterhalten konnte. Anfangs war ich glücklich, wenn es jemand schaffte, ein oder zwei Schichten so zu funktionieren, doch es gelang mir, die Zeitspanne immer weiter zu verlängern. Mein Freund dort droben hängt nun bereits seit fast dem Jahreswechselfest in dem Geschirr, und er wird sich bestimmt noch eine Weile halten.«

Ulaha schloss die Augen. Sie wollte das alles nicht länger mit ansehen. Kolbner war grausamer, als sie je vermutet hätte. Wie hatte er sie mit Fragen bedrängt, um zu erfahren, warum sie ihre Mutter getötet hatte! Immerzu hatte er von Ulahas Tat gesprochen, als hätte sie einen Mord begangen. Dabei war er es doch, der gnadenlos mordete. Und was, wenn der alte Zwerg recht hatte und es den Ewigen Hain nur in ihrem Kopf gab? Wie konnte sie dann darauf hoffen, aus Kolbners Klauen gerettet zu werden?

Ein kratzendes Quietschen ließ sie ihre Augen wieder öffnen. Die beiden Pfleger drehten gemeinsam an einer großen Kurbel. Aus der Säule fuhr oberhalb des Halblings ein Kranarm aus, an dessen äußerstem Ende etwas montiert war, das Ulaha für eine Art Windrad hielt – ein Windrad mit kurzen, schräg stehenden Flügeln aus einem gelblich schimmernden Metall. Der Kran wanderte voran, bis das Rad unmittelbar vor Kolbners besonderem Patienten hing.

»Sieh genau hin«, rief der alte Zwerg Ulaha vom Fuß der Säule aus zu. »Onunu verfügt über ein Potenzial, das, als er noch bei klarem Verstand war, an deines fast heranreichte. Seine Begabungen manifestierten sich zwar auf etwas andere Weise als bei dir, doch wenn meine Theorien stimmen, besteht eine sehr hohe Wahrscheinlichkeit, dass du schon bald das Gleiche vollbringen kannst wie er.«

Nach dem Klacken und Klicken einer ganzen Reihe von Reglern bündelten sich die Blitze in einer der Hauptadern, die im Kern der Säule verliefen, und huschten anschließend knisternd in die Stacheln, die aus Onunus Kopf ragten. Der Halbling riss die Augen auf, doch ihnen fehlte jeglicher Glanz eines Geistes, der durch sie die Welt wahrgenommen hätte. Sie wirkten so gläsern und hart wie die durchsichtigen Steine in seinem Leib.

Die Maschinerie gab nun ein ohrenbetäubendes Summen und Surren von sich, als schwirrte zwischen ihren Streben und Stützen ein gigantischer Hornissenschwarm umher. Die Karre, auf der Ulaha festgeschnallt war, ruckte ein winziges Stückchen nach hinten. Wer hatte sie bewegt? Sie konnte sowohl Kolbner als auch die beiden Pfleger sehen, die alle gespannt zu dem metallenen Windrad hinaufschauten. Gab es außer ihnen noch jemanden in der Halle? Sie wartete ab, ob die Karre sich noch einmal rührte, doch es tat sich nichts.

Ein Schatten fiel ihr aufs Gesicht und kroch ihr langsam über die Wange. Ulaha richtete den Blick erst nach rechts und links, ehe sie begriff, dass sie nach oben sehen musste, um festzustellen, was diesen Schatten warf. Das Windrad, dem die Zwerge ihre ungeteilte Aufmerksamkeit schenkten, drehte sich. Liefen etwa die Blitze, die die Maschine erzeugte, in seine Nabe hinein? Nein, da gab es kein grelles Leuchten. Es war etwas anderes, das das Rad in Bewegung versetzt hatte. Zunächst drehte es sich kaum schneller, als striche nur eine sanfte Brise zwischen seinen Flügeln hindurch, doch dieser Wind gewann immer mehr an Kraft, bis Ulaha den Weg eines einzelnen Flügels um die Nabe herum nicht mehr zu verfolgen vermochte. Das

Windrad verwandelte sich nach und nach in einen gelb glänzenden Wirbel hoch über ihrem Kopf.

Kolbner setzte seine Brille ab, kehrte an ihre Seite zurück und beugte sich so nah zu ihr hinunter, dass sie seinen Atem über ihre Haut streifen spürte. »Das, was du dort siehst, Ulaha, ist die Macht, die der Bund braucht, um einen neuen Morgen anbrechen zu lassen. Ein schier unerschöpfliches Reservoir an Energien, die nur darauf warten, einem sinnvollen Zweck zugeführt zu werden. Versuch dir vorzustellen, welche Leistungen, die all die Zweifler dort draußen für unerreichbar halten, durch diese Kraft in greifbare Nähe rücken.« Er hauchte ihr einen Kuss auf die tränennasse Wange. »Geschöpfe wie du geben mir Hoffnung für die Zukunft. Ich sehe Schiffe vor mir, die übers Meer fahren, ohne kostbare Kohle zu verschwenden. Berge, die versetzt werden, ohne dass auch nur ein Zwerg einen Hammer anrühren müsste. Stadttore, die sich unserem Heer auftun, ohne dass das Blut unserer Soldaten fließt. All dies – und noch viel, viel mehr – kann Wirklichkeit werden.« Er fasste ihr ans Kinn und drehte ihren Kopf zu sich. Wo der Glanz in Onunus Augen erloschen war, loderte in Kolbners Blick ein Feuer, das bereit war, ganze Reiche mit seinen Flammen zu überziehen. »Ich lasse dir ein letztes Mal die Wahl, Ulaha. Vergiss diesen kindischen Traum, dass es dein Schicksal wäre, die Welt ganz allein zu verändern. Vertrau auf meine Vernunft und lass dir dabei von mir helfen. Doch du musst mir hier und jetzt schwören, dass ich dir helfen soll, denn sonst ist diese Halle das Ende deines Wegs. Und das würde niemanden mehr betrüben als mich.« Der alte Zwerg seufzte. »Nun, wie sieht es aus? Soll ich Onunu erlösen und dich an seine Stelle setzen? Oder wirst du mir schwören, dass du meine Hilfe endlich annimmst?«

Es war der Gedanke an Schläuche und Drähte, der Ulaha die Entscheidung, die Kolbner von ihr forderte, erleichterte. »Ich schwöre dir, dass du mir helfen kannst.«

29

Das Lamm stakste auf seinen dünnen Beinchen ein paar unsichere Schritte erst in die eine, dann in die andere Richtung. Danach rief es mit einem herzzerreißenden Blöken nach seiner Mutter und lauschte nach einer Antwort, die nie kam. Es verharrte einen Augenblick regungslos und senkte schließlich den Kopf, um mit seinen zarten Lippen hilflos an einem Grasbüschel herumzuzupfen.

Der gut gezielte Schuss, dessen Echo wieder und wieder von umliegenden Berghängen zurückgeworfen wurde, traf das Tier in den Nacken. Es brach mit den Vorderläufen ein und kippte auf die Seite.

Garep steckte seine Pistole weg, eilte auf seine Beute zu und hob einen dicken Ast vom Boden auf. Arisascha erwartete, dass der Zwerg diesen behelfsmäßigen Prügel dem Lamm über den Kopf ziehen würde, doch stattdessen benutzte Garep das Stück Holz, um neben dem sterbenden Tier einige Furchen in die Erde zu kratzen. Nach Verrichtung dieser für Arisascha völlig unverständlichen Tätigkeit schleuderte er den Ast mit viel Schwung den Abhang hinunter. Hatte der Zwerg den Verstand verloren? Offensichtlich, denn nun beugte er sich über das Lamm und fing mit den Händen das dampfende Blut auf, das aus der Schusswunde strömte. Er sprengte es in Spritzern ins Gras und trocknete sich die Hände mit seinem Taschentuch ab.

»Was im Namen aller Herren treibst du da? Sind es die fehlenden Flechten, die dich zu diesem Irrsinn antreiben? Und versuch es gar nicht erst zu leugnen: Ich habe genau gesehen, wie dir die Hand bei diesem Schuss gezittert hat.« Arisascha lief um den Felsen herum, hinter dem sie beide sich verborgen hatten, bis das Lamm nah genug herangekommen war.

»So sehr kann mir die Hand nun auch nicht wieder gezittert haben.« Garep grinste, stopfte einen Zipfel seines Taschentuchs in die Wunde des Lamms und warf sich das tote Tier über die Schulter.

»Und das, was ich hier mache, habe ich aus den Morden der Freien Arbeiterbünde gelernt. Man nennt es unter uns Suchern auch das Legen einer falschen Spur. Für den unwahrscheinlichen Fall, dass der Bauer, dem dieses verirrte Lamm gehört, hier auftaucht, wird alles danach aussehen, als wäre das arme Ding von einem Bartadler oder einem Weißringelgeier gerissen worden.«

»Aha.« Arisascha verschränkte die Arme vor der Brust. »Was für ein gelungener Plan. Er hat nur eine Schwachstelle: unsere Fußspuren.«

»Ach was! Diese Stelle liegt nicht weit vom Pfad entfernt, und außerdem bin ich mit der Vertuschung unseres Mundraubs noch nicht ganz zu Ende.« Er knöpfte sich mit einer Hand den Hosenschlitz auf und packte seinen Zipfel aus, aus dem sofort ein breiter Strahl Pisse schoss, der noch weitaus heftiger dampfte als der Lebenssaft des Lämmchens. »Ah, das tut gut.«

Arisascha wusste nicht so recht, wo sie hinschauen sollte. Sie war nicht besonders schamhaft, aber die Freizügigkeit des Zwergs ging doch ein wenig zu weit. Wollte er sie etwa reizen? Das konnte durchaus sein, denn er war in den vergangenen drei Tagen nicht müde geworden, immer wieder zu betonen, dass er sich nur ihretwegen über den Drachenrücken quälen musste und er sonst wahrscheinlich noch zu Hause in seiner gut geheizten Wohnung in Amboss sitzen würde. Sie wies ihn zwar jedes Mal daraufhin, dass sie sich nie begegnet wären, wenn er sie nicht zu einer Befragung ins Sucherhaus geladen hätte, doch diesen wichtigen Hinweis überhörte er stets geflissentlich. Diese besonders freche Provokation von seiner Seite durfte nicht unbestraft bleiben.

»Ist das etwa schon alles?«, spottete sie, nachdem er abgeschüttelt und seine Männlichkeit wieder umständlich dort verstaut hatte, wo sie ihrer Meinung nach am besten aufgehoben war. Sie raffte ihr Kleid – was nicht ganz leicht war, da sie die viel zu kurzen Röcke, die ihr von der alten Bäuerin überlassen worden waren, darunter trug –, ging breitbeinig in die Hocke und schlug selbst ihr Wasser ab.

So schwer es Arisascha auch fiel, sich dies einzugestehen, wäre sie ohne Garep vollkommen verloren gewesen. Er mochte nicht auf dem Drachenrücken aufgewachsen sein, aber dieses Gebirge war seiner Heimat zumindest so ähnlich, dass der Zwerg die früher erlernten Fähigkeiten und Kenntnisse auch hier zur Anwendung bringen konnte. Er wusste, wie man in dieser Umgebung Nahrung fand, wenn sie sich bislang auch von wenig schmackhaften Wurzeln, Pilzen und Gräsern hatten ernähren müssen. Garep konnte zudem die von den Bauern hinterlassenen Markierungen entlang der Bergpfade lesen, was verhinderte, dass sie in die falsche Richtung wanderten. Sogar das Feuermachen fiel ihm leicht, er hätte dazu nicht einmal Arisaschas Feuerzeug benutzen müssen. Sie hatte es wohlbehalten in ihrer Handtasche wiedergefunden, die wie durch ein Wunder bei dem unfreiwilligen Bad im Gipfelspalter nicht abhanden gekommen war. Arisascha pries diese Gnade der Herren in jedem ihrer Gebete, während Garep eher der Festigkeit des Trageriemens der Tasche dankte, die sie sich vor ihrem Sprung um den Hals gehängt hatte. Ein anderes Wunder hatte sie Garep gar nicht erst anvertraut: Auch Tschoradschuns Geschenk war heil geblieben. Sie hatte sich im ersten unbeobachteten Moment im Haus der Senners versichert, dass die Hohlspitze nicht zerbrochen und die schillernde Flüssigkeit darin nicht ausgelaufen war.

Da die Sonne bald untergehen würde, zogen sie nur noch über den nächsten Grat und suchten danach Schutz an einer windgeschützten Stelle zwischen einer Handvoll Felsbrocken, die Garep erspäht hatte. Bald knisterte und knackte ein Feuer, über dem das in handliche Portionen zerteilte Lamm briet. Mit etwas Glück konnten sie von dem Fleisch des Tiers zehren, bis sie die Berge hinter sich gelassen hatten. Es schmeckte wirklich köstlich, obwohl es weder gesalzen noch anderweitig gewürzt war, aber Arisascha fühlte, wie sie mit jedem Bissen einen Teil ihrer Kraft zurückerlangte. Während sie aßen, brach die Nacht herein. Sie rückte näher ans Feuer – teils um sich zu wärmen, teils weil ihr die Dunkelheit nicht ganz geheuer war. Garep entschuldigte sich und verschwand hinter einem Felsen. Sie hatte Mitleid mit dem Zwerg. Sie selbst sehnte sich nach einer Zigarette – ihre letzte hatte sie im Haus der Senners geraucht und es wäre zu dreist gewesen, Perag und Dikani auch noch um eine Pfeife und einen Beutel Tabak zu bitten. Sie konnte sich kaum vorstellen, wie groß der Drang Gareps sein musste, den süßen Rauch der Blauflechte über seine Zunge gleiten zu spüren.

Ein leises Scharren erregte ihre Aufmerksamkeit. Sie spitzte die Ohren. Da war es schon wieder. Es klang hektisch und nervös. Suchte irgendwo zwischen den Felsen ein Beuteltaschenhamster nach Nahrung? Oder näherte sich ihr ein Raubtier, das Stück für Stück näher kroch und immer wieder verharrte, um zu sehen, ob seine Beute auch ruhig sitzen bleiben würde?

»Garep!«, rief sie und sprang auf. »Garep! Dort draußen schleicht etwas durch die Nacht.«

Das beunruhigende Geräusch war nicht mehr zu hören. Der Zwerg stapfte hinter einem Felsen hervor und blieb dicht bei ihr am Feuer stehen. »Was schreist du denn so?«

»Ich habe etwas gehört. Ein Scharren und Schaben«, flüsterte sie.

Garep hielt die Hände mit weitgespreizten Fingern über die Flammen. »Die Berge schlafen nie«, sagte er lapidar. »Es besteht kein Grund zur Sorge. Wilde Tiere halten sich vom Feuer fern.«

»Gelobt seien die Herren in ihrer unerschöpflichen Gnade!« Sie nahm seine Hände. »Trotzdem fühle ich mich sicherer, wenn du in meiner Nähe bist.«

Der Zwerg grinste dämlich. »Hast du dich schon so sehr an mich gewöhnt, dass du nicht mehr ohne mich sein kannst?«

»Nein, aber du hast eine Pistole und ich nicht, und deshalb …« Sie stutzte. Da war etwas an ihren Fingern. Etwas, das sich anfühlte wie grober Sand. Sie betrachtete ihre Hände im Feuerschein. Nein, das war kein Sand. Sand ließ sich nicht so leicht mit der Fingerspitze zerbröseln, und Sand roch auch nicht so nach Hefe. »Flechten«, sagte sie verdutzt.

Garep klopfte sich die Hände am Hosenboden ab.

»Flechten«, sagte sie noch einmal. Dann fiel es ihr wie Schuppen von den Augen. »Das Geräusch, das warst du. Du hast Flechten von den Felsen heruntergekratzt. Um zu sehen, ob nicht ein paar blaue dabei sind. Und dafür lässt du mich hier sitzen! Mir hätte alles Mögliche zustoßen können, während du versuchst, deiner Sucht zu frönen.«

»Wilde Tiere kommen nicht ans Feuer«, wiederholte der Zwerg.

»Wilde Tiere vielleicht nicht, aber Banditen schon.« Arisascha stampfte mit dem Fuß auf. »Oder Kommissare, die uns bis in die Berge hinein verfolgt haben. Ich begreife es einfach nicht: Da predigst du die ganze Zeit über Vernunft, aber du erkennst nicht, wie unvernünftig es ist, etwas nachzutrauern, das dir nur den Verstand vernebelt.«

»Du weißt nichts über mich.« Garep setzte sich und schlang die Arme um seinen Oberkörper, als kämpfte er gegen einen schlimmen Schüttelfrost.

»Dann erkläre es mir. Ich bin eine ausgezeichnete Zuhörerin.«

»O ja, das habe ich glatt vergessen. Das war doch deine Aufgabe unter deinesgleichen. Zuhören und gute Ratschläge erteilen«, brummte Garep.

»Richtig. Deshalb bin ich in den Zwergenbund gekommen. Um meinen Mitmenschen Beistand zu leisten«, log Arisascha. »Und ich denke, es könnte nichts schaden, wenn auch du mir dein Herz öffnest.«

»Nun gut, wenn du so versessen darauf bist.« Der Zwerg schloss die Augen. »Es gab eine Zeit, die schon sehr, sehr lange zurückliegt. In dieser Zeit war ich glücklich. Ich lebte in den Eiskappenbergen weit im Norden. In Gletschergrund. Die Leute in Gletschergrund glaubten in einer großen Stadt zu leben, aber selbst die Zwerge aus Hackendorf hätten sie dafür schallend ausgelacht. Ich war Anwärter bei der Sucherschaft in Gletschergrund, doch die Verbrechen, die ich aufzuklären hatte, beschränkten sich auf so bestürzende Vorfälle wie die Entwendung eines Spatens oder eine Verletzung der Ruhezeiten, wenn eine Feier einmal bis in die frühen Morgenstunden dauerte. Alles Dinge, die sich leicht und ohne Blutvergießen in Ordnung bringen ließen. Trotzdem war ich stolz auf meine Arbeit. Und meine Gefährtin war es auch. Pinaki war wunderschön. Schlau. Zärtlich. Ich weiß noch, wie ich mich gefreut habe, als sie mir sagte, in ihrer Grotte würde sich ein Kiesel lösen. Ich habe gedacht, mein Leben würde immer so weitergehen. Als ihr Bauch runder und runder wurde, habe ich daran nach dem Herzschlag unseres Kindes gelauscht und mir vorgestellt, wie es sein würde, in ein größeres Haus umzuziehen. Schließlich kam der Kiesel und mit ihm Pinakis Fieber. Als sie von dem Feuer in ihr verbrannt wurde, konnte ich nichts für sie tun. Ich denke, ein Teil von mir ist mit ihr gestorben. Ich konnte nicht in Gletschergrund bleiben, wo mich alles daran erinnerte, was mir genommen worden war. Ich ließ den Kiesel bei der Zwergin, die ihn gesäugt hatte, während Pinaki dahinsiechte, und beantragte eine Versetzung zur Sucherschaft nach Amboss. Am Anfang half mir meine neue Arbeit, den Schmerz in mir zu verdrängen. Ich dachte, ich könnte Amboss zu einer so friedlichen Stadt machen wie Gletschergrund. Ich wurde eines Besseren belehrt. Für jeden Verbrecher, den ich fing, brachen drei andere die Gesetze. Und jedes Mal, wenn jemand um mich warb, sah ich Pinaki vor mir, wie sie in ihrem Bett lag und ihr Leib kälter und kälter wurde. Die Leere in mir wuchs mit jedem Tag, und sie schrie danach, gefüllt zu werden. Das Einzige, womit sie sich zur Ruhe bringen ließ, war der Rauch der Flechten.«

Arisascha schwieg eine Weile. Dann huschte sie um das Feuer herum und versetzte Garep einen so heftigen Stoß, dass der Zwerg auf den Rücken fiel. Er schaute sie entgeistert an.

»Soll ich dir einmal sagen, wie sich das für mich anhört?« Sie ließ die Mundwinkel hängen und tat so, als müsse sie sich einen wahren Tränenstrom von den Wangen wischen. »Ungefähr so: ›Ich bin das einzige Geschöpf auf der großen, weiten Welt, das jemals einen schmerzlichen Verlust erfahren musste. Niemand sonst hat derart schrecklich gelitten wie ich. Keiner versteht mich. Es ist so furchtbar, dass ich nicht einmal meinem eigenen Sohn erklären kann, weshalb ich ihn damals einfach bei Fremden zurückgelassen habe. Ich werde nie wieder eine andere Person lieben können. Bei allem, was mir widerfahren ist, hatte ich keine andere Wahl, als aufzugeben und mir das Hirn löchrig zu rauchen.‹« Sie schlug eine härtere Tonart an. »Weißt du, was wirklich mit dir los ist, Garep Schmied? Du bist weich. Du bist schwach. Du denkst nur an dich. Und du hast so viel Angst davor, dir das einzugestehen und deine Fehler zu überwinden, dass du dich lieber Stück für Stück umbringst. Dabei könntest du ein ganz anderes Leben haben: Du bist schlau, stark und mit rasiertem

Bart gar nicht einmal so unansehnlich. Aber all das zählt ja für dich nichts, weil du viel zu sehr damit beschäftigt bist, dich in deinem eigenen Leid zu suhlen wie ein Schwein im Schlamm. Du widerst mich an.«

Den Rest der Nacht verbrachten sie schweigend. Zuerst machte Garep keinerlei Anstalten, zum Schlafen dicht an ihren Bauch heranzurücken und seinen Mantel über sie beide zu breiten, wie er es in den Nächten zuvor getan hatte. Doch als das Feuer schließlich ganz heruntergebrannt war, kroch er doch noch zu ihr. Ob es seine Einsicht oder lediglich die Kälte war, die ihn dazu bewegte, wusste Arisascha jedoch nicht.

Am folgenden Tag wechselte Garep kaum ein Wort mit seiner Begleiterin. Sie sah allerdings an seiner Miene, wie es in ihm arbeitete. War sie wirklich die Erste gewesen, die auf seine Geschichte mit Empörung statt Mitleid reagiert hatte?

Sie kamen gut voran, und als sie auf einem Eisfeld ins Straucheln geriet, bewahrte Garep sie vor einem Sturz. Hinter dem nächsten Grat mussten sie sich durch einen dunklen Wald kämpfen, wo das Unterholz zwischen den im Wind rauschenden Tannen und Fichten so dicht war, dass es an vielen Stellen undurchdringlich blieb. Unter anderen Bedingungen hätte Arisascha gesagt, dass sich die Umwege, die sie nehmen mussten, sicherlich lohnten. So stießen sie auf den größten Ameisenhaufen, den Arisascha je gesehen hatte, und in der Rinde eines Stamms erkannte sie das Gesicht eines weisen, alten Mannes, als hätten die Herren einen ihrer Knechte für seine Verdienste mit einer Verwandlung in einen Baum und somit einem unvorstellbar langen Leben belohnt.

Sie schlugen ihr Lager unter einer umgestürzten Tanne auf. Gareps Sehnen nach der Blauflechte schien in einem geheimnisvollen Zusammenhang mit den Tageszeiten zu stehen. Solange die Sonne am Himmel stand, war nichts von dem erbitterten Kampf zu spüren, den sein Geist gegen seinen Körper ausfocht. Hatten die Herren den strahlenden Glanz ihrer Tafel jedoch verhüllt, geriet der Zwerg zunehmend in Bedrängnis. In dieser Nacht unter der Tanne fielen seine Beschwerden ganz besonders heftig aus: Trotz der Kälte der Berge glühte seine Haut, die von einem übel riechenden Schweiß überzogen war, und er wand sich unruhig hin und her, sodass weder er noch Arisascha Schlaf fanden.

Sie hatte den Kopf des Zwergs in ihren Schoß gebettet und summte halbvergessene Lieder aus ihrer Kindheit. In einem seiner klareren Augenblicke reckte Garep den Hals nach hinten und schaute Arisascha aus fiebrigen Augen an. »Warum lässt du mich nicht hier zurück? Du brauchst nur der Sonne nach Westen zu folgen, um den Drachenrücken hinter dir zu lassen. Du würdest mit Sicherheit auch allein die Hauptstadt finden.«

»Red kein dummes Zeug. Ich würde mich hoffnungslos verlaufen und als bleiches Gerippe an irgendeinem Berghang enden. Ich brauche dich.«

»Darf ich dir noch eine Frage stellen?«

»Nur zu.«

»Weshalb bist du eigentlich in den Bund gekommen?«

Arisascha beugte sich nach vorn und zog ihm seinen Mantel, den sie gemeinsam als Decke benutzten, bis unters Kinn. »Das weißt du doch. Ich habe es dir erst gestern gesagt. Ich wollte anderen Menschen Beistand leisten.«

»Ich würde gern die Wahrheit hören.«

Es kostete Arisascha viel Beherrschung, sich nicht durch ein Zucken ihres gesamten Körpers zu verraten. Wie viel wusste der Zwerg wirklich über sie? Gab es in der Sucherschaft der Stadt Amboss eine dicke Akte über sie, in der das zu lesen stand, vom sie glaubte, niemand außerhalb des Schmugglerrings habe je etwas davon erfahren? Was konnte sie Garep preisgeben?

»Lass mich dir eine Geschichte erzählen«, bot sie ihm an. »Eine Geschichte, die sich in meiner Heimat zugetragen hat.«

»Ist sie denn wahr?«

»O ja, das ist sie.« Sie räusperte sich und atmete tief durch. »In einer Stadt in den Zerrissenen Reichen, die die Menschen Meerschaum nennen, weil an stürmischen Tagen die Gischt in dicken Flocken durch ihre Straßen geweht wird, stand einmal ein Haus. Es war nicht das größte und schönste Haus der Stadt, aber auch beileibe nicht das kleinste und unansehnlichste. Die Familie, die in diesem Haus lebte, gehörte nicht zu den reichsten Leuten der Stadt, aber sie zählte auch gewiss nicht zu den ärmsten.

Vier Menschen wohnten in diesem Haus. Einer war der Vater, ein strenger Mann mit weißem Haar und dunklen Augen. Er fürchtete den Zorn der Herren sehr, und deshalb verhielt er sich stets so, wie die Heiligen Schriften es von einem guten Knecht verlangen. Die Mutter diente dem Vater als folgsame und fürsorgliche Magd. Sie erhob nie die Stimme gegen ihn, und jede Entscheidung, die er traf, war für sie wie ein Gebot der Herren selbst. Sie schuf ihm ein schönes Heim und schenkte ihm zwei Kinder, die sich den Platz in ihrem Schoß teilten und am selben Tag in die Welt kamen.

Der Sohn hatte dunkles Haar, was dem Vater sehr zu denken gab, da sein eigenes Haar in seiner Jugend so hell gewesen war wie das seiner Tochter. Der Vater wollte, dass sein Sohn zu einem Mann heranwuchs, wie er einer war. Der Sohn sollte nur die Herren mehr lieben als das Spiel mit den Zahlen. Nur so konnte aus ihm ein guter Händler werden, der die Erzeugnisse der Menschen gegen die wundersamen Güter der Elfen eintauschte, wenn diese von den Herren gesegneten Geschöpfe auf ihren Schiffen in den Hafen von Meerschaum glitten. Doch dem Sohn stand der Sinn oftmals nach anderen Dingen: sich mit dem Holzschwert in den Kampfeskünsten zu üben, auf den wildesten Pferden durch die Dünen zu reiten, die hübschesten Mädchen zwischen die Stoffballen in den Lagerhäusern des Vaters zu locken. So sah sich der Vater denn auch gezwungen, den Rohrstock wieder und wieder über den Rücken seines Sohnes tanzen zu lassen, um ihm diese Flausen auszutreiben.

Die Tochter hingegen eignete sich alle Tugenden an, die eine Magd erlernen muss, wenn sie den Herren gefallen will: Sie nähte schlichte Kleider, tanzte in züchtigem Gebaren, malte erbauliche Szenen aus den Heiligen Schriften und träumte mit den anderen Mädchen, die zu ihr ins Haus kamen, von jenem Tag, an dem sie einem Knecht, den ihr Vater für sie ausgesucht hatte, ein schönes Heim herrichten würde.

In einer Welt, in der die Herren ihr Wirken so offenbarten, wie es der Vater verstand, hätte sich alles zum Guten gewendet. Der Sohn wäre in seine Fußstapfen getreten, um den bescheidenen Reichtum der Familie zu mehren, während die Tochter dies auf ihre eigene Weise vollbracht hätte, indem sie in das Haus gezogen wäre, das ihr Vater für sie bereits bestimmt hatte. Doch leider zeigt sich das Wirken der Herren häufig ganz anders, als ihre Mägde und Knechte es begreifen.

Eines der Mädchen, das viele heitere Stunden mit der Tochter verbrachte, erzählte ihr von einem Ort, an dem die Mädchen nicht unter ihresgleichen tanzen mussten, und es schilderte diesen Ort in so schillernden, verlockenden Farben, dass die Tochter sich zum ersten Mal in ihrem Leben über die Gebote ihrer Eltern hinwegsetzte. An dem Ort, von dem das andere Mädchen berichtet hatte, tranken starke Soldaten in prachtvollen Uniformen süßen Wein und wirbelten die Mädchen umher, bis ihnen schwindlig wurde und sie alle Vorsicht vergaßen.

Die Tochter weinte bitterlich, als die Herren sie für ihren Ungehorsam straften. Die roten Tränen, die ihr Acker bislang vergossen hatte, weil er noch nie von einem Pflug bestellt worden war, blieben mit einem Mal aus. Das Gesicht vor Scham verhüllt, vertraute sie sich der Mutter an, die sie schwören machte, dem Vater mit keinem einzigen Wort je zu verraten, dass sie mit den Soldaten getanzt hatte. Sie warteten, bis der Vater das Haus verließ. Dann hieß die Mutter die Tochter an, in eine Wanne zu steigen, in der das Wasser so heiß war, dass ihre Haut roter als der Panzer eines Seekrebses wurde. Als sie unter Wehschreien in der Wanne saß, reichte ihr die Mutter einen bitteren Tee, den sie eigens gebraut hatte.

Doch da kehrte unvermittelt der Vater zurück. Dieser war kein dummer Mann, und so begriff er sofort, was es mit dem ungewöhnlichen Bad der Tochter auf sich hatte. Er überzog sie mit bösen Worten und harten Schlägen, und er drohte ihr, sie in ein fremdes Haus zu bringen, wo andere Mädchen wohnten, die unerlaubt die Beine zum Tanz geschwungen hatten – ein Haus, das sie nie mehr verlassen würde.

Als der Sohn an diesem Abend von einem seiner heimlichen Ausritte zurückkehrte, sah er, wie sehr seine Schwester litt, und er stellte den Vater zur Rede. Der Vater aber züchtigte auch seinen Sohn, da er in dessen Stimme den Zweifel an seiner Entscheidung erkannte.

Nachdem der Sohn seiner Schwester geschildert hatte, wie unerweichlich das Herz ihres Vaters war, saßen sie beisammen und hielten einander in den Armen. Da wuchs in ihnen ein Gedanke, den die Nacht ihnen geschenkt hatte: Sie würden all diesem Elend entfliehen und in die Fremde gehen. Eilig schnürten sie ihr Bündel und schlichen durch den dunklen Garten, doch als sich die Schwester umwandte, um noch einmal nach dem Fenster zu sehen, hinter dem ihre Mutter schlief, trat sie auf eine dornige Ranke, und ihrer Kehle entfuhr ein Schrei.

Der Vater sprang heran und schalt seine Kinder, wie er sie noch nie gescholten hatte. Er würde eher ihrer beider Leben nehmen, als mit dieser Schande unter die Augen der anderen Väter der Stadt zu treten, sprach er und zückte den Dolch, den er an seinem Gürtel trug. Um zu verhindern, dass der blanke Stahl die Brust seiner Schwester durchbohrte, griff der Sohn nach einem Stein und hieb auf den Schädel des Vaters ein, bis alle Boshaftigkeit aus ihm gewichen war.

Die Geschwister stahlen sich aus der Stadt, unter deren Dächern sie nie mehr Obdach finden würden, und zogen aus, sich einen neuen Platz in der Welt zu suchen.

Reicht das, um deine Neugier zu befriedigen?«, fragte Arisascha.

Garep gab keine Antwort. Das ruhige Heben und Senken seiner Brust verriet Arisascha, dass ihr Zuhörer irgendwann im Verlauf ihrer Geschichte in die Arme des Schlafs gesunken war.

Am nächsten Tag wurde für Arisascha ersichtlich, dass Garep es mit seinem verschleierten Angebot, ihn in der Wildnis zurückzulassen, durchaus ernst gemeint hatte, denn kaum waren sie aus dem düsteren Wald herausgetreten, erhob sich nur noch ein letzter Gipfel vor ihnen. Dahinter ließ sich eine Hügellandschaft erahnen, die der rund um Hackendorf so sehr glich, dass Arisascha befürchtete, sie könnten auf ihrem Weg über den Drachenrücken doch einmal die falsche Richtung eingeschlagen haben. Garep zerstreute ihre Bedenken, indem er auf den Berg wies und ihn voller Überzeugung beim Namen nannte: »Das ist die Rissige Schuppe. Wir haben es so gut wie geschafft.« Auf die Ereignisse der vergangenen Nacht ging er den ganzen Tag über nicht ein, und die Wanderung blieb anstrengend genug, sodass sich längere Gespräche ohnehin verboten.

Der Zwerg führte sie einen Bergpfad zur Flanke der Rissigen Schuppe hinauf, ein Anstieg, der nun noch länger zu dauern schien, da sie wussten, dass es der letzte ihrer Reise durch diesen Gebirgszug sein würde. Als die Wolkenfetzen am Himmel von der untergehenden Sonne in zartes Rot getaucht wurden, suchten sie nach einer günstigen Stelle, um die Nacht zu verbringen. Obwohl die grünen Hügel am Fuß des Berges bereits zum Greifen nah waren, war es vernünftiger, den Abstieg bei Tageslicht anzugehen.

»Hast du dir schon überlegt, wie es jetzt weitergeht?«, fragte Arisascha mit einem Mund voll kaltem Lammfleisch.

Der Zwerg, der endlich einen Abend erleben durfte, an dem die Blauflechte nicht allzu laut nach ihm schrie, nickte. »Wir gehen in die nächstbeste Ortschaft da unten und fragen, wo wir eine Kutschstation finden. Mit etwas Glück nimmt uns jemand bis dahin auf einem Fuhrwerk mit. Ich denke, wir sind uns einig, dass wir uns lieber von den Bahnstrecken fernhalten. Die Bundessicherheit kann niemals alle Kutschlinien so gut im Auge behalten, wie es beim Zug der Fall ist. An der Kutschstation kaufen wir ein Gespann. Tu nicht so überrascht! Ich habe gesehen, wie du das Geld gezählt hast, das dir dein Freund in Amboss mitgegeben hat. Es ist ein kleines Vermögen. Ich kann die Ponys richtig schinden, denn mit dieser Summe könnten wir sie an jedem Kutschstall, an dem wir vorbeikommen, austauschen lassen und haben immer noch genügend übrig, um dir in Zwerg ein Schiff zu suchen, das dich nach Hause bringt. Diesen Teil musst du übrigens selbst übernehmen, denn ich kenne niemanden in der Hauptstadt, der uns dabei weiterhelfen könnte.«

»Das macht nichts«, entgegnete Arisascha. »Ich weiß schon, an wen ich mich dort wenden kann. Sieh mal, da unten! Was ist das?«

Sie zeigte mit einem fettigen Finger auf einen Wurm aus Feuer, der sich langsam einen Hügel hinaufwand. Pauken wummerten, Schellen klirrten, und Flöten klagten eine traurige Melodie, die der Wind aus dem Tal zu ihnen emporwehte.

Garep schloss die Augen, zählte bis zehn und schlug die Lider wieder auf. Er reckte den Kopf ein wenig nach vorn, als könnte er nun viel besser sehen, was dort unten vor sich ging. »Ah! Rollende Steine!«

»Eine brennende Lawine, die sich nach oben bewegt?«

»Nein, nein!« Garep lachte. »Rollende Steine sind Sippen von Zwergen, die sich nie an einem festen Ort niedergelassen haben. Sie behaupten, sie wären die ältesten Sippen überhaupt, noch älter als die Stämme, die sich vor der Bundschließung bekriegt haben. Sie ziehen umher und verkaufen allerlei Tand, der leicht zu fertigen ist. Es ist Jahre her, dass ich zum letzten Mal ihre Fackeln gesehen habe. Das war noch in Gletschergrund.«

»Warum spielen sie diese Musik?«

»Sie halten damit die Geister ihrer Ahnen fern, die sich in der Nacht von jenseits der Grüfte erheben, weil sie sich wieder dem Zug ihrer Nachkommen anschließen wollen.« Garep zuckte die Achseln. »Sie sind sehr abergläubisch.«

Arisascha schob eine Hand unter sein Hemd, um sich ihre kalten Finger an seinem haarigen Bauch zu wärmen. »Wo wirst du hingehen?«

»Was meinst du?« Er lupfte seinen Wanst ein Stückchen, damit sie mit der Hand tiefer in seine Bauchfalte schlüpfen konnte.

»Wenn du mich nach Zwerg gebracht hast. Wo wirst du danach hingehen?«

»Ich weiß es nicht.«

»Du könntest mit mir kommen.«

»In die Zerrissenen Reiche? Damit ich in einem eurer sinnlosen Krieg mein Leben lasse?« Er grinste. »Das klingt nicht gerade nach einem verlockenden Angebot, Arisascha von Wolfenfurt.«

»Es herrscht nicht immer überall Krieg, dort wo ich herkomme.«

»Ich wäre ein Fremder. Schlimmer noch: Ich wäre ein Zwerg unter Menschen. Wo hat man so etwas denn schon einmal gehört?« Er rutschte unruhig mit dem Hintern hin und her, als stäche ihn ein spitzer Stein in die Backen. »Was könnte mich dazu bringen, zu den Langbeinen zu gehen?«

»Abgesehen von der Tatsache, dass du mittlerweile ein im ganzen Bund gesuchter Verbrecher bist?«

Er musste breit grinsen, und sie stellte fest, dass es schön war, ihn lächeln zu sehen. »Ganz recht. Abgesehen von dieser Kleinigkeit. Was gäbe es da noch?«

»Vielleicht die schreckliche Vorstellung, mich nie wiederzusehen?«

Er ließ sich lange Zeit mit seiner Antwort. »Ja, das könnte womöglich ein guter Grund sein.«

In dieser Nacht lernten Garep Schmied und Arisascha von Wolfenfurt gemeinsam, dass sich Zwerge und Menschen zumindest in einer Sache, auf die Angehörige beider Völker in der Regel ungemein großen Wert legten, alles andere als unähnlich waren.

30

Karu Schneider blickte aus dem Fenster ihres Quartiers im obersten Stockwerk des Ehrengasthofs über die Stadt Zwerg hinweg, die sich mehr als hundert Platten unter ihr ausbreitete. Sie schämte sich dafür, vorschnell über die Sucher aus Hackendorf geurteilt zu haben. Es war hochmütig von ihr gewesen, zu denken, sie sei den Suchern vom Drachenrücken überlegen, weil sie selbst aus Amboss stammte. Nun war plötzlich sie es, die sich provinziell und ungehobelt vorkam.

Die Donnerbucht erstreckte sich als ein tiefblaues Tuch bis zum Horizont. Am Ufer hatte eine riesige Hand ein zweites Meer aus Häusern, Straßen, Parkanlagen und Plätzen geschaffen. Einige der Bauten wiesen weit mehr Geschosse auf, als man an zwei Händen abzählen konnte, was Karu vor ihrem Besuch noch für unmöglich gehalten hätte. Selbst von hier oben sah es ganz danach aus, als könnte man auf so manchem der Plätze ein ganzes neues Viertel aus dem Boden stampfen, das in seiner Größe der Bergferne von Amboss in nichts nachgestanden hätte. Seit Jahrhunderten wurden in der Hauptstadt nur die teuersten Steine verbaut, und ein wahres Heer von Wischern sorgte in Gondeln, die an dünnen Drahtseilen vor Fassaden aus schwarzem, grünem, weißem, rotem und blauem Marmor hingen, eifrig dafür, dass Zwerg zu jeder Zeit in vollem Glanz erstrahlte.

Auf den Inseln in der Bucht machte Karu die majestätischen Sommerhäuser der wohlhabendsten und einflussreichsten Bürger des gesamten Bundes aus. Keines konnte sich jedoch mit der kargen Schlichtheit und der stillen Größe des weitverzweigten Palasts messen, von dem aus der Oberste Vorarbeiter die Geschicke des Volks lenkte, dessen Stimme ihm zur Macht verholfen hatte. Der Palast war voll beflaggt, und die Banner würden erst eingeholt werden, wenn die Urnensäle geschlossen waren und die Auszählung der schwarzen und weißen Kugeln begann. Deren Ergebnis würde Gewissheit darüber verschaffen, ob die Bürger mit der bisherigen Arbeit des Amtsinhabers zufrieden waren.

Wäre der Fortschritt, der sich in Zwerg bestaunen ließ, die einzige Entscheidungsgrundlage der Wähler gewesen, hätte der Oberste Vorarbeiter nicht das Geringste zu befürchten. Über die Alleen der Hauptstadt fuhren Züge, die nur aus ihrer Dampfmaschine und einem einzigen Wagen bestanden, um die Einwohner in Windeseile von einem Straßenzug voller Geschäfte mit den exaktesten Uhren oder den modischsten Hüte zur nächsten Promenade zu bringen, wo sie sich in den besten Teehäusern und den berühmtesten Schauspielstätten amüsieren konnten. Im Hafen lagen gewaltige Schiffe vor Anker, die noch vor wenigen Jahren nur in den kühnsten Träumen der Versuchsrechner existiert hatten und so viel Fracht in sich aufnehmen konnten, dass jede ihrer Fahrten zu einer äußerst gewinnreichen Unternehmung wurde.

Von ihren weitesten Reisen brachten diese Schiffe wohl auch die blutroten Perlen und die in allen Farben des Regenbogens schimmernden Federn mit, die geschmackvolle Akzente an dem knielangen, schiefergrauen Kleid setzten, das Karu trug. Eine Wand des Ankleidezimmers bestand aus einem riesigen Spiegel, in dem sie sich eine ganze Schicht lang hätte bewundern können.

Bugeg hatte seine Befugnisse als Jäger geltend gemacht, um gemeinsam mit seiner Begleiterin das beste Quartier des Hauses beziehen zu können. Karu wäre auch mit einem weniger prunkvollen Zimmer glücklich gewesen, aber Bugeg hatte darauf bestanden, dass sie sich diese Unterkunft nach der anstrengenden Zugfahrt von Hackendorf nach Zwerg mehr als verdient hatten. Karu vermutete insgeheim, dass dies Bugegs Art war, sich bei ihr für sein Verhalten am Berghof der Senners zu entschuldigen, doch sie wusste noch nicht so recht, ob sie ihm gänzlich verzeihen konnte.

Sie seufzte schwer, ging hinüber in den geräumigen Wohnbereich und machte es sich in einem der weichen Ohrensessel bequem, deren Polster mit gelb gefärbtem Mullleder bespannt waren. Das gelegentliche Plätschern aus dem Bad verriet ihr, dass Bugeg seine ausgiebige Waschung, die nun schon eine Fünftelschicht dauerte, noch nicht beendet hatte.

Es klopfte an der weißlackierten Eingangstür.

»Bitte«, rief Karu halblaut und blieb sitzen. Sie rechnete fest damit, dass sogleich ein Angestellter mit einem Samtrosengesteck, einer hausgebeizten Schwarzflossenforelle oder einem ähnlichen Versöhnungsgeschenk eintreten würde.

»Bitte«, rief sie noch einmal.

Die Tür blieb zu.

Sie stand auf, um durch die Gucklinse nachzuschauen, welcher arme Zwerg sich da draußen dermaßen zierte, doch dann sah sie den Umschlag auf dem flauschigen grünen Teppich.

Für den Jäger hatte jemand mit schwarzer Tinte in winzigen, aber kerzengeraden Runen darauf geschrieben.

Die strenge Ausbildung, die sie als Anwärterin durchlaufen hatte, drängte sie geradezu zu ihrer nächsten Handlung. Sie stellte sich mit dem Rücken an die Wand, nahm die Klinke in die Hand, zählte stumm bis drei und öffnete die Tür. Anschließend zählte sie ein weiteres Mal bis drei und steckte dann den Kopf kurz auf den Gang hinaus. Nichts. Sie schloss die Tür, hob den Umschlag auf und ging damit ins Bad.

Bugeg lag in einer Kupferwanne, die auf goldenen Drachenfüßen stand, die Augen geschlossen und den Kopf unter Wasser. Er sah ganz friedlich aus, als wäre er eingeschlafen und ertrunken, doch Karu kannte die Angewohnheit ihres Gefährten, tief Luft zu holen und möglichst lange regungslos unterzutauchen. Sie bedauerte es, ihn stören zu müssen, da ihm dies mit Sicherheit seine Laune verderben würde, die sich nach den anfänglichen Rückschlägen bei der Hatz auf Garep gerade wieder ein wenig gebessert hatte.

»Bugeg«, sagte sie und klopfte an den Rand der Wanne.

Er tauchte prustend auf, strich sich das nasse Haar aus der Stirn und rieb sich die frisch rasierten Wangen. »Was?«

Sie reichte ihm ein Handtuch und zeigte ihm den Umschlag. »Den hat gerade jemand unter der Tür durchgeschoben.«

»Zeig her.« Er entnahm dem Umschlag einen kleinen Zettel und las vor: »In der Eingangshalle. Jetzt gleich.« Er warf Zettel und Umschlag in sein Badewasser. »Hol meinen neuen Anzug.«

Es war nicht so, dass Bugeg nur seine Untergebene neu eingekleidet hätte. Schließlich, so hatte er ihr gegenüber betont, waren sie nun in der Hauptstadt, wo man auf Äußerlichkeiten erheblichen Wert legte. Der Schneider, der derzeit in Zwerg darüber bestimmte, was in der nächsten Saison als modisch galt, hatte offenkundig großen Gefallen an den Uniformen des Heers gefunden. Die silbernen Applikationen auf den Schultern von Bugegs opalfarbenem Anzug erinnerten doch sehr an Rangabzeichen, was auch für das stilisierte Wappen auf Karus Kleid galt. Da passte es nur zu gut, dass der Jäger seinen Dienstrevolver unter dem Jackett trug, als sie ihr Quartier verließen.

»Ich habe zwar bereits einen Verdacht, von wem diese Nachricht stammt, aber es ist trotzdem Vorsicht geboten«, schärfte er Karu ein. »Wir wollen auf gar keinen Fall in eine Intrige hineingeraten, die nichts mit unserer Hatz zu tun hat.«

Sie stiegen in einen Aufzug und rauschten aus der schwindelnden Höhe der obersten Etage hinab ins Erdgeschoss.

In der Eingangshalle herrschte reges Treiben. Kofferträger schleppten das Gepäck an- und abreisender Gäste über die spiegelblanken Fliesen, auf denen die Absätze herausgeputzter Zwerginnen klapperten, die, bei ihren Gatten untergehakt, zu Abendspaziergängen aufbrachen. Andere Bedienstete beantworteten geduldig Fragen nach Sehenswürdigkeiten, anstehenden Bällen und den jüngsten Neuigkeiten, die es über die Fehden und Friedensschlüsse der Elite des Bundes zu berichten gab. Rauchende Zwerge saßen in Nischen um niedrige Teetische aus geflochtenem Holz herum und diskutierten die neuesten Meldungen in den Spätschichtausgaben der Ruferblätter. Ober wuselten mal hier hin, mal da hin, um den Reichen und Schönen Perlwein und Stachelmolcheier anzubieten.

Bugeg und Karu schauten sich um. Ein blonder Halbling in einem blauen Kurzarmhemd und einer dunkelbraunen Steghose tauchte hinter den Blättern eines Topffarns auf, lächelte ihnen auffallend freundlich zu und verschwand hinter der Tür zu einem der Separees im hinteren Teil der Halle.

»Das wird er wohl sein«, sagte Bugeg und bedeutete Karu, ihm zu folgen.

Der Halbling, der in dem geschmackvoll eingerichteten Kämmerchen auf sie wartete, hatte bereits an einem runden Glastisch Platz genommen. Er nippte an einem schweren Glas mit einer klaren Flüssigkeit, in der eine grüne Ölnuss schwamm. »Karu Schneider. Bugeg Gerber. Setzt euch doch bitte.« Seine Stimme war so alterslos wie sein Gesicht.

Sie kamen seiner Aufforderung nach.

»Zigarette?«, bot er Karu an und holte ein Etui aus Elfenbein aus seiner Hemdtasche.

»Sie raucht nicht«, antwortete Bugeg an ihrer Stelle.

»Wenn das so ist …« Der Halbling zündete sich in aller Ruhe eine Zigarette an. »Ihr fragt euch bestimmt …«

»Wer du bist und was du von uns willst«, beendete Bugeg den angefangenen Satz.

»Man kann nicht guten Gewissens behaupten, dass du ein Übermaß an Höflichkeit walten lässt.« Sein Gegenüber grinste. Einer seiner Backenzähne glitzerte golden. »Aber das ist in meinem Geschäft auch nicht nötig.«

»Bundessicherheit?«, fragte Karu auf gut Glück.

»Klug und hübsch«, bemerkte der Kommissar in Zivil. »So etwas findet man leider viel zu selten.«

»Spar dir das«, raunzte Bugeg. »Woher weiß ich, dass du tatsächlich bist, wofür du dich ausgibst?«

»Deshalb.« Der Halbling knöpfte sein Hemd ein Stück auf. An einer feingliedrigen Kette hing ein Dolch mit einer charakteristisch breiten Klinge vor seiner nackten Brust.

»Du könntest den eigentlichen Besitzer getötet und die Waffe gestohlen haben.« Karu schlug kokett die Beine übereinander.

»In welchen Dingen gibt es schon endgültige Gewissheit?«, fragte der Kommissar achselzuckend. »Doch nur im Tod und in der Liebe.«

»Was soll diese ganze Geheimniskrämerei?« Bugeg versuchte, das Geplänkel zu unterbinden.

»Ich tue nur, was ich tun muss.« Der Halbling schaute Karu tief in die Augen. »Nichts wäre mir lieber gewesen als ein Kennenlernen in einer zwangloseren Umgebung.«

»Warum zieht ihr sie überhaupt in diese Sache hinein?« Bugeg beugte sich nun sogar ein ganzes Stück über den Tisch, um die Aufmerksamkeit des Halblings auf sich zu lenken, der Karus Beine allem Anschein nach interessanter fand als Bugegs grimmige Miene.

»Alles, was ich zu sagen habe, betrifft euch beide«, erklärte der Kommissar. »Mir hat ein Vögelchen ins Ohr gesungen, dass ihr ohnehin ständig zusammen seid. Da entsteht bisweilen der Eindruck, die laufende Hatz würde von gleich zwei Suchern geleitet.«

»Sie hat den Eid noch nicht geleistet, und der Jäger hier bin immer noch ich«, betonte Bugeg mit schneidender Stimme.

»Dann wird es langsam Zeit, dass der Jäger Beute macht«, sagte der Halbling im gleichen Tonfall, in dem er zuvor Karu Komplimente gemacht hatte.

»Wie soll ich das verstehen?« Bugegs Gesicht nahm eine zunehmend rötlichere Färbung an.

»Am besten genau so, wie ich es gerade gesagt habe. Eine Hatz kann nicht ewig dauern. Das schadet nur dem Ansehen der Sucherschaften.« Der Kommissar zog an seiner Zigarette. »Und das will nun wirklich niemand.«

Als sich die Tür zu dem Separee öffnete, fuhren Karu und Bugeg herum, während der Halbling sich lediglich zu einem »Das wurde auch Zeit« hinreißen ließ.

Eine Oberin schob einen Speisewagen herein, und sofort breitete sich ein verführerischer Duft nach gebratenem Fleisch aus. Die Zwergin deckte in geübter Manier für alle drei Gäste auf, wartete auf ein Zeichen der Zufriedenheit des Kommissars und entschuldigte sich danach für die Störung.

Nachdem sie gegangen war, griff der Halbling nach einer in ein Tuch gewickelten Perlweinflasche und goss erst Karu, dann Bugeg und schließlich sich selbst ein. Er hob sein Glas, und während Karus anerzogene Höflichkeit es ihr unmöglich machte, es ihm nicht umgehend gleichzutun, wartete Bugeg absichtlich einen kurzen Moment damit. »Auf gutes Gelingen!«, sagte der Kommissar. »Mein Name ist im Übrigen 29-3. Anini 29-3.«

Karu hatte noch nie zuvor Fleisch gegessen, das innen so saftig und außen so knusprig war. »Was ist das? Es ist köstlich«, stöhnte sie genießerisch. Bugeg mochte von Anini denken, was er wollte, aber auf sie machte er den Eindruck einer ausgesprochen umgänglichen und kultivierten Person.

»Schwellbrustpute aus der legendären Federer-Zucht«, antwortete der Kommissar. »Diese Vögel sehen nie das Tageslicht und werden mit den zermahlenen Knochen ihrer eigenen Küken gefüttert, bis sie schlachtreif sind. Ein ganz besonderer Genuss, nicht wahr?«

»Wem es schmeckt«, murmelte Bugeg.

»Ich kann dein Unbehagen sehr gut nachvollziehen«, sagte Anini getragen. Er ging mit seinem Besteck so zielsicher und präzise um wie ein Leiböffner mit seinen Instrumenten. »Auf dir lastet eine große Verantwortung, und in einem Fall wie diesem verliert man allzu leicht den Überblick. Uns ist aufgefallen, dass du dich scheust, Kontakt zu uns aufzunehmen. Wir bedauern dies sehr, vor allem, weil wir dir bereits ein gewisses Entgegenkommen gezeigt haben. Ihr beide wärt nicht hier, wenn wir euch nicht über diesen peinlichen Vorfall auf dem Drachenrücken in Kenntnis gesetzt hätten. Doch wir wollten unbedingt, dass ihr in die Hauptstadt kommt.«

»Ach ja? Damit du uns zum Essen einladen kannst?«, murrte Bugeg.

»Damit ihr Arisascha von Wolfenfurt einfangt«, berichtigte ihn Anini mit erhobener Gabel. »Und natürlich ihren Begleiter. Unsere Prognostiker haben errechnet, dass Arisascha mit an Sicherheit grenzender Wahrscheinlichkeit in Zwerg auftauchen wird. Unter Umständen hält sie sich bereits in der Stadt auf. Aus verständlichen Gründen können wir nicht alle Wege und Straßen in die Stadt kontrollieren. Dies würde für viel zu viel Aufmerksamkeit sorgen, und daran ist keinem von uns gelegen.«

»Warum ist diese Menschenfrau so wichtig?«, fragte Karu.

Anini legte Messer und Gabel beiseite und tupfte sich die Lippen mit seiner Serviette ab. »Weil in zwei Tagen ein Anschlag auf den

Obersten Vorarbeiter erfolgen wird und wir der Öffentlichkeit möglichst schnell einen Schuldigen dafür präsentieren müssen.«

»Was?« Bugegs Messer landete klirrend auf dem Glastisch. »Die Bundessicherheit weiß von einem geplanten Anschlag? Was unternehmt ihr dagegen?«

Anini nahm einen Schluck Perlwein und sagte dann: »Nichts.«

»Nichts?« Karu konnte nicht mehr an sich halten. »Das kann nicht dein Ernst sein.«

»O doch, es ist mein voller Ernst. Doch bevor ihr jetzt aufspringt und Unruhe in die Herde bringt, möchte ich euch bitten, mir noch einen Augenblick länger zuzuhören.« Er stellte sein Glas ab. »Dieser Anschlag ist eine Inszenierung, ein kleines Schauspiel, ein Spektakel, versteht ihr? Der Oberste Vorarbeiter wird in zwei Tagen einen neuen Kai im Hafen einweihen. Alle wichtigen Bürger der Stadt werden zugegen sein. Musik, von echten Meistern gespielt. Lange Reden, in denen man einander lobt. Maßstabsgetreue Modelle von Schiffen und Kränen. Ein gesellschaftliches Großereignis eben. Der Oberste Vorarbeiter wird gerade seine Ansprache zum Abschluss der Feierlichkeiten halten. Dann stürmt ein Mensch ins Festzelt und schießt wild um sich, wobei er so etwas wie ›Tod allen Zwergen‹ brüllt. Natürlich wird der Oberste Vorarbeiter diesen Anschlag überleben, aber das Leben wird für die Langbeine anschließend nicht mehr sehr angenehm sein. Die Lage ist so oder so schon gereizt. Denkt nur an die Grenzverletzungen oder an die Mordserie in eurer Heimatstadt. Und sie wird noch heißer werden, wenn wir nur wenige Schichten nach dem Anschlag bereits die beiden Drahtzieher dingfest machen können: eine Menschenfrau und ihren zwergischen Komplizen.«

»Weiß der Oberste Vorarbeiter von diesem Plan?« Karu konnte nicht ganz glauben, was Anini ihnen da erzählte. Ein Komplott, das keines war? Ein Betrug am eigenen Volk?

»Manchmal ist es besser, wenn eine Person von großer Macht nicht in die Vorhaben ihrer treuesten Diener eingeweiht ist.« Anini lächelte. »So wie es jetzt ist, kann niemand behaupten, der Oberste Vorarbeiter habe die Wähler absichtlich auf einen morschen Ast gelockt.«

Bugeg ließ seine Fingerknöchel knacken. »Man könnte der Bundessicherheit nach einer derartigen Handlung unterstellen, sie habe Verrat am Obersten Vorarbeiter geübt.«

Karu konnte sehen, wie sich die Muskeln in Aninis Oberarmen spannten. Für einen Halbling war der Kommissar außerordentlich sehnig. »Wie kannst du so etwas sagen, Gerber? Ich habe einen Schwur geleistet, das Leben des Obersten Vorarbeiters zu schützen, selbst wenn ich dafür meine gesamte Sippe auslöschen müsste. Du machst dir die Welt zu einfach. Ich würde mir lieber bei lebendigem Leib die Haut abziehen lassen, als zu erlauben, dass dem Obersten Vorarbeiter etwas zustößt. Unser Plan ist so angelegt, dass ihm zu keiner Zeit echte Gefahr droht.«

»Was ist mit den anderen Gästen der Feier?«, fragte Karu leise.

»Mein Schwur galt dem Obersten Vorarbeiter und dem Bund, nicht seinen Bürgern. Und uns liegt viel daran, dass der jetzige Oberste Vorarbeiter auch in Zukunft mit der Stimme seines Volks spricht.« Anini schürzte die wulstigen Lippen. »Der Ausgang der Wahl ist ungewisser, als viele glauben.«

»Woher wollt ihr das wissen?«, blaffte Bugeg. »Habt ihr etwa heimlich die Urnen geöffnet?«

Der Halbling winkte ab. »Das wäre ein unverzeihliches Verbrechen. Wir haben uns lediglich bei den entsprechenden Stellen etwas umgehört, und einer der Vorteile, die wir genießen, ist der, dass die meisten Zwerge sehr, sehr ehrlich zu uns sind.«

Schweigen senkte sich über die Tafel, auf der das restliche Fleisch auf den Tellern inzwischen kalt geworden war. Karu schielte zu Bugeg. Der Jäger schien zu überdenken, was die Eröffnungen des Kommissars für ihn bedeuteten. Wenn er mit den Schwarzmänteln zusammenarbeitete, konnte er seine Hatz scheinbar im Handumdrehen abschließen und zu einem gefeierten Helden werden. Andererseits würde er dann für immer mit dem Wissen leben müssen, die Aufgabe nicht aufgrund seiner eigenen Arbeit erfolgreich gelöst zu haben.

»Warum diese Arisascha von Wolfenfurt?«, fragte Karu in die Stille hinein. »Warum ausgerechnet sie? Es gäbe doch genug andere

Menschen, denen man die Schuld an diesem Anschlag zuschieben könnte.«

»Es ist mir verboten, nähere Angaben zu machen, aber Arisascha gehört zu einer ganzen Gruppe von Menschen, die sich über längere Zeit im Bund aufgehalten haben, um alles über die Schlagkraft des Heers in Erfahrung zu bringen.« Anini tunkte ein Stück Brot in die blutige Soße, die auf dem hauchdünnen Porzellan vor ihm schon halb geronnen war. »Wir möchten diesen Menschen ein unmissverständliches Zeichen senden, dass solcherlei Umtrieben mit allen Mitteln ein Ende gesetzt wird.«

»Das hättet ihr leichter haben können«, merkte Bugeg an. »Sie war doch schon einmal in eurer Gewalt. Ich war dabei, als sie von zweien deiner Kollegen aus meinem Sucherhaus abgeführt wurde.«

»Der Umstand, dass ihr die Flucht gelang, ist mir wirklich sehr peinlich.« Der Halbling zuckte die Achseln. »Aber ich kann ja nicht überall sein, wo es brennt.«

»In dem Bericht, den ihr uns nach Amboss übermittelt habt, stand, dass sie in einer Nervenheilanstalt in Stahlstadt untergebracht war. Hätte man sie nicht besser in ein Gefängnis stecken sollen?« Karu wollte den Kommissar nicht so einfach davonkommen lassen.

»Vielleicht wäre sie in einem Gefängnis tatsächlich besser aufgehoben gewesen, vielleicht auch nicht. Schließlich konnte sie nur aus der Anstalt fliehen, weil ihr ein dort arbeitender Leiböffner dabei geholfen hat.«

Bugeg warf die Hände in die Luft. »Gibt es denn plötzlich überall Verräter?«

Karu ließ sich nicht beirren. Sie spürte, dass der Halbling noch lange nicht alles gesagt hatte, was er über diesen Vorfall wusste. »Warum hat ihr der Leiböffner geholfen?«

Anini beugte sich zu ihr und streichelte ihr mit seinen unglaublich sanften Fingern über den Handrücken. »Ein so bezauberndes und schlaues Geschöpf schläft viel ruhiger, wenn es seinen Kopf von Dingen freihält, die es nichts angehen. Nur so viel: Es gibt eine ganze Reihe von Orten wie diese Nervenheilanstalt, wo die vernünftigsten Geister fleißig daran arbeiten, den Ruhm des Bundes zu mehren – eine Arbeit, die einiges an Mut, aber auch an Material erfordert.«

Ehe Karu noch einmal nachsetzen konnte, um Anini womöglich einen weiteren Hinweis aus der Nase zu ziehen, rief Bugeg plötzlich: »Gut, ihr habt gewonnen. Ich mache es. Aber ich kann die beiden nur fangen, wenn ihr dafür sorgt, dass keine Schiffe mehr aus Zwerg auslaufen können. Sonst entwischen sie mir bestimmt. Wie soll ich sie aufhalten, wenn sie einfach an Bord eines Dampfers steigen und auf Nimmerwiedersehen verschwinden können?«

Der Halbling zog seine Hand zurück und füllte ihnen allen noch etwas Perlwein in die Gläser. »Jäger Gerber, du hast die richtige Entscheidung getroffen. Was deine Forderung anbelangt, so kann ich diese bedauerlicherweise nur in Teilen erfüllen. Es ist unmöglich, den gesamten zwergischen Schiffsverkehr in der Hauptstadt einzustellen, denn eine solche Maßnahme würde viele äußerst einflussreiche Personen wahre Unsummen kosten. Aber gemach, gemach. Es besteht kein Anlass zur Sorge. Wir werden sämtlichen Schiffen, die unter den Flaggen der Menschen fahren, verbieten, im Hafen von Zwerg an- oder abzulegen. Und Arisascha von Wolfenfurt wird wahrscheinlich nach einem Schiff ihres eigenen Volks suchen, um aus dem Bund zu fliehen. Um genau zu sein, muss sie das sogar, denn aufgrund dieser lästigen Vorfälle mit menschlichen Piraten steuert derzeit kein einziger Kapitän aus der zwergischen Flotte einen Hafen in den Zerrissenen Reichen an.«

»Dann sitzen sie und Garep in der Falle und ich muss nur noch möglichst gründlich die Stadt durchkämmen lassen«, sagte Bugeg so gefasst, als wäre allein dies keine Arbeit, an der man sich bis zur völligen Verzweiflung abmühen konnte.

»Nicht ganz«, dämpfte Anini die Hoffnungen des Jägers. »Ihr werdet noch ein klein wenig mehr leisten müssen. Unsere Beute wird zwar keinen anständigen Zwerg finden, der sie aus dem Bund hinausschafft, aber in der Hauptstadt gibt es eine beachtliche Zahl von Bürgern, denen Anstand fremd ist. Die meisten von ihnen organisieren sich glücklicherweise in Form von sogenannten Freien Arbeiterbünden. Ihr habt diesen Namen doch in Amboss bestimmt schon einmal gehört.«

»Es gibt diese Kumpane sogar in der Hauptstadt?« Um ein Haar hätte sich Karu an ihrem Perlwein verschluckt.

»Es gibt sie überall«, grollte Bugeg. »Ich wüsste, auf wen ich ein Auge zu werfen hätte, wenn wir in Amboss wären, aber hier ...«

»Auch dafür ist bereits gesorgt.« Anini schaute auf seine Taschenuhr. »Ich befürchte, wir müssen diese Tafel langsam aufheben, denn sonst verblasst die Tinte bis zur völligen Unleserlichkeit.«

»Welche Tinte?«, fragte der Jäger.

»Die Tinte auf dem Blatt Papier, das inzwischen in deinem Quartier auf dem Kopfkissen liegen müsste. Ich war so hoffnungsfroh, im Vorlauf dieses Gesprächs davon auszugehen, dass du unser Angebot nicht ausschlagen würdest, und habe dir eine Liste mit Namen zusammengestellt, die dir weiterhelfen werden.« Der Kommissar legte die Serviette auf seinen Teller und erhob sich. »Es war mir eine Ehre, euch zu begegnen.« Er schaute zu Karu. »Und nicht zuletzt auch eine große Freude.«

Er öffnete die Tür des Separees und tauchte zwischen den Gästen des Ehrengasthofs schneller unter als ein Stein in einem dunklen Teich.

Bugeg stand wortlos auf und ließ Karu einfach sitzen. Sie eilte ihm hinterher, doch als sie ihm die Hand auf die Schulter legte, schüttelte er sie schweigend ab.

Sie versuchte, auf seinem Gesicht abzulesen, was in ihm vorging, während sie im Aufzug zurück ins oberste Stockwerk fuhren. Bei jeder Etage, die sie passierten, bimmelte ein Glöckchen. Nach dem fünften oder sechsten Bimmeln donnerte Bugeg die Faust gegen die Holzvertäfelung des Aufzugs. »So ein modriger Stinkzapfen«, brüllte er und schlug weiter zu, bis seine Knöchel blutige Abdrücke auf den Paneelen hinterließen.

»Beruhige dich doch!«, rief Karu.

Er fuhr zu ihr herum und starrte sie mit nackter Wut in den Augen an. »Ich? Mich beruhigen? Das sagt genau die Richtige. Wer ist ihm denn beinahe auf den Schoß gekrochen? Du oder ich?«

»Du weißt nicht, was du da redest«, antwortete sie entsetzt.

»Ich weiß sehr wohl, was ich rede. Glaubst du etwa, ich bin zu dumm, um zu erkennen, was hier vor sich geht?« Er drängte sie gegen die Fahrstuhlwand. »Ich habe dieses Spiel so satt.« Er hob die Faust. »Ich könnte … ich könnte …«

Die Türen des Aufzugs glitten auf, und Bugeg stürmte hinaus.

Karu fasste sich ein Herz und hastete ihm nach in den Schlafbereich ihres Quartiers. Bugeg riss den Zettel, der auf seinem Kopfkissen lag, an sich. Seine Lippen zuckten und bebten, als er sich die Namen auf der Liste einprägte. Dann knüllte er das Papier zusammen und warf es Karu vor die Füße.

»Lass uns vernünftig bleiben.« Sie unternahm einen letzten Versuch, an etwas festzuhalten, das ihr im Grunde schon vor ihrer Abreise nach Zwerg entglitten war.

Bugeg stapfte an ihr vorbei in den Wohnbereich, packte eine Glaskaraffe mit Wein und nahm einen kräftigen Schluck. »Sehr gern«, sagte er und drehte sich zu Karu um. »Bleiben wir vernünftig. Hast du dich an mich herangemacht, bevor oder nachdem du wusstest, dass ich mit der Hatz auf Garep betraut werden soll?«

»Wir haben umeinander geworben, als du noch Gareps Gehilfe warst, Bugeg. Lange vor dieser ganzen Sache.«

»Und das soll ich dir glauben? Bei den ausgezeichneten Kontakten, die dein armer, einarmiger, einäugiger Vater pflegt? Die Kontakte, dank derer du als Einzige aus deinem Jahrgang vorzeitig zur Sucherin gemacht werden sollst?« Er lachte irr. »Von den gleichen Leuten hat dein Vater erfahren, dass Garep mit diesem Schmugglerring gemeinsame Sache macht. Und ich Klapperkopf stehe daneben, während Garep diese Menschenfrau verhört und so tut, als wolle er irgendetwas aufklären. Und du hast auch daneben gestanden und gewusst, dass jeden Moment die Bundessicherheit auftaucht und sie mitnimmt. Alles war von langer Hand geplant.«

»Ich kann morgen früh nach Amboss zurückfahren, wenn du willst«, sagte Karu, ohne auf seine haltlosen Vorwürfe einzugehen.

»Und was würde das ändern?« Er sprach mit einem Mal sehr leise. »Dein Vater zieht an ein paar Strippen, und schon heißt es, du wärst diejenige gewesen, die die entscheidenden Hinweise zur Ergreifung der Beute meiner Hatz geliefert hat. So einfach ist das. Und ich stehe da wie ein krummbeiniger Esel, über den man ein Fass Scheiße gekippt hat.«

»Das denkst du doch nicht wirklich«, flüsterte sie. »Das bildest du dir doch alles nur ein.«

»Ich bilde mir überhaupt nichts ein«, röhrte er und pfefferte die Karaffe an die Wand.

Karu schaute erst den roten Fleck auf der weißen Stofftapete an und dann die glitzernden Scherben auf dem Teppich. »Ich lasse dich in diesem Zustand nicht allein.«

»Es ist mir gleich, was du tust und was du lässt«, fauchte Bugeg und rannte hinaus.

Es dauerte eine Weile, bis Karu merkte, dass sie weinte. Sie las die Splitter der zersprungenen Karaffe auf und warf sie in den Papierkorb im Ankleidezimmer. Ihr Spiegelbild blickte sie vorwurfsvoll an. Sie ging in den Wohnbereich zurück, schob die beiden Ohrensessel mit den Sitzflächen aneinander und rollte sich auf ihrer behelfsmäßigen Bettstatt zusammen.

31

Das ängstliche Blöken der Schafe und Rinder, die zu erahnen schienen, dass ihr Weg in dieser Welt in einem trostlosen Backsteinbau enden sollte, bestärkte Siris in seiner beunruhigenden Überlegung: Was, wenn Bibet Darmwäscher ihn am Ende doch getäuscht hatte? Was, wenn dieser weißbärtige Stumpf sie hierhergeschickt hatte, um sie in einen Hinterhalt zu locken? Siris hatte ganz sicher nicht vor, sein Leben hinter einem Bretterzaun auszuhauchen, der einen in den Außenbezirken Stahlstadts gelegenen Schlachthof vor den Blicken empfindsamerer Zwerge schützte, die eigentlich nicht so genau wissen wollten, woher das zarte Filet auf ihren Tellern stammte.

Siris schaute hinauf zum wolkenverhangenen Himmel, an dem sich ein heftiger Regenschauer ankündigte. Er beschloss, höchstens noch so lange zu warten, bis die ersten Tropfen fielen. Dann würde er in den *Heißen Stein* zurückkehren, um Bibet unmissverständlich klarzumachen, was er, seine Fäuste und sein Gewehr von Leuten hielten, die sich als wortbrüchig erwiesen.

Himek drückte einen Zweig des Holunderbuschs, in dem sie sich versteckt hielten, zur Seite und musterte seinen Begleiter unsicher. Wahrscheinlich gefiel es dem Zwerg nicht, so lange untätig dicht am Boden zu kauern, und mit Sicherheit störte er sich auch daran, dass Siris seine Waffe schussbereit gemacht hatte, aber der Bestienjäger hatte weder Lust dazu, ohne jede Deckung auf der Straße auf den versprochenen Tunnelkriecher zu warten, noch wollte er erst umständlich das Gewehr aus dem Koffer kramen müssen, falls sich seine Befürchtungen bezüglich Bibets Verlässlichkeit bestätigen sollten.

»Was machen wir …«, begann Himek raunend eine Frage und unterbrach sich, um sich eine vorwitzige Spinne aus dem Gesicht zu wischen, die an einem hauchdünnen Faden auf seiner Nase gelandet war. »Was machen wir, wenn keiner kommt?«

»Dann gehen wir zurück.« Siris war die Besorgnis in der Stimme des Zwergenheilers nicht entgangen.

»Wohin zurück? Zurück nach Amboss? Das können wir nicht tun. Du hast versprochen, dass …«

»Zurück in das Wirtshaus. Das nächste Gespräch dort wird nicht so freundlich sein wie das erste.«

Himek blinzelte zwei-, dreimal, als hätte er etwas im Auge. »Ach so. Ich weiß nicht, ob das eine gute Idee ist.« Er ließ sich aus der Hocke auf seinen Hintern plumpsen. »Hättest du uns wirklich alle in die Luft gesprengt? Ich meine, wenn Bibet nicht eingelenkt hätte.«

Siris zuckte die Achseln. »Kann sein. Kann aber auch nicht sein. Das Pulver war feucht.« Er musste grinsen. Bibet wäre nicht so leicht unter Druck zu setzen gewesen, wenn er gewusst hätte, dass das Sprengpulver zusätzlich zu seiner Reise auf dem Felsfraß auch noch die recht lange Fahrt über einen Ozean samt einem wütenden Sturm hinter sich hatte. Feuchtigkeit löschte das Feuer, das in den schwarzen Körnern schlummerte. Andererseits war Siris kein Stoffkundler, der eine zuverlässige Aussage darüber hätte machen können, wie es um die Sprengkraft des Pulvers tatsächlich bestellt war. Er hätte Himek erzählen können, dass er sich im *Heißen Stein* notfalls zur Seite geworfen hätte, um dem Schuss des Kochs vielleicht auszuweichen und sich die nötige Zeit zu verschaffen, hinter einem umgeworfenen Tisch oder einer der Eckbänke in Deckung zu gehen. Doch dann wäre Himek darauf gekommen, dass die Kugel unter Umständen ihn getroffen hätte, und Siris wollte nicht, dass sich der Zwerg Gedanken darüber machte, wie viel oder wie wenig ihm an dem Kurzbein lag. Eine Eskalation der Lage, bei der Himek ums Leben gekommen wäre, hätte es Siris mit etwas Glück ermöglicht, dem Bund früher als geplant den Rücken zu kehren, ohne dabei das Versprechen zu brechen, das er seiner Schwester gegeben hatte. Alles in allem war er dennoch ganz glücklich damit, wie die Dinge gelaufen waren. Bibet Darmwäscher würde sich in Zukunft etwas weniger selbstherrlich geben. »Und siehe, selbst die Hochmütigsten beugen ihr Haupt vor dem unergründlichen Wirken der Herren, deren Mägde und Knechte Werkzeug ihres weisen Willens sind«, murmelte Siris.

»Was?«, fragte Himek.

»Nichts.«

Unter das Blöken des Schlachtviehs und das sachte Rascheln der Holunderblätter mischte sich ein kratzendes Schaben. Siris, der daran gewöhnt war, die Quelle von Geräuschen rasch ausfindig zu machen, bemerkte ein Stück die Straße hinunter dicht am Zaun eine Stelle am Boden, wo sich die Erde selbst zu bewegen schien. Es gab eine kleine, wandernde Verwerfung, die Stück für Stück einen Spalt freigab – einen Spalt, der breiter und breiter wurde, bis sich schließlich ein rechteckiges Loch mit erstaunlich regelmäßigen Rändern gebildet hatte. Aus der Öffnung wuchs gleich einer unheimlichen Pflanze, wie man sie nur in den verstörendsten Träumen sieht, eine unförmige Knolle.

»Hallo?«, rief die Knolle mit einer Stimme, die klang, als versuchte jemand zu sprechen, dem man die Hand über den Mund hielt.

Nach und nach erschloss sich Siris, dass es sich bei der Knolle um den kahl rasierten Kopf eines Zwergs handelte, dessen untere Gesichtshälfte von einer merkwürdigen Apparatur verdeckt war.

»Hallo?«, rief der Neuankömmling aus dem Untergrund noch einmal.

»Ich gehe vor«, sagte Siris und bedeutete Himek mit einem festen Druck auf die Schulter, dass das Kurzbein lieber noch einen Moment im Holunderbuch verharren sollte. Siris näherte sich der Öffnung gemessenen Schritts, wobei er sein Gewehr lässig im Anschlag hielt. Ein leises Nörgeln in den Tiefen seines Bewusstseins wies ihn beharrlich darauf hin, dass das plötzliche Erscheinen dieses Zwergs den Auftakt eines besonders niederträchtig inszenierten Hinterhalts darstellen konnte. Je näher Siris dem Zwerg in dem Loch kam, desto mehr Einzelheiten konnte er ausmachen. Die Apparatur, die der Zwerg wie einen Bart aus Leder, Holz und Metall trug und die den Eindruck erweckte, als wäre sein gesamter Unterkiefer aufs Grässlichste deformiert, wurde von zwei Riemen gehalten, die am Hinterkopf zusammenliefen. Als er bis auf wenige Schritte herangekommen war, bemerkte Siris, dass auch die Nase des Zwergs von diesem Ding bedeckt wurde. Der komische Gesell kletterte nun ganz aus dem Loch heraus. Er steckte in einem eng anliegenden Anzug aus dunkelbraunem Leder, und Siris musste bei diesem Anblick unwillkürlich an eine Handvoll Scheiße denken, die jemand achtlos in einen Weinschlauch gestopft hatte, so unförmig kam ihm der Tunnelkriecher vor.

»Schnell, da runter!«, schnarrte der Zwerg und deutete auf das Loch, aus dem ein herrenerbärmlicher Gestank emporwallte. Der Tunnelkriecher neigte den Kopf. »Wart ihr nicht zu zweit?«

»Himek«, rief Siris halblaut, und er konnte hören, wie sich der Heiler ächzend in die Höhe wuchtete.

In die Wand des Schachts, der in die Kanalisation hinabführte, waren eng gesetzte eiserne Sprossen eingelassen. Sie fühlten sich unangenehm glitschig an, aber mit seinen langen Armen konnte Siris geschickt wie ein Affe daran hinunterklettern. Das von oben einfallende Tageslicht enthüllte ihm, dass er auf einem schmalen Pfad neben einem gemauerten Kanal stand, in dem eine stinkende Mixtur aus Wasser und Unrat mehr entlangkroch, als dass sie tatsächlich floss. Wenn er sich allein auf das Urteil seiner Nase hätte verlassen müssen, wäre Siris zu dem Schluss gekommen, dass er im Bauch eines riesigen ausgeweideten Schweins stand, dessen Koch sich dazu entschlossen hatte, den Kadaver einige Tage in der prallen Sonne liegen zu lassen, ehe er ihn mit schimmligen Pfirsichen, vergammeltem Fisch und faulen Eiern gestopft hatte, um ihn anschließend sorgsam zuzunähen. Selbst die schlimmsten Auswüchse der zwergischen Küche und die Fahrt im Zug hatten Siris' Magen nicht in einen solchen Aufruhr versetzt. Er entschied sich, hier unten besser durch den Mund zu atmen. Trotz des Gestanks gab es einen Umstand, der Siris' Anspannung etwas linderte: Im Dunkel schienen keine weiteren Freibündler zu lauern, die es auf ihn und Himek abgesehen hatten, um Rache für ihr dreistes Auftreten gegenüber Bibet Darmwäscher zu üben.

Nachdem auch Himek den Abstieg gewagt hatte, schwand das Tageslicht Fingerbreit um Fingerbreit dahin, als der Tunnelkriecher die Platte, die den Zugang zur Kanalisation verschloss, wieder in ihre alte Lage zurückbeförderte. In dem stockfinsteren Tunnel konnte Siris nicht einmal die eigene Hand vor Augen sehen. Er war ein Fremder in einer Umgebung, die nur noch aus Geräuschen und Gerüchen bestand.

»Ich bin Rogag«, hörte er den Tunnelkriecher sagen. »Bibet hat gesagt, ihr wollt zur Heilanstalt. Wir müssen hier entlang.«

Schritte von zwei Beinpaaren entfernten sich. Wollten ihn die Zwerge hier so einfach zurücklassen? Und warum fielen sie nicht in die eklige Brühe?

»Wo ist das Licht?«, fragte Siris.

»Das Licht?«, gab Rogag zurück. Aus dem Tunnelkriecher sprach echte Verwunderung. Wenigstens hatten die Schritte aufgehört. Er und der Heiler mussten stehen geblieben sein.

»Oh, wie dumm von mir.« Das war Himeks Stimme. »Die Menschen haben keinen zweiten Blick.«

»Wie das Seevolk?«, wunderte sich Rogag.

»Genau. Mein Freund muss sich hier unten vorkommen, als wäre er blind.«

Siris hätte seine beiden kleinen Finger gegeben, um zu begreifen, worüber die Stümpfe da redeten. Was war ein zweiter Blick?

Leder knarzte, und ein Rascheln wie von den Pfoten einer Maus auf trockenem Laub wisperte in der Finsternis. »Ich glaube, da kann ich ein wenig Abhilfe schaffen.«

Siris fuhr herum, als er eine Hand an seiner Hüfte spürte, und der Lauf seines Gewehrs schlug gegen etwas Weiches.

»Pass doch auf«, murrte Rogag. »Mach eine Schale mit den Händen und streck die Arme aus.«

Unter gewöhnlichen Umständen hätte Siris dem Tunnelkriecher für diesen schnarrenden Befehlston ein, zwei saftige Ohrfeigen verpasst, doch dazu hätte er den Stumpf erst einmal sehen müssen. Mit einem mürrischen Knurren tastete Siris nach der Tunnelwand, lehnte vorsichtig sein Gewehr dagegen und folgte Rogags Anweisung.

Fingernägel rieselten auf seine Handflächen – oder wenigstens war dies Siris' erster Eindruck. Er unterdrückte den Reflex, seine Arme zurückzuziehen und sich die Hände auszuschütteln.

»Jetzt musst du reiben«, ordnete der Tunnelkriecher an. »Wie beim Waschen.«

Was immer da zwischen Siris' Händen zermahlen wurde, waren keine Fingernägel. Dazu zerbrach das Zeug zu leicht, und es knackte und zerbröselte zu mühelos. Was hatte Rogag mit ihm vor? Was sollte diese Prozedur nützen? Was hatten seine Hände mit seinen Augen zu tun?

Siris gab ein erstauntes Grunzen von sich, als seine Hände erst kaum merklich – wie der erste Streif der Morgendämmerung am Horizont – und dann immer kräftiger zu leuchten begannen. Seine Augen brauchten einen Moment, um seinem Hirn begreiflich zu machen, dass dieses in seine Hand gebannte Strahlen nicht dem der Sonne entsprach. Die Sonne leuchtete nicht in einem fahlen Grün, und noch dazu ging von diesem geisterhaften Licht keine Wärme aus. »Was ist das?«

»Getrocknete Leuchtkrabben, gefangen in den Immerschwarzen Seen tief im Herzen der Berge«, erklärte Rogag. »Eine alte Methode, um sich in Gängen zu bewegen, die auch mit dem zweiten Blick gefährlich sind, weil in ihnen alles gleich kalt und gleich warm ist. Das könnte uns hier nicht passieren, denn Wasser wird warm, wenn man Unrat hineinkippt.«

Siris bewegte unsicher die Arme. Er kannte aus seiner Heimat Tiere, die von innen heraus leuchteten – wie etwa den Lockfisch von der Perlenküste und die Feuerschrecke in den dichtesten Dschungeln an den Hängen der Berge des Fließenden Feuers –, aber er hätte es nie für möglich gehalten, dass man sich diese Eigenschaft so zunutze machen konnte. Das Licht an seinen Händen reichte aus, um einen Bereich zu erhellen, der ungefähr einer einfachen Mannslänge entsprach. Das war beileibe nicht genug, um ihm sämtliche Beklemmungen zu nehmen, aber besser als die tintige Schwärze, die ihn zuvor umfangen hatte.

Rogag steckte ihm etwas in die Manteltasche. »Da ist noch mehr, falls du Nachschub brauchst. Und jetzt los.«

Der Tunnelkriecher übernahm die Führung, und soweit Siris es sehen konnte, bewegte er sich mit einer beeindruckenden Sicherheit durch die Gänge. Während Siris den Kopf eingezogen halten musste, um nicht gegen die Decke zu stoßen, und einige Male so nah an den Rand des Kanals trat, dass er um ein Haar das Gleichgewicht verloren hätte, wuselte Rogag so behände über die schmalen Pfade wie ein Eichhörnchen über die dürrsten Äste eines Baums. Nur dort, wo die Zwerge zu beherzten Sprüngen über die übel riechenden Ströme ansetzen mussten, hatte Siris dank seiner längeren Beine einen Vorteil. Dafür sah er nicht immer so genau, wo er hinsprang. *Lass dich fallen, Knecht, denn deine Herren fangen dich auf.* Siris hatte nie viel auf die Choräle gegeben, die die meisten anderen Bewohner der Zerrissenen Reiche sangen, um ihre fernen Götter zu preisen, doch nun fragte er sich, ob an der Behauptung der Prediger, ein herrengläubiger Mensch ginge mit größerer Zuversicht durchs Leben, nicht vielleicht doch etwas dran war.

Die beiden Zwerge konnten in der Düsternis offenbar so gut sehen – was immer dieser geheimnisvolle zweite Blick denn auch genau sein sollte –, dass sie sogar dazu in der Lage waren, eine Unterhaltung zu führen.

»Warum trägst du eigentlich diese Maske?«, erkundigte sich Himek irgendwann in einer ruhigeren Passage bei dem Tunnelkriecher. »Erträgst du den Geruch nicht?«

Unter Rogags Maske quälte sich ein Laut hervor, der wohl ein Lachen war. »Nein. Daran gewöhnt man sich schneller, als du denkst. Aber die Wände dieser Tunnel sind an vielen Stellen rissig, und aus einigen Spalten steigen Dämpfe empor, die dich rascher töten als ein Hammerschlag auf den Schädel.«

»Und diese Apparatur schützt dich davor?«

»Bis jetzt bin ich noch am Leben.«

Siris kam die Idee, sich einzuprägen, welche Abzweigungen in den verwinkelten Gängen Rogag nahm, aber noch im gleichen Augenblick erkannte er, wie sinnlos dieses Unterfangen war. Der Einfall kam viel zu spät, denn mittlerweile waren sie schon zu oft abgebogen, als dass Siris darauf hoffen konnte, zum Ausstieg zurückzufinden. Einzig der Gedanke, dass es noch andere Ein- und Ausgänge geben musste, tröstete ihn ein wenig über seine anfängliche Nachlässigkeit hinweg. Wenn diese ganze Sache vorbei war, würde er sich in einem zwergischen Gasthof ein Bad einlassen und nie wieder aus der Wanne steigen.

Vor Rogag schien sich der Tunnel zu öffnen, und mit jedem Schritt gewann ein Tosen und Prasseln, das Siris zuvor für eine Eingebung seines gequälten Geistes gehalten hatte, an Lautstärke. Er erkannte einen metallenen Steg, der nicht breiter als sein Rücken war und dessen Geländer ihm nicht einmal bis zu den Knien reichte. Links dieser Brücke ergoss sich ein steter Schwall der zähen Suppe in einen düsteren Abgrund. Die widerwärtige Flüssigkeit war so nah, dass sich hin und wieder ein Spritzer von ihr auf Siris' Gesicht verirrte. Keine noch so ausführliche Schilderung der Pein, die die Ungläubigen in der Nachwelt erwarteten, hätte ein solches Grauen auslösen können wie die Vorstellung, auf diesem sechsmal vermaledeiten Steg zu stürzen und in jenem Schlund zu verschwinden, der gierig die Exkremente und Abfälle einer Zwergenstadt verschlang. Sollte Siris womöglich besser auf allen vieren weiterkriechen? Nein, diese Blöße konnte er sich unmöglich geben. Wenn er jetzt in die Knie ging, hätte er jede Achtung vor sich selbst verloren. Auch auf die Gefahr hin, an dem Gestank zu ersticken, führte Siris eine der Atemübungen aus, die ihm sein Vater beigebracht hatte. Sie beruhigte ihn nicht völlig, aber sie weckte zumindest die berechtigte Hoffnung, dass ein Mann, der an einem Tag gleich zwei Greifen erlegen konnte, es auch mit dieser Brücke aufnehmen konnte.

Und tatsächlich gelang es ihm, das Hindernis zu meistern. Sein Stolz welkte dahin wie eine Rose unter der glühenden Sonne der Großen Salzbrache, als er, am anderen Ende der Brücke angekommen, bemerkte, dass Himek und Rogag schon ungeduldig auf ihn warteten.

»Gleich kommt eine Treppe. Haltet die linke Hand an der Wand, denn wenn ihr zu weit nach rechts tretet, geht ihr baden«, warnte der Tunnelkriecher.

»Wo sind wir hier?«, fragte Himek, dessen Stimme durch das Dunkel hallte, als befänden sie sich nun in der Gebetshalle eines Herrenschreins.

»Das ist eine Kaverne mit einem Überlaufbecken«, erklärte Rogag. »Wenn es regnet, muss das zusätzliche Wasser aufgefangen werden. Aber ich glaube, im Moment kommen wir noch trockenen Fußes auf die andere Seite.«

»Was meinst du denn mit der anderen Seite?«

»Wir gehen um das Becken herum. Wie gesagt, haltet die linke Hand an der Wand und ihr seid so sicher wie an der Zitze eurer Mutter.« Der Tunnelkriecher setzte sich in Bewegung. »Meine Mutter hat sich jedenfalls immer gut um mich gekümmert.«

Als er die Stufen hinunterging, hielt sich Siris an Rogags Rat. Seine Hand, die am feuchten Stein entlangglitt, hinterließ einen kümmerlich glimmenden Streifen, dessen Leuchten nach wenigen Wimpernschlägen gänzlich erlosch. Am Fuß der Treppe prallte er gegen Himeks Rücken, weil der Heiler mit einem Mal wie angewurzelt stehen geblieben war. Himek starrte mit weit aufgerissenen Augen in das Überlaufbecken hinein.

»Was ist los? Warum sind deine Sohlen aus Leim?«, wollte Siris wissen. Er reckte den Arm nach rechts, aber er konnte außer dem sanft schwappenden Wasser, auf dem hier und da formlose Klumpen schwammen, nichts erkennen.

»Da ist etwas in diesem Becken«, flüsterte Himek erstickt.

»Ja. Scheiße. Geh weiter«, grollte Siris.

»Nein. Dafür ist es zu groß.«

»Warum seid ihr stehen geblieben?«, rief Rogag aus einiger Entfernung ungehalten.

»Irgendetwas schwimmt da drin«, sagte der Heiler lauter, damit ihn auch der Tunnelkriecher hören konnte.

»Was? Wo?«

»Da! Neben dem breiten Stützpfeiler! Jetzt ist es wieder weg!« Siris sah weder einen Stützpfeiler noch irgendetwas schwimmen. Offenbar brauchte man dazu diesen dämlichen zweiten Blick. »Halt! Dort vorn ist es wieder. Beim Bart des Befreiers! Es ist riesengroß!«

Rogag tauchte wie ein Geist neben Himek auf. »Wo?«

»Es ist wieder untergetaucht.«

»Wie groß war es?«

»Keine Ahnung. Aber größer als ein Rind.«

Der Tunnelkriecher packte den Heiler am Arm. »Nicht stehen bleiben! Wenn es ein Bleicher Reißer ist, nehmen wir lieber die Beine in die Hand.«

»Was ist ein Bleicher Reißer?« Siris hatte genug von dem aufgeregten Geschnatter der Zwerge.

Statt einer Antwort erhielt er einen Stoß in die Hüfte. Himek hatte sich auf ihn geworfen. Siris geriet ins Taumeln, und einen grauenhaft langen Augenblick hätte er sein letztes Hemd darauf verwettet, dass er gemeinsam mit dem verrückt gewordenen Zwerg in das Becken stürzen würde. Dann schlug sein Hinterkopf gegen die Wand, und der Schmerz, der ihm wirbelnde Räder aus Feuer vor die Augen zauberte, verriet ihm, dass ihm dieses unwürdige Schicksal erspart bleiben würde.

An der Stelle, an der er gerade noch gestanden hatte, schnellte ein massiger Schädel aus der Brühe. Zwei armlange Kiefer mit spitzen, schartigen Zähnen schnappten dort zusammen, wo seine Beine gewesen wären, wenn Himek sich nicht auf ihn geworfen hätte. Im fahlen Licht, das seine Hände abstrahlten, schimmerten schleimige Schuppen, und über blinde Augen, in denen sich noch nie das Licht des Tages gespiegelt hatte, schlossen sich nutzlose Lider.

Der Leib des Bleichen Reißers rutschte zurück in das Becken, und die Bestie war verschwunden.

»Schnell!« Siris schob Himek von sich herunter und legte das Gewehr an. »Wo ist es?«

»Was?«

»Das Ding. Wo ist es? Sag mir, wohin mein Gewehr zielen muss!« Der Heiler verhielt sich genau so, wie Siris es befürchtet hatte: wie ein Kind, dessen Leben noch nie zuvor in ernsthafter Gefahr gewesen war. Und wenn der Zwerg nicht in Windeseile etwas dazulernte, würde sich der Bleiche Reißer heute einmal richtig satt fressen.

»Was macht ihr da?«, hörte Siris den Tunnelkriecher schreien. Er klang fast so, als hätte er sich seine Apparatur vom Gesicht gerissen. »Flieht, ihr Klapperköpfe.«

Himek wollte sich aufrappeln, aber Siris hielt ihn am Hosenbund fest und zerrte ihn zu sich herunter. »Wo ist es? Wo?«, brüllte er dem Zwerg ins Ohr.

»Ich weiß es nicht«, greinte Himek. »Irgendwo da drin.«

Siris packte den Heiler am Kinn und drehte ihm das Gesicht in Richtung des Beckens. »Schau nach.«

»Da!« Himeks Zeigefinger schoss nach vorn.

Siris richtete den Lauf seines Gewehrs so gut es ging am ausgestreckten Arm des Zwergs aus und drückte ab.

Für einen Wimpernschlag erleuchtete das Mündungsfeuer die Halle, und Siris glaubte ein weißes Monstrum zu erahnen, das durch das Wasser auf sie zupflügte.

»Weiter links«, kreischte Himek.

Der nächste Schuss krachte, und die Kugel pfiff als Querschläger davon, nachdem sie mit einem deutlich vernehmbaren Geräusch an etwas Hartem abgeprallt war.

»Zu weit! Zu weit! Mehr rechts! Und tiefer!«

Siris feuerte ein weiteres Mal, wohlwissend, dass er nun nur noch zwei Patronen in der Trommel hatte.

»Ja!«, jubelte Himek. »Du hast es getroffen! Du hast es …« Sein glückliches Lachen erstarb. »Es schwimmt weiter. Schieß! Schieß doch! Dichter vor uns!«

Das Wasser, das der Bleiche Reißer vor sich herdrückte, floss über Siris' Stiefelspitzen. Die Bestie konnte nicht mehr weit entfernt sein.

»Warum schießt du denn nicht?«, heulte Himek verzweifelt.

»Sag, wenn es fast da ist«, bellte Siris. Es hatte keinen Sinn, weiter so blind ins Dunkel hineinzufeuern. »Sag es, und dann spring nach links.«

»Aber wieso?«

»Sag es und spring, du Schepperkopf!« Wenn Himek nicht tat, was er von ihm wollte, war es um sie geschehen. Siris atmete tief ein und aus. Einmal, zweimal.

»Jetzt.« Himek hopste wie ein Frosch beiseite, als der Bleiche Reißer mit aufgerissenem Maul erneut nach Beute schnappte. Siris warf sich nach rechts. Das Licht an seinen Händen reichte gerade aus, um noch die lächerlich kurzen Stummelbeine zu erkennen, mit denen sich das Ungetüm an Land fortbewegte. Im Fallen verschoss der Bestienjäger seine beiden letzten Kugeln. Eines der Geschosse schlug dem Bleichen Reißer durch den Oberkiefer, das zweite fuhr eine Handbreit neben einem der blinden Augen in den Schädel.

Siris ertappte sich bei einem Stoßgebet an die Herren, deren Existenz er für ein Lügenmärchen hielt. Der Bleiche Reißer rutschte vom Gewicht des eigenen Leibs gezogen in die Dunkelheit zurück.

»Himek! Bewegt es sich noch?«

Bange Momente des Schweigens vergingen.

»Himek?«

Siris richtete sich auf. Von seinem Ellenbogen aus tanzten ihm giftspritzende Ameisen unter der Haut den Arm hinunter.

»Himek?«

»Es ist tot.« Die Stimme des Heilers war kaum mehr als ein Hauch.

Schritte kamen auf ihn zu. »Du hast es erwischt.« Himek gab einen Laut von sich, der irgendwo zwischen einem Schluchzen und einem Lachen lag, wie ein Kind, das sich darüber amüsierte, auf besonders spektakuläre Weise von einer Mauer gefallen zu sein und diesen Sturz nicht mit dem Leben, sondern nur mit ein paar aufgeschürften Knien bezahlt zu haben.

Ein zweiter Schemen tauchte aus der Dunkelheit auf. »Los, los. Nicht liegen bleiben«, drängte Rogag. »Wo einer ist, sind oft auch zwei.«

Der Tunnelkriecher, der sich vor Aufregung wirklich seiner Maske entledigt hatte, zwängte sich an der Wand an Siris und Himek vorbei, um auf die Treppe zuzuhalten.

»Wohin gehst du?«, ächzte Siris.

»Was ist denn das für eine Frage? Zurück natürlich. Heute ist kein guter Tag, um durch die Tunnel zu kriechen.«

Siris kämpfte sich hoch und eilte Rogag hinterher, den linken Arm ausgestreckt, um seinen Weg zu beleuchten. Er holte den Zwerg auf der Treppe ein. »Zurück geht es nicht.«

Rogag stapfte unbeirrt die Stufen hinauf. »Du siehst doch, dass das geht.«

Siris griff von hinten nach der Ferse des Tunnelkriechers. Mit einem schrillen Schrei schlug Rogag auf den Stufen auf und begann hilflos mit den Armen zu rudern.

Siris war zu weit gekommen, um jetzt noch umzukehren. Und auf gar keinen Fall würde er noch einmal über die verdammte Brücke gehen. Rogag würde ihn und Himek zu diesem Irrenhaus bringen – selbst wenn er den Stumpf den Rest der Strecke wie einen Sack Kohle hinter sich herschleifen musste.

32

Je länger der Versuch andauerte, desto greller wurde das Licht der Gasleuchten an den Wänden, das den Operationssaal erhellte. Oder kam es Ulaha nur so vor und die Flammen in ihren gläsernen Gefängnissen strahlten keinen Deut heller?

Vielleicht lag es an den hellen Energien, die Kolbner durch sie strömen ließ, um ihre Kräfte zu stärken. Die Metallplättchen, die man ihr an die Stirn geleimt hatte, waren schon ganz heiß geworden. Sie stöhnte, und der Leiböffner an der Kiste mit der Kurbel, in die die Drähte, die von den Plättchen abgingen, hineinführten, lachte dumpf unter seiner gesichtslosen Maske. Sie krallte die Hände fester um die Stuhllehnen und wartete auf das flüssige Feuer, das durch die Plättchen in ihren Kopf gepumpt wurde.

»Beim nächsten Durchgang schaffst du es ganz bestimmt, meine Liebe«, redete Kolbner beruhigend auf sie ein. Er stand hinter dem Tisch, auf dem das braune Ei lag, das sie mit der Macht ihres Geistes zum Schweben bringen sollte. »Wenn mich nicht alles getäuscht hat, gab es beim letzten Mal schon ein ganz leichtes Wackeln. Du musst zuversichtlich sein. Denk nur daran, was wir alles bei den letzten Experimenten erreicht haben. Du hast die Feder bereits nach vier Schüben von einem Glas ins andere bewegt. Das ist vor dir noch keinem meiner Patienten gelungen.«

»Ich gebe mir Mühe«, versprach Ulaha, und sie meinte es ernst. Nachdem sie ihm geschworen hatte, sich ihm nicht länger zu widersetzen, war der alte Zwerg wieder viel, viel freundlicher zu ihr. Sie durfte wieder ein Kleid tragen, die weichere Matratze hatte sie ebenfalls zurückerhalten, und gelegentlich gestattete Kolbner ihr, unter Aufsicht die Waschräume aufzusuchen. Vielleicht würde er ihr irgendwann sogar so weit vertrauen, dass er seinen Helm in ihrer Gegenwart absetzte.

Der Anstaltsleiter gab dem Leiböffner an der Kurbelkiste einen Wink. Ulaha machte schnell die Augen zu, weil sie dann das Brennen leichter ertragen konnte. Am Anfang hatte Kolbner ihr dies verboten, weil er befürchtete, sie würde sich in den Ewigen Hain flüchten, der seiner Ansicht nach nur eine Hervorbringung ihres angegriffenen Verstands war. Als sie ihm eröffnet hatte, dass sie nicht mehr in den Wald ging, zeigte er sich äußerst zufrieden.

Das Surren der Kurbelkiste wurde lauter, und hinter ihren geschlossenen Lidern brach eine Woge aus gleißendem Licht über sie herein. Über das Brennen und Lodern hinweg spürte sie, wie die durchsichtigen Steine in ihrer Stirn und in ihrer Kehle zu vibrieren begannen. Sie stellte sich das Ei vor. Seine braune Schale. Den Schatten, den es auf die Tischplatte warf. Die runde Spitze und den gewölbten Bauch. Das, was Kolbner von ihr verlangte, war so ähnlich, wie ihre Hülle abzustreifen und ihren Geist von den Muskeln und Knochen zu lösen, die ihn in der starren Welt verankerten. Sie durfte ihn nur nicht völlig freigeben. Es reichte, wenn sie einen Teil von ihm losschickte, wie einen Finger oder eine Hand, die vorsichtig umhertastete. Ah, da war der Tisch. Er war kalt, oder zumindest hätte sie es so beschrieben, wenn es eine körperliche Empfindung gewesen wäre. Die Hand ihres Geistes glitt über das kühle Holz. Nun musste sie nur noch das Ei finden und es umschließen. Ob es wärmer war als der Tisch? Oder weicher? Das musste es sein. Dieses raue, kleine Ding, das sich so angenehm an sie anschmiegte. Es war viel schwerer, als sie gedacht hätte. Wie ein Stein. Aber sie hatte doch mit der Hand ihrer stofflichen Hülle schon Hunderte, wenn nicht Tausende Steine hochgehoben. Wie könnte sie dann dort versagen, wo sie die Hand ihres Geistes anlegte?

Mit einem Mal verlosch das Gleißen in ihrem Kopf und der Schmerz an ihren Schläfen wandelte sich von einem schier unerträglichen Glühen zu einem brennenden Prickeln. Sie öffnete die Augen, aber es blieb dunkel.

»Das darf doch wohl nicht wahr sein!«, hörte sie Kolbner fluchen. »Was ist mit dem Gas?«

Der gesamte Operationssaal war in undurchdringliche Schwärze gehüllt. Ulaha hob die Hand vor den Mund, um ein Lächeln zu verbergen, das ohnehin niemand gesehen hätte. Warum gruben sich die Zwerge auch immer so tief in die Berge ein? In einem richtigen Haus – einem Haus mit Fenstern,– war es nie so dunkel, selbst wenn man die Läden schloss.

»Schau nach, was da passiert ist, Kitak«, sagte Kolbner ärgerlich. »So kann ja kein Zwerg arbeiten.«

Hastige Schritte entfernten sich von ihr, und sie hörte: »Ich werde umgehend dafür sorgen, dass wir wieder Licht haben, Anstaltsleiter Kolbner.«

Eine Tür öffnete sich und wurde sogleich wieder ins Schloss gezogen.

»Habe ich es geschafft?«, fragte sie in die ungefähre Richtung, aus der das zornige Schnauben des alten Zwergs kam. »Das Ei zum Schweben zu bringen, meine ich. Habe ich es diesmal geschafft?«

»Ich weiß es nicht«, antwortete Kolbner. »Ich sehe ja nicht einmal die eigene Hand vor Augen.« Seine Lederschürze knarzte und knirschte. Ein Tappen von Fingern auf trockenem Holz erklang, auf das ein nasses Pitschen folgte. »Tatsächlich«, sagte Kolbner beeindruckt. »Es muss in genau dem Augenblick geschwebt haben, als die Lampen ausgegangen sind. Oder du hast es zerquetscht, aber selbst dies wäre ein enormer Fortschritt.«

»Dann bist du mit mir zufrieden?«, erkundigte sich Ulaha.

»Sehr sogar.« Kolbner war offenbar näher an sie herangetreten, denn nun war seine Stimme etwas lauter. »Das heißt, dass ich mit meinen Forschungen auf der richtigen Spur bin. Wenn wir so weitermachen, drehst du in Windeseile eine ganze Schiffsschraube. So wie Onunu. Und du musst dafür nicht einmal fremdgelenkt werden.« Er schwieg einen Moment. »Was dauert denn das mit dem Gas so lange? Kann man diesen nichtsnutzigen Ringelwurm überhaupt irgendetwas heißen?« Sie spürte Kolbners Hand auf ihrem Oberschenkel. »Soll Kitak doch bleiben, wo man die Nachttöpfe leert!« Die Berührung des alten Zwergs wanderte Ulahas Leib hinauf zu ihrer Wange. »Du hast dir eine Belohnung verdient. Wir können die Versuchsreihe auch später noch fortsetzen. Auf eine Fünftelschicht mehr oder weniger kommt es nicht an. Steh auf und leg deine Hand auf meine Schulter.«

Sie kam seiner Aufforderung nach.

»Komm, aber mach kleine Schritte, damit wir nicht stolpern«, sagte Kolbner und setzte sich in Bewegung. »Wenn ich nur den zweiten Blick noch hätte, dann könntest du deinen Arm bei mir unterhaken wie bei einem richtigen Spaziergang. Würde dir das gefallen?«

Sie schwieg, weil sie sich fragte, ob sie Kolbner etwas sagen sollte. Er hatte vergessen, ihr die Mütze wieder aufsetzen, die ihren Geist in seiner Hülle hielt. Kitak hatte sie ihr ausgezogen, weil sie sonst die Aufgabe, die eben an sie gestellt worden war, nie hätte vollbringen können. War es womöglich ein Zeichen, dass Kolbner nun nicht länger befürchtete, sie könnte irgendwelche Dummheiten machen? Ja, das musste es sein. Deshalb hatte er die Kappe auf dem Kurbelkasten liegen lassen.

»Wenigstens kenne ich mich in meiner eigenen Anstalt so gut aus, dass ich kein Licht brauche, um mich zurechtzufinden«, merkte Kolbner an, als sie die Tür des Operationssaals erreichten. Er öffnete sie, aber auch dahinter lag nur tintige Schwärze. Waren wirklich alle Lichter in dem großen Haus ausgegangen? War der Atem der Erde, mit dem die Zwerge es beleuchteten, verstummt? Sie spitzte die Ohren. Von überallher drangen Schritte und aufgeregtes Gemurmel an ihr Ohr.

»Hier geht es zu wie in einem Hasenstall, in dem ein Frettchen wütet«, murmelte Kolbner. »Ich kann nur hoffen, dass sich nicht irgendein Klapperkopf den Schädel einrennt, wenn alle sich so kopflos verhalten.«

»Beim Bart des Ersten Vorarbeiters!«, dröhnte es unvermittelt in ihrem Kopf. »Wo schafft er sie nur hin?« Wem gehörte diese innere Stimme, die ihr irgendwie vertraut erschien, als gehörte sie einer Person, deren Gedanken sie schon einmal wahrgenommen hatte?

»Alles in Ordnung?«, fragte Kolbner, der bemerkte, dass seine Patientin zögerlicher voranschritt.

»Ich habe nur gedacht, da wäre jemand gewesen.«

»Wahrscheinlich nur irgendein Pfleger, der über die eigenen Füße gestolpert ist. Achte nicht weiter darauf. Es lenkt mich ab, wenn du ständig innehältst.«

Der Zwerg bog nach links ab, ging ein paar Schritte, wandte sich nach rechts, blieb stehen, und dann klackte leise ein Schlüssel im Schloss. »Vorsicht, Ulaha. Jetzt kommen wir gleich an eine Treppe nach oben.«

Trotz Kolbners Warnung stieß sie sich die Zehen, weil die Stufen höher waren, als sie gedacht hatte. Es war eine sehr, sehr lange Treppe mit vielen Absätzen, die sie gemeinsam erklommen. Einmal wäre ihr bei diesem Anstieg fast die Hand von seiner Schulter gerutscht, aber er griff gerade noch rechtzeitig nach ihren Fingern. Ulaha geriet ein wenig außer Atem, da es lange her war, dass jemand ihrem Körper eine solche Anstrengung abverlangt hatte. Wo brachte Kolbner sie hin? Sie tröstete sich mit dem Gedanken, dass er sie zumindest nicht hinab in die furchtbare Halle lockte, in der Onunu bleich und halbtot in diese grauenerregende Maschine gespannt war.

Weiter und weiter wand sich die Treppe durch die Dunkelheit, bis schließlich Kolbner anhielt und erneut ein Schlüssel klimperte. Er stieß eine Tür auf, machte einen letzten Schritt nach vorn und nahm danach Ulahas Hand von seiner Schulter. »Da wären wir. Gleich wirst du dich sehr freuen«, sagte er.

Hatte er ihr einen grausamen Streich gespielt? Hier war es genauso finster wie zuvor, aber es war kälter und es nieselte nass von oben auf sie herab. Dann wurde es plötzlich ein wenig heller, und sie konnte Kolbner als grauen Schemen neben sich stehen sehen. Der Schemen hob einen Arm und zeigte in die Höhe.

Weit, weit über sich erkannte Ulaha einen winzigen, blauschwarzen Splitter, der in der Düsternis hing. Weiße Lichter funkelten in seinem Innern, und unsichtbare Hände zogen wehende Bahnen aus bleichem Stoff an ihm vorbei.

»Das ist der Himmel, Ulaha«, sagte Kolbner.

Ihr Blick blieb wie gebannt nach oben gerichtet. »Der Himmel«, flüsterte sie tränenerstickt.

»Ja. Es ist Nacht, und ein Sturm kommt auf«, erklärte der Zwerg.

»Ich bin draußen«, sagte Ulaha glücklich. »Ich bin draußen.«

»Nicht ganz«, räumte Kolbner ein. »Wir stehen lediglich in einer Spalte am Hang jenes Bergs, in den die Anstalt hineingebaut wurde. So gesehen halten wir uns nicht im Freien auf, aber ich dachte mir, wir sollten klein anfangen.«

Ulaha machte einen Schritt nach vorn und begann laut zu lachen. Sie konnte den Himmel sehen. Es war Nacht. Es gab noch eine Welt jenseits ihres Gefängnisses. Sie summte ein Lied, das sie von ihrer Großmutter gelernt hatte, und wirbelte um die eigene Achse. Jetzt waren ihr die Beine auf einmal gar nicht mehr schwer.

»Ich wusste, dass es dir gefallen würde«, sagte Kolbner zufrieden. »Und wenn du weiterhin so gut mitarbeitest, darfst du öfter hierherkommen. Wir müssen dich schließlich schrittweise daran gewöhnen, dich wieder außerhalb der Anstalt zu bewegen. Es gibt einige Freunde von mir, die dich nur zu gern näher kennenlernen würden, weil ich ihnen so viel von dir erzählt habe.«

Ulaha tanzte, die Arme weit von sich gestreckt, den Kopf in den Nacken geworfen. Sie wusste jetzt auch, woher die Nässe auf ihrem Gesicht kam. Das waren keine Tränen. Es war Regen, und die feinen Tröpfchen überschütteten ihre Haut mit feuchten Küssen. »Es regnet«, unterbrach sie ihr Summen, »es regnet.« Sie rieb sich die Wangen und die Arme. »Es regnet«, jubelte sie noch einmal. Sie schob sich ihr Kleid von den Schultern, und am liebsten hätte sie sich nackt ausgezogen, um die Liebkosungen der Natur überall zu spüren.

Sie blieb wie angewurzelt stehen. Eine schwarze Gestalt war in der Tür zu diesem wunderbaren Ort erschienen, hinter der ein warmes Leuchten verriet, dass es den Zwergen gelungen war, den Atem der Erde neu zu entfachen.

»Ah, Kitak«, machte Kolbner. »Und? Was gibt es zu vermelden?«

»Wir hatten irgendwelche Probleme mit dem Gas«, sagte der Leiböffner. Seine Stimme, die durch die Maske gedämpft war, kam Ulaha merkwürdig anders vor. Und weshalb sagte seine innere Stimme etwas ganz anderes als das, was man hörte? »Jemand hat am falschen Hahn gedreht, aber jetzt ist alles wieder ordentlich geregelt. Wir halten die Zufuhr aus reiner Vorsicht noch eine Weile gedrosselt.«

Kolbner verschränkte die Arme vor der Brust. »Das heißt also, dass wir unsere Versuche mit der Feder fortsetzen können?« Wieso nur redete er von einer Feder? Wie konnte er vergessen, dass sie das Ei zum Schweben gebracht hatte? Warum sollte sie sich nun plötzlich wieder mit einer Feder abgeben, die doch viel leichter war als ein Ei?

Der Leiböffner nickte. »Ja, dem steht nichts mehr im Wege.«

»Ist das so? Wie erfreulich.« Kolbner ging gemessenen Schritts auf die Tür zu und deutete auf die Treppe. »Nach dir, mein Freund.« Er drehte sich zu ihr um. »Komm, Ulaha.«

»Ich würde lieber hier bleiben«, sagte sie.

»Das geht nicht. Später. Später darfst du noch einmal den Himmel sehen.« Kolbner wandte sich wieder an den Leiböffner, der sich nicht von der Stelle gerührt hatte. »Habe ich mich undeutlich ausgedrückt? Du sollst vorangehen.«

Der Untergebene fügte sich der Autorität Kolbners und begann, die Treppe hinabzusteigen. Kaum hatte er sich umgedreht, sprang Kolbner nach vorn und versetzte ihm einen Stoß in den Rücken. Der Leiböffner schrie auf und polterte die Stufen hinunter. Erst die Wand am ersten Treppenabsatz bremste seinen Sturz, bei dem er sich mehrfach überschlug. Kolbner hetzte hinterher, rollte den Leiböffner auf den Rücken und riss ihm die Maske vom Gesicht.

»Ich habe es gewusst«, schrie Kolbner. »Was für eine Dreistigkeit. Wie kannst du es wagen, mich mit einem so durchschaubaren Trick in einen dunklen Stollen locken zu wollen? Hast du gedacht, ich würde deine Stimme nicht mehr erkennen?«

Ulaha blieb an der Tür stehen und schaute nach unten, wo Kolbner nun auf der Brust des Leiböffners kniete. Das war gar nicht Kitak. Das war der junge Zwerg, der zusammen mit der Menschenfrau mit dem Buch verschwunden war.

»Du unverschämter Verräter! Du Made! Du feiges Stück Schlacke!« Bei jeder seiner Beleidigungen hieb Kolbner dem jungen Zwerg die Faust ins Gesicht. »Du undankbarer Flachdenker! Du fiese Natter!« Dem Opfer von Kolbners Wutausbruch sprudelte Blut über die aufgeplatzten Lippen und aus der zu einem unförmigen Klumpen zermalmten Nase. »Ich habe dich behandelt wie einen eigenen Sohn.

Und was hatte ich davon? Dass du mir in den Rücken fällst und dich mit einer Menschenfrau auf und davon machst!«

Während Kolbner den jungen Zwerg am Hals packte und ihn zu würgen begann, setzte Ulaha einen Fuß auf die erste Stufe. Warum war Kolbners ehemaliger Freund zurückgekommen? Und warum hatte sie das Gefühl, als versuchte er aus Augen, die von nassem Rot umrandet waren, über Kolbners Schulter hinweg ihrem Blick zu begegnen?

Kolbner ließ von seinem Opfer ab. Er griff unter seine Schürze und zerrte ein flaches Kästchen aus seiner Jackettasche hervor. »Es wäre noch viel zu gut für dich, wenn ich dir das Genick brechen würde, du Hund!« Mit zitternden Fingern klappte er das Kästchen auf. »Damit bringe ich dich um!« Grinsend wandte er sich kurz zu Ulaha. »Das hier war eigentlich für dich bestimmt, falls du mir noch einmal einen solchen Ärger gemacht hättest wie beim letzten Mal. In meiner Lage kann man gar nicht umsichtig genug sein. Ich kann ja nicht zulassen, dass mir noch ein Leiböffner abhanden kommt, nicht wahr? Aber keine Angst, meine Liebe, dieses Gift wird jemand anderem den Tod bringen. Jemandem, der sich ein solch jämmerliches Ende redlich verdient hat. Auf dich wartet ein Armengrab, Himek Steinbrecher.«

Himek. So hieß der junge Zwerg also. Ulaha ging weiter die Treppe hinunter, während Kolbner eine Spritze aus dem Kästchen holte und die Schutzkappe von der Nadel zog. Ulaha achtete auf nichts mehr als Himeks rotumrandete Augen.

Kolbner setzte die Spritze an Himeks Hals an. Ein ohrenbetäubendes Krachen ertönte, und der alte Zwerg wurde von der Brust des Leiböffners heruntergeschleudert. In der Ecke des Treppenabsatzes sank Kolbner in sich zusammen. Oberhalb des Herzens klaffte ein großes Loch in seiner Schürze. Von seinen Rändern stieg kräuselnder Rauch auf, und rasch füllte es sich mit hellem Blut.

Ein Mensch mit langem, dunklem Haar trat durch eine Wolke aus Pulverdampf hindurch, und obwohl er mit seinem entschlossenen Gesicht und dem großen Gewehr in seinen Händen eine furchterregende Erscheinung war, wollte, ja musste Ulaha ihm entgegeneilen.

Am Treppenabsatz angekommen verharrte sie, weil sie etwas am Saum ihres Kleides packte. Sie schaute zu Boden und in Kolbners kalkweißes Gesicht. Seine Lippen zuckten unter dem Bart, als murmelte der alte Zwerg leise vor sich hin. Er tat ihr leid. Sie hatte immer geahnt, dass er am Ende falsch damit lag, ihr erklären zu wollen, was ihr Schicksal war.

Der Mensch, von dem ein beißender Geruch ausging, schlug die Finger seiner linken Hand wie Krallen in Himeks Schulter und schüttelte den Leiböffner, wobei er in einer fremden, singenden und schnurrenden Sprache Laute ausstieß, bei denen es sich nur um Verwünschungen handeln konnte. Auch seine innere Stimme sprach in dieser seltsamen Zunge, doch als Ulaha ihr lauschte, zogen Bilder vor dem Auge ihres Geistes vorbei. Erst sah sie Himek in Kitaks Kleidung und den Menschen, wie sie die Treppe hinaufschlichen. Danach nur den Menschen, der an einem Absatz auf halber Strecke wartete. Dann kamen Ulaha, Himek und Kolbner die Treppe hinunter, Kolbner voran und Himek mit Ulaha an der Seite. Aber so war es doch gar nicht gewesen. Was sollten diese Bilder bedeuten?

Himek gab ein leises Röcheln von sich, aber als Ulaha nach seiner inneren Stimme hörte, war sie nicht mehr als ein Wispern. Der Mensch schaute sie an, und sie brauchte keine fremden Bilder in ihrem Kopf, um zu verstehen, dass er darüber nachdachte, sie einfach zurückzulassen.

Der Lauf der Waffe zuckte in ihre Richtung, und es fiel ein zweiter Schuss. Sie blickte an sich herunter. Kolbners Gesicht war fort. An seiner Stelle sprudelte Blut. Erst lachte sie, weil er doch immer einen Helm getragen hatte, um sich vor ihr zu schützen; und was hatte ihm dieser Helm nun genutzt? Dann spürte sie die Nadel der Spritze aus ihrer Wade gleiten. Tausend Ameisen kribbelten durch ihr Bein und in ihren Unterleib hinein. Sie wankte und stützte sich an der Wand ab.

Der Mensch fluchte nun noch wilder und fauchender. Himeks Lider öffneten sich einen Spalt. »Ulaha«, flüsterte es in ihrem Kopf.

Die Angst, die sich wie eine kalte Hand um ihr Herz gelegt hatte, wurde hinweggefegt.

Ihr Geist schlüpfte aus seiner Hülle wie ein Neugeborenes aus dem Schoß seiner Mutter. Sie folgte Himeks Wispern, während der Mensch ihren Körper auffing. Wo in der Menschenfrau nur Stille gewesen war, wurde die Stimme des Zwergs lauter, als sie sich zu ihm in seinen Leib zwängte.

»Nicht, nicht«, flehte Himek.

»Alles wird gut«, beruhigte ihn Ulaha. Sie breitete sich in ihm aus, verwob sich mit ihm und trieb Wurzeln in seinen Grund.

Das Ende ihrer alten Hülle war das zarte Welken eines Blütenblatts. Es zählte nicht mehr. Sein Herzschlag war nun ihr Herzschlag, sein Atem ihr Atem.

»Es tut weh«, klagte Himek.

»Nicht mehr lange«, antwortete sie. »Es gibt einen Ort, an dem wir frei sind.«

Sie teilte Himeks Schmerz, als der Mensch ihren gemeinsamen Leib anhob, und um ihm zu entfliehen, träumte sie sich beide in den Wald, in dem Werden und Vergehen auf ewig eins waren.

33

»Wenn ihr nicht bald verschwindet, verpasst ihr eure Verabredung«, sagte Wetsch, als er den Kopf zur Tür hereinsteckte.

Arisascha schnürte den Rucksack zu, in dem ihre wenigen Habseligkeiten verstaut waren. »Komm ruhig rein. Immerhin ist es deine Wohnung.«

Der bärtige Mensch trat über die Schwelle und grinste. »Ich wusste ja nicht, ob ihr noch ein wenig ungestört bleiben wolltet.«

»Deine Gedanken sind dreckiger als deine Fingernägel.« Arisascha drückte Wetsch fest an sich. Die Muskeln des Stauers waren noch ebenso hart wie damals, als sie ihm zum ersten Mal begegnet war. Als er noch mit einer Söldnerkompanie durch eine der gefährlichsten Gegenden in den Zerrissenen Reichen gezogen war. Ob er mit seiner Arbeit im Hafen glücklicher war als mit einem Schwert in der Hand?

»He, du.« Mit einem Finger so dick wie eine Brühwurst tippte Wetsch Garep an die Brust. »Dass du mir ja gut auf Sira Acht gibst. Ich will keine Klagen hören.«

Garep rieb sich die Stelle, an der er einen Bruchteil jener Kraft zu spüren bekommen hatte, die in dem rothaarigen Hünen steckte. »Das hängt ganz davon ab, ob wir den Freibündlern trauen können, die du aufgetrieben hast.«

Wetsch, der im eigenen Haus nur gebückt gehen konnte, weil es auf die Bedürfnisse von Zwergen ausgerichtet war, hakte die Daumen an seinen Gürtel. »Glaub mir, Stöpsel, mir wäre es auch lieber gewesen, mit meinesgleichen Geschäfte zu machen, aber das Leben ist nun einmal kein Zuckerschlecken. Vor allem jetzt nicht, wo es unseren Schiffen verboten ist, aus dem Hafen auszulaufen.«

»Tu nicht so, als wäre das unsere Schuld«, erwiderte Garep und setzte den Rucksack auf.

»Ist es das etwa nicht?« Wetsch rieb sich das Kinn. »Dann muss ich wohl geträumt haben, dass eine Bundeshatz auf dich läuft und mein Honigtropfen hier von den Grünmänteln gesucht wird.«

»Garep hat einfach eine merkwürdige Art, sich für deine Hilfe zu bedanken«, sagte Arisascha. »Wenn du nicht wärst, würden wir hier festsitzen.«

Wetsch winkte ab. »Ich bin mir sicher, mein muffiges Zuhause ist nicht mit dem schwelgerischen Luxus zu vergleichen, mit dem dich deine Freunde in Amboss überschüttet haben.«

»Es sind die kleinen Dinge, die am Ende das Große schaffen, während das Große oft in kleine Dinge zerschlagen wird.« Arisascha prüfte, ob Tschoradschuns Geschenk noch an seinem gewohnten Platz war.

»Gesprochen wie eine echte Predigerin«, lachte der Stauer. Dann pfiff er durch die Zähne, und schon kam ein Menschenjunge mit abstehenden Ohren und Sommersprossen in die Kammer gehutscht. »Der Popel hier wird euch hinbringen. Ansonsten verlauft ihr euch noch.«

»Ist das deiner?«, fragte Arisascha.

»So gut wie«, entgegnete Wetsch und tätschelte dem Jungen den Kopf. »Irgendwer muss sich ja um die armen Würmer kümmern, deren Eltern auf dem Meer geblieben sind.«

»Und wie viele von der Sorte hast du schon?«

Der Stauer zuckte die Achseln. »Zehn, nein, elf.«

»Brauchen die Kinder denn keine Mutter?« Arisascha nahm Wetschs Hand, ehe der Knabe Schaden durch die gut gemeinten Zuwendungen seines Ziehvaters nehmen konnte.

»Das ist ein verlockendes Angebot, aber ich lehne es ab.« Wetsch küsste Arisascha auf die Stirn. »Und jetzt raus mit euch, ehe mir die Tränen kommen. Du weißt, wie nah ich am Wasser gebaut bin.«

Der Popel mit den Segelohren lotste Garep und Arisascha bei strömendem Regen durch ein Gewirr von Gassen in dem armen Menschenviertel der Hauptstadt, das unmittelbar an den Hafen angrenzte. Ohne die Mäntel, die Wetsch ihnen geschenkt hatte, wären sie nass bis auf die Knochen geworden. Wetsch hatte maßlos untertrieben, was seine Hilfe anging. So wirkte die Salbe, die er Arisascha für ihren wunden Hintern mitgebracht hatte, wahre Wunder. Was hatte sie Garep nicht schon dafür gerügt, ein Gespann ohne gepolsterten Kutschbock gekauft zu haben. Die Fahrt nach Zwerg war ansonsten erstaunlich reibungslos verlaufen, und auch ihre anfänglichen Befürchtungen, die Bundessicherheit könnte jeden kontrollieren, der in die Stadt kam, hatten sich als unbegründet erwiesen.

Obwohl der Regen ihre Sicht behinderte, die mitten in der Nacht ohnehin nicht die beste war, konnte sie riechen, dass sie dem Hafen immer näher kamen. Der Gestank nach Rauch, Unrat und Abwässern, der im Menschenviertel herrschte, wich zunehmend einem angenehm salzigen Geruch.

Während der Popel vergnügt von Pfütze zu Pfütze hüpfte, stellte Arisascha Garep eine Frage, die sie schon eine ganze Weile beschäftigte. »Bist du dir wirklich sicher, dass du das tun willst?«

»Vollkommen sicher«, antwortete Garep, der genau wusste, was sie meinte, da dies beileibe nicht das erste Gespräch dieser Art war. »Du hast hervorragende Überzeugungsarbeit geleistet. Mein immerwährendes Lob ist dir gewiss.«

Sie konnte sich des Eindrucks nicht erwehren, dass seine Zuversicht nur aufgesetzt war, aber in sein Herz vermochten nur die Herren zu blicken – sofern sie auch in den Herzen der Zwerge so wie in denen der Menschen lesen konnten.

»Ich bin froh, dass du mich in meine Heimat begleiten wirst«, sagte sie.

»Lass gut sein«, entgegnete er und blieb an einer Brücke stehen, über die der Popel bereits hinweggewuselt war. »Sobald wir dort drüben im Hafen sind, wird mein Blick nur noch nach vorn gerichtet sein.«

Die Kais, über die sie schritten, zählten nicht zu jenen, die der Oberste Vorarbeiter einer handverlesenen Gästeschar voller Stolz präsentierte, denn dazu lagen zum einen zu viel Ponymist, ausgemusterte Netze und Fischinnereien auf dem Kopfsteinpflaster, zum anderen waren die Lagerhäuser zu heruntergekommen und schäbig. Jedes zweite hätte dringend einen neuen Anstrich gebraucht, und einige von ihnen standen sogar offensichtlich leer. Wem immer sie auch gehören mochten, diese Händler verdienten ihr Geld nicht mit den teuren Gütern wie Seide oder Wein, die die Eliten der Hauptstadt zu dem einflussreichen Klüngel gemacht hatten, der sie heute waren.

Der Popel blieb vor dem Tor eines dieser traurigen Gebäude stehen. »Das ist es. Das Haus mit der großen roten Tür und dem Fisch drauf.«

Der Knabe war von den Herren mit einer besonderen Vorstellungskraft gesegnet worden, wenn er in dem kruden Gekritzel auf dem Holz tatsächlich einen Fisch erkannte, aber Arisascha vertraute auf seine Ortskundigkeit. Sie kramte in ihrer Handtasche und steckte ihm einige Scheine und Münzen zu. »Was raschelt, ist für deinen Vater. Was klimpert, kannst du behalten.«

Das Kind machte große Augen. »Mögen die Herren dich auf all deinen Wegen tragen, Sira!«

»Gib deinen Brüdern etwas davon ab«, sagte sie. »Und jetzt lauf geschwind nach Hause, bevor du dir den Tod holst.«

Sie wartete, bis der Junge in den Regenschleiern verschwunden war, und klopfte wie verabredet an das Tor. Dreimal, Pause, dreimal, Pause, zweimal.

Das Tor öffnete sich einen Spalt, ohne dass ein Gesicht in dem schmalen Lichtstreifen erschienen wäre. »Was hält die Hose oben?«, fragte es flüsternd.

Garep verdrehte die Augen. »Ein straffer Bund.«

Der Zwerg, der sie einließ, war gerade alt genug, um nicht mehr als Kiesel durchzugehen, doch dafür trug er die längste und breiteste Nase im Gesicht, die Arisascha in ihrer ganzen Zeit unter den Kurzbeinen je gesehen hatte. Seine dunkle Haut und sein pechschwarzes Haar wiesen ihn als Angehörigen des Seevolks aus. Um seinen Hals baumelte eine dicke Kette aus rotem Gold, und auch das bunte Hemd mit Blumenmuster zeugte davon, dass er erst noch lernen musste, zwischen gutem Geschmack und Prahlerei zu unterscheiden.

Im Innern des Lagerhauses flackerte eine Öllampe, daneben stand ein Stapel Holzkisten, die allem Anschein nach nur noch darauf warteten, auf einen robusten Handkarren geladen zu werden. Der Bündler schloss das Tor hinter ihnen und schlenderte betont lässig zu den Kisten hinüber. Er zündete sich eine selbstgedrehte Zigarette an, in deren Tabak irgendein grässlich stinkendes Kraut gemischt war. »Habt ihr zwei Regenmäntel auch einen Namen?«, fragte der Zwerg nach den ersten beiden Zügen.

»Mein Name ist Arisascha von Wolfenfurt, und mein Begleiter hier ist Garep Schmied.«

»Ich bin Laban, die Rübe«, stellte sich der Bündler vor. »Ihr denkt bestimmt, das hätte etwas mit meiner Nase zu tun, aber weit gefehlt.« Er griff sich in den Schritt seiner eng sitzenden Hose. »In Ordnung. Jetzt, da wir alle Freunde sind, erkläre ich euch kurz, wohin der Fisch hier schwimmt. Draußen in der Bucht liegt ein Menschensegler vor Anker. Nicht die schönste Schüssel, aber der Kapitän hat Erfahrung. Er muss dem einen oder anderen Wichsknödel bei der Hafenmeisterei schon mal den Hobel geblasen haben, wenn ihr versteht, was ich meine. Jedenfalls hat er frühzeitig davon gehört, dass alle Schiffe der Langbeine nicht mehr auslaufen dürfen. Eine Schicht, bevor die neue Regelung in Kraft trat, hat er die Segel gehisst und ist raus auf die Bucht geschippert. Er hat sich wohl gedacht, dass es noch Bedarf für Reisen in die Verschissenen Reiche gibt. Ein gerissener Hund. Wie schaffen wir es nun, dass er auch seinen Knochen kriegt?« Er schnippte mit den Fingern. »Die einfachste Sache der Welt. Zwei meiner Kollegen warten draußen mit einer Barke. Wir stecken euch in die Kisten, packen die Kisten auf die Barke und rudern euch raus zum Segler. Ein todsicheres Ding.«

Garep legte den Kopf schief und verzog die Oberlippe, während er seinen triefnassen Regenmantel auszog. »Das ist eine nette Geschichte. Wirklich. Aber wer sagt uns, dass ihr nicht etwas ganz anderes vorhabt? Zum Beispiel uns in die Kisten zu stecken, ein paar Steine dranzubinden und uns in der Bucht zu versenken.«

Laban riss sich die Hand vor die Brust, als hätte Garep ihm einen Stich mitten ins Herz versetzt. »Bei den Klöten des Befreiers! So viel Misstrauen. Welcher kranke Verstand kommt auf so etwas? Solche Fragen stellen mir sonst nur die Sucher.« Er machte eine Geste mit

Fingern und Zunge, die deutlich zur Schau stellte, was er von den Gesetzeshütern und ihren Präferenzen bei der Liebesarbeit hielt. »Zückt die Notizblöcke und die Stifte, denn das, was jetzt kommt, könnt ihr mitschreiben: Sobald wir den Schotter haben, ist die Erledigung unseres Auftrags eine Frage der Ehre. Wir könnten mit niemandem mehr Geschäfte machen, wenn wir erst das Geld einsacken und unsere Kunden dafür keine Gegenleistung erhalten. Noch dazu würde ich eher nackt in ein Fass mit Seeigeln springen, anstatt mich mit Wetsch anzulegen. Der Letzte, der das versucht hat, trägt seine Zähne jetzt zwei Stockwerke tiefer.«

»Das sehe ich ein«, hörte Arisascha Garep sagen, als sie sich nun auch aus ihrem Regenmantel schälte. Sie glaubte nicht daran, dass ihnen die Bündler übel mitspielen wollten, denn dafür war die Bezahlung, die sie ihnen für ihre Dienste über Wetsch als Mittelsmann in Aussicht gestellt hatten, schlichtweg zu hoch. »Aber was für den Fall, dass wir auf der Bucht von einem Zollboot angehalten werden?«

»Was soll dann schon sein?« Laban warf die Arme in die Luft. »Dann wechselt ein wenig Papier und Metall die Hände. Und wenn die Säckeschlitzer plötzlich nur noch ihre Pflichterfüllung im Sinn haben – und da ist es wahrscheinlicher, dass eine Maus eine Katze frisst –, dann nehmen sie ein schönes, langes Bad. Eines solltest du dir klarmachen: Unsere Geschäfte laufen wie ein Spiel, und alle, die dabei am Tisch sitzen, kennen von vornherein die Regeln.«

Arisascha hielt das Krachen zunächst für ein Anzeichen dafür, dass zu dem Regen draußen nun auch noch ein Gewitter hinzugekommen war, doch dann packte Garep sie um die Hüfte, schleuderte sie zu Boden und warf sich schützend über sie.

Laban machte ein verdutztes Gesicht und fasste mit beiden Händen nach seinem Rücken. Zwischen den Blüten auf seinem Hemd erblühte eine große Rose. »Aber … So eine …«, stammelte der Bündler, brach in die Knie und kippte vornüber.

Zwei Gestalten lösten sich aus den Schatten hinter einem Haufen Getreidesäcke. Die eine hielt einen rauchenden Revolver in der Hand, die andere blieb zwei, drei Schritte hinter dem Schützen zurück. »So sieht man sich wieder«, sagte der vollbärtige Zwerg im schwarzen Anzug, dessen Stimme Arisascha zum letzten Mal im Sucherhaus in Amboss gehört hatte.

»Bugeg!«, ächzte Garep fassungslos und rollte sich von seiner Geliebten herunter, die die Gelegenheit nutzte, die Hand unauffällig unter ihren Gürtel zu schieben. Das warme Metall der elfischen Waffe an ihren Fingerspitzen übte eine ungemein beruhigende Wirkung auf sie aus, obwohl ein Revolver auf sie gerichtet war.

»Bugeg, lass es mich dir erklären«, sagte Garep hastig. »Es ist nicht so, wie es aussieht.«

Der Jäger spie aus. »Da gibt es nichts zu erklären. Ich hätte es wissen müssen. Wie konnte ich dir nur jemals vertrauen? Aber ich verschenke mein Vertrauen in letzter Zeit viel zu freigiebig.«

Arisascha fiel auf, wie die Begleiterin des Jägers sich nach dieser letzten Bemerkung auf die Lippen biss. War dieser Vorwurf etwa an sie gerichtet? Und wenn ja, ließ sich dieser Umstand vielleicht irgendwie zu ihren Gunsten ausnutzen? Sie kannte diese Zwergin. Es war die Anwärterin, die bei ihrer Befragung mit Garep im Vernehmungszimmer herumgestanden hatte. Hieß sie nicht Schneider? Oder Scherer? Sie fluchte innerlich. Was mussten sich die Zwerge denn auch derart leicht zu verwechselnde Namen geben? Ganz gleich, wie die Zwergin auch hieß, Arisascha stellte zwei weitere überraschende Dinge fest: Sie hatte weder eine eigene Waffe gezogen, noch sah sie sonderlich entschlossen oder glücklich aus. Sie wirkte eher verängstigt und eingeschüchtert.

»Bugeg, du musst mir glauben.« Garep setzte sich auf. »Ich bin das Opfer einer Verschwörung geworden. Ich bin nicht ohne Grund aus Amboss geflohen. Man hat versucht, mich umzubringen.«

»Oh, man wollte dir ans Leder, du Menschenfreund!«, spöttelte Bugeg. »Liegt das möglicherweise daran, dass du dich mit einer Spionin herumgetrieben hast?«

»Spionin?«, brachte Garep hervor. »Wieso denn Spionin? Du liegst falsch, Bugeg. Ich sage nicht, sie wäre vollkommen unschuldig, denn sie hat mit Schmugglern ihres Volks gemeinsame Sache gemacht. Aber deshalb ist sie doch noch lange keine Spionin. Für wen oder was sollte sie spionieren?«

Bugeg zeigte sich sichtlich amüsiert. »Ich fasse es nicht. Sie hat dir tatsächlich einen ganzen Sack voll hohler Nüsse aufgeladen, oder?« Er lachte. »Da hat mein Großvater wohl recht gehabt. Trau nichts mit einem Schlitz zwischen den Beinen, hat er immer gesagt. Die verschweigen nämlich mehr Geheimnisse, als ein Pony Haare im Schweif hat.« Bugeg schaute Arisascha in die Augen. »Na, Langschädel, soll ich ihm vielleicht sagen, womit du nicht herausgerückt bist?«

Arisascha schwieg und hielt gebannt den Atem an.

»Was soll er mir sagen?«, fragte Garep sie. Er klang nun aufrichtig verzweifelt. »Was?«

»Dass sie in den Bund gekommen ist, um alles über die Schlagkraft unseres Heers in Erfahrung zu bringen«, sagte Bugeg triumphierend.

Arisascha atmete erleichtert aus. Der Jäger kannte nur die halbe Wahrheit.

»Stimmt das, was er da sagt?«, wollte Garep wissen, und der Schmerz in seiner Stimme brach ihr schier das Herz, aber wenn sie ihr beider Leben retten wollte, durfte sie darauf nicht achten.

»Nein«, sagte Arisascha laut und mit fester Stimme. Bugeg blinzelte verwirrt. Gut so. »Aber ich will dir erklären, was er wirklich meint.« Sie suchte den Blick der Zwergin und hoffte, dass sie deren Verhalten richtig gedeutet hatte. »Selbst wenn sich zwei Wesen in tiefer Zuneigung zugetan sind, gibt es manchmal unverrückbare Dinge, die zwischen ihnen stehen. Bisweilen ist es besser, über diese Dinge zu schweigen, anstatt sie zu zerreden. Deshalb habe ich auch darüber geschwiegen, weshalb ich meine Heimat wirklich verlassen habe. Ich hatte Angst davor, du würdest es nicht verstehen, Garep, und ich hatte Angst, dass dieses Unverständnis zum fruchtbaren Acker der Abscheu wird, wie es so häufig vorkommt.« Sie machte eine kurze Pause. So wie die Zwergin nun zu Bugeg schaute, verfehlten Arisaschas Worte ihre Wirkung nicht. »Es ist richtig, dass ich nach etwas gesucht habe, als ich in den Bund gekommen bin, aber es ging mir nicht um das Wissen über eure Soldaten, denn ich baue auf die Vernunft eures Volks, dass ihr es nicht zu einem Krieg mit uns

Menschen kommen lasst. Ich war auf der Suche nach etwas anderem: nach einer Waffe, die ich zwar im Bund vermutete, die aber weder von Zwergen gebaut wurde noch in deren Hände gehört. Du wirst darüber lachen, denn du hältst keine großen Stücke auf meinen Glauben. Die Waffe, nach der ich suche, soll von den Herren selbst geschaffen worden sein, und es heißt, dass derjenige, der sie führt, den Zerrissenen Reichen Frieden und Einheit bringen wird. Aus diesem Grund habe ich in den ältesten Archiven, die die Zwerge führen, in staubigen Büchern geblättert. Deshalb habe ich mit Schurken wie Tschoradschun von Feuerberg an einem Tisch gesessen. Und wenn du dich fragst, wer das ist, dann denke daran, dass ich dir den Namen dieses Menschen nicht nennen wollte, als wir in seinem Haus zu Gast waren. Sieh es als Beweis, dass es zwischen uns keine Geheimnisse mehr geben wird. Dafür ist unsere Zeit zu kurz und zu kostbar.«

»Mir kommen gleich die Tränen«, unterbrach Bugeg sie barsch. »Du willst uns verkaufen, dir ginge es um eine Waffe, die es wahrscheinlich nur in den Geschichten von euch Menschen gibt, und nicht darum, zu erfahren, mit wie vielen Schiffen wir über das Meer kommen werden, um eurer dem Irrsinn verfallenen Brut den Garaus zu machen?«

Arisascha nickte und krümmte sich dabei, als stiege eine schwere Übelkeit in ihr hoch. »So ist es. Und das Schlimmste daran ist, dass du eine Wahrheit ausgesprochen hast, die mich bis ins Mark meiner Seele trifft. Ich habe keinen einzigen Hinweis darauf gefunden, dass sich diese Waffe je im Zwergenbund befunden hat.« Sie schaute auf, und wieder war es nicht der Blick des Jägers, den sie suchte. »Ich bin einem Traum gefolgt und habe mich dabei hoffnungslos in ihm verrannt.«

Bugeg schüttelte den Kopf. »Es ist unfassbar. Da tischt sie mir doch gleich die nächste dreiste Lüge auf. Doch damit ist bald ein für allemal Schluss. Noch heute Nacht. Euch beiden wird nichts mehr helfen, ganz gleich, wie ihr euch aus dieser Angelegenheit herauszuwinden versucht. Ich habe genug gesehen und gehört. Ich bin gespannt, ob du immer noch solche Geschichten erzählst, wenn dir eine Kugel im Kopf steckt.«

»Bugeg!« Die Zwergin trat dem Jäger in die Schusslinie. »Das ist gegen jedes Gesetz.«

Bugeg hob drohend seine linke Hand. »Geh mir aus dem Weg, Karu! Und zwar schnell.«

Die Zwergin rührte sich nicht. »Sind wir deshalb allein hier? Ganz ohne die anderen Sucher? Ganz ohne Zeugen? Damit du sie erschießen kannst, ohne dass sie je vor den Obleuten gestanden hätten? Das ist Mord, Bugeg, und ein feiger noch dazu.«

Der Jäger ließ die erhobene Hand sinken und ging einfach um Karu herum. »Halt du dich da gefälligst raus! Ich kann das Risiko nicht eingehen, dass diese beiden noch einmal alle zum Narren halten. Tote laufen nicht weg. Es ist schon schlimm genug, dass ich meinen Ruhm für ihre Ergreifung mit dir und der ganzen Bundessicherheit teilen muss.«

»Die Bundessicherheit?«, platzte es aus Garep heraus.

»Ganz recht, die Bundessicherheit«, gab Bugeg zurück. »Ich musste mich doch tatsächlich mit den Grünmänteln einlassen, um dich und deine Werberin aufzuspüren. Mit den verlogenen Grünmänteln! Kannst du dir vorstellen, wie sie jetzt schon über mich lachen? Und das ist alles nur deine Schuld.«

»Bugeg«, sagte Garep beschwörend. »Sei nicht dumm! Die Kommissare benutzen dich nur für ihre Zwecke. Du machst die Arbeit, für die sie sich selbst zu fein sind. Es ist schon immer so gewesen, dass sie erst dann zu den Suchern kommen, wenn sie ihre eigenen Hintern nicht übers Feuer halten wollen.«

»Und wenn schon?«, blaffte der Jäger. »Hauptsache ist, ich liefere meine Beute ab. Dann ist die Hatz vorbei, und mein Name wird in die Chronik geschrieben.«

»Und in deine Gruft gemeißelt.« Garep ließ seine rechte Faust in die rechte Handfläche klatschen. »Wenn die Kommissare von euch haben, worauf es ihnen ankommt, werden sie dich verschwinden lassen. Und Karu auch. Sie mögen keine losen Enden.«

»Genug jetzt«, fauchte Bugeg. »Die Zeiten, in denen du mir die Welt erklären konntest, sind lange vorbei. Schau lieber, wie die Dinge jetzt stehen. Ich halte den Revolver in der Hand, nicht du. Erinnere ich dich nicht an jemanden? Den dummen Bugeg, der noch viel zu lernen hat? Ich habe schlechte Nachrichten für dich.« Er spannte den Hahn seines Revolvers. »Dieser dumme Bugeg war einmal – genau wie du.«

Mit einem Schrei warf sich Karu gegen den Jäger und schlug seinen Arm zur Seite. Die Kugel, die Garep in die Stirn getroffen hätte, sauste eine Handbreit an seinem Kopf vorbei.

Ein Dankgebet an die Herren murmelnd, zog Arisascha den elfischen Nadelwerfer unter ihrem Gürtel hervor.

Karu war Bugeg zwar körperlich unterlegen, doch sie hielt verzweifelt Bugegs rechten Arm umklammert und verschaffte Arisascha so die Möglichkeit, einen gezielten Schuss anzubringen. Der glitzernde, hohle Bolzen flirrte durch die Luft und traf den Jäger in die Wange. Tschoradschun hatte ihr mit leuchtenden Augen geschildert, was geschah, wenn die Nadel zustach. Ihre Spitze, die dünner als ein Haar war, drang durch die Haut, brach ab und machte so den Weg für ein Gift frei, mit dem ehrgeizige elfische Höflinge ihre schärfsten Rivalen aus dem Weg schafften.

Bugeg schrie entsetzt auf, schüttelte Karu ab und wollte sich die Nadel aus dem Gesicht reißen, doch ein Stoff, der eine halbe Welt entfernt in einem Glaskolben zusammengebraut worden war, ließ jeden einzelnen seiner Muskeln erstarren. Der Jäger kippte um wie eine bizarre Statue, die der Phantasie eines grausamen und wahnsinnigen Künstlers entsprungen war.

Arisascha richtete den Nadelwerfer auf Karu, denn sie glaubte nicht, dass die Zwergin wusste, dass beim Einsatz einer solchen Waffe allein der erste Schuss zählte, schlichtweg weil es keinen zweiten gab. Karu kroch zu Bugeg und zog ihn an seinem stocksteifen Arm auf den Rücken. »Bugeg«, schrie sie, aber Arisascha bezweifelte, dass der Jäger sie noch hören konnte.

»Wir müssen weg«, krächzte Garep, kämpfte sich auf die Beine und half seiner Geliebten in die Höhe.

Sie hasteten zum Tor und blieben auf halber Strecke stehen, als es mit einem Mal geöffnet wurde und zwei Zwerge eintraten, die sich verblüfft umschauten.

»Da fick mich einer doch durchs Hintertürchen! Sie haben die

Rübe umgelegt«, sagte der eine schließlich, ein Graubart mit Pomade im Haar.

»Ich habe gleich gesagt, wir können den Kiesel nicht allein lassen«, sagte der andere, der beim Reden seinen glattrasierten Unterkiefer so weit vorschob, dass man eine Tasse darauf hätte abstellen können.

Beide hatten Pistolen gezückt, doch sie hielten ihre Waffen erstaunlich locker in den Händen.

Arisascha ahnte, wen sie da vor sich hatte. »Seid ihr die Bündler von der Barke?«

»Wer will das wissen?«, fragte der Graubart zurück. »Und was habt ihr mit der Rübe gemacht?«

»Wir sind eure Fracht«, sagte Arisascha.

»Und das, was mit Laban passiert ist, nennt man in eurem Gewerbe wohl einen Arbeitsunfall«, ergänzte Garep.

»Oho, ein Possenreißer«, meinte der Bündler mit dem gewaltigen Unterbiss.

Arisascha hielt es für das Beste, den Nadelwerfer wegzustecken. Dann hob sie schnell ihre Handtasche und verkündete: »Hier ist das Geld. Unsere Abmachung steht noch.«

Die beiden Verbrecher schauten sich an.

»Was hältst du davon, wenn wir die Rübe rächen und das Geld einstreichen?«, fragte der Graubart seinen Kumpanen.

»Wenn du anschließend Wetsch dazu bringst, uns nicht die Zapfen abzureißen«, gab dieser zu bedenken.

»Auch wieder wahr«, meinte der Graubart. Er zeigte auf Karu, die wimmernd neben Bugeg saß und die starre Hand des toten Jägers hielt. »Und was ist eigentlich mit der? Es war nur von zwei Frachtstücken die Rede, sofern ich noch alle Zähne am Rad habe.«

»Dreh dich um, Karu. Schnell!«, rief Garep geistesgegenwärtig. »Schau nicht her!«

Karu blieb wie versteinert sitzen.

»Dreh dich um, habe ich gesagt«, versuchte Garep es ein weiteres Mal, gab dann jedoch auf und wandte sich an die Bündler. »Sie hat mit unserer Abmachung nichts zu tun. Lasst sie laufen, steckt uns in die Kisten, und alles läuft wieder wie geplant.«

Die Verbrecher warfen sich vielsagende Blicke zu und tauschten eine Reihe komplizierter Gesten aus, die Arisascha ihnen mit ihren haarigen Stummelfingern gar nicht zugetraut hätte. Was, wenn Garep mit seinen Worten genau das falsche Signal gesetzt hatte? Sie musste etwas unternehmen, also schnaubte sie, als hielten die Bündler sie von einer dringenden Verrichtung ab, und sagte: »Oder bringt sie meinethalben um. Es ist nicht so, dass uns ausgesprochen viel an ihr liegt.«

Als sie zwei Fünftelschichten später an Bord eines abgetakelten Seglers mit steifen Knochen aus ihrer Kiste stieg und Gareps vorwurfsvolle Blicke förmlich auf ihrem Rücken brennen spürte, fragte sich Arisascha von Wolfenfurt, ob sie das letzte Wagnis, das sie eingegangen war, nicht noch lange verfolgen würde.

Epilog

Zwei Halblinge schritten nebeneinander her durch einen der langen Korridore im Palast des Obersten Vorarbeiters zu Zwerg. Ein Läufer auf den Steinfliesen dämpfte ihre Schritte, und die einzigen Zeugen ihrer Unterhaltung waren die Büsten der Vorgänger des jetzigen Amtsinhabers, deren kalte Augen teilnahmslos in eine ferne Vergangenheit blickten. Doppelklingige Streitäxte mit juwelenbesetzten Schäften und frisch geölte Plattenpanzer, mit denen heute kein Krieg mehr zu gewinnen war, säumten die Wände.

»Der Plan ist nicht ganz aufgegangen.« In Awohos schnarrender Stimme lag kein Vorwurf. Der Sekretär Gorid Sehers – jenes Zwergs, der den ersten Auszählungen nach Schließung der Urnensäle zufolge auch weiterhin mit der Stimme seines Volks sprechen würde – stellte lediglich eine Tatsache fest.

»So etwas kommt vor«, sagte Anini, wobei der blonde Kommissar der Bundessicherheit versuchte, seine eigene Enttäuschung zu verbergen.

»Es ist trotzdem bedenklich, wenn der Lauf der Welt sich unseren Vorstellungen verweigert«, merkte der Verwaltungsbeamte an.

Sie bogen um eine Ecke in einen Gang, durch dessen Rundfenster sie auf den Flügel des Palasts schauen konnten, in dem die Privatgemächer Gorid Sehers lagen.

»Wie hat er es aufgenommen?«, fragte Anini.

»Die Bürger des Bundes würden sich zwar wahrscheinlich höchst überrascht über diesen Umstand zeigen, aber der Oberste Vorarbeiter legt bisweilen eine erstaunliche Furchtsamkeit an den Tag. Der Anschlag hat ihn verunsichert, obwohl ihm dabei kein Haar gekrümmt wurde«, antwortete Awoho. »Er schläft seitdem wesentlich länger, und ich glaube, er hat Angst, seine Residenz zu verlassen.«

»Das wird sich ändern, sobald sich meine Vorgesetzten zu einer Entscheidung durchringen, wen sie nun aus einer finsteren Zelle schleifen, um ihn als Auftraggeber dieser Tragödie vorzuführen.« Anini schüttelte den Kopf. »Ich verstehe nicht, warum sie sich so viel Zeit lassen. Die Auswahl ist alles andere als begrenzt, und die Öffentlichkeit würde jeden Menschen, der nur verschlagen genug aussieht, akzepticren.«

»Was ist eigentlich mit den beiden Darstellern, denen diese Rolle ursprünglich zugedacht war?«, erkundigte sich Awoho, als kannte er die Antwort auf diese Frage nicht schon längst.

»Sie sind uns abhanden gekommen«, gestand der Kommissar ein.

»Obwohl du sie diesem Jäger, von dem wir uns so viel versprochen haben, auf einem Silbertablett serviert hast?«

»Näheres dazu werden wir erst erfahren, wenn wir Gerbers Begleiterin vernehmen konnten«, erklärte Anini. »Derzeit sitzt sie in einem Zug nach Amboss.«

»Wird das eine offizielle Befragung, die in den Akten auftaucht, oder ...« Awoho ließ seinen Satz unvollendet.

»Es verbietet sich, sie auf einen Spaziergang in einen dunklen Wald mitzunehmen.« Der Kommissar hob bedauernd die Arme. »Ihr Vater genießt einen nicht zu unterschätzenden Einfluss auf die Manufakturbetreiber in Amboss. Genauer gesagt auf diejenigen, die in der nächsten Zeit besonders wichtig für das Gelingen unserer weiteren Vorhaben sein werden.«

»Gut«, meinte Awoho. »Wenn das so ist. Sie wird über eure Verstrickung in diese Angelegenheit schweigen, falls sie nicht auf den Kopf gefallen sein sollte. Abgesehen davon würde ihr wahrscheinlich sowieso niemand ihre Geschichte glauben. Die unerschütterliche Treue der Bundessicherheit in Zweifel zu ziehen käme einem Eingeständnis ihres eigenen Irrsinns gleich.« Er lächelte. »Doch verrat mir einmal, wie es um den Jäger selbst steht.«

»Wir haben ihn gestern aus dem Hafen gefischt«, sagte Anini trocken.

»Die Freien Arbeiterbünde?«, vermutete der Verwaltungsbeamte.

»Es sieht alles danach aus«, bestätigte der Kommissar.

Sie gingen schweigend weiter und stiegen eine breite Wendeltreppe hinauf.

»Unser Freund aus Stahlstadt ist tot«, eröffnete Anini dem anderen Halbling, in dessen Sippe seine älteste Schwester eingeheiratet hatte.

»Kolbner?« Awoho klang zum ersten Mal in diesem Gespräch überrascht. »Wie bedauerlich. Nach allem, was ich gehört habe, schien er Fortschritte zu machen.«

»Es war ein gezielter Angriff«, führte der Kommissar aus. »Und ein verhältnismäßig schlau durchgeführter noch dazu. Die Mörder kamen durch die Kanalisation unter der Anstalt, stifteten durch eine kurze Unterbrechung der Gaszufuhr Verwirrung und brachten Kolbner und eine seiner Patientinnen um. Weitere Opfer sind nicht zu beklagen.«

»Ich nehme an, du hast Kolbners Forschungsunterlagen bereits abholen lassen«, sagte Awoho mit der Zuversicht eines Vorgesetzen, der von der Umsicht seiner Untergebenen überzeugt war. »Kolbners Erkenntnisse werden andernorts gewiss noch sehr nützlich sein.« Der Halbling setzte erneut ein amüsiertes Lächeln auf. »Obwohl Kolbner gern von sich behauptete, er sei der Einzige, der mit Kristallen experimentierte, um uns unser rechtmäßiges Erbe zurückzugeben. Aber es gibt noch genügend andere Zwerge, die auf diese Idee gekommen sind – den Archiven sei Dank. Und wie du sicherlich weißt, waren zwei oder drei Kolbner weit voraus. Wo wir gerade davon sprechen: Wie schlagen sich eigentlich die Kristallträger im Einsatz?«

»Die Verlustraten sind höher als prognostiziert«, antwortete Anini. »Allein drei von ihnen gingen bei dieser leidigen Angelegenheit mit Arisascha von Wolfenfurt und Garep Schmied verloren.«

»Sie werden über kurz oder lang ersetzt werden«, winkte Awoho ab, »und dann wird man sehen, was sie wirklich taugen.«

Sie kamen an der Tür zum Arbeitszimmer des Obersten Vorarbeiters an, auf der stolz das Wappen des Bundes prangte.

»Wirst du ihn dazu bringen können, das Richtige zu tun?«, wollte der Kommissar wissen.

»Habe ich das bislang nicht immer geschafft?«, gab der Verwaltungsbeamte zurück und schüttelte Anini die Hand, um ihm zu zeigen, dass dieses Gespräch für ihn beendet war. »Bestell deiner Gattin und deinen Setzlingen die allerbesten Grüße von mir.«

»Das werde ich tun«, sagte der Kommissar und legte sich die Hand aufs Herz. »Heimat in der Fremde.«

»Fremde in der Heimat«, vollendete Awoho die Verabschiedung. Er wartete, bis Aninis leise Schritte verklungen waren. Dann öffnete er die Tür und übte im Geist bereits jene Sätze, mit denen er einen alten Zwerg davon überzeugen würde, dass man manchmal einen Krieg führen musste, um den Frieden zu erhalten.

SEI UNSER
HELD!
PIPER FANTASY
Gleich mitmachen und die magische
Welt der Piper Fantasy erleben! Neugierig?
Dann auf zu www.piper-fantasy.de!
Piper-Fantasy.de
PIPER

Thomas Plischke

Die Zombies

Roman. 480 Seiten.
Piper Taschenbuch

Endlich das große Epos um die geheimnisvollsten Geschöpfe der Nacht – die Zombies! Die lebenden Toten gelten als unheimlich, feindselig und dumm. Doch die junge Lily ist davon überzeugt, dass dies nicht die ganze Wahrheit ist. Seit jeher fasziniert sie der Zombie-Mythos, und sie ist geradezu besessen davon, mehr über die Geschöpfe zu erfahren. Als Lily den attraktiven Victor kennenlernt, kommt sie einem erschreckenden Geheimnis auf die Spur: Zombies existieren wirklich, die unheimlichen Geschöpfe sind mitten unter uns – und Lily erfährt am eigenen Leib, was es bedeutet, lebendig und tot zugleich zu sein …

05/2453/01/L

Thomas Plischke

Kalte Krieger

Thriller. 464 Seiten.
Piper Taschenbuch

In Portland verschwindet eine junge Frau spurlos, Menschen erfrieren im Hochsommer – als die Psychologiestudentin Amy Marsden dort ihr Pflichtpraktikum absolvieren will, gerät sie in eine Verschwörung von unüberschaubarem Ausmaß. Gemeinsam mit dem Psychologen Michael Beaumont findet sie heraus, dass sie über besondere Fähigkeiten verfügt. Denn es gibt sie wirklich: Menschen mit Superkräften! Und sie leben mitten unter uns. Amy muss sich entscheiden, ob sie auf der Seite der Guten oder der Bösen stehen will. – Der fesselnde neue Thriller von Thomas Plischke.

05/2466/01/R

Thomas Plischke

Die Ordenskrieger von Goldberg

Die Zerrissenen Reiche 2.
400 Seiten. Piper Taschenbuch

Die Zwerge von Amboss sind zurück: Der Weg in den Zwergenbund ist dem ehemaligen Sucher Garep Schmied verwehrt. Zusammen mit der Spionin Sira hofft Garep in den Zerrissenen Reichen Unterschlupf zu finden. Doch die Menschenlande sind in Aufruhr. Eine schier unbesiegbare Zwergenarmee rückt aus dem Norden vor. In der Ordensburg von Goldberg setzen die Krieger alles daran, ein magisches Artefakt vor den Invasoren in Sicherheit zu bringen. Doch der Vormarsch der bärtigen Krieger scheint unaufhaltsam.

05/2318/02/L

Julia Conrad

Der Aufstand der Drachen

Roman. 512 Seiten.
Piper Taschenbuch

Die Drachen kehren zurück: Als der graue Drache Urchulak aus seinem Todesschlaf in den Tiefen der Erde erwacht, sinnt der Verbannte auf Rache. Geleitet von Hass und Niedertracht gegen die Hohen am Himmel und die Menschen von Chatundra, setzt er alles daran, die Welt zu vernichten. Sein teuflischer Plan scheint aufzugehen: Nach und nach gewinnt der Drache an Stärke und scheint bald unbesiegbar. Doch noch ist nicht alles verloren: Die Hohen des Himmels beauftragen sieben Auserwählte, die Welt von der todbringenden Kreatur zu erlösen …

Nach dem Bestseller »Die Drachen« nun der neue fulminante Roman für alle Fans von Zwergen, Orks, Trollen und Kobolden!

05/2185/02/R